国家清史编纂委员会·文献丛刊

中国荒政书集成

主　编　李文海
　　　　夏明方
　　　　朱　浒

天津古籍出版社

第七册

本书被列为国家古籍整理出版"十五"重点规划

本书出版得到国家古籍整理出版专项经费资助

高等学校全国优秀博士学位论文作者专项资金资助项目

教育部人文社会科学重点研究基地重大项目清代灾荒研究

中国人民大学"十五""二一一工程"清史子项目

长元吴丰备义仓全案

清光绪三年刻本

（清）潘遵祁 辑

吴 滔 点校

序

《丰备义仓全案》始同治丙寅九月，迄光绪戊寅三月，凡十卷。曰创始原委，溯良法之所自也。曰重整规则，记变通之新章也。曰田额实数，重有基之勿坏也。曰建造仓廒，志盖藏之当慎也。曰收租章程，见输纳之有经也。曰积谷章程，明收储之宜讲也。曰发当章程，广积累之滋生也。曰典守章程，懔责任之难宽也。曰协济粥厂，分赒救于平时而仍不离里党也。曰识余，期循行于他日而常不忘疾苦也。余以散材与闻此事，竭愚者之千虑，实吾斯之未信。综十有二年中，凡收田租折色钱二十四万八千九百千有奇，先后购谷六万七百九十石有奇，建造仓廒费统计钱四万八千五百千有奇，补置田额费统计钱三万四千千有奇，协济粥厂钱八千七百千有奇，谷八千九百石有奇，历年完课并自设局暨常年一切经费统计钱七万三千四百千有奇，外拨借留养灾民钱八千千，谷二千四百石有奇。其贷质库取息之钱，岁有乘除，具详于册。自今以往，仓廒太广，料检良难，可无增置。天佑吴民，屡丰可告，约而计之，除完课及常年经费稔歉相剂，岁可余钱一二万千。积之既久，储谷则仓廒易满，发贷则质库难加。惟更置良田，益广其利，或别建一仓于城南爽垲之地，集思广益，匪今不逮，有厚望焉！窃念金穰木饥，天灾代有，惟愿所蓄愈多，则愈足以充其用，庶几纾朝廷发帑之烦，宽桑梓劝分之责于万一。所谓原泉混混，盈科而后进，有本者如是。则是编之刻，特喤引焉尔！

光绪四年岁次戊寅三月郡人潘遵祁序

长元吴丰备义仓全案目录

义倉全圖

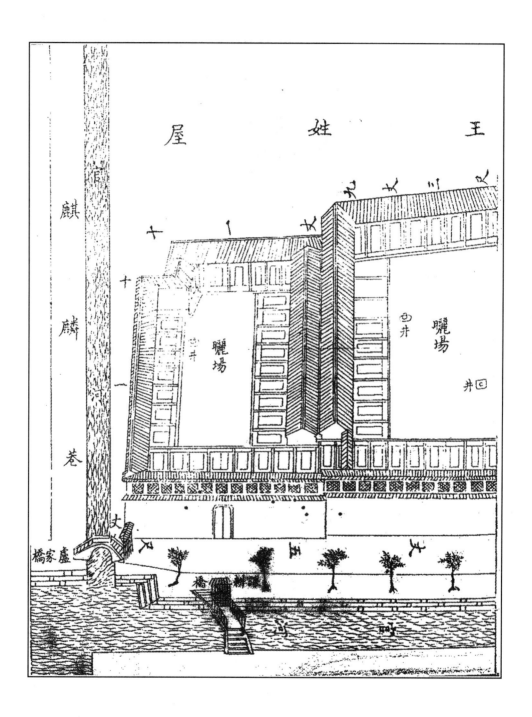

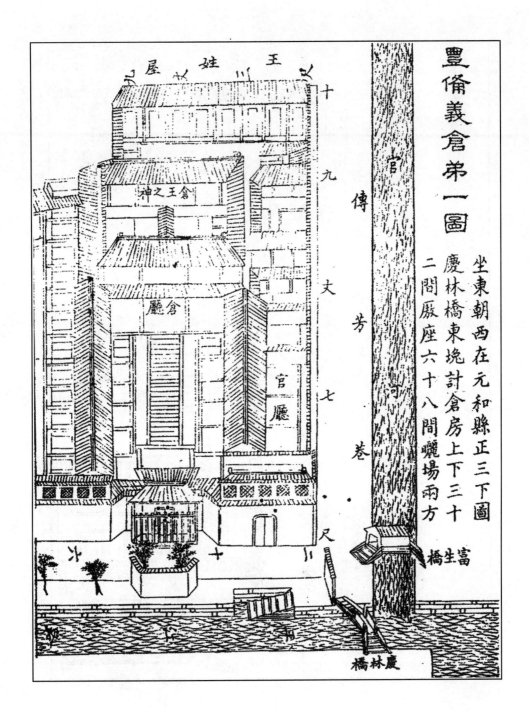

豊储義倉第一圖

坐東朝西在元和縣正三下圖
慶林橋東堍討倉房上下三十
二間厫座六十八間曬場兩方
生橋富
橋林慶

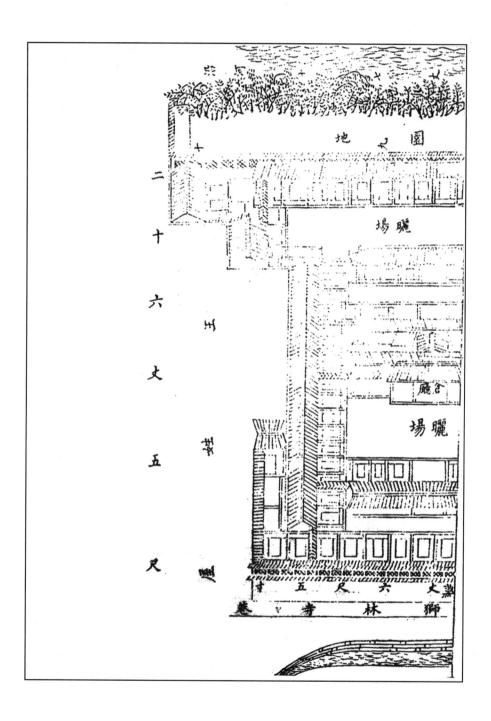

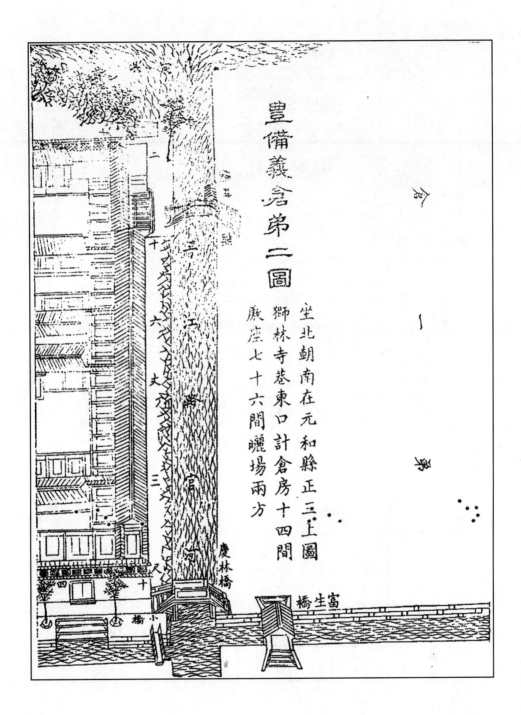

豐備義倉第二圖

坐北朝南在元和縣正三上圖
獅林寺巷東口計倉房十四間
廠座七十六間曬場兩方

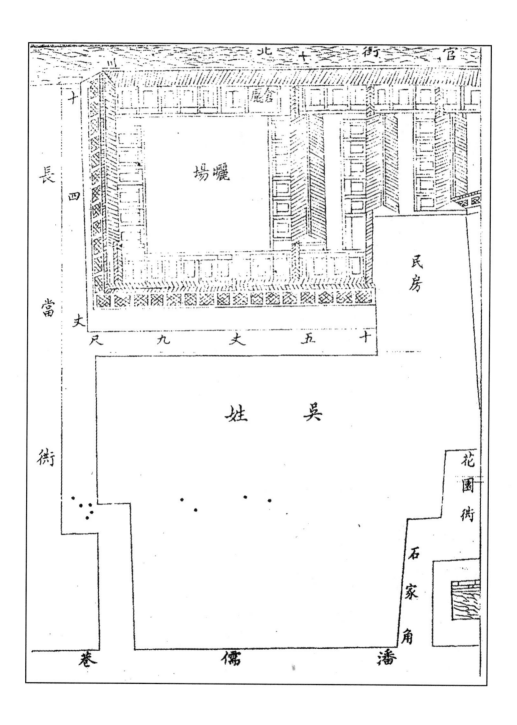

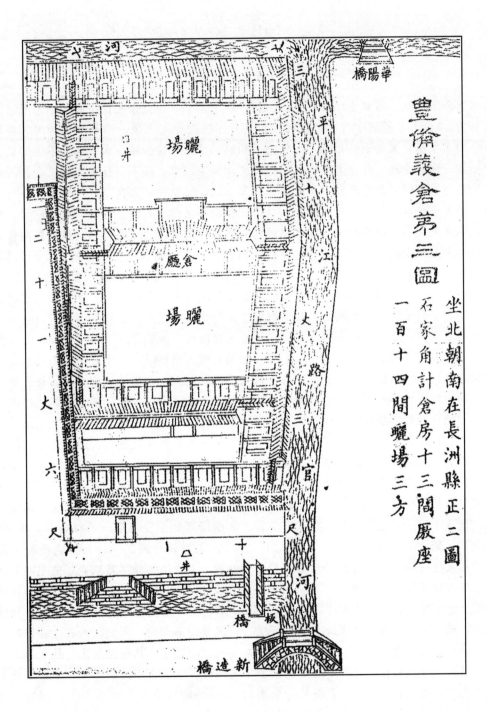

豐備義倉第三圖

坐北朝南在長洲縣正二圖
石家角計倉房十三間厫座
一百十四間曬場三方

華陽橋

平十江大路三官

河

曬場

井口

倉廳

曬場

二十一丈六尺

尺

井口

橋板

新造橋

河

长元吴三县丰备义仓碑记

古者备荒之法，藏富于民而已。《王制》：耕三余一，耕九余三，虽有凶旱水溢，民无菜色是也。《周礼》荒政十有二，散利仅居其一。遗人仓人之职，亦不但主待凶。盖家给人足，即有旱涝，又能五党相赒，无俟公中积储。后世专恃积储，而积储乃不可恃矣。常平之制始于汉宣帝初，社仓则隋开皇时始有之。唐宋以来，或不曰社仓而曰义仓。历代行之之法，互有异同，约举其要，不外在官在民二端。义仓有时而在官，常平则民不与。其立法之始无不善，其弊也，久而渐弛。然则积储将不足重乎！曰：乌乎！可重积储，犹不可恃，因其久而弛，而遂置之，凶荒之民将奚赖焉！吾吴诸仓以春申君所造东西两仓为最古，厥后宋之平籴仓，明之济农仓，皆在官而不在民。国朝雍乾间举行社仓，劝捐积谷，以社长董其事，著在邑乘者十有七所，今俱无考。岂独董之者不得人哉？筹之官则易绌，取之民则难常，势使然也。道光初，安化陶文毅抚皖，劝设丰备义仓，列条目上于朝，报可。丰备之名自兹始。洎督两江，又奏行之。盖仍仿社仓之法，而稍变通之。其立意在一都一邑一乡一镇，至于一村一族靡不周，而亦未能遍行。时侯官林文忠抚吾吴，于文毅奏设江宁义仓前，别创劝民捐田之法以上闻，诏给奖叙。当是时，吴中之田颇为民累，公因其势而利导之。初得田一千一百亩有奇，筑仓于抚署之隙地，岁敛其租，专备长元吴三县荒政。嗣后闻风续捐者积至田一万四千九百亩有奇，遂成巨观。诚创举也。军兴以来，所在常平、社仓悉毁，郡城同被兵燹，而一万数千亩之田，班班具存。乃叹公之斯举，实创自古未有之良法，而为历久不废之善政，其泽吾吴民者，不深且远哉？同治改元，值粤匪甫退，善后事次第举行。越二年，议及斯仓，同人责遵祁董其事，不能辞，乃请于侯官郭中丞，仿朱子官绅同共出入之意，偕沈太守玮宝先定敛租之法，变通旧章而试行之。其冬颇获成效。复以次讲求籴谷之法，度地于元和县正三下图，建仓储谷其中。又从冯中允桂芬议，剔除下田三千七百余亩，拨入官中善堂，而以余钱别置田三千八百余亩，补其额。又以余钱议贷质库，取息历年，与籴谷并行。又次第增建仓廒二区，而义仓规制庶几渐备。非藉文忠善创，安能有此耶！抑遵祁更有说焉，义仓捐田非尽膏腴也，故当时立法试收一二年可得三五成以上者，方准入仓。克复后，被兵之处有轻重，即田佃之良莠有转移，或上上而中中，或上中而中下，或下下而下中，或下中而中中者，所在多有。而此一万余亩，截长补短，独有升无降。故试行之日，成效即倍于前。实文忠当日之精神有以牖之，非尽由奉行之谨于始也。益以叹公之福吾吴民者固若是，其深且远也。此又后之欲仿公成法者所不可不知也。遵祁承乏斯仓，岁星适周矣。既裒历年案牍，巨细节目，都为十卷，付之梓，名曰：《长元吴丰备义仓全案》。其中经画次第盈虚损益之故，别为说系卷中，不备书，特书公之遗爱，以质当世之留心积储者。

卷首　创始原委*

丰备之名，实始于文毅；三县义仓，则创于文忠。文毅之志大，文忠之意精。文毅条目中云：不必推陈出新，亦不必春借秋还。实足祛自来仓储成法之弊。又论及余谷置田，固与文忠合也。而文忠之留贻远矣。述创始原委。

陶文毅公安徽巡抚任筹设义仓奏稿

奏为敬陈劝设丰备义仓章程，请旨永远遵行，以防荒歉而厚民生，仰祈圣鉴事。臣惟民以食为本，事须豫则立。前年皖江被水，哀鸿遍野。仰蒙恩旨赈抚兼施，并经臣劝输有力之家捐输助赈，流离数十万，获就安全。事后犹深悯恻，因思博施济众，自古綦难，彻土绸缪，宜先阴雨。常平之制善矣，然待惠者无穷。至社仓春借秋还，初意未始不美，而历久弊生，官民俱累。变而通之，惟有于州县中每乡每村各设一仓，秋收后听民间量力捐输，积存仓内，遇岁歉，则以本境所积之谷，即散给本境之人。一切出纳，听民间自择殷实老成管理，不经官吏之手，以冀图匮于丰，简便易行。自上年酌议章程，通饬各属出示劝行，已据青阳、铜陵、望江、太平、怀远、婺源等处捐有成数，各属亦皆踊跃，拟俟今年秋熟后一律办理。臣于正月入觐，曾经缕达天听。兹臣蒙恩调任江苏，念此垂成之绪，必须奏奉谕旨，庶可久远遵行。谨将所议章程十二条，敬为我皇上陈之：

一、乡村无论百余家十数家，总以里居联络者设一仓。每年秋收后，各量力之盈绌，捐谷存仓。出者毋吝，劝者毋勒，或数十石，或十数石，多则一二百石，少即数石、数斗、数升，均无不可。收谷时，公同立簿登记，择一老成殷实人总管，再择一二人逐年递管。仍设立四柱交册，分别旧管新收，开除实在，明晰登载，互相稽查。连年丰收，日积日多，则谷不可胜食矣。

一、乡村零户有难于联络者，或每族各为一仓，或一族中每房各为一仓，或以散户归入附近邻保共为一仓，均听民便。总在随地制宜，多多益善。果能一处行之有效，久而他处自仿照行之矣。

一、谷仓宜择善地，不宜近水，不宜近市，以防不虞。建议之初，仓厫未立，或神庙，或公祠，或老成殷实之家仓屋有余者，均可借储。但须本人情愿，不得强借。一俟谷石稍充，即可另自置仓。

一、仓谷由于乐捐，间或有湿有秕，不能拘泥画一。应于收仓时，先为晒干车净，公同登记耗蚀若干；或收储年久，又须公同出晒一次，复量上仓，再逐一登记实数，以便查考。

一、设仓本系义举，司事之人不容稍有侵蚀，亦不许藉端开销。惟看守仓厫之人，系属雇觅，常川在仓，不能不给予工食。责令巡查，遇有风摧雨漏，仓板损破之处，立即告知经管之人，及时修理。其锁钥等项，不得交守仓人佩带。

一、捐谷既有成数，即赴地方官呈明立案，以免匪徒阻挠扰乱章程。以后捐多捐少，收放出入，官吏概不与闻，即里长甲长，亦无许越俎。倘有吏役托名稽查，藉端需索，查出照诈赃例，从重惩治。

一、积谷既饶，止须添建仓廒，不必推陈出新，以求滋长；亦不必春借秋还，以权利息。戢争杜纷，此为最要。惟余谷置田收租，尚可并行不悖。然必积谷实在丰裕有余，以少半置田乃可，否则不必。盖此谷原为备荒而设，至捷至便，推陈出入，易滋朦混，借出难归，渐归乌有。置买产业，虽属经久之计，然不能救济目前，亦非急务也。

一、每遇灾荒，总管分管外，添择公正司事。计谷之多寡，先尽本村中鳏寡孤独无告之人，次及极贫，又次及次贫。或五日一散，或十日一散，事竣凭众确算。至家计稍可支持者，不必分给。即小歉之年，亦不必动用，以归实济。

一、捐谷之家，此谷既捐，即系公物，遇有灾歉，不得以从前甲多乙少，致启争端。或先在此村捐谷之家，其后移居他处，遇此村散放，不得以曾经捐谷，回向转索。新来之户，从前虽未捐谷，遇有散放，亦应酌给些须，不得独任向隅。盖各保各境，以乡村为断。虽救恤无分彼此，而谷少人多，亦不得不稍为限制，其各族各房积谷者，则必以乡村为断。

一、年丰时和，劝捐较易，果能积有三年五年之蓄，又不妨略为变通，邀同耆衿，划分若干，于乡间添设恤嫠、育婴等会。或于冬间，就村庄中鳏寡孤独与外来无告穷民，量为赈济，亦所以广任恤也。

一、乡村绅士克知大义者多，自必首捐为倡。如有能捐谷千石者，或捐银千两以上买谷归仓者，或捐置基产仓廒及斗斛诸器物银千两以上者，均当照例请旌，以资鼓励。倘虑书吏索费，即径赴院司衙门，呈明捐数，以便行查确实。立予请旌，断不令善举稍有阻格。

一、劝捐之外，尚有因事乐施一节。如民间演戏酬神及嫁娶喜期庆祝生日，尽可将糜费折谷捐入义仓，扩而充之，不特安贫，即以保富，将型仁讲让之风，亦由此而兴起矣。

以上各条，积少成多，众擎易举，所以图便民也。各保各境，人心易齐，耳目亦周，所以免牵掣也。择人经管，立册交代，所以防侵蚀也。绅民自理，不经官员吏役之手，所以杜骚扰也。不减粜，不出易，不借贷，专意存储，以备歉时，所以断缪辎而弭争端也。凶年不妨尽用，乐岁仍可捐输。以一乡济一乡之众，而不患其不均；以数岁救一岁之荒，而不患其不给。可小可大，无穷匮也。取锱铢于狼戾之时，求水火于至足之地。捐谷者不以为难，司事者不以为累，行所无事，不求其利，而弊自除，预防其弊，而利乃久也。臣为此章程筹思经年，简便直捷，似可为备荒之一助。如果各州县能实心实力，劝导有成，是亦不费之惠也。再，臣所议章程，与社仓之法有异，本以丰岁之有余，备荒年之不足，可否即以"丰备"二字，仰恳天恩，赐为仓名，俾垂永久。所有劝设义仓缘由，谨缮折具奏，伏乞皇上圣鉴。谨奏。

道光五年七月初十日奉到朱批：另有旨。钦此。同日奉到道光五年六月二十三日内阁奉上谕：陶澍奏劝设义仓章程一折。国家养民之道，足食为先；而裕民之原，积储尤重。前年安徽偶遇荒歉，赈抚兼施，该抚请设立义仓，为未雨绸缪之计。所议章程，如州县中每乡村公设一仓，秋后听民捐输，岁歉酌量散给。出纳悉由民间经手，不假官吏，防侵蚀以禁骚扰，矜贫寡而杜争端。各条著即移交新任巡抚照议妥为经理，仍督饬各州县实心实力，劝导有成。总期经久无弊，不必另立仓名。钦此。

两江总督陶文毅公、江苏巡抚林文忠公会衔筹设苏州省城义仓奏稿

奏为苏州省城捐建义仓买谷存储并绅士捐田入仓备荒济粜缘由恭折奏祈圣鉴事。窃照苏州一带，本属水乡，田土不宽，地方亦狭，即户廛之稠密，食指之浩繁，较他处不啻倍蓰。额征漕粮，又甲于直省，即遇年成丰稔，除完赋外，余米亦属无多。向赖川湖客米源源而来，方敷食用。是以民间盖藏稀少，缓急无资。近年灾歉频仍，倍形困苦。曾经设法劝捐赈恤，藉以安辑民心，而临时已大费周章，即事后追思，犹深惕虑。且自积荒之后，民力渐疲，素封之家，亦多中落，捐赀一节，本难恃以为常。臣等往返札商，亟思捐置义仓，以为歉年之备。先因米谷昂贵，未能购买。上年秋收中稔，粮价稍平，除应行买补之济平仓谷例价不敷，饬属设法陆续筹买外，所拟义仓积储，乘此官捐赈项尚有余赀，随与苏属司道等再行接续捐廉，以成斯举。即于苏州城内巡抚衙门后身，建设义仓一所。一面委员携银分赴价平地方，采买稻谷二万余石，运仓存储。仍陆续分投购买，以期多多益善。正在核议章程间，即据苏州绅士前捐光禄寺署正韩范呈称：伊故父原任刑部右侍郎韩封在日，将历年廉俸所余，置有薄田，临终遗命，遇有地方公举，竭力捐助。已先设立义庄，赡给同族。今闻省城有创建义仓之举，情愿将父遗田亩，坐落长洲县境田三百七亩零，元和县境田八百二十四亩零，尽数捐入义仓。官为收租办粮收储，以备歉岁公用。并据呈明，此系恪遵故父遗训，不敢仰邀议叙等情。经各该县查核方单，由苏州藩司委员核明转详前来。臣等查义仓谷石，系为接济民食之需，必得图匮于丰，以冀有备无患。今苏州省城捐置义仓，业已有谷二万余石，复有绅士韩范捐田一千一百余亩，岁收租息，专归义仓存储，更可日积日多。设遇年岁稍歉，即行减价平粜，以济民食。粜下银钱，仍即各照时价买补，不准别项借动，以杜流弊而垂永久。至此项仓谷，系属捐办，所有动用经费，及此后收放谷石，均请免其报销。再，江宁省城，现亦捐有成数，正在建仓买谷。其余各属尚有捐办之处，除俟陆续办竣，另行具奏外，仍通饬各府州县体察地方情形，随时劝捐采买，以期扩充推广，储蓄有资。并饬将稽查出纳各事宜，妥立章程条款，实力奉行，以仰副圣主足食安民之至意。臣等谨合辞恭折具奏，伏乞皇上圣鉴。谨奏。

道光十五年四月二十七日内阁奉上谕：陶澍等奏苏州省城捐建义仓并绅士报捐田亩一折。苏州府城捐置义仓，存储谷石，系为接济民食之需。兹据该督等奏称，前捐光禄寺署正韩范呈请捐田一千一百余亩，归入义仓，以备公用。实属急公好义。韩范著交部照例议叙，以示鼓励。此项仓谷系属捐办，其动用经费及此后收放谷石，均著免其造册报销。该部知道。钦此。

陶文毅公两江总督任筹设省城义仓奏稿

奏为江宁省城购设丰备义仓城乡捐输稻谷以防荒歉而广皇仁仰祈圣鉴事。窃照大江南北，频年被水成灾。仰赖鸿慈，不惜数十万帑金，抚赈兼施，恩宏大造。其有例赈所不能遍者，各地方绅耆富户感荷生成，义激于色，莫不同心救助，捐赀解囊。或按户散钱，或设厂煮粥。凡此乏食穷黎，实已普被皇仁，同登衽席。惟思年岁之丰歉无常，而阴雨之绸缪宜豫。与其临时捐凑，博济犹难，曷若先事图维，盖藏有备。臣陶澍前在安徽巡抚任

内，劝设丰备义仓，筹画积储。臣林则徐于苏州城内仿照而行，并经恭折会奏在案。江宁为省会重地，尤宜先事筹备。臣陶澍前因缉私赏项，存有余银五千两，札发江宁府，转发上元、江宁二县，以为倡建义仓备谷之用。旋据藩司杨簧转据前署上元县知县高邮州知州冯思澄、署江宁县知县李金芝详称，曾经率同上元县训导杨会昌，并在城绅士李恩元、沈琮、程钟庆、王鼎辅、孙廷松、万甫廷、汪度等，在于城乡广为劝捐。并据该绅士等呈称，前次发交银两，因新建义仓所费甚巨，觅得民间旧有储米硙坊，坐落汉西门大街，计房屋仓廒共三十九间，可储稻二万石。呈报府县勘明，议价银二千一百两，立契承买，以作义仓。余银二千九百两，除修葺并添置器具之用，其余尽数购得稻谷三千一十石，存储在仓。又城乡绅富捐输谷九千五百余石，已收储四千余石，余俱陆续运仓。又各乡捐输谷二万三千八百余石，仍各存本村，选择殷实之家收储，以为本村歉岁所需。总计城乡，共已认捐稻谷三万六千三百余石。其城乡绅富捐数内，有每石折交银一两者，俟积有成数，即于粮贱之时，代买入仓。其平日看守仓廒，及晒晾人工一切费用，另行募捐办理，不动捐谷正项各等情具详来。臣陶澍前自清江回省，顺道亲诣仓内勘验，地基尚高，廒舍亦甚坚固。所储稻谷，查照道光五年奏定丰备仓章程办理。遇有歉年，方准动用。举凡减粜出易、春借秋还、易滋流弊之处，概不准行。惟稻谷长储在仓，每年必须晒晾，方可无虞霉变。其晒晾必有折耗，每次每石定以三升为率，准其注册，以备稽查。庶经手者，亦无虞赔累。章程厘定，弊窦毫无。此次承办各绅士，数月以来，实心任事，业已收有成效。即各绅富捐输踊跃，尤为向义急公，克敦任恤，均属可嘉。除饬查明尤为出力之人，并捐数在三百石以上者，俟造册到日，照例分别奏咨，另请恩施外，所有筹备义仓，现储稻谷实数，以备荒歉缘由，理合会折具奏，伏乞皇上圣鉴。再，此次建仓备储，系官民捐输，归民间承办，并不经官吏之手，应免其造册报销，合并陈明。谨奏。

道光十五年十一月初四日会奏，十一月二十三日奉到朱批：另有旨。钦此。同日奉到道光十五年十一月十九日内阁奉上谕：陶澍等奏购设义仓以防荒歉一折。江南省连年被水，抚赈兼施。兹据该督等奏于江宁省会地方筹设丰备义仓，积储谷石，以防荒歉，共计捐谷三万六千三百余石，业已收有成效。此项建仓备储，系官民捐输承办，著免其造册报销。该部知道。钦此。

两江总督牛鉴、江苏巡抚程矞采会衔续奖省城义仓捐田奏稿

奏为绅士续捐田荡归入省城义仓收租，恭恳圣恩分别奖励，以昭激劝事。窃照苏州省城，户廛稠密，食指浩繁。近年灾歉频仍，盖藏稀少，不足以备缓急。道光十五年间，经前督臣陶澍、抚臣林则徐会议，于巡抚衙门后身建立义仓一所，将官捐赈余银两买谷存储，用备歉年平粜。并据光禄寺署正韩范恪遵父命，将遗田一千一百余亩捐入义仓，官为收租备用。当将办理缘由会折奏请，奉谕旨：韩范著交部照例议叙等因。钦此。即经恭录转行钦遵，通饬各属，按照地方情形，妥为劝谕，量力捐输，以期有备无患。续据苏郡绅士陆仪等，先后报捐长洲、元和二县官则田荡五千一百余亩，归入义仓，收租办粮。余剩变价解司，以为接济荒歉之用。统核契银，计一十二万七千一百余两，均经委员逐一勘明，每年随同原捐田亩一律收租。所有常年动支及置买民房、添建廒座一切经费，无不赖以扩充。且司库历年寄储租银，已有一万余两，储蓄渐多，旱涝有备，实于地方大有裨

益。兹据苏州布政使李星沅转据苏州府长洲、元和二县按户核明契价银数，取造履历清册，详请奏咨奖励前来。臣等伏查定例，各处绅士捐资助赈等项，捐银一千两以上者，奏请奖励。又道光十八年吏部奏定章程，京外候选人员，凡捐输军饷、河工、办赈、修城重大事务，八品至未入流捐银四千两以上者，该督抚查明保奏，准其尽先选用。又道光七年议叙条款，士民捐银三百两以上，给予八品顶戴各等因，历经遵办在案。今苏郡绅士捐输田荡，归入义仓收租，以资岁歉之需，实属好义急公，深堪嘉尚。核与捐资助赈无异，所有捐田合银五千两以上之候选县丞范毓元，四千两以上之候选从九品徐攀桂，与尽先之例相符，合无仰恳圣恩俯准将候选县丞范毓元、候选从九品徐攀桂二员归部尽先选用，以昭激劝。其余捐田一万两以上者二名、八千两以上者一名、六千两以上者一名、五千两以上者一名、四千两以上者二名、三千两以上者三名、二千两以上者八名、一千两以上者二十四名、三四百两以上者十名，敕部按册核明银数，分别给予议叙。此外各属如有捐办之处，以及省仓续捐之户，约候俟勘明田亩，再行请奖。至此项捐田，岁收租籽归入义仓，动用应请照案免其造册报销。除将捐输士民履历清册分送吏、户二部外，臣等谨合辞恭折具奏，伏乞皇上圣鉴训示。谨奏。

道光二十二年四月初九日具奏，奉朱批：另有旨。钦此。四月二十四日内阁奉上谕：牛鉴等奏绅士续捐田荡归入义仓请分别奖励一折，著吏部议奏。此项田租，免其造册报销。该部知道。钦此。

吏部覆奏稿

为遵旨核议具奏事。四月二十四日内阁抄出，奉上谕：牛鉴等奏绅士续捐田荡归入义仓请分别奖励一折，著吏部议奏，此项田租，免其造册报销。该部知道。钦此。钦遵抄出到部，随将该督造送议叙册内，有捐职人员职衔是否相符，行查户部去后，旋据查覆到部。又据附生吴长生呈明捐银一千三十两，情愿归并胞弟艾生名下议叙等情前来，应将捐银二千两以上之工部候补主事吴艾生，给予加二级；捐银二千三百两以上之捐职布经历吴毓英，给予加二级，纪录二次；捐银一万四千两以上之捐职布理问陆仪，查布理问应照布经历职衔减半，抵作银二千五百两，核计银数一万六千两以上，应给予运同职衔；捐银八千两以上之举人拣选知县顾道泰，查知县衔应照按经历职衔减半，抵作银二千两，核计银数一万两以上，应与捐银一万两之府庠生王朝华，各给予同知职衔；捐银五千两之捐纳双单月县丞范毓元，将本身职衔减半，抵作银一千两，核计银数六千两，应与捐银六千两之文童彭廷荣，各给予通判职衔；捐银五千两之附生赵廷奎，给予布经历职衔；捐银四千两以上之捐纳双单月从九品徐攀桂、监生彭翊、顾有浈等，各给予按经历职衔；捐银三千两以上之童生王仁渊、王叔奎、附生宋绪光等，各给予州判职衔；捐银二千两以上之附生陈德新、童生陈廷杰、吴旭生、吴质生、吴毓滋、陆象彤、捐纳从九品衔顾森等，各给予县丞职衔；捐银一千两以上之文童许如芝等，各给予盐知事职衔；捐银五百两至八百两之监生夏文植等，各给予八品顶戴。至候选县丞范毓元、候选从九品徐攀桂，该督等奏请尽先选用之处，核与章程不符，应毋庸议。臣等合辞恭折具奏，伏乞皇上圣鉴训示遵行。谨奏。

道光二十二年九月十三日具题，本日奉旨：依议。钦此。

卷一 重整规则 书吏定费附*

　　义仓初设在抚署，出纳官主之，绅士不与。道光末，吴中大潦，帑捐未集，先给赈两月，实赖此。经乱仓毁，收租犹循其旧。越二年，议度地建仓，乃请为官绅会办之法。冬春则会办收租事，夏秋则董事典守之，凡为田一万四千九百亩有奇。已请奖者半，因乱而未奖者半。冯中允力主请从优补奖，以广招徕。格于部议，久之，仍循旧章，请叙用，免向隅，并造田额细数达之部，酌拟规条，申明专备三县荒政，虽有他事，不得移用，定为成案。惟所拟推陈出新一条，阅陶文毅条目云：易滋流弊。自有确见。又咨访江北深明积谷者云：储藏得宜，可支四十年。遂毋庸议。再，余钱寄存藩库，不如发当生息，亦置罢论。特补正之，记重整规则。掌仓租之书吏，旧皆有办公经费。田之册籍，书吏守之，未毁于乱，其功足多。改章后，由丁方伯重定，分别各衙门辛工费，嗣经应方伯裁革，旋以办公无著，由恩方伯复之。附记书吏定费。

卷一　上

　　为申明义仓旧案，请据情具详，补行汇奏，以垂永久事。窃惟备荒之要，莫先于积谷；积谷之法，莫善于义仓。查前抚宪林文忠公创立丰备义仓，劝谕绅士捐田备荒。前后共有长、元两县田一万四五千亩，于抚署后建设廒座，储积谷石，推陈出新，又以折色所余存储藩库，逐年将存谷存银各数目，照会绅士，以备歉岁，照数呈请发赈，不准移借他用。道光二十九年水灾甚重，当帑捐未集之时，赖有此款现成，即由绅士呈请拨出，先行发赈数期，嗷嗷数十万口藉得存活，以待帑捐接济，著有明效。自经兵燹，积储一空，而一万余千之田亩具在。甲子、乙丑两年，业由县清查此项田亩，将成熟者委员收租在案。惟其中有已经奏明给奖者，有未经奏明者。其所以未奏之故，因前督宪批有试收数年，俟有起色再行奏奖之语。军兴延搁，遂为至今未定之案。现自苏城重复以来，书院、善堂次第重建，郡中百废具举。义仓为备荒要政，自应及时呈请定案办理。惟是定案之法，不过腴田验收、下田挑退两端。而现经乱后，地段荒熟情形与前迥异，且恐无处退还。而案关请奖，又未便以次田、荒田充数，不如变通办理，于未经奏明八千余亩之中，将次田、荒田剔出，捐入善堂，挑选腴田四五千亩，准归义仓造册查取。原捐各户姓名，呈报援案汇奏，给予奖叙，并将前后捐田并案，详定章程办理，以昭核实而垂永久。自古常平仓、社仓之设，大约常平贱粜贵籴，有司董其事，社仓则社长司之。立法皆善，而流弊亦相等。惟平时不视为具文，则临事庶有裨实用。朱子论社仓而推其利弊，不过曰以本乡土居官员士人有行义者，与本县官同共出纳，此外更无良法。绅等酌古准今，现在各乡势不能遍劝各设社仓，而常平之制，亦久已名存实亡。苏城赖有此项义田，有基勿坏。窃惟储备民食，本州县亲民之急务，即桑梓未雨绸缪之至计，应请嗣后官绅互为经理，先须择地建立仓廒。所有田亩都图圩丘数目，详造册籍四通，一咨部立案，一存藩库，一存本县，一存绅士处。每届收租时，由官选举公正绅士会同本县核实办理。以积谷为主，推陈出新，仍以所余折色存储藩库。今年为时已迫，应候委员开收田租时，由绅等选派妥干董事，会同委员承办。事竣，将所余租息并甲子、乙丑两年余款若干，总核成数，以抵明春择地建仓之用。绅等另呈本年每亩捐米一升，俟收有成数，应并作一案通办。至前两年余款，当善后纷繁之际，或已权作他用，应请筹拨归款。嗣后此项租余，奏明永远不准移借他用，以期缓急有济。所有详细章程，再容悉心妥议续呈。再，绅等所管男、女普济、育婴三堂及新复恤孤局，皆系奏明郡中官堂，与民间所设善堂有别。现经兴复伊始，经费不敷，正在拟请设法拨济。兹议前项事，宜为慎重奖叙起见，于未经奏定田亩内，挑取腴田四五千亩，归入义仓，其余不下二三千亩，应请分归各堂，以资公用，不无小补。堂务为常年抚恤善举，义仓为歉岁赈济预储，皆属为本地贫民起见，挹彼注兹，情义允洽，他事不得援以为例。俟定案后，于明年为始，视各堂恒产之多寡，公同分别均配地段分拨，合并声明。伏乞大公祖大人鉴核，转详批示。绅等随即赶紧造具挑取腴田数目清册，呈请具奏，实为公便。上呈。

一呈抚宪
藩

同治五年八月　日郡绅公呈

据长、元两县移交开报

甲子年

长洲县收米二百二十六石七斗，计折色钱七百十七千八百十文

一、解藩库钱三百九十八千二百文

一、支经费钱三百十九千六百九文

元和县收米三千四百四十六石（每石折价奉定三千三百文），计折色钱一万一千三百七十一千八百文，又收荡租钱六十八千文

一、缴租捐钱一千九百六十六千文

一、解藩库钱五千八十二千文

一、支经费钱四千三百九十一千八百文

乙丑年

长洲县收米三百六十石四斗四升五合，计折色钱一千三十七千二百七十四文

一、解藩库钱六百八十九千五百八十文

一、支经费钱三百四十七千六百九十四文

元和县收米三千九百四十五石（每石折价奉定三千文），计租钱一万一千八百三十五千文，又收荡租钱六十五千文

一、缴条漕钱二千五百千文

一、解藩库钱四千八百十六千文

一、支经费钱四千五百八十四千文

钦命护理江苏巡抚部院郭批一件。义仓绅士呈请补奖捐田并请嗣后收租官绅公同经理一案由。经收田租，由官由绅，均不免有流弊。今据请官绅互办，自属可行。所议未经奏

定之田，剔出膏腴，归入义仓，余为善堂之用，亦属以公济公。惟本衙门原卷，业已无存，究竟已未请奖田数户名，有无可稽，应否补行奏奖。地方新复之后，饷需、善后等款，用度浩繁。所有前两年收存余款，作何移用，能否筹还，候行苏藩司一并确查妥议，详覆察办。仍候爵阁督部堂批示录报可也。

为照会事。奉护抚部院郭札开据苏郡绅士冯中允等呈称：苏城已捐未奖之义仓田亩，请挑收膏腴，补行奏奖。嗣后收租，官绅公同经理，以余款建仓积储等情到院。据此除批牌示外，合抄呈批，札司遵照逐一查明妥议，详覆察办等因到司，奉此并准冯绅等并呈前来。查上年十一月间，曾据冯绅等于呈请按田公捐积谷案内声明，义仓田亩应否分别，抑或归并等因，当奉前护抚宪刘批开，集捐谷石，数属轻而易举。现在各县均已申报开征，本年能否随漕完缴，抑俟来年再行举办。其向有义仓田亩，应否毋庸归并，批司转饬核议详夺等因，奉经护抚宪郭在藩司任内，以省城各绅捐输义仓田亩，久经官为经收，征下钱文，均系解存司库兑收办理，均甚妥善，似可毋庸更章。其余各层，随饬苏州府督县悉心妥议，通详察夺在案，未据议详。今请将续捐义仓田亩，剔出膏腴，归入义仓，其次归入善堂之用，事属可行，自应查明原捐各户姓名，补请奖叙。第省城义仓系于道光十五年分奉前抚宪林创始设立，劝谕捐输田亩，官为收租，悉数解储司库，以备歉年赈恤。归入义仓，过户办赋，当奉奏明办理，已历三十余年。今请官绅互为经理，虽与从前奏案稍有未符，而互相稽察，公事公办，洵足以昭慎重。其应如何会同绅董经理，以期各有责成、和衷共济之处，应由该府悉心妥议详夺。今奉前因，除饬府督县覆查妥议具详察转外，合就照会。为此照会贵绅，请烦查照施行。须至照会者。

同治五年九月　日
藩宪照会

为照会事。奉署布政使王札，奉护抚部院郭札开：据苏郡绅士冯中允等呈称，苏城已捐未奖之义仓田亩，请挑收膏腴，补行奏奖。嗣后收租，官绅公同经理，以余款建仓积储等情到院。据此除批牌示外，合抄呈批，札司遵照逐一查明妥议，详覆察办等因到司，奉此并准冯绅等并呈前来。查上年十一月间，曾据冯绅等于呈请按田公捐积谷案内声明，义仓田亩应否分别，抑或归并等因，当奉前护抚宪刘批开，集捐谷石，数属轻而易举。现在各县均已申报开征，本年能否随漕完缴，抑俟来年再行举办。其向有义仓田亩，应否毋庸归并，批司转饬核议详夺等因，奉经护抚宪郭在藩司任内，以省城各绅捐输义仓田亩，久经官为经收，征下钱文，均系解存司库兑收办理，均甚妥善，似可毋庸更章。其余各层，随饬苏州府督县悉心妥议，通详察夺在案，未据议详。今请将续捐义仓田亩，剔出膏腴，归入义仓，其次归入善堂之用，事属可行，自应查明原捐各户姓名，补请奖叙。第省城义仓系于道光十五年分奉前抚宪林创始设立，劝谕捐输田亩，官为收租，悉数解储司库，以备歉年赈恤。归入义仓，过户办赋，当奉奏明办理，已历三十余年。今请官绅互为经理，虽与从前奏案稍有未符，而互相稽察，公事公办，洵足以昭慎重。其应如何会同绅董经理，以期各有责成、和衷共济之处，应由该府悉心妥议详夺。今奉前因，除呈报两院宪外，合抄原禀各批转饬札县，即便遵照指饬各层覆查明确，悉心妥议，详候察夺。至前两年所收此项田租，系为开挑黄渡河工动用，能否筹还，应俟该府县覆到，再行酌办，并即知照毋违等因。又奉署苏州府正堂汪札，奉宫保爵署督部堂李批，本府禀送冯中允等呈请补奏义仓公呈旧案由，奉批：据禀粘抄冯中允等公呈均悉，仰即会同员董查照原呈各情，分晰妥筹办理，俟议定章程，办有头绪，再行取造腴田数目、都图清册、原捐各户姓名，由藩司妥议转详核奏缴等因到府。奉此查前奉藩宪抄禀，札府即经转饬覆查妥议，详候察转在案。奉批：前因合亟转饬札县等遵照先今来文，会同覆查明确，悉心妥议章程，详候察转毋延等因，札三县到敝县。奉此除移会元、吴两县议详外，合行照会。为此照会贵绅，请烦查照宪批，希即会同确查妥议章程详办。望速速！须至照会者。

同治五年九月　日
长洲县照会

为照会事。奉苏州府正堂李札，奉署布政使王札开，案奉行准部咨钦奉上谕：各省常平、社仓责成认真整顿，废者复之，缺者补之，务使仓谷丰盈，有备无患。将各该州县仓储实存若干、有无亏缺查明据实覆奏等因。当经钦遵转饬，查明完善各县仓谷现存实数，先行详候转请覆奏，如有动缺，即行筹议买补还仓。其曾被贼扰仓谷毁失之处，并令会同绅董随时筹款建复，买谷存储，以备缓急。继又屡次严催在案，迄今数月之久，仍未据具报遵办。惟现据省城各绅具呈劝捐积谷备荒，议请按亩捐米一升，折钱二十五文，随租收缴，俟有成数，即行建仓买谷存储，以备地方荒歉之需。办理已有成效，其余各属，能否一体仿照举办，当此年谷顺成之际，亟宜会同绅董随时分别劝捐筹计。若再因循延宕，年复一年，试问设遇灾歉，凭何以应？且系久奉谕旨饬办要件，断难再任违延。本即委员押办，姑再严催等因到府。奉此查此案迭奉宪催，节经各前府转饬遵办在案。兹准即补府沈牒报征收长、元两邑义仓田租，除完条漕并给发局用薪水、纸张、辛工等项外，余存租钱，禀奉藩宪面谕，均交潘绅收储。现在赶紧采办谷石及置造仓廒等因，牒报前来。奉札前因，除移行各厅县遵办外，合亟转饬札县，即便遵照毋违等因到县。奉此除移会义仓委员查照外，合行照会贵绅，请烦查照宪札，会同办理。望速速！须至照会者。

同治六年三月　日
长洲县照会

为义仓办有章程呈请汇奏以垂永久事。窃绅等于上年呈明丰备义仓旧案，共有长、元两邑田一万四千九百余亩，其中有已经奏奖者，有未经奏奖者。其所以未奏之故，因前督宪批有试收数年，俟有起色，再行奏奖之语。军兴延搁，遂为至今未定之案。惟是定案之法，不过腴田验收、下田挑退两端。现今乱后，地段荒熟情形与前迥异，且恐无处退还，不如变通办理，于未经奏奖田数中，将次田、荒田剔出，归入善堂，以资小补，其余准归义仓，并请遴派委员，会同绅等办理在案。嗣经覆查，未经奏奖之田，虽有成数可稽，而自遭兵燹，某户捐某丘之田，无从分晰，即捐户子姓，但知所捐若干亩，亦无丘号可查。窃惟剔出之故，重在次田、荒田，而今昔地段荒熟业已不同。在义仓积储起见，自以多留腴田为主，爰就所有义田中，统核拨出次田、荒田三千七百三十七亩一分六厘三毫，归入男、女普济堂、育婴堂、恤孤局四处善堂。又勘得实系坍没无存田三十五亩八分九厘，另行移县办理外，实存义田一万一千一百三十八亩二分七厘九毫。无论已未奏奖，悉行重造清册，应请先行汇奏，咨部存案。其未奖田数，查共长邑田一千三百余亩，元邑田七千余亩，无论留仓拨堂，总属地方善举，可否准其查明捐户姓名，循照上次例案，酌请奖励，以为后来者劝。如蒙批准，容再查报续呈。再，查丰备义仓创自道光年间，历届官为经理。庚申以前，成案已无可稽，克复后，甲子、乙丑两年，曾由委员解交藩库钱一万九百八十余千文。闻因善后纷繁，暂移他用，此项应请俟将来办荒时，由藩库筹拨归款应用。自上年十月起，经委员候补知府沈玮宝会同绅潘遵祁设局收租，妥议章程，悉心整顿。事当创始，颇形繁重，谨将开局日起，至今春截止，共收田租米折色钱数，除完办条漕及采买谷石、建造仓屋并一应经费，开除实存总数，截至本年八月底止，由委员具文呈报备案外，窃惟自古常平、社仓之设，或官为经理，或听民间自管，行之既久，流弊相同。朱子则云：以本乡土居官员及士人有行义者，与本县官同共出纳，此外亦更无良法。今仿照此法，逐年禀请遴派委员，会同绅士办理。嗣后每年所余，应请奏定专俟歉岁尽数先行济用，平时虽有他项要需，永远不得暂移。本年建仓伊始，谨再详议规条十六则，呈请鉴定。除造具义仓田一万一千一百三十八亩二分七厘九毫清册二套呈抚藩宪分别咨部存库外，伏求宫太保侯中堂、大公祖大人鉴核，会同具奏，俾得永远遵行，实为公便。谨呈。

　　一呈督宪

　　并造具现存义仓田一万一千一百三十八亩二分七厘九毫清册一套，呈请电鉴。除呈督宪并藩府宪外，伏求大公祖大人汇叙具奏，并将清册加印咨部存案，俾得永远遵行，实为公便。谨呈。

　　一呈抚宪

　　并造具义仓田一万一千一百三十八亩二分七厘九毫清册一套，存库备查。除呈督抚宪并府宪外，伏求大公祖大人电鉴、详请汇叙具奏，俾得永远遵行，实为公便。谨呈。

　　一呈藩宪

　　谨再详议规条十六则，呈请鉴定。除呈抚督藩宪外，伏求大公祖大人电察，转详请奏，俾得永远遵行，实为公便。谨呈。

　　一呈苏州府

　　同治六年九月　日义仓绅董呈

　　拟丰备义仓规条

　　一、义田细数，详造清册四套，一请咨户部存案，一存院备查，一存藩库，一存苏州府署。

　　一、建造义仓一所，坐落元和县半十九都正三下图平江路庆林桥地方，所有基址间数装折置办器具，另造清册存查。

　　一、每届开仓前，先请藩宪酌派委员会同绅士办理。

　　一、经管义仓之绅士，由大宪及郡绅会议，择人而理。经管之人欲择人交替，亦会同大宪酌行。

　　一、每届收租，先期预备租由册籍，传集各催甲发给。立冬前后，起限收租，着佃到仓完纳，永远不准派人下乡收帐。

　　一、司事常年不得过四五人，开仓收租酌添数人，年终为止。

　　一、仓中执役之人，大门、厨杂不得过三四人。其收租运谷，随时雇用仓工，无事即止。

一、开仓日起，分三限。向例折租，头限减钱二百文，二限减钱一百文，三限减钱五十文，过限不减。今为体恤各佃，劝令自行到仓早完，再照大概业户开仓日每亩饶米一斗，头限饶米七升，二限饶米五升，三限饶米三升，逾限不饶。上年试办已有起色，今即著为常例。

一、顽田抗租，过限后随时饬差提追。催租之差，计日给与工食。如有在外需索舞弊情事，从重惩治，司事不得徇庇姑容。

一、义仓所入租籽，除条漕及一应开支外，每年净存若干，积谷若干，限于收租之次年春季造册报销。年清年款，不得积迟牵混。

一、仓中现存净谷及逐年添买新谷，分别廒座，逐号计簿，并于廒门悬牌写明数目。每年择天时晴燥，抖晾一过，覆核实数，毋得稍有不实不尽。

一、积谷宜推陈出新，凡遇推出后，即当赶紧补买足数，统归每年造册时一并报销。

一、备荒自以积谷为正办，惟愈积愈多，则廒座不敷，抖晾非易，将来分设仓储，增置膏腴，为可大可久之计，随时会同妥议酌行。

一、积谷之外，或发典生息，或寄存藩库，惟现在三邑典铺甚少，非从前每典摊分，轻而易举之比。若存数过多，又恐荒年不能拨本应用，拟每典多至二三千串为率。寄存藩库，应随案请给印收，系专为备荒之款，惟办荒始准给领，虽有别项公事，永远不得暂挪。

一、积储虽逐岁加增，而猝遇荒年，仍有杯水车薪之虑。所存钱谷，无论在官在绅，务在立时应用，以待帑捐相济。

一、义田现隶长、元两邑，而备荒统归长、元、吴三邑之用。嗣后有愿捐田入仓者，以三邑为限，若实系硗瘠之田，仍查明不得滥收。

为照会事。奉布政使丁札，奉署抚部院郭批本司详义仓田租官绅会同经理据议规条转请核奏一案由，奉批：查所议规条，俱系外办之事，自可毋庸入奏。惟官绅会办、专留济荒及续捐未奖田亩现拟补奖各情，应行奏明办理。既需补奖，则原存续捐田数，挑收膏腴上田、剔归善堂次田各细数，即应详造圩号斗则清册，咨送户部备核。今册造仅有实存义仓田数，且只有一本，不敷存送，仰即查取各数，另造司印清册两本，详送核办。并将上年田租收支存剩各数及建仓买谷等用项，照催绅董查造报销细册，由司核明，详送核销，仍录批报明爵阁督部堂，并候批示缴折存等因到司。奉此查此案规条，前准冯绅等具呈到司并据声明，并送该府。除章程不复重录外，合就转饬等因到府。奉此查前奉藩宪札府，即经照会贵绅董等，会同委员，分别查办在案。兹奉前因，合再照会贵绅，请烦查照宪批指饬各层，迅将各田细数，详造圩号斗则清册并另备空白清册两套，刻日径送藩宪盖印，转详核办。一面将上年田租收支存剩各数及建仓买谷等用项，造具报销细册，送司核详，并将应拨各善堂田亩及实存义仓田数，另造印册一分，径呈抚宪，并照造一分，送府存案备核。至详议规条并现存田数，敝府未准移交，无从查核，迅即补录一分，送由敝府核办，幸勿稽延。望速切速！须至照会者。

同治六年十月　日
苏州府照会

为照会事。奉布政使丁札奉宫太保爵阁督部堂曾批本司详义仓田租官绅会同经理据议规条转请核奏一案由，奉批：仰候署抚院会核具奏缴折存。又奉宫太保爵阁督部堂曾批苏州绅士冯桂芬等呈同前由，奉批：此案昨据该司具详，业经批候署抚院会核具奏在案，仰苏州布政使转饬遵照缴规条存各等因到司。奉此查此案前奉抚宪先后札饬批示，均经转饬该府照会冯绅等分别造册，送候详办在案。今奉前因，合就转饬等因到府，奉此查前奉抚宪批示，即经照会贵绅等，分别查办在案。兹奉前因，合再照会贵绅，请烦查照。

宪批指饬各层，迅将各田细数详造圩号斗则清册，并另备空白清册两套，刻日径送藩宪盖印，转详核办。一面将上年田租收支存剩各数及建仓买谷等用项，造具报销细册，送司核详，并将应拨各善堂田亩及实存义仓田数，另造印册一分，径呈抚宪，并照造一分，送府存案备核。至详议规条并现存田数，敝前府未准移交，无从查核，迅即补录一分，送由敝府核办，幸勿再延。望速切速！须至照会者。

同治六年十一月　日

苏州府照会

为补送义仓田册并请转详核定奖叙章程会奏事。窃绅等前呈义仓田亩清册规条及上年收支存剩各数建仓买谷等用清册，业蒙批藩宪批详在案。兹奉苏州府照会转奉札藩宪札饬将分拨善堂田亩清册及实存义仓田数清册添造呈送并照造一分，送府存案备核等因，合除将补造原存及续捐留仓田亩清册二套，又拨堂田亩清册三套，上年收支报销清册一套，呈候藩宪察核，分别存送外，遵即补造存仓田亩清册一套，并拨堂田亩清册一套，上年收支报销清册一套呈请鉴核。查道光十五年前抚宪林、二十二年前抚宪程两届请奖章程，尚有捐生议叙印照可据，系每亩作银二十两，现既补行请奖，自应援照办理。至所请职衔，系属酌量奖叙，并无一定程式。兹访得捐生陆仪印照，系捐七百亩，领有一万四千两印照，抄录一纸附呈。绅等窃思苏城被难以后，殷户寥寥，万一遇有偏灾，劝捐赈恤，万分棘手。若能预为多捐田亩，积租备用，裨益荒政大局不小。此项捐田，似宜从优奖励，方足以示招徕而广积储，可否按照现行常例，加成核算，稍从优异之处，出自宪裁。伏乞大公祖公祖大人电鉴，并请转详会奏，实为公便。上呈。

计呈田亩清册五套二套报销清册一套一套

一呈藩宪府

同治六年十一月　日义仓绅董呈

为申覆事。卑职等前奉宪札奉藩宪札转详署抚部院郭札开据苏郡绅士冯宫〔中〕允等呈称：义仓田亩，现经分别挑留拨堂，可否将未奖之户，照案酌请奖励。并上年官绅会办，现已收见截数，买谷建仓，嗣后请逐年照办，详议规条并造现存田数清册及拨各善堂田亩清册，送院存案备核，转饬札府等因到府。奉此除照会冯绅等查照外，合并札饬。札到，该令等立即遵照，会同各绅酌核妥议，覆候详办等因。奉此卑职等遵即会同各绅董，造具存仓田数清册两套，拨堂田数清册三套，上年由候补府沈收支报销清册一套，并酌议奖叙章程，已于本月十五日由绅董径送藩宪，并请转详核办在案。兹复另造存仓田数清册一套，拨堂田数清册一套，上年收支报销清册一套，并酌议奖叙章程，亦于十五日由绅董呈送宪署备案，并请转详核办，合将造送各项清册缘由备文申覆。仰祈鉴察施行，须至申者。

一申府宪

同治六年十一月　日义仓委员蒋棠、陈炳泰

为申覆事。卑职等前奉宪札转奉署抚部院郭转饬补造丰备义仓原存续捐田数，挑收膏腴上田、剔归善堂次田各细数，即应详造圩号斗则清册，咨送户部备核。今册造仅有实存义仓田数，且只有一本，不敷存送。仰即查取各数，另造司印清册两本，详送核办，并将上年田租收支存剩各数及建仓买谷等用项，照催绅董查造报销细册，由司核明详送核销等因。奉此卑职遵即会同绅董，造具存仓田数清册两套，拨堂田数清册三套，上年收支报销清册一套，已于本月十五日，由绅董呈送宪案。合将补造各项清册原由备文申覆。仰祈鉴察施行，须至申者。

一申藩宪

同治六年十一月　日义仓委员蒋棠、陈炳泰

为照会事。奉署布政使杜札开：查接管卷内奉宫太保爵阁督部堂曾批前升司详义仓捐田补请给奖请会核具奏一案由，奉批：仰候署抚院会核具奏缴。又奉前署抚院郭批开：已于同治七年正月二十二日，会同爵阁督部堂恭折具奏。抄奏同送到留仓拨堂各册，一并咨送户部查照，暨另札行知矣。仰即知照，仍候爵阁督部堂批示缴备案册存各等因到司，抄详札府。奉此合亟抄详照会贵绅等，请烦查照，须至照会者。

计抄详

同治七年二月　日

苏州府照会

为转详事。案奉抚宪宪台批本司详义仓田租官绅会同经理据议规条转请核奏一案由，奉批：查所议规条，俱系外办之事，自可毋庸入奏。惟官绅会办、专留济荒及续捐未奖田亩现拟补奖各情，应行奏明办理。既需补奖，则原存续捐田数，挑收膏腴上田、剔归善堂次田各细数，即应详造圩号斗则清册，咨送户部备核。今册造仅有实存义仓田数，且只有一本，不敷存送。仰即查取各数，另造司印清册两本，详送核办，并将上年田租收支存剩各数及建仓买谷等用项，照催绅董查造报销细册，由司核明详送核销，仍录批报明爵阁督部堂，并候批示缴折存等因。奉经饬府照会冯绅等遵办，并录批报明督宪宪鉴核，嗣奉宪台督宪批开，仰候署抚部院会核具奏缴折存等因，复经转饬各在案。兹准冯绅等呈称，奉饬将分拨善堂田亩清册及实存义仓田数清册添造呈送等因，除前已呈原存及续捐挑取上田实存义仓田数圩号斗则清册一套及上年收支等项清册一套，又径呈抚宪实存义仓田数清册一套外，遵即补造分拨善堂次田、荒田圩号斗则清册一套，呈候鉴核。又添造原存及续捐挑取上田存仓田数清册二套，分拨善堂次田、荒田清册二套，上年收支报销清册一套，呈请饬盖司印，详呈抚宪核办会奏。再，查道光十五年前抚宪林、二十二年前抚宪程两届请奖章程，尚有捐生议叙印照可据。计每亩作库平银二十两，现既补行请奖，自应援照办理。至所请职衔，系属酌量奖励，并无一定程式。兹访得捐生陆仪印照，系捐田七百亩，领有捐银一万四千两印照。抄录一纸附呈。绅等窃思苏城被难以后，殷户寥寥，万一遇有偏灾，劝捐赈恤，万分棘手。若能预为多捐田亩，积租备用，裨益荒政大局不小。此项捐田，似宜从优奖励，方足以示招徕而广积储，可否按照现行常例，加成核算，稍从优异之处，出自宪裁。伏乞电察核准，详请会奏，实为公便等因到司。准此除批示外，合将送到各册盖印转详。伏候宪台鉴核，俯赐主政具奏，实为公便。除详督宪外，为此备由另册，呈乞照详施行。

计详送清册三套，共五本。
一详抚宪

前事云云。除将送到各册，由司盖印转详抚宪主政具奏外，相应具文转详，伏候宪台会核具奏，实为公便。为此云云。
一详督宪

为抄折照会事。奉署布政使杜札，蒙前署抚院郭札开，照得苏州省城丰备义仓田租，现议官绅会办、专济灾赈及续捐田亩之户应请补奖一案，经本部院于同治七年正月二十二日，会同爵阁督部堂恭折具奏，除俟奉到谕旨另录咨行外，折抄札司移行遵照等因到司，抄粘札府。奉此合就照会贵绅董等，请烦遵照，仍希将前议规条照录一分，送府备案。幸勿迟延，望速速！须至照会者。
计抄粘
同治七年二月　日
苏州府照会

江苏巡抚郭柏荫奏稿
奏为苏州省城丰备义仓田租现议官绅会办、专济荒赈及续捐田亩之户恳恩准予补奖，恭折奏祈圣鉴事。窃照苏州省城之丰备义仓，经前升任抚臣林则徐于道光十五年间奏明建设，收捐田亩，岁征租息，买谷存储，以备荒歉济赈。统计前后捐有长洲、元和两县田一万四千九百余亩，向系按年委员征租，解交苏藩司库收支。嗣于苏城克复后，因仓已被毁，经郡绅前詹事府右中允冯桂芬等议请，照朱子本乡土居官员与本县官同共出纳仓谷之法，自同治五年分起，于每届收租时，选举公正绅士、干练委员，会同县令公同收办。收下租息，为建复仓厂、买谷存储，专济荒赈之用，不准别项挪动。现已连年照此办理，收数尚称起色，应请永为定章。惟此项义仓田亩，除经请奖外，尚有未经奏明请奖田八千余亩。其所以已捐未奖之故，因恐硗瘠充数，有名无实，经前督臣批令俟试收数年，再行奏奖。迨军兴延搁，遂为至今未定之案。惟是定案之法，不外乎验收腴田、挑退下田两端，第遭兵后，地段荒熟情形与前迥异。其中荒歉者为原捐续捐及某户原捐某丘之田，均难分晰，即捐户子孙，但知所捐若干，亦无丘号可查。现实无从退还，惟有全行核收，剔出次田、荒田，归入善堂，同为赈济本地贫民之用，以免周折。经该绅等逐加拣选，拨出次、下田三千七百三十七亩零，分归苏郡男、女普济、育婴三堂并恤孤局等四处，以助常年经费，又勘明坍没无存田三十五亩零，应由县查勘，另行办理。实存义仓田一万一千一百三十八亩零，归仓收租积储，专备荒歉赈济之用，造具拨堂存仓各田数圩号斗则细册，咨部立案，俾垂永久。其续捐田八千余亩，无论留仓拨堂，总属地方善举，应请一律补奖。照上届请奖章程，每亩作库平银二十两。前届仅系酌奖职衔，并无一定程式，现当苏城被难之后，殷户稀少，设遇偏灾，捐赈为难，若能似此预捐田亩，积租备用，裨益荒政不小。此项捐田，似宜从优奖励，以广招徕而裕积储。应请照现行常例，加成核算请奖，俾示优异。由苏郡各绅查议造册，呈经升任苏州布政使臣丁日昌核明，详请奏咨前来。臣覆加查核无异，除送到存仓拨堂各田斗则细册咨送户部存案外，合无仰恳天恩，俯准臣等查明未奖捐户田数，循案每亩作银二十两，照现行常例，加成核算请奖，以昭激劝，理合会同体仁阁大学士两江总督一等毅勇侯臣曾国藩恭折具奏，伏乞皇太后、皇上圣鉴训示。谨奏。

为恭录咨行事。奉署布政使杜札奉苏抚部院丁札开，照得苏州省城丰备义仓田租现议官绅会办、专济荒赈及续捐田亩之户应请补奖一案，经郭前署院于同治七年正月二十二日，会同爵阁督部堂恭折具奏，抄折行知在案。兹于七年三月二十三日，准署湖广督院郭咨，于三月十六日，据差弁赍回原折内军机大臣奉旨：户部议奏。钦此。恭录札司行府照会钦遵等因，奉此查前奉藩宪札府，即经抄折照会，行知在案。兹奉前因，合就照会贵绅董等钦遵，仍希将前议规条照录一分，送府备案，幸勿迟延。望速速！须至照会者。

同治七年四月　日

苏州府照会

为转移事。奉署苏州府正堂钱札，奉署布政使杜札，奉苏抚部院丁札开，同治七年正月二十八日准户部咨江南司案呈准军需局传内阁抄出兵科给事中夏献馨奏请设立义仓以防荒歉而裕民食一折，于同治六年十月初三日，奉上谕：给事中夏献馨奏请设立义仓以裕民食一折，民生本计，足食为先，岁之丰歉无常，惟在平时预为筹备，遇有偏灾，方足以资接济。向来各直省州县设立常平仓以外，复设义仓，原以广储积而备灾荒，立法本为至善。自军兴以来，地方被贼扰害，旧有义仓，每多废弃，亟应及早兴复，以备不虞。著各直省督抚即饬所属地方官，申明旧制，酌议章程，劝令绅民量力捐谷，于各乡村广设义仓，并择公正绅耆妥为经理，不准吏胥干预。该督抚等各当实力奉行，不得视为具文，将此通谕中外知之。钦此。相应抄录原奏，行文江苏巡抚遵照办理可也等因到本部院。准此抄粘札司，即便通行各府州厅县，一体遵照办理。将劝办情形禀报等因到司，抄粘札府，转饬所属，一体遵照办理等因。奉此合就抄粘转饬札县，即便遵照实力办理，并将劝办情形，随时通禀查考，不得视为具文，延搁不覆，切速等因，抄粘札三县，到敝县。奉此除转移元和、吴两县会办外，合行抄粘转移。为此合移贵仓，烦照宪札，会同实力劝办，通禀查考。望速速！须移。

计抄粘

同治七年四月　日

长洲县移文

兵科给事中夏献馨奏稿

奏为请设立义仓以防荒歉而裕民食恭折仰祈圣鉴事。窃惟民生本计，足食为先。图匦于丰，义仓尤便。稽之前代，具有成规，要在推行变通，师其意不泥其迹，期于有利无弊而已。溯自乾隆年间，谕地方大吏，乘时劝导，直隶总督方观承进呈义仓图说，凡村庄三万五千二百一十，建仓一千有五，筹画分晰，定制周详，历十余年，积谷已及四千万石，行之著有成效。道光五年安徽巡抚陶澍条陈义仓事宜，奉上谕：所议章程，如州县中每乡村公设一仓，秋后听民捐输，岁歉酌量散给，出纳悉由民间经手，不假官吏，防侵蚀以禁骚扰，矜贫寡而杜争端，各条著照议妥为经理等因。钦此。圣谟洋洋，准今酌古，诚万世之良策，臻斯民于仁寿也。皇上念切民依，蠲征办赈，恩旨屡下，固不至一夫失所矣。惟是博施济众，自古綦难，未雨绸缪，事当预立。况比年军兴以来，被扰地方，闾阎凋敝，户鲜盖藏，倘或偶值祲岁，民食难资接济，元气亦伤。臣窃筹之，夫州县之设常平仓存谷以供动用，法至善已，顾赈济以近民为主，储之州县，则所及者寡而为惠偏；储之四乡，则所及者众而为惠溥。故藏之于官，不若藏之于民也。今州县大者百余里，小者数十里，计地远近，均可酌建仓座。每秋令民间量力捐谷，一切由绅民经管，逐年递增，积少成多，以民间之谷，供民间之食，即以数岁之积，济一岁之歉，无有甚便于此者。拟请旨饬下各直省督抚，速饬所属地方官实心实力，随宜劝办，或申明旧制，循照通行，或酌议章程，因时规画，并择公正绅耆，妥为经理，不准吏役干预。俟劝导有成，即汇数详报该管上司查核。事归实济，次第举行，似亦备荒一助也。伏乞皇太后、皇上圣鉴施行。谨奏。

为照会事。奉署布政使杜札，奉苏抚部院丁札开，同治七年四月二十五日准兵部火票递到户部咨捐纳房案，呈本部议覆署江苏巡抚郭奏苏州丰备义仓续捐田亩恳准补奖一折，同治七年四月初八日具奏，本日奉旨：依议。钦此。相应抄录原奏，飞咨江苏巡抚可也等因到院。抄粘札司移行遵照，查明捐户姓名、履历、银数造册，详请奏奖，并录报爵阁督部堂查考等因到司。奉此除录报外，合就抄粘转饬等因到府。奉此除行长、元二县外，合亟照会贵绅董等，请烦查照施行，须至照会者。

计抄粘

同治七年闰四月　　日

苏州府照会

户部奏稿

奏为遵旨议奏事。署理江苏巡抚郭柏荫奏苏州省城丰备义仓续捐田亩之户恳准补奖一折，同治七年二月二十日，军机大臣奉旨：户部议奏。钦此。由内阁抄出到部。据原奏内称：苏州省城之丰备义仓，经前升任抚臣林则徐于道光十五年间建设捐田，岁征租息，买谷存储，以备荒歉。统计前后捐有长洲、元和两县田一万四千九百余亩。向系按年委员征租，解交苏藩司库收支。嗣于苏城克复后，因仓已被毁，经郡绅前詹事府右中允冯桂芬等议请，照朱子本乡出纳仓谷之法，自同治五年分起，于每届收租时，选举公正绅士，会同县令公同收办，建复仓廒，买谷存储，专济荒赈之用，永为定章。惟此项义仓田亩，除经请奖外，尚有未经奏明请奖田八千余亩。其所以已捐未奖之故，因恐硗瘠充数，有名无实，经前督臣批令俟试收数年，再行奏奖。迨军兴延搁，遂为至今未定之案。第遭兵后，地段荒熟情形，与前迥异。其中荒歉者，为原捐续捐及某户原捐某丘之田，均难分晰；即捐户子孙，但知所捐若干，亦无丘号可查。现实无从退还，惟有全行核收，拨出次、下田三千七百三十七亩零，分归苏郡男、女普济、育婴三堂并恤孤局等四处，以助常年经费。又勘明坍没无存田三十五亩零，另行办理。实存田一万一千一百三十八亩零，归仓收租，专备荒歉赈济之用。造具拨堂存仓各田数圩号斗则细册，咨部立案，俾垂永久。其续捐田八千余亩，无论留仓拨堂，总属地方善举，应请一律补奖。照上届请奖章程，每亩作库平银二十两，前届仅系酌奖职衔，并无一定程式。现当苏城被难之后，殷户稀少，设遇偏灾，捐赈为难，若能似此预捐田亩，积租备用，裨益荒政不少。此项捐田似宜从优奖励，以广招徕而裕积储，应照现行常例，加成核算请奖，俾示优异，以昭激劝等语。臣等伏查，建仓储谷以备赈荒，捐田收租以备支用，实地方善举。苏州省城丰备义仓，前于道光十五年据前两江督臣陶澍等奏，苏州绅士韩范捐入义仓田一千一百余亩，奉旨：韩范著交部照例议叙，以示鼓励等因。钦此。又于道光二十二年据前两江督臣牛鉴等奏，苏州绅士陆仪等先后捐入义仓田五千一百余亩，请分别奖励，奉旨著吏部议奏等因，钦此。均由吏部遵议，行知在案。兹据署江苏巡抚郭柏荫奏，苏州义仓先后捐田一万四千九百余亩，除已经请奖外，尚有未奖田八千余亩，请一律补奖，照上届章程，每亩作银二十两，并请照现行常例，加成核算等情前来。查苏州义仓捐田一案，该绅士韩范、陆仪等先捐田六千余亩，既经前任各督抚奏明给奖。其续捐之八千余亩，因军兴延搁，尚未得邀奖励，未免向隅，自应准其补请奖叙，以遂各捐户向善之忱。惟查道光十五年、二十二年两次奖案，均由吏部核办，且只给予虚衔。此次补奖捐田八千余亩，事同一律，拟请仍照旧章办理，应令该署抚查明捐田各户姓名履历，核明银数，造具清册，奏交吏部，即由吏部查照道光年间成案，分别议叙，以昭画一。所请照现行常例，加成核算之处，应毋庸议。除将送到存仓拨堂各田斗则细册存部立案外，所有遵议缘由，理合恭折具陈，伏乞皇太后、皇上圣鉴。谨奏。

为义田请奖再行吁请量为变通以济荒政事。窃奉署苏州府照会转奉署布政使札奉宪台札开，同治七年四月二十五日准兵部火票递到户部咨捐纳房案，呈本部议覆署江苏巡抚郭奏苏州丰备义仓续捐田亩恳准请奖一折，同治七年四月初八日具奏，本日奉旨：依议。钦此。相应抄录原奏，飞咨江苏巡抚可也等因到院。抄粘札司移行遵照，查明捐户姓名、履历、银数造册，详请奏奖，并录报爵阁督部堂查考等因到司。奉此除录报外，合就抄粘转饬等因到府。奉此除行长、元二县外，合亟照会查照等因到仓。奉此绅等伏查户部原奏，道光十五年、二十二年两次奖案，均由吏部核办，且只给予虚衔。此次捐田八千余亩，事同一律，拟请仍照旧章办理，应令该署抚查明捐田各户姓名履历，核明银数，造具清册，奏交吏部，即由吏部查照道光年间成案，分别议叙，以昭画一。所请从优议叙之处，应毋庸议等因。窃惟苏郡历遭粤匪扰陷，地方全被蹂躏，从前殷户百无一二，万一遇有偏灾，正不知如何措手。绅等不得已，为思患预防之策，于四年分呈请劝捐积谷。经前护抚宪刘批，展至次年办理，而捐数寥寥。适钦奉谕旨，整顿社仓，并颁给谏夏献馨请设立义仓折稿。具见皇上轸念民依、先务为急之意。因于整顿义仓捐田请奖一案，请破格从优给奖，以为招徕之计，冀可稍裕积储。部议仍援旧章给奖，自系照例办理。惟审时度势，实有不能不再请变通者。伏查向来捐赈，皆照旧章给奖。咸丰六年，经前抚宪怡赵奏定，准改照新章在案。又查向来城工捐输，亦照旧章给奖。咸丰七年，经副宪袁甲三奏定，准改照新章亦在案。仰见皇上垂念捐输竭蹶，凡一切奖叙章程，无不破格施恩，概从宽大，迥非道光以前旧案可比。捐赈为办荒临时之计，捐田为备荒先事之谋，无分轻重，似未便独令向隅。可否吁恳比照咸丰六年、七年历届奏定新章，核给奖叙，于例亦属相符。倘邀恩准，自可踊跃输将，裨益荒政，所关于民命匪细。伏乞大公祖大人电鉴，俯准据情覆奏，实为公便。上呈。

　　一呈抚宪
　　同治七年五月　日郡绅公呈

　　为照会事。奉署布政使杜札，奉苏抚部院丁札开，据苏郡绅士冯宫〔中〕允、潘编修等呈捐输义仓田亩奖励仍请量为变通改给优奖一案到院。据此除批牌示外，抄呈札司遵照，确核例案，妥议详办，并奉粘抄原呈内开：绅等伏查户部原奏，道光十五年、二十二年两次奖案，均由吏部核办，且只给予虚衔。此次捐田八千余亩，事同一律，拟请仍照旧章办理，应令该署抚查明捐田各户姓名履历，核明银数，造具清册，奏交吏部，即由吏部查照道光年间成案，分别议叙，以昭画一。所请从优议叙之处，应毋庸议等因。窃惟苏郡历遭粤匪扰陷，地方全被蹂躏。从前殷户百无一二，万一遇有偏灾，正不知如何措手。绅等不得已，为思患预防之策，于四年分呈请劝捐积谷。经前护抚宪刘批，展至次年办理，而捐数寥寥。适钦奉谕旨，整顿社仓，并颁给谏夏献馨请设立义仓折稿，具见皇上轸念民依、先务为急之意。因于整顿义仓捐田请奖一案，请破格从优给奖，以为招徕之计，冀可稍裕积储。部议仍援旧章给奖，自系照例办理。惟审时度势，实有不能不再请变通者。伏查向来捐赈，皆照旧章给奖。咸丰六年，经前督宪怡<small>抚赵</small>奏定，准改照新章在案。又查向来城工捐输，亦照旧章给奖。咸丰七年，经副宪袁甲三奏定，准改照新章亦在案。仰见皇上垂念捐输竭蹶，凡一切奖叙章程，无不破格施恩，概从宽大，迥非道光以前旧案可比。捐赈为办荒临时之计，捐田为备荒先事之谋，无分轻重，似未便独令向隅。可否吁恳比照咸丰六年七年历届奏定新章，核给奖叙，于例亦属相符。倘邀恩准，自可踊跃输将，裨益荒政，所关于民命匪细，伏乞据情覆奏等因到司。奉此查咸丰六年捐办义赈，经前督宪怡<small>抚赵</small>奏奉大部议准，照筹饷新例并现行常例减成给奖。前因原案毁失，业经详请奉部抄发在案。兹奉前因，覆查捐输义仓田亩前办请奖成案，业已随城陷失。当时系查照何项捐例，如何核计请奖，现实无可稽考，应饬该府移会该绅等查明有无抄存旧章，并原请照现行常例，加成核算，系拟如何加成之处，一并覆候察核议详。除先行详覆抚宪外，合就札饬札府，立即遵照移查明确，详覆察夺，毋迟速速等因到府。奉此合亟照会。为此照会贵绅董，希即遵照查明，有无抄存旧章，并原请照现行常例，加成核算，系拟如何加成之处，刻日一并覆府转详。望切切！施行须至照会者。

　　同治七年九月　日
　　苏州府照会

　　为照会事。准长洲县移奉署布政使杜札，八月二十三日奉苏抚部院丁札开：照得苏省未经兵燹以前，各府州县存仓谷石，陈陈相因，即偶遇天灾流行，亦可有恃无恐。自从贼扰以来，仓廒毁于兵火，富户化为虫沙，万一偏灾告警，公储私积，一无可恃，吾民岂不坐以待毙？言念及此，可为寒心，故痛定思痛，当惩后而惩前。年复有年，须图丰以防匮。合行札饬札司督同府县，会商绅董，仿照常平、社仓之法，或筹备闲款，或按亩带捐，一俟新谷登场，即可采买存积，能集腋以成裘，庶有备而无患。敛私储以为公储，仍系百姓私家之物，缘乐岁以防歉岁，即为太平乐利之谋。谅亦官绅所当及时尽心，而百姓所甘踊跃输纳也。惟是义出于公，必先事求其实。倘官役经手人等，藉此侵渔，只求染指，一经查出，定即严惩。本部院为小民积谷防饥起见，非为官吏藉公济私起见也。该司商有成法，仍即详请核定，通饬各府县遵照办理等因到司。奉此查劝捐积谷一案，上年冬间，据上海县议照完漕米例，每额一斗加捐米一升，即于串尾注明，随漕带纳。如系折漕收钱，悉照官价每斗若干，加捐每升若干等情，详奉督宪批饬。以兴办社仓，系属善举，但须劝有余之户，听其乐捐。若于串尾注明，随漕征收，官为征足，是与加赋无异，于古法既属不合，于民情必多不愿，断不可行等因，业经转饬，另行妥议，详办在案。奉札前因，合就札饬札县等，立即遵照，会商绅董酌议妥章，详请通饬遵办等因，札三县，转移到县。准此除转移吴县遵照外，合行照会。为此照会贵绅董，请烦遵照宪札会议妥章，移覆会办。望切切！须至照会者。

同治七年九月　日

元和县照会

为照会事。本年九月十七日，奉署布政使杜札开本年九月十二日奉苏抚部院丁批本署司详覆续捐义仓田亩据请改给优奖饬府移查覆夺一案由，奉批：据详已悉，仰俟苏州府详覆到日查明妥议详办缴等因到司。奉此查此案前于具详时，即经札饬该府移会该绅等查明，有无抄存旧章，并原请照现行常例，加成核算，系拟如何加成之处，一并覆候核详在案。奉批前因，合就转饬等因到府。奉此查此案前奉藩宪札饬，即经照会查明覆办在案。兹奉前因，合亟照会贵绅董，希即查明有无抄存旧章，并原请照现行常例，加成核算，系拟如何加成之处，刻日一并覆府转详，幸勿再延。望速速！须至照会者。

同治七年九月　日

苏州府照会

为沥陈备荒下情覆请申详转奏事。窃绅等接奉照会内开：奉署布政使杜札，奉抚部院丁札开，据苏郡绅士冯宫〔中〕允、潘编修等呈捐输义仓田亩奖励，仍请量为变通改给优奖一案到院。据此除批牌示外，抄呈札司，遵照确核例案，妥议详办等因到司。奉此查咸丰六年捐办义赈，经前督宪怡赵奏奉大部议准照筹饷新例并现行常例，减成给奖，前因原案毁失，业经详请奉部抄发在案。兹奉前因，覆查捐输义仓田亩前办请奖成案，业已随城陷失。当时系查照何项捐例，如何核计请奖，现实无可稽考。应饬该府移会该绅等查明，有无抄存旧章，并原请照现行常例，加成核算，系拟如何加成之处，一并覆候察核议详。除先行详覆抚宪外，合就札饬札府，立即遵照移查明确，详覆察夺，毋迟速速等因到府。奉此合亟照会，希即遵照查明有无抄存旧章，并原请照现行常例，加成核算，系拟如何加成之处，刻日一并覆府转详等因。奉此伏查咸丰六年，前督宪怡赵奏请捐办义赈一案，系照筹饷新例，并现行常例减成核算。绅等于上年冬，呈请将续捐义田从优请奖，拟照此案，而臆改加成核算，实无旧例可查。蒙前抚宪郭据呈入奏，业奉部议，仍照道光年间义仓捐田寻常请奖旧章给奖。所请照现行常例，加成核算之处，应毋庸议。窃思循案办理，在捐田之户，原不敢妄有希冀。特是绅等为备荒大局起见，实有难安缄默者。查自东南蹂躏以来，元气大伤，殷实之家，百无一二。万一猝遇饥荒，请帑劝捐，两无把握。若不于此设法，先示招徕，则将来无从措手。每一念及，此心怦怦，正与抚宪谆谆积谷之计，彼此相同。昨绅等呈请本年每亩捐米一升，合钱十六文，本年谷贱伤农，民间盖藏实无余羡。将来捐米踊跃与否，尚难预计。近年以来，国家度支浩繁，饷输竭蹶，故于一切奖励之案，概行从优。此时各属义仓正当广劝举行，此项未奖义田，惟有仍请格外从优加奖，庶以后一切，可期顺手。再四思维，拟径请援照咸丰六年前督宪怡奏奖捐办义赈奉准照筹饷新例并现行常例减成核算之案，据实覆奏，恳恩饬部施行。实于东南备荒大局，关系匪细，伏乞大公祖大人据情申详转请覆奏，实为公便。上呈。

一呈藩宪

同治七年十月　日郡绅公呈

为转详事。案于本年八月二十七日，奉苏抚部院丁_{宪台}札开，据苏郡绅士冯宫〔中〕允、潘编修等呈捐输义仓田亩奖励，仍请量为变通改给优奖一案到院。据此除批牌示外，抄呈札司，遵照确核例案，妥议详办。并奉粘抄原呈内开：绅等伏查户部原奏，道光十五年、二十二年两次奖案，均由吏部核办，且只给予虚衔云云。可否吁恳比照咸丰六年、七年历届奏定新章，核给奖叙，于例亦属相符。倘邀恩准，自可踊跃输将，裨益荒政，所关于民命匪细。伏乞据情覆奏等因到司。当查咸丰六年捐办义赈，经前督宪怡_赵奏奉大部议准照筹饷新例并现行常例，减成给奖。前因原案毁失，业经详请奉部抄发。惟捐输义仓田亩前办请奖成案，业已随城陷失，当时系照何项捐例，如何核计请奖，现实无可稽考。即经札饬苏州府移会该绅等查明，有无抄存旧章，并原请照现行常例，加成核算，系拟如何加成之处，一并覆候察核议详，并先详覆宪鉴在案。兹于十一月初九日，据该府详准冯中允等呈称，咸丰六年前督宪怡_赵奏请捐办义赈一案，系照筹饷新例并现行常例，减成核算。绅等于上年冬呈请将续捐义田从优请奖，拟照此案，而臆改加成核算，实无旧例可查。蒙前抚宪郭据呈入奏，业奉部议，仍照道光年间义仓捐田寻常请奖旧章给奖。所请照现行常例，加成核算之处，应毋庸议。窃思循案办理，在捐田之户，原不敢妄有希冀，特是绅等为备荒大局起见，实有难安缄默者。查自东南蹂躏以来，元气大伤，殷实之家，百无一二。万一猝遇饥荒，请帑劝捐，两无把握，若不于此时设法，先示招徕，则将来无从措手。每一念及，此心怦怦，正与抚宪谆谆积谷之计，彼此相同。昨绅等呈请，本年每亩捐米一升，合钱十六文，本年谷贱伤农，民间盖藏实无余羡，将来捐米踊跃与否，尚难预计。近年以来，国家度支浩繁，饷输竭蹶，故于一切奖励之案，概行从优。此时各属义仓正当广劝举行，此项未奖义田，惟有仍请格外从优加奖，庶以后一切，可期顺手。再四思维，拟径请援照咸丰六年前督宪怡_赵奏奖捐办义赈奉准照筹饷新例并现行常例减成核算之案，据实覆奏，恳恩饬部施行。实于东南备荒大局，关系匪细，伏乞据情详请覆奏等因到府。准此理合据情转详，仰祈鉴核，俯赐转详请奏，实为公便等情前来。伏查道光年间，苏城绅富先后捐输义仓田亩，历奉酌予议叙。所有续捐之田，前请从优补奖。奉部议，令仍照旧章办理，固为核实起见。在该捐户等志切乐施，原不敢稍存希冀。惟自兵燹以后，地方凋敝情形，迥非昔比。设遇偏灾，殊难措手。现饬各属劝办积谷，预备缓急之际，似不得不变通定章，于优奖捐户之中，寓激劝招徕之意。况预捐田亩储积备荒，与临事捐赈，情无二致。据情援照捐办义赈照筹饷新例及现行常例，减成给奖，似属可行，应请宪台酌核奏咨，以裨荒政。据详前情相应核议转详。伏候宪台鉴核办理，并乞批示饬遵，实为公便。除详抚宪主政外，为

此备由云云。

一详督宪
抚

同治七年　月　日

钦命江苏巡抚部院丁批一件。苏郡绅士冯宫〔中〕允等呈请义仓捐田优奖一案由，查原捐义仓田亩，从前只准奖给虚衔。续捐之田，因恐有硗瘠充数，故当时批令试收数年，俟有起色，方准核收办奖。今不论田亩之肥瘠，一律核收，分别归仓拨堂，并准照案补奖，已属格外鼓励。若仍请改给优奖，既与部议显违，亦觉一案两歧。且捐田备荒，究与临时捐赈者事有区别，即使据情奏咨，诚恐仍难邀准。仰再另行妥议，详覆察办，并候督部堂批示录报。缴。

为吁请筹还义仓存款事。窃苏垣丰备义仓田亩收租，向由官办。除庚申以前，积储尽空外，克复后，于同治五年，始定章程，官绅会办。绅自经办以来，历将出入细数并所存钱谷，年清年款，会同收租委员逐项报销，分别存储各在案。惟同治三、四两年，尚归官办。计长、元两县收租存款，共解司钱一万九百余串，当于五年接办时，呈请先将此款拨还，以为建仓之用。蒙前抚宪郭批，此项田租系开挑黄渡河工动用，如何筹还，应俟该府县覆到，再行酌办。是以现在所建仓厅厂座，即于五年所收租息项下动支。适当善后事繁，存司之款，至今未敢渎请。伏查现在义仓存谷一万四千余石，已无可再容。存钱一万四千串，暂发济元、济亨、恒泰三典生息。因于仓之北面，买得周姓、贡姓破屋地基二十余间，又前经呈明饬县　　示给官价，归并对河地基五亩有零，两处计可添建厂座八九十抚宪饬县
间，并重筑驳岸、围墙，所需颇巨。虽有济元、济亨等典存款可以取用，窃思丰歉难以预料，三年之蓄未充，不敢轻动，若将三、四两年存司之款，抵备添建仓厂，则现存钱谷，均可专归备荒之用。况此项本系应归之款，并非格外请拨，闻厘金发典项下，尚有闲款，应请饬查义仓存款前经挪用之案，即于此项提拨归仓。如蒙批准，当分两次具领，以便陆续兴工，实于地方大有裨益。除呈藩宪外，伏乞大公祖大人电鉴，俯准施行，实为公便。
抚宪
上呈。

计粘单
三年分
长洲县解藩库仓租钱三百九十八千二百文，元和县解藩库仓租钱五千八十二千文。
四年分
长洲县解藩库仓租钱六百八十九千五百八十文，元和县解藩库仓租钱四千八百一十六

千文。

共解藩库仓租钱一万九百八十五千七百八十文。

一呈　抚宪
　　　藩

同治八年六月　日义仓绅董呈

友翁大公祖同年大人阁下：义仓旧款一呈，谅早批详。前晤中丞，有均期给还之说，极善。此次能先还若干，乞示悉。缘添设廒座，已于初二动工也。再，查厘金存典一款，爵相当时本系留备善后之用。积谷亦善后之一，况是应还，并非请拨。弟为此请，系经手应陈事宜，定邀洞鉴也。手此布询，希即覆示。敬颂台安。不具。

治年愚弟潘遵祁顿首

顺之仁兄同年大人阁下：昨奉手书，祗聆一是。积谷以备荒歉，实为善后急务。如果有款可筹，即当拨济，并不在乎应还与否。发典生息一款，弟本留为善后之需，是以司库虽万分支绌，总未丝毫提用。前接来牍，极思如数拨还。奈其中颇有为难之处，不得不为吾兄陈之。查此款现存银二万两，每年息银二千八百八十两，计文庙祭品每季支银一百五十两，正谊书院每季支银一百四十四两，培元局每月支银六十两，毓元局每月支银六十两，恤孤局每月支银六十两，统计每年需银三千三百三十六两，均于生息项下动支，尚不敷四百余两。若将此项本银拨为积谷之费，则各项拨款，俱归无著。司库除地丁正项之外，又无别款可筹，再四踌躇，实无良策，是以迟迟未经报命。惟既蒙台谕谆谆，自应即为动拨，顷与中丞面商，即于此项生息款内，提银一千两，作为积谷之需，其余俟另有闲款，或书院各局拨款稍减，再行续拨。先此奉覆，敬请台安，诸惟鉴照。不具。

年愚弟张兆栋顿首

为照会事。案照贵绅等呈请筹还三、四两年义仓存款一案，前奉抚宪以有无闲款筹还，批司通盘筹画，分限归楚等因。当查三、四两年义仓田租，共解司洋一万一千三百八十余元。除节年借动外，现仅存洋三十五元零。当此司库支绌万分，实无闲款可以筹还。惟添造仓廒，为积谷起见，系目前要举，自应通盘筹画，酌数拨给。查有牙厘局借拨济元公典生息银，尚存二万两，今应于内酌提银一千两，先行拨还应用。其余钱文，俟另有闲款，再行筹拨，即经饬府谕典解还拨放，一面分别照会，详呈在案。兹据提解库平银一千两前来，应即放发苏州府，转交贵绅等应用。除于八月初三日堂期放发苏州府转解外，合亟照会贵绅，烦为查照。一俟解到，覆司查考施行。须至照会者。

同治八年八月　日
藩宪照会

为照会事。本年七月二十九日，奉布政使张札奉苏抚部院丁批，苏郡绅士潘编修等呈请筹还义仓存款由，奉批：积谷为救荒善政，近年省城义仓经理得人，储备充裕，著有成效。据请将存司借动善后之三、四两年租钱，筹款拨给，添建仓廒。惟司库现在有无闲款可以筹还，仰苏藩司通盘筹画，分限归楚，详覆饬遵此批等因，奉此并据该绅具呈到司。

查三、四两年义仓田租，共解司洋一万一千三百八十余元。除节年借动外，现仅存洋三十五元零。当此司库支绌万分，实无闲款可以筹还，唯〔惟〕添造仓廒，为积谷起见，系目前要举，自应通盘筹画，酌数拨给。兹查有牙厘局借拨济元公典生息银三万两，系拨归善后之用。除已由前署司提解山东曲阜县文庙工需银一万两外，尚存银二万两。今应于内酌提银一千两，先行拨还应用，其余钱文，俟另有闲款，再行筹拨。奉批前因，除分别呈移详覆外，合就札饬札府即便谕饬济元公典遵照，将前项存本，先行解还司库银一千两，以资拨放，其余仍存生息等因到府。奉此并由敝府具领藩库放发建造义仓廒间经费银一千两到府，并谕饬济元公典，将前项存本先行解还藩库银一千两听候拨放外，合亟照会贵绅，请烦查照，希将送来奉发经费银一千两，照数查收。仍祈见覆施行。须至照会者。

　　计送藩库放发建造义仓廒间经费银一千两整。

　　同治八年八月　日

　　苏州府照会

　　为奉发筹还义仓租款收存备用事。窃奉照会，以绅等前请筹还义仓存款，为目前添廒积谷要举，先行拨还银一千两，发府转交。业于本月初八日，由苏州府转发到仓，照数收明。惟查义仓出入，悉系钱款，此项银两，即于当日照市价兑换现钱一千六百二十四千文，并归发款，即为现在添廒积谷之用，应统俟明春报销，汇齐造送备案。除具领送苏州府外，合将收到前款并兑钱归并应用缘由呈覆，伏乞大公祖大人电鉴备案。上呈。

　　一呈藩宪

　　同治八年八月　日义仓绅董呈

　　为解还归款事。照得省城义仓经收同治三、四两年田租，共解司库洋合钱一万九百八十六千八百二十三文。除前放三、四两年院司书辛工钱三百一千八百二十七文，应行在此款内开除，又八年八月初三日解还义仓银一千两，据报作钱一千六百二十四千文外，实计尚存司库钱九千六十千九百九十六文。现经贵绅以添造仓房，需费甚巨，声请拨还，呈奉
（此呈附见卷三）抚宪饬司酌筹前来。查此项田租，系地方备赈要款，自应如数拨还，以清款目。除于正月十三日堂期动放外，合就备批解还。为此照会贵绅，烦为查收，应用掣照，送司备案施行。须至照会者。

　　计批解足制钱九千六十千九百九十六文。

　　同治十二年正月　日

　　藩宪照会

　　为照会事。本年五月二十九日，奉苏州府正堂李札开，奉署布政使应札开：照得苏省举办谷捐，已历多年，积存钱谷为数颇巨。第各属办法不同，尚未悉臻妥洽。现经本署司详加察访，胪列条款，通饬遵办，以昭慎重而期久远，札府立饬妥办具覆等因到府。奉此合抄章程，通饬札县，立即遵照单开条款，分别妥办，务于一月内详细具覆。事关备荒要政，毋稍玩违等因到县。奉此合行抄单照会。为此照会贵绅董，烦遵宪饬，即照单开条款，分别妥办，并备上圆下锐长铁签一枝，订期扦量谷数，造册结报，幸勿有稽。望速速！须至照会者。

计粘单

同治十三年六月　　日

吴县照会

计开：

一、专责成。查积谷为备荒要政，虽由董事经管，身为民牧者，应如何慎重其事，岂容一概诿诸经董，置身事外。现在办理，已经数年，各处存谷不少，亟应澈底清查，冀垂永久。应由各州县于文到日，即将所存仓谷，统为扦量。其扦量之法，用上圆下锐长铁签一枝，直扦到底，看深若干，再量长若干、宽若干，则实存谷数一算即知。各县工书，均晓此法。如未学习，可函询邻县如何算法，不难一览而知。现省工费，又免折耗，较为简便。量毕之后，即将存谷存钱细册出具无缺印结，于一月内送司。嗣后新旧交接，即由新任于一月内会董照前扦量结报。如有短少，除现定准耗外，禀由前任及董事各半赔补。倘狥隐不禀，即著后任买赔，如此任任扦量，责有攸归，庶无推诿。惟此项积谷存典钱文，每任出具印结，应专案于限内由府核转，不准混入交代。倘敢不遵，详请撤任，或敢逾延，即详记大过，以期遵守。

一、定折耗。查各州县自办积谷以来，所有经董，实心任事者，不乏其人。况当年新谷，略为折耗，在所不免。如概令赔补，不足以昭平允。现经访查明确，本年之谷，果实干洁圆绽，晒后亏折不过二升。今为从宽，明定章程，嗣后一年以内之谷，每石准折耗三升；三年之谷，连前共准折耗四升；三年以后，不准亏耗。将来如须出陈易新，务必公同察酌情形，禀候核定饬办。至现买之谷，应分仓另储，以免牵混。以前谷石，仍查明进仓日期，扣算年限，于册内分晰注明，照章准耗外，如再有短少，则是官绅办理不善所致，应即由官绅分赔足数。总之，各州县积谷折耗，经此番核定，断不准稍有加增，以示限制。

一、核经费。查积谷现有仓廒，势不能一无所费。惟费用宜有常经，开支亦宜核实。各州县应将常年用度，或留或减或删，酌量情形，会商绅董，详细分别核定，禀请示遵。嗣后每年即照支用，庶不致有浮费。至修仓添用芦席等项，非年年必须之用，无论多寡，应随时先行禀明动支。除置有田产、经费有著之县不准动及别项外，其余各州县，应准于存典息钱项下动支，第只准取利息，不准动用存本，以垂久远。

一、明功过。各州县总董，人品不齐。经理失当者，平日既有分赔之责，则实力实心、始终如一者，自应酌加奖励。现亦明定章程，如办理四年，仓谷完好，毫无短少，有职者准给劳绩一次，如不须劳绩者，由县核议请示加奖，以昭激劝。

为照会事。本年六月十九日，奉苏州府正堂李札开，奉署布政使应札，奉苏抚部院张札开，据该司申报，苏省举办谷捐，已历多年，积存钱谷，为数颇巨。第各属办法不同，尚未悉臻妥洽。现经详加察访，胪列条款，通饬遵办，合将所拟条款录鉴核等情到本部院。据此查扦量一法，最为简捷。然考之《户部则例》，只有盘量而无扦量。推原例意，殆因积谷满廒，其中或有霉变搀杂情弊，非盘不清，嗣后遇有交代，应责成接收之员，察看情形，或酌量抽盘。如无可疑，即照新章扦量，毋得延宕。若有搀杂霉变各情，应准后任逐廒盘量，以免日后争执诿卸。如积谷数多，盘量需日者，并准专案声明，听候院司酌给宽限日期，但不得藉口故延，致干咎戾。其余所议各条，均为核实经久起见，俱准照行。合行札司，即便通饬各属一体遵照等因到司。奉此除将前颁条款及现奉宪札一并抄行书局刊入省例通饬遵办外，札府即饬遵办毋违等因到府。奉此查此案前奉胪列条款，札府当经抄发遵办在案。今奉前因，合亟通行札县，立即遵照，赶紧量明造具册结，依限于一月内送府，听候核转毋违等因到县。奉此查此案前奉胪列条款札县，当经抄粘照会在案。今奉前因，合行照会。为此照会贵绅董烦照来文，希即订期量明谷数造册结报，幸勿有稽。望速速！须至照会者。

同治十三年六月　日

吴县照会

为照会事。奉苏州府正堂李札，奉布政使恩札，奉总督部堂沈批，本司详各属管谷经董，如有侵欺，应遵例分别监禁押追，并责成州县实力稽查，请示立案由。奉批：如详办理，仰即通饬所属一体遵照，仍候抚部院批示缴。又奉苏抚部院吴批开，如详办理，仰即通饬遵照，仍奉督部堂批示缴各等因到司。抄详饬府，奉此合就抄粘，通饬札县，即便遵照毋违等因到县。奉此合行抄详照会。为此照会贵绅董，请烦查照办理。望切切！须至照会者。

计抄粘

光绪二年十月　日

长洲县照会

为详请批示立案事。窃查同治十三年应前署司详准积谷章程核定准销折耗一条内称，如再有短少，即是官绅办理不善所致，应即分赔足数等语，并未议及查有侵欺如何监追一层。本司推原其意，盖有见于积存谷石，专赖州县随时稽察，不令亏短。如平日漫不经心，及至知其短绌，办至监追，已成末路。设遇不肖董事，有意侵欺，任听监追，延不补缴，即使照例重办，亦无补于要公。又或州县欲见好于董事，虚报收监，实仍取保在外，则经亏之董，反得优游，而实短之谷，终归乌有矣。其监追事属重大，尤须先将侵欺数目，科定罪名，详请咨部立案，方为正办。若未经转报，辄行收监，或因之毙命，或经人告发，则滥禁苛刑，吏议綦重。近来州县多不讲求律例，误犯禁令，尚不自知。如宜兴县施令监追亏谷董事周道一之案，其明证也。本司窃思例禁必须申明，立法务期周妥。拟请通饬各属，嗣后如查有经董侵欺此项谷石，均应先将亏短缘由、实亏数目、经董姓名、有无职衔功名，专案禀报。倘短数过巨、例应监追者，即详由本司转请咨部立案，一面将侵亏董事，由县解赴该管府州衙门，实行锁禁监追，藉杜流弊。其短数核计不及监追者，仍散禁官房，勒限催比，以符定例。若现任州县并不实力稽查，致有侵欺情事，或经上司访闻，或经后任禀揭及被人告发，应先责令分赔足数，仍照本司上年详定章程，分别记过撤任。其仅止办理不善，于准耗之外，尚有折耗，仍照前章，责令官绅分赔足数，免其置议。如此明定章程，庶各州县不至误犯例禁，而在仓之谷颗粒得归实储。是否有当，伏乞宪台鉴核批示祗遵，实为公便。除详抚督宪外，为此备由云云。

一详督抚宪

为照会事。光绪二年十二月初二日，奉苏州府正堂李札开，奉布政使恩札，奉苏抚部院吴札开，光绪二年十月十八日奉户部咨江南司案呈准派办处传付内阁，抄出光绪二年八月初八日内阁奉上谕：鲍源深奏，请饬各省捐备仓谷以济荒歉等语。足民之政，积谷为先。国家设立常平仓，原以备赈济之用，第监守在官，于民究有未便。鲍源深拟仿照江南从前设立丰备仓之法，劝民遵办。其向有社仓者，加意整顿。其未立社仓者，赶紧捐储，事成报官，地方官不得问其出入，以杜扰累。所筹尚为周妥，著各直省督抚体察情形，饬属一体办理，务使户有盖藏，以备荒歉。将此通谕知之。钦此等因，传付前来。相应恭录谕旨，行文江苏巡抚钦遵办理可也等因到院，札司行府通饬各属一体遵照办理等因到府，奉此合就转饬札县即便遵照办理毋违等因下县，奉此合行照会。为此照会贵绅董，烦照宪饬办理，须至照会者。

光绪二年十二月　日

吴县照会

为出示晓谕事。照得省城义仓于咸丰初年未经请奖续捐田亩，前经郡绅呈请奏明补奖，现拟遵照部议，仍照原案办理。所有各捐户姓名捐数，年久恐有舛错，该捐户等查明所捐田亩坐落某邑都图确实细数，并捐户某人，或系子姓，现在职衔欲请加京衔外衔及加级之处，一并开报到仓。其实系无可查考者，惟有宁缺无滥，未便臆造，率请补奖。前经义仓抄单知照，诚恐尚未周知，合行晓谕。为此示谕城乡捐户人等知悉：自示之后，该捐户赶紧查明咸丰初年以后所捐田亩某邑都图确实细数，核明开单，并开具履历，请加何衔，径送义仓，以便汇齐申详请奏。特再晓示，宽限于十一月底为止，过期不报，概作罢论，切勿自误。特示。

光绪三年十月　日

义仓委员会同三县告示

为义仓补奖遵部议请覆奏事。窃查咸丰初年，省城绅士续捐丰备义仓田八千余亩，前经呈明补请奖叙。于同治七年正月，蒙前抚宪郭奏请从优议叙，奉旨：户部议奏。钦此。嗣奉部议，续捐之八千余亩，因军兴延搁，尚未邀奖，未免向隅，自应准其补请奖叙，以遂各捐户向善之忱。惟查道光年间两次奖案，均由吏部核办，且只给予虚衔。此次补奖捐田八千余亩，事同一律，拟请仍照旧章办理，应令该署抚查明捐田各户姓名履历，核明银数，造具清册，奏交吏部，即由吏部查照道光年间成案，分别议叙，以昭画一。所请照现行常例加成核算之处，应毋庸议。于四月初八日奉旨：依议。钦此。绅等遵照部议，知会各捐户，并由义仓委员会同三县出示晓谕，催令开具姓名履历并续捐田数到仓，以凭核对，汇案呈请。除经兵燹后，各捐户有流亡散失不能细考详报者约一千余亩未便率行邀奖外，现已核准捐生蒋寅等五十三员，共计续捐田六千七百七十六亩一分六毫，照上届请奖，每亩作银二十两，共计捐银一十三万五千五百二十二两一钱二分，造具清折、履历清册，呈请照例邀奖。并请先给宪收，以资凭信。除呈抚宪外，伏乞大公祖大人电鉴。俯赐会奏，实详请为公便。上呈。

　　一呈 抚宪
　　　　　藩宪

光绪三年十二月　日郡绅公呈

为详请核奏补奖事。窃照道光年间，苏城绅富先后捐输义仓田亩，历奉酌予议叙。迨咸丰初年，续捐田八千余亩，因军兴延搁，未经办奖。前于同治七年间，经前升司丁奉前抚宪郭奏请从优补奖，当奉户部核覆，苏州绅士续捐田八千余亩，自应准其补请奖叙，以遂各该捐户向善之忱。唯〔惟〕查道光年间两次奖案，均由吏部核办，且只给予虚衔。此次补奖捐田八千余亩，事同一律，拟请仍照旧章办理，应令该署抚查明捐田各户姓名履历，核明银数，造具清册，奏交吏部，即由吏部查照道光年间成案，分别议叙，以昭画一。所请照现行常例加成核算之处，应毋庸议。于四月初八日奉旨：依议。钦此。转行遵办去后，兹据该绅士等查开各捐户请奖履历，造册呈请补奖前来。本署司伏查该绅士等续捐田八千余亩，现据呈明，兵燹后捐户间有流亡散失不能细考者约田一千余亩，应行剔除不计，以昭核实外，实计应行补奖田六千七百七十六亩一分六毫。查照成案，每亩作银二十两计算，共合银一十三万五千五百二十二两一钱二分。查册造捐生蒋寅等五十三员，所请奖叙，核例相符，应请准其补奖，以昭激劝。除由司分填实收给执外，理合照造司册具文详请，伏候宪台会核俯赐主政具奏给奖，并请咨明吏部核准填照，发苏转给，实为公便。除详^抚宪主政外，为此备由，呈乞照详施行。

计详送册^{一本}二本，简明册一本。

一详^{督宪}抚

为照送事。准贵绅呈送苏城绅士续捐义仓田亩补请奖叙各员履历清册到司。准此查册开捐生蒋寅等五十三员，所请奖叙，核例相符。除转造司册详请奏奖外，合填实收照送。为此照会贵绅，烦为查收，转给执守施行，须至照会者。

计照送实收五十三纸。

光绪三年十二月　日

藩宪照会

为义仓续查应奖请^{汇案奏办}事。窃绅等于本月初七日呈送义仓续捐田亩各户应奖清^折，嗣奉^{藩宪照会}，业经据情申详，并填给实收，颁发在案。兹据捐户顾传恩等因游幕在外，甫经返苏，始悉此事，将续捐田亩七百四十三亩五分四厘八毫，合银一万四千八百七十两九钱六分，造具清册，开呈履历，请奖前来。绅等查核捐数无异，应请一律补奖，以免向隅。饬承补造奖册，汇入前案，并填实收三纸，仍发到仓转给。为此具呈，伏乞大公祖大人电鉴，俯赐汇案会奏，实为公便。谨呈。迅赐补详

一呈^{抚宪}藩

光绪三年十二月　日郡绅公呈

为照送事。窃奉抚宪札，据郡绅潘编修等呈称：窃绅等呈送义仓续捐田亩各户请奖清折，奉司照会，业经据情申详，并填给实收，颁发在案。兹据捐户顾传恩等因游幕在外，甫经返苏，始悉此事，将捐田七百四十三亩五分四厘八毫，合银一万四千八百七十两九钱六分，造具清册，开呈履历，请奖前来。绅等查核捐数无异，应请一律补奖，以免向隅，

呈乞汇办等情到本部院。据此查义仓捐田补奖各户，前据绅呈，已经行据该司造册具详到院，惟该续捐三户司册内尚未列入，现据该司申请，将册发司补造前来。除批牌示外，抄单同司册三本，札发札司查收。将顾传恩等三户于册内补列三页，造送汇办等因到司。奉此并据捐生王家鼎以原名应避家讳，禀请更名祖鐩等情前来。除于册内分别添列更正，呈送抚宪主政奏咨给奖外，合填实收照送。为此照会贵绅，烦为查收转给施行，须至照会者。

计照送实收三纸。

光绪四年二月　日

藩宪照会

为呈送事。窃奉宪台札，据郡绅潘编修等呈称云云，除于册内分别添列更正，一面补填实收给执外，合将清册呈送。伏候宪台鉴核，俯赐查照前详奏咨给奖，实为公便。为此备由，呈乞照验施行。

计呈清册二本、简明册一本

一详抚宪

为抄折行知事。奉苏抚部院吴札开：照得查明苏州省城丰备义仓续捐田亩各户补请给奖一案，经本部院于光绪四年二月二十八日会同督部堂恭折开单具奏，除俟奉到谕旨另录咨行外，合抄折单札司转行遵照等因到司。奉此除行府饬遵外，合就抄录折单照会。为此照会贵绅，请烦查照施行。须至照会者。

计抄折单一本

光绪四年三月　日

藩宪照会

江苏巡抚吴元炳请补奖省城义仓捐田奏稿

奏为查明苏州省城丰备义仓续捐田亩各户，恳恩补给奖叙，恭折开单，奏祈圣鉴事。窃照苏州省城之丰备义仓，道光年间，各绅富先后捐输田亩，均奉准议给奖叙。迨咸丰初年，续捐田八千余亩，因军兴延搁，未及请奖，当经前署抚臣郭柏荫奏请从优补奖。嗣准户部议覆，准其补请奖叙。惟查道光年间两次奖案，均由吏部核办，且只给予虚衔。此次补奖，仍照旧章，行令查明捐户履历，核明银数造册，奏交吏部，查照道光年间成案，分别议叙，以昭画一等因，于同治七年四月初八日具奏，本日奉旨：依议。钦此。咨行到苏，即经转行遵办在案。兹据苏州布政使勒方锜详据省城义仓绅士呈称，此项续捐田八千余亩，兵燹后捐户间有流亡散失无从查考者，应行剔除不计外，实应补奖田七千五百一十九亩零。每亩照案作银二十两，合银一十五万三百九十三两零。共计捐生蒋寅等五十六员名，循照旧章，分别请给职衔，核算捐田合银各数，均与成案相符。除由司分填实收，饬俟部颁执照倒换给执外，查开各该捐户年貌、籍贯、履历造册，详请具奏，补给奖叙等情前来。臣覆查无异，相应开缮清单，恭呈御览，合无仰恳天恩，俯准敕部，将苏州省城续捐丰备义仓田亩各户，分别补给奖叙，并颁照递苏给执，以昭激劝。除清册咨送吏、户二部查照核办外，谨会同两江总督臣沈葆桢恭折具陈，伏乞太后、皇上圣鉴训示。谨奏。

为恭录行知事。奉护抚部院勒札开：照得苏州省城丰备义仓续捐田亩各户补请给奖一案，经吴部院于光绪四年二月二十八日会同督部堂恭折开单具奏，抄折行知在案。兹准吴署督部堂咨，四月初三日途次，据差弁赍回原折内开，军机大臣奉旨：该部议奏，单并发。钦此。咨会钦遵前来，恭录札司转行钦遵等因到司。奉此查此案前奉抄折行司，即经分别照会饬遵在案。今奉前因，合就恭录照会。为此照会贵绅，请烦查照钦遵施行。须至照会者。

光绪四年五月　日

藩宪照会

卷一　下

为札提事。照得院司府县衙门书吏承办省城义仓田亩收租等项事宜，年额应支纸张辛工钱文，前于道光十五年间，经林前升抚宪核定章程，按照征见实收米数解给。内府县书应支辛工纸张，原系在仓径支。其院书每石应支钱二十文，司书每石应支钱三十二文，向于司库收存折租本款内动支，分作年底及租务事竣报销后两次解给，历经遵照办理在案。兹查本年义仓田租事宜，前经由司饬委该丞等会绅征收，据报于十月二十二日开仓。迄今二限早逾，究竟共有征收实米若干，节催未据具报；其折租钱文，又无丝毫批解到司，无凭核明解给。除府县书应支纸张辛工仍应照旧在仓径支外，所有院司书纸张辛工，现奉抚宪札提，并据本司衙门承办书吏求请照案放给前来。查系年例由司于收存折租洋钱款内，照时合计支给之项，自应由该丞于收存折租本款内，照章核明，易换银两，即日呈解来司，以凭分别解给，俾资办公。合亟专札饬提，札到，该丞立即遵照指饬，迅将院司衙门书吏应支纸张辛工钱文，刻速核明数目，照时易银，呈解来司，立等点收，分别解给，以资办公。现届岁阑，毋稍迟延，切速切速！特札。

同治五年十二月　日

藩宪札

为札提事。照得本护院衙门书吏承办长、元两县征收义仓田租积谷备赈等事，向于征收租息内，照章每石核给纸张辛工钱二十文，历年放发在案。今届同治五年分应收义仓租籽，改为官绅会办，饬委该丞会同绅董设局征收。所有院书应支纸张辛工，应即由局解给，以资公用。兹据该书等禀请饬提前来，合行札提。札到，该丞即便遵照，将已收租息内应给院书纸张辛工，照章核明钱数易银，填批呈解，以凭验给办公。此札。

同治五年十二月　日

抚宪札

为札催事。照得本署院衙门书吏承办征收义仓田租积谷备赈等事。向于收存租息内，照章每石核给纸张辛工钱二十文，历年放发。现届同治五年分租籽改为官绅会同设局收办，已据该守具报。截至十二月二十四日止，共收过折租钱二万四千六百九十八千零。除完纳条漕并给发局用薪水纸张辛工等项外，余存租钱，均交潘绅收储，买谷造仓等情，并据司报，先放院书辛工洋八十元在案。所有今届应给院司书吏纸张辛工钱文，究应若干，应即由局核明，照数解司，分别归款解给。据该书等以亟望此款续解济支，禀请饬催前来，合行札催，札到，该守即便遵照，将应给院司书吏前项纸张辛工钱文，查照旧章，核明确数，动支解司，分别归款解给，以资办公。勿迟！此札。

同治六年二月　日
抚宪札

晓翁大公祖大人阁下：径启者，义仓收租数目，业由委廉申覆。惟奉宪札，向有院司房费，每收一石，院房二十文，司房三十二文云云，并奉府札每石二十文云云。此外尚有县房，据云每石六十文，合算每石共需一百三十二文。本年现收租米一万二十四石有零，则须开销一千三百二十余千文，似属太巨，即使减半，亦须六百六十余千文。窃思义仓租秄，原为备荒起见，自应撙节浮费，俾将来遇灾年，多济实用。现当兵燹之后，旧章半皆遗失。本年官绅会办，伊始开岁，正须悉心妥议详细规条，再行呈请具奏，以垂久远。此项规费，应如何分别力加裁减之处，伏乞荩怀通盘筹核，酌示定数，以便遵行是祷。肃此，敬请台安，统祈垂照。

治年愚弟潘遵祁顿首

为义仓收租吁请重定给费事。窃照丰备义仓收租，前奉宪札，向有各衙门书吏承办辛工纸张钱文，每收米一石给费若干云云。查此次议定官绅设局会办，所有辛工纸张，均由仓局支应，事竣报销，各衙门所办文书照会等事甚简，与往年不同。所有给费，自应重加裁定，以节浮糜。拟每收米一石，院房费四文，司房费八文，府房费四文，县房费一十文，合计每石二十六文。以上年现收租米一万二十四石有零核算，已需开支二百六十余千文，似不为少。嗣后总视收数之多寡核计，由各衙门书吏于年终出具领纸，到仓分别支领，不得增减。伏乞宪裁示定，永远遵行，实为公便。上呈。

一呈藩宪
同治六年三月　日义仓绅董呈

为转饬事。奉署抚部院郭批前署司详院司书吏义仓辛工纸张自六年分起按照减定数目支销一案由，奉批：仰即查照另札办理缴。又奉抚宪札，据本署院衙门书吏禀称，向支义仓辛工纸张，奉减十成之八，每石给发钱四文，实属不敷公用。禀求照上年放给之数，每石给钱八文等情前来。查核所禀尚属实情，合行抄禀札司，即便遵照，与郡绅会同酌议核定应给数目，通详立案各等因到司。奉此查此案前于具详时，札饬该守遵办在案。今奉前因，合就抄禀转饬。札到，该守即便遵照，会同郡绅议核，禀候通详立案。毋违！特札。

计抄禀
同治六年三月　日
藩宪札

敬禀者：窃书等承办苏省丰备义仓征收田租积谷备赈等项事宜，前于定章之始，议明于所收租息项下，每石提钱二十文，给发书等抵支辛工纸张等用，向分年底及春来报销时两次由司解给。上年义仓田租改为官绅设局会收书等应办一切事务，仍系照常承办。禀蒙恩赐照章行提，已据藩司先行酌放洋八十元，验给济用。今藩司详明，由郡绅核议折减，内书等应支辛工纸张改为每石四文，计减去十成之八。伏查义仓田租辛工纸张，苏城未扰以前，每年约放钱百千文，藉以抵支常年辛工纸张之用。今照减数计之，每年仅可领钱四十千之数，实属不敷公用，且县中事宜，改归局办，县书辛工纸张尚蒙核给每石一十文。书等照常承办，转形短绌，未免向隅。为特不揣冒昧，沥情禀恳，可否仰祈大人恩准，抄禀行司，将以后辛工纸张，照上年放解之数核明解给，合计每石支钱八文，较之向章，减去十成之六，实领十成之四，俾勉敷公用。谨备具批稿禀请，伏求恩准施行。上禀。户工房书吏陈镇等跪禀

为申覆事。窃卑局接奉宪台札开，转奉署抚部院郭批云云毋违等因到局。奉此遵即会同郡绅核议，据称丰备义仓据各衙门书吏云称，向年办公经费，每收米一石，院房二十文，司房三十二文，府房二十文，县房六十文。又上年官绅会办收租，核减经费，由绅呈定，每石院房四文，司房八文，府房四文，县房一十文，业蒙前署藩宪王批准在案。查甲子年长、元两县义仓田租，共收米三千六百七十石有零，以院房每石二十文计之，所得费七十三千有零。乙丑年共收米四千三百石零，以院房每石二十文计之，所得费八十六千有零。上年共收折租钱合米一万六百三十余石，以新定院房费四文计之，应给钱四十二千有零。较前两年，名为减十成之八，实仅减十成之四五。若照院书所请，加至每石八文，则应给八十五千有零。以前两年比较，有核减之名而并无其实，且恐别衙门书吏纷纷请益。所有院书经费可否仍照新章，或稍酌加之处。理合据情申覆，谨候宪示遵行，须至申者。

一申藩宪

同治六年三月　日义仓委员沈玮宝

晓翁大公祖年大人阁下：日前趋晤，适因公事，未及畅谈。启者：义仓田租，去冬竭力整顿，收数较前年多至一倍有余。开篆以来，各佃蒂欠，分别差追。俟春杪租务告竣，即将出入数目核实结算后，呈请撤局，以节经费。所存租息若干，现在一面采买谷石，一面起建仓廒，次第办竣，有无赢绌，再行核结移会。至各署书吏，向有给费，前经同人公议定数，具呈在案。昨承面谕，有去冬由贵署多垫八十千文事。当创始此项，自应由局支缴。惟前拟定章程，应请俟奉有宪批，饬令照章分别出具领纸，赴局支领，俾昭慎重，以便永远遵行。是否有当，伏乞鉴示，肃此敬颂勋安，不具。

治年愚弟潘遵祁顿首

为申解事。窃卑局接奉宪札，饬将抚院暨宪台衙门书吏应支丰备义仓纸张辛工钱文核明呈解，以凭分别解给等因。奉此嗣经会办绅士禀请定章，院书每石四文，司书每石八文，府书每石四文，县书每石一十文，永以为例，谨候宪批遵办。旋奉宪谕，所有五年分义仓局应解院司衙门书吏纸张辛工一项，先经宪库垫发本洋二百八元，饬即解还等因。又奉此遵将前项垫款洋二百八元，备文申解，伏乞宪台察收，归款掣给批迴，实为公便。须至申者。

计批解呈缴垫发院司书吏纸张辛工费本洋二百八元整。

一申藩宪

同治六年三月　日义仓委员沈玮宝

　　为义仓收租吁请再定给费事。窃照丰备义仓收租，向由委员督同书吏承办。上年改为官绅会办，设局收租，历奉宪札并据各衙门书吏禀称：向有给费，每收米一石，院房二十文，司房三十二文，府房二十文，县房六十文。当经公议呈请酌减，改为院房四文，司房八文，府房四文，县房一十文，名为减十之八，而以前后收米数比较计之，实仅减十之五。府县书吏，皆照章给领，惟院司房费，因奉前署藩宪札知委员，业已由司垫付洋二百八元。当时不得不如数解缴，但与所定院房四文、司房八文之数未能符合，以后碍难办理，伏查义仓收租，庚申以前成案已无可稽，甲子、乙丑两年尚系照旧章办理。据长、元两邑仓书开具收放清单，甲子年共收折色米三千六百七十石有零，动支给领钱四千七百一十千文有零。乙丑年共收折色米四千三百石有零，动支给领钱四千九百三十一千文有零。上年官绅会办，事当创始，竭力整顿，共收折色米一万八百三十石有零。除建造仓屋、置办器具、仓场傢伙及采买谷石外，实动支钱四千九百十千文有零，业经造具统共开支实存细数由委员呈报，并详定规条，呈请鉴定在案。查义仓租秄，专为备荒起见，自应撙节浮费，俾将来设遇灾荒，多济实用。惟书吏给费一层，上年系照所称原数酌拟递减，现在呈请详咨汇奏及以后一切禀报文移，自应视各署书吏所办笔墨之繁简，准情酌核，以示大公，应如何分别再行详定之处，特再开单粘呈，伏求大公祖大人电鉴批示，转详立案，并札知委员遵办。自此次定数之后，总视每年收米之多寡，照章给领，不得再请议增，以照平允而杜浮縻，实为公便。上呈。
　　一呈藩宪
　　同治六年八月　日义仓绅董呈

　　为札饬事。奉布政使丁札，准郡绅冯中允、潘编修等文称：窃照丰备义仓收租，向由委员督同书吏承办。自上年改为官绅会办，设局收租，历奉宪札并据各衙门书吏禀称：向有给费，每收米一石，院房二十文，司房三十二文，府房二十文，县房六十文。当经公议呈请酌减，改为院房四文，司房八文，府房四文，县房一十文。名为减十成之八，而以前后收米数比较计之，实仅减十成之五。府县书吏皆照章给领，惟院司房费，因奉前署藩宪札知委员，业已由司垫付洋二百八元。当时不得不如数解缴，但与所定院房四文、司房八文之数，未能符合，以后碍难办理。伏查义仓收租，庚申以前成案已无可稽。甲子、乙丑两年，尚系照旧办理。据长、元两邑仓书开具收放清单，甲子年共收折色米三千六百七十石有零，动支给领钱四千七百一十千文有零。乙丑年共收折色米四千三百石有零，动支给领钱四千九百三十一千文有零。上年官绅会办，事当创始，竭力整顿，共收折色米一万八百三十石有零，除建造仓屋、置备器具、仓场傢伙及采买谷石外，实动支钱四千九百一十千文有零，业经造具统共开支实存细数，由委员呈报，并详定规条，呈请鉴定在案。查义仓租秄，专为备荒起见，自应撙节浮费，俾将来设遇灾荒，多济实用。惟书吏给费一层，上年系照所称原数，酌拟递减，现在呈请详咨汇奏及以后一切禀报文移，自应视各署书吏所办笔墨之繁简，准情酌核，以示大公。应如何分别再行详定之处，特再开单粘呈，伏求电鉴批示，转详立案，并札知委员遵办。自此次定数之后，总视每年收米之多寡，照章给领，不得再请议增，以昭平允而杜浮縻等因到司。查此项省城义仓田亩收租事宜，所有院司府县各衙门书吏应支纸张辛工，前于道光十五年间创办之时，曾奉前升抚宪林核定章程，每石准支钱一百三十二文，于征存折租本款内动支，分别解给，历经循照办理。嗣于上年改为官绅会办收租，比前较有起色。所有应支前项纸张辛工，接准郡绅核议，减为每石共支钱二十六文，仍于征存本款内分别解给。业奉抚宪札饬议增，今准前因，除批榜示外，合亟抄单札饬札府，即督同委员蒋令，迅将院司各衙门书史应支前项义仓纸张辛工，分别事务繁简，逐一酌定，妥议通详察办，毋迟切切等因到府，奉此合亟抄粘札饬，札到，该令立即遵照。迅将各衙门书吏应支前项义仓纸张辛工，分别事务繁简，逐一酌定，妥议覆府，以凭核议通详。毋得迟延，速速！特札。

同治六年十月　日

苏州府札

敬禀者：窃卑职奉藩宪札饬并奉宪台札饬准郡绅文称：丰备义仓酌减各衙门书吏纸张辛工经费，改为院房四文，司房八文，府房四文，县房一十文。业奉抚宪札饬议增等因札府，札到，该令立即遵照，迅将各衙门书吏纸张辛工，分别事务繁简，酌定安〔妥〕议通详等因。奉此卑职伏读宪札内有分别事务繁简，逐一酌定等谕，仰见宪台洞悉情形，无微不至。查从前由委员督同书吏承办之时，凡仓中一切事宜，均归书吏经理，事繁责重，其应给纸张辛工，自应从丰。迨上年改为官绅会办，一切事宜，均由绅董经理。而各衙门之书吏并不与闻仓事，不过按行本衙门文牍，所给纸张辛工自应从简。就现在各衙门书吏文牍繁简而论，院署有续奖入奏，司署有造册详报等事，院司之文牍为繁，府县之文牍为简。卑职再三斟酌，院司两处书吏，每处每收米一石，拟给纸张辛工钱八文，府县两处书吏，每处每收米一石，拟给纸张辛工钱六文，总共给钱二十八文。照郡绅所议，每石共给钱二十六文。量为增加，在义仓之开销，不为过费，而书吏之沾惠，已得其平。是否有当，伏祈宪台察核批示祗遵，并请转详藩、抚宪批定立案，俾永远遵办，实为公便。肃泐覆禀，恭敏勋安，统希垂鉴。卑职棠谨禀。

一禀府宪

同治六年十一月　日义仓委员蒋棠

署理江南苏州府事候补府正堂加十级纪录十次钱批一件。禀议定各衙门书吏应支丰备仓办公纸张辛工数目由，查核该令所议各衙门书吏纸张辛工数目，视文牍之繁简，定钱数之多寡，似尚平允。已由府转详，抚宪批示立案饬遵矣。仰即知照。缴。

谨禀者：窃卑职前奉宪台札饬，将丰备义仓循照向章应给各衙门书吏办公辛工纸张费，分别事务繁简，逐一酌定妥议，通详察办等因，卑职已于前月间议定，院房书吏办公经费，每收米一石给钱八文，司房书吏办公经费，每收米一石给钱八文，府县两处书吏办公经费，每收米一石给钱六文，总共给钱二十八文，业已禀请宪台、藩宪在案。卑职伏思，此案经此次重定之后，势必饬令接踵相承，自宜慎重斟酌，各得其平，庶可永远遵办，不使再有更张。追思前禀所定之数，多寡尚未适中，恐将来复有中变，不足以垂永远。前禀出于仓卒，未加详确查访，疏忽之咎，实难辩解。卑职诚不敢自护其短，终于缄默不言。兹查丰备仓与各衙门交接公事，惟藩宪署为最繁，次则抚署，次则县署，最简者为府署、宪署。前定府署、宪署书吏办公费，收米一石给钱六文，今拟删去二文，将此删去二文之钱，请益宪藩署之书吏。挹彼注兹，于义仓之开销无所出入，褒劳贬逸，以公事之繁简作为权衡。至于院书县书两处，前定之数，已得其平，似可毋须更改。除禀苏州府、藩宪外，是否有当，伏乞宪台察核，并请转详批示立案，俾得永远遵办，实为公便。肃此奉禀，恭叩勋安，卑职棠谨禀。

一禀^藩宪^府

同治六年十一月　日义仓委员蒋棠

　　钦命江南苏州等处承宣布政使司布政使丁批一件。蒋棠禀重定丰备仓应给各衙门书吏辛工纸张数目由，查核所禀各层尚属公允，应准照办。仰候据情转详抚宪立案，并饬苏州府遵照，所有本年征收租秄，截至现今止，共有收存若干，照章按限开折具报，以凭查核。一面将应给院司各衙门书吏纸张辛工钱文，仍于封篆后，先行核明解司，以便分别解给，俾资办公而示体恤。余俟报销后再行找给，并即知照毋违。此缴。

　　为具文申解事。窃卑职等奉宪台札饬，将丰备义仓循照向章应给各衙门书吏办公辛工纸张经费，分别事务繁简，逐一酌定妥议通详等因。卑职等详确查访，视事务之繁简，定钱数之多寡，议定每收米一石，给院房八文，司房一十文，府房四文，县房六文，禀候宪核。业奉宪批，查核所禀各情尚属公允，应准照办。仰候据情转详抚宪立案，并饬苏州府遵照，所有本年征收租秄，截至现今止，共有收存若干，照章具报，以凭查核。一面将应给院司各衙门书吏辛工纸张钱文，仍于封篆后，先行核明解司，以便分别解给，俾资办公而示体恤。余俟报销后再行找给，并即知照毋违等因。奉此卑职等查本年十月二十四日开收起，至十二月二十日止，共收田租米九千八百二十二石六斗八升四合，应照禀定章程，每收米一石给院房八文，共给钱七十八千五百八十一文，司房一十文，共给钱九十八千二百二十六文，两共给钱一百七十六千八百七文。除府县房费另由书吏具领，到仓分给外，合行具文批解，伏乞宪台察核施行，掣发批迴回销，实为公便。须至申者。

计批解院宪、宪台衙门书吏纸张辛工费钱一百七十六千八百七文整。

一申藩宪

同治六年十二月　日义仓委员蒋棠、陈炳泰

　　为续解义仓公费事。窃奉照会内开，查呈内七年正月起，至三月底止，续收田租米三百二十七石一斗四升二合，照章核计，尚有应行找给院司衙门书吏纸张辛工钱五千八百八十八文，应即核解来司，以便分别解给办公，合亟照会。希将应行找给院司书吏辛工纸张钱文，刻日核明解司，以便分别解给办公，勿缓施行等因。奉此遵即将应找解院、司书吏纸张辛工钱五千八百八十八文，具呈批解。伏乞大公祖大人察核施行，掣发批迴回销，实为公便。上呈。

计批解续缴院宪、宪台衙门书吏辛工纸张公费钱五千八百八十八文。

一呈藩宪

同治七年闰四月　日义仓绅董呈

为申解事。窃卑职查丰备义仓上年由委员蒋令棠禀定各衙门书吏办公纸张辛工经费，每收米一石，给院房八文，司房一十文，府房四文，县房六文，当奉升藩宪丁批准立案，饬遵在案。兹查本年十月初六日开收起，至十二月二十日止，共收本年新租米九千九百四十五石七斗一升四合。又本年三月底止报销后，续收上年租米六十九石二斗三升五合。两共收新旧租米一万一十四石九斗四升九合。应照定章，每收米一石，给院房八文，共给钱八十千一百二十文，司房一十文，共给钱一百千一百四十九文，两共给钱一百八十千二百六十九文。除府县书吏经费另由该书具领，到仓照章给发外，所有院、司衙门书吏办公纸张辛工经费钱文，合行具文批解。伏乞宪台察核施行，掣发批迴备案，实为公便。须至申者。

计批解院宪、宪台衙门书吏办公纸张辛工经费钱一百八十千二百六十九文。

一申藩宪

同治七年十二月　日义仓委员陆费森

为具文申解事。窃卑职查丰备义仓禀定各衙门书吏办公纸张辛工经费，每收米一石，给院房八文，司房一十文，府房四文，县房六文，当奉升藩宪丁批准立案，饬遵在案。兹查本年十月十七日开收起，至十二月十九日止，共收本年新租米九千九百一十一石八斗三升。又本年三月底报销后，续收上年旧租米五十九石一斗一升五合。两共收新旧租米九千九百七十石九斗四升五合。应照定章，每收米一石，给院房八文，共给钱七十九千七百六十八文，司房一十文，共给钱九十九千七百九文，两共给钱一百七十九千四百七十七文。又补解已报七年春租院房经费应找给钱一千七百九文，司房经费应找给钱二千一百三十六文，除府县书吏经费另由该书具领，到仓照章给发外，所有院、司衙门书吏办公纸张辛工经费钱文，合行具文批解。伏乞宪台察核施行，掣发批迴备案，实为公便。须至申者。

计批解抚宪、宪台衙门书吏办公纸张辛工经费，共八年分给钱一百七十九千四百七十七文，七年分春租找给钱三千八百四十五文。

一申藩宪

同治八年十二月　日义仓委员陆费森

为具文申解事。窃卑府查丰备义仓禀定各衙门书吏办公纸张辛工经费，每收米一石，给院房八文，司房一十文，府房四文，县房六文，当奉升藩宪丁批准立案，饬遵在案。兹查本年闰十月初二日开收起，至十二月二十日止，共收本年新租米一万五百八十九石八升九合。又本年三月底报销后，续收上年旧租米二十九石九斗九升。两共收新旧租米一万六百一十九石七升九合。应照定章，每收米一石，给院房八文，共给钱八十四千九百五十三文，司房一十文，共给钱一百六千一百九十一文，两共给钱一百九十一千一百四十四文。又补解已报八年春租院房经费，应找给钱一千三百五十六文，司房经费应找给钱一千六百九十四文。除府县书吏经费另由该书具领，到仓照章给发外，所有院、司衙门书吏办公纸张辛工经费钱文，合行具文批解。伏乞宪台察核施行，掣发批迴备案，实为公便。须至申者。

计批解抚宪、宪台衙门书吏办公经费，共九年分给钱一百九十一千一百四十四文，八年分春租找给钱三千五十文。

一申藩宪

同治九年十二月　日义仓委员沈玮宝

为申解事。窃卑职查丰备仓禀定各衙门书吏办公纸张辛工经费，每收米一石，给院房八文，司房一十文，府房四文，县房六文，当奉升藩宪丁批准立案，饬遵在案。兹查本年十月初九日开收起，至十二月二十日止，共收本年新租米一万五百六十七石七斗八升四合。又本年三月底报销后，续收上年旧租米二十七石九斗九升五合。两共收新旧租米一万五百九十五石七斗七升九合。应照定章，每收米一石，给院房八文，共给钱八十四千七百六十六文，司房一十文，共给钱一百五千九百五十八文，两共给钱一百九十千七百二十四文。又补解已报九年春租院房经费，应找给钱五百八十文，司房经费应找给钱七百二十五文。除府县书吏经费另由该书具领，到仓照章给发外，所有院、司衙门书吏办公纸张辛工经费钱文，合行具文批解。伏乞宪台鉴察施行，掣发批迴备案，实为公便。须至申者。

计批解抚宪、宪台衙门书吏办公经费，共十年分给钱一百九十千七百二十四文，九年分春租找给钱一千三百五文。

一申藩宪

同治十年十二月　日义仓委员朱声先

为申解事。窃卑职查丰备义仓禀定各衙门书吏办公纸张辛工经费，每收米一石，给院房八文，司房一十文，府房四文，县房六文，当奉升藩宪丁批准立案，饬遵在案。兹查本年十月二十二日开收起，至十二月二十二日止，共收本年新租米一万一千七百六十七石二斗七升五合。又本年三月底报销后，续收上年旧租米四十五石四斗七升。两共收新旧租米一万一千八百一十二石七斗四升五合。应照定章，每收米一石，给院房八文，共给钱九十四千五百二文，司房一十文，共给钱一百一十八千一百二十七文，两共给钱二百一十二千六百二十九文。又补解已报十年春租院房经费，应找给钱一千四百六十七文，司房经费应找给钱一千八百三十三文。除府县书吏经费另由该书具领，到仓照章给发外，所有院、司衙门书吏办公纸张辛工钱文，合行具文批解。伏乞宪台鉴察施行，掣发批迴备案，实为公便。须至申者。

计批解抚宪、宪台衙门书吏办公经费，共十一年分给钱二百一十二千六百二十九文，十年分春租找给钱三千三百文。

一申藩宪

同治十一年十二月　日义仓委员陆费森

为照会事。照得院司府县各衙门书吏承办省城丰备义仓田租事宜，向由义仓各给辛工纸张钱文。同治五年议改官绅会办，经升藩司丁饬据义仓委员蒋棠核议，按照征见实收米数，减为院书每石支给钱八文，司书每石支给钱一十文，府书每石支给钱四文，县书每石支给钱六文。每于年终核明收数，由仓分别解给，以资办公在案。兹查此项义仓辛工纸张钱文，先行官为收租，各衙门书吏皆有应办公事，是以每石酌给若干钱文，以资津贴。今既归绅办，则院司府县各书绝无干涉，何以尚须计石缴费？无怪人言藉藉。况此项谷石，乃救荒所需。每年节省二三百千，十年即有二三千串，至放赈时，可活数百饥民。岂可令事外之人无功受禄，耗此积储？似应一律停支，以节糜费。除详明抚宪并饬府县遵照外，合就照会。为此照会贵绅董，烦为查照施行，须至照会者。

同治十二年三月　日

藩宪照会

为照会事。据本司衙门刑房书吏禀称：承办省城丰备义仓，自道光十五年由长、元两县各绅宦公捐田亩，收租买谷，原定每岁秋成，由委员会县督收，所有办公辛工纸张，当蒙林文忠公在抚院任内核定，按征米一石，给院书钱二十文，司书钱三十二文，府县各书亦分等给款，为省城官绅所共知，历久遵行勿替。迨同治五年，经郡绅等呈准，将此项田租改为官绅会办，裁减浮费。奉丁前升宪面谕，委员核明公事之繁简，酌定每石支给院书八文，司书一十文，府书四文，县书六文，详奉院宪批准立案。是院书每石原支二十文，续改八文，司书原支三十二文，续改一十文，府县各书亦以次递减，较前定数目，核减已巨。当据义仓委员声明，此次核定以后，永远遵办，由司转详立案。此皆林文忠公暨各前宪悯念书等办公竭蹶，定此成规，为常年贴补之需，详禀案卷，班班可考，与陋规房费情形迥别。同治十二年，奉应前署宪于裁减纸张时，将此项辛工一并详请停给。伏查本衙门为钱粮总汇之区，而书科专司刑名著名，最为清苦，常年领款抵支纸张油烛不敷较巨，每年年终，全赖此项义仓辛工贴补敷衍。况此项辛工并非动支库款，在义仓岁收租籽有二万余串，即存典息钱，亦不下五六千串之巨，于内酌提数百千文辛工，本属太仓一粟。而书则一介寒微，额领纸张，已奉裁减，前项义仓辛工，何堪再事停止。况年例饬委追租以及造册报销等事，仍由本司衙门核办，是司署公事无异于前。今书困守两年，情形万分窘迫，不得已备陈原委，冒昧禀求，吁恳俯怜下情，并念此项纸张与司库毫无出入，在义仓提款核给，亦属式微，无碍赈需，而书科常年贴补，全赖乎此。仰乞恩准照会义仓绅董，改于息钱项下，循案一体照支，俾于义仓正款亦无妨碍，一面并求转详立案等情。据此查丰备义仓项下应给辛工纸张一款，前于同治十二年二月间，经应前署司任内，以官为收租，各衙门书吏皆有应办公事，是以每石酌给钱文，以资津贴。令既归绅办，则与院司府县各书毫无干涉，详明院宪停给，并分别照会转饬遵照在案。据禀饬委追租及年终报销等事，仍系该房办理，尚属实情。应否查照丁前升司减定成案，循旧分别一体核给，俾资办公之处，合亟照会。为此照会贵绅董，请烦查照，希即核明数目，覆司转详立案。望切施行！须至照会者。

光绪二年闰五月　日

藩宪照会

竹樵大公祖大人阁下：谨覆者：昨奉照会，准复仓书年例给费一案领悉。查此案于同治六年经前方伯丁核定，各衙门书吏分别等次，每年仓内实收米一石，给院书八文，司书一十文，府书四文，县书六文，于年终随案分别解给，历经照办在案。自奉裁撤，已历三年，此次准予复旧，以示体恤，至为公允。其应否于本年年终为始，如前随解，抑或再补给元年分一年，仍候酌夺示覆，以便遵行。肃此布覆，伏希垂照，并颂升安不备。

治愚弟潘遵祁顿首

顺之仁兄先生大人阁下：顷奉手书，领悉一切。仓书年例给费一事，既蒙尊意准予复旧，似可于本年年终为始，如前随解。至元年分例费，毋庸再行补给。肃泐奉覆，敬请道安，诸维荃照不尽。

愚弟期恩锡顿首

为照会事。奉苏抚部院吴批本司详核给办理义仓事宜，辛工纸张，请赐立案由。奉批：据详已悉，仰即移行知照此缴等因到司。奉此除饬知府县外，合就抄详照会。为此照会贵绅，请烦查照施行，须至照会者。

计抄详

光绪二年七月　日

藩宪照会

为详明立案事。案据本司衙门刑房书吏禀称：承办省城丰备义仓，自道光十五年由长、元二县各绅宦公捐田亩，收租买谷，原定每岁秋成，由司委员会县督收。所有办公辛工纸张，当蒙林文忠公在抚院任内核定，按征米一石，给院书钱二十文，司书钱三十二文，府县各书亦分等给款，为省城官绅所共知，历久遵行勿替。迨同治五年，经郡绅等呈准，将此项田租改为官绅会办，裁减浮费。奉丁前升宪面谕，委员核明公事之繁简，酌定每石支给院书八文，司书一十文，府书四文，县书六文，详奉院宪批准立案。是院书每石原支二十文，续改八文，司书原支三十二文，续改一十文，府县各书亦以次递减，较前定数目核减已巨。当据义仓委员声明，此次核定以后，永远遵办，由司转详立案。此皆林文忠公暨各前宪悯念书等办公竭蹶，定此成规，为常年贴补之需，详禀案卷，班班可考，与陋规房费情形迥别。同治十二年，奉应前署宪于裁减纸张时，将此项辛工一并详请停给。伏查本衙门为钱谷总汇之区，而书科专司刑名著名，最为清苦，常年领款抵支纸张油烛不敷较巨，每年年终，全赖此项义仓辛工贴补敷衍。况此项辛工并非动支库款，在义仓岁收租籽有二万余串，即存典息钱，亦不下五六千串之巨，于内酌提数百千文辛工，本属太仓一粟。而书则一介寒微，额领纸张，已奉裁减，前项义仓辛工，何堪再事停止。况年例饬委追租以及造册报销等事，仍由本司衙门核办，是司署公事无异于前。今书困守两年，情形万分窘迫，不得已备陈原委，冒昧禀求，吁恳俯怜下情，并念此项纸张与司库毫无出入，在义仓提款核给，亦属式微，无碍赈需，而书科常年贴补，全赖乎此。仰乞恩准照会义仓绅董，改于息钱项下，循案一体照支，俾于义仓正款亦无妨碍，一面并求转详立案等情。据此查丰备义仓项下应给辛工纸张一款，前于同治十二年二月间，经应前署司任内，以官为收租，各衙门书吏皆有应办公事，是以每石酌给钱文，以资津贴。今既归绅办，则与院司府县各书毫无干涉，详明院宪停给，并分别照会转饬遵照在案。据禀饬委追租及年终报销等事，仍系该房办理，尚属实情。应否查照丁前升司减定在案，循旧分别一体核给，俾资办公之处，当即照会义仓绅董核明覆司转详去后。兹据潘绅函覆，此案于同治六年经丁前司核定，各衙门书吏分别等次，每年仓内实收米一石，给院书八文，司书一十文，府书四文，县书六文，于年终随案分别解给，历经遵办在案。自奉裁撤，已历三年，此次准予复旧，以示体恤，至为公允。应否于本年或元年为始，如前解给，候示遵行等因前来。伏查此项辛工既经义仓绅士核覆，查照丁前升司减定成案，照章解给，应请于光绪二年分为始，于义仓田租息钱项下循案一体照支，俾各该书吏得以办公有资，而义仓正款亦无妨碍。除俟奉批后照覆潘绅按年核数径行给领汇册造报外，理合具文详明。伏候宪台鉴核，俯赐批示立案，实为公便。为此备由，呈乞照验施行。

一详抚宪

（以后院司衙门书吏经费，径由该书具领，照章核给，毋需具文申解。）

卷二　田额实数　补置田额　剔除田额附 *

原捐田一万四千九百亩有奇，剔除下田拨入官中善堂三千七百亩有奇，历年以余钱别购田三千八百亩有奇，补其额。又旧捐皆长、元两县田，别购者始有吴县田。凡长洲县田三千一十九亩九分四厘六毫，元和县田一万七百六十四亩八分二厘三毫，吴县田一千二百三十四亩九分八厘八毫。统计义仓田一万五千一十九亩七分五厘七毫，剔除者不与，仍附后以备考。记田额实数。

卷二　上

为移请事。窃敝局前奉藩宪札委办理丰备义仓长元田租，遵即会同绅董妥议定章，设局举办，历将开局起收日期，并上年十二月二十四日止收过租钱实数，移知在案。兹查义仓田亩，经贵县移送租册到局，而田单未准移到，无从详细覆核。应请将义仓田亩新旧田单迅移来局，以凭详核，实为公便。望切！须移。

一移长洲、元和县

同治六年正月　日

义仓委员移文

为移覆事。准贵局移取义仓田亩新旧方单送核等因到县，准此查此项存案田单，前遭兵燹，随城陷失，所有清粮案内应给新单，容俟汇案填齐，另行移送外，合先移覆。为此合移贵局，烦为查照施行。须移。

同治六年二月　日

长洲县移文

为牒送事。案准贵局移开，前奉藩宪札委办理丰备义仓长元田租，遵即会同绅董妥议定章，设局举办，历将开局起收日期，并上年十二月二十四日止收过租钱实数，移知在案。兹查义仓田亩，虽经贵县移送租册到局，而田单未奉移到，无从详细覆核，应请将义仓田亩新旧田单迅移来局，以凭详核，实为公便，切切等因。查原捐呈案田单，因遭兵燹遗失。迨克复省垣，设局查办清粮，业经敝县通案饬查，并查吊原给各催甲追租清册，嗣据先后呈到，间有遗失不全，饬令经保确查开呈前来。旋即饬承攒造归图十户总册，派由收租，已越二年。兹准移取田单，合将新单清册一并钤印固封，备文牒送，为此合牒贵局，请烦核收。其清粮册籍，一俟核竣，望即移还备案。须至牒者。

计牒送捐田新单共十七宗，计四千九百五十六纸，清粮册五本。

同治六年二月　日

元和县移文

为移请注销事。案据王凤彩禀：故祖王双林承种宾兴局田亩，被催甲尤洪业舛报义仓官田，歧派租由，黏请更正等情。据经提讯王凤彩供称：故祖双林向种宾兴局租田三亩一分，被水冲坍，现奉清粮丈见八分，有册可稽。同治三年，有催甲尤洪业查问伊所种系何田亩，伊即答系官租。不料尤洪业就报义仓租田，伊因义仓与宾兴局同一官租，故将租米完清。上年宾兴局派由，填载伊故祖名字，而义仓亦派租由，伊实只有宾兴局官租，是以黏由禀请更正。质之催甲尤洪业称：王凤彩所种田亩，系宾兴局，既有册可凭，并无舛错。谅是小的误会官租，以致误报义仓，情愿具结等供。据此查王凤彩承种宾兴局田三亩有零，填载伊之故祖王双林名字，发由征租，现因坍剩八分，乃催甲尤洪业误会同一官租，以致错报义仓之田，自应更正还租，以昭核实。合行备文移请，为此合移贵局，烦照来文，希将所派尤洪业领催王凤彩承种中十八都五图祭字圩田八分，即行注销，另饬催甲查报征租施行。须移。

同治六年三月　日

长洲县移文

为移知事。案奉宪委办理丰备义仓田租，循照议章，将所有长、元两邑次田、荒田拨入善堂收租。兹查长邑次田、荒田拨出九百四十六亩八分八毫，除由各善堂开报田数，过户办粮，并奉文应还宾兴局官田八分外，所存义仓长邑田一千四百七亩九分二厘六毫，造具都图字圩丘号斗则清册，移送贵县查核，并请饬承于六年上忙为始，照册开明义仓办粮的户，并赶造新单，移送到局，查照施行。望切。须移。

计移送义仓长邑清粮册一本。

一移长洲县

同治六年五月　日

义仓委员移文

为移知事。查得丰备义仓田亩循照议章，将长、元两邑次田、荒田拨入善堂收租。兹将义仓元邑次田、荒田拨出二千七百八十六亩八分六厘四毫，除由各善堂开报田数、过户办粮外，理合造具都图字圩丘号斗则清册，移送贵县查核，并请饬承于六年上忙为始，义仓办粮户内照册注销。合亟移知，请烦查照施行。望切！须移。

计移送拨入善堂元邑田亩清册一本。

一移元和县

同治六年五月　日

义仓委员移文

为移询事。案照绅捐敝境义仓田亩应征上年租米，前奉藩宪札开，准郡绅等请饬官绅会办，另行设局收租，饬即遵照等因，奉经移送租册核办，继将该田新单钤印固封移交贵局查收各在案。兹准贵局移开，查得丰备义仓田亩，循照议章，将长、元两邑次田、荒田拨入善堂收租。兹将义仓元邑次田、荒田拨出二千七百八十六亩八分六厘四毫，除由各善堂开报田数、过户办粮外，理合造具都图字圩丘号斗则清册，移送贵县查核，并请于六年上忙为始，义仓办粮户内照册注销等因，并准移送拨入善堂田亩清册一本到县。准此查册开各图田计有二千七百八十六亩零，虽准移由各善堂开报田数，过户办粮，第拨入善堂共有几处，每堂拨归田数各计若干亩，未准分析移明，无从查对。合亟移询，为此合移贵局，请烦查照，希将拨入善堂田数各拨若干，祈即开明移覆备核。望切切！须移。

同治六年五月　日

元和县移文

为移覆事。案准贵县上年移交丰备义仓田一万二千五百五十九亩八分六厘四毫，并田单四千九百五十六纸清册一宗到局，嗣因循照议章，将查出次田、荒田二千七百八十六亩八分六厘四毫，拨归各善堂，另由各堂报数办粮外，净存义仓田九千七百七十三亩，业经移知在案。旋又叠奉移询拨入善堂田数，各拨若干，须开报详明，以便扣数分别立户完办等因。准此兹查前项拨出田亩，系归男女普济、育婴、恤孤四堂分派，各派田数若干，及某堂分到某图田亩细数，应由各善堂自行开报过户。所有现存义仓田九千七百七十三亩，应请饬承悉照去冬原户，逐户分立，照单造串，俾前后符合，便于稽查。为此合移贵县，请烦查照施行。望切！须移。

一移元和县

同治六年七月　日

义仓委员移文

为移请事。案准贵县上年移交丰备义仓田一万二千五百五十九亩八分六厘四毫，并田单四千九百五十六纸清册一宗到仓，嗣因循照议章，将查出次田、荒田二千七百八十六亩八分六厘四毫，拨归各善堂，另由各堂报数办粮外，净存义仓田九千七百七十三亩，业经移知在案。兹查义田内有三十五亩八分九厘，实系坍没无存，上年经该图董经保各出具甘结到仓呈报。嗣经专派司事，前往覆查无异，因于请奏义仓章程案内，由郡绅呈明坍没无存义田三十五亩八分九厘，另行移县办理。为此合亟造具清册，并原田单移还，可否由贵县详请委员覆勘确实，再行通详请奏，豁免条漕，实为公便。望切！须移。

计移送田单十四纸、清册一本。

一移元和县

同治六年十月　日

义仓委员移文

为移请事。查得丰备义仓原存长邑田二千三百五十五亩五分三厘四毫，除拨入恤孤局田九百四十六亩八分八毫，并奉文注销应还宾兴局田八分，应由该局造报过户办粮外，所存义仓长邑田一千四百七亩九分二厘六毫，早经前办委员候补府沈于六年五月备文造具都图字圩斗则清册，移送贵县查核，并请照册开明义仓办粮的户，并填造新单，移交敝仓在案。兹因清粮案内新单汇造填齐，给发各业收执，所有实存敝仓田一千四百七亩九分二厘六毫，填造新单若干户，一并希即移交敝仓存执，以凭核办，实为公便。望切！须移。

一移长洲县

同治八年三月　日

义仓委员移文

为移请事。案查省城义仓历年契买田亩，均由各业户缴出原领新田单为凭。惟各户花名甚杂，既经买入义仓，似应照章更换，以资凭信。兹由潘绅会商前来，请将义仓新置田亩，一律更正义仓的户。现经造备清册一套送鉴。希即饬承赶紧照册按户填明都图圩号斗则亩分，并填给苏城义仓收执新单，发仓存储。其各业户原领田单，亦照造清册并单赍送涂销。除呈元吴、长吴（按：原文如此）两县一体照办外，理合移请贵县，请烦查照施行。望切！须移。

计移送清册二套并田单六册计五百二十九纸，四册计三百六十一纸。

一移长洲县、元和县

光绪三年二月　日

义仓委员移文

为移请事。案查省城义仓历年契买田亩，均由各业户缴出原领新田单为凭，其有未经领单者，但以粮票为凭，未能一律执守，且各户花名甚杂，既经买入义仓，似应照章更换，以资凭信。兹由潘绅会商前来，请将义仓新置田亩，有单者更正义仓的户，无单者一律补给。现经造备清册一套送鉴，希即饬承赶紧照册按户填明都图圩号斗则亩分，并填给苏城义仓收执新单，发仓存储。其各业户原领田单，亦照造清册并单赍送涂销。并查贵县于同治四年起，各业户请换新单者，送经前任核明，照章给发在案。义仓田产，尤为永远执守，不得不更昭郑重。除移长、元两县一体照办外，理合移请贵县，请烦查照施行。望切！须移。

计移送清册二套，并田单五册，计三百四十五纸。

一移吴县

光绪三年二月　日

义仓委员移文

为移送事。案准贵县、厅移开，案查省城义仓历年契买田亩，均由各业户缴出原领新田单为凭。其未经领单者，但以粮票为凭，未能一律执守，且各户花名甚杂，既经买入义仓，似应照章更换，以资凭信。移烦饬承赶紧照册按户填给，其各业户原领田单，亦照造清册并单赍送涂销等因，并准移送册单到县。准此查敝县清粮给单，于同治六年分由前县任内业已停止。兹准移请填给，应将田单专案刊刻填用，以示区别。除饬承分照填单涂销外，合将填齐执业田单，备文移送。为此合移贵县、厅，烦为查收，发仓存储。望切切！须移。

计移送义仓田单五百五十三纸。

光绪三年三月　日

吴县移文

为移送事。准贵委员移开，省城义仓契买田亩，缴出原单。各户花名甚杂，兹由潘绅会商，请将义仓新置田亩造册，移烦饬填苏城义仓新单，发仓存储。其各户原领田单，赍送涂销等因。准此当即饬照来册，开列都图斗则字圩田数，一律填具苏城义仓户名。新单按户核明钤印，计共三百三十八纸，合行固封移送。为此合移贵委员，请烦查点收储。其送来原单三百六十一纸，按户涂销，合并移明。须移。

计移送义仓田单三百三十八纸。

光绪三年四月　日

元和县移文

为移送事。准贵县、厅移开，省城义仓历年契买田亩，均由各业户缴出原领新田单为凭。兹由潘绅会商，请将新置田亩，一律更正义仓的户。现经造册，呈请按户填给苏城义仓新单，发仓存储。其原领田单造册送销等因，并送册单到县。准经饬据清粮书，将送到原单五百二十九纸注销外，所有换给新单，查照来册，换填苏城义仓户名新单，计五百三十二纸，合行移送。为此合移贵厅、县，烦为查收存仓，仍将收到日期，移覆备查。望切切！须移。

计移送义仓田单五百三十二纸。

光绪三年六月　日

长洲县移文

长洲县宝前仓原捐

二都

六图　淡字圩

官则田二亩六分九厘　三亩五分七厘六毫　六分

十图　丁字圩

官则田三分七厘一毫　五亩五分九厘九毫

十八图　在字圩

官则田四亩五分

　　　　　南塘字圩

官则田五亩

三都

一图　干字圩

官则田五分八厘八毫　六分六厘七毫　二亩一分六厘四毫　六分九毫

二图　璧字圩

官则田一亩二分六厘四毫　四亩三分二厘　五厘四毫　三亩九分二厘九毫　二亩九毫

　　　　路字圩

官则田四亩三分四厘　四亩九厘三毫　三亩八厘七毫　三亩四分五厘九毫

五图　侠字圩

官则田四亩二分三厘二毫　二亩三分　一亩五分　三亩八分五厘八毫

　　　　冠字圩

官则田二亩四分七厘五毫　二亩一分一厘　一亩四分六厘九毫

　　　　封字圩

官则田一亩二厘三毫　四亩六分五厘八毫　四亩八分四厘八毫　五亩三分三厘九毫

六图　实字圩

官则田三亩一分八厘三毫　四亩二分二厘二毫

七图　刻字圩

官则田一亩七分三厘七毫　四亩九分四厘　一亩八分二厘六毫　五亩六分六厘四毫
二亩三分七厘　三亩三分五厘三毫　三亩五分六毫

　　　　阿字圩

官则田三亩四分五厘七毫　一亩六分七厘八毫　四亩一分四厘一毫

　　　　槐字圩

官则田四亩四厘三毫

九图　青字圩

官则田三亩

十图　罗字圩

官则田三亩一分四厘四毫　四亩五分七厘三毫　四亩三分

　　　　将字圩

官则田三亩九分六厘三毫

　　　　相字圩

官则田一亩五分三厘六毫

十一图　直字圩

官则田一亩七分　一亩五分九厘五毫

十二图　南字圩

官则田三亩九分六厘七毫　四亩一分六厘二毫　二亩九分五厘一毫　二亩五分五厘三
毫　三分五厘七毫

十三图　城字圩

官则田三亩二分七厘　三亩一分八厘四毫　四亩二分四厘四毫　七分四厘三毫　四亩
八分九厘六毫　三亩七分七厘三毫　三亩七分八厘四毫

十四图　雁字圩

官则田二亩八分　一亩

十六图　竭字圩

官则田一亩　三亩三分　二亩六分六厘

四都

二图　池塘字圩

官则田三亩九分五厘　一亩一分九厘　四亩九分九厘九毫

　　　　列字圩

官则田一亩五分五厘九毫

上八图　榖字圩

官则田二亩九分三厘八毫　四亩八分三厘六毫　五亩四分三厘四毫　二亩九分五厘三
毫　二亩四分三厘一毫　三亩四分二厘五毫　四亩七分八厘九毫　二亩三分七厘二毫
下地则田四分五厘六毫　一亩一分一厘六毫

上九图　菜字圩

官则田一亩七分一厘一毫

十图　幸字圩

官则田一亩六分四毫　一亩八分二厘三毫　九分九厘八毫　六分二厘五毫
　　　位字圩

官则田八分四厘一毫　五亩二分二厘一毫

二斗则田二亩五分五厘三毫
　　　奈字圩

官则田二亩二分三厘六毫

上十一图　师字圩

官则田八亩一厘二毫　三亩二分五厘三毫　二分六厘五毫　四亩四分三厘五毫
　　　帝字圩

官则田九分三毫　六亩一分九厘　一亩七分六厘　三亩六分九厘八毫　九亩一厘三毫
一亩二分二厘五毫
　　　其字圩

官则田五分三厘　一亩八分三厘　二亩五厘七毫　二分四厘七毫　三分九厘五毫　一
亩七厘　二亩四分八厘二毫　二亩三分九厘八毫　一亩九分五厘二毫　二亩三分五厘八毫
五分　一分四厘

下地则田五分　二分一厘九毫　五厘五毫
　　　羽字圩

官则田四分　四分八厘五毫　二分　三亩二分七厘　四亩二分四厘四毫　七分八厘四
毫　三亩二分一厘九毫　三亩二分九毫

下十一图　姜字圩

官则田四亩九厘七毫　三亩四分五厘一毫　三亩九分八厘九毫　一亩七分九厘七毫
二亩五分八厘二毫
　　　文字圩

官则田四亩四分　七亩五分
　　　皇字圩

官则田五亩六分三厘八毫　七分五厘五毫　一亩二分五厘七毫　一亩三分一厘三毫
一亩一分六厘三毫　二亩一分六毫　一亩二分八厘　一亩二分六厘七毫　二亩五分三厘五
毫　六分七厘　二亩一分六厘　一亩三分九厘三毫　三亩二分九厘七毫　一亩七分二厘五
毫　一亩七分二厘四毫　一亩二分六厘六毫　二亩五分三厘六毫　一亩七分一厘六毫　二
亩三分　一亩六分二厘三毫　一亩一分八厘四毫　二分　四亩四分三厘五毫　五亩七厘三
毫　三亩四厘一毫　三亩一分一毫　二亩四分三厘八毫　四亩二分五厘二毫　四亩四分七
厘二毫　四亩二分二厘八毫　六亩八分七厘五毫　三亩五分九厘五毫　七亩七厘八毫　四
亩五分六厘四毫　三亩六分二厘四毫　四亩二分三厘五毫　二亩三分一厘四毫　一亩二分
九厘一毫　五分三厘五毫　五分三厘四毫　二亩一分一厘　二亩一分九厘　二分六厘八毫
　四亩五分　四亩二分二厘七毫　三亩五分七厘　二分　一亩一分八厘五毫　一亩六分二
厘三毫　一亩七分一厘七毫　二亩五分一厘　二亩五分四厘九毫　一亩三分四厘六毫　二
亩一分三厘八毫　二亩五分一厘　五分三厘　二亩二分六厘七毫　四亩三分二厘九毫　一
亩九分二厘三毫　一亩五分三厘二毫　二亩六分八厘七毫　五亩一分五厘三毫　三亩九分

四厘八毫　二亩七分八厘三毫　四亩五分八厘

　　南十三图　桓字圩

　　官则田四亩三分四厘八毫　二亩四分三厘二毫　三亩一分二厘一毫

　　十五图　义字圩

　　官则田六亩一分一厘六毫

五都

　　九图　发字圩

　　官则田八分八厘九毫　七亩二分八厘二毫

　　十四图　后字圩

　　官则田八分七厘三毫　一亩九分三厘四毫　八分九厘三毫　八分　四亩三分一厘

　　共计不等则田五百六十二亩四分四厘八毫

长洲县宝后仓原捐

东六都

　　上一图　毁字圩

　　官则田二分六厘三毫　一亩九分六厘六毫　二亩五分六厘三毫　四亩三分五厘三毫

　　　　　　似字圩

　　官则田一亩五分六厘五毫　一亩一分二厘六毫　四亩二分五厘四毫　一亩二分四厘一毫

　　下一图　敢字圩

　　官则田一亩五分六厘六毫　三亩八分四厘

　　上二图　宙字圩

　　官则田五分

　　　　　　鳞字圩

　　官则田五亩一分六厘

　　三图　羽字圩

　　官则田八分　三亩

　　南五图　行字圩

　　官则田四亩四分四厘四毫

　　　　　　殷字圩

　　官则田六分二厘七毫　三亩六分二厘二毫

　　　　　　归字圩

　　官则田六亩二厘六毫　二亩七分二厘三毫　一亩八分八厘六毫　四亩九分四厘九毫

六分　一亩四分五厘四毫　三分三厘三毫　二分一厘三毫　二亩四分五厘六毫　四亩三分七厘七毫　四亩三分七厘八毫　四亩三分二厘一毫

　　十图　裳字圩

　　官则田三亩五分七厘五毫　三分五厘　四亩五分四厘四毫

　　　　　　朝字圩

　　官则田一亩六分二厘八毫　四分六毫

十一图　调字圩

官则田一亩八分　八分　三亩　三亩

　　　　　往字圩

官则田四亩　二亩五分七厘　四亩　一亩　四亩　一亩　一亩五分　二亩七分

上十七图　羊字圩

官则田二亩八分三毫

　　　　　知字圩

官则田二亩七分四厘七毫　二亩四分九厘八毫　二亩六分三厘八毫　五亩六分四厘四毫　七分二厘八毫　一亩三分六毫　二亩五分七厘八毫　一亩四分八毫　六分七厘

下十七图　肆字圩

官则田二亩八厘八毫　九分九厘　一亩二分五厘一毫　二亩一分五毫　一亩六厘一毫

西六都

上六图　圣字圩

官则田五厘一毫　一亩二分九毫　四亩五分二毫　三亩四厘　四亩八分六厘五毫　二亩五厘　三亩三分八厘　一亩四分三厘二毫　三亩三分三厘六毫　一亩六分五厘六毫

　　　　　悲字圩

官则田三亩一分九厘四毫　三亩一分一厘二毫　三亩八毫

下六图　量字圩

官则田五亩

上八图　场字圩

官则田四亩八分

上九图　拱字圩

官则田一亩九分九厘八毫　一亩八分七厘四毫　二亩一分七厘二毫　二亩八分三毫　九分六厘三毫　七分五厘八毫　一亩九厘四毫　四亩四分九厘九毫

七都

一图　宅字圩

官则田一亩二分　二分　二亩八分　二亩八分　二亩五分　二亩　一亩　九分　四分　三分　三分　四分　八分　八分　四分　四分　二分　二分　二分　二分

　　　　　刻字圩

官则田一亩一分　一亩一分　一亩五分　七分五厘　五亩三分　九分　七分五厘

　　　　　策字圩

官则田一亩二分　三亩六分　一亩五分　一亩八分　一亩八分　二亩三分　三亩七分五厘　二亩五分

　　　　　溪字圩

官则田九分

四图　路字圩

官则田八分　七分三厘　三分

　　　　　鼓字圩

官则田三亩三分一厘

星字圩

官则田一亩一分二厘八毫

上七图　恻字圩

官则田一亩五分　一亩五分

八图　存字圩

官则田一亩五分

上九图　睦字圩

官则田七亩

下九图　奉字圩

官则田二亩五分

十二图　兰字圩

官则田三亩

十四图　羽字圩

官则田一分五厘　一分五厘　一分二厘　三亩五分

八都

一图　地字圩

官则田三亩

　　　　南元字圩

官则田一亩二分　一亩二分

四图　冈字圩

官则田四亩

下七图　推位字圩

官则田三亩　二亩七分　二亩七分　三分　三分一厘　二分五厘　一分四厘　四亩二分

　　　　有字圩

官则田二亩　一亩五分　三分　六分五厘　三分　二分　一分四厘　二分　一分四厘 一分四厘　一亩

八图　龙字圩

官则田八分

　　　　火字圩

官则田八分　二亩

十图　宿字圩

官则田四分　一亩五分　二亩七分三厘五毫　五亩五分七厘　二亩三分三厘三毫

　　　　冬字圩

官则田一亩二分五厘五毫　一亩二分四厘一毫

上十一图　陶字圩

官则田二亩七分六厘二毫　一亩一分四厘六毫

　　　　　发字圩

官则田一亩一分五厘二毫　三亩五分

民字圩

官则田二亩一分六厘三毫　四亩

下十一图　洪字圩

官则田一亩一分六厘三毫　三亩九分八厘五毫　一亩五分九厘九毫　一亩一分八厘六毫

吕字圩

官则田三亩

十三图　号字圩

官则田二亩八分五厘二毫　二亩四分八厘九毫　八分六厘一毫

水字圩

官则田三亩　七分　七分　二亩　三亩一分　二亩　七分

珍字圩

官则田四亩

月字圩

官则田二亩五分　五分

上十五图　雨字圩

官则田四亩

九都

九图　逊字圩

官则田二亩　二亩

十图　拜字圩

官则田一亩五分

上二十二图　吕字圩

官则田二亩　二亩　五分　一亩　三分　一亩三分

调字圩

官则田五亩　五亩　四分　一亩八分　三亩　二亩

闰字圩

官则田二亩四分　二亩

余字圩

官则田二亩

二十三图　平字圩

官则田四分　四分

汤字圩

官则田二分　二分　二分

坐字圩

官则六分　三分

二十四图　衣裳鸣字圩

官则田四亩

水字圩

官则田三亩二分　七分　二分　一亩二分　一亩八分　一亩三厘　五亩　一亩五分三厘　二亩七分二厘　二亩七分二厘　一亩六分

玉字圩

官则田一亩四分　一亩二厘　一亩二厘

三十四图　木字圩

官则田二亩

制字圩

官则田四分

问字圩

官则田七分三厘　五分

八都

上十一图　民字圩（九年分查出补报二户）

官则田三亩七分　三亩二分

共计官则田四百六十三亩一分六厘

长洲县万前仓原捐

十一都

上一图　朋字圩

官则田七分二厘四毫　三分七厘

戾字圩

官则田四亩四分三厘八毫　八分五厘三毫　六分六厘四毫

下一图　天字圩

官则田一亩

三图　剑字圩

官则田二分　五分　一分九厘五毫　二分八厘一毫　四亩五分　一亩三分五毫

珍字圩

官则田一亩三分三厘八毫

四图　光字圩

官则田三亩五厘七毫

五图　大淡圩

官则田一亩四厘　二亩一分七厘七毫

小淡圩

官则田二亩五分五厘三毫　一亩五分四厘九毫　四分四厘一毫　二亩二分三厘九毫三分六厘一毫

师字圩

官则田三亩一分　五分

羽字圩

官则田三亩八厘九毫

海字圩

官则田二亩三厘一毫

咸字圩

官则田二亩三分

重字圩

官则田二亩六分四厘

上六图　字字圩

官则田三亩一分三厘一毫

衣字圩

官则田一亩八分九厘一毫

裳字圩

官则田二分四厘　二分六厘　三分七厘二毫

陶字圩

官则田五分五厘

火字圩

官则田三亩八厘八毫

上八图　唐字圩

官则田四亩

上九图　于字圩

官则田六亩五分九厘

十一图　寒字圩

官则田二分　二分　五分　五分　三亩八分　三分

十二都

二图　守字圩

官则田八分二厘六毫

三图　既字圩

官则田三亩五厘五毫　七分一厘六毫

爵字圩

官则田二分八厘　一亩三分九厘七毫　一亩一分七厘

四图　伐字圩

官则田一亩二分五厘　二亩八分二厘二毫　四亩一分八厘二毫　二亩

六图　内字圩

官则田三亩四厘八毫

十九图　明字圩

官则田五分八厘三毫　一亩二分　二亩二分　三分七厘　七分五厘四毫

十五都

东一图　条字圩

官则田一亩一分　一亩六分　七分五厘　六亩八厘　一亩五厘四毫　三亩七厘五毫
六分四厘六毫　七分四厘五毫　一亩一厘　五分　一亩八分九厘　八分七厘八毫　九分二
厘　一亩一厘三毫　一亩一厘三毫　一分五厘九毫　四分九厘五毫　一亩一分四厘二毫

一亩五分七厘五毫　八分七厘八毫

    把字圩

 官则田一亩二分一厘　二分七厘　三亩三分三厘四毫

 东二图　招字圩

 官则田三亩一厘六毫

    奏字圩

 官则田五亩二分

 上二图　辱字圩

 官则田三分五厘三毫　七分　二亩八分

    皋字圩

 官则田三亩三厘

 西二图　翠字圩

 官则田二亩四分六厘七毫　二亩　一亩　一亩七厘二毫

 上三图　抗字圩

 官则田二亩一分二厘二毫　七分八厘

 中三图　遥字圩

 官则田二亩五分六厘三毫

 西四图　翠字圩

 官则田一亩二分五厘　一亩二分五厘　九分七厘七毫　九分九厘七毫　九分九厘七毫

三亩四厘二毫

 西六图　翠字圩

 官则田三亩二分　一分六厘七毫　三分八厘三毫　五亩一分五厘五毫

 半六图　机字圩

 官则田一亩七分三厘六毫　一亩七分三厘六毫

 上八图　宠字圩

 官则田三亩

 新八图　枇字圩

 官则田四亩　一亩　一亩　一亩

 十五图　殆昆字圩

 官则田二亩三厘四毫

 十六图　组字圩

 官则田二亩三分三厘三毫　三亩　二亩九分九厘二毫　八分八厘三毫　八分八厘三毫　八分

八厘三毫　五分四厘五毫　二分四毫

 十七图　组字圩

 官则田一亩三分四厘二毫　一亩六分五厘

 共计官则田二百亩九分九厘九毫

 长洲县万后仓原捐

 上十四都

十五图　育字圩

官则田二亩九分六厘六毫

上十六图　史字圩

官则田五亩一分七厘六毫

十八图　孟字圩

官则田二亩七分八厘九毫　六亩三厘三毫　二亩

二十二图　贤色字圩

官则田三亩六分三厘三毫

　　　　　贤字圩

官则田一亩二分　一亩一分八厘五毫　五分二厘一毫　一亩一分八厘五毫　九分五厘

　　　　　理字圩

官则田一亩九分一厘五毫　二亩

　　　　　　貌字圩

官则田一亩二分二厘五毫　二分二厘

　　　　　　聆字圩

官则田三亩

　　　　　　建字圩

官则田一亩

二十七图　黜字圩

官则田四亩五分　二亩六分八厘九毫　三亩　三亩五毫　五分二厘三毫　六分　四亩

五分四厘五毫

二十八图　祇字圩

官则田三亩五厘五毫　三亩九分

　　　　　厥字圩

官则田六分四厘三毫　一亩

　　　　　嘉字圩

官则田五分五厘　一亩六分五厘　一亩一分七厘

　　　　　嘉厥字圩

官则田四分五厘　二亩七分

下十四都

十三图　稽字圩

官则田五分四厘四毫

下十七都

二图　眠字圩

官则田四亩一厘二毫　二分四厘　一分五厘　一亩九厘八毫　四分九厘　三亩一分四

厘二毫　一亩七分二厘五毫　三亩五分五厘四毫　三亩一分一厘三毫　一亩七分八厘五毫

　一亩八分　一亩二厘　二亩四分二厘二毫　四分六厘六毫　二亩七分九毫　一亩六分

二亩二分五厘六毫　四亩二分四厘　八分四厘九毫　三分六厘二毫　二亩八分六厘八毫

一亩八分九厘五毫　七分七厘三毫　九分四厘九毫　一亩七分七厘七毫　一亩二分四厘

一亩　五分九厘一毫　二亩六分一厘五毫　二亩三分四厘七毫　一亩八厘三毫　九分九厘五毫　三亩五厘六毫　六分六厘九毫　四亩七分二毫　七分　一亩　三亩五分二厘七毫四亩七分九厘五毫　一亩九分九厘　三亩八分　一亩九分四厘九毫　三分五厘二毫　三亩五分九厘一毫　三亩八厘三毫　四亩七分二毫　二亩一分一厘五毫　一亩五分　一亩五分

十六图　御字圩

官则田三亩五分

二十六图　银字圩

官则田八分

西十八都

二十二图　嗣字圩

官则田三亩八分　一亩二分

三十七图　康字圩

官则田二亩三分

共计官则田一百八十一亩三分一厘九毫

四共计不等则田一千四百七亩九分二厘六毫

四共计印单六百五十七纸

元和县仁字柜原捐

半十九都

二十五图　阮字圩

官则田四亩二分五厘　三亩八分六厘七毫

二十七图　纸字圩

官则田一十亩　五亩八厘一毫　一亩　一亩　五亩一分八厘一毫　三亩九分八厘　三分八厘五毫　三亩七分五厘五毫

东十九都

三十三图　晦字圩

官则田六分八厘四毫

　　　　　　翰字圩

官则田二亩一分一厘四毫

三十六图　淑字圩

官则田七亩八分四厘七毫　四亩六分　四亩六分　二亩二分六毫　四亩六分　三亩三分一厘六毫　二亩一分八毫　二亩一分八毫

三十七图　每字圩

官则田一亩八分　一亩八分一厘五毫　二亩七分八厘三毫　四亩八分六厘六毫　二亩六分七厘八毫　四分　四亩七分八厘　一亩三分　一亩九分　二亩二分一厘八毫　一亩五厘一毫　四亩三分三厘　五升荡二分五厘

三十八图　邵字圩

官则田二亩三分五毫　五亩二分七厘六毫　一亩

东矩字圩

官则田二亩七分　五亩二分五毫　三亩九分七厘三毫　六亩五分二厘五毫　八亩一分一厘五毫　七分五厘六毫　四亩七厘二毫　四亩四分一厘六毫　三亩三分五厘二毫

三亩四分四厘四毫
民则田一亩五分九厘七毫

三十九图　东吉字圩

官则田三亩二分二厘二毫　三亩四分二厘三毫　四亩五分九厘　二亩四毫　四亩六分四厘八毫

西吉字圩

官则田五亩二分　二亩　二亩五分一厘八毫　三亩四分八厘七毫　二亩七分九毫　四亩六厘七毫

东绥字圩

官则田四亩七分四厘五毫　四亩八分四厘四毫　三亩六分二厘八毫　八分八厘二毫

西绥字圩

官则田二亩　三亩一毫　二亩五分二毫　二亩　五亩七分三厘二毫　三亩七分四厘六毫　五亩七分二厘七毫　五分　三亩六分八厘三毫

里步字圩

官则田三亩五分八厘九毫

东中步字圩

官则田二亩八分二厘二毫　二亩九厘五毫　四亩三分二厘六毫　三亩六分六厘八毫　三亩四分六厘

西中步字圩

官则田一亩八分　二亩一分三厘八毫　二亩一分三厘九毫　二亩一厘九毫　二亩一厘九毫　二亩　三亩四分九厘　二亩一分五厘三毫

东外步字圩

官则田四亩一分八毫　三亩七分五厘九毫　二分五厘　三亩九分一厘五毫　二亩一分五厘一毫

西外步字圩

官则田四亩　一亩一分六厘五毫　三亩二分五厘四毫
一斗荡五亩四厘六毫

东绥步字圩

官则田三亩六分二厘一毫

四十一图　束字圩

官则田四亩九厘九毫

仰字圩

一斗则田三亩一分八厘一毫

五十图　引字圩

官则田三亩八分四厘五毫

五十九图　西矩字圩

官则田三亩四分五厘二毫　二亩五分　四亩一分八厘五毫　五亩三分二厘六毫　四亩

民则田三亩五分二厘七毫 八亩

南十九都

十七图 淑字圩

官则田二亩六分 二分八厘二毫 二亩 四亩二分四厘七毫 四亩 三亩二分四厘七毫 三分

二十二图 丸字圩

官则田九分八厘九毫 七亩二分五厘 三亩七分四厘

布字圩

官则田二亩九分八厘八毫 五亩五分 二亩三分二厘三毫 二亩 二亩三分三厘九毫 四亩一分一厘六毫 四亩九分二厘五毫

民则田二亩九分五毫

二十三图 淑字圩

官则田一亩六分八厘 二亩八分一厘八毫 一亩六分一厘三毫

二十四图 毛字圩

官则田五亩八厘

二十六图 洁字圩

官则田三亩 七亩 四亩八分 二亩五分四厘 五亩九分二厘一毫 五亩二分五厘 五亩 五亩二分二厘一毫 二亩七分七厘九毫 二亩三分九厘五毫 五分 民则田二亩七分五厘八毫

民则田三亩六分六厘四毫 五亩四厘六毫

伦字圩

官则田四亩五分七厘五毫 二亩八分五厘 三亩一分九厘 二亩七分四厘 五亩六分八厘 一十二亩九分九厘五毫 四亩一分二厘二毫 二亩五分二厘九毫 五亩九分四厘二毫 二亩四分八毫

民则田四亩八分二厘七毫

南笔字圩

官则田八分三毫 五亩 三亩七分八厘二毫 四亩三分 一亩八分二厘 三分七厘七毫 三分七厘五毫 四亩二分五厘九毫 三亩三分一厘 四分八厘五毫 四亩一分三厘二毫 一亩八分九厘一毫 一亩八分九厘一毫

北笔字圩

官则田六亩八分一厘八毫 四亩八厘四毫 二亩一毫 九分三厘七毫 一十一亩九分五厘九毫 三亩二分二厘二毫 七亩五分九厘九毫 三亩四分一厘三毫 二亩一分一厘二毫 七亩七分八厘九毫 五亩 三亩五分一厘七毫 九亩九厘一毫 五亩七厘二毫 一亩三分一厘 一十亩四分五厘五毫 四亩八分三厘八毫 六亩九分九毫 四分

南稽字圩

官则田四亩三分九厘六毫

北稽字圩

官则田五亩六厘三毫

中稽字圩

官则田五分一厘一毫

二十八图　皆字圩

官则田二亩六分四厘四毫

二十九图　钧字圩

官则田五亩二分一厘三毫　七亩七分五厘二毫　六亩一分五厘　四亩九分五厘四毫四亩六分八厘九毫　四亩六分二毫　四亩五分二厘五毫

三十五图　曦字圩

官则田一亩一分六厘五毫　三亩七分七厘六毫　四亩八分　三亩四分二厘六毫

淑字圩

官则田二亩四分五厘八毫

四十八图　亡字圩

官则田四亩五分二厘六毫　三分九毫　八亩八分二厘　一亩八分三厘三毫

六段亡字圩

官则田七亩九厘九毫

五十八图　啸字宇

官则田三亩五分八厘七毫

上二十一都

九图　男字圩

官则田七亩一厘一毫　六亩二分六厘九毫　五亩二分五厘四毫　三亩一分二毫　三亩六分　四亩二分七厘五毫　五亩四分一厘三毫　三亩　三亩三厘五毫　四亩一分七厘五毫　五亩　三亩六分八厘六毫　八亩六厘四毫　五亩一分三厘

效字圩

官则田三亩二分六厘　四亩二分九厘八毫　四亩一分二毫　四亩七分一厘九毫　三亩一分　二亩三分二厘五毫　二亩五厘一毫　四亩四分四毫　三亩二分一厘八毫　一亩四分　一亩二分　三亩　三亩三分七厘五毫　三亩三分七厘六毫　三亩七分九厘六毫　九分四厘五毫　二亩九分二厘二毫　四亩五分九厘九毫　一亩一分五厘三毫　一亩一分一厘三毫　一亩　二亩七分六厘八毫　五分三厘八毫　一亩一分三厘八毫　二亩　四亩一分二毫　三亩九分四厘七毫　四亩　三分　一十一亩八分九厘一毫　四亩七分九厘四毫　二亩八分三厘一毫　二亩　四亩九毫　四亩四分六厘　三亩五分三厘　四亩二分三厘七毫　一亩六分二厘九毫　七亩一分八厘　一亩七分五厘　一亩六分八厘五毫　六亩五分八厘五毫　二亩五分三厘一毫　五亩八分二厘　七亩二分九厘一毫　七亩二厘三毫　七亩　五亩四厘一毫　五亩一分七厘二毫　三亩九分五厘六毫　一亩九分九厘七毫　一亩六分四厘　二斗则田二亩五分二厘二毫

稽字圩

官则田五亩八分四厘七毫

洁字圩

官则田四亩七分八厘四毫　一亩七分七厘二毫　六分九厘九毫　二亩　六亩九分一厘　四亩七分三厘六毫　二亩　五亩七分九厘四毫　六分三厘六毫　二亩四分六厘　四亩七分七厘七毫　四亩七分八厘一毫　四亩三分四厘二毫　三亩七分五厘　三亩八分三厘五毫

一亩九分八厘三毫　三亩九分六厘五毫　三亩六分八厘　六亩一分七厘五毫　八亩五厘

北洁字圩

官则田七分三厘三毫　四亩　二亩　七亩八分五厘六毫　二亩　七亩二分四厘七毫　六亩八分一厘七毫

十图　知字圩

官则田四亩一毫　三亩六分五厘　四亩三分四毫　一亩九分六厘五毫　二亩五分八厘五毫　四亩二分五厘　四亩五分七厘一毫　六亩四分九厘二毫　五亩三分　四亩二毫　五亩　三亩六分一厘五毫　二亩七分四厘八毫　七亩三分一厘六毫　五亩　五亩八分四厘二毫

才字圩

官则田四亩四分三厘五毫　五亩　二亩三分五厘九毫　三亩三分六厘六毫　五亩二分八厘　二亩　三亩　四亩　五亩八分四厘七毫　四亩八分二厘　三亩九分四厘四毫　六分　三亩八分三厘八毫　四亩一分七厘八毫　一亩九分二厘四毫

民则田八分八厘六毫

东良字圩

官则田五亩　一亩八分　六亩三分四厘三毫　五亩七分一厘八毫　四亩八分一厘六毫　一亩二分七厘四毫　四亩四分四厘七毫　五分八厘五毫　四亩二分四厘九毫　二亩九分三厘八毫　一亩二分七厘八毫　一亩四分八厘九毫

南良字圩

官则田三亩八分一厘二毫　五亩九分　三亩七分　六亩九分二厘七毫　二亩五厘五毫　一亩　一亩五分　三亩九分七厘四毫　二亩一分七厘五毫　九分四毫　四分七厘六毫

西良字圩

官则田五亩四分六厘六毫　四亩四分　三亩五分六厘　七亩二分三厘四毫　五亩五分四厘五毫　三亩一分一毫　五亩八厘七毫　六亩五分六厘九毫　二亩五分二厘三毫　七分二厘　五亩九分三厘五毫　五亩六分三厘四毫

十一图　谈字圩

官则田三亩三分三厘二毫　三亩四分九厘　五亩五分二厘四毫　二亩八分六厘五毫　六亩六分四毫　二亩九分三厘四毫　二亩二分七厘五毫　一亩九分一厘五毫　一亩三分　一亩　三亩九分六厘六毫　三亩一分八厘五毫　四亩一分七厘九毫　五亩九分九厘　五亩二分四厘五毫

二斗则田七分四厘二毫　一亩六分三厘三毫

短字圩

官则田三亩七分八厘三毫　八亩四分五厘　四亩二厘五毫　四亩一厘九毫　七亩一分七厘　二亩九分六毫　一亩九分三厘　三亩四分三厘四毫　三亩三分二厘五毫　三亩四分九厘五毫

十二图　能字圩

官则田五亩七分三厘五毫　三亩五分七厘八毫　四亩四分四厘　一亩九分一厘四毫　二亩三分九厘三毫

五升荡一亩五分四厘

　　　　　长字圩

　　官则田五亩五分八厘八毫

　　　　　上莫字圩

　　官则田五亩八分二厘八毫　　三亩一分五厘六毫　　一亩二分七毫

　　　　　下莫字圩

　　官则田三亩六分五毫　　二亩九分四厘八毫　　一十二亩一厘二毫

　　十三图　必字圩

　　官则田五亩七分三厘四毫　　四亩三厘七毫　　七亩七分八厘二毫　　七亩三分六厘一毫　四亩五分　　五亩一分八厘六毫　　四亩八分七厘五毫　　三亩六厘二毫　　八亩九分四厘二毫　五亩二分五厘五毫　　六亩九分三厘九毫　　四亩五分六厘三毫　　七亩一分六厘四毫　　七亩一分四厘六毫　　三亩四毫　　一亩五分五毫　　三分三厘四毫　　二亩四分　　七亩五厘七毫　　五亩三分一厘五毫　　八亩六分一厘五毫　　二亩一分三厘三毫　　二亩二厘　　四亩七分五毫　　三亩三毫　　九亩四厘三毫

　　　　　改字圩

　　官则田一亩九分八厘　　四亩九分三厘一毫　　三亩八分八毫　　四亩一分　　四亩九分九厘三毫　　五分九厘五毫　　二亩　　二亩七分四厘二毫　　二亩三分　　二亩七分四厘八毫　　三亩二分八厘三毫　　六亩一分六厘五毫　　三亩八厘九毫　　五亩九分二厘　　二分八厘　　五分八厘七毫　　三亩四厘八毫　　五亩二分　　七分六厘八毫　　七亩四分八厘二毫　　九分

　　　　　得字圩

　　官则田六亩七分　　一亩七分三厘四毫　　八分二厘一毫　　八分　　四亩八分一厘四毫　　三亩八分六厘二毫　　二亩二分二厘　　二亩六分六厘八毫　　二亩二分九厘　　二亩一分　　二亩二分二厘一毫　　八亩五厘七毫　　七亩七分八厘二毫　　四亩六分五厘三毫

　　　　　上改字圩

　　官则田二亩　　四亩二分九厘一毫

　　　　　下改字圩

　　官则田四亩五分八毫　　二亩六分六厘

　　十四图　罔字圩

　　官则田四亩三分　　三亩八分二厘三毫　　三亩三分二厘三毫　　三分二厘四毫　　五分二厘九毫　　二亩九分四厘七毫　　三亩四分九厘七毫　　四亩五分九厘七毫　　四亩五分四厘七毫　五亩二分三厘一毫　　四亩四分五厘八毫　　四亩六分一厘一毫　　四亩八厘三毫　　四亩六分二厘一毫　　三亩六厘三毫　　三亩四分二厘　　三亩一分六毫　　六分六厘　　一亩四分　　二亩九分　六亩六分　　二亩二分八厘二毫　　三分三厘三毫　三亩四分二厘九毫
　　　　　　　　　　　　　　　　　　　　　二斗则田二亩八分

　　　　　东使字圩

　　官则田四亩三分七厘三毫　　五亩四分四厘四毫　　四亩八分八厘八毫　　三亩三分二厘一毫

　　二斗则田二亩七分

　　十六图　维字圩

　　官则田三亩四分六厘　　二亩六分　　五亩一分五厘二毫

十七图　靡字圩

官则田二亩一分七厘四毫　二亩八分四厘九毫　三亩七分四厘四毫　一亩八分二厘一毫　三亩三分三厘六毫　二亩七分九厘二毫　五亩八分六厘三毫　七亩三分二厘　一亩四亩五分　二亩六分四厘二毫　二亩六分四厘二毫　六分四厘八毫　四分二厘　四分二厘　四分二厘　四分二厘　一亩九分八厘四毫　六分七厘　三亩三分三厘七毫　三亩三分三厘六毫　四亩四分八厘　二亩九分五厘七毫　七亩四分五厘二毫　六亩三分八厘七毫　二亩四分二毫　三亩九分四厘四毫　四分五厘　一亩三分三厘三毫　一亩七分一厘一毫　一亩一分六厘三毫　二亩八分六厘七毫　一亩　六亩八分七厘一毫　三亩九分九毫　一亩五分四厘八毫

恃字圩

官则田一亩七分二厘　二亩九分二厘一毫　六分七厘六毫　一亩九分七厘五毫　七亩七分二厘三毫　五亩四分三厘七毫　四亩八分二厘六毫　五亩三分一厘　一亩四分三厘一毫　一亩九分　六亩　四亩七分

彼字圩

官则田二亩四分六厘

西北使字圩

官则田一十亩一分六厘三毫　七亩三分四厘二毫
二斗则田二亩一分五厘

二斗则田三亩四分五厘

十九图　信字圩

官则田三亩五分八毫　三亩四分七厘七毫　三亩二分七厘九毫　三亩五分四厘二毫　一亩二分　三亩八分八厘六毫　二亩八厘五毫　五亩六厘八毫　二亩七分五厘二毫

可字圩

官则田一十亩八厘　一亩四厘二毫　二亩七分一厘九毫　一亩六分五厘五毫　一十亩一分二厘四毫　三亩四分

官则田四分四厘　三亩五分一厘　一亩三分六厘七毫
二斗则田四分三厘九毫　一亩四分二厘一毫　一亩三分六厘六毫

己字圩

官则田二亩六分五厘八毫　三亩三分四厘八毫　二亩　四亩五分九厘八毫　三亩一分四厘五毫　七分三厘一毫　五亩二分一厘一毫　五亩八分八厘五毫

西南使字圩

官则田五亩二分九厘七毫　八亩九分五厘四毫

二十图　过字圩

官则田四亩二分四厘　二亩四分九厘五毫　四亩七分四厘七毫　七亩二分一厘五毫　六亩一分三厘五毫　一亩七分四厘七毫　三亩二分七厘八毫　七亩二分一厘二毫　五亩三分六厘四毫　五亩五分五厘五毫　四亩二分五厘　二亩七分九厘　五亩二分一厘三毫　五分五厘四毫　一亩一分一毫　二亩七分七厘　三亩八分七厘八毫　五亩四分三厘三毫

官则田三亩九分四厘八毫
民则田一亩九分二厘四毫

民则田五亩九厘五毫　二亩二分二厘　二亩九分四厘九毫　二亩八分六厘二毫　二亩七分六厘七毫　四亩七分四厘八毫　四亩二分九厘九毫　三分七厘
一斗荡一亩四分三厘五毫

二斗则田七分一厘六毫　　二亩二分一毫

　　　　忘字圩

官则田一亩七厘九毫　　二亩七分二厘四毫　　二亩五分　　一亩八分三厘九毫　　二亩六分九厘九毫　　二亩一分三厘　　四亩八分六厘七毫　　六亩五分一厘九毫　　七亩三分二厘　　五亩九分六厘三毫　　三亩二分四厘二毫　　六亩三分六厘三毫　　四分七厘九毫　　四分七厘九毫二亩四分八厘五毫　　二亩七分三毫　　二亩　　三亩九分六厘三毫　　一亩六分五厘八毫　　一亩一分三厘

　　　　二十一图　丝字圩

官则田五亩三分八厘五毫　　三亩七分　　七亩一厘五毫　　二亩一分七厘四毫　　一亩八五厘　　二亩七分　　四亩一分五厘二毫　　一亩四分五厘二毫　　三亩七分七厘七毫　　三亩五分九厘四毫　　八亩三分　　二亩一分二厘九毫　　七亩九分九厘三毫　　二亩六分五厘　　四亩五分八厘三毫　　七亩九厘　　七亩二分四厘三毫　　四亩二分四厘三毫　　三亩二分七厘八毫　　三分五厘九毫　　六分一厘三毫　　五亩二厘　　七分五厘八毫　　二亩二分二厘　　二亩八分三厘四毫五亩七分六厘六毫　　二亩九分六厘二毫　　二亩七分七厘一毫

下二十都

二十九图　巨字圩

官则田四亩　　七分九毫　　三亩五分　　一亩六厘一毫　　一亩九分二厘一毫　　五分八厘二毫　　一分八厘五毫　　一亩三分二厘四毫　　五分　　四分五厘八毫　　二分七厘五毫　　四分五厘

二分六厘八毫　　一分一厘　　四分六厘九毫
民则田二分　　　九厘　　　　二分

　　　　光字圩

官则田五亩二分七厘一毫　　六亩一分九厘一毫

　　　　出字圩

官则田一十亩七分九厘八毫　　一亩三分三厘八毫　　一亩八厘一毫

　　　　号珠字圩

官则田一亩二分八毫

三十图　称字圩

官则田五亩二分八毫

民则田五亩七分五厘四毫

　　　　阙字圩

官则田六分　　三亩九分九毫

三十一图　咸字圩

官则田一亩三分二厘九毫　　三亩四分三厘八毫

三十二图　鳞字圩

官则田九亩九分二厘

　　　　淡字圩

官则田三亩九分八厘五毫

　　　　潜字圩

官则田六分五厘六毫

三十三图　皇字圩

官则田一亩五分六厘九毫

　　　　　羽字圩

官则田四亩二分九厘

三十五图　文字圩

官则田三亩一分九厘六毫　一亩七分八厘七毫　一分九厘八毫　四亩七分六厘九毫

　　　　　字字圩

官则田九分八厘　三亩三分五毫　六分二厘五毫　六分二厘五毫　一亩八厘六毫　七分　七分　六分　六分三厘九毫　三分四厘五毫　三分四厘五毫　三分一厘　五分　五分三厘九毫

三十七图　裳字圩

官则田四亩九分三厘

三十八图　位字圩

官则田二亩四分五厘　二亩四分五厘

四十二图　庙字圩

官则田六亩三分六厘六毫

四十三图　束字圩

官则田二亩

　　　　　带字圩

官则田二亩三分　二亩六分六厘

四十五图　人字圩

官则田五亩五分二毫　五分

共计不等则田二千五百八十一亩三分七厘八毫

元和县义字柜原捐

南三十一都

二十图　顾八字圩

官则田一亩四分四厘四毫

　　　　　南糜字圩

官则田一亩　二亩二分八毫　一亩二分一厘　七分四厘　一亩四分三毫　二亩二分三厘六毫　一亩三分六厘六毫　二亩五分一厘二毫　三分六厘六毫　一亩八分八厘一毫　九分八厘五毫　二分二厘　二分二厘三毫　二分

二十一图　长浜字圩

官则田六亩四分八厘四毫　二亩二分八毫　一亩一分六毫　二亩六分　三亩　一亩八分九厘五毫　三亩四分五厘九毫　一亩二厘一毫　五亩三分九厘二毫　六亩六分五厘二毫　三分　四亩五分九厘六毫　三亩三分二厘五毫　三亩八分六厘六毫　一亩六分六毫　六亩一分六厘三毫　四亩四厘六毫　四亩三分　二亩九分八厘七毫　九分

　　　　　庞庄字圩

官则田一亩五厘五毫　六分七厘五毫　三分　一亩二分　一亩八分五厘六毫　一亩六

分 三亩二厘七毫 三亩二分八厘 一亩九分三厘八毫 二亩一分一厘九毫 四亩二分五厘八毫 二亩 一亩六分五厘 三分七厘五毫 四亩二分五厘三毫 一亩八分一厘三毫 三分 六分 一亩八分二厘二毫 八分九厘一毫 八分三厘五毫 三分 一亩二厘五毫 一亩二厘五毫 二亩九分三毫 二亩八分 一亩七厘四毫 三亩六分一厘二毫 一亩八分 一亩八分 一亩二分二厘五毫 一亩二分 三亩三分五厘五毫 二亩六分七毫 一亩八毫 一亩七分三厘六毫 二亩一分三厘五毫 六亩二厘八毫 四亩五分 一亩八分二厘 一亩五分九厘四毫 三亩八厘 一亩五分 一亩三分 一亩六分一毫 一亩三分九厘八毫 二亩二分 六分 六分六厘三毫 六亩四分一厘三毫

二十二图 张墓字圩

官则田二亩六分五厘八毫 三亩四分一厘四毫 一亩六分四厘五毫 六亩一分二毫 一亩五分 四亩五分四厘八毫 三分六厘三毫 一亩一厘一毫 八分 二亩一厘八毫 二亩一分九厘七毫 二亩八分五厘四毫 六亩四分四厘三毫 一亩八分一厘六毫 五亩五分四厘七毫 五亩五毫 二亩五分四厘 九亩九分一厘八毫

范字圩

官则田一亩七分六厘六毫 四亩七分 三亩七分六厘二毫 一亩三分 二亩四分六厘三毫 三亩九分七厘九毫 五亩 二亩六分五厘一毫 一亩一分九厘六毫 二亩三分九厘一毫 三亩三分 三亩二分六厘 一亩七分二厘五毫 一亩五分七厘四毫 二亩 二亩六分三厘三毫

二十三图 樊庄字圩

官则田三亩九分三厘五毫 二亩四分六厘七毫 三亩 二亩八分五厘 二亩五分八毫 七亩九分八厘一毫 三亩一分五厘二毫

湾字圩

官则田九分二厘九毫 二亩七分一厘三毫 二亩五分四厘三毫 一亩五分三厘四毫 一亩五分三厘四毫 七亩二分八厘三毫 五亩四分二厘 二亩一分

二十四图 西塘字圩

官则田三亩六分五厘六毫 一亩八分五厘 三亩 四分

东塘字圩

官则田一亩五分四厘六毫 一亩五分四厘六毫 七分六厘二毫 一亩七分七厘九毫

南新字圩

官则田一亩四分四厘

吴家潭字圩

官则田二亩五分 一亩三分一厘五毫 二亩八分二厘 一亩五分五厘 一亩 二亩三分 二亩二分六厘 二亩三分六厘八毫 二亩三分六厘八毫 三亩二分二厘一毫

二十六图 金兰字圩

官则田二亩 三亩九分九厘二毫 二亩三分六厘 三亩八分六厘九毫 五亩七分六厘六毫 九分六厘三毫 六分八厘 二亩六分三厘八毫 八分一厘五毫 二分 三亩四分一厘五毫 二亩五分一厘四毫 一亩 二亩一分五厘 二亩五分五厘七毫 一亩七分七厘 三亩五分二厘四毫 一亩六分九厘九毫 九分八厘二毫 三亩二分一厘三毫 一亩八分四厘二毫 六分九厘

孔字圩

官则田五亩六厘九毫　三亩　四亩三分四厘八毫　三亩二分二厘一毫　六分九厘三毫
一亩四分四厘四毫

二十七图　曹雅字圩

官则田七分五厘七毫　三亩三分一厘四毫　六分　一亩五分九厘一毫　五亩三分二厘
八毫　一亩三分三厘六毫　四亩一分五厘六毫　四亩一分二厘八毫　五分二厘九毫　三亩
五分五厘四毫　一亩七分七厘七毫　一亩七分七厘七毫　八分　一亩九分七厘八毫　一亩
九分三厘八毫　三亩三分六厘五毫　二亩一分九厘四毫　一亩二分一厘二毫　五亩二分五
厘二毫　四亩一分八毫　三亩五分九厘二毫　三亩四分三厘二毫　一亩四厘　一亩四厘
四亩六分七厘五毫

姜沈字圩

官则田一亩七厘五毫　一亩七分　三亩五分一厘五毫　一亩二分　一亩四分八厘五毫
一亩　五亩二分三厘二毫　一亩二分二厘　三亩八厘　一亩六分　三亩　三亩一厘三毫
一亩　一亩五分四厘　二亩八分八厘　五分一厘一毫　二亩　一亩五厘五毫　二亩二厘
六毫　三分四厘六毫　三分四厘七毫　三分四厘七毫　一亩六厘四毫　一分二毫　一分二
毫　一分二毫　一亩六分二厘　一亩　三亩　一亩二分二厘二毫　二亩七分七厘三毫　一
亩七分七毫　一亩五分四厘三毫　四亩七分九厘四毫　四亩四毫　二亩一分三厘三毫　三
亩二分一厘一毫

二十八图　朱陶字圩

官则田三亩五分二厘二毫　三亩九分三厘七毫　四亩三分六厘六毫　三亩九分八厘一
毫　三亩九分八厘　一十亩二分六厘四毫　一亩　三亩二分三厘二毫

二十九图　陶溪字圩

官则田七分一厘三毫　七分一厘二毫　六分　四分八厘六毫　四分八厘

大字圩

官则田二亩五分四厘一毫　七亩五分三厘七毫　二亩二分八毫　一亩三分七厘六毫
二亩三分三厘八毫

三十图　　遮鱼字圩

官则田六分六厘　三亩一分七厘八毫　三亩一分七厘八毫　七亩九厘　六亩五分四厘
四毫

鳇鳝字圩

官则田二亩一分　三亩六分五厘　二亩九分三厘　一亩九分九厘　六亩一分三厘四毫
二亩二分七厘九毫　八分

顾团字圩

官则田八分四厘一毫　四亩六分九厘九毫　四亩一分一厘八毫　四分六厘二毫

三十一图　南庙字圩

官则田二亩　二亩一分三毫　一亩一分八厘六毫　一亩　一亩二分四厘五毫　一亩九
分四毫　一亩九分四毫

赵瀇字圩

官则田一亩　二亩　三亩七分八厘九毫　一亩二分一厘七毫　一亩九分

中三十一都

十一图　邵塔字圩

官则田一亩九分七厘四毫　一亩八分五厘四毫　二分　二亩三分七厘六毫

姜庄字圩

官则田三分　一亩二分八厘　一亩五分七厘七毫　七亩　五亩　四亩　五亩六厘六毫　三亩五分六厘四毫　二亩　三亩九分六毫　四亩一分六厘九毫　六分五毫　一亩七分三厘　一亩九分三厘九毫　四亩九厘八毫　一分　一亩二分八厘四毫　四亩三分三厘六毫　一亩六分五厘三毫　一亩七分五厘　一亩六分四厘三毫　一亩五分五厘四毫

曹字圩

官则田九分六厘三毫　一亩七分五厘　四亩七分八厘九毫

鸟字圩

官则田二亩七厘三毫

十二图　坞庄字圩

官则田六亩七分六厘　三亩一分六厘　六亩八分七毫　八分九厘二毫　二分

大淙字圩

官则田五亩二分八厘九毫　一亩九分九厘八毫　三亩九厘一毫　四亩三分七厘七毫

北庙字圩

官则田一亩二分三厘　三亩九分四厘四毫　一亩七分九厘六毫　一亩九分五厘一毫　九分七厘六毫　一亩九分四厘一毫　一亩　六分八厘五毫　五分七厘七毫　五分三厘五毫　一亩六分一厘七毫

鲇鱼字圩

官则田四亩二分二厘四毫　六亩四分九厘二毫　七亩五分六厘五毫

宝浦字圩

官则田二亩八分七厘

十三图　北廪字圩

官则田四亩四分四厘二毫　二亩八分四厘七毫　七分四厘　二亩二分　三亩七分二厘一毫　二亩　三亩七厘九毫　一亩五分六厘　二亩七分四毫　三亩九分一厘　六分八厘二毫　八分五厘四毫　五亩三分一厘九毫　三亩八分二厘二毫　一亩一分二厘二毫　四亩一分二毫　一亩九分八厘四毫　三亩三分九厘四毫　六亩三分二毫　四亩一分八厘九毫　九分七厘四毫

十四图　北糜字圩

官则田三亩三分九厘二毫　三亩二分五厘八毫

北淹字圩

官则田三分七厘五毫　三分七厘五毫　七分　五分　八分二厘二毫　六亩五分七厘八毫　一亩四分三厘八毫　六分六厘二毫　四亩三分二厘五毫　一亩七分五厘六毫　一亩一分八厘七毫　三亩八分五厘二毫

东南糜字圩

官则田五亩九分九厘一毫　三亩五分一厘九毫　四亩二毫　一亩四毫　三亩八厘三毫　三亩六分一厘七毫　三亩九分　一亩四厘　二亩一分二厘八毫　四亩　一亩一分　六分

九厘五毫　四亩四分二厘七毫

十八图　孙墩字圩

官则田六亩二分六厘九毫　三亩

十九图　戴湖字圩

官则田七亩四分　三亩四分七厘三毫　八分二厘六毫　四亩　三亩六分四厘六毫　五亩一分八毫　二亩二分九厘一毫　一亩七分八毫　一亩七分五厘　二亩七分五厘　二亩二分五厘　二亩一分六厘七毫　二亩一分二厘五毫　一亩六分二厘五毫　二亩二分五厘　二亩一分六厘七毫　二亩一分二厘五毫　四亩一分六厘七毫　二亩四厘四毫　一十亩　二亩八分　三亩七分五厘九毫　四亩六分八厘八毫　一亩三分六毫　四亩一分五厘六毫　三亩四分五毫　五亩四分八厘二毫

桃花字圩

官则田三亩七厘四毫　五亩七分八厘　三亩四分五厘六毫　二亩四分　二亩七分三厘八毫　四分九厘六毫　三亩九分三毫　一亩三厘五毫

寺前字圩

官则田一亩九分七厘　三亩六分　三亩二分　一亩五厘五毫　二亩六分二厘一毫　二亩九分六厘七毫　六亩五分四毫　三亩　四亩八分二厘八毫　二亩八分七厘七毫　二亩二分九厘五毫　二亩　四亩六分七厘七毫　一亩九分三厘　六亩四分四厘七毫

三十二图　周粉坊字圩

官则田二亩二分八厘三毫　二亩九分四毫　四亩四分七厘五毫　一亩八分八厘一毫　一亩八分八厘一毫　一亩三分六厘六毫

西绩缫字圩

官则田一亩三分二毫　一亩七厘四毫　三分七厘二毫　六分二厘　七分八厘

三十三图　朱家字圩

官则田一亩二分二厘二毫　七分五厘

三十九图　濮阳字圩

官则田一十亩二分三厘四毫　二亩　二亩七分九厘四毫　二亩八厘一毫　二亩五分三厘九毫　一亩七分七厘八毫　八分九厘　四亩　六亩二分五毫　三亩三分一毫

张家字圩

官则田一亩二分三厘八毫　三亩八分七厘　四亩四分二毫　三亩七分八厘四毫　三亩八分九厘一毫　二亩三分七厘　二亩　一亩九分八厘六毫　七亩四厘三毫

包沈字圩
西包沈

官则田四亩一厘七毫

长菱字圩

官则田一亩三分

四十图　东包沈字圩

官则田三亩六分六毫　一亩九分九厘一毫

东十四图　举字圩

官则田一亩三分三厘　一亩七分五厘　五亩八分八厘　二亩六分一厘三毫　一亩三分

三亩八分九厘一毫　一亩　一亩六分七厘一毫　一亩六分七厘一毫　六亩一分四厘三毫

北三十一都

二图　浜南字圩

官则田一亩六分五毫　三亩三分一厘七毫　二分　五分三厘三毫　八分五厘四毫　三分　一亩五分　八分六厘三毫

　　　　自渎字圩

官则田五亩二分五厘　四亩七分六厘　一亩四分八厘二毫　一亩七分　五亩七分九厘　一亩一分九厘八毫

　　　　浜字圩

官则田六分七厘一毫　四分七厘四毫　六分二毫　二亩一分一厘二毫　一亩二分一厘

三图　原字圩

官则田三亩　四亩七分五厘　一亩六分　七分五厘　二亩　一亩六分五厘　九分八厘七毫　九分八厘七毫　五亩七分一厘五毫

　　　　藕稍字圩

官则田一亩三分一厘二毫　二亩三分一厘三毫　一亩

四图　道士字圩

官则田二亩一厘九毫　三分七厘　三亩三分　三亩四分五毫　三分　五分五厘　五分九厘　五分九厘　二分　一亩　二分　七分六厘五毫　一亩　八分四厘四毫

　　　　朱张字圩

官则田三分六厘九毫　五亩　一亩九分八厘六毫　一亩八分一厘二毫　四亩一分九厘八毫　一亩七分三厘二毫　一亩四分四厘四毫　三亩一分九厘四毫　一亩五分　一亩五分

五图　夏字圩

官则田二亩四分一厘　五亩四分二厘六毫　七分九厘五毫

　　　　南长生字圩

官则田二亩六分　六分七厘九毫

　　　　中长生字圩

官则田三亩九分二厘四毫　三亩二分八厘七毫

一斗荡一亩二分五厘　一亩三分五毫　一亩五分　一亩三分三厘七毫　七分五厘　一亩五分　一亩五分八厘五毫

六图　犁才字圩

官则田六分四厘四毫　一亩一分九毫

　　　　北潭字圩

官则田二亩四分四厘八毫

　　　　连村字圩

官则田三亩六分一厘九毫　一亩一分二毫

　　　　王巷字圩

官则田四分五厘五毫

　　　　东莘字圩

一斗荡二亩

七图　和尚字圩

官则田四分二厘七毫　四分二厘七毫　一亩二分八厘三毫　一亩七分五厘五毫　五分二厘八毫　二亩　一亩四分六厘二毫　四亩六分六厘七毫　六分三毫　三亩九分　五亩四亩九分九厘九毫　五亩三分三厘一毫　二分五厘　八分一厘　二分　七分五厘二毫　一亩　三分七厘

上八图　西河字圩

官则田四分一厘七毫　二亩　二亩九分六厘九毫

盛村字圩

官则田六亩一分六厘二毫　七分二厘九毫　二亩四分七厘五毫　九分　一亩二分八厘三毫　九分六毫　三分六毫　一分六厘　二分二厘　二分二厘　三亩四分　一亩八分三厘八毫　一亩七分九厘五毫　一亩八分四厘八毫　七亩一厘一毫　一亩九分五厘　二亩八厘五毫　一亩四分九厘

下八图　康字圩

官则田一亩二厘六毫　一亩四分　二亩六分四厘九毫

九图　蚂蝗字圩

官则田一亩二分一厘　一亩一分九厘三毫　一亩三分六厘五毫

十图　朱盛字圩

官则田二分

十二图　接字圩

官则田二亩八分四厘七毫　一亩二分二厘五毫

谦字圩

官则田三亩七分三厘四毫　四亩八分九厘一毫　一亩一厘七毫　一亩五分一厘　一亩七分五厘

酒字圩

官则田三亩四分九厘一毫　五亩八分九厘八毫

十五图　寐字圩

官则田二亩　三亩九厘八毫　四亩六分八厘六毫　二亩六分三厘　三亩五分六厘　一亩三分二厘四毫　六分五厘八毫　五分七厘　六分五厘八毫　一亩五分　三亩　三亩　二亩五分一厘一毫　七分五厘

手字圩

官则田二亩五分二厘　二亩一分七厘　一亩五分　三分三厘　二亩六分九厘七毫　一亩五厘一毫　一亩二分　八分　二分八毫　一亩　五分　一亩五分　七亩二分六厘五毫

筍字圩

官则田三分

篮字圩

官则田一亩八分六厘四毫　三亩二分二厘　二亩三分九厘六毫　四分　一亩七厘六毫　一亩八分一厘一毫　四分七厘三毫　四分五厘七毫

矫字圩

官则田六亩一分三厘一毫　二亩六厘

床字圩

官则田四亩五分九厘七毫

十七图　洁字圩

官则田一亩九分九厘一毫　五亩三厘　三亩三分七厘　二亩八分三厘九毫　二亩八分二厘三毫　三亩一分五厘六毫　四分八厘　六亩三分五厘　七分　一亩二分四厘一毫　一亩一分六厘三毫　八分七厘七毫　一亩五分　三亩六分六厘七毫　一十一亩一分七厘二毫　一亩二厘　一亩八厘七毫　二亩　二亩　二亩一分四厘二毫　二亩四分九厘　二亩七厘六毫　一亩七分九毫　一亩九分　三亩三分　八分五厘五毫　一亩八分六厘七毫　六分　九分六厘七毫　二亩一分　一亩四分二毫　四分五毫　六亩　二分　一亩八厘三毫

侍字圩

官则田四亩九厘二毫　一亩　一亩三分二厘二毫　九分　二分九厘

二十五图　圆字圩

官则田五亩九分八厘九毫　一亩　三亩四厘五毫　五亩一分七厘六毫　三亩二分七厘六毫　一亩九分六厘　二亩　二亩七分六厘二毫　七分二厘六毫　一亩一分二厘一毫　二亩七分二厘七毫　六分九厘七毫　六分　一亩九分二厘七毫　一亩九分二厘七毫　四分一厘　五分一厘五毫　一亩三厘八毫　二亩五厘三毫　三亩七分二厘　三亩六厘二毫　七分八厘七毫　二亩　四亩　四亩三分九厘　四亩六分二厘　二亩六分二厘五毫　一亩八分四厘五毫　一亩一分　一亩二分八厘三毫　七分　二亩五厘六毫　二亩一分　一亩　一亩四毫　二亩二分三毫　五分七厘七毫　三分二厘七毫　二亩一分四毫　七分一厘一毫　五分四厘　二亩三分四厘二毫　四亩一分六厘六毫　二亩四分一厘八毫　四亩五分　二亩八厘五毫　五分一厘六毫　二亩八分五厘　一亩三厘　五分七毫　二亩五分八厘　六亩六分八厘六毫　二亩四厘　三亩五分五厘三毫　一亩九分五厘　二亩二分　一亩三分三厘四毫　三亩七分四厘五毫　一亩六分一厘八毫　四分五厘　八分八厘一毫　五分八厘七毫　二亩三分　二亩一厘六毫　二亩一分一厘一毫　五分七厘五毫　九分二厘　一亩四分四厘五毫　一亩四分四厘四毫　二亩四分九厘五毫　三亩五分二厘九毫　三亩四分七厘四毫　一分七厘　四分六厘二毫　三亩一分七厘五毫　一亩　一亩六分七厘五毫　一亩五分三厘　八分二厘八毫　八分二厘七毫　四分七厘七毫　四分七厘七毫　一亩九分二厘三毫　一亩二分　四分八厘三毫

房字圩

官则田五亩七分六厘　一亩四分二厘五毫　一亩九分一厘三毫　二亩一分五厘七毫

三十七图　崐字圩

官则田一亩六分二厘四毫　四分七厘八毫　一亩一厘一毫　一亩一分一厘六毫　四分一厘　一亩三厘四毫　五分七厘五毫　二亩八分八厘五毫　二亩四分八厘三毫　三亩二分五厘九毫　二亩二厘一毫　三亩八分六厘五毫　五分　一亩五分　一亩四厘　六分六厘二毫　二亩　三亩九分二厘　五分二厘七毫

北新字圩

官则田一亩五厘二毫　一亩七厘　五亩九分九厘　一亩一分八厘五毫　二亩五分四厘八毫　二亩二分　四亩二厘八毫　一亩　八分五厘四毫　八亩

二十九都

一图　答字圩

官则田一十亩五分五厘

四图　稽字圩

官则田三亩八毫　三亩二分二厘九毫　三亩三分五厘四毫

五图　祀字圩

官则田九亩六分八厘一毫　六亩八分一毫　九分八厘一毫　四分三毫

六图　续字圩

官则田四分八厘　一亩四分二厘三毫　八分八厘三毫　一亩三厘

　　　嗣字圩

官则田二分七厘

七图　祭字圩

官则田三亩

　　　　后字圩

官则田七分五厘二毫

　　　嗣字圩

官则田一亩一分一厘四毫

九图　颖字圩

官则田三亩四分六厘　三亩一分五厘　四亩二分一毫　六亩七分九厘八毫　二亩四分一厘六毫　四分八厘四毫　五亩二分六厘七毫　一亩三分　三亩一分　三分　二亩二分三厘九毫　一亩七分九厘　八分九厘六毫　八分九厘六毫　二亩一分四厘九毫　七分一厘六毫　一亩三分二毫　七分五厘八毫　七分五厘八毫　一亩六厘一毫　二亩四分八厘一毫　一亩七分九厘一毫　一亩二分三厘三毫　一十亩五分九厘一毫　二亩六厘　二亩七分二厘　一亩二分二厘　二亩四分六毫

　　　　再字圩

官则田四亩五分七厘四毫　二亩五厘九毫

十图　豫字圩

官则田一亩五厘　四亩七分三厘三毫　五亩六分九厘三毫　一亩五分　五亩一分三厘二毫　一亩五分六厘　六分　六亩二分九厘一毫　三亩一分四厘五毫　四亩九厘五毫　二亩六分八厘　三亩七分三毫　二亩九分五厘　一亩九分七厘四毫　五亩三毫　五亩六分八厘三毫　一亩一分五厘　一亩　二亩　二亩八分七厘四毫　二亩八分七厘三毫　二亩一分　七分　一亩五分七毫　一亩五分七毫　三亩四分二厘　二亩五分一厘三毫　三亩二分八厘六毫　二分三厘　七分七厘八毫

　　　　悦字圩

官则田一亩六分二厘

十一图　顿字圩

官则田三亩五分九厘九毫　六亩二分七厘二毫　二亩五分八毫　一亩三分九厘七毫　二亩八厘五毫　八分　三亩三分五厘三毫　四亩九分九厘三毫　九分九厘九毫　六亩二分六厘九毫　二亩一分八厘九毫　四亩一分八毫　二亩六分六厘七毫　四亩一分一厘一毫　二亩　八分四厘六毫　八分　七分二厘七毫　四亩五分一厘三毫　四分一厘三毫　一亩五

分四厘九毫　九分五毫　三亩六分八厘　一亩　三亩五分七毫　二亩二分六毫

眠字圩

官则田四亩六分九厘八毫

足字圩

官则田八亩三厘五毫　四亩一厘八毫　四亩一厘八毫

十三图　夕字圩

官则田四亩七分八厘一毫　四分三厘一毫　一亩一分六厘五毫　四亩三分四毫　三分六厘一毫　七分　三分二厘　一亩八分四毫　三亩二分一厘六毫

十六图　烛字圩

官则田二亩三厘　四亩一分八厘三毫　三亩八分七厘　二亩　八分七厘　八分七厘　一亩九分三厘　五亩九分七厘七毫

书字圩

官则田一亩一分九厘五毫　一亩八分二厘七毫　一亩七分　五亩六分四厘四毫　四亩七分五厘二毫　四亩一分七厘八毫　五亩二分一厘七毫

眠字圩

官则田三亩四厘九毫　二亩三分九毫　一亩三厘四毫　一亩九分八厘三毫　一亩二分一厘　六分四厘七毫　二亩一分八厘五毫　二亩三分五厘三毫　三亩一分六厘四毫　四分七厘四毫　一亩一分七厘七毫　一亩二分三厘　一亩　九分一厘六毫　一亩一分八厘　二亩六分四厘五毫

二十二图　纺字圩

官则田六亩六分四毫　一亩五分六厘　七分八厘　七分八厘　九分九厘二毫　二亩九分六厘三毫　一亩九分九厘九毫　一亩三分五厘五毫　一亩三分五厘五毫　一亩四分　二亩一分三厘　六分一厘　三亩二分四厘五毫　二亩四分　五分四厘三毫　五分九厘五毫　八分八厘五毫　八分七厘九毫　五分　四分四厘六毫　二亩九厘三毫　三分七厘　一分二厘　六亩五分九厘八毫

银字圩

官则田一亩五厘　一亩一分五厘　二亩　三亩三分　九分一厘七毫　五亩八分五厘　三亩一分七厘二毫　九分六毫　二亩三分七毫　一亩　五分　三亩六分四厘五毫　一亩四分五厘　二亩

二十八图　绩字圩

官则田一亩二分二厘九毫　二亩四分六厘四毫　一亩四分　八分八厘九毫　二亩三分　二亩八分三厘四毫　四亩七分五厘　二亩五分三厘五毫　一亩　二亩五分六厘一毫　九亩五分八厘一毫　二亩四分　四亩五分　一亩一分二厘五毫　二亩三分九厘八毫　一亩二分八厘九毫　一亩　三亩二分四厘　一亩　一亩八厘六毫　七分七厘九毫　一亩三厘九毫　二亩七厘八毫　四分七毫　四分九厘一毫　九厘九毫　一亩一分九厘四毫　一亩一分九厘四毫　三亩六分　三亩四分　一亩　三亩九分　一亩九分八厘九毫　三亩五分三厘四毫　九分三厘五毫　一亩三厘三毫　七分五厘　二亩　一亩　四亩七分五厘　九分六厘　七分五厘二毫　一亩七分四厘八毫

御字圩

官则田二亩八分五厘五毫　四亩六分八厘一毫　六分五厘　二亩五分九厘五毫　二亩八分五厘五毫　一亩九分二厘八毫　一亩一分八毫　三亩四分　二亩七分　二亩　四亩七分八厘四毫　一亩二毫　二亩五厘　一亩　一亩七厘八毫　一亩　一亩　四亩八分五厘二亩九分五厘九毫

　　　　　异字圩

官则田二亩七分四厘　二分一厘一毫　一亩二分九厘　二亩二分三厘一毫　三亩一分七厘三毫　三亩八分四厘五毫　三亩八分四厘五毫　三亩六分六厘八毫　三分三厘　三分　一亩二分五厘　三亩七分四厘四毫　四亩八分　四亩六分五厘

　　三十图　列字圩

一斗荡二亩　一亩三分　一亩四分三厘八毫　一亩八分　一亩六分　一亩二分五厘五分六厘三毫　五分六厘三毫　一亩　一亩五分　六分二厘八毫　一亩

　　　　　列字圩
　　　　　黄

一斗荡三亩三分

　　　　　黄字圩

一斗荡一亩三分五厘　一亩三分五厘　一亩　一亩二分　一亩一分五厘八毫　二亩二分　一亩二分　一亩一分五厘　九分　九分　一亩三厘六毫　七分三毫　一亩一毫

　　　　　天字圩

一斗荡一亩一分　一亩二分　一亩　一亩四分一厘八毫　一亩二分八厘　七分　八分三厘七毫　一亩　六分八厘八毫

　　　　　地字圩

一斗荡一亩五分八厘　九分　六分九厘九毫　一亩　一亩七分

　　　　　元字圩

一斗荡一亩九分　一亩六分　一亩四分　一亩六分五厘

　　　　　宇字圩

一斗荡一亩八厘五毫　一亩四分二厘九毫　二亩一分　六分二厘　一亩六分　一亩一分　九分　七分三厘九毫　一亩八分六厘　一亩一厘六毫　一亩一分　九分七毫　一亩一分五厘

　　　　　宙字圩

一斗荡四分　二分　三亩四分　五分五厘　二分

　　　　　洪字圩

一斗荡一亩三厘八毫　一亩六分

　　　　　荒字圩

一斗荡一亩三分三厘　一亩五分　一亩五分　八分二厘四毫　五分一厘　六分

　　　　　日字圩

一斗荡二亩　一亩二分　一亩一分　一亩

　　　　　月字圩

一斗荡九分　八分三厘三毫　二亩一厘八毫　八分二厘五毫　九分二毫

　　　　　辰字圩

一斗荡八分

　　　　张字圩

一斗荡一亩四分　一亩二分八厘　五分六厘七毫　五分六厘七毫　一亩二厘八毫　三亩五分六厘四毫　五分九厘二毫　一亩七分五厘　二亩九分　一亩七分七厘　一亩五分

　　　　寒字圩

一斗荡一亩五分　一亩三分　一亩一分　六分五厘　七分五厘　八分六厘四毫　一亩二分　一亩五分　一亩　八分四厘四毫　二亩　三亩　一亩二分　一亩三分　一亩一分六厘六毫

三十二图　悚字圩

官则田一亩四分五厘六毫　四亩一分八厘　七分七毫　三亩九分三毫　五亩五分三厘　一亩二分二毫　三亩六分五厘六毫　七分二厘二毫　二分

　　　　　嫡字圩

官则田七亩七分五厘九毫　二亩九分二厘二毫　五分八厘五毫　四分三厘

共计不等则田二千七百二亩八分八厘一毫

元和县礼字柜原捐

上二十都

三图　被字圩

官则田一亩三分　一亩三分　五亩一分一厘六毫

　　　　及字圩

官则田三亩八分七厘六毫　九分四厘五毫　三亩二分二厘一毫　六亩八分　二亩五分　三亩一分三毫　一亩六分六厘七毫　一十一亩七分七厘四毫　三升荡五分六毫

四图　女字圩

官则田五亩四分九厘八毫　三亩四分二厘七毫

　　　　敢字圩

官则田四亩四分八厘四毫　一亩一分　四亩六分四厘三毫　四亩八分一厘　三亩三分九厘六毫　三亩三分九厘六毫　二亩一分六厘五毫　六亩一厘七毫　五亩四分七厘　三亩九分　五亩一厘七毫　二亩　四亩一分四毫　二亩九分六厘九毫　二亩五分五毫　三亩四分三厘七毫　三亩二分五毫　三亩二分五毫　三亩七分四厘六毫　三亩七分二厘五毫　三亩一分七毫　二亩一分　五亩一分　三亩一分五厘　三亩一分五厘

　　　　万字圩

官则田六亩四分　一亩六分二厘　一亩八分四厘六毫

　　　　毁字圩

官则田一亩四分四厘八毫

五图　伤字圩

官则田三亩二分一厘九毫　六亩三分八厘三毫　三亩三分四厘三毫　一亩五分一厘六毫　四亩二分二厘一毫　三亩三分八厘三毫　三亩五分二毫　一十亩九厘二毫　三亩三厘四毫

東皂字圩

官则田一亩九厘一毫　六亩五分九毫　二亩六分三厘九毫

西皂字圩

官则田三亩　三亩二厘二毫

能莫字圩

官则田二亩五分六厘二毫　三亩九分一厘七毫

万字圩

官则田四分一厘五毫　四亩三分八毫　四亩四分四厘九毫　二亩三分九厘四毫　一亩六分九厘

六图　惟字圩

官则田五分　八亩七分二厘六毫　四亩八分九厘二毫

十图　宾字圩

官则田四亩三分四厘　一亩三分三厘二毫　一亩

归字圩

官则田三亩九分七厘二毫　一亩四分九厘三毫　一亩　一亩　五亩　二亩六分六厘三毫

十一图　凤字圩

官则田二亩六厘

四十一图　王字圩

官则田四亩九分一亩（按：应为"厘"）三毫

中二十都

十六图　平字圩

官则田五亩二分九厘八毫　八分

二十图　商字圩

官则田一亩二分二厘四毫

坐字圩

官则田四亩六分一厘一毫　二亩八分四厘三毫

二十三图　虞字圩

官则田一亩九分四厘八毫　三亩七分四厘

唐字圩

官则田四亩四分八厘

二十四图　师字圩

官则田五亩五分二毫　一亩四分

二十五图　李字圩

官则田三分九厘五毫　三分九厘五毫　四亩二分一厘二毫　二亩八分六厘一毫

奈字圩

官则田一亩九分七厘二毫

二十六图　翔字圩

官则田二亩五分四厘三毫　四亩一分七厘一毫

重字圩

官则田三亩二分二厘三毫　三亩二分二厘三毫

二十七图　芥字圩

官则田一亩　四亩九厘一毫

果字圩

官则田五亩三厘一毫　四亩五分三厘五毫　四亩二分一厘　四亩八厘四毫

冈字圩

官则田五亩六分九厘七毫

崑字圩

官则田七亩六分一厘七毫

二十八图　玉字圩

官则田四亩一分八毫　一亩一分五厘七毫　七分七厘九毫　三分二厘四毫　三分二厘五毫　三亩四分九厘七毫　三亩四分八厘六毫

玉
出字圩

官则田三分九厘四毫　六分三厘

四十二图　逊字圩

官则田一亩二厘七毫

陶字圩

官则田四亩六分

四十四图　珍字圩

官则田一亩一分六毫　二亩三分六厘八毫　一亩七分四厘五毫　六分　三亩四分二厘七毫

菜字圩

官则田四分八厘　一十亩五分八厘六毫　五亩二分二厘七毫　一十亩七分七厘三毫

下二十五都

十二图　承字圩

官则田九分三厘八毫　五分八厘四毫　三分九厘四毫　一分八厘七毫　五分　三分九厘五毫　七分六厘一毫　五分七厘　三分三厘五毫　三分三厘四毫　一分五厘八毫　三厘　一分二厘五毫　六厘　一分二厘五毫　一亩二分五厘　八分　二亩七分五厘　二亩　八分　四分　一亩二分　六分　四分　八分九厘一毫　一分九厘九毫　二亩四分六厘九毫　四分四厘七毫　一亩一厘二毫　五分七厘二毫

达字圩

官则田二亩一分四厘二毫　四亩一分七毫　三亩九分九毫

十三图　杜字圩

官则田二亩四分九厘九毫　五分九厘　四分一厘三毫　一亩三分　四分九厘九毫　五分九厘七毫

南坟字圩

官则田六分七厘一毫　二亩四分九毫　一亩六分三厘五毫

十四图　亦字圩

官则田二亩八厘二毫　二亩九分七毫

典字圩

官则田二亩一分四厘二毫　四分　五分　六分六厘七毫　二分四厘四毫

集字圩

官则田二亩八分六厘

北圫字圩

官则田七分七厘五毫

既字圩

官则田三亩七厘八毫　八亩五分

十五图　英字圩

官则田四亩五厘三毫　六亩七分一厘　三分五厘五毫　八分八厘二毫　二亩四厘六毫
一亩二分　二亩六厘二毫

郡字圩

官则田四亩八分九厘　四亩一分八厘三毫　四亩六分二厘九毫　三亩　九分四厘九毫

十六图　八字圩

官则田一亩六分一厘七毫　五亩三分九厘一毫　四分七厘三毫　二亩九分八厘五毫

县字圩

官则田四亩九分二厘三毫　五亩六分八厘三毫　三亩二分一厘七毫　三亩五分八厘

家字圩

官则田四亩三分九厘五毫

十七图　给字圩

官则田一亩六分五厘一毫　四亩八分二厘三毫　一亩八分一厘二毫　六分二厘三毫
三亩一厘五毫　二亩六分八厘五毫　二亩四分五厘八毫　七亩五分一厘　四亩五分四厘七
毫　一亩三分五厘一毫

民则田八亩四分九厘五毫

一斗八升则田五亩三分三厘七毫

千字圩

官则田三亩四分五毫　一亩九分

兵字圩

官则田七亩七分一厘三毫

南县字圩

官则田一亩八分　二亩　四亩五分　六亩五分　一亩八分六厘　二亩一分五厘　二亩
二分八厘九毫　二亩　二分八厘二毫　二亩八分八厘五毫　五亩九分三厘八毫　三亩七分
八厘　三亩二分　一亩五分　三亩八分　二亩一分　一亩六厘五毫　一亩六厘五毫　一亩
七厘　三亩七分三厘　九分八厘一毫　四亩六分二厘二毫　一亩二分　一亩二分　三分四
厘七毫　五分六厘七毫　七亩一分　一亩四分　一亩三分九厘五毫　一亩一分二厘四毫
七分九厘六毫　三亩九分一厘二毫　九分六厘三毫

北县字圩

官则田三亩八分七厘六毫　二亩　五亩九分一厘五毫　七亩六分七厘七毫　三亩八分九厘九毫　三亩八分九厘九毫　五亩三分一厘二毫　五亩九分三厘五毫

南高字圩

官则田一亩七分　六亩六分六厘　三亩三分八厘一毫　二亩五分七厘八毫　二亩八分六厘五毫　二亩八分六厘五毫　五亩三分九厘六毫　三亩四分五厘　四亩八毫　一亩九分　一亩八分五厘　三亩一分三厘三毫　四亩八厘五毫　六亩八厘五毫　四亩四分二厘二毫　一亩四分四厘六毫　一亩四分四厘五毫　四亩二分三厘九毫　三亩二分　二亩二分一厘七毫

北高字圩

官则田四亩二分　一亩一分八厘　四分　一亩三分　一亩九分

北家字圩

官则田三亩五分九毫　三亩五分八毫　四亩五分九厘七毫　四分二毫　二亩五厘七毫　二亩五分四厘　四亩二分二厘二毫　一亩四分七毫　二亩六分四厘二毫　二亩六分四厘一毫　四亩八分二厘三毫

十八图　槐字圩

官则田一亩七厘　一亩四分八厘　三亩一分三毫　九分九厘　五分五厘八毫

辇字圩

官则田六亩六分五毫　二亩　四亩六分六厘三毫

陪字圩

官则田一亩二分　一亩二分六厘四毫　一亩四分三毫　一亩二分六厘七毫　一亩三分一厘　三亩五分八厘九毫　二亩四分三毫　三分四厘九毫　三分六厘　四亩六分　七分　一亩六分五厘　四亩七分二厘　三亩六分四毫　五分

十九图　漆字圩

官则田四亩四分六厘六毫　二亩七分九毫　一亩六分八厘四毫　二亩七分七厘三毫　一亩

书字圩

官则田四亩五分三厘八毫

壁字圩

官则田一亩三分九厘三毫　四分五厘二毫　六分九厘三毫　六分　二亩八分九厘八毫　一亩九分四厘三毫　一亩九分一厘八毫　五分二厘

经字圩

官则田四亩三分四厘七毫　一亩二分　一亩八厘二毫

路字圩

官则田五分八厘　一亩一分　九分八厘九毫　四分　七分七厘一毫　一分七厘

老字圩

官则田二亩六分一厘七毫

书
老字圩

官则田一亩四分四厘八毫　二亩四分二厘一毫　一亩七分六厘八毫　一亩一分二厘

二十图　经字圩

官则田三亩二分二厘

　　　　侠字圩

官则田一亩八分六厘四毫　四亩六厘一毫　二亩　三亩五分七厘一毫

　　　　罗字圩

一斗荡一亩五分

　　　　将字圩

官则田一亩三分一厘八毫

二十一图　户字圩

官则田一亩七分三厘五毫

　　　　　北藁字圩

官则田五分一厘八毫　四分　六分六厘七毫

　　　　　南藁字圩

官则田四亩　九分五厘一毫

二十五图　卿字圩

官则田七亩一分一厘七毫　六亩八分一厘四毫　四亩二分五厘四毫　四亩三厘四毫

南二十六都

北一图　耻字圩

官则田八分五厘　四亩三分一厘五毫　三亩五分四厘六毫　四亩三分二厘八毫　二亩五分　二亩八分　二亩三分九厘二毫　二亩二分六厘一毫　二亩八分六厘九毫　一亩一分　二亩一分五厘五毫　三亩四分三厘四毫　四亩　二亩七分四厘六毫　二亩七分四厘六毫　一亩七毫　三亩八分二厘七毫　三亩八分二厘六毫　一亩八分一厘二毫　二亩一分四厘一毫　一亩九分三厘一毫　三亩五分五厘九毫　四亩六分八厘　二亩八分四厘　四亩九分二厘七毫　五亩四分二厘五毫　三亩五分八厘八毫　一亩一分七厘二毫　二亩八厘　一亩七分四厘六毫　一亩三厘九毫　一亩七分七厘八毫　一亩七分七厘七毫　八分九厘三毫　二亩三分二厘六毫　八分一厘五毫　三亩五分九厘五毫　三亩七分二厘一毫　三亩七分二厘二毫　一亩二分

　　　　献字圩

官则田四亩二分三厘七毫　四亩五分二厘五毫　二亩六分八厘八毫　四亩三分三厘六毫　六分八厘六毫　四分五厘七毫　四分五厘六毫　二亩九分六厘　四亩五分七厘六毫　三亩三分一毫　二亩四毫　四亩一厘八毫　一亩一分四厘四毫　二亩五分二毫　五分二厘七毫

　　　　诚字圩

官则田三亩七分七毫　三亩一分四厘五毫　三亩七分八厘七毫　二亩七分九厘　一亩四分四厘　三亩二分八厘九毫　三亩九分六厘七毫　五亩　一亩六分八厘　一亩二分八厘八毫　二亩　五亩二分　一亩二分四厘　五亩八分三厘二毫

　　　　勉字圩

官则田一亩一分九厘七毫　一亩八分六厘　四亩四分八厘　五亩二分五毫　三分八厘

二毫　一亩七分三厘七毫　五分六厘四毫

北二图　宠字圩

官则田五亩三分三厘三毫　三分　四亩　二亩五分三厘　二亩五分三厘　三亩三分六厘三毫　三亩三分三厘二毫　三亩三分　四亩七分七厘三毫　八亩九分二毫　一亩五分四厘五毫　四亩　九分一厘七毫　二亩四分六厘五毫　一亩三分七厘二毫　三亩七分八毫　二亩九分六厘一毫　一亩九分二厘四毫　一亩　三亩二分四厘四毫　九分七厘五毫　一亩八分四厘二毫　四亩三分　五亩四分七厘四毫　二亩九分七厘六毫　三亩六分九厘一毫　二亩一分六厘六毫　二亩八分五厘一毫　一亩六分二厘四毫　一亩七分三厘三毫　三亩八分九厘四毫　五亩一厘九毫　四亩九厘二毫　二亩

祇字圩

官则田二亩三厘　一亩九分五厘二毫　一亩二分三厘五毫　三亩一毫　二亩九分三厘五毫　二亩二分八厘四毫　三亩一分二厘九毫　三亩八分二厘　九分四厘

省字圩

官则田一亩九分七厘六毫　四分六厘　四分三厘八毫　九分八厘八毫　六分三厘六毫　二分九厘一毫　八分二厘　四亩七分八厘三毫　六分一厘八毫　一亩六厘　二亩九分六厘毫　七分四厘四毫　一亩五分九厘七毫　一亩五厘七毫　四亩八分一厘三毫　一亩四厘五毫　一亩三分六厘八毫　二亩七分

植字圩

官则田二亩四分八厘　六亩五厘九毫　三亩　二亩

三图　竭字圩

官则田四分

四图　忠则字圩

官则田八分

福缘字圩

官则田一亩三分八厘一毫

十五图　笃初字圩

官则田四分六厘八毫　一分　一亩八分三厘六毫

寒贞字圩

官则田一亩七分四厘二毫　一亩六分五厘七毫　三分七厘四毫　七分四厘八毫　一分九厘一毫　一分九厘一毫　七厘一毫　七厘一毫

十六图　言若字圩

官则田五分三厘　二亩四分二厘八毫

十九图　甘政字圩

官则田二亩六分八厘

西尊存字圩

官则田一十亩三分三厘四毫　四亩八分七厘六毫　四亩八分七厘六毫

二十一图　从字圩^阳

官则田二亩七分　一亩八分七厘八毫　七分七厘三毫　一亩九分七厘三毫

二十二图　躬字圩

官则田四亩二分九厘二毫　四亩七分一厘五毫　六分六厘五毫

职字圩

官则田一亩一分八厘八毫　一亩九厘二毫

二十三图　所字圩

官则田四分　二亩二分九厘四毫　二亩六分三厘九毫　一亩一分四厘　一亩二分七厘三毫　二亩三分六厘三毫　六分八厘　二亩一厘八毫　一亩九毫　五亩四分六厘　五亩八分二毫　四亩一分一厘三毫　一亩二分　三亩二厘九毫　二亩三毫　一亩五分四厘七毫　一亩　一亩一分　二亩一厘七毫　九分六厘三毫　一亩八分五厘七毫　一亩六分一厘七毫　一亩八分四厘二毫　一亩一分四厘一毫　二亩四分一厘九毫　一亩二分一厘五毫　二亩一分六厘三毫

仕字圩^甚

官则田二亩四分九厘三毫　一亩三分

三十八图　竟字圩^学

官则田一亩一分一厘三毫　三亩二分二厘五毫　六分八厘　一亩八分　四分二厘　五分九厘二毫　三亩三分八厘二毫　五亩六分六厘四毫　一亩五分七厘六毫　九分七厘三毫　三亩七厘九毫　二亩一分七厘七毫　六分五厘　四亩五厘五毫　四亩五厘六毫　三亩二分二厘四毫　二亩四分　二亩三毫　一亩六分七厘三毫　三亩六分一厘七毫　三亩四厘三毫　二亩六分二厘六毫　七分六厘三毫

中二十六都

六图　空谷西字圩

官则田三亩一厘六毫

七图　己彼字圩

官则田一亩六分五厘四毫　六分三厘

长信字圩

官则田四亩二分一厘八毫

谈覆中字圩

官则田九分四厘四毫　一亩四分六毫　二亩六厘五毫

谈覆北字圩

官则田五分八厘八毫　六分

八图　南恶字圩

官则田五分七厘五毫

九图　南恶中字圩

官则田一亩九分七毫　七分

南恶东字圩

官则田五分

十图　过无字圩

官则田二亩七分六厘三毫　一亩一分九厘六毫

北恶字圩

官则田四亩二分一厘六毫

北恶东字圩

官则田一亩五分四厘

十二图　岂字圩
　　　　　敢

官则田一亩五分

十三图　垂字圩
　　　　　章

官则田三亩

二十图　犁耙字圩

官则田六分　二亩一分六厘八毫

礼乐字圩

官则田一亩

三十九图　体字圩

官则田一亩七分八厘四毫　一亩七分八厘三毫

王花字圩

官则田一十一亩七分八厘二毫

西被赖字圩

官则田三亩二分四厘

共计不等则田一千五百七十三亩四分一厘二毫

元和县智字柜原捐

上十七都

一图　根字圩

官则田五亩一分　八分　四亩七分四厘　二亩四分三厘五毫　三亩八分二厘　六分三厘九毫　三亩五分九厘三毫　三亩五分九厘二毫　一亩五分九厘八毫　三亩二分四厘四毫　一亩九分六厘二毫　三亩五分　五分　七分五厘二毫　一亩六分四厘三毫　二亩五分七厘三毫　二亩九分七厘七毫　三亩八分一毫　二亩四分三厘六毫　一亩四分八毫　一亩八分一厘五毫　九分八厘八毫　四亩四分六毫　一亩五分三厘九毫　一亩四分七厘九毫　九分　二亩二分　二亩七分七厘五毫　三分八厘一毫　二分五厘　一亩五分一厘二毫　一亩四分

委字圩

官则田八亩　九厘三毫　九厘七毫　四亩五厘七毫　二亩二分四厘五毫　二亩五分一厘　五分

翳字圩

官则田二亩三分六厘　八分四厘　四分　三亩二分五厘五毫　五亩一分　一亩五分　六亩六分　四亩五分　六亩五分五厘　二亩五分三厘　四亩　六分　三亩三分

二图　落字圩
冈

官则田三亩七分四厘　一亩

落字圩（屵玉）

官则田四亩四分一厘八毫　一亩八分九厘

陈字圩

官则田三亩　二亩一分七厘　二亩六分五厘七毫　三亩七分八厘九毫　二亩五分九厘一毫

三图　游字圩

官则田三分九厘　三分九厘

飘字圩

官则田一亩五分六厘七毫

四图　鸥字圩

官则田四亩八厘　一亩七分二厘　一亩七分二厘　一亩一分　二亩二分二厘　二亩一厘二毫　五分　二亩二分七厘九毫　二亩二分七厘九毫　三亩二分四厘六毫　二亩四分六厘七毫　一亩五厘六毫　一亩八分四厘一毫　三亩四厘五毫　二亩一厘二毫　一亩四分五毫　八分四厘　八分二厘一毫　二亩二厘　二亩二厘　五亩一分四厘五毫　一亩五分　一亩四分　三亩　一亩　六分　一亩八分四厘　三分　一亩九分　一亩七分一厘五毫　二亩九毫　七分　一亩八分一厘八毫　一亩二分五毫　二亩六分三厘二毫　二亩六分三厘三毫　二亩八分七厘二毫　三分五厘　三亩一分八厘一毫　四亩九分七厘六毫　二亩五厘六毫　一亩九分五厘一毫　六分七厘三毫　一亩一分五厘二毫　二亩六分　三亩九分二毫

七图　耽字圩

官则田二亩四分四毫　五分七厘八毫

读字圩

官则田二亩三分二厘四毫

八图　辅字圩

官则田二分二厘　一亩　四分三厘四毫

九图　易字圩

官则田一亩五分

十一图　少字圩

官则田二亩八分八厘八毫　八分一厘三毫

旧字圩

官则田二分九厘八毫　一亩二分四厘六毫

中十九都

十图　语字圩

官则田一亩八分

言字圩

官则田一亩

十二图　宇字圩

官则田二分一厘二毫　一亩四分三厘四毫　九分八厘二毫

十五图　修字圩

官则田八分八厘　一亩九分七厘五毫　六亩一分三厘九毫　二亩五分　二亩三分
　　　　薪字圩

官则田六分三厘七毫

十八图　鞏字圩

官则田四亩五分一厘九毫
　　　夕字圩

官则田二亩八分七厘二毫　四亩八分九厘七毫
　　　矢字圩

官则田一亩六分八厘一毫　三亩三分九厘　三亩八分二厘二毫

二十图　叛字圩

官则田二亩六分六厘二毫　一亩二厘五毫

五十五图　永字圩

官则田六亩一分七厘二毫　四亩六厘　六亩三分

下二十一都

一图　空字圩

官则田二亩一分八厘一毫
　　　传字圩

官则田二亩一分八厘三毫

三图　祸字圩

官则田六分七厘一毫

五图　念字圩

官则田六亩五分六厘四毫　二亩八厘五毫　二亩七分一厘四毫　三亩一分六厘四毫
　　　端字圩

官则田二分

六图　染字圩

官则田五亩一厘三毫　四亩二分七厘一毫　七亩一分二厘七毫　四亩三分三厘五毫
二亩五分五厘五毫　一亩二分　四亩三分四厘一毫　三亩六分六厘六毫　四亩二分七厘
　　　诗字圩

官则田二亩七分二厘五毫　二亩七分二厘五毫　二分五厘四毫　一亩三分三厘　一亩
三分三厘　二亩六分五厘一毫
　　　赞字圩

官则田六亩九分八厘九毫　八分　五亩七分五厘五毫　一十一亩七分一厘一毫

七图　欲字圩

官则田八亩七分七厘　五亩六分五厘六毫　四亩九分四厘九毫　一亩二分五厘九毫
四亩三分一厘六毫　一亩八分三毫　二亩三分四厘三毫　九亩二分三厘八毫　二亩三厘二
毫
　　　　器字圩

官则田三亩一分一厘五毫

　　　覆字圩

官则田八分三毫　五亩三分三厘八毫　三亩三分三厘六毫　一亩三分七厘一毫　四亩六分二毫

民则田四分五厘　二分九厘二毫

　　　难字圩

官则田四亩一分九厘二毫　四亩一分九厘二毫

八图　难字圩

官则田四亩一分　一亩六分二厘一毫　二亩　四亩一厘九毫

　　　量字圩

官则田三亩五分八厘八毫　六分　六分一厘八毫　七分九厘七毫　四分三厘六毫　八分一毫　五分六厘一毫　五分四厘二毫

　　　墨字圩

官则田一亩二分一厘　三分八厘二毫　三分二厘　四亩六分一厘五毫

十八图　名字圩

官则田二分五厘六毫　四分五厘一毫　二分五厘

　　　立字圩

官则田一亩六分一厘八毫

　　　德字圩

官则田二亩六分四厘六毫　二亩七分八厘二毫　三亩七分九厘八毫

二十图　存字圩

官则田七亩一分五厘三毫　二亩七分七厘五毫

二十二图　大谷（按：疑脱"字"字）圩

官则田七亩八分九厘

东二十二都

十二图　息字圩

官则田三亩四分四厘三毫

十四图　渊字圩

官则田三亩一分七厘二毫　三亩四分四厘八毫　七分三厘　二亩三分三厘六毫　一亩五分七厘七毫

十七图　美字圩

官则田一亩五分

十九图　业字圩

官则田五分六厘三毫　一亩三分六毫　一亩一分五厘七毫

　　　基字圩

官则田一亩三分二厘八毫

二十一图　摄字圩

官则田五分

　　　职字圩

官则田三亩一分五厘二毫

二十二图　命字圩

官则田五分　五亩七分七厘六毫　一十三亩六分六厘六毫　二亩八分七毫　三亩五分
三亩七厘八毫

二十三图　取字圩

官则田四分二厘三毫

北二十六都

二十四图　姜字圩
咸

官则田二亩四分四厘八毫　四亩五分四厘八毫　三亩三分七厘一毫　六分三厘三毫

鳞字圩
潜

官则田四分四毫　三亩九分四厘三毫　三亩七分　三亩七分　三亩八分　三亩八分
三亩六分五厘　三亩六分五厘　三亩六分五厘　三亩六分五厘

龙字圩

官则田二亩六分八厘　二亩二分二厘二毫　二分　四亩二分二厘二毫

海字圩

官则田一亩八分九厘八毫　三亩　三亩　五亩九分八厘三毫　一亩四分　一亩四分三
厘二毫　五亩五分五厘　三亩　四亩二分三厘二毫　五亩三分一厘八毫

重柰字圩

官则田二分七厘　一十亩

二十五图　南珠字圩

官则田三亩六毫　四亩四分二厘一毫　二亩一分三厘　一亩九分五毫　二亩四分二厘
二毫　三亩六厘三毫　二亩八分四厘九毫　九分二厘一毫　八亩八分二厘三毫　一亩七分
七厘　三亩八分九厘七毫

玉字圩

官则田三亩九厘五毫

二十六图　东剑字圩

官则田四亩九分七厘四毫

丽水字圩

官则田二亩一分二厘一毫

二十七图　始字圩

官则田一亩四分三厘六毫　一亩五分二厘九毫　一分　五分七厘五毫　一亩四分　五
亩一分一厘一毫　三亩二分四厘一毫　五亩七厘三毫　二亩七厘六毫　一亩七分六厘六毫
四亩七分五厘七毫　一亩　四分三厘　三分七厘四毫

西裳字圩

官则田四亩五分七厘三毫　六亩二分六厘八毫

二十八图　东裳字圩

官则田一亩五分五厘四毫

文字圩

官则田二亩二分六厘一毫　三分六厘八毫　四亩四分五厘　四亩三分五厘一毫
　　　　秀皇东字圩
官则田四分一厘
　　　　鸟无字圩
官则田三亩九分二厘九毫
　　　　皇人字圩
官则田一亩六分三厘二毫　五分六厘
　　　　衣塘字圩
官则田五分六厘　八分七厘八毫
　　　　秀皇西字圩
官则田一亩七分七厘八毫　一亩二分六厘八毫
　　　　西岁裳字圩
官则田九分九厘三毫
　　　　寿宁字圩
官则田三分七厘五毫
　　　　翔羽字圩
官则田三分　三分七厘九毫　三分四厘五毫
二十九图　陶字圩
官则田四亩九分七毫　三亩九分
　　　　虞字圩
官则田一亩七厘八毫　六分七厘五毫　七亩三分三厘五毫　三亩七厘一毫　七分五厘
二亩四分八毫　一亩六分八厘六毫
　　　　推字圩
官则田五分　五分　九亩九分七厘五毫　五亩二分三厘三毫　五亩七厘三毫
　　　　民无字圩
官则田一亩九厘八毫　四分
　　　　秀皇中字圩
官则田二分九厘九毫
　　　　秀皇东字圩
官则田八分七厘三毫　四分九厘八毫　四分九厘八毫
　　　　周盖字圩
官则田六分九厘一毫　六分七毫　三亩八厘　一亩三毫
三十图　逊字圩
官则田三亩四厘一毫　三亩一分六厘二毫　五亩九分四厘八毫
　　　　里谷字圩
官则田三亩二厘
　　　　里有字圩
官则田二亩一分七厘一毫　二亩一分七厘

三十一图　问道字圩

官则田一亩九分九厘七毫　　一亩五分六厘九毫　　四亩四分一厘三毫

商发字圩

官则田五分七厘六毫　　九分

朝字圩

官则田二亩六分二厘三毫

三十二图　珠玉字圩

官则田二亩五分七厘八毫　　一亩一分二厘五毫

三十三图　宇字圩

官则田五亩四分三厘四毫　　五亩五分八厘一毫　　一亩一分　　一亩五分　　三亩一分　　二亩六毫

宙洪字圩

官则田六分九厘二毫　　一亩三厘四毫

辰宿字圩

官则田一亩四分七厘

宙洪南字圩

官则田四亩四分一厘三毫

三十四图　天地东字圩

官则田二亩三分八厘五毫　　二亩三分八厘五毫　　一亩八分五厘六毫　　一亩八分五厘六毫　　三亩六分三厘六毫　　四亩三分八厘　　一亩五分二厘五毫　　一亩七分七厘五毫　　四亩一分　　三亩八分　　四亩五分　　二亩三分五厘　　二亩一分　　八分五厘　　九分五厘　　九分五厘　　四分八厘七毫　　一亩五分　　一亩五分　　二亩五分　　三亩二分八厘　　二亩一分三厘六毫　　一亩九分五毫　　四亩五分　　四分　　二亩八分六厘八毫　　二亩九分

黄无南字圩

官则田七分　　一亩二分九厘四毫

四十图　师无字圩

官则田三亩九分二厘六毫　　三亩四分一厘

官无字圩

官则田七分八厘四毫　　一亩

四十二图　阳四字圩

官则田二亩三分七厘　　七分五厘一毫　　五亩六厘四毫　　一亩五分　　三分　　八分　　一亩五分　　二亩一分四厘五毫　　八分四厘　　二亩二分五厘八毫　　六亩七分二毫　　四亩

雨云字圩

官则田三亩五分八厘三毫　　一亩六分九厘八毫　　八分　　三亩七分四厘七毫

金生字圩

官则田二亩九分九厘

出崑南字圩

官则田五亩三分七厘　六亩三分五厘三毫

荡田字圩

官则田五分六厘七毫

二十七都

三图　近字圩

官则田四亩二分七厘　二亩一厘五毫　二亩一厘五毫

一斗荡七亩二分五厘　八亩七分　一亩四分　二亩五分　二亩二分　一亩一分　二亩五分　一亩一分　二亩七分　二亩七分　四亩八分　三亩三分七厘五毫　一亩六分　二亩一亩

增字圩

官则田三亩六分四厘四毫　四亩三分八厘八毫　二亩六分八厘八毫　二亩八分三厘六毫　三亩八分一毫　六分一厘二毫

四图　解字圩

官则田四分　三亩五分八厘九毫　二亩一分二厘九毫　二亩一分二厘九毫　四分七厘六毫　一亩六分四厘九毫　一亩　五亩　三亩二厘　四分　一亩三分三厘一毫　二亩四分五厘五毫　九分七厘一毫　二亩九分四厘二毫　三亩六分八厘八毫　四亩九分九厘九毫　二分一厘四毫　一亩九分四厘九毫　四亩三分五厘三毫　一亩二分七厘

机字圩

官则田二亩六厘　二亩六厘　二亩五分　二亩五分　七分　五分七毫　二亩五分　二亩五分　二亩九分五厘　一亩五分　一亩一分四厘七毫　一亩一分四厘七毫　二亩　二亩五分九厘一毫　二亩三分二毫　八分

即字圩

官则田二亩八分六厘四毫　一亩一分五厘六毫

林字圩

官则田四亩一分九厘　三亩　一亩八分七厘　三亩六分九厘一毫　六分　二亩三分一厘七毫　六亩七分九厘九毫　三亩八分三厘四毫

见字圩

官则田二亩四分八厘九毫　二亩四分九厘　二亩二分　三亩一分　一亩　一亩五分六厘五毫　八分　六分五厘二毫　六分五厘二毫　四亩三分四厘二毫　四亩五分三毫　一亩三分一厘七毫　一亩二分九厘八毫　一亩九分八厘五毫　二亩　二亩九分二厘三毫

幸字圩

官则田一亩九厘四毫　三分九厘

北五图　疏字圩

官则田一分九厘五毫　一亩一分八毫　一亩一分七毫　二亩九分三厘　一亩　五分　二亩四分七厘四毫　一亩二分三厘九毫　一亩二分三厘二毫　二亩二分八厘四毫　三亩八分九厘一毫　九分七厘　九分六厘　七分　四亩五分五厘六毫　一亩六分五厘　二亩　七分　五亩二分五厘七毫　一亩一分二厘　一亩六分九厘二毫　一亩六分九厘三毫　二亩一分四厘三毫　九分九厘六毫　九分九厘七毫　六分四厘三毫　一亩一分八厘七毫　九分四

厘　二亩

两字圩

官则田四亩二厘五毫　一亩九分五厘　八分　一亩　四亩七分六厘　七分七厘九毫
二亩一分五厘五毫　二亩一分五厘五毫　二亩四分六厘五毫　三亩八分八厘　一亩九分七
厘四毫　三亩六分　二亩　一亩

六图　求字圩

官则田二亩三分一厘一毫　一亩七分二厘　二亩四分四厘　四亩三分二厘七毫　七亩
五分　一亩四分七厘　一亩二分

古字圩

官则田一亩一分七厘二毫　三亩七分三厘　二亩八分四厘二毫　一亩八分　七分一厘
　一亩二分五厘　八分三厘　六分四厘四毫　四分　六亩一分七厘　四亩八分三厘五毫
三亩二厘一毫　六亩一分二厘一毫　三亩六分八厘五毫　一亩九分　八分五厘四毫　六亩
八分　三亩五分　二亩三分

默字圩

官则田二亩一分四厘九毫　二亩一分五厘　二亩一分六厘三毫　二亩一分六厘二毫
四亩七分六厘一毫　四亩一分五厘　三亩二分七厘　二亩八分三厘一毫　一亩五分一厘五
毫　一亩五分一厘五毫　三亩八分八厘　二亩六分六厘　六亩八厘七毫　一亩八分三厘六
毫　四亩二厘三毫　二亩九分三厘七毫　四亩九分四厘四毫　一亩八分九厘三毫　一亩七
分九厘三毫　五亩七分一厘二毫　三亩六分六厘七毫　三亩一厘五毫　二亩九分七厘六毫
　二亩　四亩三分四厘　四亩三分四厘　一亩四分八厘二毫　四亩一分八厘九毫　六亩五
分五厘二毫　四亩七分六厘九毫　六亩八分六厘六毫　三亩五分七厘六毫　四亩　三亩七
厘三毫　二亩九分一厘　五亩六分　四亩六分六厘二毫　四亩三分六厘四毫

七图　散字圩

官则田三亩三分　三亩六分　一亩　三分四厘　三亩九分八毫

论字圩

官则田六分四厘三毫　八分四毫　一亩二分六厘九毫　三分七厘八毫　五亩九厘九毫
　八分　一亩一分三毫　二亩六分二厘二毫　一亩三分三毫　四分三厘九毫　二分一厘九
毫　六亩　二亩　二亩六分　七分一厘　三亩九分　一亩三分一毫　六分一毫　五亩二厘
　一亩　四分八厘四毫　三亩一分五毫　一亩　一亩　四分　二亩一分六厘一毫　七分八
厘　二亩五分三厘七毫　六分　四亩三分五厘九毫

逍字圩

官则田三亩三分　三亩六分七厘四毫　四亩三分五厘八毫　三亩一厘一毫　二亩七分
七厘　四亩四分九厘七毫　一亩　三亩四分九厘七毫　一亩六分八厘八毫　二亩六分六厘
五毫　二亩六分六厘五毫　三亩　二亩五分八厘七毫　二亩五分八厘七毫　二亩五分　二
亩五分　四亩二分二厘四毫　二亩三厘七毫　三分一厘　四亩二分七厘　二亩八分九厘二
毫

虑字圩

官则田三亩四分　三亩八分　二亩三分四厘三毫　二亩三分四厘四毫　二亩八分　一
亩六分　一亩四分　二亩七分五厘　一亩二分五厘　一亩二分五厘　三亩　二亩七分五厘

八图　欢字圩

官则田一亩二厘九毫　四亩二厘七毫　四分三厘三毫　三分

　　　渠无字圩

官则田二亩四分七厘五毫　八分　七分　四分　四分　七分　八分　九分四厘

九图　遣字圩

官则田七分二厘六毫　二分

　　　憾字圩

官则田七分四厘三毫　一亩四分五厘三毫　六分二厘

十图　东寥字圩

官则田八分二厘七毫　七分四厘四毫　九分一厘六毫　一亩四厘

　　　西寥字圩

官则田四亩五分　五亩五分

　　　东寂字圩

官则田三亩八分七厘九毫　三亩四分四厘六毫　四亩五分八厘三毫　八亩四厘　四亩四分八毫　七分五厘　七亩四分四厘一毫　二亩八分三厘二毫　三亩九分九厘八毫　二亩五厘　六亩二分　三亩　一亩　三亩二分　五分一厘八毫　一亩六分　四亩二分七厘　三亩三分　六分七厘二毫　九分一厘二毫　四亩三分三厘五毫　二亩五分一厘一毫　三亩　三亩三分三厘一毫　四亩　四亩二毫　一亩二分二厘五毫　三分三厘四毫　一亩一分三厘　三亩四厘四毫　一亩　四亩六分三厘五毫　四亩二厘七毫　一亩二分　三亩三分一厘六毫

　　　处字圩

官则田八分　四分　九分　九分　一亩二分五厘六毫　一亩一分八厘　八分二厘　一亩六分五厘四毫

　　　西寂字圩

官则田二亩六分四厘五毫　二亩六分四厘五毫

　　　东欣字圩

官则田四亩三分八厘二毫

十一图　组字圩

官则田五亩　二亩二分九厘四毫　二亩一分九厘四毫　一亩七分二厘三毫　一亩六分三厘七毫　二亩　二亩九分　八分四厘　八分二厘一毫　一亩四分八厘　二亩三分七厘五毫　二亩　二亩九分二厘六毫　四亩八分　三亩九分七厘六毫／二亩七分三毫　一亩四分　一亩四分五厘一毫

　　　逼字圩

官则田三亩二分一厘七毫　三亩七分　二亩四分四毫　一亩九分八厘六毫　九分五厘　三亩六分三厘　四亩二分　一亩五分　一亩二厘三毫　七分二毫　九分七厘　二亩二分　二亩五厘九毫　一亩一分五厘　三分五厘　二亩二分五毫　二亩一分五厘　二亩八分五厘　四亩三分四厘三毫　三亩三分九厘八毫　一亩　三亩七分一厘九毫　四亩九厘　一亩二分三厘一毫　三亩七分六厘四毫　九分　三亩一厘九毫　三亩一厘九毫　四亩三分九厘　五分　七分一毫　一亩二分三厘一毫　二亩八分七厘四毫　六分三厘八毫　二亩七分三

厘一毫　五分六厘五毫　四亩四分八厘三毫　二亩七分二厘五毫　一亩五分七厘　一亩四分三厘一毫　二亩三分六厘三毫　五分五厘七毫　四亩二分四厘五毫　六分三厘五毫九分一厘　四亩二分五毫　六亩七分六厘三毫　一亩一分五厘　二分一厘五毫

谁字圩

官则田一十亩五分七厘　七分　三亩八分　五分五厘二毫　一亩五厘六毫　二分一厘三分　一亩一分三厘九毫　一亩五分　二亩　六分九厘四毫　四亩五分八厘　四分三厘五毫

十二图　谢字圩

官则田五分　三分二厘八毫　一亩八分八厘二毫　二亩九分　四分八厘五毫　四分五厘

累字圩

官则田二亩三厘四毫

遥字圩

官则田二亩三厘五毫　四分三厘四毫　八分　三亩三分三厘一毫　三亩四分一厘四毫

二十三图　纵字圩

一斗荡二亩六分　二亩二分　三亩三分　一亩　三亩　一亩五分　一亩八分　四亩二亩七分　二亩　一亩一分　四亩　五亩五分　一亩六分五厘三毫　一亩九分三厘　二亩五分　八分

扇字圩

官则田四分四厘四毫　八分　一亩二分　三亩二分一毫

索字圩

官则田五亩二分九厘五毫　一亩四分二厘　二分五厘　五分　一亩一分五厘二毫　一亩三厘一毫　二亩三厘一毫　五分五厘　三亩一厘六毫　三亩一厘六毫　三亩九分三毫一亩九分五厘八毫　二亩　一亩　二亩六分六厘九毫　八分九厘　二亩二分三厘三毫　二亩八分八厘七毫　一亩二分七厘　一亩四分七厘　一亩四分七厘六毫　一亩三分三厘六毫　一亩　二亩　三亩二分七厘五毫

闲字圩

官则田二亩六分四厘九毫　一亩四厘七毫　二亩六分六厘　一亩八分七厘二毫　一亩八分七厘二毫　一亩　三亩四分二厘四毫　三亩四分二厘四毫　二亩四分　三亩八厘二毫一亩二分三厘四毫　二亩七分二厘五毫　二亩　二亩六厘八毫

居字圩

官则田二亩一分九厘四毫　一亩六分二厘七毫　九分七厘五毫　一亩七分　三亩六分二亩七分七厘六毫　五亩四厘一毫　三亩四厘　五分一厘五毫　一亩三厘　一亩四分二厘八毫　八分九毫　一亩五厘六毫　三亩七分一厘　三亩六分九厘二毫　二亩　三亩六分八厘三毫　二亩二分八厘三毫　一亩七分三厘　三亩三分七厘三毫　六分　一亩　三亩八分八厘九毫　五亩一分六厘　三分　二亩二分九厘六毫　一亩九厘　九分二厘四毫　一亩四分　九分二厘四毫　一亩四厘三毫　五分一厘　五分二毫　一亩三分四厘八毫　一分六毫　四分七厘一毫　一亩四厘三毫　五分　五分一厘　二分　一亩一分五厘六毫

二十四图　故字圩

官则田一亩二分　　四亩一分六厘六毫　　三亩二分八厘四毫　　三亩二分三毫　　二亩八厘三毫

一斗荡一亩

巾字圩

官则田三亩三分二厘

二十六图　帷字圩

官则田五亩二分四厘四毫　　七亩四分九厘九毫　　一亩二分三厘　　三亩一厘一毫

戚字圩

官则田一亩　　一亩

二十七图　旧字圩

官则田一亩五分四厘　　一亩八分一厘三毫　　一亩一分二厘六毫　　一亩一分二厘六毫　一亩七分一厘　　三亩二分　　一亩八分　　一亩二分　　五亩二分　　三亩三分五厘九毫　　二亩二分　　九分二厘八毫　　三亩九分八厘八毫　　二亩　　一亩二分九厘四毫　　三亩五分五厘　　二亩五分五厘一毫　　四亩八分一厘三毫　　二亩三厘五毫　　一亩九分七厘五毫　　一亩三厘　　三亩　　一亩五厘五毫　　八亩七分三厘五毫　　三亩五分九厘　　三亩五分九毫　　四亩八分八厘　　一亩一分　　一亩三分三厘五毫　　二亩三分三厘八毫　　一亩四分八厘　　五亩二厘一毫　　一亩六分八厘八毫　　五亩四分七厘五毫　　一亩四分七厘八毫　　一亩八分九厘五毫　　二亩七分七厘五毫　　二亩七分七厘四毫　　三亩三分一厘九毫　　五分六毫

二斗则田一亩七分七厘六毫

二十九图　北故字圩

官则田一亩九分七厘　　四亩九分八厘　　八分八厘九毫　　四亩一分　　三亩五分四厘五毫　　一亩四分一厘七毫　　九分七厘六毫　　三亩五分四厘五毫

共计不等则田二千四百二十二亩四厘七毫

元和县信字柜原捐

西二十二都

二图　是字圩

官则田四亩九分九厘六毫

三图　力字圩

官则田五分　　五亩二分六厘七毫　　五亩二分六厘六毫　　三分七厘五毫

四图　王非字圩

官则田四分

五图　以字圩

官则田一亩一厘八毫　　一亩六分

六图　与字圩

官则田三亩九厘五毫　　一亩九分二厘五毫

八图　戴非字圩

官则田九分五厘

九图　东流字圩

官则田五分　五分

盛字圩

官则田一亩二分五厘

二十五图　馨字圩

官则田一亩

二十三都

北四图　幸字圩

官则田二亩五分八厘四毫　五亩三分四厘四毫　一亩五分　四亩二分　八分　三亩　一亩七厘八毫　一亩六分六厘九毫　三亩九分三厘六毫　三亩九分三厘六毫　二亩五分九厘八毫　三分五厘

即字圩

官则田一亩一分七厘

北七图　寥字圩

官则田五亩四分四厘五毫　一亩九分二厘三毫　二亩六分一厘六毫　二分五厘　四分五厘　一亩八分二厘六毫　一亩　一亩二厘六毫　四分九厘　三分一厘二毫　五分

十四图　索字圩

官则田一亩四分一厘三毫　四分二厘

二十四都

一图　爵字圩

官则田一亩六分二毫

四图　雅字圩

官则田九分九厘一毫　一亩二厘七毫　二亩八分一厘　四分九厘六毫　二亩二分八厘　四分九厘六毫

七图　渭字圩

官则田一亩八分四厘八毫

八图　浮字圩

官则田二亩九分九厘

二斗八升则田二亩一分九厘七毫

南据字圩

官则田三亩　一亩四分八厘五毫　一亩七分一厘四毫　一亩七分一厘四毫　二亩五分一厘八毫

北据字圩

官则田一亩二分

洛字圩

官则田三亩三分三厘二毫　四分八厘五毫

九图　殿字圩

官则田一亩六分五毫　一亩九分五厘

十图　物字圩

官则田四亩四分六厘七毫

十三图　邑字圩

官则田一亩六厘八毫

十六图　人字圩

官则田八分七厘六毫

十七图　伯字圩

官则田六分四厘三毫　一亩四分四厘五毫

十八图　诸字圩

官则田一亩八分

十九图　儿字圩

官则田七分

子字圩

官则田二亩七分九厘一毫

二十图　兄弟字圩

官则田一亩六分五厘三毫

孔字圩

官则田三分五厘四毫　三分五厘四毫　六分　一亩五分五厘二毫　一亩一分八厘　一亩四厘五毫　四分九厘七毫

二十一图　友字圩

官则田三分

二十四图　性字圩

官则田八分六毫　九分三厘八毫　四分八厘四毫

二十五图　颠字圩

官则田二亩三分四厘六毫　三亩一分五厘　二亩二分三厘七毫　八分六厘一毫

沛字圩

官则田四分八厘二毫　三分　一分六厘一毫　一分五厘　一分四厘七毫　一分一厘三毫　四分八厘　四分六厘九毫　五分四厘二毫　一亩三分九厘二毫

节字圩

官则田一亩四分二厘五毫

义字圩

官则田一亩九分四厘

恻字圩

官则田三分四厘八毫　三分四厘八毫　一分七厘四毫　一分七厘四毫

二十六图　逐字圩

官则田三亩七分五厘七毫　二亩七分九厘四毫　三分九厘六毫　三亩九分九厘八毫　一亩四厘　三亩五分四厘　九分七厘七毫　二亩四分七厘四毫　一亩三分九厘五毫　二分九厘一毫

二十七图　志字圩

官则田二亩五分二厘

上二十五都

一图　楼字圩

官则田三分　一亩　五分七厘六毫　二分八厘八毫　七分四厘三毫　七分四厘三毫
　　　爵字圩

官则田五亩

二图　飞字圩

官则田一亩三厘四毫　四分　六分四厘二毫　六分四厘三毫
　　　彩字圩

官则田一亩一分九厘六毫

四图　灵字圩

官则田二亩二分九厘八毫　三分二厘二毫　一亩四分一厘

一斗则田三亩三分一厘
　　　启字圩

官则田三亩六分二厘九毫　二亩三分八厘二毫　二亩二分六厘八毫　一亩九分九厘三毫

五图　笙字圩

官则田七分八厘二毫　三分三厘八毫　一分八厘八毫
　　　吹字圩

官则田二亩三分四厘一毫　一亩六分八厘六毫

六图　疑字圩

官则田三分二厘七毫

七图　转字圩

官则田一亩　七分八厘九毫　八分九厘六毫　三分七毫

八图　楹字圩

官则田七分八毫　六分五厘　四亩二分八厘一毫　四亩四分七毫　三分五厘一毫
　　　帐字圩

官则田一亩八分五厘四毫　一亩六分五厘　一亩四厘　一亩四厘　二亩八厘　一亩五分五厘四毫

九图　通字圩

官则田一亩七分三厘七毫　四分九厘三毫
　　　右字圩

官则田四亩一分七厘二毫　六分一厘一毫　三分四厘三毫　二分　九分五厘七毫　二亩二分四厘三毫

十图　席字圩

官则田五分四厘四毫　七亩二分八厘　五亩五分八厘九毫　一亩八分六厘五毫　五亩一分八厘三毫
　　　筵字圩

官则田五亩九分六厘三毫　一亩三分五厘
　　　设字圩

官则田四分一厘　四分五厘

　　　　鼓字圩

官则田六分九厘四毫

十一图　广字圩

官则田三亩三分一厘三毫　八分四厘三毫　三分九厘六毫　二亩七分七厘三毫　二亩一分　一亩一分五厘六毫_{二分六厘七毫}　二斗八升田四分七毫

　　　　内字圩

官则田二亩三厘三毫　八分七厘　二亩五分七厘　三亩二分八厘五毫　一亩三分三厘　四亩四分四厘八毫　九分二厘二毫　七分五厘六毫　一分四厘三毫　一分四厘三毫　一分四厘三毫　三分二厘　二亩四分五厘九毫　六分九厘三毫　二分二厘六毫　四分五厘一毫　一分八厘三毫　一亩九分八厘　三分六厘五毫

十八图　姜字圩

官则田一亩一分八厘一毫

十九图　姜字圩

官则田九分九厘九毫　一亩　三亩一分五厘

二十图　钟字圩

官则田七分六厘五毫　五亩　二亩四分六厘三毫　四亩八分七厘　六亩　三亩九分五厘九毫　一亩九分一厘八毫　五亩一分四厘七毫　三亩　一亩二分五厘　一亩二分五厘　九分二厘七毫

二十图　粮字圩

官则田八分八毫　二亩二分六毫　七分五厘　九分七厘四毫　一亩八分九厘九毫　三亩一分九厘五毫　一亩三分二厘九毫　三亩四分二厘七毫　一亩六分五厘六毫　三亩二分八毫　二亩九分五厘七毫　九分八厘七毫　三亩三分六厘五毫　五分　七分五厘　四分　二分六厘　一亩　一亩二分　三分六厘　二分一厘六毫　二亩　九分四厘　六分五厘六毫　六分一厘　二亩七分四厘二毫　二亩七分

二十二图　瑟字圩

官则田一亩五分　三亩三分八厘六毫　一亩二分七厘六毫　一亩二分七厘六毫　一亩四分　二亩四分二厘三毫　四亩五分六厘五毫_{一亩八分五厘七毫}　五升荡田一分一厘四毫

民则田一亩九分一厘四毫

　　　　丙字圩

官则田九分

二十三图　陛字圩

官则田五分六厘六毫　四分　五分六厘六毫　四分　五亩五分五毫　二亩八分八毫　五亩五分二厘　一亩八分　五分　四分一厘三毫

　　　　弁字圩

官则田四亩六厘九毫　三分　三亩九分三厘五毫　一亩九分六厘八毫　一亩九分六厘七毫　一亩五厘五毫　一亩一厘一毫　二亩一分八厘四毫　四分一厘一毫　六分一厘五毫

二十四图　星字圩

官则田三亩二分七厘七毫　　二亩二分四厘
共计不等则田四百五十七亩三分九厘二毫
五共计不等则田九千七百三十七亩一分一厘
五共计印单三千七百九十四纸

卷二　下

长洲县添置

一都

六图　淡字圩

官则田五亩六分一厘六毫　三亩一分二厘八毫　五分七厘　二分　四分二厘五毫　七厘五毫　四分三厘　四分三厘三毫　四分三厘一毫
四分三厘一毫

羽字圩

官则田二亩六厘二毫

界字圩

官则田二亩四分八厘八毫

二都

六图　龙字圩

官则田二亩三分

南火字圩

官则田三亩七分七厘　二亩九分　一亩四分五厘

三都

一图　县字圩

官则田三亩八分九厘六毫

二图　阶字圩

官则田二亩

六图　策字圩

官则田六亩五分　三亩五分二厘五毫　四亩六分四厘　一亩一分六厘

肥字圩

官则田四亩七分　六亩八分五毫

九图　驰字圩

官则田五分五厘八毫　四亩　七分二厘一毫　七分二厘一毫　八分二厘三毫　五分五厘　八分一厘一毫　二亩九分二厘二毫　二分　五分　一亩三分一厘一毫　二亩六分　五亩四分九厘四毫

十一图　习字圩

官则田七亩六分　二亩五分　五亩　二亩五分

四都

上八图　富字圩

官则田八分五毫

下十二图　有字圩

官则田四亩七分三毫　二亩六分　一亩一分　九亩六分

南十三图　丹字圩

官则田二亩二分二厘　二亩二分一厘　二亩五分　六亩二分二厘　七分八厘　七亩六亩三分一厘五毫　二亩五分　五亩三分五厘　二亩五分六厘一毫　一亩　一亩三分五厘　一分一厘五毫　五亩六分三厘四毫　六分三厘五毫　一分一厘五毫　一亩二分　二亩四分　三亩六分　六分　二亩五分　四亩二分六厘五毫　五亩五分　三亩　五分　三亩五分　五亩　一亩一分　三亩

宅字圩

官则田四亩　二亩三分九厘　一亩六分　二亩　四亩

阜字圩

官则田四亩　四亩八分一厘　二亩四分　二十亩八厘　三亩五分　五亩五厘五毫　五亩

二斗则田一亩二分二毫

一斗三合则田七分二厘　六分　四分　九分四厘五毫　二分五厘　三分　一亩九分　二分　一亩六分　一十四亩八分九厘八毫

熟字圩

官则田三亩九分八厘二毫　一亩三分五厘　六亩二分

十六图　武字圩

官则田三亩一分一厘一毫

汉字圩

官则田八亩八分三厘五毫

东六都

上一图　当字圩

官则田一十二亩八分七厘五毫　五亩　二亩　五亩五分二厘

下一图　命字圩

官则田一亩七分一厘四毫　二亩五分七厘　一亩四分

敢字圩

官则田二亩五厘　五亩六分五厘　五亩四分二厘二毫　四亩　三亩　四亩二厘五毫九分七厘五毫

四图　临字圩

官则田一十一亩一分五厘　二亩一分五厘　二亩九分

十图　朝字圩

官则田七亩四分三厘　二亩七分　三亩三分　二亩五分一厘

虞字圩

官则田五亩三分　一亩一分七厘七毫　七亩五分　二亩三分七厘

十一图　成字圩

官则田三亩七厘一毫　四亩九厘五毫　七亩　四亩二分　二亩二分

岁字圩

官则田三亩三分三厘三毫

荒字圩

官则田四亩七分八厘二毫

上十二图　人字圩

官则田三亩三分四厘三毫　四亩三厘六毫　二亩一分二厘九毫　二亩三分九厘五毫
四亩五分

民字圩

官则田一十一亩七厘九毫　三亩　二亩六分九厘一毫　一亩二分七厘三毫　六亩五分
九厘九毫

余字圩

官则田四亩一分五厘五毫　四亩九分五厘八毫

有字圩

官则田三亩一分八厘九毫　三亩

帝字圩

官则田三亩三分七厘五毫　三亩四分四厘一毫

下十二图　官字圩

官则田三亩五分九厘

皇字圩

官则田三亩五分六厘二毫　二亩三分六厘六毫　四亩九厘九毫　三亩三分七厘四毫
四亩二分五厘七毫

上十八图　推字圩

官则田四亩七分九厘八毫

下十八图　北玉圩

官则田四亩四分　三亩六分

剑字圩

官则田二亩　四亩五分

七都

上七图　义字圩

官则田五亩　二亩　六分

磨字圩

官则田二亩二分五厘　二亩二分八毫

八图　学字圩

官则田四亩三分五厘六毫　四亩四分二厘九毫

登字圩

官则田二亩九分二厘　一亩一分五厘三毫　三亩三分九厘七毫　五亩九分七厘八毫
五亩一分四厘三毫

政字圩

官则田四亩六分五厘九毫

十二图　如字圩

官则田一亩三分三厘五毫　八分二毫

似字圩

官则田三亩三分五厘　三亩三分五厘

十四图　靖字圩

官则田三亩九分五厘　一分九厘一毫　一亩四分五厘　二亩一分三厘三毫
　　　　夙字圩

官则田三亩二分七厘七毫
　　　　薄字圩

官则田一亩五分五厘二毫　一亩五分五厘一毫
　　　　令字圩

官则田一亩四分
　　　　无字圩

官则田一亩二分九厘五毫　三亩五分二厘六毫
　　　　优字圩

官则田四亩二分八厘八毫　八亩七分八厘一毫

八都

上三图　洪字圩

官则田一亩九分六厘八毫　一亩九分六厘八毫
　　　　暑字圩

官则田三亩

四图　光字圩

官则田四亩三分七厘五毫　二亩二分二厘三毫　二亩二分二厘三毫
　　　　珍字圩

官则田三亩二分六厘二毫
　　　　李字圩

官则田一亩五分六厘一毫　一亩五分六厘一毫　一亩六厘三毫　六亩五厘七毫　四亩
　　　　奈字圩

官则田七分七厘九毫　一亩一厘四毫　一亩一厘四毫　四亩五分　五分
　　　　菜字圩

官则田四亩五厘　三亩五分四厘三毫

下七图　谷字圩

官则田三亩五分

八图　壹字圩

官则田一亩
　　　　帝字圩

官则田二亩　二亩　一亩

上十一图　陶字圩

官则田五亩七分七厘　四亩一厘七毫　三亩六分一厘七毫
　　　　位字圩

官则田四亩五分四厘　三亩七分　二亩八分　三亩八分　三亩六分
　　　　菜字圩

官则田一亩八分六厘七毫　五亩五分一厘八毫　三亩七分

下十一图　洪字圩

官则田五亩九分三厘　二亩八分九厘　二亩八分九厘

　　　　吕字圩

官则田二亩二分

十二图　戾字圩

官则田四亩七分六厘八毫　二亩四分

　　　　致字圩

官则田四亩四分　一亩　四亩五分　七分四毫

十三图　号字圩

官则田一亩四分四厘五毫　三亩　六亩四分五厘

　　　　夜字圩

官则田四亩　四亩一分　三亩四分九厘八毫　一亩四分　七分三厘一毫　二亩九分三厘　三亩一分六厘八毫

　　　　月字圩

官则田五亩二分二厘

上十四图　官字圩

官则田五亩四分六厘　四亩七厘　一亩三分九厘

　　　　字字圩

官则田二亩　一亩八分

　　　　云字圩

官则田五亩五分　三分　一亩三分　八分　三分　二亩　八分六厘　四分五厘　四分五厘　三分六厘　三分七厘四毫　一分二厘五毫

上十五图　丽服水字圩

官则田一亩五分三厘三毫　五亩二分二厘八毫

　　　　果字圩

官则田四分四厘二毫　四分四厘二毫　四亩三分

　　　　河字圩

官则田二亩四分

下十五图　雨字圩

官则田二亩八分一厘　四亩七分五厘三毫　三亩九分二毫　一亩二分一厘四毫

　　　　丽服水字圩

官则田三亩一分九厘八毫

　　　　律字圩

官则田二亩三分八厘　二亩四分六厘五毫

　　　　天字圩

官则田三亩二分五厘

九都

九图　东逊字圩

官则田三亩一分三厘五毫　一亩二分三厘七毫　三亩五分二厘三毫　一亩八分八厘七毫　一亩一分三厘三毫　一亩二分一厘七毫

西逊字圩

官则田三亩一分三厘六毫　一亩七分二厘九毫　三亩一分三厘五毫

汤字圩

官则田一亩五分　一亩七分三厘六毫　二亩一分五厘　二亩一分

竹字圩

官则田六分八厘六毫　四分五厘六毫　三亩

被字圩

官则田二亩五分　二亩五分　二亩五分　一亩二分五厘　二亩五分　二分　一亩二分五厘　二亩五分　二亩五分　一亩二分五厘　一亩　四分　八分　三分　二分　二分　二分　二分　一分　三亩七分五厘　一分　二分　一亩　一亩　二亩　一亩　一亩　一分　二分　一分　一亩七分　一亩七分

平字圩

官则田二亩二分　一亩八分　三亩　二亩二分　一亩二分五厘　三亩八分　三亩五分　一亩　二分　五分　三亩　一亩五分　一分　二亩七分　四厘

逊字圩

官则田一亩八分

十图　迩字圩

官则田一亩九分一厘七毫

鸣字圩

官则田三亩一分五厘

十一图　崑字圩

官则田二亩七分七厘八毫　五亩　二亩五分一厘一毫　一亩

西崑字圩

官则田二亩

下十五图　场字圩

官则田一亩六分　五分九厘三毫

十六图　道字圩

官则田五分三厘

十七图　剑字圩

官则田一亩五分七厘八毫　一亩五分七厘八毫　三亩一分五厘七毫

光字圩

官则田二亩二分六厘二毫

二十一图　伏字圩

官则田二亩一分　二亩九厘八毫　六分

臣字圩

官则田一亩五分

天字圩

官则田二亩一分五厘五毫

　　　　　火字圩

官则田一亩二分五厘

　　　　　来字圩

官则田一亩五分八毫

　　　　　暑字圩

官则田一亩五分三厘八毫　二亩三分四厘四毫

　　　　　服字圩

官则田五亩三分二厘八毫

　　　　　唐字圩

官则田八分六厘三毫　八分六厘三毫　一亩七分二厘七毫

　　　　　周字圩

官则田一亩四分二厘一毫

上二十二图　盈字圩

官则田二亩九分一厘九毫　二亩七分

　　　　　成字圩

官则田二亩二分六厘四毫

　　　　　余字圩

官则田五亩七分四厘一毫

下二十二图　阳字圩

官则田一亩五分

二十三图　垂字圩

官则田一亩八分二厘四毫

　　　　　霜字圩

官则田三亩四分二厘七毫　二亩八分八厘

　　　　　结字圩

官则田三亩七分　二亩三分四厘

三十图　官字圩

官则田一亩三分五毫　一亩一分一厘五毫　二亩三分一厘五毫　二亩一分五厘八毫
一亩二分九厘七毫

三十二图　秋字圩

官则田二亩六厘　一亩一分　一亩八分　一亩八分　一亩八分　一亩一分　四亩四分
二厘　二亩　二亩八分　七分二厘

　　　　　冬字圩

官则田三亩九分四厘四毫　三分五厘　一亩四分六厘七毫

　　　　　藏字圩

官则田五分　一亩二厘　三分　五亩二分八厘六毫

　　　　　致字圩

官则田四亩三分七厘八毫

三十四图　文字圩

官则田八分

　　　　　率字圩

官则田一亩三分　二分

　　　　　凤字圩

官则田三亩四分一厘三毫

　　　　　民字圩

官则田三亩五分七厘三毫　二亩二分六厘

十一都

二图　岁字圩

荒民田二亩二分五厘　一亩一分二厘

三图　珍字圩

官则田四亩三厘

四图　天字圩

官则田一亩七分九厘六毫　一亩七分九厘五毫　一亩七分九厘五毫

　　　　　珠字圩

官则田三亩六分五毫

　　　　　元字圩

官则田一亩五分四厘三毫

上八图　平字圩

官则田二亩四分二厘

　　　　　垂字圩

官则田一亩七分　一亩六分二厘九毫　二亩四分三厘　五亩四分四厘二毫

　　　　　臣字圩

官则田八亩六分八厘八毫

中八图　逊字圩

官则田一亩二厘八毫

下八图　首字圩

官则田六分八厘

十二都

下一图　怀字圩

官则田五亩八分六厘五毫

四图　钟字圩

官则田九分二厘九毫　三分五厘

五图　承字圩

官则田三亩五分九厘　八分五厘七毫　四分六厘三毫　四分五厘

　　　　　洛字圩

官则田三亩三厘　一亩五厘九毫

六图　浮字圩

官则田一亩八分

十六图　尹字圩

官则田一亩七分一厘四毫　七分　二亩　一亩三分　八分　八分九厘　一亩八分九厘　一亩八分六厘　八分一毫

　　　　奄字圩

官则田二亩九分九厘

　　　　熟字圩

官则田六分八厘三毫

　　　　微字圩

官则田二亩二分七厘九毫

　　　　曲字圩

官则田二亩二分七厘五毫

　　　　衡字圩

官则田八分二厘八毫

十八图　绮字圩

官则田一亩一分二厘七毫

　　　　丁字圩

官则田四分五厘五毫　二分一厘二毫　一分六厘　二分七厘

十九图　二字圩

官则田四亩七分九厘五毫

　　　　糜字圩

官则田三亩六分六厘六毫　一亩　二分

上十四都

二十二图　贤字圩

官则田一亩五分二厘八毫

二十八图　獣字圩

官则田八分

十五都

东一图　晚字圩

官则田八分八厘五毫　一亩二分

上二图　辱字圩

官则田七分一厘四毫

上三图　见字圩

官则田七亩二分七厘　二亩三分一厘四毫　七分一厘四毫　一亩四分二厘五毫

　　　　抗字圩

官则田三亩三分七厘三毫　六亩四分四厘九毫　二亩六分六厘五毫　一亩一分一厘　一亩五分　一亩三分　二分三毫　二亩九分六厘三毫　二亩　三亩一分一厘七毫　一亩五分八厘二毫　八分一厘一毫　五亩八分三厘五毫　二亩五分　二亩五分

　　　　极字圩

官则田五亩二分二厘　三亩八分七厘　三亩一分　四亩九分　一亩九分五厘四毫　二亩七分一厘　二亩九分　一亩四分六厘二毫　五亩八分　二亩九分　三亩九分二厘二毫 二亩二分六厘四毫　三亩九分二厘二毫　一亩四分五厘　一亩四分五厘　一亩二分五厘七毫　一亩二分五厘七毫

中三图　逍字圩

官则田二亩四分九厘四毫　一亩三厘四毫　六分　一亩八分八厘九毫　五分　一亩四分　七分六厘　一亩四分七厘八毫　八分四厘　一亩九分七厘七毫　一亩七分二厘七毫 六分八厘七毫　九分七厘四毫

西四图　翠字圩

官则田二亩　一亩　一分七厘　二分四厘　一亩五分三厘　一亩五分　三分　八分八 厘八毫　一亩四分九厘八毫　二分七厘　一亩二分　一亩二分　六分　一亩九分六厘　六 分三厘　三亩三分三厘九毫　二亩五分三厘　二亩六分八厘　一亩七分三厘

上五图　增字圩

官则田一亩八分一厘五毫　四亩二分九厘　八分四厘　四亩八分四厘九毫　八亩七分 七厘　一亩一分　六亩三分二厘　三亩二分八厘　二分五厘　四亩三分五厘五毫　三亩 四亩三分五厘五毫　二亩九分八厘三毫　五分三厘　五分四厘二毫

西六图　翠字圩

官则田三分　三分　一亩八分

中六图　宠字圩

官则田四亩　二亩五分　三分五厘一毫　三分　二亩八分

荷字圩

官则田三亩六分五厘四毫　一亩二分一厘六毫　一亩二分一厘七毫　二亩八分七厘一 毫　二亩七分　二亩九分　一亩四分五厘

半六图　谁字圩

官则田五亩一分三毫

上八图　宠字圩

官则田一亩六分

新八图　枇字圩

官则田一亩二分六厘四毫

下九图　的字圩

官则田二亩二分三厘九毫　二亩一分一厘九毫　一亩四分二厘一毫　一亩七分六厘三 毫　四亩六分一厘八毫　四亩三分四厘二毫

十图　诚字圩

官则田一亩八分　一亩二分六厘

机字圩

官则田三亩六分　二亩九分五厘　一亩五分　一亩五分　二亩　一亩二分四厘　二亩 二分　二亩四分八厘三毫　八分八厘　二亩八厘五毫　二亩八厘五毫　一亩六分　二亩五 分　二亩七分　一亩六分七毫　二亩二分　一亩九分八厘　五分五厘七毫　一亩一分三厘 八毫　一亩九分八厘　一亩七分四厘　一亩六分四厘九毫　八分　二亩三厘六毫　五亩三

厘九毫　四亩七厘九毫　一亩五厘七毫　二亩八厘二毫　一亩一分一厘五毫　一亩一分一厘五毫　一亩八分五厘二毫　二亩二分五厘　二亩二分五厘　四分二厘　三分　一分　四分　二亩三分四厘　二亩三分四厘　二亩三分五厘四毫　一亩一分二厘　九分八厘　五分一厘　一亩二分一厘　一亩二分　一亩八分　一分九厘九毫　三分一厘一毫　四分二厘一毫　一亩七分　五亩五分四厘六毫　一亩一分五厘　一亩一分五厘　一亩九分七厘三毫　二亩三分　二亩六分六厘六毫　三亩五分五厘　三亩五分五厘　一亩九分七厘三毫　二亩九分三厘六毫　七分三厘

十一图　躬字圩

官则田二亩三分一厘九毫　二亩五分一厘六毫　五分二厘四毫　二亩七分七厘三毫　四分五厘　五分二厘　一亩六分　八分　四分五厘　二亩二分　二亩七分　一亩七分一厘　三分六厘　一亩四分五厘　二分　一分　二亩六分　一亩一分　二亩二分四厘八毫　一分五厘　一亩三分二厘三毫　三分　八分　二分五厘八毫　二分　一分五厘　二亩六分　二亩　三分　三分七厘五毫　三分七厘五毫　二亩二分三厘七毫　七分五厘　四分五厘　九分

省字圩

官则田二亩七分八厘九毫

十六图　解字圩

官则田二分六厘　三亩七分三厘九毫　二亩一分九毫　二亩一分八毫　五亩五分四厘一毫

十七图　宠字圩

官则田六分

共计不等则田一千六百一十二亩二厘

共计印单六百七十五纸

元和县添置

上二十一都

二十一图　丝字圩

官则田二亩八分三厘二毫　四分四厘一毫

南三十一都

二十图　西南糜字圩

官则田四亩一分　六分五厘

南糜字圩

官则田五分　六分六厘三毫　二亩六分五厘　二亩八分二厘五毫

新旧字圩

官则田三亩三分　四亩二分九厘二毫　一十亩五分

二十一图　长浜字圩

官则田五分二厘八毫　二亩二分　二亩四分　二亩八分一厘八毫　六亩一分三厘九毫　三亩三厘三毫　三亩六厘九毫

庞庄字圩

官则田一亩三分九厘一毫　二亩三分六厘三毫　二亩三分六厘四毫　七分五厘　三亩二亩五厘九毫　一亩二厘　一亩五分

二十二图　范字圩

官则田二亩

二十三图　樊庄字圩

官则田五亩四厘二毫　二亩三分　一亩三分八厘

二十四图　吴家潭字圩

官则田二亩五分二厘

二十七图　曹雅字圩

官则田二亩七厘七毫　一亩七分八厘四毫　二亩六分六厘三毫

二十八图　朱陶字圩

官则田三亩四分　二亩三分六毫　五分

二十九图　大字圩

官则田三亩七分一毫　三亩七分　五亩八分五厘九毫　六亩七分三厘一毫　七亩二分三厘

四十一图　史尖字圩

官则田一亩九厘八毫　一亩七分六厘一毫　一亩一分七厘一毫　三亩九分　三亩六分九厘

上张字圩

官则田五亩一分一厘　三亩　一亩九分三厘　二亩四分六厘四毫

外里荚字圩

官则田二亩二分三厘七毫

中三十一都

十一图　鸟字圩

官则田五分九厘

邵塔字圩

官则田一亩二分四厘七毫

十二图　坞庄字圩

官则田四亩二分二厘五毫　五亩四厘六毫　二亩四厘四毫　四亩六分二厘　二亩二厘九毫　四亩二厘九毫　五亩五分四厘

大淙字圩

官则田一亩二分　三亩八分

鲇鱼字圩

官则田四亩五厘二毫　八亩六分六厘二毫　八亩七分六厘五毫

十三图　北糜字圩

官则田五亩二分七厘二毫　八亩二分九厘七毫　四亩一厘一毫　二亩七分六厘五毫五亩四分九厘七毫　三亩三分　四亩四分九厘四毫　五亩四分五厘三毫　五亩二分三厘三毫　一亩七分七厘三毫　三亩七分一厘三毫　四亩七分八厘四毫　一亩六分　四亩八分八厘五毫

十四图　东南糜字圩

官则田三亩五分五厘八毫　四亩一分二厘二毫

北淹字圩

官则田五亩七分九厘三毫　二亩九分　四亩　三亩九分一厘八毫

十六图　寺后中字圩

官则田四亩五分一厘　四亩二分

十七图　师姑字圩

官则田四亩五厘六毫　四亩五分六厘八毫

十八图　孙墩字圩

官则田一亩　一亩二分五厘　一亩二分五厘　三亩九分四厘五毫　一亩七厘二毫　八亩四厘四毫

十九图　戴湖字圩

官则田二亩一分四厘九毫

桃花字圩

官则田三亩三分四厘四毫　五亩二分八厘　三亩二分四厘九毫　二亩　一亩二分四厘九毫　四亩六分一厘九毫　四亩三分

北三十一都

三图　藕稍字圩

官则田一亩八分

六图　五圣字圩

官则田三亩八分九厘六毫　八分五厘

连村字圩

官则田九分七厘七毫

王巷字圩

官则田五亩三分五厘一毫　二亩五分九厘二毫　一亩七厘三毫　六分六厘

十五图　篮字圩

官则田二亩六分五厘八毫

十七图　洁字圩

官则田二亩五分七厘三毫　一亩

二十五图　房字圩

官则田二亩二分九厘八毫　二亩四分四厘一毫　二亩九分六厘三毫

九都

二图　月字圩

官则田八亩二分　二亩　三亩

二十七图　荒字圩

官则田二亩九分九厘　二亩三分一厘　三亩　一亩一分

二十八图　阳字圩

官则田四亩三分三厘三毫

二十九都

十图　恐字圩

官则田二亩六分九厘二毫　四亩二分

十一图　顿字圩

官则田一十亩二分二厘六毫

二十二图　纺字圩

官则田二亩二厘二毫　二亩五分二厘三毫　二分　一亩九分　一亩五分　八分五厘　一亩

二十八图　绩字圩

官则田四亩二分二厘五毫　六分三毫　六分三毫　三亩四分六厘　三亩三分五厘　一亩三分　八分　八分　一亩九分二厘五毫

二斗八升则田五亩　四亩一分　九分九厘　二亩九分九厘　二亩七分八厘八毫　一亩　一亩二分　六分　一亩二分　二亩四分　一亩二厘四毫　一亩七分一厘六毫　六分一厘六毫

上二十都

十一图　体字圩

官则田一亩三分三厘八毫

十四图　北伏字圩

官则田三亩一分三厘七毫　三亩一分三厘六毫　三亩三分七厘七毫　三亩三分七厘六毫　四亩六分八厘八毫　四亩七分五厘一毫　六亩七分一厘九毫　四亩四分六厘八毫　四亩八厘六毫　五亩六分一厘　五亩七分六厘九毫　五亩　八亩二厘三毫

中二十都

二十六图　翔字圩

官则田三亩八分四厘六毫　一亩二分二厘九毫　二亩一分八厘八毫　三分　四分四厘九毫　二亩五分七厘一毫　三亩九分三厘四毫　三亩五分六厘三毫　三亩六分　七亩五分八厘五毫　二亩八分一厘五毫　一亩六分八厘九毫　二亩四厘九毫　六亩六分三厘八毫　二亩三分一厘一毫　二亩四分三厘五毫　二亩四分三厘五毫　四亩四分　二亩一分三厘　二亩一分三厘　九分三厘　七分一毫　八亩五分五毫

二斗八升则田八分九厘　一亩四分一厘二毫

下二十五都

十九图　老字圩

官则田一亩九分一厘一毫

中十九都

十图　谓字圩

官则田三亩五分六毫

十一图　荒字圩

官则田一十二亩八分

二斗则田一亩三厘二毫

一斗荡六分

十三图　月字圩

官则田八分一厘　一亩四分二厘五毫　一亩　二亩三分二毫　一亩一分四毫　一亩九分七厘八毫　三亩九分三厘　三亩四分三厘　三亩一分七厘二毫　四亩八厘七毫　二亩二分七厘　二亩八分四厘八毫　三亩五厘五毫　三亩九分七厘二毫　一亩八分四厘三毫　七亩二分五厘九毫　八亩七分三厘

下二十一都

五图　念字圩

官则田三亩三厘三毫　三亩九分八厘八毫　一亩五分四厘二毫

作字圩

官则田三亩一厘三毫　五分九厘七毫

圣字圩

官则田八亩五分二厘　二亩四分一厘一毫

二斗则田三亩五分四厘四毫

东二十二都

十五图　思字圩

官则田六分　一亩七分　四亩七分二厘八毫　一亩三分五厘　四亩六厘

言字圩

官则田二亩一分二厘九毫　二亩八分四毫　二亩八分七厘六毫　四亩四分三厘五毫　三亩　二亩六分五厘三毫　四亩　三亩八分　三亩　三亩八厘五毫　二亩二分七厘八毫　二亩四厘九毫　三亩四厘八毫　五分五毫　一亩四分六厘三毫　六分六厘　三亩

澄字圩

官则田四分四厘四毫　五分二厘八毫

十六图　辞字圩

官则田一亩　一亩三分五厘　九分五厘

笃字圩

官则田四亩一分二厘六毫　六亩一分七厘二毫　三亩八分八厘　四亩三分五厘三毫

十七图　安字圩

官则田二亩四分六毫　四亩四分五厘二毫　八分五厘七毫　二亩八分四厘四毫　二亩八分五厘三毫　四亩四厘一毫

十八图　诚字圩

官则田一亩三分五厘四毫

初字圩

官则田七分七厘五毫　七分八厘三毫　五分六厘六毫　二亩九厘九毫　三亩二分一厘三毫　四亩九厘二毫　三分八毫

十九图　无字圩

官则田二亩三分八厘九毫

学字圩

官则田一亩二分三毫

藉字圩

官则田一亩一分六厘一毫　二亩三分五厘八毫　九亩五分四厘二毫　三亩八分二厘五

毫　五亩三分一厘九毫　一亩四分一厘八毫　一亩四分一厘七毫　三亩八分三厘八毫　二亩三分七厘七毫　三亩四分五厘五毫　九分七厘二毫

二十二图　命字圩

官则田六亩九分九厘六毫　三亩五分四厘七毫

二十八图　宜字圩

官则田七亩六厘六毫　九亩二分四厘　五亩一分四厘　八亩九厘四毫　六亩一分四毫　六亩五分六毫

三升荡一亩二厘九毫

北二十六都

二十八图　东裳岁字圩

官则田二亩　三亩五分八厘

三十三图　宙洪南字圩

官则田二亩八分八厘五毫

　　　　宇字圩

官则田五亩一分四厘四毫

三十四图　身字圩

官则田七分　二亩　三亩六分　三亩　三亩　一亩九分五厘二毫　二亩一分　三亩五分　三亩六分二厘六毫

　　　　天地东字圩

官则田二亩一分　一亩六分四厘七毫　一亩三分七厘八毫　九分八厘　四分　九分七厘八毫　四分　一亩七分二厘三毫　一亩七分二厘三毫　五亩六分七厘一毫

二斗则田二亩七厘二毫

　　　　天地西字圩

官则田一亩六分六厘七毫

二斗则田一亩六分六厘七毫　一亩三分八厘

四十二图　金生字圩

官则田五亩五分二厘四毫　六亩五分六厘五毫

　　　　出崑南字圩

官则田三亩七分一厘九毫　三亩一分四厘四毫　三亩八分一毫　二亩三分一厘二毫

二十七都

二十四图　故字圩

官则田二亩五厘八毫　七分　三分　一亩八分四厘三毫

二十三都

七图　甘字圩

官则田四亩一分九厘三毫　一亩一分八厘四毫

十八图　寂字圩

官则田一亩二分　一亩二分

上二十五都

十八图　姜字圩

官则田九亩二分四厘三毫

二十一图　粮字圩

官则田五亩二分七厘九毫　九分一毫

共计不等则田一千二十七亩七分一厘三毫

共计印单三百三十八纸

吴县添置

一都

一图　光字圩

官则田二亩四分　一亩一分五厘　一亩一分五厘　一亩二分　九分

上二图　余成字圩

官则田二亩六分　八分　六分　一亩　二亩三分　九分　二亩五分　二分　一亩　一亩二分五厘　五分　一亩八分八厘　六分二厘五毫　二分五厘　二分五厘　七分五厘　一分　一亩一分　四亩

　　　　　　藏字圩

官则田三亩　二亩八分　六亩五分　二亩一分八厘

四图　人字圩

官则田一亩七分二厘　一亩七分二厘　二亩五分七厘　一亩八分

　　　　　皇字圩

官则田三分

五图　火字圩

官则田三亩四分　二亩三分　一亩八分　二亩五分

　　　　帝字圩

官则田一亩五分

　　　　龙字圩

官则田二亩二分

六图　结字圩

官则田二亩五分　一亩　二亩　二亩七分　一亩　二亩三分　三分　三亩五分　三亩　三亩六厘五毫　四亩五分九厘八毫　四亩五分九厘八毫　二亩六分　二亩四分　二亩八分　一亩六分　二亩五分七厘二毫　一亩五分　四亩　三亩二分七厘　四亩五分　二亩二分三厘　二亩　一亩六厘三毫　二亩一分　二亩二分　三亩八分五厘　四亩四分

　　　　　露字圩

官则田二亩　二亩　二亩　一亩八分五厘　一亩三分　三亩　一亩二分五厘　三亩五分

七图　金字圩

官则田二亩八分

　　　　　霜字圩

官则田三亩　一亩九分　一亩　三亩八分

八图　珠字圩

官则田二亩三分五厘　二亩三分五厘　一亩五分　五分七厘　一亩一分五厘　九分五厘　九分五厘　一十二亩　二亩三分　二亩　二亩　二亩　二亩　七分二厘五毫

九图　珍字圩

官则田七分五厘

果字圩

官则田二亩四分

奈字圩

官则田六分　一亩五分

夜字圩

官则田一亩八分　八分三厘三毫　八分　六分　二亩五分　一亩二分四厘　三亩八分

十二图　汤字圩

官则田一十三亩八分

陶字圩

官则田二亩七分

十四图　服字圩

官则田五亩　三亩

裳字圩

官则田四亩三分　一亩一分一厘七毫　一亩六分

始字圩
皇

官则田二亩九分五厘

位字圩

官则田一亩六分　四亩　二亩六分七厘　一亩九分五厘

十六图　西有字圩

官则田四亩三分　一亩九分五厘　一亩二分五厘　一亩

章字圩

官则田五分

东有字圩

官则田一亩三分　六亩二分

二十七图　堂字圩

官则田三亩五分　六分五厘

形字圩

官则田二亩

二十八图　恶字圩

官则田三亩六分五厘　六分　一亩一分　五分六厘

积字圩

官则田二亩二分　一亩三分　一亩　一亩　二亩九分五厘　一亩二分　三亩八分　二亩三分　五分　一亩三分　四分　二亩四分八厘　一亩三分　四亩三分　三亩四厘五毫

三亩九分五厘　二亩七分　四分　二分　一亩　一亩二分　一亩一分　二亩一分　一亩一分　一亩九分　六亩　二亩二分　一亩八分七厘五毫　二亩八分　七分　三分

　　　　　因字圩

官则田一亩五分　一十亩四分　五亩一分九厘　二亩　一亩一分　一亩七分五厘　三亩五厘　九分　二亩八分　三亩四分　二亩　二亩七分　五分　八分

　　　　　端字圩

官则田一亩二分

　　　　　忘字圩

官则田七亩三分　二亩二分　三亩二分

　　　　　竭字圩

官则田九分　二亩

　　　　　南尺字圩

官则田八分　七分五厘　四分　七分　一亩六分

　　　　　东谷字圩

二斗则田一亩二分

　　　　　洪字圩

二斗则田一亩八分　一亩九分

二都

一图　尺字圩

官则田九分　九分

　　　　　罪字圩

官则田六亩二分五厘　二亩八分二厘五毫　二亩五厘　一亩七分

　　　　　潜字圩

官则田二亩五分五厘　三亩　三亩三分

　　　　　翔字圩

官则田一亩五分

　　　　　元字圩

官则田一亩六分五厘

　　　　　东谷字圩

官则田六分　七分五厘　一分五厘

　　　　　洪字圩

官则田三分

　　　　　黄字圩

官则田六亩三分　一亩　七分五厘　二亩三分　一亩六分

　　　　　谷字圩

官则田一亩三分

　　　　　致字圩

官则田一亩三分

二图　乃字圩

官则田二亩二分　一亩五分　一亩　一亩　一亩四分　六分　一亩六分　一亩六分

八分

八图　十三字圩

官则田八分五厘　八分五厘

三都

一图　称字圩

官则田二亩四分　一亩五分　九分　八分五厘　二亩二分　二亩　九分　一亩六分五

厘　一亩六分五厘　一亩　九分　一亩八分　八分五厘　二亩　一亩　五分　一亩二分五

厘

五都

一图　文字圩

官则田七分　一亩八分

五图　菜字圩

官则田八分　一亩一分五厘　九分五毫　一亩二分　二分五厘

六图　辰字圩

官则田一亩八分

戎字圩

官则田二亩四分

驹字圩

官则田三亩六分五厘　四分

七图　霜字圩

官则田一十一亩四分　七亩一分　二亩六分　二亩八分

八图　木字圩

官则田二亩五分五厘　一亩四分　一亩四分

九图　昃字圩

官则田四亩

十图　国字圩

官则田四亩三分

六都

三图　人字圩

官则田九亩八分五厘

十一都

一图　遣字圩

官则田二亩五分　八亩一分

二图　散字圩

官则田三亩五分

逍字圩

官则田八分　七分　一亩二分　一亩二分

七图　处字圩

官则田六亩七分

  恭字圩

官则田九分　六亩　五亩六分

九图　聆字圩

官则田三亩九分五厘　三亩九分五厘　五亩九分　三亩　三亩九分　一亩五分　一亩
一亩　二亩七分五厘　二亩四分　六分

  貌字圩

官则田四亩六分五厘

  音字圩

官则田一亩八分　一亩八分五厘　六分

十二图　点字圩

官则田二亩

十三图　乃字圩

官则田三亩　八分

十四图　淑字圩

官则田七亩三分　七亩　四亩　三亩　四亩　四亩

  载字圩

官则田四亩二分　四亩　五亩七分

十五图　贡字圩

官则田三亩五分　一亩四分　一亩二分　三亩三分三厘三毫　一亩八分　二亩五分
二亩七分五厘　二亩七分五厘　四亩　二亩八分　二亩五分　三亩五分　三亩三分　二亩
一分　二亩

十九图　滋字圩

官则田一十五亩　二亩

  务字圩

官则田二亩二分五厘　九分　一亩八分　二亩二分　七分

二十图　治本字圩

官则田一亩六分五厘

  治字圩

官则田一亩八分　一亩六分　二亩三分　一亩　七分五厘　二亩三分　六亩二分四厘
一亩一分　一亩三分

二十一图　绵字圩

官则田九分二厘　九分二厘　四分六厘　四分六厘

  洞字圩

官则田二亩　四分　一亩二分　四亩　二亩五分　一亩七分

  庭字圩

官则田二亩

下二十二图　巨字圩

官则田三亩六分　六亩二分　九分　六分　五亩三分　一亩八分　八分　九分

二十五图　劳字圩

官则田二亩二分五厘　二亩二分五厘　三分　一亩四分　一亩五分　一亩　二亩三分　一亩五分　三亩三分

二十六图　稷字圩

官则田三亩二分　三亩　二亩三分　一亩七分　二亩五分

二十七图　新字圩

官则田八分

二十九图　殆字圩

官则田四亩　四亩六分　二亩

三十一图　贡字圩

官则田四亩五分　三亩　一亩三分一厘四毫

　　　　　　劝字圩

官则田五亩八分

三十五图　池字圩

官则田二亩七分　三亩九分　二亩五分　五亩二分　一亩　一亩一分五厘　三亩七厘五毫　三亩五分五厘　四分五厘　一亩一分　八分　三分七厘五毫　一亩二分　一亩五厘　二亩二分　五分五厘　五分　一亩二分　八分

十三都

一图　地字圩

官则田五亩三分　三亩五分　三亩　二分六厘　三亩　九分六厘

　　　　元字圩

官则田八分

　　　　黄字圩

官则田五亩四分

二图　岁字圩

官则田一亩　五分　二亩五分

　　　　夜字圩

官则田一亩五分

三图　逊字圩

官则田二亩　三亩五分　一亩二厘　六亩　一亩六分　二亩九分　一亩九分　四亩

四图　菜字圩

官则田一亩五分　九分　二亩四分　一亩二分　七分　九分　二分　一亩七分　九分　二亩三分　一亩五分　八分　一亩八分　一亩　四分　二分　二亩三分　一亩　六分　一亩二分　二亩五分　六分　三亩　一亩一分　七分

五图　号字圩

官则田一亩四分　一亩三分　一亩六分　一亩九分五厘　二亩二分　三亩九厘　二亩九分五厘　一亩二分九厘　二亩八分

　　　　　阙字圩

官则田一亩六分　一亩四分　五分

珠字圩

官则田二分

称字圩

官则田一亩五分　九分　一亩五分　一亩一分

光字圩

官则田一亩四分

翔字圩

官则田三亩四分

崐字圩

官则田一亩四分

六图　罪字圩

官则田二亩二分　二亩

龙字圩

官则田二亩

翔字圩

官则田一亩五分

唐字圩

官则田四分　三亩六分

七图　大字圩

官则田一亩九分

身字圩

官则田一十四亩二分五厘　二亩二分　二亩　二亩八分

此字圩

官则田二亩七分　五亩六分

戎字圩

官则田一亩　一亩　一亩　一亩二分　二亩

发字圩

官则田二亩八分　一亩三分　一亩五分　六分

八图　草字圩

官则田二亩

师字圩

官则田一亩八分

章字圩

官则田一亩五分　一亩一分　一亩一分　二亩一分五厘　一亩二分　一亩八分　三亩二分　二亩四分　三亩　一亩八分　二亩

九图　黄字圩

官则田一亩三分

凤字圩

官则田二亩一分　一亩二分　五分　七分
　　　　归字圩
官则田四亩
　　　　良字圩
官则田一亩五分　一亩二分五厘　三亩五分
　　　　必字圩
官则田一亩
　　　　改字圩
官则田一亩七分五厘
　　　　量字圩
官则田三亩一分七厘
十图　圣字圩
官则田六亩三分
　　　　羊字圩
官则田三亩八分
　　　　羔字圩
官则田二亩八分二厘五毫　三亩　二亩八分　三亩五分　一亩二分八厘　三亩七分七厘
　　　　贤字圩
官则田二亩七分
　　　　归字圩
官则田一亩　八分　七分　四分　二亩二分
　　　　行字圩
官则田六亩八分
　　　　皇字圩
官则田三亩八分五厘　六分　三亩九分五厘　四亩三分　九分
十一图　恃字圩
官则田六亩七分
十二图　大字圩
官则田二亩七分　三亩　一亩　四亩　二分　一亩一分
十三图　宇字圩
官则田二亩　三亩三分　二亩七分　一亩八分
　　　　我字圩
官则田七分　二亩八分
　　　　洪字圩
官则田一亩五分五厘
十五图　白字圩
官则田五分　五分　三亩
　　　　草字圩

官则田一亩五分

　　　赖字圩

官则田四亩六分五厘　九分　一亩　四分　五亩

　　　南字圩

官则田二亩五分

十四都

一图　河字圩

官则田八亩

四图　火字圩

官则田一亩

　　　赖字圩

官则田二亩八分　二亩六分

五图　海字圩

官则田二亩　　一亩二分

共计不等则田一千二百三十四亩九分八厘八毫

共计印单五百五十三纸

卷二　下附

同治六年奉文拨入男普济堂

元和县

下二十都

二十九图　巨字圩

官则田一亩一分六厘三毫　五分八厘一毫

　　　　　光字圩

官则田三亩一分三厘四毫　三亩一分三厘三毫

三十四图　制字圩

官则田三分

三十五图　字字圩

官则田五分二厘五毫　五分　五分　一亩七分八厘八毫

三十八图　位字圩

官则田六分一厘

南三十一都

二十图　南糜字圩

官则田三分一厘三毫　六分四厘三毫　三分四厘三毫

　　　新旧字圩

官则田一亩九分二厘七毫　二亩四分　五亩五分四厘　四亩二厘四毫　六分七厘　二亩二分五厘二毫　三分五厘九毫　一亩七分一厘六毫　九分　九分三厘　三亩　二亩八分

六厘七毫　三亩四分七厘九毫　三亩六分三厘五毫　五亩一分　一十亩二分二厘六毫　四亩八分八厘二毫　三亩六分六厘三毫　七亩一分一厘七毫　二亩三分一厘三毫　二亩二分四厘八毫　三亩七分　三亩三分二厘　八亩一分五厘四毫　一亩一厘四毫　六亩五分九厘五毫　二亩六分四厘五毫　四亩

二十一图　庞庄字圩

官则田五分　二亩五厘　八分二厘二毫

长浜字圩

官则田二亩二分三厘二毫　一亩八分三毫　一亩四分七厘八毫　一亩七分二厘

二十二图　范字圩

官则田六分七厘　一亩六厘一毫　二亩一分二厘九毫　四亩七分　四分九厘　八分二厘

张墓字圩

官则田二亩一分九厘六毫　二亩六分五厘七毫　一亩三分　二亩六分三厘九毫　一亩二分八厘七毫　六亩七分二厘一毫

二十三图　樊庄字圩

官则田四分八厘六毫　三亩八分九厘六毫　二亩　五亩三分六厘　一分八厘六毫　四亩三分九厘三毫　一分五厘　四亩五分九厘九毫　二亩六分三厘　三亩一分八厘九毫　二亩三分三厘九毫　一分　二亩五分五厘二毫　四亩七分九厘二毫　九分四厘　二亩二分一厘五毫　五亩七分六厘　一亩　三分二厘四毫　九分七厘七毫　九分八厘七毫　二亩九分五厘　一亩一分六厘八毫　一亩四分　四分　一亩二分九厘八毫　二亩三分三厘二毫　八分　二亩三分九厘一毫　三亩七厘三毫　一亩九分九厘六毫　一亩一分八厘一毫　四亩三分二毫　四分一厘九毫　四亩三厘二毫　五亩四分一厘九毫

湾字圩

官则田三亩八分五厘一毫　五亩一分四厘八毫　三亩三分七厘四毫　三亩三分八厘四毫　五分　四分四厘六毫　四亩八厘四毫　三亩二分六厘三毫　三亩二分六厘二毫　一亩九分四毫　六亩二分八厘八毫　五亩四分九厘二毫　九分　四亩四分二厘七毫　九亩三分九厘六毫　八亩九分七厘七毫　一亩七分七厘七毫　二亩六分八厘七毫　三亩七分三厘六毫　四分一厘九毫　六分五厘　一十亩四厘四毫　三亩五分九厘三毫　五亩一分一毫　一亩八分　五分九厘二毫　六亩一分二厘　四亩六分四厘一毫　九亩七分二厘九毫　八亩六分八厘六毫　二亩七分　四分　一亩六分一厘九毫　一亩五分八厘三毫　三分八厘八毫　二分六厘二毫

二十四图　西塘字圩

官则田三亩六分五厘六毫　三亩三分八毫　四亩　一亩三分五厘　四亩

南新字圩

官则田六分九厘三毫

吴字潭字圩

官则田二亩八分一厘二毫　五分　三亩二分二厘一毫　四分　八分五厘　八分五厘

北三十一都

一图　浜北字圩

官则田二分六厘八毫　二分六厘七毫　五亩九分五厘二毫

二图　浜南字圩

官则田五分二厘五毫　二亩四分六厘九毫　三分九毫　一亩四厘五毫　一亩二分　一亩一分八厘二毫　一亩六分八厘八毫　五分二厘五毫

自渎字圩

官则田七亩三分　二亩七分　六亩九分二毫　三亩二分六厘四毫　一亩五分五毫

三图　原字圩

官则田五亩六分七厘一毫　一亩四分五厘　二亩四分二厘七毫　二亩四分六厘七毫

四图　道士字圩

官则田一亩二分八厘三毫　八分五厘九毫

朱张字圩

官则田一亩八分五厘九毫　二亩八分九厘九毫　二亩八分九厘九毫

五图　夏字圩

官则田五亩一分一厘五毫

六图　犁才字圩

官则田六分四厘八毫　二分五厘五毫　六分　一亩七分八厘　七分　一亩一分一厘六毫　六分六厘二毫　五分

上八图　西河字圩

官则田三分六厘五毫

盛村字圩

官则田三亩四分六厘八毫　二亩二分五厘九毫　一亩六厘六毫　七分八毫　一亩二分九厘九毫　七分八毫　一亩六分四厘四毫　二亩三分七厘三毫　四亩四分　三亩九分七厘六毫　五亩七分四厘

九图　蚂蝗字圩

官则田二亩三厘

十图　朱盛字圩

官则田七亩一分五厘七毫

十五图　筒字圩

官则田三分

十七图　洁字圩

官则田二分五厘　一亩八分六厘　二分一厘三毫　三亩九分六厘九毫　五分七厘九毫

二十五图　圆字圩

官则田五亩六分一厘八毫　八分一厘八毫　一亩五分七厘三毫　七分八厘六毫　二分二厘四毫　一亩一分二厘二毫　八分七厘一毫　三亩六分三厘二毫　四亩二分　二亩五分　一亩三厘一毫　五分一厘六毫　三分　三分五厘　六分七厘六毫　二亩七分一厘五毫　二亩　一亩一分七厘六毫　八分八厘一毫　一亩四分四厘七毫　二亩五分二厘七毫　一亩六厘五毫　一亩五分　五分

房字圩

官则田二亩五分　三亩四分六厘七毫

三十七图　崑字圩

官则田三亩六分二厘三毫　七分　一亩八分六厘四毫　二分二厘五毫　一分一厘五毫　四分七厘三毫　八厘　一亩一分二厘　二亩二毫　一分八厘

北新字圩

官则田二亩二分一厘六毫　四亩九分八厘

二十九都

一图　苔字圩

官则田一十四亩六分八厘　六亩三分一毫

六图　续字圩

官则田九分九厘八毫

七图　嗣字圩

官则田三分七厘一毫

九图　颡字圩

官则田六分

十一图　顿字圩

官则田七亩二分六厘六毫　二亩六分五厘一毫　四亩四分三厘五毫　三亩一分六厘

十六图　烛字圩

官则田一亩四分四厘一毫

煌字圩

官则田一亩五分二厘六毫

炜字圩

官则田七亩九厘九毫

眠字圩

官则田一亩一分五厘　一亩四分七厘一毫　一亩三分二厘　二分四厘五毫　三分四厘二毫

二十二图　纺字圩

官则田三分三厘七毫　七分九厘九毫　二亩七分　五分九厘五毫　五分八厘

银字圩

官则田五分八厘　三分　九分五厘三毫　二分九厘

二十八图　绩字圩

官则田三亩八分二厘　一亩七分　五分　四亩四分六厘八毫　三亩九分八厘　二亩二分七厘　四亩四分　三分七厘二毫　一亩八分四厘　七分七厘九毫　五分九厘八毫　四分九厘一毫　二分七厘九毫　二分二厘二毫　二亩八分四厘九毫　四分四厘　三分五厘　二亩四分六厘七毫　二分一厘七毫　一亩　三亩二分八厘八毫

御字圩

官则田七分六厘　二分　一亩二分二厘三毫　一亩六分四厘一毫

异字圩

官则田四亩六分五厘

少字圩

官则田二亩六分六厘一毫　四亩四分

上二十都

一图　草字圩

官则田四亩二分八厘七毫　四亩四分五厘七毫　四亩二分四厘四毫　二亩　五分　五分九厘　二亩四分　三亩一分三厘九毫　一亩七分六厘四毫　五亩五分四厘五毫

四图　敢字圩

官则田八分　三亩九分七厘五毫

万字圩

官则田二亩一分四厘四毫

五图　伤字圩

官则田七亩一分六厘三毫　二亩五分二厘五毫　一亩　二亩一分三毫

八图　大字圩

官则田三亩九分七厘四毫

四字圩

官则田四亩六分一厘三毫

九图　盖字圩

官则田三亩六分

十图　归字圩

官则田一亩

十四图　羌字圩

官则田三亩五分四厘五毫

中二十都

十七图　垂字圩

官则田九亩四分四厘二毫

二十图　坐字圩

官则田八分三厘一毫

二十五图　李字圩

官则田三分九厘四毫

二十七图　芥字圩

官则田四亩九分四毫

四十二图　陶字圩

官则田六亩九分一厘二毫

上十七都

一图　根字圩

官则田二亩九分七厘七毫　四分

委字圩

官则田四分九厘　八分九厘

翳字圩

官则田一亩九分一厘一毫　五亩九分七厘二毫

二图　落字圩

官则田七分

三图　游字圩

官则田一亩三分三厘八毫　一亩七分二毫

四图　鸥字圩

官则田三亩五分四毫　八厘七毫　六分二厘　三亩九分六毫　二亩八分六厘九毫　一亩二分　二亩七分　一亩二分

七图　读字圩

官则田五分　三分

十图　口字圩

官则田六分

十七图　玩字圩

官则田二亩四分八厘七毫

西二十二都

三图　事字圩

官则田一亩三分一厘二毫　四亩五分三厘九毫

　　竭字圩

官则田一亩三分七厘五毫

　　力字圩

官则田五分二厘五毫　三亩一分六厘一毫

　　父字圩

官则田二亩八分一厘七毫　一亩七厘八毫　一亩一分四厘　一亩八厘　九分　一亩二分七毫　三分　四分二厘　一亩一分

五图　以字圩

官则田一亩一厘九毫　八分六厘二毫　八分六厘二毫　二亩五分七厘三毫

　　君字圩

官则田五亩六分一厘七毫

六图　与字圩

官则田二亩二分

　　严字圩

官则田四亩四分五厘

　　敬字圩

官则田一亩四分七厘二毫

九图　松字圩

官则田四分六厘八毫

四图　雅字圩

官则田一亩六分六厘　三亩六分二厘七毫

七图　面字圩

官则田七亩五分五毫

八图　浮字圩

官则田二亩二分

南据字圩

官则田六亩一分五厘三毫　五亩一分一厘　五亩八分四厘四毫

十九图　犹字圩

官则田五分五厘　八分五厘　九分七厘三毫　九分

二十一图　友字圩

官则田一分四厘二毫

二十五图　颠字圩

官则田二亩七分八厘一毫

沛字圩

官则田一分六厘一毫　一分七毫　一分九厘三毫　一分五厘

测字圩

官则田一亩六分四厘九毫

二十六图　遂字圩

官则田四亩二分

二十九图　受字圩

官则田九分三厘八毫

上二十五都

二图　飞字圩

官则田四分六厘五毫　六分七厘九毫

三图　惊字圩

官则田三分　四分

五图　纳字圩

官则田一分一厘一毫

七图　转字圩

官则田二分

十一图　广字圩

官则田七亩四分六厘七毫　二亩六分八厘一毫　二亩五分七厘　二亩三分九厘八毫
二亩六分　二亩一分九厘四毫　二亩七分三厘

内字圩

官则田二亩四分五厘九毫　八分三厘一毫　二亩四分二厘三毫

二十图　钟字圩

官则田五亩二分五厘四毫　八分二厘

二十一图　粮字圩

官则田二分一厘

二十二图　瑟字圩

官则田二亩三分五厘三毫

共计官则田九百二十八亩一分四厘

同治六年奉文拨入女普济堂

元和县

中三十一都

十一图　姜庄字圩

官则田四亩九分四厘四毫　一亩一分六厘九毫　三亩八分八厘六毫　三亩九分九厘二毫　三亩八分五厘五毫　五亩三分六厘五毫　一分二厘　一亩一分八厘

　　　　邵塔字圩

官则田二亩　二亩六分八厘八毫　四分五厘六毫

　　　　曹字圩

官则田八分八厘五毫

十二图　坞庄字圩

官则田二亩一厘二毫

　　　　大凉字圩

官则田三亩八分二厘三毫

十三图　北糜字圩

官则田七分　四分五厘八毫　二亩　九分九厘二毫　一亩一分　一亩三分九厘四毫　四亩七分七厘七毫　二分六厘　二亩一分五厘四毫　一亩八厘　四分　二亩二分六厘八毫　一亩一厘　五分九厘七毫　四亩八分五厘七毫　三亩四分　二亩五分　二亩七分一厘九毫　一亩六分九厘九毫　三亩三分四厘四毫　二亩七分　二亩八分八厘一毫

十四图　北糜字圩

官则田七分六厘五毫　一亩六分二厘二毫　六分七厘一毫　七亩一厘七毫　四分　三亩五分七厘五毫

　　　　东南糜字圩

官则田七亩五分二厘三毫　四亩九分三厘五毫　一亩三厘六毫　四亩七厘　三亩二分五厘　六亩一分五厘三毫

　　　　尤字圩

官则田二亩八分五厘　六亩八分二厘一毫　一亩七分一厘一毫

十五图　寺后字圩

官则田一亩七分三毫　一亩　三亩八分八厘一毫　三亩一分六厘　三分　九亩六分九毫　二亩七分　九分　三分　八分　七分七厘三毫　二亩六分七厘七毫　一亩三分一厘四毫　二亩三分五厘三毫　二亩六分五厘三毫　四亩三分九厘六毫　六亩四分四厘九毫　九亩七分七毫　八分　二亩　七分　二亩六分一厘五毫　三亩六分七厘八毫　四亩八分五厘一毫　一亩一分五厘　八分七厘一毫　二亩三分五厘六毫

　　　　寺后西字圩

官则田三亩一分二厘五毫　三亩五分二厘三毫　二分二厘六毫　三亩八分八厘五毫　一亩一分九厘　三亩一分一厘五毫　四亩六分七厘　二亩二分三厘一毫　八分七厘六毫

十六图　寺后字圩

官则田一亩四厘四毫　四亩八厘六毫　四分三厘五毫　一亩八分六厘一毫　五分三厘

五毫　五分七厘九毫　四亩　三分三厘　一亩八分　四亩五分　二亩三分一厘六毫　五分二厘七毫　三分四厘　二亩九分三厘三毫　二亩九分三厘三毫　二亩一厘　二亩六分　一亩五分　八分七厘四毫　八分三厘六毫　四亩三分四厘八毫　四亩三分四厘八毫　四亩一分四厘五毫

十七图　寺后字圩

官则田四亩八分　三亩六分七厘七毫　一亩六分三厘

寺后东字圩

官则田二亩八分七厘　一亩九厘九毫　一亩五分　五亩四厘九毫　一亩一分三毫　三亩三分三厘六毫　二分　三亩九分三厘二毫　五亩一分八厘六毫

南栅字圩

官则田二亩四分九厘八毫　一亩六分一厘一毫　五亩六分二厘九毫

师姑字圩

官则田六分二厘四毫　一亩八分二厘七毫　九分二厘七毫　一亩　一亩四分三厘七毫

十八图　孙墩字圩

官则田二亩四分二厘

十九图　寺前字圩

官则田三分一厘五毫　九分八厘一毫　五分七毫　四分二厘六毫

桃花字圩

官则田七分五厘九毫　九亩七分六厘九毫　七分三厘　二亩三分八厘四毫

三十二图　周粉坊字圩

官则田二亩八厘　五分一厘一毫　三亩九分　一亩八分八厘一毫

三十九图　濮阳字圩

官则田二分　六亩三分六厘二毫

北三十一都

十二图　谯字圩

官则田四分五厘一毫

南二十六都

四图　忠则字圩

官则田一亩八分一厘

十五图　笃初字圩

官则田六分八厘五毫　四分二厘

寒贞字圩

官则田五分四厘七毫

十六图　灵峰字圩

官则田七分一厘一毫

十八图　澄流字圩

官则田四亩三厘　一亩二分一厘四毫

二十一图　从阳字圩

官则田一亩九分七厘二毫　一亩五分四厘五毫

二十二图　躬字圩

官则田五分　三亩九分五厘

职字圩

官则田四分二厘九毫

二十三图　所字圩

官则田六分　五分四厘二毫　三亩六分四厘七毫　一亩八分四毫　一亩一分二厘七毫
二亩四分九厘三毫

三十八图　竟字圩学

官则田三亩九分四厘八毫　二分九厘　二亩六分九厘九毫　六分　三亩三厘

北一图　猷字圩

官则田四亩三分一厘四毫　一亩三分一厘八毫　一亩七分八厘三毫

诚字圩

官则田八亩七分四厘三毫　六分五厘八毫　一亩三分一厘七毫　七亩四毫　四亩二分
四厘　二亩一分三厘七毫　三亩　四亩八分　三亩七分七毫　六亩二分一厘　三亩一厘三
毫　三分　八分　四亩二分三厘

耻字圩

官则田一亩二分　三亩九分三厘八毫　二亩七分八厘九毫　三亩一分三厘二毫　二亩
八分六厘九毫　二亩七分六厘一毫　四亩八厘七毫　二亩一分四厘一毫　四分九厘九毫
二亩二厘七毫　二亩八厘一毫　三亩一分七厘四毫　三亩一分七厘四毫　一亩九分三厘
一亩一分五毫　九分五厘二毫　一亩九厘六毫　一亩九厘六毫　五分　四亩三分一厘五毫
四亩七分九厘九毫　五亩八分五厘九毫　二亩一分六厘四毫　二亩一分六厘四毫　三亩
一分七厘四毫

勉字圩

官则田一亩九分四厘八毫

躬字圩

官则田一亩六分七厘八毫

北二图　省字圩

官则田一亩三分六厘四毫　六分九厘三毫　七分六厘八毫　三亩五厘八毫　八分八厘
一亩五厘七毫　九分一厘九毫　四分五厘六毫

宠字圩

官则田一亩四分　九分　二亩四分五厘六毫　二亩四分五厘五毫　三亩八分　二亩六
分五厘七毫

植字圩

官则田四亩八毫　一亩八分

中二十六都

七图　己彼字圩

官则田四亩四分一厘五毫　二亩三分八厘五毫

长信字圩

官则田二亩六分一厘三毫

八图 南恶字圩

官则田一分

九图 过无字圩

官则田八分七厘

十一图 方字圩

官则田二亩九厘四毫

十三图 章垂字圩

官则田二亩九分五厘七毫

北二十六都

二十四图 鳞潜字圩

官则田一亩六分六毫

二十八图 羽翔字圩

官则田三分四厘三毫 三分四厘三毫 三分七厘九毫

东裳字圩

官则田四亩七分四厘六毫 三分五厘八毫

文字圩

官则田一亩一分二厘七毫

二十九图 秀皇中字圩

官则田二分九厘九毫

周盖字圩

官则田二分三厘八毫

虞字圩

官则田七分一厘八毫

推字圩

官则田二亩三分三厘三毫

三十图 里有字圩

官则田六亩二分二厘三毫 三亩八分七厘五毫

逊字圩

官则田二亩二分三厘一毫 四亩五分一厘一毫

三十二图 珠玉字圩

官则田四亩九分七厘一毫 七分九厘五毫

三十四图 黄无北字圩

一斗荡田三亩四分二毫

民则田二亩八分二厘

黄无南字圩

官则田四亩八厘二毫　三亩六分五厘八毫

   天地东字圩

官则田四分　四亩三分二厘三毫　九分七厘四毫　四分八厘七毫

四十二图　阳四字圩

官则田四亩二分三厘

   辇字圩

官则田一亩一分六厘

   雨云字圩

官则田一亩一分九厘四毫

   荡田字圩

官则田二分五厘七毫　二亩八分九厘六毫

二十七都

三图　近字圩

一斗荡田二亩二分六厘　二亩七分　二亩　一亩二分五厘　四亩八分五厘

四　图　即字圩

官则田六分三厘二毫　三分四厘四毫

   林字圩

官则田二亩二分　一亩二分六厘　三亩九分二厘七毫　二亩七分七厘五毫　五亩五分

四亩八分一厘五毫

 南五图　驹字圩
   白

官则田三亩一分一厘　四亩九分二厘七毫

   下赤字圩

官则田一亩九分三厘一毫

北五图　皋字圩

官则田七分七厘

   两字圩

官则田四亩六分八厘八毫　一亩七分五厘　二亩

   疏字圩

官则田二亩五分一厘八毫　一亩　二亩九分八厘九毫　三分四厘一毫

六图　默字圩

官则田八亩四分四厘　八分四厘五毫　三亩六分六厘七毫　五分七厘三毫　二亩八厘

六毫　二亩八厘五毫　二亩九分三厘八毫　二亩三分四厘七毫

   古字圩

官则田一亩八分六厘一毫　一亩

   求字圩

官则田二亩　三亩　三亩

七图　逍字圩

官则田六亩七分五厘　二亩一分五厘八毫

　　　　伦字圩

官则田二分一厘九毫　四分五厘七毫　六分　一亩四分　一亩五分　一亩三分三厘一毫

　　　　虑字圩

官则田二亩三分三厘三毫

八图　欢字圩

官则田三分

　　　　渠无字圩

官则田九分四厘

十图　东寂字圩

官则田一亩一分一厘　三亩五分　二分二厘五毫　一分八厘五毫　一亩八分四厘一毫　三亩九分五厘三毫　三亩八分七厘八毫　三亩二分六厘　三亩二分五厘九毫　三亩九厘一毫　二亩二分五厘　一亩　一亩六分　二亩八分二厘六毫　二亩八分二厘六毫

　　　　西寂字圩

官则田三亩一分八厘七毫

　　　　处字圩

官则田二亩八分　三分一厘九毫　七分五厘　二亩八分

十一图　逼字圩

官则田一亩一厘五毫　一亩　七分九厘一毫　六分八厘五毫　三亩四分八厘八毫　一亩一分　一亩　三亩六分一厘　一亩九分三厘五毫　一亩一分五厘三毫

　　　　谁字圩

官则田三亩　一亩

　　　　组字圩

官则田六亩五分四厘四毫　二亩一分　五分六厘　三分九厘　二亩二分　六亩二分三厘三毫　五亩二分五厘八毫　七分

十二图　遥字圩

官则田三亩三分三厘

　　　　谢字圩

官则田五分

　　　　累字圩

官则田五分八厘　六分一厘三毫

十七图　凤字圩
　　　　　兴

官则田四分五厘七毫

二十三图　居字圩

官则田一亩五分　四分　二亩五厘一毫　五分一厘五毫　一亩四厘八毫　六分六厘六毫

　　　　纠字圩

官则田二亩七分　二亩五分　一亩一分八厘

扇字圩

官则田五分二厘五毫

抗字圩

官则田二亩 三亩

闲字圩

官则田一亩三分六厘九毫

索字圩

官则田六分 三亩 三亩一分五厘 三分五厘五毫 八分二厘七毫 一亩三分四厘二毫 六分 二分

二十四图 故字圩

官则田八分二厘一毫 三亩三分五毫

二十七图 旧字圩

官则田五分三厘九毫 一分三厘四毫 二分一厘五毫 二分二厘九毫 五分

二十九图 北故字圩

官则田三分 一亩 一亩九分

下二十一都

十八图 名字圩

官则田三分二厘

东二十二都

十三图 渊字圩

官则田五亩九分九毫

十九图 甚字圩

官则田一十二亩四分二厘五毫 一十一亩七分七厘一毫

二十二图 命字圩

官则田二亩四分八厘八毫 一亩一分四厘二毫

二十三都

北四图 即字圩

官则田七分七厘八毫

幸字圩

官则田一亩五分八厘七毫

四图 贱张字圩

官则田三亩三分

五图 咏字圩

官则田四亩六分四厘三毫 二分八厘

六图 殊字圩

官则田二分四厘五毫

北七图 寥字圩

官则田六分一厘 四分七厘九毫 二亩一分二厘三毫

十图 而字圩

官则田三分

十八图　寂字圩

官则田一亩五分四厘六毫　一亩六分八厘九毫

共计不等则田九百二十九亩三分七厘

同治六年奉文拨入育婴堂

元和县

半十九都

八图　眺字圩

官则田二亩七分七厘

九图　蒙字圩

官则田三亩二分八厘八毫

二十七图　纸字圩

官则田六分一厘

东十九都

三十七图　每字圩

官则田一亩二分九厘五毫

三十九图　东步字圩
　　　　　绥

官则田二亩八分八厘

　　　　　西绥字圩

官则田二亩七分

五十九图　西矩字圩

官则田三亩九分六厘六毫　二亩八分　五亩二厘五毫　一亩三分九厘二毫　四亩五分

南十九都

二十六图　洁字圩

官则田八亩三分三厘六毫

　　　　　伦字圩

官则田三亩九分八厘八毫　三亩二毫　二亩五毫

　　　　　南笔字圩

官则田八分七厘四毫　一亩二分七厘八毫

　　　　　北笔字圩

官则田一亩一分六厘　四分七厘二毫　五亩八分八厘二毫　一亩八分一厘九毫　四分四厘二毫

　　　　　南稽字圩

官则田一亩八分七厘九毫

　　　　　中稽字圩

官则田九亩六分四厘

上二十一都

九图 效字圩

官则田五亩七分五厘六毫 一亩八分二毫 一亩九分五厘六毫

洁字圩

官则田六分二厘二毫 二亩六分三毫 五亩六分七厘七毫 三亩六分八厘 一亩九分三厘一毫

男字圩

官则田七分一厘四毫 四亩五分六厘九毫 三亩四厘一毫 八亩六分八厘七毫 四亩二分四厘三毫

十图 知字圩

官则田三亩一分五厘四毫 三亩八分五厘九毫 三亩三分三毫 三亩七分五厘六毫 二亩八分六厘二毫 七亩四分五厘七毫 二亩七分三厘五毫 三亩一分五厘四毫

二斗则田三亩四分五厘六毫

五升荡八厘九毫

东良字圩

官则田二亩

二斗则田一亩五分

才字圩

官则田九分九厘三毫 一亩 七分 五亩三分二厘三毫 一亩五分三厘七毫 七亩九分七厘九毫 九亩二分一厘 五分三厘八毫 八分九厘六毫 五亩八分九厘七毫

南良字圩

官则田七分一毫 四亩九分二厘六毫 一分七厘五毫

民则田九分

十一图 谈字圩

官则田四亩九分二厘三毫 六亩四厘三毫 五亩一分八厘三毫 五亩七分四厘三毫

短字圩

官则田二亩二分三厘二毫 三亩五分四厘六毫 四亩五分七厘六毫 一亩五厘九毫

彼字圩

官则田五亩二分二毫 四亩六分四厘一毫

十二图 能字圩

官则田三亩四分七厘八毫 二亩八分七厘六毫

五升荡六亩

荒官田一亩六分 六亩

长字圩

官则田三亩六厘

十三图 必字圩

官则田四亩九分一厘六毫

改字圩

官则田五分八厘一毫

得字圩

官则田二亩四分五厘三毫　八亩　一十亩　二亩四分五厘　六分二厘七毫　一亩八厘三毫　四分九毫　一十亩三分

五升荡四亩六分

下改字圩

官则田四亩

十四图　罔字圩

官则田四分七厘六毫　一亩八分四厘五毫

东使字圩

官则田四亩一分三厘二毫　三亩九分五毫

五升荡二亩　四亩　一亩　一亩　五亩

东使字圩
北

官则田四亩四分

十六图　维字圩

官则田五分九厘七毫

十七图　縻字圩

官则田二亩八分四厘九毫　一亩七分四厘四毫　四亩一分六厘

恃字圩

官则田七亩一分　五亩一分五厘二毫　三亩七分五厘六毫　四亩二分一厘　四亩四分七厘五毫　六分三厘

十九图　信字圩

官则田二亩七厘九毫

二十图　过字圩

官则田一亩三分七厘一毫　一亩六分八厘四毫　二亩六分七厘九毫　二亩六分八厘

二斗则田六分二厘九毫

忘字圩

官则田四分七厘八毫

二十一图　丝字圩

官则田七亩一分四厘七毫　四分二厘七毫

南三十一都

二十五图　大杜字圩

官则田三亩五分七厘三毫　四亩二分五厘七毫　一亩　六分七厘

中杜字圩

官则田一亩一分

北都字圩

官则田一亩八分二厘九毫　一分八厘四毫　四亩三厘七毫　六亩六分二厘九毫　七亩二毫　二亩　四亩　三亩八分四厘四毫　四亩九分六厘二毫　五亩四分九厘六毫　五亩四分五厘三毫　三亩八分九厘九毫　二亩四分五厘八毫　一亩　三分　二亩一分　一分五厘　四亩二分　一亩九分七厘八毫　三亩　一亩二分八厘七毫　三亩三厘四毫　三亩一分七

厘四毫　一亩六厘　一亩二分　二亩　一亩五分四厘二毫

　　　　　　强字圩

官则田三亩八厘三毫　六分四毫　三亩七分五毫　三亩三分二厘六毫

　　　　　　伏字圩

官则田一亩一分一厘五毫　二亩

二十六图　金兰字圩

官则田四亩七分二厘九毫　二分九厘五毫　三分四厘七毫　一亩九分四厘四毫　二亩一分八厘三毫　三亩四分三厘四毫　四亩五分二毫　二亩六分一厘四毫　一亩　一亩五分　一亩八分

二十七图　曹雅字圩

官则田五分三毫　一亩七分六厘八毫　一亩八分七厘五毫　五分　九分二厘七毫　二亩　一亩八分九厘一毫　一亩二分六厘五毫　二亩　二亩六分五厘　三分八厘九毫　二亩七分五厘　四亩四分　一亩六分四厘七毫　六亩七分六厘二毫　三亩四分一厘

　　　　　　姜沈字圩

官则田四分三厘八毫　四分一厘七毫　六分　三亩二分四厘九毫　五亩三分三厘二毫　五分　二亩三毫　一亩三分二厘　二亩八分八厘九毫　九厘八毫　一亩二分五厘　二亩一分三分三毫　一亩四厘一毫　七分一厘一毫　五分七毫　二分三厘　一亩五分　三亩八分五厘七毫　一亩二厘　一亩三分五厘五毫　一亩七厘五毫　五亩三厘九毫　九分八厘

二十八图　朱陶字圩

官则田五分三毫

二十九图　陶溪字圩

官则田六分二毫　二分六厘七毫　一亩五分七厘

　　　　　　钧字圩

官则田七分

三十图　遮鱼字圩

官则田八分七厘五毫　五亩　六亩

　　　　　　顾团字圩

官则田六分三厘七毫　二亩三分八厘一毫　二亩三分八厘　三亩一分四厘九毫　二亩六分七厘

三十一图　南庙字圩

官则田三亩一分六厘八毫　七分一厘三毫　三分　四亩九厘二毫　二亩五分五厘

　　　　　　赵瀁字圩

官则田一亩三厘九毫　五分四厘

　　　　　　江平字圩

官则田六亩

四十一图　上张字圩

官则田四亩三分三厘　三亩四分七厘一毫　三亩四分七厘一毫　一亩　三亩八分三厘七毫　一亩　三亩六分　三亩九分八厘五毫　二亩五厘　二亩三分二厘五毫

　　　　　　史尖字圩

官则田一亩九分七厘八毫　一亩一厘二毫　二亩九毫　二亩一分九厘七毫　二亩二分八厘四毫　三分二厘六毫　五亩六厘七毫　二亩一毫　一亩七分四毫　四亩七分一厘二毫　一亩六分七毫　一亩四分　一亩二厘　七分九厘五毫　二亩七厘一毫　二亩七厘一毫　三亩四分五厘　三亩四分五厘　六亩九分五厘九毫　四分　四亩九分六厘七毫　三亩八厘　二亩六厘　二亩五分九厘五毫　四亩七分三厘五毫　一亩六分三厘五毫　二亩七厘八毫　八分　一亩四分六厘一毫　一亩三分二厘二毫

外里菱字圩

官则田七分四厘　三分三毫　三亩一毫　九分二厘五毫　五分四毫

九都

十二图　致字圩

官则田六分六厘三毫　六分六厘三毫

二十八图　云字圩

官则田二亩一分八厘九毫

下二十五都

十二图　承字圩

官则田一分六厘七毫　一分六厘七毫　二亩　二亩九分一厘七毫

达字圩

官则田一亩五分

十四图　明字圩

官则田二亩六分七厘　六亩五分七厘

北坟字圩

官则田四分七厘五毫

十五图　聚字圩

官则田四亩四分一厘一毫

十六图　八字圩

官则田三亩六分二厘二毫

十七图　北县字圩

官则田六亩五分二厘九毫　七亩三分三厘八毫

南县字圩

官则田三分八厘九毫　九分六厘八毫　三亩七分

给字圩

官则田五亩三厘八毫

南高字圩

官则田五亩八分二厘七毫　四亩四分五厘　二分八厘

北高字圩

官则田四分

十八图　辇字圩

官则田五亩九分八毫

十九图　漆字圩

官则田一分五厘

　　　　老字圩

官则田一亩七分五厘　五亩一厘九毫

　　　　碧字圩

官则田四分　三亩六分一厘

　　　　路字圩

官则田一亩七分一厘七毫　七分三厘七毫

二十图　经字圩

官则田四分一厘八毫　八分二厘七毫　三分一厘五毫　二亩

　　　　侠字圩

官则田四亩八分

二十一图　北藁字圩

官则田三亩九分八厘三毫

二十五图　卿字圩

官则田一亩八分三厘五毫

中十九都

十二图　宇字圩

官则田五分七厘三毫　三分二毫

十三图　月字圩

官则田三亩八分五厘四毫　五亩六分九厘八毫　五亩六分七厘七毫　一分七厘　二亩
三分九厘　三亩一分八厘八毫

十四图　祐字圩

官则田一亩一分七厘八毫　三分

十五图　薪字圩

官则田三亩三分八厘

　　　　修字圩

官则田二亩四分

五十五图　永字圩

官则田二亩五分五厘九毫　三亩九分二厘二毫　三亩　三亩二分五厘六毫　六亩三厘
八毫　五亩九分九厘六毫

下二十一都

五图　作字圩

官则田五分　二分三厘

六图　赞字圩

官则田二亩

七图　覆字圩

官则田六分六厘七毫　五分五厘八毫

八图　量字圩

官则田三分四厘八毫　四分五厘

　　　墨字圩

官则田五分七厘八毫　一亩一分五厘

　　　悲字圩

官则田二亩　三亩一分八厘九毫

十八图　名字圩

官则田四分九厘二毫　七分四毫

　　　　德字圩

官则田八亩四分五厘二毫

二十二图　大谷字圩

官则田四亩六分五厘

二十三图　表字圩

官则田二分五厘二毫

　　　　　形字圩

官则田七亩三分二毫　三亩一分七厘五毫

共计不等则田九百二十九亩三分五厘四毫

同治六年奉文拨入恤孤局

长洲县

二都

六图　陶字圩

官则田四亩

十二图　食字圩

一升五合田一亩六分　一亩六分　一亩六分　四分　三分

十分图　道字圩

官则田一亩八分一毫　七分八厘七毫　七分七厘七毫　四亩九厘六毫　二亩八厘四毫
二亩八厘四毫　三亩六分五厘　二亩一分五毫　三亩六分四厘一毫　三分五厘七毫　一
亩二分六厘

二斗田七分五厘五毫

三都

二图　路字圩

官则田四亩二分五厘三毫

五图　卿字圩

官则田七分五厘九毫　一分八厘一毫　一分八厘一毫

　　　侠字圩

官则田四亩二分三厘二毫　四亩六分三厘九毫

　　　户字圩

官则田六亩八分九厘九毫

　　　高字圩

官则田二亩八毫　三亩四分一厘五毫　六亩三分四厘

六图　实字圩

官则田四分四厘五毫　八分二厘七毫　二亩三分一厘六毫　三亩六分五厘七毫　三亩六分二厘二毫　三亩一分七厘一毫　四亩五分八厘六毫　四亩一分一厘三毫

七图　阿字圩

官则田五分四厘八毫　一亩八分八厘二毫　一亩七分八厘五毫　四分八厘一毫　八分一厘五毫　九厘　二亩二分六厘三毫

下地六分七厘七毫　三分三厘五毫　七分三厘五毫

刻字圩

官则田一亩

时字圩

官则田二亩八分九厘七毫　二亩三分五毫　六分五厘五毫　三亩七分五厘一毫　五分七厘八毫　一亩八分一厘五毫　四分八厘四毫

下地三分六厘四毫

九图

官则田二亩

十图　罗字圩

官则田六亩五厘七毫

相字圩

官则田七分三厘八毫

十一图　直字圩

官则田二亩三厘　三亩三厘二毫　三亩八厘　一亩七分二厘二毫　二亩二分七厘三毫　二亩九厘三毫　二亩五分二毫　四厘一毫　一亩七分七厘七毫　二亩二分八厘四毫　二亩一分九厘四毫　四亩九分九厘　三亩四分八厘三毫　八亩八分九厘二毫　二亩八分八厘六毫

十二图　南字圩

官则田三亩九分七厘一毫　三亩四分六毫　一亩二分一厘四毫　四分九厘六毫　一亩八厘九毫

十三图　杏字圩

官则田二亩一分八厘一毫　三亩五分三厘九毫　二亩五分三厘九毫　二亩三分八厘五毫　一亩五分五毫　二亩七厘三毫　四分六厘　六分七厘七毫　四分

四都

上八图　毂字圩

官则田一亩六分八厘八毫　五亩九分八厘三毫　八分二厘九毫

十图　潜字圩

官则田三亩六分　三亩六厘六毫　五亩二分二厘八毫　七分七厘三毫　二亩七厘一毫　二亩四分六厘四毫　一亩八分四厘四毫　二亩六分八厘三毫　八分三厘九毫　一亩九厘八毫

下地九分一厘四毫

位字圩

官则田三分五厘二毫　四亩七分七厘五毫　三分　一亩六分三厘一毫　一亩九分六厘二毫　五亩一厘八毫　九厘四毫

上十一图　羽字圩

官则田五亩八分六厘一毫　二亩四厘五毫　四亩八分五厘五毫

帝字圩

官则田二亩四分一厘四毫　二亩五分二厘三毫　八亩

师字圩

官则田二分二厘三毫　六亩二分七厘三毫　三分

下地六分一厘七毫

下十一图　文字圩

官则田二分一厘一毫　三亩三分七厘五毫　二亩九分九厘一毫　四亩八分一厘五毫　三亩一分一厘一毫　三亩八分七厘二毫　三亩八分七厘九毫

皇字圩

官则田一亩二分八厘　五亩八分三厘八毫　九分一厘九毫　三亩

南十三图　旦字圩

官则田一十八亩三分

桓字圩

官则田四亩九分三厘七毫　二亩七分六厘三毫　二亩三分四厘四毫　二亩六分四厘二毫　三亩一分九厘四毫　四亩三分二毫　三亩九分六厘三毫

北十三图　南㳠陂字圩

官则田三分九厘　三亩九分五厘五毫　三亩八分五厘五毫　一亩

东六都

上一图　毁字圩

官则田一亩二分七厘三毫

下一图　敢字圩

官则田四亩七厘四毫

上二图　竹字圩

官则田六亩六分六厘三毫

宙字圩

官则田三亩五分　三亩五分　五亩五分

鳞字圩

官则田四亩六分九厘五毫

三图　羽字圩

官则田六亩七分六厘一毫　三亩三分三厘三毫　九亩九分四厘一毫　九亩六分三厘九毫　八亩二分八厘三毫　六亩一分八厘八毫　三亩九分

四图　盖字圩

官则田一亩八分二厘

十图　虞字圩

官则田四亩二分四厘六毫　五亩七分八厘一毫
　　　　裳字圩
官则田一亩八分三厘八毫　二亩四分六厘七毫　四亩二分九厘一毫　一亩四分八厘八毫　三亩二分三厘三毫
十一图　往字圩
官则田三亩　二亩四分　五分
　　　　调字圩
官则田七分　一亩四分　三分
上十二图　民字圩
官则田三亩七分　六分
上十七图　羊字圩
官则田四亩五分六厘七毫
下十七图　四字圩
官则田四亩三分一厘

七都
一图　溪字圩
官则田二亩九分
　　　　侈字圩
官则田一亩八分
　　　　宅字圩
官则田二分　五分　二分　四分　三亩　一亩　二亩二分　二亩五分　五分
　　　　刻字圩
官则田一亩一分
　　　　阿字圩
官则田二分五厘　七分
　　　　策字圩
官则田三分　一亩　二亩五分　二亩八分　三亩七分五厘　一亩　二分
四图　鼓字圩
官则田一亩八厘　一亩　一亩八厘　一亩
　　　　星字圩
官则田九分八厘五毫
　　　　路字圩
官则田四分五厘　三亩　三分八厘　三分六厘四毫
上七图　测字圩
官则田一亩五分　七分
十图　言字圩
官则田三亩五分
　　　　定字圩
官则田九分

十一图　诚字圩

官则田四亩

十三图

官则田一亩九分

十四图　羽字圩

官则田三分

八都

一图　地字圩

官则田三亩三分　二亩

四图　冈字圩

官则田四亩

八图　龙字圩

官则田六亩一分

十图　来字圩

官则田七亩

　　　　宿字圩

官则田三亩九分四毫

上十一图　菜字圩

官则田二亩二分五厘二毫　二亩六分二厘八毫

　　　　　　陶字圩

官则田二亩三分一厘九毫　二亩三分四厘八毫　一亩四分一厘六毫　二亩六分五厘三毫

　　　　　　民字圩

官则田六亩一分六厘八毫　二亩

　　　　　　奈字圩

官则田四分三厘七毫

　　　　　　位字圩

官则田一亩八分五毫　二亩七分三厘四毫　四亩一分一厘九毫　一亩五分九厘四毫

　　　　　　发字圩

官则田一亩七分九厘九毫　六分三厘八毫

下十一图　洪字圩

官则田三亩三分九毫　三亩七分四厘　二亩二分四厘六毫

　　　　　　吕字圩

官则田二亩六分二厘八毫　三亩二分八厘三毫　五分一厘二毫　四亩三分八厘八毫

五亩五分五厘四毫　二亩六分五毫　二亩八分七厘八毫

十三图　夜字圩

官则田二亩

　　　　　水字圩

官则田一亩八分　一亩八分

　　　　　　号字圩

官则田二亩八分五厘二毫

上十五图

官则田二亩三分二厘七毫

上十七图　阙字圩

官则田九分八厘八毫

二十图　火字圩

官则田四亩五分　四分　八分

九都

九图　首字圩

官则田二亩

十七图　李字圩

官则田二分四厘　七分四厘

上二十二图　调字圩

官则田二亩七分

　　　　　　吕字圩

官则田七分　一亩四分

二十三图　服字圩

官则田四分

二十四图　木字圩

官则田三分　五分三厘　三分　二分　一亩

　　　　　　率字圩

官则田三分　一亩　一亩　一亩　一亩　二亩　一亩六分五厘　四分五厘　八分

　　　　　　问字圩

官则田四分　六分四厘　一亩四分五厘

十一都

上一图　戾字圩

官则田三亩六分九厘九毫

　　　　　　宿字圩
　　　　　　列

官则田一亩一分九厘五毫

　　　　　　日字圩
　　　　　　月

官则田四分四厘六毫　一分八厘

下一图　天字圩

官则田七分八厘四毫　一亩六分七厘一毫　一亩　一亩　一亩　一亩

二图　调字圩

官则田四亩六分七厘七毫

　　　　　律字圩

官则田五亩二分一厘四毫

三图　露字圩
官则田四亩
　　　剑字圩
官则田三分七厘二毫　四分八厘九毫
　　　水字圩
官则田一亩三分三厘八毫
四图　天字圩
官则田三亩五分
　　　光字圩
官则田一亩八分八厘三毫
　　　地字圩
官则田一亩
五图　咸字圩
官则田八亩五分四厘四毫
　　　大淡字圩
官则田一亩　三亩七厘四毫
　　　翔字圩
官则田四亩五分四厘四毫　四分九厘八毫　二亩五分五毫　二亩五分五毫　一亩三分
三厘四毫
　　　奈字圩
官则田四亩　二亩六分九厘九毫
　　　姜字圩
官则田一亩八分　三亩九分　二亩　一亩三分一厘三毫　五分　三亩三分三毫
　　　羽字圩
官则田二亩七分九厘四毫
　　　龙字圩
官则田八亩八厘八毫　二亩七分八厘一毫　八分八厘五毫
　　　小淡字圩
官则田三分六毫
上六图　裳字圩
官则田四分八厘
七图　寒字圩
官则田五分
上八图　拱字圩
官则田一亩九分一厘九毫
十一图　寒字圩
官则田一分八厘　一亩　一亩二分　三分五厘　四分五厘
十二图
官则田一亩　六亩　七亩

十二都

三图　爵字圩

官则田五分四厘一毫

四图　户字圩

官则田二亩二分九厘七毫

　　　伐字圩

官则田二亩三分七厘三毫

六图　内字圩

官则田五分八厘九毫

十六图　衡字圩

官则田一亩八分六厘二毫　一亩八分六厘二毫　一亩八分六厘二毫

西十三都

上北十七图　约字圩

官则田七分一厘　七分三厘　三分五厘三毫　三分五厘三毫　六分三厘

上十四都

二十二图　理字圩

官则田一亩八分四毫

　　　　鉴字圩

官则田三亩一分六厘五毫　三亩一分六厘五毫

　　　　建字圩

官则田二亩五分七厘七毫

二十八图　祗字圩

官则田三亩五厘五毫

　　　　嘉字圩

官则田七分五厘

　　　　厥字圩

官则田二分三厘四毫　二分三厘四毫　四分六厘七毫

　　　　嘉厥字圩

官则田三分

十五都

东一图　杷字圩

官则田八分六厘　二亩三分　四亩六分　八分一厘　五分七厘　三分　二亩五分一厘
七毫

　　　　条字圩

官则田四分三厘九毫　四分　四亩六分五厘　一亩四厘　九分二厘　五分五厘

　　　　晚字圩

官则田一亩八分五厘九毫

西二图　翠字圩

官则田一亩九分九厘三毫　八分九厘六毫　八分九厘六毫　二亩四分五厘　三亩八厘

五毫　二亩七分九厘八毫　三分五厘四毫　一分八厘二毫　三亩七分五厘五毫

上二图　辱字圩

官则田二亩五分六厘　一亩　二亩一分二厘　一亩　四亩一分二厘二毫

上三图　抗字圩

官则田三亩七分八厘七毫　一分七厘五毫

西四图　翠字圩

官则田五分三厘二毫　五分三厘二毫　七分九厘二毫　七分九厘一毫　四分五厘

上五图　增字圩

官则田二亩六分五厘四毫

西六图　翠字圩

官则田四分　五分　六亩九分　一亩八分　五分五厘　二分四厘二毫　五分八厘　二分三厘五毫

半六图　疏字圩

官则田三亩

西七图　菜字圩

官则田六分六厘七毫　六分六厘八毫　五亩八分　一亩六分　一亩三分五厘　一亩三分五厘　一亩三分五厘　二亩八分三厘三毫　四分　四亩五分八厘三毫　二分　一亩二分五厘　一亩二分五厘

上八图　宠字圩

官则田三亩一分

新八图　枇字圩

官则田一亩　三亩三分五厘

十七图　组字圩

官则田一亩六分五厘

下十七都

二图　眠字圩

官则田三亩三分六厘二毫　九分　一亩五分　六分五厘九毫　二亩一分一厘五毫　二亩一分一厘五毫　二亩一分六厘九毫　七分五厘　三亩九分八厘四毫　七分二厘九毫　三亩八分二厘五毫　四分一厘六毫　二亩九分四厘　五分四厘三毫　二亩九分三厘六毫　一亩五分九厘二毫　一亩一厘九毫　一亩八分九厘六毫　三分一厘七毫　四分五厘八毫　一亩五厘

中十八都

四图　矫字圩

官则田一亩七分

共计不等则田九百四十六亩八分八毫

光绪三年拨入恤孤局（原汪师俭等捐入义仓）

九都

上九图　东逊字圩

官则田五分四厘八毫

十四图　戎字圩

官则田一分五厘四毫

上十五图　陶字圩

官则田二亩二分七毫

　　　　谷字圩

官则田一亩七分　一亩七分　一亩六分九厘六毫

十七图　奈字圩

官则田二亩五分五厘五毫

　　　臣字圩

官则田二亩

二十一图　周字圩

官则田一亩六分二厘七毫

　　　　罪字圩

官则田二亩五分　一亩三分五厘

　　　　伏字圩

官则田一亩三分　八分

十五都

中六图　荷字圩

官则田二亩五分　二亩四分三厘

西三图　翠字圩

官则田二亩五分三厘九毫

共计官则田二十七亩六分六毫

卷三　建造仓廒 *

　　始行会办设局收租，明年建仓于近水高爽处。近水则运谷便，且风烟易防；地高则潦年无患。继又拓地三处比连，共造仓房五十九间，廒座二百五十八间。晒场以纳日，长廊以避雨。称是廒之深二丈至二丈二三尺，广一丈一尺至一丈二三尺，高一丈外至一丈一二尺不等，皆以二间分墙，间有一间者，每间大者可容谷四百石左右，小者三百石左右。其制或一排十余间，或一排数间，各随地势为之。筑廒从地累砖，平扁六尺，其上则镶滚至顶，前面廒板十五六层，上用直栅以通风。廒内三面以竹笆围裹于墙，又加横木支墙之三面，上下三层，以防谷蒸时鼓动，故储谷勿太满。其下先垫以蚬壳四五寸，次加砻糠三寸，乃铺芦席三四重。不用板，以其能引湿易朽蠹也。其中用竹气通，每间二具，高过于谷，谷之面，覆以稻秆数重。遇雨雪必勤遍视，偶有渗漏，亟易秆随时补葺屋面，常年不得稍懈。廒之外，开沟以环之，深广俱约二尺，以砖为墙。又覆整砖衔接通外河，遇雨潦方无泛溢之虞。此皆建造时不能惜费者，记建造仓廒。

　　为义仓售买废基以充储积事。窃绅等查丰备义仓现在积谷已满，急应添建廒间，以广储蓄。查得仓之对河坐落元和正一上图有荒地一区，南北约十九丈，东西约十丈，皆系一片瓦砾。其中有主者大约十之七八，业已无力挑筑，无主者十之二三，尤为废地。拟将有主者著原主呈验契据，如契已遗失，照善后向章取具，里邻图董甘结报明丈尺间数，由仓估值，分别给价。无主者一并归入义仓，将来如有原主归家，取保确实，补给地价。在贫户以无人顾问之地，得估价值，不无小补，而义仓计可添建廒房数十间，于积储大有裨益。除呈藩宪外，伏祈大公祖大人鉴察。即赐饬县会同义仓委员，勘明出示晓谕，俾各业赴仓报明，照时值公估核实给价，以便估造，俾益积储，实为公便。谨呈。
　　一呈抚宪
　　同治七年十一月　日义仓绅董呈

　　为出示晓谕事。案奉抚宪札开，据苏郡绅士潘编修等呈称：丰备义仓积谷已满，仓之门前暨对河有荒地两区，堪归义仓添建仓廒，请饬县会勘，示谕各业，报明给价，以便估造等情到院，抄呈札县遵照。即日会同员董，前赴该处勘明地址，估计价值，示谕业户，报明领价，将勘办情形申报查考等因，并奉藩宪札同前因各到县。奉此当经本县会同员董，前赴义仓对门正一上图，勘丈荒废地基一区，计五亩九厘二毫，并仓前正三下图基地一条，计七分六厘四毫，均堪归入义仓添建廒间之用。除绘图议章移会义仓员董照办外，合行开列章程示谕。为此示仰该处地基业户里邻中保人等遵照后开章程，依限赶办毋违。特示。
　　一、勘定归仓正一上图、正三下图基地两区，均属荒僻废地，公估价值，与现在吴县经办勘买箭道基地，时值相同。今照详定地价，每地一亩作房基二十间，天井十间。房基每间给价二千四百文，天井每间给价八百文，合计每亩地价五十六千文。

一、业户执有印契田单及基地联照，统限同治八年正月三十日以前，持赴义仓，并立情愿弃卖归公绝契，并领状取具里邻中保画押保结，一并呈送义仓员董，分别验存，移县核准，由仓照章发价给领。其印契联单内，如只载房基间数，并无天井字样，应照每房一间加天井半间，核给价钱二千八百文，以符定章而昭公允。

一、业户印契遗失，或尚未领过新单，无凭呈验，统限同治八年正月三十日以前，绘具地图，载明间数四至，并立情愿弃卖归公绝契，并领状加具并无捏冒及抵押典绝在外等情甘结，并备具里邻中保画押保结，一并呈送义仓员董，详细覆查无异，即行移县核准，由仓照章发价给领，以省业户烦费而归简便。此系建仓备赈善举，里邻中保人等不许需索分文，倘敢故违，定行提究不贷。

一、业户有远出未归、无人出认以及查无业主姓名之地基，先归义仓建造厂间。如日后业户回籍，仍准照章报仓，并将印契联单呈验，或取具里邻中保切结，呈仓覆查无异，即由仓移县核准，由县覆仓，照章补给价值。倘有业户迟逾两月不行照章报仓，即作为无主废地，准由义仓建造厂间，以免延待而杜刁玩。

同治七年十二月　日

元和县正堂厉示

为移照会事。案奉抚宪札开，据苏郡绅士潘编修等呈称：丰备义仓积谷已满，仓之对河有荒地一区，堪归义仓添建厂房，请饬县会勘，示谕各业，报明给价，以便估造等因到本部院。据此合行抄呈札饬札县，即便遵照，即日前赴该地，会同员董勘明地址，估计价值，示谕业户，报明领价，将勘办情形申报查考等因，奉经移会员董订期会勘，并将奉文日期申报在案。旋奉前藩宪札同前因，并准贵仓委员董事订于七年十二月初八日会勘前来。敝县即于是日前赴义仓勘丈得对河系敝境正一上图荒废地基一区，计五亩九厘二毫，又仓前系敝境正三下图荒废地基一条，计七分六厘四毫，均堪归入义仓添建厂房之用。所有应给地价，议照吴县勘买箭道地价章程，每地一亩，作房基二十间，天井十间，房基每间给价钱二千四百文，天井一间给价钱八百文，合计每亩地价钱五十六千文。除出示晓谕并抄录示式申报抚藩宪外，合抄示式移知。为此合移行照会贵委员绅董，请烦查照办理施行。须至移照会者。

同治八年正月　日

元和县移文照会

为移请事。前准移开案奉抚宪札开，据苏郡绅士潘编修等呈称：丰备义仓积谷已满，仓之对河有荒地一区，堪归义仓添建厂房，请饬县会勘，示谕各业，报明给价，以便估造等因到本部院。据此合行抄呈札饬札县，即便遵照，即日前赴该地，会同员董勘明地址，估计价值，示谕各业，报明领价，将勘办情形申报查考等因，旋奉前藩宪札同前因，并准义仓董事订于七年十二月初八日会勘前来。即于是日赴仓勘丈得对河系境内正一上图荒废地基一区，计五亩九厘二毫，又仓前系境内正三下图荒废地基一条，计七分六厘四毫，均堪归入义仓，以备添造。应给地价，议照吴县勘买箭道地基价章程，每亩作房基二十间，天井十间，房基每间给价钱二千四百文，天井每间给价钱八百文，每亩地价钱五十六千文。除出示晓谕并抄录示式申报抚宪^藩外，合抄示式移知，查照办理等因。准此兹据正一上图业户戴礼庭禀称：有祖遗基地一十六间，天井八间。章家庆禀称：有祖遗房基二间，天井一间。盛迎晖禀称：有祖遗房基四间，天井二间。王尚德禀称：有祖遗房基五间，天井二间半。俱经呈验印契，备具情愿弃卖归公绝契，并加具里邻中保切结，绘具地图，到仓求给地价。又据正一上图业户周春山禀称：有祖遗房基二十二间，天井一十一间。金王氏禀称：有祖遗房基一十四间，天井七间，又房基一间，天井半间。江朱氏禀称：有祖遗房基六间，天井三间，又房基一间半，天井半间。华庆禀称：有自置房基一间半，天井半间。李宝笏禀称：有祖遗房基九间，天井四间半。又据正三下图业户李宝笏禀称：有祖遗房基四间。吴澹泊禀称：有祖遗房基一间。俱系印契遗失，未经呈报善后案内领给印照，无凭呈验。遵照示定章程，绘具地图，载明间数四至，并立情愿弃卖归公绝契，备具并无捏冒及抵押典绝在外等情甘结，加具里邻中保画押保结，一并呈送到仓，求给地价。共计各业户禀报房基八十七间，天井四十间半，照章应共给地价钱二百四十一千二百文。此外尚有零星基址，现属无主，一并先行归仓，以备扩充仓廒之用。日后倘有原主回籍，再行照章移办。合将各业契据图结分别开明，移送贵县验核，仍希发还敝仓，以便遵办，并请申详立案，实为公便。望切！须移。

计开粘单

一移元和县

同治八年三月　日

义仓委员移文

为义仓采买房料请免厘捐事。窃义仓原造廒间积谷已满，现于仓之北面售买民间破屋二十余间，改造仓廒，业已开工。所需石灰砖瓦等料，拟饬匠头携带义仓钤印护照，前往齐门外陆墓地方，采买石灰一百五十担，砖瓦二十万块，陆续运送到仓。应请局宪札饬经过各卡验明免捐放行，实为公便。上呈。

一呈　牙厘总局

同治八年七月　日义仓董事呈

为义仓添建廒屋造送工料清册事。窃查义仓一应出纳款项，业经委廉程燮会同核明造具四柱清册，于本年三月底具文申报在案。兹查添建仓廒及重筑驳岸踏步围墙各等工程，饬具承揽包固年限切结存仓，限于本年五月初旬一律完竣。合将估实工料细册呈案备查，此外尚有应添油漆工料及备办廒笆芦席添置山笆栲栳器具等件，俟下届报销，再行汇集详报。前奉照会，尚有元和县应解七年分积谷捐钱五百一十一千零，如蒙催解转发到仓，正资需用，合并附呈。伏乞大公祖大人鉴察施行，实为公便。谨呈。

计呈建造仓廒水木工料清册二套，计钱二千七百六十二千文，
计钱一万一千九百九十五千七百六十文。

一呈藩宪

同治九年四月　日义仓绅董呈

中国荒政书集成

为义仓售买废基以充积储事。绅等查丰备义仓两岸廒间现在积谷已满，亟应添造廒座，以广储蓄。查得长邑平江路北首正二图，与现在义仓相近，有荒地一区，又毗连自东至西沿河一带，约共六亩有零，皆系一片瓦砾，地势高垲，其中有主者业已无力挑筑，无主者尤为废地。兹拟援照七年分呈请元邑正一上图废地归并义仓建造廒间一案，仍将有主者著原主呈验契据，如契已遗失，照善后向章取具里邻亲族甘结，报明丈尺间数，合计每亩作价五十六千文，照章分别给价，无主者一并归入义仓。在贫户以无人顾问之地，得估价值，不无小补，而义仓计可添建廒房百数十间，于积储大有裨益。伏乞大公祖大人电鉴批饬长洲县会同义仓委员勘明出示晓谕，俾各业赴仓报明，照章核实给价，以便估造。再有请者，此次添造廒座，加以围墙驳岸、疏筑沟道、添建桥座，需费颇巨，义仓本年租资虽约有二万余串，除籴谷添置田亩及完纳条漕一切经费约共动支一万五六千串外，所余无多。查有甲子、乙丑两年官办解库租资一万九百余串，除前抚宪丁筹还银一千两合钱一千六百二十四千串，尚存藩库钱九千三百余串，相应恳请酌量筹拨若干，以济工需，或从此次起，逐年归还若干，以便随时循照具领，以裨积储而清款项，实为公便。谨呈。

一呈抚宪

同治十一年十一月　日义仓绅董呈

署抚部院张批一件。翰林院编修潘绅等呈请勘买地基并筹还存库租款由，据呈候札饬长洲县前赴该地，会同员董勘明地址，估计价值，示谕业户，报明地址，并行苏藩司核明存司之款，能否酌量拨给，将来如何筹还，查议详覆饬遵可也。十一月十二日批

为移照会事。同治十一年十一月十三日，奉署抚部院张札开，据苏郡绅士潘编修等呈称：丰备仓积谷已满，查得长邑平江路北首正二图，与现在义仓相近，有荒地一区。又毗连自东至西沿河一带，约共六亩有零。请饬县会勘，示谕各业，报明给价，以便估造。并因添造仓廒等项，需费颇巨，请于前存藩库租息内酌拨济工等情到本署部院。据此合行抄呈札饬札县，即便遵照，即日前赴该地，会同员董勘明地址，估计价值，示谕业户，报明领价，仍将核办情形申报查考毋迟等因到县。奉此除照会移知义仓绅董委员，会勘外，合行移会。为此合移照会，贵分府绅董，请烦查照宪札，希即订期前往勘明，即便遵照办理，幸勿有稽。望速速！须至移照会者。

同治十一年十一月　日

长洲县移文照会

为移照会事。案奉抚宪札开云云等因到县。奉此当经分别移会贵分府绅董会督清粮董事张良栋，前赴本境正二图，勘丈荒地一区，计七亩五毫。又隔河毗连自东至西沿河一带，元境正三下图荒地一分四厘四毫，均堪归入义仓添建廒间之用。除绘图援照同治七年分元邑正三上图荒地归入义仓建造廒间给价章程出示晓谕外，合行移照会。为此合移照会贵分府绅董，烦照来文，希即查照同治七年分元邑正三上图荒地归入义仓建造廒间给价章程办理。望切切！须

至移_{照会}者。

同治十一年十二月　日

长洲县移文_{照会}

为义仓采买房料请免厘捐事。窃查省城义仓，迭次建造廒房，所办房料，历经呈请免捐在案。兹于长邑正二图潘儒巷东口售买民间废基七亩有零，定于本月十六日开工。所需驳岸房料，拟饬匠头携带义仓钤印护照，前往娄、齐门外地方，采买石料四百载，石灰四百担，砖瓦二百万块，陆续运仓应用。相应呈请局宪札饬经过各厘卡验明，免捐放行，实为公便。上呈。

一呈牙厘总局

同治十二年二月　日义仓董事呈

为照覆事。前奉照会并准会勘贵境正二图潘儒巷东口荒地一区，丈见七亩有零，归并义仓，建造廒间。业奉示谕各业，援照前届章程，报明给价在案。兹据业户蒋师晋禀称：有房基六间，天井地基三间。史文涛禀称：有房基二十三间，天井地基一十一间半。潘是政禀称：有房基九间，天井地基四间半。方荣禀称：有房基三间，天井地基七分半。俱经呈验印照，备具情愿弃卖归公绝契，并绘图式，到仓求给地价。又据业户吴留余禀称：有房基七间，天井地基三间。陈徐氏禀称：有房基二间半，天井地基一间半。李诚德禀称：有房基三间，天井地基一间半。许远香禀称：有房基二间半，天井地基二间。奚玉章禀称：有房基二间半，天井地基二间。蔡松泉禀称：有房基三间半，天井地基二间。许荣春禀称：有房基一间半，天井地基一间半。谢陈氏禀称：有房基一间，天井地基半间。李渭昌禀称：有房基三间，天井地基一间。王梅亭禀称：有房基二间，天井地基一间。顾敦厚、龙子峰禀称：有房基三十一间，天井地基一十六间。顾敦厚禀称：有房基十间，天井地基三间半。俱系印契遗失，未经呈报善后案内领给印照，无凭呈验。遵照示定章程，绘具地图，载明四至，并立情愿弃卖归公绝契，备具并无捏冒浮报及抵押典绝在外等情甘结，加具里邻中保画押保结，一并呈送到仓，求给地价。共计各业户禀报房基一百一十间半，照章每间给价二千四百文，天井基地五十五间二分半，照章每间给价八百文，共计给价钱三百九千四百文。此外尚有零星地址，现属无主，一并先行归仓，以备扩充仓廒之用。日后倘有原主回籍，再行照章核办，理合呈明。伏乞公祖大人鉴核，并请申详存案，实为公便。上呈。

一呈长洲县

同治十二年四月　日义仓绅董呈

为录批照会事。同治十二年六月二十九日，奉布政使恩批敝县禀覆奉查积谷由董经理情形，并呈清折由。奉批：据禀并折均悉。仰即照会绅董，将应添仓廒迅速照址建造。一俟工竣，即行造册，详请验收，毋违此缴等因到县。奉此查前详勘丈荒地归入义仓建廒照章给价一案，前奉各宪批示，均经节次照会，并请将给价契据等项，抄送在案。兹奉前因，合再录批照会。为此照会贵绅，请烦遵照即今宪批，希将应添仓廒，迅速照址建造。

一俟工竣，造具实用工料细册，绘图贴说，取同匠头保固年限切结送县，转请委员验收详报。仍祈查照前次照会，先将各业户契据印照图结等项，逐细抄录，刻日送县备案。幸勿再稽，望速速！须至照会者。

同治十二年闰六月　日

长洲县照会

为义仓增建廒屋造送工料清册事。窃查义仓十二年四月分，截至本年三月止，一应出纳款项，业经委廉陈骥德会同核明，造具四柱清册，具文申报在案。兹查义仓于十一年分呈请勘明平江路潘儒巷石家角内民房地基，共丈见基地七亩五毫，援案给价契买，归并义仓。除西首地基一方约计二亩六分零但筑驳岸未经建造外，所有东首一带地基，建造仓厅廒屋周围墙垣，增设码头并三面沿河驳岸各等工程，于上年二月开工，至八月一律完竣。饬具承揽包固年限切结存仓，合将估值工料细册呈案备查。伏乞大公祖大人电鉴。上呈。

计呈建造仓廒水木工料清册，计钱一万四千九百四十六千九百二十七文。

一呈藩宪

同治十三年四月　日义仓绅董呈

为义仓增建廒座造送工料清册事。窃查义仓三年四月起，截至本年三月底止，一应出纳款项，业由委廉鹿伯元、吴德辉会同核明，造具四柱清册，具交申报在案。又查同治十一年分呈请勘买平江路潘儒巷石家角内地基七亩有零，先行建造东面一带，于十三年四月，造送工料清册呈报又在案。兹查西首址基约计二亩六分零，但筑驳岸，未经建造，于本年正月二十六日开工建造，仓厅三间，廒房五十一间，周围墙垣铺设仓场各等工程，于五月内一律完竣。饬具承揽包固年限切结存仓，合将估实工料清册呈案备查。伏乞大公祖大人鉴核，谨呈。

计呈建造仓廒水木工料清册，计钱七千一百三十二千八百七十文。（此项支款，于本年三月底报销内先经列明。）

一呈藩宪

光绪四年六月　日义仓绅董呈

第一次售买房屋改造仓廒（同治六年平江路庆林桥新建义仓一所）

计开屋价：

蒋德怀当屋（连中费五十九千九百六十文），计钱二千五十九千九百六十文。

徐陆氏屋价，计钱三百一十三千六百文。

又，计钱一百五十六千八百文。

潘吟秋屋价，计钱八十千三百六十文。

吴凝德屋价，计钱二百五十四千八百文。

顾春辉屋价，计钱二百四十五千文。

李宝笏屋价，计钱一百四十二千一百文。

顾奚氏屋价，计钱一百一十二千七百文。

宓继序屋价，计钱六十千文。

以上八处中费，计钱四十三千一百二十文。

总共实计屋价钱三千四百六十八千四百四十文。

计开水木石作工料：

建造头门三间及两廊仓门

　　水作砖瓦石灰等料，计钱一百五十五千九百二十六文。

　　木料，计钱一百八十四千五百三十文。

　　石料，计钱一百一十千文。

　　水作工，计钱一百七十八千八十文。

　　木作工，计钱六十千文。

　　石作工，计钱四十三千二百文。

　　锯作工，计钱四千八百文。

　　共计钱七百三十六千五百三十六文。

修造大楼二楼四开间两进川堂厢房

　　水料，计钱五百二十一千二十文。

　　木料，计钱三百九十五千四百文。

　　水作工，计钱三百八十六千四百文。

　　木作工，计钱一百六十三千六百八十文。

　　锯作工，计钱四千八百文。

　　共计钱一千四百七十一千三百文。

建造门房书房厨房

　　水料，计钱三百一十六千六百二十文。

　　木料，计钱三百八十七千七百二十五文。

　　石料，计钱六十一千九百二十文。

　　水作工，计钱三百四十二千文。

　　木作工，计钱一百二千四百文。

　　石作工，计钱二十二千文。

　　锯作工，计钱四千文。

　　共计钱一千二百三十六千六百六十五文。

建造廒房四十一间

　　水料，计钱五百九十七千一百六十八文。

　　木料，计钱九百八十千一百文。

　　石料，计钱一百一千二百文。

　　水作连打夯工，计钱五百六十三千二百文。

　　木作工，计钱三百三十四千四百文。

　　石作工，计钱二十六千四百文。

　　锯作工，计钱一十七千六百文。

　　共计钱二千六百二十千六十八文。

设立下岸水码头并连驳岸

　　石料，计钱九十六千一百六十文。

椿木料，计钱八十七千五百文。

水作工料，计钱一十千文。

石作工，计钱一百千文。

共计钱二百九十三千六百六十文。

铺仓场工料

砖料，计钱一百二十八千文。

桐油石灰，计钱八千文。

水作工，计钱七十千文。

共计钱二百六千文。

拆卸旧房工，计钱二百三十五千二百文。

挑垃圾，计钱八十八千文。

开沟，计钱一十八千二百文。

铺天井，计钱五千四十文。

共支钱三百四十六千四百四十文。

以上共计工料钱六千九百一十千六百六十九文。

估见七八八折，实钱五千四百四十五千文。

加上梁犒赏匠工酒菜钱二十一千九百四十文，

除贴旧料作钱八百四十千六百文，

总共实计水木石作工料钱四千六百二十六千三百四十文，

计开油漆工料：

生油五百四十七斤半，计钱八十七千六百文。

漆作工，计钱五十一千三百六十文。

头门堆黑字匾一扇，计钱一千四百文。

棋盘门灰布五彩飞金门神，计钱七千七百文。

白堊门四扇洋蓝堊门六扇，计钱八千四百文。

烟红黑煤揩油丝吐水布等，计钱二千八百文。

共计钱一百五十九千二百六十文（估见七六七折）

总共实计油漆工料钱一百二十二千一百文。

计开后添工料及零项：

作灶砌煤炉等，计钱三十三千九百二十七文。

门窗等铜事件，计钱八千五百六十文。

窗心玻璃，计钱七千五百六十文。

造仓选日，计钱九百八十文。

总共实计后添工料及零项钱五十一千二十七文。

四共总支钱八千二百六十七千九百七文。（同治六年八月报销册内总支。）

第二次售买房屋基地改建仓廒（同治八年平江路卢家桥）

计开房屋地基价：

贡松溪屋价（连中费八千六百四十文），计钱三百六十八千六百四十文。（同治八年三月报销册出支。)

周振新屋价（连中费一十一千九百文），计钱四百七十六千文。（同治九年三月报销册并入对河地基总支。）

总共实计屋价钱八百四十四千六百四十文。

计开水木石作工料：

建造义仓北首厫房二十七间，后门一间

水作砖瓦石灰等料，计钱七百七十七千七百文。

木料，计钱一千二百一十一千一百五十文。

石料，计钱九十九千四百五十文。

水作工，计钱三百四十九千二百文。

木作工，计钱一百七十四千六百文。

共计钱二千六百一十二千一百文。

筑驳岸铺仓场走廊

水料，计钱二百三十千六百文。

木料，计钱一百一十千文。

石料，计钱六十五千五百文。

石作工，计钱八十四千二百文。

水作工，计钱七十七千六百文。

共计钱五百六十七千九百文。

以上共计钱三千一百八十千文。

估见九折实钱二千八百六十二千文。

除贴旧料作钱一百千文。

总共实计水木石作工料钱二千七百六十二千文。（同治九年三月报销册与狮林寺巷建造总支。）

计开油漆工料：

生油一百二十七斤半，计钱一十八千三百六十文。

光油八斤半，计钱一千五百三十文。

漆作工，计钱一十六千八百文。

血料烟红水布丝吐，计钱六千二百五十文。

共计钱四十二千九百四十文（估见九折），

总共实计油漆工料钱三十八千六百四十文。（同治九年三月报销册与水木工料总支。）

三共总支钱三千六百四十五千二百八十文。

第三次售买地基建造仓厫（同治九年狮林寺巷东口）

计开地基价：

各姓地基，计钱二百四十一千二百文。（同治九年三月报销册与周姓房屋价总支。）

各姓地基，计钱四十千四百文。（同治九年三月报销册与周姓房屋价总支。）

孙刘两姓地基，计钱一十二千八百文。（同治十年三月报销册出支。）

总共实计地基价钱二百九十四千四百文。

计开水木石作工料：

建造仓厅六间

  水料，计钱二百四十二千六十四文。

  木料，计钱三百二十四千四百二十文。

  石料，计钱一百一十二千二百文。

  水作工，计钱一百八千六百四十文。

  木作工，计钱八十三千八百文。

  石作工，计钱七千七百六十文。

  锯作工，计钱九千三百一十二文。

  共计钱八百八十八千一百九十六文。

建造廒屋七十六间、住房四间、川堂二间、墙门一间、料房一间

  水料，计钱三千三百四十四千一百二十文。

  木料，计钱二千八百七十三千一百七十八文。

  石料，计钱四百一十千三百六十八文。

  水作工，计钱一千二百五十四千七百九十二文。

  木作工，计钱五百一十九千九百二十文。

  石作工，计钱三十四千九百二十文。

  锯作工，计钱五十四千三百二十文。

  共计钱八千四百九十一千六百一十八文。

建造后门桥塊一带

  水料，计钱八十四千五百八十文。

  木料，计钱三十五千四百一十文。

  水木作工，计钱二十九千一百文。

  共计钱一百四十九千九十文。

铺设仓场

  水料，计钱八百二十八千四十文。

  水作工，计钱七百一十六千四十文。

  共计钱一千五百四十四千八十文。

重筑驳岸

  水料，计钱一十七千文。

  木料，计钱六百三十三千三百六十文。

  石料，计钱六百八十八千文。

  水石作工作坝工，计钱五百六十八千四百二十文。

  共计钱一千九百六十六千七百八文。

设立前后门水码头两个

  木料，计钱三十五千一百文。

  石料，计钱七十三千七百文。

  水作工，计钱七十五千六百六十文。

  共计钱一百八十四千四百六十文。

建造课耕桥

水料，计钱二千五百文。

木料，计钱一百四千文。

石料，计钱一百三千六百文。

水石作工，计钱七十三千七百二十文。

共计钱二百八十三千八百二十文。

建造照墙一座

水料，计钱六十八千一百七十文。

木料，计钱一十七千二百五十文。

石料，计钱一十九千三百文。

水石作工，计钱四十六千五百六十文。

共计钱一百五十一千二百八十文。

建造过路走廊水后门披

共计钱三百九千文。

仓头门屏门，计钱一十三千文。

石库门槛枕，计钱二十千文。

库门，计钱一十千文。

开沟，计钱一百六十一千七百文。

尺八方砖一千五百二十四块，计钱一百六十七千六百四十文

共计钱三百七十二千三百四十文。

以上共计工料钱一万四千二百八十千六百六十四文（估见八四折），

总共实计水木石作工料钱一万一千九百九十五千七百六十文。（同治九年三月报销与

义仓北首建造总支。）

计开油漆工料：

生油三百四十五斤，计钱七十一千七百六十文。

光油八十六斤，计钱一十八千九百二十文。

漆作工，计钱三十七千六百八十文。

丝吐烟红血料黑煤水布，计钱一十千五百文。

共计钱一百三十八千八百六十文（估见九折），实钱一百二十四千九百二十四文。

仓厅洒金洋蓝屏门六扇，计钱一十一千七百二十八文。

桥栏杆并巷门两扇连门柱，计钱五千六百文。

烟红丝吐黑煤，计钱八百文。

桥上小匾，计钱八百四十文。

油桥面板梯工料，计钱一千四百文。

共计钱二十千三百六十八文（估见八五折），实钱一十七千三百一十二文。

总共实计油漆工料钱一百四十二千二百三十六文。（同治十年三月报销册内出支。）

计开挑垃圾：

挑运地面垃圾一千方，

总共实计钱一百六十千文。（同治八年三月报销册内出支。）

四共总支钱一万二千五百九十二千三百九十六文。

第四次售买地基建造仓廒（同治十二年潘儒巷石家角）

计开地基价：

　　石家角地基，计钱三百九千四百文。（同治十二年三月报销册内出支。）

　　石家角民房，计钱二百七十二千八百文。（同治十二年三月报销册内出支。）

　　石家角地基，计钱五十六千文。（同治十三年三月报销册内出支。）

　　总共实计基地房价钱六百三十八千二百文。

计开水木石作工料：

　　建造仓厅五间

　　　　水料，计钱三百千二百二十文。

　　　　木料，计钱三百三十四千八百四十六文。

　　　　石料，计钱八十千八百文。

　　　　水作工，计钱一百三十七千七百四十文。

　　　　木作工，计钱八十六千一百三十六文。

　　　　石作工，计钱四千八百文。

　　　　锯作工，计钱一十一千五百文。

　　　　共计钱九百五十六千四十二文。

　　建造廒屋六十三间、川堂一间、头门一间、水后门一间、后门一间

　　　　水料，计钱三千四百九十七千七十文。

　　　　木料，计钱二千八百六十三千五百一十文。

　　　　石料，计钱五百二十五千二百四十文。

　　　　水作工，计钱一千一百九十一千一百六十文。

　　　　木作工，计钱五百千五百二十文。

　　　　石作工，计钱七十二千文。

　　　　锯作工，计钱五十七千五百文。

　　　　共计钱八千七百七千文。

　　重筑驳岸八十五丈

　　　　水料，计钱三十八千四百文。

　　　　木料，计钱八百三十二千六百文。

　　　　石料，计钱三千四百二十九千二百文。

　　　　水作工，计钱一千三百三十四千七百二十文。

　　　　石作工，计钱一百三千二百文。

　　　　共计钱五千七百三十八千一百二十文。

　　设立前后水码头三个

　　　　木料，计钱五十千六百文。

　　　　石料，计钱二百一十千六百文。

　　　　水作工，计钱一百三十九千六百八十文。

　　　　石作工，计钱五十千四百文。

　　　　共计钱四百五十一千二百八十文。

　　铺设仓场头门天井

水料，计钱一千二百五十一千九百二十文。

水作工，计钱五百六十六千九百三十六文。

共计钱一千八百一十八千八百五十六文。

砌花墙七十丈

水料，计钱三百六十七千四百五十文。

水作工，计钱一百六十一千二十文。

共计钱五百二十八千四百七十文。

增设木桥一顶

水料，计钱四百八十文。

木料，计钱三十七千八百四十八文。

石料，计钱四千文。

水作工，计钱五千四百三十二文。

木作工，计钱五千八百二十文。

锯作工，计钱九百二十文。

共计钱五十四千五百文。

门前沿河半墙水作工料，计钱二十千一百二十文。

门首铺石地屏工料，计钱六十千九百二十文。

水后门西首后门连宕子，计钱二十一千九百文。

后面西首乱砖围墙，计钱三十一千一百二十文。

共计钱一百三十四千六十文。

以上共计工料钱一万八千三百八十八千三百二十八文，

估见八二折，实钱一万五千七十八千四百二十七文。

除契买钟姓房屋料作价钱一百三十一千五百文，

总共实计水木石作工料钱一万四千九百四十六千九百二十七文。（同治十二年报销册内先支钱三千九百八十六千四百文，同治十三年报销册内续支钱一万九百六十千五百二十七文。）

计开油漆工料：

光油七十九斤半，计钱一十五千九百文。

生油二百五十四斤半，计钱三十六千六百四十八文。

漆作工，计钱二十六千四百文。

仓厅洒金洋蓝枈屏门六扇，计钱一十五千文。

廒门牌三十块，计钱二千四百文。

烟红丝吐血料黑煤水布，计钱八千六百六十文。

共计钱一百五千八文（估见九折），

总共实计油漆工料钱九十四千五百文。（同治十三年三月报销册内出支。）

计开砌街开沟挑垃圾等工料：

砌街，计钱五十八千四百五十文。

开通石家角门前浜河，计钱一十三千四百文。

挑运地面垃圾二千四百方并开沟开井，计钱四百九十四千一百文。

翻沟，计钱一十千八十文。

总共实计砌街开河挑垃圾开沟工料钱五百七十六千三十文。（同治十三年三月报销册内出支。）

四共总支钱一万六千二百五十五千六百五十七文

第五次建造仓廒（光绪四年石家角西面）

计开水木石作工料：

建造仓厅三间

水料，计钱二百六十七千二百三十文。

木料，计钱二百六千八十文。

石料，计钱四十一千八百八十文。

水作工，计钱六十二千八十文。

木作工，计钱三十八千八百文。

石作工，计钱二千四百文。

锯作工，计钱五千文。

共计钱六百二十三千四百七十文。

建造廒屋五十一间、水码头一间

水料，计钱二千六百九十一千八十文。

木料，计钱二千四百一十八千六百九十文。

石料，计钱四百七十二千八百八十文。

水作工，计钱八百八十六千五百八十文。

木作工，计钱四百七十一千四百二十文。

石作工，计钱六十四千八百文。

锯作工，计钱六十五千文。

共计钱七千七十千四百五十文。

铺设仓场三个

水料，计钱六百六十千二百六十文。

水作工，计钱二百三十二千八百文。

共计钱八百九十三千六十文。

花墙三十九丈用旧砖瓦

水料，计钱三十六千三百七十文。

水作工，计钱五十千四百四十文。

共计钱八十六千八百一十文。

以上共计工料钱八千六百七十三千七百九十文。

估见八二折，实钱七千一百一十二千五百文。

另加给匠工上梁酒钱二十千三百七十文，

总共实计水木石作工料钱七千一百三十二千八百七十文。（光绪四年三月报销册内出支。）

计开油漆工料：

光油四十斤，计钱八千文。

生油二百四斤，计钱二十九千三百七十六文。

漆作工，计钱二十二千八百文。

洋蓝垩仓厅屏门十八扇，计钱一十五千文。

黑油码头门四扇、揩油走廊一个，计钱三千五百八十四文。

白垩廒牌五十一块，计钱四千八十文。

丝吐烟红等零料，计钱七千九百六十文。

共计钱九十千八百文（估见九折），

总共实计油漆工料钱八十一千七百二十文。（光绪四年三月报销册内出支。）

计开砌街开沟工料：

砌街，计钱二十一千五百三十文。

开沟，计钱六十六千六百四十文。

共计钱八十八千一百七十文（估见八折），

总共实计钱七十千五百三十八文。（光绪四年三月报销册内出支。）

三共总支钱七千二百八十五千一百三十八文。

卷四　收租章程*

丙寅九月，长、元两县以仓书所掌义田册籍并租由，移送到局。距收租时已甚迫，有知其向章者，来言曰：每冬吏役多名，随各委员分赴乡，就敛其租，无虑数十处。明春会其数，除完课及经费，以所余缴藩库。核其所收，不过三四成。余曰：此客主之势也。既设局，不应有一个不亲赴。曰：一时难骤，更以待来年何如？余曰：至来年，则不能办矣。乃与沈太守议，示以易完难欠之法。易完则力平，折色之价难欠。则预请佐贰一二员随办，有顽梗者，立提惩之。先传各乡之地保、各佃之催甲咸至，刊印简明告示章程，责保赴各乡遍贴晓谕，更以局中重刊租由，责甲按户亲给，届期佃䲜集销由而去者十七八。是冬至春，综数得八成。建仓后遂定为例。义田所收皆荒年贫民所食也。平时而多取之奚为？且少宽之，佃力易舒，于仓有益。为一年计，不如为数十年计，又非特义仓当作如是想也。记收租章程。

为义仓收租在即，请简派专员以重责成事。窃绅等前呈丰备仓嗣后请官绅互为经理，蒙抚宪批示，并奉移会等情。窃惟义仓积谷，事关久远，查向来丰备仓收租，届期由宪委佐杂各员督同书差收纳。今当兵燹之后，兴复伊始，于率由旧章之中，寓变通整理之意，非专派总理委员设局会办，不足以昭详慎。现届收租甚近，请即于同通候补班中专派一员，以便绅等随时会商。将未经奏定之田，公同挑选，分别归仓拨堂。续议规条，呈请汇奏，暨明春择地建立仓廒，一切事宜，为郡城久远备荒之计。为此具呈，伏乞大公祖大人即行简派，并希札饬长、元两县，预将甲、乙两年收租清册账目检齐，公同核办，实为德便。上呈。

一呈藩宪

同治五年九月　日义仓绅董呈

为照覆事。准贵绅等呈称：窃绅等前呈丰备义仓嗣后请官绅互为经理，蒙抚宪批示，并奉移会等情。窃惟义仓积谷，事关久远，查向来丰备仓收租，届期由宪委佐杂各员督同书差收纳。今经兵燹之后，兴复伊始，于率由旧章之中，寓变通整理之意，非专派总理委员设局会办，不足以昭详慎。现届收租甚近，请即于同通候补班中专派一员，以便绅等随时会商。将未经奏定之田，公同挑选，分别归仓拨堂。续议规条，呈请汇奏，暨明春择地建立仓廒，一切事宜，为郡城久远备荒之计。为此呈乞，即行简派，并札饬长、元两县预将甲、乙两年收租清册账目检齐，公同核办等因到司。准此查本年田租，现经饬委候补同知沈丞玮宝会同征收在案。今准前因，除饬该府县遵办外，合就照覆。为此照会贵绅等，请烦查照施行。须至照会者。

同治五年九月　日

藩宪照会

为晓谕事。照得丰备义仓本年官绅会办设局收租，于率由旧章之中，寓变通整理之意，业奉宪批，移会筹办在案。查向来义仓收租，并无公所，由委员督同书差赴乡收纳。此次既经在城设局，自应即于今冬为始，分限收租，概不出帐。为此合行晓谕，仰差速传各催甲，于三日内赴局领由，分派各佃，挨户晓谕，务令在限内将本年应交核实租米赶紧备齐，亲身到局完缴，毋得观望。如敢逾限不清，立即提比勒限严追，仍不准颗粒短交。各催甲倘有徇庇顶用及以熟报荒等弊，一经察出，定即从重惩治。差保贿纵，一并究办不贷。凛之！特示。

一出示义仓本局

同治五年十月　日

长、元两县会衔告示

为转饬事。奉宫保爵署督部堂李札元和县详奉饬查明续捐义仓田亩各户姓名、捐田数目、补请奖叙、官绅会办，并请委员启征由，奉批：仰苏州布政使核饬遵照，仍候护抚部院批示缴。又奉护抚部院郭批开，查义仓田租向以八折征收，本年除核减租额外，应仍以八折收缴，以恤佃力。但须照数征足，不得仍前短欠。据请委员会办启征，业由司报委沈丞玮宝在案。苏藩司即转饬知照，由府酌议折租米价，详候核定饬征，并饬沈丞会同绅董赶紧核明租由册串，立限开收，务令于年内一律收缴清楚，随时解交司库，专款存储，以备建仓买谷等项之需，不得别有挪动。仍饬各捐户家属及经保催甲，查明续捐义田坐落区图圩号亩分细数，逐一造册，据实详报核办，并将原捐义田，一体造册，同送查核，勿任延混。切切！仍候爵署督部堂批示此缴各等因到司。奉此并据元和县并详，又据苏州府详称：义仓本年成熟田租，现已饬据元和县议详，仍请循照旧章，照额八折，委员设柜，按限启征。其征收折价，援照正谊书院每石三千文头限完清，每石减让钱二百文，二限减让钱一百文，三限减让钱五十文，俾该佃等踊跃完租，以期依限报竣。除分饬长、元两县遵办外，详祈鉴赐示遵等情前来。查此项义仓田租，既据该府核议，查照书院定价，分别减折，限让征收，自应准其照办。合亟札饬。札到该丞，立即遵照先今来札，会同绅董备齐租由册串，赶紧出示，定期开征，征下钱文，按限易洋，批解司库，专款存储，以备建仓买谷等项之需，不得别有挪动。务于年终三限内一律征解清楚，并将完纳条漕及收支细款，分晰造册报销，毋许丝毫蒂欠存留。如有浮收短报等弊，随时据实禀办，切勿扶同徇饰，致干严咎。先将开征日期、出过示式，开折禀报查考，并移府县知照，切速！切速！特札。

同治五年十月　日

藩宪札

为申报事。窃奉宪台札开云云全叙各等因，奉此遵即会同绅董妥议定章，于本月初三日设局举办，照减实额米，赶造租由，饬差传谕各催甲赴局领由，分催各佃，依限完租。本年义仓新定章程，乡民未能悉知，因又会同长、元两县出示各乡镇，俾知踊跃完纳额米。除核减外，仍照向章八折，至收租折价，议照苏城业户常例略减，每石折足制钱二千六百文，定于本月二十二日起限收租，一俟收有成色，再行续报。合将开局起收日期，并出过示式开折，一并申报。仰祈宪台鉴察施行。须至申者。

计呈示式清折一扣

一申藩宪。　牒府移县同

同治五年十月　日　义仓委员沈玮宝

为晓示事。照得本年丰备义仓长洲、元和田租奉宪定章，官绅会办，在城设局征收，于率由旧章之中，寓变通整理之意。惟恐各乡佃户人等未能悉知，为此合将本年收租章程，条列于后，特示。

计　开：

一、本年仓厫未建，概收折色。

一、义仓田租，向例限内完清者，头限每石让钱二百文，二限一百文，三限五十文，开仓日不另让。今格外体恤，照旧章外，另加开仓日让米一斗，头限七升，二限五升，三限三升，限内完清。本年每亩再让一斗。各佃户宜知感激，务各依限早完，免干严咎。

一、租米概不出帐，责成各催甲催令各佃进城赴局完纳。过限不完，差提严比催甲，并干重处。至下乡传提催甲佃户人等，由局另签妥差承办。如有索扰徇庇等情，从严惩治。向年原办仓书、仓差，一概不用。

一、各催甲如有包揽私收、侵吞隐匿及以熟作荒、欺隐田额等弊，察出从重究办。

一、长邑义田旧例，每亩力米四升、三升不等。元邑每亩收租一千文，加收力米钱六十文，殊未画一。查力米每亩四升，系苏地业户收租通行常例。今改两县一例，每亩收力米四升。

一、力米四升内，应给催甲三升。佃户租清销由，自应照给。其未完清者，力米扣存，俟承催起色，再行酌给，不准先领。

一出示本局一道，长、元各镇二十五道

同治五年十月　日

长、元二县会衔告示

为移知事。奉署布政使王札开，照得长、元二县义仓田亩，本年应收新租，前经饬委候补同知沈玮宝会同绅董，实力催收，报解备拨在案。兹查催收租米，事务殷繁，应即添委候补主簿陈维桢暨署苏州府照磨叶世棠二员，前往随办，以资妥速。除札委该二员随同沈丞将前项田租催追报解外，合就札知等因到府。奉此查此项田租前奉藩宪饬委贵分府会同绅董设柜按限征收，即经前署府转移遵照在案。兹奉前因，合亟移知。为此合移贵分府，希即会督添委各员，并会同冯绅等，备齐租由册串，设柜立限启征，将分限减让数目，出示晓谕，务于三限内一律征解清楚。先将开征日期同出过式，开折报明藩宪，并移敝府查核，幸勿再延。望速速！须移。

同治五年十月　日

苏州府移文

为申报事。窃卑府前奉宪台札委办理丰备仓长元田租事宜。遵即会同绅董妥议定章，设局举办，业将开局起收日期并出过式，一并开折，具文申报在案。嗣又面奉钧谕，饬令刊刻钤记，以备局中公文牌票等用，遵即刊刻丰备义仓长元田租局钤记一颗，于本月二十一日开用，合将所刊钤式摹印申报，仰祈宪台鉴察备查。须至申者。

计呈摹印钤记一纸

一申藩宪。　牒府移县同

同治五年十月　日义仓委员沈玮宝

为转饬事。奉护抚部院郭札开据司申称：窃据委办长元义仓租局候补同知沈丞玮宝申称，长、元二县义仓田租，遵即会同绅董妥议定章，于十月初三日设局举办，照减实额米赶造租由，饬差传谕各催甲赴局领由，分派各佃，依限完租。本年义仓新章，乡民未能悉知，因又出示各乡镇，俾知踊跃完纳额米。除核减外，仍照向章，一体八折，至收租折价，议照苏城业户常例略减，每石计折足钱二千六百文。定于十月二十二日起限收租，一俟收有成色，再行陆续禀报，合将开局起收日期并出过示式开折，一并申祈鉴察等情到司。据此伏查此项田租，前据苏州府议请照额八折启征，其征收折价，援照正谊书院每石三千文等情，即经札饬沈丞遵照，定期开征，征下钱文，按限易洋，批解司库，务于年终三限内，一律征解清楚，并将完纳条漕及收支细款，分晰造册，报销在案。今据议照苏城业户常例略减，每石折足制钱二千六百文，应即准照所议办理，据申前情，相应录折呈候鉴核等情到本护院。据此查本年义仓租息，于减轻折价八折征收按限递让之外，复将限内完清者，每亩统让米一斗，其普减租额是否仍照民田一体核减，未据确切声明。如系照章普减，则本年所收租息，一再减折，较之往年完数，轻重悬殊，体恤实已备至。各农佃具有天良，自当踊跃急公，照数清完，不致再有观望。且本年系改章试办之初，尤应竭力催收，丝毫不准蒂欠，俾从此挽回积习，收数方有起色。合行札司。札到即便遵照查明，声覆查核，并饬委员会董严切催追，务于年内依限收缴清楚，解司另储，以备建仓积谷等用，勿任延欠等因到司。奉此合就转饬，札到，该员即便遵照宪札查明，声覆察核，并将初限所收折租，先行埽数批解司库存储，以备建仓积谷之用。余仍按限催追，务于年内收缴清楚，毋任延欠，一面将实收米数，由该员按限开折通报院司查考，均毋玩泄。切切！特札。

同治五年十一月　日

藩宪札

为札催事。照得长、元二县义仓田亩，同治五年分应收租息，议定新章，改为官绅会办。前经饬委该丞会绅设局征收，据报于十月初五日开收，阅今两月有余，究竟已收若干，节经行司饬查，迄仍未据开报。本年秋成尚称丰稔，租额减轻，各农佃自能踊跃急公，且当改章试办之初，尤应竭力催追，俾不致因仍积习。合行札催。札到该丞，即便遵照，查明现今止，已未收缴租息钱文各数，并是否照民田一例普减租额，刻日详晰禀报查核。一面将未收之款，严切催追，务期埽数全完，分别解支，毋任稍有蒂欠。切速！切速！特札。

同治五年十二月　日

抚宪札

为申覆事。窃卑府前奉署藩司札委办理丰备义仓长元田租，遵即会同绅董妥议定章，设局举办，历将开局起收日期并出过示式、收租章程、开用钤记日期，具文申报藩司在案。兹奉宪札，饬将已收租息钱文数目，刻日禀报，并将未收之款，严切催追，务期埽数清完，分别解支等因。奉此遵查卑局自十月二十二日开收日起，至十二月二十四日止，共收过长、元两邑义仓熟田折租钱二万四千六百九十八千五百四十二文。除完长、元两邑条漕并给发局用薪水纸张辛工等项外，余存租钱，禀奉署藩司谕令，均交潘绅收储。现在赶紧采办谷石及明年置造仓厫所有未缴应完额租，新年开篆后，即当竭力催收，一俟办理完竣，再行造册申报藩司核销外，合将现收租钱实数，先行备文申报。仰祈宪台鉴察备查。须至申者。

一申抚宪　申藩牒府同

同治五年十二月　日　义仓委员沈玮宝

为照会事。本年九月日奉布政使丁札开，照得长、元二县义仓田租，历经由司委员会同绅董，实力收办在案。所有本年义仓收租事宜，将届开征之期，应即饬委候补知县蒋棠会同绅士妥为经办，并委候补县丞陈炳泰随同办理，以昭周妥。除札委外，合行札知等因到府。奉此合亟照会贵绅董，请烦查照，会同委员，妥为办理。须至照会者。

同治六年九月　日

苏州府照会

为申报事。窃卑职奉宪台札委办理丰备义仓长元田租，遵即会同绅董循照旧章，悉心筹办。兹查上年设局收租，经委员沈守玮宝奉前署藩宪谕令，刊刻义仓长元田租局钤记一颗，以备局中公文牌票等用。现已撤局建仓，应将钤记局字除去，另新刊苏城丰备义仓钤记一颗，于本月初三日开用。其旧刊钤记，应缴存宪案，合将新刊钤模并缴还旧钤具文申报。仰祈宪台鉴察存查。须至申者。

计呈新刊钤模一纸，缴呈旧钤记一颗。

一申藩宪。　移县同
　　府

同治六年十月　日义仓委员蒋棠

为晓谕事。照得丰备义仓上年官绅会办，妥议定章，业奉宪批移会筹办在案。现届秋谷登场，仍照上年章程，于本月二十四日为始，分限收租。为此合行晓谕，仰差速传各催甲，于初三日赴仓领由，赶即分派各佃，挨户晓谕，务令在限内将本年应交核实租米赶紧备齐，亲身到仓完缴，毋得观望。如敢逾限不清，立即提比勒限严追，仍不准颗粒蒂欠，各催甲倘有徇庇顶用及以熟报荒等弊，一经察出，定即从重惩治。差保贿纵，一并究办不贷。凛之，特示。

一出示

同治六年十月　日

长、元二县会衔告示 （以后历届收租照章会衔出示，悬挂本仓）

为申报事。窃卑职奉宪台札委办理丰备义仓长元田租，遵即会同绅董循照旧章，饬差传集各催甲，赴仓谕话，发给印由，分催各佃，依限完租额米。除上年新奉宪章减净外，分限照章另饶，逾限不饶。至收租折价，议照苏城各业户现定之价略为减少，每石折足制钱一千八百文。仍照义仓向章，头限十日，让钱二百文，二限十日，让钱一百文，三限十日，让钱五十文，过限不让，照每石一千八百文收折。定于本月二十四日起限收租，一俟收有成色，再行续报，合将起限开收日期，具文申报。仰祈宪台鉴察备查。须至申者。

一申藩宪。　　移县同
府

同治六年十月　日　日义仓委员蒋棠

为申报事。窃卑职等奉宪台札委办理丰备义仓田租，遵即会同绅董循照旧章，悉心筹办，业将起限开收日期，具文申报在案。兹查自十月二十四日开收起，头限十日，共收长元田租米八千六百八十三石九升四合，每石收折色钱一千六百文，共收钱一万三千八百九十二千九百五十文；二限十日，共收长元田租米五百三石一斗三升，每石折色钱一千七百文，共收钱八百五十五千三百二十一文；三限十日，共收长元田租米二百二十二石四斗五升一合，每石折色钱一千七百五十文，共收钱三百八十九千二百八十九文。自过限起，至十二月二十日止，共收长元田租米四百十四石九合，每石折色钱一千八百文，共收钱七百四十五千二百十六文。统共收米九千八百二十二石六斗八升四合，又共收荡田银折钱一百十三千八百八十八文，统共收钱一万五千九百九十六千六百六十四文。除完长元条漕采买新谷三千五百余石，给发薪水纸张辛工一切经费外，余存钱八千千文，发存济元、济亨、恒泰三典，暂为生息。明年添办谷石，再行收回。所有未缴应完租米，新年开篆后，即当竭力催收，一俟办理完竣，另行造册，呈送核销鉴核。合将现收租籽实数，先行备文申报。仰祈宪台鉴察备查。须至申者。

一申藩宪
府

同治六年十二月　日义仓委员蒋棠

为移知事。本年九月十一日奉署布政使杜札开，照得长、元二县义仓田亩收租事宜，历经由司委员会同绅董实力收办在案。所有本年义仓收租事宜，将届开收之期，应即饬委候补同知陆费森会同绅士妥为经办，并委候补府经历查承源随同办理，以昭周妥。除札委外，合行札知等因到府。奉此除照会冯绅等知照外，合亟移知。为此合移贵分府，希即遵照会同绅董，妥为经办，希将到局日期移覆。望切！须移。

同治七年九月　日

苏州府移文

为申报事窃卑职奉宪台札委会办丰备义仓长元田租事宜。遵即同随办委员候补府经历查
牒　奉藩宪
承源，于本月十五日到仓，会同绅董，循照旧章，饬差传集各催甲赴仓谕话，发给印由，分催各佃，依限完租额米。除历年遵奉宪章减净外，分限照章另饶，逾限不饶。收租折价，议定每石一千八百。仍照义仓向章，头限十日，让钱二百文，二限十日，让钱一百文，三限十日，让钱五十文，过限不让，照每石一千八百文收折。定于十月初六日起限收

租，一俟收有成色，再行续报。合将卑职等到仓并起限开收日期（到仓开收日期）具文申牒报。仰祈宪台贵府鉴察，备查须至申牒者。

　　一申藩宪（牒府）

同治七年九月　　日义仓委员陆费森

　　为申牒报事。窃卑职奉（奉）前署藩宪杜札委会办丰备义仓田租，遵即会同绅董，循照旧章，悉心筹办，业将收租折价并起限开收日期具文申牒报在案。兹查自十月初六日开收起，头限十日，共收长元两邑田租米八千五百五石三升，每石折色钱一千六百文，共收钱一万三千六百八千四十八文；二限十日，共收长元两邑租米五百四十二石七升四合，每石折色钱一千七百文，共收钱九百二十一千五百二十六文；三限十日，共收长元两邑租米三百五十八石一斗三升四合，每石折色钱一千七百五十文，共收钱六百二十六千七百三十五文。自过限起，至十二月二十日止，共收长元两邑租米五百四十石四斗七升六合，每石折色钱一千八百文，共收钱九百七十二千八百五十七文。又本年三月底报销后，续收上年旧欠租米六十九石二斗三升五合，每石折色钱一千八百文，共收钱一百二十四千六百二十三文。共收新旧租米一万一十四石九斗四升九合，计折色钱一万六千二百五十三千七百八十九文。又共收荡田银折钱一百四千五百七十五文，统共实收钱一万六千三百五十八千三百六十四文。除动支采买谷石三千七百余石及完长元条漕给发薪水纸张辛工一切经费外，余存钱八千千文，发存济元、济亨、恒泰三典，暂为生息。明年添建仓廒、采办谷石，再行陆续收回。所有未缴应完租米，开篆后，再当竭力催收，一俟办理完竣，另行造报收支详细清册呈送核销（牒送鉴核）。合将现收租籽实数，先行循案备文申牒报。仰祈宪台贵府鉴察备查。须至申牒者。

　　一申藩宪（牒苏州府）

同治七年十二月　　日义仓委员陆费森

　　为照会事。本年九月二十七日奉布政使张札开，照得长元义仓田亩收租事宜，历经由司委员会同绅董实力收办在案。所有本年义仓收租事宜，将届开收之期，应即饬委候补同知陆费森，会同绅士妥为经办，并委留省另补典史程燮随同办理，以昭周妥。除札委外，合行札知等因到府。奉此合亟照会。为此照会贵绅董等，请烦查照，会同候补同知陆费森等妥为经办。望切切！须至照会者。

　　同治八年十月　　日

　　苏州府照会

　　为申牒报事。窃卑职奉（奉藩宪）宪台札委会同经办丰备义仓长元田租事宜，遵即同随办委员典史程燮，于九月二十八日到仓，会同绅董，循照旧章，饬差传集各催甲赴仓谕话，发给印由，分催各佃，依限完租额米。除历年遵奉宪章减净外，分限照章另饶，逾限不饶。收租折价，议定每石二千二百。仍照义仓向章，头限十日，让钱二百文，二限十日，让钱一百文，三限十日，让钱五十文，过限不让，照每石二千二百文收折。定于十月十七日起限收租，一俟收有成数，再行续报，合将卑职等到仓并起限开收日期（到仓开收日期）具文申报（牒）。仰祈宪台（贵府）鉴察，备查须至申（牒）者。

　　——申藩宪
　　　牒苏州府
　　同治八年十月　日义仓委员陆费森

　　为申报（牒报）事。窃卑职（奉藩宪）奉宪台札委会办丰备仓田租事宜，遵即会同绅董循照旧章，悉心筹办，业将收租折价并起限开收日期，具文申报（牒）在案。兹查十月十七日开收起，头限十日，共收长元两邑田租米九千九十六石四斗六升三合，每石折色钱二千文，计收钱一万八千一百九十二千九百二十六文；二限十日，共收长元两邑田租米二百五十三石四斗九升六合，每石折色钱二千一百文，计收钱五百三十二千三百四十二文；三限十日，共收长元两邑田租米一百三十四石九斗一升四合，每石折色钱二千一百五十文，计收钱二百九十千六十五文。自过限起，至十二月十九日止，共收长元两邑田租米四百二十六石九斗五升七合，每石折色钱二千二百文，计收钱九百三十九千三百五文。又本年三月底报销后，续收上年旧欠租米五十九石一斗一升五合，每石折色钱一千八百文，计收钱一百六千四百七文，共收新旧租米九千九百七十石九斗四升五合，计共收折色钱二万六十一千四十五文。又收荡田银折钱八十一千七百七十四文，补收上年荡田旧欠银折钱四千一十四文，统共实收田租银米折色钱二万一百四十六千八百三十三文。又奉宪库发放苏州府转交（贵府转奉藩宪札交）潘绅建仓积谷银两，第一次库平银一千七百八十一两一钱二分一厘，合钱三千串；第二次库平银一千两，合钱一千六百二十四千文；第三次库平银二千四百三十一两八钱一分五厘，合钱四千串；第四次库平银三千六百九十九两二钱四分六厘，尚未合作钱款。统共实领库款银合钱八千六百二十四千文。又领银三千六百九十九两二钱四分六厘，除发存苏城各典生息钱一万三千串、动支采买谷石四千五百余石计钱七千余串、添建廒房二十八间并围墙驳岸晒场计钱二千八百余串及完长元条漕收租仓用并预定明年添建仓廒砖瓦一切经费外，余存银钱，均由潘绅暂行收储，以备明春添造仓廒、采办谷石。所有未缴应完租米，开篆后，再当竭力催收。一俟办理完竣，另行造报收支详细清册（呈送核销）（牒鉴核），合将现收租籽并领库款银钱实数，会同绅董，先行循案备文申报（牒）。仰祈宪台（贵府）鉴察，备查须至申（牒）者。

　　——申藩宪
　　　牒苏州府
　　同治八年十二月　日义仓委员陆费森

　　为照会事。本年九月二十二日奉署布政使应札开，照得长元二县义仓田亩收租事宜，历经由司委员会同绅董实力收办在案。所有本年义仓收租事宜，将届开征之期，应即饬委候补知府沈玮宝会同绅士妥为经办，并委候补巡检汪炳勋随同办理，以昭周妥。除札委外，合行札知等因到府。奉此合亟照会贵绅董等，请烦查照，会同藩宪委员，妥为办理。须至照会者。

　　同治九年九月　日
　　苏州府照会

为申报事。窃卑府奉前署藩宪应札委会办丰备义仓田租事宜，遵即率同随办委员候补巡检汪炳勋于十月十六日到仓，会同绅董，循照旧章，饬差传集各催甲谕话，发给印由，分催各佃，依限完租额米。除历年遵奉宪章减净外，分限照章另饶，逾限不饶。收租折价，议定每石二千一百文。仍照义仓向章，头限十日，每石让钱二百文，二限十日，让钱一百文，三限十日，让钱五十文，过限不让，照每石二千一百文收折。定于闰十月初二日起限收租，一俟收有成色，再行续报。合将卑府到仓并起限开收日期，具文申报。仰祈宪台鉴察备查。须至申者。

一申藩宪。　牒府同

同治九年十月　日义仓委员沈玮宝

为申报事窃卑府奉宪台　札委会办义仓田租，遵即会同绅董循照旧章，悉心筹办，业将收
　移知　照得敝府奉藩宪
租折价并起限开收日期，具文申报在案。兹查闰十月初二日开收起，头限十日，共收长元两邑田租米九千七百三十九石六斗八升六合，每石折色钱一千九百文合，计钱一万八千五百五千四百四文；二限十日，共收长元两邑田租米三百二石八斗二升五合，每石折色钱二千文合，计钱六百五千六百五十文；三限十日，共收长元两邑田租米八十六石六斗八升一合，每石折色钱二千五十文，合计钱一百七十七千六百九十六文。自过限起，至十二月十五日止，共收长元两邑田租米四百五十九石八斗九升七合，每石折色钱二千一百文，合计钱九百六十五千七百八十四文。又本年三月报销后，续收上年旧欠租米二十九石九斗九升，每石折色钱二千二百文，合计钱六十五千九百七十八文。共收新旧租米一万六百一十九石七升九合，共合计钱二万三百二十千五百一十二文。又收荡田银折钱一百九十千六文，统共实收田租银米折色钱二万四百二十九千五百一十八文。又奉　宪库发放苏州府转交　潘绅建仓
　　　　　　　　　　　　　　　　　　　　　　　　　　贵府转奉藩宪札交
积谷银二百九十六两五钱六分三厘合、钱五百一十六千四百一十四文，业经发存苏城各当钱四千千文及添置长元两邑五百六十五亩零，计价钱四千二百三千零，采买新谷九千九百三十五石，计价钱一万一千四百三十八千零，并完办条漕添置新仓油漆器用一切收租经费各等支款，俟明年三月，照章送造四柱清册，并将义仓收存三首县积谷捐钱及买存谷数，查照颁式劈分造报，统送　宪鉴
　　　　　　　　　　　　　　　　　　　　　　鉴核。尚有未缴应完租米，开篆后，再当催收。合将现收租
籽并领库款钱文，会同绅董先行循案备文　申报，仰祈宪台察核施行。　须至申者。
　　　　　　　　　　　　　　　　　　移送，请烦贵府查照　　　　　望切！须移。
一申藩宪
一移苏州府

同治九年十二月　日义仓委员沈玮宝

为照会事。本年九月初九日奉布政使恩札开，照得长元二县义仓田亩收租事宜，历经由司委员会同绅董实力收办在案。所有本年义仓收租事宜，将届开征之期，应即饬委同知直隶州候补知县朱声先会同绅士妥为经办，并委候补县丞朱椿随同办理，以昭周妥。除札委外，合行札知等因到府。奉此合亟照会贵绅董，请烦查照，会同委员，妥为办理。须至照会者。

同治十年九月　日

苏州府照会

为申报事。窃卑职奉宪台札委办理义仓田租事宜，遵即同随办委员候补县丞朱椿，于十月初五日到仓，会同绅董循照旧章，饬差传集各催甲赴仓谕话，发给印由，分催各佃，依限完租额米。除历年遵奉宪章减净外，分限照章另饶，逾限不饶，本年孱水辛勤，分别都区，每亩再加戳，统饶一斗或五升不等。收租折价，议定每石二千一百文，仍照义仓向章，头限十日，让钱二百文，二限十日，让钱一百文，三限十日，让钱五十文，过限不让，照每石二千一百文收折。定于十月初九日起限收租，一俟收有成色，再行续报。合将卑职等到仓开收日期，具文申报。仰祈宪台鉴察备查。须至申者。

一申藩宪府

同治十年十月　日义仓委员朱声先

为申报事。窃卑职奉宪台札委会办义仓田租，遵即会同绅董循照旧章，悉心筹办，业将收租折价并起限开收日期具文申报在案。兹查十月初九日开收起，头限十日，共收长元两邑田租米九千五百五十六石五斗三升，每石折色钱一千九百文，合计钱一万八千一百五十七千四百零七文；二限十日，共收长元两邑田租米二百八十一石一斗七升四合，每石折色钱二千文，合计钱五百六十二千三百四十八文；三限十日，共收长元两邑田租米二百五十二石一斗一升三合，每石折色钱二千五十文，合计钱五百一十六千八百三十二文。自过限起，至十二月二十日止，共收长元两邑田租米四百七十七石九斗六升七合，每石折色钱二千一百文，合计钱一千三十七百三十一文。又本年三月报销后，续收上年旧租米二十七石九斗九升五合，每石折色钱二千一百文，合计钱五十八千七百九十文。共收新旧租米一万五百九十五石七斗七升九合，共合计折色钱二万二百九十九千一百八文。又收荡田银折钱一百八千七百二十三文，统共实收田租银米折色钱二万四百零七千八百三十一文。本年添置田亩、采买新谷及完办条漕一切收租经费各等支款，俟明年三月照章造具四柱清册，呈送鉴核。尚有未缴应完租米，开篆后，再当竭力催收。合将现收田租折色钱文数目，会同绅董先行备文申报。除申藩宪外，仰祈宪台鉴察备查。须至申者。

一申藩宪府

同治十年十二月　日义仓委员朱声先

为照会事。本年九月二十六日奉布政使恩札开，照得长元二县义仓田亩收租事宜，历经由司委员会同绅董实力收办在案。所有本年义仓收租事宜，将届开征之期，应即饬委前先候补同知署柘林通判陆费森会同绅士妥为经办，并委试用县丞蓝承兴随同办理，以昭周妥。除札委外，合行札知等因到府。奉此合亟照会贵绅董等，请烦查照，会同藩宪委员，妥为办理。须至照会者。

同治十一年十月　日

苏州府照会

为申牒报事。窃卑职奉藩宪奉札委办理省城义仓田租事宜，遵即同随办委员试用县丞蓝承兴于十月初一日到仓，会同绅董循照旧章，饬差传集各催甲赴仓谕话，发给印由，分催各佃，依限完租额米。除历年遵奉宪章减净外，分限照章另饶，逾限不饶，收租折价，议定每石二千文。仍照义仓向章，头限十日，让钱二百文，二限十日，让钱一百文，三限十日，让钱五十文，过限不让，照每石二千文收折。定于十月二十二日起限收租，一俟收有成色，再行续报。合将卑职等到仓开收日期，具文申报。仰祈宪台鉴察，备查须至申者。
牒   贵府   牒

　　—申藩宪
　　　牒苏州府
　　同治十一年十月　　日义仓委员陆费森

　　为申报事。窃卑职奉宪台札委会办义仓田租，遵即会同绅董循照旧章，业将收租折价，牒　　　　　奉藩宪
并起限开收日期具文申报在案。兹查十月二十二日开收起，头限十日，共收长元吴三邑田牒
租米一万一千三十七石五斗六升五合，每石折色钱一千八百文，合计钱一万九千八百六十七千六百一十七文；二限十日，共收长元吴两邑田租米二百一十四石七斗五升三合，每石折色钱一千九百文，合计钱四百八十三千一百一文；三限十日，共收长元两邑田租米一百二十九石九斗七升六合，每石折色钱一千九百五十文，合计钱二百五十三千四百五十三文。自过限起，至十二月二十二日止，共收长元吴三邑田租米三百八十四石九斗八升一合，每石折色钱二千文，合计钱七百六十九千九百六十二文。又本年三月报销后，续收上年旧租米四十五石四斗七升，每石折色钱二千一百文，共计钱九十五千四百八十七文。共收新旧租米一万一千八百一十二石七斗四升五合，共合计钱二万一千三百九十四千五百五十文。又收荡田租银折钱一百一十一千二百七十文，统共实收田租银米折色钱二万一千五百五千八百二十文。本年添置田亩、采买新谷、完办条漕及一切收租经费各等支款，俟明年三月照章造具四柱清册，呈送鉴核。尚有未缴应完租米，开篆后，再当竭力催收。合将现收田租折色钱文数目，会同绅董先行循案备文申报。除申藩宪外，仰祈宪台鉴察，备查须至申者。牒　　　　　　　　　　　　　　　　　　　　　　　　　　牒　　　　　贵府　　　牒

　　—申藩宪
　　　牒苏州府
　　同治十一年十二月　　日义仓委员陆费森

　　为照会事。本年九月初三日奉布政使恩札开，照得长元二县义仓田亩收租事宜，历经由司委员会同绅董实力收办在案。所有本年义仓收租事宜，将届开征之期，应即饬委试用同知陈骥德会同绅士妥为经办，并委布经历衔补用按经历查湄随同办理，以昭周妥。除札委外，合行札知等因到府。奉此合亟照会贵绅董等，请烦查照，会同藩宪委员，妥为办理。须至照会者。

　　同治十二年九月　　日
　　苏州府照会

　　为申报事。窃卑职奉宪台札委办理义仓田租事宜，遵即同随办委员补用按经历查湄于九牒　　　　　奉藩宪
月十七日到仓，会同绅董循照旧章，饬差传集各催甲赴仓谕话，发给印由，分催各佃，依限完租额米。除历年遵奉宪章减净外，分别照章另饶，逾限不饶，本年戽水辛勤，分别都区，每亩再加戳，统饶二斗三斗不等。收租折价，议定每石钱二千一百文，仍照义仓向

章，头限十日，让钱二百文，二限十日，让钱一百文，三限十日，让钱五十文，过限不让，照每石二千一百文收折。定于十月初二日起限收租，一俟收有成色，再行续报。合将卑职等到仓开收日期，具文^申报。仰祈^{宪台}鉴察备查。须至^申者。

　　—申藩宪
　　　牒苏州府
　　同治十二年九月　　日义仓委员陈骥德

　　为^申报事窃^{卑职奉宪台}札委会办义仓田租，遵即会同绅董循照旧章，业将收租折价并到仓开收日期具文^申报在案。兹查十月初二日开收起，头限十日，共收长元吴三邑田租米八千二百二十三石八斗六升七合，每石折色钱一千九百文，合计钱一万五千六百二十五千三百四十七文；二限十日，共收长元吴三邑田租米二百一十七石六斗六合，每石折色钱二千文，合计钱四百三十五千二百一十二文；三限十日，共收长元吴三邑田租米八十一石四斗二升三合，每石折色钱二千五十文，合计钱一百六十六千九百一十七文。自过限起，至十二月二十一日止，共收长元吴三邑田租米三百七十三石六斗九升六合，每石折色钱二千一百文，合计钱七百八十四千七百六十二文。又本年三月报销后，续收上年旧租米一十七石一斗二升，每石折色钱二千文，合计钱三十四千二百四十文。共收新旧租米八千九百一十三石七斗一升二合，共合计折色钱一万七千四百四十六千四百七十八文。又收荡田银折钱一百八千一百六文，统共实收田租银米折色钱一万七千一百五十四千五百八十四文。本年添置田亩、采买新谷、建造仓厫、完办条漕、协贴省城饭粥局及一切收租经费各等支款，俟明年三月照章造具四柱清册，呈送鉴核。尚有未缴应完租米，开篆后，再当竭力催收。合将现收田租折色钱文数目，会同绅董，先行循案备文申报。^{除申藩宪外}，仰祈^{宪台}鉴察，备查须至^申者。

　　—申藩宪
　　　牒苏州府
　　同治十二年十二月　　日义仓委员陈骥德

　　为照会事。奉署布政使应札开，照得长元二县义仓田亩收租事宜，历经由司委员会同绅董实力收办在案。所有本年义仓收租各事，将届开征之期，应即饬委候补同知杨襄会同绅士妥为经办，并委候补按经历查湄随同办理，以昭周妥。除札委外，合行札知等因到府。奉此合就照会。为此照会贵绅董，请烦会同妥为征收，一俟收竣，造册分送察核，仍先将开仓日期报查。望切切！须至照会者。

　　同治十三年九月　　日
　　苏州府照会

　　为申报事。窃卑职奉宪台札委办理省城义仓田租，遵即同随办委员候补按经历查湄，于十月初一日到仓，会同绅董，循照旧章，饬差传集各催甲谕话，发给印籍，分催各佃，依限完租，并示定于本月初十日起限征收。额米遵奉宪章减净外，照章另饶，逾限不饶，收租折价，议定每石折钱一千九百文。仍照向章，头限十日，让钱二百文，二限十日，让钱一百文，三限十日，让钱五十文，过限不让，照每石一千九百文收折。一俟收有成色，再行续报。合将卑职等到仓并起限收租日期，具文申报。伏乞宪台鉴察备查。须至申者。

一申藩宪府

同治十三年十月　日义仓委员杨襄

为申牒报事。窃卑职奉宪台札委会办丰备义仓田租，遵即会同绅董循照旧章，业将收租折价并到仓开收日期具文申牒报在案。兹查十月初十日开收，头限十日，共收长元吴三邑田租米九千五百一十六石九斗五升九合，每石折色钱一千七百文，合计钱一万六千一百七十八千八百三十文；二限十日，共收长元吴三邑田租米七百五十八石四斗八升七合，每石折色钱一千八百文，合计钱一千三百六十五千二百七十七文；三限十日，共收长元吴三邑田租米四百一石六斗六升七合，每石折色钱一千八百五十文，合计钱七百四十三千八十五文。自过限起，至十二月二十四日止，共收长元吴三邑田租米一千六十二石二斗五升六合，每石折色钱一千九百文，合计钱二千十八千二百八十六文。又本年三月报销后，续收上年旧租米二十六石三斗三升三合，每石折色钱二千一百文，合计钱五十五千二百九十九文。共收新旧租米一万一千七百六十五石七斗二合，共合计折色钱二万三百六十千七百七十七文。又收荡田银折钱一百一十千二百八十四文，统共实收田租银米折色钱二万四百七十一千六十一文。本年添置田亩、采买新谷、完办条漕及一应收租经费各等支款，俟明年三月照章造具四柱清册，呈送鉴核。尚有未缴应完租米，开篆后，再当竭力催收。合将现收田租折色钱文数目，会同绅董，先行循案备文申牒报。除申藩宪外，仰祈宪台贵府鉴察，备查须至申牒者。

一申藩宪
牒苏州府

同治十三年十二月　日义仓委员杨襄

为照会事。奉布政使恩札开，照得长元二县义仓田亩收租事宜，历经由司委员会同绅董实力收办在案。所有本年义仓收租各事，将届开征之期，应即饬委拣发知县鹿伯元，会同绅士，妥为经办，并委补用按经历查湄随同办理，以昭周妥。除分札饬委并呈报外，合行札知等因到府。奉此合就照会。为此照会贵绅，希即会委妥为征收，一俟收竣，造册分送核办，仍先将开仓日期报查。望切切！须至照会者。

光绪元年九月　日

苏州府照会

为申报事。窃卑职奉宪台札委（并奉宪台札委）办理义仓田租，遵即同随办委员候补按经历查湄。于十月初一日到仓，会同绅董，循照旧章，饬差传集各催甲谕话，发给印簿，分催各佃，依限完租，并示定于本月二十日起限征收。除本年灾歉每亩统饶五升，低区被水淹没再行分别减免外，减净额米，仍照向章，按限递饶，逾限不饶，收租折价，议定每石折钱一千九百文。照章头限十日，让钱二百文，二限十日，让钱一百文，三限十日，让钱五十文，过限不让，照收每石一千九百文。一俟收有成色，再行续报。合将卑职等到仓并起限收租日期，具文申报。除申藩宪外，伏乞宪台鉴察备查。须至申者。

一申^{藩宪}_府

光绪元年十月　日义仓委员鹿伯元

为申报事。窃卑职奉宪台札委会办丰备义仓田租，遵即会同绅董循照旧章，业将收租折价并到仓开收日期，具文申报在案。兹查十月二十日开收，头限十日，共收长元吴三邑田租米一万五百九十八石八斗六升七合，每石折色钱一千七百文，合计钱一万八千一十八千七十四文；二限十日，共收长元吴三邑田租米二百八十四石八斗八升六合，每石折色钱一千八百文，合计钱五百一十二千七百九十五文；三限十日，共收长元吴三邑田租米二百二十三石二斗八升七合，每石折色钱一千八百五十文，合计钱四百一十三千八十一文。自过限起，至十二月二十五日止，共收长元吴三邑田租米六百三十五石九斗四升一合，每石折色钱一千九百文，合计钱一千二百八十二千二百八十八文。又本年三月报销后，续收上年旧租米一百八石一斗六合，每石折色钱一千九百文，合计钱二百五千四百一文。共收新旧租米一万一千八百五十一石八升七合，合计折色钱二万三百五十七千六百三十九文。又收荡田租银折钱九十九千六百二十八文，统共实收田租银米折色钱二万四百五十七千二百六十七文。本年添置田亩、采买新谷、完办条漕及一应收租经费各等支款，俟明年三月照章造具四柱清册，呈送鉴核。尚有未缴应完租米，开篆后，再当竭力催收。合将现收田租折色钱文数目，会同绅董，先行循案备文申报。除申藩宪外，仰祈宪台鉴察备查。须至申者。

一申^{藩宪}_府

光绪元年十二月　日义仓委员鹿伯元

为照会事。奉布政使恩札开，照得长元二县义仓田亩收租事宜，历经由司委员会同绅董实力收办在案。所有本年义仓收租各事，将届开征之期，应即饬委候补知县叶仲恂会同绅士妥为经办，并委候补县丞吴德辉随同办理，以昭周妥。除分札饬委并呈报外，合行札知等因到府。奉此合就照会。为此照会贵绅，希即会委妥为征收，一俟收竣，造册分送察核，仍先将开仓日期报查。望切切！须至照会者。

光绪二年九月　日

苏州府照会

为申报事。窃卑职奉^{宪台札委}_{藩宪}，并奉宪台札委，办理义仓田租，遵即同随办委员候补县丞吴德辉于十月初一日到仓，会同绅董循照旧章，饬差传集各催甲谕话，发给印簰，分催各佃依限完租，并示定于本月初四日起限征收。除减净额租仍照向章按限递饶逾限不饶外，本年灾歉，每亩再加统饶五升。山田高区被旱尤甚，另行查明，分别减免。收租折价，议定每石折钱一千九百文。照章头限十日，让钱二百文，二限十日，让钱一百文，三限十日，让钱五十文，过限不让，照收每石一千九百文。一俟收有成色，再行续报。合将卑职等到仓并起限收租日期，具文申报。除申藩宪外，伏乞宪台鉴察备查。须至申者。

一申^{藩宪}_府

光绪二年十月　日义仓委员叶仲恂

为移请事。案奉藩宪札委办理省城丰备义仓田租事宜，业将十月初四日起限征收具文申报在案。兹查元和县境内二十七都三图近字圩佃户严正传等承种荡田，历年成熟，从未赴仓缴租，屡经饬差协同经保催收，置若罔闻。该佃等住居贵境，临时避匿，无从提案究办。特此交界情形为积久抗欠之计，殊为刁玩，为此移请贵县，迅赐饬差协同来差，立提该佃等到案，以凭惩办。望切！须移。

计开

杨锦章（六钱六分）　　杨^云_岳山（一两七钱四分）

沈叙昭（一两五钱）　　马廷^米_桂（二两九钱九分六厘）

倪岳揆（九钱六分）　　严正传（一两三钱）

一移吴江县

光绪二年十一月　　日

义仓委员移文

为申报事。窃卑职奉^{宪台}_{藩宪札委并奉宪台}札委会办丰备义仓田租，遵即会同绅董循照旧章，业将收租折价并到仓开收日期具文申报在案。兹查十月初四日开收，头限十日，共收长元吴三邑田租米一万一千五百一十五石一斗七升八合，每石折色钱一千七百文，合计钱一万九千五百七十五千八百三文；二限十日，共收长元吴三邑田租米二百一十一石三斗五升三合，每石折色钱一千八百文，合计钱三百八十千四百三十五文；三限十日，共收长元吴三邑田租米一百四十三石六斗三升六合，每石折色钱一千八百五十文，合计钱二百六十五千七百二十七文。自过限起，至十二月二十日止，共收长元吴三邑田租米七百七石七斗九升五合，每石折色钱一千九百文，合计钱一千三百四十四千八百一十一文。又本年三月报销后，续收上年旧租米六十八石五斗三升五合，每石折色钱一千九百文，合计钱一百三十千二百一十七文。共收新旧租米一万二千六百四十六石四斗九升七合，共合计钱二万一千六百九十六千九百九十三文。又收本年荡租银折钱一百一十六千二百三十三文。又续收上年荡租银折钱一千六百九十五文。统共实收田租银米折色钱二万一千八百一十四千九百二十一文。本年拨解江北灾民经费、添置田亩、采买谷石、完办条漕及一应收租经费各等支款，俟明年三月照章造册四柱清册，呈送鉴核。尚有未缴应完租米，开篆后，再当竭力催收。合将现收田租折色钱文数目，会同绅董，先行循案备文申报。除申藩宪外，仰祈宪台鉴察备查。须至申者。

一申^{藩宪}_府

光绪二年十二月　　日义仓委员叶仲恂

为照会事。奉布政使恩札开，照得长元二县义仓田亩收租事宜，历经由司委员会同绅董实力收办在案。所有本年义仓收租各事，将届开征之期，应即饬委拣发知县鹿伯元会同绅士妥为经办，并委候补县丞吴德辉随同办理，以昭周妥。除分别饬委并呈报外，合行札知等因到府。奉此合就照会。为此照会贵绅，希即会委妥为征收，一俟收竣，造册分送察核，仍先将开仓日期报查。望切！须至照会者。

光绪三年九月　日

苏州府照会

为申报事。窃卑职奉宪台^{藩宪}札委办理义仓田租事宜，遵即同随办委员候补县丞吴德辉，于十月初一日到仓，会同绅董循照旧章，饬差传齐各催甲赴仓谕话，发给印由，分催各佃，依限完租额米。除历年遵奉宪章减净外，分限照章另饶，逾限不饶。本年被灾，分别加戳。长洲县都区，统饶每亩二斗，元、吴两县都区，统饶每亩一斗五升。收租折价，议定每石折色钱二千三百文，仍照义仓向章，头限十日，让钱二百文，二限十日，让钱一百文，三限十日，让钱五十文，过限不让，照每石钱二千三百文收折。定于十月初四日起限收租，一俟收有成色，再行续报。合将卑职等到仓开收日期，具文申报。仰祈宪台鉴察备查。须至申者。

一申^{藩宪}_府

光绪三年十月　日义仓委员鹿伯元

为申报事。窃卑职奉宪台^{藩宪}札委会办丰备义仓田租事宜，遵即会同绅董循照旧章，业将已收折价并到仓开收日期具文申报在案。兹查十月十四日开收起，头限十日，共收三邑田租米九千九百四十七石三斗九升八合，每石折色钱二千一百文，合计钱二万八百八十九千五百三十六文；二限十日，共收三邑田租米三百九石二斗二升四合，每石折色钱二千二百文，合计钱六百八十千二百九十三文；三限十日，共收三邑田租米一百五十九石二斗五升三合，每石折色钱二千二百五十文，合计钱三百五十八千三百一十九文。自过限起，至十二月二十六日止，共收三邑田租米六百石五斗六升三合，每石折色钱二千三百文，合计钱一千三百八十一千二百九十五文。又本年三月底报销后，续收上年旧租米三十九石二斗八升三合，每石折色钱一千九百文，合计钱七十四千六百三十八文。共收新旧田租米一万一千五十五石七斗二升一合，共计折色钱二万三千三百八十四千八十一文。又收荡田银折钱一百一十四千九百八十文，统共实收田租银米折色钱二万三千四百九十九千六十一文。本年采买谷石、发典生息、完办条漕一切收租经费各等支款，俟明年三月照章造具四柱清册，呈送鉴核。尚有未缴应完租米，开篆后，再当竭力催收。合将现收田租折色钱文数目，会同绅董，先行循案备文申报。除申藩宪外，仰祈宪台鉴察备查。须至申者。

一申^{藩宪}_府

光绪三年十二月　日义仓委员鹿伯元

卷五　积谷章程　文庙谷捐附*

江以南，农人种籼稻者少，不知藏谷。收获后，随砻随碓，故户鲜盖藏。购谷宜用籼，可久藏，而其难有三：自苏至关外，有谷处近则三四百里，远或六七百里，采运已难克期，若路更远，呼应更不灵，难一；岁有丰歉，价因之高下，未必与关内米价相符，先期探听，到地又不同，或先贱后贵，或先贵后贱，未必适逢其贱，难二；天晴则谷既干，运送又速，雨则谷潮，运送又迟，难三。此不能尽由人力，而人力仍当尽者。选谷之法，其要有四：时有燥湿，谷有好丑，此因乎天者，市侩乡愚搀杂不一，此因乎人者，惟在采购时先慎择之，要一；装载后，舟人之偷漏，搁浅驳运之走失，遇雨遮盖之不密，随在须防，要二；谷到仓，先以风车扇去糠秕，然后权其轻重，谷不实，则每斛不及五十斤，谷实则每斛可得五十余斤，惟谷湿则重，谷干则轻，则重又不足恃，故既权又斛大约以百斤为一石，不可徒论斛，要三；船中湿蒸之谷，秉公退听，稍有渗湿，责令晒干再收，要四。藏谷之要，亦有四：谷入仓，防其蒸热，宜浅摊，勿高积，谷面必盖以稻秆，且勤看，如正当发热，必间日一看，勤易秆，要一；谷既入仓，次年伏中出晒，不可迟，要二；雨雪必勤开视，偶有渗漏，亟宜补葺（详卷三），如稍有复热，又须勤看、勤换，勿令蒸变，要三；陈谷晒过，虽干结仍不可忽，当随时抽验，要四。晒谷之难有三：以场广八十方计之，可摊三百石，每场约用工十五六人，伏中每有阵雨，抢收三百石，迟则经雨，转须多晒，难一；竟日坚晴连晴无雨，接连出晒，功倍而速，倘一遇雨，须候三日场干，连雨更迟，甚至伏中一月不及十日可晒，难二；冬春日嫩晒不得力，梅雨时至，尤属非宜，秋阳虽烈，而不能久，即分两场赶晒，隔年所购新谷，已虑不能全竣，更不及晒旧谷，难三。知其难而举其要，约以三端：严好丑，以扇秤量并行为断；计多少，以入廒为断；论贵贱，谨燥湿。惟勤探听，广咨询，毋失天时，必尽人力而已。记积谷章程。

丙寅岁，冯中允议呈定，按亩捐谷，一升折色钱二十五文，又加一升，共五十文。一以归积谷，一以举文庙工程。嗣以文庙经费浩繁，仓谷岁可盈余，请并归文庙。故附记文庙谷捐。

为申请事。窃奉藩宪札委办理义仓田租，业经会同绅董议定章程，设局收租，递次报明在案。查义仓收租，上年因仓廒未建，概收折色。现已购地建造廒房，亟应采办谷石，储积备用。苏城各乡无谷可买，兹拟选派司事、携带局县会印护照，前赴无锡、江阴等处采办新谷一万石，陆续运苏，到仓收储。应请宪台札饬经过各厘卡验明免捐放行，实为公便。须至申者。
一申牙厘总局
同治六年二月　日义仓委员沈玮宝

为给护事。照得苏城义仓廒房新建，亟应采买谷石，储存备用，业经申请牙厘局宪饬知各厘卡，查验免捐在案。兹派本仓司事等前赴无锡、江阴一带采买新谷□□石、装船□只，运苏收储。所有经过厘卡，应请验明放行，幸勿稽迟。须至护照者。

一给义仓司事（以后历年义仓委员给护，光绪元年起，奏免永远停止米捐后不给。）

同治六年三月　日

长洲县、义仓委员会示

为申请事。窃奉藩宪札委办理丰备义仓田租，遵即会同绅董循照旧章，起限征收，迭次报明在案。查义仓收租，专为积谷备荒，现收租米，均系折色，亟应采买谷石，储积备用。苏城各乡无谷可买，春间选派义仓司事，赴无锡、江阴一带，迭经采买到仓，由前办委员沈守玮宝禀请前督办牙厘局宪札饬经过各厘卡，验明免捐在案。现届新谷丰登，仍拟遴派司事，携带义仓钤印护照，前往无锡、江阴、宜荆、溧阳等处，采买新谷一万石，陆续运苏，到仓收储。应请宪台札饬经过各厘卡，验明免捐放行，实为公便。须至申者。

一申牙厘总局

同治六年十一月　日义仓委员蒋棠

为札饬事。据奔牛厘局申称：上年十一月二十三日奉宪台札开，据苏城丰备义仓委员蒋令棠申称，奉委办理义仓田租，现拟遴派司事，携带义仓钤印护照，刻日前往无锡、江阴、宜荆、溧阳等处，采买新谷一万石，陆续运苏，到仓收储。应请札饬经过各厘卡，验明免捐放行等情到局。据此应准照案验免，合行札饬札到该局，即便转行各卡，一体知照，遇有前项谷石经过，查验印照数目相符，加戳免捐放行。仍随时稽核运过数目，毋任影射等因下局。奉此卑职遵查此项义仓谷石，系载明前往无锡、宜荆、溧阳等处，采买新谷一万石，并不应经过奔牛各卡，亦无过卡谷石。今于本年四月初一日，忽有司事赵振卿执持该委员蒋令钤印护照，押运义谷一千石，经过奔牛厘卡，云系江北采买，当经扦查相符。先饬盖戳放行，惟是采买地方，核与原文不符，且仅填买一千石，似系陆续给照，无从核稽总数。究竟是否义谷，抑另有影射情弊，申祈檄饬该委员查明禀覆等情到局。据此合就据申札查。札到该员，即便遵照查明，刻日分晰具覆，毋违。此札。

同治七年四月　日

牙厘局宪札

为停止采买义仓谷石并奉饬查覆事。绅等奉札饬义仓委员札开，据奔牛厘局申称：上年十一月二十三日奉宪台札开，据苏城义仓委员蒋令棠申称，奉委办理丰备义仓田租，现拟遴选司事，携带义仓钤印护照，前往无锡、江阴、宜荆、溧阳等处，采买新谷一万石，陆续运苏，到仓收储。应请札饬经过各厘卡，验明免捐放行等情到局。据此应准照案验免，合行札饬。札到该局，即便转行各卡，一体知照。遇有前项谷石经过，查验印照数目相符，加戳免捐放行等因下局。奉此卑职遵查此项义仓谷石，系载前往无锡、宜荆、溧阳等处，采买新谷一万石，并不应经过奔牛各卡，亦无过卡谷石。今于本年四月初一日，忽有司事赵振卿执持该委员蒋令钤印护照，押运义谷一千石，经过奔牛厘卡，云系在江北采买，当经扦查相符，先饬盖戳放行。惟是采买地方，核与原文不符，且仅填买一千石，似系陆续给照，无从核稽总数。究竟是否义谷，抑另有影射情弊，申祈檄饬该委员查明禀覆等情到局。据此合就据申札查札到该员，即便遵照查明，分晰具覆等因下仓。奉此绅等查司事赵振卿持照办谷一千石，经过奔牛各卡，实系义仓所办之谷，并无影射情弊。自上年十一月起，至本年四月望日止，共陆续采买义谷六千余石，现因谷数稀少，暂行停止采办，各司事俱已缴回印照，俟今秋新谷登场，再行禀请照案续办。正拟具呈禀报，兹奉前因，合即申覆。现在义仓委员蒋令病故，正当租事告竣，未便再请委员，是以径由绅等具呈禀覆，合并声明。伏祈大公祖大人鉴察备案，实为公便。上呈。

一呈牙厘总局

同治七年闰四月　日义仓绅董呈

为义仓办谷请免厘捐事。窃义仓逐年办谷，已有成案。上年选派司事，赴无锡、江阴、宜荆、溧阳、东坝一带，采办到仓。由前办委员沈守玮宝、蒋令棠选经禀请牙厘总局，札饬经过各厘卡验明免捐各在案。现届新谷丰登，关外地方，秋收较早，拟趁早遴派司事，携带义仓钤印护照，于中秋前起程，前往无锡、江阴、宜荆、溧阳、薛埠、东坝等处，采买新谷五千石，陆续运苏，到仓收储。应请大公祖大人会同督办，札饬经过各厘卡，验明免捐放行，实为公便。再，上届办谷，已交冬令，正值委员办理征收仓租之时，均由委员具文申请。本年委员，须俟九月，循章请委到仓，是以径由绅等呈请，合并声明。上呈。

一呈牙厘总局

同治七年八月　日义仓绅董呈

为义仓办谷请免厘捐事。窃查义仓历年办谷，具有成案。现届新谷登场，关外地方，秋收较早，仍拟遴派司事，携带义仓钤印护照，于月内起程，前往无锡、江阴、宜荆、溧阳、东坝、薛埠等处，采买新谷四千石，陆续运苏，到仓收储。应请大公祖大人合同督办，札饬经过各厘卡，验明免捐放行，实为公便。上呈。

一呈牙厘总局

同治八年八月　日义仓绅董呈

为谕饬事。照得本仓积谷廒间，向有蚬壳铺底。前经饬令元邑上十七都十一图经造居锦春协同徐惠高，在该处地方采买蚬壳到仓，给价领回在案。兹因本仓添造廒房，亟需预备应用，仍仰该图经造协同徐惠高赶办干洁蚬壳三百挽，限五日内运送到仓，照章给价，毋得迟误。切速！

一给经造居锦春（以后采办，照此给谕。十年分起，着该图戴锦高、徐胜宗照章采办）

同治八年六月　日

义仓谕单

为义仓办谷请免厘捐事。窃查义仓历年办谷，具有成案。现届新谷登场，关外地方，秋收较早，仍拟遴派司事，携带义仓钤印护照，于月内起程，前往无锡、江阴、宜荆、溧阳、东坝、薛埠等处，采买新谷五千石，陆续运苏，到仓收储。应请大公祖大人会同督办，札饬经过各厘卡，验明免捐放行，实为公便。上呈。

一呈牙厘总局

同治九年八月　日义仓绅董呈

为照覆事。准贵绅等文称：义仓历年办谷，具有成案。现届新谷登场，关外地方，秋收较早，仍拟遴派司事，携带义仓钤印护照，前往无锡、江阴、宜荆、溧阳、东坝、薛埠等处，采买新谷五千石，陆续运苏，到仓收储。应请札饬经过各厘卡，验明免捐放行，实为公便等因到局。准此查各处采办，前奉督宪札行常镇道，禀定新章，凡无督抚漕三院饬知，一律照章扦报，奉经分别移行各局卡，一体知照在案。所有前项采办义仓谷石，事同一律，应请呈明抚宪，行知本局转饬验放，以符定章，合行照覆。为此照会贵绅，烦为查照施行。须至照会者。

同治九年八月　日

牙厘局照会

为义仓买谷请免厘捐事。窃查省城丰备义仓历年办谷，呈明牙厘局免捐，具有成案。现届新谷登场，仍拟遴派司事，携带义仓钤印护照，于八月二十五日起程，前往常熟、无锡、江阴、宜荆、溧阳、东坝、薛埠等处，采买新谷五千石，陆续运苏，到仓收储，业经呈明牙厘局在案。刻奉局中照会，知现定新章，须奉大宪饬知照办。为此具呈，伏乞大公祖大人即行札饬遵照，俾得及时采办，实为公便。上呈。

一呈抚宪

同治九年九月　日义仓绅董呈

抚宪批：候行苏省牙厘总局转行经过各厘卡，一体遵照，验免放行可也。

为再行呈明事。窃义仓办谷，前次呈请行知各卡验免一案，已遵照来文呈明抚宪，奉批行知贵局转饬遵照在案。查本年司事，拟属分头前往，须过常熟各卡，因于抚宪呈内加入"常熟"字样。应请一体饬遵验免放行，实为公便。上呈。

一呈牙厘总局

同治九年九月　日义仓绅董呈

为照会事。本月初五日奉护抚部院张札开，据苏郡绅士潘编修等呈称：窃查省城丰备义仓历年办谷，呈明牙厘局免捐，具有成案。现届新谷登场，仍拟遴派司事，携带义仓钤印护照，于八月起程，前往常熟、无锡、江阴、宜荆、溧阳、东坝、薛埠等处，采买新谷五千石，陆续运苏，到仓收储，业经呈明牙厘局在案。刻奉局中照会，知现定新章，须奉大宪饬知照办。为此具呈，伏乞即行札饬遵照，俾得及时采办等情到本护院。据此合行札局，即便转行经过各厘卡，一体遵照验免放行，并移藩司转饬各该县知照等因到局。奉此查前项谷石，既经分赴各处采办，所有每处应办新谷若干石，自应查明实数，俾凭稽核。奉札前因，除先转行各卡随时验放具报外，合再照会。为此照会贵绅，烦将所办新谷五千石内赴某某处各购若干，分别查开确数，刻日覆局备核，勿缓施行。须至照会者。

同治九年九月　日

牙厘局照会

为义仓续办谷石仍请免捐事。窃查义仓本年采买新谷五千石，业经呈明在案。兹因义仓廒座尚敷，仍派司事携带义仓钤印护照，前往无锡、江阴、常熟、宜荆、溧阳、东坝、薛埠等处，续办新谷七千石，陆续运苏，到仓收储。应请大公祖大人会同督办，仍复札饬经过各厘卡，验明免捐放行，实为公便。上呈。
　　一呈牙厘总局
　　同治九年闰十月　日义仓绅董呈

为报明义仓采买谷数事。窃上年冬义仓采买新谷，于九月初一日，先经呈明采买谷五千石，于闰十月二十六日，又经呈明续办谷七千石，均由义仓司事持照采办，迭次运送到仓。截至十二月二十六日止，共计采买新谷九千九百三十五石。现因谷数稀少，暂行停止采办，各司事俱已缴回义仓钤印护照，核计各卡经验谷数，与到仓数目相符，俟今秋新谷登场，再行呈请照案续办，合将九年冬采买新谷实数呈明。伏祈鉴察备查，实为公便。上呈。
　　一呈牙厘总局
　　同治十年正月　日义仓绅董呈

为义仓办谷请免厘捐事。窃查义仓历年办谷，具有成案。兹届新谷登场，关外地方，秋收较早，仍拟遴派司事，携带义仓钤印护照，于月内起程，前往无锡、江阴、宜荆、溧阳、东坝、薛埠等处，采买新谷一万石，陆续运苏，到仓收储。除呈抚宪外，应请大公祖大人会同督办，札饬经过各厘卡，验明免捐放行，实为公便。上呈。
　　一呈牙厘总局
　　同治十年八月　日义仓绅董呈

为义仓办谷请免厘捐事。窃查省城义仓，历年办谷，具有成案。兹届新谷登场，关外地方，秋收较早，仍拟遴派司事，携带义仓钤印护照，于月内起程，前往无锡、江阴、宜荆、溧阳、东坝、薛埠等处，采买新谷一万石，陆续运苏，到仓收储，业经呈明牙厘局在案。上年奉总局照会，现定新章，须奉大宪饬知照办，为此具呈，伏乞大公祖大人电鉴札饬遵照，俾得及时采办，实为公便。上呈。
　　一呈抚宪
　　同治十年八月　日义仓绅董呈

为义仓办谷请免厘捐事。窃查省城义仓，历年办谷，具有成案。兹届新谷登场，关外地方，秋收较早，仍拟遴派司事，携带义仓钤印护照，于月内起程，前往无锡、江阴、宜荆、溧阳、东坝、薛埠等处，采买新谷五千石，陆续运苏，到仓收储。除呈牙厘总局外理合抚宪外具呈。伏乞大公祖大人电鉴迅赐札饬总局，转饬经过各厘卡，验免放行，实为公便。鉴察，即行札饬经过各厘卡，验明免捐放行
　　一呈抚宪牙厘总局

同治十一年　　月　　日义仓绅董呈

为义仓办谷请免厘捐事。窃查省城义仓历年办谷，具有成案。兹届新谷登场，关外地方，秋收较早，仍拟遴派司事，携带义仓钤印护照，于九月初起程，前往无锡、江阴、宜荆、溧阳、东坝、薛埠等处，采买新谷七八千石，陆续运苏到仓收诸。除呈牙厘总局外抚宪外，理合具呈。伏乞大公祖大人电鉴迅赐札饬总局，转饬经过各厘卡，验免放行，实为公便。鉴察，即行札饬经过各厘卡，验明免捐放行

　　一呈抚宪
　　　牙厘总局

同治十二年八月　　日义仓绅董呈

为义仓办谷请免厘捐事。窃查省城义仓历年办谷，具有成案。兹届新谷登场，关外地方，秋收较早，仍拟遴派司事，携带义仓钤印护照，于月内起程，前往无锡、江阴、宜荆、溧阳、东坝、薛埠等处，采买新谷五千石，陆续运苏，到仓收储。除呈牙厘总局外抚宪外，理合具呈。伏乞大公祖大人电鉴迅赐札饬总局，转饬经过各厘卡验免放行，实为公便。鉴察，即行札饬经过各厘卡，验明免捐放行

　　一呈抚宪
　　　牙厘总局

同治十三年八月　　日义仓绅董呈

为呈明按田劝捐积谷及文庙工附入丰备仓办理章程请饬分别遵照事。窃绅等于上年冬间呈请捐谷备荒一事，宪批展至本年举行。嗣绅等复于减租案内，呈请变通前议，改为每亩捐米一升各在案。现当应行举办之时，公议每亩捐米一升，应照时价折钱二十五文。查现办丰备义仓收租，业经设局，派有委员董司，规条具备，积谷本系一事，自可归入附办，以节经费。俟收有成数，由局买谷附储，续行造册呈报。又苏城文庙、郡学，业经善后局拨款修复，长元学、吴县学，尚未议及，不可再缓，而需费颇巨，郡中殷户绝少，即如认养江北灾民一案，捐数寥寥，与庚申以前情形，奚啻霄壤。绅等再三筹商，势不能不按田劝捐。惟当减租捐谷之际，为数未便过多，即两学不能同举，公议按照积谷捐数，每亩一体捐钱二十五文，两共每亩捐钱五十文，一并附入丰备仓办理。查长元学工程较省，应先尽修造。其吴县学，续再次第举行。伏乞大公祖大人电鉴饬赐，分别查照施行，实为公便。谨呈。

　　一呈抚宪
同治五年　　月　　日　郡绅公呈

为变通捐款以济要工事。窃绅等前议，按亩捐谷，二升折作米一升，为积谷备荒之计，以五年为期，酌量停止。嗣又议文庙工程，亦捐米一升，照时价每升二十五文核算，共每亩两项捐钱五十文，剔荒捐熟，并十亩以下自业免捐，即附丰备仓局带收，呈明举行在案。本年正月，以三邑捐数仅收至二千余千，续缴者甚属寥寥，局中无从催缴，呈请移县办理。嗣据长邑移解钱二千千文，元邑移解钱四百千文，又据吴邑移称，花户零星散处，冬漕业已开征过半，恐办理两歧，展至六年分上忙随征各在案。惟经费实属浩繁，若不变通筹画，恐要工久延无济，且五年分长元两县冬漕亦将次竣事，而捐数前后仅止四千

五百余千。两项分计，则文庙工款仅得二千二百余千，以后即陆续催收，恐未能一律收齐。再，查丰备义仓上年冬租，尚称起色。现在采买谷石，起建仓廒，另议办理。若年岁顺成，逐年积谷，少可数千石，多或万石。谷捐一层，尚可稍缓，另议筹办。现在要工待举，不如将两项捐数，并归文庙之用。又十亩以下免捐，细加考核，恐有趋避，未能画一，转不足以示平允。拟无论业田多少，概以每亩捐钱五十文，仍剔荒捐熟为准，展至六年上忙随征办理，一律完清，只捐一次，不复以五年为期，则捐者亦当踊跃。其五年分已经缴清，或缴不足数者，悉准分别扣算。惟查苏城文庙，现在兴工修理之长元学工程约十分之五，吴县学止存围墙，系属十分工程。府学大成殿明伦堂先已落成，其尊经阁、敬一亭、名宦等祠、正副学署，尚阙工程，约尚须十分之三。总计经费，为数颇巨，即照此次所议捐章，果能踊跃输将，约计亦只数万串之数，仍不敷用。绅等公同筹画，闻工程局木植尚多，可否恳请先尽三处工程拨用，则所省约可过半，所捐便足敷数。尚恐缓不济急，可否更请藩库借给钱七八千串，以便次第举办，一俟秋冬间收有捐款，可资接济，即行缴还。再，各学内向有名宦、乡贤祠十余处，大可酌量归并。又正副学署，亦可合作一署。东西分斋，则仪门大堂、二堂止须一处，以归节省。是否有当，亦祈裁示遵行。谨呈。

　　一呈藩宪

　　同治六年　月　日郡绅公呈

　　布政使批：文庙捐谷两项，并作工程之用。又无论业田多少，每亩概捐五十文，仍剔荒捐熟，在六年上忙带收，只捐一次，不复以五年为期，所议均属妥洽。惟一忙带收五十文，凋敝之后，恐不能支，应于本年上、下两忙捐钱二十五文，冬漕捐钱二十五文，以纾民力。仍由县解司，随时具领。至局存木植，先尽三处工程。并于司库借给七八千串，收捐缴还。名宦、乡贤祠酌量归并，正副学合作一处，系为节省经费起见，事属可行，统候详请院宪示遵。

　　为详请事。窃奉府宪转宪台札开，奉宫太保爵阁督宪批江阴县详修建文庙衙署等项工程经费，因五年分随漕征收捐款不敷支用，仍请于七年上忙为始，分忙带收请示由，奉批：查亩捐名目，初因军兴支绌，不得已而为之，其实即是加赋，而数且过之，群知其为敝政也。迨军务渐竣，各州县又藉善后为词，官绅别无筹画，动辄按亩派捐。其名屡易，而其实则同。小民终岁勤劬，籽种钱粮而外，所余无几，何堪复派捐输？本部堂念及此事，每为频顣。近于皖省之霍山、当涂、含山各县禀修文庙城垣衙署案内，凡议收亩捐或租捐钱文者，一概驳斥查禁，札饬停捐。兹据详称，该江阴县议有随漕每亩带收钱文，为修建文庙衙署经费，即于串内加戳征收等语。此更是变易亩捐面目，而随漕即是加漕，公然冒不韪之名。据称仿照松属章程，松章系何时所定？何属所创？候即饬查，一体禁止。各属应办工程，尚可由官筹款举办。其现在议准之随漕带收经费以及别样名色，仿照亩捐租捐之数，无论何属，概行严饬停止，以纾民力，行司札府饬县遵办等因。遵经卑职等查卑三县地方工程，并无妄议按亩派捐之事，只有郡绅议捐文庙工费，交县带收一款，详请应否停止，当奉府宪转奉宪台批示。查此项庙工经费，详准于六年分，两忙一漕，每亩共捐钱五十文，现在忙漕均将竣事，究竟共可收钱若干，各已收钱若干，饬将已收数目具报批解等因，正在查明开报间。又奉府宪宪台转奉宪台藩宪札准松太道咨开奉爵阁督部堂曾批本道禀法国主教郎怀仁照会，苏常各属修建文庙，按田派捐，教民之田，与教规有碍，未能遵办，请由道札知各县等情，转禀请示由。奉批：查按田派捐，即与加赋无异。前据江阴县详请随漕带收钱文，作为修建文庙之用，当经明晰批饬苏藩司饬县停办，并饬通行各属，如有议定随漕带收经费以及别项名色，仿照亩捐租捐者，概行严饬停止在案。兹核所禀苏常各属，仍有按亩派捐修建文庙之事，均藉称松属办过章程。究竟苏常各属现在按田派捐者，共有几处，松属章程定于何时，饬即查明，移司严饬各属停止等因，转饬下县。卑职等伏查此款系同治五年冬，郡绅公议办理积谷并修文庙。议以熟田每亩捐积谷钱二十五文，文庙工费钱二十五文，由义仓总局收捐，本与县中无涉。因局中收捐不起，移县带收，经郡绅禀蒙前升宪丁批饬，积谷毋庸起捐，每亩仍捐钱五十文，统归庙工经费，于六年忙漕内分别派收等因，即经遵照带收在案。现在忙漕尚未竣事，而庙工经费未完尚多。今奉督宪两次批饬停止，各户等均观望不缴，势难催追，是否即行停止之处，理合具文详请。仰祈宪台鉴核，转请示遵，实为公便。除详藩宪府宪外，为此呈，乞照详施行。

同治七年三月　日三县会详藩宪府

公致丁中丞启

敬启者：省垣府县三处学宫，已阅六年之久。此次兴造，万无不一律完竣之理。查五年分冬间，公同商议，绅民经兵燹之后，除田产之外，更无恒产，无从派捐。惟有按亩书捐，至为公溥。是以呈定，以每亩捐钱五十文一款抵用，只捐一次，此外不得援以为例。旋奉宪批，展至六年，分上下忙及冬漕，分起带征，以纾民力。业经踊跃，各随所缴正款，一律带缴。有一成之银米，即有一成之捐款。现在三处，自上年十一月启工以来，陆续领款办理，已逾一半工程。而水木各料，则已全数陆续购买，无可歇手。昨闻近奉爵相通饬，停止一概庙捐，仰见调燮深衷，惟以间阎民力为重，实深感服。惟省垣文庙，非寻常建造可比。此项捐款，又系已征之款，在未奉督谕以前，若因此迟疑，三处要工，终无中止之理，若舍此现成之款，别筹接济，无论绅等力不能垫，且种种掣肘，早在洞鉴之中。惟有仰祈电鉴，仍照原章饬县，将前款尽数速解应工。此外此后民间田亩，一概不得再有别项派捐，以仰副爵相体恤民隐之意。阖郡观瞻文风士气，既得焕然一新，而从此家喻户晓，共沾薄赋轻徭之福。士民感戴，曷有涯涘！

同治七年四月　日郡绅公信

卷六　发当章程　书院存款附*

积谷之外，尚有余钱，因议贷质库取息。郡城甫复，质库少而权利赢，初则争愿受贷，以按月一分五厘缴息，继而改为一分二厘。越数年，又请议减，乃力争之。经张中丞定案，已贷者不得改，续贷者许顺商情，以一分缴息。近则又减至八厘，减止矣。前贷者仍不得改，著为例。义仓一年多千数百千息钱，积计之储谷不少，众商分计，实所损无多。书院亦有公款，分别前后，如仓例呈案并行，故附见卷中。记发当章程。

为义仓发典存款事。窃绅等经办丰备义仓，逐年所收租息，除籴谷存储并一切支用外，余存济元、亨典钱六千串，恒泰典钱八千串，当经挈有收存折据，凭折取利。此三典行本较巨，存数较多，现已不能再存。查现在苏城陆续开设典铺不下十余处，本年仓中所收租息，除籴谷并一切支用外，仍应照章发典生息。惟各典不能遍识，必得奉有宪谕，以次酌量遍发，庶足以示公允而昭郑重。为此具呈，乞即给谕一通到仓，以便由仓知会各铺领款，无须经典甲之手，以杜流弊。是否有当，伏祈大公祖大人电鉴，即赐施行，实为公便。上呈。

一呈苏州府

同治八年十月　日义仓绅董呈

为照会事。照得长元二县义仓田租，逐年所收租息，除籴谷存储并一切支用外，余存济元、亨典钱六千串，恒泰典钱八千串，当经挈有收存折据，凭折取利。此三典行本较巨，存款较多，现已不能再存。查现在苏城开设典铺不下十余处，本年仓中所收租息，除籴谷并一切支用外，仍应照章发典生息，嗣后应由贵绅董酌量发交各典铺生息，庶足以示公允而昭郑重。合将饬知各典铺谕帖一道，照会贵绅董等，请烦查照，务即传知各典铺遵照。其领款无须经典甲之手，以杜流弊。望切！须至照会者。

计发谕帖一道

同治八年十月　日

苏州府照会

谕各典铺知悉：据义仓绅董侍读衔翰林院编修潘遵祁等呈称：绅等经办丰备义仓，逐年所收租息，除籴谷存储并一切支用外，余存济元、亨典钱六千串，恒泰典钱八千串，当经挈有收存折据，凭折取利。此三典行本较巨，存款较多，现已不能再存。查现在苏城陆续开设典铺不下十余处，本年仓中所收租息，除籴谷并一切支用外，仍应照章发典生息。惟各典不能遍识，必得奉有宪谕，以次酌量遍发，庶足以示公允而昭郑重。呈乞给谕一通到仓，以便由仓知会各典铺领款等情。查义仓存款，专为本地备荒，除籴谷存储外，余钱自应发典营运生息，以重储蓄。仰各典铺遵照，将所派钱数领运。按照现在章程，每月一分二厘起息立折，由司事按期支取，不经典甲之手，以示体恤而杜流弊。如遇需用之时，立即归款，毋违。此谕。

济元	道前街	济亨	任蒋桥	恒泰	悬桥巷
恒豫	高师巷	恒乾	侍其巷	恒升	桃花坞
恒森	碧凤坊巷	济大	西城桥	裕泰	山塘
恒和	山塘	洪裕	北街迎春坊	致祥	东白塔子巷
宝泰	山塘	恒元	司前街	慎和	观前
润源	吴衙场	鼎泰	大太平巷	洽隆	香花桥
同源	护龙街砂皮巷口				

同治八年十月　日
苏州府谕

为义仓发当存款事。窃绅等经办丰备义仓，逐年所收租息，除籴谷存储并一切支用外，余存郡城各当铺钱二万八千串，当经掣有收存折据，凭折取利，历经常年报销册内申报在案。查本年仓中所收租息，除籴谷并一切支用外，应照章发当生息，仍须奉有宪谕，酌量发存，以昭郑重。为此具呈，乞即给谕一道到仓，以便由仓知会各铺领款，无须经典甲之手，以杜流弊。是否有当，伏祈公祖大人电鉴，即赐施行，实为公便。上呈。

计开
济大　洪裕　致祥　万康　恒森　慎和
一呈苏州府
同治九年闰十月　日义仓绅董呈

为照会事。照得贵绅董经办省城丰备义仓，逐年所收租息，除籴谷存储并一切支用外，余存郡城各当铺钱二万八千串，当经掣有收存折据，凭折取利，历经常年报销册内申报在案。查本年仓中所收租息，除籴谷并一切支用外，应照章发当生息。嗣后应由绅董酌量发交各典铺生息，庶足以示公允而昭郑重。合将饬知各典铺谕帖一道，照会贵绅董等，请烦查照，务即传知各典铺遵照。其领款无须经典甲之手，以杜流弊。切切！须至照会者。

同治九年闰十月　日
苏州府照会

谕济大、洪裕、致祥、万康、恒森、慎和各典铺知悉：据义仓潘绅等呈称：绅等经办丰备义仓，逐年所收租息，除籴谷存储并一切支用外，余存郡城各当铺钱二万八千串，当经掣有收存折据，凭折取利，历经常年报销册内申报在案。查本年仓中所收租息，除籴谷并一切支用外，应照章发当生息，仍须奉有宪谕，酌量发存，以昭郑重。乞即给谕一道到仓，以便由仓知会各典铺领款等情。查义仓存款，专为本地备荒起见，除籴谷存储外，余钱自应发典营运生息，以重储蓄。仰各典铺遵照，将所派钱数领运，按照现在章程，每月一分二厘起息立折，由司事按期支取，不经典甲之手，以示体恤而杜流弊。如遇需用之时，立即归款，毋违。此谕。

同治九年闰十月　日

苏州府谕

　　谕公估衣庄源裕知悉：查本仓于八年十月，发存司前街恒元当足制钱一千千文，于上年十二月二十九日，除由该当铺缴还钱四百八十千文外，又收到缴出衣包八个，金饰九钱一分，银饰六十余两，铜锡器八十余斤，计当本钱五百九十余千文，暂行抵款。现恒元当业经歇闭，店主吴印川、陶石卿被控管押在县。义仓款项，一时无从催缴，而公项紧要，不能久悬。兹仰该公估将前项包件，照时估值变卖，该价一并缴仓，以便归足本仓公款。毋得推诿，致干未便。

同治十年二月　日

义仓委员沈谕

　　为照会事。案据清节堂董事职员陈德基禀称：奉拨恒元典月捐，每月钱三十千文，计自同治七年六月分起，共收过钱六百千文，至九年十二月分止，连闰共少钱三百六十千文。现在该典虽已歇闭，然堂中经费支绌，禀乞严追给领。据经提追去后，兹据该堂董禀，以堂中嫠孤日众，岁需经费浩繁，现届端节，万分支绌。今悉义仓内有恒元典余款钱一百余千文，存留未付，恳商潘绅划归堂中。当蒙允许，未奉明谕，不敢擅付，禀祈照会划付，以济经费等情到县。据此除批示外，合行照会。为此照会贵董事，烦为查照，希将恒元典余款钱文，划付清节堂董事陈德基领回济用，仍祈见覆施行。须至照会者。

同治十年五月　日

吴县照会

　　为照会事。案奉府宪批据员外郎衔兵部主事黄师虞抱属黄升呈控恒元典主吴印川等隐匿串吞等情一案，奉经饬提原被应讯人证到案。讯据职员潘照青供称：吴印川所供夏货绝包，是丰备仓拿去等供。据此合行照会。为此照会贵董，烦照来文，希即查明恒元典夏货绝包，是否由仓取去作抵存项，刻日覆候核办，幸勿有稽。望速速！须至照会者。

同治十年十月　日

长洲县照会

　　为照覆事。顷奉照会内开，案奉府宪批据员外郎衔兵部主事黄师虞抱属黄升呈控恒元典主吴印川等隐匿串吞等情一案，奉经饬提原被应讯人证到案。讯据职员潘照青供称：吴印川所供夏货绝包，是丰备仓拿去等供。据此合行照会，查明恒元典夏货绝包，是否由仓取去作抵存项，刻日覆候核办等情。查丰备仓发存恒元典钱一千串，于上年十二月，提到本洋一百元，英洋三百元，又经该典主亲自送到已绝当货衣包八个，金饰九钱一分，银饰六十余两，铜锡器八十余斤，共计当本钱五百九十余千文作抵。嗣因该典歇闭，典主被控，久经管押，义仓公款未便久悬。于本年二月，将前项货包谕令源裕衣庄照时公估变买，计共得价英洋五百一十四元，除提还义仓存款一千串共合本洋一百元、英洋七百三十三元外，尚余英洋八十一元。于本年五月奉吴县照会，划付恒元欠缴清节堂捐款，交董事陈德基领回济用。合行呈覆，伏乞公祖大人电鉴。上呈。

一呈长洲县

同治十年十一月　日义仓绅董呈

为义仓发当款项划存新业事。绅等经办义仓，逐年所收租息，除籴谷并一切支用外，余存郡城各当钱三万二千串，当经掣有收存折据，于本年三月义仓报销册内，将各当存数缕晰详报在案。兹查城内护龙街大太平巷内鼎泰当召盘，现新换济康盘替，护龙街香花桥洽隆当停闭，现在北街洪裕盘包寄赎其分典洪茂新开十泉街。查鼎泰、洽隆两当，各存义仓钱一千串，拟将鼎泰原存钱一千串，划交济康营运生息，洽隆原存钱一千串，划交洪茂营运生息。为此具呈，乞即给谕济康、洪茂各一道到仓，由仓知会两铺，照章领运，以重储蓄。伏祈大公祖大人电鉴，迅赐施行，实为公便。上呈。

计开

济康（护龙街大太平巷）

洪茂（十泉街）

一呈苏州府

同治十年六月　日义仓绅董呈

为义仓发当存款事。窃绅等经办义仓，逐年所收租息并三邑附寄七年分积谷捐款，除籴谷并一切支用外，余存郡城各当铺钱文，营运生息，历经常年报销册内申报在案。查本年仓中所收租息，除籴谷一应经费外，应照章发当营运。复查城内各当，早经遍发，惟城外济昌、仁泰两当，尚未发存。因思公款领运，似应一例，以昭平允。为此具呈，乞即给谕济昌、仁泰各一道到仓，由仓知会两当，刻日具领，仍无须经典甲之手。伏乞公祖大人电鉴，即赐施行，实为公便。上呈。

计开

济昌　发存钱二千千文

仁泰　发存钱二千千文

一呈苏州府

同治十年　月　日义仓绅董呈

为奉批照会事。本年四月十二日，奉本府正堂李札开，本年四月初一日奉署布政使应批该三县会详苏城各公典承领息本，请一体改为周年一分起息，俯赐示遵缘由。奉批：据详该典商祝寿眉等禀，以城典日多，生意清淡，所领公款几及浮于当本，无从转运。请从同治十一年起，照依从前旧章，周年一分起息等语。虽属实情，但各典取利赎期，并未悉复旧章。所有发典生息各款，未便遽行骤减，姑准自本年为始，一律改为按月一分起息，以纾商力。至所请公派外府各县一体领运一节，现在饬领之四万两，着仍发交在城各公典，承领生息，不得推诿。嗣后如再有发典银两，准其公派外府县一体领运，俾昭公允，已报明抚宪查照矣。仰苏州府分饬知照，谕令遵办。其现存银两，赶紧具领，按季生息缴解，以济支用，毋任诿延，切切此缴等因到府。奉此并据该县等具详前来，合亟转饬札县，即便遵照宪批，谕令遵办，其现存银两，赶紧具领，按季生息缴解，以济支用，毋任诿延。并照会各堂局，一体知照毋违。同日奉本府正堂李批会详前由奉批，现奉藩宪批示，已另札转行矣。仰即查照遵办此缴各等因，奉此合行照会。为此照会贵绅董，希即遵照宪批办理。望切切！须至照会者。

同治十一年四月　日

三县照会

为书院义仓两项公款议请不准减利事。窃奉苏州府照会内开，长元吴三县会详苏城各公典承领息本，请一体改为周年一分起息。奉批藩宪批，各典取利赎期，并未悉复旧章。所有发典生息各款，未便遽行骤减，姑准自本年为始，一律改为按月一分起息，以纾商力等因。窃查书院向有发当生息，从前旧章，本系按月一分二厘起息，即使各典取利赎期尽复旧章，此项生息亦应照旧。再，义仓公款，系救荒要需，多储一分，即异日多受一分之益。设想饥民待哺，何等急迫，此等要项，万不能剥削一二。且此时当利，较诸从前，几及加倍。向来捐赈，首数典商。今于备荒善举，反欲议减，揆诸情理，尤多未协。除呈藩宪批示饬遵外，为此环请大公祖大人电鉴，（详请）批饬各该典商，将书院义仓发当生息一项，仍照按月一分二厘起息，他项不得援以为例。实于养士救贫之要，不无裨益。上呈。

　一呈藩宪苏州府

同治十一年五月　日义仓绅董呈

为照会事。奉署布政使应批冯绅等呈书院义仓存款不准减息一案由，奉批：书院公款，早经札饬，仍照一分二厘生息。至义仓存款，事本相同，原难准其减息，惟前因司库筹发生息之款，各典商延不具领，久存司库，是以勉允。今据诸绅环请，仰苏州府再行劝谕具覆，并先一体照会诸绅可也等因到府。奉此除劝谕外，合并照会贵绅，请烦查照施行。须至照会者。

计发谕帖

同治十一年七月　日

苏州府照会

为劝谕事。奉署布政使恩批冯绅等呈书院义仓存款不准减息一案由，奉批：书院公款，早经札饬，仍照一分二厘生息。至义仓存款，事本相同，原难准其减息，惟前因司库筹发生息之款，各典商延不具领，久存司库，是以勉允。今据诸绅环请，仰苏州府再行劝谕具覆，并先一体照会诸绅可也等因到府。奉此查义仓公款，系属备荒善举，饥民待哺要需，较诸别款有间，自应援照书院存款，仍以一分二厘生息。奉批前因，合行谆劝。谕到该典商，立即遵照，将义仓存款仍以每月一分二厘起息，是所至嘱。切切！此谕。

右谕济元亨典商准此

各典谕帖同

同治十一年七月　日

为书院义仓两项发典生息请饬定案事。窃查上年冬蒙前抚宪张拨提银一万两，发典生息，以作紫、正两书院加额加课之费。当经首府详定间程，以六千两归紫阳，四千两归正谊，权息人之数，增定章程，举行在案。义仓历年发典存款，现有钱三万二千串，均系按月一分二厘起息，历经造报在案。今年三月，有典商祝寿眉等呈请，将各存款减利，当经前署藩宪应批准，按月一分。后绅等随具公牍，请但将书院义仓两项存款，不得减利，以资养士恤贫之举。当接应藩宪照会，书院本已批饬，不准减利。义仓事属相同，再仰首府劝谕。嗣奉府宪李逐典给发谕单，仍令照旧每月一分二厘起息。现查义仓本年春夏秋三季收息，均仍前不减，而间有一二商人尚存观望。至书院之一万两，至今未曾具领。致前宪嘉惠美意，尚在虚悬。并正谊旧有生息存款四千两之息，亦观望徘徊，以至动致支绌。又闻续蒙前宪加拨一万两，绅等未接照会，不敢置议。窃思此两项息银，实非寻常存款之比。计书院前后不过一万四千两，以现在城内外将及二十典分派，每典不及千两。义仓现存各典，多至三千串，少或一二千串。在各典将两项存款并计，所争息银，每典每年不过银数十两左右，尚属月计无多，众擎易举之事。揆之情理，似不至遽碍转运。而在书院则士子膏火有关，义仓则每年少积数百石之谷，于未雨绸缪之意，实有所未安。此绅等所以不惮再三渎辩者也。是否有当，伏求大公祖大人电察，批饬定案遵行，实为公便。上呈。

一呈抚宪

同治十一年十一月　日义仓绅董呈

抚宪批：据呈书院前提银一万两，系经张升院行司饬府议定发典生息，作为紫阳、正谊两书院加课加额增给奖赏膏火之用。课额既增，碍难复减。至义仓积年存钱三万二千串，系属筹备要需。所有发典生息分数，循办已久，未便以一二商人心存观望，遽滋异议。以上二款，均应仍照原议，按月一分二厘起息，候札苏藩司立饬苏州府，迅即出示晓谕。一面速传该典商等，将苏州府库前存书院银一万两，赶紧分发具领，生息济用。如再延误，定干未便。至何前院任内续提书院银一万两，又义仓再有存钱，将来发典生息，能否仍照一分二厘，抑或稍示变通，以顺商情而资久远，一并由司妥议详覆饬遵可也。折存。十一月十六日批

为照会事。奉署布政使应札开，照得司库先后放发紫阳、正谊两书院典本银二万四千两，又绅董经发义仓典本钱三万二千串，此二款系抵支寒士膏火及备荒赈济要需，自应仍照向章，按月一分二厘起息，未便酌减。此后如有续发书院、义仓两款，准其按月一分生息，以示体恤。当经札饬府县，转谕各典商，遵办在案。兹据长元吴三邑典商济元等禀称：商等遵照谕饬，将前发紫、正书院生息款银二万四千两，义仓生息款钱三万二千串，按照城厢内外二十五典均匀派领，准以同治十二年二月初一日起息，十二年正月底以前之息，议归原领各典截数付清，十二年二月初一日以后，均归派领各典具领算息。除义仓生息款已由各典径向义仓绅董换具收据，书院生息款另由各典备具领状呈县申送，再请发还前领外，理合禀祈存案等情到司。据此查该商等二十五典，分领紫阳、正谊两书院暨义仓息本银钱，均自本年二月初一日起，每月缴息一分二厘，具见急公可嘉。但二月初一日以前之息，亦须一律一分二厘，以昭划一。除批牌示并呈报抚宪外，合亟札饬等因到府。奉此除转行外，合亟照会贵绅，请烦查照施行。须至照会者。

同治十二年四月　日

苏州府照会

为书院义仓发典生息请饬永远奉行事。窃查同治十一年十一月绅等呈定书院、义仓发典生息一案，奉前抚宪张批：据呈书院前提银一万两，系经张升院行司饬府议定发典生息，作为紫阳、正谊两书院加课加额增给膏火奖赏之用。课额既增，碍难复减。至义仓积年存钱三万二千串，系属筹备要需，所有发典生息分数，循办已久，未便以一二商人心存观望，遽滋异议。仍照按月一分二厘起息，候札苏藩司立饬苏州府，迅即出示晓谕。至将来再有续存发典生息，能否仍照按月一分二厘，抑或稍示变通，以顺商情而资久远，一并由司妥议详覆饬遵可也。嗣奉苏州府照会，奉署藩司应札开，照得司库先后放发紫阳、正谊两书院典本银二万四千两，又绅董经发义仓典本钱三万二千串，此两款系抵支寒士膏火，又备荒赈济要需，自应仍照向章，按月一分二厘生息，未便酌减。此后如有续发款项，准其按月一分起息，以示体恤。当经札府饬县转谕各典商，遵办在案。兹据长元吴三邑典商济元等禀称：商等遵照谕饬，将前发紫阳、正谊书院生息款二万四千两，义仓生息款钱三万二千串，按照城厢内外二十五典均匀派领，准以同治十二年二月初一日起，每月缴息一分二厘，以前之息，议归原领各典截数付清，具见急公可嘉。除批牌示并呈报^督抚宪外，合亟札饬到府，奉此除转行外，合亟照会，查照施行等因。奉此绅等查此次定案后，已将原存书院款银二万四千两，义仓款钱三万二千串，由二十五典各商分派，换具券折，仍照按月一分二厘生息，以后陆续发典书院存本银六千两，义仓存本钱一万六千串，谨遵宪谕，改为按月一分生息。循办来来，迄今两载有余，前闻各典商复有议减生息之请，又奉^{藩宪批驳}宪批驳斥，概不准减，是两项生息永远照办，不得再有更章。兹查二十五典之内陆续歇闭及召替，已有同源、同丰、裕泰、永康四典。其召替之典，仍归新业领存，其闭歇之典，查有新设恒康、裕成二典未经领过书院义仓存款，准其补领。闻现有阊门外宝泰一典，亦经报歇，其领存书院银一千两，义仓钱一千三百串，即日缴回。查现在并无新设典铺，其旧有领过一分二厘存款之典，势必推诿不领。查前次既经二十五典将书院银二万四千两，义仓钱三万二千串，由典商公所均匀派领。此次歇闭缴还原存一分二厘款，应仍由公所摊派各典领存，于缴到之日，即为摊派之日，不得亏短日子，致有歧二。其息仍照定案，分别备换领据，以后如有书院义仓发典存款及歇闭之典收回存款，无论原存一分二厘，续存一分，径由经办绅董送至典商公所，立即摊派，不得迟延，致亏生息。庶原额分二之款，不致虚悬，而新增一分之款，亦得陆续添存。在各典并无苛派之累，而两处存款生息，可垂久远，以期无负上宪嘉惠士林、慎重备荒之至意。除呈^{抚宪外}藩宪外，伏乞大公祖大人电鉴，迅赐批示，转行谕饬各典商，遵照办理，实为公便。上呈。

一呈^{抚宪}藩宪

光绪元年七月　日义仓绅董呈

抚宪吴批：候札苏藩司转行三首县，谕饬各典商，一体遵照可也。七月十四日批

藩宪恩批：所呈是否可行，仰苏州府核议禀覆，呈候抚宪批示遵行，原呈抄发。七月十八日批

为照会事。奉布政使恩札奉苏抚部院吴札开，据苏郡绅士潘编修等呈称：书院义仓发

典生息存款，现有宝泰典歇闭，缴还原存一分二厘之款，应由公所摊派各典领存，以后如再有书院义仓发典及歇闭收回存款，径由经董送至典商公所摊派生息，呈乞转行谕饬各典商遵照办理等情到本部院。据此除批牌示外，合行抄呈札饬札司转行三首县，谕饬各典商，一体遵照等因到司。奉此查此案前据该绅等具呈到司，即经抄呈批府核议在案。奉批前因，合亟转饬，又先奉布政使恩批，所呈是否可行，仰苏州府核议禀覆，并候抚宪批示遵行原呈抄发等因到府。奉此除行知三首县谕饬各典商遵办外，合亟照会贵绅，请烦查照施行。须至照会者。

光绪元年八月　日
苏州府照会

为照会事。本年十二月十二日奉布政使恩批敝府详书院义仓息本银钱按照城乡四十典均匀派领请示一案由，奉批：据详书院义仓先后发典生息本银三万六千两、制钱五万六千串，于三首邑所属城乡择四十典秉公匀派，统以来年正月初一日为始，将各典应缴息项，均归公所司事，按季经收径缴，如有续发生息以及各典中有闭歇应改存生息者，亦归公所随时均派各情，极为允当。至称乡典资本，多寡不一，如果派领前二款生息银钱，应由在城各典公同具保，尤为慎重起见，应准照办。惟书院经费，应随时发给肄业膏火之用，最为紧要。应即饬令各典，同义仓生息，一律于季中汇交公所司事，俟季杪由书院义仓司事分别至公所支领，俾归总汇而免纷歧。仰即转饬长元吴三县典商，并照会公所一体遵照缴折存等因到府。奉此除饬三首县传谕各商并照会公所绅董潘、盛遵办外，合并照会贵绅，请烦遵照施行。须至照会者。

光绪元年十二月　日
苏州府照会

为通饬遵办事。光绪元年十二月初二日奉苏州府正堂李札奉布政使恩札开，照得各属存典谷捐，专为备荒而设，非系建仓买谷，不得动用分文。昨奉抚宪面谕，闻有不肖经董，私向各典借用此项钱文。现虽随借随还，久后必有空缺，防微杜渐，不得不预为禁止。现经本司酌定章程，嗣后各州厅县此项存典钱文，无论买谷建仓以及收取典息等项，均应由董先行禀县，由县核定支取钱数，分备印谕两纸，注明因何提用，一饬典商如数提给，一给董事持谕向取。如典商尚未奉到县谕，或董事取钱并未持谕者，概不得照付。倘有故违，一经查出，定即分别追缴。如经董并未禀请动支，而各该县擅出印谕，向典提钱，定即详请撤任参办。总之，谕由县发，钱归董取，互相牵制，庶杜弊端。仍于给谕时，专案通报查考。除详请院宪批示立案外，合亟通饬等因到府。奉此合亟转饬札县，立即遵照宪饬，先行分谕各经董及典商知悉，毋稍违延，切切等因到县。奉此除谕典经纪知照外，合行照会。为此照会贵绅董，烦遵宪饬办理。须至照会者。

光绪元年十二月　日
吴县照会

为转饬事。光绪二年正月十七日奉苏州府正堂李札，奉布政使恩札奉总督部堂沈批司详各属存典谷捐钱文无论何项动用均由县给谕提取一案由，奉批：据详已悉，仍候抚部院批示缴。又奉苏抚部院吴批开，如详立案，仰即通饬各该县遵照，仍于给谕提取时，专案通报查考毋违，并候督部堂批示缴各等因到司。奉此查此案前于具详时，即经通饬遵办在案。查谷捐为备荒要举，如无正用，本不应轻易出纳，奉批前因，合就转饬等因到府。奉此查此案前奉藩宪札饬，即经转饬遵照，分谕各经董及典商知照在案。奉札前因，合再转饬札县，立即遵照，倘有要需，仍于给谕提取时，专案通报查考，毋违等因到县。奉此查此案前奉府宪转饬，即经照会在案。奉札前因，合再照会，为此照会贵绅董，烦遵宪饬办理。须至照会者。

　　光绪二年正月　　日
　　吴县照会

　　为当息洋价请定一律事。窃查义仓发当，统归钱款，按季收息，由义仓司事持折向各典往取，大半收现洋，合算钱数。惟洋价早晚不同，各典取利又不能一日收齐，所以每期收见洋款、洋价，长短不齐。现拟于本年春季为始，各典收息，洋价照三月十五日市价核定，每元合钱若干，所有各典春季息款，无论何日收取，统照作算，以归一律。至夏秋冬三季，亦照六月、九月、十二月之十五日市价核算，于公款更为清晰，而于各典并无损益，似属平允。为此具呈，伏乞大公祖大人电鉴批示施行，并谕当典公所，一体遵照，实为公便。

　　一呈苏州府
　　光绪二年三月　　日义仓绅董呈

　　为移存发典生息应请给谕遵办事。绅等窃查书院义仓发典生息款项，于元年十二月奉前府宪转奉抚藩宪批饬，于三首邑所属城乡各典，由典当公所秉公匀派，业于上年元旦为始，将原存续存书院款银三万六千两，义仓款钱五万四千五百千文，已由城乡各典均匀领存生息在案。兹查长邑境内恒森一典，现拟歇闭，将当包全买与保容典候赎。其领存书院银九百两，义仓钱一千四百千文，即日缴还。窃思书院经费，随时发给膏火，义仓为备荒要需，两款生息，未便一日虚悬。保容典既经承买恒森当包，所有包利，全归保容。其缴还书院义仓两款，亦应移存保容，照前生息，至为公允。为此呈候公祖大人电鉴给谕保容，饬将恒森缴还书院义仓两款领存生息，谕单发交绅处，仍送公所，以便并款转发，不至推诿，实为公便。上呈。

　　一呈苏州府
　　光绪三年六月　　日郡绅公呈

　　为书院义仓存款仍饬发当生息事。窃绅等前呈恒森当歇闭，货包买与保容当，其缴还书院义仓两款，请给谕发交保容领存。旋经持谕并书院义仓银钱两款，送至典当公所，由公所转发保容。讵知该当仅将宪谕收存，声称即日禀覆，不肯领存，将银钱票据执意退还。窃思公款生息，未便一日虚悬。绅等覆查光绪元年因阊门外宝泰当放赎满年报歇，其缴还书院义仓两款，奉前府宪发交公所，将宝泰缴还公款均匀摊派，以后如有歇闭及续发款项，照章办理在案。但今恒森当甫报歇闭，未经放赎满年，因保容全行承买当包，则两典包利，并为一典，是以应请谕发该典独领。今该典以并非新开，前已领存书院义仓两款，未能再领，藉词推诿。查典当报歇，照例候赎一年。保容并得恒森，包利亦有一年之期。今将书院义仓两款发交保容，拟准予暂领一年，俟年满之后，准将两款交还公所，仍由公所均匀摊派各典领存，似此通融办理，至为平允，谅不能再有推诿。特再呈请公祖大人迅赐批行，将书院义仓银钱票据发交典当公所，照会公所绅董，即饬保容暂领一年，照章备具领据息折送交，毋得再有迟延，致悬生息，实为公便。上呈。

计粘书院银票一纸，计加二库平纹九百两；义仓钱票二纸，计共钱一千四百千文。

一呈苏州府

光绪三年十月　日郡绅公呈

卷七 典守章程 三县钱谷附 *

典守之要,一曰田。一万五千余亩之田,不能遍履,其阡陌畋田者,无虑数千人,不能尽悉其身家。所恃者,催租之甲耳。得人则事举,不得人则事废。平时要咨访,临时要察看,田荒思所以辟之,佃苦思所以恤之,顽则思所以整饬之,徒抱册籍,犹书吏也。一曰钱。钱之出入,巨细不遗,月要岁会,纤毫之积必详。彼缩此盈,涓滴所归必慎。平日经理者,不在会计,而在操守也。一曰谷。收储之法,已详积谷章程,随事随时,不可忽也。一曰事。有总司之事,有分任之事;有临时之忙事,有平日之闲事;昼则有巡视之事,夜则有驻守之事;有约束之事,有调度之事,皆于前三者见之。岂一手一足之烈可以图功哉!指臂之助,责任所存,诚视乎其人矣。记典守章程。

戊辰岁,举办按亩带征谷捐,县缴藩库,张方伯移送到仓,饬汇办钱谷并储。嗣丁中丞饬另行分晰报县,故有三县附存钱谷,实非斯仓本。事载卷中,以待他日县中提去。附记三县钱谷。

卷七 上

为具文申报事。窃卑府前奉署苏藩司王委办丰备义仓长元田租,遵即会同绅董妥议定章,设局收租。查自五年十月二十二日开收起,至六年四月底止,共收长元田租折色钱二万六千八百五十八千八百二十三文。除去设局收租经费、完办条漕、建仓籴谷、置备什物、清理田产一切用款,共支钱二万四千六十四千七百八十文,应存钱二千七百九十四千四十三文,又存谷四十七万九千二百二十二斤。禀奉藩司面谕,均交绅董收储。合将会办五年分义仓田租收支总数并存钱谷实数,备文申报。除呈报抚宪并造具收支清册呈候苏藩司核销外,伏祈宪台鉴察备查。须至申者。

一申督宪

同治六年九月 日义仓委员沈玮宝

为具文申报事。窃卑府前奉署藩司王委办丰备义仓长元田租,遵即会同绅董妥议定章,设局收租,历将开局起收开用钤记日期,并卑局自五年十月二十二日开收起,至十二月二十四日止,共收长元两邑义仓熟田租折色钱二万四千六百九十八千五百四十二文,叠次具文申报在案。兹查自六年正月起,至四月止,续收长元两邑春租折色钱二千一百六十千二百八十一文,两共收五年分田租钱二万六千八百五十八千八百二十三文。除去设局收租经费、完办条漕、建仓籴谷、置备什物、清理田产一切用款,共支钱二万四千六十四千七百八十文,应存钱二千七百九十四千四十三文,仍交潘绅遵祁收储,以备续办谷石等用。除将五年十月起至六年八月止一应收支各款另造清册申报藩司核销外,合将会办五年分义仓田租收支总数并存钱实数,备文申报。伏乞宪台鉴察备查。须至申者。

一申抚宪

同治六年九月　日义仓委员沈玮宝

为具文^申报事。^{窃卑府前奉}署藩宪王札委办理丰备义仓长元田租，遵即会同绅董妥议定^{前奉}

章，设局收租，历将开局起收开用钤记日期，并卑局自五年十月二十二日开收日起，至十

二月二十四日止，共收长元田租钱二万四千六百九十八千五百四十二文，叠次具文^申报在^牒

案。兹查自六年正月起，至四月止，续收长元田租折色钱二千一百六十千二百八十一文，

两共收五年分田租钱二万六千八百五十八千八百二十三文。除去设局建仓籴谷、完办条

漕、置备什物、清理田产收租经费，共支钱二万四千六十四千七百八十文，应存钱二千七

百九十四千四十三文，仍交潘绅遵祁收储，以备续办谷石等用。所有五年十月分起至六年

八月分止一应收支各款，曾同潘绅另造清册。^{呈候宪台核销}伏祈鉴察备查，除申报^{抚宪}外，理合具文^呈报。^{藩宪}

须至^{申牒}者。

计呈清册一本

^{——申藩宪}
^{牒苏州府}

同治六年九月　日义仓委员沈玮宝

同治五年十月起至六年八月底止，建造仓厫、采买谷石、置备什物、清理田产、完办

条漕、设局收租经费一切收支等项清册

旧管

尤存

新收

一、收五年分长元田租折色钱二万六千八百五十八千八百二十三文。

一、收六年春采买谷四千七百九十二石二斗二升（呈明以曹平一百斤为一石）。

开除

五年十月

一、委员薪水（会办委员一人，八十千文；随办委员二人，每人二十四千文），支钱一百二十八千

文。

一、司事十七人薪水（副董一人，每月十六千文；司帐二人，每月十二千文；司事三人，每人十千文，

十一人，每人八千文），支钱一百五十八千文。

一、委员轿随（会办委员二十千文，随办委员每人六千文），支钱三十二千文。

一、差役四人工食（每名每月四千二百文），支钱一十六千八百文。

一、局使五人辛工，支钱九千文。

一、厨役水火夫辛工二名，支钱三千文。

一、局房租价，支钱一十二千文。

一、修理局房设柜工料，支钱三十二千五百三十四文。

一、置办器用家伙，支钱二百一十千五十七文。

一、纸张笔墨租由租册，支钱四十千九百十二文。

一、伙食（司事十七人，每人每日一百文；使役七人，每人每日八十文），支钱六十七千八百文。

一、催甲饭食，支钱一十四千三百二十文。

一、刻租由册各戳连印工，支钱二十七千五百七十文。

一、油烛，支钱二千四百九十文。

一、零用，支钱二十千四百八十文。

一、煤柴（每日二百四十文），支钱七千二百文。

一、赴乡传唤催甲核对田数船只盘费，支钱六十四千四百六十文。

一、开仓酒席一切酬劳犒赏，支钱二十四千八百文。

共支钱八百七十一千四百二十三文。

十一月

一、委员薪水，支钱一百二十八千文。

一、司事十七人薪水，支钱一百五十八千文。

一、委员轿随，支钱三十二千文。

一、差役四人工食，支钱一十六千八百文。

一、局使五人辛工，支钱九千文。

一、厨役水火夫二人辛工，支钱三千文。

一、伙食，支钱六十七千八百文。

一、催甲饭食，支钱一十七千六百文。

一、局房租价，支钱一十二千文。

一、纸张笔墨，支钱五千二百文。

一、油烛，支钱二千四百九十文。

一、零用，支钱一十二千五百六十文。

一、煤柴，支钱七千二百文。

共支钱四百七十一千六百五十文。

十二月

一、委员薪水，支钱一百二十八千文。

一、司事十七人薪水，支钱一百五十八千文。

一、委员轿随，支钱三十二千文。

一、差役四人工食，支钱一十六千八百文。

一、局使五人辛工，支钱九千文。

一、厨役水火夫二人辛工，支钱三千文。

一、伙食，支钱六十七千八百文。

一、催甲饭食，支钱一十五千二百文。

一、局房租价，支钱一十二千文。

一、纸张笔墨，支钱七千二百六十八文。

一、油烛，支钱二千四百九十文。

一、零用，支钱一十二千七百八十文。

一、煤柴，支钱七千二百文。

一、照章完文庙捐，支钱一百九十六千文。

一、完长元两邑条漕，支钱二千九百千文。

一、贴给元和仓书辛工纸张费（租由租册已备未用），支钱九十八千文。

一、催佃酒，支钱一百三十一千八百九十一文。

一、追租差费，支钱四百八十八千文。

一、年菜，支钱八千文。

共支钱四千二百九十三千四百二十九文。

六年正月

一、委员薪水，支钱一百二十八千文。

一、司事九人薪水（副董一人，每月十六千文；司帐二人，每人十二千文；司事二人，每人十千文，四人，每人八千文），支钱九十二千文。

一、委员轿随，支钱三十二千文。

一、差役二人工食，支钱八千四百文。

一、局使三人辛工，支钱五千文。

一、厨役水火夫二人辛工，支钱三千文。

一、伙食（小建，司事九人，使役五人），支钱三十七千七百文。

一、催甲饭食，支钱五千三百八十文。

一、煤柴（小建，每日二百文），支钱五千八百文。

一、局房租价，支钱一十二千文。

一、纸张笔墨，支钱五千六百文。

一、油烛，支钱二千四百九十文。

一、零用，支钱七千七百七十八文。

共支钱三百四十五千一百四十八文。

二月

一、委员薪水，支钱一百二十八千文。

一、司事九人薪水，支钱九十二千文。

一、委员轿随，支钱三十二千文。

一、差役二人工食，支钱八千四百文。

一、局使三人辛工，支钱五千文。

一、厨役水火夫二人辛工，支钱三千文。

一、伙食，支钱三十九千文。

一、催甲饭食，支钱九千六百八十文。

一、煤柴，支钱六千文。

一、局房租价，支钱一十二千文。

一、纸张笔墨，支钱五千三百五十四文。

一、油烛，支钱二千四百九十文。

一、零用，支钱七千二百文。

一、院司书吏辛工纸张费（此款缴还藩库垫发洋二百八元，每元作钱九百八十文），支钱二百三千八百四十文。

共支钱五百五十三千九百六十四文。

三月

一、委员薪水，支钱一百二十八千文。

一、司事九人薪水，支钱九十二千文。

一、委员轿随，支钱三十二千文。

一、差役二人工食，支钱八千四百文。

一、局使三人辛工，支钱五千文。

一、厨役水火夫二人辛工，支钱三千文。

一、伙食（小建），支钱三十七千七百文。

一、催甲饭食，支钱四千六百二十文。

一、煤柴（小建），支钱五千八百文。

一、局房租价，支钱一十二千文。

一、纸张笔墨，支钱四千九百七十文。

一、油烛，支钱二千四百九十文。

一、零用，支钱七千三十二文。

一、春租差追费，支钱二百五千五百四十五文。

共支钱五百四十三千五百五十七文。

四月

一、委员薪水（会办委员一人八十千文；随办委员一人二十四千文），支钱一百四千文。

一、司事八人薪水（司帐二人，每人十二千文；司事二人，每人十千文，四人，每人八千文），支钱七十六千文。

一、委员轿随，支钱二十六千文。

一、局使三人辛工，支钱五千文。

一、厨役水火夫二人辛工，支钱三千文。

一、更夫工食，支钱三千文。

一、长洲仓把门辛工，支钱一千五百文。

一、伙食（小建，司事八人，使役五人），支钱三十四千八百文。

一、煤柴（小建），支钱五千八百文。

一、纸张笔墨，支钱五千七百四十文。

一、油烛，支钱二千四百九十文。

一、零用，支钱七千五百八十文。

一、因购储谷石移局至长洲仓匠工修理搬运工费，支钱一十一千七百八十六文。

一、采买谷石（计四千七百九十二石二斗二升，每石一千四百七十五文），支钱七千六百八十八千五百二十五文。

一、仓场器用，支钱二百八十七千七百七十三文。

共支钱七千六百三十五千九百九十四文。

五月

一、委员薪水（会办委员一人），支钱八十千文。

一、司事五人薪水（司帐二人，每人五千文；司事二人，每人四千文，一人，每人三千文），支钱二十一千文。

一、委员轿随，支钱二十千文。

一、局使三人辛工，支钱四千文。

一、厨役水火夫二人辛工，支钱三千文。

一、更夫工食，支钱三千文。

一、长洲仓把门辛工，支钱一千五百文。

一、伙食（司事五人，使役五人），支钱二十七千文。

一、煤柴，支钱六千文。

一、纸张笔墨，支钱一千九百文。

一、零用，支钱五千三百九十文。

一、油烛，支钱二千四百九十文。

一、府署书吏辛工纸张费，支钱四十三千三百五十六文。

一、长洲县书吏辛工纸张费，支钱一十六千四十一文。

一、元和县书吏辛工纸张费，支钱九十二千三百四十七文。

　　共支钱三百二十七千二十四文。

六月

一、委员薪水，支钱八十千文。

一、司事五人薪水，支钱二十一千文。

一、委员轿随，支钱二十千文。

一、局使三人辛工，支钱四千文。

一、厨役水火夫二人辛工，支钱三千文。

一、更夫工食，支钱三千文。

一、长洲仓把门辛工，支钱一千五百文。

一、伙食（小建），支钱二十六千一百文。

一、煤柴（小建，每日一百六十文），支钱四千六百四十文。

一、纸张笔墨，支钱一千七百六十文。

一、零用，支钱五千八百五十六文。

一、油烛，支钱二千四百九十文。

　　共支钱一百七十三千三百四十六文。

七月

一、委员薪水，支钱八十千文。

一、司事五人薪水，支钱二十一千文。

一、委员轿随，支钱二十千文。

一、局使三人辛工，支钱四千文。

一、厨役水火夫二人辛工，支钱三千文。

一、更夫工食，支钱三千文。

一、长洲仓把门辛工，支钱一千五百文。

一、伙食（小建），支钱二十六千一百文。

一、煤柴（小建），支钱四千六百四十文。

一、纸张笔墨，支钱一千七百九十二文。

一、零用，支钱五千五百六十三文。

一、油烛，支钱二千四百九十文。

一、移局至新仓船只搬运工费，支钱一十一千三百文。

一、添置器用物件，支钱一百四千一百文。

一、置买民房改建仓廒工料，支钱八千二百六十七千九百七文。

一、添买仓场器用，支钱一百二十二千九百五十一文。

共支钱八千六百七十九千三百四十三文。

八月

一、委员薪水，支钱八十千文。

一、司事五人薪水，支钱二十一千文。

一、委员轿随，支钱二十千文。

一、仓门辛工，支钱一千五百文。

一、仓使二人辛工，支钱三千文。

一、厨役水火夫二人辛工，支钱三千文。

一、伙食，支钱二十七千文。

一、煤柴，支钱四千八百文。

一、纸张笔墨，支钱一千八百文。

一、零用，支钱五千三百十二文。

一、油烛，支钱二千四百九十文。

共支钱一百六十九千九百二文。

统共支钱二万四千六十四千七百八十文。

实在

统共存钱二千七百九十四千四十三文。

统共存谷四千七百九十二石二斗二升。

为照会事。奉布政使丁札开：照得上年征收丰备义仓田租案内报销各款，系属开创，不无繁多。本年征收田租经费，应从撙节。除委员薪水及轿随工食钱文业经定数饬遵外，其余各款尚可分别裁减，以照核实。除开单札饬蒋令分别裁减具覆外，合产工开单札知等因到府。奉此合亟照会。为此照会贵绅董等，希即知照施行。须至照会者。

计开单：

一、司事薪水一款。上年开支钱九百三十四千文，未免浮冒。本年应行酌减。

一、委员轿随局使局差工食等款，上年共支钱四百五十三千九百九十文。本年除委员轿随工食业与委员薪水并计定数饬遵外，其局使局差工食，应行酌裁。

一、器用物件及仓场器用两款，上年共支钱七百七十七千八百八十三文，前项器用上年既已备齐，本年无须再办。

同治六年十二月　日

苏州府照会

为申覆事。前奉宪台札饬，照得上年征收丰备义仓田租案内报销各款，系属开创，不无繁多。本年征收田租经费，应从撙节，除委员薪水及轿随工食钱文业经定数饬遵外，其余各款尚可分别裁减，以照核实，合就开单札饬札到该令等，即便遵照，会商绅董，将单内各款分别裁减具覆等因。奉此卑职等遵即会同绅董，将单内三款，逐款裁减，事事核实，不敢稍涉浮滥。饬减司事薪水一款，上年开支钱九百三十四千文。查上年开创之初，头绪较繁，必须多用司事，于公事庶无遗误。今年遵循成规，驾轻就熟，事便易办，已裁去暂添司事六人，此款较上年可以裁减一百六七十千文。又饬减委员轿随局使局差工食等一款，上年共支钱四百五十三千有零。今年委员轿随，谨遵宪定数目支给，其余局使局差等，已酌量裁撤，仅留数人，此款较上年可以裁去三百千文之则。又饬减器用物件及仓场器用两款，上年共支钱七百七十七千有零。查上年开办之初，台椅榻凳及苇席笆斗箩簟等件，悉由新置，台椅等物，今年毋须复添。惟仓场应用之件，须随时添补，将来积谷愈富，添置亦多，难以悬拟。就今年添置各件，约计钱一百千文之则，此款较上年可以减去钱六百千文。总计较上年核减钱一千千有零。此系约略之数，俟明年租事完竣，再当核实造报，谨将奉饬核减各款经费，先行具文申覆。仰祈宪台鉴核备查。须至申者。

一申藩宪

同治六年十一月　日义仓委员蒋棠、陈炳泰

径启者：昨奉苏州府照会，转奉札开丰备义仓田租案内报销各款，系属开创，不无繁多，本年经费应从撙节云云。仰见宪示详明，不胜感佩！现在收租将次告竣，业将开收日起至今截止收支数目，会同委廉详细核实，由委廉先将大略呈报。伏查宪札内开三条：一、司事薪水。上年开支钱九百三十四千文，未免浮冒，本年应酌行裁减。覆查上年于十月初三日开局始，据仓书将义田一万四千九百余亩租册租由交出，当即会同前委廉沈商办，即于是月二十二日启限收租。计二十日中，清厘田产，核算租额，造具正副清册，重备租由，日夜几无少息。嗣后设柜收租，事当创始，颇形繁重，司事等不得不优给辛资，以集众力。此九百三十余千，实无丝毫浮冒。本年议定常年董事一人，司事四人，看守仓谷，风雨潮湿，随时照料，并赴乡添办谷石。其余冬季收租时，暂添司事五六人，年终为止，计统年薪水，约须钱七百六七十千文，似难再减。一、委员轿随局使局差辛工等项。上年共支钱四百五十三千文有零，除本年委员轿随已同薪水并计核数示遵外，其局使局差工食，亦当酌减。覆查上年委员轿随计十一个月，共有三百千文，本年议定六个月，已奉核数遵照，其常川局差，上年租房设局，必资弹压。本年业已撤去，其局使厨杂辛工较上年略为酌减，计统年约须一百三十余千文。一、器用物件及仓场器用。上年共支钱七百十七千有零，前项物件既经备齐，本年无须再办，惟仓场所用山笆栲栳芦席等件，积谷渐多，亦须增办，用久而敝，随时重置。惟有加意撙节，务在核实。除由委廉具文申覆外，兹将大略酌减经费情形，分别数目，先行函覆，俟明年收租事竣，再行会同委廉逐款详细造报，以仰副宪意谆谆。抑鄙意窃有愿者，两年以来，计可积谷一万余石，以后逐年蓄积，廒座必至不敷，现钱存典之外，亦别无善策，倘得屡丰告庆，尚拟添置田亩，分建仓廒，以为扩充久远之计。知关垂轸，并以附陈，诸希鉴察。祇请台安，不尽。

治愚弟潘遵祁顿首

为义仓田租收支报销事。窃绅等于同治五年十月奉宪会同委员办理义仓田租，自是年十月起，至六年八月止，收支细数，业由前委员沈守玮宝具文呈报。自六年十月二十四日开收起，至十二月二十日止，共收折色钱一万五千九百九十七千二百三十六文，又由委员蒋令棠具文申报各在案。兹查七年正月起，至三月底止，续收田租米三百二十七石一斗四升二合，每石折色钱一千八百文，计钱五百八十八千八百五十六文。又收荡田银租折钱七千八百二十三文，连前计共收六年分田租钱一万六千五百九十三千九百一十五文。又收五年分田租旧欠钱二十千四百五十二文。除去采买谷石、仓房税契、完办条漕及一切收租经费，共支钱一万一千九百七十八千三百九十九文。应存钱四千六百三十五千九百六十八文，应存谷六十三万七千四百一十八斤。上年申报义仓存钱二千七百九十四千四十三文，又存谷四十七万九千二百二十二斤，两年统共存钱七千四百三十千一十一文，统共存谷一百一十一万六千六百四十斤。所存钱款内，发存郡城济元、济亨、恒泰三典钱六千千文，暂为生息，其余钱谷储存义仓，仍由绅遵祁会同董事来章，详慎经理。兹将六年九月分起，截至七年三月分止，一应收支各款，造具清册，呈候宪核。另造收支清册一套，呈请饬盖宪印，详呈抚宪核销，并请申详督宪存案。现在义仓委员蒋令病故，陈县丞炳泰奉委押运到津，正在六年分租事告竣，未便再请委员，是以径由绅董据实呈报。再，正在核办间，接奉长洲县蒯移会到仓，抄录同治六年十月初三日奉上谕给事中夏献馨奏请设立义仓以裕民食一折等因，兹省垣义仓业已办有成案，请即查照通详，毋庸另覆合，并声明。伏乞大公祖大人鉴核备查，并请转详存案，实为公便。上呈。

计呈收支一应细数报销清册二套。

一呈 藩宪 苏州府

同治七年四月　日义仓绅董呈

同治六年九月起至七年三月止，采买谷石、仓房税契、完办条漕、添置装折器用、收租经费一切收支等项清册

旧管

上年存钱二千七百九十四千四十三文。

上年存谷四千七百九十二石二斗二升。

新收

一、补收五年分元邑旧租折色钱二十千四百五十二文。

一、收六年分长元新租折色钱一万六千五百九十三千九百一十五文。

统共收长元新旧租折色钱一万六千六百一十四千三百六十七文。

一、收六年冬采买谷六千三百七十四石一斗八升。

开除

六年九月

一、司事十人薪水，支钱六十八千文。

一、门使厨役仓工五人辛工，支钱六千四百文。

一、纸张笔墨刻字印工租由租册，支钱二十八千四百文。

一、伙食（小建，司事十人，使役五人），支钱四十千六百文。

一、催甲饭食，支钱三千九十文。

一、油烛，支钱三千八十文。

一、煤柴（小建，每日一百四十文），支钱四千六十文。

一、零用，支钱九千四百六十文。

共支钱一百六十三千九十文。

十月

一、委员薪水（会办委员一人五十八千文，随办委员一人二十四千文），支钱八十二千文。

一、委员轿随（会办委员十二千文，随办委员六千文），支钱一十八千文。

一、司事十人薪水，支钱九十四千文。

一、门使厨役仓工七人辛工，支钱九千八百一十七文。

一、纸张笔墨呈送田册，支钱一十四千八百文。

一、伙食（司事十人，使役七人），支钱四十六千八百文。

一、催甲饭食，支钱六千四百文。

一、开仓酒席，支钱一十三千二百五十四文。

一、油烛，支钱九千四百一十文。

一、煤柴，支钱四千二百文。

一、零用及开仓日一应犒赏，支钱一十九千八百八十文。

共支钱三百一十八千五百六十一文。

十一月

一、委员薪水，支钱八十二千文。

一、委员轿随，支钱一十八千文。

一、司事十人薪水，支钱九十四千文。

一、门使厨役仓工八人辛工，支钱一十二千九百文。

一、纸张笔墨，支钱四千二百文。

一、伙食（司事十人，使役八人），支钱四十九千二百文。

一、催甲饭食，支钱三千四百四十文。

一、油烛，支钱五千九百文。

一、煤柴，支钱四千二百文。

一、零用，支钱八千七百文。

共支钱二百八十二千五百四十文。

十二月

一、委员薪水，支钱八十二千文。

一、委员轿随，支钱一十八千文。

一、司事十人薪水，支钱九十四千文。

一、门使厨役仓工八人辛工，支钱一十二千九百文。

一、纸张笔墨，支钱三千六百四十文。

一、伙食，支钱四十九千二百文。

一、催甲饭食，支钱三千六百文。

一、油烛，支钱四千七百一十五文。

一、煤柴，支钱四千二百文。

一、零用及年底一应犒赏，支钱一十六千三百文。

一、申解抚院书吏辛工纸张费，支钱七十八千五百八十一文。

一、申解藩署书吏辛工纸张费，支钱九十八千二百二十六文。

一、给发府署书吏辛工纸张费，支钱三十九千二百九十一文。

一、给发长洲县书吏辛工纸张费，支钱七千五百七十三文。

一、给发元和县书吏辛工纸张费，支钱五十一千三百六十三文。

一、补给上年长邑仓书纸张辛工费，支钱二十千文。

一、给发差役追租船只工饭费，支钱一百九十七千一百八十文。

　　共支钱七百八十千七百六十九文。

七年正月

一、委员薪水，支钱八十二千文。

一、委员轿随，支钱一十八千文。

一、司事五人薪水，支钱六十四千文。

一、门使厨役仓工六人辛工，支钱七千九百文。

一、纸张笔墨，支钱三千五百文。

一、伙食（小建，司事五人，使役六人），支钱二十八千四百二十文。

一、催甲饭食，支钱四千一百四十文。

一、油烛，支钱二千七百二十五文。

一、煤柴（小建），支钱四千六十文。

一、零用，支钱八千二百文。

　　共支钱二百二十二千九百四十五文。

二月

一、委员薪水，支钱八十二千文。

一、委员轿随，支钱一十八千文。

一、司事五人薪水，支钱六十四千文。

一、门使厨役仓工六人辛工，支钱七千九百文。

一、纸张笔墨，支钱二千七百三十文。

一、伙食，支钱二十九千四百文。

一、催甲饭食，支钱一千四百五十文。

一、油烛，支钱二千九百四十五文。

一、煤柴，支钱四千二百文。

一、零用，支钱八千三百二十八文。

　　共支钱二百二十千九百五十三文。

三月

一、委员薪水（会办委员一人），支钱五十八千文。

一、委员轿随，支钱一十二千文。

一、司事五人薪水，支钱六十四千文。

一、门使厨役仓工六人辛工，支钱七千九百文。

一、纸张笔墨，支钱一千一百四十文。

一、伙食，支钱二十九千四百文。

一、煤柴，支钱四千二百文。

一、油烛，支钱二千七百二十文。

一、零用，支钱七千一百九十六文。

一、催甲佃酒（开仓日起，至三月底止），支钱一百二十一千八百六十六文。

一、易知单费，支钱二十九千二百一十一文。

一、催甲饭食，支钱一千文。

共支钱三百三十八千六百三十三文。

一、采买谷石（六千三百七十四石一斗八升，每石合钱一千一百二十八文），支钱七千一百九十千七十五文。

一、缴仓房税契银两，支钱二百三十千九十六文。

一、完长元两邑条漕，支钱一千八百六十一千一百一十文。

一、新仓设柜添办装折，支钱一百八十二千一百六十七文。

一、器用物件，支钱四十千一百九十九文。

一、仓场器用，支钱八十九千二百六十一文。

一、仓前河道开通淤浅及修茸庆林桥工费，支钱五十八千文。

共支钱九千六百五十千九百八文。

统共支钱一万一千九百七十八千三百九十九文。

实在

一、存各典生息钱六千千文（息钱并入下年报销）。

一、存储义仓钱一千四百三十千十一文。

统共存钱七千四百三十千十一文。

统共存谷一万一千一百六十六石四斗。

为具文申牒报事，窃卑职奉奉署藩宪杜委办丰备义仓长元田租，遵即会同绅董循照旧章，悉心筹办，业将到仓开收日期，并自上年十月初六日开收起，至十二月二十日止，收过田租折色钱文，具文申牒报在案。兹查八年正月起，至三月止，续收田租米二百一十三石五斗九升二合，每石折色钱一千八百文，合计钱三百八十四千四百六十六文。又收荡田银折钱五百二十八文，上年十二月申牒报收过新旧田租折色钱一万六千三百五十八千三百六十四文，共计收田租钱一万六千七百四十三千三百五十八文。又收三典生息钱一千八百二十二千三百文，统共收新旧租息及发典生息钱一万八千五百六十五千六百五十八文。除去采买谷石、完办条漕、添买民房及一切收租经费，共支钱九千六百三千四百六十四文，应存钱八千九百六十二千一百九十四文，应存谷三十七万八千八百二十斤，以一百斤为一石，合计存谷三千七百八十八石零。上年三月报销册内申报义仓存钱七千四百三十千十一文，又存谷一百一十一万六千六百四十斤，合计存谷一万一千一百六十六石零。前后统共存钱一万六千三百九十二千二百五文，统共存谷一百四十九万五千四百六十斤，合计存谷一万四千九百五十四石零。所存钱款内，发存郡城济元、济亨、恒泰三典钱一万四千千文，暂为生息，其余钱谷存储义仓，仍由潘绅遵祁会同董事详慎经理。查本届收数，比较上年，有盈无绌，合并声明。兹循案将七

年 四 月 分 起，至 八 年 三 月 分 止，一 应 收 支 各 款，会 同 绅 董 造 具 四 柱 清 册
呈候核销，并备造收支清册一套，呈盖
备文牒送。除申报藩宪外，仰祈贵府察核转详存案，实为公便。须至牒者 宪印详送抚宪鉴核，并请申详督宪
存案，理合备由具文申送。伏祈宪台鉴察施行。须至申者。

　　计呈清册二套
　　　　　　一套

　　一申藩宪
　　　牒苏州府

同治八年三月　　日义仓委员陆费森

同治七年四月分起至八年三月止，采买谷石、完办条漕、添置民房、仓廒工用、收租
经费一切收支等项清册

旧管

上年存钱七千四百三十千一十一文。

上年存谷一万一千一百六十六石四斗。

新收

一、补收六年分长元两邑旧租折色钱一百二十四千六百二十三文。

一、收七年分长元两邑新租折色钱一万六千六百一十八千七百三十五文。

一、收发存三典生息钱一千八百二十二千三百文。

统共收新旧租息、发典生息钱一万八千五百六十五千六百五十八文。

一、收八年冬采买谷三千七百八十八石二斗。

开除

七年四月

一、司事五人薪水，支钱三十八千文。

一、门使厨役仓工五人辛工，支钱七千九百文。

一、伙食（小建，司事五人，使役五人），支钱二十六千一百文。

一、油烛，支钱二千六百七十文。

一、煤柴（小建），支钱四千六十文。

一、纸张笔墨，支钱七百六十文。

一、零用，支钱四千八百九十八文。

一、催甲饭食，支钱六百文。

　　共支钱八十四千九百八十八文。

闰四月

一、司事五人薪水，支钱三十八千文。

一、门使厨役仓工五人辛工，支钱六千四百文。

一、伙食（小建），支钱二十六千一百文。

一、油烛，支钱二千六百五十四文。

一、煤柴（小建），支钱四千六十文。

一、纸张笔墨，支钱七百四十文。

一、零用，支钱五千九百九文。

一、催甲饭食，支钱五百二十文。

共支钱八十四千三百八十三文。

五月

一、司事五人薪水，支钱三十八千文。

一、门使厨役仓工五人辛工，支钱六千四百文。

一、伙食，支钱二十七千文。

一、油烛，支钱二千八百二十文。

一、煤柴，支钱四千二百文。

一、纸张笔墨，支钱八百二十文。

一、零用，支钱七千五百四十八文。

一、催甲饭食，支钱四百四十文。

共支钱八十七千二百二十八文。

六月

一、司事五人薪水，支钱三十八千文。

一、门使厨役仓工五人辛工，支钱六千四百文。

一、伙食（小建），支钱二十六千一百文。

一、油烛，支钱二千二百七十文。

一、煤柴（小建），支钱四千六十文。

一、纸张笔墨，支钱四百六十八文。

一、零用，支钱一十二千九百九十八文。

一、催甲饭食，支钱七百四十文。

共支钱九十一千三十六文。

七月

一、司事五人薪水，支钱三十八千文。

一、门使厨役仓工五人辛工，支钱六千四百文。

一、伙食（小建），支钱二十六千一百文。

一、煤柴（小建），支钱四千六十文。

一、催甲饭食，支钱三百六十文。

一、油烛，支钱二千二百七十文。

一、纸张笔墨，支钱五百二十文。

一、零用，支钱五千七百七十文。

共支钱八十三千四百八十文。

八月

一、司事五人薪水，支钱三十八千文。

一、门使厨役仓工五人辛工，支钱六千四百文。

一、伙食，支钱二十七千文。

一、煤柴，支钱四千二百文。

一、催甲饭食，支钱一千二百文。

一、油烛，支钱五千四百二十文。

一、纸张笔墨租由租册，支钱二十二千九百文。

一、零用，支钱八千三百三十三文。

共支钱一百一十三千四百五十三文。

九月

一、司事十人薪水，支钱六十八千文。

一、门使厨役仓工五人辛工，支钱六千四百文。

一、伙食（小建，司事十人，使役五人），支钱四十千六百文。

一、煤柴（小建），支钱四千六十文。

一、催甲饭食，支钱四千二百文。

一、油烛，支钱四千五百二十文。

一、纸张笔墨，支钱一千六百五十文。

一、零用，支钱八千三百七十六文。

共支钱一百三十七千八百六文。

十月

一、委员薪水（会办委员五十八千文，随办委员二十四千文），支钱八十二千文。

一、委员轿随，（会办委员十二千文，随办委员六千文），支钱一十八千文。

一、司事十人薪水，支钱九十四千文。

一、门使厨役仓工八人辛工，支钱一十二千九百文。

一、伙食（司事十人，使役八人），支钱四十九千二百文。

一、煤柴，支钱四千二百文。

一、催甲酒菜，支钱九千八百文。

一、开仓酒席，支钱一十四千五百八十文。

一、纸张笔墨各项帐册，支钱三千四百二十文。

一、油烛，支钱九千一百四十文。

一、零用及开仓日一应犒赏，支钱一十七千九百二十二文。

共支钱三百一十五千一百六十二文。

十一月

一、委员薪水，支钱八十二千文。

一、委员轿随，支钱一十八千文。

一、司事十人薪水，支钱九十四千文。

一、门使厨役仓工八人辛工，支钱一十二千九百文。

一、伙食，支钱四十九千二百文。

一、煤柴，支钱四千二百文。

一、催甲饭食，支钱五千七百二十文。

一、纸张笔墨，支钱二千文。

一、油烛，支钱三千六百八十文。

一、零用，支钱一十二千四百六十二文。

共支钱二百八十四千一百六十二文。

十二月

一、委员薪水，支钱八十二千文。

一、委员轿随，支钱一十八千文。

一、司事十人薪水，支钱九十四千文。

一、门使厨役仓工八人辛工，支钱一十二千九百文。

一、伙食（小建），支钱四十七千五百六十文。

一、煤柴（小建），支钱四千六十文。

一、催甲饭食，支钱五千五百四十文。

一、纸张笔墨，支钱一千七百六十文。

一、油烛，支钱三千九百八十二文。

一、零用及年底犒赏，支钱一十八千六百三十六文。

共支钱二百八十八千四百三十八文。

八年正月

一、委员薪水，支钱八十二千文。

一、委员轿随，支钱一十八千文。

一、司事七人薪水，支钱七十八千文。

一、门使厨役仓工六人辛工，支钱七千九百文。

一、伙食（司事七人，使役六人），支钱三十五千四百文。

一、煤柴，支钱四千二百文。

一、催甲饭食，支钱一千六百文。

一、纸张笔墨，支钱三百文。

一、油烛，支钱二千五百二十文。

一、零用，支钱九千九百六十二文。

共支钱二百三十九千八百八十二文。

二月

一、委员薪水，支钱八十二千文。

一、委员轿随，支钱一十八千文。

一、司事七人薪水，支钱七十八千文。

一、门使厨役仓工六人辛工，支钱七千九百文。

一、伙食，支钱三十五千四百文。

一、煤柴，支钱四千二百文。

一、催甲饭食，支钱三千二百文。

一、纸张笔墨，支钱四百九文。

一、油烛，支钱二千五百七十文。

一、零用，支钱九千三百七十四文。

共支钱二百四十一千五十三文。

三月

一、委员薪水，支钱八十二千文。

一、委员轿随，支钱一十八千文。

一、司事七人薪水，支钱七十八千文。

一、门使厨役仓工六人辛工，支钱七千九百文。

一、伙食，支钱三十五千四百文。

一、煤柴，支钱四千二百文。

一、催甲饭食，支钱二千五百文。

一、纸张笔墨，支钱五百文。

一、油烛，支钱二千四百二十文。

一、零用，支钱九千四百七十四文。

共支钱二百四十千三百九十四文。

一、采买谷石（计三千七百八十八石二斗，每石洋九角二厘八毫，洋照收租价钱一千一百六十文），支钱三千九百六十七千一百六十五文。

一、契买民房，支钱三百六十八千六百四十文。

一、挑运地基垃圾，支钱一百六十千文。

一、完长元两邑条漕，支钱一千九百一十千一百三十文。

一、申解院署书吏辛工纸张费，支钱八十二千七百三十八文。

一、申解藩署书吏辛工纸张费，支钱一百三十四百一十九文。

一、给府署书吏辛工纸张费，支钱四十一千三百七十八文。

一、给长洲县书吏辛工纸张费，支钱七千八百五文。

一、给元和县书吏辛工纸张费，支钱五十四千二百六十二文。

一、籴谷上廒及晒谷工力，支钱一百六千六百五十六文。

一、追租差费，支钱二百八十八千八百四十文。

一、催甲佃酒，支钱一百二十一千六百九十九文。

一、匠工修理仓廒，支钱五十四千六百五十文。

一、器用物件，支钱三十九千三百七十七文。

一、仓场器用，支钱四十二千八百二十九文。

一、易知单费，支钱二十九千二百一十一文。

一、步田船只饭食，支钱一十三千二百文。

共支钱七千三百一十一千九百九十九文。

统共支钱九千六百三千四百六十四文。

实在

一、存各典生息钱一万四千千文。

一、存储义仓钱二千三百九十二千二百五文。

统共存钱一万六千三百九十二千二百五文。

统共存谷一万四千九百五十四石六斗。

为具文申报事。窃卑职奉宪台札委丰备义仓田租事宜，遵即随同陆费丞森会同绅董循照旧章，悉心筹办，业将到仓开收日期，并自上年十月十七日开收起，至十二月十九日止，收过田租折色钱文及奉发积谷建仓经费，由陆费丞森具文申报在案。兹查九年正月起，至三月止，续收田租米一百六十九石四斗四升八合，每石折色钱二千二百文，合计钱三百七十二千七百八十六文。又收荡田银折钱五千三百三十一文，上年十二月申报收过新旧租折色钱二万一百四十六千八百三十三文，共计收田租钱二万五百二十四千九百五十

文。又收存典款项下息钱二千七百一十二千七百九十八文，又于三月奉^{宪库发放苏州府转交}潘

绅建仓积谷银二千九百二十两九钱六分六厘，合钱四千九百八十三千九十六文。上年十二

月申报过领到库款银合钱一万四千八百五十六千一百一十一文，共领发放积谷建仓经费银

合钱一万九千八百三十九千二百七文，统共收新旧租息及存典款项下息钱并领到库款钱四

万三千七十六千九百五十五文。除采买谷石、建造仓廒及完办条漕一切收租积谷经费，共

支钱二万九千四百四十五千二百五十一文。应存钱一万三千六百三十一千七百四文，应存

谷五十四万六千六百八十四斤。以一百斤为一石，合计存谷五千四百六十六石八斗四升。

上年三月报销册内申报义仓存钱一万六千三百九十二千二百五文，存谷一万四千九百五十

四石六斗。前后统共存钱三万二十三千九百九文，统共存谷二万四百二十一石零。所存钱

款内，发存郡城济元、济亨、恒泰、恒林、慎和、同源、协隆、洪裕、恒升、济大、鼎

泰、致祥、润源、恒元、万康各典钱二万八千千文，其余钱谷存储义仓，仍由潘绅遵祁会

同董事详慎经理。再，查陆费丞森奉委津局海运差，于前月杪起程，兹循案谨将八年四月

分起，至九年三月分止，一应收支各款，会同绅董造具四柱清册，^{呈候鉴核，并备造收支清册一套，呈盖宪印详送}抚宪核销，并请申详督宪存案，理合备由具文_{备文申送，除申藩宪外，伏乞宪台鉴核。备查须至申者}

申报。伏乞宪台批示施行。须至申者。

计呈清册二套

一申藩^宪_府

同治九年三月　日义仓委员程燮

同治八年四月分起至九年三月止，采买谷石、契买房屋地基、建造廒房、完办条漕、

收租经费一切收支等项清册

旧管

上年存钱一万六千三百九十二千二百五文。

上年存谷一万四千九百五十四石六斗。

新收

一、补收七年分元邑旧租折色钱一百一十千四百二十一文。

一、收八年分长元两邑新租折色钱二万四百一十四千五百二十九文。

一、收八年分存典生息钱二千七百一十二千七百九十八文。

一、领第一次奉发七年积谷捐（银一千七百八十一两一钱二分一厘），合钱三千千文。

一、领第二次奉发七年积谷捐（银二千四百三十一两八钱一分五厘），合钱四千千文。

一、领第三次奉发七年积谷捐（银三千六百九十九两二钱四分六厘），合钱六千二百三十二千

一百一十一文。

一、领第四次奉发七年积谷捐（银二千九百二十两九钱六分六厘），合钱四千九百八十三千九

十六文。

一、领奉发三四两年解存仓租款内（银一千两），合钱一千六百二十四千文。

统共收、领钱四万三千七十六千九百五十五文。

一、收九年冬采买谷五千四百六十六石八斗四升。

开除

八年四月

一、司事六人薪水，支钱四十四千文。

一、门使厨役仓工五人辛工，支钱七千九百文。

一、伙食（小建，司事六人，使役五人），支钱二十九千文。

一、煤柴（小建），支钱四千六十文。

一、油烛，支钱二千三百五十文。

一、纸张笔墨，支钱八百二十文。

一、零用，支钱九千五百文。

共支钱九十七千六百三十文。

五月

一、司事六人薪水，支钱四十四千文。

一、门使厨役仓工五人辛工，支钱七千九百文。

一、伙食（小建），支钱二十九千文。

一、煤柴（小建），支钱四千六十文。

一、催甲饭食，支钱一千四百七十文。

一、油烛，支钱一千九百五十文。

一、纸张笔墨，支钱九百八十文。

一、零用，支钱一十千九百二十四文。

共支钱一百千二百八十四文。

六月

一、司事六人薪水，支钱四十四千文。

一、门使厨役仓工五人辛工，支钱七千九百文。

一、伙食，支钱三十千文。

一、煤柴，支钱四千二百文。

一、油烛，支钱一千八百文。

一、纸张笔墨，支钱六百三十文。

一、零用，支钱一十五千七百八十四文。

共支钱一百四千三百一十四文。

七月

一、司事六人薪水，支钱四十四千文。

一、门使厨役仓工五人辛工，支钱七千九百文。

一、伙食（小建），支钱二十九千文。

一、煤柴（小建），支钱四千六十文。

一、催甲饭食，支钱一百四十文。

一、油烛，支钱一千九百五十文。

一、纸张笔墨，支钱五百八十文。

一、零用，支钱一十一千三百七十五文。

共支钱九十九千五文。

八月

一、司事六人薪水，支钱四十四千文。

一、门使厨役仓工五人辛工，支钱七千九百文。

一、伙食（小建），支钱二十九千文。

一、煤柴（小建），支钱四千六十文。

一、催甲饭食，支钱一千八百八十六文。

一、油烛，支钱一千八百五十文。

一、纸张笔墨租由租册，支钱二十一千三百四十文。

一、零用，支钱一十千七百一十四文。

共支钱一百二十千七百五十文。

九月

一、司事八人薪水，支钱五十千文。

一、门使厨役仓工五人辛工，支钱七千九百文。

一、伙食（司事八人，使役五人），支钱三十六千文。

一、煤柴，支钱四千二百文。

一、催甲饭食，支钱一百二十文。

一、油烛，支钱四千九百六十文。

一、纸张笔墨，支钱一千五百四十八文。

一、零用，支钱一十一千七十二文。

共支钱一百一十五千八百文。

十月

一、委员薪水（会办委员五十八千文，随办委员二十四千文），支钱八十二千文。

一、委员轿随（会办委员一十二千文，随办委员六千文），支钱一十八千文。

一、司事九人薪水，支钱九十千文。

一、门使厨役仓工八人辛工，支钱一十二千九百文。

一、伙食（小建，司事九人，使役八人），支钱四十四千六百六十文。

一、煤柴（小建），支钱四千六十文。

一、开仓酒席，支钱一十五千文。

一、催甲酒菜，支钱一十二千一十四文。

一、油烛，支钱七千八十文。

一、纸张笔墨，支钱二千六百八十文。

一、零用及开仓日一应犒赏，支钱一十九千八十八文。

共支钱三百七千四百八十二文。

十一月

一、委员薪水，支钱八十二千文。

一、委员轿随，支钱一十八千文。

一、司事九人薪水，支钱九十千文。

一、门使厨役仓工八人辛工，支钱一十二千九百文。

一、伙食，支钱四十六千二百文。

一、煤柴，支钱四千二百文。

一、催甲饭食，支钱五千四百四十文。

一、油烛，支钱二千一百六十文。

一、纸张笔墨，支钱一千四百文。

一、零用，支钱一十二千四百八十六文。

　　共支钱二百七十四千七百八十六文。

十二月

一、委员薪水，支钱八十二千文。

一、委员轿随，支钱一十八千文。

一、司事九人薪水，支钱九十千文。

一、门使厨役仓工八人辛工，支钱一十二千九百文。

一、伙食（小建），支钱四十四千六百六十文。

一、煤柴（小建），支钱四千六十文。

一、催甲饭食，支钱六千一百一十文。

一、油烛，支钱三千五百九十三文。

一、纸张笔墨，支钱一千一百八十文。

一、零用及年底犒赏，支钱二十五千五百七十四文。

　　共支钱二百八十八千七十七文。

九年正月

一、委员薪水，支钱八十二千文。

一、委员轿随，支钱一十八千文。

一、司事五人薪水，支钱六十八千文。

一、门使厨役仓工六人辛工，支钱九千四百文。

一、伙食（司事五人，使役六人），支钱二十九千四百文。

一、煤柴，支钱四千二百文。

一、催甲饭食，支钱一千文。

一、油烛，支钱一千八百文。

一、纸张笔墨，支钱三百二十文。

一、零用，支钱九千四十四文。

　　共支钱二百二十三千一百六十四文。

二月

一、委员薪水，支钱八十二千文。

一、委员轿随，支钱一十八千文。

一、司事五人薪水，支钱六十八千文。

一、门使厨役仓工五人辛工，支钱七千九百文。

一、伙食（司事五人，使役五人），支钱二十七千文。

一、煤柴，支钱四千二百文。

一、催甲饭食，支钱一千五百文。

一、油烛，支钱三千四百二十文。

一、纸张笔墨，支钱八百二十四文。

一、零用，支钱九千一百九十六文。

共支钱二百二十二千四十文。

三月

一、委员一人薪水，支钱二十四千文。

一、委员一人轿随，支钱六千文。

一、司事五人薪水，支钱六十八千文。

一、门使厨役仓工五人辛工，支钱七千九百文。

一、伙食，支钱二十七千文。

一、煤柴，支钱四千二百文。

一、催甲饭食，支钱八十文。

一、油烛，支钱二千文。

一、纸张笔墨，支钱一百四十七文。

一、零用，支钱一十一千四百九十三文。

共支钱一百五十千八百二十文。

一、采买谷石（计五千四百六十六石八斗四升，每石价洋一元三角七厘三毫，洋照收租价钱一千一百八十文），支钱八千四百三十三千二百一十八文。

一、建造仓厫（仓厅六间，仓厫一百一十间，砌石驳岸三十五丈），支钱一万四千七百九十六千四百文。

一、契买民房地基，支钱七百五十七千六百文。

一、完长元两邑条漕，支钱二千六十四千三百七文。

一、申解院署书吏辛工纸张经费，支钱八十一千四百七十七文。

一、申解藩署书吏辛工纸张经费，支钱一百一十千八百四十五文。

一、给苏府署书吏辛工纸张经费，支钱四十千七百三十八文。

一、给长洲县书吏辛工纸张经费，支钱七千六百五十二文。

一、给元和县书吏辛工纸张经费，支钱五十三千四百五十三文。

一、籴谷上厫及扇筛摊晒工费，支钱一百一十三千五十八文。

一、追租差费，支钱一百六十九千六十文。

一、催甲佃户缴租零犒，支钱一百二十千六百三十六文。

一、易知单费，支钱二十九千二百一十一文。

一、匠工修理，支钱一百四十七千六百六十文。

一、开河砌街，支钱五十九千七百文。

一、添设神龛供桌及器具等件，支钱八十七千六百四十六文。

一、添置仓场芦席厫箔器具等件，支钱二百五十四千三十八文。

一、步田船只饭食，支钱二十三千四百文。

共支钱二万七千三百四十一千九十九文。

统共支钱二万九千四百四十五千二百五十一文。

实在

一、存各典生息钱二万八千千文。

一、存储义仓钱二千二十三千九百九文。

统共存钱三万二十三千九百九文。

统共存谷二万四百二十一石四斗四升。

为申报事窃卑府于上年十月奉前署藩宪应札委丰备义仓田租事宜，遵即会同绅董循照旧章，悉心筹办，业将到仓开收日期，并自上年闰十月初二日开收起至十二月十五日止收过田租折色钱文及上年六月十二日奉发积谷捐钱，具文申报在案。兹查十年正月起，至三月底止，续收田租米七十二石四斗五升，每石折色钱二千一百文，合计收钱一百五十二千一百四十五文。上年十二月，申报收过田租银米折色钱二万四百二十九千五百一十八文，共计收田租折色钱二万五百八十一千六百六十三文。又收发当生息钱三千三百七十千二百六十六文。统共收田租折色及发当生息钱二万三千九百五十一千九百二十九文。除去添置田亩、采买新谷、完办条漕及一切收租积谷经费，共支钱二万二千八十九千七十七文。本年义仓存钱一千八百六十二千八百五十二文，又上年三月报销册内申报存钱三万二十三千九百九文，内应遵照宪札划除，九年三月止，先经奉发七年分三邑积谷捐，除买谷支用外，钱九千四百七十五千八百六十三文，并入九年六月十二日续领三邑积谷捐款，并自九年四月起至十年三月止发当生息款项另行造报外，净计上年义仓存钱二万五千五百四十八千四十六文，前后统共义仓实存钱二万二千四百一十千八百九十八文。再，本年义仓存谷九千九百三十五石，又上年三月申报存谷二万四百二十一石四斗四升。内应遵照宪札划除，八年冬买存三邑积谷原数五千四百六十六石八斗四升另行造报外，净计上年义仓存谷一万四千九百五十四石六斗，前后统共义仓应存谷二万四千八百八十九石六斗。除积年折耗谷八百七十一石一斗四升，实存谷二万四千一十八石四斗六升。所有义仓钱谷，发当储仓，仍由潘绅遵祁会同董事顾来章详慎经理。除将八年七月起至九年六月止，历次奉发七年分三邑积谷捐钱文并买存谷数，奉文与义仓田租劈分造报，遵即另由绅董造具三邑附存义仓钱谷清册，分送三首县并请由县通详外，兹循案将九年四月起至十年三月止义仓一应收支各款，会同绅董造具四柱清册，呈候鉴核，并备造收支清册一套，呈盖宪印，详送备文移送，除申藩宪批示转详外，合移贵府察核备查，望切！须移抚宪核销，并请申详督宪存案。至尚有应行找解院司书辛工钱一千三百四文，俟年终汇解，以免烦琐。理合备由，具文申报，伏乞宪台批示施行。须至申者。

计　呈清册二套
　　移清册一套

一申藩宪
　移苏州府

同治十年四月　日义仓委员沈玮宝

同治九年四月起至十年三月止，采买谷石、添置田亩、完办条漕、收租积谷经费一应收支等项清册

旧管

上年存钱二万五百四十八千四十六文。（上年报销册内，申报存钱三万二十三千九百九文，内除九年三月止奉发三邑积谷捐，除买谷支用外钱九千四百七十五千八百六十三文，奉文扣提，另行造报。）

上年存谷一万四千九百五十四石六斗。（上年报销册内，申报存谷二万四百二十一石四斗四升，内除

八年冬买存三邑积谷原数五千四百六十六石八斗四升，奉文扣提，另行造报。）

新收

一、补收八年分长元两邑田旧租折色钱六十五千九百七十八文。

一、收九年分长元两邑田新租折色钱二万五百一十五千六百八十五文。

一、收发存各当生息钱三千三百七十千二百六十六文。

统共收钱二万三千九百五十一千九百二十九文。

一、收九年冬采买谷九千九百三十五石。

开除

九年四月

一、司事六人薪水，支钱三十八千文。

一、门使厨役仓工五人辛工，支钱七千九百文。

一、伙食（小建，司事六人，使役五人），支钱二十九千文。

一、煤柴（小建），支钱四千六十文。

一、油烛，支钱二千一百三十文。

一、纸张笔墨，支钱九百文。

一、零用，支钱一十千四百五十六文。
　　共支钱九十二千四百四十六文。

五月

一、司事六人薪水，支钱三十八千文。

一、门使厨役仓工五人辛工，支钱七千九百文。

一、伙食，支钱三十千文。

一、煤柴，支钱四千二百文。

一、油烛，支钱二千四百九十六文。

一、纸张笔墨，支钱一千一百文。

一、零用，支钱一十五千一百三十五文。
　　共支钱九十八千八百三十一文。

六月

一、司事六人薪水，支钱三十八千文。

一、门使厨役仓工六人辛工，支钱九千四百文。

一、伙食（小建，司事六人，使役六人），支钱三十一千三百二十文。

一、煤柴（小建），支钱四千六十文。

一、油烛，支钱一千七百九十四文。

一、纸张笔墨，支钱八百文。

一、零用，支钱一十二千七百八十一文。
　　共支钱九十八千一百五十五文。

七月

一、司事六人薪水，支钱三十八千文。

一、门使厨役仓工六人辛工（内使役一人、辛工十日），支钱九千一百三十三文。

一、伙食（内使役一人、伙食十日），支钱三十千八百文。

一、煤柴，支钱四千二百文。

一、油烛，支钱一千六百二十文。

一、纸张笔墨，支钱四百六十文。

一、零用，支钱一十三千一百九十四文。

　　共支钱九十七千四百七文。

八月

一、司事六人薪水，支钱三十八千文。

一、门使厨役仓工五人辛工，支钱九千文。

一、伙食（小建，司事六人，使役五人），支钱二十九千文。

一、煤柴（小建），支钱四千六十文。

一、催甲饭食，支钱二百文。

一、纸张笔墨租由租册，支钱一十八千文。

一、油烛，支钱一千七百九十四文。

一、零用，支钱一十千三百二十文。

　　共支钱一百一十千三百七十四文。

九月

一、司事六人薪水，支钱三十八千文。

一、门使厨役仓工五人辛工，支钱九千文。

一、伙食（小建），支钱二十九千文。

一、煤柴（小建），支钱四千六十文。

一、催甲饭食，支钱四百八十文。

一、油烛，支钱二千八百五十六文。

一、纸张笔墨，支钱一千四百文。

一、零用，支钱九千四百一十四文。

　　共支钱九十四千二百一十文。

十月

一、委员薪水（会办委员五十八千文，随办委员二十四千文），支钱八十二千文。

一、委员轿随（会办委员一十二千文，随办委员六千文），支钱一十八千文。

一、司事九人薪水，支钱八十八千文。

一、门使厨役仓工七人辛工，支钱一十一千五百文。

一、伙食（司事九人，使役七人），支钱四十三千八百文。

一、煤柴，支钱四千二百文。

一、催甲饭食，支钱一百六十文。

一、油烛，支钱三千三百五十六文。

一、纸张笔墨，支钱一千四十文。

一、零用，支钱一十三千八百六十文。

　　共支钱二百六十五千九百一十六文。

闰十月

一、委员薪水，支钱八十二千文。

一、委员轿随，支钱一十八千文。

一、司事九人薪水，支钱八十八千文。

一、门使厨役仓工九人辛工，支钱一十五千五百文。

一、伙食（小建，司事九人，使役九人），支钱四十六千九百八十文。

一、煤柴（小建），支钱四千六十文。

一、开仓酒席，支钱一十五千文。

一、开仓日催甲酒饭，支钱四千一百文。

一、油烛，支钱四千六百九十文。

一、纸张笔墨，支钱二千三百四十文。

一、零用及开仓一应犒赏，支钱二十千二文。

　　共支钱三百千六百七十二文。

十一月

一、委员薪水，支钱八十二千文。

一、委员轿随，支钱一十八千文。

一、司事九人薪水，支钱八十八千文。

一、门使厨役仓工九人辛工，支钱一十五千五百文。

一、伙食，支钱四十八千六百文。

一、煤柴，支钱四千二百文。

一、催甲饭食，支钱五百文。

一、油烛，支钱二千九百文。

一、纸张笔墨，支钱一千三百文。

一、零用，支钱一十一千三百一十一文。

　　共支钱二百七十二千三百一十一文。

十二月

一、委员薪水，支钱八十二千文。

一、委员轿随，支钱一十八千文。

一、司事九人薪水，支钱八十八千文。

一、司事建仓督工薪水，支钱五十六千一百六十文。

一、门使厨役仓工九人辛工，支钱一十五千五百文。

一、伙食（小建），支钱四十六千九百八十文。

一、煤柴（小建），支钱四千六十文。

一、油烛，支钱三千三百七十文。

一、纸张笔墨，支钱九百六十文。

一、零用及年底一应犒赏，支钱二十九千九十文。

　　共支钱三百四十四千一百二十文。

十年正月

一、委员薪水，支钱八十二千文。

一、委员轿随，支钱一十八千文。

一、司事六人薪水，支钱七十二千文。

一、门使厨役仓工七人辛工，支钱一十一千五百文。

一、伙食（司事六人，使役七人），支钱三十四千八百文。

一、煤柴，支钱四千二百文。

一、油烛，支钱二千三百文。

一、纸张笔墨，支钱三百文。

一、零用，支钱八千一百二文。

共支钱二百三十三千二百二文。

二月

一、委员薪水，支钱八十二千文。

一、委员轿随，支钱一十八千文。

一、司事六人薪水，支钱七十二千文。

一、门使厨役仓工七人辛工，支钱一十一千五百文。

一、伙食，支钱三十四千八百文。

一、煤柴，支钱四千二百文。

一、油烛，支钱二千三百九十二文。

一、纸张笔墨，支钱五百文。

一、零用，支钱七千四百五十六文。

共支钱二百三十二千八百四十八文。

三月

一、委员薪水，支钱八十二千文。

一、委员轿随，支钱一十八千文。

一、司事七人薪水，支钱七十四千文。

一、门使厨役仓工六人辛工，支钱一十千文。

一、伙食（小建，司事七人，使役六人），支钱三十四千二百二十文。

一、煤柴（小建），支钱四千六十文。

一、油烛，支钱二千三百五十文。

一、纸张笔墨，支钱七百六十文。

一、零用，支钱九千六百五十九文。

共支钱二百三十五千四十九文。

一、采买谷三千石（每石价本洋九角，洋照本年收租价，作钱一千一百九十文），支钱三千二百一十三千文。

一、采买谷二千四百四十五石（每石价本洋一元），支钱二千九百九十千五百五十文。

一、采买谷四千四百九十石（每石价本洋九角九分半），支钱五千三百一十六千三百八十五文。

一、契买长邑田四百七十六亩八分四厘一毫，支钱三千二百九十九千四百文。

一、契买元邑田八十八亩八分五厘三毫，支钱七百八十九千七百五十文。

一、买田中费，支钱一百一十四千六百六十文。

一、补买新仓地基，支钱一十二千八百文。

一、完长元两邑条漕，支钱二千一百四十三千三百九十文。

一、申解院署书吏辛工纸张费,支钱八十六千三百九文。

一、申解藩署书吏辛工纸张费,支钱一百七千八百八十五文。

一、给府署书吏辛工纸张费,支钱四十三千一百五十四文。

一、给长洲县书吏辛工纸张费,支钱一十千九十八文。

一、给元和县书吏辛工纸张费,支钱五十四千六百三十三文。

一、晒谷工费,支钱一百九十二千九百六十七文。

一、追租差费,支钱一百五十千三百四十文。

一、催甲佃缴租零犒,支钱一百二十七千三百一十六文。

一、易知单费,支钱二十九千四百七十八文。

一、对河新仓油漆工料,支钱一百四十二千二百三十六文。

一、对河新仓后添水木工料,支钱一百六十七千九百二十八文。

一、老仓匠工修理水木桐油工料及挑河工费,支钱一百一十二千五百四文。

一、丈步新买田亩船只饭食,支钱五十二千六百一十二文。

一、添置器用物件,支钱一百四十八千五百六十一文。

一、置备水龙一具并水斗号衣帽旗灯等件,支钱一百一十五千八百四十六文。

一、添置仓场芦席厫笆器具等件,支钱二百七十二千七百三十四文。

共支钱一万九千六百一十三千五百三十六文。

统共支钱二万二千八十九千七十七文。

一、支积年扇晒折耗谷八百七十一石一斗四升(六年分起,十年三月止)。

实在

一、存济元、济亨两当钱六千千文。

一、存济大当钱三千千文。

一、存洪裕、万康、致祥每当各二千千文。

一、恒森、洽隆、鼎泰、同源、恒升、润源每当各一千千文。

一、存储仓钱一千四百一十千八百九十八文。

统共存钱二万二千四百一十千八百九十八文。

统共存谷二万四千一十八石四斗六升。

为申报事。窃卑职奉宪台札委会办义仓田租,遵即会同绅董循照旧章,悉心筹办,业将到仓开收日期,并自上年十月初九日开收起至十二月二十日止收过田租折色钱文,具文申报在案。兹查十一年正月起,至三月底止,续收田租米一百八十三石三斗二升九合,每石折色钱二千一百文,合钱三百八十四千九百九十一文。又收荡田银折钱一千一百一十五文,上年十二月申报收过田租银米折色钱二万四百七十七千八百三十一文,共计收田租银米折色钱二万七百九十三千九百三十七文。又收发典生息钱三千四百四十五千九百九文。统共收田租银米折色及发当生息钱二万四千二百三十九千八百四十六文。除去添置田亩、采买谷石、完办条漕、协贴饭粥厂及一切收租积谷经费,共支钱一万九千五百千四百九十五文。本年义仓存钱四千七百三十九千三百五十一文,又上年三月报销册内申报存钱二万二千四百一十千八百九十八文,前后统共存钱二万七千一百五十千二百四十九文。再,本年存谷三千二百九十九石,又上年申报存谷原数二万四千八百八十九石六斗,除上年盘见折耗谷八百七十一石一斗四升，实存谷二万四千一十八石四斗六升，前后统共存谷二万七千三百一十七石四斗六升。所有义仓钱谷，发当储仓，仍由潘绅遵祁会同董事顾来章详慎经理。除将七年分三邑附存积谷捐钱并买存谷数，仍造具清册，分送三首县，并请由县通详外，兹循案将十年四月分起至十一年三月止义仓一应收支各款，会同绅董造具四柱清册呈候鉴核，并备造收支清册一套，呈盖宪印详送 抚宪核销，并请申详督宪存案至，尚有备文申送。除呈藩宪批示转详外，伏乞宪台察核备查。须至申者。应行找解院司书吏辛工钱三千三百文，俟年终汇解，以免烦琐。理合备由，具文申报。伏乞宪台批示，施行须至申者。

计呈清册二套

一申藩宪
府

同治十一年四月　日义仓委员朱声先

同治十年四月起至十一年三月止，采买谷石、添置田亩、完办条漕、协贴饭粥厂、收租积谷经费一切收支等项清册

旧管

上年存钱二万二千四百一十千八百九十八文。

上年存谷二万四千一十八石四斗六升。

新收

一、补收九年分长元两邑田旧租折色钱五十八千七百九十文。

一、收十年分长元两邑新租折色钱二万七百三十五千一百四十七文。

一、收发当生息钱三千四百四十五千九百九文。

统共收钱二万四千二百三十九千八百四十六文。

一、收十年冬采买谷三千二百九十九石。

开除

十年四月

一、司事七人薪水，支钱四十四千文。

一、门使厨役仓工六人辛工，支钱一十千文。

一、伙食（司事七人，使役六人），支钱三十五千四百文。

一、煤柴，支钱四千二百文。

一、油烛，支钱二千五百九十二文。

一、纸张笔墨，支钱九百文。

一、零用，支钱一十千二百六十四文。

共支钱一百七千三百五十六文。

五月

一、司事七人薪水，支钱四十四千文。

一、门使厨役仓工六人辛工，支钱一十千文。

一、伙食，支钱三十五千四百文。

一、煤柴，支钱四千二百文。

一、油烛，支钱二千一百八十文。

一、纸张笔墨，支钱一千文。

一、零用，支钱一十二千四百一文。

共支钱一百九千一百八十一文。

六月

一、司事七人薪水，支钱四十四千文。

一、门使厨役仓工六人辛工，支钱一十千文。

一、伙食（小建），支钱三十四千二百二十文。

一、煤柴（小建），支钱四千六十文。

一、油烛，支钱二千一百三十四文。

一、纸张笔墨，支钱一千二百文。

一、零用，支钱一十七千一百二十四文。

共支钱一百一十二千七百三十八文。

七月

一、司事七人薪水，支钱四十四千文。

一、门使厨役仓工六人辛工，支钱一十千文。

一、伙食，支钱三十五千四百文。

一、煤柴，支钱四千二百文。

一、油烛，支钱二千三百九十二文。

一、纸张笔墨，支钱七百文。

一、零用，支钱九千三百八十七文。

共支钱一百六千七十九文。

八月

一、司事七人薪水，支钱四十四千文。

一、门使厨役仓工六人辛工，支钱一十千文。

一、伙食（小建），支钱三十四千二百二十文。

一、煤柴（小建），支钱四千六十文。

一、油烛，支钱二千五百四十六文。

一、纸张笔墨租由租册，支钱二十六千文。

一、零用，支钱一十二千八百八十四文。

共支钱一百三十三千七百一十文。

九月

一、司事十人薪水，支钱六十二千文。

一、门使厨役仓工六人辛工，支钱一十千文。

一、伙食（司事十人，使役六人），支钱四十四千四百文。

一、煤柴，支钱四千二百文。

一、油烛，支钱五千五百八十六文。

一、纸张笔墨，支钱二千四百文。

一、零用，支钱一十三千三百九十六文。

共支钱一百四十一千九百八十二文。

十月

一、委员薪水（会办委员五十八千文，随办委员二十四千文），支钱八十二千文。

一、委员轿随（会办委员一十二千文，随办委员六千文），支钱一十八千文。

一、司事十人薪水，支钱九十六千文。

一、门使厨役仓工八人辛工，支钱一十四千文。

一、伙食（小建，司事十人，使役八人），支钱四十七千五百六十文。

一、煤柴（小建），支钱四千六十文。

一、开仓酒席，支钱一十三千文。

一、开仓日催甲酒饭，支钱四千一百六十文。

一、油烛，支钱六千三百七十六文。

一、纸张笔墨，支钱九百六十文。

一、零用及开仓日一应犒赏，支钱二十二千三百七十五文。

共支钱三百八千四百九十一文。

十一月

一、委员薪水，支钱八十二千文。

一、委员轿随，支钱一十八千文。

一、司事十人薪水，支钱九十六千文。

一、门使厨役仓工八人辛工，支钱一十四千文。

一、伙食，支钱四十九千二百文。

一、煤柴，支钱四千二百文。

一、油烛，支钱三千四百八十六文。

一、纸张笔墨，支钱一千四百文。

一、零用，支钱一十一千三百六十五文。

共支钱二百七十九千六百五十一文。

十二月

一、委员薪水，支钱八十二千文。

一、委员轿随，支钱一十八千文。

一、司事十人薪水，支钱九十六千文。

一、门使厨役仓工八人辛工，支钱一十四千文。

一、伙食，支钱四十九千二百文。

一、煤柴，支钱四千二百文。

一、油烛，支钱二千五百六十文。

一、纸张笔墨，支钱一千八百文。

一、零用及年终犒赏，支钱二十六千六百四十七文。

共支钱二百九十四千四百七文。

十一年正月

一、委员薪水，支钱八十二千文。

一、委员轿随，支钱一十八千文。

一、司事七人薪水，支钱七十八千文。

一、门使厨役仓工六人辛工，支钱一十千文。

一、伙食（小建，司事七人，使役六人），支钱三十四千二百二十文。

一、煤柴（小建），支钱四千六十文。

一、油烛，支钱二千八百二十文。

一、纸张笔墨，支钱七百文。

一、零用，支钱一十一千二十二文。

共支钱二百四十千八百二十二文。

二月

一、委员薪水，支钱八十二千文。

一、委员轿随，支钱一十八千文。

一、司事六人薪水，支钱七十二千文。

一、门使厨役仓工六人辛工，支钱一十千文。

一、伙食（司事六人，使役六人），支钱三十二千四百文。

一、煤柴，支钱四千二百文。

一、油烛，支钱二千七百四十四文。

一、纸张笔墨，支钱九百四十文。

一、零用，支钱七千四百七十文。

共支钱二百二十九千七百五十四文。

三月

一、委员薪水，支钱八十二千文。

一、委员轿随，支钱一十八千文。

一、司事六人薪水，支钱七十二千文。

一、门使厨役仓工六人辛工，支钱一十千文。

一、伙食（小建），支钱三十一千三百二十文。

一、煤柴（小建），支钱四千六十文。

一、油烛，支钱二千六百八十六文。

一、纸张笔墨，支钱二千七十六文。

一、零用，支钱八千一百六十七文。

共支钱二百三十千三百九文。

一、采买谷三千二百九十九石（每石价连水脚英洋八角八分八毫半，每元照本年收租价，作钱一千二百二十文），支钱三千五百四十五千二百文。

一、契买长邑田九十五亩七分八厘八毫，支钱八百五十一千三百一十六文。

一、契买元邑田八百八十亩八分八厘三毫，支钱七千三百四十千二百八十八文。

一、买田中费，支钱二百二十九千九百三文。

一、完长元两邑条漕，支钱二千三百一十三千文。

一、申解院署书吏辛工纸张费，支钱八十五千三百四十六文。

一、申解藩署书吏辛工纸张费，支钱一百六千六百八十三文。

一、申解府署书吏辛工纸张费，支钱四十二千六百七十三文。

一、给长洲县书吏辛工纸张费，支钱九千五百九十六文。

一、给元和县书吏辛工纸张费，支钱五十四千四百一十四文。

一、奉文协济省城饭粥局，支钱二千千文。

一、籴谷上水工费，支钱三十七千三百七十五文。

一、追租差费，支钱二百三十二千九百文。

一、催佃缴租零犒，支钱一百三十千二百一十四文。

一、易知单费，支钱三十千九百八十五文。

一、匠工修理，支钱三十七千二百九十文。

一、步新买田亩船饭费，支钱七十一千六百文。

一、添置器用物件，支钱一十千五百四十文。

一、添置仓场芦席厫笆器具，支钱五十四千三百四十四文。

一、水龙出救工费，支钱二十二千三百四十八文。

共支钱一万七千二百六千一十五文。

统共支钱一万九千五百千四百九十五文。

实在

一、存济元、济亨两当钱六千千文。

一、存济大当钱三千千文。

一、存致详、万康、仁泰、恒乾、洪裕、济昌，每当各二千千文。

一、存同源、润源、恒升、济康，每当各一千千文。

一、存恒豫当钱五百千文。

一、存恒泰当钱三百千文。

一、存恒森当钱二百千文。

一、存储义仓钱一千一百五十千二百四十九文。

共存钱二万七千一百五十千二百四十九文。

共存谷二万七千三百一十七石四斗六升。

为^申报事窃^{卑职奉宪台}札委会办义仓田租，遵即会同绅董循照旧章，业将到仓开收日期，并自上年十月二十二日开收起，至十二月二十二日止，收过田租折色钱文，具文^申报在案。兹查十二年正月起，至三月底止，续收田租米一百六十一石三斗九升三合，每石折色钱二千文，合钱三百二十二千七百八十六文。又收荡田租银折钱七百八十四文，上年十二月^申报收过田租银米折色钱二万一千五百五千八百二十文，共计收田租银米折色钱二万一千八百二十九千三百九十文。又收发当生息钱三千九百九十四千文，又收奉文发还三四两年租钱九千三百六十二千八百二十三文，统共收田租折色及发当生息奉发寄库租息钱三万五千一百八十六千二百一十三文。除报销册内一应开支钱二万五千一十一千八百二十九文，本年义仓存钱一万一百七十四千三百八十四文，又上年三月报销册内^申报存钱二万七千一百五十千二百四十九文，前后统共存钱三万七千三百二十四千六百三十三文。再，本年采买谷七千一百五十七石，又上年^申报存谷二万七千三百一十七石四斗六升，前后统共存谷三万四千四百七十四石四斗六升。所有义仓钱谷，发当储仓，仍由潘绅遵祁会同董事顾来章详慎经理。除将七年分三邑附存积谷捐钱并买存谷数，仍造具清册，分送三首县并请由县通详外，兹循案将十一年四月起至十二年三月止义仓一应收支各款，会同绅董造具四柱清册，呈候鉴核，并备造收支清册一套，呈盖宪印详送 抚宪核销，并请申详督宪存备文牒送。除呈藩宪批示转详外，伏祈贵府鉴核备查。须至牒者 案，理合备由具文申报。伏乞宪台批示施行。须至申者。

计呈清册二套二套

一申藩宪
牒苏州府

同治十二年四月　日义仓委员陆费森

同治十一年四月起至十二年三月止，采买谷石、添置田亩、契买民房地基、建造仓廒、完办条漕、协贴饭粥局、收租积谷经费一切收支等项清册

旧管

上年存钱二万七千一百五十千二百四十九文。

上年存谷二万七千三百一十七石四斗六升。

新收

一、补收十年分长元两邑旧租钱九十五千四百八十七文。

一、收十一年分长元吴三邑新租钱二万一千七百三十三千九百三文。

一、收发当生息钱三千九百九十四千文。

一、收藩库发还同治三四两年田租钱九千六十九千九百九十六文。

一、收藩库垫发三四两年院司书吏经费钱三百一千八百二十七文。

统共收钱三万五千一百八十六千二百一十三文。

一、收十一年冬采买谷七千一百五十七石。

开除

十一年四月

一、司事六人薪水，支钱四十六千文。

一、门使厨役仓工六人辛工，支钱一十千文。

一、伙食（司事六人，使役六人），支钱三十二千四百文。

一、煤柴，支钱四千二百文。

一、油烛，支钱二千七百二文。

一、纸张笔墨，支钱六百文。

一、零用，支钱七千四百三十三文。

共支钱一百三千三百三十五文。

五月

一、司事六人薪水，支钱四十六千文。

一、门使厨役仓工六人辛工，支钱一十千文。

一、伙食，支钱三十二千四百文。

一、煤柴，支钱四千二百文。

一、油烛，支钱二千二百五十六文。

一、纸张笔墨，支钱八百四十文。

一、零用，支钱一十一千一百二十六文。
　　共支钱一百六千八百二十二文。

六月

一、司事六人薪水，支钱四十六千文。

一、门使厨役仓工六人辛工，支钱一十千文。

一、伙食（小建），支钱三十一千三百二十文。

一、煤柴（小建），支钱四千六十文。

一、油烛，支钱二千三百八十文。

一、纸张笔墨，支钱一千一百文。

一、零用，支钱一十八千六百一十九文。
　　共支钱一百一十三千四百七十九文。

七月

一、司事六人薪水，支钱四十六千文。

一、门使厨役仓工六人辛工，支钱一十千文。

一、伙食，支钱三十二千四百文。

一、煤柴，支钱四千二百文。

一、油烛，支钱二千五百二十四文。

一、纸张笔墨，支钱七百六十文。

一、零用，支钱八千六百八十二文。
　　共支钱一百四千五百六十六文。

八月

一、司事六人薪水，支钱四十六千文。

一、门使厨役仓工六人辛工，支钱一十千文。

一、伙食（小建），支钱三十一千三百二十文。

一、煤柴（小建），支钱四千六十文。

一、油烛，支钱二千四百五十二文。

一、纸张笔墨租由租册，支钱二十二千文。

一、零用，支钱九千九百五十一文。
　　共支钱一百二十五千七百八十三文。

九月

一、司事十人薪水，支钱六十千文。

一、门使厨役仓工六人辛工，支钱一十千文。

一、伙食（司事十人，使役六人），支钱四十四千四百文。

一、煤柴，支钱四千二百文。

一、油烛，支钱三千三十四文。

一、纸张笔墨，支钱九百文。

一、零用，支钱一十三千六百六十三文。
　　共支钱一百三十五千五百九十七文。

十月

一、委员薪水（会办委员五十八千文，随办委员二十四千文），支钱八十二千文。

一、委员轿随（会办委员一十二千文，随办委员六千文），支钱一十八千文。

一、司事十人薪水，支钱九十千文。

一、门使厨役仓工八人辛工，支钱一十四千五百文。

一、伙食（司事十人，使役八人），支钱四十九千二百文。

一、煤柴，支钱四千二百文。

一、开仓酒席，支钱一十二千文。

一、开仓日催甲酒饭，支钱三千四百一十八文。

一、油烛，支钱三千四百六十文。

一、纸张笔墨，支钱一千文。

一、零用及开仓日一应犒赏，支钱二十六千九百三十七文。

共支钱三百四千七百一十五文。

十一月

一、委员薪水，支钱八十二千文。

一、委员轿随，支钱一十八千文。

一、司事十人薪水，支钱九十千文。

一、门使厨役仓工八人辛工，支钱一十四千五百文。

一、伙食（小建），支钱四十七千五百六十文。

一、煤柴（小建），支钱四千六十文。

一、油烛，支钱二千五百一十文。

一、纸张笔墨，支钱五百文。

一、零用，支钱一十三千一百九十文。

共支钱二百七十二千三百二十文。

十二月

一、委员薪水，支钱八十二千文。

一、委员轿随，支钱一十八千文。

一、司事十人薪水，支钱九十千文。

一、门使厨役仓工八人辛工，支钱一十四千五百文。

一、伙食，支钱四十九千二百文。

一、煤柴，支钱四千二百文。

一、油烛，支钱七千一百六十二文。

一、纸张笔墨，支钱七百六十一文。

一、零用及年终犒赏，支钱二十五千七百二十四文。

共支钱二百九十一千五百四十七文。

十二年正月

一、委员薪水，支钱八十二千文。

一、委员轿随，支钱一十八千文。

一、司事六人薪水，支钱七十六千文。

一、门使厨役仓工六人辛工，支钱一十千文。

一、伙食（小建，司事六人，使役六人），支钱三十一千三百二十文。

一、煤柴（小建），支钱四千六十文。

一、油烛，支钱二千四百八十二文。

一、纸张笔墨，支钱三百文。

一、零用，支钱一十一千二十六文。

共支钱二百三十五千一百八十八文。

二月

一、委员薪水，支钱八十二千文。

一、委员轿随，支钱一十八千文。

一、司事六人薪水，支钱七十六千文。

一、门使厨役仓工六人辛工，支钱一十千文。

一、伙食（小建），支钱三十一千三百二十文。

一、煤柴（小建），支钱四千六十文。

一、油烛，支钱二千八百七十文。

一、纸张笔墨，支钱四百文。

一、零用，支钱八千二百九十文。

共支钱二百三十二千九百四十文。

三月

一、委员薪水，支钱八十二千文。

一、委员轿随，支钱一十八千文。

一、司事七人薪水，支钱八十千文。

一、门使厨役仓工六人辛工，支钱一十千文。

一、伙食（司事七人，使役六人），支钱三十五千四百文。

一、煤柴，支钱四千二百文。

一、油烛，支钱三千三十二文。

一、纸张笔墨，支钱五百文。

一、零用，支钱一十千三百六十六文。

共支钱二百四十三千四百九十八文。

一、采买谷四千六百四十五石（每石连水脚英洋九角一分三厘，洋照收租价一千二百四十文），支钱五千二百五十八千六百九十七文。

一、采买谷二千五百一十二石（每石连水脚英洋九角），支钱二千八百三千三百九十二文。

一、契买长邑田二百六十四亩三分一厘三毫，支钱二千一百二十四千三百八十文。

一、契买吴邑田二百一十亩五分一厘三毫，支钱一千九百四十四千六百六十文。

一、买田中费，支钱一百一十三千七百八十二文。

一、契买潘儒巷东口地基（计正房地基一百一十间半，照章每间二千四百文，天井地基五十五间二分半，照章每间八百文），支钱三百九千四百文。

一、契买潘儒巷东口民房（计正房八间，披厢三间，价英洋二百二十元⒓。——按："⒓"的数号形式为"1240"，即每英洋元换钱比价为1英洋元＝1240文，此处可表示为1：1240），支钱二百七十二千八百文。

一、完长元吴三邑条漕，支钱二千四百八十千文。

一、申解院署书吏辛工纸张费，支钱九十五千九百六十九文。

一、申解藩署书吏辛工纸张费，支钱一百一十九千九百六十文。

一、给府署书吏辛工纸张费，支钱四十七千八百二文。

一、给长邑书吏辛工纸张费，支钱一十二千一百七十八文。

一、给元邑书吏辛工纸张费，支钱五十八千四百一十五文。

一、给吴邑书吏辛工纸张费，支钱一千一百一十文。

一、补给同治三四两年院司书吏辛工纸张费此项，藩库扣发支钱三百一千八百二十七文。

一、奉文协贴省城饭粥局，支钱二千千文。

一、先付造仓工料（长邑正二图潘儒巷东口，此项俟工竣后造册呈报），支钱三千九百八十六千四百文。

一、籴谷上水及扇晒工费，支钱一百二十六千二百七十文。

一、追租差费，支钱一百八十九千六百文。

一、催佃缴租零犒，支钱一百三十八千四百九十一文。

一、易知单费，支钱三十一千九百九十文。

一、匠工修理，支钱六十五千七十文。

一、步田船只饭食，支钱四十九千五百八十文。

一、添置器用物件及贴换水龙，支钱六十九千九百二十一文。

一、添置仓场器用芦席廒笆等件，支钱一百三十二百三十三文。

一、水龙出救工费，支钱一十九千七百五十二文。

一、开河局募捐（英洋一十四元），支钱一十七千三百六十文。

　　　　共支钱二万二千七百四十二千三十九文。

统共支钱二万五千一十一千八百二十九文。

实在

一、存济元、〈济〉亨当钱二千八百千文。

一、存济大当钱一千四百千文。

一、存同源、济昌、宝泰、同丰、裕源、洪茂、致祥、仁泰、裕泰、益济、永康、保容、洪裕，以上每当各存钱一千三百千文。

一、存慎和、万康每当各一千二百千文。

一、存济康当钱一千千文。

一、存恒升当钱一千一百千文。

一、存同昌当钱九百千文。

一、存润源当钱五百千文（以上二万七千千文，按月一分二厘生息）。

一、暂存济大当钱九千千文（本年正月十七日发存，按月一分起息）。

一、存储义仓钱一千三百二十四千六百三十三文。

统共存钱三万七千三百二十四千六百三十三文。

统共存谷三万四千四百七十四石四斗六升。

为申报事。窃卑职奉宪台札委会办义仓田租，遵即会同绅董循照旧章，业将到仓开收日期并自上年十月初二日开收起至十二月二十一日止收过田租折色钱文，具文申牒报在案。兹查十三年正月起，至三月止，续收田租米六十二石七斗二升八合，每石折色钱二千一百文，合钱一百三十一千七百二十九文。又收荡租银折钱四百八文，又补收十一年旧租米一石二斗四升，每石折色钱二千文，合钱二千四百八十文。上年十二月申牒报收过田租银米折色钱一万七千一百五十四千五百八十四文，共计收田租银米折色钱一万七千二百八十九千二百一文，又收发当生息钱五千八千三百三十四文，统共收田租折色及发当生息钱二万二千二百九十七千五百三十五文。又上年三月报销册内申牒报存钱三万七千三百二十四千六百三十三文，除本年报销一应开支钱二万七千三百七十八千七十三文，前后合计共存钱三万二千二百四十四千九十五文。再本年买谷四千三十四石，又上年申牒报存谷三万四千四百七十四石四斗六升，前后统共存谷三万八千五百八石四斗六升。所有义仓钱谷，发当储仓，仍由潘绅遵祁会同董事顾来章详慎经理。除将七年分三邑附存积谷捐钱并买存谷数，仍由绅董造具清册，分送三首县并请由县通详外，兹循案将十二年四月起，至十三年三月止，义仓一应收支各款，会同绅董造具四柱清册，呈候鉴核，并备造收支清册一套，呈盖宪印详送抚宪核销，并请申详督宪存案，理合备由，具文申报。伏乞宪台批示，施行须至申者。备文牒送。除呈藩宪批示转详外，伏祈贵府鉴核备查。须至牒者

计呈清册二套
　二套

　申藩宪
　牒苏州府
同治十三年四月　日义仓委员陈骥德

同治十二年四月起至十三年三月止，采买谷石、添置田亩、建造仓廒、完办条漕、协贴饭粥局、收租积谷经费一切收支等项清册

旧管

上年存钱三万七千三百二十四千六百三十三文。

上年存谷三万四千四百七十四石四斗六升。

新收

一、补收十一年分长元两邑旧租钱三十六千七百二十文。

一、收十二年分长元吴三邑新租钱一万七千二百五十二千四百八十一文。

一、收原存发当生息钱四千二百一十二千文。

一、收济大当暂存生息钱四百四十九千文。(此项上年正月发存，奉文改为按月一分起息，继因支给造仓工费，陆续提回，存本。)

一、收洪裕当暂存生息钱二百三十千文。(此项于奉文后，发存改为按月一分起息。)

一、收同和当暂存生息钱一百一十七千三百三十四文。(此项于奉文后发存，改为按月一分起息。)

统共收钱二万二千二百九十七千五百三十五文。

一、收十二年冬采买谷四千三十四石。

开除

十二年四月

一、司事七人薪水，支钱五十千文。

一、门使厨役仓工六人辛工，支钱一十千文。

一、伙食（小建，司事七人，使役六人），支钱三十四千二百二十文。

一、煤柴（小建），支钱四千六十文。

一、油烛，支钱二千六百九十八文。

一、纸张笔墨，支钱六百文。

一、零用，支钱八千六百五十二文。

共支钱一百一十千二百三十文。

五月

一、司事七人薪水，支钱五十千文。

一、门使厨役仓工六人辛工，支钱一十千文。

一、伙食，支钱三十五千四百文。

一、煤柴，支钱四千二百文。

一、油烛，支钱二千七百二十四文。

一、纸张笔墨，支钱五百二十文。

一、零用，支钱九千四百六十二文。

共支钱一百一十二千三百六文。

六月

一、司事七人薪水，支钱五十千文。

一、门使厨役仓工六人辛工，支钱九千二百五十文。

一、伙食（小建），支钱三十四千二百二十文。

一、煤柴（小建），支钱四千六十文。

一、油烛，支钱二千三百九十文。

一、纸张笔墨，支钱六百文。

一、零用，支钱一十七千三百三十四文。

共支钱一百一十七千八百五十四文。

闰六月

一、司事七人薪水，支钱五十千文。

一、门使厨役仓工六人辛工，支钱一十千文。

一、伙食，支钱三十五千四百文。

一、煤柴，支钱四千二百文。

一、油烛，支钱二千二百六十文。

一、纸张笔墨，支钱六百八十文。

一、零用，支钱一十千一百二十三文。

共支钱一百一十二千六百六十三文。

七月

一、司事七人薪水，支钱五十千文。

一、门使厨役仓工六人辛工，支钱一十千文。

一、伙食，支钱三十五千四百文。

一、煤柴，支钱四千二百文。

一、油烛，支钱二千五百一十文。

一、纸张笔墨，支钱一千六十文。

一、零用，支钱一十千四百六十六文。

共支钱一百一十三千六百三十六文。

八月

一、司事七人薪水，支钱五十千文。

一、门使厨役仓工六人辛工，支钱一十千文。

一、伙食（小建），支钱三十四千二百二十文。

一、煤柴（小建），支钱四千六十文。

一、油烛，支钱二千六百四十八文。

一、纸张笔墨租由租册，支钱二十一千二百文。

一、零用，支钱一十千八百九十一文。

共支钱一百三十三千一十九文。

九月

一、司事十一人薪水，支钱六十三千文。

一、门使厨役仓工六人辛工，支钱一十千文。

一、伙食（司事十一人，使役六人），支钱四十七千四百文。

一、煤柴，支钱四千二百文。

一、油烛，支钱五千八百五十九文。

一、纸张笔墨，支钱一千二百文。

一、零用，支钱一十五千三百九十八文。

共支钱一百四十七千五十七文。

十月

一、委员薪水（会办委员五十八千文，随办委员二十四千文），支钱八十二千文。

一、委员轿随（会办委员一十二千文，随办委员六千文），支钱一十八千文。

一、司事十一人薪水，支钱九十三千文。

一、门使厨役仓工八人辛工，支钱一十四千五百文。

一、伙食（司事十一人，使役八人），支钱五十二千二百文。

一、煤柴，支钱四千二百文。

一、油烛，支钱四千六百六文。

一、纸张笔墨，支钱一千文。

一、开仓酒席，支钱一十二千文。

一、开仓日催甲酒饭，支钱二千八百六十八文。

一、零用及开仓一应犒赏，支钱二十二千七百一十六文。

共支钱三百七千九十文。

十一月

一、委员薪水，支钱八十二千文。

一、委员轿随，支钱一十八千文。

一、司事十一人薪水，支钱九十三千文。

一、门使厨役仓工八人辛工，支钱一十四千五百文。

一、伙食（小建），支钱五十千四百六十文。

一、煤柴（小建），支钱四千六十文。

一、油烛，支钱三千六百六文。

一、纸张笔墨，支钱五百文。

一、零用，支钱一十三千八百二十六文。

　　共支钱二百七十九千九百五十二文。

十二月

一、委员薪水，支钱八十二千文。

一、委员轿随，支钱一十八千文。

一、司事十一人薪水，支钱九十三千文。

一、门使厨役仓工八人辛工，支钱一十四千五百文。

一、伙食，支钱五十二千二百文。

一、煤柴，支钱四千二百文。

一、油烛，支钱三千九百六十文。

一、纸张笔墨，支钱四百六十文。

一、零用及年终犒赏，支钱三十四千九百八十七文。

　　共支钱三百三千三百七文。

十三年正月

一、委员薪水，支钱八十二千文。

一、委员轿随，支钱一十八千文。

一、司事七人薪水，支钱八十千文。

一、门使厨役仓工七人辛工，支钱一十二千文。

一、伙食（小建，司事七人，使役七人），支钱三十六千五百四十文。

一、煤柴（小建），支钱四千六十文。

一、油烛，支钱二千九百三十六文。

一、纸张笔墨，支钱五百一十三文。

一、零用，支钱八千六百八十五文。

　　共支钱二百四十四千七百三十四文。

二月

一、委员薪水，支钱八十二千文。

一、委员轿随，支钱一十八千文。

一、司事八人薪水，支钱八十三千文。

一、门使厨役仓工七人辛工，支钱一十二千文。

一、伙食（小建，司事八人，使役七人），支钱三十九千四百四十文。

一、煤柴（小建），支钱四千六十文。

一、油烛，支钱二千六百七十文。

一、纸张笔墨，支钱四百五十文。

一、零用，支钱九千六百七十六文。

　　共支钱二百五十一千二百九十六文。

三月

一、委员薪水，支钱八十二千文。

一、委员轿随，支钱一十八千文。

一、司事八人薪水，支钱八十三千文。

一、造仓督工司事薪水，支钱六十一千文。

一、门使厨役仓工七人辛工，支钱一十二千文。

一、伙食，支钱四十千八百文。

一、煤柴，支钱四千二百文。

一、油烛，支钱二千八百文。

一、纸张笔墨，支钱四百五十文。

一、零用，支钱一十千七百七十文。

共支钱三百一十五千二十文。

一、采买谷四千三十四石（每石连水脚价英洋一元一角六分五厘五毫，洋照收租行价每元一千二百二十文），支钱五千七百三十五千九百八十五文。

一、契买元邑田一十九亩八分二厘，支钱一百九十三千四百四十三文。

一、契买吴邑田一百九十七亩四分，支钱一千五百八十八千四百四十文。

一、买田中费，支钱四十九千八百九十六文。

一、续买石家角地基，支钱五十六千文。

一、完长元吴三邑条漕，支钱二千一百六十八千五百三十二文。

一、石家角建仓水木工料（上年报销册内，先支钱三千九百八十六千四百文），支钱一万九百六十千五百二十七文。

一、挑庆林桥浜底、石家角砌街，支钱八十一千九百三十文。

一、石家角新仓油漆工料，支钱九十四千五百文。

一、石家角挑垃圾开沟，支钱四百九十四千一百文。

一、协贴省城饭粥局，支钱二千千文。

一、协贴省城饭粥局（白米一百石，每石洋二元二角半），支钱二百七十四千五百文。

一、仓场工费（晒谷上谷），支钱七十三千三百五十六文。

一、追租差费，支钱一百六十八千九百六十文。

一、易知单费，支钱三十一千四百四十六文。

一、催佃缴租犒，支钱一百五千八百五十五文。

一、匠工修理（老仓重铺砖场），支钱五百二十千一百六十八文。

一、步田船只饭食，支钱二十千二百文。

一、器用物件，支钱四十三千一百五十一文。

一、仓场器用（新仓芦席廒笆等件），支钱一百四十千七百九十一文。

一、水龙出救工费，支钱二十八千一百二十九文。

共支钱二万四千八百二十九千九百九文。

统共支钱二万七千三百七十八千七十三文。

实在

一、存济元、＜济＞亨当钱二千八百千文。

一、存济大当钱一千四百千文。

一、存同源、济昌、宝泰、恒森、裕源、洪茂、致祥、仁泰、裕泰、益济、永康、保容、洪裕，以上每当各存钱一千三百千文。

一、存万康、慎和每当各一千二百千文。

一、存济康当钱一千千文。

一、存恒升当钱一千一百千文。

一、存同昌当钱九百千文。

一、存润源当钱五百千文。（以上二万七千千文，按月一分二厘生息。）

一、暂存洪裕当钱一千五百千文。

一、暂存同和当钱二千千文。（以上三千五百千文，按月一分生息。）

一、存储义仓钱一千七百四十四千九十五文。

统共存钱三万二千二百四十四千九十五文。

统共存谷三万八千五百八石四斗六升。

为申报事窃卑职奉前署藩宪札委会办义仓田租，遵即会同绅董循照旧章，业将到仓开收日期并自上年十月初十日开收起至十二月二十四日止收过田租折色钱文，具文申报在案。兹查元年正月起，至三月止，续收田租米二百三石二斗六升八合，每石折色钱一千九百文，合钱三百八十六千二百九。又收荡田租银折色钱一千八百一十二文，上年十二月申报收过田租银米折色钱二万四百七十一千六十一文，共计收田租银米折色钱二万八百五十九千八十二文，又收发当生息钱四千六百八十七千一百五十七文，统共收田租银米折色及发当生息钱二万五千五百四十六千二百三十九文。又上年三月报销册内申报存钱三万二千二百四十四千九十五文，除本年报销一应开支钱一万五千八百一十四千六百三文，前后合计共存钱四万一千九百七十五千七百三十一文。再，本年买谷五千八百三十九石，又上年申报存谷三万八千五百八石四斗六升，除本年报销发给省城饭粥局净谷二千七石七斗九升，前后统共存谷四万二千三百三十九石六斗七升。所有义仓钱谷，发当储仓，仍由潘绅遵祁会同董事顾来章详慎经理。除将同治七年分三邑附存积谷捐钱并买存谷数，仍由绅董造具清册，分送三首县并请由县通详外，兹循案将十三年四月起，至元年三月止，义仓一应收支各款，会同绅董造具四柱清册，呈候鉴核，并备造收支清册二套，呈盖宪印详备文牒送。除呈藩宪批示转详外，伏祈贵府鉴核备查。须至牒者抚宪核销并请申详督宪存案，理合备由，具文申报。伏乞宪台批示施行。须至申者。

计呈清册三套二套

申藩宪
牒苏州府

光绪元年四月　日义仓委员杨襄

同治十三年四月起至光绪元年三月止，采买谷石、添置田亩、完办条漕、收租积谷经费一切收支等项清册

旧管

上年存钱三万二千二百四十四千九十五文。

上年存谷三万八千五百八石四斗六升。

新收

一、补收十二年分长元两邑旧租钱五十五千二百九十九文。

一、收十三年分长元吴三邑新租钱二万八百三千七百八十三文。

一、收原存发当生息钱三千八百八十八千文。

一、收续存各当生息钱七百九十九千一百五十七文。

统共收钱二万五千五百四十六千二百三十九文。

一、收十三年冬采买谷五千八百三十九石。

开除

十三年四月

一、司事八人薪水，支钱五十五千文。

一、门使厨役仓工七人辛工，支钱一十一千五百文。

一、伙食（小建，司事八人，使役七人），支钱三十九千四百四十文。

一、煤柴（小建），支钱四千六十文。

一、油烛，支钱二千八百九十四文。

一、纸张笔墨，支钱五百四十文。

一、零用，支钱一十一千二百二十三文。

共支钱一百二十四千六百五十七文。

五月

一、司事八人薪水，支钱五十五千文。

一、门使厨役仓工七人辛工，支钱一十一千五百文。

一、伙食，支钱四十千八百文。

一、煤柴，支钱四千二百文。

一、油烛，支钱二千六百二十四文。

一、纸张笔墨，支钱六百二十文。

一、零用，支钱一十三千四十八文。

共支钱一百二十七千七百九十二文。

六月

一、司事八人薪水，支钱五十五千文。

一、门使厨役仓工七人辛工，支钱一十一千五百文。

一、伙食（小建），支钱三十九千四百四十文。

一、煤柴（小建），支钱四千六十文。

一、油烛，支钱二千四百八十文。

一、纸张笔墨，支钱三百五十文。

一、零用，支钱一十五千七百二十三文。

共支钱一百二十八千五百五十三文。

七月

一、司事八人薪水，支钱五十五千文。

一、门使厨役仓工七人辛工，支钱一十一千五百文。

一、伙食，支钱四十千八百文。

一、煤柴，支钱四千二百文。

一、油烛，支钱二千五百一十二文。

一、纸张笔墨，支钱八百四十文。

一、零用，支钱一十二千八百五十一文。

　　共支钱一百二十七千七百三文。

八月

一、司事八人薪水，支钱五十五千文。

一、门使厨役仓工七人辛工，支钱一十一千五百文。

一、伙食（小建），支钱三十九千四百四十文。

一、煤柴（小建），支钱四千六十文。

一、油烛，支钱二千六百八十二文。

一、纸张笔墨租由租册，支钱一十八千五百五十六文。

一、零用，支钱一十二千三百九十六文。

　　共支钱一百四十三千六百三十四文。

九月

一、司事十二人薪水，支钱六十七千文。

一、门使厨役仓工七人辛工，支钱一十四千文。

一、伙食（司事十二人，使役七人），支钱五十二千八百文。

一、煤柴，支钱四千二百文。

一、油烛，支钱三千九百九十六文。

一、纸张笔墨，支钱八百二十六文。

一、零用，支钱二十三千七百四十九文。

　　共支钱一百六十六千五百七十一文。

十月

一、委员薪水（会办委员五十八千文，随办委员二十四千文），支钱八十二千文。

一、委员轿随（会办委员一十二千文，随办委员六千文），支钱一十八千文。

一、司事十二人薪水，支钱一百三千文。

一、门使厨役仓工八人辛工，支钱一十四千五百文。

一、伙食（司事十二人，使役八人），支钱五十五千二百文。

一、煤柴，支钱四千二百文。

一、油烛，支钱五千七百五十四文。

一、纸张笔墨，支钱七百八十文。

一、开仓酒席，支钱一十四千文。

一、开仓日催甲酒饭，支钱八千四百六文。

一、零用及开仓一应犒赏，支钱二十一千八十七文。

　　共支钱三百二十六千九百二十七文。

十一月

一、委员薪水，支钱八十二千文。

一、委员轿随，支钱一十八千文。

一、司事十二人薪水，支钱一百三千文。

一、门使厨役仓工九人辛工（筛米添雇一名），支钱一十七千文。

一、伙食（司事十二人，使役九人），支钱五十七千六百文。

一、煤柴，支钱四千二百文。

一、油烛，支钱三千二百八十四文。

一、纸张笔墨，支钱二百二十四文。

一、零用，支钱一十六千五百一文。

共支钱三百一千八百九文。

十二月

一、委员薪水，支钱八十二千文。

一、委员轿随，支钱一十八千文。

一、司事十二人薪水，支钱一百三千文。

一、门使厨役仓工八人辛工，支钱一十四千五百文。

一、伙食（小建，司事十二人，使役八人），支钱五十三千三百六十文。

一、煤柴（小建），支钱四千六十文。

一、油烛，支钱四千一百三十八文。

一、纸张笔墨，支钱五千一百七十五文。

一、零用及年终犒赏，支钱二十七千六百二文。

共支钱三百一十一千八百三十五文。

光绪元年正月

一、委员薪水，支钱八十二千文。

一、委员轿随，支钱一十八千文。

一、司事八人薪水，支钱九十一千文。

一、门使厨役仓工七人辛工，支钱一十一千五百文。

一、伙食（司事八人，使役七人），支钱四十千八百文。

一、煤柴，支钱四千二百文。

一、油烛，支钱二千七百四十三文。

一、纸张笔墨，支钱三百一十五文。

一、零用，支钱一十二千二百一十八文。

共支钱二百六十二千七百七十六文。

二月

一、委员薪水，支钱八十二千文。

一、委员轿随，支钱一十八千文。

一、司事八人薪水，支钱九十一千文。

一、门使厨役仓工七人辛工，支钱一十一千五百文。

一、伙食（小建），支钱三十九千四百四十文。

一、煤柴（小建），支钱四千六十文。

一、油烛，支钱三千六百九十八文。

一、纸张笔墨，支钱二百二十四文。

一、零用，支钱一十一千五十七文。

共支钱二百六十千九百七十九文。

三月

一、委员薪水，支钱八十二千文。

一、委员轿随，支钱一十八千文。

一、司事八人薪水，支钱九十一千文。

一、门使厨役仓工七人辛工，支钱一十一千五百文。

一、伙食（小建），支钱三十九千四百四十文。

一、煤柴（小建），支钱四千六十文。

一、油烛，支钱三千六十六文。

一、纸张笔墨，支钱六百五十五文。

一、零用，支钱一十千九百四十八文。

共支钱二百六十千六百六十九文。

一、买谷四千一十石（每石价洋九角二分四厘，每元合钱一千一百七十文），支钱四千三百三十五千一百三十文。

一、买谷一千八百二十九石（每石价洋九角二分），支钱一千九百六十八千七百三十六文。

一、契买长邑田二百五十七亩二分八厘一毫，支钱一千九百一十六千六百二十文。

一、契买元邑田二十八亩四分八厘一毫，支钱三百四十一千六百文。

一、契买吴邑田七十四亩六分九厘五毫，支钱八百七十四千六百七十九文。

一、买田中费，支钱八十七千六百三十三文。

一、完长元吴三邑条漕，支钱二千四百六十九千一百三十四文。

一、仓场工费（本年添雇砻谷打米等工），支钱三百七十一千八百一文。

一、仓场器用（本年改造旧房，添办砻具斗筛等件），支钱三百四十一千二百六十九文。

一、器用物件，支钱四十三千三百九文。

一、匠工修理，支钱四十三千三百文。

一、步田船只饭食，支钱三十二千六百四十四文。

一、易知单费，支钱二十七千二百七十五文。

一、追租差费，支钱二百六十八千一百文。

一、催佃缴租犒，支钱一百三十九千四百八十五文。

一、水龙出救工费，支钱九千九百八十三文。

共支钱一万三千二百七十千六百九十八文。

统共支钱一万五千八百一十四千六百三文。

一、协贴省城饭粥局谷二千七石七斗九升（砻见确净白米九百七石五斗）。

计支谷二千七石七斗九升。

实在

一、存济元、＜济＞亨当钱二千八百千文。

一、存济大当钱一千四百千文。

一、存裕成、济昌、宝泰、恒森、裕源、洪茂、致祥、仁泰、安泰、益济、永康、保容、洪裕，以上每当各存钱一千三百千文。

一、存万康、慎和每当存钱一千二百千文。

一、存济康当钱一千千文。

一、存恒升当钱一千一百千文。

一、存同昌当钱九百千文。

一、存润源当钱五百千文。（以上二万七千千文，按月一分二厘生息。）

一、续存济元亨当钱二千千文。

一、续存济大、致祥、万康、恒泰每当存钱一千千文。

一、续存裕成当钱二千五百千文。

一、续存同和当钱三千千文。

一、续存洪裕当钱一千九百千文。

一、续存益济当钱三百千文。（以上一万三千七百千文，按月一分生息。）

一、存储义仓钱一千二百七十五千七百三十一文。

统共存钱四万一千九百七十五千七百三十一文。

统共存谷四万二千三百三十九石六斗七升。

为申报事。窃卑职奉宪台札委会办义仓田租，遵即会同绅董循照旧章，业将到仓开收日期，并自上年十月二十日开收起，至十二月二十五日止，收过田租折色钱文，具文申报在案。兹查二年正月起，至三月止，续收田租米二百五石八斗六升二合，每石折色钱一千九百文，合钱三百九十一千一百三十八文。又收荡田银折钱八千三百六十一文，上年十二月申报收过田租银米折色钱二万四百五十七千二百六十七文，共计收田租银米折色钱二万八百五十六千七百六十六文，又收发当生息钱五千六百六十八千六百四十六文，统共收田租银米折色及发当生息钱二万六千五百二十五千四百一十二文。又上年报销册内申报存钱四万一千九百七十五千七百三十一文，除本年报销一应开支钱一万七千五百四十九千一百三十一文，前后统共存钱五万九百五十二千一十二文。再，本年买谷五千四百七十九石，又上年申报存谷四万二千三百三十九石六斗七升，除本年报销发给省城饭粥局净谷一千九百二十八石八斗三升，前后统共存谷四万五千八百八十九石八斗四升。所有义仓钱谷，发当储仓，仍由潘绅遵祁会同董事顾来章详慎经理。除将同治七年三邑附存积谷捐钱并买存谷数，仍由绅董造具清册，分送三首县并请由县通详外，兹循案将元年四月起，至二年三月止，义仓一应收支各款，会同绅董造具四柱清册，呈候鉴核，并备造收支清册二套，呈盖宪印详送备文申送。除呈藩宪批示转详外，伏乞宪台鉴核备查。须至申者抚宪核销，并请申详督宪存案，理合备由，具文申报。伏乞宪台批示施行。须至申者。

计呈 清册一套并空白两套
　　　清册一套

一申 藩宪
　　　府

光绪二年三月　日义仓委员鹿伯元

光绪元年四月起至二年三月止，采买谷石、添置田亩、完办条漕、收租积谷经费一切

收支等项清册

旧管

上年存钱四万一千九百七十五千七百三十一文。

上年存谷四万二千三百三十九石六斗七升。

新收

一、补收同治十三年分长元两邑旧租钱二百五千四百一文。

一、收元年分长元吴三邑新租钱二万六百五十一千三百六十五文。

一、收存当一分二厘生息钱三千八百七十四千四百八十文（宝泰歇闭，缴还钱一千三百千文，空息二十六日）。

一、收存当一分生息钱一千七百九十四千一百六十六文。

统共收钱二万六千五百二十五千四百一十二文。

一、收元年冬采买新谷五千四百七十九石。

开除

元年四月

一、司事八人薪水，支钱五十六千文。

一、门使厨役仓工七人辛工，支钱一十一千五百文。

一、伙食（司事八人，使役七人），支钱四十千八百文。

一、煤柴，支钱四千二百文。

一、油烛，支钱二千八百六十四文。

一、纸张笔墨，支钱一千三百六十九文。

一、零用，支钱一十二千八百三十一文。

共支钱一百二十九千五百六十四文。

五月

一、司事八人薪水，支钱五十六千文。

一、门使厨役仓工七人辛工，支钱一十一千五百文。

一、伙食（小建），支钱三十九千四百四十文。

一、煤柴（小建），支钱四千六十文。

一、油烛，支钱二千五百九十七文。

一、纸张笔墨租由租册，支钱二十四千八百六十六文。

一、零用，支钱一十二千三百三十八文。

共支钱一百五十千八百一文。

六月

一、司事八人薪水，支钱五十六千文。

一、门使厨役仓工七人辛工，支钱一十二千文。

一、伙食（小建），支钱三十九千四百四十文。

一、煤柴（小建），支钱四千六十文。

一、油烛，支钱二千七百七十三文。

一、纸张笔墨，支钱二百二十六文。

一、零用，支钱一十五千一百五十六文。

共支钱一百二十九千六百五十五文。

七月

一、司事八人薪水，支钱五十六千文。

一、门使厨役仓工七人辛工，支钱一十二千文。

一、伙食，支钱四十千八百文。

一、煤柴，支钱四千二百文。

一、油烛，支钱二千五百七十八文。

一、纸张笔墨，支钱四百二十六文。

一、零用，支钱一十七千九百六十六文。

共支钱一百三十三千九百七十文。

八月

一、司事八人薪水，支钱五十六千文。

一、门使厨役仓工七人辛工，支钱一十二千文。

一、伙食（小建），支钱三十九千四百四十文。

一、煤柴（小建），支钱四千六十文。

一、油烛，支钱三千一百一十八文。

一、纸张笔墨刻租由板，支钱二千三百四十八文。

一、零用，支钱一十五千五百二十四文。

共支钱一百三十二千四百九十文。

九月

一、司事十二人薪水，支钱六十八千文。

一、门使厨役仓工七人辛工（冬忙加工），支钱一十四千五百文。

一、伙食（司事十二人，使役七人），支钱五十二千八百文。

一、煤柴，支钱四千二百文。

一、油烛，支钱三千四百七十六文。

一、纸张笔墨，支钱一千三百一十七文。

一、零用，支钱一十七千三百三十六文。

共支钱一百六十一千六百二十九文。

十月

一、委员薪水（会办委员五十八千文，随办委员二十四千文），支钱八十二千文。

一、委员轿随（会办委员一十二千文，随办委员六千文），支钱一十八千文。

一、司事十二人薪水，支钱一百四千文。

一、门使厨役仓工七人辛工，支钱一十四千五百文。

一、伙食，支钱五十二千八百文。

一、煤柴，支钱四千二百文。

一、油烛，支钱五千九百二十四文。

一、纸张笔墨，支钱三千七百九十四文。

一、零用及开仓一应犒赏，支钱二十四千七百九十文。

一、开仓酒席，支钱一十四千文。

一、开仓日催甲酒饭，支钱一十千七十六文。
　　共支钱三百三十四千八十四文。

十一月

一、委员薪水，支钱八十二千文。

一、委员轿随，支钱一十八千文。

一、司事十二人薪水，支钱一百四千文。

一、门使厨役仓工六人辛工，支钱一十二千五百文。

一、伙食（司事十一人，使役六人），支钱五十千四百文。

一、煤柴，支钱四千二百文。

一、油烛，支钱三千八百文。

一、纸张笔墨，支钱五百三十文。

一、零用，支钱一十六千四百四十四文。
　　共支钱二百九十一千八百七十四文。

十二月

一、委员薪水，支钱八十二千文。

一、委员轿随，支钱一十八千文。

一、司事十二人薪水，支钱一百四千文。

一、门使厨役仓工六人辛工，支钱一十二千五百文。

一、伙食（小建），支钱四十八千七百二十文。

一、煤柴（小建），支钱四千六十文。

一、油烛，支钱三千三百七十四文。

一、纸张笔墨，支钱一千四百六文。

一、零用及年终犒赏，支钱二十七千五百五十一文。
　　共支钱三百一千六百一十一文。

二年正月

一、委员薪水，支钱八十二千文。

一、委员轿随，支钱一十八千文。

一、司事八人薪水，支钱九十二千文。

一、门使厨役仓工六人辛工，支钱一十千五百文。

一、伙食（司事八人，使役六人），支钱三十八千四百文。

一、煤柴，支钱四千二百文。

一、油烛，支钱三千七百四文。

一、纸张笔墨，支钱一千三十一文。

一、零用，支钱一十一千一百七文。
　　共支钱二百六十千九百四十二文。

二月

一、委员薪水，支钱八十二千文。

一、委员轿随，支钱一十八千文。

一、司事八人薪水，支钱九十二千文。

一、门使厨役仓工七人辛工，支钱一十二千文。

一、伙食（司事八人，使役七人），支钱四十千八百文。

一、煤柴，支钱四千二百文。

一、油烛，支钱三千七十六文。

一、纸张笔墨，支钱一千九百六文。

一、零用，支钱一十千五百八十四文。

　　　　共支钱二百六十四千五百六十六文。

三月

一、委员薪水，支钱八十二千文。

一、委员轿随，支钱一十八千文。

一、司事八人薪水，支钱九十二千文。

一、门使厨役仓工七人辛工，支钱一十二千文。

一、伙食（小建），支钱三十九千四百四十文。

一、煤柴（小建），支钱四千六十文。

一、油烛，支钱三千二十二文。

一、纸张笔墨，支钱三百八十四文。

一、零用，支钱一十二千六十八文。

　　　　共支钱二百六十二千九百七十四文。

一、买谷三千三百五十四石（每石连水脚英洋一元二厘，照本年收租洋价，每元合钱一千一百六十文），支钱三千八百九十八千四百一十二文。

一、买谷二千一百二十五石（每石连水脚英洋一元三分六厘），支钱二千五百五十三千七百四十文。

一、契买长邑田二百八十七亩三分五厘四毫，支钱二千五百八十三千九百八十文。

一、契买吴邑田二百七十六亩八分四厘七毫，支钱二千四百九十九千六百五十二文。

一、买田中费，支钱一百四十二千三百三十文。

一、完长元吴三邑条漕，支钱二千三百九十七千五百二十文。

一、仓场工费，支钱三百三十千三百一十九文。

一、器用物件，支钱七十千四百五十四文。

一、匠工修理，支钱九十三千一百三十四文。

一、步田船只饭食，支钱三十七千五百七十文。

一、易知单费，支钱二十八千三百文。

一、追租差费，支钱二百一十六千四百文。

一、催佃缴租犒，支钱一百三十九千八十二文。

一、水龙出救工费，支钱四千七十八文。

　　　　共支钱一万四千九百九十四千九百七十一文。

统共支钱一万七千五百四十九千一百三十一文。

一、协贴省城饭粥局谷一千九百二十八石八斗三升（耆见碓净白米九百三十六石五斗）。

计支谷一千九百二十八石八斗三升。

实在

一、存济元　恒泰　恒森　恒升　润源　济康　裕源　济亨　恒豫　恒康　洪茂　保容　万康　致祥　洪裕　济大　益济　安泰　同昌　同泰　公顺　慎和　济昌　仁泰　裕成　同丰　同裕　同和　保源　善昌，以上每当各存钱八百千文。

一、存恒孚当钱七百千文。

一、存大德当钱六百千文。

一、存永和当钱六百千文。

一、存泳泰当钱五百四十千文。

一、存萃元当钱二百六十千文。

一、存公裕当钱二百千文。

一、存永丰当钱一百千文。（以上二万七千千文，按月一分二厘生息。）

一、存济元　恒泰　恒森　恒升　润源　济康　裕源　济亨　恒豫　恒康　洪茂　保容　万康　致祥　洪裕　济昌　仁泰　裕成　同丰　同裕　同和　慎和　益济　安泰　同昌　同泰　公顺　保源　善昌　永大　恒孚，以上每当各存钱六百千文。

一、存永和当钱二百千文。

一、存公裕当钱二百千文。

一、存济大当钱一百千文。

一、存大德当钱一百千文。（以上一万九千二百千文，按月一分生息。）

一、存储义仓钱四千七百五十二千一十二文。

一、存谷四万五千八百八十九石八斗四升。

统共存钱五万九百五十二千一十二文。

统共存谷四万五千八百八十九石八斗四升。

为申报事。窃卑职奉升任府宪札委并奉藩宪台宪札委会办义仓田租，遵即会同绅董循照旧章，业将到仓开收日期，并自上年十月初四日开收起，至十二月二十日止，收过田租折色钱文，具文申报在案。兹查三年正月起，至三月止，续收田租米八十九石五升八合，每石折色钱一千九百文，合计钱一百六十九千二百一十文。上年十二月申报收过田租银米折色钱二万一千八百一十四千九百二十一文，共计收田租银米折色钱二万一千九百八十四千一百三十一文，又收发当生息钱六千七百八千文，统共收田租银米折色及发当生息钱二万八千六百九十二千一百三十一文。又上届报销册内申报存钱五万九百五十二千一十二文，除本年报销一应开支钱三千三百一十六千九百三十六文，前后统共存钱四万九千三百二十七千二百二十七文。再，本年买谷四千二百四石，上年申报存谷四万五千八百八十九石八斗四升，除本年报销发给官绅两厂江北饥民谷种二千四百九十三石四斗六合，又发给省城饭粥局谷二千石，前后统共存谷四万五千六百石四斗三升四合。所有义仓钱谷，发当储仓，仍由潘绅遵祁会同董事顾来章详慎经理。除将同治七年三邑附存积谷捐钱并买存谷数，仍由绅董造具清册，分送三首县并请由县通详外，兹循案将二年四月起，至三年三月止，义仓一应收支各款，会同绅董造具四柱清册，呈候鉴核，并备造收支清册两套，呈盖宪印详送抚宪核销，并请申详督宪存案，理合备由，具文申报。伏乞宪台批示，施行须至者。备文申送。除呈藩宪批示转详外，伏乞宪台鉴核备查。须至申者

计呈 清册一套并空白两套
       清册一套

一申 藩宪
     府

光绪三年三月　　日义仓委员叶仲恂

光绪二年四月起至三年三月止，采买谷石、添置田亩、拨赈江北饥民、收租积谷经费一切收支等项清册

旧管

上年存钱五万九百五十二千一十二文。

上年存谷四万五千八百八十九石八斗四升。

新收

一、补收元年分长元吴三邑旧租钱一百三十一千九百一十一文。

一、收二年分长元吴三邑新租钱二万一千八百五十二千二百二十文。

一、收一分二厘当息钱四千二百一十二千文。（本年连闰，十三个月）。

一、收一分当息钱二千四百九十六千文。

统共收钱二万八千六百九十二千一百三十一文。

一、收二年冬采买新谷四千二百四石。

开除

二年［月］四月

一、司事八人薪水，支钱五十六千文。

一、门使厨役仓工七人辛工，支钱一十二千文。

一、伙食（小建，司事八人，使役七人），支钱三十九千四百四十文。

一、煤柴（小建），支钱四千六十文。

一、油烛，支钱三千二百六文。

一、纸张笔墨，支钱五百五十四文。

一、零用，支钱一十一千一百九十八文。

    共支钱一百二十六千四百五十八文。

五月

一、司事八人薪水，支钱五十六千文。

一、门使厨役仓工七人辛工，支钱一十二千文。

一、伙食，支钱四十千八百文。

一、煤柴，支钱四千二百文。

一、油烛，支钱二千八百文。

一、纸张笔墨，支钱三百五十文。

一、零用，支钱一十一千九百九十一文。

    共支钱一百二十八千一百四十一文。

闰五月

一、司事八人薪水，支钱五十六千文。

一、门使厨役仓工七人辛工，支钱一十二千文。

一、伙食（小建），支钱三十九千四百四十文。

一、煤柴（小建），支钱四千六十文。

一、油烛，支钱三千二十二文。

一、纸张笔墨，支钱三百二十一文。

一、零用，支钱一十三千四百二十八文。

共支钱一百二十八千二百七十一文。

六月

一、司事八人薪水，支钱五十六千文。

一、门使、厨役、仓工五人辛工，支钱八千文。

一、伙食（小建，司事八人、使役五人），支钱三十四千八百文。

一、煤柴（小建），支钱四千六十文。

一、油烛，支钱二千七百五十四文。

一、纸张笔墨，支钱一千四十七文。

一、零用，支钱一十八千一百二十一文。

共支钱一百二十四千七百八十二文。

七月

一、司事八人薪水，支钱五十六千文。

一、门使、厨役、仓工五人辛工，支钱八千文。

一、伙食，支钱三十六千文。

一、煤柴，支钱四千二百文。

一、油烛，支钱三千二十四文。

一、纸张笔墨，支钱二百五文。

一、零用，支钱一十二千五百三十六文。

共支钱一百一十九千九百六十五文。

八月

一、司事八人薪水，支钱五十六千文。

一、门使、厨役、仓工七人辛工，支钱一十一千文。

一、伙食（小建，司事八人、使役七人），支钱三十九千四百四十文。

一、煤柴（小建），支钱四千六十文。

一、油烛，支钱三千四十二文。

一、纸张笔墨、租簿租册，支钱一十三千二十三文。

一、零用，支钱一十四千四百九十七文。

共支钱一百四十一千六十二文。

九月

一、司事十二人薪水，支钱六十八千文。

一、门使厨役仓工七人辛工，支钱一十四千五百文。

一、伙食（司事十二人，使役七人），支钱五十五千八百文。

一、煤柴，支钱四千二百文。

一、油烛，支钱五千五百三十四文。

一、纸张笔墨，支钱二千六十六文。

一、零用，支钱一十七千九百一十六文。

　　共支钱一百六十八千一十六文。

十月

一、委员薪水（会办委员五十八千文，随办委员二十四千文），支钱八十二千文。

一、委员轿随（会办委员一十二千文，随办委员六千文），支钱一十八千文。

一、司事十二人薪水，支钱一百四千文。

一、门使厨役仓工六人辛工，支钱一十二千五百文。

一、伙食（司事十二人，使役六人），支钱五十四千文。

一、煤柴，支钱四千二百文。

一、油烛，支钱四千一百七十二文。

一、纸张笔墨，支钱五百文。

一、零用及开仓一应犒赏，支钱二十四千一十文。

一、开仓酒席，支钱一十四千文。

一、开仓日催甲酒饭，支钱一十二千二十四文。

　　共支钱三百二十九千四百六文。

十一月

一、委员薪水，支钱八十二千文。

一、委员轿随，支钱一十八千文。

一、司事十二人薪水，支钱一百四千文。

一、门使厨役仓工六人辛工，支钱一十二千五百文。

一、伙食（小建），支钱五十二千二百文。

一、煤柴（小建），支钱四千六十文。

一、油烛，支钱三千四百八文。

一、纸张笔墨，支钱一千文。

一、零用，支钱一十五千七百五文。

　　共支钱二百九十二千八百七十三文。

十二月

一、委员薪水，支钱八十二千文。

一、委员轿随，支钱一十八千文。

一、司事十二人薪水，支钱一百四千文。

一、另酬（典当公所司事，看碓司事），支钱二十三千二百文。

一、门使厨役仓工六人辛工，支钱一十二千五百文。

一、添雇筛工四人辛工，支钱一十一千七百六十文。

一、伙食（司事十二人，使役筛工十人），支钱六十一千二百文。

一、煤柴，支钱四千二百文。

一、油烛，支钱四千四百六十二文。

一、纸张笔墨，支钱九百八十文。

一、零用及年终犒赏，支钱二十九千四十七文。

共支钱三百五十一千三百四十九文。

三年正月

一、委员薪水，支钱八十二千文。

一、委员轿随，支钱一十八千文。

一、司事九人薪水，支钱九十五千文。

一、门使厨役仓工六人辛工，支钱一十二千五百文。

一、伙食（司事九人，使役六人），支钱四十三千二百文。

一、煤柴，支钱四千二百文。

一、油烛，支钱三千三百五十二文。

一、纸张笔墨，支钱九百六十五文。

一、零用，支钱一十四千六百一文。

共支钱二百七十三千八百一十八文。

二月

一、委员薪水，支钱八十二千文。

一、委员轿随、支钱一十八千文。

一、司事九人薪水，支钱九十五千文。

一、门使厨役仓工七人辛工，支钱一十四千五百文。

一、添雇筛工四人辛工，支钱一十千四百文。

一、伙食（司事九人，使役筛工十一人），支钱五十二千二百文。

一、煤柴，支钱四千二百文。

一、油烛，支钱三千三百二十四文。

一、纸张笔墨，支钱五百八十文。

一、零用，支钱一十四千五百三十一文。

共支钱二百九十四千七百三十五文。

三月

一、委员薪水，支钱八十二千文。

一、委员轿随，支钱一十八千文。

一、司事八人薪水，支钱九十二千文。

一、门使厨役仓工七人辛工，支钱一十二千文。

一、伙食（小建，司事八人，使役七人），支钱四十千二十文。

一、煤柴（小建），支钱四千六十文。

一、油烛，支钱三千一百九十文。

一、纸张笔墨，支钱八百六十五文。

一、零用，支钱一十千一百八文。

共支钱二百六十二千二百四十三文。

一、拨解备赈江北饥民经费，支钱一万一千千文。

一、买谷四千二百四石（每石连水脚合英洋一元一角二分七厘，洋照收租折价每元一千一百六十文），支钱五千四百九十五千九百六十四文。

一、契买长邑田二百三十亩四分四厘三毫，支钱一千九百四十九千一百六十文。

一、契买元邑田九亩六分七厘六毫，支钱九十五千四百五文。

一、契买吴邑田四百七十五亩五分三厘三毫，支钱四千七百四十四千七百四十八文。

一、买田中费，支钱一百九十千八十二文。

一、完长元吴三邑条漕，支钱二千六百三十三千二百五文。

一、给各署书吏辛工纸张费，支钱三百四十五千七百八十六文。

一、仓场工费，支钱三百六十三千五百八十一文。

一、添办器用物件芦席廒笆等，支钱一百七十三千二百七文。

一、匠工修理，支钱一百四十三千九百八十四文。

一、步田船只饭食，支钱三十九千四百五文。

一、易知单费，支钱三十一千二百文。

一、追租差费，支钱二百七千五百文。

一、给催佃缴租零犒，支钱一百四十八千二百五十三文。

一、水龙出救工费，支钱一十四千三百一十七文。

共支钱二万七千五百七十五千七百九十七文。

统共支钱三万三百一十六千九百一十六文。

一、支给发官厂留养江北饥民种谷一千九百九十三石四斗六合。

一、支给发绅厂留养江北饥民种谷五百石。

一、支协贴省城饭粥局谷二千石。（舂出碓净白米九百一十四石六斗外，尚有协贴省城饭粥局谷四千石，奉文在三邑积谷报销册内开除。）

统共支谷四千四百九十三石四斗六合。

实在

一、存济元　福泰　恒森　大信　润源　济康　裕源　济亨　久大　和丰　洪茂　保容　万康　致祥　洪裕　济大　益济　安泰　同昌　同泰　公顺　慎和　济昌　仁泰　裕成　同丰　同裕　同和　保源　善昌，以上每当各存钱八百千文。

一、存恒孚当钱七百千文。

一、存大德当钱六百千文。

一、存永和当钱二百千文。

一、存德隆当钱四百千文。

一、存泳泰当钱五百四十千文。

一、存萃元当钱二百六十千文。

一、存公裕当钱二百千文。

一、存永丰当钱一百千文。（以上二万七千千文，按月一分二厘生息。）

一、存济元　福泰　恒森　大信　润源　济康　裕源　济亨　久大　和丰　洪茂　保容　万康　致祥　洪裕　济昌　仁泰　裕成　同丰　同裕　同和　慎和　益济　安泰　同昌　同泰　公顺　保源　善昌　永大　恒孚，以上每当各存钱六百千文。

一、存永和当钱二百千文。

一、存公裕当钱二百千文。

一、存济大当钱一百千文。

一、存大德当钱一百千文。（以上一万九千二百千文，按月一分生息。）

一、存储义仓钱三千一百二十七千二百二十七文。

统共存钱四万九千三百二十七千二百二十七文。

统共存谷四万五千六百石四斗三升四合。

为申报事。窃卑职等奉前藩宪札委会办丰备义仓田租，遵即会同绅董循照旧章，业将到仓开收日期，并自上年十月十四日开收起，至十二月二十六日止，收过田租折色钱文，具文申报在案。兹查四年正月起，至三月底止，续收田租米二百五石四斗四升，每石折色钱二千三百文，合计钱四百七十二千五百一十二文，上年十二月申报收过田租银米折色钱二万三千四百九十九千六百一文，共计收田租银米折色、钱二万三千九百七十一千五百七十三文。又收发当生息钱六千六百千八百六十六文，又收奉宪库发还备赈江北灾民款钱三藩千千文，统共实收田租银米折色、发当生息及发还赈款钱三万三千五百七十二千四百三十九文。又上届报销册内申报存钱四万九千三百二十七千二百二十七文，除本年报销一应开支钱二万六千六百六十八千五十九文，前后统共存钱五万六千八百三十一千六百七文。再，本年采买谷五千八百九十三石，又上届报销册内申报存谷四万五千六百石四斗三升四合，除本年报销协济省城饭粥局谷三千石，前后统共存谷四万八千四百九十三石四斗三升四合。所有义仓钱谷，发当储仓，仍由潘绅遵祁会同董事顾来章详慎经理。除将同治七年分三邑附存积谷捐银并买存谷数，仍由绅董造具清册，分送三首县并请由县通详外，兹循案将三年四月分起，至四年三月分止，义仓一应收支各款，会同绅董造具四柱清册，呈候鉴核，并备造收支清册二套，呈盖宪印详送抚宪核销，并请申详督宪存案，理备文申送。除呈藩宪批示转详外，伏乞宪台鉴核备查。须至申者合备由，具文申报。伏乞宪台批示施行。须至申者。

　　　　计呈清册一套并空白二套
　　　　　　清册一套

　　　一申藩宪
　　　　　府

　　光绪四年四月　日义仓委员鹿伯元、吴德辉

光绪三年四月起至四年三月止，建造仓廒、采买谷石、完办条漕、协贴省城饭粥局、收租积谷经费一切收支等项清册

旧管

上年存钱四万九千三百二十七千二百二十七文。

上年存谷四万五千六百石四斗三升四合。

新收

一、补收二年分长元吴三邑旧租折色钱七十四千六百三十八文。

一、收三年分长元吴三邑新租折色钱二万三千八百九十六千九百三十五文。

一、收按月一分二厘当息钱三千八百八十三千二百文（内恒森当存本钱八百千文，空息十五日）。

一、收按月一分当息钱二千三百一千文（内恒森当存本钱六百千文，空息十五日）。

一、收按年一分当息钱四百一十六千六百六十六文。（三年十一月初一日发存，至四年三月底止。）

一、收藩库发还备赈江北饥民款钱三千千文。

统共收钱三万三千五百七十二千四百三十九文。

一、收三年冬采买谷五千八百九十三石。

开除

三年四月

一、司事八人薪水，支钱五十六千文。

一、门使厨役仓工七人辛工，支钱一十二千文。

一、伙食（小建，司事八人，使役七人），支钱四十千二十文。

一、煤柴（小建），支钱四千六十文。

一、油烛，支钱三千三百四十二文。

一、纸张笔墨，支钱九百七十六文。

一、零用，支钱一十二千二百二文。

共支钱一百二十八千六百文。

五月

一、司事八人薪水，支钱五十六千文。

一、门使厨役仓工七人辛工，支钱一十二千文。

一、伙食，支钱四十一千二百文。

一、煤柴，支钱四千二百文。

一、油烛，支钱三千一百九十二文。

一、纸张笔墨，支钱三百五十五文。

一、零用，支钱一十二千二百四十一文。

共支钱一百二十九千三百八十八文。

六月

一、司事八人薪水，支钱五十六千文。

一、门使厨役仓工七人辛工，支钱一十二千文。

一、伙食（小建），支钱四十千二十文。

一、煤柴（小建），支钱四千六十文。

一、油烛，支钱二千九百一十文。

一、纸张笔墨，支钱三百九十文。

一、零用，支钱一十三千三百九十四文。

共支钱一百二十八千七百七十四文。

七月

一、司事八人薪水，支钱五十六千文。

一、门使厨役仓工七人辛工，支钱一十二千文。

一、伙食（小建），支钱四十千二十文。

一、煤柴（小建），支钱四千六十文。

一、油烛，支钱二千七百四十二文。

一、纸张笔墨，支钱一千三百八十一文。

一、零用，支钱一十五千八百七十七文。

共支钱一百三十二千八十文。

八月

一、司事八人薪水，支钱五十六千文。

一、门使厨役仓工七人辛工，支钱一十二千文。

一、伙食，支钱四十一千四百文。

一、煤柴，支钱四千二百文。

一、油烛，支钱三千一百八十二文。

一、纸张笔墨租由租册，支钱一十七千四百六十七文。

一、零用，支钱一十四千一百五十六文。

　　共支钱一百四十八千四百五文。

九月

一、司事十二人薪水，支钱六十八千文。

一、门使厨役仓工七人辛工，支钱一十四千五百文。

一、伙食（小建，司事十二人，使役七人），支钱五十三千九百四十文。

一、煤柴（小建），支钱四千六十文。

一、油烛，支钱三千五十四文。

一、纸张笔墨，支钱三千一百一十二文。

一、零用，支钱一十六千四百三十九文。

　　共支钱一百六十三千一百五文。

十月

一、委员薪水（会办委员五十八千文，随办委员二十四千文），支钱八十二千文。

一、委员轿随（会办委员一十二千文，随办委员六千文），支钱一十八千文。

一、司事十二人薪水，支钱一百四千文。

一、门使厨役仓工八人辛工，支钱一十四千五百文。

一、伙食（司事十二人，使役八人），支钱五十七千六百文。

一、煤柴，支钱四千二百文。

一、油烛，支钱四千九百三十二文。

一、纸张笔墨，支钱八百二十七文。

一、零用及开仓一应犒赏，支钱二十四千三百七十七文。

一、开仓酒席，支钱一十四千文。

一、催甲酒饭，支钱四千七百三十六文。

　　共支钱三百二十九千一百七十二文。

十一月

一、委员薪水，支钱八十二千文。

一、委员轿随，支钱一十八千文。

一、司事十二八薪水，支钱一百四千文。

一、门使厨役仓工八人辛工，支钱一十四千五百文。

一、伙食（小建），支钱五十五千六百八十文。

一、煤柴（小建），支钱四千六十文。

一、油烛，支钱三千一百七十六文。

一、纸张笔墨，支钱七百七十三文。

一、零用，支钱一十六千一百三十七文。

共支钱二百九十八千三百二十六文。

十二月

一、委员薪水，支钱八十二千文。

一、委员轿随，支钱一十八千文。

一、司事十二人薪水，支钱一百四千文。

一、典当公所司事酬旁，支钱一十千五百文。

一、门使厨役仓工八人辛工（另添四名，半个月），支钱一十九千三百文。

一、伙食（司事十二人，使役八人，另添雇仓工四名，半个月），支钱六十一千二百文。

一、煤柴，支钱四千二百文。

一、油烛，支钱三千九百八十八文。

一、纸张笔墨，支钱六百三十二文。

一、零用及年终犒赏，支钱二十九千九百八文。

共支钱三百三十三千七百二十八文。

四年正月

一、委员薪水，支钱八十二千文。

一、委员轿随，支钱一十八千文。

一、司事八人薪水，支钱九十二千文。

一、门使厨役仓工七人辛工，支钱一十二千文。

一、伙食（司事八人，使役七人），支钱四十一千四百文。

一、煤柴，支钱四千二百文。

一、油烛，支钱三千二百八文。

一、纸张笔墨，支钱三百七十文。

一、零用，支钱一十二千四百三十六文。

共支钱二百六十五千六百一十四文。

二月

一、委员薪水，支钱八十二千文。

一、委员轿随，支钱一十八千文。

一、司事八人薪水，支钱九十二千文。

一、门使、厨役、仓工七人辛工，支钱一十二千文。

一、伙食，支钱四十一千四百文。

一、煤柴，支钱四千二百文。

一、油烛，支钱三千三百九十二文。

一、纸张笔墨，支钱二百五十八文。

一、零用，支钱一十二千九百一十六文。

共支钱二百六十六千一百六十六文。

三月

一、委员薪水，支钱八十二千文。

一、委员轿随，支钱一十八千文。

一、司事八人薪水，支钱九十二千文。

一、司事督工薪水，支钱五十钱文。

一、门使、厨役、仓工六人辛工，支钱一十千五百文。

一、伙食（小建，司事八人、使役六人），支钱三十八千二百八十文。

一、煤柴（小建），支钱四千六十文。

一、油烛，支钱二千九百二十六文。

一、纸张笔墨，支钱一百九十二文。

一、零用，支钱一十五千四百九十一文。

　　共支钱三百一十三千四百四十九文。

一、采买谷四百七十五石（每石价连水脚英洋一元一角五分，洋照九月时价一千一百文），支钱六百千八百七十五文。

一、采买谷二千五百八十四石（每石价连水脚英洋一元三角五分三厘三毫），支钱三千八百四十六千五百七十九文。

一、采买谷二千八百三十四石（每石价连水脚英洋一元四角六分二厘七毫），支钱四千五百五十九千八百一十九文。

一、建造石家角西落仓廒水木工料（仓厅三间、砖场、廒房五十一间），支钱七千一百三十二千八百七十文。

一、新仓油漆工料，支钱八十一千七百二十文。

一、新仓开沟砌街，支钱七十千五百三十八文。

一、建仓选日，支钱一千五十文。

一、完长元吴三邑条漕，支钱二千七百四千一百九十六文。

一、协济省城饭粥厂，支钱二千五百千文。

一、给各署书吏辛工纸张费，支钱三百一十二千六十三文。

一、仓场工费，支钱三百六十七千三百五文。

一、追租差费，支钱二百三十八千九十文。

一、催佃缴租零犒，支钱一百三十三千九百六十七文。

一、易知单费，支钱三十千七百六十四文。

一、三处仓房大修水木工料，支钱七百四十四千九文。

一、添置器用物件，支钱九十七千七百三十文。

一、水龙出救工费，支钱八千八百六十七文。

　　共支钱二万三千四百三十一千二百五十二文。

统共支钱二万六千六十八千五十九文。

一、支协贴省城饭弱局谷三千石（碓见白米一千三百九十九石五斗）。

计支谷三千石。

实在

一、存济元　福泰　保容（恒森移存）　大信　润源　济康　裕源　济亨　久大　和丰　洪茂　保容　万康　致祥　洪裕　济大　益济　福源（安泰替存）　同昌　同泰　公顺　慎和　济昌　仁泰　裕成　同丰　同裕　同和　保源　善昌，以上每当各存钱八百千文。

一、存同兴当钱七百千文 (恒孚 替存)。

一、存大德当钱六百千文。

一、存永和当钱二百千文。

一、存德隆当钱四百千文。

一、存泳泰当钱五百四十千文。

一、存萃元当钱二百六十千文。

一、存公裕当钱二百千文。

一、存永丰当钱一百千文 (以上二万七千千文，按月一分二厘生息)。

一、存济元 福泰 保容 (恒森移替) 大信 润源 济康 裕源 济亨 久大 和丰 洪茂 保容 万康 致祥 洪裕 济昌 仁泰 裕成 同丰 同裕 同和 慎和 益济 福源 (安泰替存) 同昌 同泰 公顺 保源 同兴 (恒孚替存)，以上每当各存钱六百千文。

一、存永和当钱二百千文。

一、存公裕当钱二百千文。

一、存济大当钱一百千文。

一、存大德当钱一百千文。(以上一万九千二百千文，按月一分生息。)

一、存济大当钱二千千文。

一、存久大当钱二千千文。

一、存大德当钱二千千文。

一、存济昌当钱二千千文。

一、存益济当钱二千千文。(以上一万千文，周年一分生息。)

一、存储义仓钱六百三十一千六百七文。

统共存钱五万六千八百三十一千六百七文。

统共存谷四万八千四百九十三石四斗三升四合。

卷七　下

为照会事。七月初五日奉布政使张札开，照得长元吴三县应捐积谷经费，前据禀奉抚宪批，准于七年冬漕串内加戳带收，随时禀请饬发公正绅董买谷建仓存储等因，即经行府饬遵在案。兹于六月十八日据吴县申解积谷捐银一千一百八十六两九钱四分四厘，合钱二千串，又于二十三日申解银五百九十四两一钱七分七厘，合钱一千串前来，应将两次解到银一千七百八十一两一钱二分一厘，合钱三千串，尽放交该府转发公正绅董买谷建仓存储，以符原议。除于七月初三日堂期动放外，合就札饬等因到府。奉此合亟照会贵绅，希将前项银两照数查收补领备案。仍即买谷建仓存储，妥议经理出纳章程，通送察夺，并希将支用各数，按届截清造报施行。须至照会者。

计送积谷经费银一千七百八十一两一钱二分一厘整

同治八年七月　日

苏州府照会

为奉拨积谷钱文收存备用事。窃奉照会内开，七月初五日奉布政使张札开，照得长元吴三县应捐积谷经费，前据禀奉抚宪批，准于七年冬漕串内加戳带收，随时禀请饬发公正绅董买谷建仓存储等因，即经行府饬遵在案。兹于六月十八日据吴县申解积谷捐钱一千一百八十六两九钱四分四厘，合钱二千串，又于二十三日申解银五百九十四两一钱七分七厘，合钱一千串前来，应将两次解到银一千七百八十一两一钱二分一厘，合钱三千串，尽放交府饬发公正绅董买谷建仓存储，以符原议。除于七月初三日堂期动放外，合就札饬等因到府。奉此合亟照会，希将前项银两照数查收补领备案。仍即买谷建仓存储，妥议经理出纳章程，通送察夺，并将支用各数按届截清造报等因。奉此绅等伏查义仓原造廒间积谷已满，兹于仓之北面售买民间破屋，改造廒房，业经开工，所需经费，正在呈请藩宪，将甲子、乙丑两年解司仓租旧款拨还应用。兹奉拨到前项积谷钱文，拟即先行动支，以应工需。俟下届报销，汇集造送。除出具领结备案外，合将发到积谷银一千七百八十一两一钱二分一厘，合钱三千串，收存动用缘由具呈。伏乞大公祖大人电鉴申详，实为公便。上呈。

计呈领纸

一呈苏州府

同治八年七月　日义仓绅董呈

为照会事。奉布政使张札开，照得长元吴三县应捐积谷经费，前据禀奉抚宪批，准于七年冬漕串内加戳带收，随时禀请饬发公正绅董买谷存储。嗣据吴县将征存钱三千串，分批合银，申解到司，业经放交该府转发绅董买谷存储在案。兹查截至十月初八日堂期止，吴县续又解存银五百九十八两八分六厘，合钱一千串；元和县解存银五百九十九两一钱六分一厘，合钱一千串；长洲县解存银一千二百三十四两五钱六分八厘，合钱二千串。统共解存库平银二千四百三十一两八钱一分五厘，合钱四千串，应即照案放交该府转发公正绅董买谷建仓存储，以备缓急。除于十月二十八日堂期动放外，合就札饬等因到府。奉此合亟照会贵绅，希将送来前项银两照数查收补领备案。仍即买谷建仓存储，并妥议经理出纳章程，通送察夺，将支用各数，按届截清造报施行。须至照会者。

计送积谷经费银二千四百三十一两八钱一分五厘整

同治八年十月　日

苏州府照会

为照会事。本年十二月初八日，奉藩宪放发积谷经费银三千六百九十九两二钱四分六厘，具领到府。合亟照会贵绅董，希将送来前项银两，照数查收补领备案。仍即买谷建仓存储，并妥议经理出纳章程，通送察夺，将支用各数，按届截清造报。望速施行。须至照会者。

计送积谷经费银三千六百九十九两二钱四分六厘整

同治八年十二月　日

苏州府照会

为照会事。奉布政使张札开，照得长元吴三县应捐积谷经费，前据禀奉抚宪批，准于七年冬漕串内加戳带收，随时禀请饬发公正绅董买谷存储。节据三首县将征存钱七千串，分批合银，申解到司，均经放交该府转发绅董买谷存储在案。兹查截至十一月二十八日堂期止，元和县续又解存银三千一百四两八厘，合钱五千二百三十二千一百一十一文；长洲县解存银五百九十五两二钱三分八厘，合钱一千串。统共解存库平银三千六百九十九两二钱四分六厘，合钱六千二百三十二千一百一十一文，应即照案放交该府转发公正绅董买谷建仓存储，以备缓急。除于十二月初八日堂期动放外，合就札饬等因到府。奉此查前奉藩宪放给积谷经费银三千六百九十九两二钱四分六厘，业经移交贵绅照数查收，并希补领送府备案。迄未送到，兹奉前因，合亟照会贵绅董，希即补领送府备案。仍速买谷建仓存储，并妥议经理出纳章程，通送察夺，将支用各数，按届截清造报。望速速！须至照会者。

　　同治八年十二月　　日
　　苏州府照会

　　为照会事。本年二月初四日奉布政使张札开，照得长元吴三县七年冬漕案内带收积谷捐款，除节据解司转发外，核计长洲县尚欠解钱二千五百二十九千零，元和县尚欠解钱五百一十一千零，吴县尚欠解钱四百四十一千零。查此项捐钱，系积谷备荒要款，早应征完清解，未便日久延欠。合行札催札府立即遵照，速将欠解钱文，刻日按数易银，批解清款，以凭转发应用。再，三首县解到捐款，业已由司先后放交该府转发绅董银合钱一万三千余串，饬令买谷建仓存储。迄已日久，未据买谷具报，究竟前发银两现在是否存典生息，亦无只字报闻。并即确查具覆。一面遵照即饬妥议经理出纳章程，通送察夺，均毋违延，切切等因到府。奉此除札催长元吴三县易银批解外，合亟照会贵绅，希即遵照宪札，刻即确查，呈覆藩宪，并覆敝府查考，一面妥议经理出纳章程，通送察夺。望速速！须至照会者。

　　同治九年二月　　日
　　苏州府照会

　　为积谷捐款并归义仓办理事。窃绅等经办苏城丰备义仓事宜，已历四载。所有收租章程及购地建仓、逐年买谷、发典生息一应收支细数，历经报明在案。兹于上年七、十、十二等月，历奉 府宪奉文转照会转奉藩宪札 发到仓长元吴三县七年冬漕案内带收积谷捐款，计钱一万三千二百三十二千一百一十一文。适值添建义仓北面廒座二十八间，并采买新谷，又将余钱发典生息，即将此款并归冬租项下，一起出纳。今年二月，又于义仓对河新置地基，建造廒座八十余间，现在尚未完工。又接 府宪照会札开照会转转奉藩宪札开 照得长元吴三县七年冬漕案内带收积谷捐款，除节据解司转发外，核计长洲县尚欠解钱二千五百二十九千零，元和县尚欠解钱五百一十一千零，吴县尚欠解钱四百四十一千零。查此项捐钱，系积谷备荒要款，早应征完清解，未便日久延欠。合行札催札府立饬遵照，速将欠解钱文，刻日按数易银，批解清款，以凭转发应用。再，三首县解到捐款，业已由司先后放交该府转发绅董银合钱一万三千余串，饬令买谷建仓存储。迄已日久，未据买谷具报，究竟前发银两现在是否存典生息，亦无只字报闻，并即确查具覆。一面遵照即饬妥议经理出纳章程，通送察夺等因。查此项捐款，俟催解转发到仓，正资匠工需用。至建仓买谷等事，业已并归冬租项下，作一案办理，毋庸另立章程。绅等惟有督同司事，实力奉行，以为备荒至计。所有上年三月报销后起，至今年三月止，义仓新旧各款一应出纳细数，循例于月内会同委员查核报销。除由委员申报外，合将七年分冬漕带收积谷捐款并案办理缘由，并尚有应收三县欠解钱三千四百八十一千零，正资建仓工费，专候饬发等情，详细具覆。（除呈藩宪外）伏乞大公祖大人电鉴。谨呈。

一呈 藩宪
　　苏州府

同治九年三月　日义仓绅董呈

为照会事。本年三月二十三日，奉藩宪放发积谷经费银二千九百二十两九钱六分六厘，具领到府。合亟照会贵绅董，希将送来前项银两照数查收，补领备案。仍即买谷建仓存储，并妥议经理出纳章程，通送察夺，将支用各数，按届截清造报。望速施行。须至照会者。

计送积谷经费银二千九百二十两九钱六分六厘整。

同治九年三月　日

苏州府照会

为照会事。奉布政使张札开，照得长元吴三县应捐积谷经费，前据禀奉抚宪批，准于七年冬漕串内加戳带收，随时禀请饬公正绅董买谷存储。节据三首县将征存钱一万三千二百三十二千一百一十一文，分批合银，申解到司，均经放交该府转发绅董买谷存储在案。兹查截至本年二月初三日堂期止，长洲县续又解存银二千六百二十九两五钱九分一厘，合钱四千四百八十三千九十六文；吴县解存银二百九十一两三钱七分五厘，合钱五百串。统共解存库平银二千九百二十两九钱六分六厘，合钱四千九百八十三千九十六文，应即照案放交该府转发绅董买谷建仓存储，以备缓急。除于三月二十三日堂期动放外，合就札饬等因到府。奉此查前奉藩宪放发积谷经费银二千九百二十两九钱六分六厘，业已移交贵绅，照数查收，并希补领备案。兹奉前因，合亟照会贵绅，希即补领送府备案，仍速买谷建仓存储。望速速！须至照会者。

同治九年三月　日

苏州府照会

为再行照会事。同治九年五月初六日奉苏州府李札，五月初二日奉巡抚部院丁札开，照得本部院于本年四月初三日札饬苏、松、常、镇、太五府州查明，所属已办带捐积谷者几处，或钱或谷，收有若干，曾否建仓买谷，现已积存钱谷各数，于四月二十日以前开折详候奏明立案，并候核明劝募积谷尤多之州县，附折奏请奖励，一面札司查明汇核详办在案。现已逾限，仅据吴江、奉贤、娄县、南汇、金山、太仓、镇洋七州县查明，收存钱谷管收除在各数如式造册，陆续送到，并据镇江府以徒、阳、坛、溧四县俱因地方凋敝，尚未开办，现饬议章禀办等情，申覆到院。其苏州、常州二府，虽据查开各厅县办理情形，已捐钱谷各数清折，先后申详，而实存钱谷各数，尚未照司颁册式造呈，无从核计。松江府虽已据详到，因属报未齐，亦未核结府总。又长洲、吴县二县，仅将收捐钱数开报，其应买存谷数，未据造报。又上海县虽已造册详送，其中买谷价脚实存钱数，开造未清。除经分别批行饬令查明，造具四柱清册通送外，应仍令各该府饬催如式开报。此外各厅县及青浦县八年分收支细数，迄今均未造报，殊属违延。合行札催札府，即便转饬已办各属遵照查明，何时开办积谷，或钱或谷，每年收有若干，曾否建仓买谷，现在实存钱谷各若干，所存之谷均以石斗升合计数，勿以斤两开报。仍由府核结府总，逐细开造清册，通限五月十五日前送齐，立等汇核办理。如再逾限，定将该厅县记过，仍令并造清册一套，先行径送来院，以凭查核。如有旧存积谷义仓田租，亦即一并造报。其未办各属，并饬督董议章通禀，赶紧开办，切速等因到府。奉此查此案前奉抚^藩宪札府，即经转催赶紧查办在案。兹奉前因，合亟转催札县立即遵照宪札确切查明，并将收存钱谷管收除在各数如式造册，务于五月初十日以前，呈送抚^藩宪暨本府查核，以凭覆核汇造转呈，毋迟等因到县。奉此查三县建仓积谷事宜，俱由贵绅经理。前奉宪饬，即遵照颁式造册送核，又经抄式照请造册，分送在案。兹奉前因，合再照会贵绅，请烦查照先今宪札，希即依限造册送候，转呈各宪查核，并祈照录一套，送县备案。此系奉^藩抚宪_府通饬限送之件，幸勿有稽。望速速！须至照会者。

　　同治九年五月　　日
　　长洲县照会，元和、吴县照会同

　　为照覆事。窃绅等叠奉照会，奉抚宪札查各厅县办理积谷情形，颁发四柱册式，饬如式造报，并所存之谷，均以石斗升合计数，勿以斤两开报。如有旧存积谷义仓田租，亦一并造报等因。伏查三县丰备义仓，由绅遵祁经理，已届四载。每年春季造具管收除在清册呈^藩宪_府通详各在案。至七年分积谷捐款，于八年七月至九年三月历奉府宪转奉藩宪饬发，共计长洲县积谷钱七千四百八十三千九十六文，当与同时发仓之元和县积谷钱六千二百三十二千一百一十一文，吴县积谷钱四千五百千文，按次具领，并归义仓，作一案办理。业将添建仓廒、采买谷石、发典生息钱文，并支用各数，造具四柱清册，会同委员核明呈送^藩宪_府通详，并由绅遵祁呈明归并办理，毋庸另立章程各在案。今奉来文，覆查三县系旧有积谷义仓田租，与宪札一并造报之意正属相符。其义仓逐年买谷所存之斛，系宪定苏城通行官斛，两斛秤见谷斤，总以百斤上下为率，统扯百斤为一石，乃斛而又秤，所以杜糠秕搀杂之弊，并非但秤不斛。其通行官斛，与部颁漕斛，有无参差，绅等无从比较。再，现在宪颁册式，须各县各造，除随征经费及有无官绅倡捐，应由宪台自行具覆外，其每县积谷若干石，建廒若干间，业已并归义仓一处办理，实属无从指晰填造。兹将前呈^藩宪_府丰备义仓新旧各款四柱清册，加注新收，逐县分别捐数，照录呈案备核外，应请将三县同城旧有义仓，向归一起办理，与他县情形不同缘由，据实申报。伏乞公祖大人鉴核，据情申覆，实为公便。上呈。

　　一呈元和、长洲、吴县
　　同治九年五月　　日义仓绅董呈

为照会事。本年五月初七日奉布政使张札开，本年五月初二日，奉总督部堂马批本司详送丰备义仓八年四月起至九年三月止收支各款清册由，奉批：据详已悉，仍候抚部院批示缴。又先于四月二十七日奉苏抚部院丁批开，据送清册存查，所有册开奉发三首县七年积谷捐钱一万八千余串，应饬分晰每县捐收钱数，合计各应买存谷数，会县遵照司颁册式，分县开造管收除在清册，送府汇造总册，详候核办，并先照造一套，送院查核。至买存积谷，据报以一百斤为一石，是否适符漕斛之数，仍令明晰声覆。如有参差，总应以漕斛量见之数作准开报，以凭汇核办理，并候督部堂批示缴各等因到司。奉此合就转饬等因到府，奉此合亟照会贵绅，希即遵照，速将奉发三首县七年积谷捐钱一万八千余串，分晰每县亩捐收钱数，合计各应买存谷数，由贵绅会同委员暨三首县遵照司颁册式，分县开造管收除在清册先行送府，立等汇造总册详办，并照造一套，通送查核。至买存积谷，据报以一百斤为一石，是否适符漕斛之数，仍即明晰声覆。如有参差，总应以漕斛量见之数作准开报，以凭汇核办理。一面查照前批，将应行找给院司书辛饭钱文，核明申解。其府县书辛饭，亦即给发。幸勿迟延，望速速！须至照会者。

同治九年五月　　日
苏州府照会

为照覆事。叠奉照会奉抚宪饬查各厅县积谷情形，每县捐收钱数，合计各应买存谷数，分晰开造四柱清册，并所存之谷均以石斗升合计数，勿以斤两开报，如有旧存积谷义仓田租，亦即一并造报等因。并接长、吴两县照会，开送宪颁四柱册式，除照覆两县外，窃查苏城丰备义仓，由绅经理，已届四载。每年春季，历经造具管收除在清册呈案通详在案。至七年分积谷捐数，于八年七月至九年三月历奉转发到仓，除二月二十日奉文内开，元和县尚欠解钱五百一十一千零尚未领到外，计长洲县积谷捐钱七千四百八十三千九十六文，元和县积谷捐钱六千二百三十二千一百一十一文，吴县积谷捐钱四千五百千文，共计钱一万八千二百一十五千二百七文。按次具领，归并义仓，作一案办理，业将添建仓厫、采买谷石、发典生息钱文，并支用经费，新旧管收除在各数造具四柱清册，会同委员核明呈案通详，并由绅呈明归并办理，毋庸另立章程各在案。今奉来文，覆查三县同城，旧有积谷义仓田租，与宪札一并造报之意正属相符。其义仓逐年买谷所用之斛，系宪定苏城通行官斛，两斛秤见谷斤，总以一百斤为一石，乃斛而又秤，以杜糠秕搀杂之弊，并非但秤不斛。其宪定官斛，与部颁漕斛，有无参差，仓中无从比较。再，两县移送现颁宪定四柱册式，其中除某县应征熟田若干、及随征经费若干、有无官绅倡捐各条，应由各县自行具覆外，其每县建仓若干间，积谷若干石，业已归并义仓一处办理，实属无从指晰。除丰备义仓新旧各款四柱清册业于三月杪由委员呈送毋庸覆造外，应请将三县同城旧有义仓，向归一起办理，与他县情形不同缘由，据实申报。抑绅窃有请者，伏读宪札，有劝捐积谷尤多之州县附折奏请奖励云云。仰见宪意，为备荒至计，不惜多方劝诱。绅查丰备仓旧存义田，尚有未经奏奖者八千余亩，前经绅等公同具呈申明，请照常例酌加优异，以示招徕。蒙前抚宪郭据情入奏，奉部议，仍照旧例给奖。绅等又覆陈备荒至计，今昔情形不同，恳请覆奏，未蒙批准，至今未敢再渎。窃思此项未奖义田，似无久不给奖之理。而欲如部议，照旧办理，揆之十余年来一切捐输奖励之案，无不从优，而独此备荒义田，仍不得稍加优异，以示招徕。体察舆情，实有难期踊跃之处。可否仰祈宪鉴，申请仍准量为变通，附案奏请，以昭公允而示鼓励。谨候钧裁，如蒙俯允，再当会同各绅，另行缕晰具呈。合先附陈，伏祈大公祖大人察夺施行，实为公便。至来文附催义仓春租院司府县书吏辛饭钱文，查春租为数无多，此次合计，共应找钱五千余文，历届均归冬租案内分别解给，以省烦琐。附覆上呈。

一呈　苏州府

同治九年五月　日义仓绅董呈

巡抚部院批一件。司详义仓绅士呈覆三县积谷归并办理旧存义田请给优奖由。查三首县七年分积谷捐，已据该司酌定，将已发仓者，照仓中谷价合见谷数开报，未发仓者，即以存钱开报，饬令另行开册送核等情在案。仰即饬府遵照赶紧汇齐，结总造册，详送核办。至从前捐存义仓田亩内已捐未奖之户，据请量为变通，从优给奖，应候于奏报苏松等属捐存积谷数目，保奖捐办得力牧令。折内附片具奏。并即照会义仓绅士，即速呈请转详核办可也。此缴。

为照会事。奉布政使张札开，照得长元吴三县应捐积谷经费，前据禀奉抚宪批，准于七年冬漕串内加戳带收，随时禀请饬发公正绅董买谷存储。节据三首县将征存钱一万八千二百一十五千二百七文，分批合银，由解到司，均经放交该府转发绅董买谷存储在案。兹续据前署元和县历令解存银四十八两六钱八分二厘，合钱八十四千八百五十三文，又吴县解存银二百四十七两八钱八分一厘，合钱四百三十一千五百六十一文，统共解存库平银二百九十六两五钱六分三厘，合钱五百一十六千四百一十四文。应即照案放交该府转发绅董买谷建仓存储，以备缓急。除于六月初八日堂期动放外，合就札饬等因到府。奉此合亟照会贵绅，希将送来前项银两，照数查收，补领备案，仍即买谷建仓存储。望速速！须至照会者。

计送积谷经费银二百九十六两五钱六分三厘整。

同治九年六月　日

苏州府照会

为照会事。案奉抚藩宪以长元吴三县会详送实收积谷钱文应买谷石四柱清册一案，批示本府饬即核明义仓册内所收钱文。已经买谷者，即作存谷开报，其未经买谷及现甫解到、未经发仓之款，仍以实存现钱开列，以免两歧。刻日另开清册，通送查核，仍由府汇造总册，通详核办。至义仓积谷，据报以一百斤为一石，是否适符漕斛之数，并即查明具覆等因。奉经转饬该三首县赶紧查办，并即分造清册，通送核办在案。现奉宪札饬催，未便再延，合亟照会贵绅董，希将先后奉发积谷钱一万八千七百三十一千六百二十一文，现已买谷若干，存钱若干，迅即专案造册移送。至积谷以一百斤为一石，是否适符漕斛之数，万一积谷奉拨他处，计斛不计斤，能否办理，刻速妥议，一并覆府，立等汇造总册详办。幸勿迟延，望速速！须至照会者。

同治九年六月　日

苏州府照会

为再行照覆事。窃绅等前奉照会，所有奉发三县亩捐积谷一款，呈明归并丰备义仓办理，无从指晰，历经详覆在案。兹又奉前因，奉宪饬造清册，特将前呈报销四柱清册，再造简明清册呈案，以备申详。伏查此项钱文奉发到仓，业已呈明归并办理。其每县建厫若干间，买谷若干石，实属无从指晰。绅经办义仓一切事宜，巨细不遗，涓滴悉归核实。若欲将三县各款，强为分晰，似非核实之道，实未敢臆为造报。至仓中所用籴谷之斛，系宪定苏城通行官斛，以一百斤为一石者，乃斛见一石，再加覆秤，合数十百石统扯，则每石约以百斤为度，所以杜糠秕搀杂之弊，并非不以石斗升合为计也。其与部颁漕斛有无参差，绅无凭比较，将来存谷出厫，一以宪定官斛为准，则民间通行无弊。又来文有万一奉拨他处云云，查丰备义仓创自前抚宪林，奏明系长元吴三县本籍绅士所捐田亩，专备长元吴三县救荒之需，他处不得移用。克复以来，又历经绅等清厘整顿，呈明专备三县救荒，虽有他事，不得移用各在案。即如现在所发三县亩捐一款，亦以本地亩捐为本地备荒所有。他拨一层，绅等为桑梓起见，实不敢与闻，相应据实并覆。伏乞大公祖大人鉴察申详，实为公便。上呈。

一呈藩宪
苏州府

同治九年七月　日义仓绅董呈

昨承尊处送到义仓收支清册，现即转详。惟存谷一项，均系按斤核算，而造册申送，自应按石报销。向来仓斛，一石约重若干斤，敢乞阁下详晰示覆为祷。专此敬请台安。

愚弟杜文澜顿首

昨奉手示，谨悉壹是。查谷之高下，以论斤为核实。谷绽则重，谷秕则轻，是以义仓籴谷，既斛又秤，以杜搀杂之弊。大约一石之谷，以百斤为率，略有出进。论价秤见，一百斤作一石核算。上次委廉沈守申报，即以斤数具详。兹奉前因，应即以一百斤为一石申报，仍候鉴定。肃此覆请勋安。不备。

治愚弟潘遵祁顿首

手教谨悉。谷之多寡，论斤最为核实。弟因公牍必须论石，用以奉询。兹承示及，即可照办矣。覆请台安。不一。

愚弟杜文澜顿首

为照会事。本年九月初四日奉署布政使应札开，本年八月二十二日奉护抚部院张批，该府详送所属厅县谷捐钱文、义仓积谷四柱清册，奉批：查册开三首县谷捐，仍照县册汇计开报，并未遵照司批，将已发仓者照仓中谷价合见谷数开报，未发仓者即以存钱开报，又前据昆、新二县会禀，上年因秋收歉薄，民情困苦，应捐积谷请缓至本年再办等情在案。何以册内列有存谷一百八十二石，是否向有义仓田亩项下收见存谷之数，未据声明？苏藩司即饬该府，分晰查明声覆，另行开具简明清册，送候核办。至丰备义仓田租，与劝捐积谷经费两不相关，毋庸牵连开报，致滋淆混。并饬遵照剔除截清造册，仍由司分催松江、太仓二府州，赶速查清各属收支存积钱谷各数，刻日结总造册，送院汇办。并催华、娄二县，将向有义仓田数租额、节年收支实存各数，专案造具细册，通送核夺，毋迟此缴册存等因到司。奉此查此案前据并详到司，即经批饬，严催长、元、吴、江、震五县，即将节次批查各层，分别确查造册，勒限明晰禀覆在案。奉批前因，合就转饬等因到府。奉此合亟照会贵绅，请烦查照，希将奉发三首县积谷捐钱一万八千七百余千，照仓中谷价合算，买见谷数若干，现在有无未发仓钱若干，刻日分晰覆府，以凭造册转呈。幸勿迟延，望速速！须至照会者。

同治九年九月　日
苏州府照会

为请示遵行事。窃查三县亩捐积谷一款，前经藩宪札发苏州府转发丰备义仓，共计钱一万八千七百三十一千六百二十一文，（内元和县六千三百一十六千九百六十四文，长洲县七千四百八十三千九十六文，吴县四千九百三十一千五百六十一文），当经并归义仓，将收支细数归入义仓四柱册，作为一起造报。嗣因县中奉文颁发四柱清册格式，饬分晰照造等因，当又呈明业经并案办理，无从强为指晰情形在案。兹又据三首县面商，拟将仓中上年所买之谷作为亩捐一项，所买尚有余钱，拟于仓中存当项下画出，均作为附存丰备仓，以便合数开报。绅等查上年采买谷五千四百六十六石八斗四升，业已归入上届报销义仓存谷数内总报在案。兹将此项谷数，遵照分作三县积谷款内附存。计长洲县附存义仓谷二千二百石，元和县附存义仓谷一千八百五十石，吴县附存义仓谷一千四百一十六石八斗四升。又查上届报销册内总报发典生息钱二万八千串，兹将三县积谷捐钱，遵照画明，计长洲县附存义仓钱四千三十六千五百四十五文，元和县附存义仓钱三千四百一十八千七百二十八文，吴县附存义仓钱二千七百一十一千九百二十六文。业将附存钱谷数目分晰开折，面呈三首县。以后仓中常年报销册内，自应分别照造。惟思存谷则有晒晾耗短之费，存钱则有逐月生息之赢。仓中历年办理，纤悉具有成规。今将此项强为分晰某县存谷若干，存钱若干，则以后所费所赢，是否均须画开核算，抑即入义仓支费收息数内总报，以归简易。伏祈公祖大人裁示遵行，实为公便。上呈。

一呈苏州府
同治九年闰十月　日义仓绅董呈

为照会事。本年十一月二十五日奉署布政使应批敝府详三首县积存钱谷，应与义仓田租劈分造报查议缘由，奉批：如详办理，仰即转饬将捐钱买谷实存各数，查照颁式造册，呈送察核，毋违此缴等因到府。奉此除札三首县遵照外，合就抄详照会贵绅，请烦查照，会同宪委，将捐钱买谷实存谷数，查照颁式造册，呈送藩宪暨移敝府察核。望速施行。须至照会者。

计抄详

为遵批查详事。本年十一月初三日奉宪台批卑府详潘绅呈覆义仓存储谷钱费赢作何开报请核示饬遵由，奉批：查三首县积存钱谷各款，既与义仓田租分晰画开，所有以后存谷折耗、存钱生息各数，究竟应否劈分造报，仰即由府确核妥议，详候核办，毋违缴等因到府。奉此伏查省城丰备义仓长元吴三县积存钱谷，似可与义仓田租分开，以清眉目。嗣后报销，应由义仓员董将该三县存谷折耗、存钱生息各数及义仓田租，作为两项劈分造报，而免淆混。奉批前因，相应查议具详。仰祈宪台鉴核批示饬遵。为此云云。

　　详藩宪

　　同治九年十二月　日

　　苏州府照会

　　为造报事。窃查长元吴三县七年冬漕案内带收积谷捐款，自八年七月起，至九年三月止，历奉藩库发放苏州府转发到仓，共银合钱一万八千二百一十五千二百七文，由义仓委员于九年三月循例报销册内申报藩府宪在案。又于九年六月十二日，奉藩库发放苏州府转发到仓共银合钱五百一十六千四百一十四文，由义仓委员于九年十二月报收义仓田租案内，申报藩府宪在案。又经绅等将买谷储钱数目，先行开折呈鉴。嗣后屡奉照会，转奉宪札，饬将三首县积存钱谷与义仓田租劈分造报等情。绅等覆查贵县前后共附义仓七年分积谷捐银合钱七千四百八十三千九百九十六^{六千三百一十六千九百六十四}_{四千九百三十一千五百六十一}文，内买存谷计原数二千二百石^{一千八百五十石}。除扇晒折耗谷三十七石_{四十四石}，实存净谷二千一百五十六石^{一千八百一十三石}，除谷价工费等支用外，应存钱二十八石三斗四升_{一千三百八十八石五斗}三千三百五十九千五百三十六^{三千三百五十六千一百五十四}文。又存发当生息钱五百三十千四百^{六百二十四千}文，共实存钱四千五百八十七千一百五^{三千八百八十九千九百}二千六百六十六千五百八十七_{四百二十一千二百}三千八百八十七千七百八十十四七_{三十六}文。除元吴两县另行造报并开折呈送曾委廉外，合将贵邑^{长吴}附存义仓钱谷实数，造具收支四柱清册。伏乞公祖大人鉴核，并请通详存案，实为公便。上呈。

　　计呈清册

　　一呈元和、长洲、吴县

　　同治十年四月　日义仓绅董呈

　　长洲县随漕带收积谷捐款附存义仓钱谷数目收支清册

　　旧管

　　无收

　　新收

　　一、领八年十月二十九日奉发银合钱二千千文。

　　一、领八年十二月二十五日奉发银合钱一千千文。

　　一、领九年三月二十五日奉发银合钱四千四百八十三千九十六文。

　　一、收慎和当存款四千串一分二厘生息（九年四月初一日起，至十年三月底止，连闰计十三个月），合钱六百二十四千文。

　　统共领_收钱八千一百七千九十六文。

　　开除

　　一、籴谷二千二百石（八年十二月采买到仓，每石价本洋一元二角一百^{八十}，合钱一千四百一十六_{一千}文。），支钱三千一百一十五千二百文。

　　一、运谷水脚费（每石钱一百二十六文六毫一忽），支钱二百七十八千五百四十二文。

一、上水晒谷等费（每石钱二十四文），支钱五十二千八百文。

一、芦席廒笆气通稻柴等费，支钱五十七千二百文。

一、九年分扇盘工费（每石钱六文），支钱一十三千二百文。

统共支钱三千五百一十六千九百四十二文。

实在

一、存净谷二千一百五十六石（附于省城义仓廒，八年十二月采买谷二千二百石，九年十二月扇盘折耗谷四十四石）。

一、存慎和当钱四千千文（九年四月初一日起）。

一、存恒豫当钱四百千文（十年四月初一日起）。

一、存义仓钱一百九十千一百五十四文。

统共存钱四千五百九十千一百五十四文。

元和县随漕带收积谷捐款附存义仓钱谷数目收支清册

旧管

无收

新收

一、领八年十月二十九日奉发银合钱一千千文。

一、领八年十二月二十五日奉发银合钱五千二百三十二千一百一十一文。

一、领九年六月十二日奉发银合钱八十四千八百五十三文。

一、收恒豫当存款一千四百串
恒乾当存款二千串，一分二厘生息（九年四月起，至十年三月止，连闰计十三个月），合钱五百三十千四百文。

统共领收钱六千八百四十七千三百六十四文。

开除

一、籴谷一千八百五十石（八年十二月采买到仓，每石价本洋一元二角一百八十
一千，合钱一千四百一十六文），支钱二千六百一十九千六百文。

一、运谷水脚费（每石钱一百二十六文六毫一忽），支钱二百三十四千二百二十八文。

一、上水晒谷等费（每石钱二十四文），支钱四十四千四百文。

一、芦席廒笆气通稻柴等费，支钱四十八千一百文。

一、九年分扇盘工费（每石钱六文），支钱一十一千一百文。

统共支钱二千九百五十七千四百二十八文。

实在

一、存净谷一千八百一十三石（附于省城义仓廒，八年十二月采买谷一千八百五十石，九年十二月扇盘折耗谷三十七石）。

一、存恒乾当钱二千千文（九年四月初一日起）。

一、存恒豫当钱一千四百千文（九年四月初一日起）。

一、存恒泰当钱三百千文（十年四月初一日起）。

一、存义仓钱一百八十九千九百三十六文。

统共存钱三千八百八十九千九百三十六文。

吴县随漕带收积谷捐款附存义仓钱谷数目收支清册

旧管

无收

新收

一、领八年七月十五日奉发银合钱三千千文。

一、领八年十月二十九日奉发银合钱一千千文。

一、领九年三月二十五日奉发银合钱五百千文。

一、领九年六月十二日奉发银合钱四百三十一千五百六十一文。

一、收恒泰当存款一千七百串_{恒森当存款一千串}，一分二厘生息（九年四月起，至十年三月止，连闰计十三个月），合钱四百二十一千二百文。

统共^领_收钱五千三百五十二千七百六十一文。

开除

一、籴谷一千四百一十六石八斗四升（八年十二月采买到仓，每石价本洋一元二角（一千一百八十），合钱一千四百一十六），支钱二千六千二百四十五文。

一、运谷水脚费（每石钱一百二十六文六毫一忽），支钱一百七十九千三百八十六文。

一、上水晒谷等费（每石钱二十四文），支钱三十四千四文。

一、芦席廒笆气通稻柴等费，支钱三十六千八百三十八文。

一、九年分扇盘工费（每石钱六文），支钱八千五百一文。

统共支钱二千二百六十四千九百七十四文。

实在

一、存净谷一千三百八十八石五斗（附存省城义仓廒，八年采买谷一千四百一十六石八斗四升，九年十二月扇盘折耗谷二十八石三斗四升）。

一、存恒森当钱一千千文（九年四月初一日起）。

一、存恒泰当钱一千七百千文（九年四月初一日起）。

一、存恒豫当钱二百千文（十年四月初一日起）。

一、存义仓钱一百八十七千七百八十七文。

统共存钱三千八十七千七百八十七文。

为造报事。窃查长、元、吴三县七年冬漕案内带收积谷捐款，历奉藩宪照会，发交省城义仓买谷储存，上年三月业将三县储存钱谷数目，分晰造报在案。查此项捐款，专为积谷备荒起见，上年买谷外所存钱文，商定于下年添买谷石收储。兹将贵县续买新谷_{二千一百五十石
二千八百石}，合钱三十一千_{二千三百一十一千二百五十}文。上年申报净存谷_{一千八百五十石
二千二百石}，除_{一千四百一十六石八斗四升}，扇晒折耗谷_{三十七石
四十四石
二十八石三斗四升}，实存净谷_{一千八百一十三石
二千一百五十六石
一千三百八十八石五斗}。前后统共存谷_{三千九百六十三石
四千九百五十六石
二千九百七十二石五斗}。上年申报存钱_{三千八百八十九千九百三十六
四千五百九十一千一百五十四
三千八十七千七百八十七}文，又十年四月起，至十一年三月止，收发当生息钱_{三十一千九百二十
三百四十四千六百四十
二百五十四千一百三十一}文。除添买谷价及水脚上水扇晒工费钱_{二千四百一千八百六
三千一百二十五千四百七十二}文，计_{一千七百七十千一百五十}

前后统共存净钱 _{一千七百九十九千五十} _{一千八百九千三百二十二} _{一千五百七十一千七百六十八} 文。 除 _{长吴} _{元吴} _{长元} 两县另行造报外，合将贵邑附存义仓钱

谷实数，造具四柱清册。伏乞公祖大人鉴核，并请通详存案，实为公便。上呈。

计呈清册

一呈元和、长洲、吴县

同治十一年四月　日义仓绅董呈

长洲县随漕带收积谷捐款附存义仓钱谷数目收支清册

旧管

上年存谷二千一百五十六石。

上年存钱四千五百九十千一百五十四文。

新收

一、收当息钱三百四十四千六百四十文，内 _{本四千四百千文，四个月合息，钱二百一十一千} _{本一千三百九十千文，八个月合息，钱一百三十三千} 二百文 四百四十文。

开除

一、籴谷二千八百石 （连水脚每石合钱一千七十五文，十年八月初一日存当款项内提支），支钱三千一十千文。

一、上水力二千八百石 （每石钱一十二文），支钱三十三千六百文。

一、扇晒工二千一百五十六石 （每石钱一十二文），支钱二十五千八百七十二文。

一、芦席廒笆气通奢糠稻柴等费，支钱五十六千文。

统共支钱三千一百二十五千四百七十二文。

实在

一、存谷四千九百五十六石。

一、存恒森当钱一千八百千文。

一、存义仓钱九千三百二十二文。

统共存钱一千八百九千三百二十二文。

元和县随漕带收积谷捐款附存义仓钱谷数目收支清册

旧管

上年存谷一千八百一十三石。

上年存钱三千八百八十九千九百三十六文。

新收

一、收当息钱三百一十千九百二十文，内 _{本三千七百千文，四个月合息，钱一百七十七千六百文} _{本一千三百八十八千七百五十文，八个月合息，钱一百三} 十三千三百二十文。

开除

一、籴谷二千一百五十石 （连水脚每石合钱一千七十五文，十年八月初一日存当款项内提支），支钱二千三百一十一千二百五十文。

一、上水力二千一百五十石 （每石钱一十二文），支钱二十五千八百文。

一、扇晒工一千八百一十三石（每石一十二文），支钱二十一千七百五十六文。

一、芦席廒笆气通砻糠稻柴等费，支钱四十三千文。

统共支钱二千四百一千八百六文。

实在

一、存谷三千九百六十三石。

一、存恒泰当钱一千七百千文。

一、存义仓钱九十九千五十文。

统共存钱一千七百九十九千五十文。

吴县随漕带收积谷捐款附存义仓钱谷数目收支清册

旧管

上年存谷一千三百八十八石五斗。

上年存钱三千八十七千七百八十七文。

新收

一、收当息钱二百五十四千一百三十一文，内 本二千九百千文，四个月合息，钱一百三十九千二 本一千一百九十七千二百文，八个月合息，钱一百 百文 一十四千九百三十一文。

开除

一、籴谷一千五百八十四石（连水脚每石合钱一千一百七十五文，十年八月初一日存当款项内提支），支钱一千七百二千八百文。

一、上水力一千五百八十四石（每石钱一十二文），支钱一十九千八文。

一、扇晒工一千三百八十八石五斗（每石钱一十二文），支钱一十六千六百六十二文。

一、芦席廒笆气通砻糠稻柴等费，支钱三十一千六百八十文。

统共支钱一千七百七十千一百五十文。

实在

一、存谷二千九百七十二石五斗。

一、存恒豫当钱一千五百千文。

一、存义仓钱七十一千七百六十八文。

统共存钱一千五百七十一千七百六十八文。

　　为照会事。案奉府宪札开抄粘前事等因下县。奉此查同治七年分敝县奉饬随漕带收积谷捐款，解赴藩库转发贵绅董购谷积储，业准将所收捐款钱文，先后买存谷三千九百六十三石。除去谷价水脚上水扇晒工费等用外，前后统共存净钱一千七百九十九千五十文，开造四柱清折，移送前来。当经敝前县照录清册，转报在案。今奉前因，查所存钱文曾否续行买谷，抑仍存当生息，合亟照会。为此照会贵绅董，请烦查照宪札各层事宜，查明移覆，以便转报。望速速！须至照会者。

计抄粘

同治十一年十一月　日

元和县照会

　　府正堂李札：奉布政使恩札开：照得积谷乃民捐以备地方济荒要举，所收捐钱，自应随时交董，分别建仓买谷，或先发典生息，随后购办，总不得存留属库，为逐渐挪移地步。业经应前署司详定，无论随漕随忙带收捐钱，凡满三百千以外，务即随时发董存积，不得存留，致滋挪移，通饬遵办在案。现届新谷登场之际，所有已建仓厫，各处收存积谷捐钱，自应赶紧尽数买谷存储，以备缓急。查各处买谷，均系以石为断，惟谷有瘪绽，瘪轻而绽重，若第论石数，则瘪谷亦可盈斛，将来砻出米数，必致短少，此中流弊，不可胜言。不若以斤量计算，较为核实。合再札饬札府，立饬遵照，凡已建仓厫者，赶将存储前项钱文，立即尽数买谷，运仓收储，均以十六两为一斤，以漕平足一百斤为一石开报，不得徒以石论，致短米数。其尚未建仓者，仍遵前饬，凡满三百千以外，即行发典生息，取具典商领结，呈送备案。勿得徒托空言，有妨备荒善举，并即赶速择地建仓，筹议详明饬办。所有十年分收支细数，立即造册禀报，并遵前次颁式，另开简明清折一分，呈送查核。文到，先将遵办缘由禀报查考，均毋稍任违延，致干未便，切切等因到府。合亟札饬札县，立即遵照，凡已建仓厫者，赶将存储前项钱文，立即尽数买谷，运仓收储，均以十六两为一斤，以漕平足一百斤为一石开报，不得徒以石论，致短米数。其尚未建仓者，仍遵前饬，凡满三百千以外，即行发典生息，取具典商领结，呈送备案。勿得徒托空言，有妨备荒善举，并即赶速择地建仓，筹议详明饬办。所有十年分收支细数，亦即造册禀报，并遵前次颁式，另开简明清折一分，呈送查核。文到，先将遵办缘由禀报藩宪暨本府查考，均毋违延，致干未便。切切！特札。

　　为造报事。窃查长元吴三县七年冬漕案内带收积谷捐款，历奉藩宪照会，发交省城义仓买谷存储。历届三月底，将三县积谷收支储存钱谷数目，分晰造报在案。兹查十一年四月起，至十二年三月止，计收贵县积谷款发当生息钱〔二百四十四千八百／二百五十九千二百／二百一十六〕文，上年呈报存钱〔一千七百九十九千五十／一千八百九十三千三百二十二／一千五百七十一千七百六十八〕文，除扇晒十年分添买谷工费钱〔二十五千八百／三十三千六百／一十九千八〕文，前后统共存钱〔一千一十八千五十／二千三十四千九百二十二／一千七百六十八千七百六十〕文，又存谷〔三千九百六十三石／四千九百五十六石／二千九百七十二石五斗〕〔长吴／长元〕。除元吴两县另行造报外，合将贵县附存义仓钱谷数目，造具四柱清册。伏乞公祖大人鉴核，并请通详在案，实为公便。上呈。

　　计呈清册
　　一呈元和、长洲、吴县
　　同治十二年四月　日义绅仓董呈

　　长洲县随漕带收积谷捐款附存义仓钱谷数目收支清册
　　旧管
　　上年存谷四千九百五十六石。
　　上年存钱一千八百九十三千三百二十二文。
　　新收
　　一、收当息钱二百五十九千二百文。（存本钱一千八百千文，十一年四月起，至十二年三月止，按月一分二厘生息。）

开除

一、支扇晒谷工费钱三十三千六百文。（十年分添买谷二千八百石，十一年六月出晒，每石工费钱一十二文。）

实在

一、存谷四千九百五十六石。

一、存恒森当钱一千三百千文。

一、存润源当钱五百千文。

一、存义仓钱二百三十四千九百二十二文。

统共存钱二千三十四千九百二十二文。

元和县随漕带收积谷捐款附存义仓钱谷数目收支清册

旧管

上年存谷三千九百六十三石。

上年存钱一千七百九十九千五十文。

新收

一、收当息钱二百四十四千八百文。（存本钱一千七百千文，十一年四月起至十二年三月止，按月一分二厘生息。）

开除

一、支扇晒谷工费钱二十五千九百文。（十年分添买谷二千一百五十石，十一年六月出晒，每石工费钱一十二文。）

实在

一、存谷三千九百六十三石。

一、存恒泰当钱一千三百千文。

一、存同昌当钱四百千文。

一、存义仓钱三百一十八千五十文。

统共存钱二千一十八千五十文。

吴县随漕带收积谷捐款附存义仓钱谷数目收支清册

旧管

上年存谷二千九百七十二石五斗。

上年存钱一千五百七十一千七百六十八文。

新收

一、收当息钱二百一十六千文。（存本钱一千五百千文，十一年四月起至十二年三月止，按月一分二厘生息。）

开除

一、支扇晒谷工费钱一十九千八文。（十年分添买谷一千五百八十四石，十一年六月出晒，每石工费钱一十二文。）

实在

一、存谷二千九百七十二石五斗。

一、存恒豫当钱一千三百千文。

一、存恒升当钱二百千文。

一、存义仓钱二百六十八千七百六十文。

统共存钱一千七百六十八千七百六十文。

为造报事。窃查长元吴三县七年冬漕案内带收积谷捐款，历奉藩宪照会，发交省城义仓买谷存储。历届三月底，将三县积谷收支储存钱谷数目，分晰造报在案。兹查十二年四月起，至十三年三月止，计收贵县积谷款发当生息钱二百六十五千二百
二百八十千八百　文，上年呈报存钱二百三十四千

二千二十八千五十
二千三十四千九百二十二　文，前后统共存钱二千二百八十三千二百五十
二千三一十五千七百二十二文，又存谷三千九百六十三石
四千九百五十六石
一千七百六十八千七百六十
二千二百七百六十　二千九百七十二石五斗

除元吴两县（长吴）另行造报外，合将贵县附存义仓钱谷实数，造具四柱清册。伏乞公祖大人鉴核，并请通详立案（长元），实为公便。上呈。

计呈清册

一呈元和、长洲、吴县

同治十三年四月　日义仓绅董呈

长洲县随漕带收积谷捐款附存义仓钱谷数目收支清册

旧管

上年存谷四千九百五十六石。

上年存钱二千三十四千九百二十二文。

新收

一、收当息钱二百八十千八百文。（存本钱一千八百千文，十二年四月起，至十三年三月止，连闰十三个月，按月一分二厘生息。）

开除

无支（存谷历年干透，本年未经出晒）

实在

一、存谷四千九百五十六石。

一、存恒森当钱一千三百千文。

一、存润源当钱五百千文。

一、新存洪裕当钱五百千文。（此项于十三年四月初一日发存生息，查十二年四月奉文以后，存款改为按月一分生息。）

一、存义仓钱一十五千七百二十二文。

统共存钱二千三百一十五千七百二十二文

元和县随漕带收积谷捐款附存义仓钱谷数目收支清册

旧管

上年存谷三千九百六十三石。

上年存钱二千一十八千五十文。

新收

一、收当息钱二百六十五千二百文。（存本钱一千七百千文，十二年四月起，至十三年三月止，连闰十三个月，按月一分二厘生息。）

开除

无支（存谷历年干透，本年未经出晒）

实在

一、存谷三千九百六十三石。

一、存恒泰当钱一千三百千文。

一、存同昌当钱四百千文。

一、新存洪裕当钱五百千文。（此项于十三年四月初一日发存生息，查十二年四月奉文以后，存款改为按月一分生息。）

一、存义仓钱八十三千二百五十文。

统共存钱二千二百八十三千二百五十文。

吴县随漕带收积谷捐款附存义仓钱谷数目收支清册

旧管

上年存谷二千九百七十二石五斗。

上年存钱一千七百六十八千七百六十文。

新收

一、收当息钱二百三十四千文。（存本钱一千五百千文，十二年四月起，至十三年三月止，连闰十三个月，按月一分二厘生息。）

开除

无支（存谷历年干透，本年未经出晒）

实在

一、存谷二千九百七十二石五斗。

一、存恒豫当钱一千三百千文。

一、存恒升当钱二百千文。

一、新存洪裕当钱五百千文。（此项于十三年四月初一日发存生息，查十二年四月奉文以后，存款改为按月一分生息。）

一、存义仓钱二千七百六十文。

统共存钱二千二千七百六十文。

为照会事。据省城丰备义仓委员候补同知陈骥德申送丰备义仓同治十二年四月起至十三年三月止收支清册到司。据此查册报省城义仓积存钱谷，为数不少，其经理之善，亦为各处所无。从此逐年增益，设遇缓急，实已有恃无恐。所有长元吴三县应收积谷钱文，拟饬从十三年起全行停止带捐，以恤民力。其前存义仓钱文，并归义仓，置田买谷，毋庸另案查报。除详请抚宪核示，俟奉批后另行饬遵外，合先照会。为此照会贵绅，烦为查照施行。须至照会者。

同治十三年四月　日

藩宪照会

为照会事。奉两江总督部堂李批本署司详报丰备义仓十二年四月起至十三年三月止收支各数由，奉批：据详已悉。仰候抚部院核示遵行录报，并补造清册一分，呈送备查缴。又奉苏抚部院张批开，据送清册存查，其前存义仓钱文，即系归并置田买谷，自可毋庸另案查报。至该仓历年积存钱谷，为数不少，足资备御。所有长元吴三县应收积谷钱文，准从同治十三年起全行停止，毋庸再捐，以纾民力。仰即转饬三县，一体遵照出示晓谕毋违，仍候督部堂批示缴各等因到司。奉此查此案前于具详时，即经照会在案。奉批前因，除分别录报饬遵外，合就照会。为此照会贵绅，烦为查照施行。须至照会者。

同治十三年四月　日

藩宪照会

为造报事。窃查长元吴三县七年冬漕案内带收积谷捐款，历奉藩宪照会，发交省城义仓买谷存储。历届三月底，将三县积谷收支储存钱谷数目，分晰造报在案。兹查同治十三年四月起，至光绪元年三月止，计收贵县积谷款发当生息钱_{三百四千八百}三百十九千二百文，上年呈报存钱_{二百七十六千}二千二百八十二千三百五十
二千三百一十五千七百二十二文，前后统共存钱_{二千五百八十八千五十}二千六百三十四千九百二十二文，又存谷三千九百六十三石_{二千二百七十八千七百六十}四千九百五十六石_{二千九百七十二石五斗}，

除_{长吴}元吴两县另行造报外，合将贵县附存义仓钱谷实数，造具四柱清册。伏乞公祖大人鉴核，_{长元}并请通详立案，实为公便。上呈。

计呈清册

一呈元和、长洲、吴县

光绪元年四月　日义仓绅董呈

长洲县随漕带收积谷捐款附存义仓钱谷数目收支清册

旧管

上年存谷四千九百五十六石。

上年存钱二千三百一十五千七百二十二文。

新收

一、收原存当息钱二百五十九千二百文。（存本钱一千八百千文，上年四月起，至本年三月止，计十二个月，按月一分二厘生息。）

一、收续存当息钱六十千文。（存本钱五百千文，上年四月起，至本年三月止，计十二个月，奉文改为按月一分生息。）

统共收钱三百一十九千二百文。

开除

无支

实在

一、存谷四千九百五十六石。

一、存恒森当钱一千三百千文。

一、存润源当钱五百千文。

一、续存洪裕当钱五百千文。

一、新存洪裕当钱三百千文。（元年四月初一日起发存，按月一分生息。）

一、存义仓钱三十四千九百二十二文。

统共存钱二千六百三十四千九百二十二文。

元和县随漕带收积谷捐款附存义仓钱谷数目收支清册

旧管

上年存谷三千九百六十三石。

上年存钱二千二百八十三千二百五十文。

新收

一、收原存当息钱二百四十四千八百文。（存本钱一千七百千文，上年四月起，至本年三月止，计十二个月，按月一分二厘生息。）

一、收续存当息钱六十千文。（存本钱五百千文，上年四月起，至本年三月止，计十二个月，奉文改为按月一分生息。）

统共收钱三百四千八百文。

开除

无支

实在

一、存谷三千九在六十三石。

一、存恒泰当钱一千三百千文。

一、存同昌当钱四百千文。

一、续存洪裕当钱五百千文。

一、新存洪裕当钱三百千文。（元年四月初一日起发存，按月一分生息。）

一、存义仓钱八十八千五十文。

统共存钱二千五百八十八千五十文。

吴县随漕带收积谷捐款附存义仓钱谷数目收支清册

旧管

上年存谷二千九百七十二石五斗。

上年存钱二千二千七百六十文。

新收

一、收原存当息钱二百一十六千文。（存本钱一千五百千文，上年四月起，至本年三月止，计十二个月，按月一分二厘生息。）

一、收续存当息钱六十千文。（存本钱五百千文，上年四月起，至本年三月止，计十二个月，奉文改为按月一分生息。）

统共收钱二百七十六千文。

开除

无支。

实在

一、存谷二千九百七十二石五斗。

一、存恒豫当钱壹千三百千文。

一、存恒升当钱二百千文。

一、续存益济当钱五百千文。（原存洪裕，上年十月移存益济。）

一、新存益济当钱二百千文。（元年四月初一日起发存，按月一分生息。）

一、存义仓钱七十八千七百六十文。

统共存钱二千二百七十八千七百六十文。

为照会事。奉苏州府李札，奉布政使恩札奉苏抚部院吴批候补知府田守会同奉贤县陆令禀覆会盘阮巷镇仓亏短积谷查讯控案，请示饬遵由。奉批：据禀阮巷镇董事张陶报存仓谷，现经盘验，计亏短一千三百四石之多，实堪诧异！该镇积谷不过四千余石，竟侵蚀十分之三，所建仓廒又不如式，举董不得其人，固无待言。惟此案于同治十二年六月控发，节次饬经松江府钱、杨二守先后亲诣盘验，饬县确实禀报。前县王令既置若罔闻，该署令到任半载有余，经本部院严札饬催，并无只字具覆，亦不亲往查看。试思积谷为备荒要需，锱铢出自脂膏，颗粒皆关民命，经理虽有董事，稽察全在县官。乃该署令以事不经手，漠不关心，任听侵亏，形同聋瞆，以带征为常例，以月报为具文，玩视民瘼，几同秦越！言念及此，大堪痛恨。仰苏藩司先将该署令记大过二次，一面勒令该董张陶所短谷石，限两月内，一律买齐干洁好谷补足，不准申算折耗，仓廒木栅，责令如式添建，仍将遵办缘由，具文呈覆。倘再任意玩违，定将该董从严惩办，该县并干参处，决不姑贷。职员汤兆熊等控告得实，即予省释，以免讼累。惟是积储备荒，日久弊生。可见按月册报，甚不可恃，一处如此，他处在所不免。应由司通饬各属，严行稽查，如有前项情弊，立即通禀究办。至上年司中呈送积谷条款内，列有分别盘量结报一条，但恐约略扦量，徒遮耳目，循案出结，视为虚文。以后惟有责成各该州县，每年实盘禀报，或加具认赔切结，以昭慎重。其经董侵亏若干，地方官毫无觉察，应如何分别撤参记过，一并由司妥议章程，详候汇核饬遵毋迟，并饬该守知照缴禀抄发。并准臬司咨开，查董事张陶报存谷石，现经职员汤兆熊等控奉委员盘验，竟有亏短一千三百余石之多，何得以公事未经谙练一语了之？若皆似此亏侵，万一无人告发，其事何堪设想？该县一镇如此，则各镇所存，亦应仍由田守驰往，一律督县通盘，方昭核实。且该处谷石，曾经委员查过，声明并无亏短在案，何以现盘不符？该署县陆令与前任王令当时如何交盘？已否出结？亦应查明，分别惩办，以肃荒政而儆效尤。除批饬该守，再赴各镇督县盘验出结禀办，并将张陶如何议罚及该县前后任如何交盘，分别拟议，据实通禀察办外，合就移会咨烦查照，一体饬遵各等因到司。奉此并据该守等并禀前来，除将陆令记过注册，一面分饬遵办，并酌议责令各该州县，按年实盘结报及侵亏惩办章程，另行详请宪示饬遵外，合并转饬札府，立即通饬所属，一体遵照，各将境内仓谷，严行稽查。如有前项情弊，立即通禀究办，毋稍徇隐，同干严咎，切切！并奉标谕，事关备荒要政，寓目速饬遵办等因到府。奉此查长元吴三县积谷，系归并省城义仓绅董经办。上年收支数目，前据该三县先后造册详报，吴江、常熟二县亦据按月折报，其震、昭、昆、新、太湖等厅县，实存钱谷收支各数，究有若干，未据按月开报，府中无从查悉。奉札前因，合亟转饬札县，立即遵照，亲往各仓核实勘验，并将存典息本，严行稽查。如有前项情弊，即行通禀究办，毋稍徇隐，致干参咎。先将遵办缘由具覆毋违等因札三县，到敝县。奉此查本县积谷事宜，系归并义仓，由贵绅经理，前准造送存典存仓钱谷数目清折，当经录册通详在案。兹奉前因，除转移元、吴两县遵照外，合行照会。为此照会贵绅，请烦遵照宪札，希即订期，会同勘验，并将存典息本，严行稽查覆县，以凭转覆，幸勿稽迟。切速速！须至照会者。

　　光绪元年五月　日
　　长洲县照会　元和、吴县照会同

　　为抄详录批照会事。准长洲县移开，光绪元年七月二十六日奉苏州府李札，奉布政使恩批会详三县积谷归并义仓，请免盘报出结批示立案缘由，奉批：如详立案，仰苏州府转饬知照，仍候抚宪批示缴等因到府。奉此并据该三县会详前来，除批示外，合亟转饬札县，即便知照毋违，并奉府宪批，现奉藩宪批示，另札行知矣。仰即查照办理，仍候抚宪批示缴。又奉府宪札，奉布政使恩札，奉苏抚部院吴批，长元吴三县会详积谷归并义仓，请免盘报出结由，奉批：如详立案，仰苏藩司核明转饬缴等因到司。奉此查此案前据并详即经批府饬遵在案，奉批前因，合就转饬等因到府。奉此，查此案前奉藩宪批示，即经转饬知照在案。奉札前因，合亟转行札县，即便遵照毋违各等因到县。奉此移烦知照等因到县，准此查敝县到任，应行照章造报，前经照会在案，奉批前因，合行照详，录批照会。为此照会贵绅董，烦为查照，并望将敝县实存钱谷数目，开具清折送县转报，一月开报之限瞬届，幸勿有稽。望速速！须至照会者。

　　计抄详
　　光绪元年八月　日
　　吴县照会

　　为详请立案事。光绪元年六月奉抚宪批司详核议各属积谷责令实盘禀报如有侵亏分别惩办一案由，奉批：所议甚为允当，仰即通饬各属遵照办理等因到司，札府饬即遵照，将遵办缘由具覆等因并蒙抄粘下县。奉此遵查卑三县积谷事宜，系归丰备义仓董事潘绅经理，前奉宪札抄粘积谷条款章程，通饬扦量出结妥办等因。奉经卑三县卷查前奉宪札省城义仓积谷，为数不少，其经理之善，亦为各处所无。从此逐年增益，设遇缓急，实已有恃无恐。所有长元吴三县应收积谷钱文，饬从十三年起全行停止带捐，其前存义仓钱文，并归义仓，置田买谷，毋庸另案查报。详奉抚宪批准转饬遵照，出示晓谕饬报等因，遵经示谕录报在案。是卑三县所办积谷，俱系绅董经理。现奉归并义仓，置田买谷，足资缓急，与通省各州县办法，情形不同。诚如宪谕，其经理之善，亦为各处所无，自可无须查照章程，由县扦量出结，以免两歧。申覆奉批开据申三首县积谷钱文，系归丰备义仓并办经理，尚称妥善，请免由县扦量结报等情，应准照办，仰饬知照在案。今奉前因，卑职伏查卑三县积谷，系绅董经理，归并义仓，本与各州县所办情形不同，前已奉准免量出结。此次奉饬，事同一律，应请照案邀免盘报，以专责成。理合查案，具文详请宪台鉴核，俯赐批示立案，实为公便。

　　一详抚宪藩
　　　　府

　　为造报事。窃查长元吴三县同治七年冬漕案内带收积谷捐款，历奉藩宪照会，发交省城义仓买谷存储。历届三月底，将三县积谷收支储存钱谷数目，分晰造报在案。兹查光绪元年四月起，至二年三月止，计收贵县积谷款发当生息钱〔三百四十千八百〕三百五十五千二百文〔三百千〕，上年呈报存钱〔二千五百八十八千五十〕二千六百三十四千九百二十二文，前后统共存钱〔二千九百二十八千八百五十〕二千九百九十千一百二十二文，又存谷〔三千九百六十三石〕四千九百五十六石，〔二千二百七十八千七百六十〕〔二千五百七十八千七百六十〕〔二千九百七十二石五斗〕

除〔元吴〕两县另行造报外，合将贵县附存义仓钱谷实数，造具四柱清册。伏乞公祖大人鉴核，〔长元〕

并请通详存案，实为公便。上呈。

　　计呈清册

　　一呈（元和、长洲、吴）县

　　光绪二年三月　　日义仓绅董呈

长洲县随漕带收积谷捐款附存义仓钱谷数目收支清册

旧管

上年存谷四千九百五十六石。

上年存钱二千六百三十四千九百二十二文。

新收

一、收原存当息钱二百五十九千二百文。（存本钱一千八百千文，上年四月起，至本年三月止，计十二个月，按月一分二厘生息。）

一、收续存当息钱九十六千文。（存本钱八百千文，上年四月起，至本年三月止，计十二个月，奉文改为按月一分生息。）

统共收钱三百五十五千二百文。

开除

无支

实在

一、存谷四千九百五十六石。

一、存震大当钱八百千文。（按月一分二厘息。以下存款，本年元旦为始，奉文改派。）

一、存永大当钱八百千文。（按月一分二厘息。）

一、存大德当钱二百千文。（按月一分二厘息。）

一、存震大当钱六百千文。（按月一分息。）

一、存大德当钱五百千文。（按月一分息，内三百千文，本年四月初一日发存。）

一、存义仓钱九十千一百二十二文。

统共存钱二千九百九十千一百二十二文。

元和县随漕带收积谷捐款附存义仓钱谷数目收支清册

旧管

上年存谷三千九百六十三石。

上年存钱二千五百八十八千五十文。

新收

一、收原存当息钱二百四十四千八百文。（存本钱一千七百千文，上年四月起，至本年三月止，计十二个月，按月一分二厘生息。）

一、收续存当息钱九十六千文。（存本钱八百千文，上年四月起，至本年三月止，计十二个月，奉文改为按月一分生息。）

统共收钱三百四十千八百文。

开除

无支

实在

一、存谷三千九百六十三石。

一、存同春当钱八百千文。（按月一分二厘息。以下存款，本年元旦为始，奉文改派。）

一、存公泰当钱八百千文。（按月一分二厘息。）

一、存恒孚当钱一百千文。（按月一分二厘息。）

一、存同春当钱六百千文。（按月一分息。）

一、存公泰当钱六百千文。（按月一分息，内四百千文，本年四月初一日发存。）

一、存义仓钱二十八千八百五十文。

统共存钱二千九百二十八千八百五十文。

吴县随漕带收积谷捐款附存义仓钱谷数目收支清册

旧管

上年存谷二千九百七十二石五斗。

上年存钱二千二百七十八千七百六十文。

新收

一、收原存当息钱二百一十六千文。（存本钱一千五百千文，上年四月起，至本年三月止，计十二个月，按月一分二厘生息。）

一、收续存当息钱八十四千文。（存本钱七百千文，上年四月起，至本年三月止，计十二个月，奉文改为按月一分生息。）

统共收钱三百千文。

开除

无支

实在

一、存谷二千九百七十二石五斗。

一、存恒和当钱八百千文。（按月一分二厘息。以下存款，本年元旦为始，奉文改派。）

一、存永丰富钱七百千文。（按月一分二厘息。）

一、存永丰富钱六百千文。（按月一分息。）

一、存永和当钱四百千文。（按月一分息，内三百千文，本年四月初一日发存。）

一、存义仓钱七十八千七百六十文。

统共存钱二千五百七十八千七百六十文。

为造报事。窃查长元吴三县同治七年冬漕案内带收积谷捐款，历奉藩宪照会，发交省城义仓买谷存储。历届三月底，将三县积谷收支储存钱谷数目，分晰造报在案。兹查光绪二年四月起，至三年三月止，计收贵县积谷款发当生息钱四百二十三千八百文。上年呈报存四百二十一千二百三百六十四千钱[二千九百二十八千八百五十]三千九百九十一百二十二文，除本年开支砻谷碓米等工费钱[一百三十九千五百四十 / 一百五十一千五百五十]文，实存钱[一百三十九千五百九十]

[二千五百七十八千七百六十]三千二百六十二千三百七十二文，上年呈报存谷[三千九百六十三石 / 四千九百五十六石]。除上年冬开支协贴省城饭粥[二千八百三十一百七十 / 二千九百七十二石五斗]

局谷[一千三百石 / 一千四百石]，实存谷二千六百六十三石、三千五百五十六石、一千六百七十二石五斗。[一千三百石]

除[长吴 / 元吴]两县另行造报外，合将贵县附存义仓钱谷实数，造具四柱清册。伏乞公祖大人鉴核，[长元]

并请通详存案，实为公便。上呈。

计呈清册

一呈元和、长洲、吴县

光绪三年四月　日义仓绅董呈

长洲县随漕带收积谷捐款附存义仓钱谷数目收支清册

旧管

上年存谷四千九百五十六石。

上年存钱二千九百九十千一百二十二文。

新收

一、收原存当息钱二百八十千八百文。（存本钱一千八百千文，上年四月起，至本年三月止，连闰计十三个月，按月一分二厘生息。）

一、收续存当息钱一百四十三千文。（存本钱一千一百千文，上年四月起，至本年三月止，连闰计十三个月，按月一分生息。）

统共收钱四百二十三千八百文。

开除

一、支谷一千四百石。（砻出糙米七百二十石，碓净白米六百四十石。二年冬奉文协贴省城饭粥局，三邑共协贴省城饭粥局谷四千石，元邑开支一千三百石，吴邑开支一千三百石。）

一、支砻谷费（每砻出糙米一石，计工饭钱一百文），支钱七十二千文。

一、支碓米费（计一千三百五十一白，每白工饭钱五十文），支钱六十七千五百五十文。

一、支置办砻具斗饰等费，支钱一十二千文。

统共支谷一千四百石，钱一百五十一千五百五十文。

实在

一、存谷三千五百五十六石。

一、存震大当钱八百千文。（以下一千八百千文，按月一分二厘生息。）

一、存永大当钱八百千文。

一、存大德当钱二百千文。

一、存震大当钱六百千文。（以下一千一百千文，按月一分生息。）

一、存大德当钱五百千文。

一、存义仓钱三百六十二千三百七十二文。

统共存钱三千二百六十二千三百七十二文。

元和县随漕带收积谷捐款附存义仓钱谷数目收支清册

旧管

上年存谷三千九百六十三石。

上年存钱二千九百二十八千八百五十文。

新收

一、收原存当息钱二百六十五千二百文。（存本钱一千七百千文，上年四月起，至本年三月止，连闰计十三个月，按月一分二厘生息。）

一、收续存当息钱一百五十六千文。（存本钱一千二百千文，上年四月起，至本年三月止，连闰计十三个月，按月一分生息。）

统共收钱四百二十一千二百文。

开除

一、支谷一千三百石。（砻出糙米六百六十八石，碓净白米五百九十四石七斗。二年冬奉文协贴省城饭粥局，三邑共协贴省城饭粥局谷四千石，长邑开支一千四百石，吴邑开支一千三百石。）

一、支砻谷费（每砻出糙米一石，计工饭钱一百文），支钱六十六千八百文。

一、支碓米费（计一千二百五十四白，每白工饭钱五十文），支钱六十二千七百文。

一、支置办砻具斗饰等费，支钱一十千四十文。

统共支谷一千三百石，钱一百三十九千五百四十文。

实在

一、存谷二千六百六十三石。

一、存同春当钱八百千文。（以下一千七百千文，按月一分二厘生息。）

一、存公泰当钱八百千文。

一、存恒孚当钱一百千文。

一、存同春当钱六百千文。（以下一千二百千文，按月一分生息。）

一、存公泰当钱六百千文。

一、存义仓钱三百一十千五百一十文。

统共存钱三千二百一十千五百一十文。

吴县随漕带收积谷捐款附存义仓钱谷数目收支清册

旧管

上年存谷二千九百七十二石五斗。

上年存钱二千五百七十八千七百六十文。

新收

一、收原存当息钱二百三十四千文。（存本钱一千五百千文，上年四月起，至本年三月止，连闰计十三个月，按月一分二厘生息。）

一、收续存当息钱一百三十千文。（存本钱一千千文，上年四月起，至本年三月止，连闰计十三个月，按月一分生息。）

统共收钱三百六十四千文。

开除

一、支谷一千三百石。（砻出糙米六百六十八石，碓净白米五百九十四石七斗。二年冬奉文协贴省城饭粥局，三邑共协贴省城饭粥局谷四千石，长邑开支一千四百石，元邑开支一千三百石。）

一、支砻谷费（每砻出糙米一石，计工饭钱一百文），支钱六十六千八百文。

一、支碓米费（计一千二百五十五臼，每臼工饭钱五十文），支钱六十二千七百五十文。

一、支置办砻具斗饰等费，支钱一十千四十文。

统共支谷一千三百石，钱一百三十九千五百九十文。

实在

一、存谷一千六百七十二石五斗。

一、存恒和当钱八百千文（以下一千五百千文，按月一分二厘生息）。

一、存永丰当钱七百千文。

一、存永和当钱二百千文（以下一千千文，按月一分生息）。

一、存德隆当钱二百千文。

一、存永丰当钱六百千文。

一、存义仓钱三百三千一百七十文。

统共存钱二千八百三千一百七十文。

为造报事。窃查长元吴三县同治七年冬漕案内带收积谷捐款，历奉藩宪照会，发交省城义仓买谷存储。历届三月底，将三县积谷收支储存钱谷数目，分晰造报在案。兹查光绪三年四月起，至四年三月止，计收贵县积谷款发当生息钱 三百八十八千八百 三百九十一千二百文，上年呈报存钱 三百三十六千 三千二百一十千五百一十 三千二百六十二千三百七十二文，共计存钱 三千五百九十九千三百一十 三千六百五十三千五百七十二文 三千一百三十九千一百七十，又存谷 二千六百六十三石 三千五百五十六石 一千六百七十二石五斗，除元吴两县（长吴）另行造报外，合将贵县附存义仓钱谷实数，造具四柱清册。伏乞公祖大人鉴核，

（长元）

并请通详存案，实为公便。上呈。

计呈清册

一呈元和、长洲、吴县

光绪四年四月　日义绅仓董呈

长洲县随漕带收积谷捐款附存义仓钱谷数目收支清册

旧管

上年存谷三千五百五十六石。

上年存钱三千二百六十二千三百七十二文。

新收

一、收原存当息钱二百五十九千二百文。（存本钱一千八百千文，上年四月起，至本年三月止，按月一分二厘生息。）

一、收续存当息钱一百三十二千文。（存本钱一千一百千文，上年四月起，至本年三月止，按月一分生息。）

统共收钱三百九十一千二百文。

开除

无支

实在

一、存谷三千五百五十六石。

一、存震大当钱八百千文。（以下一千八百千文，按月一分二厘生息。）

一、存永大当钱八百千文。

一、存大德当钱二百千文。

一、存震大当钱六百千文。（以下一千一百千文，按月一分生息。）

一、存大德当钱五百千文。

一、存裕成当钱四百千文。（本年四月初一日发存，按月八厘生息。）

一、存义仓钱三百五十三千五百七十二文。

统共存钱三千六百五十三千五百七十二文。

元和县随漕带收积谷捐款附存义仓钱谷数目收支清册

旧管

上年存谷二千六百六十三石。

上年存钱三千二百一十千五百一十文。

新收

一、收原存当息钱二百四十四千八百文。（存本钱一千七百千文，上年四月起，至本年三月止，按月一分二厘生息。）

一、收续存当息钱一百四十四千文。（存本钱一千二百千文，上年四月起，至本年三月止，按月一分生息。）

开除

无支

实在

一、存谷二千六百六十三石。

一、存同春当钱八百千文。（以下一千七百千文，按月一分二厘生息。）

一、存公泰当钱八百千文。

一、存同兴当钱一百千文。（原存恒孚，上年九月换替。）

一、存同春当钱六百千文。（以下一千二百千文，按月一分生息。）

一、存公泰当钱六百千文。

一、存裕成当钱四百千文。（本年四月初一日发存，按月八厘生息。）

一、存义仓钱二百九十九千三百一十文。

统共存钱三千五百九十九千三百一十文。

吴县随漕带收积谷捐款附存义仓钱谷数目收支清册

旧管

上年存谷一千六百七十二石五斗。

上年存钱二千八百三千一百七十文。

新收

一、收原存当息钱二百一十六千文。（存本钱一千五百千文，上年四月起，至本年三月止，按月一分二厘生息。）

一、收续存当息钱一百二十千文。（存本钱一千千文，上年四月起，至本年三月止，按月一分生息。）

统共收钱三百三十六千文。

开除

无支

实在

一、存谷一千六百七十二石五斗。

一、存恒和当钱八百千文。（以下一千五百千文，按一分二厘生息。）

一、存永丰当钱七百千文。

一、存永和当钱二百千文。（以下一千千文，按月一分生息。）

一、存德隆当钱二百千文。

一、存永丰当钱六百千文。

一、存裕成当钱四百千文。（本年四月初一日发存，按月八厘生息。）

一、存义仓钱二百三十九千一百七十文。

统共存钱三千一百三十九千一百七十文。

卷八 协济粥厂 奉文推广附*

郡城旧有官粥厂，冬开春撤，其来久矣。三县各主之，绅士不问。其民间自设粥店、粥担，皆好善之士醵钱为之。克复后，官绅同议其事。时县中犹多庋钱，而事则属之绅。频年费日绌，因呈明每年由仓拨济钱二千千，嗣以积谷未经碾试，且厂之所需者米，呈改每年碾发谷二千石，兼略寓推陈之意，著为例。近两年因城内外贫民多，米价骤涨，益不敷，加拨之，不在常年之额。分荒岁之赈需，济平时之贫乏，非他事比也。而奉文推广者附焉，则在章程之外者。记协济粥厂。

为酌济粥厂公请立案举行事。窃查苏城冬令粥厂，除三县官粥厂各由本县捐办外，其另设平饭厂一处，粥厂四处，历届由道衔候选知府程绅肇清领款办理。兹届已由程绅呈请循照拨款，尚未奉文批拨，但际此隆冬，贫民待哺孔殷，势难稍缓。查向例由藩库预拨丹徒煮赈米一款，先行开办，余则酌提闲款津贴，再不敷，则以劝募凑足。窃思闲款赢绌无定，而劝募亦难持久。兹据程绅以为时已迫，亟应开办，且年例济贫，必得商筹久远之法。绅等公同商议，除丹徒一款及酌提闲款，应请仍由藩库预垫立拨外，查丰备义仓由绅等历年经理，除开支外，岁有盈余，应经报明在案，并先于官绅会办之始，呈定此款专备三县救荒之用，虽有其他善举，不得挪动分毫，自未便轻率议拨。复思粥厂济贫，与荒年备赈，事本一例，非他端可比，拟于义仓积储生息项下，每年酌提钱一二千串，协济粥厂，此外不得援以为例。惟义仓现当采办谷石之际，用度正繁，须俟收租渐竣及杂谷结数后，方能以余款接济。如蒙批准，当即照会程绅，先将库拨一款具领开办，并仍请酌拨闲款接济，俟岁内春初，由义仓陆续酌付钱一二千串，以全善举。如此相辅而行，著为成例，则每届隆冬，可以早为举办，以免啼饥。伏乞大公祖大人电鉴，速赐批示遵行。谨呈。

一呈抚宪
藩

同治十年十一月　日义仓绅董呈

抚宪批：所议尚属允协，应准立案。希即照会程绅，分别妥办可也。

藩宪批：冬令设厂放粥，最为济贫善举。但必须筹有定款，方能永远举行。所议于丰备义仓生息项下，每年酌提钱一二千串，以资挹注，洵属经久良法，具见情殷桑梓，志切济扶，殊堪钦佩！应即照行，仍候抚宪批示遵办。

为奉札照会事。同治十年十二月二十三日，奉布政使恩札奉苏抚部院张批本司详程绅肇清经办省城饭粥各厂经费，司库无款津贴，拟饬于丰备义仓租息项下，每年酌拨钱二千串，以资煮赈由，奉批：如详办理，仰即转行遵照缴等因到司。奉此查此案前于具详时，即经札饬遵照在案。奉批前因，合就转饬札县等，立即转移义仓官绅遵照，从本年起，于义仓田租生息款内，每年酌提钱二千串，径交程绅收领，以资煮赈。此外地方一切善举，仍不得援以为例，致亏积储。至司库现因闲款日绌，各项善举，亦不得再请津贴，并即移会程绅知照毋违等因到县。奉此除照会程绅知照外，合行照会。为此照会贵董，请烦遵照宪札办理，望切切！须至照会者。

同治十年十二月　日

长洲县照会。元和、吴县照会同

为省垣粥厂经费不敷请筹久远事。窃绅等于上年十一月呈请，省垣年例设放粥厂，经费不敷，拟于丰备义仓酌拨钱一二千串，以资协济，当蒙批准奉行在案。查苏垣冬季粥厂，乃至要之善举，必须筹备经久有着之款，方可遵行勿替。兹据三县奉文照会内开：同治十年十二月十三日奉布政使恩札，奉前抚部院张批司详程绅肇清经办省城饭粥各厂经费，司库无款津贴，拟饬于丰备义仓租息项下，每年酌拨钱二千串，以资煮赈由，奉批：如详办理，仰即转行遵照札县转移义仓官绅，从本年起，于义仓田租生息项下，每年酌提钱二千串，径交程绅收领，以资煮赈。此外地方一切善举，仍不得援以为例，致亏积储等因。伏查苏城克复以来，于同治六年冬，即设粥厂四所，又平饭厂一所，栖流所三处。历届施放，以三个月为期，需用米石及一切经费，由程绅肇清经办。又三县向有官粥厂三处，由本县各捐洋四百元，并交程绅代办。连前共计十一处，每年总共需钱七千数百串。惟丹徒煮赈米一千石，折钱二千数百千文，历解藩库转发，为常年有着定款，其余则于藩库闲款生息项下，酌拨钱一千数百串，再有不敷，则以劝募足之。上年冬间，据程绅以藩库拨款支绌，商于丰备义仓酌拨协济。绅等公同会议，以义仓积储，专备三邑荒年赈济，历经呈明，虽有他项善举，不得挪动分毫。继又思平时施粥救饥，与荒年发赈，事尚一理，故商定呈明，于义仓每年酌拨一二千串，协济粥厂。此外仍不得援以为例，并请仍照上届拨领丹徒赈款及续拨闲款，以资接济。业经照会程绅实力开办，已届月余，兹奉来文，核算经费不敷尚巨。查此次有着之款，惟丹徒煮赈一项，可得二千数百串。三县捐款，据程绅只有每县二百串，即使义仓仅拨二千串，尚不敷钱二千数百串。绅等经办义仓，已历六载，逐年于三月底会同委员核实报销，具详四柱清册。现在所积钱谷，设遇凶荒，尚属车薪杯水。故前次呈内有一二千串之说，原以少拨一分，即多储一分，荒年多受一分之益。而省垣粥厂，系每年必不可缓之举，若不筹定经久之费，徒恃义仓挹注，既未免有碍积储，而于粥厂仍未能一律竣事。为此呈请大公祖大人电鉴，希饬通盘筹画，为粥厂经久之计，即为义仓撙节之计。除三县捐款，绅等不能预计外，可否于丹徒一项之外，别筹二千串每年有着之款，专办粥厂，著为成例；而义仓每年仍酌拨一二千串，倘遇米贵之年，亦尽二千串为限制，如此庶于平时济贫与荒年备赈之道，两有裨益。是否有当，伏乞批示，实为公便。谨呈。

一呈{藩宪 抚宪 苏州府}

同治十一年正月　日义仓绅董呈

为照会事。奉苏抚部院张批保生局董事直隶州州判恩贡生江文梓等禀，贫户粥米，请于丰备义仓饬拨接济由，奉批：仰苏藩司转饬丰备仓员董，酌量拨给具报，并饬该董等知照可也，禀抄发等因到司。奉此除饬该局董等知照外，合就抄禀照会。为此照会贵绅，请烦查照，希即会同委员，酌量拨给施行。须至照会者。

计抄禀

同治十一年正月　日

藩宪照会

禀为粥米不敷求恩拨济事。窃职等于本年春，在吴治胥门外下廿二图小日晖桥衖内，设立保生局，办理贴养残疾、贴费保婴、掩埋、代葬、义塾、惜字诸善举，当粘规禀蒙府宪给谕准办在案。设局以来，应办各善举，职等即次第集资举办，不敢急忽。现届隆冬，自十一月起，至来年二月止，照规筹给贫户粥米大口三合，小口合半，按日散给。惟小日晖桥附近一带，地方凋敝，贫户较多，其嗷嗷待给者，计一百三十户之多，月需米五十余石。职等筹集之数，除业经散给外，所剩无多，仅敷年内支持，而来年正二两月，无从筹备。停给则情既难堪，照给则米又无着，进退两难。因思大人念切痌瘝，凡属子民，皆在度内。职等欲为该贫户再延两月之喘，若非仰赖宪恩，委实无策。为敢冒昧禀求大人，可否在丰备仓饬拨粥米百石，以资接济。职等明知不应率请，实因目击该贫户困苦情形，代为呼号，情出难已。倘蒙俯准，俾百余户之穷黎又得果腹两月，顶祝公侯，永无既极！上禀。

同治十一年正月　日

为照覆事。窃奉照会，转奉苏抚部院张批保生局董事直隶州州判恩贡生江文梓等禀，贫户粥米，请于丰备仓饬拨接济由，奉批：仰苏藩司转饬丰备仓员董酌量拨给具报，并饬该董等知照可也等因到司。为此照会，希即查照，会同委员酌量拨给等情。绅等查义仓经费，历经呈明，专备三邑荒赈之用。虽有其他善举，不得挪动分毫。去冬因省城年例粥厂，宪库拨款支绌，公同会议，于义仓酌拨一二千串，以资协济，系属为省垣粥厂大局起见，通融办理，仍呈明其他不得援以为例，业蒙各大宪批准存案。今该堂系民间自设善举，城内外似此者不少，义仓未便轻拨，有亏积储。为此具呈，伏乞大公祖大人电鉴。

一呈藩宪

同治十一年正月　日义仓绅董呈

为遵批核议详覆事。窃奉宪台批省城绅士冯中允等呈，省垣粥厂经费不敷，请筹久远之款，以资济用由，奉批：仰苏藩司迅速核议详覆察办可也等因到司。奉此伏查省城粥厂经费不敷，前据程绅禀请拨款到司，当因司库闲款，日绌一日，今届即使搜罗放给，将来终难持久。业经通盘筹画，议请于义仓租息项下，每年酌提钱二千串，以资煮赈，详奉前抚宪张批准照办在案。今冯绅等呈称：前项经费，尚有不敷，请饬通盘筹画，别筹二千串每年有着之款，专办粥厂等因，系为济贫要举起见。惟司库闲款，现仍异常支绌，今虽勉力筹措拨济，不过暂顾目前，窃恐难以持久。现经本司通盘筹画，拟请在于前抚宪提存松沪厘局解到厘捐款内，提银一万两，发典生息，所有粥厂不敷经费，即于此项息银内，从本年起，每年拨给银一千两，以资协济。再，粥厂经费，向于每年冬底支用，所收前项息银，应即定于每年年底拨给，俾免缺误。奉批前因，除饬苏州府备领来司请领银两发典生息以备拨用外，相应具文详覆。伏候宪台鉴核，批示祗遵，实为公便。为此备由另册，呈乞照详施行。

详抚宪

为照会事。照得前准贵绅等具呈省城粥厂经费不敷，请筹经久款项济用，并奉抚宪批司核议，业经由司酌议，于前抚宪张提存厘捐款内，另提银一万两，发典生息。从本年起，每年协济银一千两，定于每年岁底给领，详请核示在案。除俟奉到批示另行知照外，合先抄详照会。为此照会贵绅等，请烦查照施行。须知照会者。

计抄详

同治十一年二月　日

藩宪照会

为照会事。奉布政使恩札开，奉苏抚部院何批省城绅士冯中允等呈，省垣粥厂，经费不敷，请筹久远之款，以资济用由，奉批：仰苏藩司迅速核议详覆察办可也等因到司。奉此查省城粥厂经费不敷，前据程绅禀请拨款到司，当因司库闲款，日绌一日，今届即使搜罗放给，将来终难持久。业经通盘筹画，议请于义仓租息项下，每年酌提钱二千串，以资煮赈，详奉前抚宪张批准照办在案。今冯绅等呈称，前项经费，尚有不敷，请饬通盘筹画，别筹二千串每年有着之款，专办粥厂等因，系为济贫要举起见。惟司库闲款，现仍异常支绌，今虽勉力筹措拨济，不过暂顾目前，窃恐难以持久。现经本司通盘筹画，拟请在于前抚宪提存松沪厘局解到厘捐款内，提银一万两，发典生息。所有粥厂不敷经费，即于此项息银内，从本年起，每年拨给银一千两，以资协济。再，粥厂经费，向于每年冬底支用，所收前项息银，应即定于每年年底拨给，俾免缺误。奉批前因，除详覆外，合就转饬札府，即便遵照，将前项生息银一万两，刻日备领赴司请领，转发殷实各典商，领运生息。所收息银，按季专案解司，存储备拨，仍先查收取具领银各典结状，注明利息数目，送司备查毋违等因到府。奉此除由府备具印领请发并转饬长元吴三县选商具领生息外，合并照会。为此照会贵绅，希即知照。须知照会者。

同治十一年二月　日

苏州府照会

为义仓协贴省城粥厂请改放谷事。窃绅等查同治十年冬，苏城饭粥厂经费不敷，呈请于义仓租息项下，每年酌提钱二千串，协济粥厂，著为定例，奉抚藩宪批准立案照行。即于十年分始，历届冬令，由义仓提钱二千串，径交程绅肇清，以济煮赈，各经报销在案。兹查义仓开办以来，每年采买谷石，其至陈之谷，已及八年之久。平时督饬司事，妥为照料，并无损坏，惟愈积愈久，陈陈相因，难免亏耗，不经试用，于心实有未安。至推易之法，更恐滋弊，是以未敢轻动。因思粥厂需用者米，拟请于每年协贴之款，改为放谷二千石，由仓磨砻碓见白米若干石，径交程绅，以资煮赈。其所留二千串，仍采买新谷储仓，于赈济之中，即寓推陈之意，似属两有裨益。除呈抚藩宪外，伏乞大公祖大人电鉴，

批准立案
迅赐转详批示立案，永久施行，实为公便。上呈。

一呈抚宪

同治十三年八月　日义仓绅董呈

抚院张批：以义仓积年陈谷，为隆冬粥厂之需，朽蠹无虞，取携甚便，仍将收存租息买谷还仓。法良意美，事属可行，应准如禀立案。

为照会事。准长洲县移奉署布政使应札，准省城义仓绅士潘编修等呈称：窃绅等查同治十年冬，苏城饭粥厂经费不敷，呈请于义仓租息项下，每年酌提钱二千串，协济粥厂，著为定例，奉抚藩宪批准立案照行。即于十年分始，历届冬令，由义仓提钱二千串，径交程绅肇清，以济煮赈，各经报销在案。兹查义仓开办以来，每年采买谷石，其至陈之谷，已及八年之久，平时督饬司事，妥为照料，并无损坏，惟愈积愈久，陈陈相因，难免亏耗，不经试用，于心实有未安。至推易之法，更恐滋弊，是以未敢轻动。因思粥厂需用者米，拟请于每年协贴之款，改为放谷二千石，由仓磨砻碓见白米若干石，径交程绅，以资煮赈。其所留二千串，仍采买新谷储仓，于赈济之中，即寓推陈之意，似属两有裨益。伏乞批示详定立案等因到司，准此查省城粥厂及栖留所经费不敷，前据程绅禀请拨款到司，当因司库闲款，日绌一日，无可筹拨，终难持久，前经通盘筹画，议请于义仓租息项下，每年酌提钱二千串，以资煮赈，详奉前抚宪张批准照办在案。今潘绅等呈称，将协贴前项经费，请改放谷二千石，由仓磨砻碓米，径交程绅济用。其应拨钱二千串，留备采买新谷存储。似此一转移间，存仓谷石可以出陈易新，似属一举两得，应准照办。除详请抚宪核示遵行外，合就转饬札县等，即便转移程绅遵办毋违等因札三县，到敝县。奉此除照会程绅并转移元和县外，合行转移过县，准此合行照会。为此照会贵绅董，烦为查照办理。望速速！须至照会者。

同治十三年九月　日

吴县照会

为奉札照会事。同治十三年九月十八日，奉署布政使应札，奉苏抚部院张批本署司详义仓租息项下拨济省城饭粥各厂经费请改放谷石一案由，奉批：查此案前据该绅等并呈到院，即经批准行司在案。据详前情，仰即知照此缴等因到司。奉此查此案前据具呈到司，即经议准照办，分别具详饬遵，旋奉抚宪抄批行司覆经转饬在案。奉批前因，合就转饬札县等，即便分别照会潘、程二绅，一体遵照毋违等因札三县，到敝县。奉此除转移元、吴二县并照会程绅知照外，合行照会。为此照会贵绅，烦为遵照。望切切！须至照会者。

同治十三年十月　日

长洲县照会

为照会事。照得本年北路旱灾较广，饥民纷纷南来就食，现在至省者已不下二千名，自应赶紧设法安抚，业经饬委刘守文棨并照会贵绅等会商妥办在案。唯设厂煮赈，在在需费。近值库藏支绌，一时筹措维艰，因思省城丰备义仓存款较巨，应请于内暂行借拨钱一万串，以济急需，仍俟赈济事毕，陆续筹还归款，合亟照会。为此照会贵绅，烦为查照，希于义仓田租款内借拨钱一万串，刻日解司，以凭转发济用。事关赈饥，望速施行。须至照会者。

光绪二年九月　日
藩宪照会

为呈覆事。本月二十八日接奉照会云云。窃查苏城义仓钱谷，专为长元吴三县备荒而设。前屡经申明，虽有他项正用，不准挪移各在案。嗣于同治十年分起，绅等议每年协贴冬令粥厂碾谷二千石碓米，发交经管粥厂之程绅收放，呈明在案。乃以日后备荒之款，先行逐年协济贫民，兼寓推陈之法，而仍不离乎本地赈饥之用。兹奉照会，以安抚江北流民，筹措维艰，暂行借拨仓款，仍俟赈济事毕，陆续筹还。绅等会同公议，除存典钱款，未便提用，拟俟十月初四日起，限收租之后，察看情形，留出应完条漕及年内籴谷所需，并仓中经费外，酌备足钱四五千串，如收数较旺，其数稍增，亦无不可。届时听候示期，即由委廉解库，掣回收照并归款日期存仓，以便临期具领。绅等彼此互商，意见相同，为此具呈，先行公覆。仍候鉴察批示遵行。谨呈。

一呈藩宪
光绪二年十月　日义仓绅董呈

为申解事。窃奉宪札办理丰备义仓事宜。昨经潘绅奉到照会，江北饥民纷纷南来，急宜设法安抚，设厂煮赈，在在需费。因思省城义仓存款较巨，暂行借拨，以济急需。旋经绅董公同呈覆，除义仓存典钱款未便提用，拟俟十月初四日起限收租后，先行酌留四千串，听候示期拨解在案。兹查租息项内，除留备应完条漕及年内籴谷并仓用经费外，先备足钱四千串解库应用，为此具文批解。伏乞宪台察核施行，掣发批回备案，实为公便。须至申者。

一申解藩宪
光绪二年十月　日义仓委员叶仲恂、吴德辉

为照覆事。准贵绅文开，查苏城义仓钱谷，专为长元吴三县备荒而设，前经申明，虽有他项正用，不准挪移各在案。兹奉照会，以安抚江北流民，筹措维艰，暂行借拨仓款，仍俟赈济事毕，陆续筹还。绅等会议，除存典钱款未便提用，拟俟十月初四日起限收租之后，察看情形，留出应完条漕及籴谷所需并仓中经费外，酌备足钱四五千串，届时听候示期解库，掣回收照并归款日期存仓，以便临时具领。为此先行覆候示遵等因到司。准此查此案已据委员叶令解到钱四千串储库应用，容俟赈济事毕，即行陆续筹还归款，合就照覆。为此照会贵绅，烦为查照施行。须至照会者。

光绪二年十月　日
藩宪照会

为申解事。窃查本月初八日，经卑职等将丰备义仓租息款内申解足钱四千千文，备赈江北饥民，奉掣批回，并经绅董奉到照覆在案。兹查租息项下，除留备应完条漕、籴谷、仓用经费外，尚余钱四千千文，尽数续解，以应急需。为此具文批解，伏乞宪台察核施行，掣发批回备案，实为公便。须至申者。

一申解藩宪

光绪二年十月　日义仓委员叶仲恂、吴德辉

为照会事。光绪二年十一月十三日，奉藩宪批发道衔尽先选用知府程肇清禀，为循案举办饭粥栖流各厂所，呈请分别拨济由。奉批：据领煮赈经费，已照案先拨银一千两、钱二千串，另札饬发三首县，转给济用矣。查奏截二升余米一项，现奉部覆，将来仍须筹补，则此款只能归于赈济淮徐灾民动用，未便拨给本地粥厂，有碍造报。所请加拨米石一节，仰长洲县会同元、吴二县，照会丰备仓绅董，再行益拨仓谷，以资应用。其请给流民棉衣一节，并移该绅，径请善后局派员按名点给可也。仍候抚宪批示缴等因到县。奉此合行照会。为此照会贵董，烦遵宪批，益拨仓谷，交给程绅，以资济用。望切切！须至照会者。

光绪二年十二月　日
长洲县照会。元和、吴县照会同

为照会事。据职员生员姚宗昶、徐兆焘、尤瑞鉴、王希宣、沈毓英、汪世皑、包涵、何忠型、杨开祥、陈宗基、张是保、张是孚等禀称：窃职等委派东南保甲两局段董，查东南两隅，向为苏城偏僻之区，机户居多。今年丝经昂贵，纱缎滞销，账房售丝停织，机户失业，经逾半年。若辈向无积蓄，生机失望，其苦异常。虽安分者固多，然良莠难齐，必求施以赈恤，庶几度此残年。明春织业起色，伊等得庆重生。伏查向例，六门粥厂，例领有限，即益拨义仓谷石，亦有杯水车薪之虑。职等现商程绅，将职等编户查出之贫苦机户，会同复查共实添出若干户口，再行据实禀祈照会义仓益拨谷石，并归程绅散放。并据刘守文荣面呈清单内开，会查最苦机户，共大小七百五十一口，每日每口给米三合，计三个月需米二百二石七斗七升等情到司。据此合并照会。为此照会贵绅，烦为查照，希即酌量添拨谷石，并归程绅散给，并祈覆司查考。望切施行。须至照会者。

光绪二年十二月　日
藩宪照会

为照会事。奉布政使恩札，奉苏抚部院吴札开，光绪二年十二月十一日，准兵部火票递到户部咨云南司案呈内阁抄出前任顺天府府尹彭奏，苏常等府留养灾民，请截留江苏海运漕粮并酌提丰备仓谷抚恤各折片等因，相应抄录原奏附片，恭录上谕，由五百里飞咨江苏巡抚钦遵办理可也到院。恭录札司遵照办理等因，并奉户部札同前由各到司。奉此除咨苏粮道查照饬遵外，合就抄粘札行札府，立即移会郡绅，将丰备仓谷及生息银两提解十分之三，以备赈需毋迟等因到府。奉此合亟照会。为此照会贵绅，希将丰备仓存谷及生息银两，核数提解十分之三，以备赈需。勿迟！须至照会者。

计抄粘
光绪二年十二月　日
苏州府照会

前任顺天府府尹臣彭祖贤跪奏，为渡江灾民人数众多，苏常等府设厂留养，经费支绌，吁恳恩施逾格，酌留海运漕粮以恤灾黎事。窃臣籍隶江苏苏州府，接到十月间家书，知山东及江北一带饥民，赴苏常等处就食者，已有二万余人。前经督臣沈葆桢、抚臣吴元炳奏请，截留江苏海运筹备余米一万三千石，分给江南江北，为抚恤之需，交部核议，奉旨允准，仰见圣仁广被念切痌瘝之至意。惟查本年江北旱灾甚重，饥民四出，兼之山东、安徽灾黎纷纷出境，流及淮扬。除未渡江者，由漕臣会同督抚臣筹办，并将截留余米分给抚恤外，其渡江灾民人数众多，即以二万人核算，计口授食，每日大口七合，小口减半，约需米一百数十石。所有江南分得海运余米六千五百石，仅敷五十余日之粮。计半年养赡之资，加以来年给资遣归之费，需款孔多。江南凋敝之余，户鲜盖藏，本年仅称中稔，而骤添此二万饥民，流离载道，抚给不善，弱者转于沟壑，强者滋生事端。仅恃绅商富户量力捐助，深恐不能持久，当此饷需方亟，厘金减色之时，亦未敢遽请拨款。惟臣见本年直隶夏灾，经督臣李鸿章奏请，截留本年漕粮，以备赈需，奉旨照准在案。窃思苏松等属，本届海运起运漕粮有六十八万余石，可否援本年直隶截漕放赈之案，吁恳特恩饬下两江督臣、江苏抚臣，将起运漕粮截留一万石，接济渡江灾民，并为资遣归农之费，仍俟下届起运，在秋后带征项下，将此次留赈之米，照数补还，以重正供。如此一转移间，在天庾不致遽形缺乏，而转徙渡江之灾黎，藉资餬口，俾得来春早还故里，各安生业，不致流离失所，实感生成之德于无既矣。所有苏常等府留养灾民，恳恩酌留海运漕粮缘由，谨具折吁陈，是否有当，伏乞皇太后、皇上圣鉴，谨奏。

再，苏州府城旧有丰备仓，自道光年间绅富捐田扩充，仿古义仓法积储备荒，历经前抚臣奏明，并将捐田绅士奏请奖励各在案。东南平定，复经郡绅捐谷储仓，十余年来，幸逢中稔，无须赈恤，存谷较多，并以谷价存银生息。今江北流民，已至苏常一带，该民人离家逾远，归耕逾难，情殊可悯。臣思地方赈济，本应官绅合办，苏城丰备仓，虽属专供长元吴三县赈需，而救灾恤邻，尽可量为协济，但须权宜轻重，无碍于本郡之备荒，似可因时变通，于灾黎不无裨益。惟为向章所未备，拟请饬下江苏抚臣饬司行府，会同绅董通核现在丰备仓谷银数，酌提十分之三，抚恤渡江灾民，余存十分之七，仍留本郡备荒。嗣后凡遇灾民入境人数逾万，若苏郡连年中稔，即照此协济。是否有当，谨附片奏陈请旨。光绪二年十一月二十七日内阁奉上谕：前任顺天府府尹彭祖贤奏，苏常等府留养灾民，请截留海运漕粮，并酌提丰备仓谷抚恤各折片。本年江北旱灾较重，饥民四出，兼以山东、安徽灾黎纷纷渡江，前赴苏常就食。业经沈葆桢等筹款抚恤，并准截留海运筹备余米，妥筹赈抚。惟饥民为数较多，江南岁仅中稔，户鲜盖藏，诚恐赈费不敷，亟应预为筹画。著沈葆桢、吴元炳即于本届起运漕粮截留一万石，俾资接济，仍俟下届起运，将此留赈米石，在于秋后带征项下，照数补还。苏郡丰备仓存谷及生息银两，并著沈保桢等饬令地方官会同绅董，体查情形，酌提十分之三，以备赈需。嗣后如遇灾民入境人数逾万，仍当一律协济。该督抚务宜饬令该官绅等通盘筹画，妥为经理，毋任一夫失所，用示轸恤灾黎至意。钦此！

为照覆事。窃奉照会内开，奉布政使恩札，奉苏抚部院吴札开，光绪二年十二月十一日，准兵部火票递到户部咨云南司案呈内阁抄出前任顺天府府尹彭奏，苏常等府留养灾民，请截留江苏海运漕粮，并酌提丰备仓谷抚恤各折片等因，相应抄录原奏附片，恭录上谕，由五百里飞咨江苏巡抚钦遵办理可也到院。恭录札司遵照办理等因，并奉户部札同前由各到司。奉此除咨苏粮道查照饬遵外，合就抄粘札行札府，立即移会郡绅，将丰备仓谷及生息银两提解十分之三，以备赈需毋迟等因到府。奉此合亟照会，希将丰备仓存谷及生息银两核数提解十分之三，以备赈需等因。窃查苏城三县义仓，自同治五年改为官绅会办，至今十年之久。除建造仓厫、增置田亩及常年一切经费外，计上届申报存谷四万五千八百余石，又上年冬新买四千二百石零，共存谷五万石零。上年冬本地贫户失业甚多，奉抚宪饬加碾谷数千石，添济粥厂，尚未截数。又上届申报存钱四万六千二百串，上冬新收租米折色钱二万一千六百余串，共存钱六万七千八百余串。上年籴谷置田完漕收租一切经费，尚未截数，除现在收支钱谷未经报销不计外，查照上届实存钱谷，酌提三成，约计应提谷一万三千石，应提钱一万四千串，除已奉借拨八千串，应再提钱六千串。伏读部文，有体查情形酌提之旨，为此先行具覆。伏乞大公祖大人电鉴，详请批示，听候拨解，实为公便。

　　一呈苏州府
　　光绪三年正月　日义仓绅董呈

　　为申解事。窃奉宪委会办丰备义仓事宜，昨经潘绅奉到府宪照会，转奉宪札，奉苏抚部院吴札开，光绪二年十二月前任顺天府府尹彭奏，苏常等府留养江北灾民，请酌提丰备仓钱谷各三成以备赈需，奉旨钦遵办理等因，业经潘绅呈覆，查照上届申报实存钱谷数目，核计三成应提谷一万三千石、钱一万四千串。前经奉文借拨八千串，应再提钱六千串，详请宪批听候拨解在案。兹除奉文另由灾民到仓领谷外，先备足钱三千串，解库应用，为此具文批解。伏乞宪台察核施行，掣发批回备案，实为公便。须至申者。

　　一申解藩宪
　　光绪三年正月　日义仓委员叶仲恂、吴德辉

　　为照会事。奉苏抚部院吴札开，照得苏城丰备仓谷，现奉谕旨，准动三成，议将省城水旱各厂灾民，除绅士认养者，另自备给谷种不计外，查明官设水旱各厂所收各户，向来耕种田亩数目，百亩以内者，每亩给谷四升，二百亩以内者七折，每亩给谷二升八合，四百亩以内者五折，每亩给谷二升，以为归耕秄种。先由厂中委员查明田数，按户给予票据，确填谷数，令各灾民赴仓领取，只准每户一名，陆续前往，不得成群滋闹。札司遵照照会丰备仓绅，饬令司事，务必挑取堪以作种之新谷，查照厂票，分别给领。一面由司转饬刘守督同水旱各厂，确查填票分给，并先行示谕各灾民知照，仍饬将遵办情形报查等因到司。奉此除饬刘守遵办并督令各厂委员赴仓随时弹压外，合亟照会。为此照会贵绅，烦为查照，希即会同收租委员叶令等，一体验明厂票，按数给领，并祈覆司查放。望切施行。须至照会者。

　　光绪三年正月　日
　　藩宪照会

　　为照会事。本年二月初四日奉巡抚部院吴札开，据吴绅大澂呈称：窃上年江北灾民纷纷南下，仰蒙札饬各属官绅，分起留养，前福建布政司使潘霨领养灾民四千余口，按月捐给口粮。现在潘绅病痊销假，请咨北上，所有资遣灾民经费早为预备，交绅等接管，代为照料。查资遣经费外，尚有绅士助捐谷种二百石，自应照数按户分给。惟闻官厂灾黎蒙恩给发谷种，体恤周详，无微不至，绅等经办各厂捐谷无多，不敷给发，可否仰恳札饬苏州府照会丰备仓，另拨仓谷五百石，按户派给灾民，俾得一律渥霑惠泽，实为德便。再，内阁中书冯绅芳植领养灾民二千余口，自应一体匀给谷种，如蒙俯允拨给，即由绅等所领五百石内按数匀给，合并陈明等情到本部院。据此合行札饬札府，即便遵照，照会丰备仓绅按数拨给，仍由府核明给过数目，具报毋违等因到府。奉此合亟照会，为此照会贵绅，希即遵照按数拨给具覆。望切切！须至照会者。

　　光绪三年二月　日
　　苏州府照会

　　为札饬事。案照上年留养北路灾民案内，饬据省城丰备义仓先后拨解足制钱一万一千串到司。除陆续拨用外，计尚余存钱三千串，现已资遣事竣，应即就数拨还，以清款目。除于四月二十八日堂期动放外，合就札饬札到该令，即便遵照，备具钤领来司，领回归款，毋违！特札。

　　光绪三年五月　日
　　藩宪札

　　为呈覆事。前月二十八日奉札饬义仓委员叶令仲恂，案照上年留养江北灾民案内，饬据省城丰备义仓先后拨解足制钱一万一千串到司。除陆续拨用外，计尚余存钱三千串，现已资遣事竣，应即就数拨还，以清款目。除于四月二十八日堂期动放外，合就札饬。札到该令，即便遵照，备具钤领，领回归款等因。即于前月二十八日，经委员叶令交到宪库发还抚恤经费足制钱三千千文，储仓备用，理合呈覆。伏乞大公祖大人电鉴，实为公便。上呈。

　　一呈藩宪
　　光绪三年五月　日义仓绅董呈

　　为照会事。光绪三年四月初七日，奉苏州府正堂谭札开，奉布政使恩札，奉总督部堂沈札开，光绪三年二月初一日，准户部咨河南司案呈本部具题光绪二年七月初三日钦奉恩诏内应办事宜按款分晰核议题覆一案，光绪二年十二月十三日题本月十五日奉旨：依议。钦此。相应抄录原题，移咨两江总督一体遵照办理可也，计单等因到本部堂。准此抄单札司移行所属，一体遵照办理，仍报明抚部院查考，并奉苏抚部院吴札同前因各到司，抄粘札府。奉此合就抄粘转饬札县，即便遵照办理毋违等因下县。奉此合行照会。为此照会贵绅董，烦遵宪饬办理。须至照会者。

　　计抄粘
　　光绪三年四月　日
　　吴县照会

　　户部谨奏为钦奉恩诏事。恭照光绪二年七月初三日，崇上慈安端裕康庆昭和庄敬皇太后、慈禧端佑康颐昭豫庄诚皇太后徽号，钦奉恩诏，于八月二十七日准礼部知照到部。内有臣部应办事宜，臣等谨即查照定例，并同治十一年成案，按款分晰核议，恭呈御览。

计开：

一、罚赎积谷，原以备赈。冬月严寒，鳏寡孤独贫民无以为生，著直省各督抚令有司，务将积谷酌量赈济，毋任奸民假冒支领一款。臣部行文各直省督抚府尹等遵照，仍随时将贫民赈谷数目造册，咨送臣部查核，并令认真办理，务使均沾惠泽，毋令奸民虚捏，致有冒滥，以仰副锡福推仁之至意。以上一款，恭候命下臣部通行遵照办理等因，光绪二年十二月十三日题。本月十五日奉旨：依议。钦此。

为添济粥厂以裕赈饥事。窃查省城冬季例设饭粥各厂，历由程绅肇清经办。自同治十年分始，由义仓拨济钱二千千文，于十三年分改为碾谷二千石，碓见白米，协贴各厂，如遇岁歉，酌量加拨钱谷，以裕煮赈，历经呈明前^抚宪批准照行在案。本年秋收较歉，米价昂贵，待赈之户又较多，而粥厂所领经费，多系银钱，易米煮赈，势必不敷。除义仓年例济谷二千石外，拟于生息项下酌提钱一千千文，并再碾谷一千石添济各厂，仍由程绅经办，系为省垣粥厂大局起见，其他善举不得援以为例，未便轻拨，致亏积储。为此具呈，伏乞大公祖大人电鉴，即行批示转详，以便遵办。谨呈。

一呈藩宪

光绪三年　月　日义仓绅董呈

为照会事。奉布政使勒札开，奉苏抚部院吴批候选知府程绅肇清禀报开厂日期并请增拨煮赈经费由，奉批：据禀待赈贫黎较上年为多，饭粥各厂经费不敷，事关救恤饥寒，仰苏藩司酌议，能否筹款放给，仍饬该绅广为劝募，并将城乡各处应赈户口核实查放，毋任冒滥，切切此缴折存等因到司。奉此查此案前据程绅并禀到司，当因司库支绌万分，实无闲款可拨。惟查核所禀，自系实情，现在天寒雪冻，饥人待哺，尤觉可伤，不知所缺经费若干，能再于丰备仓内加拨济用否，即经批令该府，迅即照会经理丰备义仓潘绅酌议办理，并移程绅知照在案。奉批前因，除呈覆外，合就转饬等因到府。奉此查此案前奉藩宪批示，即经分别转移在案。今奉前因，除移程绅经办外，合再照会。为此照会贵绅，希遵前奉司批，迅速酌议办理，刻日并覆^抚宪暨敝府查核。幸勿稽延，望速速！须至照会者。

光绪四年正月　日

苏州府照会

为照覆事。窃奉^{苏州府}照会内开，奉^抚宪批行益济程绅经办饭粥各厂经费等因，当即面询程绅，通盘核计，所少赈米尚多，除由程绅设法劝募外，再由义仓加拨钱一千五百千文，业已径交程绅，俾资接济完竣，毋虞缺少。事竣，例由程绅报销，特先呈覆。统计照义仓旧章协济谷二千石外，本届益济谷一千石，钱二千五百千文。伏乞大公祖大人电鉴，申详存案。谨呈。

一呈^{藩宪}_{苏州府}

光绪四年正月　日义仓绅董呈

河东河道总督兼署河南巡抚李鹤年、帮办河南赈务刑部左侍郎袁保恒会衔奏稿

奏为会筹豫省赈需，拟请截留漕粮，拨借米谷捐款，吁恳恩允饬令各该省迅速解豫，以资接济而活孑遗，恭折会奏仰乞圣鉴事。窃维豫省连年被灾之重，为从来所未有，而灾区之广，灾民之众，复为他省所未有。待赈饥黎本不下数百万口，自秋徂冬，日甚一日，除下户久已流离转徙外，上中之户亦日就穷困，相继逃亡，极甚处所，始犹生者啖死者之肉，继乃强者以弱者为食，更或骨肉相残而不暇恤。伊古以来，鲜闻此惨，若不亟图加意拯救，势将同归于尽。臣等目击情形，焦急万状，而库空如洗，钱漕停征，毫无进款，本省又鲜绅富，捐借两穷，纵或零星凑集，而随时告罄。业经办赈之处，时虑间断；未经赈放之处，无穷推广，于通省大局仍无裨补。臣鹤年顷虽沥诚具奏，请借洋款百万，而本省种种待用，均将取资，不能专顾赈抚一端，但可设法济急，又何敢不竭力筹措。查臣保恒奉旨帮办赈务后，即据实奏明，各直省如有可移缓就急之款到豫，与臣鹤年筹商拨借，统由收成后，本省地丁项下，分年提款归还，蒙恩交户部议准在案。臣等公同筹议，查有明年江安河运漕粮九万余石，改由海道运通，向于年前交齐候兑。豫省自成灾以后，截漕发帑，迭荷圣慈轸恤，至渥极优，岂敢再请天庾正供，下资民食。惟筹赈既迟，急切无措，且晋豫两省但有报勘先后之殊，并无荒旱重轻之别。圣恩俯念晋灾，已蒙准留江广明年漕粮六万石，藉资散给。豫省事同一律，自必仰邀一视同仁，拟恳逾格鸿慈，俯准将明年江安漕粮九万余石，全数截留。如蒙俞允，即请饬下两江督臣沈葆桢钦遵办理其转运事宜。查有告养在籍道员张汝梅，谊笃乡邦，实心任事，责以经理一切，必能撙节妥速。俟奉旨允准，再由臣等派令前往该省领运，由运河入洪湖，沿淮颍以达周家口，其运费即由部定江安漕粮每石一两二钱运脚项下，由该省拨给，如有不敷，再由臣等筹给。又招商局道员朱其昂采运直隶、山西平粜米石，运到天津者，尚有盈余，臣保恒道经保定，督臣李鸿章稔知豫灾之广，豫库之空，慷慨代筹，义形于色，允将平粜余米三万石，借备豫省赈济。臣等佩其秉心之公，尤服其任事之勇，拟请饬下该督臣，俟春融冻解，赶由运河派员运豫。其米价运费，均由该督先为筹垫，再由豫省分年提还。又江南各州县建置义仓，积谷备荒，或存现谷，或存现钱，约共一百万石有奇。此项谷石，在该省系紧要仓储，原难轻议腾挪，第思暂时告贷于苏民，不过寄诸外府，于豫民可以先济要需。现议借用三分之二，期于三年内由地丁项下分届清还，即使江省忽遇偏灾，明秋豫省无论是否丰稔，每年应归若干石，必筹如数清偿。转瞬三年届满，豫款归完，则江省仓存丝毫无损。拟请饬下江苏抚臣吴元炳，即时妥商，迅速动借。该抚臣关怀桑梓，曾经倡捐赈款，并于苏省多方劝谕集款，寄豫济用。此事必向该地方剀切商办，以资接济而解倒悬。又台湾修造铁路经费，经福建抚臣丁日昌劝令绅富林经让等捐洋五十万圆存储备用，由台湾道夏献纶、台北府林达泉经管。臣保恒道经保定，督臣李鸿章代为策画，告以此项捐款，因不敷工费，尚未兴修，不妨暂时挪移，先其所急，将来仍由河南如数拨还，总期无误兴工，而于目前豫赈所资，得敷周转。督臣何璟公忠体国，抚臣丁日昌志在救民，必能慨念流离，不分畛域，暂借海疆之款，以活沟瘠之氓。臣等意见均与李鸿章相同，拟请饬下该督抚，转饬该道府，督令该绅等，赶将此项备齐，由轮船运至天津，交李鸿章派员解赴豫省，以便散米散钱，随时酌量支用。臣鹤年两抚豫疆，臣保恒籍隶豫省，均属责无旁贷。睹此巨灾奇惨，相对歔欷，议请议捐，几至束手无策，但知各直省存公款项有可挪用之处，无论得自传闻及奏咨有案，均拟吁恳君父，曲求恩准。冀得多设一策，多得一款，多救一人，在各

该督抚等上体九重好生之德，下悯微臣筹措之艰与灾黎望救之殷，必能将拨借各款，妥速备解，以恤邻为报国，仰答宵旰轸念灾民无微不至之至意。除应还款目，于地丁项下如何匀款提还，由臣鹤年督饬藩司统筹妥议，另折具奏外，谨将截漕及借拨米谷捐款，先行合辞，由驿驰陈吁请特旨允行，不胜亟切待命之至。伏乞皇太后、皇上圣鉴。谨奏。

为照会事。奉布政使勒札，奉苏抚部院吴札开，照得筹议苏城义仓积谷未能借济豫赈一案，经本部院于光绪四年二月初九日附片由驿具奏，除俟奉到谕旨另录咨行外，抄片行司札府转行所属，并照会省城义仓，一体知照等因到府。奉此除行属遵照外，合就抄粘照会。为此照会贵绅，希即知照施行。须至照会者。
计抄粘
光绪四年三月　日
苏州府照会

江苏巡抚吴元炳附片奏稿
再，准户部咨议覆兼署河南巡抚李鹤年等奏会筹豫省赈需折内动借江南义仓积谷一条，遵议覆奏，光绪四年正月二十一日奉上谕：江苏义仓积谷能否分成酌借，著吴元炳体察情形，据实具奏等因。钦此。咨行到臣，当经饬行苏藩司集绅筹议去后，兹据藩司勒方锜查开州县实存钱谷数目折呈前来。并据详称，会议江苏地方，自兵燹以来，各州县旧时常平仓谷，埽地无存，民间绝少盖藏，设遇荒岁，无可措手。节经各前抚臣先后饬令各州县，仿照道光年间丰备义仓成案，于丰收之岁，按亩抽捐，建仓存谷。是敛民力之有余，为之代谋乎积储，而非官置之物也。仓由绅士经理，不假胥吏之手，开办虽已十有余载，又因历年岁收不尽丰稔，酌量民力，时办时停，截至现在止，计苏属存谷八万余石；松属存谷十四万余石；常属存谷十万余石；镇属存钱二万余串，无存谷；太属存谷四万余石。各属存钱数亦相等，只以比年不登，谷价翔贵，暂缓购买。复惩于二年豫晋之因荒乏粮，已饬各属俟谷价稍平，即行陆续买谷实储。窃维四府一州，积存钱谷并无一百余万之多。一邑之内，或一二万石，或数千石，苟遇灾祲动赈，尚属杯水车薪。是以原定章程，无论各邑何项公用，不准挪动。间有本地开河等项要工，无款可筹，每有议及指借，辄复格而不行。即如上年江北灾民流入苏境，拟动仓谷，以办抚恤，众论持之甚力。以本省之灾黎尚不欲多拨谷石，情愿另行集捐办赈，其所以力保仓储，正所以重保民命也。今拟借给豫省，苟可量为通融，原不应稍存畛域，无如各属零星分储，为数本属无多，又以连岁歉收，民食艰难，不虞之备，只此仓谷，通省命脉全赖乎此。反覆筹议，实属万难借拨。据苏藩司勒方锜会议详请奏覆等情前来。臣查豫省灾区较广，筹赈维艰，前据苏省善士于去冬今正先后集捐银二万余两，由臣给咨赴豫助赈，又据省城绅士呈请，与晋省一体劝捐，分成加济，救灾恤邻，争先恐后。臣为豫人，方深感激。今以借拨义仓积谷，集议为难，臣又何敢以桑梓之私情，强抑地方之公议。所有未能酌借缘由，除咨覆豫省暨咨户部查照外，理合据实附片具陈。伏乞圣鉴。谨奏。

为照会事。奉布政使勒札，奉苏抚部院吴札开，照得筹议江苏义仓积谷未能借拨豫赈一案，经本部院于光绪四年二月初九日附片，由驿具奏，抄片咨行在案。兹于二月二十二日准兵部火票递回原片内开，军机大臣奉旨：知道了。钦此。恭录札司转行钦遵等因到司。奉此查此案前奉抄片到司，即经转饬知照在案。奉札前因，合就转饬札府，即便转行钦遵，并照会义仓绅董，一体知照毋违等因到府。奉此查此案前奉抄片行府，即经照会在案。奉札前因，除行属遵照外，合并照会贵绅，希即知照施行。须至照会者。

光绪四年三月　　日

苏州府照会

卷末　识余 *

钱之出纳，有缩即有赢。每冬收租，即定洋价，贯一年所出之经费，以昭画一。其余大如建造，小及日用，所出积而有赢。除杂项不能作正之开销取给于此外，冬备米帖，待邻里乡党之告乞者；夏制卧龙丹、蟾酥丸，分散乡农。清晨一友挈仓工携至城门外，伺负担入城者，每人给之，药尽而返。凡六门，六日而遍，余亦以备邻里乡党之需。区区小惠，略仿文毅，以广任恤之意。惟期仓务一日不弛，此区区者，即一年不废。故曰识余。

义仓不列报销收支各款

计开：

同治五年分

收洋余钱七百三十四千一百六十九文。

六年分

收洋余钱四百七十六千四百一十一文。

七年分

收洋余钱三百三十七千八百六十五文。

八年分

收洋余钱一千二百三十四千二百三十五文。

九年分

收洋余钱一百五十一千三百七十文。

十年分

收洋余钱七十三千七百七十六文。

十二〔一〕年分

收洋余钱三百九十千六百九十九文。

十二年分

收洋余钱七百三十九千二百八文。

十三年分

收洋余钱一百二十五千一百九十八文。

光绪元年分

是年洋亏。

二年分

收洋余钱一百二十一千四百三十六文。

三年分

收洋余钱一千二百九十三千四百七十八文。

同治十三年分

收糠栖钱一百三十千七百八十文。

光绪元年分

收糠栖钱六十四千五百八十七文。

二年分

收糠栖钱三百八千六百一文。

三年分

收糠栖钱一百四十五千一百三十六文。

光绪二年分

收钱余钱一百八十千九十三文。

三年分

收钱余钱一百五十八千三百九十三文。

统共收钱六千六百六十五千四百三十五文。

同治六年分

贴给司事使役等年终酬劳，支钱一百三十一千七百八十七文。

计支钱一百三十一千七百八十七文。

七年分

贴给司事使役等年终酬劳，支钱一百九十九千九十九文。

施药，支钱一百三十八千九百八十五文。

施米票，支钱一百八千文。

共支钱四百四十六千八十四文。

八年分

贴给司事使役等年终酬劳，支钱一百六十四千七百五十八文。

施药，支钱一百二十千一百五十文。

施米票，支钱一百一十八千文。

共支钱四百二千九百八文。

九年分

贴给司事使役等年终酬劳，支钱二百八千八百九十三文。

施药，支钱一百七十七千七百四十七文。

施米票，支钱一百一十七千文。

造仓各项零费，支钱二十八千八十文。

助司事丧费，支钱四十六千八百文。

送司事贺礼，支钱一十一千七百文。

给仓使丧费，支钱六千四百文。

共支钱五百二十六千六百二十文。

十年分

贴给司事使役等年终酬劳，支钱一百一千七百七十三文。

施药，支钱一百二十二千六百文。

施米票，支钱九十七千六百文。

施棉衣，支钱一十二千二百文。

长邑新置田改立义仓单费，支钱一十三千文。

给仓工丧费，支钱一十五千六百文。

佃户被火恤费，支钱五千二百文。

共支钱三百六十七千九百七十三文。

十一年分

贴给司事使役等年终酬劳，支钱一百七十四千八十二文。

施药，支钱一百九千四百四十七文。

施米票，支钱一百二十千三百四十文。

长邑新置田改立义仓单费，支钱一十二千四百文。

给仓工丧费，支钱一十四千八百八十文。

共支钱四百三十一千一百四十九文。

十二年分

贴给司事使役等年终酬劳，支钱九十千二百八十文。

施药，支钱一百八千三文。

施米票，支钱一百二十二千文。

施棉衣，支钱二十四千四百文。

购买荞麦种并刻《种荞麦说》，支钱三十七千五十二文。

娄门外修桥捐、仓前巷龛捐，支钱九千七百六十文。

造仓各项零费，支钱二十九千二百八十文。

共支钱四百二十千七百七十五文。

十三年分

贴给司事使役等年终酬劳，支钱一百七十二千五百七十八文。

施药，支钱一百二十九千八百三十四文。

施米票，支钱一百三十千九百八十文。

施棉衣，支钱一十六千八百六十八文。

共支钱四百五十千二百六十文。

光绪元年分

贴洋亏，支钱九十一千二百七十七文。

贴给司事使役等年终酬劳，支钱一百八十二千二百二十七文。

施药，支钱一百二十九千五百八十二文。

施米票，支钱一百一十三千一百二十文。

施棉衣，支钱一十九千一百六十文。

共支钱五百三十五千三百六十六文。

二年分

贴给司事使役等年终酬劳，支钱一百八十九千三百八十七文。

施药，支钱一百千六十七文。

施米票，支钱一百二十七千六百文。

施棉衣，支钱二十六千一百二十文。

抚恤葑门外被火佃户，支钱二十千八百八十文。

送司事丧母吊礼，支钱九千二百八十文。

送司事贺礼，支钱六千九百六十文。

长邑新置田改准字圩单费，支钱一千一百六十文。

共支钱四百八十一千四百五十四文。

三年分

贴给司事使役等年终酬劳，支钱九十一千八百三十七文。

施药，支钱一百一十七千三百一十文。

施米票，支钱一百七十一千一百五十文。

施棉衣，支钱二十五千二百文。

晋、豫两省助赈募捐，支钱二十一千文。

三邑新置田改立义仓单费，支钱三十千一百六十文。

送司事贺礼，支钱一十千五百文。

送司事吊礼，支钱一十四千七百文。

给仓工丧费，支钱四千二百文。

共支钱四百八十六千五十七文。

统共支钱四千六百八十千四百三十三文。

除支净余钱一千九百八十五千二文。

长元吴丰备义仓

全案续编

清光绪二十五年刻本

（清）吴大根　辑

吴　滔　点校

序

　　天灾流行，国家代有。重以吴俗奢靡，民鲜蓄积，一遇水旱偏灾，往往无以为生，则积谷备荒尤亟也。苏城丰备义仓，创始于陶文毅、林文忠两公，郡人士以两公劝导，先后捐田一万四五千亩。兵燹后，旧仓已毁，田亩具存。潘编修顺之起而兴复之，次第经营，变通尽利。与冯中允敬亭请于大吏，改为官绅会办。盖本朱子论社仓意也。夫天下事特患植基不厚耳，植基既厚，滋长正未有穷期，则保护而扩充之，以豫为长元吴三县备荒计者，斯非后起责与！潘编修董仓事者十二年，刻有《义仓全案》十卷。其中积谷收租一切章程，罔不斟酌尽善。予以菲材，承乏其后，一以恪守旧章为事，迄今阅二十一年矣。案牍往来，积累盈尺，乃遵初刻体例，编辑而付诸手民，分为六卷，并卷首、卷末，为八卷，名曰《全案续编》。梓既竣，爰赘数语于简端，俾阅者有所考焉。

　　光绪二十五年岁次己亥季春之月郡人吴大根序

　　予自接管仓务以来，迄今阅二十一年。凡收田租折色钱五十一万六千八百千有奇；采买积谷十九万四千八百石有奇，收存当息钱十八万四千六百千有奇，房租息钱四千七百四十千有奇，息借商款息钱七千六百七十千有奇。添置田二千三百余亩，计支钱二万九千二百千有奇；添建仓廒一所，计支钱一万三千六百千有奇；购市房三所，计支钱二万四千六百千有奇；支平粜谷九万三千二百石有奇；协贴饭粥局钱三万四千一百千文，谷四万三千石；赈本城贫户机户，计支钱九千四百千有奇，谷五千四百石有奇；历届完课购谷收租及一切经费，计共支钱四十七万五百千有奇。其余收支零款，具详于册，不赘述云。大根又识。

长元吴丰备义仓全案续编目录

义 仓 全 图

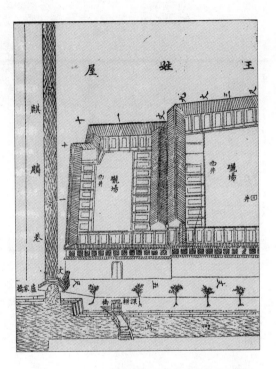

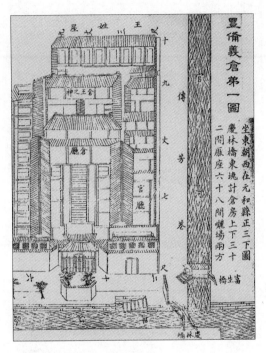

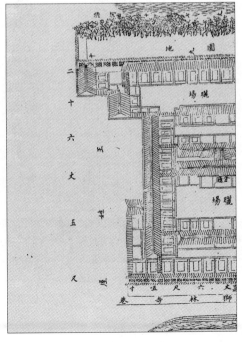

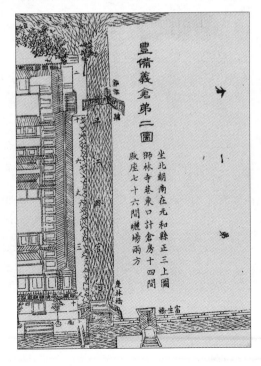

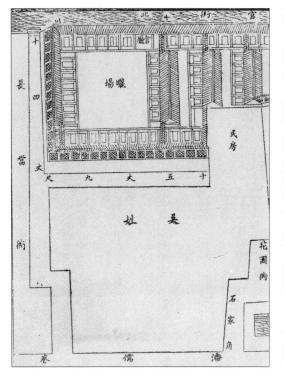

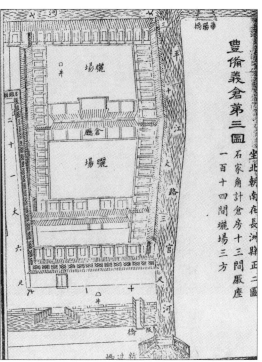

豊備義倉第三圖

坐北朝南在長洲縣正二圖
石家角計倉房十三間廠座
一百十四間曬場三方

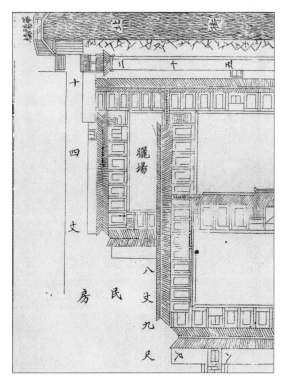

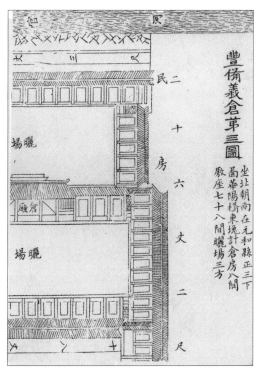

豊備義倉第三圖

坐北朝南在元和縣正三下
昌華陽橋東堍計倉房八間
廠座七十八間曬場三方

卷首　创始兴复原委[*]

丰备之名，始于文毅。三县义仓，则创自文忠。文毅云：不必推陈出新，亦不必春借秋还。实足祛仓储成法之弊。又论及余谷置田，固与文忠合也。兵燹后，潘编修实兴复之，筹画经营，不遗余力，斯仓之规模大备矣。记创始兴复原委。

陶文毅公安徽巡抚任筹设义仓奏稿

奏为敬陈劝设丰备义仓章程，请旨永远遵行，以防荒歉而厚民生，仰祈圣鉴事。臣惟民以食为本，事须豫则立。前年皖江被水，哀鸿遍野，仰蒙恩旨赈抚兼施，并经臣劝谕有力之家捐输助赈，流离数十万，获就安全。事后犹深悯恻，因恩博施济众，自古綦难，彻土绸缪，宜先阴雨。常平之制善矣，然待惠者无穷。至社仓春借秋还，初意未始不美，而历久弊生，官民俱累。变而通之，惟有于州县中每乡每村各设一仓，秋收后听民间量力捐输，积存仓内，遇岁歉则以本境所积之谷，即散给本境之人。一切出纳，听民间自择殷实老成管理，不经官吏之手，以冀图匦于丰，简便易行。自上年酌议章程，通饬各属出示劝行，已据青阳、铜陵、望江、太平、怀远、婺源等处捐有成数，各属亦皆踊跃，拟俟今年秋熟后一律办理。臣于正月入觐，曾经缕达天听。兹臣蒙恩调任江苏，念此垂成之绪，必须奏奉谕旨，庶可久远遵行。谨将所议章程十二条，敬为我皇上陈之：

一、乡村无论百余家十数家，总以里居联络者设一仓。每年秋收后，各量力之盈绌，捐谷存仓。出者毋吝，劝者毋勒，或数十石，或十数石，多则一二百石，少即数石数斗数升，均无不可。收谷时，公同立簿登记，择一老成殷实人总管，再择一二人逐年递管。仍设立四柱交册，分别旧管新收，开除实在，明晰登载，互相稽查。连年丰收，日积日多，则谷不可胜食矣。

一、乡村零户有难于联络者，或每族各为一仓，或一族中每房各为一仓，或以散户归入附近邻保共为一仓，均听民便。总在随地制宜，多多益善。果能一处行之有效，久而他处自仿照行之矣。

一、谷仓宜择善地，不宜近水，不宜近市，以防不虞。建议之初，仓廒未立，或神庙，或公祠，或老成殷实之家，仓屋有余者，均可借储。但须本人情愿，不得强借。一俟谷石稍充，即可另自置仓。

一、仓谷由于乐捐，间或有湿有秕，不能拘泥画一。应于收仓时，先为晒干车净，公同登记耗蚀若干。或收储年久，又须公同出晒一次，复量上仓，再逐一登记实数，以便查考。

一、设仓本系义举，司事之人不容稍有侵蚀，亦不许藉端开销。惟看守仓廒之人，系属雇觅，常川在仓，不能不给予工食。责令巡查，遇有风摧雨漏、仓板损破之处，立即告知经管之人，及时修理。其锁钥等项，不得交守仓人佩带。

一、捐谷既有成数，即赴地方官呈明立案，以免匪徒阻挠扰乱章程。以后捐多捐少，收放出入，官吏概不与闻，即里长甲长亦无许越俎。倘有吏役托名稽查，藉端需索，查出照诈赃例，从重惩治。

一、积谷既饶，止须添建仓廒，不必推陈出新，以求滋长，亦不必春借秋还，以权利息。戢争杜纷，此为最要。惟余谷置田收租，尚可并行不悖。然必积谷实在丰裕有余，以少半置田乃可，否则不必。盖此谷原为备荒而设，至捷至便，推陈出入，易滋朦混，借出难归，渐归乌有。置买产业，虽属经久之计，然不能救济目前，亦非急务也。

一、每遇灾荒，总管分管外，添择公正司事。计谷之多寡，先尽本村中鳏寡孤独无告之人，次及极贫，又次及次贫。或五日一散，或十日一散，事竣凭众确算。至家计稍可支持者，不必分给。即小歉之年，亦不必动用，以归实济。

一、捐谷之家，此谷既捐，即系公物。遇有灾歉，不得以从前甲多乙少，致启争端。或先在此村捐谷之家，其后移居他处，遇此村散放，不得以曾经捐谷，回向转索。新来之户，从前虽未捐谷，遇有散放，亦应酌给些须，不得独任向隅。盖各保各境，以乡村为断，虽救恤无分彼此，而谷少人多，亦不得不稍为限制。其各族各房积谷者，则必以乡村为断。

一、年丰时和，劝捐较易，果能积有三年五年之蓄，又不妨略为变通，邀同耆衿，划分若干，于乡间添设恤嫠、育婴等会。或于冬间，就村庄中鳏寡孤独与外来无告穷民，量为赈济，亦所以广任恤也。

一、乡村绅士克知大义者，多自必首捐为倡。如有能捐谷千石者，或捐银千两以上买谷归仓者，或捐置基产仓廒及斗斛诸器物银千两以上者，均当照例请旌，以资鼓励。倘虑书吏索费，即径赴院司衙门呈明捐数，以便行查确实，立予请旌，断不令善举稍有阻格。

一、劝捐之外，尚有因事乐施一节。如民间演戏酬神及嫁娶喜期庆祝生日，尽可将縻费折谷，捐入义仓，扩而充之，不特安贫，即以保富，将型仁讲让之风，亦由此而兴起矣。

以上各条，积少成多，众擎易举，所以图便民也。各保各境，人心易齐，耳目亦周，所以免牵掣也。择人经管，立册交代，所以防侵蚀也。绅民自理，不经官员吏役之手，所以杜骚扰也。不减粜，不出易，不借贷，专意存储，以备歉时，所以断轇轕而弭争端也。凶年不妨尽用，乐岁仍可捐输。以一乡济一乡之众，而不患其不均，以数岁救一岁之荒，而不患其不给。可小可大，无穷匮也。取锱铢于狼戾之时，求水火于至足之地。捐谷者不以为难，司事者不以为累，行所无事，不求其利而弊自除，预防其弊而利乃久也。臣为此章程，筹思经年，简便直捷，似可为备荒之一助。如果各州县能实心实力，劝导有成，是亦不费之惠也。再，臣所议章程，与社仓之法有异，本以丰岁之有余，备荒年之不足，可否即以"丰备"二字，仰恳天恩赐为仓名，俾垂永久。所有劝设义仓缘由，谨缮折具奏，伏乞皇上圣鉴。谨奏。

道光五年七月初十日奉到朱批：另有旨。钦此。同日奉到道光五年六月二十三日内阁奉上谕：陶澍奏劝设义仓章程一折。国家养民之道，足食为先，而裕民之原，积储尤重。前年安徽偶遇荒歉，赈抚兼施，该抚请设立义仓，为未雨绸缪之计。所议章程，如州县中每乡村公设一仓，秋后听民捐输，岁歉酌量散给，出纳悉由民间经手，不假官吏，防侵蚀以禁骚扰，矜贫寡而杜争端。各条著即移交新任巡抚照议妥为经理，仍督饬各州县实心实力，劝导有成，总期经久无弊，不必另立仓名。钦此。

两江总督陶文毅公、江苏巡抚林文忠公会衔筹设苏州省城义仓奏稿

奏为苏州省城捐建义仓，买谷存储，并绅士捐田入仓，备荒济粜缘由，恭折奏祈圣鉴事。窃照苏州一带，本属水乡，田土不宽，地方亦狭，即户廛之稠密，食指之浩繁，较他处不啻倍蓰。额征漕粮，又甲于直省，即遇年成丰稔，除完赋外，余米亦属无多，向赖川湖客米源源而来，方敷食用。是以民间盖藏稀少，缓急无资。近年灾歉频仍，倍形困苦。曾经设法劝捐赈恤，借以安辑民心，而临时已大费周章，即事后追思，犹深惕虑。且自积荒之后，民力渐疲，素封之家，亦多中落，捐赀一节，本难恃以为常。臣等往返札商，亟思捐置义仓，以为歉年之备。先因米谷昂贵，未能购买。上年秋收中稔，粮价稍平，除应行买补之济平仓谷，例价不敷，饬属设法陆续筹买外，所拟义仓积储，乘此官捐赈项尚有余赀，随与苏属司道等再行接续捐廉，以成斯举。即于苏州城内巡抚衙门后身，建设义仓一所。一面委员携银分赴价平地方采买稻谷二万余石，运仓存储，仍陆续分投购买，以期多多益善。正在核议章程间，即据苏州绅士前捐光禄寺署正韩范呈称：伊故父原任刑部右侍郎韩封在日，将历年廉俸所余，置有薄田，临终遗命，遇有地方公举，竭力捐助。已先设立义庄，赡给同族。今闻省城有创建义仓之举，情愿将父遗田亩，坐落长洲县境田三百七亩零，元和县境田八百二十四亩零，尽数捐入义仓。官为收租，办粮收储，以备歉岁公用。并据呈明，此系恪遵故父遗训，不敢仰邀议叙等情。经各该县查核方单，由苏州藩司委员核明转详前来。臣等查义仓谷石，系为接济民食之需，必得图匮于丰，以冀有备无患。今苏州省城捐置义仓，业已有谷二万余石，复有绅士韩范捐田一千一百余亩，岁收租息，专归义仓存储，更可日积日多。设遇年岁稍歉，即行减价平粜，以济民食。粜下银钱，仍即各照时价买补，不准别项借动，以杜流弊而垂永久。至此项仓谷系属捐办，所有动用经费及此后收放谷石，均请免其报销。再，江宁省城，现亦捐有成数，正在建仓买谷。其余各属，尚有捐办之处，除俟陆续办竣另行具奏外，仍通饬各府州县体察地方情形，随时劝捐采买，以期扩充推广，储蓄有资。并饬将稽查出纳各事宜，妥立章程条款，实力奉行，以仰副圣主足食安民之至意。臣等谨合辞恭折具奏，伏乞皇上圣鉴。谨奏。

道光十五年四月二十七日内阁奉上谕：陶澍等奏苏州省城捐建义仓并绅士报捐田亩一折。苏州府城捐置义仓，存储谷石，系为接济民食之需。兹据该督等奏称，前捐光禄寺署正韩范呈请捐田一千一百余亩，归入义仓，以备公用。实属急公好义，韩范著交部照例议叙，以示鼓励。此项仓谷系属捐办，其动用经费及此后收放谷石，均著免其造册报销。该部知道。钦此。

为 照 会 事

奉苏抚部院德批，广东候补通判程绅庆祺禀循案举办米粥各厂，呈请札司拨济由，奉批：仰苏藩司照会仓绅，核明照案拨济，并饬该董知照缴等因到司。奉此查此案前据禀请拨款到司，即经照案放给银一千两在案。奉批前因，除转饬知照外，合行照会。为此照会贵绅，请烦查照核明拨济施行。须至照会者。

光绪二十四年十二月初二日照会
藩宪聂照会

陶文毅公两江总督任筹设省城义仓奏稿

奏为江宁省城购设丰备义仓城乡捐输稻谷以防荒歉而广皇仁仰祈圣鉴事。窃照大江南北，频年被水成灾。仰赖鸿慈，不惜数十万帑金，抚赈兼施，恩宏大造。其有例赈所不能遍者，各地方绅耆富户感荷生成，义激于色，莫不同心救助，捐赀解囊。或按户散钱，或设厂煮粥。凡此乏食穷黎，实已普被皇仁，同登衽席。惟思年岁之丰歉无常，而阴雨之绸缪宜豫。与其临时捐凑，博济犹难，曷若先事图维，盖藏有备。臣陶澍前在安徽巡抚任内，劝设丰备义仓，筹画积储。臣林则徐于苏州城内仿照而行，并经恭折会奏在案。江宁为省会重地，尤宜先事筹备。臣陶澍前因缉私赏项，存有余银焉千两，劄发江宁府，转发上元、江宁二县，以为倡建义仓备谷之用。施据藩司杨簧转据前署上元县知县高邮州知州冯思澄、署江宁县知县李金芝详称，曾经率同上元县训导杨会昌，并在城绅士李恩元、沈琮、程钟庆、王鼎辅、孙廷松、万甫廷、汪度等，在于城乡广为劝捐。并据该绅士等呈称，前次发交银两，因新建义仓所费甚巨，觅得民间旧有储米碖坊，坐落汉西门大街，计房屋仓廒共三十九间，可储稻二万石。呈报府县勘明，议价银二千一百两，立契承买，以作义仓。余银二千九百两，除修葺并添置器具之用，其余尽数购得稻谷三千一十石，存储在仓。又城乡绅富捐输谷九千五百余石，已收储四千余石，余俱陆续运仓。又各乡捐输谷二万三千八百余石，仍各存本村，选择殷实之家收储。以（按：原稿此处疑有缺漏。经核对，所缺内容系《长元吴丰备义仓全案》正编卷首第7页"陶文毅公两江总督任筹设省城义仓奏稿"的前半部分，现予增补。）为本村歉岁所需，总计城乡共已认捐稻谷三万六千三百余石。其城乡绅富捐数内，有每石折交银一两者，俟积有成数，即于粮贱之时代买入仓。其平日看守仓廒及晒晾人工一切费用，另行募捐办理，不动捐谷正项各等情具详前来。臣陶澍前自清江回省，顺道亲诣仓内勘验，地基尚高，廒舍亦甚坚固。所储稻谷，查照道光五年奏定丰备仓章程办理。遇有歉年，方准动用。举凡减粜出易，春借秋还，易滋流弊之处，概不准行。惟稻谷长储在仓，每年必须晒晾，方可无虞霉变。其晒晾必有折耗，每次每石定以三升为率，准其注册，以备稽查，庶经手者亦无虞赔累。章程厘定，弊窦毫无。此次承办各绅士，数月以来，实心任事，业已收有成效，即各绅富捐输踊跃，尤为向义急公，克敦任恤，均属可嘉。除饬查明尤为出力之人，并捐数在三百石以上者，俟造册到日，照例分别奏咨，另请恩施外，所有筹备义仓现储稻谷实数以备荒歉缘由，理合会折具奏，伏乞皇上圣鉴。再，此次建仓备储，系官民捐输，归民间承办，并不经官吏之手，应免其造册报销，合并陈明。谨奏。

道光十五年十一月初四日会奏，十一月二十三日奉到朱批：另有旨。钦此！同日奉到道光十五年十一月十九日内阁奉上谕：陶澍等奏购设义仓以防荒歉一折。江南省连年被水，抚赈兼施。兹据该督等奏，于江宁省会地方筹设丰备义仓，积储谷石，以防荒歉，共计捐谷三万六千三百余石，业已收有成效。此项建仓备储，系官民捐输承办，著免其造册报销。该部知道。钦此。

两江总督牛鉴、江苏巡抚程矞采会衔续奖省城义仓捐田奏稿

奏为绅士续捐田荡归入省城义仓收租恭，恳圣恩分别奖励，以昭激劝事。窃照苏州省城，户廛稠密，食指浩繁。近年灾歉频仍，盖藏稀少，不足以备缓急。道光十五年间，经前督臣陶澍、抚臣林则徐会议，于巡抚衙门后身建立义仓一所，将官捐赈余银两买谷存储，用备歉年平粜。并据光禄寺署正韩范恪遵父命，将遗田一千一百余亩，捐入义仓，官为收租备用。当将办理缘由会折奏请，奉谕旨：韩范著交部照例议叙等因。钦此。即经恭录转行钦遵，通饬各属，按照地方情形，妥为劝谕，量力捐输，以期有备无患。续据苏郡绅士陆仪等，先后报捐长洲、元和二县官则田荡五千一百余亩，归入义仓，收租办粮。余剩变价解司，以为接济荒歉之用。统核契银，计一十二万七千一百余两，均经委员逐一勘明，每年随同原捐田亩一律收租。所有常年动支及置买民房、添建廒座一切经费，无不赖以扩充。且司库历年寄储租银，已有一万余两，储蓄渐多，旱涝有备，实于地方大有裨益。兹据苏州布政使李星沅转据苏州府长洲、元和二县按户核明契价银数，取造履历清册，详请奏咨奖励前来。臣等伏查定例，各处绅士捐资助赈等项，捐银一千两以上者，奏请奖励。又道光十八年吏部奏定章程，京外候选人员，凡捐输军饷、河工、办赈、修城重大事务，八品至未入流捐银四千两以上者，该督抚查明保奏，准其尽先选用。又道光七年议叙条款，士民捐银三四百两以上，给予八品顶戴各等因，历经遵办在案。今苏郡绅士捐输田荡，归入义仓收租，以资岁歉之需，实属好义急公，深堪嘉尚。核与捐资助赈无异，所有捐田合银五千两以上之候选县丞范毓元，四千两以上之候选从九品徐攀桂，与尽先之例相符，合无仰恳圣恩俯准将候选县丞范毓元、候选从九品徐攀桂二员归部尽先选用，以昭激劝。其余捐田一万两以上者二名、八千两以上者一名、六千两以上者一名、五千两以上者一名、四千两以上者二名、三千两以上者三名、二千两以上者八名、一千两以上者二十四名、三四百两以上者十名，敕部按册核明银数，分别给予议叙。此外各属如有捐办之处，以及省仓续捐之户，约候俟勘明田亩，再行请奖。至此项捐田岁收租籽归入义仓动用，应请照案免其造册报销。除将捐输士民履历清册分送吏、户二部外，臣等谨合辞恭折具奏，伏乞皇上圣鉴训示。谨奏。

道光二十二年四月初九日具奏，奉朱批：另有旨。钦此。四月二十四日内阁奉上谕：牛鉴等奏绅士续捐田荡归入义仓请分别奖励一折，著吏部议奏。此项田租，免其造册报销。该部知道。钦此。

卷一　前编补遗　交代事附 *

此卷系潘编修董仓事时，往来公牍，故按月编列，不复分别门类，所以补前编之遗也。而交代事附焉。

为照会事。奉布政使勒札，奉护抚部院衙门札开，光绪四年四月三十日准户部咨江南司案呈准派办处传给事中崔穆之奏各省仓谷亟宜整顿一折。光绪四年二月十九日内阁奉上谕：给事中崔穆之奏各省仓谷请饬整顿一折，各直省常平等仓，存储谷石，以备岁歉之用，原系良法美意。近来地方各官并不认真经理，甚至侵蚀亏短，仓座亦倾圮失修，以致一遇灾荒，民食立虞匮乏，自应妥筹整顿，以资备预。著各省督抚府尹严饬所属地方官，即将常平仓谷陆续买补，务期足额。社仓、义仓所以济官仓之不足，并著劝谕绅民，次第兴举。其现被灾歉及现办采运，各省随时体察情形，再行办理。至各属仓座有应行整理者，均著饬令迅速修复，仓存谷石，该督抚府尹务当严加稽核，力祛积弊。地方官如能经理得宜，著有成效，准其奏请奖励。倘有仍前怠玩，侵蚀亏短等弊，即行据实严参惩办，以重民食。钦此。抄录原奏传付前来，相应抄录原奏，恭录谕旨，行文江苏巡抚遵照办理可也等因到本护院。准此合就抄粘札司，即便通饬所属，一体遵照等因到司抄粘札府。奉此除转行外，合就抄粘照会。为此照会贵绅董，希即遵照。须至照会者。

计抄粘

光绪四年六月　日

苏州府照会

工科掌印给事中崔穆之奏稿

奏为各省仓谷亟宜整顿，以符旧制而卫民生，恭折具陈仰祈圣鉴事。查定例，各直省常平仓谷，每州县或数千石，或数万石不等，采买出粜，动皆公款。侵吞挪移，罪有专条。所存谷石，不但备民间凶荒之用，且以备地方缓急之需，立法本极周善，无如日久弊生，偷漏亏折，已非一日。臣恭读同治三年上谕有曰：嗣后各省常平、社仓，责成督抚大吏认真整顿。废者补之，缺者复之，随时稽查，凡官仓民仓未动之谷，不得变价提用。至于仓谷已缺，绅民捐资弥补者，尤应加意保全，务使仓谷丰盈，以期有备无患。此旨著该部迅即通行各省，即著各该督抚将各州县仓储实存若干，有无亏缺，查明据实覆奏等因。钦此。

彝训煌煌，天下共懔。十余年来，如果地方官实力奉行，则内地之肃清已久，岂得以地方糜烂为推辞？年谷之顺成不乏，岂得以收储无凭为藉口？即云公项支绌，筹办骤难足数？以原设之额计之，但使存仓之谷能足原额之半，则以一邑之粟，赈一邑之饥，何至张皇失措，动辄束手。臣闻近年以来，各州县不但仓储多虚，并仓座亦多无存，即如户部议覆李鹤年请借江南义仓积谷一条内称：河南省题折光绪二年分常平等仓谷，尚应实存九十五万四千三百余石。本省既有积谷，乃置而不言，求济于他省，似属舍近图远。在部臣按籍而稽，自无迁就，然使河南果有九十余万石之积谷，李鹤年等忍以急如星火之灾赈，而故为舍近图远之谋乎！由此推之，各直省仓谷动用存留，非但州县详报不实，该督抚等亦未必确实核勘也。夫积谷所以御荒，晋豫两省遇此巨灾，朝廷轸念穷黎，截漕发帑，至再至三，恩施所被，有加无已。凡有血气，同深感泣。设他省再有如晋豫者，将请竭天庚之正供而为赈恤之资乎！抑欷歔坐视，不忍再呼吁于君父之前乎？为今之计，非但补救其既往，更当图备于将来。拟除被灾较重省分，应俟年谷丰稔办理外，相应请旨饬下各督抚大吏，严切查核督饬所属，修葺仓座，视年岁之丰稔，继续设法筹备公项，按照各州县仓谷数目，添置足额，随时妥为经理，毋致粟米之霉变，勿滋闾阎之扰累，勿任吏胥之侵吞。至社仓、义仓，由官绅商民乐输，例得奖叙，地方官善为劝导，并可次第兴举，以资官仓之不逮。每届将动用存留确实数目，逐细详报，该督抚随时稽查，核勘报部。州县办有成效，该上司核实酌保，有素昔留心民瘼、仓储并无亏短者，尤加保荐。查有仍前怠玩及侵蚀亏挪等弊，严参惩办。庶积习力挽，仓储裕而有备无患矣。臣愚昧之见，是否有当，伏乞皇太后、皇上圣鉴。谨奏。

为照会事。奉布政使勒札，奉苏抚部院吴札开，照得江苏省筹办积谷，饬属认真经理，以重民食而资备预缘由，经本部院于光绪四年七月二十八日会同督部堂恭折具奏，除俟奉到谕旨，另录咨行外，抄折札司转行遵照等因，到司抄粘札府。奉此除转行外，合就抄粘照会。为此照会贵绅董，请烦遵照施行。须至照会者。

计抄粘
光绪四年八月　　日
苏州府照会

江苏巡抚吴元炳奏稿

奏为遵旨筹办积谷，通饬州县认真经理，以重民食而资备预，恭折仰祈圣鉴事。窃前奉上谕：给事中崔穆之奏各省仓谷请饬整顿一折，各直省常平等仓，存储谷石，以备歉岁之用，原系良法美意。近来地方各官并不认真经理，甚至侵蚀亏短，仓座亦倾圮失修，以致一遇灾荒，民食立虞匮乏，自应妥筹整顿，以资备预。著各直省督抚严饬所属地方官，即将常平仓谷陆续买补，务期足额。社仓、义仓以济官仓之不足，并著劝谕绅民次第兴举等因。钦此。仰见我皇上垂廑民食，无微不至，莫名钦佩。伏查江苏前遭兵燹，旧时积谷，久已扫地无存，即完善地方，亦多动缺。肃清以后，经前督抚臣饬令各属，仿照道光年间丰备义仓成法，于稔收之年，按亩捐办积谷，建仓存储，即由本邑公正绅士经管，不假胥吏之手。此盖为民自敛其有余，而仍藏之于民也。开办至今，已有十余年，各属或办或停，悉准乎岁收之丰歉以为衡。苏属积存钱谷数目，前于奏复豫省借拨积谷折内陈明在案。惟各州县积存之谷，或一二万石，或数千石，合而见多，实分而见少。平时积之仓庾，固觉其繁重，遇歉以资散放，立形其匮乏。即如晋豫两省被灾之后，从前仓谷，一施立尽，招商采运，节节阻难，前车之辙，可不戒哉！臣已通饬宁、苏两司所属各州县，于本年秋成之后，各就地方情形，其已经设有仓廒者，接续办理，其简僻之处，尚未建仓者，一体劝谕绅富，认真举办。其积存钱数与谷数相等者，饬令稍留若干生息，以资经费，其余悉数购谷。或有存钱较存谷简便且可生息之论，不知干洁净谷，足支数十年而不坏，历时过久，尚有以陈易新之法，积钱既多，易启亏挪，且时遇凶歉，谷价腾长，购买无由，则多钱又不如多谷。是以臣始终主积储现谷之说也。中稔之年，挹取有余，寸铢积累，不以目前计其功。臣当谆饬各属认真经理，力行无懈，并随时严加稽核，祛除积弊，以期仰副圣怀关念民瘼之至意。所有整顿积谷缘由，谨会同两江督臣沈恭折具陈，伏乞皇太后、皇上圣鉴训示。谨奏。

为恭录咨行事。奉布政使勒札，奉苏抚部院吴札开，照得江苏筹办积谷，饬属认真经理，以重民食而资备预缘由，经本部院于光绪四年七月二十八日会同督部堂恭折具奏，抄折行知在案。兹于八月二十八日差弁赍回原折内开，军机大臣奉旨：知道了。钦此。恭录札司转行钦遵等因到司，奉此查此案前奉抚宪抄折行司，即经转饬遵照在案。今奉前因，合就恭录转饬等因到府，奉此查此案前奉藩宪抄粘行知，即经照会遵照在案。今奉前因，合就恭录照会，为此照会贵绅，希即钦遵施行。须至照会者。

　　光绪四年十月　　日
　　苏州府照会

为照会事。奉本府正堂钱札开，奉布政使勒札，奉苏抚部院吴批本司详报嘉定议挑河工不准动拨谷捐一案由，奉批：据详已悉。仰即通饬办有积谷各州县一体遵照。凡有地方应办工程等项，均不得率请动借谷捐，以保储备，切切此缴等因到司札府。奉此合就转饬札县，即便遵照毋违等因到县。奉此合行照会。为此照会贵绅董，烦遵宪批办理。须至照会者。

　　光绪四年四月　　日
　　吴县照会

为照会事。奉布政使勒札，奉苏抚部院吴批，奉贤县详据社仓董事阮本仁等禀，卑邑地势低洼，仓储谷石未能经久，求请查照原议章程出陈易新等情一案由，奉批：今年蝗蝻滋生太多，难保不害田禾，各属仓储原为备荒而设，须俟无蝗之年，方可议及出陈易新，所请万难准行。仰苏藩司迅即转饬遵照，于入伏后，照旧翻晒，妥为收储，以备不虞，并通饬各属，一体遵办毋迟此缴等因到司。奉此合亟转饬札府，立即通饬各厅县，遵照宪批指饬，将仓储谷石，仍俟入伏后，照旧翻晒，妥为收储，以备不虞，毋稍违延切切等因到府。奉此除饬属遵办外，合并照会。为此照会贵绅董，希即查照宪批办理施行。须至照会者。

　　光绪四年六月　　日
　　苏州府照会　　长州县照会同

为照会事。案奉布政使恩札，奉前苏抚部院张札开，照得苏属五府州厅县，办有积谷者十之八九，其中章程未能画一，原因情形不同，然大意总以久储实存为主。惟既须久储，全在仓制如法，尤在晒晾得宜。凡米谷经伏日中晒过三足日，则燥性内含，愈久愈坚，积年不坏，且或遇煮赈，米性起涨，尤宜饿羸之人。储谷之法，莫要于此。本部院访闻各属仓制，不全合法，尤恐晒晾不透，谷难久存。札司即日查明，业经造仓储谷各州厅县径行飞札，务令趁此三伏日，将谷出仓摊晒，以自卯至酉为一日，于四十日内，必须晒过三足日。如遇云阴，即不能作一日论。晒时须刻刻匀摊，晒毕又须于风燥处晾透。总在照料得人，董其事者躬亲监视，方可放心。经此次晒晾后，即将实存谷数通报，倘有霉变以及损耗，亦必从实报明，毋得含混，务使小民颗粒之余，实可为不虞之备。而历任有司经营所就，不致转为赔累之由，则良法不隳，官民两利，幸勿膜视，切切等因到司。奉此合亟转饬札县，立即遵照，务令趁此三伏日，将积谷出仓摊晒，以自卯至酉为一日，于四十日内必须晒过三足日。如遇云阴，即不能作一日论。晒时须刻刻匀摊，晒毕又须于风燥处晾透。总在照料得人，董其事者躬亲监视，方可放心。经此次晒晾后，即将实存谷数造册通报，倘有霉变以及损耗，亦必从实报明，毋得含混。此系奉宪特饬之件，务将遵办缘由禀复，勿稍违延切切等因到县，奉经各前县暨本县照会在案。兹届三伏，合再查案照会。为此照会贵绅董，烦遵宪饬办理。此系奉宪特饬要件，务将遵办缘由，刻日径呈抚藩宪，并复县备考，幸勿有稽。望速速！须至照会者。

光绪四年六月　日
吴县照会

为照会事。奉本府正堂钱札开，奉署布政使龚札开，奉获抚部院勒札，崑山县详本年条银内带捐工程积谷，俯赐批示祗遵由，奉批：所详是否可行，苏藩司体察情形，核议详覆饬遵此致等因到司。奉此并据该县并详前来，查积谷为目前至急之务，衙署亦听讼临民之所，皆未便停捐中止。该县所请将工程、积谷二项，循案分上、下两忙，每两带捐钱二百文，仍各半分捐济用。核计每亩、每忙，上则捐钱十余文，下则捐钱八九文至五六文不等，轻而易举，事属可行，应准照办。除详覆外，札府即饬遵照，按忙带捐，分别济用，毋稍泄延切切等因。奉此查积储谷石，多多益善。近来各属虽皆劝办，为数有限，若再仿照崑邑成式，于条银项下，专带积谷捐钱，在粮户出资无几，总计则日见其盈。不数年间，即可买谷建仓。岁或不登，足以接济。为民牧者，当亦预计及此。现值中稔有年，果能体察民情，乘时酌办，其事诚轻而易举。除转行崑邑遵照外，合就通饬查议札县，立即查明妥议，每条银一两，堪以带捐积谷若干，刻速禀覆，以凭核明通禀。事关备荒善政，慎毋泄延切切等因到县。奉此除移长、元两邑一体会同议办外，合亟照会。为此照会贵绅董，烦遵宪饬并照来文，希即一体会同各绅体察情形，今岁条银项下，能否带捐积谷，刻日悉心妥议，复县禀办，幸勿有稽。望切切！须至照会者。

光绪四年六月　日
吴县照会

为照会事。本年五月二十八日，奉巡抚部院吴札开，照得积谷所以备荒，顾名必思其义。原夫积谷之义，盖以所积者重在谷耳。查苏属自同治七年饬办积谷起，迄今以五府州属每处分计，如江阴、青浦数县所积之谷，亦不过三万余石，此外有递少至数百石，并太湖、溧阳仅有存款而无存谷，徒阳等县则有并未办捐者。查各县分别存钱存谷，当时原属因地制宜，然仅存钱而不存谷，一遇凶荒，不特谷价昂贵，抑且购买倍难。是徒有备荒之名，仍未得备荒之实。本部院有鉴于晋豫近年被灾之惨，移粟之艰，虽蒙朝廷截漕发帑恩施，各省绅商亦慨捐重赀，救灾恐后，然或有钱而粮难购运，或粮到而人早饿毙。固缘两省地广灾深，道路远阻之所致，亦由平日本地积储空虚，临时皆须仰给外省接济之故。光绪二、三两年，江苏旱蝗相继，苏属虽未有害，宁属已有成灾之处，乌可不思患预防，为未雨绸缪之计？查苏、松、常、镇、太所属各厅县，有存钱而无仓谷者，应即赶紧择地建仓，豫备购谷存储。其已有存谷者，亦应赶即添造空廒，秋成后添储谷石。如锡金之谷石存栈，更应实储在仓，以防流弊。省城丰备暨青浦、嘉定等处各义仓，亦应照办。其钱谷并存者，除酌留存钱若干，生息支抵晒晾经费外，其余存典钱文，均应一律添仓添谷，用备凶荒。该县务于文到五日内，各就地方情形，逐一分晰查明，径行禀覆察核。其择地建仓与添造空廒者，均应赶紧勘估，限于六月内一律完工，一俟秋成，即便购买新谷上仓，不得稍有逾迟。至民为邦本，食为民天，图匮于丰，最为要著。刻下旸雨应时，秋收可卜丰稔。苏、松、常、镇、太等属，应自本年下忙起，仍一律带捐积谷。此目下之取诸于民者，将来仍须还之于民。不过为民牧者预筹储积，庶不致临事无可设措。宁属前据司详，亦已饬办积谷，应即通饬，自本年下忙起，一律照办。除行司府转饬外，合行札饬札县，即便遵照妥速筹造，并将奉文遵办情形，依限径行禀覆，各义仓情形亦即附禀核夺，毋稍违延。此系本部院特札饬办之件，该县幸勿稍存玩视，致干撤参凛之切切等因到县。奉此查县署旁旧有常平仓及四乡皆有社仓，暨所储谷石，自遭兵燹后，荡然无存。前于同治七年冬漕案内，带捐积谷钱文，当时虽已解送丰备义仓，买谷附仓存储，然为数甚微，殊不足恃。积储乃民命所系，实为近时切要之图。兹奉前由，合行照会。为此照会贵绅，烦照宪饬，希速会同筹议带捐买谷建仓章程，克日详细覆县核转，望勿有稽。切切！须至照会者。

　　光绪四年六月　　日
　　长元吴三县照会

　　为照覆事。窃奉照会，奉抚宪筹备积谷先建仓廒等因，查三县丰备义仓历年所建廒座二百二十间，尚未储满，本年又新建五十一间，甫经工竣，一俟秋成，即日添购谷石。除现在所存钱谷细数，业于四月初报销外，目下无庸添造廒座，亦更无余地可造。再，三县带征积谷，仅于同治七年办过一次，所收捐款，奉前藩宪张照会，附存义仓，钱谷并储。又奉前护抚宪张批饬另行造报，其历年所存钱谷，亦于四月中另行分报三县，通详在案。合将三县丰备仓廒座积谷情形，即日照覆。伏乞大公祖大人鉴察通详，实为公便。谨呈。

　　一呈苏州府
　　光绪四年六月　　日义仓绅董潘呈

　　为照会事。本年六月二十八日奉布政使勒札，奉苏抚部院吴批该府详义仓绅董呈覆丰备仓廒座积谷情形由，奉批：据详已悉，仰苏藩司转饬遵照缴等因到司，奉此查此案前据并详即经批示在案。奉批前因，札府照会丰备仓绅董，遵照毋违。又先奉藩宪批敝府详同前由，奉批：据详已悉，仰候抚宪批示缴各等因到府。奉此合并照会。为此照会贵绅，希即遵照施行。须至照会者。

　　光绪四年七月　　日

苏州府照会

为照覆事。昨接三首县照会，筹备荒政带征一事，已公议允洽，具仰大宪图匮于丰之至意。惟此款揆度丰备义仓情形，实有不能兼顾之势。其故有四：查本仓三处所造廒座，除改造臼房砻房川堂十余间，共有二百零数间，已储本仓谷四万八千余石，又储三邑附存谷七千八百余石。除备翻腾盘晒之用，须留空廒，约尚可添储谷一万数千石。本年添建新廒五十一间，约可储谷二万二千余石。本仓正拟俟秋成后，多购干谷，除存当之款毋庸提用外，计夏秋两季当息，平时经费开支，尚有余裕。转瞬新租，年岁顺成，又不下二万串，尚恐籴谷不了。查向来籴谷之多，以万石为率，已非分头采买，迟至二三月不办，断不能兼顾县中之款。一也。县中既有此款，自不能久搁，若丰备先代县中办谷，则所收之租，惟有悉以存当。当商正苦力绌，恐亦有难行，且如此亦非本仓正办之道。二也。自来常平为官仓，社仓为民仓，官民分办，亦有成规，而久之其弊亦相等。今丰备仿朱子之法，官绅会办，而仍偏重在绅。若以带征之款，请三县合建一仓，或分建三仓，则主之者有三县，耳目较周，手足之烈亦众。或仍用官绅会办，而偏重在官，与丰备对待而行，未始非集思广益之道。况三县现存丰备之钱，有一万三百余串，一纸照会，立可提缴，以之建仓，无俟他求。建仓之后，将存谷一并划出，归官仓甚便。三也。昨见籴谷路由一纸，须至三河购办，计程十一二站，较丰备常年至和桥、薛埠等处甚远。押运选籴，船只力夫，在在均须照料，偶遇风雨冰雪，信息不通，每甚悬悬，若路途远，则呼应更难。惟官办方能呼应得灵，此尤宜于官为经理。四也。以上皆目下丰备仓实在情形，非敢丝毫推诿。伏恳大公祖大人据此实情，通详抚宪藩鉴察，将此款另案举行，实为公便。谨呈。

一呈苏州府

光绪四年六月　日义仓绅董潘呈

为照会事。奉布政使勒札，奉苏抚部院吴批，该府详潘绅禀筹备带征积谷案内，揆度丰备义仓情形由，奉批：仰苏藩司核议饬遵具报缴等因到司。奉此查长元吴三县积存钱谷，前系附入丰备义仓存储，办法极善。现在据潘绅议请，由县另建仓廒，划分办理，是否妥协，应否更章，应由府县会商，潘绅熟筹禀办。奉批前因，除呈复外，札府会督县绅筹议通禀察夺。又先奉藩宪批本府详同前由，奉批：既据径详，仰候抚宪批示缴各等因到府。奉此除饬县遵照会商议禀外，合行照会。为此照会贵绅董，希照宪饬会同筹议具复察办，幸勿稽延。望切切！须至照会者。

光绪四年八月　日

苏州府照会

为义仓新置田亩请咨部立案事。窃查丰备义仓于同治五年，改为官绅会办，设局收租，由长、元两县移交义仓原捐田册。除勘明坍没无存田三十五亩零不计外，照议定章程，拣选次田拨入善堂三千七百三十七亩零，实存义仓田一万一千一百三十八亩零，分别造册，呈请咨部立案。于同治七年正月，蒙前抚宪郭奏请补奖案内，将义仓田册咨送户部核查在案。嗣于同治九年起，至光绪二年止，将征收田租项下余钱，陆续添置长元吴三邑田三千八百七十四亩零，造具都图字圩斗则清册一套，呈候鉴核，并备造空白清册二套，呈盖宪印，申送抚宪备查，并请咨部立案。伏乞大公祖大人鉴察，俯赐申详核办，实为公便。上呈。

一呈藩宪

除呈藩宪申详请咨外，伏乞大公祖大人存案备查，实为公便。上呈。

一呈府宪

光绪四年　月　日义仓绅董潘呈

为照会事。奉苏抚部院吴批，本司详送省城丰备义仓续置田亩数目清册，请咨部立案由。奉批：已于光绪四年十二月十三日咨达户部，查照立案矣。仰即知照，缴册存送等因到司，奉此合就照会。为此照会贵董，烦为查照施行。须至照会者。

藩宪照会

为照会事。案奉抚宪通饬筹议建仓储谷等因一案，业经敝府督同三首县筹议，在于吴县常平仓旧址，建造大仓。所需经费，即以三首县前存积谷钱文，尽数提用。除禀请抚宪^藩委员兴工外，合行照会。为此照会贵绅董，请烦查照，将前存积谷钱一万三百九十二千五十二文，提交三首县应用。望速施行。须至照会者。

光绪四年九月　日

苏州府照会

为奉文解还积谷钱款事。窃奉府宪照会，案奉抚宪通饬筹议积谷建厂，所需经费，即以附存义仓积谷钱一万三百九十二千五十二文，提交三首县应用等因。当即遵照，将三首县附存义仓钱一万三百九十二千五十二文，又计夏秋两季当息钱六百一十五千六百文，计共本利截至九月底止，合钱一万一千七千六百五十二文。除呈久大、济大、益济、济昌、大德五典领给五纸并总折一扣，计存本钱一万千文，径请给谕各该典提取外，备有足制钱一千七千六百五十二文，庄票一纸，一并具呈解还。伏乞公祖大人核收申详，给发回文备案，实为公便。谨呈。

计呈解

久大等五典领结五纸，利折一扣。九月底期存本足制钱一万千文。

大有恒庄票一纸，计足制钱一千七千六百五十二文。

一呈长洲县

光绪四年　月　日义仓绅董潘呈

为照覆事。案省城建造积谷仓厂，所需经费，禀明以附存义仓积谷钱文提交应用，业经照会，查照在案。兹据长元吴三县申称，准贵绅将附存各典义仓积谷存本钱一万三百九十二千五十二文，又夏秋两季息钱六百一十五千六百文，计共本利截至九月底止，合钱一万一千七千六百五十二文。备有足制钱一千七千六百五十二文，又久大、济大、益济、济昌、大德五典，计存本钱一万千文，检送领结五纸，总折一扣，由县一并转解到府。据此除分别点收存储陆续提用外，合就照覆。为此照会贵绅，希即知照。须至照会者。

　　光绪四年十月　日

　　苏州府照会

　　为改派发当生息请饬照案遵办事。窃查书院义仓发当生息款项，奉升任府宪李转奉抚^藩宪批饬，于三首县所属各当，由典当公所秉公摊派，业于光绪二年，将原存续存书院银三万六千两，义仓钱五万四千五百千，已由各当均匀派领。嗣于三年九月，长邑境内恒森当歇闭，缴还书院存银九百两，义仓存钱一千四百千，当经绅等呈请升任府宪谭，照会典当公所，暂发承买恒森当包之保容当领存一年，年满之后，准其缴还，再由公所均匀摊派，奉准饬遵在案。今届期满，已由保容缴还前款，应请照会公所，照案摊派，仍分别原存按月一分二厘，续存按月一分生息，俾两项要款不至虚悬。为此具呈，伏乞大公祖大人电鉴，迅赐施行，是所祷切！上呈。

　　一呈府宪

　　光绪四年十月　日郡绅公呈

　　翰林院侍读衔编修潘遵祁呈

　　为义仓事宜请另派委员会同盘交事。窃绅所管丰备义仓，已历十有二年，所有钱谷一切，逐年报销在案。兹以精力就衰，面请抚宪择人接管，已蒙鉴允。窃思钱谷一切，虽有报销在案，必得彻底清盘交代接手之人，庶足以昭慎重。应请于照会新董之后，即行简派委员三四人，以便订期会同盘交，事竣由委员申覆。绅即将一切事宜，交新董接管，为此具呈，伏冀大公祖大人电鉴施行，实为公便。上呈。

　　一呈藩宪

　　光绪四年十月　日

　　为照会事。准翰林院侍读衔编修潘绅遵祁呈称：窃绅所管丰备义仓，已历十有二年，所有钱谷一切，逐年报销在案。兹以精力就衰，面请抚宪择人接管，已蒙鉴允。窃思钱谷一切，虽有报销在案，必得彻底清盘交代接手之人，庶足以昭慎重。应请于照会新董之后，即行简派委员三四人，以便订期会同盘交，事竣由委员申覆。绅即将一切事宜，交新董接管等因到司。准此除另行委员会同盘交外，合先照会。为此照会贵绅，请烦查照，希即赴仓，将前项义仓事宜接管经理施行。须至照会者。

　　光绪四年十月　日

　　藩宪照会

　　为照会事。奉布政使勒札，准翰林院侍读衔编修潘绅呈称：窃绅所管丰备义仓，已历十有二年，所有钱谷一切，逐年报销在案。兹以精力就衰，面请抚宪择人接管，已蒙鉴允。窃思钱谷一切，虽有报销在案，必得彻底清盘交代接手之人，庶足以照慎重。应请于照会新董之后，即行简派委员三四人，以便订期会同盘交，事竣由委员申覆。绅即将一切事宜，交新董接管等因到司。准此查义仓董事经管积谷存钱，其事繁重，今潘绅以精力就衰，面奉抚宪允准交替，自应另派经理，以慎储备。除由司先行照会吴绅赴仓接管，并另行委员前往会同清盘外，札府转行长、元二县，一面照会潘绅知照等因到府。奉此除转行外，合就照会。为此照会贵绅，希即知照施行。须至照会者。

　　光绪四年十月　日
　　苏州府照会　长洲县照会同

　　为照会事。奉布政使勒札开，照得省城丰备义仓前准潘编修呈称：因年力就衰，换董接管，所有积存钱谷，请派委三四人，会同盘交。当经饬委候补知县乔骏、邢毓馨、方荪、茅绍祺等四员，前往会盘，分别呈报札知在案。兹查茅令绍祺现已咨送松沪厘局差委，所有盘谷事宜，应即改派即用知县孙令念曾前往会办。除饬委外，合并札知等因到府。奉此查此案前奉藩宪札府，即经照会在案。今奉前因，除行长、元二县外，合再照会。为此照会贵绅，希即知照。须至照会者。

　　光绪四年十月　日
　　苏州府照会

　　顺之年伯大人钧右：前日接奉谕函，敬悉壹是。连日事冗客多，致稽肃覆为罪。丰备仓事，已交培卿兄接手，可庆得人。即长者十数年经营布置，亦藉可放心。排日盘谷，事极繁重，然非如此不足以昭实在。子永先生今日归自溧阳，大约略须养息，俟见面订定看仓之期，预为奉闻可也。

　　尊处交还三县附存钱款，业已送来，并饬书备文照会矣。专复。
　　敬请钧安。不尽。
　　姻世年愚侄钱卿鈇顿首

　　员外郎衔分部主事吴大根呈
　　为呈明接管丰备义仓并以后一切公事仍与潘绅联名办理事。窃奉照会，以潘绅遵祁所管丰备义仓，已历十有二年，兹以精力就衰，面请抚宪择人经管，并请于照会新董之后，即行简派委员三四人，订期会同盘交，事竣由委员申覆。绅即将一切事宜，交新董接管，照会到职接办等因。奉此窃维职以驽钝之资，乡关伏处，过蒙大宪之许，予委以积谷之巨任，事关桑梓义举，何敢稍存推诿。惟念仓务重大，银钱出入攸关，必得年高德邵，庶足以餍人心而孚众望。现经职与潘绅再三商酌，所有仓中经理一切事务，责成职督同各司事等确守定章，认真接办，其公牍交涉事件，仍随时会商潘绅，公同列名办理，以重仓务而免阂越。除盘交事竣由委员另行申覆外，理合沥情具呈，伏乞大公祖大人俯赐电鉴，并请转详抚宪督核立案，是所祷切。上呈。

　　一呈藩宪
　　光绪四年十月　日

　　为照会事。奉布政使勒札，奉苏抚部院吴批，本司详吴绅大根接管丰备义仓一案由，奉批：如详立案缴等因到司，抄详札府。奉此合就抄粘照会。为此照会贵绅，希即知照施行。须至照会者。

计抄粘

光绪四年十一月　日

苏州府照会　长、吴两县照会同

为转详事。案据翰林院侍读衔编修潘绅遵祁呈称：所管丰备义仓，已历十有二年，兹以精力就衰，面请抚宪择人经管，并请派委会同盘交，等情到司。当经照会吴绅大根接管经理，一面委员前往会同盘交，并报明宪鉴在案。兹据接管经董员外郎衔分部主事吴大根呈称：窃职以驽钝之资，乡关伏处，过蒙大宪之许，予委以积谷之巨任，事关桑梓义举，何敢稍存推诿。惟念仓务重大，银钱出入攸关，必得年高德邵，庶足以餍人心而孚众望。现经职与潘绅再三商酌，所有仓中经理一切事务，责成职督同各司事等恪守定章，认真接办，其公牍交涉事件，仍随时会商潘绅，公同列名办理，以重仓务而免隔越。除盘交事竣由委员另行申覆外，理合具呈，伏乞电鉴，并请转详抚宪察核立案等情前来。除批牌示外，理合具文转详，伏候宪台鉴核，俯赐批示立案，实为公便云云。

为申覆事。窃卑职等奉宪台札委丰备义仓盘交事宜，遵即订于十月十五日赴义仓会同绅董，先将储存钱款及田单房契文件帐册器具等件，逐一点清，交明新董接管。又订于十一月初一日起，盘交历年储存谷数。除同治六、七两年初办陈谷照章年冬砻碓净米协贴省城饭粥局历届义仓报销开除不计外，自同治七、八年起，至光绪三年止，历年所储谷石，逐廒彻底清盘，以官斛计数，以曹秤为凭，仍照原案既秤又斛。以一百斤为一石，于本月十八日盘讫，俱系干洁，并无朽蠹，所有折耗，分年核结注册，并交新董接手。其本年所办之谷，甫经入廒，不至亏折，应归下届盘报。合将卑职等到仓，会同绅董，盘交钱谷一切事宜，造具清折，备文申覆。伏乞宪台鉴核备查。须至申者。

一申藩宪

光绪四年十一月　日申

即补县正堂孙

同知衔即补县正堂方

归班截取县正堂乔

教习候补县正堂邢

谨将丰备义仓会同绅董清盘钱谷契单帐册一切等件交明新董接管，开具清折，恭呈宪鉴。

计开钱款：（本年三月报销后，截至十月十五日止，一应收支等项，仍归明年三月照章造报。）

一、交发当生息钱五万四千五百千文。（计领纸息折四十三套。）

一、交现存钱五百三十二千四百四十二文。

共钱五万五千三十二千四百四十二文。

计开谷款：（照章以曹秤一百斤为一石。）

一、盘交庆林桥廒间净谷数四千七百七十一石。

　　露结为字廒（原数七百四十二石一斗八升，同治七年办），盘见六百九十五石。

　　禽潜字廒（原数三百九十四石七斗五升，同治七年办），盘见三百七十石。

往秋收字廒（原数七百石，同治八年办），盘见六百五十八石。

冈剑号巨字廒（原数八百石，同治八年办），盘见七百五十五石。

衣服字廒（原数六百五十石，同治八年办），盘见六百一十六石。

字乃字廒（原数五百石，同治八年办），盘见四百八十石。

制文字廒（原数六百石，同治八年办），盘见五百八十五石。

果珍字廒（原数六百二十四石四斗，同治八年办），盘见六百一十二石。

以上义仓谷原数三千六百五十三石八斗三升（除折耗一百七十五石八斗三升，实存净谷三千四百七十八石）。

以上三邑谷原数一千三百五十七石五斗（除折耗六十四石五斗，实存净谷一千二百九十三石）。

共计原数谷五千一十一石三斗三升（除十年分已报每石折耗二升外，现盘每石折耗四升八合，计折耗谷二百四十石三斗三升）。

实盘见净谷四千七百七十一石。

一、盘交狮林寺巷廒间净谷数二万五千六百八十三石。

爱育字廒（原数七百五十石，同治九年办），盘见七百五石。

平章字廒（原数七百五十石，同治九年办），盘见七百一十九石。

遐迩字廒（原数七百五十石，同治九年办），盘见七百六石。

壹体字廒（原数七百五十石，同治九年办），盘见七百一十六石。

率宾字廒（原数七百五十石，同治九年办），盘见七百一十六石。

黎首字廒（原数九百四十五石，同治九年办），盘见八百九十八石。

凤在字廒（原数七百五十石，同治九年办），盘见七百一十七石。

竹白字廒（原数七百石，同治九年办），盘见六百七十石。

驹食字廒（原数八百石，同治九年办），盘见七百六十一石。

诗赞字廒（原数八百石，同治九年办），盘见七百六十石。

问道字廒（原数八百石，同治九年办），盘见七百四十八石。

垂拱字廒（原数八百石，同治九年办），盘见七百五十石。

效才字廒（原数五百九十石，同治九年办），盘见五百六十四石。

坐朝字廒（原数七百六十五石，同治十年办），盘见七百二十五石。

德建字廒（原数七百石，同治十年办），盘见六百七十六石。

场化字廒（原数七百二十石，同治十年办），盘见六百九十二石。

及万字廒（原数七百二十石，同治十年办），盘见六百七十四石。

夜光字廒（原数八百石，同治十年办），盘见七百四十二石。

木赖字廒（原数七百二十石，同治十年办），盘见六百九十石。

常女字廒（原数六百五十石，同治十年办），盘见六百一十九石。

此身字廒（原数七百二十石，同治十年办），盘见六百九十石。

慕贞字廒（原数七百二十石，同治十年办），盘见六百九十二石。

可覆字廒（原数七百五十石，同治十年办），盘见七百一十八石。

名立形字廒（原数一千一百一十八石，同治十年办），盘见一千七十一石。

景行维字廒（原数一千五十石，同治十年办），盘见九百八十七石。

归王字廒（原数七百五十石，同治十年办四百石，同治十一年办三百五十石），盘见七百一十六石。

羔羊字廒（原数八百石，同治十年办），盘见七百八十三石。

贤克念字廒（原数一千石，同治十一年办），盘见九百五十一石。

大五字廒（原数六百六十石，同治十一年办），盘见六百二十九石。

方盖字廒（原数七百石，同治十一年办），盘见六百七十六石。

发四字廒（原数六百三十石，同治十一年办），盘见六百八石。

洁男字廒（原数六百八十石，同治十一年办），盘见六百六十一石。

作圣字廒（原数六百八十石，同治十一年办），盘见六百六十二石。

端表正字廒（原数一千一十三石，同治十一年办），盘见九百九十三石。

翔字廒（原数三百二十石，同治十一年办），盘见三百一十一石。

鸣字廒（原数二百九十二石，同治十一年办），盘见二百八十七石。

以上义仓原存谷二万三百五十九石（除折耗谷九百一十六石，实存净谷一万九千四百四十三石）。

以上三邑原存谷六千五百三十四石（除折耗谷二百九十四石，实存净谷六千二百四十石）。

共计原数谷二万六千八百九十三石（历年未经报耗，现盘每石折耗四升五合，计折耗谷一千二百一十石）。

实盘见净谷二万五千六百八十三石。

一、盘交潘儒巷廒间净谷二万一千六百四十九石。

辞安字廒（原数九百石，同治十二年办），盘见八百八十石。

定笃字廒（原数九百石，同治十二年办），盘见八百八十石。

荣业字廒（原数九百石，同治十二年办），盘见八百七十一石。

宜令字廒（原数九百石，同治十二年办），盘见八百七十三石。

初诚字廒（原数八百三十四石，同治十二年办四百三十四石，同治十三年办四百石），盘见八百五石。

善庆字廒（原数九百石，同治十三年办），盘见八百五十四石。

资父字廒（原数九百石，同治十三年办），盘见八百六十八石。

事君字廒（原数九百石，同治十三年办），盘见八百六十四石。

曰严字廒（原数九百石，同治十三年办），盘见八百六十三石。

履薄字廒（原数九百石，同治十三年办），盘见八百五十石。

福缘字廒（原数九百石，同治十三年办），盘见八百五十二石。

与敬字廒（原数九百石，光绪元年办），盘见八百六十石。

临深字廒（原数九百七十九石，光绪元年办），盘见九百三十石。

伯叔字廒（原数九百石，光绪元年办），盘见八百五十石。

澄取字廒（原数九百石，光绪元年办），盘见八百六十八石。

不息字廒（原数九百石，光绪元年办），盘见八百六十九石。

思言字廒（原数九百石，光绪元年办），盘见八百六十八石。

尺璧字廒（原数九百石，光绪二年办），盘见八百六十九石。

如松字廒（原数八百六十七石六斗四合，光绪二年办），盘见八百四十九石。

非宝字廒（原数九百石，光绪三年办），盘见八百八十一石。

是兢字廒（原数九百石，光绪三年办），盘见八百六十九石。

夙兴字厫（原数九百石，光绪三年办），盘见八百六十九石。

映容字厫（原数九百石，光绪三年办），盘见八百七十五石。

之盛字厫（原数九百石，光绪三年办），盘见八百六十三石。

川流字厫（原数九百石，光绪三年办），盘见八百七十九石。

共计义仓原数谷二万二千四百八十石六斗四合（历年未经报耗，现盘每石折耗三升七合，合计折耗谷八百三十一石六斗四合），

实盘见净谷二万一千六百四十九石。

本年已耆备发省城饭粥局谷二千石不计外，

统共计原数谷五万四千三百八十四石九斗三升四合。

统共计新盘折耗谷二千二百八十一石九斗三升四合（统计每石折耗四升二合），

统共计存净谷五万二千一百三石（内义仓谷四万四千五百七十石，三邑谷七千五百三十三石）。

计开田单、契据、文案、帐册、器用等件：

一、交原捐印单六匣（计三千七百九十四纸）。

一、交新置印单二匣（计一千五百六十六纸）。

一、交两次咨部田亩细册（计七本）。

一、交新置田契（计四十套）。

一、交仓房印契（计九套）。

一、交仓房未税契（计二套）。

一、交狮林寺巷、石家角两处地基契（计四十套）。

一、交建造仓房匠工承揽包固帐册（计五套）。

一、交采买积谷承揽（计一宗）。

一、交历年完条漕版串（计十二宗）。

一、交历年案卷（同治五年起，光绪四年止）。

一、交历年收支钱洋册（计十三本）。

一、交历年报销底册（计十二本）。

一、交历年谷数收支册（计一本）。

一、交历年发当生息册（计二本）。

一、交旧租册三套（计一百六十本）。

一、交新租册一套（计六十一本）。

一、交旧日收一十二套（计五十四本）。

一、交旧庄销一十一套（计六十本）。

一、交催甲成色簿三套（计九本）。

一、交清粮册（计一本）。

一、交新买三邑田清丈册（计一十一本）。

一、交新庄销一套（计七本）。

一、交新刻全案（计二十套）。

一、交三邑版底（计三本）。

一、交三邑会计（计一本）。

一、交器用家伙等件（另开清单，交明新董）。

卷二　添置田亩　添造仓廒*

原捐田一万四千九百亩有奇，剔除下田拨入官中善堂三千七百亩有奇，潘绅别购田三千八百亩有奇以补其额。原捐皆长、元两县田，别购者始有吴县田。凡长洲县田三千一十九亩九分四厘六毫，元和县田一万七百六十四亩八分二厘三毫，吴县田一千二百三十四亩九分八厘八毫。予接管后，续购长洲县田一千四百九十五亩八分一厘，元和县田一百六十五亩一分四厘一毫，吴县田六百四十五亩二分七厘，统共义仓田一万七千三百二十五亩九分七厘八毫。自庆林桥堍创建义仓，续建狮林寺巷、石家角两处仓廒，计共仓房五十九间，廒座二百五十八间。予又于华阳桥堍添造仓廒一所，计仓房八间，廒座七十八间。统共四处廒座，三百三十六间。皆以一间分墙，间有一间三间者，每间大者可容谷四百石左右，小者三百石左右。凡筑廒墙，从地累砖，平扁六尺，其上则镶滚至顶，前面廒板十五六块，上用直栅以通气，廒内三面以竹笆围里，于墙又加横木，支墙之三面，上下三根，以防谷蒸时鼓动，故储谷不可太满。廒之外开沟以环之，深广俱约二尺，以砖为墙，又覆整砖衔接通外河，遇雨潦方无泛滥之虞。记添置田亩仓廒。

长洲县添置
一都
一图　墨字圩
官则田二分
二图　化字圩
官则田一亩二分
三图　园字圩
官则田一亩三分
八图　养字圩
官则田五亩三分　一亩二分
　　　　唐字圩
官则田三亩三分九厘一毫　一亩三厘四毫　一亩三厘四毫　一亩五分　二亩一分四厘六毫　一亩六分五厘　一亩六分五厘　一亩八分九厘二毫　七分六厘七毫　一亩四厘七毫　九分九厘八毫　九分九厘八毫　一亩八分五厘九毫　二亩二分六厘七毫
　　　　发字圩
官则田一亩二分一厘八毫　八分四厘三毫　八分三厘四毫　八分三厘四毫　二亩五分三厘二毫
　　上十一图　木伏字圩
官则田一亩
　　十二图　过字圩

官则田八分　一亩二分八厘七毫

　　　　忘字圩

官则田二亩六分九厘五毫

十七图　身字圩

官则田一亩一厘一毫

十八图　草字圩

官则田四分四厘五毫　一亩　一亩四分　一亩二分六厘八毫

十九图　言字圩

官则田一亩二分　九分

　　　　贤字圩

官则田一亩一分　三亩七分五毫　二亩四分六厘五毫

　　　　圣字圩

官则田二亩二分九厘六毫　二亩二分九厘七毫　二亩二厘一毫　二亩九分八厘七毫
一亩八分一厘七毫　二亩四分七厘二毫

　　　　食字圩

官则田一亩四厘三毫　一亩　一亩五分　一亩五分　一亩一分二厘二毫　二亩五厘七
毫　五分六厘六毫　七分五厘九毫　一亩四分六厘　一亩八分二厘　三亩三分二厘八毫

　　　　德字圩

官则田一亩五分五毫　八分二厘二毫　一亩二分八厘六毫　二分四厘二毫　一亩七分
四厘四毫

　　二十图　凤字圩

官则田三分二厘四毫　九分九厘三毫　二亩七分二厘九毫　九分六毫　二亩三分五厘
六毫　二亩一分六厘　二亩二分　二亩一分二厘一毫　一亩

　　　　念场字圩

官则田一亩二分八毫　三亩

　　　　念字圩

官则田一亩二分八厘　一亩五分四厘四毫　一亩三分三厘　一亩五分一厘九毫　一亩
四分七厘　一亩四分八厘　一亩五分　一亩九分三厘三毫　二分八厘七毫　八分八厘

　　　　场字圩

官则田一亩七分　一亩六分八厘　一亩八分七厘五毫　二亩一分七厘五毫　一亩一厘
一亩八厘七毫　一亩三分　二亩七分九厘七毫　一亩四分二厘九毫

　　　　凤念字圩

官则田一亩五分七毫

　　　　使字圩

官则田一亩三分五厘　一亩四分三厘五毫　一亩三分　三分　一亩三分五厘　一亩三
分五厘　一亩三分六厘五毫　三分　一亩三分六厘　九分三厘　二亩九分五厘六毫　一
四分四厘五毫　一亩四分四厘五毫　一亩四分四厘五毫　一亩九分九厘七毫　一亩九分九
厘七毫　一亩四分一厘二毫　一亩四分一厘一毫　二亩一分七毫　一亩八厘五毫　二亩三
厘七毫

二十一图　王字圩

官则田三亩五分　四亩六厘　二亩七分三厘五毫　二亩七分三厘五毫　三亩二厘　二亩一分七厘三毫　六分七厘八毫　六分七厘八毫　一亩　六分二厘三毫　二亩五分　二亩五分三厘五毫　一亩二分　一亩七分八厘八毫　一亩九分七厘一毫　三分五厘三毫　三分五厘三毫　一亩六分四厘九毫　一亩八分　二亩四分二厘四毫　二亩九分七厘四毫　一亩六分　二亩一分七厘二毫　二亩二分九厘三毫　二亩二分九厘四毫　一亩五分一厘九毫　一亩三分五厘七毫　二亩二分一厘九毫　三亩七分四厘九毫　一亩一分三毫　一亩一分七厘五毫　五亩一分七厘七毫　二亩三分九厘六毫　二亩三分九厘六毫

陶字圩

官则田三亩三分四厘　一亩八分七厘五毫

得字圩

官则田三亩二厘八毫　二亩五分四毫　二亩五分四毫　二亩一分三厘八毫　二亩四分一厘六毫　二亩五分　一亩六分五厘　三亩六分九厘四毫　一亩三分七厘八毫　一亩三分七厘八毫　五亩三分八厘六毫　二亩七厘四毫　二亩五分　四亩八分二厘　二亩一厘四毫　一亩二分　一亩九分四厘五毫

毁字圩

官则田四分三毫　二分五厘　四分　一亩三分　四亩三分一厘九毫　二亩三分　二亩一亩八分三厘七毫　四亩七分二厘五毫　一亩三分九厘　二亩八分五厘　三亩一分七厘一毫　五亩一分六厘九毫　二亩一分一厘七毫　二亩一分九厘三毫　二亩一厘八毫　二亩一厘八毫

二十二图　宾字圩

官则田六分二厘六毫

丽字圩

官则田二亩六分八厘三毫　一亩四分六厘　一亩八分五厘五毫

二都

三图　光字圩

官则田二亩五分三厘　三亩

周字圩

官则田二亩九分二厘

四图

官则田二亩二分

下五图　良字圩

官则田三亩五分

六图　翔字圩

官则田四亩六分二厘八毫　二分五厘　一亩八分七厘七毫　二亩二分四厘三毫

南火字圩

官则田七亩七分九厘二毫　一亩四分二厘五毫　五亩四分六毫　四亩九分九厘　四分四分　四分　二分三厘三毫　一亩二分　五分

十二图　北被字圩

官则田九亩 三亩

十九图 陶北塘字圩

官则田三亩三分

位字圩

官则田三亩

二十图 （按：疑有脱漏）字圩

官则田二亩八分

三都

一图 八字圩

官则田六亩三分 二亩三分 八亩一分

千字圩

官则田六亩 四亩 四分 六亩六厘五毫 八分四厘四毫 九分 三亩八分四厘七毫九分

给字圩

官则田五分

千给字圩

官则田二亩七分三厘

五图 谷字圩

官则田二亩八分四厘

张字圩

官则田五分九厘

兵字圩

官则田六亩一分一厘四毫

冠字圩

官则田八亩三分一厘二毫

高字圩

官则田三分五厘 四亩三分三厘九毫

冠高字圩

官则田四亩八分一厘六毫

六图 实字圩

官则田十一亩三分

七图 刻字圩

官则田一亩九分

阿字圩

官则田一亩五分

溪字圩

官则田三亩九分五厘

九图 禅字圩

官则田四亩二分

迹字圩

官则田三分六厘　三亩六分　三亩

九字圩

官则田一亩三分　九分

郡字圩

官则田九分　一亩三分　三亩二分　四亩六分一厘　四亩九厘

并字圩

官则田七亩　二亩五分

泰字圩

官则田八分

十图　尹字圩

官则田二分五厘　六亩　四亩　三亩　三亩　五亩二分　五分九厘　八分九厘

十四图　云字圩

官则田二亩七分五厘　五亩七分　三亩三分　八分　十三亩八分二厘五毫　七亩一分

漠字圩

二斗则田一亩三分六厘六毫

雁字圩

官则田三亩一厘三毫

门字圩

官则田一亩一分三厘九毫　三亩三分

于字圩

官则田二亩五分九厘二毫

赤字圩

官则田三亩一分五厘四毫

池字圩

官则田四亩四分二厘八毫

十六图　石字圩

官则田三亩七分七厘四毫

四都

四图　阙字圩

官则田七亩二分七厘二毫

下地则田一分三厘五毫

丽字圩

官则田二亩八分八厘二毫　五亩五分九厘　五亩五分九厘　四分五厘

六图　制字圩

官则田八亩一分四厘五毫　八亩二分四厘二毫

下地则田五分四厘八毫　四分五厘二毫

上八图　富字圩

官则田三亩九分六厘五毫　八亩九分四厘七毫　四亩五分二厘七毫

下地则田二亩四分六厘七毫

上九图　海字圩

官则田六亩六厘六毫

　　　　　服字圩

官则田五亩六分五厘四毫　五亩六分四厘八毫　六亩三分三厘七毫　二亩二分　五分

五亩六分五厘三毫　五亩六分四厘八毫

十图　陶字圩

官则田八亩六分二厘　八亩四分一厘　五亩一厘五毫

民则田五分

上十一图　帝字圩

官则田七亩七分七厘　七亩　十二亩七分一厘

　　　　　羽字圩

官则田六亩三分一厘　八亩二分三厘

上十二图　周字圩

二斗则田二亩四分八厘六毫

下十二图　有吊字圩

官则田二亩五分二厘一毫　六亩五分八厘七毫　二亩六分　九分

南十三图　伯字圩

官则田三亩一分　三亩一分

五都

二图　纸字圩

官则田六亩五分六厘

　　　　笔字圩

官则田五亩一分九厘四毫

三图　亡字圩

官则田八亩九分六厘三毫　二亩七分四厘九毫

　　　　阮字圩

官则田一亩一分三厘三毫　二亩四分一厘八毫

六图　尝字圩

官则田十五亩五分九厘五毫

二斗则田四亩四分五毫

　　　　祀字圩

官则田六亩四分

上八图　纵字圩

官则田十五亩二分五厘五毫　六亩二分一厘

东六都

上一图　当字圩

官则田三亩三分四厘二毫　五亩四分九厘一毫

下一图　命字圩

官则田六分六厘一毫　二亩三厘　二亩八分八厘九毫　六分八厘三毫　二分五厘　七分五厘五毫　四亩一分四厘五毫　三亩二分五厘五毫

效字圩

官则田七亩八分七厘一毫

三图　羽字圩

官则田四亩三分　二亩八厘四毫　四亩六分五厘五毫　六亩

上十二图　有字圩

官则田三亩七分一厘二毫

人字圩

官则田一亩三分八厘五毫　二亩三厘一毫

下十二图　皇字圩

官则田七亩二分一厘八毫　六亩　二亩二分八厘一毫

二斗则田五亩一分三厘

下十七图　垂字圩

官则田四亩九分九厘四毫　五亩三分七厘五毫　一亩　六亩八厘七毫　三分九厘五毫　五亩七分六毫　六分九厘三毫

西六都

上六图　德字圩

官则田七亩四厘　五亩六分一厘三毫　三亩二分七厘三毫

上九图　发字圩

官则田四亩四分九厘九毫　一十亩七分七厘九毫　一十亩一分七厘九毫　二亩六分五亩五厘三毫　三亩五分二厘五毫　二亩七分二厘三毫　四亩二分三厘八毫　一亩七分九厘二毫

始字圩

官则田四亩三分六厘三毫　一亩三分九厘七毫　七分九厘七毫　三亩三分二厘三毫三亩一分八厘五毫

十三图　乃字圩

官则田三分

伍字圩

官则田三分七厘

水字圩

官则田一亩一分九厘六毫　三亩一分四厘一毫

十九图　臣字圩

官则田九亩三分九毫

七都

六图　邛字圩

官则田四分七毫　五分五厘五毫

上十一图　履字圩

官则田三亩一分九厘八毫　一亩八分九厘九毫　三亩二分五厘二毫　二亩一分九厘二

毫　四亩七厘七毫　三亩五厘八毫　一亩六分一厘七毫　八分八毫　八分八毫　五亩九分八厘　九分一厘六毫　四亩八分一厘三毫　一亩三厘一毫　六分六厘六毫　四亩二分五厘九毫　三亩六分三厘六毫

忠字圩

官则田三亩六分

下十一图　尽字圩

官则田三亩九分一厘五毫

十三图　宫字圩

官则田六亩五分　三亩八分五厘

丙字圩

官则田五亩四厘　二亩一厘七毫　一亩八分五厘四毫　五分七厘四毫　五分八厘九毫　四亩二分八厘二毫　四亩三分九厘九毫

盘字圩

官则田一亩六分七厘一毫　一亩六分七厘

十四图　温字圩

官则田三亩三分九厘六毫　五亩七分八厘一毫

一斗则田三亩五厘

靖字圩

官则田四亩一分七厘

夙字圩

官则田六分八厘四毫　六分八厘四毫

无字圩

官则田一亩六厘七毫　五分三厘三毫　一亩一分一厘三毫　二亩一分三毫　三亩八分三厘五毫

藉字圩

官则田一亩三厘四毫

八都

上七图　潜字圩

官则田三亩一分八厘二毫　一亩八分二毫

鳞字圩

官则田二亩五分四厘　二亩五分四厘　八分六厘

淡字圩

官则田三亩一分二厘二毫

姜黄字圩

官则田三亩八分五毫　三亩八分五毫　五亩九分六厘二毫

河字圩

官则田八分八厘七毫

八图　翔字圩

官则田四亩

龙字圩

官则田三亩五分四厘

师字圩

官则田一亩九分一厘五毫　二亩二分

帝字圩

官则田二亩八毫　二亩八毫

壹字圩

官则田二亩三分八毫　一亩二分九厘

民则田四亩七厘

十图　寒字圩

官则田七亩二分

来字圩

官则田一亩三分　四亩五分五厘二毫　一亩二分

来收字圩

官则田四亩五厘

二十图　率字圩

官则田三亩一分九厘

归字圩

官则田二亩五分

九都

二十一图　周字圩

官则田二亩二厘

章字圩

官则田二分七厘五毫

三十四图　凤字圩

官则田八分　一亩一分　三分九厘　三分六厘

黎字圩

官则田一亩一分三厘八毫　一亩一分三厘八毫

宾字圩

官则田一亩二分四厘　一亩八分二厘八毫

原字圩

官则田四分四厘　四分四厘　四分四厘

十一都

下一图　天字圩

官则田二亩八分三厘八毫

地字圩

官则田一亩一分一毫

上八图　藏字圩

官则田七分二厘三毫

中八图　裳字圩

官则田一亩三分六厘二毫　一亩三分六厘三毫

逊字圩

官则田四亩五分二厘七毫

下九图　官字圩

官则田一亩五厘八毫

火字圩

官则田一亩

始字圩

官则田二亩二分五厘　二亩二分五厘

谷字圩

官则田四分三厘五毫

师字圩

官则田二亩五分一厘六毫

鳞字圩

官则田七分八厘三毫

十一图　崑字圩

官则田三亩九分七厘九毫　三亩九分七厘八毫

宿字圩

官则田一亩

闰字圩

官则田二分八毫　九分三厘四毫

收字圩

官则田一亩一厘六毫　二分七厘　一亩九分二毫　六分四厘二毫　二分五毫　一亩三分

十二图　心字圩

官则田一亩

十二都

三图　集字圩

官则田二亩八分一厘五毫　一亩八分六厘三毫　一亩二分四厘八毫

五图　家字圩

官则田四亩一分八厘三毫

七图　东字圩

官则田二亩七分六厘六毫

上十四都

上十六图　史字圩

官则田二亩八分八厘九毫

稷字圩

官则田一亩一分二厘五毫　二分　二亩八分三厘九毫　四亩七分五厘五毫

黍字圩

官则田八分七厘四毫

十七图　新字圩

民则田二亩六分九厘五毫

一斗则田五分二毫

官则田三亩四分一厘二毫　一亩五分

劝字圩

一斗则田一亩一分一厘二毫

十八图　孟字圩

官则田六分七厘四毫

上十九图　西庸字圩

官则田二亩七厘八毫　四分　九分

下十九图　谦字圩

官则田九分七毫

西庸字圩

官则田五分一厘四毫

劳字圩

官则田二分　九分三厘

二十二图　聆字圩

官则田二亩一分

二十七图　中字圩

官则田三分　一分五厘　一分五厘

黜字圩

官则田一亩三厘五毫　一亩三厘五毫　二亩七厘

二十八图　猷字圩

官则田三亩三分五厘　二分一厘

祗字圩

官则田一亩九分七厘七毫

下十四都

六图　巨字圩

一斗则田二亩一分一厘六毫　二亩一分六厘七毫　二亩一分六厘七毫

民则田一亩五分　一亩五分　一亩二分五厘　一亩二分五厘　五分

邈字圩

官则田三分三厘四毫

上二十五图　碣字圩

官则田二分九厘四毫　二分五厘六毫　一亩四分一厘二毫　六分八厘六毫　八分五厘

六毫　三分七厘六毫　二分七毫　三分五厘七毫

上二十六图　农字圩

一升五合则田三亩二分七厘四毫

二斗则田四亩二分四厘五毫

十五都

东一图　条字圩

官则田一亩八分　一亩六分四厘七毫　二亩三分七厘二毫　二分　二亩一分二厘

东二图　旱字圩

官则田一亩四分二厘九毫　一亩六分三厘二毫　二分

西三图　翠字圩

官则田一亩二分八厘四毫　七分

西四图　翠字圩

官则田二亩　一亩　一亩二厘八毫　三分五厘　四亩　五亩　二亩二分三厘六毫

西六图　翠字圩

官则田七分　七分　六分　一亩七分八厘一毫　四分三厘二毫　三分　一亩八分七毫　二亩四分八厘五毫　九分二厘七毫　一亩七分九厘二毫　二亩七分三厘一毫　二亩七分三厘一毫　一亩二分　一分七厘　五分二厘六毫　四亩一分　一亩四分九毫　二亩八分一厘七毫　三分三厘四毫　三分三厘四毫　六分五厘三毫　一亩三分　二亩一分一厘六毫　九分三厘四毫　二亩六分　一亩三分六毫　一亩二分一厘九毫　六分七厘五毫　二亩六分五毫　二亩六分五毫　二亩三分二厘五毫　二亩三分二厘五毫

中六图　抽字圩

官则田三亩　六分二厘

下十七都

二十四图　举字圩

官则田一亩九分一厘三毫　六分三厘九毫　六分四厘　六分四厘　六分四厘　八分六厘八毫

二十五图　东烛字圩

民则田四分九厘二毫　六分二毫　六分二毫　六分五厘三毫　四分二毫

官则田四分二毫　四分八厘　五分二厘二毫　四分一厘八毫　四分一厘八毫　三分一厘四毫

　　　　　西烛字圩

官则田二亩二分九厘　一亩一分四厘六毫　三亩二分八厘七毫　二亩三分四厘七毫

民则田一亩五分七厘七毫

一升五合则田三亩六分四厘五毫

官则田一亩七分四厘五毫

　　　龙兴字圩

一斗则田七分九厘九毫　二亩四分二厘三毫

　　　龙兴字圩
　　　西烛

民则田二亩七毫

一斗则田一亩三分四厘

二十七图　洁字圩

一斗则田一亩五分八厘五毫　二亩一分二厘三毫

官则田二亩二厘六毫　一亩一分三厘五毫

民则田一亩六分三厘五毫

二十八图　酒字圩

官则田七分三厘三毫

统共不等则田一千四百九十五亩八分一厘

统共印单六百零三纸

元和县添置

西二十二都

二图　璧字圩

官则田二分　五分六厘　四分二厘四毫　二分一厘二毫　一亩二分四毫

五图　以字圩

官则田一亩一分

六图　舆字圩

官则田四亩二分

温字圩

官则田一亩八分七厘

七图　杨非字圩

官则田一亩七分三厘

九图　如字圩

官则田三亩三分三毫　二亩八分

之字圩

官则田三亩三分　二亩二分

十图　兰字圩

官则田九分　三亩八分

二十五图　馨字圩

官则田二亩

二十四都

三图　操字圩

官则田五亩一分

八图　南据字圩

官则田四亩四分三厘八毫　二亩三分五厘

十图　物字圩

官则田八分二厘九毫

二十一图　友字圩

官则田四分三厘　二分七厘四毫　一分九厘　一分八厘六毫　三分一厘四毫　五分
二分一厘　三分六厘　一分六厘六毫　一亩五厘四毫

二十四图　性字圩

官则田一亩八分

二十五图　义字圩

官则田三亩一分一厘三毫

上二十五都

一图　楼字圩

官则田九分三厘八毫　三分一毫

二十七都

六图　求字圩

官则田五亩三分六厘三毫　三亩六分六厘三毫

九图　历字圩

官则田七亩五分

十图　西欣字圩

官则田四亩八分三毫

十二图　遥字圩

官则田六亩五分二厘

　　　谢字圩

官则田五亩六分五厘五毫　五亩六分五厘五毫

二十九都

五图　祀字圩

官则田九分七厘九毫

民则田二亩五厘一毫

北三十一都

二图　浜南字圩

官则田二亩六分八厘五毫

三图　原字圩

官则田一亩三分四厘六毫

五图　中长生字圩

官则田九分六厘八毫　一亩九分三厘　二亩一分三厘

　　　夏字圩

官则田一亩六分七厘二毫

六图　王巷字圩

官则田一亩六分八厘四毫　二分九厘六毫　三亩七分六厘二毫　一亩九分三厘八毫
一亩七分　一亩八分　二亩二分　九分三厘七毫　九分三厘七毫　一亩八分二厘二毫　九
分　六分一厘　一分七厘五毫　一亩四分

　　　南庄字圩

官则田一亩五分三厘四毫　四分

　　　犁才字圩

官则田一亩二分四厘三毫　三亩四分一厘九毫　四分六厘　二亩五分　八分八厘三毫
一斗八升地二亩八分三厘八毫

上八图　盛村字圩

官则田二亩二分　三亩八分五厘七毫　二亩七分八厘四毫　二亩四分　二亩　二亩
一亩　一亩五分

二十五图　圆字圩

官则田一亩六分五厘四毫　二亩五分六厘四毫　一亩五分七厘六毫　一亩二分五厘四
毫　一亩六分三厘八毫

统共不等则田一百六十五亩一分四厘一毫

统共印单七十一纸

吴县添置

一都

一图　日字圩

官则田二亩四分

　　　　荒字圩

官则田二亩五分　一亩六分

　　　　辰字圩

官则田九分一厘八毫

二图　藏字圩

官则田一亩九分　一分

三都

十二图　露字圩

官则田三亩七分

五都

二图　生玉字圩

官则田九分七厘

七图　冬字圩

官则田六亩　二分　六亩五分

十图　裳字圩

官则田二亩五分　二亩五分　二亩

十一图　暑字圩

官则田三亩　一亩六分　一亩六分　三亩九分　二亩五分

　　　　秋字圩

官则田一亩五分　一亩三分

十二图　坤字圩

官则田一亩　一亩　一亩七分

　　　　藏字圩

官则田二亩二分八厘　六亩七分　二亩

　　　　出字圩

官则田一亩二分五厘　一亩三分　二亩五分　五亩三分　五亩二分　三亩六分　三亩

三亩四分　六分　二亩二分　二亩　一亩七分　三亩三分　三亩九分　一亩二分　二分
七亩　三分　三亩二分　一亩七分　三亩五厘　四亩二分　三亩四分　一亩一分五厘
一亩四分　二亩　一亩

霜字圩

官则田一亩五分　二亩六分　三亩

夜字圩

官则田九分

淡字圩

官则田一亩二分

秋出字圩

官则田四亩五厘　三亩四分

五上六都

三图　辰字圩

官则田二亩　三亩三分　三亩六分　二亩四分　二亩九分　一亩三分　二亩二分　一亩四分

火字圩

官则田三亩二分　一亩九分　一亩八分　二亩七分　九分　一亩四分七厘

龙字圩

官则田二亩

翔字圩

官则田三亩七分　二亩四分　三亩三分　五亩七分

六都

五图　雨字圩

官则田二亩　一亩六分　四亩七分

伐字圩

官则田三亩　一亩　五亩八分五厘　五亩八分五厘

春字圩

官则田三亩　二亩三分五厘　三亩

六图　生字圩

官则田二亩三分

为字圩

官则田三亩二分

为金字圩

官则田五亩五分五厘

露字圩

官则田四亩八分

水字圩

官则田三亩九分

十二图　阳字圩

官则田二亩四分　二亩四分
　　　　万字圩
官则田三亩

十一都

七图　近字圩
官则田一亩五分
　　　　殆字圩
官则田一亩一分
九图　貌字圩
官则田一亩　二亩四分五厘　二亩四分五厘　八分
十三图　史字圩
官则田三亩八分
　　　　陟字圩
官则田八分
　　　　我字圩
官则田五亩五分　四亩五分
十四图　南字圩
官则田三亩
　　　　乃字圩
官则田二亩
十五图　陟字圩
官则田五亩　一亩八分　一亩二分　一亩一分
二十九图　殆字圩
官则田一亩四分　四亩　一亩五分

十二都

十三图　哭字圩
官则田五亩
十八图　皇咸字圩
官则田三亩七分　二亩二分　二亩八分　二亩　一亩八分
　　　　皇字圩
官则田三亩

十三都

三图　文字圩
官则田四亩
　　　　制字圩
官则田二亩　五分
　　　　北官字圩
官则田五亩五分　三亩　二亩
五图　阙字圩

官则田六分

　　　　号字圩

官则田二亩四分　一亩四分

　　　　冈字圩

官则田一亩八分

　　　　剑字圩

官则田三亩八分

六图　龙字圩

官则田一亩四厘　二亩九分

　　　　翔字圩

官则田一亩八分五厘　一亩七分

　　　　伐字圩

官则田一亩

　　　　罪字圩

官则田一亩一分

八图　始字圩

官则田五亩八分　一亩一分　一亩一分　九分　八分五厘　八分五厘　四亩八分

九图　良字圩

官则田五亩三分　五分　一亩一分五厘　八分　二亩　四亩六分　三亩六分

　　　　改字圩

官则田一亩三分　二亩五厘

　　　　凤字圩

官则田四亩五分

十二图　木字圩

官则田四亩七分　三分

　　　　恭字圩

官则田二亩　一亩

　　　　毁字圩

官则田一亩三分五厘　一亩

　　　　女字圩

官则田二亩二分

十四图　迩字圩

官则田六亩　四亩二分五厘　一亩八分

十五图　体字圩

官则田二亩一分

　　　　化字圩

官则田一亩

　　　　草字圩

官则田四亩一分　六亩　二亩　六分

　　　南身字圩

官则田二亩

十六图　南身字圩

官则田四分五厘

　　　　罔字圩

官则田三亩八分

　　　　　能字圩

官则田一亩四分　四亩　三亩二分

十四都

一图　河火字圩

官则田四分　二亩二分五厘　一亩五分

二图　翔称字圩

官则田五亩二分

　　　　长春字圩

官则田一亩四分

　　　　地字圩

官则田一亩

四图　龙字圩

官则田七亩七分五厘　六亩二分五厘

五图　乃字圩

官则田二亩

　　　　姜字圩

官则田二亩二分　三亩

六图　改字圩

官则田三亩六分　一亩　二亩

　　　　得字圩

官则田一亩二分

　　　　得改字圩

官则田一亩四分五厘　二亩四分　三亩一分

　　　　能淡字圩

官则田二亩二分五厘

七图　珍芥字圩

官则田七亩　二亩　三亩　三亩五分

　　　　号字圩

官则田四亩　一十亩三分五厘　三亩五分一厘　四亩　四亩二分

　　　　文字圩

官则田二亩六分　三亩三分

　　　　潜水字圩

官则田三亩四分

丽字圩

官则田七亩五分三厘

上七图　潜水字圩

官则田九亩七厘五毫

八图　致字圩

官则田四分　八分　一亩九分五厘　五亩六分　二亩五分

九图　吊则字圩

官则田一亩四分　七分　六分　六分七厘三毫　一亩　六分　一亩一分　二亩四分

唐民字圩

官则田二亩二分

十图　鸟字圩

官则田七分

则字圩

官则田一亩一分

十一图　陶盛字圩

官则田一亩

十二图　商昃字圩

官则田一亩七分五厘　四亩二分　三亩三分　二亩六分　七亩八分　六亩六分　四亩八分

阙字圩

官则田五亩六分五厘

十六图　存字圩

官则田三亩八分五厘四毫　一亩五分

十七图　咸皇字圩

官则田三亩

统共官则田六百四十五亩二分七厘

统共印单一百六十八纸

为义仓售买废基以充积储事。窃查丰备义仓三处廒间，现在积谷已满，亟宜添建仓廒，以广储蓄。查得元邑正三下图平江路华阳桥东堍，与义仓相近，有荒地一区，约六亩有零，皆系一片瓦砾，地势高墩，水口亦便。其中有主者业已无力挑筑，无主者尤为废地。兹拟援照从前历届章程，售买废地，归仓建造成案，仍将有主者，著原主呈验契据，如契已遗失，照善后向章，取具里怜〔邻〕亲族甘结，报明丈尺间数，合计每亩作价五十六千文，照章分别给价，无主者一并归入义仓。在贫户以无人顾问之地，得估价值，不无小补，而义仓计可添建廒屋七八十间，于积储大有裨益。伏乞大公祖大人电鉴，批饬元和县会同义仓委员勘明，出示晓谕，俾各业赴仓报明，照章核实给价，以便估造而广积储，实为公便。谨呈。

一呈抚宪

光绪七年十一月　日义仓绅董呈

为移请事。案经义仓绅董吴大根呈义仓售买废基，建造仓廒，查有贵境正三下图平江路华阳桥荒地一区，地势高垲，水口亦便，其中有主者已无力挑筑，无主者尤为废地。援照历届章程，归仓建造，仍将有主者呈验契据，出具里邻亲族甘结，报明给价，无主者一并归入义仓。在贫户以无人顾问之地，得估价值，不无小补，而义仓计可添建廒房七八十间，于积储大有裨益。呈请抚宪批饬贵县会同履勘示谕等因，旋经订期于十一月十三日前赴该处会同勘丈，实丈见荒地六亩七分，绘明图式，并抄向章，出示条款，移请存案。一面出示两道，给发到仓，分别悬挂，俾各业户赶紧赴仓报明，照章给价，以便估造而充积储。望切。须移。

计移图式并出示条款
一移元和县
光绪七年十一月　日
义仓委员移文

为义仓采买房料请免厘捐事。窃查省城义仓迭次建造廒房，所办房料，历经呈请免捐在案。兹于元邑正三下图华阳桥南埭东首废地，约六亩有零，定于本月初九日开工。所需砖瓦石料，拟饬匠头携带义仓钤印护照，前往娄、齐门外及阊、胥门外之横塘、木渎等处采买砖瓦一百六十万块，石灰七百担，石料三百载，陆续运仓应用。相应呈请大公祖大人札饬经过各厘卡验明，免捐放行，实为公便。谨呈。

一呈牙厘局宪
光绪八年二月　日义仓绅董呈

为照复事。准贵绅文开，窃查省城义仓迭次建造廒房，所办房料，历经呈请免捐在案。兹于元邑正三下图华阳桥南埭东首废地，约六亩有零，定于本月初九日开工，所需砖瓦石料，拟饬匠头携带义仓钤印护照，前往娄、齐门外及阊、胥门外之横塘、木渎等处，采买砖瓦一百六十万块，石灰七百担，石料三百载，陆续运仓应用。呈请饬卡验明免捐放行等因到局。准此查各属采办地方工程物料，前奉院宪札饬，除奏准免厘不计外，其余无论何项官物，概令照章完捐通行遵照在案。所有前项采买仓工砖瓦石料，自应一律照章完厘，以符定案。合行照复，为此照会贵绅，烦为查照施行。须至照会者。

光绪八年二月　日
牙厘总局照会

为义仓增建廒屋造送工料清册事。窃查义仓前建廒房，积谷已满，兹于上年十一月呈请饬县勘定元邑正三下图平江路华阳桥东首基地七亩有零，援案给价买收，归并义仓，建造仓厅、廒屋、周围墙垣，铺设砖场，筑砌驳岸及开沟砌街、油漆工料各等工程，于二月初开工，五月底一律完竣。饬具承揽保固年限切结存仓，合将估实工料清册呈案备查。伏乞大公祖大人电鉴。谨呈。

计呈清册
一呈藩宪
光绪八年五月　日义仓绅董呈

华阳桥东首售买地基建造仓厫

计开地基价：

契买各姓地基，计钱二百九十二千四百三十二文。

计开水木石作工料：

建造仓厅五间

水料，计钱四百五十七千三百六十文。

木料，计钱四百四十千九百三十文。

石料，计钱一百四千四百四十文。

水作工，计钱一百七千四百七十文。

木作工，计钱八十三千七百二十文。

石作工，计钱三千六百文。

共计钱一千一百九十七千五百二十文。

建造厫屋八十一间

水料，计钱四千三百九十六千六百六十文。

木料，计钱四千二百二十五千九百五十文。

石料，计钱八百八十千九百八十文。

水作工，计钱一千五百八十四千九百八十文。

木作工，计钱九百八十五千三百文。

石作工，计钱九十六千文。

共计钱一万二千一百六十九千八百七十文。

筑驳岸铺仓场走廊

水料，计钱一千一百四十三千五百六十五文。

木料，计钱二百三十七千一百八文。

石料，计钱四百九十六千六百八十文。

水作工，计钱五百五十八千七百二十文。

石作工，计钱二十六千八百八十文。

共计钱二千四百六十二千九百五十三文。

仓前后挑垃圾砌街开沟漆油及工作犒赏

挑垃圾，计钱三百五十七千三百七十六文。

砌街，计钱一百七十一千九百六十文。

开沟，计钱一百二十五千二百七十五文。

小天井砌乱砖，计钱三十千八百文。

油漆工料，计钱一百七十八千六百三文。

水木作上梁犒赏，计钱二十九千六百二十五文。

共计钱八百九十三千六百三十九文。

统共工料钱一万六千七百二十三千九百八十二文（估见八折）。

统共地基工料实支钱一万三千六百七十一千六百十七文。

卷三 收租[*]

同治五年，潘绅创议收租章程，欲使佃农易完难欠，试办有效，遂定为例。既平折色之价，又分限格饶钱米，此易完也。预请佐贰一二员，随办追比事，有顽梗者，立提惩之，此难欠也。三限后概不出帐，饬差协同经保、催甲追收，所收钱洋，由催甲缴仓。凡田之丰歉，佃之身家，催甲皆熟悉之，得其人则事举，不得其人则事废，故催甲尤宜慎择也。潘绅云：仓田所收，皆荒年贫民所食。平时而多取之奚为？且少宽之，佃力易舒，于仓有益。为一年计，不如为数十年计，又非特义仓当作如是想也。旨哉言乎！爰述之，记收租事宜。

掌仓租之书吏，旧皆有办公经费。田之册籍，书吏守之，未毁于乱，其功足多。改章后，由丁方伯重定，分别各衙门辛工费。嗣经应方伯裁革，旋以办公无著，由恩方伯复之。每收租米一石，院房八文，藩司房十文，府房四文，县房六文，计共钱二十八文，岁抄结帐后，各书吏具领到仓分给，续收者下届找给。

为照会事。奉布政使勒札开，照得长、元二县义仓田亩收租事宜，历经由司委员会同绅董实力收办在案。所有本年义仓收租各事，将届开征之期，应即饬委候补知县俞辰会同绅士，妥为经办，并委候补县丞吴德辉随同办理，以昭周妥。除分札饬委并呈报外，合行札知等因到府。奉此合就照会。为此照会贵绅，希即会委妥为征收，一俟收竣，造册分送察核，仍先将开仓日期报查。望切施行。须至照会者。

光绪四年九月　日

苏州府照会　长洲县照会同

委办义仓候补知县为申报事。窃卑职奉宪台札委办理义仓田租，遵即同随办委员候补县丞吴德辉，于十月初一日到仓，会同绅董循照旧章，饬差传集各催甲赴仓谕话，发给印籤，分催各佃，依限完租额米。除历年遵奉宪章减净外，分限照章另饶，逾限不饶。收租折价，议定每石二千三百文，仍照义仓向章，头限十日，让钱二百文，二限十日，让钱一百文，三限十日，让钱五十文，过限不让，照每石二千三百文收折。定于十月二十四日起限收租，一俟收有成色，再行续报。合将卑职等到仓开收日期，具文申报。仰祈宪台鉴察备查。须至申者。

一申藩宪
　　府

光绪四年十月　日义仓委员俞辰

为晓谕事。照得省城义仓，官绅会办，妥议定章，历奉宪饬筹办在案。现届秋谷登场，仍照历年章程，于十月二十四日为始，分限收租。为此合行晓谕，仰差传集各催甲，预日赴仓领由，赶即分派各佃，挨户晓谕，务令在限内，将本年应完租米，赶紧备齐，亲自到仓完缴，毋得观望。如敢逾限不清，立即提比勒限严追，仍不准颗粒蒂欠。各催甲倘有徇庇顶用及以熟报荒等弊，一经察出，定即从重惩治，差保贿纵，一并究办不贷。凛之，特示。

一出示本仓

光绪四年十月　日

长元吴三县与义仓委员会衔告示（历届告示并同）

为申报事。窃卑职奉宪台札委会办丰备义仓田租事宜_{藩宪}，业将收租折价并到仓开收日期，具文申报在案。兹查本年十月二十四日开收起，头限十日，收长元吴三邑田租米一万一千五百二十五石九斗二升二合，每石折色钱二千一百文，合钱二万四千二百四千四百三十六文；二限十日，收长元吴三邑田租米五百一石一斗五升七合，每石折色钱二千二百文，合钱一千一百二千五百四十五文；三限十日，收长元吴三邑田租米二百一十六石九斗一升二合，每石折色钱二千二百五十文，合钱四百八十八千五十二文。自过限起，至十二月二十六日止，收长元吴三邑田租米九百七石七斗九合，每石折色钱二千三百文，合钱二千八十七千七百三十一文。又本年三月报销后，续收上年旧租米六十八石五斗九升七合，每石折色钱二千三百文，合钱一百五十七千七百七十三文，共收新旧租米一万三千二百二十石二斗九升七合，共合钱二万八千四十千五百三十七文。又收荡田租银折钱一百一十五千二百二十一文，统共收田租银米折色钱二万八千一百五十五千七百五十八文。本年采买谷石、发当生息、完办条漕一切收租经费各等支款，俟明年三月照章造具四柱清册，呈送鉴核，尚有未缴应完租米，开篆后，再当竭力催收。合将现收田租折色钱文数目，会同绅董先行备文申报。除申藩宪外，仰祈宪台鉴察备查。须至申者。

一申_{藩宪}
_府

光绪四年十二月　日义仓委员俞辰

为照会事。奉署布政使薛札开，照得长元两县义仓田亩收租事宜，历经由司委员会同绅董实力收办在案。所有本年义仓收租各事，将届开征之期，应即饬委候补知县俞辰会同绅士，妥为经办，并委候补按经历查湄随同办理，以昭周妥。除分札饬委并呈报外，合行札知等因到府。奉此合就照会。为此照会贵绅，希即会委妥为征收，一俟收竣造册，分送察核，仍先将开仓日期报查。望切切！须至照会者。

光绪五年九月　日

苏州府照会

委办义仓候补知县为具文申报事。窃卑职奉宪台札委办理丰备仓田租事宜_{藩宪}，遵即同随办委员补用按经历查湄，于十月初一日到仓，会同绅董循照旧章，饬差传集各催甲赴仓谕话，给发印簖，分催各佃，依限完租额米。除历年遵奉宪章减净外，分别照章另饶，逾限不饶。本年戽水辛勤，每亩再加戥，统饶一斗。收租折价，议定每石折钱二千文，仍照义仓向章，头限十日，让钱二百文，二限十日，让钱一百文，三限十日，让钱五十文，过限不让，照每石二千文收折。定于十月初三日起限收租，一俟收有成色，再行续报。合将卑职等到仓开收日期，具文申报。仰祈宪台鉴察备查。须至申者。

　　一申藩宪府宪

　　光绪五年十月　　日义仓委员俞辰

　　委办义仓候补知县为申报事。窃卑职奉宪台札委会办丰备义仓田租事宜，业将收租折色并到仓开收日期，具文申报在案。兹查本年十月初三日开征起，头限十日，收长元吴三邑田租米一万九百八十九石一斗六升七合，每石折色钱一千八百文，合钱一万九千七百八十千五百一文；二限十日，收长元吴三邑田租米四百七十石七斗五升二合，每石折色钱一千九百文，合钱八百九十四千四百二十九文；三限十日，收长元吴三邑田租米二百二十九石一升九合，每石折色钱一千九百五十文，合钱四百四十六千五百八十七文。自过限起，至十二月二十四日止，收长元吴三邑田租米八百二十石八斗八升，每石折色钱二千文，合钱一千六百四十一千七百六十文。又本年闰三月报销后，续收上年旧租米八十六石八斗七升八合，每石折色钱二千三百文，合钱一百九十九千七百八十一十九文，共收新旧租米一万二千五百九十六石六斗九升六合，合钱二万二千九百六十三千九十六文。又收荡田租银折钱一百一十四千八百九十二文，统共收田租银米折色钱二万三千七十七千九百八十八文。本年采买谷石、发当生息、完办条漕一切收租经费各等支款，俟明年三月照章造具四柱清册，呈送鉴核，尚有应完未缴租米，开篆后，再当竭力催收。合将现收田租折色钱文数目，会同绅董先行备文申报。除呈藩宪外，仰祈宪台鉴察备查。须至申者。

　　一申藩宪府宪

　　光绪五年十二月　　日义仓委员俞辰

　　为照会事。光绪六年九月十四日奉署布政使许札开，照得长元二县义仓田亩收租事宜，历经由司委员会同绅董实力收办在案。所有本年义仓收租各事，将届开征之期，应即饬委候补知县万中培会同绅士，妥为经办，并委试用从九汪鸣钧随同办理，以昭周妥。除分札饬委并呈报外，合行札知札县，即便知照等因到县。奉此除分移外，合行照会。为此照会贵绅，烦为知照。望切切！须至照会者。

　　光绪六年九月　　日

　　长洲县照会

　　委办义仓候补知县为申报事。窃卑职奉宪台札委办理丰备仓田租事宜，遵即同随办委员试用从九汪鸣钧，于十月初一日到仓，会同绅董循照旧章，饬差传集各催甲赴仓谕话，给发印簾，分催各佃，依限完租。并示定于本月十二日起限征收，除减净租额，仍照向章，按限递饶，逾限不饶外，本年虫伤歉收，三邑田亩统行加戳，每亩再饶一斗。收租折价，议定每石折钱一千八百文。照章头限十日，让钱二百文，二限十日，让钱一百文，三限十日，让钱五十文，过限不让，一俟收有成色，再行续报。合将卑职等到仓并起限收租日期，具文申报。仰祈宪台鉴察备查。须至申者。

一申藩宪府

光绪六年十月　日义仓委员万中培

委办义仓候补知县为申报事。窃卑职奉宪台札委会办丰备义仓田租事宜，业将收租折价，并到仓开收日期，具文申报在案。兹查本年十月十二日开征起，头限十日，收长元吴三邑田租米一万一千四百七十六石七斗七升五合，每石折色钱一千六百文，合钱一万八千三百六十二千八百四十文；二限十日，收长元吴三邑田租米四百四十一石一升六合，每石折色钱一千七百文，合钱七百四十九千七百二十七文；三限十日，收长元吴三邑田租米一百九十四石三斗一升六合，每石折色钱一千七百五十文，合钱三百四十千五十三文。自过限起，至十二月二十六日止，收长元吴三邑田租米八百五十四石五斗五升四合，每石折色钱一千八百文，合钱一千五百三十八千一百九十七文。又本年三月报销后，续收上年旧租米七十一石五升二合，每石折色钱二千文，合钱一百四十二千一百四文，共收新旧租米一万三千三十七石七斗一升三合，合钱二万一千一百三十二千九百二十一文。又收荡田租银合钱一百一十四千八百六十三文，统共收田租银米折色钱二万一千二百四十七千七百八十四文。本年采买谷石、添置田亩、完办条漕、收租经费各等支款，俟明年三月照章造具四柱清册，呈送鉴核，尚有应完未缴租米，开篆后，再当竭力催收。合将现收田租折色钱文数目，会同绅董先行备文申报。除呈藩宪外，仰祈宪台鉴察备查。须至申者。

一申藩宪府

光绪六年十二月　日义仓委员万中培

为照会事。奉署布政使许札开，照得长元二县义仓田亩收租事宜，历经由司委员会同绅董实力收办在案。所有本年义仓收租各事，将届开征之期，应即饬委候补知县朱声先会同绅士，妥为经办，并委试用从九汪鸣钧随同办理，以昭周妥。除分札饬委并呈报外，合行札知等因到府。奉此合行照会。为此照会贵绅，希即会委妥为征收，一俟收竣造册，分送察核，仍先将开仓日期报查。切切！须至照会者。

光绪七年九月　日

苏洲府照会　长洲县照会同

委办省城义仓候补知县为申报事。窃卑职奉宪台札委办理丰备义仓田租事宜，遵即同随办委员试用巡检汪鸣钧，于十月初一日到仓，会同绅董循照旧章，饬差传集各催甲赴仓谕话，发给印䆉，分催各佃，依限完租额米。除遵奉宪章减净外，分限照章另饶，逾限不饶。收租折价，每石一千八百文，仍照向章，头限十日，每石让钱二百文，二限十日，让钱一百文，三限十日，让钱五十文，过限不让，照每石一千八百文收折。定于十月初二日开收，一俟年终收有成色，再行续报。合将卑职等到仓并开收日期具文申报。仰祈宪台鉴察备查。须至申者。

一申藩宪府

光绪七年十月　日义仓委员朱声先

为移请事。照得敝县奉藩宪札委会办省城丰备义仓田租事宜，业于十月初二日分限启征，具文申报在案。查义仓租事，向来折色甚短，以恤农力。各佃具有天良，靡不争先踊跃，间有刁顽佃户，观望不前，希图吞欠，饬差协同汛保，挨户严催，如敢抗欠，提案追比。惟贵厅管辖地方，各图汛快必得奉有信牌，方肯出力协追。为此移知，请烦谕饬汛快协同来差，赴乡严追，如有抗佃，著该汛快交差解案究办，毋许隐庇。切切！须移。

光绪七年十月　日

义仓委员移文

委办义仓候补知县为申报事。窃卑职奉^{宪台}札委会办丰备义仓田租事宜，业将收租折^{藩宪}价并到仓开收日期，具文申报在案。兹查本年十月初二日开征起，头限十日，收长元吴三邑田租米一万三千四百九十八石四斗三升四合，每石折色钱一千六百文，合钱二万一千五百九十七千四百九十四文；二限十日，收长元吴三邑田租米三百四十石二斗三升三合，每石折色钱一千七百文，合钱五百七十八千三百九十六文；三限十日，收长元吴三邑田租米二百九十九石三斗一升四合，每石折色钱一千七百五十文，合钱五百二十三千八百文。自过限起，至十二月二十二日止，收长元吴三邑田租米一千八十四石四斗五合，每石折色钱一千八百文，合钱一千九百五十一千九百二十九文。又本年三月报销后，续收上年旧租米一百四石七斗七升三合，每石折色钱一千八百文，合钱一百八十八千五百九十一文，共收新旧租米一万五千三百二十七石一斗五升九合，合钱二万四千八百四十千二百一十文。又收荡田租银合钱一百一十六千五百四十八文，统共收田租银米折色钱二万四千九百五十六千七百五十八文。本年采买谷石、添置田亩、完办条漕一切收租经费各等支款，俟明年三月照章造具四柱清册，呈送鉴核，尚有应完未缴田租，开篆后，再当竭力催收。合将现收田租折色钱文数目，会同绅董先行备文申报。除呈藩宪外，仰祈宪台鉴察备查。须至申者。

一申^{藩宪}_府

光绪七年十二月　日义仓委员朱声先

为照会事。奉布政使谭札开，照得长元二县义仓田亩收租事宜，历经由司委员会同绅董实力收办在案。所有本年义仓收租各事，将届开征之期，应即饬委候补知县杨鉴会同绅董，妥为经办，并委试用从九汪鸣钧随同办理，以昭周妥。除分札饬委并呈报外，合行札知，札县等即便知照等因，札长、元二县。到敝县，奉此除移元邑暨宪委遵照外，合行照会。为此照会贵绅董，烦为遵照。须至照会者。

光绪八年九月　日

长洲县照会

委办省城义仓候补知县为申报事。窃卑职奉^{宪台}札委办理丰备义仓田租事宜，遵即同^{藩宪}随办委员汪鸣钧，于十月初一日到仓，会同绅董循照旧章，饬差传集各催甲赴仓谕话，发给印鐅，分催各佃，依限完租额米。除遵奉宪章减净外，分限照章另饶，逾限不饶。收租折价，每石制钱二千文，仍照向章，头限十日，每石让钱二百文，二限十日，让钱一百文，三限十日，让钱五十文，过限不让，照每石二千文收折。定于十月初八日开收，一俟收有成色，再行续报。合将卑职等到仓并开收日期，具文申报。仰祈宪台鉴察备查。须至申者。

　　一申藩宪
　　　　府

　　光绪八年十月　　日义仓委员杨鉴

　　委办省城义仓候补知县为具文申报事。窃卑职奉宪台札委会办丰备义仓田租事宜，业将收租折价并到仓开收日期，具文申报在案。兹查本年十月初八日开收起，头限十日，收长元吴三邑田租米一万二千三百一十四石九斗五升七合，每石折色钱一千八百文，合钱二万二千一百六十六千九百二十三文；二限十日，收长元吴三邑田租米一千一百四十四石五斗三升一合，每石折色钱一千九百文，合钱二千一百七十四千六百九文；三限十日，收长元吴三邑田租米三百二石九斗五升四合，每石折色钱一千九百五十文，合钱五百九十千七百六十文。自过限起，至十二月二十六日止，收长元吴三邑田租米一千三百八十九石九斗六升，每石折色钱二千文，合钱二千七百七十九千九百二十文。又本年三月报销后，续收上年旧租米一百五十三石三斗四升一合，每石折色钱一千八百文，合钱二百七十六千一十四文。又收荡田银合钱一百九千二十五文，共收新旧租米一万五千三百五石七斗四升三合，共合新旧田租及荡租折色钱二万八千九十七千二百五十一文。本年采买谷石、发当生息、完纳条漕一切收租经费各等支款，俟明年三月照章造具四柱清册，呈送鉴核，尚有应完未缴田租，开篆后，再当竭力催收。合将现收田租折色钱文数目，会同绅董先行备文申报。除呈藩宪外，仰祈宪台鉴察备查。须至申者。

　　一申藩宪
　　　　府

　　光绪八年十二月　　日义仓委员杨鉴

　　委办省城义仓候补知县为申报事。窃卑职奉宪台札委办理丰备义仓田租事宜，遵即同随办委员沈翰，于十月初一日到仓，会同绅董循照旧章，饬差传集各催甲赴仓谕话，发给印簸，分催各佃，依限完租额米。除遵奉宪章减净外，分限照章另饶，逾限不饶。收租折价，每石制钱一千九百文，仍照向章，头限十日，让钱二百文，二限十日，让钱一百文，三限十日，让钱五十文，过限不让，照每石一千九百文收折。定于十月十六日开收，一俟收有成色，再行续报。合将卑职等到仓议定收租折价并开收日期，具文申报。仰祈宪台鉴察备查。须至申者。

　　一申藩宪
　　　　府

　　光绪九年十月　　日义仓委员杨鉴

　　委办省城义仓候补知县为具文申报事。窃卑职奉宪台札委会办丰备义仓田租事宜，业将收租折价并到仓开收日期，具文申报在案。兹查本年十月十六日开收起，头限十日，收长元吴三邑田租米一万二千六百一十四石一斗五升六合，每石折色钱一千七百文，合钱二万一千四百四十四千六十五文；二限十日，收长元吴三邑田租米四百六十一石七斗八升二合，每石折色钱一千八百文，合钱八百三十一千二百八文；三限十日，收长元吴三邑田租米四百一十二石八斗二升三合，每石折色钱一千八百五十文，合钱七百六十三千七百二十三文。自过限起，至十二月二十六日止，收长元吴三邑田租米一千四百八石三斗一升一合，每石折色钱一千九百文，合钱二千六百七十五千七百九十一文。又本年三月报销后，续收上年旧租米一百八十一石一斗七升，每石折色钱二千文，合钱三百六十二千三百四十文。又收本年荡田租银合钱一百一十四千七百八十三文，共收新旧租米一万五千七十八石二斗四升二合，共合新旧田租及荡租折色钱二万六千一百九十一千九百一十文。本年采买谷石、发当生息、完纳条漕一切收租经费各等支款，俟明年三月照章造具四柱清册，呈送鉴核，尚有应完未缴租米，开篆后，再当竭力催收。合将现收田租折色钱文数目，会同绅董先行备文申报。除呈藩宪外，仰祈宪台鉴察备查。须至申者。

　　一申^{藩宪}
　　　府

　　光绪九年十二月　日义仓委员杨鉴

　　为札委事。照得长元二县丰备仓田亩收租事宜，历经由司委员会同绅董实力收办在案。所有本年义仓收租各事，将届开征之期，应即饬委该令会同绅士，妥为经办，并委候补从九汪鸣钧随同办理，以昭周妥。除分别呈报并行知府县外，合行札委。札到该令，立即遵照，会同经董，将本年义仓田租核实办理，仍将到仓日期报查。毋违！特札。

　　光绪十年八月　日
　　藩宪札义仓委员赵景熙

　　委办省城义仓候补知县为申报事。窃卑职奉^{宪台}_{藩宪}札委办理丰备义仓田租事宜，遵即同随办委员汪鸣钧，于十月初一日到仓，会同绅董循照旧章，饬差传集各催甲赴仓谕话，发给印鼗，分催各佃，依限完租额米。除遵奉宪章减净外，分限照章另饶，逾限不饶。收租折价，每石制钱一千七百文，仍照向章，头限十日，每石让钱二百文，二限十日，让钱一百文，三限十日，让钱五十文，过限不让，照每石一千七百文收折。定于十月初七日开收，一俟收有成色，再行续报。合将卑职等到仓议定收租折价并开收日期，具文申报。仰祈宪台鉴察备查。须至申者。

　　一申^{藩宪}
　　　府

　　光绪十年十月　日义仓委员赵景熙

　　委办省城义仓候补知县为具文申报事。窃卑职奉^{宪台}_{藩宪}札委会办丰备义仓田租事宜，业将收租折价并到仓开收日期具文申报在案。兹查本年十月初七日开收起，头限十日，收长元吴三邑田租米一万二千八百三十四石二斗八升七合，每石折色钱一千五百文，合钱一万九千二百五十一千四百三十一文；二限十日，收长元吴三邑田租米五百八十六石八斗三升一合，每石折色钱一千六百文，合钱九百三十八千九百三十文；三限十日，收长元吴三邑田租米二百四十三石二斗七升八合，每石折色钱一千六百五十文，合钱四百一千四百九文。自过限起，至十二月二十六日止，收长元吴三邑田租米一千二百六十三石四斗五升四合，每石折色钱一千七百文，合钱二千一百四十七千八百七十二文。又本年三月报销后，续收上年旧租米二百六十一石六斗二升四合，每石折色钱一千九百文，合钱四百九十七千八十六文。又收本年荡田租银合钱一百一十四千五百四十七文，共收新旧租米一万五千一百八十九石四斗七升四合，共合新旧田租及荡租折色钱二万三千三百五十一千二百七十五文。本年发当生息、完纳条漕一切收租经费各等支款，俟明年三月照章造具四柱清册，呈送鉴核，尚有应完未缴租米，开篆后，再当竭力催收。合将现收田租折色钱文数目，会同绅董先行备文申报。除呈藩宪外，仰祈宪台鉴察备查。须至申者。

一申藩宪
　　　府

光绪十年十二月　日义仓委员赵景熙

为札委事。照得长元二县义仓田亩收租事宜，历经由司委员会同绅董实力收办在案。所有本年义仓收租各事，将届开征之期，应即饬委该员会同绅士，妥为经办，并委候补从九品姚定信随同办理，以昭周妥。除分别呈报行知府县外，合行札委。札到该员，立即遵照，会同经董，将本年义仓田租核实妥办，仍将到仓日期报查。毋违！此札。

光绪十一年八月　日

藩宪札义仓委员赵景熙

委办省城义仓候补知县为申报事。窃卑职奉宪台札委办理丰备义仓田租事宜，遵即同
　　　　　　　　　　　　　　藩宪
随办委员姚定信，于十月初一日到仓，会同绅董循照旧章，饬差传集各催甲赴仓谕话，发给印簰，分催各佃，依限完租额米。除遵奉宪章减净外，分限照章另饶，过限不饶。本年斧口歉收，每亩再格饶米五升。收租折价，每石制钱一千八百文，仍照向章，头限十日，每石让钱二百文，二限十日，让钱一百文，三限十日，让钱五十文，过限不让，照每石一千八百文收折。定于十月十一日开收，一俟收有成色，再行续报。合将卑职等到仓议定收租折价并开收日期，具文申报。仰祈宪台鉴察备查。须至申者。

一申藩宪
　　　府

光绪十一年十月　日义仓委员赵景熙

委办省城义仓候补知县为具文申报事。窃卑职奉宪台札委会办丰备义仓田租事宜，业
　　　　　　　　　　　　　　　藩宪
经将收租折价并到仓开收日期具文申报在案。兹查本年十月十一日开收起，头限十日，收长元吴三邑田租米一万二千七百五十三石四升一合，每石折色钱一千六百文，合钱二万四百四千八百六十六文；二限十日，收长元吴三邑田租米二百五十六石二斗五升七合，每石折色钱一千七百文，合钱四百三十五千六百三十七文；三限十日，收长元吴三邑田租米九十六石四斗二升一合，每石折色钱一千七百五十文，合钱一百六十八千七百三十七文。自过限起，至十二月二十六日止，收长元吴三邑田租米一千八石六斗五升，每石折色钱一千八百文，合钱一千八百一十五千五百七十文。又本年三月报销后，续收上年旧租米三百六石六斗三升二合，每石折色钱一千七百文，合钱五百二十一千二百七十四文。又收本年荡租银合钱一百九千三十四文，共收新旧租米一万四千四百二十一石一合，共合新旧田租及

荡租折色钱二万三千四百五十五千一百一十八文。本年采买谷石、完纳条漕一切收租经费各等支款，俟明年三月照章造具四柱清册，呈送鉴核，尚有应完未缴租米，开篆后，再当竭力催收。合将现收田租折色钱文数目，会同绅董先行备文申报。除呈藩宪外，仰祈宪台鉴察备查。须至申者。

　　一申藩宪府

　　光绪十一年十二月　日义仓委员赵景熙

　　为札委事。照得长元二县义仓田亩收租事宜，历经由司委员会同绅董实力收办在案。所有本年义仓收租各事，将届开征之期，应即饬委该令会同绅士，妥为经办，并委补用巡检王绍燕随同办理，以昭周妥。除分别呈报行知府县外，合行札委。札到该令，立即遵照，会同经董，将本年义仓田租核实妥办，仍将到仓日期报查。毋违！特札。

　　光绪十二年九月　日

　　藩宪札义仓委员赵景熙

　　委办省城义仓候补知县为申报事。窃卑职奉宪台藩宪札委办理丰备义仓田租事宜，遵即同随办委员王绍燕，于十月初一日到仓，会同绅董循照旧章，饬差传集各催甲谕话，发给印纛，分催各佃，依限完租额米。除遵奉宪章减定外，分限照章另饶，过限不饶。收租折价，每石制钱二千文，仍照向章，头限十日，每石让钱二百文，二限十日，让钱一百文，三限十日，让钱五十文，过限不让，照每石二千文收折。定于十月十七日开收，一俟收有成色，再行续报。合将卑职等到仓议定收租折价并开收日期，具文申报。除申藩宪外，仰祈宪台鉴察备查。须至申者。

　　一申藩宪府

　　光绪十二年十月　日义仓委员赵景熙

　　委办省城义仓候补知县为具文申报事。窃卑职奉宪台藩宪札委会办丰备义仓田租事宜，业经将收租折价并到仓开收日期具文申报在案。兹查本年十月十七日开收起，头限十日，收长元吴三邑田租米一万三千一百六石七斗一升五合，每石折色钱一千八百文，合钱二万三千五百九十二千八十七文；二限十日，收长元吴三邑田租米四百一十石三斗一合，每石折色钱一千九百文，合钱七百七十九千五百七十二文；三限十日，收长元吴三邑田租米一百七十五石四斗八升七合，每石折色钱一千九百五十文，合钱三百四十二千二百文。自过限起，至十二月二十六日止，收长元吴三邑田租米一千一百七十四石九斗七升，每石折色钱二千文，合钱二千三百四十九千九百四十文。又本年三月报销后，续收上年旧租米二百九十一石四升五合，每石折色钱一千八百文，合钱五百二十三千八百八十一文。又收本年荡田银合钱一百一十三千四百七十三文，共收新旧租米一万五千一百五十八石五斗一升八合，共合新旧田租及荡租折色钱二万七千七百一千一百五十三文。本年采买新谷、完纳条漕一切收租经费各等支款，俟明年三月照章造具四柱清册，呈送鉴核，尚有应完未缴租米，开篆后，再当竭力催收。合将现收田租折色钱文数目，会同绅董先行备文申报。除申藩宪外，仰祈宪台鉴察备查。须至申者。

一申藩宪
府

光绪十二年十二月　日义仓委员赵景熙

为照会事。光绪十三年八月二十五日奉布政使易札开，照得长元二县义仓田亩收租事宜，历经由司委员会同绅董实力收办在案。所有本年义仓收租各事，将届开征之期，应即饬委前先补用知县朱江会同绅士，妥为经办，并委前先补用巡检王绍燕随同办理，以昭周妥。除分札饬委并呈报外，合行札饬，札县即便知照等因到县。奉此合行照会。为此照会贵绅，烦为会办。须至照会者。

光绪十三年八月　日

长洲县照会

委办省城义仓候补知县为申报事。窃卑职奉宪台札委办理丰备义仓田租事宜，遵即同藩宪随办委员王绍燕，于十月初一日到仓，会同绅董循照旧章，饬差传集各催甲赴仓谕话，发给印䜣，分催各佃，依限完租额米。除遵奉宪章减定外，分限照章另饶，过限不饶。收租折价，每石制钱一千八百文，仍照向章，头限十日，每石让钱二百文，二限十日，让钱一百文，三限十日，让钱五十文，过限不让，照每石一千八百文收折。定于十月初七日开收，一俟收有成色，再行续报。合将卑职等到仓议定收租折价并开收日期，具文申报。除申藩宪外，仰祈宪台鉴察备查。须至申者。

一申藩宪
府

光绪十三年十月　日义仓委员朱江

委办省城义仓候补知县为具文申报事。窃卑职奉宪台札委会办丰备义仓田租事宜，业藩宪经将收租折价并到仓开收日期具文申报在案。兹查本年十月初七日开收起，头限十日，收长元吴三邑田租米一万三千七百六十四石八斗一升一合，每石折色钱一千六百文，合钱二万二千二十三千六百九十八文；二限十日，收长元吴三邑田租米一百二十六石一斗二升一合，每石折色钱一千七百文，合钱二百一十四千四百六文；三限十日，收长元吴三邑田租米三十八石六斗一升九合，每石折色钱一千七百五十文，合钱六十七千五百八十三文。自过限起，至十二月二十五日止，收长元吴三邑田租米九百九十八石二斗五升八合，每石折色钱一千八百文，合钱一千七百九十六千八百六十四文。又本年三月报销后，续收上年旧租米二百四十七石五升九合，每石折色钱二千文，合钱四百九十四千一百一十八文。又收本年荡田银合钱一百一十二千八百九十八文，共收新旧租米一万五千一百七十四石八斗六升八合，共合新旧田租及荡田折色钱二万四千七百九千五百六十七文。本年采买新谷、完纳条漕一切收租经费各等支款，俟明年三月照章造具四柱清册，呈送鉴核，尚有应完未缴租米，开篆后，再当竭力催收。合将现收田租折色钱文数目，会同绅董先行备文申报。除申藩宪外，仰祈宪台鉴察备查。须至申者。

一申藩宪
府

光绪十三年十二月　日义仓委员朱江

为照会事。光绪十四年十月初七日奉布政使黄札开，照得长元二县义仓田亩收租事宜，历经由司委员会同绅董实力收办。本年收租，业经饬委补用知县朱江、补用巡检王绍燕，妥为经办在案。兹查朱令现已委署靖江县事，所有前项收租事宜，自应改委接办。查有候补知县林殷臣，堪以饬委，除札委接办并呈报外，合行札饬，札县即便知照等因到县。奉此查此案前奉札饬，即经照会在案。兹奉前因，合行照会。为此照会贵绅，烦为会办。须至照会者。

光绪十四年十月　日
长洲县照会

委办省城义仓候补知县为申报事。窃卑职奉^{宪台}札委办理丰备义仓田租事宜，遵即于十月初十日到仓，同随办委员王绍燕，会同绅董循照旧章，饬差传集各催甲赴仓谕话，发给印蒇，分催各佃，依限完租额米。除遵奉宪章减净外，分限照章另饶，逾限不饶。本年㢝水辛勤，分别都区，每亩再加㧻，统饶五升、一斗、一斗五升不等。收租折价，议定每石制钱一千九百文，仍照向章，头限十日，每石让钱二百文，二限十日，每石让钱一百文，三限十日，每石让钱五十文，过限不让，照每石一千九百文收折。定于十月十七日开收，一俟收有成色，再行续报。今将卑职等到仓议定收租折价并到仓日期，具文申报。除申藩宪外，仰祈宪台鉴察备查。须至申者。

一申^{藩宪}
　　^府
光绪十四年十月　日义仓委员林殷臣

委办省城义仓候补知县为具文申报事。窃卑职奉^{宪台}札委会办丰备义仓田租事宜，业经将收租折价并到仓开收日期，具文申报在案。兹查本年十月十七日开收起，头限十日，收长元吴三邑田租米一万一千八百八十八石四斗八合，每石折色钱一千七百文，合钱二万二百一十千二百九十四文；二限十日，收长元吴三邑田租米二百五十三石六斗七升，每石折色钱一千八百文，合钱四百五十六千六百六文；三限十日，收长元吴三邑田租米八十三石七斗一升四合，每石折色钱一千八百五十文，合钱一百五十四千八百七十一文。自过限起，至十二月二十六日止，收长元吴三邑田租米一千二十六石五斗五升九合，每石折色钱一千九百文，合钱一千九百五十千四百六十二文。又本年三月报销后，续收上年旧租米二百三十九石二斗九升六合，每石折色钱一千八百文，合钱四百三十千七百三十三文。又收本年荡田银合钱一百一十三千六百六十九文，共收新旧租米一万三千四百九十一石六斗四升七合，共合新旧田租及荡田折色钱二万三千三百一十六千六百三十五文。本年完纳条漕一切收租经费各等支款，俟明年三月照章造具四柱清册，呈送鉴核，尚有应完未缴租米，开篆后，再当竭力催收。合将现收田租折色钱文数目，会同绅董先行备文申报。除申藩宪外，仰祈宪台鉴察备查。须至申者。

光绪十四年十二月　日义仓委员林殷臣

为照会事。奉布政使黄札开，照得长元二县义仓田亩收租事宜，历经由司委员会同绅董实力收办在案。所有本年义仓收租各事，将届开征之期，应即饬委候补知县林殷臣会同绅士，妥为经办，并委补用巡检王绍燕随同办理，以昭周妥。除分札饬委并呈报外，合行札饬等因到府。奉此合行照会。为此照会贵绅，希即会委妥为征收，一俟收竣，造册分送察核，仍先将开仓日期报查。望切切！须至照会者。

  光绪十五年九月　日

  苏州府照会

委办省城义仓候补知县为申报事。窃卑职奉^{宪台}札委办理丰备义仓田租事宜，遵即于十月初三日到仓，同随办委员王绍燕会同绅董循照旧章，饬差传集各催甲赴仓谕话，发给印襚，分催各佃，依限完租额米。除历年遵奉宪章办理外，查本年被灾较重，除淹没无收免征外，其余分别都区，每亩加戳，统饶三斗四斗不等。收租折价，议定每石制钱二千一百文，仍照向章，头限十日，每石让钱二百文，二限十日，每石让钱一百文，三限十日，每石让钱五十文，过限不让，照每石二千一百文收折。定于十一月初七日开收，一俟收有成色，再行续报。今将卑职等到仓议定收租折价并到仓日期，具文申报。除申藩宪外，仰祈宪台鉴察备查。须至申者。

  一申^{藩宪}
    _府

  光绪十五年十月　日义仓委员林殷臣

为晓谕事。照得省城义仓官绅会办，妥议定章，历奉宪饬筹办在案。现届秋谷登场，除本年被灾都区印襚盖戳分别减免外，其余仍照历届章程，于十一月初七日为始，分限收租。为此合行晓谕，仰差传集各催甲，于预日赴仓领由，赶即分派各佃，挨户晓谕，务令在限内，将本年应完核实租米，赶紧备齐，亲自到仓完缴，毋得观望。如敢逾限不清，立即提比勒限严追，仍不准颗粒蒂欠。各催甲倘有徇庇顶用及以熟报荒等弊，一经察出，定即从重惩治，差保贿纵，一并究办不贷。凛之，特示。

  一出示本仓

  光绪十五年十月　日

  长元吴三县与义仓委员会衔告示

为晓谕还租事。照得省城义仓官绅会办，妥议定章，历奉宪饬办理在案。本年秋谷登场之际，雨水过多，禾稼被伤，除淹没田亩免征外，其余高区平等熟田，分别加戳减成。仰差传集各催派襚，于十一月初七日为始，分限收租。现在初限将满，良田赶完，固多藉口，疲玩者亦复不少，是以收见之数远逊往年。查不肖经保，以报荒为名，谬许免租，以致妄造谣言，煽惑乡农，种种弊端，实堪痛恨。为此示，仰经保催甲人等知悉，务令成熟各佃，在限内将本届应完核实租米，赶紧亲自赴仓完纳。如敢指熟作荒，互相效尤观望，一经察出，立提比追。各经保等，如再藉词包庇，访查得实，定即从严惩办，革究不贷。其各凛遵毋违，切切！特示。

  光绪十五年十一月　日

长元吴三县与义仓委员会衔告示

委办省城义仓候补知县为具文申报事。窃卑职奉宪台^{藩宪}札委会办丰备义仓田租事宜，业经将收租折价并到仓日期，具文申报在案。兹查本年十一月初七日开收起，至十二月二十七日止，收长元吴三邑田租米七千一百六十九石七斗七合，每石折色钱一千九百文，合钱一万三千六百二十二千四百四十四文。又本年三月报销后，续收上年旧租米一百六十五石一斗一升一合，每石折色钱一千九百文，合钱三百一十三千七百一十一文。又收本年荡田银合钱八十七千四百九十一文，共收新旧田租米七千三百三十四石八斗一升八合，共合新旧田租及荡田银折色钱一万四千二十三千六百四十六文。本年预完条漕及收租经费等款，俟明年三月照章造具四柱清册，呈送鉴核。再，本年被水田亩淹没免征外，其余高区，亦均减色，收割较迟，若照向章，分限催收，农力实有未逮。不得不变通办理，一例改为常限折收，以恤农佃，合并声明。谨将现收田租折色钱文数目，会同绅董先行备文申报。除申藩宪外，仰祈宪台鉴察备查。须至申者。

一申^{藩宪}_府

光绪十五年十二月　日义仓委员林殷臣

为札饬事。案照省城丰备义仓田亩，上年应收租籽，前据该令申报，除淹没无收免征外，其余分别都区，每亩加戳，统饶三斗及四斗不等。续据申报，自十一月初七日开收起，至十二月二十七日止，共收新旧田租米七千三百三十四石八斗一升八合等情。查苏属业户收租一案，前因漕米请蠲，顽佃滋闹，续经本司衡情酌定，凡高平有收各田，完租过多者，各推蠲缓之恩，照全租酌收五成，其余给予栈票，以抵次年新租。其完数不及五成者，酌量补收。若田系全荒，租应全免，已交之米，止准流抵，不准索还。未还租者，一律遵示听业减收，赶紧完缴，以资偿赋。由司刊刷告示，饬发晓谕各在案。所有省城义仓田租，情事相同，自应一体办理，以昭公允。合行抄示札饬。札到该令，即便会商绅董，一体遵照，仍将遵办缘由，具报查考。毋延，特札。

光绪十六年二月　日

藩宪札

为照会事。奉兼署布政使张札开，照得长元吴三县义仓田亩收租事宜，历经由司委员会同绅董实力收办在案。所有本年义仓收租各事，将届开征之期，应即饬委试用知县朱镜清会同绅士，妥为经办，并委试用从九品汪鸣钧随同办理，以昭周妥。除分札饬委并呈报外，合行札饬等因到府。奉此合行照会。为此照会贵绅，希即会委妥为征收，一俟收竣，造册分送察核，仍将开仓日期报查。望切切！须至照会者。

光绪十六年十月　日

苏州府照会

委办省城义仓候补知县为申报事。窃卑职奉^{前宪}_{前藩宪}札委办理丰备义仓田租事宜，遵即同随办委员汪鸣钧，于十月初一日到仓，会同绅董循照旧章，饬差传集各催甲赴仓谕话，发给印繇，分催各佃，依限完租额米。除遵奉宪章减定外，分限照章另饶，过限不饶。收租折价，每石制钱二千文，仍照向章，头限十日，每石让钱二百文，二限十日，让钱一百文，三限十日，让钱五十文，过限不让，照每石二千文收折。定于十月十一日开收，一俟收有成色，再行续报。合将卑职等到仓议定收租折价并开收日期，具文申报。除申藩宪外，仰祈宪台鉴察备查。须至申者。

　　一申藩宪
　　　　府

　　光绪十六年十月　　日义仓委员朱镜清

　　委办省城义仓候补知县为具文申报事。窃卑职奉前宪_{前藩宪}札委会办丰备义仓田租事宜，业将收租折价并到仓开收日期具文申报在案。兹查本年十月十一日开收起，头限十日，收长元吴三邑田租米三千六百三十一石四斗七升二合，每石折色钱一千八百文，合钱六千五百三十六千六百五十文；二限十日，收长元吴三邑田租米二千八百二石二斗五升八合，每石折色钱一千九百文，合钱五千三百二十四千二百九十文；三限十日，收长元吴三邑田租米三千三百七十八石七斗九升三合，每石折色钱一千九百五十文，合钱六千五百八十八千六百四十六文。自过限起，至十二月二十七日止，收长元吴三邑田租米四千一百二十石二斗六升七合，每石折色钱二千文，合钱八千二百四十千五百三十四文。又本年报销后，续收上年旧租米三十石二斗三升二合，每石折色钱二千一百文，合钱六十三千四百八十七文。共收新旧租米一万三千九百六十三石二升二合，合钱二万六千七百五十三千六百七文。又收荡田租银合钱一百二十千七百一十一文，统共收田租米银折色钱二万六千八百七十四千三百一十八文。本年采买谷石、完办条漕一切收租经费各等支款，俟明年三月照章造具四柱清册，呈送鉴核，尚有应完未缴田租，开篆后，再当竭力催收。合将现收田租折色钱文数目，会同绅董先行备文申报。除呈藩宪外，仰祈宪台鉴察备查。须至申者。

　　一申藩宪
　　　　府

　　光绪十六年十二月　　日义仓委员朱镜清

　　为照会事。奉布政使邓札开，照得长元二县义仓田亩收租事宜，历经由司委员会同绅董实力收办在案。所有本年义仓收租各事，将届开征之期，应即饬委大挑尽先知县汪瑞曾会同绅士，委为经办，并委补用巡检王绍燕随同办理，以昭周妥。除分札饬委并呈报外，合行札饬等因到府。奉此合行照会。为此照会贵绅，希即会委妥为征收，一俟收竣，造册分送察核，仍将开仓日期报查。望切切！须至照会者。

　　光绪十七年九月　　日
　　苏州府照会

　　委办省城义仓候补知县为具文申报事。窃卑职奉宪台_{藩宪}札委办理丰备义仓田租事宜，遵即同随办委员补用巡检王绍燕，于十月初一日到仓，会同绅董循照旧章，饬差传集各催甲赴仓谕话，给发印繇，分催各佃，依限完租额米。除历年遵奉宪章减净外，分别照章另饶，逾限不饶。本年水旱失调，体恤农佃，每亩再加戳，统饶米一斗。收租折价，议定每石折钱一千九百文，仍照向章，头限十日，让钱二百文，二限十日，让钱一百文，三限十日，让钱五十文，过限不让，照每石一千九百文收折。定于十月二十四日起限收租，一俟收有成色，再行续报。合将卑职等到仓开收日期，具文申报。除申藩宪外，仰祈宪台鉴察备查。须至申者。

　　一申藩宪_府

　　光绪十七年十月　　日义仓委员汪瑞曾

　　委办省城义仓候补知县为具文申报事。窃卑职奉宪台_{藩宪}札委会办丰备义仓田租事宜，业将收租折价并到仓开收日期具文申报在案。兹查本年十月二十四日开收起，头限十日，收长元吴三邑田租米一万一千四百九十八石六升六合，每石折色钱一千七百文，合钱一万九千五百四十六千七百一十三文；二限十日，收长元吴三邑田租米三百五十石七斗八升六合，每石折色钱一千八百文，合钱六百三十一千四百一十五文；三限十日，收长元吴三邑田租米九十四石三斗九升七合，每石折色钱一千八百五十文，合钱一百七十四千六百三十五文。自过限起，至十二月二十六日止，收长元吴三邑田租米一千二百七十五石四斗九升一合，每石折色钱一千九百文，合钱二千四百二十三千四百三十三文。又本年报销后，续收上年旧租米一百五十五石三斗，每石折色钱二千文，合钱三百一十千六百文。共收新旧田租米一万三千三百七十四石四升，合钱二万三千八十六千七百九十六文，又收荡田租银合钱一百一十二千五百二文，统共收田租米银折色钱二万三千一百九十九千二百九十八文。本年完纳条漕一切收租积谷经费各等支款，俟明年三月照章造具四柱清册，呈送鉴核，尚有应完未缴田租，开篆后，再当竭力催收。合将现收田租折色钱文数目，会同绅董先行备文申报。除呈藩宪外，仰祈宪台鉴察备查。须至申者。

　　一申藩宪_府

　　光绪十七年十二月　　日义仓委员汪瑞曾

　　为照会事。奉布政使邓札开，照得长元二县义仓田亩收租事宜，历经由司委员会同绅董实力收办在案。所有本年义仓收租各事，将届开征之期，应即饬委大挑尽先补用知县汪瑞曾会同绅士，妥为经办，并委补用巡检王绍燕随同办理，以昭周妥。除分札饬委并呈报外，合行札知等因到府。奉此合行照会。为此照会贵绅，希即会委妥为征收，一俟收竣，造册分送察核，仍将开仓日期报查。望切切！须至照会者。

　　光绪十八年九月　　日

　　苏州府照会

　　委办省城义仓候补知县为申报事。窃卑职奉宪台_{藩宪}札委办理丰备义仓田租事宜，遵即于十月初一日到仓，同随办委员王绍燕会同绅董循照旧章，饬差传集各催甲赴仓谕话，发给印簿，分催各佃，依限完租额米。除遵奉宪章减净外，分限照章另饶，逾限不饶。本年庤水辛勤，分别都区，每亩再加戳，统饶二斗三斗不等。收租折价，议定每石制钱二千文，仍照向章，头限十日，每石让钱二百文，二限十日，每石让钱一百文，三限十日，每石让钱五十文，过限不让，照每石二千文收折。定于十月初六日开收，一俟收有成色，再行续报。今将卑职等到仓议定收租折价并到仓日期，具文申报。除申藩宪外，仰祈宪台鉴察备查。须至申者。

一申藩宪
府

光绪十八年十月　日义仓委员汪瑞曾

委办省城义仓候补知县为具文申报事。窃卑职奉宪台札委会办丰备义仓田租事宜，业将收租折价并到仓开收日期，具文申报在案。兹查本年十月初六日开收起，头限十日，收长元吴三邑田租米一万二百六十六石九升五合，每石折色钱一千八百文，合钱一万八千四百七十八千九百七十一文；二限十日，收长元吴三邑田租米二百四石一斗一升七合，每石折色钱一千九百文，合钱三百八十七千八百二十二文；三限十日，收长元吴三邑田租米一百八石八斗六升二合，每石折色钱一千九百五十文，合钱二百一十二千二百八十一文。自过限起，至十二月二十六日止，收长元吴三邑田租米八百四十一石一斗七升一合，每石折色钱二千文，合钱一千六百八十二千三百四十二文。又本年报销后，续收上年旧租米一百五十七石九升三合，每石折色钱一千九百文，合钱二百九十八千四百七十七文。共收新旧田租米一万一千五百七十七石三斗三升八合，合钱二万一千五十九千八百九十三文，又收荡田租银合钱一百一十五千三百二十九文，统共收田租米银折色钱二万一千一百七十五千二百二十二文。本年完纳条漕一切收租积谷经费各等支款，俟明年三月照章造具四柱清册，呈送鉴核，尚有应完未缴田租，开篆后，再当竭力催收。合将现收田租折色钱文数目，会同绅董先行备文申报。除申藩宪外，仰祈宪台鉴察备查。须至申者。

一申藩宪
府

光绪十八年十二月　日义仓委员汪瑞曾

为荡田茭草不能任意割取请出示谕禁事。窃绅经理省城丰备义仓，十有余年。查坐落台治下二十九都三十图黄天荡内办粮茭草荡田一百三十二亩二分九厘五毫，均系佃户所种牛料，非河中自出之草，即完租豢家之业。从前因养鱼荡户窃取草料，彼此争夺，几致酿成事端。历经呈请提案查办，永远禁止。近一二十年来，各归各业，相安无事，养鱼之家，并不缺乏草料。忽闻有沈姓等，亦不申叙前案，禀请在还租荡内取草，不准拦阻，并渔箔有碍等情，实属有意朦混，希图侵占，将来必致互相争夺，缠讼不休。与其事后惩办，不若目前禁止，为特详细具呈。仰祈公祖大人饬查，丰备义仓所辖荡田内，一律不准养鱼荡户任意割取茭草，并请给示谕禁，以安佃业而免争端，实为公便。上呈。

一呈元和县
光绪十八年　月　日义仓绅董呈

为照会事。奉布政使邓札开，照得长元二县义仓田亩收租事宜，历经由司委员会同绅董实力收办在案。所有本年义仓收租各事，将届开征之期，应饬委即用知县刘炳青会同绅士，妥为经理，并委试用县丞靳继曾、候补按司狱林守廉随同办理，以昭周妥。除分札饬委并呈报外，合行札知等因到府。奉此合行照会。为此照会贵绅，希即会委妥为征收，一俟收竣，造册分送察核，仍将开仓日期报查。望切切！须至照会者。

　　光绪十九年九月　日

　　苏州府照会

　　委办省城义仓候补知县为申报事。窃卑职奉宪台^{藩宪}札委办理丰备义仓田租事宜，遵即于十月初一日到仓，同随办委员靳继曾、林守廉会同绅董循照旧章，饬差传集各催甲赴仓谕话，发给印縢，分催各佃，依限完租额米。除遵奉宪章减净外，分限照章另饶，逾限不饶。收租折价，议定每石制钱一千九百文，仍照向章，头限十日，每石让钱二百文，二限十日，每石让钱一百文，三限十日，每石让钱五十文，过限不让，照每石一千九百文收折。定于十月十四日开收，一俟收有成色，再行续报。今将卑职等到仓议定收租折价并到仓日期，具文申报。除申藩宪外，仰祈宪台鉴察备查。须至申者。

　　一申^{藩宪}_府

　　光绪十九年十月　日义仓委员刘炳青

　　委办省城义仓候补知县为具文申报事。窃卑职奉宪台^{藩宪}札委丰备义仓田租事宜，业将收租折价并到仓开收日期具文申报在案。兹查本年十月十四日开收起，头限十日，收长元吴三邑田租米一万三千一百九十七石一斗二升七合，每石折色钱一千七百文，合钱二万二千四百三十五千一百一十六文；二限十日，收长元吴三邑田租米二百八石八斗七升四合，每石折色钱一千八百文，合钱三百七十五千九百七十三文；三限十日，收长元吴三邑田租米七十五石五斗八升九合，每石折色钱一千八百五十文，合钱一百三十九千八百四十文。自过限起，至十二月二十七日止，收长元吴三邑田租米一千一百一石六斗七升六合，每石折色钱一千九百文，合钱二千九十三千一百八十四文。又本年报销后，续收上年旧租米一百六十三石八升六合，每石折色钱二千文，合钱三百二十六千一百七十二文。共收新旧田租米一万四千七百四十六石三斗五升二合，共合钱二万五千三百七十千二百八十五文。又收荡田租银合钱一百一十二千六百二十八文，统共收田租米银折色钱二万五千四百八十二千九百一十三文。本年完纳条漕一切收租积谷经费各等支款，俟明年三月照章造具四柱清册，呈送鉴核，尚有应完未缴田租，开篆后，再当竭力催收。合将现收田租折色钱文数目，会同绅董先行备文申报。除申藩宪外，仰祈宪台鉴察备查。须至申者。

　　一申^{藩宪}_府

　　光绪十九年十二月　日义仓委员刘炳青

　　为照会事。光绪二十年九月二十七日，奉署布政使黄札开，照得长元二县义仓田亩收租事宜，历经由司委员会同绅董实力收办在案。所有本年义仓收租各事，将届开征之期，应即饬委员补用知县刘炳青会同绅士，妥为经理，并委补用巡检王绍燕随同办理，以昭周妥。除分札饬委并呈报外，合行札知等因到府。奉此合行照会。为此照会贵绅，希即会委妥为征收，一俟收竣，造册分送察核，仍将开仓日期报查。望切切！须至照会者。

　　光绪二十年十月　日

苏州府照会

委办省城义仓候补知县为具文申报事。窃卑职奉宪台札委办理丰备义仓田租事宜，遵藩宪即于十月初三日到仓，同随办委员王绍燕会同绅董循照旧章，饬差传集各催甲赴仓谕话，发给印飞，分催各佃，依限完租额米。除遵奉宪章减净外，分限照章另饶，逾限不饶。本年戽水辛勤，分别都区，每亩再加戳，统饶二斗三斗不等。收租折价，议定每石制钱二千文，仍照向章，头限十日，每石让钱二百文，二限十日，每石让钱一百文，三限十日，每石让钱五十文，过限不让，照每石二千文折收。定于十月二十四日开收，一俟收有成色，再行续报。今将卑职等到仓议定收租折价并到仓日期，具文申报。除申藩宪外，仰祈宪台鉴察备查。须至申者。

　　一申藩宪
　　　　府

　　光绪二十年十月　　日义仓委员刘炳青

委办省城义仓候补知县为具文申报事。窃卑职奉宪台札委丰备义仓田租事宜，业将收藩宪租折价并到仓开收日期具文申报在案。兹查本年十月二十四日开收起，头限十日，收长元吴三邑田租米九千九百二十五石五斗五升二合，每石折色钱一千八百文，合钱一万七千八百六十五千九百九十四文；二限十日，收长元吴三邑田租米一百七十九石一斗五升五合，每石折色钱一千九百文，合钱三百四十三千三百九十五文；三限十日，收长元吴三邑田租米六十八石五斗一升二合，每石折色钱一千九百五十文，合钱一百三十三千五百九十八文。自过限起，至十二月二十七日止，收长元吴三邑田租米九百四十八石二升八合，每石折色钱二千文，合钱一千八百九十六千五十六文。又本年报销后，续收上年长元吴三邑旧租米一百八十二石一斗六升七合，每石折色钱一千九百文，合钱三百四十六千一百一十七文。共收新旧田租米一万一千三百三石四斗一升四合，共合钱二万五百八十二千一百六十文。又收荡田租银合钱一百一十四千五百二十二文，统共收田租米银折色钱二万六百九十六千六百八十二文。本年完纳条漕及一切收租积谷经费各等支款，俟明年三月照章造具四柱清册，呈送鉴核，尚有应完未缴田租，开篆后，再当竭力催收。合将现收田租折色钱文数目，会同绅董先行备文申报。除申藩宪外，仰祈宪台鉴察备查。须至申者。

　　一申潘宪
　　　　府

　　光绪二十年十二月　　日义仓委员刘炳青

为照会事。本年九月十四日，奉布政使邓札开，照得长元二县义仓田亩收租事宜，历经由司委员会同绅董实力收办在案。所有本年义仓收租各事，将届开征之期，应即饬委试用知县吴俊卿会同绅士，妥为经理，并委候补县丞靳继曾随同办理，以昭周妥。除分札饬委并呈报外，合行札知等因到府。奉此合行照会。为此照会贵绅董，希即会委妥为征收，一俟收竣，造册分送察核，仍将开仓日期报查。望切切！须至照会者。

　　光绪二十一年九月　　日
　　苏州府照会

委办省城义仓试用知县为具文申报事。窃卑职奉宪台札^{藩宪}委办理丰备义仓田租事宜，遵即于十月初一日到仓，同随办委员靳继曾会同绅董循照旧章，饬差传集各催甲赴仓谕话，发给印繇，分催各佃，依限完租额米。除遵奉宪章减净外，分限照章另饶，逾限不饶。收租折价，议定每石制钱一千九百文，仍照向章，头限十日，每石让钱二百文，二限十日，每石让钱一百文，三限十日，每石让钱五十文，过限不让，照每石一千九百文收折。定于十月初九日开收，一俟收有成色，再行续报。合将卑职等到仓议定收租折价并开收日期，具文申报。除申藩宪外，仰祈宪台鉴察备查。须至申者。

　　一申^{藩宪}_府

　　光绪二十一年十月　日义仓委员吴俊卿

　　委办省城义仓候补知县为具文申报事。窃卑职奉宪台^{宪台}_{藩宪}札委丰备义仓田租事宜，业将收租折价并到仓开收日期具文申报在案。兹查本年十月初九日开收起，头限十日，收长元吴三邑田租米一万三千二十三石一升，每石折色钱一千七百文，合钱二万二千一百三十九千一百一十七文；二限十日，收长元吴三邑田租米一百一十二石六斗四升七合，每石折色钱一千八百文，合钱二百二千七百六十五文；三限十日，收长元吴三邑田租米九十五石三斗一升二合，每石折色钱一千八百五十文，合钱一百七十六千三百二十七文。自过限起，至十二月二十六日止，收长元吴三邑田租米一千八十一石六升二合，每石折色钱一千九百文，合钱二千五十四千一十八文。又本年报销后，续收上年旧租米二百八十七石八斗八升五合，每石折色钱二千文，合钱五百七十五千七百七十文。共收新旧田租米一万四千五百九十九石九斗一升六合，共合钱二万五千一百四十七千九百九十七文。又收荡田租银合钱一百一十一千四百七十五文，统共收钱二万五千二百五十九千四百七十二文。本年完纳条漕及一切收租积谷经费各等支款，俟明年三月照章造具四柱清册，呈送鉴核，尚有应完未缴田租，开篆后，再当竭力催收。合将现收田租折色钱文数目，会同绅董先行备文申报。除申藩宪外，仰祈宪台鉴察备查。须至申者。

　　一申^{藩宪}_府

　　光绪二十一年十二月　日义仓委员吴俊卿

　　为照会事。本年九月初九日奉布政使吴札开，照得长元二县义仓田亩收租事宜，历经由司委员会同绅董实力收办在案。所有本年义仓收租各事，将届开征之期，应即饬委候补知县屈泰清会同绅士，妥为经理，并委候补巡检王绍燕随同办理，以昭周妥。除分札饬委并呈报外，合行札知。札县等即便知照等因札二县。到敝县，奉此合行照会。为此照会贵绅，烦为会办。须至照会者。

　　光绪二十二年九月　日

　　长洲县照会

　　委办省城义仓请补娄县知县为具文申报事。窃卑职奉宪台札^{藩宪}委办理丰备义仓田租事宜，遵即于十月初一日到仓，同随办委员王绍燕会同绅董循照旧章，饬差传集各催甲赴仓谕话，发给印簿，分催各佃，依限完租额米。除遵奉宪章减净外，分限照章另饶，逾限不饶。收租折价，议定每石制钱二千文，仍照向章，头限十日，每石让钱二百文，二限十日，每石让钱一百文，三限十日，每石让钱五十文，过限不让，照每石二千文收折。定于十月十八日开收，一俟收有成色，再行续报。合将卑职等到仓议定收租折价并开收日期，具文申报。除申藩宪外，仰祈宪台鉴察备查。须至申者。

　　一申藩宪
　　　府宪

　　光绪二十二年十月　　日义仓委员屈泰清

　　委办省城义仓请补娄县知县为具文申报事。窃卑职奉前署宪札委藩宪丰备义仓田租事宜，业将收租折价并到仓开收日期，具文申报在案。兹查本年十月十八日开收起，头限十日，收长元吴三邑田租米一万三千一十五石一斗三升八合，每石折色钱一千八百文，合钱二万三千四百二十七千二百四十八文；二限十日，收长元吴三邑田租米一百七十石五斗七升一合，每石折色钱一千九百文，合钱三百二十四千八十五文；三限十日，收长元吴三邑田租米四十三石四斗九升三合，每石折色钱一千九百五十文，合钱八十四千八百一十一文。自过限起，至十二月二十六日止，收长元吴三邑田租米一千一百一十七石九斗五升九合，每石折色钱二千文，合钱二千二百三十五千九百一十八文。又本年报销后，续收上年长元吴三邑旧租米一百九十三石六斗一升，每石折色钱一千九百文，合钱三百六十七千八百五十九文。共收新旧田租米一万四千五百四十石七斗七升一合，共合钱二万六千四百三十九千九百二十一文。又收荡田租银合钱一百七千二百九十九文，统共收田租米银折色钱二万六千五百四十七千二百二十文。本年完纳条漕及一切收租积谷经费各等支款，俟明年三月照章造具四柱清册，呈送鉴核，尚有应完未缴田租，开篆后，再当竭力催收。合将现收田租折色钱文数目，全同绅董先行备文申报。除申藩宪外，仰祈宪台鉴察备查。须至申者。

　　一申藩宪
　　　府宪

　　光绪二十二年十二月　　日义仓委员屈泰清

　　为照会事。本年九月十一日，奉布政司聂札开，照得长元二县义仓田亩收租事宜，历经由司委员会同绅董实力收办在案。所有本年义仓收租各事，将届开征之期，应即饬委试用知县吴俊卿会同绅士，妥为经理，并委补用巡检王绍燕随同办理，以昭周妥。除分札饬委并呈报外，合行札知等因到府。奉此合行照会。为此照会贵绅董，希即会委妥为征收，一俟收竣，造册分送察核，仍将开仓日期报查。望切切！须至照会者。

　　光绪二十三年九月　　日
　　苏州府照会

　　委办省城义仓候补知县为具文申报事。窃卑职奉宪台札委办理丰备义仓田租事宜，遵藩宪即同随办委员王绍燕于十月初一日到仓，会同绅董循照旧章，饬差传集各催甲赴仓谕话，发给印簿，分催各佃，依限完租额米。除奉宪减净外，分限照章另饶，过限不饶。本年砉口歉收，每亩再格饶米二斗。收租折价，每石制钱二千二百文，仍照向章，头限十日，每石让钱二百文，二限十日，每石让钱一百文，三限十日，每石让钱五十文，过限不让，照每石二千二百文收折。定于十月二十七日开收，一俟收有成色，再行续报。合将卑职等到仓议定收租折价并开收日期，具文申报。仰祈宪台鉴察备查。须至申者。

　　一呈藩府宪

　　光绪二十三年十月　　日义仓委员吴俊卿

　　委办省城义仓候补知县为具文申报事。窃卑职奉宪台藩宪札委办理丰备义仓田租事宜，业将收租折价并到仓开收日期，具文申报在案。兹查本年十月二十七日开收起，头限十日，收长元吴三邑田租米九千二十六石七斗八升九合，每石折色钱二千文，合钱一万八千五十三千五百七十八文；二限十日，收长元吴三邑田租米八百二十七石四升，每石折色钱二千一百文，合钱一千七百三十六千七百八十四文；三限十日，收长元吴三邑田租米二百六石四斗三升七合，每石折色钱二千一百五十文，合钱四百四十三千八百四十文。自过限起，至十二月二十五日止，收长元吴三邑田租米一千四百一十一石七斗一升七合，每石折色钱二千二百文，合钱三千一百五千七百七十七文。又本年报销后，续收上年长元吴三邑旧租米二百二十二石九斗三升八合，每石折色钱二千文，合钱四百四十五千八百七十六文。共收新旧田租米一万一千六百九十四石九斗二升一合，共合钱二万三千七百八十五千八百五十文。又收荡田租银合钱一百一十千四百七十文，统共收田租米银折色钱二万三千八百九十六千三百二十五文。本年完纳条漕及一切收租积谷经费各等支款，俟明年三月照章造具四柱请册，呈送鉴核，尚有应完未缴田租，开篆后，再当竭力催收。合将现收田租折色钱文数目，会同绅董先行备文申报。除申藩宪外，仰祈宪台鉴察备查。须至申者。

　　一申藩府宪

　　光绪二十三年十二月　　日义仓委员吴俊卿

　　为照会事。本年十月初一日奉布政使聂札开，照得长元二县义仓田亩收租事宜，历经由司委员会同绅董实力收办在案。所有本年义仓收租各事，将届开征之期，应即饬委候补知县吴俊卿会同绅士，妥为经理，并委候补巡检陈锡蕃随同办理，以昭周妥。除分札饬委并呈报外，合行札知等因到府。奉此合行照会贵绅董，希即会委妥为征收，一俟收竣，造册分送察核，仍将开仓日期报查。望切切！须至照会者。

　　光绪二十四年十月　　日

　　苏州府照会

　　委办省城义仓候补知县为具文申报事。窃卑职奉宪台藩宪札委办理丰备义仓田租事宜，遵即同随办委员陈锡蕃，于十月初一日到仓，会同绅董循照旧章，饬差传集各催甲赴仓谕话，发给印簿，分催各佃，依限完租额米。除遵奉宪章减净外，分限照章另饶，过限不饶。收租折价，每石制钱二千二百文，仍照向章，头限十日，每石让钱二百文，二限十日，每石让钱二百文，三限十日，每石让钱五十文，过限不让，照二千二百文折收。定于十月十一日开收，一俟收有成色，再行续报。合将卑职等到仓议定收租折价并开收日期，具文申报。仰祈宪台鉴察备查。须至申者。

　　一呈藩宪^府

　　光绪二十四年十月　日义仓委员吴俊卿

　　委办省城义仓候补知县为具文申报事。窃卑职奉宪台札委丰备义仓田租事宜，藩宪业将收租折价并到仓开收日期，具文申报在案。兹查本年十月十一日开收起，头限十日，收长元吴三邑田租米一万二千八百七十石九斗九升五合，每石折色钱二千文，合钱二万五千七百四十一千九百九十文；二限十日，收长元吴三邑田租米二百七石三升六合，每石折色钱二千一百文，合钱四百三十四千七百七十六文；三限十日，收长元吴三邑田租米八十一石五斗七升七合，每石折色钱二千一百五十文，合钱一百七十五千三百九十一文。自过限起，至十二月二十六日止，收长元吴三邑田租米一千二百二十七石一斗四升二合，每石折色钱二千二百文，合钱二千六百九十九千七百一十二文。又本年报销后，续收上年旧租米二百一十二石七斗一升六合，每石折色钱二千二百文，合钱四百六十七千九百七十五文。共收新旧田租米一万四千五百九十九石四斗六升六合，共合钱二万九千五百一十九千八百四十四文。又收荡田租银合钱一百六十九百九十一文，统共收钱二万九千六百二十六千八百三十五文。本年采买新谷完纳条漕及一切收租积谷经费各等支款，俟明年三月照章造具四柱清册，呈送鉴核，尚有应完未缴田租，开篆后，再当竭力催收。合将现收田租折色钱文数目，会同绅董先行备文申报。除申藩宪外，仰祈宪台鉴察备查。须至申者。

　　一申藩宪^府

　　光绪二十四年十二月　日义仓委员吴俊卿

卷四 积谷 存档 寄存藩库*

　　凡积谷宜用籼谷，方可久藏。二十余年来，概用杜子籼，购诸和桥一带，谷有燥湿，有好丑，市侩乡愚挽杂不一，惟在购时慎择之也。船户包装，谷有缺少，照价赔偿，有渗湿，责令晒干，再收谷到仓。先以风车扇去糠秕，然后权其轻重，谷不实则每斛不及五十斤，谷实则每斛可得五十余斤。惟湿则重，干则轻，则重又不足恃，故既权又斛，以百斤为一石，不可徒论斛也。谷入廒，廒下先垫蚬壳四五寸，次加砻糠三四寸，乃铺芦席三四重，不用板，以其能引湿易朽蠹也。其中用竹气通，每间二具，高过于谷，谷上覆以稻秆数重，遇雨雪必勤遍视，偶有渗漏，亟易稻秆。随时补葺屋面，一遇伏中，出晒尤不可迟。以场广八十方计之，可摊谷三百石，每场约用工十五六人，自卯至酉，刻刻匀翻。如遇阵雨，亟宜抢收，迟则经雨，转须多晒陈谷。晒过虽干结，仍不可忽，当随时抽验。总之，无失天时，必尽人力而已。积谷之余，发当生息，至当无可存，则寄存藩库，故三者合而记之。

　　为照会事。奉布政使勒札开，照得各属举办积谷折耗一层，前经应前署司明定章程。一年以内，所买之谷，每石准折耗三升，二年之谷，连前共准折耗四升，三年以后，不准亏耗，如有短少，应由原买官绅分赔足数。业经刊入省章，通行遵办在案。乃查近来各属积谷，每年晒晾盘报，总不能无所折耗，其中未逾定章者，固属不少，而溢额报耗者，则比比皆然。是岂四升之数为少，果不足抵其折耗欤？抑采买之时，未能一律干洁欤？又岂各属经理之人，有善有不善欤？抑仓廒未能如法，鼠偷雀耗所致欤？亟宜明晰详议，无弊无偏，勿使官绅视为畏途，庶为经久可行之法。合亟特札饬议札县，立即遵照指饬，各抒所见，妥议章程，讨论不厌其详，立法总期无累，限于半月内禀候汇案察夺，毋稍违延，切切等因到县。奉此查敝邑及元、吴两邑积谷均系附储贵仓，向由潘绅董经理，迄今十载，折耗情形，谅所深悉，究应如何核议，方期无弊无偏，经久可行，合行照会。为此照会贵绅，会同潘绅，烦照宪饬逐细妥议章程，克日送县核转。望速速！须至照会者。

　　光绪五年二月　日

　　长洲县照会

　　为照覆事。窃奉照会，奉布政使勒札开各属举办积谷折耗一层，每年盘报，未能悉符定章，是否四升之数，不足抵其折耗，抑采办未能一律干洁，经理之人有善有不善，仓廒不能如法，鼠偷雀耗所致，饬各属妥议详覆到县。查三县积谷，由绅经理，为此照会遵照妥议复县核转等因到仓。绅遵祁经办三邑义仓积谷，上年冬间，盘交绅大根接管，业由监盘委员详报折耗在案。照应前宪所定章程，稍有溢额，尚不相悬，乃系分年逐廒盘见实数，未敢丝毫含混。绅等窃查采买一层，总在新谷登场时举办，历年秋收之际，晴雨不定，晴则谷干，雨则谷潮。又或经办之人未能详慎选择，天时人事，难免参差，是所进之谷，已难一律。至经理之法，全在司事专饬仓工，实心实力，常年在仓照料，方能经久。即如丰备所盘谷色，尚未能廒廒一律，特无蒸变之弊，是以折耗统计，先后尚属相符。目下欲定一画一章程。绅等不能周悉各属情形，实难以悬拟。即如绅大根接管所盘之谷，亦惟有时督司事实心实力，常年照料。至以后年分愈多，有无折耗，多少亦难预拟。窃议定章不可太宽，其制亦不必概绳以法。诚如宪谕，勿使官绅视为畏途。绅以为非但不视为畏途，而且视为典守切要之事，自然经久可行。至盖藏果能妥善，鼠雀亏耗似属有限，谨就管见覆陈，未识当否，伏乞公祖大人电鉴，俯赐申详核办，实为公便。谨呈。

　　一呈长洲县

　　光绪五年二月　日与潘绅合呈

　　为三邑附存丰备仓谷全数清还事。案奉前抚宪批发，长元吴三县同治七年冬漕串内加戳带收积谷经费，交义仓绅董收储籴谷，并发当生息，历届每年三月，将储存钱谷数目造册呈报备案，通详在案。旋于光绪四年十月，奉前署苏州府宪照会，将三县附存义仓发当生息款项共计本利钱一万一千七千六百五十二文，一并提回，以备建造三邑总仓经费又在案。自后只存长洲县谷三千五百五十六石，元和县谷二千六百六十三石，吴县谷一千六百七十二石五斗，共计谷七千八百九十一石五斗。嗣于四年十一月，经委员监盘报明，共除耗谷三百五十八石五斗，实存净谷七千五百三十三石。兹因三邑总仓廒座宽余，应将附存丰备仓谷缴还总仓，以清款目。现已于本月初旬，将除耗净谷七千五百三十三石，如数清还两处仓储，由绅一人经理。所有前项谷石，业经验收，归入三邑总仓存储。除呈元、吴两县外，理合呈明。伏乞公祖大人鉴核，通详备案，实为公便。谨呈。

　　一呈长、元、吴三县

　　光绪七年十一月　日义仓绅董呈

　　为照章除耗请示缴款事。窃奉牙厘局照会内开，前年奉饬筹款购谷一万石，借储三邑县仓，并由局在罚款项下动支英洋一万一千七十一元，解交籴谷，分别呈报在案。兹因司库放发故员回籍川资缺如，禀奉抚宪谕，准将前项购存谷一万石，按照原数变价解局，转解藩库存储，以备拨用等因。奉此遵即于丰备义仓收租项下，筹款缴价。惟查光绪五年分，奉署藩宪薛续议积谷章程内开折耗宜变通一条，第一年每石准耗三升，第二年每石准耗一升，第三年每石准耗一升，连前共耗五升，以示体恤。此外再有溢耗，概责官董分赔等因。现查牙厘局借储县仓谷一万石，于光绪七年二月间置办，迄今已足二年，照章应除耗谷每石四升计，原本英洋一万一千七十一元，除耗谷外，应缴谷价英洋一万六百二十八元一角六分。虽所减价目无多，同一提拨公用，原可无容计较，惟既有定章，恐于将来别项仓谷出入有碍，不得不援案呈请。伏乞大公祖大人查核定章批示，将此项谷石，按照置买年分，每年除耗四升，俾得祗遵缴价，并请移知牙厘局查照，一体施行，实为公便。上呈。

　　一呈藩宪

　　光绪九年二月　日义仓绅董呈

　　为呈缴谷价并请照复备案事。前奉照会内开，寄存三邑总仓积谷一万石，按照原本英洋一万一千七十一元变价呈缴等因，遵即在丰备义仓收租项下筹款缴价，并申明前奉定章，以置办两年核计，每石应扣耗谷四升，呈请查核办理各等因。兹奉照会核准，除扣谷耗外，实应缴英洋一万六百二十八元一角六分，现于三月二十三日一并缴解宪库。伏乞大公祖大人俯赐兑收，并请照复备案，实为公便。上呈。

一呈牙厘局宪

光绪九年三月　日义仓绅董呈

为照复事。案照本局前年奉饬筹款购谷一万石，借储三县积谷仓，仍作为厘局存谷候拨，遵经由局报明，在于罚款项下动支英洋一万一千七十一元，解交贵绅查收，籴谷存储县仓。今因司库放发故员回籍川费缺如，由藩司衙门面禀，奉抚宪谕，准将前项存谷一万石变价缴局解司拨用等因，奉经照会查照办理去后。兹准贵绅文称，遵在丰备义仓收租项下筹款缴价，并照定章除扣耗谷外，实计应缴英洋一万六百二十八元一角六分，一并缴解前来。除由局按数验收，即于三月二十三日派委候补知县陈令光湛领解司库查收拨用掣照备案并呈报外，合就照复。为此照会贵绅，请烦查照，须至照会者。

光绪九年三月　日牙厘总局照会

为照会事。奉兼署布政司张札开，照得积谷为备荒要需，地方官董往往经理不善，致有短少。十四年分，委员查出江阴一县，官董短少至二千余石之多，严追年余，尚未清款。此外亦间有挪用捐钱者。上年秋灾较重，类多动用，办理急赈，未经委查。现在秋收丰稔，新谷大半登场，自应委员分投确查，如有亏缺，催令赶紧买补上仓，以重积储。除札委金钟彦前往苏、松二属，郭元昌前往常、镇、太三属，将各该县所存谷石是否一律干洁足数，逐一确查盘验，如有亏缺短少，催令赶紧买补干洁圆锭好谷上仓，并将积存钱文是否实存在典，有无侵挪情弊，一并查明，分别开折禀复察核并报明外，合并札饬等因到府。奉此合行照会。为此照会贵绅董，希即查照会委确查，禀复察办。勿迟！须至照会者。

光绪十六年十月　日

苏州府照会

为照会事。奉布政使邓札，奉两江总督部堂刘札开，照得各属劝办积谷，均有成数，并立有收放章程。原以此系民脂民膏，勉强凑集，为备荒之用，应如何妥慎经理，乃闻各牧令竟有任意挪用之事，各该管道府又毫无稽查禁约。如前任安东县柏令、叶令、俞令挪用该县积谷款项，均至数千之多，至今尚未缴清。以民捐备荒之款，竟如此擅行挪用，试问一遇凶岁，何以支持？更有何面目以对业户？亟应由司一体清查，分别严追，合行札司，即便遵照，将各州县现存积谷正息各款，查明有无亏短，是否均系实存，分别开具实数具报。如查有亏挪情事，即由司详请参追。一面仍由江藩司将柏令等亏欠积谷钱文，赶紧遵照前札，详参调省追缴，均毋违延等因到司。奉此合就转饬札府，即便遵照，将所属各厅县现存积谷正息各款，查明有无亏短，是否均系实存，分别开具实数清折通报察核。如查有亏挪情事，并即据实详请参追，毋违等因到府。奉此除通饬各厅县遵办外，合行照会。为此照会贵绅董，希即遵照宪饬，将现存谷石正息各款，分别开具实数清折通送查核。须至照会者。

光绪十七年十一月　日

苏州府照会

为呈覆事。窃奉照会内开，奉布政使邓札，奉两江总督部堂刘札开，照得各属劝办积谷，为备荒之用，应如何妥慎经理，乃闻各牧令竟有任意挪用，设遇凶岁，何以支持？札司转饬各州县，将现存积谷正息各款，查明有无亏短，是否均系实存等因到府。希即遵照宪饬，将现存谷石正息各款，分别开具实数清折通送查核等因。奉此伏查省城丰备义仓，自绅接管以来，渐次整顿，收起租息，除建造仓廒、购办谷石外，再有盈余，存典生息，取有图领。近年以来，因各处廒屋均已储足谷石，一时无从购地建廒，收起租息，均经缴存藩司库，掣有批回备案。所储谷石，常年翻晒，均属干洁完好，存典钱文，亦无亏短等情。所有实储谷石及存典钱文，按年造具钱谷四柱清册，呈报宪鉴在案。兹奉前因，理合呈覆，仰祈大公祖大人俯赐饬检十七年三月底止报销清册，照案详覆，实为公便。上呈。

一呈府宪

光绪十七年十二月　日义仓绅董呈

为义仓办谷援案请免厘捐事。窃查省城丰备义仓，历年办谷，呈明免捐，具有成案。兹届新谷登场，关外地方，秋收较早，仍拟遴派司事携带义仓钤印护照，于月内起程，前往无锡，宜荆等处，采买新谷一万石，陆续运苏，到仓收储。除呈抚宪鉴核外，理合具呈。伏乞大公祖大人电鉴，迅赐札饬总局转饬经过各厘卡，验免放行鉴察，即行札饬经过各厘卡，验明免捐放行。实为公便。上呈。

一呈抚宪、牙厘局宪

光绪二十二年九月　日义仓绅董呈

为照覆事。九月初七日准贵绅董文称：窃查历年办谷，呈明免捐，具有成案。兹届新谷登场，关外地方，秋收较早，仍拟遴派司事携带义仓钤印护照，于月内起程，前往无锡、宜荆等处，采买新谷一万石，陆续运苏，到仓收储。除呈抚宪外，理合具呈。伏乞鉴察，即行札饬经过各厘卡，验明免捐放行，实为公便等因到局。准此除札饬经由各局卡遵照验放外，合行照覆。为此照会贵绅董，请烦查照施行。须至照会者。

光绪二十二年九月　日

牙厘总局照会

为报明丰备义仓采买谷数事。窃本年九月内义仓采买新谷，业经呈明在案。旋即遴派司事，前往无锡、宜荆等处，持照采办，迭次运送到仓。截至十月二十日止，向章以百斤为一石，称见扇净，计共采买新谷四千八百七十九石三斗。嗣因谷数希少，价忽腾贵，不得不暂行停止采办，各司事俱已缴回义仓钤印护照。核计各卡经验谷数与到仓数目相符，俟明年春间谷价稍减，再行呈请照案续办。合将本年采买新谷实数呈明，伏祈大公祖大人鉴察备查，实为公便。上呈。

一呈牙厘局宪

光绪二十二年十一月　日义仓绅董呈

　　为义仓办谷援案请免厘捐事。窃查省城丰备义仓，历年办谷，呈明免捐，具有成案。本年平粜发出仓谷三万五千石，业经呈报长元吴三县，由县转详在案。兹届新谷登场，例应补办，以实仓廒。拟于本月内，遴派司事，携带义仓钤印护照，前往无锡、宜荆等处，采买新谷一二万石，陆续运苏、到仓收储。除呈抚宪鉴核外，理合具呈。伏乞大公祖大人电鉴，迅赐札饬总局，转饬经过各卡，验免放行。鉴察，即行札饬经过各厘卡，验明免捐放行。实为公便。上呈。

　　一呈抚宪
　　　牙厘局宪

光绪二十三年九月　日义仓绅董呈

　　为报明丰备义仓采买谷数事。窃本年九月内，义仓采买新谷，业经呈明在案。旋即遴派司事，前往无锡、宜荆等处，持照采办，迭次运送到仓。截至十一月初十日止，向章以百斤为一石，称见扇净，计共采买新谷一万四百九十九石八斗二升。嗣因谷数稀少，价忽腾贵，不得不暂行停止，各司事均已缴回义仓钤印护照。核计各卡经验谷数与到仓数目相符，俟明年春间谷价稍减，再行呈请照案续办。合将本年采买新谷实数呈明，伏祈大公祖大人鉴察备查，实为公便。上呈。

　　一呈牙厘局宪

光绪二十三年十一月　日义仓绅董呈

　　为照会事。光绪二十四年八月十四日，奉总督部堂刘札开，积谷为备荒要需，岂容稍有短缺。查上年准徐海等属被灾，举办工赈，各该属积谷均已提用殆尽，自应赶筹买补。其余各属，因本年夏间米价昂贵，提用积谷，办理平粜，所存亦属无多。现在正当新谷登场，谷价平减之时，亦应赶将粜本提回，趁此尽数买补还仓，以期有备无患。如有未办积谷各属，亦应督董乘此赶紧购办，以免如夏间米粮腾贵、民食不济之时，无以应急。第须妥慎存储，毋任耗散霉变，是为至要。合行札饬等因到府，奉此除饬各厅县遵办外，合行照会。为此照会贵绅董，希即遵照办理，仍将采办谷价石数报查勿违。须至照会者。

　　光绪二十四年八月　日
　　苏州府照会

　　为照会事。本年九月二十三日，奉布政使聂札，本年八月二十八日奉苏抚部院德札开，光绪二十四年八月十八日，准户部咨江南司案呈准浙江司传付由内阁抄出江西道监察御史韩培森奏各省仓谷亟宜筹办以备缓急一折。于光绪二十四年六月初八日奉上谕：御史韩培森奏请筹办仓谷一折，积谷为民食攸关，遇有偏灾，藉资补救。各地方官往往不以民事为事，以致建设仓储，半属有名无实。每逢前后任接卸，皆以银钱抵交，利于简便，一遇荒歉，辄请开赈捐、截漕粮，徒肥中饱，毫无实惠，此风亟宜禁革。著各督抚严饬所属州县，凡有仓谷，务当认真筹办，实储在仓。其有以银钱列抵交代者，勒限一律买补，以备缓急，不得阳奉阴违，虚应故事。钦此。传付前来，相应抄录原奏，恭录谕旨，咨行江苏巡抚钦遵办理可也等因到院，抄粘札司，通饬各属一体遵照办理。仍将本年平粜谷价，一俟新谷登场，如数买补，以备缓急等因到司。奉此合行抄粘通饬札府，立即通饬所属，一体遵照办理。仍将本年平粜谷价，趁此新谷登场，即速如数买补，禀司派员验明上仓，以杜弊混而备缓急，毋违等因到府。奉此除转饬各厅县遵办外，合行抄粘照会。为此照会贵绅董，希即遵照宪饬办理勿违。须至照会者。

计抄粘

光绪二十四年九月　日

苏州府照会

江西道监察御史韩培森奏稿

奏为各省仓谷亟宜筹办以备缓急恭折仰祈圣鉴事。窃维自强之道，以固民心为本，以苏民困为先。民困固非一端，而米价腾贵，粒食维艰，其尤甚也。闻各省米价，每石计银，自四五两至六两不等，要皆视前数年倍之。将欲责商贩以平价，而米无来源，处处价昂，谁肯折阅？商贩无如何也。将欲责地方官筹款以平粜，而邻境自顾不暇，处处遏籴，无从采买，地方官无如何也。且米价日贵，百物因之俱贵，而银价独贱，民既绌于生计，官复穷于补救，匪徒乃乘机滋事，往往觊有米之家，肆行抢劫，或途剽掠，甚而千百成群，有阑堂毁署，与官为难之事。夫近年来，各省无甚水旱，间有一二灾区，尚不为广，而民间危苦之状，已岌岌不可终日。设遇荒歉，何堪设想！况自外洋购米，私运偷漏，其外溢者，不知凡几，若非绸缪未雨，多有积储以资缓急，安得而不坐困乎！臣常反复思之，病在各省仓谷有名无实。其存谷在仓者，殊属寥寥，大都被官绅吏胥逐渐侵渔干没，而饰辞于年久朽蠹。至兵燹后因循不办者，亦所在多有，否则以谷易钱，竟谓与其存谷不如存钱生息。殊不知存钱之始，其作谷价也甚轻。钱又便于取携，经手者不免挟自私自利之见。迨仓猝有事，欲买米而米已贵，倾本钱并息钱以出之，得不偿失，缓不济急，而况到处缺米，无米可买，尤为窘迫，始悔存钱不如存谷之贻误也晚矣。为今之计，惩前毖后，当以筹办仓谷为急务。倘得秋收丰稔，米价稍平，其存有钱者，从速买谷还仓，其向已空虚者，另行设法筹款。或虑同时并举，谷价易涨，则宽以期限，分年筹办。总之，一方仓谷足备一方缓急而止。嗣后酌定年分，推陈易新，如民间米价奇贵，藉以平粜，仍行随时买补。其关键须官与绅互相稽察，互相箝制，前后任列入交代，年终各府县出纳，由督抚汇核奏报一次，以杜流弊。如此则年丰谷多之时，藏之于仓，稍免外溢之为害。不幸年荒米少，亦可有备无患。相应请旨饬各督抚豫先筹议储积仓谷，以备缓急，毋任因循，再蹈有名无实之弊，于民食大有裨益。臣愚昧之见，是否有当，伏乞皇上圣鉴。谨奏。

为照会事。本年九月初三日奉布政使聂札，本年八月十四日奉总督部堂刘札开，照得积谷为备荒要需，岂容稍有短绌。查上年淮徐海等属被灾，举办工赈，各该属积谷，均已提用殆尽，自应赶筹买补。其余各属，因本年夏间米价昂贵，提用积谷，办理平粜，所存亦属无多。现在正当新谷登场，谷价平减之时，亦应赶将粜本提回，趁此尽数买补还仓，以期有备无患。如有未办积谷各属，亦应督董乘此赶紧购办，以免如夏间米粮腾贵、民食不济之时，无以应急。第须妥慎存储，毋任耗散霉变，是为至要。除分行各府州厅转饬所属遵照办理外，合并札司一体通饬遵办等因到司。奉此查本年雨旸时若，收成不失为中稔，现当新谷登场，亟应将所动积谷如数买补，禀司派员验明上仓，以杜弊混。合行通饬札府，立即移行所属一体遵照办理，务期慎选干洁，勿将潮谷充数，是为至要，切切速速特札等因到府。奉此查此案前奉督宪札府，当经前署府转饬遵照，并照会贵绅董遵办在案。兹奉前因，除饬属遵办外，合再照会。为此照会贵绅董，希即遵照先今来文办理，仍将采办谷价石数报查勿违。须至照会者。

　　光绪二十四年九月　日

　　苏州府照会

　　为照会事。本年九月二十三日奉巡抚部院德札开，照得王者八政，以食为先。管子治齐，首实仓廪。曾子固作《越州赵公救灾记》谓：民病而后图之，与夫先事而为计者，则有间矣。不习而有为与夫素得之者，则有间矣。岁之凶穰未可预卜，而筹办之方，不可不图之于早也。查苏省各属，举办积谷，前经酌定章程，大县必须积存四五万石，即小邑州县亦须积至三万石为额，以备不虞。续有地形卑湿，积谷不如积钱之议，殊失备荒之本旨。自古有治法，尤赖有治人，推陈易新，无霉变之患，经董得人，无亏耗之患，地方有司认真稽察，则无挪移侵蚀之患。密于勾稽，谨于出纳，预防岁祲，用济民艰。本年春夏间，苏属米价腾踊，各处过籴，民生竭蹶，人心惊惶。经奎前部院通饬各属，酌提积谷平粜，闾阎赖以乂安。本岁秋成，幸赖朝廷福庇，得以丰收，米价平减，四野腾欢，亟宜乘时整顿仓储，以备荒歉。各州县积谷，截止本年三月底止，原存仓谷若干，本息若干，内提谷平粜若干，收回粜价若干，现尚实存仓谷若干，本息银钱若干，由该州县于文到五日内，先行分晰开折禀院查核。一面督同绅董禀明提款，察看市价，陆续采买谷石上仓，以重积储。总以原定旧章，大县积存四五万石，小县亦须积至三万石为率，仍重为厘订推易章程，俾得永远遵守。绅董中有不足靠者，选择更换。各该州县如有虚应故事，一禀塞责，察出立予参处。事关民瘼，本部院令出维行，慎勿尝试。除通行遵照外，合亟札饬札府，立即分饬所属，一体遵照办理。仍将奉文日期及遵办情形，先行禀闻，毋违特札等因到府。奉此除转饬各厅县一体遵办外，合亟照会。为此照会贵绅董，希即遵照宪饬办理，仍将奉文日期及遵办情形，先行通复查核勿违。须至照会者。

　　光绪二十四年九月　日

　　苏州府照会

　　为照会事。本年十月初六日奉布政使聂札，本年九月二十五日奉总督部堂刘札开，光绪二十四年九月二十日钦奉电传十八日上谕：盛宣怀奏请速筹积储以固邦本一折。仓储为民食攸关，迭经降旨，谕令各督抚严饬地方官实力举办，以备灾歉。兹据该京卿奏，近来州县办理不善，往往视为具文，甚至侵挪亏蚀，十邑九空，一遇偏灾，请蠲请赈，缓不济急，似此任意玩泄，罔恤民艰，实堪痛恨。著各直省督抚督饬各州县，将原有仓谷悉数买补足额，其向无仓谷之处，亦即设法筹办，按年查验，除陈易新，具报存仓实数。至设局讲求农政，业经通谕饬遵并著一体认真妥办，专案奏闻，用副朝廷足食备荒至意。钦此。查积谷一事，有裨荒政匪浅。若果地方官实力办理，慎重仓储，何至一遇偏灾，赈抚不能应手？总由不肖州县任意挪用，自便私图，致令良法美意，莫收实效，言之曷胜愤懑！迭经本部堂饬令各属，迅筹买补，不准颗粒短少在案。钦奉前因，除农政另行筹办外，恭录札司即便转饬各府州县一体遵照。现值谷价平减，亟应迅速买足储仓，按年查验，推陈出新，毋得阳奉阴违，并由司随时委查，以昭核实而资储备。如敢虚应故事，仍前玩忽，即由司详请奏参等因。又先于九月二十四日奉苏抚部院德札同前由各到司。奉此查此案前奉宪饬，当以本年雨旸时若，秋成不失为中稔，现当新谷登场，亟应将所动积谷如数买补，禀司派员验明上仓，以杜弊混，即经通饬所属一体慎选干洁，勿将潮湿充数在案。兹奉前因，合就通饬札府，立即通饬所属一体遵照，迅将前提积谷如数买足，禀司派员验明上仓，不准颗粒短少。如敢虚应故事，仍前玩忽，定即由司详参不贷，凛之，切切此札等因到府。奉此除饬属遵办外，合亟照会。为此照会贵绅董，希即遵照宪饬办理勿违。须至照会者。

　　光绪二十四年十月　日
　　苏州府照会

　　为照会事。本年十月初一日奉署按察使朱札，光绪二十四年九月二十六日奉巡抚部院德札开，光绪二十四年九月二十三日钦奉电传慈禧端佑康颐昭豫庄诚寿恭钦献崇熙皇太后懿旨：从来君民一体，上下同心，凡属地方应办事宜，虽在官为之倡，尤赖绅民共为襄理，方克相与有成。即如积谷、保甲、团练诸事，似属故常，若能实力奉行，有利无弊，则歉岁足以救荒，保甲则常年足以弭盗，编团则更当训练，久之民尽知兵，自足为缓急之恃。著自直隶、奉天、山东三省为始，以及各省将军督抚，务当晓谕绅民，即将各项认真兴办。其旧有章程者，重加厘订，其未有章程者，妥议举行。先从省会办起，推之通省行之。各省速即照章兴办，以期逐渐扩充。总之，朝廷以天下为一家，以万民为一体，休戚相关，而大小臣工切勿畏难，苟安虚应故事。绅耆尤当以桑梓为怀，所愿尔井里安然，无盗贼水火之虞，共享父子家人之乐。属在苍生，自必能仰体予心，不惜财力，亟图保卫乡间之计。所有积谷、保甲、团练各事，著各将军督抚于接奉此旨后，将若何遵办情形先行奏闻，以慰廑系。倘视为老生常谈，将来以一奏塞责，则真于国计民生漠不相关，大负予勤求民瘼之本意。钦此。查筹办积谷及保甲、团练各事宜，节经行司通饬各属认真遵办在案。钦奉前因，合就恭录札行札司，即便通饬各属一体钦遵，分别办理，此札等因。奉此除通饬外，合亟札饬札府，即便遵照转饬所属一体钦遵，分别办理，仍将遵办情形具复，毋延等因到府。奉此除转饬各厅县遵办外，合行照会。为此照会贵绅董，希即遵照宪饬钦遵办理，仍将遵办情形具文通复勿违。须至照会者。

　　光绪二十四年十月　日
　　苏州府照会

　　为照会事。本年十月初二日，奉总督部堂刘排单札开，照得积谷一项，实足以备凶荒而防事变。前因各属积谷，多因办理工赈平粜，动用殆尽，即经札饬赶筹买补归仓。其未经办有积谷之处，亦应赶紧购办。嗣因各处新谷均已登场，谷价甚贱，又经札司饬催趁时采购，并饬将遵办情形先行禀复，现在均尚未据复到。昨又钦奉谕旨，著饬各州县，将原有仓谷悉数买补足额，其向无仓谷之处，亦即设法筹办，按年查验，除陈易新等因，已另行恭录咨行在案。当此岁收丰稔，价值甚廉，自应赶紧钦遵谕旨办理，以期有备无患。合再通饬札府，即便遵照，迅速督饬所属，各按从前议定积储仓谷之额，查明尚缺若干，赶速酌提积谷存款及前办平粜收回米价，选派妥当可靠绅董，照数采购新谷储仓，并议定按年如何推陈易新章程，禀候核定立案，以资遵守而期经久。此次所购新谷，并须照章另仓存储，以免牵混。其有未办仓谷之处，奉札后亦应赶速筹办。新谷进仓之时，即由各该州县认真秤验，如有短数及潮湿搀杂等项，即责令原买绅董分别补换，总须一律干洁。验收之后，即出具印结，并将采买谷价石数及进仓日期、何人经买通禀存案，听候本部堂于明春派员验查。至地方社仓，可以补积谷仓之不足，亦应由各该地方官实力劝办。如果著有成效，所有劝办之员，本部堂定当从优请奖，决不食言，毋违切切等到府。奉此除转饬各厅县遵办，并将排单申缴督宪外，合亟照会。为此照会贵绅董，希即遵照宪饬，分别办理勿违。须至照会者。

光绪二十四年十月　日

苏州府照会

为遵谕补办积谷先行呈覆事。窃绅迭奉府宪照会转奉宪札并奉督、抚宪札饬各属补办积谷，照会转奉督、抚、藩宪，应将本年平粜米款，如数采购还仓，以期有备无患。并蒙恭录谕旨，抄粘御史韩培森原折，饬即钦遵办理各等因。奉此绅查本年夏秋间，丰备义仓设局平粜，所有支谷收钱各数目，业于八月内呈报在案。兹届秋收丰稔，亟应买补积谷，即于上月内遴派司事，前往宜荆一带采办新谷。计一月以来，购就谷一万五千余石，陆续装运到仓。目下正在续办，总期逐渐补足原额，以仰副圣明慎重仓储暨各大宪图匮于丰之至意。至采办谷价石数，俟明年三月底，一并报销。合将遵办情形，先行呈覆。伏乞除呈藩宪外，理合具呈。伏乞大公祖大人电鉴，并请转详转详，实为公便。谨呈抚督宪，以备查核，实为公便。谨呈。

一呈藩宪府

光绪二十四年十月　日义仓绅董呈

为照会事。本年十一月二十日奉布政使聂批府详准贵绅呈遵谕采买积谷，据呈转详由，奉批：此案业据吴绅具呈，当经由司据情转报抚宪鉴考在案。据详前情，仰即照会吴绅，一体知照缴等因到府。奉此合亟照会。为此照会贵绅董，希即知照。须至照会者。

光绪二十四年十一月　日

苏州府照会

为照会事。本年十一月初七日奉布政使聂札，本年十月二十三日奉苏抚部院德札开，照得通饬各属筹办积谷情形一案，经本部院于光绪二十四年十月初二日会同督部堂恭折覆奏。除俟奉到朱批，另行恭录咨行外，合先抄折札司，通饬各属一体遵照等因到司，抄粘札府。奉此除饬属遵照外，合行抄粘照会。为此照会贵绅董，希即遵照。须至照会者。

计抄粘

光绪二十四年十一月　日

苏州府照会

江苏巡抚德寿奏稿

奏为通饬各属筹办积谷情形恭折覆陈仰祈圣鉴事。窃光绪二十四年九月二十日钦奉电传上谕：盛宣怀奏请速筹积储以固邦本一折，仓储为民食攸关，迭经降旨，谕令各督抚严饬地方官实力举办，以备灾歉。兹据该京卿奏，近来州县办理不善，往往视为具文，甚至侵吞亏蚀，十室九空，一遇偏灾，请蠲请赈，缓不济急。似此任意玩泄，罔恤民艰，实堪痛恨！著各直省督抚督饬各州县，将原有仓谷悉数买补足额。其素无仓谷之处，亦即设法筹办，按年查验，除陈易新，具报存仓实数。至设局讲求农政，业经通谕饬遵并著一体认真劝办，专案奏闻，用副朝廷足食备荒至意。钦此。仰见我皇上轸念民依，无微不至，莫铭钦佩。窃惟王者八政，以食为先。管仲治齐，首实仓廪。诚以年岁凶穰未可预知，而筹备之方，不可不早为之计。查苏省各属举办积谷，经前抚臣酌定章程，大县必须积存四五万石，即小邑州县亦须积至三万石为额，以备不虞。续有地形卑湿，积谷不如积钱之议，殊失备荒本旨。自古有治法，尤赖有治人。推陈易新，无霉变之患。经董得人，无亏耗之患。地方有司认真稽察，则无挪移侵蚀之患。密于勾稽，谨于出纳，预防岁祲，用济民艰。本年春夏间，苏省米价腾踊，各处遏籴，民生竭蹶，人心惊惶。经前抚臣奎俊通饬各属，酌提积谷平粜，闾阎赖以乂安。本岁秋收，仰赖朝廷福庇，尚称中稔，米价渐平，亟宜乘时整顿仓储，以备荒歉。奴才到任后，业经通饬各州县，查明截至本年三月底止，原存谷石及本息银钱各若干，内提谷平粜若干，收回粜价若干，现尚实存仓谷若干，本息银钱若干，先行开折呈送查核。一面督同绅董，禀明提款，察看市价，陆续采买新谷上仓，以重积储。总以原定旧章，大县积存四五万石，小县亦须积至三万石为率，仍重为厘订推易章程，妥慎遵守。绅董中有不足靠者，选择更换。各州县如有虚应故事，一禀塞责，立予参处，并行藩司督饬各属，袪除积弊，实力举行，以仰副圣主视民如伤之至意。钦奉前因，除将农政事宜饬属认真劝办另行覆奏外，谨会同两江总督臣刘坤一恭折覆陈，伏乞皇太后、皇上圣鉴训示。谨奏。

为照会事。本年十二月初五日奉布政使聂札，本年十月二十三日奉苏抚部院德札开，照得通省各属筹办积谷情形一案，经本部院于光绪二十四年十月初二日会同督部堂恭折复奏，抄折行知在案。兹于十一月十九日，差弁赍回原折，奉朱批：知道了。即著随时认真经理，毋得虚应故事，一奏塞责。钦此。恭录札司通饬各属，一体钦遵认真经理等因到司。奉此查此案前奉抚宪抄折札司，当经转饬在案。兹奉前因，合就转饬等因到府。奉此查此案前奉藩宪抄粘札府，当经照会在案。兹奉前因，除饬属遵照外，合行照会。为此照会贵绅董，希即钦遵认真办理。须至照会者。

光绪二十四年十二月　日

苏州府照会

为照会事。本年十月二十日奉布政使聂札，本年十月初二日奉总督部堂刘札开，照得积谷一项，实足以备凶荒而防事变。前因各属积谷，多因办理工赈平粜，动用殆尽，即经札饬赶筹买补归仓，其未经办有积谷之处，亦应赶紧购办。嗣因各处新谷均已登场，谷价甚贱，又经札司饬催趁时采购，并饬将遵办情形先行禀复，现在均尚未据报到。昨又钦奉谕旨，著饬各州县将原有仓谷悉数买补足额，其向无仓谷之处，亦即设法筹办，按年查验，除陈易新等因，已另行恭录咨行在案。当此岁收丰稔，价值甚廉，自应赶紧钦遵谕旨办理，以期有备无患。除再通饬各该道府直隶州督饬所属，各按从前议定积储仓谷之额，查明尚缺若干，赶速酌提积谷存款及前办平粜收回米价，选派妥当可靠绅董，照数采购新谷储仓，并议定按年如何推陈易新章程，禀候核定立案，以资遵守而期经久。此次所购新谷，并须照章另仓存储，以免牵混。其有未办仓谷之处，奉札后亦应赶速筹办。新谷进仓之时，即由各该州县认真秤验，如有短数及潮湿搀杂等项，即责令原买绅董分别补换，总须一律干洁。验收之后，即出具印结，并将采买谷价石数及进仓日期、何人经买通禀存案，听候本部堂于明春派员查验。至地方社仓，可以补积谷谷之不足，亦应由各该地方官实力劝办。如果著有成效，所有劝办之员，本部堂定当从优请奖，决不食言，札司一体分饬遵照等因到司。奉此合就转饬札府，即便通饬所属，一体遵照毋违。又先奉巡道宪札同前由各等因到府，奉此查此案前奉督宪札府，即经关行各厅县并照会贵绅董，一体分别办理在案。兹奉前因，除再转饬各厅县遵办外，合亟照会。为此照会贵绅董，希即遵照先今宪饬，分别办理勿违。须至照会者。

光绪二十四年十一月　日
苏州府照会

为照会事。本年十一月十九日奉总督部堂刘排单札开，照得积谷一事，本部堂前因淮徐海各属被灾，办理工赈平粜，动用殆尽。并迭奉谕旨，饬令一体认真劝办，以期有备无患，均经通饬照额酌提积谷存款及收回米价，照数采购存储。其未办仓谷之处，亦应趁此新谷登场，价值较贱之时，一体赶速筹办。并将采买石数价值、进仓验收日期，妥定推易章程，通禀立案，俟明春派员查验各在案。兹查各属新谷早已登场，而各该州县禀报大都系拟办情形，尚无就绪。年内为日无多，亟应赶速购办，以实仓储。合行札催札府，即便遵照，督饬所属一体遵照先今札饬，限一月内赶紧采购干洁谷石，验收储仓，将价值石数及推陈易新章程妥议禀办，并候派员查验。此乃奉旨垂询要件，毋得玩视迟延，致干参处，切切等因到府。奉此查此案节奉宪饬，均经照会遵办，嗣准贵绅董呈报，已买就一万五千石储仓，续购若干，尚未准续报。兹奉前因，除将奉发排单申缴外，合亟照会。为此照会贵绅董，遵照先今宪饬，迅将前报已购续购谷石，一并运回储仓，禀候藩宪派员查验。切切！须至照会者。

光绪二十四年十一月　日
苏州府照会

为遵办积谷报明谷价石数并请转详事。窃绅迭奉照会，转奉督抚宪谕令丰备义仓赶紧买补积谷，以期有备无患等情。绅业于十月内，将购就新谷一万五千余石，先行呈复在案。嗣又陆续采购，装运到仓，至本月初十日截止，仍照向章以一百斤为一石，扇净秤见，计先后共办干洁新谷四万六千四百二十二石七斗八升。惟苏常各属，一体遵奉宪谕，赶办积谷，谷价因之昂贵，计每石连水脚费合洋二元一角九分二厘。查本年八月内，义仓平粜报销，呈明存谷三万八千七百一十石六斗二升，除去今届协贴饭粥局谷二千石，计存谷三万六千七百一十石六斗二升，加此次新购之谷，统共存谷八万三千一百三十三石四斗。按照该仓积谷原额，尚未补足，俟明年春间再行补办足额，以仰副各仁宪钦遵谕旨图匮于丰之至意。合将谷价石数，具呈报明。^{伏　乞}除呈藩宪外，理合呈报。伏乞^督大公祖大人鉴督并请转详_抚宪以备查核，实为公便，上呈。

一呈^藩_府宪

光绪二十四年十二月　日义仓绅董呈

　　为照会事。本年二月二十四日奉布政使聂札，光绪二十五年二月初九日，奉督宪刘札本司详丰备义仓遵办积谷报明谷价石数由，奉批：据详已悉，仰候抚部院批示缴。又先于二月初六日奉抚宪德批开，据详已悉，仰即转饬仓董接续买补足额，以重仓储，仍候督部堂批示缴各等因到司。奉此合就转饬札府，即便照会丰备仓董吴绅查照，接续买补足额，以备荒歉，毋违此札等因到府。奉此合亟照会。为此照会贵绅董，希即遵照施行。须至照会者。

光绪二十五年二月　日

苏州府照会

　　为照会事。光绪二十四年十二月二十九日，准太仓州蒋移本年十二月十四日奉布政使聂札，本年十一月二十八日奉总督部堂刘批嘉定县禀积谷及义仓实在情形，现存钱谷各数，遵饬开折请示由，奉批：据禀该县积谷及义仓所存谷石，共有五万数千余石之多，积谷本息款项亦有七万六千二百余串。此非有贤宰官贤绅士经理认真，积储何能有如此之富？深堪嘉慰，仰苏藩司即饬知照，并令传谕举人杨恒福、仓董顾朝杰等，始终奋勉，为一乡善士，是为厚望。至所称仓谷透晒收进后，仍每年于三伏日摊晒，二三年后，谷性已坚，非受潮湿，永不蒸变，办理尤属得法。应由司通饬各属仿办，并候札行江藩司饬属一体遵照，令俟采买新谷，运回验收报查，并候抚部院批示缴等因到司，奉此查此案前奉抚宪批司，当经转饬在案。兹奉前因，合就转饬札州，即便饬县遵照，传谕绅董杨恒福等，始终奋勉，认真经理，赶速买谷运回，禀司委验上仓，并将摊晒仓谷办法移会苏松等府，一体饬属仿办，以期永不蒸变。仍令核议推易章程及买谷支用各数，分别造册通禀核夺，均无违延，切速切速等因到州。奉此除分别移行仿办外，移请饬属仿办等因到府。准此除饬属遵照仿办外，合亟照会。为此照会贵绅董，希即一体仿办。望切切！须至照会者。

光绪二十五年正月　日

苏州府照会

　　为照会事。本年二月二十四日奉布政使聂札，本年二月初六日奉总督部堂刘札开，光绪二十五年二月初一日钦奉电传正月三十日上谕：御史孙朝华奏请饬各省认真筹办积谷平粜一折。积谷一事，迭经谕令各直省切实筹办，现在亦陆续覆陈。惟被灾之区，该督抚辄称丰岁再行举办。地方官藉端支吾，致永无实效，况积谷与平粜相辅而行，除陈易新，为仓储要议。现在被灾处所，正当及时平粜，使民无乏食之虞，一俟谷价稍平，即行买补还仓，方为有备无患。著各督抚转饬所属，将积谷平粜事宜，一体认真筹办，毋得空言塞责，视为具文。钦此。合就恭录札行札司，转饬所属，一体钦遵办理等因到司，札府饬属钦遵办理等因到府。除饬属遵办外，合亟照会。为此照会贵绅董，希即钦遵办理施行。须至照会者。

　　光绪二十五年二月　日
　　苏州府照会

　　为义仓钱款发当生息事。窃查丰备义仓田租钱款，除籴谷及一切经费外，历年将余钱拣选殷实当铺发存生息，每届发当，呈请宪谕给发各当商到仓领存在案。嗣于光绪元年，由典当公所呈请，将各典旧存义仓钱款，按照城乡四十余典均匀摊派，蒙升任府宪李详请照办，并以后续发生息以及各典中有闭歇应改存生息者，亦归公所随时均派，奉前藩宪恩批准照办又在案。查义仓本年租籽，除籴谷及一切支用外，约余钱一万串，应请照会典当公所，照章匀派，谕令各典迅速领运，并按照近年发存公款，减为常年一分生息，以示体恤。为此具呈，伏乞大公祖大人电鉴，迅赐施行，实为公便。
　　一呈府宪
　　光绪四年十月　日义仓绅董呈

　　为义仓钱款发当生息事。窃查丰备义仓历年征收租息，除籴谷及一切支用外，所余钱文，历经呈请谕令城乡当商领运生息在案。兹查本年所收租息，除籴谷及一切经费外，尚余钱三千千文。援案呈请照会典当公所绅董，照章均匀摊派，谕令各当商备具领结息折，迅速领运，仍照上年发存，减为常年一分生息，以示体恤。为此具呈，伏乞大公祖大人电鉴，迅赐施行，实为公便。上呈。
　　一呈府宪
　　光绪五年十月　日义仓绅董呈

　　为照会事。案照前奉督宪札饬各属典铺一律宽期减捐，一应公款无过一分缴息等因，即经通饬遵办在案。今据典当公所绅董，以三首县各典商具领存典之紫正书院、丰备义仓两项生息银钱内，有按月一分二厘生息之款，自应遵照宪饬办理，应请呈祈分别照会经董，于本年四月初一日起，减为按月一分生息等情前来。查书院、义仓息本银钱典领息折，向由贵董收存，径行赴典收息。现在自应遵奉宪饬，于四月初一日起，减为一分生息，以示体恤。合行照会贵董，希即查明换取一分起息，领折备查，照减定之息，按季赴典收取济用，仍将何典领存本银若干，开折呈报。望切切！须至照会者。
　　光绪八年六月　日
　　苏州府照会

　　为义仓钱款发当生息事。窃查丰备义仓历年征收租息，除籴谷造仓及一切支用外，所余钱文，历经呈请前任苏府宪谕令城乡当商领运生息在案。兹查本年所收租息，除籴谷及一切支用外，尚余钱一万千文。援案呈请照会典当公所绅董，照章均匀摊派，谕令各当商备具领结息折，迅速领运，仍照近年新章，减为常年一分生息，以示体恤。惟此项发当存运，以充储蓄，民食攸关，该商等万难推诿迟延。为此亟呈，伏乞大公祖大人电鉴，迅赐施行，实为公便。谨呈。
　　一呈府宪

光绪八年十月　　日义仓绅董呈

为义仓钱款发当生息事。窃查丰备义仓历年征收租息，除籴谷建廒及一切支用外，所余钱文，历经呈请前任苏府宪谕饬城乡各当商领运生息在案。兹查本年所收租息及上年余存钱款为数甚巨，除留备一切开支经费外，拟分拨钱一万五千串，应请照会典当公所绅董，照章均匀拨派，谕令各商备具领结息折，迅速领运，仍照近年新章，减为常年一分生息，以示体恤。惟此项发当存运，以充储蓄，民食攸关，万难延缓。为此亟呈，伏乞大公祖大人电鉴，迅赐施行，实为公便。谨呈。

一呈府宪

光绪十年十月　　日义仓绅董呈

为义仓发款减利生息报明备案事。窃查义仓钱款屡经发当生息，兹复拨发钱一万五千串，照周年一分生息，先经呈请照会典当公所绅董，援案匀派，发商领运在案。嗣据公所转覆各商会议，佥称生意清淡，难以转运，必得减利，方可应领。拟请援照七年分由藩库发当银三万两减为常年八厘生息一案，就商前来。绅以该商人所请，似系实在情形，不得不姑顺其意，业将义仓所发钱一万五千串，援照七年库款所发银三万两，减为常年八厘生息。即由公所转发各商分领，收回领结息折，存储义仓。理合呈明，伏乞大公祖大人鉴核，备案存查，实为公便。谨呈。

一呈府宪

光绪十年十二月　　日义仓绅董呈

为义仓钱款发当生息事。窃查丰备义仓历年征收租息，除籴谷建廒及一切支用外，所余钱文，历经呈请前任苏州府宪谕饬城乡各当商领运生息在案。兹查上年所收息余存钱款为数甚巨，除留备一切开支经费外，拟分拨钱二万串，应请照会典当公所绅董，照章均匀摊派，谕令各商备具领结息折，迅速领运，仍照近年新章，减为常年八厘生息，以示体恤。惟此项发当存运，以充储蓄，民食攸关，万难延缓。为此亟呈，伏乞大公祖大人电鉴，迅赐施行，实为公便。谨呈。

一呈府宪

光绪十三年三月　　日义仓绅董呈

为照会事。本月初九日准典当公所绅董潘呈称，据各典商会议，现拨义仓生息款钱二万串，典商生意清淡，转运艰难，拟请照会绅董尽数买谷存储，并请照会书院、善堂各经董，请将前发各款，一体提取置产生息，以恤商情等因到府，准此合行抄呈照会。为此照会贵绅董，希即查照办理施行。须至照会者。

计抄呈文并批

光绪十三年四月　　日

苏州府照会

为照会事。奉布政使易札，奉苏抚部院崧批本司详苏属各典领存各项公款生息分别应减、不应减，开折请示由，奉批：各典承领公款，既经该司查核，所议各节，尚属平允。请将折开一分生息各款，从本年夏季为始，统减为周年八厘起息，其转息减为周年五厘，并将寄存月捐，免予提息，以期持久而恤商艰，应准照行。仰即转饬遵照办理，仍移善后局知照缴折存等因到司。奉此查此案前据该府汇折详送，当经由司照录清折，转详抚宪核示在案。奉批前因，除移善后局查照外，合就转饬札府，立即通饬所属各县遵照，并录报各局查考。一面照会典当公所潘绅，传谕苏属各典商遵办，速将应换图领息折，分别备齐，呈候倒换给执，毋任违延，速速等因到府。奉此查奉发各公项及各县各镇一切存典生息之款，有按月一分生息，亦有周年一分生息，兹已详奉批准自光绪十三年夏季起，一律统减为周年八厘起息，其转息减为周年五厘。至寄存月捐，并免提息，除行县并照会典当公所一体传谕典商遵办，一面将图领息折换送外，合行照会。为此照会贵绅董，请烦查照勿违。须至照会者。

光绪十三年六月　日
苏州府照会

为义仓发款生息报明备案事。窃查义仓钱款，历经发当生息在案。兹届新租开收之际，一时难以尽数买谷，不得不转商典当公所绅董，再三劝谕各典，勉领钱八千五百串，仍照旧章常年八厘生息。已于九月初一日，由公所转发各商，照数分领，收回领结息折，存储义仓。理合将发典钱八千五百串，呈明备案。伏乞大公祖大人鉴核，存案备查，实为公便。谨呈。

一呈府宪
光绪十三年十一月　日义仓绅董呈

为录批照会事。奉府宪魁札，奉布政使黄札，奉苏抚部院崧批长元吴三县详积谷存典公款照会吴绅议复照章办理请示由，奉批：据详该三县义仓，尚有空廒六十余间，而丰备仓有款无廒，据仓绅请将省邑谷仓，仍旧归并附办，应准照行。其该三县存典谷本，亦毋须提出买谷，仰苏藩司转饬遵照缴等因到司，奉此查此案前据该三县并详，即经批府饬候宪示在案。奉批前因，合就转饬等因到府，奉此查此案前奉藩宪批示，即经转行遵照在案。兹奉前因，合行转饬札县，即便遵照毋违，并先奉府宪转奉藩宪批同前由，奉批：既据径详，仰苏州府饬候抚宪批示录报缴等因到府，奉此查此案前据该三县并详，即经批示在案。奉批前因，合行札饬札县，即便遵照毋违。又先奉府宪批同前由，奉批：既据并详，仰候抚宪暨藩宪批示饬遵缴各等因到县，奉此除移元和、吴县查照外，合行录批照会。为此照会贵绅，请烦遵照。须至照会者。

光绪十四年八月　日
长洲县照会

候补知县为申解事。窃卑职奉前宪札委省城丰备义仓会办收租事宜在案。兹据义仓董事从一品封职分部主事吴绅大根声称，奉抚宪面谕，义仓息款，今年须留备要需拨用等因。查仓中历届所收租息，系置买谷石，发典生息，遵照向章，分别办理。现查上年所收息钱二万数千串，若仍照旧发出，设遇要需，恐不能立时应手。因拟提存寄库专款，预备拨用，除将余款留备仓用经费外，特属卑职备齐银款，于四月初三日堂期批解宪库寄存，计解二两库平足色宝纹一万六千两正。惟仓中向归钱款出入，现因钱款解寄维艰，特照市价核算，每钱一百五十五串八百三十文，易银一百两正，合计共解过足钱二万四千九百三十二千八百文。伏乞宪台俯赐兑收寄库掣印批回，发仓收执。倘将来此款无须拨用，仍可由库发还现银，再照彼时市价易钱，照旧存典生息，以符向章，并请据情转详抚宪存案备查，实为公便。须至申者。

一申藩宪

光绪十四年四月　日义仓委员朱江

为转饬事。奉苏抚部院崧批司详报省城义仓遵饬提款易银解司备拨一案由，奉批：据详已悉。仰将解到银两，专款存候备拨，倘将来无须拨用，仍发该仓照章存放可也。并即转饬知照缴等因到司。奉此合就转饬，札到该令，即便知照。此札。

光绪十四年五月　日

藩宪札

为丰备义仓息款援案寄存藩库事。窃绅办理省城丰备义仓历届息款，置买谷石，发典生息，按年造报在案。查光绪十四年奉前抚宪崧面谕，本年息款，预备荒歉要需，提存藩库，以资随时应用。因于是年四月初三日堂期，由委员朱令江批解宪库二两库平足色宝纹一万六千两正，蒙给批回存仓备查各在案。兹查该仓所收息款，除添买新谷、留备仓用经费外，提出英洋二万元，于三月十八日堂期批解宪库，寄存备拨。惟仓中向归钱款出入，因钱款解寄维艰，特照市价每英洋一元，核算足制钱一千文，合计共解过足制钱二万串。伏乞大公祖大人俯赐兑收寄库掣印批回，发仓收执。再，此款专备将来长元吴荒歉之岁，立时提用。此外别项需款，并请毋庸拨发。合并申明，实为公便。上呈。

一呈藩宪

光绪十七年三月　日义仓绅董呈

为照送事。准贵绅批解收存息款英洋二万元，存司备拨等因到司。准此除于三月十八日堂期照数提收储库外，合掣回照送还。为此照会贵绅，请烦查收备案施行。须至照会者。

计送还回照一纸

光绪十七年三月　日

藩宪照会

为丰备义仓息款援案寄存藩库事。窃绅办理省城丰备义仓历届息款，置买谷石，发当生息，按年造报在案。查光绪十四年奉前抚宪崧面谕，本年息款，预备荒歉要需，提存藩库，以资随时应用。因于是年四月初三日堂期，由委员朱令江批解二两库平足色宝纹一万六千两正。又于光绪十七年三月十八日堂期，由绅批解英洋二万元正，先后寄存宪库，均经蒙给批回存仓备查各在案。兹查该仓所收租息，除留备仓用经费外，提出英洋二万元，于三月十八日堂期，批解宪库，寄存备拨。惟仓中向归钱款出入，因钱款解寄维艰，特照市价每英洋一元，核算足制钱一千三十文，合计共解过足制钱二万六百千文。伏乞大公祖大人俯赐兑收寄库掣印批回，发仓收执。再，此款专备长元吴三邑荒歉之岁，立时提用。此外别项需款，请毋庸拨发合并声明，实为公便。上呈。

一呈藩宪

光绪十八年三月　日义仓绅董呈

为照会事。照得本年徒、阳两县被旱成灾，已蒙恩旨截留漕米，饬令筹办赈抚等因。钦此。惟待赈甚迫，需款较巨，现在开办伊始，赈捐未集，截漕银两，一时亦未能解到。查司库现有收存丰备义仓提解息款洋四万元，自应暂行如数借动，以济赈需。仍俟收有振捐，并截漕银两，即行归还。一转移间，于振务有裨，于仓款无损。合就照会。为此照会贵绅，请烦查照，希即会商诸绅示复施行。须至照会者。

光绪十八年九月　日

藩宪照会

为照案呈覆并请转详备查事。窃奉照会内开，本年徒、阳两县被旱成灾，已蒙恩旨截留漕米，饬令筹办赈抚等因。钦此。惟待赈甚迫，需款较巨，现在开办伊始，赈捐未集，截漕银两，一时亦未能解到。查司库现有收存丰备义仓提解息款洋四万元，自应暂行如数借动，以济赈需。仍俟收有赈捐，并截漕银两，即行归还。一转移间，于振务有裨，于仓款无损等因。奉此查丰备义仓息款，寄存宪库，专为长元吴三邑备荒起见，适遇灾祲，即可立时提用，不致临时棘手。今徒、阳需款紧要，移缓就急，并蒙宪谕，俟收有振捐并截漕银两，即行归还。仰见藻虑周详，为三邑保卫备荒要款，合郡士民同声感戴。除请照数借动外，并恳大公祖大人俯赐转详抚宪备案存查，实为德便。上呈。

一呈藩宪

光绪十八年九月　日义仓绅董呈

为丰备义仓息款援案寄存藩库事。窃绅办理丰备义仓历届息款，置买谷石，发当生息，按年造报在案。查光绪十四年奉前抚宪崧面谕，本年息款，预备荒歉要需，提存藩库，以资随时应用。因于是年四月初三日堂期，由委员朱令江批解二两库平足色宝纹一万六千两。又于光绪十七、十八两年三月十八日堂期，由绅先后批解英洋四万元寄存宪库，均经蒙给批回存仓备查各在案。兹查该仓所收租息，除留备用经费外，提出英洋三万元，于二月初三日堂期，批解宪库，寄存备拨。惟仓中向归钱款出入，因钱款解寄维艰，特照市价每英洋一元，核算足制钱一千四十文，合计共解过足制钱三万一千二百千文。伏乞大公祖大人俯赐兑收寄库掣印批回，发仓收执。再，此款专备长元吴三邑荒歉之岁，立时提用。此外别项需款，并请毋庸拨发。合并声明，实为公便。上呈。

一呈藩宪

光绪十九年正月　日义仓绅董呈

为照复事。准贵绅批解收存息款英洋三万元存司备拨等因到司。准此除于二月初三日堂期，照数提收储库，掣给回照外，合就照复。为此照会贵绅，烦为查照施行。须至照会者。

光绪十九年二月　日

藩宪照会

为丰备义仓息款援案寄存藩库事。窃绅办理丰备义仓历届息款，置买谷石，发当生息，按年造报在案。查光绪十四年奉前抚宪崧面谕，本年息款，预备荒歉要需，提存藩库，以资随时应用。因于是年四月，由委员朱江批解二两库平足色宝纹一万六千两。又于光绪十七、十八、十九等三年，由绅先后批解英洋七万元寄存宪库，均经蒙给批回存仓备查各在案。兹查该仓所收租息，除留备用经费外，提出英洋三万元，于本月二十三日堂期，批解宪库，寄存备拨。惟仓中向归钱款出入，因钱款解寄维艰，特照市价每英洋一元，核算足制钱一千二十文，合计共解过足制钱三万六百千文。伏乞大公祖大人俯赐兑收寄库掣印批回，发仓收执。再，此款专备长元吴三邑荒歉之年，立时提用。此外别项需款，并请毋庸拨发。合并声明，实为公便。上呈。

一呈藩宪

光绪二十年正月　日义仓绅董呈

为照复事。查接管卷内准贵绅批解收存息款英洋三万元存司备拨等因到前司。准此除于正月二十三日堂期，照数提收储库，掣给回照外，未及照复移交前来，合就查案照复。为此照会贵绅，烦为查照施行。须至照会者。

光绪二十年二月　日

藩宪照会

为照会事。照得户部奏准息借商款充饷一案，奉经由司颁发告示，通行各属晓谕。兹复周咨众议，酌定劝办章程十条，详请两院宪核明奏咨，在省设局举办，业将前项章程，逐条刊示，另行札发各州厅县遵照筹劝。查各属积谷，本系民捐存备荒年之用。近年秋收中稔，毋庸提支，现在核计苏属各州厅县暨省城义仓存钱约有一百三十余万串，均系存典生息。佥谓此项捐钱，同一生息，自可移缓就急，借济饷需，议定酌提五成，合银批解，照章填给印票，予以息银，按期归还。闾阎深明大义，自不致有所藉口，业已明晰刊列章程，自应照办。除通饬各属一体核明提解外，合亟照会。为此照会贵绅，请烦查照，希将丰备义仓存钱，截至本年八月底止，共计实存本息钱若干，核明确数，酌提一半，查照省城时价，易换库平纹银，赶紧解司备拨，以凭核明填票给执，按期给息，幸勿迟延。望切施行。须至照会者。

光绪二十年九月　日

藩宪照会

为接奉照会内开填票给执按期给息等因。伏查丰备仓历年收款，因仓中并无库储，市面萧条，典中无从行运。至稳万妥，莫如寄存宪库。一遇凶歉，立时提用，为三邑农民筹备之至意。因于光绪十四年四月寄存库平纹一万六千两，于十七年三月寄存洋二万元，于十八年三月寄存洋二万元，于十九年二月寄存洋三万元，本年正月寄存洋三万元，五次共寄库平纹一万六千两，洋一十万元。申明此系留备本地急赈，无论何项不能移动，给有批回为凭。现奉宪谕，因筹饷要需，息借商款，是不能不移缓就急。应请将前项存银一万六千两，洋一十万元，即恳宪恩，饬发钱庄，核换库平纹银，作为息借商款。应数若干，候示遵行存案，核之总数，在五成以上，与所详章程亦属相符。前领批回，俟印票发出，即行呈缴倒换。其余存典生息，俱系钱款，总数仅存足钱一十万五千四百八十千文，留备荒歉不时之需。是否有当，伏乞大公祖大人批示，以便遵照办理。再，长元吴三邑积谷仓共存钱六千千文，亦系发商生息，为数无多，应请免其商借，实为公便。上呈。

　　一呈藩宪

　　光绪二十年十月　日义仓绅董呈

　　为照覆事。窃奉照会内开，筹饷要需，息借商款，遵将前项寄存宪库库平足纹一万六千两并历次解存英洋一十万元，作为息借商款，照数饬拨等因。嗣奉宪批，候将寄存银洋，分别饬库动放发庄，易换库平纹银，缴候核明，饬局填票收执，倒换批回。至长元吴三邑积谷钱文，为数无多，自应免提各等因。兹于十一月初一日奉拨丰备仓积谷银一万六千两，已于十月十三日由筹饷局查照填给印票送司照送，已蒙发下印票一张、小票五张，照数收领存仓，应将前给批回，先行呈送倒换。又于十月十四日奉拨丰备仓积谷英洋一十万元，按照省城市价每洋一元，合库平银六钱七分八厘，共合库平银六万七千八百两，作为放还义仓谷价，即作解司息借商款。其洋已于十月十八日堂期，饬库核作收放，当由筹饷局查照，核填印票一张、小票五张送司照送。兹准印小票，暂存司库。俟蒙发下印小票，再将前领批回一并缴销。所有此次库平纹一万六千两，按月七厘息银，由仓按期照领，以备接济赈款零星之需。其洋款合纹六万七千八百两，届时仅领本银，至七厘息银，自应遵奉宪谕，由筹饷局随时划扣，以作局中公用。是否有当，尚祈大公祖大人批示照覆，以便备案存查，实为公便。上呈。

　　计粘缴一万六千两批回一纸

　　一呈藩宪

　　光绪二十年十一月　日义仓绅董呈

　　为领息事。前奉照会内开，现因筹饷需用息借积谷存项一事，当即将寄存宪库银一万六千两，英洋一十万元，其洋奉宪批发庄易银六万七千八百两，存库备用。其一万六千两，当奉发下小票五纸，按期领息并本。惟六万七千八百两印小票暂存宪库，其息款以作局用等情。自当遵奉宪谕，其一万六千两，第一期应领息银六百七十二两，刻已至期。兹备具领结，伏乞大公祖大人饬赐核放，以便备用，实为公便。上呈。

　　计呈领结一纸

　　一呈藩宪

　　光绪二十一年六月　日义仓绅董呈

　　为照会事。案照司库收存苏城丰备义仓积谷银一万六千两，前准贵绅呈请，归入息借商款案内提借等因，当经由司于二十年十月十三日照数核收在案。兹准贵绅呈称，应领第一期息银，刻已届期，检呈大小印票，备领呈请核放等因前来。查此项息银，应遵宪饬扣至本年五月初十日止，核计六个月二十八日，应给息银七百七十六两五钱三分三厘，查核来领银数不符，已由司更正，在商款息银款内照数动支。除于七月初八日堂期动放，并将小票存司外，合将不符印领并大票，一并照送。为此照会贵绅，请烦查收，希即换具准领送司备案施行。须至照会者。

计照送领结一纸、大票一张

光绪二十一年七月　日

藩宪照会

为核放事。案照司库收存省城丰备义仓积谷洋十万元，前准贵绅呈请，归入息借，商款案内提借，应给息银，以作局用等因。当经由司将前项洋元，按照市价，合库平银六万七千八百两，于上年十月十八日堂期，核作收放，由局核填印票，从十一月初一日起息在案。兹查提借前项积谷银两，应给第一期息银，自应遵照宪饬，扣至本年五月初十日止，计六个月十天，核计息银三千五两八钱，即于商款息银款内，照数动放，作为局用，由司另款存储。除于八月十三日堂期动放作收外，合就照会。为此照会贵绅，请烦查照施行。须至照会者。

光绪二十一年八月　日

藩宪照会

为请领息款仰祈核放事。窃绅前奉照会内开，现因筹饷需用息借积谷存款，当将寄存宪库库平银一万六千两，洋一十万元，每元发庄易银六钱七分八厘，合库平银六万七千八百两。其一万六千两，当蒙发下小票五纸，按期领息并本，惟六万七千八百两印小票暂存宪库，息款以作局用等情。兹届第二期，备具领结，应领连闰七个月息银七百八十四两，并呈印票一纸，小票一纸，盖印发还，以便收执。伏乞大公祖大人电鉴，给领备用，实为公便。上呈。

计呈领结印票小票各一纸

一呈藩宪

光绪二十一年十一月　日义仓绅董呈

为照会事。案照司库收存苏城丰备义仓积谷银一万六千两，前准贵绅呈请，归入息借案内提借。当经由司于二十年十月十三日，照数核收，并将第一期息银放发各在案。兹于十一月二十六日，准贵绅呈称，应领第二期连闰七个月息银，检呈印票备领，呈请核放等因前来。查息借商款，扣至本年十一月初十日，为第二期，应行本利并还。除本银四千两业已汇数解交商务局转借公司拨用外，所有第二期连闰七个月息银七百八十四两，应于商款息银款内照数放发。除于十二月初八日堂期动放外，合将小票于息银下加盖放讫戳记，连同大票，仍行照送收执。为此照会贵绅，烦为查收施行。须至照会者。

计照送大小票二纸

光绪二十一年十二月　日

藩宪照会

为核放事。案照司库收存省城丰备义仓积谷洋十万元，前准贵绅呈请，归入息借商款案内提借，应给息银，以作局用等因。当经由司将前项洋元，按照市价合库平银六万七千八百两，于上年十月十八日堂期，核作收放，由局核填印票，从十一月初一日起息，并将第一期息银照数动放，另款存储各在案。兹查提借前项积谷银两，应将第二期息银，扣至十一月初十日止，连闰七个月，核该息银三千三百二十二两二钱，即于商款息银款内照数动放，作为局用，由司另款存储。除于十二月二十八日堂期动放作收外，合就照会。为此照会贵绅，请烦查照施行。须至照会者。

光绪二十一年十二月　日

藩宪照会

为请领息款仰祈核放事。窃绅奉前宪照会内开，现因筹饷需用息借积谷存款，当将寄存宪库库平银一万六千两，英洋一十万元，每元发庄易银六钱七分八厘，合库平银六万七千八百两。其一万六千两，发下小票五纸，按期领息并本，惟六万七千八百两印小票暂存宪库，息款以作局用等情。第一、第二两期息银，业已领讫。兹届第三期，备具领结，应领息银五百四两，并呈印票一纸，小票一纸，盖印发还，以便收执。伏乞大公祖大人电鉴，给领备用，实为公便。上呈。

计呈领结一纸、印小票各一纸

一呈藩宪

光绪二十二年五月　日义仓绅董呈

为照会事。案照司库收存苏城丰备义仓积谷银一万六千两，前准贵绅呈请，归入息借案内提借。当经由司于二十年十月十三日照数核收，并将第一、第二两期息银放发各在案。兹于五月二十二日，准贵绅呈称，应领第三期息银，检呈印票备领，呈请核放等因前来。查息借商款第三期，扣至本年五月初十日止，应行本利并还，除本银四千两，业已照案汇数解交商务局转借公司拨用外，所有第三期六个月息银五百四两，应于商款息银款内照数放发。除于六月初三日堂期动放外，合将小票于息银下加盖放讫戳记。连同大票，仍行照送收执。为此照会贵绅，烦为查收施行。须至照会者。

计照送大小票二纸

光绪二十二年六月　日

藩宪照会

为照会事。案照司库收存省城丰备义仓积谷洋十万元，前准贵绅呈请，归入息借商款案内提借，应给息银，以作局用等因。当经由司将前项洋元，按照市价合库平银六万七千八百两，于二十年十月十八日堂期，核作收放，由局核填印票，从十一月初一日起息，并将第一、第二两期息银照数动放，另款存储各在案。兹查提借前项积谷银两，应给第三期息银，扣至本年五月初十日止，六个月核该息银二千一百三十五两七钱，应于商款息银款内动支。其第二期应还本银一万六千九百五十两，借拨商款公司济用。计自上年十一月十一日起，至本年五月初十日，六个月核该息银七百十一两九钱，已准商务局解司，自应一并动放，即于局解积谷息银款内照数动支。核计共给息银二千八百四十七两六钱，作为局用，由司另款存储。至应还第三期本银，业已照案解交商务局借拨公司济用。除于七月初八日堂期动放作收外，合就照会。为此照会贵绅，请烦查照施行。须至照会者。

光绪二十二年七月　日

藩宪照会

为请领息款仰祈核放事。窃绅奉前宪照会内开，现因筹饷需用息借积谷存款，当将寄存宪库库平银一万六千两，洋一十万元，每元发庄易银六钱七分八厘，合库平银六万七千八百两。其一万六千两，当蒙发下小票五纸，按期颁息并本，惟六万七千八百两印小票暂存宪库，息款以作局用等情。第一期至第三期，业已领讫。兹届第四期，备具领结，应领息银三百三十六两，并呈印票一纸，小票一纸，盖印发还，以便收执。伏乞大公祖大人电赐核放，给领备用，实为公便。上呈。

计呈领结一纸、印票小票各一纸

呈藩宪

光绪二十二年十二月　日义仓绅董呈

为照会事。案照司库收存苏城丰备义仓积谷银一万六千两，前准贵绅呈请，归入息借案内提借。当经由司于二十年十月十三日照数核收，并将第一、第二、第三三期息银，先后放发各在案。兹查接管卷内，准贵绅呈称，应领第四期息银，检呈印票备领，呈请给领等因到前署司，移交前来。查息借商款第四期，扣至本年十一月初十日止，应行本利并还。除本银四千两，已照案汇数解交商务局转借公司拨用外，所有第四期六个月息银三百三十六两，应于商款息银款内照数发放。除于十二月初三日堂期动放外，合将小票于息银下加盖放讫戳记，连同大票，仍行照送收执。为此照会贵绅，烦为查收施行。须至照会者。

计照送大小票二纸

光绪二十二年十二月　日

藩宪照会

为请领息款仰祈核放事。窃绅奉前宪照会内开，现因筹饷需用息借积谷存款，当将寄存宪库库平银一万六千两，英洋一十万元，每元发庄易银六钱七分八厘，合库平银六万七千八百两。其一万六千两，发下小票五纸，按期领息并本，惟六万七千八百两印小票暂存宪库，息款以作局用等情。兹查一万六千两，应于二十一年十一月初十日还本银四千两，二十二年五月初十日还本银四千两，均已奉文，由司照案汇数解交商务局转借公司拨用外，所有息银，仍照前案，每月七厘起息，扣至本年十一月初十日止，分别应领息银五百四两。兹备具领结，并呈第二、第三两期小票二纸，盖印发还。伏乞大公祖大人电赐核放，给领备用。再，前呈印票小票两纸，一并发下，以便收执，合并声明，实为公便。上呈。

计呈领结一纸、小票一纸

一呈藩宪

光绪二十二年十二月　日义仓绅董呈

为照会事。案照司库收存苏城丰备义仓积谷银一万六千两，前准贵绅呈请，归入息借案内提借。当经由司于二十年十月十三日照数核收，并将第一期至第四期止息银先后放发各在案。兹于本年十二月十二日，准贵绅呈称，二十一年十一月初十日还本银四千两，二十二年五月初十日还本银四千两，均已奉文转借公司拨用，扣至本年十一月初十日止，应领息银五百四两，检呈印票备领，呈请核给等因到司。准此查第二期还本银四千两，借拨公司济用。自二十一年十一月十一日起，至本年十一月初十日止，十二个月计银三百三十六两。又第三期还本银四千两，借拨公司济用。自本年五月十一日起，至十一月初十日止，计银一百六十八两，核计共应给银五百四两，已准商务局解司，应即照数放发，于局解积谷息银款内动支。除于十二月二十三日堂期动放外，合将小票仍行照送收执。为此照会贵绅，请烦查收施行。至前呈大小票，已于十二日一并照送，合并声明。须至照会者。

计照送小票二纸

光绪二十二年十二月　日

藩宪照会

为请领息款仰祈核放事。窃绅奉前宪照会内开，现因筹饷需用息借积谷存款，当将寄存宪库库平银一万六千两，洋一十万元，合库平银六万七千八百两，印小票暂存宪库，息款以作局用等情。继又奉文，案照司库收存积谷银一万六千两，按期应还本银，由司照案汇数解交商务局，转借公司拨用。所有息银，仍照前案，每月七厘起息，扣至本年五月初十日止，应领第五期息借款息银一百六十八两。第四期商务局息银五百四两，共计应领息银六百七十二两。兹备具领结，伏乞大公祖大人电赐核放，给领备用，并呈大票一纸，第四期小票一纸，盖印发还，以便收执，实为公便。谨呈。

计呈领结一纸、印票小票各一纸

一呈藩宪

光绪二十三年五月　日义仓绅董呈

为照会事。案照司库收存苏城丰备义仓积谷银一万六千两，前准贵绅呈请，归入息借案内提借。当经由司于二十年十月十三日照数核收，并将应给息银放至第四期止，及借拨商务公司第二、第三两期本银项下息银，放至二十二年十一月初十日止各在案。兹准贵绅请领第五期息银，并借拨商务公司本银项下息银，检呈印票备领，呈请给领前来。查第五期应给息银，扣至二十三年五月初十日止，六个月计银一百六十八两，即于商款息银款内动支，所有借拨公司第二、第三、第四三期共本银一万二千两，计自二十二年十一月十一日起，至二十三年五月初十日止，六个月计应给息银五百四两。已准商务局解司，自应一并放发，即于局解息银款内，照数动放，核计共应给银六百七十二两。除于六月十八日堂期动放外，合将大小票于息银项下，加盖放讫戳记照送。为此照会贵绅，烦为查照施行。须至照会者。

计照送大小票二纸

光绪二十三年六月　日

藩宪照会

为照会事。本年六月二十六日，奉总督部堂刘批本司详积谷尾款奉饬暂存司库，应否就数收归丰备义仓借款请示由，奉批：据详已悉。仰即将存司积谷尾款，先行就数收还丰备义仓之项。其各州县应领本银，作为全数转借济用，按期给息此缴等因到司。奉此除通行遵照外，合就抄详照会。为此照会贵绅，烦为查照施行。须至照会者。

计抄详

为详请示遵事。窃奉宪台批本司详第五期应还积谷公款本银，应否借拨公司一案由，奉批：查丝、纱两厂，应以招集商股为要。现在商股既未招集，仅恃此区区积谷尾款，何能济事？矧此款为备荒要需，前已批明。昨锡厂行本不敷，请借积谷公款银五万两，由商务局详请核示前来。当因锡厂一时难于周转，亦因前将该处商款移作苏厂股本，不得不量予通融批准，暂行照借，以免停待。然仍责令妥议还期，以免要款久悬在案。现计前四期积谷借款，除黄宗宪借银二万两，锡厂借银五万两，其余均为该两厂所借，为数已巨。商股既无应者，势必筹还无期，此项积谷尾款，似不得不暂留，以备缓急，自应由商务局转商陆绅，设法赶招商股，以维厂务，此实为两厂扼要办法。所有积谷尾款，应暂存司库，一面移会商务局，与陆绅妥筹招股之法，以期股分速集而免厂务中辍，是为至要缴等因到司。除移商务局遵办外，惟查息借案内提借积谷公款第五期，共应还本银九万三千九百五十两，奉准暂行借拨锡厂银五万两，其余银四万三千九百五十两，批饬暂存司库。此项公款系各州县合共之数，分而计之，则自数千以至数百两不等。若者应凑借纱厂，若者应存留司库，未能强为区分，以前第二、三、四等期还本银两，全数解交商务局，暂借公司济用。各属来司具领，即以此语批答，应得息银，由局按期提取，解司给领。各县一律，尚无异议。今第五期，以强半借与纱厂，款属众共，息归谁领，以尾款暂存司库，借未收归，不能即还。此中难免参差，阖属公款，人皆得而藉口，设各属以办理未能划一，请示作何批办，即经咨请商务局筹议妥善办法，复司核办去后。兹准复称，筹饷局底簿息借积谷款内，苏城丰备义仓共借银八万三千八百两，数为各属之冠。且丰备义仓之款，本系寄存司库，并不起息，所有前项银四万三千九百五十两，似可就数先行收还，将来各属领息，仍可按数分给，免得区分为难等因前来。复查此项积谷尾款，奉饬暂存司库，现准商局议将此数收归三首县丰备义仓之项。其各州县应领本银，作为全数转借济用，按期给与息银，应否查照办理之处，未敢擅便。相应具文详请，伏乞宪台鉴核，俯赐批示遵行，实为公便云云。

光绪二十三年七月　日

藩宪照会

为请领息款仰祈核放事。窃绅奉前宪照会内开，现因筹饷需用息借积谷存项，当将寄存宪库库平银一万六千两，洋一十万元，合库平银六万七千八百两。其一万六千两，发下小票五纸，按期领息并本，惟六万七千八百两印小票暂存宪库，息款以作局用等情。继又奉文，案照司库收存积谷银一万六千两，按期应还本银，由司照案汇数解交商务局转借公司拨用。所有息银，仍照前案，每月七厘起息，扣至本年十一月初十日止，应领息银六百七十二两。兹备具领结，伏乞大公祖大人电赐核放，给领备用，并呈大票一纸，盖印发还，以便收执，实为公便。上呈。

计呈领结一纸、大票一纸

一呈藩宪

光绪二十三年十一月　日义仓绅董呈

为照会事。案准贵绅请领借拨商务公司积谷本银项下息银，具领呈请核给等情到司。当因此项息银未准解到，即经批俟咨解到司，另行核明动放在案。兹准咨解前来，应即照案放发。查提借丰备义仓积谷银一万六千两，应给息银，均已放至光绪二十三年五月初十日止。所有五月十一起，至十一月初十日止，六个月核计应给丰备义仓息银六百七十二两，即于解存本款内照数动放给领。除十二月十八日堂期动放外，合将大票照送。为此照会贵绅，烦为查收施行。须至照会者。

计照送大票一纸

光绪二十三年十二月　日

藩宪照会

为请领息款仰祈核放事。窃绅奉前宪照会内开，现因筹饷需用息借积谷存款，当将寄存宪库库平银一万六千两，洋一十万元，合库平银六万七千八百两。其一万六千两，发下小票五纸，按期领息并本，惟六万七千八百两印小票暂存宪库，息款以作局用等情。继又奉文，案照司库收存积谷银一万六千两，按期应还本银，由司照案汇解商务局转借公司拨用。仍照前案，每月七厘起息，业已领至上年十一月初十日止，兹备具领结，扣至本年五月初十日止，连闰七个月，应领息银七百八十四两。伏乞大公祖大人电赐核放，实为公便。上呈。

计呈领结一纸

一呈藩宪

光绪二十四年五月　日义仓绅董呈

为照会事。准贵绅请领借拨商务公司积谷本银项下息银，具领请给等因到司。准此查提借丰备义仓积谷银一万六千两，应给息银，业已放至光绪二十三年十一月初十日止在案。所有二十三年十一月十一日起，至二十四年五月初十日止，连闰七个月，核计应给丰备义仓息银七百八十四两，已准商务局解司，自应照数放发，即于解存本款内动放给领。除六月十三日堂期放发外，合就照会。为此照会贵绅，烦为查照施行。须至照会者。

光绪二十四年六月　日

藩宪照会

为丰备义仓息款援案寄存藩库事。窃绅办理丰备义仓历届息款，置买谷石，发当生息，按年造报在案。查光绪十四年奉前抚宪崧面谕，本年息款，预备荒歉要需，提存藩库，以资随时应用。因于是年四月，由委员朱江批解二两库平足色宝纹一万六千两。又于光绪十七、十八、十九、二十等四年，由绅先后批解英洋一十万元，寄存宪库，均经蒙给批回存仓备查各在案。兹查该仓所收租息，除留备用经费外，提出英洋五万元，于本月二十八日堂期，批解宪库，寄存备拨。惟仓中向归钱款出入，因钱款解寄维艰，特照市价每英洋一元，核算足制钱九百一十文，共计解过足制钱四万五千五百千文。伏乞大公祖大人俯赐兑收寄库钤印批回，发仓收执。再，此款专备长元吴三邑荒歉之年，立时提用。此外别项需款，并请毋庸拨发。合并声明，实为公便。上呈。

　　一呈藩宪

　　光绪二十四年七月　日义仓绅董呈

　　为照复事。准贵绅董呈解丰备义仓租息洋五万元，存司备拨等因到司。除于七月二十八日堂期照数兑收储库并钤批回外，合行照复。为此照会贵绅董知照施行。须至照会者。

　　光绪二十四年八月　日

　　藩宪照会

　　为丰备义仓息款援案寄存藩库事。窃绅办理丰备义仓历届息款，置买谷石，发当生息，按年造报在案。查光绪十四年奉前抚宪崧面谕，本年息款，预备荒歉要需，提存藩库，以资随时应用。因于是年四月，由委员朱江批解二两库平足色宝纹一万六千两。又于光绪十七、十八、十九、二十等四年，由绅先后批解英洋一十万元，寄存宪库，均经蒙给批回存仓备查。又于本年七月二十八日堂期，批解英洋五万元各在案。兹于八月初八日堂期，批解英洋五万元，寄存宪库。惟仓中向归钱款出入，因钱款解寄维艰，特照市价每英洋一元，核算足制钱九百一十文，共计解过足制钱四万五千五百千文。伏乞大公祖大人俯赐兑收寄库钤印批回，发仓收执。再，此款专备长元吴三邑荒歉之年，立时提用。此外别项需款。并请毋庸拨发。合并声明，实为公便。上呈。

　　一呈藩宪

　　光绪二十四年八月　日义仓绅董呈

　　为照复事。准贵绅董呈解丰备义仓租息洋五万元，存司备拨等因到司。除于八月初八日堂期照数兑收储库并钤批回外，合行照复。为此照会贵绅董查照施行。须至照会者。

　　光绪二十四年八月　日

　　苏藩宪照会

　　为丰备义仓息款援案寄存藩库事。窃绅办理丰备义仓历届息款，置买谷石，发当生息，按年造报在案。查光绪十四年奉前抚宪崧面谕，本年息款，预备荒歉要需，提存藩库，以资随时应用。因于是年四月，由委员朱江批解二两库平足色宝纹一万六千两。又于光绪十七、十八、十九、二十等四年，由绅先后批解英洋一十万元，寄存宪库，均经蒙给批回存仓备查。又于本年七月二十八日、八月初八日二届堂期，批解英洋一十万元各在案。兹于八月二十三日堂期，批解英洋四万元，寄存宪库。惟仓中向归钱款出入，因钱款解寄维艰，特照市价每英洋一元，核算足制钱九百一十文，共计解过足制钱三万六千四百千文。伏乞大公祖大人俯赐兑收寄库钤印批回，发仓收执。再，此款专备长元吴三邑荒歉之年，立时提用。此外别项需款，并请毋庸拨发。合并声明，实为公便。上呈。

　　一呈藩宪

　　光绪二十四年八月　日义仓绅董呈

为照复事。准贵绅董呈解丰备义仓租息洋四万元，存司备拨等因到司。除于八月二十三日堂期照数兑收储库并掣批回外，合行照复。为此照会贵绅董知照施行。须至照会者。

光绪二十四年八月　日

藩宪照会

为请领息款仰祈核放事。窃绅奉前宪照会内开，现因筹饷需用息借积谷存款，当将寄存宪库库平银一万六千两，英洋一十万元，合库平银六万七千八百两，一并借作饷需。其六万七千八百两印小票暂存宪库，以息款作局用。惟一万六千两，发下小票五纸，按期领息并本。嗣又奉文，案照司库收存积谷银一万六千两，按期应还本银，由司照案汇解商务局转借公司拨用，仍照前案，每月七厘起息各等因。查一万六千两息款，业已领至本年五月初十日止，兹又备具领结，扣至十一月初十日止，计六个月，应领息银六百七十二两。伏乞大公祖大人电赐核放，实为公便。上呈。

计呈领结一纸

一呈藩宪

光绪二十四年十一月　日义仓绅董呈

为照会事。准贵绅请领借拨商务公司积谷本银项下息银，具领请给等因到司。准此查提借丰备义仓积谷银一万六千两，应给息银，业已放至二十四年五月初十日止在案。所有五月十一日起，至十一月初十日止，计六个月，核该应给息银六百七十二两。已准商务局解司，自应照数放发，即于解存本款内动放给领。除于十一月二十三日堂期放发外，合就照会。为此照会贵绅，烦为查收施行。须至照会者。

光绪二十四年十一月　日

藩宪照会

为遵办积谷请迅赐发还仓款事。窃绅叠奉各宪照会，饬令丰备义仓，赶紧买补积谷，以期有备无患等因。绅于上月内业将购就新谷一万五千余石，先行呈复在案。嗣经陆续采购装运到仓，计又购就一万余石，统共前后购就谷二万五千余石。照该仓积谷原额，所缺尚巨，趁此天气晴和，谷甚干洁，理应遵照宪谕，再行续办，以充积储。惟查义仓本届所收租息，业因买谷用罄，请于寄存宪库积谷款内先行发还英洋四万元，以便赶紧续办。为特备具领结，并缴四万元批回一纸，伏乞大公祖大人电鉴，迅赐放还应用，实为公便。上呈。

计呈领结一纸、批回一纸

一呈藩宪

光绪二十四年十一月　日义仓绅董呈

为照会事。准贵绅呈称：叠奉照会，赶紧买补积谷，以期有备无患。遵即前后共购新谷二万五千余石，照积谷原额，所缺尚巨，趁此谷甚干洁，应再续办，以充积储，具领并缴批回，请于寄存积谷款内先行发还英洋四万元，以便赶紧续办等因到司。准此查义仓积谷，系备荒要需。既称所缺尚巨，自应赶紧续购，以足原额。即于寄存本款内动支英洋四万元，放还济用，除于十一月十三日堂期动放外，合就照会。为此照会贵绅，烦为查收应用施行。须至照会者。

光绪二十四年十一月　日

藩宪照会

为遵谕补办积谷请将仓款发还应用事。窃绅于上年十二月内呈报采办谷价石数并请转详在案。本年二月内接奉苏州府照会内开，奉宪札转奉抚宪德批：据详已悉，仰即转饬仓董，接续买补足额，以重仓储等因。奉此绅遵即于本月初，遴派司事，前往宜荆等处采办积谷，业经购就六千余石，陆续装运、到仓存储。目下正在续购，以期补足原额。惟查上年十一月内由宪库发还仓款洋四万元，以济籴谷之用。经上年冬间购就四万六千四百余石，现在又购六千余石，是以存仓余款无多，不敷续办，相应援照前案，请将寄存宪库积谷款内再行发还英洋五万元，俾得接续买补，以足仓储。为特备具领结，并缴五万元批回一纸，伏乞大公祖大人电鉴，迅赐放发应用，实为公便。上呈。

计呈领结一纸、批回一纸

光绪二十五年三月　日义仓绅董呈

为照会事。准贵绅呈称，接奉照会，以丰备义仓积谷，行令接续买补足额，以重仓储，遵即采办谷六千余石，运仓存储。惟存仓余款无多，不敷续办，援案请将寄存积谷款内再行发还英洋五万元，俾得接续买补，以足仓储。备具领结，并缴批回一纸，乞赐放发应用等因到司。准此查义仓积谷，系备荒要需，自应赶紧续购，补足原额。既称存仓余款不敷购办，应即于寄存本款内动支英洋五万元，放还济用。除于三月二十八日堂期动放外，合就照会。为此照会贵绅，烦为查收应用施行。须至照会者。

光绪二十五年四月　日

藩宪照会

卷五　协贴饭粥局　发赈　平粜

郡城旧有官粥厂，冬开春撤，三县各主之，绅士不问。克复后，官绅同议其事，时县中犹多伙钱，而事则属之绅。继因费用不敷，呈明每年由仓拨济钱二千串，旋又呈改每年碾发谷二千石，兼略寓推陈之意。后因贫民日众，费更不敷，奉文每年益拨钱一千串，递加至二千串。推之年荒则发赈，米贵则平粜，无非济贫穷振乏绝也。记振济事。

为照会事。据选用知府程绅肇清呈称：奉设饭粥栖流各厂所，业将开厂日期并约数开折呈报在案。惟核计米石经费，所短尚巨。查历年皆荷丰备义仓益拨钱米，以济穷黎。今届应请援案照会义仓绅董，仍照上年益拨谷子一千石，钱一千串，俾得敷衍三月，呈请照会援案益拨，以资赈需等情到司。据此查此项益拨钱谷，上年曾经由司详奉抚宪批准照办，饬拨济用在案。据呈前情，核案相符，应准照拨，以济赈务。合亟照会。为此照会贵绅，烦为查照核拨施行。须至照会者。

光绪四年十二月　日

藩宪照会

为呈复事。窃奉照会内开，据选用知府程绅肇清呈称：奉设饭粥栖流各厂，核计米石经费，所短尚巨。历由丰备义仓益拨钱米，应请援案照拨，奉文批准照办等因到仓。绅即遵于本年租息项下提钱一千串，送交程绅益济赈需。其原案每年协济谷二千石，先经砻出硾净白米，陆续发交饭粥各厂所应用，未便再行添拨。为此具呈，伏乞大公祖大人电鉴，申详存案。谨呈。

一呈藩宪

光绪四年十二月　日义仓绅董呈

为照会事。据选用知府程绅肇清禀称：奉设饭粥栖流各厂所，兹于十月十五至十二月初八等日，先后开办，核计米石经费，扣足三个月，所短尚巨，请援案照会义仓绅董，仍照上年加拨谷子一千石，钱一千串，俾得敷衍，禀祈照会益拨等情到司。据此查此项益拨钱谷，曾经由司详奉抚宪批准照办，饬拨济用在案。据禀前情，核案相符，应准照拨，以济赈务。合亟照会。为此照会贵绅，请烦查照，如数核拨施行。须至照会者。

光绪五年十二月　日

藩宪照会

为呈复事。窃奉照会内开，据选用知府程绅肇清禀称：奉设饭粥栖流各厂所，经费短少尚巨，请援案照会义仓绅董，加拨钱谷。据禀前情，核案相符，应准照拨，以济赈务等因。奉此绅查省城饭粥栖流各厂，每届冬令，由义仓协贴谷二千石，前经潘绅遵祁呈明前抚宪，批准照行在案。嗣后偶值年岁较歉，赈务加增，米价昂贵，曾经加拨钱谷，并非著为常例。今奉前因，当经面商程绅，此次由仓酌加拨钱八百千文，业已交与程绅应用，仍不能援为常例。为此呈复，伏乞大公祖大人电鉴。谨呈。

一呈藩宪

光绪六年二月　日义仓绅董呈

为照会事。据选用知府程绅肇清禀称：奉设饭粥栖流各厂所，兹于十一月十九日起，至十二月初三等日，先后开办，核计米石经费，扣足三个月，所短尚巨，应请援案照会义仓绅董，仍照上年益拨钱一千串，俾得敷衍等情到司。据此查此项益拨钱谷，前曾由司详准，于年例拨谷二千石之外，另在生息项下酌提钱一千串，并再碾谷一千石，协济各厂，历据照拨济用各在案。今届仅据请拨钱一千串，计少拨谷一千石，谅系缮写错误，应仍照案如数拨给。除批示外，合亟照拨。为此照会贵绅，请烦查照施行。须至照会者。

光绪六年十二月　日

藩宪照会

为照会事。据选用知府程绅肇清禀称：奉设饭粥栖流各厂所，兹于十一月初八日起，至二十八等日，先后开办，核计米石经费，扣足三个月，所短尚巨，应请援案照会义仓绅董，仍乞加拨钱一千串，俾得敷衍等情到司。据此查此项益拨钱文，系详定旧章，应仍照案如数拨给。除批示外，合亟照会。为此照会贵绅，请烦查照拨给施行。须至照会者。

光绪七年十二月　日

藩宪照会

为照会事。据选用知府程绅肇清禀称：栖流饭粥各厂所，兹于十一月十三等日，先后开办。惟本年户口既多，米价又长，核计米石经费，扣足三个月，所短尚巨，应请援案照会义仓绅董，查照光绪二、三年成案，宽为益拨钱谷，俾得敷衍等情到司。据此查核所禀本年待赈户口较多，米价又长，应需经费所短尚巨。事属实情，据禀前情，应请查照光绪三年成案，益拨钱谷，以资赈需，合就照会。为此照会贵绅，请烦查照拨济施行。须至照会者。

光绪八年十二月　日

藩宪照会

为照会事。奉苏抚部院卫批，选用知府程绅肇清禀报开厂日期约数开折，并请益拨义仓钱文由，奉批：据禀本年城乡待赈贫黎，户口加增，请援案于丰备仓益拨钱一千串，以资接济。应准照行，仰苏藩司照会仓绅，如数拨济，并饬该绅知照缴折存等因到司。奉此查此案前据并禀，即经照会贵绅，如数拨济，并批行府行知在案。兹奉前因，除饬府行知外，合就照会。为此照会贵绅，请烦查照，如数拨济，复司查考施行。须至照会者。

光绪十年十二月　日

藩宪照会

为照会事。据选用知府程绅肇清禀称：饭粥栖流各厂所，均经先后开办。唯本城市面日疲，就赈者甚于往年，且米价骤贵，较上年每石约涨五百余文，经费倍形竭蹶。今届应请照会仓绅，并拨钱一千五百串，俾得敷衍等情到司。据此查核所禀，本年赈户既多，米价又涨，经费竭蹶，事属实情。据请由仓益拨钱一千五百千文，核与光绪三年分成案相符，应请如数拨给，以资济用，合亟照会。为此照会贵绅，请烦查照拨济施行。须至照会者。

光绪十一年十二月　日
藩宪照会

为照会事。据选用知府程绅肇清禀称：饭粥局栖流各厂所，均经先后开办。惟本城市面日疲，就赈者年多一年，且米价昂贵，经费倍形竭蹶。今届应请照会仓绅，益拨钱一千五百串，俾得敷衍等情到司。据此查核所禀，本年赈户既多，米价又贵，经费竭蹶，事属实情。据请由仓益拨钱一千五百千文，核案相符，应请如数拨给，以济煮赈，合亟照会。为此照会贵绅，请烦查照拨济，施行须至照会者。

光绪十二年十二月　日
藩宪照会

为照会事。据选用知府程绅肇清禀称：饭粥栖流各厂所，均经先后开办。惟本城市面日疲，就赈者年多一年，且米价昂贵，经费倍形竭蹶。今届应请查案照会仓绅，益拨钱一千五百串，以资赈需等情到司。据此核案相符，应请如数拨给，以济煮赈，合亟照会。为此照会贵绅，请烦查照拨济施行。须至照会者。

光绪十三年十二月　日
藩宪照会

为照会事。奉布政使黄札开，据选用知府程绅肇清禀称：饭粥栖流各厂所，今届自应循案举办。其丹徒应解煮赈米一千石，又提存厘捐款内协济息银一千两，应请照数拨济。第查以上两款，计须年底解到，仍请先行分别借拨银一千两，钱二千串，以资开办。并据声明，丹徒农田旱久歉收，或解不足数，惟有仰求设法筹补等情到司。据此查司库每年协贴煮赈银一千两，向于煮赈典息项下动支，自应照案放给。至丹徒本年被旱成灾，应拨漕赠米石，势难征解，而司库闲款又支绌万分，无从筹补。所有前项煮赈米一千石，惟有请由省城丰备义仓如数拨用，俾循旧举办。除于十月二十三日堂期动放外，合行札饬札府，即便照会仓绅，按数拨济，具报查考，并移程绅知照毋违。又奉藩宪札奉苏抚部院崧批选用知府程绅肇清禀，循案举办饭粥栖流各厂所，呈请札司拨济由，奉批：据禀已悉，仰苏藩司照案先行借款拨济，并移善后局多备棉衣，派员到厂监给，以资御寒。其丹徒县拨赈米石，本年被灾，能否解足，应如何设法筹补，并由司酌核饬遵此缴等因到司。奉此查此案前据该绅并禀，当因本年丹徒被旱成灾，应拨漕赠米石，势难征解，所有前项煮赈米一千石，惟有请由省城丰备义仓如数拨用，即经札饬照会仓绅，按数拨济，并将司库应拨银两放发三首县，转给济用在案。奉批前因，除移局外，合就转饬各等因到府。奉此并准程绅具呈前来，除批复并照会程绅遵办，一面转饬三首县知照外，合亟照会。为此照会贵绅，希即遵照宪饬，如数拨济具报，幸勿稽延。望切切！须至照会者。

光绪十四年十一月　日

苏州府照会

为呈复事。窃本月初七日奉到照会，转奉藩宪黄札开，据选用知府程绅肇清禀称：饭粥栖流各厂所，今届自应循案举办，并据声明，丹徒农田旱久歉收，或解不足数，仰求设法筹补等情。查丹徒本年被旱成灾，应拨漕米，势难征解。司库闲款支绌万分，无从筹补，所有应拨煮赈米一千石，由省城丰备义仓如数拨用各等因。奉此遵即查照本年漕折定价，每石二千三百文，由仓照数提拨通足制钱二千三百千文，合米一千石，转交程绅收领备用。理合将借拨米款数目，照案呈覆，并请大公祖大人俯赐，转详藩宪，备案存查，实为公便。

一呈府宪

光绪十四年十一月　〈日〉义仓绅董呈

为照会事。案据选用知府程绅肇清禀报开厂日期，并请益拨义仓钱一千五百千文到司。当因来折所开粥费甚少，局费甚多，嗣后应行如何核实删减，必须逐一整顿，即经批饬三首县，会同妥议章程，禀候核饬遵办。所请益拨之款，是否核实，并饬查明，先行禀复酌夺在案。兹据该三县详据经董程绅，拟请嗣后酌裁司事，并请将益拨义仓钱文循旧拨给等情前来。除批准照办外，合亟照会。为此照会贵绅，请烦查照，希将应拨前项煮赈钱一千五百串，照数拨给，以济赈需。望速施行。须至照会者。

光绪十四年十二月　日

藩宪照会

为照会事。据选用知府程绅肇清禀称：饭粥栖流各厂所，均经先后开办。惟本城市面日疲，就赈者年多一年，虽已开办，求补者尚纷纷不已。其负郭乡图田亩有低洼花荒者甚多，查照历年发米局，酌量扩充散给。本年米珠薪桂，经费倍形竭蹶，应请照会仓绅，益拨钱二千串，并加米五百石，以资赈需等情到司。据此查核所禀，尚属实情，应请如数拨给，以资赈需，合亟照会。为此照会贵绅，请烦查照拨给施行。须至照会者。

光绪十五年十二月　日

藩宪照会

为照会事。据正谊书院董事吴绅嘉椿呈称：窃奉苏州府照会内开，奉司批府详正谊书院田租歉收，经费短绌，请筹补示遵由，奉批：查司库闲款存储本属无多，且各有抵支之需，近因连年灾歉频仍，收数大减，时形支绌。前据该府转请，业经由司借给该书院经费两次银六百两，抵给士子膏火等项，已属罗掘济急。现在库款比前更绌，万难再筹，据详前情，能否于丰备义仓筹借，俟将来收起田租，交还归款。仰即照会吴绅，径向仓董商办，以济经费而培士林。此外如有经费短绌之处，并即由府一体会绅妥筹，是为至要，切切此缴等因到府。奉此合行照会贵绅遵批，径向仓董吴绅商办，以济经费等因。遵即径向仓董吴绅大根商借本年应短少银七百余两，据吴绅声复，仓中向章，各项不能移动，现在未奉明文，由董径行授受，似属不合。伏思仓款既不能借拨，而书院经费早经罄尽，山长本年春夏二季修金及一切用款，需用孔亟，必得即为筹拨。伏求筹款应用，如仍须由丰备义仓借拨之处，即赐照会仓董，暂为通融，则吴绅定可遵照办理等情到司。据此查该书院田租歉收，经费短绌，洵系实情。惟司库款项，亦复支绌万分，前经两次借给银六百两，实已十分摒挡，近来更无别款可筹。现据该董具呈前情，应请贵绅于丰备义仓存款内暂时通融筹借，以资接济，一俟该书院收起田租，即行交还归款。除批示外，合行照会。为此照会贵绅，请烦查照，希将借给银数日期，呈复司府备考。望切施行。须至照会者。

光绪十六年五月　日

藩宪照会

为呈复事。接奉照会内开，据正谊书院董事吴绅嘉椿呈称：书院田租歉收，经费支绌，节经呈请筹款拨济。蒙批司库款项亦复支绌万分，前经两次借给银六百两，实已十分摒挡，应由丰备仓存款内暂时通融，以资接济等因。奉此查仓中前经明定章程，存储款目，专为长元吴三邑备荒之需，此外无论何项紧要公用，不得通融移动，以杜流弊，历奉各大宪批饬立案遵行。职不敢有违定章，为特据实呈复，仰祈大公祖大人俯赐鉴核，实为公便。上呈。

一呈藩宪

光绪十六年五月　日义仓绅董呈

藩宪黄批：来牍所云，丰备仓为备荒而设，是以前定章程，无论何用不得移动，自是正论。惟正谊书院，亦培植士林要举，既因上年歉收，难于支持，司库又无可再筹，万不得已，暂为挪济，自应通融应急。本年收起租籽，务须首先归还，此后无论何项要需，不得援为成例。谅贵绅体恤士类，目击艰虞，当无不可，仍希查照前次照会办理。是所厚望，切切！

为善堂请款碍难协拨事。窃奉照会内开，七月二十二日奉藩宪批详男女普济二堂经费不敷，请拨款接济由，奉批：查上冬霪雨为灾，田租歉收，该堂经费支绌，自系实情，无如司库闲款无多，抵放年歉应支各款，万分支绌，所请前项不敷经费，委实无从筹补。惟查省城饭粥栖流各厂所，不敷钱分，向于省城丰备仓存款项下协拨济用。今男女普济二堂不敷经费，能否于该仓存款项下协济，以拯茕独等因，并奉查长元二县议呈义仓田租规条内载，解存租银，籴谷积储，出陈易新，以备歉年赈恤，接济贫黎各等因。奉此查长元所呈各节，系同治甲子、乙丑经办仓务之旧规，自同治五年归绅接办以后，另刊章程，遍查案据，并无荒歉之岁协济省城善堂专条。历经呈明，仓款专备三邑荒振之用，虽有其他善举，不得挪动分毫，以重仓储。筹度再三，碍难协拨。再，饭粥局、栖流所向无恒产，每届冬令，贫民就食者多，协贴钱谷一项，系同治十一年核准，有案可稽。职接管以来，历经循案办理，合并声明。伏乞大公祖大人查核，俯赐转详，实为公便。上呈。

一呈府宪

光绪十六年八月　日义仓绅董呈

为照会事。据广东候补通判程庆祺等禀称：饭粥栖流各厂所，均经先后开办。惟本城市面日疲，工作皆清，就赈者年多一年，乡图赈米又纷纷请赈，经费倍形竭蹶，应请查案照会仓董，益拨钱一千五百串，以资赈需等情到司。据此查核所禀，尚属实情，应请如数拨给，以资赈需，合亟照会。为此照会贵绅，请烦查照拨给施行。须至照会者。

光绪十六年十二月　日

藩宪照会

为照会事。据广东候补通判程庆祺等禀称：饭粥栖流各厂所，均经先后开办。惟本城市面日疲，工作皆清，就赈者年甚一年，乡图赈米亦有增无减，经费竭蹶，应请照会仓董，益拨钱一千五百千，以资赈需等情到司。据此查核所禀，尚系实情，应请如数拨给，以资济用，合亟照会。为此照会贵绅，请烦查照拨给施行。须至照会者。

光绪十七年十二月　日

藩宪照会

为照会事。奉布政使邓札，据广东候补通判程庆祺等禀称：饭粥栖流各厂所，今届自应循案举办。其丹徒应解煮赈米一千石，又司库协贴息银一千两，应请照数拨济。并据声明，丹徒被旱成灾，或解不足数，可否援照光绪十四年成案，照会义仓绅董，如数拨济等情到司。据此查司库每年协贴煮赈银一千两，向于煮赈典息项下动支。现查本款不敷动支，应于十六年南米项下借动给领。至丹徒本年被旱停征，前项煮赈米一千石，惟有照案由省城义仓如数拨补，俾可循旧举办。除于十月二十三日堂期动放外，合行札饬札府，即便照会仓绅，按数拨济，具报查考，并移程绅知照毋违等因到府。奉此查此案前准程绅具呈，即经批复在案。兹奉前因，除照会程绅知照外，合亟照会。为此照会贵绅董，希即遵照，按数拨济具报。望切！须至照会者。

光绪十八年十一月　日

苏州府照会

为呈复事。窃本月十一日奉到照会，转奉藩宪邓札开，广东候补通判程庆祺等禀称：饭粥栖流各厂所，今届自应循案举办。并据声明，丹徒被旱成灾，或解不足数，可否援照光绪十四年成案，照会义仓绅董拨济等情到司。据此查丹徒本年被旱停征，前项煮赈米一千石，惟有照案由省城义仓如数拨补，俾可循旧举办各等因。奉此遵即查照本年漕折定价，每石二千五百文，由仓照数提拨通足制钱二千五百千文，合米一千石，转交程绅收领备用。理合将借拨米款数目，照案呈复，并请大公祖大人俯赐，转详藩宪，备案存查，实为公便。上呈。

一呈府宪

光绪十八年十一月　日义仓绅董呈

为照会事。据广东候补通判程庆祺等禀称：饭粥栖流各厂所，均经先后开办。惟本城市面日疲，工作皆清，就赈者年多一年，栖流所流民各厂户口及乡图赈米有增无减，且今届米价昂贵，经费竭蹶，应请照会仓董，益拨钱一千五百串，以资赈需等情到司。据此查核所禀，尚系实情，应准如数拨给，以资济用。合亟照会贵绅，请烦查照拨给施行。须至照会者。

　　光绪十八年十二月　日

　　藩宪照会

　　为照会事。据浙江候补县丞曹沄禀，苏城被火逃出之人，亲族忌不招留，情形最苦，据请仿照杭州章程，筹设恤灾公所一案到司。据此查被火灾民，情形困苦，殊堪悯恻，所请仿照杭省设立恤灾公所，筹备经费，招留抚恤，诚为地方善举。除批候照会绅董集议筹办外，合抄禀折照会。为此照会贵绅，请烦查照，希即会同各绅集议筹办，并希将如何办理情形，复司查考。望切施行。须至照会者。

　　计抄粘

　　光绪十八年十一月　日

　　藩宪照会

　　浙江候补县丞曹沄谨禀：大人阁下：敬禀者：窃维苏城阛阓庐舍相连，每遇失慎，必致延烧。况于闹市为尤多，且于深夜则最惨，一经燎原，仓皇失措，甚至儿啼妇哭，赤体狂奔，尔时灾户，黔庐赭垣，回首无从，惨何可言！本年十月间，护龙街及太平桥等处，叠遇火警，狼狈情形，早在洞鉴，毋庸赘陈。苏府善举林立，凡生养死葬，靡所不备，独于恤灾一举，尚从缺如。而吴民俗多忌讳，被火逃生者，虽亲族竟不容留，恐贾祸殃。有识者固不置议，无如蠢愚固执，牢不可破。此时灾黎虽遭回禄，其体面尚存，亦未便送入栖流，使与穷丐为伍。而值此风紧云寒，无衣无褐，情形目击，寝馈难安。伏查杭城向多火患，嗣经胡绅光墉深慨遭火之惨，在该省中城地方，独力倡设恤灾公所，凡被火者，无论老幼男女，当时逃出，全数招留。所定章程，诸臻妥善，旋缘该绅物故，几致废坠，寻有善绅维持，按户劝输一文善愿，以资经费，历年已久，颇著成效。卑职杭垣需次，实所见闻，每思继步，力与愿违，曾向苏绅筹商，均以用费浩繁，极难举办。际此畿辅偏灾，筹赈尚成弩末，势难再劝善捐。若仿杭城捐输，虽属轻而易举，尤恐迹近敛派，反滋物议。即如胪情禀请拨款，既无成例，启齿亦属为难，转辗思维，实无良策。然事关周急，情殷切已。卑职省亲旋里，目睹哀鸿，不忍以寒蝉自默，敢将杭城恤灾章程，略加删节，缮呈钧诲，伏乞大人俯赐援怜核示遵行。肃禀虔叩崇安，伏维垂鉴。卑职沄谨禀。

　　为议复事。窃奉照会内开，据浙江候补县丞曹沄禀称：苏城被火，逃出之人，亲族忌不招留，情形最苦。请仿照杭州章程，筹议恤灾公所等因。奉此查苏地火灾情形，与杭城不同，杭州民房屋脊毗连，一经灾火，动辄蔓延，一时难以扑灭。苏城墙垣各分疆界，可无延烧不断之虑，且一年之中，不幸而遇灾，不过数次。至亲族拒而不纳之说，乡愚或有，城市居民苟有天良，断无坐视不招留之理。职详细察度，以偶然之灾祲，备常年之经费，不特无款可筹，且多设一局，多一弊窦，似非经久之道。今已商之男普济堂、女普济堂、育婴堂三处，堂董将此项善举，分段兼办，既免另行设局，又可无需筹款，似较轻便，以仰副大公祖大人矜恤灾黎之至意。理合据情呈覆，伏乞宪鉴裁酌施行，实为公便。上呈。

　　一呈藩宪

光绪十九年正月　日义仓绅董呈

为照会事。据广东候补通判程庆祺等禀称：饭粥栖流各厂所，均经先后开办。惟本城就赈者年多一年，栖流所及各粥厂户口并乡图赈米有增无减，经费竭蹶，应请照会仓董，益拨钱一千五百串，以资赈需等情到司。据此查核所禀，尚属实情，应准如数拨给，以资济用，合亟照会。为此照会贵绅，烦为查照拨给施行。须至照会者。

光绪十九年十二月　日

藩宪照会

为照会事。查苏城河道淤浅，居民汲饮维艰，每当夏令熏蒸，尤易酿成疫疠。经光绪十八年间禀商前抚宪刚筹款挑浚，其时民夫勇丁，分段挑挖，用款至一万三千七百余两，始得一律深通，工巨费繁，深恐难乎为继，即经酌议条款，劝谕居民，勿再任意填塞。惟言者虽属谆谆，难必听者家喻户晓，数年之后，瓦石垃圾，日堆月积，保无仍旧淤填，势必又须浚治。若非预筹一永远经费，以资重浚，届时款无从出，稍事迁延，居民即受害不浅，殊非轸念民瘼，为地方规久长之计。查有丰备义仓积谷项下提存司库洋十万元，此项为备荒而设，固不容轻于挪动。惟河道关系阖城居民，迥非别项用款可比，拟在此借拨洋数万元，发典生息。其城河议定每届几年重浚一次，即以前款此数年内之正息及转息，作为兴挑经费，如此一转移间，既得藉岁入之息，挑浚河道，庶可永获流通之益，而于数万之存本，并未分毫亏损，似于义仓之款，仍无出入，合亟照商妥办。为此照会贵绅董，希即查照，集议妥确，具复核办，事关民瘼起见，幸勿有稽。望切！须至照会者。

光绪二十年五月　日

藩宪照会

为呈复事。窃奉照会内开，查苏城河道淤浅，居民汲饮维艰，每当夏令熏蒸，尤易酿成疫疠。经光绪十八年间禀商前抚宪筹款挑浚，其时民夫勇丁，分段挑挖，用款至一万三千七百余两，始得一律深通，工巨费繁，深恐难乎为继。即经酌议条款，劝谕居民，勿再任意填塞。惟言者虽属谆谆，难必听者家喻户晓，数年之后，瓦石垃圾，日堆月积，保无仍旧淤填，势必又须浚治。若非预筹一永远经费，以资重浚，届时款无从出，稍事迁延，居民即受害不浅，殊非轸念民瘼，为地方规久长之计。查有丰备义仓积谷项下提存司库洋十万元，此项为备荒而设，固不容轻于挪动。惟河道关系阖城居民，迥非别项用款可比，拟在此借拨洋数万元，发典生息。其城河议定每届几年重浚一次，即以前款数年内之正息及转息，作为兴挑经费，如此一转移间，既得藉岁入之息，挑浚河道，庶可永获流通之益，而于数万元之存本，并未分毫亏损，似于义仓之款，仍无出入，合亟照商妥办等因。奉此查仓中存款，本系备荒而设，今将存洋酌提数万元，存典生息，可作开河经费，与本款既无所损，生息之款又可济用，亦属两全其美。惟各典存款既多，周转不易，伏乞大公祖大人照会典当董事潘绅，妥筹商办，俾资利益，实深感戴。肃此呈复，敬请勋安。

一呈藩宪

光绪二十年六月　日义仓绅董呈

为照会事。据广东候补通判程庆祺等禀称：米粥各厂，均经先后开办，就赈者年多一年，奉拨各项协济，扣足三个月，所短尚巨，应请照会仓董，益拨钱二千串，以资赈需等情到司。据此查核所禀，尚属实情，应准如数拨给，合就照会。为此照会贵绅，烦为查照拨给施行。须至照会者。

　　光绪二十年十二月　日

　　藩宪照会

　　为照会事。本年十二月十九日据广东候补通判程庆祺等禀称：米粥各厂，均经先后开办，就赈者年多一年，奉拨各项协济，扣足三个月，所短尚巨，应请照会仓董，益拨钱二千串，以资赈需等情到司。据此查核所禀，尚属实情，应准如数拨给，合就照会。为此照会贵绅，烦为查照拨给施行。须至照会者。

　　光绪二十一年十二月　日

　　藩宪照会

　　为照会事。据广东候补通判程庆祺等禀称：米粥各厂，均经先后开办，就赈者年多一年，奉拨各项协济，扣足三个月，所短尚巨，应请照会仓董，益拨钱二千串，以资赈需等情到司。据此查核所禀，尚属实情，应准如数拨给，合行照会。为此照会贵绅，烦为查照拨给施行。须至照会者。

　　光绪二十二年十二月　日

　　藩宪照会

　　为照会事。据广东候补通判程绅庆祺等禀，米粥各厂，均经先后开办。本年市面益形凋敝，穷民就赈愈多，奉拨各项协济，扣足三个月，所短尚巨，应请照会仓董，益拨钱二千串，以资赈需等情到司。据此查核所禀，尚属实情，应准如数拨给，合行照会。为此照会贵绅，请烦查照拨给施行。须至照会者。

　　光绪二十三年十二月　日

　　藩宪照会

　　为照会事。据广东候补通判程庆祺禀，米粥各厂，均经先后开办。本年市面益形凋敝，穷民就赈愈多，奉拨各项协济，扣足三个月，所短尚巨，应请照会仓董，益拨钱二千串，以资赈需等情到司。据此查核所禀，尚属实情，应准如数拨给，合行照会。为此照会贵绅，烦为查照拨给施行。须至照会者。

　　光绪二十四年十二月　日

　　藩宪照会

　　为照会事。据选用知府程绅肇清禀称：饭粥栖流各厂所，今届自应循案举办。查近年本城工作各业皆清，贫民穷困，甚于往年，即栖流所收养流民，亦年多一年，各乡图赈米皆有增无减，乡民窘迫已甚，赖此以度残冬者，正复不少。惟经费有常，当再察酌办理，或仍须义仓益拨钱米，俟查明户口，另行呈请。所有奉准拨给义仓谷子二千石，三首县协贴钱三百千文，善后局棉衣一千件，径请拨济外，其丹徒应解煮赈米一千石，并蒙于提存厘捐款协贴生息银一千两，应请照数拨济。惟查以上两款，计须年底解到，仍请俯赐查案，先行分别借拨银一千两，钱二千串，以资开办，俾贫民早沾实惠。再，本年东城纱缎帐房各货滞销，大半停织，机匠失业，若辈向无积蓄，坐食难堪，亟宜援案赈恤。应请照会义仓绅董，派司稽查，即在义仓散给，免得驳运跋涉，分任其劳，较为便捷。伏乞迅赐拨给照会，实为公便。除禀抚宪并呈府三首县外，禀祈垂鉴等情到司。据此除照案分别拨借放交三首县转给应用外，合亟照会。为此照会贵绅，烦为查照，希将失业机匠迅速派司稽查赈恤，仍希将办理情形，复司查考。望速施行。须至照会者。

　　光绪九年十一月　日
　　苏州府照会

　　为照会复事。窃奉照会藩宪照会呈报内开，据选用知府程肇清禀称：饭粥栖流各厂所，今届自应循案举办。惟本年纱缎帐房各货滞销，大半停织，机匠失业，若辈向无积蓄，坐食难堪，亟宜援案赈恤。请照会义仓绅董，派司稽查，即在义仓散给，分任其劳。为此照会，烦为查照，希将失业机匠派司稽查赈恤，仍将办理情形覆司查考等因。奉此查本年蚕事歉收，丝价昂贵，兼之客路滞销，帐房之机大半停织，织匠失业，向无积蓄，嗷嗷待哺，无以为生。现届隆冬，饥寒交迫，难保无沟壑之虞。此系实在情形，绅等目击之余，不忍坐视，兹即遵照，督同司事编查，机户中之失业实系贫苦者，查有一千四百余户，约计四千余口，每日每口给米五合，折钱一十三文，尚有续报补查之户，不能不随时增入，以冀无滥无遗。其经费即在义仓田租项下酌提五六千串，均期放给，于十一月二十一日始，至二月二十日止，以三个月为限，归义仓办理。其支放款项，于明年三月义仓报销内一并开报。理合呈复，除呈抚宪呈报外，伏乞大公祖大人批示遵行，实为德便。谨呈。

　　一呈藩宪府
　　光绪九年十一月　日义仓绅董呈

　　为照会事。奉苏抚部院卫批贵绅呈复查报贫苦机户给钱赈恤一案由，奉批：据呈已悉，仰苏藩司核明转饬，遵照办理可也，此批等因到司。奉此并准贵绅具呈前来，合就照会，为此照会贵绅，烦为查照，希即督令司事，逐细查报，给款赈恤，期无一夫失所，是为至要。望切施行。须至照会者。

　　光绪九年十二月　日
　　藩宪照会

　　为城内贫户因灾困苦援案请发仓米以资抚恤事。窃绅办理丰备义仓，前于光绪九年，因机户失业，贫民甚多，奉前升宪谭饬令，编查户口，酌量抚恤，俾苏民困等因在案。查本年霪雨成灾，市廛贸易，顿形减色，以致各项工作停手歇业，毫无生计，兼之米珠薪桂，日用所需，无物不形昂贵，贫民困苦，餬口维艰。伏查四乡被水，灾黎得蒙（按：原文此处疑有脱漏）又荷宪德，筹款放给，而城厢穷民朝不保暮，实属无所告诉，见此情形，不忍缄默。查义仓前奉宪谕，将仓谷次第砻米，以备赈济被水灾民之需。惟年内各乡，业经查户开放，给发钱文，来春再放仓谷，是目前所碾之米，似尚无需动用。可否仰恳宪谕，准将城厢一带贫户一体编查，酌量每大口给米一斗五升，小口减半，俾资口食，免转沟壑。感荷仁慈，实无既极。至省城六门，每年设有饭粥厂，但赴厂者大半单身，食等嗟来，而失业贫民，有碍颜面，未能赴厂，且老妇幼女不任拥挤，类皆裹足不前。种种隐情，绅所深悉，为特沥情上达，（除呈藩宪外），仰祈大公祖大人推同仁之惠，准予给发批示遵行，并请备案存查，事竣核实汇案造报，实为德便。上呈。

一呈藩宪府宪

光绪十五年十二月　日义仓绅董呈

藩宪黄批：据呈今岁霪雨为灾，市廛贸易顿减，各项停工歇业，餬口维艰。拟请散发丰备义仓谷，赈恤城厢乏食穷民，应准照办，希即一体编查户口，酌量散给，事竣核实造报可也。仍候抚宪批示。

为请拨米石以济抚恤事。窃职前因霪雨为灾，贫民生计维艰，请将丰备义仓砻出之米，酌量抚恤，业蒙允准在案。兹于城内分立东西南北中五路，分派诚实司事，按户稽查。现在将次查竣，核计仓中已砻之米，尚属不敷散放，因思去冬奉发采买米二千二百九十九石八斗，存储三邑义仓，尚未提用，应请将此项米石，一并拨归义仓，俾得查照户口，按数散给，始得实惠均沾。惟查刻下米价，与上年采买之时，渐觉递减，两月以来，并有折耗，应否查照原办价值，量为减价之处，仍请大公祖大人核夺示遵应缴米价，即由义仓备款呈缴，以符原案，一俟事竣，另行造册报销，实为德便。上呈。

一呈藩宪

光绪十六年正月　日义仓绅董呈

谨将五路发赈查户经董，开名造折，呈送王云庄大令，面递藩宪鉴察：

东路经董徐宗德（子春），发米在娄门大新桥巷安节局
西路经董潘遵楷（寄梅），发米在石塔头恤孤局
中路经董曹沄（啸赓），发米在菉葭巷周急局
南路经董叶肇熙（缉甫），发米在盘门新桥巷三邑义仓
北路经董谢家福（绥之），发米在桃花坞轮香局

属件已回明藩宪，据言毋庸另用公牍，只开一细帐可矣。且只开米价总数，水脚、委员盘费均不在内，应如何之处，祈查酌是荷。此候培翁先生孝履。

树芬顿首
一、采买中籼米二千三百石
共用漕平银三千九百四十七两八钱三分九厘
藩署开送
此项银两仅用批解，未用公牍。

为给发仓谷造册报销事。窃职前因苏城失业贫民餬口维艰，呈请宪恩给发仓谷，并采

买米石，以资抚恤，业奉允准在案。职遵即督同各经董，查照城厢一带极贫户口，详细编查，按户给放。嗣因阊、胥门外负郭穷民，亦属困苦不堪，稍加扩充，俾免向隅。除列入丰备义仓常年报销总册呈送外，理合将苏城内外查过户口，并发给米石细数，造具清册，呈请大公祖大人俯赐察核，存案备查，实为德便。上呈。

计呈清册六本

一呈藩宪

光绪十六年四月　日义仓绅董呈

为照会事。照得本年皖浙大水，以致米价骤涨，前奉各大宪谕饬，将义仓积谷出陈易新，发行砻米，减价销售，以济闾阎。奉经饬传三邑各米行，会议遵办，给谕赴仓，领谷砻米，分发各铺，插标销售在案。所有应缴价洋，责令该牙等十日一收交仓，或俟现发两厂谷价收齐总缴，以免零星。所有现办章程，除呈各宪查核外，合行抄录照会。为此照会贵董，请烦查照。须至照会者。

计抄粘章程

光绪八年七月　　日

长、元、吴三县照会

计开章程

一、三邑经领、经发各行，系蔡恒茂、徐震隆、赵乾大、王大源、程信昌、元成和，共六家。

一、现砻义仓同治九年存谷，每石砻见糙米，约计四斗八升有零。

一、各行发店糙米，每石收洋两元，内除砻工每石五分，砻糠归坊，驳船下水斛力每石二分，实缴义仓米价洋一元九角三分。将来买谷归仓核计，须俟谷价贱至每石九角三分，即可照数补足无亏。

一、现发各铺糙米，由铺春白，每升遵照宪谕出售钱二十八文。另插标零粜，各铺一律统归枫斛，此项价钱由行代收，十日一次缴仓。

一、米铺酌分四等，每发一次，大铺十石，中七石，次五石，又次三石。发毕一次，仍自大铺至又次，周而复始，以示公允。

一、米行经管，不取分文。各米铺照每升二十八文出售，以承领糙米八二折春白核计，每石实在本钱二千六百八十文，每售一石，计有盈余钱一百二十文。然各米铺整领零售，升合有亏，所得亦甚无几。

再，此次九年分稻谷，已阅十二年，为时过久。砻糙春白，折头较短，以后年分稍近者，应再另核，合并登明。

为照会事。照得本年入夏以来，雨泽稀少，米价翔贵，民食维艰。查敝三县积谷仓，历年存储，约有三万四千余石，拟照光绪八、九两年陆续砻粜，于推陈之中，寓平价之意。业经敝三县传齐各米行，会同谕饬遵办。兹据各米行议章送呈前来，核所议章程，与上届相仿。惟出售米价，照前届酌加二文，每升售钱三十文，现拟先发谷五千石砻米后，发铺另粜，粜毕再行续发。所有经领、经发各行，系蔡恒茂、通和、赵乾大、大生仁、洽记、蔡永盛、帮办朱、万成丰、泰亨、顺昌、徐震滩、三丰、源泰等十二户，除禀各大宪查考并免税放行，一面谕饬各米行赴仓领谷砻米，分发各铺，插标销售外，合行抄章照会。为此照会贵董，请烦查照施行。须至照会者。

计抄粘章程

光绪二十三年六月　日

长、元、吴三县照会

计开章程

一、砻工每石洋五分，作钱五十文，砻糠归坊，以抵驳稻力，每石十四文，上稻下米，每石十二文，由砻坊给发。

一、米铺酌分四等，每发一次，大铺十石，中七石，次五石，又次三石。发毕一次，仍自大铺至又次，周而复始，以示公允。

一、米行经管，不取分文。各米铺每升三十文，洋价不抱，只准另售。义仓议价出售承领糙米、舂白米款，由经领六行代收，十日一次缴仓。

一、仓夫斛力下水，每石洋二分，合钱二十文，由行开销，核入谷价。

一、领谷发坊，请免税厘。查苏城砻坊四家，齐门外万成丰、泰亨，葑门外三丰，胥门外洽记，仓谷由城内驳出，砻米之后，仍有驳入城者，求恩照会卡局出入免税，每船装谷装米若干，由经办米行出票，以凭查核。

一、领仓谷先领五千石砻米后，发铺另籴，发毕再行续领。以上公议，循照旧章，具呈宪鉴。

为义仓平籴陈请免捐事。窃奉抚宪以米价腾贵，民食维艰，应办平籴，兼之仓谷尚多，出陈易新，以济民困，两得其宜等因。现经长元吴三县谕令各米行，赴仓领谷，以便砻米发铺代售。惟砻坊俱在城外，经过各厘卡，尚未知悉情形。为特陈请免捐，以符旧案。伏乞大公祖大人鉴察，查照施行，实为公便。上呈。

一呈牙厘局宪

光绪二十三年六月　日义仓绅董呈

为照覆事。准贵绅文称，窃奉抚宪以米价腾贵，民食维艰，应办平籴，兼之仓谷尚多，出陈易新，以济民困，两得其宜等因。现经长元吴三县谕令各米行，赴仓领谷，以便砻米发铺代售。惟砻坊俱在城外，经过各厘卡，尚未知悉情形，为特陈请免捐，以符旧案，伏乞查照施行等因到局。准此查仓谷砻籴，本在免捐之例，顷据长元吴三县会禀，请由经办米行出票验放，以杜蒙混，业已批准照办，札饬各卡验放矣。今准前因，合就照覆。为此照会贵绅，请烦查照施行。须至照会者。

光绪二十三年六月　日

牙厘局照会

培卿仁兄大人阁下：接诵手教，即遵命札饬六门、无锡两局，转行经过各卡，验明仓照放行，毋得留难，以副大君子及时平籴之美意。手复。敬颂台安，惟照不一。

愚弟朱之榛顿首

为照会事。本年七月初十日奉苏抚部院赵札开，照得苏属近来米价昂贵，民食维艰，办理平粜，实为当务之急。省垣已据三首县禀报，会绅商酌，先后于义仓内拨出谷二万五千石，发坊碓治，分派销售，而粮价仍未见平。察度情形，须于丰备仓内再拨谷二万五千石，连前共五万石，庶期有济。至省外各属，平日均有积储，并应查明存数，由县会绅酌量开仓拨谷，仿照省垣办理，以济民食。合亟札司，分饬遵照办理，仍将遵办情形随时禀报等因到司。奉此除转行遵办外，合就照会。为此照会贵绅，请烦查照，希即照数拨给碓米，发铺销售。望切施行。须至照会者。

光绪二十三年七月　日

藩宪照会

为平粜事竣报明收发各数并请转详事。窃绅于六月间接奉照会内开，照得本年入夏以来，雨泽稀少，米价翔贵，民食维艰。查三县积谷仓，历年存储，约有三万四千余石，拟照光绪八、九两年陆续碓粜，于推陈之中，寓平价之意，业经传谕各米行会同遵办。兹据各米行议章呈来，查核所议与上届相仿，惟出售米价，照前酌加二文，每升售钱三十文，现拟先发谷五千石，碓米发铺另粜，粜毕再行续发等因。奉此绅即遵照办理，将丰备义仓积谷，陆续发出，由经领各米行转交城外各碓坊，碓米发铺舂白销售。旋因销路甚旺，本地四坊出米太迟，不敷所粜，遂装谷运交无锡各坊，碓米运回，较为迅速。并遴派司事，携带免税仓照，赴锡监验收付。嗣于七月间又奉照会内开，奉藩宪札开，转奉抚宪赵札开，照得近来米价昂贵，民食维艰，办理平粜，实为当务之急。已据三首县禀报，会绅商酌，先后于义仓内拨出谷二万五千石，碓米消〔销〕售，而粮价仍未见平。察度情形，须再拨二万五千石，连前共五万石，庶期有济等因。奉此绅遵照续办，又经一月，时已新籼登场，米价渐平，所发仓米，销路顿滞，遂于八月十六日停止发谷，通共前后发出丰备仓谷三万五千石，计坊碓碓谷一万石，锡坊碓谷二万五千石，共碓见糙米一万八千八十三石八斗五升。除去碓工下水驳力等费，每石洋九分，应收每石糙米价洋二元五角九分，由经办各米行陆续缴仓，计共净收米价英洋四万六千八百三十七元一角七分一厘。合将此款存储仓中，以备补买新谷之用。其装运锡坊，往来水脚费，由仓另行开支，应列入明年三月底报销。所有收回免税仓照，核计各卡验明米谷之数，与仓中收付之数相符。查本年三月底，丰备仓报销册内存谷一十一万九千五十石八斗，除去此次平粜谷三万五千石，现存谷八万四千五十石八斗。至三邑积谷仓存谷二万四千六百八十石，此次平粜未经动拨，而丰备仓寄存三邑仓谷一万石，此次发出三千石，其余七千石仍旧寄存。合并声明，除呈长吴元吴三县外，理合具呈。伏乞公祖大人鉴察存案，并请转详各大宪，以备查核，实为公便。长吴

谨呈。

一呈长、元、吴三县

光绪二十三年九月　日义仓绅董呈

为照会事。本年闰三月十四日奉巡抚部院奎札开，照得苏省各属上年秋收歉薄，现当

青黄不接，米价昂贵，民情困苦。业经本部院奏请，将苏属米捐，自本年三月二十日起，一律停收，并饬沪关禁止运米出口在案。讵知各属粮价，近竟有增无减，甚至每石售至五元七八角，显有奸商囤积居奇以及偷运出洋，实堪痛恨！亟应通饬各属，分别严禁查拿惩办，并饬各州县体察地方情形，酌提仓谷三四成，碾米平粜。省垣丰备义仓积谷，应饬该府县迅速会商绅董，照提平价发粜，以裕民食。各该州县责任亲民，务须从速认真办理，毋稍玩愒。除由院通行外，合亟札饬札府，立即分饬遵办，并将遵办情形，先行禀报毋迟等因到府。奉此查苏属各县上年秋收歉薄，现当青黄不接，市间米价不免高抬，然既奉抚宪体念民食，奏请停收米捐，并由沪关禁止运米出口，乃近日粮价未见其减，转觉其增，若非奸商囤积居奇以及偷运出洋，断不至是。兹奉前因，亟应分别严禁，认真查拿惩办，以顾民食而苏民困。除由府出示严禁，并关行所属各厅县一体认真遵办外，合行照会。为此照会贵绅董，希即遵照宪饬，酌提积谷，平价发粜，以裕民食。仍祈将出粜实存各数目，报府查考。望切！望速！须至照会者。

光绪二十四年闰三月　日
苏州府照会　长、元、吴三县照会同

为遵办平粜并拟改章设局以济民食事。窃绅接奉照会内开，本年闰三月十四日奉抚宪奎札开，照得苏省各属上年秋收歉薄，现当青黄不接，米价昂贵，民情困苦。业经奏请停收米捐，并饬沪关禁止运米出口在案。讵知各属粮价，近竟有增无减，每石售至五元七八角，显有奸商囤积居奇以及偷运出洋，实堪痛恨！亟应通饬各属，分别严禁查拿惩办，并饬各州县体察地方情形，酌提仓谷三四成，碾米平粜。省垣丰备义仓积谷，应饬该府县迅速会商绅董，照提平价发粜，以裕民食，并将遵办情形，先行禀报毋违等因到府。奉此查苏属各县，现当青黄不接，市间米价高抬。兹奉前因，为此照会，希即酌提积谷，平价发粜，以裕民食，仍将出粜实存各数目报府查考等因。奉此绅接诵之下，仰见仁宪廑念民依，计虑周至，亟应遵照办理。查上年丰备义仓碾米平粜，发各米铺插标代售，各米铺未必皆实力奉行。刻下米价较上年尤贵，贫民待哺者尤众，绅拟改章，分设东南西北中五局，以便各处就近籴米，虽经费稍巨，而所粜较广，于民较有实际。查现在实存仓谷九万四千五百五十石六斗二升，照提四成计，谷三万七千八百二十石。惟设局平粜，事系创办，一切应用物件，皆须购置，一俟诸事齐备，开局有日，再当呈报，请定米价而给示谕。兹将遵办平粜改章设局等情，并附拟章程四条，先行呈复。伏乞大公祖大人电鉴核夺，转详抚宪备查，实为公便。上呈。

计粘章程四条
一呈府宪
光绪二十四年闰三月　日义仓绅董呈

拟平粜章程四条
一、平粜分设五局，一在平江路庆林桥塸丰备仓，一在甫桥西街南口民房，一在盘门新桥巷三邑仓，一在阊门石塔头恤孤局，一在旧学前积善局。每日每局以粜尽四十石为率，自晨至日中止，每人自半升起，至七升为限。遵宪定米价每升钱三十四文，小洋悉照市价，钱筹概不收用。

一、每局局友四人，局工二人，又就近各邀米店伙四人以量米，各邀钱庄伙二三人以盘钱。各局一切费用，均由丰备仓另行付出，不得于平粜款内移挪，以清界限。

一、粜时先付小票，票上开明收小洋及钱若干，应付米若干，即由来人持以领米。倘持小票越日来领，不准给发，以防假冒。每日粜毕后，将所收钱洋，所付米数，与小票核对，以期无误。

一、局友每日每人伙食钱一百文，局工伙食钱六十文，系照丰备仓例。米店钱庄各友，每日吃一午饭，每人伙食钱五十文。

为平粜装运米谷请饬经过各卡验放事。窃绅接奉府宪照会，转奉抚宪札开，照得苏省各属上年秋收歉薄，现当青黄不接，米价昂贵，民情困苦。业经奏请停收米捐，并饬沪关禁止运米出口在案。讵知各属粮价，近竟有增无减，每石售至五元七八角，显有奸商囤积居奇以及偷运出洋，实堪痛恨！亟应通饬各属，分别严禁查拿惩办，并饬各州县酌提仓谷三四成，碾米平粜。省垣丰备义仓积谷，应饬该府县迅速会商绅董，照提平价发粜，以裕民食等因。奉此绅即将议章设局遵办情形，先行呈复在案。惟设局平粜，销路较广，本地砻坊出米太迟，不敷接济，仍照上年运谷发交锡金各坊砻米，春白装回。苏城虽各属米捐，现已一律停止，然恐奸商混杂其间，藉以偷运出口，致干宪禁，用特援照向章，将平粜往来米谷等船，各给义仓钤印护照为凭。为此具呈，伏乞大公祖大人鉴察，迅赐札饬自苏至锡经过各卡，验明仓照放行，实为公便。上呈。

一呈牙厘局宪

光绪二十四年四月　日义仓绅董呈

为照复事。本年四月初十日准贵绅文称，接奉府宪照会转奉抚宪札开，照得苏省各属上年秋收歉薄，现当青黄不接，米价昂贵，民情困苦。业经奏请停收米捐，并饬沪关禁止运米出口在案。讵知各属粮价，近竟有增无减，每石售至五元七八角，显有奸商囤积居奇以及偷运出洋，实堪痛恨！亟应通饬各属，分别严禁查拿惩办，并饬各州县酌提仓谷三四成，碾米平粜。省垣丰备义仓积谷，应饬该府县迅速会商绅董，照提平价发粜，以裕民食等因。奉此绅合将议章设局遵办情形，先行呈复在案。惟设局平粜，销路较广，本地砻坊出米太迟，不敷接济，仍照上年运谷发交锡金各坊砻米，春白装回。苏城虽各属米捐，现已一律停止，然恐奸商混杂其间，藉以偷运出口，致干宪禁，用特援照向章，将平粜往来米谷等船，各给义仓钤印护照为凭。伏乞鉴察，迅赐札饬自苏至锡经过各厘卡，验明仓照放行等因到局。准此除转行验放外，合就照会。为此照会贵绅，请烦查照施行。须至照会者。

光绪二十四年四月　日

牙厘局照会

为报明平粜开局日期并请示定米价事。窃绅前奉府宪照会，转奉抚宪札开，照得苏省各属现当青黄不接，米价昂贵，民情困苦。省城丰备义仓积谷，应饬府县会商绅董，酌提三四成碾米平粜，以裕民食等因。奉此绅业将议章设局遵办情形，呈复府宪立案。嗣又接奉照会，谕以遵照宪饬，酌提丰备仓三邑仓存谷三四成，已有三四万石之多，米价必因之平减，希即查照上届办理情形，速拨仓谷，发坊粜米平粜等因。奉此绅因上届平粜，发各米铺插标代售，各米铺不皆实力奉行，现在市间米价比上年更贵，民食愈觉艰难，体察地方形情，惟设局平粜，于民较有实际，市价亦不得不平。兹拟于本年五月初六日，将分设东西南北中五局，一律开办平粜。窃恐城厢内外一时未及周知，开局之后，又恐匪徒混杂其间，滋生事端，应请先行示谕居民，并分给五局告示各一道，又请移会五路保甲总局，请其就近各派局差两名，到平粜局随时弹压。查上年平粜米价，每升钱三十文，此次应略加若干，专候核夺示明。除呈元、吴两县外，合行具呈报复，并附章程两条。伏乞公祖大人鉴察施行，并转详各大宪，以备查核，实为公便。上呈。

一呈长、元、吴三县

光绪二十四年四月　日义仓绅董呈

为出示晓谕事。案奉府宪桐札奉抚宪奎札开，苏省米价昂贵，民情困苦，饬即体察地方情形，酌提仓谷三四成，碾米平粜，以裕民食等因，转行下县。奉经照会义仓绅董议办去后，兹准仓董吴绅呈称，上届办理平粜，发铺代售，各米铺不皆实力奉行。现拟分设东南西北中五局，于五月初六日，一律开办平粜。诚恐居民未及周知以及地匪棍徒混杂滋事，抄章呈请出示晓谕，并移会五路保甲局，随时派差弹压等因到县。准此除分移外，合行出示晓谕，为此示仰阖邑居民人等知悉：现准于五月初六日，由义仓分设五局，照后开章程，一律开办平粜。每升售制钱三十四文，以七升为止，不得多买争籴。倘有地匪棍徒混杂滋闹情事，许由该局扭交保甲局差解案惩办，决不宽贷！各宜凛遵毋违。特示。

计开章程

一、平粜分设五局，一在平江路庆林桥丰备义仓，一在甫桥西街南口民房，一在盘门新桥巷三邑仓，一在阊门石塔头恤孤局，一在旧学前积善局。每日每局以粜尽四十石为率，自晨至日中止，每人自半升起，至七升为限。议定米价每升钱三十四文，小洋悉照市价，钱筹概不收用。

一、每局局友四人，局工二人，又就近各邀米店伙四人以量米，各邀钱庄伙二三人以盘钱。粜时先付小票，票上开明收钱付米若干，由来人持以领米。每日粜毕后，将收付钱米各总数，与小票核对，以期无误。一出示五局各一道。

光绪二十四年四月　日长、元、吴三县会衔告示

为照会事。本年五月十五日奉府宪桐札开，本年五月十一日奉巡抚部院奎批三品封职孔广渊等禀称：米价翔贵，民食攸关，环请于横泾、渡村两处，分设平粜两局，仍请仓董吴绅经办司理等情。奉批：所请分设乡局平粜，恐有窒碍，仰苏州府速饬长元吴三县，会同仓董吴绅，酌议禀复，谕遵禀抄发等因到府。奉此合亟抄禀转饬札县，立即遵照，会同仓董吴绅，酌议妥协，刻日禀复抚藩宪暨本府核办，毋稍迟延，切速速等因，并奉抄禀下县。奉此合行照会。为此照会贵绅董，希即查照议复，望勿有稽。须至照会者。

计抄粘

光绪二十四年五月　日

长、元、吴三县照会

三品封职孔广渊等呈为米价翔贵民食攸关环求分设乡局一体平粜事。窃绅等世居郡治吴邑西南乡横泾镇一带，乡民素以耕食为生。上年秋收歉薄，兼之各处米价，每石陡涨至五千余文，较光绪十五年分为尤甚。更加春麦蚕桑又皆中下，贫民难以自食，困苦情形不堪言状。现闻省城已蒙饬县，会同积谷仓董吴绅，设局平粜，多至一斗为限，穷黎受惠，欢声载道。绅等本何敢再行率渎，惟绅乡东自横泾，西至渡村，周围数十里，其间有十数村庄，为吴乡一大区落，离城有五七十里之遥，贫民上城购米，竟日不能往返，必至废时失业，且力食之民，决不能积斗米之价，有僻处偏隅之憾。绅等目击斯情，何忍坐视。用是拟请于绅乡分设两局，一体平粜，一设于横泾，一设于渡村，东西各当其冲，俾穷黎得以就近购食，以免向隅。如发米不敷，装谷下乡亦可，乡间有砻户米行，可以碓谷为米，一应事务，悉遵城局定章，仍请仓董吴绅派员司理。再，乡间米行、米店，均有蓄积牟利之徒，往往把持米价，一旦设有平粜分局，则转瞬秋稔，囤积者必然耗本。倘得感悟，一例平价，是所分之米谷无几，而贫民已受无穷之实惠矣。为此不揣冒昧，环求大帅大人电鉴，恩准迅即饬县会绅酌议，于绅乡分设两局，一律平粜，并求饬县照会各乡镇董、区董，妥为照料弹压。绅等亦当于就近处宣明大府惠民之德，自无挤闸等事。不胜感激待命之至。急切上禀。

为设局平粜碍难分设各乡事。窃绅接奉照会内开，奉府宪桐札开，本年五月十一日奉巡抚部院奎批三品封职孔广渊等禀称：米价翔贵，民食攸关，环请于横泾、渡村两处，分设平粜两局，仍请仓董经派司理等情。奉批：所请分设乡局平粜，恐有窒碍等因。奉此绅查省垣平粜，分设五局，赶将丰备义仓积谷，砻米接济，尚未能裕如，实因仓谷无多，势难于各乡镇再行分局。奉抚宪批云，恐有窒碍，确系实情。为此呈复，伏乞公祖大人鉴核转详，实为公便。上呈。

一呈长、元、吴三县

光绪二十四年五月　日义仓绅董呈

为新籼登场拟将平粜撤局事。窃绅于本年四月内呈报平粜开局日期，由长元吴三县转详在案。前奉抚宪谕称：省垣丰备义仓积谷，亟应酌提三四成，碾米平粜，以裕民食等因。奉此绅于五月初六日，开局遵办平粜。正当青黄不接之时，市间米价日昂，各局粜者日众，因恐不敷接济，是以陆续运谷赴锡砻米碓白，运回应用。约共发出积谷五万余石，案照丰备仓现成之数，已提五成以外。现在新籼登场，米价逐渐平减，民食自可接济。爰拟八月初二日，将平粜五局，一律停止。至砻谷粜米收钱各数目，俟停止后，核明呈报。合将撤局日期，先行报明。伏乞大公祖大人鉴察，并转详各大宪电鉴，实为公便。上呈。

一呈府宪

光绪二十四年七月　日义仓绅董呈

为报销平粜收支钱谷各数并请转详事。窃绅于本年七月内，将平粜五局停止日期，呈报府宪转详在案。查此次设局平粜，自五月初六日开局起，至八月初二日停止，计共陆续发出丰备义仓积谷五万三千八百四十石，运交苏坊、锡坊砻米，砻见糙米二万八千二百九十四石七斗八升，由糙米碓见白米二万三千六百二十六石一斗四升合，白米每石价钱三千四百文，应收平粜钱八万三百二十八千八百七十六文。案照上届发铺平粜，除去岙工上下水驳力等费，每石糙米洋九分，合洋二千五百四十六元五角三分，每元九百一十文，合钱二千三百一十七千三百四十二文，净收平粜钱七万八千一十一千五百三十四文。查本年三月底，丰备仓报销册内存谷九万二千五百五十石六斗二升，除去今届平粜之谷，现存仓谷三万八千七百一十石六斗二升。至三邑仓自存积谷，此次平粜，仍未动拨，而丰备仓寄存三邑仓谷七千石，此次尽数取回应用。合并声明，兹将平粜五局，一应经费造具清折除呈藩宪批示转详抚宪核销外，理合呈报。伏乞 候大公祖大人 鉴核批示，并备造清折一扣，请转详抚宪核销。谨呈。鉴察备查。

呈

一呈藩宪府

光绪二十四年八月　日义仓绅董呈

谨将平粜五局，自五月初六日开局起，至八月初二日停止，一应开支各款，造具清折，恭呈鉴核。

计开：

一、支水脚费（运谷赴锡，岙米运回）钱一千七百一十七千六百七十文

一、支分局四局司事伙食（每局四人，每人每日一百文）钱一百三十七千六百文

一、支分局米店伙伙食（每局四人，每人每日五十文）钱六十八千八百文

一、支本仓米店伙四人伙食（每人每日五十文）钱一十七千二百文

一、支分局钱店伙伙食（每局二人，每人每日五十文）钱三十四千四百文

一、支本仓钱店伙二人伙食（每人每日五十文）钱八千六百文

一、支分局局使辛工（每局二人，每人每月一千五百文）钱三十六千文

一、支分局局使饭食（每局二人，每人每日六十文）钱四十一千二百八十文

一、支各局（挡木栅门修砌墙垣工料）钱一百二十四千四百文

一、添置（米扁斗升芦席栈条等）钱一百一十六千二百四十七文

一、支小票纸张印工钱四十七千一十三文

共支钱二千三百四十九千二百一十文

为照会事。本年九月十三日，奉苏抚部院德札本司详送平粜案内动用丰备义仓积谷收支清折由，奉批：如详核销，仰即转饬遵照缴折存等因到司。奉此合就照会。为此照会贵绅董，烦为查照施行。须至照会者。

光绪二十四年九月　日

藩宪照会

卷六　报销

典守之要，曰钱曰谷。义仓虽官绅会办，而偏重在绅，故钱谷出入，绅主之而报于官，月要岁会，巨细不遗，彼缩此盈，记载必审。潘绅云：平日经理者，不在会计而在操守也。每岁三月杪，例有报销，将一岁中收支数目，缮写四柱清册六套，呈送督、抚、藩、府四署各一套，仓董、本仓各存一套，以存案备查也。记报销事。

卷六　上

委办义仓候补县丞为申报事。窃卑职奉前藩宪札委丰备义仓田租，遵即随同俞令辰并会同绅董循照旧章，业将到仓开收日期，并自上年十月二十四日开收起，至十二月二十六日止，收过田租折色钱文，由俞令辰具文申报在案。兹查五年正月起，至闰三月止，续收田租米一百九十五石四斗七升，每石折色钱二千三百文，合钱四百四十九千五百八十一文。又收荡租银折钱八百七十一文，上年十二月申报收过新旧租折色钱二万八千一百五十五千七百五十八文，共计收田租钱二万八千六百六千二百一十文。又收发当生息钱八千二百四千二百六十六文，共收田租折色及发当生息钱三万六千八百一十千四百七十六文。又上届报销册内申报存钱五万六千八百三十一千六百七文，除本年报销一应开支钱二万六千三十一千九百一十文，前后统共存钱六万七千七百六十一十千一百七十三文。再，本年采买谷一万二千八十九石，又上届报销册内申报存谷四万八千四百九十三石四斗三升四合，除本届协济省城饭粥局谷二千石，及上冬交盘时，由监盘委员申报义仓谷折耗一千九百二十三石四斗三升四合，前后统共存谷五万六千六百五十九石。所有义仓钱谷，发当储仓，由接管吴绅大根会同董事顾来章详慎经理。查同治七年分三邑附存钱谷，历届三月造册移县，由县申报。兹于上年九月奉前署府宪照会义仓绅董，将存本生息钱文，一并解还清款在案。只存除耗净谷七千五百三十三石，列入义仓报销册内开报，毋需另造清册，由县通详，合并声明。再，义仓委员俞令辰奉委津局海运差，于前月起程。兹循案将四年四月起，至五年闰三月止，义仓一应收支各款，会同绅董造具四柱清册 呈候鉴核，并备造收支清备文申送，除呈藩宪批示 册二套，呈盖宪印，详送转详外，伏乞宪台鉴核备查。须至申者。抚宪核销，并请申详督宪存案。理合备由，具文申报。伏乞宪台批示，施行须至申者。

计呈清册一套并空白两套
　　　　　一套

一申藩宪
　　府

光绪五年四月　日义仓随办委员吴德辉

光绪四年四月起至五年闰三月止，采买谷石、完办条漕、协贴省城饭粥局、收租积谷

经费一应收支等项清册

计开：

旧管

上年存钱五万六千八百三十一千六百七文。

上年存谷四万八千四百九十三石四斗三升四合。

三邑附存谷七千八百九十一石五斗。

新收

一、收三年分三邑田租折色钱一百五十七千七百七十三文。

一、收四年分三邑新租折色钱二万八千四百四十八千四百三十七文。

一、收按月一分二厘当息钱四千六百二十七千二百文内。（保容缴还八百串，空息一十五日，三邑划来五千串，十月初一日起息。）

一、收按月一分当息钱二千七百二十千四百文内。（保容缴还六百串，空息三十三日，三邑划来三千三百串，十月初一日起息。）

一、收周年一分当息钱八百五十六千六百六十六文，内一万串计息五个月八千八百串计息六个月，共收钱三万六千八百一十千四百七十六文。

一、收四年分采买谷一万二千八十九石。

开除

四年四月

一、司事八人薪水，支钱五十六千文。

一、门使厨役仓工七人辛工，支钱一十二千文。

一、伙食（大建，司事八人，每人每日一百二十文，使役七人，每人每日六十文），支钱四十一千四百文。

一、煤柴（大建，每日一百四十文），支钱四千二百文。

一、油烛，支钱二千九百九十二文。

一、纸张笔墨，支钱五百六十四文。

一、零用，支钱一十一千八十七文。

共支钱一百二十八千二百四十三文。

五月

一、司事八人薪水，支钱五十六千文。

一、门使厨役仓工七人辛工，支钱一十二千文。

一、伙食（小建），支钱四十千二十文。

一、煤柴，支钱四千六十文。

一、油烛，支钱三千一百四十二文。

一、纸张笔墨，支钱一千二百九十九文。

一、零用，支钱一十二千七百二十三文。

共支钱一百二十九千二百四十四文。

六月

一、司事八人薪水，支钱五十六千文。

一、门使厨役仓工七人辛工，支钱一十二千文。

一、伙食（大建），支钱四十一千四百文。

一、煤柴，支钱四千二百文。

一、油烛，支钱二千六百四十八文。

一、纸张笔墨租由租册，支钱一十三千五百二文。

一、零用，支钱一十三千四百一十二文。

共支钱一百四十三千一百六十二文。

七月

一、司事九人薪水，支钱六十二千文。

一、门使厨役仓工七人辛工，支钱一十二千文。

一、伙食（小建，司事九人，使役七人），支钱四十三千五百文。

一、煤柴，支钱四千六十文。

一、油烛，支钱二千九百七十四文。

一、纸张笔墨，支钱四百四十八文。

一、零用，支钱一十八千四百一十二文。

共支钱一百四十三千三百九十四文。

八月

一、司事九人薪水，支钱六十二千文。

一、门使厨役仓工七人辛工，支钱一十二千文。

一、伙食（小建），支钱四十三千五百文。

一、煤柴，支钱四千六十文。

一、油烛，支钱三千一百一十文。

一、纸张笔墨，支钱四百八十六文。

一、零用，支钱一十四千二十文。

共支钱一百三十九千一百七十六文。

九月

一、司事一十三人薪水，支钱七十四千文。

一、门使厨役仓工七人辛工，支钱一十四千五百文。

一、伙食（大建，司事一十三人，使役七人），支钱五十九千四百文。

一、煤柴，支钱四千二百文。

一、油烛，支钱三千二百五十六文。

一、纸张笔墨，支钱一千六十一文。

一、零用，支钱一十八千六百四十一文。

共支钱一百七十五千五十八文。

十月

一、委员薪水（会办委员五十八千文，随办委员二十四千文），支钱八十二千文。

一、委员轿随（会办委员一十二千文，随办委员六千文），支钱一十八千文。

一、司事一十四人薪水，支钱一百二十六千文。

一、门使厨役仓工八人辛工（另添雇仓工二名），支钱二十一千一百二十文。

一、伙食（小建，司事一十四人，使役一十人），支钱六十六千一百二十文。

一、煤柴，支钱四千六十文。

一、油烛，支钱五千六百八十二文。

一、纸张笔墨，支钱二千一百四十三文。

一、零用及开仓一应犒赏，支钱三十二千二百九十二文。

一、开仓酒席，支钱一十四千文。

一、催甲酒饭，支钱一千五百八十一文。

　　共支钱三百七十二千九百九十八文。

十一月

一、委员薪水，支钱八十二千文。

一、委员轿随，支钱一十八千文。

一、司事一十四人薪水，支钱一百二十六千文。

一、门使厨役仓工八人辛工（另添雇仓工二名），支钱二十一千一百二十文。

一、伙食（大建），支钱六十八千四百文。

一、煤柴，支钱四千二百文。

一、油烛，支钱四千五百四十六文。

一、纸张笔墨，支钱一千五百一十九文。

一、零用，支钱二十千二百三十二文。

　　共支钱三百四十六千一十七文。

十二月

一、委员薪水，支钱八十二千文。

一、委员轿随，支钱一十八千文。

一、司事一十四人薪水，支钱一百二十六千文。

一、典当公所司事酬劳，支钱一十千五百文。

一、门使厨役仓工八人辛工（另添雇仓工五名），支钱二十九千二百八十文。

一、伙食（小建，司事一十四人，使役一十三人），支钱七十一千三百四十文。

一、煤柴，支钱四千六十文。

一、油烛，支钱四千六百八十六文。

一、纸张笔墨，支钱三百二文。

一、零用及年终犒赏，支钱三十二千一百五十五文。

　　共支钱三百七十八千三百二十三文。

五年正月

一、委员薪水，支钱八十二千文。

一、委员轿随，支钱一十八千文。

一、司事一十一人薪水，支钱一百二十六千文。

一、门使厨役仓工七人辛工，支钱一十二千五百文。

一、伙食（大建，司事一十一人，使役七人），支钱五十二千二百文。

一、煤柴，支钱四千二百文。

一、油烛，支钱三千七百九十文。

一、纸张笔墨，支钱五百五十文。

一、零用，支钱一十五千七百二十四文。
共支钱三百一十四千九百六十四文。

二月

一、委员薪水，支钱八十二千文。

一、委员轿随，支钱一十八千文。

一、司事一十一人薪水，支钱一百二十六千文。

一、门使厨役仓工七人辛工，支钱一十二千五百文。

一、伙食（大建），支钱五十二千二百文。

一、煤柴，支钱四千二百文。

一、油烛，支钱三千三百七十二文。

一、纸张笔墨，支钱四百八文。

一、零用，支钱一十四千四百九十八文。
共支钱三百一十三千一百七十八文。

三月

一、委员薪水，支钱八十二千文。

一、委员轿随，支钱一十八千文。

一、司事一十一人薪水，支钱一百二十六千文。

一、门使厨役仓工七人辛工，支钱一十二千五百文。

一、伙食（小建），支钱五十千四百六十文。

一、煤柴，支钱四千六十文。

一、油烛，支钱三千五百六文。

一、纸张笔墨，支钱一百文。

一、零用，支钱一十三千六百四文。
共支钱三百一十千二百三十文。

闰三月

一、委员薪水（随办委员一人），支钱二十四千文。

一、委员轿随，支钱六千文。

一、司事一十一人薪水，支钱一百二十六千文。

一、门使厨役仓工七人辛工，支钱一十二千五百文。

一、伙食（大建），支钱五十二千二百文。

一、煤柴，支钱四千二百文。

一、油烛，支钱三千六百八十文。

一、纸张笔墨，支钱三百一十二文。

一、零用，支钱一十二千八百五十二文。
共支钱二百四十一千七百四十四文。

一、采买谷六千三百二十六石（每石价连水脚英洋一元二角五分七厘二毫，洋照收租价，每元合钱一千五十文），支钱八千三百五十千七百文。

一、采买谷五千七百六十三石（每石价连水脚英洋一元二角五分六厘），支钱七千六百六千二百四十四文。

一、完长元吴三县条漕，支钱二千七百四十千文。

一、协贴省城饭粥局，支钱一千千文。

一、盘谷经费（委员轿随一百二十六千文，司事酬劳一百一十二千文，夫役工费二百九十二千文，客饭零用四十六千四百八十九文），支钱五百七十六千四百八十九文。

一、刻义仓全案，支钱五百五十七千八百六十二文。

一、刷印全案纸料印工，支钱一百二十七千四百八十文。

一、刻义仓碑记工石，支钱五十七千二百四十文。

一、豫赈捐，支钱一百五十千文。

一、给各署书吏辛工纸张费，支钱三百七十五千五百九文。

一、追租差费，支钱二百三十千九百文。

一、催佃缴租零犒，支钱一百五十三千六百六文。

一、仓场工费，支钱四百千七百一十二文。

一、匠工修理，支钱二百二十三千五百九十四文。

一、添置器用物件，支钱三百一十九千一百七十三文。

一、三邑派易知单费，支钱三十二千六百七十文。

共支钱二万二千八百九十六千一百七十九文。

统共支钱二万六千三十一千九百一十文。

一、支协贴省城饭粥局谷二千石。

一、支上年冬盘见义仓谷历年折耗一千九百二十三石四斗三升四合（统计每石折耗四升二合）。

一、支上年冬盘见三邑谷历年折耗三百五十八石五斗（统计每石折耗四升二合）。

统共支义仓谷三千九百二十三石四斗三升四合，三邑谷三百五十八石五斗。

实在

一、存济大、福泰、和丰、洪裕、致祥、慎和、仁泰、济亨、久大、大信、济昌、裕成、福源、裕源、济康、保容、润源、同昌、同和、同裕、公泰、万康、济大、润源（暂领洪茂款）、同丰、同泰、公顺、保源、善昌、益济、同兴、永大、同春、恒和、永丰、震大、大德，以上三十七当，每当存钱八百千文。

一、存泳泰当钱五百四十千文。

一、存德隆当钱四百千文。

一、存恒裕当钱四百千文。

一、存源源当钱四百千文。

一、存萃元当钱二百六十千文。

一、存永和当钱二百千文。

一、存公裕当钱二百千文。

以上三万二千千文，按月一分二厘生息。

一、存济源、福泰、和丰、洪裕、致祥、慎和、济昌、济亨、久大、大信、洪裕（接领保容期满款）、裕成、福源、仁泰、裕源、万康、润源、同昌、同和、同裕、公泰、济康、保容、润源（暂领洪茂款）、同丰、同泰、公顺、保源、善昌、震大、同兴、永大、同春、大德、永丰、益济，以上三十六当每当存钱六百千文。

一、存永和当钱四百千文。

一、存德隆当钱二百千文。

一、存公裕当钱二百千文。

一、存济大当钱一百千文。

以上二万二千五百千文，按月一分生息。

一、存久大、济昌、洪裕、济大、益济，以上五当，每当存钱一千千文。

一、存致祥、和丰、慎和、仁泰、同昌、万康、大德、裕成、福泰、福源，以上十当，每当存钱五百千文。

以上一万千文，周年一分生息。

一、存储义仓钱三千一百一十千一百七十三文。

统共存钱六万七千六百一十千一百七十三文。

统共存谷五万六千六百五十九石。

三邑附存谷七千五百三十三石。

为义仓田租收支报销事。窃绅于光绪四年十月奉宪照会接管义仓事宜，今届五年分征收田租，会同宪委委员办理，于上年十月初三日开征起，至十二月二十四日止，收过田租折色钱文，由委员俞辰具文申报在案。兹查六年正月起，至三月止，续收田租米八十八石三斗，每石折色钱二千文，合钱一百七十六千六百文。上年十二月申报收过新旧租折色钱二万三千七十七千九百八十八文，共收田租钱二万三千二百五十四千五百八十八文。又收发当生息钱八千三百九十五千五百文，统共收田租折色及发当生息钱三万一千六百五十千八十八文。又上届报销册内申报存钱六万七千六百一十千一百七十三文，除本年报销一应开支钱二万八千二十八千六百二文，前后统共存钱七万一千二百三十一千六百五十九文。再，本年采买谷九千四百七十石，又上届报销册内申报存谷五万六千六百五十九石，除本届协济省城饭粥局谷二千石，前后统共存谷六万四千一百二十九石。所有义仓钱谷，发当储仓，仍由绅大根会同董事顾来章详慎经理。查同治七年分三邑附存除耗净谷七千五百三十三石，现仍列入义仓报销册内，一并开报。再，会办义仓委员俞辰奉委津局海运差，于二月杪起程。随办委员查湄于三月十六日，报丁内艰，正当租务告竣，无需另请委员，合并声明。兹循案将五年四月起，至六年三月止，义仓一应收支各款，径由绅等造具四柱清册，呈候鉴核，并备造收支清册两套，呈盖宪印，详送抚宪核销，并请申详督宪存案，理合具呈申报。伏乞大公祖大人鉴核，批示施行。谨呈。具呈申送，除呈藩宪批示转详外，伏乞鉴核察查。谨呈。

计呈清册一套并空白两套

一呈藩宪
　府

光绪六年四月　日义仓绅董呈

光绪五年四月起至六年三月止，采买谷石、添置田亩、完办条漕、协贴饭粥局、收租积谷经费一应收支等项清册

计开：

旧管

上年存钱六万七千六百一十千一百七十三文。

上年存谷五万六千六百五十九石。

三邑附存除耗净谷七千五百三十三石。

新收

一、收四年分三邑田租钱一百九十九千八百一十九文。

一、收五年分三邑新租钱二万三千五十四千七百六十九文。

一、收按月一分二厘当息钱四千六百八十文。

一、收按月一分当息钱二千七百千文。

一、收周年一分当息钱一千八十七千五百文内（一万串计息十二个月，三千串计息三个半月）。

共收钱三万一千八十七千千八十八文。

一、收五年冬采买谷二千九百三十六石。

一、收五年冬采买谷二千二百九十七石。

一、收六年春采买谷四千二百三十七石。

共收谷九千四百七十石。

开除

五年四月

一、司事一十一人薪水，支钱七十八千文。

一、门厨仓工七人辛工，支钱一十二千五百文。

一、伙食（大建，司事一十一人，每人每日一百二十文，使役七人，每人每日六十文），支钱五十二千二百文。

一、煤柴（大建，每日一百四十文），支钱四千二百文。

一、油烛，支钱三千七百三十四文。

一、纸张笔墨，支钱四百文。

一、零用，支钱一十六千五百四十一文。

共支钱一百六十七千五百七十五文。

五月

一、司事一十一人薪水，支钱七十八千文。

一、门厨仓工七人辛工，支钱一十二千五百文。

一、伙食（小建），支钱五十千四百六十文。

一、煤柴，支钱四千六十文。

一、油烛，支钱二千八百五十四文。

一、纸张笔墨，支钱九百六十文。

一、零用，支钱一十八千四百三文。

共支钱一百六十七千二百三十七文。

六月

一、司事一十一人薪水，支钱七十八千文。

一、门厨仓工七人辛工，支钱十二千五百文。

一、伙食（大建），支钱五十二千二百文。

一、煤柴，支钱四千二百文。

一、油烛，支钱三千三百四文。

一、纸张笔墨，支钱三百五十八文。

一、零用，支钱二十二千五百九十七文。

共支钱一百七十三千一百五十九文。

七月

一、司事一十一人薪水，支钱七十八千文。

一、门厨仓工七人辛工，支钱一十二千五百文。

一、伙食（小建），支钱五十千四百六十文。

一、煤柴，支钱四千六十文。

一、油烛，支钱二千八百一十四文。

一、纸张笔墨，支钱一千五百六十六文。

一、零用，支钱一十五千五百九十文。

共支钱一百六十四千九百九十文。

八月

一、司事一十一人薪水，支钱七十八千文。

一、门厨仓工七人辛工，支钱一十二千五百文。

一、伙食（小建），支钱五十千四百六十文。

一、煤柴，支钱四千六十文。

一、油烛，支钱三千二百七十七文。

一、纸张笔墨，支钱二千文。

一、零用，支钱一十八千五百四十六文。

共支钱一百六十八千八百四十三文。

九月

一、司事一十六人薪水，支钱九十三千文。

一、门厨仓工九人辛工，支钱一十八千二百文。

一、伙食（大建，司事一十六人，使役九人），支钱七十三千八百文。

一、煤柴，支钱四千二百文。

一、油烛，支钱四千五百三十七文。

一、纸张笔墨租簿租册，支钱二十三千八百九十二文。

一、零用，支钱二十一千九百七十五文。

共支钱二百三十九千六百四文。

十月

一、委员薪水（会办委员五十八千文，随办委员二十四千文），支钱八十二千文。

一、委员轿随（会办委员一十二千文，随办委员六千文），支钱一十八千文。

一、司事一十六人薪水，支钱一百四十一千文。

一、门厨仓工九人辛工，支钱一十七千文。

一、伙食（小建），支钱七十一千三百四十文。

一、煤柴，支钱四千六十文。

一、油烛，支钱五千三百二十四文。

一、纸张笔墨，支钱七百六十文。

一、零用及开仓一应犒赏，支钱二十六千四百二十七文。

一、开仓酒席及催甲酒饭，支钱一十六千九百八十五文。

共支钱三百八十二千八百九十六文。

十一月

一、委员薪水，支钱八十二千文。

一、委员轿随，支钱一十八千文。

一、司事一十六人薪水，支钱一百四十一千文。

一、门厨仓工九人辛工，支钱一十七千文。

一、伙食，支钱七十三千八百文。

一、煤柴，支钱四千二百文。

一、油烛，支钱三千五百五十文。

一、纸张笔墨，支钱八百文。

一、零用，支钱二十一千一百四十六文。

共支钱三百六十一千四百九十六文。

十二月

一、委员薪水，支钱八十二千文。

一、委员轿随，支钱一十八千文。

一、司事一十六人薪水，支钱一百四十一千文。

一、门厨仓工八人辛工，支钱一十六千文。

一、伙食（小建，司事一十六人，使役八人），支钱六十九千六百文。

一、煤柴，支钱四千六十文。

一、油烛，支钱四千四百六十五文。

一、纸张笔墨，支钱一千二百六十文。

一、零用及年终犒赏，支钱三十千九百四十四文。

一、酬劳典当公所司事（英洋十四元），支钱一十五千一百二十文。

共支钱三百八十二千四百四十九文。

六年正月

一、委员薪水，支钱八十二千文。

一、委员轿随，支钱一十八千文。

一、司事一十一人薪水，支钱一百二十六千文。

一、门厨仓工七人辛工，支钱一十二千五百文。

一、伙食（大建，司事一十一人，使役七人），支钱五十二千二百文。

一、煤柴，支钱四千二百文。

一、油烛，支钱四千三十八文。

一、纸张笔墨，支钱九百四十文。

一、零用，支钱一十四千六百四十八文。

共支钱三百一十四千五百二十六文。

二月

一、委员薪水，支钱八十二千文。

一、委员轿随，支钱一十八千文。

一、司事一十一人薪水，支钱一百二十六千文。

一、门厨仓工七人辛工，支钱一十二千五百文。

一、伙食（小建），支钱五十千四百六十文。

一、煤柴，支钱四千六十文。

一、油烛，支钱二千八百七十六文。

一、纸张笔墨，支钱六百六十二文。

一、零用，支钱一十四千一百八十六文。

　　共支钱三百一十千七百四十四文。

三月

一、委员薪水，支钱八十二千文。

一、委员轿随，支钱一十八千文。

一、司事一十一人薪水，支钱一百二十六千文。

一、门厨仓工七人辛工，支钱一十二千五百文。

一、伙食（小建），支钱五十二千二百文。

一、煤柴，支钱四千二百文。

一、油烛，支钱三千一十二文。

一、纸张笔墨，支钱一百文。

一、零用，支钱一十三千八百二十四文。

　　共支钱三百一十一千八百三十六文。

一、采买谷二千九百三十六石（每石连水脚洋九角九分八厘七毫，洋照收租价，每元一千八十文），支钱三千一百六十六千七百五十四文。

一、采买谷二千二百九十七石（每石连水脚洋一元一分一厘五毫），支钱二千五百九十千二百六十一文。

一、采买谷四千二百三十七石（每石连水脚洋一元一角七厘），支钱五千六十五千五百八十八文。

一、契买蒋敏德田价（长邑田九十五亩一分八厘五毫，计价洋一千六十八元，照收租价，每元一千八十文，加中费钱三十二千二百九十六文），支钱一千一百八十五千七百三十六文。

一、契买吴守伦田价（长邑田六十五亩一分四厘，计洋三百九十六元，加中费钱一十一千九百七十五文），支钱四百三十九千六百五十五文。

一、契买顾安时田价（长邑田八亩三分二厘六毫，吴邑田三百二十四亩二分七厘七毫，计洋三千四十元，加中费钱九十一千九百三十文），支钱三千三百七十五千一百三十文。

一、契买盛行余田价（元邑田四十五亩四分五毫，计价洋六百三十五元，又钱七百二十四文，加中费一十九千二百二十三文），支钱七百五千七百四十七文。

一、契买顾丰和田价（长邑田五十九亩一分九厘，计洋七百八十一元，又钱三百五十六文，加中费钱二十三千六百二十七文），支钱八百六十七千四百六十三文。

一、契买吴仁记田价（长邑田一百六亩一厘八毫，计洋二千一百三十元，加中费六十四千四百二十文），支钱二千三百六十四千八百二十文。

一、完长元吴条漕，支钱二千七百九十千文。

一、协贴省城饭粥局，支钱八百千文。

一、助晋赈捐，支钱一百五十千文。

一、给各署书吏辛工纸张费，支钱三百五十八千一百七十七文。

一、追租差费，支钱二百三十五千七百文。

一、催佃缴租零犒，支钱一百五十四千六百三十五文。

一、易知单费，支钱三十三千二百文。

一、仓场工费，支钱三百六十一千四百七十七文。

一、匠工修理，支钱八十五千一百二十五文。

一、器用物件，支钱一百九十九千九百七十九文。

一、步田船饭（新买田亩），支钱三十四千八百文。

共支钱二万四千八百八十三千二百四十七文。

统共支钱二万八千二十八千六百二文。

一、支协贴省城饭粥局谷二千石（碓净白米九百四十二石五斗）。

实在

一、存济元、福泰、和丰、洪裕、致祥、慎和、仁泰、济亨、久大、大信、济昌、裕成、福源、裕源、济康、保容、润源、同昌、同和、同裕、公泰、永兴（万康移存）、济大、润源（洪茂移存）、同丰、同泰、公顺、保源、善昌、久和（益济移存）、同兴、永大、同春、恒和、永丰、震大、仁和（大德移存），以上三十七当，每当存钱八百千文。

一、存泳泰当钱五百四十千文。

一、存德隆当钱四百千文。

一、存源源当钱四百千文。

一、存恒裕当钱四百千文。

一、存永和当钱二百千文。

一、存公裕当钱二百千文。

一、存萃源当钱二百六十千文。

以上存当钱三万二千千文（按月一分二厘生息）。

一、存济元、福泰、和丰、洪裕、致祥、慎和、济昌、济亨、久大、大信、洪裕（接领保容期满）、裕成、福源、仁泰、裕源、永兴、润源、同昌、同和、同裕、公泰、济康、保容、润源（洪茂移存）、同丰、同泰、公顺、保源、善昌、震大、同兴、永大、同春、仁和（大德移存）、永丰、久和（益济移存），以上三十六当，每当存钱六百千文。

一、存永和当钱四百千文。

一、存德隆当钱二百千文。

一、存公裕当钱二百千文。

一、存济大当钱一百千文。

以上存当钱二万二千五百千文（按月一分起息）。

一、存久大、济昌、久和、济大、洪裕，每当各存钱一千千文。

一、存致祥、和丰、仁泰、永兴、慎和、裕成、福泰、同昌、仁和、福源，每当各存钱五百千文。

一、存慎和当钱一千五百千文（五年十二月十六日发存）。

一、存公顺当钱一千千文（五年十二月十六日发存）。

一、存济泰当钱五百千文（五年十二月十六日发存）。

以上存当钱一万三千千文（周年一分起息）。

一、存义仓钱三千七百三十一千六百五十九文

统共存钱七万一千二百三十一千六百五十九文。

统共存谷六万四千一百二十九石。

三邑附存谷七千五百三十三石。

为义仓田租收支报销事。窃查光绪六年九月，奉宪委委员，会同绅等办理征收田租事宜，于上年十月十二日开征起，至十二月二十六日止，收过田租折色钱文，由委员万中培具文申报在案。兹查七年正月起，至三月止，续收田租米一百一十一石二升二合，每石折色钱一千八百文，合钱一百九十九千八百四十文。上年十二月申报收过新旧租折色钱二万一千二百四十七千七百八十四文，共收田租钱二万一千四百四十七千六百二十四文。又收发当生息钱八千六百八千文，统共收田租折色及发当生息钱三万五十五千六百二十四文。又上届报销册内申报存钱七万一千二百三十一千六百五十九文，除本年报销一应开支钱二万七千七百七十三千一百六十二文，前后统共存钱七万三千五百一十四千一百二十一文。再本年采买谷一万三千六百三十九石，又上届报销册内申报存谷六万四千一百二十九石，除本届协济省城饭粥局谷二千石，前后统共存谷七万五千七百六十八石。所有义仓钱谷，发当储仓，仍由绅大根会同董事顾来章详慎经理。查同治七年三邑附存净谷七千五百三十三石，现仍寄存义仓，一并开报。再本年所办谷石，仍照丰备呈定向章，以一百斤为一石。此次报销，俟续办谷石完竣，造报稍迟。会办委员万中培、随办委员汪鸣钧先于四月初，循例销差，合并声明，兹将六年四月起，至七年三月止，义仓一应收支各款，径由绅等造具四柱清册，呈候鉴核，并备造收支清册二套，呈盖宪印，详送 抚宪核销，并请申详督宪存案，具呈申送，除呈藩宪批示转详外，伏乞鉴核备查。谨呈理合具呈申报。伏乞大公祖大人鉴核，批示施行。谨呈。

计呈清册三套一套

一呈藩宪府

光绪七年四月　日义仓绅董呈

光绪六年四月起至七年三月止，采买谷石、添置田亩、完办条漕、协贴饭粥局、收租积谷经费一应收支等项清册

计开：

旧管

上年存钱七万一千二百三十一千六百五十九文。

上年存谷六万四千一百二十九石。

三邑附存净谷七千五百三十三石。

新收

一、收五年分三邑田租钱一百四十二千一百四文。

一、收六年分三邑新租钱二万一千三百五千五百二十文。

一、收按月一分二厘当息钱四千六百八千文。

一、收按月一分当息钱二千七百千文。

一、收周年一分当息钱一千三百千文。

共收钱三万五十五千六百二十四文。

一、收六年冬采买谷一万一千七百石。

一、收七年春采买谷一千九百三十九石。

共收谷一万三千六百三十九石。

开除

六年四月

一、司事一十一人薪水，支钱七十八千文。

一、门厨仓工七人辛工，支钱一十二千五百文。

一、伙食（大建，司事一十一人，每人每日一百二十文，使役七人，每人每日六十文），支钱五十二千二百文。

一、煤柴（大建，每日一百四十文），支钱四千二百文。

一、油烛，支钱三千四百文。

一、纸张笔墨，支钱三百一十二文。

一、零用，支钱一十五千九百七十八文。

共支钱一百六十六千五百九十文。

五月

一、司事一十一人薪水，支钱七十八千文。

一、门厨仓工七人辛工，支钱一十二千五百文。

一、伙食（小建），支钱五十千四百六十文。

一、煤柴，支钱四千六十文。

一、油烛，支钱二千五百八十四文。

一、纸张笔墨，支钱五百文。

一、零用，支钱一十五千六十五文。

共支钱一百六十三千一百六十九文。

六月

一、司事一十一人薪水，支钱七十八千文。

一、门厨仓工七人辛工，支钱一十二千五百文。

一、伙食（大建），支钱五十二千二百文。

一、煤柴，支钱四千二百文。

一、油烛，支钱二千九百三十文。

一、纸张笔墨，支钱四百七十二文。

一、零用，支钱一十七千八百九文。

共支钱一百六十八千一百一十一文。

七月

一、司事一十一人薪水，支钱七十八千文。

一、门厨仓工七人辛工，支钱一十二千五百文。

一、伙食（大建），支钱五十二千二百文。

一、煤柴，支钱四千二百文。

一、油烛，支钱三千五百六十文。

一、纸张笔墨，支钱五十六文。

一、零用，支钱一十六千二百五十二文。

共支钱一百六十六千七百六十八文。

八月

一、司事一十一人薪水，支钱七十八千文。

一、门厨仓工七人辛工，支钱一十二千五百文。

一、伙食（小建），支钱五十千四百六十文。

一、煤柴，支钱四千六十文。

一、油烛，支钱三千二百八十四文。

一、纸张笔墨，支钱五百一十六文。

一、零用，支钱一十四千九百九十文。

共支钱一百六十三千八百一十文。

九月

一、司事一十五人薪水，支钱九十千文。

一、门厨仓工八人辛工，支钱一十八千二百文。

一、伙食（大建，司事一十五人，使役八人），支钱六十八千四百文。

一、煤柴，支钱四千二百文。

一、油烛，支钱三千二百六十四文。

一、纸张笔墨，支钱一千九百五十四文。

一、零用，支钱二十千二百五十九文。

共支钱二百六千二百七十七文。

十月

一、委员薪水（会办委员五十八千文，随办委员二十四千文），支钱八十二千文。

一、委员轿随（会办委员一十二千文，随办委员六千文），支钱一十八千文。

一、司事一十五人薪水，支钱一百三十八千文。

一、门厨仓工八人辛工，支钱一十七千七百二十文。

一、伙食（小建），支钱六十六千一百二十文。

一、煤柴，支钱四千六十文。

一、油烛，支钱六千一百二十八文。

一、纸张笔墨，支钱一十七千九百四文。

一、零用及开仓一应犒赏，支钱二十四千六百九十六文。

一、开仓酒席及催甲酒饭，支钱二十七千九百四十四文。

共支钱四百二千五百七十二文。

十一月

一、委员薪水，支钱八十二千文。

一、委员轿随，支钱一十八千文。

一、司事一十五人薪水，支钱一百三十八千文。

一、门厨仓工八人辛工，支钱一十八千一百二十文。

一、伙食（小建），支钱六十六千一百二十文。

一、煤柴，支钱四千六十文。

一、油烛，支钱三千八百四文。

一、纸张笔墨，支钱一百七十一文。

一、零用，支钱一十八千三百一十四文。

共支钱三百四十八千五百八十九文。

十二月

一、委员薪水，支钱八十二千文。

一、委员轿随，支钱一十八千文。

一、司事一十五人薪水，支钱一百三十八千文。

一、门厨仓工八人辛工，支钱一十六千二百文。

一、伙食（大建），支钱六十八千四百文。

一、煤柴，支钱四千二百文。

一、油烛，支钱四千三百六十八文。

一、纸张笔墨，支钱一千一十文。

一、零用及年终犒赏，支钱三十千一十三文。

共支钱三百六十二千一百九十一文。

七年正月

一、委员薪水，支钱八十二千文。

一、委员轿随，支钱一十八千文。

一、司事一十一人薪水，支钱一百二十六千文。

一、门厨仓工七人辛工，支钱一十二千五百文。

一、伙食（小建，司事一十一人，使役七人），支钱五十千四百六十文。

一、煤柴，支钱四千六十文。

一、油烛，支钱三千一百六十三文。

一、纸张笔墨，支钱五百文。

一、零用，支钱一十三千六百九十文。

共支钱三百一十千三百七十三文。

二月

一、委员薪水，支钱八十二千文。

一、委员轿随，支钱一十八千文。

一、司事一十一人薪水，支钱一百二十六千文。

一、门厨仓工七人辛工，支钱一十二千五百文。

一、伙食（大建），支钱五十二千二百文。

一、煤柴，支钱四千二百文。

一、油烛，支钱三千四百八十八文。

一、纸张笔墨，支钱五百文。

一、零用，支钱一十四千二百二十七文。

共支钱三百一十三千一百一十五文。

三月

一、委员薪水，支钱八十二千文。

一、委员轿随，支钱一十八千文。

一、司事一十一人薪水，支钱一百二十六千文。

一、门厨仓工七人辛工，支钱一十二千五百文。

一、伙食（小建），支钱五十千四百六十文。

一、煤柴，支钱四千六十文。

一、油烛，支钱二千九百八十六文。

一、纸张笔墨，支钱六百九十文。

一、零用，支钱一十五千三百七十文。

共支钱三百一十二千六十六文。

一、采买谷一万一千七百石（每石连水脚八角二分六厘，洋照收租价，每元一千一百二十文），支钱一万八百二十三千九百四文。

一、采买谷一千九百三十九石（每石连水脚洋一元一分），支钱二千一百九十三千三百九十七文。

一、契买孙载德田价（计长邑田一百三十九亩一分九厘三毫），支钱一千八百四十二千一百七十六文。

一、契买张怀德田价（计长邑田一十三亩六分五厘），支钱一百八十四千二百一十八文。

一、契买吴诒德田价（计长邑田一百四十一亩八分二厘），支钱二千二百八十一千九百九十五文。

一、契买矫定远田价（计长邑田一十七亩三分三厘一毫），支钱一百六十九千六百六文。

一、契买潘谦益田价（计元邑田三十九亩六分三厘九毫），支钱七百九十八千六百七十五文。

一、契买潘润记田价（计长邑田九亩四分），支钱一百四十千六百九十六文。

一、契买吴砚耕田价（计吴邑田一百五十二亩四厘），支钱一千一百八十五千九百文。

一、契买朱承志田价（计长邑田一十六亩二分五厘），支钱一百二十八千九百六文。

一、完三邑条漕，支钱二千八百一十三千文。

一、协贴省城饭粥局，支钱五百千文。

一、火神庙捐清嘉坊，文昌宫桃花坞，支钱七十八千四百文。

一、各署书吏辛工纸费，支钱三百六十七千五百二十七文。

一、追租差费，支钱二百三十七千三百文。

一、催佃缴租零犒，支钱一百五十五千八百八十九文。

一、三邑易知单费，支钱三十五千八百五十文。

一、仓场工费（上谷、晒谷、眷谷、碓米等费），支钱三百八十五千一百五十二文。

一、匠工修理（三处仓廒岁修），支钱一百二十九千九百五十五文。

一、器用物件（芦席、廒笆、栲栳等件），支钱一百九十八千九百五十九文。

一、步田船饭（新买田亩），支钱三十千三百四十文。

一、水龙工费，支钱七千六百八十六文。

共支钱二万四千六百八十九千五百三十一文。

统共支钱二万七千七百七十三千一百六十二文。

一、支协贴省城饭粥局谷二千石（礁净白米九百二十一石五斗）。

实在

一、存济元、福泰、和丰、洪裕、致祥、慎和、元昌（仁泰移存）、济亨、久大、大信、济昌、裕成、福源、裕源、济康、保容、润源、同昌、同和、同裕、公泰、永兴、济大、济泰（洪茂移存）、同丰、同泰、公顺、保源、善昌、久和、同兴、永大、同春、恒和、永丰、震大、仁和，以上三十七当，每当各存钱八百千文。

一、存泳泰当钱五百四十千文。

一、存德隆当钱四百千文。

一、存源源当钱四百千文。

一、存恒裕当钱四百千文。

一、存永和当钱二百千文。

一、存公裕当钱二百千文。

一、存萃元当钱二百六十千文。

以上存当钱三万二千千文（按月一分二厘生息）。

一、存济元、福泰、和丰、洪裕、致祥、慎和、济昌、济亨、久大、大信、洪裕（接领保容）、裕成、福源、元昌（仁泰移存）、裕源、永兴、润源、同昌、同和、同裕、公泰、济康、保容、济泰（洪茂款）、同丰、同泰、公顺、保源、善昌、震大、同兴、永大、同春、仁和、永丰、久和，以上三十六当，每当存钱六百千文。

一、存永和当钱四百千文。

一、存德隆当钱二百千文。

一、存公裕当钱二百千文。

一、存济大当钱一百千文。

以上存当钱二万二千五百千文（按月一分生息）。

一、存久大、济大、洪裕、济昌、久和、公顺，每当各存钱一千千文。

一、存致祥、和丰、元昌（仁泰移存）、永兴、裕成、福泰、同昌、仁和、福源、济泰，每当各存钱五百千文。

一、存慎和当钱二千千文。

以上存当钱一万三千千文。

一、存义仓钱六千一十四千一百二十一文。

统共存钱七万三千五百一十四千一百二十一文。

统共存谷七万五千七百六十八石。

三邑附存谷七千五百三十三石。

为义仓田租收支报销事。窃查光绪七年九月，奉宪委委员，会同绅等办理征收田租事宜，于上年十月初二日开征起，至十二月二十二日止，收过田租折色钱文，由委员朱声先具文申报在案。兹查八年正月起，至三月底止，续收田租米一百四十七石二斗三升九合，每石折色钱一千八百文，合钱二百六十五千三十文。上年十二月申报收过新旧租米折色钱二万四千九百五十六千七百五十八文，共收田租钱二万五千二百二十一千七百八十八文。又收发当生息钱九千二百一十七千文，统共收田租折色及发当生息钱三万四千四百三十八千七百八十八文。又上届报销册内申报存钱七万三千五百一十四千一百二十一文，除本年报销一应开支钱四万一千一百七十九千七百七十五文，前后统共存钱六万六千七百七十三千一百三十四文。再，本年采买谷四千五百七十七石，又上届报销册内申报存谷七万五千七百六十八石，除本届协济省城饭粥局谷二千石，前后统共存谷七万八千三百四十五石。所有义仓钱谷，发当储仓，仍由绅大根会同董事顾来章详慎经理。查同治七年分三邑附存净谷七千五百三十三石，已于上年十一月一并运还三邑总仓，当经呈明三首县备案申详在案。此次报销，俟建仓工程完竣，造报稍迟。会办委员朱声先、随办委员汪鸣钧先于四月初循例销差，合并声明，兹将七年四月起，至八年三月止，义仓一应收支各款，径由绅等造具四柱清册，候候鉴核，并备造收支清册两套，呈盖宪印，详送 抚宪核销，并请申详督宪存案，具呈申送，除呈藩宪批示转详外，伏乞鉴核备查。谨呈理合具呈申报。伏乞大公祖大人鉴核，批示施行。谨呈。

计呈清册三套一套

一呈藩宪府

光绪八年五月　日义仓绅董呈

光绪七年四月起至八年三月底止，售买地基、建造仓廒、采买谷石、添置田亩、完纳条漕、协贴饭粥局、收租积谷经费一应收支等项清册

计开：

旧管

上年存钱七万三千五百一十四千一百二十一文。

上年存谷七万五千七百六十八石。

三邑附存谷七千五百三十三石。

新收

一、收六年分旧租折色钱一百八十八千五百九十一文。

一、收七年分新租折色钱二万五千三十三千一百九十七文。

一、收按月一分二厘当息钱四千九百九十二千文。

一、收按月一分当息钱二千九百二十五千文。

一、收周年一分当息钱一千三百千文。

共收钱三万四千四百三十八千七百八十八文。

一、收采买谷四千五百七十七石。

开除

七年四月

一、司事一十一人薪水，支钱七十八千文。

一、门厨仓工七人辛工，支钱一十二千五百文。

一、伙食（大建，司事一十一人，每人每日一百二十文，使役七人，每人每日六十文），支钱五十二千

二百文。

一、煤柴（大建，每日一百四十文），支钱四千二百文。

一、油烛，支钱三千五百八十八文。

一、纸张笔墨，支钱二百七十文。

一、零用，支钱一十五千九百六十六文。

共支钱一百六十六千七百二十四文。

五月

一、司事一十一人薪水，支钱七十八千文。

一、门厨仓工七人辛工，支钱一十二千五百文。

一、伙食（小建），支钱五十千四百六十文。

一、煤柴，支钱四千六十文。

一、油烛，支钱三千五十八文。

一、纸张笔墨，支钱二百文。

一、零用，支钱一十五千二十文。

共支钱一百六十三千二百九十八文。

六月

一、司事一十一人薪水，支钱七十八千文。

一、门厨仓工七人辛工，支钱一十二千五百文。

一、伙食（大建），支钱五十二千二百文。

一、煤柴，支钱四千二百文。

一、油烛，支钱三千二十四文。

一、纸张笔墨，支钱三百二十文。

一、零用，支钱一十五千二百八十五文。

共支钱一百六十五千五百二十九文。

七月

一、司事一十一人薪水，支钱七十八千文。

一、门厨仓工七人辛工，支钱一十二千五百文。

一、伙食（大建），支钱五十二千二百文。

一、煤柴，支钱四千二百文。

一、油烛，支钱三千一百二十六文。

一、纸张笔墨，支钱五百文。

一、零用，支钱二十四千三百五文。

共支钱一百七十四千八百三十一文。

闰七月

一、司事一十一人薪水，支钱七十八千文。

一、门厨仓工七人辛工，支钱一十二千五百文。

一、伙食（小建），支钱五十千四百六十文。

一、煤柴，支钱四千六十文。

一、油烛，支钱二千九百九十八文。

一、纸张笔墨，支钱六百四十文。

一、零用，支钱一十二千九百五十二文。

　　共支钱一百六十一千六百一十文。

八月

一、司事一十一人薪水，支钱七十八千文。

一、门厨仓工七人辛工，支钱一十二千五百文。

一、伙食（大建），支钱五十二千二百文。

一、煤柴，支钱四千二百文。

一、油烛，支钱三千四百七十六文。

一、纸张笔墨（租縣租册），支钱一十七千五百二十文。

一、零用，支钱一十九千九百五十六文。

　　共支钱一百八十七千八百五十二文。

九月

一、司事一十五人薪水，支钱九十千文。

一、门厨仓工八人辛工，支钱一十五千文。

一、伙食（大建，司事一十五人，使役八人），支钱六十八千四百文。

一、煤柴，支钱四千二百文。

一、油烛，支钱五千三百一十二文。

一、纸张笔墨，支钱五百八十文。

一、零用，支钱一十八千一百九十八文。

　　共支钱二百一千六百九十文。

十月

一、委员薪水（会办委员五十八千文，随办委员二十四千文），支钱八十二千文。

一、委员轿随（会办委员十二千文，随办委员六千文），支钱一十八千文。

一、司事一十五人薪水，支钱一百三十八千文。

一、门厨仓工八人辛工，支钱一十五千文。

一、伙食（小建），支钱六十六千一百二十文。

一、煤柴，支钱四千六十文。

一、油烛，支钱三千五百七十文。

一、纸张笔墨，支钱八百七十二文。

一、零用及开仓一应犒赏，支钱一十九千八百二十四文。

一、开仓酒席及催甲酒饭，支钱二十四千三十七文。

　　共支钱三百七十一千四百八十三文。

十一月

一、委员薪水，支钱八十二千文。

一、委员轿随，支钱一十八千文。

一、司事一十五人薪水，支钱一百三十八千文。

一、门厨仓工八人辛工，支钱一十五千文。

一、伙食（大建），支钱六十八千文。

一、煤柴，支钱四千二百文。

一、油烛，支钱四千七百七十八文。

一、纸张笔墨，支钱四百文。

一、零用，支钱一十九千七百四十二文。

　　共支钱三百五十千五百二十文。

十二月

一、委员薪水，支钱八十二千文。

一、委员轿随，支钱一十八千文。

一、司事一十五人薪水，支钱一百三十八千文。

一、门厨仓工八人辛工，支钱一十五千文。

一、伙食（小建），支钱六十六千一百二十文。

一、煤柴，支钱四千六十文。

一、油烛，支钱三千八百二文。

一、纸张笔墨，支钱一千二百文。

一、零用及年终犒赏，支钱二十七千八十文。

　　共支钱三百五十五千二百六十二文。

八年正月

一、委员薪水，支钱八十二千文。

一、委员轿随，支钱一十八千文。

一、司事一十一人薪水，支钱一百二十六千文。

一、门厨仓工七人辛工，支钱一十二千五百文。

一、伙食（小建，司事一十一人，使役七人），支钱五十千四百六十文。

一、煤柴，支钱四千六十文。

一、油烛，支钱三千一百一十文。

一、纸张笔墨，支钱二百二文。

一、零用，支钱一十四千九十七文。

　　共支钱三百一十千四百二十九文。

二月

一、委员薪水，支钱八十二千文。

一、委员轿随，支钱一十八千文。

一、司事一十一人薪水，支钱一百二十六千文。

一、门厨仓工七人辛工，支钱一十二千五百文。

一、伙食（大建），支钱五十二千二百文。

一、煤柴，支钱四千二百文。

一、油烛，支钱三千三百二十文。

一、纸张笔墨，支钱八百文。

一、零用，支钱一十五千三百三十六文。

　　共支钱三百一十四千三百五十六文。

三月

一、委员薪水，支钱八十二千文。

一、委员轿随，支钱一十八千文。

一、司事一十一人薪水，支钱一百二十六千文。

一、司事督工薪水，支钱六十七千二百文。

一、门厨仓工七人辛工，支钱一十二千五百文。

一、伙食（大建），支钱五十千四百六十文。

一、煤柴，支钱四千六十文。

一、油烛，支钱三千六十二文。

一、纸张笔墨，支钱二百二十文。

一、零用，支钱一十六千八十三文。

共支钱三百七十九千五百八十五文。

一、契买地基（元邑正三下图平江路华阳桥东），支钱二百九十二千四百三十二文。

一、建造仓廒（仓厅五间、仓场、砌街开沟、廒房八十一间、驳岸、油漆工料），支钱一万三千三百七十九千一百八十五文。

一、采办谷石（四千五百七十七石，每石洋一元四分三厘，洋照收租价，每元一千一百二十文），支钱五千三百四十六千六百五十六文。

一、契买孙载德田（元邑二百六亩六分九厘四毫，价洋二千二百二十元，加中费洋五十六元五角六分，每元一千一百二十文），支钱二千三百二十五千七百四十七文。

一、契买吴益兴田（长邑二百九十四亩八厘三毫，洋三千三百三十七元五角，加中费洋八十五元五分），支钱三千四百九十七千二百五十六文。

一、契买顾赐砚田（长邑三百二十一亩六厘六毫，洋四千三十七元四角，加中费洋一百十三元四角七分），支钱四千六百四十八千九百七十四文。

一、契买顾丰和田（吴邑一百九十亩五分八厘五毫，洋一千一百四十六元五角六分，加中费洋三十二元一角四厘），支钱一千三百二十千一百四文。

一、契买徐任记田（元邑五十七亩二分五厘六毫，吴邑七亩一厘八毫，洋八百九十九元八角二分，加中费洋二十五元一分九分五厘），支钱一千三十六千一十七文。

一、契买顾榴荫田（元邑十七亩七分四厘一毫，洋一百四十六元八角，加中费洋四元一角一分），支钱一百六十九千二十文。

一、契买赵瑶草田（长邑二十四亩四厘五毫，洋二百四十元四角五分，加中费洋六元七角三分三厘），支钱二百七十六千八百四十五文。

一、契买朱承志田（吴邑二十六亩七分，洋一百九十二元二角四分，加中费洋五元三角八分二厘），支钱二百二十一千三百三十七文。

一、契买徐仁切田（长邑三亩六分二厘，元邑五亩一分，洋一百元，加中费洋二元八角），支钱一百一十五千一百三十六文。

一、完三县条漕，支钱三千一百六十六千文。

一、协贴省城饭粥局，支钱五百千文。

一、各署书吏辛工纸张费，支钱四百三十二千二百六十七文。

一、追租差费，支钱二百七十八千文。

一、催佃缴租零犒，支钱一百八十三千二百七十六文。

一、三邑派易知单费，支钱四十一千七百八十文。

一、仓场工费（上谷、砻谷、晒谷、碓米等费），支钱三百七十九千九百四文。

一、匠工修理（三处仓厫岁修），支钱九十一千四百六十五文。

一、添置器用（芦蓆、厫笆等件），支钱一百千五百三十五文。

一、步田船饭（新买田亩），支钱五十五千八百二十文。

一、水龙工费，支钱一十八千八百五十文。

　　　共支钱三万七千八百七十六千六百六文。

统共支钱四万一千一百七十九千七百七十五文。

一、支还三邑附存除耗净谷七千五百三十三石（七年十一月运还三邑总仓，呈明三县备案，申详在案）。

一、支协贴省城饭粥局谷二千石（碓净白米九百四十二石）。

统共支谷九千五百三十三石。

实在

一、存济元、福泰、和丰、洪裕、致祥、慎和、元昌、济亨、久大、大信、济昌、裕成、福源、裕源、济康、保容、润源、同昌、同和、同裕、公泰、永兴、济大、济泰、同丰、同泰、公顺、保源、善昌、久和、同兴、永大、同春、恒和、永丰、震大、仁和，以上三十七当，每当各存钱八百千文。

一、存泳泰钱五百四十千文。

一、存德隆钱四百千文。

一、存源源钱四百千文。

一、存恒裕钱四百千文。

一、存永和钱二百千文。

一、存公裕钱二百千文。

以上存当钱三万二千千文（按月一分二厘生息）

一、存济元、福泰、和丰、洪裕、致祥、慎和、济昌、济亨、久大、大信、洪裕（接领保容）、裕成、福源、元昌、裕源、永兴、润源、同昌、同和、同裕、公泰、济康、保容、济泰、同丰、同泰、公顺、保源、善昌、震大、同兴、永大、同春、仁和、永丰、久和，以上三十六当，每当各存钱六百千文。

一、存永和钱四百千文。

一、存德隆钱二百千文。

一、存公裕钱二百千文。

一、存济大钱一百千文。

以上存当钱二万二千五百千文（按月一分生息）。

一、存久大、济大、洪裕、济昌、久和、公顺，每当各存钱一千千文。

一、存致祥、和丰、元昌、永兴、裕成、福泰、同昌、仁和、福源、济泰，每当各存钱五百千文。

一、存慎和钱二千千文。

以上存当钱一万三千千文（周年一分生息）。

共存当钱六万七千五百千文。

内除本届垫用钱七百二十六千八百六十六文，

统共实存钱六万六千七百七十三千一百三十四文。

统共实存谷七万八千三百四十五石。

委办省城义仓候补知县为具文申报事。窃卑职奉^{前宪}_{前藩宪}札委会办省城丰备义仓田租事宜，于上年十月初八日开收起，至十二月二十六日止，业将收过田租折色钱文，具文申报在案。兹查九年正月起，至三月底止，续收田租米一百四十六石三斗七升二合，每石折色钱二千文，合钱二百九十二千七百四十四文。上年十二月申报收过新旧租米折色钱二万八千九十七千二百五十一文，共收新旧田租折色钱二万八千三百八十九千九百九十五文。又收发当生息钱八千二百五十六千六百六十七文，又收奉文平粜谷价钱二千五百七十九千三十文，统共收田租折色及发当生息并平粜谷价钱三万九千二百二十五千六百九十二文。又上届报销册内申报存钱六万六千七百七十三千一百三十四文，除本年报销一应开支钱二万八千一百六十三千九百九十五文，前后统共存钱七万七千八百三十四千八百三十一文。再，本年采买谷一万五千五石，又上届报销册内申报存谷七万八千三百四十五石，除本年协贴省城饭粥局并奉文平粜谷四千四百四十九石五斗，统共存谷八万八千九百石五斗。所有义仓钱谷，发当储仓，仍由吴绅大根会同董事顾来章详慎经理。兹将八年四月起，至九年三月止，义仓一应收支各款，会同绅董造具四柱清册，^{恭呈鉴核，并备造收支清册二套，呈盖宪印，}_{具文申送，除申藩宪批示转详外，伏乞宪台鉴}^{详送}_{核备查。须至申者。}抚宪核销，并请申详督宪存案，理合具文申报。伏乞宪台批示施行。须至申者。

　　一申^{藩宪}_府

　　光绪九年四月　日义仓委员杨鉴

光绪八年四月起至九年三月底止，采买谷石、发当生息、完纳条漕、协贴省城饭粥局、收租积谷经费一应收支各款清册

计开：

旧管

上年存钱六万六千七百七十三千一百三十四文。

上年存谷七万八千三百四十五石。

新收

一、收七年分旧租折色钱二百七十六千一十四文。

一、收八年分新租折色钱二万八千一百一十三千九百八十一文。

一、收按月一分当息钱六千五百四十千文。（内原存三万二千千文按月一分二厘生息，二万二千五百千按月一分生息，兹于八年四月初一日，奉文统改按月一分生息。）

一、收周年一分当息钱一千三百千文。（存本一万三千千文。）

一、收新发周年一分当息钱四百一十六千六百六十七文。（八年十一月初一日发钱一万千文，计五个月息。）

一、收平粜谷价（洋二千三百二十三元四角五分）合钱二千五百七十九千三十文。

共收钱三万九千二百二十五千六百九十二文。

一、收采买谷五千四百五石。

一、收牙厘局买存除耗净谷九千六百石。（此项谷石，光绪七年二月牙厘局发款，氽存三邑总仓。兹于九年三月奉文由丰备仓租息项下缴还谷价，并入丰备仓收储。）

共收谷一万五千五石。

开除

八年四月

一、司事一十一人薪水，支钱七十八千文。

一、门厨仓工七人辛工，支钱一十二千五百文。

一、伙食（大建，司事一十一人，每人每日一百二十文，使役七人，每人每日六十文），支钱五十二千二百文。

一、煤柴（大建，每日一百四十文），支钱四千二百文。

一、油烛，支钱三千七百八十九文。

一、纸张笔墨，支钱一千二百文。

一、零用，支钱二十四千一百三十七文。

共支钱一百七十六千二十六文。

五月

一、司事一十一人薪水，支钱七十八千文。

一、门厨仓工七人辛工，支钱一十二千五百文。

一、伙食（小建），支钱五十千四百六十文。

一、煤柴，支钱四千六十文。

一、油烛，支钱三千一百六十八文。

一、纸张笔墨，支钱一千三百九十文。

一、零用，支钱一十五千四百六十六文。

共支钱一百六十五千四十四文。

六月

一、司事一十一人薪水，支钱七十八千文。

一、门厨仓工七人辛工，支钱一十二千五百文。

一、伙食（大建），支钱五十二千二百文。

一、煤柴，支钱四千二百文。

一、油烛，支钱三千四百文。

一、纸张笔墨，支钱四百文。

一、零用，支钱二十千七百九十五文。

共支钱一百七十一千四百九十五文。

七月

一、司事一十一人薪水，支钱七十八千文。

一、门厨仓工七人辛工，支钱一十二千五百文。

一、伙食（小建），支钱五十千四百六十文。

一、煤柴，支钱四千六十文。

一、油烛，支钱三千八十四文。

一、纸张笔墨，支钱四百一十八文。

一、零用，支钱一十三千八百九十五文。

共支钱一百六十二千四百一十七文。

八月

一、司事一十一人薪水，支钱七十八千文。

一、门厨仓工七人辛工，支钱一十二千五百文。

一、伙食（大建），支钱五十二千二百文。

一、煤柴，支钱四千二百文。

一、油烛，支钱三千五百四十四文。

一、纸张笔墨（租縣租册），支钱一十九千五百六十九文。

一、零用，支钱一十五千二百五十二文。

共支钱一百八十五千二百六十五文。

九月

一、司事一十五人薪水，支钱九十千文。

一、门厨仓工八人辛工（另添仓工一人，二十七日，每日工八十文，计钱二千一百六十文），支钱一十七千一百六十文。

一、伙食（大建，司事一十五人，使役八人，另添仓工一人，二十七日，计钱一千六百二十文），支钱七十千二十文。

一、煤柴，支钱四千二百文。

一、油烛，支钱三千八百四十文。

一、纸张笔墨，支钱二千二十六文。

一、零用，支钱二十三千一百二十四文。

共支钱二百一十千三百七十文。

十月

一、委员薪水（会办委员五十八千文，随办委员二十四千文），支钱八十二千文。

一、委员轿随（会办委员一十二千文，随办委员六千文），支钱一十八千文。

一、司事一十五人薪水，支钱一百三十八千文。

一、门厨仓工八人辛工，支钱一十五千文。

一、伙食（小建），支钱六十六千一百二十文。

一、煤柴，支钱四千六十文。

一、油烛，支钱六千四百五十八文。

一、纸张笔墨，支钱九百五十文。

一、零用及开仓一应犒赏，支钱二十一千六百一十六文。

一、开仓酒席及催甲酒饭，支钱二十三千二百一十七文。

共支钱三百七十五千四百一十一文。

十一月

一、委员薪水，支钱八十二千文。

一、委员轿随，支钱一十八千文。

一、司事一十五人薪水，支钱一百三十八千文。

一、门厨仓工八人辛工（另添仓工一人，计三十二日，十二月初二日止，钱二千五百六十文），支钱一十七千五百六十文。

一、伙食（大建），支钱六十八千四百文。

一、煤柴，支钱四千二百文。

一、油烛，支钱三千六百八十文。

一、纸张笔墨，支钱六百文。

一、零用，支钱一十八千七百八十六文。

共支钱三百五十一千二百二十六文。

十二月

一、委员薪水，支钱八十二千文。

一、委员轿随，支钱一十八千文。

一、司事一十五人薪水，支钱一百三十八千文。

一、门厨仓工八人辛工（另添仓工一人，计五十一日，十一月初一日起，至十二月二十一日止，钱四千八十文），支钱一十九千八十文。

一、伙食（大建，另添仓工一人，饭食三千六十文，计五十一日，十一月初一日起，至十二月二十一日止），支钱七十一千四百六十文。

一、煤柴，支钱四千二百文。

一、油烛，支钱四千九百一十文。

一、纸张笔墨，支钱七百三十文。

一、零用及年终犒赏，支钱三十千二百八十五文。

共支钱三百六十八千六百六十五文。

九年正月

一、委员薪水，支钱八十二千文。

一、委员轿随，支钱一十八千文。

一、司事一十二人薪水，支钱一百二十九千文。

一、门厨仓工七人辛工，支钱一十二千五百文。

一、伙食（小建，司事一十二人，使役七人），支钱五十三千九百四十文。

一、煤柴，支钱四千六十文。

一、油烛，支钱三千一百五十三文。

一、纸张笔墨，支钱二百文。

一、零用，支钱一十五千八百四十八文。

共支钱三百一十八千七百一文。

二月

一、委员薪水，支钱八十二千文。

一、委员轿随，支钱一十八千文。

一、司事一十二人薪水，支钱一百二十九千文。

一、门厨仓工七人辛工，支钱一十二千五百文。

一、伙食（小建），支钱五十三千九百四十文。

一、煤柴，支钱四千六十文。

一、油烛，支钱三千四百六十六文。

一、纸张笔墨，支钱三百文。

一、零用，支钱一十四千六百八文。

共支钱三百一十七千八百七十四文。

三月

一、委员薪水，支钱八十二千文。

一、委员轿随，支钱一十八千文。

一、司事一十二人薪水，支钱一百二十九千文。

一、门厨仓工七人辛工，支钱一十二千五百文。

一、伙食（大建），支钱五十五千八百文。

一、煤柴，支钱四千二百文。

一、油烛，支钱三千七百六十四文。

一、纸张笔墨，支钱二百二十六文。

一、零用，支钱一十七千四百一十二文。

共支钱三百二十二千九百二文。

一、采买谷五千四百五石（每石洋一元一角九分，水脚费用在内），支钱七千一百三十九千四百六十五文。

一、缴还牙厘局谷价（原一万石，除耗四升，计净谷九千六百石，合洋一万六百二十八元一角六分，洋照收租价，每元一千一百一十文），支钱一万一千七百九十七千二百五十八文。

一、完三邑条漕，支钱三千一百八十六千文。

一、协贴省城饭粥局，支钱一千五百千文。

一、给各署书吏辛工纸张费，支钱四百三十二千六百八十二文。

一、追租差费，支钱二百九十五千八百文。

一、给催佃缴租零犒，支钱一百八十千七十文。

一、给三邑易知单费，支钱三十八千六百一十五文。

一、支仓场工费，支钱二百六十九千三百八十四文。

一、支匠工修理，支钱一百二十八千三百二十五文。

一、支添置器用（栲栳、芦席等件），支钱七十千九百九十文。

共支钱二万五千三十八千五百八十九文。

统共支钱二万八千一百六十三千九百九十五文。

一、支奉文平粜谷二千四百四十九石五升。（八年七月，奉文发行耷米平粜。）

一、支协贴省城饭粥局谷二千文〔石〕。

统共支谷四千四百四十九石五斗。

实在

一、存济元、济亨、福泰、久大、和丰、大信、致祥、裕成、慎和、福源、济昌、元昌、裕源、济康、恒泰（永兴移交）、保容、顺兴（润源移交）、济泰、同昌、同丰、同和、同泰、同裕、公顺、公泰、保源、善昌、震大、久和、仁和、同兴、永丰、永大、同春，共三十四当，每当各存钱一千四百千文。

一、存洪裕钱二千千文。

一、存济大钱九百千文。

一、存永和钱六百千文。

一、存德隆钱六百千文。

一、存恒和钱八百千文。

一、存公裕钱四百千文。

一、存恒裕钱四百千文。

一、存源源钱四百千文。

一、存泳泰钱五百四十千文。

一、存萃元钱二百六十千文。

以上存当钱五万四千五百千文（按月一分生息）。

一、存慎和钱二千千文。

一、存久大、济昌、济大、久和、洪裕、公顺，每当各存钱一千千文。

一、存致祥、和丰、元昌、恒泰、裕成、福泰、同昌、仁和、福源、济泰，每当各存钱五百千文。

以上存当钱一万三千千文（周年一分生息）。

一、存大信、顺兴、济康、保容、致祥、裕成、福泰、和丰、慎和、福源、震大、元昌、恒泰、公顺、济泰，共十五当，各存钱六百千文。

一、存济昌、济大、久大三当共存钱一千千文。

以上存当钱一万千文（八年十一月发存，周年一分生息）。

一、存仓钱三百三十四千八百三十一文。

统共存钱七万七千八百三十四千八百三十一文。

统共存谷八万八千九百石五斗。

委办省城义仓候补知县为具文申报事。窃卑职奉宪台札委会办省城丰备义仓田租事宜，藩宪于上年十月十六日开收起，至十二月二十六日止，业将收过田租折色钱文，具文申报在案。兹查十年正月起，至三月底止，续收田租米一百六十一石九斗二升三合，每石折色钱一千九百文，合钱三百七千六百五十四文。上年十二月申报收过新旧租米折色钱二万六千一百九十一千九百一十文，共收新旧租折色钱二万六千四百九十九千五百六十四文。又收发当生息钱九千五十六千文，及奉谕平粜谷二千石，合价钱二千四百八十四千文，统共收田租折色及发当生息并平粜谷价钱三万八千三十九千五百六十四文。又上届报销册内申报存钱七万七千八百三十四千八百三十一文，除本年报销一应开支钱二万六百二十九千八十六文，前后统共存钱九万五千二百四十五千三百九文。再本年采买谷七千七百三十一石，又上届报销册内申报存谷八万八千九百石五斗，除本年协贴省城饭粥局并奉谕平粜谷四千石，前后统共存谷九万二千六百三十一石五斗。所有义仓钱谷，发当储仓，仍由吴绅大根会同董事顾来章详慎经理。兹将九年四月起，至十年三月止，义仓一应收支各款，会同绅董造具四柱清册，并另造发赈机户花名册，恭呈鉴核，并备造收支清册两套，呈盖宪印，详送抚宪核销，并具文申送，除申藩宪批示转详外，伏乞宪台鉴察备查。须至申者。请申详督宪存案，理合具文申报。伏乞宪台批示施行。须至申者。

计呈收支清册三套并机户花名册一套
清册一套

一申藩府宪

光绪十年四月　日义仓委员杨鉴

光绪九年四月起至十年三月底止，采买谷石、发当生息、完纳条漕、发赈省城失业机户、协贴饭粥局、收租积谷经费一应收支等款清册

计开：

旧管

上年存钱七万七千八百三十四千八百三十一文。

上年存谷八万八千九百石五斗。

新收

一、收八年分旧租折色钱三百六十二千三百四十文。

一、收九年分新租折色钱二万六千一百三十七千二百二十四文。

一、收按月一分当息钱六千五百四十千文。

一、收周年一分当息钱二千三百千文。

一、收新发周年一分当息钱二百一十六千文。（九年十二月初一日发存钱六千四百八十千文，计四个月。）

一、收奉谕平粜谷价（英洋二千三百元），合钱二千四百八十四千文。

共收钱三万八千三十九千五百六十四文。

一、收采买谷七千七百三十一石。

开除

九年四月

一、司事一十二人薪水，支钱八十一千文。

一、门厨仓工七人辛工，支钱一十二千五百文。

一、伙食（小建，司事一十二人，每人每日一百二十文，使役七人，每人每日六十文），支钱五十三千九百四十文。

一、煤柴（小建，每日一百四十文），支钱四千六十文。

一、油烛，支钱三千三百四十四文。

一、纸张笔墨，支钱一千八百九十八文。

一、零用，支钱一十八千四百八十五文。
　　共支钱一百七十五千二百二十七文。

五月

一、司事一十二人薪水，支钱八十一千文。

一、门厨仓工七人辛工，支钱一十二千五百文。

一、伙食（小建），支钱五十三千九百四十文。

一、煤柴，支钱四千六十文。

一、油烛，支钱三千一百六十八文。

一、纸张笔墨，支钱一千八百六十二文。

一、零用，支钱二十二千五百二十二文。
　　共支钱一百七十九千五十二文。

六月

一、司事一十二人薪水，支钱八十一千文。

一、门厨仓工七人辛工，支钱一十二千五百文。

一、伙食（大建），支钱五十五千八百文。

一、煤柴，支钱四千二百文。

一、油烛，支钱三千二百二十八文。

一、纸张笔墨，支钱三百三十六文。

一、零用，支钱二十二千三百三十九文。

　　共支钱一百七十九千四百三文。

七月

一、司事一十二人薪水，支钱八十一千文。

一、门厨仓工七人辛工，支钱一十二千五百文。

一、伙食（小建），支钱五十三千九百四十文。

一、煤柴，支钱四千六十文。

一、油烛，支钱二千九百三十文。

一、纸张笔墨，支钱二百八文。

一、零用，支钱一十九千八百七十三文。

　　共支钱一百七十四千五百一十一文。

八月

一、司事一十二人薪水，支钱八十一千文。

一、门厨仓工七人辛工，支钱一十二千五百文。

一、伙食（大建），支钱五十五千八百文。

一、煤柴，支钱四千二百文。

一、油烛，支钱三千六百二十三文。

一、纸张笔墨（租縣租册纸张印工），支钱二十五千九百六文。

一、零用，支钱二十一千三百七十一文。

　　共支钱二百四千四百文。

九月

一、司事一十六人薪水，支钱九十三千文。

一、门厨仓工八人辛工（另添仓工三十二工，每工八十文，计钱二千五百六十文），支钱一十七千五百六十文。

一、伙食（大建，司事一十六人，另添仓工三十二工，每工饭六十文，使役七人，计钱一千九百二十文），支钱七十三千九百二十文。

一、煤柴（大建），支钱四千二百文。

一、油烛，支钱三千六百六十二文。

一、纸张笔墨，支钱六百三十六文。

一、零用，支钱二十千九百一十四文。

　　共支钱二百一十三千八百九十二文。

十月

一、委员薪水（会办委员五十八千文，随办委员二十四千文），支钱八十二千文。

一、委员轿随（会办委员一十二千文，随办委员六千文），支钱一十八千文。

一、司事一十六人薪水，支钱一百四十六千文。

一、门厨仓工八人辛工，支钱一十五千文。

一、伙食（大建），支钱七十二千文。

一、煤柴，支钱四千二百文。

一、油烛，支钱七千七百六十文。

一、纸张笔墨，支钱八百七十文。

一、零用及开仓一切犒赏，支钱二十五千三百四十九文。

一、开仓酒席及催甲酒饭，支钱二十六千八百七十八文。

　　共支钱三百九十八千五十七文。

十一月

一、委员薪水，支钱八十二千文。

一、委员轿随，支钱一十八千文。

一、司事一十六人薪水，支钱一百四十六千文。

一、门厨仓工八人辛工（添雇仓工四十四工，每工八十文，计钱三千五百二十文），支钱一十八千五百二十文。

一、伙食（小建，另添仓工，每工饭六十文，计钱二千六百四十文），支钱七十二千二百四十文。

一、煤柴，支钱四千六十文。

一、油烛，支钱三千六十文。

一、纸张笔墨，支钱一百四十文。

一、零用，支钱一十九千五百三十四文。

　　共支钱三百六十三千五百五十四文。

十二月

一、委员薪水，支钱八十二千文。

一、委员轿随，支钱一十八千文。

一、司事一十六人薪水，支钱一百四十六千文。

一、门厨仓工八人辛工（添雇仓工，计一百二十八工，每工八十文，钱一十千二百四十文），支钱二十五千二百四十文。

一、伙食（大建，添雇仓工，每工饭六十文，计钱七千六百八十文），支钱七十九千六百八十文。

一、煤柴，支钱四千二百文。

一、油烛，支钱七千四十文。

一、纸张笔墨，支钱四千五百三十六文。

一、零用及年终犒赏，支钱三十九千五百八十九文。

　　共支钱四百六十千二百八十五文。

十年正月

一、委员薪水，支钱八十二千文。

一、委员轿随，支钱一十八千文。

一、司事一十二人薪水，支钱一百三十四千文。

一、门厨仓工八人辛工，支钱一十四千文。

一、伙食（大建，司事一十二人，使役八人），支钱五十七千六百文。

一、煤柴，支钱四千二百文。

一、油烛，支钱三千六百一十六文。

一、纸张笔墨，支钱五百六十文。

一、零用，支钱一十五千一百四十二文。

共支钱三百二十九千一百一十八文。

二月

一、委员薪水，支钱八十二千文。

一、委员轿随，支钱一十八千文。

一、司事一十二人薪水，支钱一百三十四千文。

一、门厨仓工八人辛工，支钱一十四千文。

一、伙食（小建），支钱五十五千六百八十文。

一、煤柴，支钱四千六十文。

一、油烛，支钱三千六百五十文。

一、纸张笔墨，支钱四百四十文。

一、零用，支钱一十五千五百文。

共支钱三百二十七千三百三十文。

三月

一、委员薪水，支钱八十二千文。

一、委员轿随，支钱一十八千文。

一、司事一十二人薪水，支钱一百三十四千文。

一、门厨仓工八人辛工，支钱一十四千文。

一、伙食（小建），支钱五十五千六百八十文。

一、煤柴，支钱四千六十文。

一、油烛，支钱四千二百五十文。

一、纸张笔墨，支钱三百三十二文。

一、零用（并赈机户零费），支钱四十七千四百九十九文。

共支钱三百五十九千八百二十一文。

一、采买谷七千七百三十一石（每石价一元四分，水脚费用在内，洋照本年折租价，每元一千八十文），支钱八千六百八十三千四百五十九文。

一、完三邑条漕，支钱三千六十八千文。

一、发赈省城失业机户，支钱三千四百七十六千七十文。

一、协贴省城饭粥局，支钱五百千文。

一、给各署书吏辛工纸张费，支钱四百二十六千二百八十六文。

一、给追租差费，支钱三百五十七千文。

一、给催佃缴租零犒，支钱一百七十五千三百一十七文。

一、给三邑易知单费，支钱四十千三百一十四文。

一、仓场工费，支钱三百一十二千四百一十文。

一、匠工修理，支钱一百八十二千九百二十六文。

一、添置器用，支钱九十六千六百五十四文。

共支钱一万七千三百一十八千四百三十六文。

统共支钱二万六百二十九千八十六文。

一、支奉谕平粜谷二千石。

一、支协贴省城饭粥局谷二千石。

统共支谷四千石。

实在

一、存济元、济亨、福泰、久大、和丰、大信、致祥、裕成、慎和、福源、济昌、元昌、裕源、济康、恒泰、保容、同昌、同丰、同泰、同裕、同和、顺兴、济泰、震大、久和、同兴、永丰、仁和、公顺、公泰、保源、永大、同春、善昌，共三十四当，每当各存钱一千四百千文。

一、存洪裕当钱二千千文。

一、存济大当钱九百千文。

一、存永和当钱六百千文。

一、存德隆当钱六百千文。

一、存恒和当钱八百千文。

一、存公裕当钱四百千文。

一、存恒裕当钱四百千文。

一、存源源当钱四百千文。

一、存泳泰当钱五百四十千文。

一、存萃元当钱二百六十千文。

以上存当钱五万四千五百千文（按月一分生息）。

一、存慎和当钱二千千文。

一、存久大、久和、洪裕、济昌、济大、公顺，共六当，每当各存钱一千千文。

一、存致祥、和丰、恒泰、福泰、同昌、仁和、福源、济泰、元昌、裕成，共一十当，每当各存钱五百千文。

一、存大信、顺兴、济康、保容、致祥、裕成、福泰、福源、震大、元昌、恒泰、公顺、济泰、和丰、慎和，共一十五当，每当各存钱六百千文。

一、存济昌、济大、久大三当共存钱一千千文。

一、存济元、济亨两当共存钱六千四百八十千文（九年十二月发存）。

以上存当钱二万九千四百八十千文（周年一分生息）。

一、存仓钱一万一千二百六十五千三百九文。

统共存钱九万五千二百四十五千三百九文。

统共存谷九万二千六百三十一石五斗。

委办省城义仓候补知县为具文申报事。窃卑职奉宪台札委会办省城丰备义仓田租事宜，于上年十月初七日开收起，至十二月二十六日止，业将收过田租折色钱文，具文申报在案。兹查十一年正月起，至三月底止，续收田租米一百六十石三升四合，每石折色钱一千七百文，合钱二百七十二千五十八文。又收荡租银折钱八百六十四文，上年十二月申报收过新旧租米折色钱二万三千三百五十一千二百七十五文，共收新旧租折色钱二万三千六百二十四千一百九十七文。又收发当生息钱一万五百三千文，统共收田租折色及发当生息钱三万四千一百二十七千一百九十七文。又上届报销册内申报存钱九万五千二百四十五千三百九文，除本年报销一应开支钱一万四千七百五十九千五百八文，前后统共存钱一十一万四千六百一十二千九百九十八文。再，本年采买谷四千九百六十石，又上届报销册内申报存谷九万二千六百三十一石五斗，除本年协贴饭粥局谷二千石，前后统共存谷九万五千五百九十一石五斗。所有义仓钱谷，发当储仓，仍由吴绅大根会同董事顾来章详慎经理。兹将十年四月起，至十一年三月止，义仓一应收支各款，会同绅董造具四柱清册，恭呈鉴核，并备造收支清册二套，呈盖宪印，详送抚宪核销，并请申详督宪存案，理合具文申报。伏乞宪台批示施行。须至申者。

具文申报，除申藩宪批示转详外，伏乞宪台鉴察备查。须至申者。

计呈清册一套并空白二套

一申藩宪 府宪

光绪十一年四月　日义仓委员赵景熙

光绪十年四月起至十一年三月底止，采买谷石、发当生息、完纳条漕、协贴省城饭粥局、收租积谷费经一应收支等款清册

计开：

旧管

上年存钱九万五千二百四十五千三百九文。

上年存谷九万二千六百三十一石五斗。

新收

一、收九年分旧租折色钱四百九十七千八十六文。

一、收十年分新租折色钱二万三千一百二十七千一百一十一文。

一、收按月一分当息钱七千八十五千文。

一、收周年一分当息钱二千九百四十八千文。

一、收新发周年八厘当息钱四百七十千文。（十年十一月初十日起息，发存一万五千千文。）

共收钱三万四千一百二十七千一百九十七文。

一、收采买新谷四千九百六十石。

开除

十年四月

一、司事一十二人薪水，支钱八十二千文。

一、门厨仓工八人辛工，支钱一十四千文。

一、伙食（大建，司事一十二人，每人每日一百二十文，使役八人，每人每日六十文），支钱五十七千六百文。

一、煤柴（大建，每日一百四十文），支钱四千二百文。

一、油烛，支钱三千八百六十一文。

一、纸张笔墨，支钱二百文。

一、零用，支钱一十六千四百九十二文。

共支钱一百七十八千三百五十三文。

五月

一、司事一十二人薪水，支钱八十二千文。

一、门厨仓工八人辛工，支钱一十四千文。

一、伙食（小建），支钱五十五千六百八十文。

一、煤柴，支钱四千六十文。

一、油烛，支钱三千二百二十二文。

一、纸张笔墨，支钱四百文。

一、零用，支钱二十二千一百四十三文。

共支钱一百八十一千五百五文。

闰五月

一、司事一十二人薪水，支钱八十二千文。

一、门厨仓工八人辛工，支钱一十四千文。

一、伙食（小建），支钱五十五千六百八十文。

一、煤柴，支钱四千六十文。

一、油烛，支钱三千五百一十四文。

一、纸张笔墨，支钱五百四十八文。

一、零用，支钱一十五千一百七十三文。

共支钱一百七十四千九百七十五文。

六月

一、司事一十二人薪水，支钱八十二千文。

一、门厨仓工八人辛工，支钱一十四千文。

一、伙食（大建），支钱五十七千六百文。

一、煤柴，支钱四千二百文。

一、油烛，支钱三千五百二十四文。

一、纸张笔墨，支钱五百文。

一、零用，支钱二十三千四十一文。

共支钱一百八十四千八百六十五文。

七月

一、司事一十二人薪水，支钱八十二千文。

一、门厨仓工八人辛工，支钱一十四千文。

一、伙食（小建），支钱五十五千六百八十文。

一、煤柴，支钱四千六十文。

一、油烛，支钱四千文。

一、纸张笔墨，支钱五百六十文。

一、零用，支钱一十四千七百七十文。

共支钱一百七十五千七十文。

八月

一、司事一十二人薪水，支钱八十二千文。

一、门厨仓工八人辛工，支钱一十四千文。

一、伙食（大建），支钱五十七千六百文。

一、煤柴，支钱四千二百文。

一、油烛，支钱三千六百二十八文。

一、纸张笔墨租簖租册，支钱一十一千九百四十二文。

一、零用，支钱二十一千七百三十四文。

　　共支钱一百九十五千一百四文。

九月

一、司事一十二人薪水，支钱八十二千文。

一、门厨仓工九人辛工，支钱一十四千文。

一、伙食（大建），支钱七十七千四百文。

一、煤柴，支钱四千二百文。

一、油烛，支钱三千九百三十四文。

一、纸张笔墨，支钱二千六十文。

一、零用，支钱二十一千二百四十文。

　　共支钱二百二十二千八百三十四文。

十月

一、委员薪水（会办委员五十八千文，随办委员二十四千文），支钱八十二千文。

一、委员轿随（会办委员一十二千文，随办委员六千文），支钱一十八千文。

一、司事一十七人薪水，支钱一百四十九千文。

一、门厨仓工九人辛工，支钱一十七千文。

一、伙食（小建），支钱七十四千八百二十文。

一、煤柴，支钱四千六十文。

一、油烛，支钱六千九百八十九文。

一、纸张笔墨，支钱五百六十二文。

一、零用及开仓犒赏，支钱二十四千九十二文。

一、开仓酒席及催甲酒饭，支钱二十七千七百八十二文。

　　共支钱四百四千三百五文。

十一月

一、委员薪水，支钱八十二千文。

一、委员轿随，支钱一十八千文。

一、司事一十七人薪水，支钱一百四十九千文。

一、门厨仓工九人辛工，支钱一十七千文。

一、伙食（大建），支钱七十七千四百文。

一、煤柴，支钱四千二百文。

一、油烛，支钱四千九百四十三文。

一、纸张笔墨，支钱四百文。

一、零用，支钱二十六千一百八文。

共支钱三百七十九千五十一文。

十二月

一、委员薪水，支钱八十二千文。

一、委员轿随，支钱一十八千文。

一、司事一十七人薪水，支钱一百四十九千文。

一、门厨仓工九人辛工，支钱一十七千文。

一、伙食（大建），支钱七十七千四百文。

一、煤柴，支钱四千二百文。

一、油烛，支钱五千九百三十二文。

一、纸张笔墨，支钱九百六十文。

一、零用及年终犒赏，支钱四十四千一百二十一文。

共支钱三百九十八千六百一十三文。

十一年正月

一、委员薪水，支钱八十二千文。

一、委员轿随，支钱一十八千文。

一、司事一十三人薪水，支钱一百三十四千文。

一、门厨仓工八人辛工，支钱一十四千文。

一、伙食（大建），支钱六十一千二百文。

一、煤柴，支钱四千二百文。

一、油烛，支钱四千二文。

一、纸张笔墨，支钱二百文。

一、零用，支钱一十七千五百七十四文。

共支钱三百三十五千一百七十六文。

二月

一、委员薪水，支钱八十二千文。

一、委员轿随，支钱一十八千文。

一、司事一十三人薪水，支钱一百三十四千文。

一、门厨仓工八人辛工，支钱一十四千文。

一、伙食（小建），支钱五十九千一百六十文。

一、煤柴，支钱四千六十文。

一、油烛，支钱三千六百一十文。

一、纸张笔墨，支钱三百文。

一、零用，支钱一十七千八百五十四文。

共支钱三百三十二千九百八十四文。

三月

一、委员薪水，支钱八十二千文。

一、委员轿随，支钱一十八千文。

一、司事一十三人薪水，支钱一百三十四千文。

一、门厨仓工八人辛工，支钱一十四千文。

一、伙食（小建），支钱五十九千一百六十文。

一、煤柴，支钱四千六十文。

一、油烛，支钱三千五百二十文。

一、纸张笔墨，支钱六百五十文。

一、零用，支钱二十三千九百四十五文。

共支钱三百三十九千三百三十五文。

一、采买谷四千九百六十石（每石连水脚洋一元三分九厘，洋照本年收租价，每元一千一百文），支钱五千六百六十八千七百八十四文。

一、完三县条漕，支钱三千八十三千文。

一、协贴省城饭粥局，支钱一千千文。

一、给各署书吏辛工纸张费，支钱四百二十九千八百三十七文。

一、追租差费，支钱三百二十一千四百文。

一、给催佃缴租零犒，支钱一百七十四千三百七十五文。

一、给三邑易知单费，支钱四十二千五百八十八文。

一、仓场工费，支钱二百六十九千九百三文。

一、匠工修理，支钱一百一十二千七百九十七文。

一、添置器用（芦席、廒笆等件），支钱一百五十四千六百五十四文。

共支钱一万一千二百五十七千三百三十八文。

统共支钱一万四千七百五十九千五百八文。

一、支协贴省城饭粥局谷二千石。

实在

一存济泰、顺兴、保容、恒泰、济康、裕源、济昌、致祥、洪裕、元昌（关镇）、大信、和丰、久大、福泰、安泰（接领震大）、元顺（接领慎和）、同昌、永大、同春、永丰、仁和、保源、公泰、公顺、同裕、同泰、同和、同丰、元昌（阊门外）、久和、祥利（接领裕成）、济亨、福源、善昌，共三十四当，每当各存钱一千四百千文。

一、存同兴当钱二千千文（内接领德隆款六百千文）。

一、存济大当钱九百千文。

一、存恒和当钱八百千文。

一、存永和当钱六百千文。

一、存天和当钱六百千文（接领洪裕款）。

一、存泳泰当钱五百四十千文。

一、存公裕当钱四百千文。

一、存源源当钱四百千文。

一、存恒裕当钱四百千文。

一、存萃元当钱二百六十千文。

以上存当钱五万四千五百千文（按月一分生息）。

一、存济元当钱三千二百四十千文。

一、存济亨当钱三千二百四十千文。

一、存济昌、久大、济大当钱四千千文。

一、存元顺当钱二千六百千文。

一、存公顺当钱一千六百千文。

一、存致祥、恒泰、济泰、和丰、福泰、元昌、福源、祥利，以上八当，每当各存钱一千一百千文。

一、存洪裕、久和，以上两当，各存钱一千千文。

一、存大信、济康、安泰、保容、顺兴，以上五当，每当各存钱六百千文。

一、存同昌、仁和以上两当每当各存钱五百千文。

以上存当钱二万九千四百八十千文（周年一分生息）。

一、存祥利当钱一千四百千文。

一、存恒泰、天和、致祥、久和、济元、济亨、顺兴、济昌、福源、元昌、久大、洪裕、福泰、济大、济泰、和丰，以上十六当，每当各存钱七百千文。

一、存济康当钱九百千文。

一、存安泰当钱六百千文。

一、存同裕当钱五百千文。

一、存济泰分当钱四百十文。

以上存当钱一万五千千文（周年八厘生息）。

一、存仓钱一万五千六百三十二千九百九十八文。

统共存钱一十一万四千六百一十二千九百九十八文。

统共存谷九万五千五百九十一石五斗。

卷六 中

委办省城义仓候补知县为具文申报事。窃卑职奉前署藩宪李札委会办丰备义仓田租事宜，于上年十月十一日开收起，至十二月二十六日止，业将收过田租折色钱文，具文申报在案。兹查十二年正月起，至三月底止，续收田租米一百二十七石二斗三升，每石折色钱一千八百文，合钱二百二十九千一十四文。上年十二月申报收过新旧租米折色钱二万三千四百五十五千一百一十八文，共收新旧租米折色钱二万三千六百八十四千一百三十二文。又收发当生息钱一万六百八十八千文，统共收田租折色及发当生息钱三万四千三百七十二千一百三十二文。又上届报销册内申报存钱一十一万四千六百十二千九百九十八文，除本年报销一应开支钱三万四千六百六十二千一百五十八文，前后统共存钱一十一万四千三百二十二千九百七十二文。再，本年采买谷一万七千七百一十二石，又上届报销册内申报存谷九万五千五百九十一石五斗，除本年协贴饭粥局谷二千石，前后统共存谷一十一万一千三百三石五斗。所有义仓钱谷，仍由吴绅大根会同董事顾来章详慎经理。卑职已于四月初一日循案先行销差，兹由绅董造具十一年四月起，至十二年三月止，义仓一应收支各款四柱清册，恭呈鉴核，并备造收支清册二套，呈盖宪印，详送抚宪核销，并请申详督宪存案，具文申报，除申藩宪批示转详外，伏乞宪台鉴察备查。须至申者。理合具文申报。伏乞宪台批示施行。须至申者。

一申 藩宪
 府

光绪十二年五月　日义仓委员赵景熙

光绪十一年四月起至十二年三月底止，采买谷石、完纳条漕、协贴省城饭粥局、收租积谷经费一应收支等款清册

计开：

旧管

上年存钱一十一万四千六百一十二千九百九十八文。

上年存谷九万五千五百九十一石五斗。

新收

一、收十年分旧租折色钱五百二十一千二百七十四文。

一、收十一年分新租折色钱二万三千一百六十二千八百五十八文。

一、收按月一分当息钱六千五百四十千文。

一、收周年一分当息钱二千九百四十八千文。

一、收周年八厘当息钱一千二百千文。

共收钱三万四千三百七十二千一百三十二文。

一、收采买谷一万七千七百一十二石（每石连水脚，计洋一元三角一分五厘八毫）。

计收谷一万七千七百一十二石。

开除

十一年四月

一、司事一十三人薪水，支钱八十四千文。

一、门厨仓工八人辛工，支钱一十四千文。

一、伙食（大建，司事一十三人，每人每日一百文，使役八人，每人每日六十文），支钱五十三千四百文。

一、煤柴（大建，每日一百四十文），支钱四千二百文。

一、油烛，支钱四千一百九十四文。

一、纸张笔墨，支钱四百三十三文。

一、零用，支钱一十七千四百七十五文。

共支钱一百七十七千七百二文。

五月

一、司事一十三人薪水，支钱八十四千文。

一、门厨仓工八人辛工，支钱一十四千文。

一、伙食（小建），支钱五十一千六百二十文。

一、煤柴，支钱四千六十文。

一、油烛，支钱三千六百五十三文。

一、纸张笔墨，支钱五百文。

一、零用，支钱一十七千六十七文。

共支钱一百七十四千九百文。

六月

一、司事一十三人薪水，支钱八十四千文。

一、门厨仓工八人辛工，支钱一十四千文。

一、伙食（小建），支钱五十一千六百二十文。

一、煤柴，支钱四千六十文。

一、油烛，支钱三千六百五十五文。

一、纸张笔墨，支钱五百文。

一、零用，支钱二十二千五百三十九文。

共支钱一百八十千三百七十四文。

七月

一、司事一十三人薪水，支钱八十四千文。

一、门厨仓工八人辛工，支钱一十四千文。

一、伙食（大建），支钱五十三千四百文。

一、煤柴，支钱四千二百文。

一、油烛，支钱三千八百四十四文。

一、纸张笔墨，支钱四百八十六文。

一、零用，支钱二十一千三百四十四文。

共支钱一百八十一千二百七十四文。

八月

一、司事一十三人薪水，支钱八十四千文。

一、门厨仓工八人辛工，支钱一十四千文。

一、伙食（小建），支钱五十一千六百二十文。

一、煤柴，支钱四千六十文。

一、油烛，支钱四千一百九十三文。

一、纸张笔墨（租籔、租册、工料等），支钱二十二千二百八十八文。

一、零用，支钱一十六千六百五十九文。

共支钱一百九十六千八百二十文。

九月

一、司事一十八人薪水，支钱九十九千文。

一、门厨仓工九人辛工，支钱一十七千文。

一、伙食（大建），支钱七十千二百文。

一、煤柴，支钱四千二百文。

一、油烛，支钱三千八百六十五文。

一、纸张笔墨，支钱八百一十八文。

一、零用，支钱二十三千四百二十八文。

共支钱二百一十八千五百一十一文。

十月

一、委员薪水（会办委员五十八千文，随办委员二十四千文），支钱八十二千文。

一、委员轿随（会办委员一十二千文，随办委员六千文），支钱一十八千文。

一、司事一十八人薪水，支钱一百四十九千文。

一、门厨仓工九人辛工，支钱一十七千文。

一、伙食（小建），支钱六十七千八百六十文。

一、煤柴，支钱四千六十文。

一、油烛，支钱七千三百五十七文。

一、纸张笔墨，支钱四百三十一文。

一、零用及开仓一切犒赏，支钱二十六千四百八十四文。

一、开仓酒席及催甲酒饭，支钱三十三千一百五十八文。

共支钱四百五千三百五十文。

十一月

一、委员薪水，支钱八十二千文。

一、委员轿随，支钱一十八千文。

一、司事一十八人薪水，支钱一百四十九千文。

一、门厨仓工九人辛工，支钱一十七千文。

一、伙食（大建），支钱七十千二百文。

一、煤柴，支钱四千二百文。

一、油烛，支钱四千四百八十六文。

一、纸张笔墨，支钱一百九十六文。

一、零用，支钱二十二千七百三十六文。

共支钱三百六十七千八百一十八文。

十二月

一、委员薪水，支钱八十二千文。

一、委员轿随，支钱一十八千文。

一、司事一十八人薪水，支钱一百四十九千文。

一、门厨仓工九人辛工，支钱一十七千文。

一、伙食（大建），支钱七十千二百文。

一、煤柴，支钱四千二百文。

一、油烛，支钱五千四百四十二文。

一、纸张笔墨，支钱二千三百二十三文。

一、零用，支钱三十四千九百六十一文。

一、年终犒赏并年饭酒，支钱四十三千五百四十文。

共支钱四百二十六千六百六十六文。

十二年正月

一、委员薪水，支钱八十二千文。

一、委员轿随，支钱一十八千文。

一、司事一十三人薪水，支钱一百三十六千文。

一、门厨仓工七人辛工，支钱一十二千五百文。

一、伙食（大建），支钱五十一千六百文。

一、煤柴，支钱四千二百文。

一、油烛，支钱三千八百九十八文。

一、纸张笔墨，支钱四百文。

一、零用，支钱一十五千四百二十一文。

共支钱三百二十四千一十九文。

二月

一、委员薪水，支钱八十二千文。

一、委员轿随，支钱一十八千文。

一、司事一十三人薪水，支钱一百三十六千文。

一、门厨仓工七人辛工，支钱一十二千五百文。

一、伙食（小建），支钱四十九千八百八十文。

一、煤柴，支钱四千六十文。

一、油烛，支钱三千九百八十六文。

一、纸张笔墨，支钱四百文。

一、零用，支钱一十七千九十七文。

共支钱三百二十三千九百二十三文。

三月

一、委员薪水，支钱八十二千文。

一、委员轿随，支钱一十八千文。

一、司事一十三人薪水，支钱一百三十六千文。

一、门厨仓工七人辛工，支钱一十二千五百文。

一、伙食（大建），支钱五十一千六百文。

一、煤柴，支钱四千二百文。

一、油烛，支钱三千九百三十文。

一、纸张笔墨，支钱四百三十五文。

一、零用，支钱一十六千七百一十二文。

共支钱三百二十五千三百七十七文。

一、采买谷一万七千七百一十二石（每石连水脚洋一元三角一分五厘八毫，洋照收租折价，每元一千九十文），支钱二万五千四百二千九百四十文。

一、完三邑条漕，支钱三千一百七十五千文。

一、奉文协贴省城饭粥局，支钱一千千文。

一、给各署书吏辛工纸张费，支钱四百八十千二百六十九文。

一、追租差费，支钱三百四十一百九十三文。

一、给催佃缴租零犒，支钱一百六十五千二百一文。

一、给三邑易知单费，支钱四十三千三百九十五文。

一、给仓场工费，支钱四百四十千四百七十五文。

一、匠工修理，支钱八十三千六百六十七文。

一、添置器用（芦席、廒笆等件），支钱二百九十二千六百八十四文。

一、山东赈捐（洋四十元），支钱四十三千六百文。

共支钱三万一千三百五十九千四百二十四文。

统共支钱三万四千六百六十二千一百五十八文。

一、支协贴省城饭粥局谷二千石。

共支谷二千石。

实在

一、存济泰、顺兴、保容、恒泰、济康、裕源、仁裕（接领济昌款）、福源、致祥、洪裕、元昌（关镇）、大信、和丰、久大、元昌（阊门外）、济亨、祥利、安泰、元顺、同昌、永大、福泰、仁和、久和、善昌、保源、公泰、公顺、同春、永丰、同和、同裕、同泰、同丰，共三十四当，每当各存钱一千四百千文。

一、存同兴当钱二千千文。

一、存济大当钱九百千文。

一、存恒和当钱八百千文。

一、存永和当钱六百千文。

一、存天和当钱六百千文。

一、存泳泰当钱五百四十千文。

一、存公裕当钱四百千文。

一、存源源当钱四百千文。

一、存恒裕当钱四百千文。

一、存萃元当钱二百六十千文。

以上存当钱五万四千五百千文（按月一分生息）。

一、存豫昌当钱三千二百四十千文（接领济元款）。

一、存济亨当钱三千二百四十千文。

一、存仁裕当钱一千三百三十四千文（分存济昌款）。

一、存济大当钱一千六百六十六千文。

一、存元顺当钱二千六百千文。

一、存公顺当钱一千六百千文。

一、存致祥、福泰、恒泰、元昌、济泰、福源、和丰、祥利，每当各存钱一千一百千文。

一、存洪裕、久和、久大，每当各存钱一千千文。

一、存大信、保容、济康、顺兴、安泰，每当各存钱六百千文。

一、存同昌、仁和，每当各存钱五百千文。

以上存当钱二万九千四百八十千文（周年一分生息）。

一、存祥利当钱一千四百千文。

一、存济康当钱九百千文。

一、存安泰当钱六百千文。

一、存同裕当钱五百千文。

一、存济泰当钱四百千文。

一、存恒泰、致祥、豫昌（接领济元款）、济亨、济泰、济大、和丰、天和、久和、福泰、顺兴、洪裕、久大、仁裕（接领济昌款）、元昌、福源，共一十六当，每当各存钱七百千文。

以上存当钱一万五千千文（周年八厘生息）。

一、存仓钱一万五千三百四十二千九百七十二文。

统共存钱一十一万四千三百二十二千九百七十二文。

统共存谷一十一万一千三百三石五斗。

为报销事。窃查丰备义仓田租，于上年十月十七日开收起，至十二月二十六日止，收见田租折色钱文，业由会办委员赵景熙于上年十二月二十八日具文申报在案。兹查十三年正月起，至三月底止，续收田租米一百二十石二斗七升四合，每石折色钱二千文，合钱二百四十千五百四十八文。上年十二月申报收过新旧租米折色钱二万七千七百一千一百五十三文，共收新旧租米折色钱二万七千九百四十一千七百一文。又收发当生息钱一万六百四十五千三百三十四文，统共收田租折色及发当生息钱三万八千五百八十七千三十五文。又上届报销册内申报存钱一十一万四千三百二十二千九百七十二文，除本年报销一应开支钱三万二千四百五十千三百九十五文，前后统共存钱一十二万四百五十九千六百一十二文。再，本年采买谷一万五千六百七十一石，又上届报销册内申报存谷一十一万一千三百三石五斗，除本年协贴省城饭粥局谷二千石，前后统共存谷一十二万四千九百七十四石五斗。所有义仓钱谷，仍由绅大根会同董事顾来章详慎经理。其存仓钱文，已备二万串，呈请_{苏州府}_{宪台}谕饬发当生息在案。再，查会办委员赵景熙于三月初奉差北上，随办委员王绍燕于四月初循例销差。此次办谷初竣，合由绅董造具十二年四月起，至十三年三月止，义仓一应收支各款四柱清册，恭呈鉴核，并备造收支清册两套，呈盖宪印，详送具呈申报，除呈藩宪批示转详外，伏乞宪台鉴核，备查须至申者。抚宪核销，并请转详督宪存案。伏乞大公祖大人批示施行。上呈。

计呈清册_{一套、备详清册两套}_{二套}

一呈_{藩宪}_府

光绪十三年四月　日义仓绅董呈

光绪十二年四月起至十三年三月底止，采买谷石、完纳条漕、协贴省城饭粥局、收租积谷经费一应收支等款清册

计开：

旧管

上年存钱一十一万四千三百二十二千九百七十二文。

上年存谷一十一万一千三百三石五斗。

新收

一、收十一年分旧租折色钱五百二十三千八百八十一文。

一、收十二年分新租折色钱二万七千四百一十七千八百二十文。

一、收按月一分当息钱六千五百一十六千文。（内天和当存款六百千文，四月初一日停止，八月初一日发存大信、和丰当生息，空息四个月，缺钱一十六千文。）

一、收周年一分当息钱二千九百四十八千文。

一、收周年八厘当息钱一千一百八十一千三百三十四文。（内天和当存款七百千文，四月初一日停止，八月初一日发存保丰当生息，空息四个月，缺钱一十八千六百六十六文。）

共收钱三万八千五百八十七千三十五文。

一、收采买新谷一万五千六百七十一石。

计收谷一万五千六百七十一石。

开除

十二年四月

一、司事一十三人薪水，支钱八十六千文。

一、门厨仓工七人辛工，支钱一十二千五百文。

一、伙食（小建，司事一十三人，每人每日一百文，使役七人，每人每日六十文），支钱四十九千八百八十文。

一、煤柴（小建，每日一百四十文），支钱四千六十文。

一、油烛，支钱三千九百二十四文。

一、纸张笔墨，支钱一百一十四文。

一、零用，支钱一十五千五十文。

共支钱一百七十一千五百二十八文。

五月

一、司事一十三人薪水，支钱八十六千文。

一、门厨仓工七人辛工，支钱一十二千五百文。

一、伙食（大建），支钱五十一千六百文。

一、煤柴，支钱四千二百文。

一、油烛，支钱三千四百八十八文。

一、纸张笔墨，支钱五十六文。

一、零用，支钱一十八千七十四文。

共支钱一百七十五千九百一十六文。

六月

一、司事一十三人薪水，支钱八十六千文。

一、门厨仓工七人辛工，支钱一十二千五百文。

一、伙食（小建），支钱四十九千八百八十文。

一、煤柴，支钱四千六十文。

一、油烛，支钱三千九百四十六文。

一、纸张笔墨，支钱二百三十二文。

一、零用，支钱二十五千四十文。

共支钱一百八十一千六百五十八文。

七月

一、司事一十三人薪水，支钱八十六千文。

一、门厨仓工七人辛工，支钱一十二千五百文。

一、伙食（小建），支钱四十九千八百八十文。

一、煤柴，支钱四千六十文。

一、油烛，支钱三千九百六十六文。

一、纸张笔墨（租縣租册工料等），支钱一十七千七百五十三文。

一、零用，支钱二十千三百九十二文。

共支钱一百九十四千五百五十一文。

八月

一、司事一十三人薪水，支钱八十六千文。

一、门厨仓工七人辛工（另雇仓工一人，二十日，钱一千文），支钱一十三千五百文。

一、伙食（大建，另雇仓工一人，二十日，钱一千二百文），支钱五十二千八百文。

一、煤柴，支钱四千二百文。

一、油烛，支钱四千三十七文。

一、零用，支钱一十七千六百七十三文。

共支钱一百七十八千二百一十文。

九月

一、司事一十九人薪水，支钱一百四千文。

一、门厨仓工九人辛工，支钱一十七千文。

一、伙食（小建），支钱七十千七百六十文。

一、煤柴，支钱四千六十文。

一、油烛，支钱四千一百七十文。

一、纸张笔墨，支钱四百七十四文。

一、零用，支钱二十四千九十八文。

共支钱二百二十四千五百六十二文。

十月

一、委员薪水（会办委员五十八千文，随办委员二十四千文），支钱八十二千文。

一、委员轿随（会办委员一十二千文，随办委员六千文），支钱一十八千文。

一、司事一十九人薪水，支钱一百五十四千文。

一、门厨仓工九人辛工，支钱一十七千文。

一、伙食（大建），支钱七十三千二百文。

一、煤柴，支钱四千二百文。

一、油烛，支钱六千六百七十八文。

一、纸张笔墨，支钱四百五十六文。

一、零用，支钱二十四千四百九十九文。

一、开仓酒席及催甲酒饭一应犒赏，支钱三十六千四百文。

共支钱四百一十六千四百三十三文。

十一月

一、委员薪水，支钱八十二千文。

一、委员轿随，支钱一十八千文。

一、司事一十九人薪水，支钱一百五十四千文。

一、门厨仓工九人辛工，支钱一十七千文。

一、伙食（小建），支钱七十千七百六十文。

一、煤柴，支钱四千六十文。

一、油烛，支钱四千五百三十六文。

一、纸张笔墨，支钱二百一十七文。

一、零用，支钱二十二千二十九文。

共支钱三百七十二千六百二文。

十二月

一、委员薪水，支钱八十二千文。

一、委员轿随，支钱一十八千文。

一、司事一十九人薪水，支钱一百五十四千文。

一、门厨仓工九人辛工，支钱一十七千文。

一、伙食（大建），支钱七十三千二百文。

一、煤柴，支钱四千二百文。

一、油烛，支钱五千九百五十二文。

一、零用，支钱三十八千一百七文。

一、年终犒赏及年饭酒，支钱四十千七百八十三文。

共支钱四百三十三千二百四十二文。

十三年正月

一、委员薪水，支钱八十二千文。

一、委员轿随，支钱一十八千文。

一、司事一十三人薪水，支钱一百三十六千文。

一、门厨仓工八人辛工，支钱一十四千文。

一、伙食（大建），支钱五十三千四百文。

一、煤柴，支钱四千二百文。

一、油烛，支钱三千四百一文。

一、纸张笔墨，支钱三百二文。

一、零用，支钱一十六千七百二十九文。

共支钱三百二十八千三十二文。

二月

一、委员薪水，支钱八十二千文。

一、委员轿随，支钱一十八千文。

一、司事一十三人薪水，支钱一百三十六千文。

一、门厨仓工八人辛工，支钱一十四千文。

一、伙食（大建），支钱五十三千四百文。

一、煤柴，支钱四千二百文。

一、油烛，支钱三千九百五十四文。

一、纸张笔墨，支钱七十二文。

一、零用，支钱二十一千六百五十二文。

共支钱三百三十三千二百七十八文。

三月

一、委员薪水，支钱八十二千文。

一、委员轿随，支钱一十八千文。

一、司事一十三人薪水，支钱一百三十六千文。

一、门厨仓工八人辛工，支钱一十四千文。

一、伙食（小建），支钱五十一千六百二十文。

一、煤柴，支钱四千六十文。

一、油烛，支钱三千九百四十七文。

一、纸张笔墨，支钱六百二文。

一、零用，支钱一十六千四十四文。

共支钱三百二十六千二百七十三文。

一、上年冬采买谷一万一百石（每石价连水脚一元三角三分九厘八毫，洋照十一年收租，每元作一千九十文），支钱一万四千七百四十九千八百五十八文。

一、本年春采买谷五千五百七十一石（每石价连水脚一元二角四分五厘，洋照十二年分收租，每元作一千三十文），支钱七千一百四十三千九百七十二文。

一、完三邑条漕，支钱三千五百九十一千九百文。

一、奉文协贴省城饭粥局，支钱一千五百千文。

一、各署书吏辛工纸张费，支钱四百二十八千一文。

一、追租差费，支钱三百二十九千三百文。

一、催佃缴租零犒，支钱一百七十五千八百四文。

一、三邑易知单费，支钱四十二千七百三十二文。

一、仓场工费，支钱四百一十一千一百八十二文。

一、匠工修理，支钱八十三千七百二十五文。

一、重建仓前庆林桥一座（筑坝踏水及修富生桥、猛将堂一应工料），支钱三百八十二千一百三十文。

一、仓场器用物件（芦席、廒笆等件），支钱二百六十三千一百五十文。

一、水龙出救工费，支钱一十三千三百五十六文。

共支钱二万九千一百一十四千一百一十文。

统共支钱三万二千四百五十千三百九十五文。

一、支协贴省城饭粥局谷二千石。

共支谷二千石。

实在

一、存济泰、顺兴、保容、恒泰、济康、裕源、仁裕、致祥、洪裕、元昌（关镇）、大信、和丰、久大、福泰、元昌（山塘）、福源、安泰、元顺、同昌、永大、同春、同丰、祥利、保源、公泰、公顺、同裕、同泰、永丰、仁和、久和、同和、豫成（接领济亨款）、善昌，共三十四当，每当各存钱一千四百千文。

一、存同兴当钱二千千文。

一、存济大当钱九百千文。

一、存恒和当钱八百千文。

一、存永和当钱六百千文。

一、存泳泰当钱五百四十千文。

一、存安余当钱四百千文（接领公裕款）。

一、存源源当钱四百千文。

一、存恒裕当钱四百千文。

一、存萃元当钱二百六十千文。

一、存和丰当钱三百六十千文（接领天和款）。

一、存大信当钱二百四十千文（接领天和款）。

以上存当钱五万四千五百千文（按月一分生息）。

一、存豫昌当钱三千二百四十千文。

一、存豫成当钱三千二百四十千文（接领济亨款）。

一、存济大当钱一千六百六十六千文。

一、存仁裕当钱一千三百三十四千文。

一、存元顺当钱二千六百千文。

一、存公顺当钱一千六百千文。

一、存致祥、福泰、恒泰、元昌、济泰、福源、和丰、祥利，每当各存钱一千一百千文。

一、存洪裕、久和、久大，每当各存钱一千千文。

一、存大信、保容、济康、顺兴、安泰，每当各存钱六百千文。

一、存同昌、仁和，每当各存钱五百千文。

以上存当钱二万九千四百八十千文（周年一分生息）。

一、存祥利当钱一千四百千文。

一、存济康当钱九百千文。

一、存安泰当钱六百千文。

一、存同裕当钱五百千文。

一、存济泰当钱四百千文。

一、存恒泰、保丰（接领天和款）、久和、久大、豫成（接领济亨款）、顺兴、济泰、和丰、仁裕、元昌、豫昌、洪裕、福泰、济大、致祥、福源，共一十六当，每当各存钱七百千文。

以上存当钱一万五千千文（周年八厘生息）。

一、存仓钱二万一千四百七十九千六百一十二文。

统共存钱一十二万四百五十九千六百一十二文。

统共存谷一十二万四千九百七十四石五斗。

委办省城义仓候补知县为具文申报事。窃卑职奉前宪前藩宪札委会办省城丰备义仓田租事宜，于上年十月初七日开收起，至十二月二十五日止，业将收过田租折色钱文，具文申报在案。兹查十四年正月起，至三月底止，续收田租米九十五石六斗四升七合，每石折色钱一千八百文，合钱一百七十二千一百六十五文。上年申报收过新旧田租折色钱二万四千七百九千五百六十七文，共收新旧田租折色钱二万四千八百八十一千七百三十二文。又收发当生息钱八千三百一十五千六十七文，统共收田租折色及发当生息钱三万三千一百九十六千七百九十九文。又上届报销册内申报存钱一十二万四百五十九千六百一十二文，除本年报销一应开支钱一万五千二百一十七千一百二十五文，前后统共存钱一十三万八千四百三十九千二百八十六文。再，本年采买谷四千六百五十二石，又上届报销册内存谷一十二万四千九百七十四石五斗，除本年协贴饭粥局谷二千石，前后统共存谷一十二万七千六百二十六石五斗。所有义仓钱谷，发当存储，仍由吴绅大根详慎经理。兹将十三年四月起，至十四年三月止，义仓一应收支各款，会同绅董造具四柱清册，^{恭呈鉴核，并备造空白清册二套，呈}具文申送，除申藩宪批示转详外，伏^{盖宪印，详送}乞宪台鉴核备查。须至申者。抚宪核销，并请申详督宪存案，理合具文申报。伏乞宪台批示，施行须至者。

计呈 ^{清册一套并空白二套}清册一套

一申 ^{藩宪}府

光绪十四年四月　日义仓委员朱江

光绪十三年四月起至十四年三月底止，采买谷石、发当生息、完纳条漕、协贴省城饭粥局、收租积谷经费一应收支等款清册

计开：

旧管

上年存钱一十二万四百五十九千六百一十二文。

上年存谷一十二万四千九百七十四石五斗。

新收

一、收十二年分旧租折色钱四百九十四千一百一十八文。

一、收十三年分新租折色钱二万四千三百八十七千六百一十四文。

一、收周年八厘当息钱七千九百一十八千四百文。

一、收新发周年八厘当息钱三百九十六千六百六十七文。（十三年九月初一日发存钱八千五百千文，计七个月息。）

共收钱三万三千一百九十六千七百九十九文。

一、收采买新谷四千六百五十二石。

共收谷四千六百五十二石。

开除

十三年四月

一、司事一十三人薪水，支钱八十六千文。

一、门厨仓工八人辛工，支钱一十二千五百文。

一、伙食（大建，司事一十三人，每人每日一百文，使役八人，每人每日六十文），支钱五十三千四百文。

一、煤柴（大建，每日一百文），支钱三千文。

一、油烛，支钱四千三百九文。

一、纸张笔墨，支钱四百七十六文。

一、零用，支钱一十六千六百九十六文。

共支钱一百七十六千三百八十一文。

闰四月

一、司事一十三人薪水，支钱八十六千文。

一、门厨仓工八人辛工，支钱一十二千五百文。

一、伙食（小建），支钱五十一千六百二十文。

一、煤柴，支钱二千九百文。

一、油烛，支钱三千七百七十四文。

一、纸张笔墨，支钱九百文。

一、零用，支钱一十六千九百一十五文。

共支钱一百七十四千六百九文。

五月

一、司事一十三人薪水，支钱八十六千文。

一、门厨仓工八人辛工，支钱一十二千五百文。

一、伙食（大建），支钱五十三千四百文。

一、煤柴，支钱三千文。

一、油烛，支钱三千八百一十一文。

一、纸张笔墨，支钱一百四十六文。

一、零用，支钱二十千三百一十七文。

共支钱一百七十九千一百七十四文。

六月

一、司事一十三人薪水，支钱八十六千文。

一、门厨仓工八人辛工，支钱一十二千五百文。

一、伙食（小建），支钱五十一千六百二十文。

一、煤柴，支钱二千九百文。

一、油烛，支钱三千八百二十六文。

一、纸张笔墨，支钱九十六文。

一、零用，支钱二十四千七百一十九文。

共支钱一百八十一千六百六十一文。

七月

一、司事一十二人薪水，支钱七十千文。

一、门厨仓工八人辛工，支钱一十二千五百文。

一、伙食（小建），支钱四十八千七百二十文。

一、煤柴，支钱二千九百文。

一、油烛，支钱三千九百九十八文。

一、纸张笔墨，支钱二百五十六文。

一、零用，支钱一十六千二百一十五文。

共支钱一百五十四千五百八十九文。

八月

一、司事一十二人薪水，支钱七十千文。

一、门厨仓工八人辛工，支钱一十二千五百文。

一、伙食（大建），支钱五十千四百文。

一、煤柴，支钱三千文。

一、油烛，支钱四千一十四文。

一、纸张笔墨，支钱三百五十七文。

一、零用，支钱一十六千五百三十五文。

共支钱一百五十六千八百六文。

九月

一、司事一十八人薪水，支钱八十八千文。

一、门厨仓工九人辛工，支钱一十五千五百文。

一、伙食（小建），支钱六十七千八百六十文。

一、煤柴，支钱二千九百文。

一、油烛，支钱六千九百三十六文。

一、纸张笔墨（租簿、租册、工料等），支钱二十七千四百九十文。

一、零用，支钱二十四千一百三十六文。

共支钱二百三十二千八百二十二文。

十月

一、委员薪水（会办委员五十八千文，随办委员二十四千文），支钱八十二千文。

一、委员轿随（会办委员一十二千文，随办委员六千文），支钱一十八千文。

一、司事一十八人薪水，支钱一百三十千文。

一、门厨仓工九人辛工，支钱一十五千五百文。

一、伙食（大建），支钱七十千二百文。

一、煤柴，支钱三千文。

一、油烛，支钱四千三百六十文。

一、纸张笔墨，支钱一千八十二文。

一、零用，支钱二十二千二百二十五文。

一、开仓酒席及催甲酒饭一应犒赏，支钱三十七千九百二文。

共支钱三百八十四千二百六十九文。

十一月

一、委员薪水，支钱八十二千文。

一、委员轿随，支钱一十八千文。

一、司事一十八人薪水，支钱一百三十千文。

一、门厨仓工九人辛工，支钱一十五千五百文。

一、伙食（小建），支钱六十七千八百六十文。

一、煤柴，支钱二千九百文。

一、油烛，支钱四千二百六十四文。

一、纸张笔墨，支钱一千九百五十二文。

一、零用，支钱二十一千四百二十八文。

共支钱三百四十三千九百四文。

十二月

一、委员薪水，支钱八十二千文。

一、委员轿随，支钱一十八千文。

一、司事一十八人薪水，支钱一百三十千文。

一、门厨仓工九人辛工，支钱一十五千五百文。

一、伙食（大建），支钱七十千二百文。

一、煤柴，支钱三千文。

一、油烛，支钱五千三百六十七文。

一、纸张笔墨，支钱二千六百九文。

一、零用，支钱三十五千二百五十六文。

一、年终犒赏及年饭酒，支钱四十三千九十一文。

共支钱四百五千二十三文。

十四年正月

一、委员薪水，支钱八十二千文。

一、委员轿随，支钱一十八千文。

一、司事一十三人薪水，支钱一百二十四千文。

一、门厨仓工八人辛工，支钱一十二千五百文。

一、伙食（大建），支钱五十三千四百文。

一、煤柴，支钱三千文。

一、油烛，支钱三千九百三十九文。

一、纸张笔墨，支钱一百九十六文。

一、零用，支钱一十七千二百二十六文。

共支钱三百一十四千二百六十一文。

二月

一、委员薪水，支钱八十二千文。

一、委员轿随，支钱一十八千文。

一、司事一十三人薪水，支钱一百二十四千文。

一、门厨仓工八人辛工，支钱一十二千五百文。

一、伙食（小建），支钱五十一千六百二十文。

一、煤柴，支钱二千九百文。

一、油烛，支钱三千七百七十七文。

一、纸张笔墨，支钱二百五十八文。

一、零用，支钱一十五千一百八十二文。

共支钱三百一十千二百三十七文。

三月

一、委员薪水，支钱八十二千文。

一、委员轿随，支钱一十八千文。

一、司事一十三人薪水，支钱一百二十四千文。

一、门厨仓工八人辛工，支钱一十二千五百文。

一、伙食（大建），支钱五十三千四百文。

一、煤柴，支钱三千文。

一、油烛，支钱四千二百四十一文。

一、纸张笔墨，支钱六百六文。

一、零用，支钱一十六千五百九十文。

共支钱三百一十四千三百三十七文。

一、采买杜籼谷四千二百八十八石（每石价连水脚洋一元一角四分六厘一毫，洋照十二年收租折价，每元作一千二十文），支钱五千六十一千九百一十一文。

一、采买芒籼谷三百六十四石（每石连水脚洋一元，洋照十二年收租折价，每元作钱一千三十文），支钱三百七十四千九百二十文。

一、完三邑条漕，支钱三千三百八十六千文。

一、奉文协贴省城饭粥局，支钱一千五百千文。

一、各署书吏辛工纸张费，支钱四百二十八千二百六十三文。

一、追租差费，支钱三百一千八百文。

一、催佃缴租零犒，支钱一百七十千三百八文。

一、三邑易知单费，支钱四十三千八百七十一文。

一、仓场工费，支钱二百六十三千四百九十四文。

一、匠工修理，支钱二百一十五千八百四十五文。

一、仓场器用物件（芦席、廒笆、栲栳等），支钱一百三十八千四百六十三文。

一、水龙出救工费，支钱四千一百七十七文。

共支钱一万一千八百八十九千五十二文。

统共支钱一万五千二百一十七千一百二十五文。

一、支协贴省城饭粥局谷二千石。

共支谷二千石。

实在

一、存同春、同泰、同和、同丰、永丰、永大、裕源、保源、公泰、善昌、元昌（分典），共十一当，每当各存钱一千四百千文。

一、存元昌、致祥、福源、福泰、济泰、恒泰，共六当，每当各存钱三千二百千文。

一、存安余、济泰（分典）、源源、恒豫（接领恒裕款），共四当，每当各存钱四百千文。

一、存洪裕、久大、永和，共三当，每当各存钱三千一百千文。

一、存仁和、同裕、同昌，共三当，每当各存钱一千九百千文。

一、存保容、同兴，共二当，每当各存钱二千千文。

一、存豫成当钱五千三百四十千文。

一、存元顺当钱四千千文。

一、存豫昌当钱三千九百四十千文。

一、存祥利当钱三千九百千文。

一、存和丰当钱三千五百六十千文。

一、存仁裕当钱三千四百三十四千文。

一、存济大当钱三千二百六十六千文。

一、存公顺当钱三千千文。

一、存济康当钱二千九百千文。

一、存顺兴当钱二千七百千文。

一、存安泰当钱二千六百千文。

一、存大信当钱二千二百四十千文。

一、存恒和当钱八百千文。

一、存保丰当钱七百千文。

一、存永和当钱六百千文。

一、存元裕当钱五百四十千文 (接领泳泰款)。

一、存萃元当钱二百六十千文。

以上存当钱九万八千九百八十千文。(十三年六月奉文从夏季为始,统减周年,八厘生息。)

一、存仁裕、祥利、和丰、保容、济泰、济泰 (分典),共六当,每当各存钱七百千文。

一、存福泰、元顺、元昌,共三当,每当各存钱六百千文。

一、存裕昌、顺兴、同裕,共三当,每当各存钱五百千文。

一、存致祥当钱一千千文。

以上存当钱八千五百千文。(十三年九月初一日发存,周年八厘生息。)

一、存备寄藩库二两库平足宝纹一万六千两 (每百两计钱一百五十五千八百三十文),合钱二万四千九百三十二千八百文。

一、存仓钱六千二十六千四百八十六文。

统共存钱一十三万八千四百三十九千二百八十六文。

统共存谷一十二万七千六百二十六石五斗。

委办省城义仓候补知县为具文申报事。窃卑职奉^{前宪}札委会办省城丰备义仓田租事宜,于上年十月十七日开收起,至十二月二十六日止,业将收过田租折色钱文,具文申报在案。兹查十五年正月起,至三月底止,续收田租米一百一十一石三斗八升六合,每石折色钱一千九百文,合钱二百一十一千六百三十三文。又收荡田银合钱七百二十一文,上年申报收过新旧田租折色钱二万三千三百一十六千六百三十五文,共收新旧田租折色钱二万三千五百二十八千九百八十九文。又收发当生息钱八千五百九十八千四百文,统共收田租折色及发当生息钱三万二千一百二十七千三百八十九文。又上届报销册内申报存钱一十三万八千四百三十九千二百八十六文,除本年报销一应开支钱一万一千九百七十四千一百二十文,前后统共存钱一十五万八千五百九十二千五百五十五文。再,上届报销册内存谷一十二万七千六百二十六石五斗,除本年协贴饭粥局谷二千石,前后统共存谷一十二万五千六百二十六石五斗。所有义仓钱谷,发当存储,仍由吴绅大根详慎经理。兹将十四年四月起,至十五年三月底止,义仓一应收支各款,会同绅董造具四柱清册,恭呈鉴核,并备造清册二套,呈盖宪印,详送^{具文申送,除申藩宪批示转详外,伏乞宪台鉴核备查。须至申者。}抚宪核销,并请申详督宪存案,理合具文申报。伏乞宪台批示施行。须至申者。

计呈^{清册一套并空白二套}
^{清册一套}

一申^{藩宪}
^府

光绪十五年四月　日义仓委员林殷臣

光绪十四年四月起至十五年三月底止。完纳条漕、协贴省城饭粥局、津贴三邑积谷仓、借拨丹徒漕赠饭粥局及收租积谷经费一应收支等款清册

计开：

旧管

上年存钱一十三万八千四百三十九千二百八十六文。

上年存谷一十二万七千六百二十六石五斗。

新收

一、收十三年分旧租折色钱四百三十千七百三十三文。

一、收十四年分新租折色钱二万三千九十八千二百五十六文。

一、收周年八厘当息钱八千五百九十八千四百文。

共收钱三万二千一百二十七千三百八十九文。

开除

十四年四月

一、司事一十三人薪水，支钱七十八千文。

一、门厨仓工八人辛工，支钱一十二千五百文。

一、伙食（大建，司事一十三人，每人每日一百文，使役八人，每人每日六十文），支钱五十三千四百文。

一、煤柴（大建，每日一百文），支钱三千文。

一、油烛，支钱三千九百七十八文。

一、纸张笔墨，支钱二百五十八文。

一、零用，支钱一十七千六百九文。

共支钱一百六十八千七百四十五文。

五月

一、司事一十三人薪水，支钱七十八千文。

一、门厨仓工八人辛工，支钱一十二千五百文。

一、伙食（小建），支钱五十一千六百二十文。

一、煤柴，支钱二千九百文。

一、油烛，支钱四千二百六文。

一、纸张笔墨，支钱四百三十七文。

一、零用，支钱一十七千二百三十三文。

共支钱一百六十六千八百九十六文。

六月

一、司事一十三人薪水，支钱七十八千文。

一、门厨仓工八人辛工，支钱一十二千五百文。

一、伙食（大建），支钱五十三千四百文。

一、煤柴，支钱三千文。

一、油烛，支钱四千一百一十四文。

一、纸张笔墨，支钱五十二文。

一、零用，支钱二十二千七百三十六文。

共支钱一百七十三千八百二文。

七月

一、司事一十三人薪水，支钱七十八千文。

一、门厨仓工八人辛工，支钱一十二千五百文。

一、伙食（小建），支钱五十一千六百二十文。

一、煤柴，支钱二千九百文。

一、油烛，支钱四千四百六十文。

一、纸张笔墨，支钱九十四文。

一、零用，支钱一十八千六百九十二文。

共支钱一百六十八千二百六十六文。

八月

一、司事一十三人薪水，支钱七十八千文。

一、门厨仓工八人辛工，支钱一十二千五百文。

一、伙食（小建），支钱五十一千六百二十文。

一、煤柴，支钱二千九百文。

一、油烛，支钱四千二百五十三文。

一、纸张笔墨，支钱一百二十六文。

一、零用，支钱一十七千一百九文。

共支钱一百六十六千五百八文。

九月

一、司事一十九人薪水，支钱九十六千文。

一、门厨仓工九人辛工，支钱一十五千五百文。

一、伙食（大建），支钱七十三千二十文。

一、煤柴，支钱三千文。

一、油烛，支钱四千六百六十三文。

一、纸张笔墨（租簾租册工料等），支钱九千三百一十二文。

一、零用，支钱二十五千一百四文。

共支钱二百二十六千七百七十九文。

十月

一、委员薪水（会办委员五十八千文，随办委员二十四千文），支钱八十二千文。

一、委员轿随（会办委员十二千文，随办委员六千文），支钱一十八千文。

一、司事一十九人薪水，支钱一百四十二千文。

一、门厨仓工九人辛工，支钱一十五千五百文。

一、伙食（小建），支钱七十千七百六十文。

一、煤柴，支钱二千九百文。

一、油烛，支钱七千八百五十八文。

一、纸张笔墨，支钱七百五十三文。

一、零用，支钱二十三千三百九十一文。

一、开仓酒席及催甲酒饭一应犒赏，支钱三十九千八百一十九文。

共支钱四百二千九百八十一文。

十一月

一、委员薪水，支钱八十二千文。

一、委员轿随，支钱一十八千文。

一、司事一十九人薪水，支钱一百四十二千文。

一、门厨仓工九人辛工，支钱一十五千五百文。

一、伙食（大建），支钱七十三千二百文。

一、煤柴，支钱三千文。

一、油烛，支钱四千五百三十八文。

一、纸张笔墨，支钱二百五十六文。

一、零用，支钱二十二千六百九十五文。

共支钱三百六十一千一百八十九文。

十二月

一、委员薪水，支钱八十二千文。

一、委员轿随，支钱一十八千文。

一、司事一十九人薪水，支钱一百四十二千文。

一、门厨仓工九人辛工，支钱一十五千五百文。

一、伙食（小建），支钱七十千七百六十文。

一、煤柴，支钱二千九百文。

一、油烛，支钱五千七百六十五文。

一、纸张笔墨，支钱一千五百二文。

一、零用，支钱三十七千六十五文。

一、年终犒赏及年饭酒，支钱四十八千三十四文。

共支钱四百二十三千五百二十六文。

十五年正月

一、委员薪水，支钱八十二千文。

一、委员轿随，支钱一十八千文。

一、司事一十三人薪水，支钱一百二十二千文。

一、门厨仓工八人辛工，支钱一十二千五百文。

一、伙食（大建），支钱五十三千四百文。

一、煤柴，支钱三千文。

一、油烛，支钱四千二百五十八文。

一、纸张笔墨，支钱一百二十七文。

一、零用，支钱一十五千四百八文。

共支钱三百一十千六百九十三文。

二月

一、委员薪水，支钱八十二千文。

一、委员轿随，支钱一十八千文。

一、司事一十三人薪水，支钱一百二十二千文。

一、门厨仓工八人辛工，支钱一十二千五百文。

一、伙食（小建），支钱五十一千六百二十文。

一、煤柴，支钱二千九百文。

一、油烛，支钱四千一百二十九文。

一、纸张笔墨，支钱七十六文。

一、零用，支钱一十五千八百四文。

共支钱三百九千二十九文。

三月

一、委员薪水，支钱八十二千文。

一、委员轿随，支钱一十八千文。

一、司事一十三人薪水，支钱一百二十二千文。

一、门厨仓工八人辛工，支钱一十二千五百文。

一、伙食（大建），支钱五十三千四百文。

一、煤柴，支钱三千文。

一、油烛，支钱四千三百六十八文。

一、纸张笔墨，支钱一千三十八文。

一、零用，支钱一十六千七百四十六文。

共支钱三百一十三千五十二文。

一、完三邑条漕，支钱三千二百六十四千文。

一、奉文借拨丹徒漕赠省城饭粥局（漕米一千石，每石折色二千三百文），支钱二千三百千文。

一、奉文协贴省城饭粥局，支钱一千五百千文。

一、各署书吏辛工纸张费，支钱三百八十千四百四十三文。

一、津贴长元吴三邑积谷仓不敷经费（光绪十三年十二月起，至十五年三月底止），支钱三百一十三千二百八十四文。

一、追租差费，支钱三百四十四千四百文。

一、催佃缴租零犒，支钱一百五十三千九百四十五文。

一、三邑易知单费，支钱四十四千六十四文。

一、仓场工费，支钱二百一十七千八百七十五文。

一、匠工修理，支钱一百一十二千九百二十六文。

一、仓场器用物件，支钱一百三十九千九百七十九文。

一、水龙出救工费，支钱一十一千七百三十八文。

共支钱八千七百八十二千六百五十四文。

统共支钱一万一千九百七十四千一百二十文。

一、支协贴省城饭粥局谷二千石。

计支谷二千石。

实在

一、存豫成当钱五千三百四十千文。

一、存元顺当钱四千六百千文。

一、存祥利当钱四千六百千文。

一、存豫昌当钱四千四百四十千文。

一、存慎余当钱四千二百六十千文。

一、存致祥当钱四千二百千文。

一、存仁裕当钱四千一百三十四千文。

一、存济泰当钱三千九百千文。

一、存元昌、福泰，共两当，各存钱三千八百千文。

一、存福源、恒泰、顺兴，共三当，每当各存钱三千二百千文。

一、存济大当钱三千二百六十六千文。

一、存洪裕、久大、久和，共三当，每当各存钱三千一百千文。

一、存公顺当钱三千千文。

一、存济康当钱二千九百千文。

一、存保容当钱二千七百千文。

一、存安泰当钱二千六百千文。

一、存大信当钱二千二百四十千文。

一、存同兴当钱二千千文。

一、存同昌、同裕、仁和，共三当每当各存钱一千九百千文。

一、存同春、同泰、同和、同丰、永丰、永大、公泰、善昌、元昌（分典）、裕源、保源，共一十一当，每当各存钱一千四百千文。

一、存济泰分当钱一千一百千文。

一、存恒和当钱八百千文。

一、存保丰当钱七百千文。

一、存永和当钱六百千文。

一、存元裕当钱五百四十千文。

一、存同裕分当钱五百千文。

一、存恒豫、安余、源源，共三当，每当各存钱四百千文。

一、存萃元当钱二百六十千文。

以上存当钱一十万七千四百八十千文（周年八厘生息）。

一、存寄藩库二两库平足宝纹一万六千两（每百两计钱一百五十五千八百三十文），合钱二万四千九百三十二千八百文。

一、存仓钱二万六千一百七十九千七百五十五文。

统共存钱一十五万八千五百九十二千五百五十五文。

统共存谷一十二万五千六百二十六石五斗。

委办省城义仓候补知县为具文申报事。窃卑职奉宪台札委会办省城丰备义仓田租事宜，藩宪

于上年十一月初七日开收起，至十二月二十七日止，业将收过田租折色钱文，具文申报在案。兹查十六年正月起，至三月底止，续收田租米一百二十九石一斗八升五合，每石折色钱二千一百文，合钱二百七十一千二百八十八文。上年申报收过新旧田租折色钱一万四千二十三千六百四十六文，共收新旧田租折色钱一万四千二百九十四千九百三十四文。又收

发当生息钱八千五百九十八千四百文，统共收田租及发当生息钱二万二千八百九十三千三百三十四文。又上届报销册内存钱一十五万八千五百九十二千五百五十五文，除本年报销一应开支钱一万五千二百二千九百四十六文，前后统共存钱一十六万六千二百八十二千九百四十三文。再，上届报销册内存谷一十二万五千六百二十六石五斗，除本年报销协贴省城饭粥局谷三千石，及奉谕碓米发给苏城内外失业贫户谷五千四百四十六石二斗，前后统共存谷一十一万七千一百八十石三斗。所有义仓钱谷，发当存储，仍由吴绅大根详慎经理。兹将十五年四月起，至十六年三月底止，义仓一应收支各款，会同绅董造具四柱清册，恭呈鉴核，并备造清册二套，呈盖宪印，详送　抚宪核销，并请申详督宪存案，理合具文申报。伏乞宪台批示施行。须至申者。

具文申送，除申藩宪批示转详外，伏乞宪台鉴核备查。须至申者。

计呈　清册一套并空白二套
　　　清册一套

　　一申　藩宪
　　　　　府

光绪十六年四月　　日义仓委员林殷臣

光绪十五年四月起至十六年三月底止，采买米价、完纳条银、预完漕米、协贴省城饭粥局、津贴三邑积谷仓及给发贫户米石、收租积谷经费一应收支各款清册

计开：

旧管

上年存钱一十五万八千五百九十二千五百五十五文。

上年存谷一十二万五千六百二十六石五斗。

新收

一、收十四年分旧租折色钱三百一十三千七百一十一文。

一、收十五年分新租折色钱一万三千九百八十一千二百二十三文。

一、收周年八厘当息钱八千五百九十八千四百文。

共收钱二万二千八百九十三千三百三十四文。

一、收奉发采买中籼米二千三百石。

一、收奉谕仓谷碓米二千五百九十一石三斗。

共收米四千八百九十一石三斗。

开除

十五年四月

一、司事一十三人薪水，支钱七十八千文。

一、门厨仓工八人辛工，支钱一十二千五百文。

一、伙食（大建，司事一十三人，每人每日一百文，使役八人，每人每日六十文），支钱五十三千四百文。

一、煤柴（大建，每日一百四十文），支钱四千二百文。

一、油烛，支钱四千四百二十一文。

一、纸张笔墨，支钱一百四十六文。

一、零用，支钱一十六千九百六十文。

　　共支钱一百六十九千六百二十七文。

五月

一、司事一十三人薪水，支钱七十八千文。

一、门厨仓工八人辛工，支钱一十二千五百文。

一、伙食（小建），支钱五十一千六百二十文。

一、煤柴，支钱四千六十文。

一、油烛，支钱三千九百八十四文。

一、纸张笔墨，支钱八百九十七文。

一、零用，支钱一十八千五百一十六文。

共支钱一百六十九千五百七十七文。

六月

一、司事一十四人薪水，支钱八十四千文。

一、门厨仓工八人辛工，支钱一十二千五百文。

一、伙食（大建），支钱五十六千四百文。

一、煤柴，支钱四千二百文。

一、油烛，支钱三千九百九十七文。

一、纸张笔墨（租籁、租册、工料等），支钱一十一千六十文。

一、零用，支钱二十千七百七十五文。

共支钱一百九十二千九百三十二文。

七月

一、司事一十四人薪水，支钱八十四千文。

一、门厨仓工八人辛工，支钱一十二千五百文。

一、伙食（小建），支钱五十四千五百二十文。

一、煤柴，支钱四千六十文。

一、油烛，支钱四千五百七十四文。

一、纸张笔墨，支钱二百一十八文。

一、零用，支钱二十三千六百七十二文。

共支钱一百八十三千五百四十四文。

八月

一、司事一十四人薪水，支钱八十四千文。

一、门厨仓工八人辛工，支钱一十二千五百文。

一、伙食（大建），支钱五十六千四百文。

一、煤柴，支钱四千二百文。

一、油烛，支钱四千一百一十二文。

一、纸张笔墨，支钱四千八百文。

一、零用，支钱一十七千五百六十六文。

共支钱一百八十三千五百七十八文。

九月

一、司事二十一人薪水，支钱一百五千文。

一、门厨仓工九人辛工，支钱一十五千五百文。

一、伙食（小建），支钱七十六千五百六十文。

一、煤柴，支钱四千六十文。

一、油烛，支钱四千八十七文。

一、纸张笔墨，支钱二百文。

一、零用，支钱二十五千七十四文。

　　共支钱二百三十千四百八十一文。

十月

一、委员薪水（会办委员五十八千文，随办委员二十四千文），支钱八十二千文。

一、委员轿随（会办委员一十二千文，随办委员六千文），支钱一十八千文。

一、司事二十二人薪水，支钱一百五十七千文。

一、门厨仓工九人辛工，支钱一十五千五百文。

一、伙食（大建），支钱八十二千二百文。

一、煤柴，支钱四千二百文。

一、油烛，支钱六千八百五十四文。

一、纸张笔墨，支钱七百八十九文。

一、零用，支钱二十六千六百五十四文。

一、开仓酒席及催甲酒饭一应犒赏，支钱四十二千一百二文。

　　共支钱四百三十五千二百九十九文。

十一月

一、委员薪水，支钱八十二千文。

一、委员随轿，支钱一十八千文。

一、司事二十二人薪水，支钱一百五十七千文。

一、门厨仓工九人辛工，支钱一十五千五百文。

一、伙食（小建），支钱七十九千四百六十文。

一、煤柴，支钱四千六十文。

一、油烛，支钱六千一百四十二文。

一、纸张笔墨，支钱三百四十六文。

一、零用，支钱二十七千四百六十一文。

　　共支钱三百八十九千九百六十九文。

十二月

一、委员薪水，支钱八十二千文。

一、委员轿随，支钱一十八千文。

一、司事二十二人薪水，支钱一百五十七千文。

一、门厨仓工九人辛工，支钱一十五千五百文。

一、伙食（大建），支钱八十二千二百文。

一、煤柴，支钱四千二百文。

一、油烛，支钱六千七百八十九文。

一、纸张笔墨，支钱三千二百三十文。

一、零用，支钱三十七千八百二十文。

一、年终犒赏及年饭酒，支钱四十九千七百二十六文。

　　共支钱四百五十六千四百六十五文。

十六年正月

一、委员薪水，支钱八十二千文。

一、委员轿随，支钱一十八千文。

一、司事一十三人薪水，支钱一百六千文。

一、门厨仓工八人辛工，支钱一十二千五百文。

一、伙食（小建），支钱五十一千六百二十文。

一、煤柴，支钱四千六十文。

一、油烛，支钱四千四百六十八文。

一、纸张笔墨，支钱四十二文。

一、零用，支钱一十五千三百七十六文。

　　共支钱二百九十四千六十六文。

二月

一、委员薪水，支钱八十二千文。

一、委员轿随，支钱一十八千文。

一、司事一十三人薪水，支钱一百六千文。

一、门厨仓工八人辛工，支钱一十二千五百文。

一、伙食（大建），支钱五十三千四百文。

一、煤柴，支钱四千二百文。

一、油烛，支钱四千一百八十八文。

一、纸张笔墨，支钱九十八文。

一、零用，支钱一十八千九百七十三文。

　　共支钱二百九十九千三百五十九文。

闰二月

一、委员薪水，支钱八十二千文。

一、委员轿随，支钱一十八千文。

一、司事一十三人薪水，支钱一百六千文。

一、门厨仓工八人辛工，支钱一十二千五百文。

一、伙食（小建），支钱五十一千六百二十文。

一、煤柴，支钱四千六十文。

一、油烛，支钱四千七百二十一文。

一、纸张笔墨，支钱一千八百三十四文。

一、零用，支钱一十六千四百八十一文。

　　共支钱二百九十七千二百一十六文。

三月

一、委员薪水，支钱八十二千文。

一、委员轿随，支钱一十八千文。

一、司事一十三人薪水，支钱一百六千文。

一、门厨仓工八人辛工，支钱一十二千五百文。

一、伙食（大建），支钱五十三千四百文。

一、煤柴，支钱四千二百文。

一、油烛，支钱四千三百六十文。

一、纸张笔墨，支钱二千九百六十八文。

一、零用，支钱一十六千二百九十六文。

共支钱二百九十九千七百二十四文。

一、完三邑条银，支钱六百五十五千文。

一、预完三邑漕米，支钱一千二百二十三千文。

一、奉文协贴省城饭粥局，支钱二千千文。

一、各署书吏辛工纸张费，支钱二百八十四千四百八十九文。

一、津贴长元吴三邑积谷仓不敷经费（光绪十五年四月起，至十六年三月底止），支钱二百六十二千三百四十四文。

一、追租差费，支钱三百千九百六十文。

一、催佃缴租零犒，支钱九十千八百二十文。

一、仓场工费（砻谷碓米，给发贫户米石，驳船上下水力），支钱六百六十四千七百五十三文。

一、匠工岁修，支钱一百八十六千八百八十七文。

一、仓场器用物件（芦席、斗斛等），支钱八十三千一百五十文。

一、奉发中粝米二千三百石（计价值银三千九百四十七两八钱三分九厘，每百两计钱一百五十一千一百文），支钱五千九百二十五千七百六文。

共支钱一万一千六百一千一百九文。

统共支钱一万五千二百二千九百四十六文。

一、支奉谕砻米仓谷五千四百四十六石二斗（每石砻见碓净白米四斗七升五合八勺）。

一、支协贴省城饭粥局谷三千石。

共支谷八千四百四十六石二斗。

一、支东路散给贫户米一千二百四十八石一斗一升五升。

一、支南路散给贫户米七百七十一石六斗二升五合。

一、支西路散给贫户米三百三十六石九斗七升五合。

一、支北路散给贫户米七百八十三石。

一、支中路散给贫户米八百五十一石五斗五升。

一、支城外散给贫户米九百石。

共支米四千八百九十一石三斗（另造清册呈送）。

实在

一、存豫成当钱五千三百四十千文。

一、存元顺、祥利，共两当，各存钱四千六百千文。

一、存豫昌当钱四千四百四十千文。

一、存慎豫当钱四千二百六十千文。

一、存致祥当钱四千二百千文。

一、存仁裕当钱四千一百三十四千文。

一、存济泰当钱三千九百千文。

一、存元昌、福泰，共两当，各存钱三千八百千文。

一、存福源、恒泰、顺兴，共三当，各存钱三千二百千文。

一、存济大当钱三千二百六十六千文。

一、存洪裕、久大、久和，共三当，各存钱三千一百千文。

一、存公顺当钱三千千文。

一、存济康当钱二千九百千文。

一、存保容当钱二千七百千文。

一、存安泰当钱二千六百千文。

一、存森泰当钱二千二百四十千文（接领大信款）。

一、存同兴当钱二千千文。

一、存同昌、同裕、仁和，共三当各存钱一千九百千文。

一、存同泰、同春、同和、同丰、永丰、永大、裕源、保源、公泰、善昌、元昌（分典），共一十一当，每当各存钱一千四百千文。

一、存济泰分当钱一千一百千文。

一、存恒和当钱八百千文。

一、存保丰当钱七百千文。

一、存永和当钱六百千文。

一、存元裕当钱五百四十千文。

一、存同裕分当钱五百千文。

一、存恒豫、安余、源源，共三当，各存钱四百千文。

一、存萃元当钱二百六十千文。

以上存当钱一十万七千四百八十千文（周年八厘生息）。

一、存寄藩库二两库平足宝纹一万六千两（每百两计钱一百五十五千八百三十文），合钱二万四千九百三十二千八百文。

一、存仓钱三万三千八百七十千一百四十三文。

统共存钱一十六万六千二百八十二千九百四十三文。

统共存谷一十一万七千一百八十石三斗。

为报销事。窃查丰备义仓田租，于上年十月十一日开收起，至十二月二十七日止，收见田租折色钱文，业由会办委员朱镜清于上年十二月二十八日具文申报在案。兹查十七年正月起，至三月底止，续收田租米三百七石八斗八合，每石折色钱二千文，合钱六百一十五千六百一十六文。又收荡田银合钱四千二百一十文，上年申报收过新旧租米折色钱二万六千八百七十四千三百一十八文，共收新旧田租米折色钱二万七千四百九十四千一百四十四文。又收发当生息钱八千四百四十九千六十七文。统共收田租折色发当生息钱三万五千九百四十三千二百一十一文。上届报销册内申报存钱一十六万六千二百八十二千九百四十三文，除本年报销开支钱二万三千四百一十五千一百二十九文，前后统共存钱一十七万八千八百一十一千二十五文。再，本届采买谷一万九百九十一石二斗，又上届报销册内申报存谷一十一万七千一百八十石三斗，除本年协贴饭粥局谷二千石，前后统共存谷一十二万六千一百七十一石五斗。所有义仓钱谷，仍由绅大根详慎经理。再，查会办委员朱镜清、随办委员汪鸣钧先后循例销差。合由绅董造具十六年四月起，至十七年三月底止，义仓一应收支各款四柱清册，恭呈鉴核，并备造清册两套，呈盖宪印，详送具呈申报。除呈藩宪批示转详外，伏乞鉴察备查。上呈 抚宪核销，并请转详督宪存案。伏乞大公祖大人批示施行。上呈。

计呈清册一套、备详清册两套二套

藩宪府

光绪十七年五月　日义仓绅董呈

光绪十六年四月起至十七年三月底止，采买谷石、完纳条漕、协贴省城饭粥局、津贴三邑积谷仓及收租积谷经费一应收支等款清册

计开：

旧管

上年存钱一十六万六千二百八十二千九百四十三文。

上年存谷一十一万七千一百八十石三斗。

新收

一、收十五年分旧租折色钱六十三千四百八十七文。

一、收十六年分新租折色钱二万七千四百三十千六百五十七文。

一、收周年八厘当息钱八千四百四十九千六十七文。（内恒泰当存本三千二百千文，十六年八月底闭歇，九月起止息。）

共收钱三万五千九百四十三千二百一十一文。

一、收采买新谷一万九百九十一石二斗。

计收谷一万九百九十一石二斗。

开除

十六年四月

一、司事一十三人薪水，支钱七十千文。

一、门厨仓工八人辛工，支钱一十二千五百文。

一、伙食（小建，司事一十三人，每人每日一百文，使役八人，每人每日六十文），支钱五十一千六百二十文。

一、煤柴（小建，每日一百四十文），支钱四千六十文。

一、油烛，支钱四千八百三十六文。

一、纸张笔墨，支钱七百三十一文。

一、零用，支钱一十六千五百九十五文。

　　共支钱一百六十千三百四十二文。

五月

一、司事一十三人薪水，支钱七十千文。

一、门厨仓工八人辛工，支钱一十二千五百文。

一、伙食（大建），支钱五十三千四百文。

一、煤柴，支钱四千二百文。

一、油烛，支钱四千三百二十六文。

一、纸张笔墨，支钱五百八十文。

一、零用，支钱一十七千九百三十八文。

共支钱一百六十二千九百四十四文。

六月

一、司事一十三人薪水，支钱七十千文。

一、门厨仓工八人辛工，支钱一十二千五百文。

一、伙食（大建），支钱五十三千四百文。

一、煤柴，支钱四千二百文。

一、油烛，支钱四千三百二十八文。

一、纸张笔墨，支钱三百七十六文。

一、零用，支钱二十四千二百六十五文。

共支钱一百六十九千六十九文。

七月

一、司事一十三人薪水，支钱七十千文。

一、门厨仓工八人辛工，支钱一十二千五百文。

一、伙食（小建），支钱五十一千六百二十文。

一、煤柴，支钱四千六十文。

一、油烛，支钱四千三百一十一文。

一、纸张笔墨，支钱四百九十六文。

一、零用，支钱一十八千三百三十一文。

共支钱一百六十一千三百一十八文。

八月

一、司事一十三人薪水，支钱七十千文。

一、门厨仓工八人辛工，支钱一十二千五百文。

一、伙食（大建），支钱五十三千四百文。

一、煤柴，支钱四千二百文。

一、油烛，支钱五千六百一十五文。

一、纸张笔墨（租由租册工料等），支钱一十八千八百四十七文。

一、零用，支钱一十七千四百六十四文。

共支钱一百八十二千二十六文。

九月

一、司事一十九人薪水，支钱八十八千文。

一、门厨仓工九人辛工，支钱一十五千五百文。

一、伙食（小建），支钱七十千七百六十文。

一、煤柴，支钱四千六十文。

一、油烛，支钱四千六百七十文。

一、纸张笔墨，支钱三百二十八文。

一、零用，支钱二十四千八百三十文。

共支钱二百八千一百四十八文。

十月

一、委员薪水（会办委员五十八千文，随办委员二十四千文），支钱八十二千文。

一、委员轿随（会办委员一十二千文，随办委员六千文），支钱一十八千文。

一、司事一十九人薪水，支钱一百二十七千文。

一、门厨仓工九人辛工，支钱一十五千五百文。

一、伙食（大建），支钱七十三千二百文。

一、煤柴，支钱四千二百文。

一、油烛，支钱五千二百六十二文。

一、纸张笔墨，支钱二百九十六文。

一、零用，支钱二十四千四百九十二文。

一、开仓酒席及催甲酒饭一应犒赏，支钱四十六千二百五十八文。

共支钱三百九十六千二百八文。

十一月

一、委员薪水，支钱八十二千文。

一、委员轿随，支钱一十八千文。

一、司事一十九人薪水，支钱一百二十七千文。

一、门厨仓工九人辛工，支钱一十五千五百文。

一、伙食（小建），支钱七十千七百六十文。

一、煤柴，支钱四千六十文。

一、油烛，支钱五千六百七十文。

一、纸张笔墨，支钱六百八十六文。

一、零用，支钱二十二千三百七十文。

共支钱三百四十六千四十六文。

十二月

一、委员薪水，支钱八十二千文。

一、委员轿随，支钱一十八千文。

一、司事一十九人薪水，支钱一百二十七千文。

一、门厨仓工九人辛工，支钱一十五千五百文。

一、伙食（大建），支钱七十三千二百文。

一、煤柴，支钱四千二百文。

一、油烛，支钱六千五十四文。

一、纸张笔墨，支钱九百六十一文。

一、零用，支钱三十五千四百八十四文。

一、年终犒赏及年饭酒，支钱三十九千四百二十一文。

共支钱四百一千八百二十文。

十七年正月

一、委员薪水，支钱八十二千文。

一、委员轿随，支钱一十八千文。

一、司事一十三人薪水，支钱一百一十一千文。

一、门厨仓工八人辛工，支钱一十二千五百文。

一、伙食（小建），支钱五十一千六百二十文。

一、煤柴，支钱四千六十文。

一、油烛，支钱四千三百六文。

一、纸张笔墨，支钱九百二十八文。

一、零用，支钱一十六千五百一十二文。

共支钱三百千九百二十六文。

二月

一、委员薪水，支钱八十二千文。

一、委员轿随，支钱一十八千文。

一、司事一十三人薪水，支钱一百一十一千文。

一、门厨仓工八人辛工，支钱一十二千五百文。

一、伙食（大建），支钱五十三千四百文。

一、煤柴，支钱四千二百文。

一、油烛，支钱四千一百二十五文。

一、纸张笔墨，支钱七百六十三文。

一、零用，支钱一十五千一百五文。

共支钱三百一千九十三文。

三月

一、委员薪水，支钱八十二千文。

一、委员轿随，支钱一十八千文。

一、司事一十三人薪水，支钱一百一十一千文。

一、门厨仓工八人辛工，支钱一十二千五百文。

一、伙食（小建），支钱五十一千六百二十文。

一、煤柴，支钱四千六十文。

一、油烛，支钱四千四十四文。

一、纸张笔墨，支钱四百三十七文。

一、零用，支钱一十四千九百八十一文。

共支钱二百九十八千六百四十二文。

一、采买籼谷一万九百九十一石二斗（每石连水脚一元三角，洋照十五年收租价，每元一千文），支钱一万四千四百三十一千五百七文。

一、完三邑条漕，支钱二千二百五十一千文。

一、奉文协贴省城饭粥局，支钱一千五百千文。

一、各署书吏辛工纸张费，支钱三百九十四千五百八十一文。

一、追租差费，支钱七百一十八千七百文。

一、津贴长元吴三邑积谷仓（不敷经费，十六年四月起，十七年三月底止），支钱二百一十千四百三十九文。

一、催佃缴租零犒，支钱一百六十七千五百七十文。

一、三邑易知单费，支钱三十八千四百六十八文。

一、仓场工费，支钱三百三十八千九百二十八文。

一、匠工修理，支钱七十九千三百八十文。

一、添置仓场器用物件（芦席、廒笆等），支钱一百八十五千六百二十文。

一、水龙出救，支钱一十千三百五十四文。

共支钱二万三百二十六千五百四十七文。

统共支钱二万三千四百一十五千一百二十九文。

一、支协贴省城饭粥局谷二千石。

计支谷二千石。

实在

一、存豫成当钱五千三百四十千文。

一、存元顺当钱四千六百千文。

一、存祥利当钱四千六百千文。

一、存豫昌当钱四千四百四十千文。

一、存慎余当钱四千二百六十千文。

一、存致祥当钱四千二百千文。

一、存仁裕当钱四千一百三十四千文。

一、存济泰当钱三千九百千文。

一、存元昌、福泰，共两当，每当各存钱三千八百千文。

一、存福源、顺兴，共两当，每当各存钱三千二百千文。

一、存济大当钱三千二百六十六千文。

一、存洪裕、久大、久和，共三当，每当各存钱三千一百千文。

一、存公顺当钱三千千文。

一、存济康当钱二千九百千文。

一、存保容当钱二千七百千文。

一、存安泰当钱二千六百千文。

一、存森泰当钱二千二百四十千文。

一、存同兴当钱二千千文。

一、存同昌、同裕、仁和，共三当，每当各存钱一千九百千文。

一、存同春、同泰、同和、同丰、永丰、永大、裕源、保源、公泰、善昌、元昌（分典），共一十一当，每当各存钱一千四百千文。

一、存济泰分当钱一千一百千文。

一、存恒和当钱八百千文。

一、存保丰当钱七百千文。

一、存永和当钱六百千文。

一、存元裕当钱五百四十千文。

一、存同裕分当钱五百千文。

一、存恒豫、安余、源源，共三当，每当各存钱四百千文。

一、存萃元当钱二百六十千文。

以上存当钱一十万四千二百八十千文。

一、存寄藩库二两库平足宝纹一万六千两（每百两计钱一百五十五千八百三十文），合钱二万四千九百三十二千八百文。

一、存寄藩库英洋二万元（每元作钱一千文），合钱二万千文。

一、存仓钱二万九千五百九十八千二百二十五文。

统共存钱一十七万八千八百一十一千二十五文。

统共存谷一十二万六千一百七十一石五斗。

为报销事。窃查丰备义仓田租，于上年十月二十四日开收起，至十二月二十六日止，收见田租折色钱文，业由会办委员汪瑞曾于上年十二月二十八日具文申报在案。兹查十八年正月起，至三月底止，续收田租米一百五十三石五斗一升五合，每石折色钱一千九百文，合钱二百九十一千六百七十九文。上年申报收过新旧租米折色钱二万三千一百九十九千二百九十八文，共收新旧田租米折色钱二万三千四百九十一九百七十七文。又收发当生息钱八千四百三千七百三十三文。统共收田租折色及发当生息钱三万一千八百九十四千七百一十文。上届报销册内申报存钱一十七万八千八百一十一千二十五文，除本届报销开支钱九千四百五十五千六百九十二文，前后统共存钱二十万一千二百五十千四十三文。又上届报销册内申报存谷一十二万六千一百七十一石五斗，除本届协贴饭粥局谷二千石，前后统共存谷一十二万四千一百七十一石五斗。所有义仓钱谷，仍由绅大根详慎经理。再，查会办委员汪瑞曾、随办委员王绍燕先后循例销差。合由绅董造具十七年四月起，至十八年三月底止，义仓一应收支各款四柱清册，恭呈鉴核，并备造清册两套，呈盖宪印，详送具呈申报，除呈藩宪批示转详外，伏乞鉴察备查。上呈抚宪核销，并请转详督宪存案。伏乞大公祖大人批示施行。上呈。

计呈清册一套并备详清册两套
清册一套

一呈藩宪
府

光绪十八年五月　日义仓绅董呈

光绪十七年四月起至十八年三月底止，完纳条漕、协贴饭粥局、津贴三邑仓及收租积谷经费一应收支各款清册

计开：

旧管

上年存钱一十七万八千八百一十一千二十五文。

上年存谷一十二万六千一百七十一石五斗。

新收

一、收十六年分旧租折色钱三百一十千六百文。

一、收十七年分新租折色钱二万三千一百八十千三百七十七文。

一、收周年八厘当息钱八千四百三千七百三十三文。

共收钱三万一千八百九十四千七百一十文。

开除

十七年四月

一、司事一十三人薪水，支钱七十千文。

一、门厨仓工八人辛工，支钱一十二千五百文。

一、伙食（大建，司事一十三人，每人每日一百文，使役八人，每人每日六十文），支钱五十三千四百文。

一、煤柴（大建，每日一百四十文），支钱四千二百文。

一、油烛，支钱四千三百七十文。

一、纸张笔墨，支钱四百九十八文。

一、零用，支钱一十七千三百四十一文。

　　共支钱一百六十二千三百九文。

五月

一、司事一十三人薪水，支钱七十千文。

一、门厨仓工八人辛工，支钱一十二千五百文。

一、伙食（小建），支钱五十一千六百二十文。

一、煤柴，支钱四千六十文。

一、油烛，支钱四千九百六十八文。

一、纸张笔墨，支钱一百四十二文。

一、零用，支钱一十八千四百五十一文。

　　共支钱一百六十一千七百四十一文。

六月

一、司事一十三人薪水，支钱七十千文。

一、门厨仓工八人辛工，支钱一十二千五百文。

一、伙食（大建），支钱五十三千四百文。

一、煤柴，支钱四千二百文。

一、油烛，支钱四千一百四十八文。

一、纸张笔墨（租繇租册工料等），支钱一十三千三百二十八文。

一、零用，支钱二十一千二百一十文。

　　共支钱一百七十八千七百八十六文。

七月

一、司事一十三人薪水，支钱七十千文。

一、门厨仓工八人辛工，支钱一十二千五百文。

一、伙食（小建），支钱五十一千六百二十文。

一、煤柴，支钱四千六十文。

一、油烛，支钱四千九十六文。

一、纸张笔墨，支钱五百七十二文。

一、零用，支钱二十二千一百五十四文。

　　共支钱一百六十五千二文。

八月

一、司事一十三人薪水，支钱七十千文。

一、门厨仓工七人辛工，支钱一十一千文。

一、伙食（大建），支钱五十一千六百文。

一、煤柴，支钱四千二百文。

一、油烛，支钱四千二百五十文。

一、零用，支钱一十七千五百三十一文。

共支钱一百五十八千五百八十一文。

九月

一、司事一十九人薪水，支钱八十八千文。

一、门厨仓工九人辛工，支钱一十五千五百文。

一、伙食（大建），支钱七十三千二百文。

一、煤柴，支钱四千二百文。

一、油烛，支钱四千三百三十六文。

一、纸张笔墨，支钱四千八百八十五文。

一、零用，支钱二十一千六百三十文。

共支钱二百一十一千七百五十一文。

十月

一、委员薪水（会办委员五十八千文，随办委员二十四千文），支钱八十二千文。

一、委员轿随（会办委员一十二千文，随办委员六千文），支钱一十八千文。

一、司事一十九人薪水，支钱一百二十五千文。

一、门厨仓工九人辛工，支钱一十五千五百文。

一、伙食（小建），支钱七十千七百六十文。

一、煤柴，支钱四千六十文。

一、油烛，支钱六千六十三文。

一、纸张笔墨，支钱一千一百一十六文。

一、零用，支钱二十三千五百七十八文。

一、开仓酒席及催甲酒饭一应犒赏，支钱三十九千七百四十三文。

共支钱三百八十五千八百二十文。

十一月

一、委员薪水，支钱八十二千文。

一、委员轿随，支钱一十八千文。

一、司事一十九人薪水，支钱一百二十五千文。

一、门厨仓工九人辛工，支钱一十五千五百文。

一、伙食（大建），支钱七十三千二百文。

一、煤柴，支钱四千二百文。

一、油烛，支钱四千五百七十八文。

一、纸张笔墨，支钱一百二十文。

一、零用，支钱二十三千二百五十八文。

共支钱三百四十五千八百五十六文。

十二月

一、委员薪水，支钱八十二千文。

一、委员轿随，支钱一十八千文。

一、司事一十九人薪水，支钱一百二十五千文。

一、门厨仓工九人辛工，支钱一十五千五百文。

一、伙食（大建），支钱七十三千五百文。

一、煤柴，支钱四千二百文。

一、油烛，支钱四千七百三十六文。

一、纸张笔墨，支钱二千一十九文。

一、零用，支钱三十四千五百二十六文。

一、年终犒赏及年饭酒，支钱三十七千三百一十四文。

　　共支钱三百九十六千四百九十五文。

十八年正月

一、委员薪水，支钱八十二千文。

一、委员轿随，支钱一十八千文。

一、司事一十三人薪水，支钱一百七千文。

一、门厨仓工八人辛工，支钱一十二千五百文。

一、伙食（小建），支钱五十一千六百二十文。

一、煤柴，支钱四千六十文。

一、油烛，支钱四千四百二十二文。

一、零用，支钱一十五千三百九十一文。

　　共支钱二百九十四千九百九十三文。

二月

一、委员薪水，支钱八十二千文。

一、委员轿随，支钱一十八千文。

一、司事一十三人薪水，支钱一百七千文。

一、门厨仓工八人辛工，支钱一十二千五百文。

一、伙食（小建），支钱五十一千六百二十文。

一、煤柴，支钱四千六十文。

一、油烛，支钱三千九百三十八文。

一、纸张笔墨，支钱四十八文。

一、零用，支钱一十五千三百八十一文。

　　共支钱二百九十四千五百四十七文。

三月

一、委员薪水，支钱八十二千文。

一、委员轿随，支钱一十八千文。

一、司事一十三人薪水，支钱一百七千文。

一、门厨仓工七人辛工，支钱一十千五百文。

一、伙食（大建），支钱五十一千六百文。

一、煤柴，支钱四千二百文。

一、油烛，支钱三千七百一十一文。

一、纸张笔墨，支钱二百五十文。

一、零用，支钱一十九千二百二文。

　　共支钱二百九十六千四百六十三文。

一、完三邑条漕，支钱三千四百八十千文。

一、奉文协贴省城饭粥局，支钱一千五百千文。

一、各署书吏辛工纸张费，支钱三百八十三千九十文。

一、追租差费，支钱四百九千七百二十文。

一、津贴长元吴三邑积谷仓不敷经费，支钱二百二十七千七百五十一文。

一、催佃缴租零犒，支钱一百五十千九百九十三文。

一、三邑易知单费，支钱三十七千四百一十一文。

一、仓场工费，支钱七十三千三百三十三文。

一、匠工岁修，支钱一百二十八千六文。

一、添置器用物件，支钱四千一百七十六文。

一、水龙出救，支钱八千八百六十八文。

　　共支钱六千四百三千三百四十八文。

统共支钱九千四百五十五千六百九十二文。

一、支协贴省城饭粥局谷二千石。

计支谷二千石。

实在

一、存豫成当钱五千六百千文。

一、存祥利、元顺，共两当，每当各存钱四千八百六十千文。

一、存豫昌当钱四千七百千文。

一、存致祥当钱四千四百六十千文。

一、存仁裕当钱四千三百九十四千文。

一、存慎余当钱四千二百六十千文。

一、存济泰当钱四千一百六十千文。

一、存福泰、元昌，共两当，每当各存钱四千六十千文。

一、存福源、顺兴，共两当，每当各存钱三千四百六十千文。

一、存保裕当钱三千三百六十千文。

一、存济大当钱三千二百六十六千文。

一、存祥发当钱三千一百六十千文。

一、存久大当钱三千一百千文。

一、存保容当钱二千九百六十千文。

一、存安泰当钱二千六百千文。

一、存森泰当钱二千五百千文。

一、存同裕当钱二千四百千文。

一、存同兴当钱二千千文。

一、存久和当钱一千九百六十千文。

一、存同昌当钱一千九百千文。

一、存裕源、同丰，共两当，每当各存钱一千六百六十千文。

一、存公泰、善昌、保源、同和、同泰、同春、元昌（分典）、永大、永丰、仁和、久和（分典），共一十一当，每当各存钱一千四百千文。

一、存济泰分当钱一千三百六十千文。

一、存协茂当钱一千千文。

一、存恒和当钱八百千文。

一、存保丰当钱七百千文。

一、存裕源分当钱六百千文。

一、存元裕当钱五百四十千文。

一、存仁和分当钱五百千文。

一、存源源、安余、恒豫，共三当，每当各存钱四百千文。

一、存萃元、大裕，共两当，每当各存钱二百六十千文。

以上存当钱一十万七千四百八十千文。（内公顺当十七年五月初一日闭歇，缴还钱二千千文，十七年十月初一日起息，续发各当钱五千二百千文。）

一、存寄藩库二两库平足纹一万六千两（每百两计钱一百五十五千八百三十文），合钱二万四千九百三十二千八百文。

一、存寄藩库英洋二万元（每元作钱一千文），合钱二万千文。

一、存寄藩库英洋二万元（每元作钱一千三十文），合钱二万六百千文。

一、存仓钱二万八千二百三十七千二百四十三文。

统共存钱二十万一千二百五十千四十三文。

统共存谷一十二万四千一百七十一石五斗。

卷六　下

为报销事。窃查丰备义仓田租，于上年十月初六日开收起，至十二月二十六日止，收见田租折色钱文，业由会办委员汪瑞曾于上年十二月二十八日具文申报在案。兹查十九年正月起，至三月底止，续收田租米一百三十石九斗九升七合，每石折色钱二千文，合钱二百六十一千九百九十四文。上年申报收过新旧租米折色钱二万一千四百三十七千二百一十六文，又收发当生息钱八千五百一十八千四百文，统共收田租折色及发当生息钱二万九千九百五十五千六百一十六文。上届报销册内申报存钱二十万一千二百五十千四十三文，除本届报销开支钱一万六千七百九十八千八百九十五文，前后统共存钱二十一万四千四百六千七百六十四文。又上届报销册内申报存谷一十二万四千一百七十一石五斗，除本届协贴饭粥局谷二千石，前后统共存谷一十二万二千一百七十一石五斗。所有义仓钱谷，仍由绅大根详慎经理。再，查会办委员汪瑞曾、随办委员王绍燕先后循例销差。合由绅董造具十八年四月起，至十九年三月底止，义仓一应收支各款四柱清册，恭呈鉴核，并备造清册两套，呈盖宪印，详送抚宪核销，并请转详督宪存案。伏乞大公祖大人批示施行。上呈。具呈申报，除申藩宪批示转详外，伏乞鉴察备查。上呈

计呈　清册一套、备详清册两套
　　　清册一套

一呈　藩宪
　　　府

光绪十九年四月　日义仓绅董呈

光绪十八年四月起至十九年三月底止，完纳条漕、协贴省城饭粥局、津贴三邑积谷仓、借拨丹徒漕赠饭粥局及收租积谷经费一应收支等款清册

计开：

旧管

上年存钱二十万一千二百五十千四十三文。

上年存谷一十二万四千一百七十一石五斗。

新收

一、收十七年分旧租折色钱二百九十八千四百七十七文。

一、收十八年分新租折色钱二万一千一百三十八千七百三十九文。

一、收周年八厘当息钱八千五百一十八千四百文。（内同兴当缴还存本钱二千千文，十八年十月初一日止息。）

共收钱二万九千九百五十五千六百一十六文。

开除

十八年四月

一、司事一十四人薪水，支钱七十三千文。

一、门厨仓工七人辛工，支钱一十千五百文。

一、伙食（小建，司事一十四人，每人每日一百文，使役七人，每人每日六十文），支钱五十二千七百八十文。

一、煤柴（小建，每日一百四十文），支钱四千六十文。

一、油烛，支钱四千六百六十五文。

一、纸张笔墨，支钱一千二百六文。

一、零用，支钱一十六千一百八十五文。
共支钱一百六十二千三百九十六文。

五月

一、司事一十四人薪水，支钱七十三千文。

一、门厨仓工七人辛工，支钱一十千五百文。

一、伙食（小建），支钱五十二千七百八十文。

一、煤柴，支钱四千六十文。

一、油烛，支钱三千五百八十文。

一、纸张笔墨，支钱六百七十八文。

一、零用，支钱一十九千一百八十五文。
共支钱一百六十三千七百八十三文。

六月

一、司事一十四人薪水，支钱七十三千文。

一、门厨仓工七人辛工，支钱一十千五百文。

一、伙食（大建），支钱五十四千六百文。

一、煤柴，支钱四千二百文。

一、油烛，支钱三千九百九十五文。

一、纸张笔墨，支钱一百四文。

一、零用，支钱一十八千七百九十七文。

共支钱一百六十五千一百九十六文。

闰六月

一、司事一十四人薪水，支钱七十三千文。

一、门厨仓工七人辛工，支钱一十千五百文。

一、伙食（小建），支钱五十二千七百八十文。

一、煤柴，支钱四千六十文。

一、油烛，支钱三千九百六十三文。

一、纸张笔墨，支钱九百九十八文。

一、零用，支钱二十一千九百九十一文。

共支钱一百六十七千二百九十二文。

七月

一、司事一十四人薪水，支钱七十三千文。

一、门厨仓工七人辛工，支钱一十千五百文。

一、伙食（大建），支钱五十四千六百文。

一、煤柴，支钱四千二百文。

一、油烛，支钱四千一百四十五文。

一、纸张笔墨，支钱五百八文。

一、零用，支钱一十七千九百六十四文。

共支钱一百六十四千九百一十七文。

八月

一、司事一十四人薪水，支钱七十三千文。

一、门厨仓工八人辛工，支钱一十二千文。

一、伙食（大建），支钱五十六千四百文。

一、煤柴，支钱四千二百文。

一、油烛，支钱四千一百七十三文。

一、纸张笔墨，支钱一千二文。

一、零用，支钱一十九千七百三十一文。

共支钱一百七十千五百六文。

九月

一、司事一十九人薪水，支钱八十八千文。

一、门厨仓工九人辛工，支钱一十五千五百文。

一、伙食（小建），支钱七十千七百六十文。

一、煤柴，支钱四千六十文。

一、油烛，支钱六千七十文。

一、纸张笔墨（租縣租册工料等），支钱一十三千二百三十四文。

一、零用，支钱二十三千四百七十五文。

共支钱二百二十一千九十九文。

十月

一、委员薪水（会办委员五十八千文，随办委员二十四千文），支钱八十二千文。

一、委员轿随（会办委员一十二千文，随办委员六千文），支钱一十八千文。

一、司事二十人薪水，支钱一百二十八千文。

一、门厨仓工九人辛工，支钱一十五千五百文。

一、伙食（大建），支钱七十六千二百文。

一、煤柴，支钱四千二百文。

一、油烛，支钱四千一百一十五文。

一、纸张笔墨，支钱三千八百二十三文。

一、零用，支钱二十三千六百七十五文。

一、开仓酒席及催甲酒饭一应犒赏，支钱三十九千九百三十四文。

共支钱三百九十五千四百四十七文。

十一月

一、委员薪水，支钱八十二千文。

一、委员轿随，支钱一十八千文。

一、司事二十人薪水，支钱一百二十八千文。

一、门厨仓工九人辛工，支钱一十五千五百文。

一、伙食（大建），支钱七十六千二百文。

一、煤柴，支钱四千二百文。

一、油烛，支钱四千六百一十二文。

一、纸张笔墨，支钱五百四十九文。

一、零用，支钱二十五千二百三十文。

共支钱三百五十四千二百九十一文。

十二月

一、委员薪水，支钱八十二千文。

一、委员轿随，支钱一十八千文。

一、司事二十人薪水，支钱一百二十八千文。

一、门厨仓工九人辛工，支钱一十五千五百文。

一、伙食（大建），支钱七十六千二百文。

一、煤柴，支钱四千二百文。

一、油烛，支钱五千三百四十二文。

一、纸张笔墨，支钱二千二百六十文。

一、零用，支钱三十五千五百一十文。

一、年终犒赏及年饭酒，支钱三十七千七百六十文。

共支钱四百四十四千七百七十二文。

十九年正月

一、委员薪水，支钱八十二千文。

一、委员轿随，支钱一十八千文。

一、司事一十五人薪水，支钱一百一十三千文。

一、门厨仓工八人辛工，支钱一十二千文。

一、伙食（小建），支钱五十七千四百二十文。

一、煤柴，支钱四千六十文。

一、油烛，支钱四千五百四十四文。

一、纸张笔墨，支钱三百九十四文。

一、零用，支钱一十八千五十四文。

共支钱三百九千四百七十二文。

二月

一、委员薪水，支钱八十二千文。

一、委员轿随，支钱一十八千文。

一、司事一十五人薪水，支钱一百一十三千文。

一、门厨仓工八人辛工，支钱一十二千文。

一、伙食（小建），支钱五十七千四百二十文。

一、煤柴，支钱四千六十文。

一、油烛，支钱四千七十二文。

一、零用，支钱一十七千五百八文。

共支钱三百八千六十文。

三月

一、委员薪水，支钱八十二千文。

一、委员轿随，支钱一十八千文。

一、司事一十五人薪水，支钱一百一十三千文。

一、门厨仓工八人辛工，支钱一十二千文。

一、伙食（大建），支钱五十九千四百文。

一、煤柴，支钱四千二百文。

一、油烛，支钱四千二百一十五文。

一、零用，支钱一十七千七百一十九文。

共支钱三百一十千五百三十四文。

一、完三邑条漕，支钱三千四百五十八千文。

一、奉文协贴省城饭粥局，支钱一千五百千文。

一、奉文借拨饭粥局丹徒漕米折价，支钱二千五百千文。

一、契买房屋一所（坐落吴邑北元三图、清嘉坊朝西门面，计上下楼房三十一间，披厢七个，空地六间，计价纹三千两），支钱四千六百二十九千文。

一、各署书吏辛工纸张费，支钱三百二十八千四百六十二文。

一、追租差费，支钱四百六十五千九百文。

一、催佃缴租零稿，支钱一百三十一千七百七文。

一、三邑易知单费，支钱三十九千九百六十二文。

一、仓场工费，支钱二百三十三千七十文。

一、津贴长元吴三邑积谷仓（不敷经费，十八年四月起，十九年三月止），支钱七十六千五百三十六文。

一、匠工岁修工料，支钱一百二十千四百一十二文。

一、添置器用物件，支钱七千二百三十九文。

一、水龙出救，支钱一十千八百四十二文。

共支钱一万三千五百一千一百三十文。

统〈共〉支钱一万六千七百九十八千八百九十五文。

一、支协贴省城饭粥局谷二千石。

计支谷二千石。

实在

一、存豫成当钱五千六百千文。

一、存祥利、元顺，共两当，每当各存钱四千八百六十千文。

一、存豫昌当钱四千七百千文。

一、存致祥当钱四千四百六十千文。

一、存仁裕当钱四千三百九十四千文。

一、存慎余当钱四千二百六十千文。

一、存济泰当钱四千一百六十千文。

一、存福泰、元昌，共两当，每当各存钱四千六十千文。

一、存福源、顺兴，共两当，每当各存钱三千四百六十千文。

一、存保裕当钱三千三百六十千文。

一、存济大当钱三千二百六十六千文。

一、存祥发当钱三千一百六十千文。

一、存久大当钱三千一百千文。

一、存保容当钱二千九百六十千文。

一、存安泰当钱二千六百千文。

一、存森泰当钱二千五百千文。

一、存同裕当钱二千四百千文。

一、存久和当钱一千九百六十千文。

一、存同昌当钱一千九百千文。

一、存裕源、同丰，共两当每当各存钱一千六百六十千文。

一、存公泰、善昌、保源、同和、同泰、同春、永大、元昌（分典）、永丰、仁和、久和（分典），共一十一当，每当各存钱一千四百千文。

一、存济泰分当钱一千三百六十千文。

一、存协茂当钱一千千文。

一、存恒和当钱八百千文。

一、存保丰当钱七百千文。

一、存裕源当钱六百千文。

一、存元裕当钱五百四十千文。

一、存仁和当钱五百千文。

一、存源源、安余、恒豫，共三当，每当各存钱四百千文。

一、存大裕、萃元，共两当，每当各存钱二百六十千文。

以上存当钱一十万五千四百八十千文。

十四年四月初三日

一、存寄藩库二两库平足宝纹一万六千两（每百两计钱一百五十五千八百三十文），合钱二万四千九百三十二千八百文。

十七年三月十八日

一、存寄藩库英洋二万元（每元作钱一千文），合钱二万千文。

十八年三月初二日

一、存寄藩库英洋二万元（每元作钱一千三十文），合钱二万六百千文。

十九年二月初三日

一、存寄藩库英洋三万元（每元作钱一千四十文），合钱三万一千二百千文。

以上寄存藩库钱九万六千七百三十二千八百文。

一、存仓钱一万二千一百九十三千九百六十四文。

统共存钱二十一万四千四百六千七百六十四文。

统共存谷一十二万二千一百七十一石五斗。

为报销事。窃查丰备义仓田租，于上年十月十四日开收起，至十二月二十七日止，收见田租折色钱文，业由会办委员刘炳青于上年十二月二十九日具文申报在案。兹查二十年正月起，至三月底止，续收田租米一百四十一石二斗八升六合，每石折色钱一千九百文，合钱二百六十八千四百四十四文。上年申报收过新旧田租米折色钱二万五千四百八十二千九百一十三文，共收新旧田租米折色钱二万五千七百五十一千三百五十七文。又收发当生息钱八千四百三十八千四百文，又收房租钱八十一千六百文。统共收田租折色及发当生息房租钱三万四千二百七十一千三百五十七文。上届报销册内申报存钱二十一万四千四百六千七百六十四文，除本届报销开支钱九千九百一十二千八百九十文，前后统共存钱二十三万八千七百六十五千二百三十一文。又上届报销册内申报存谷一十二万二千一百七十一石五斗，除本届协贴饭粥局谷二千石，前后统共存谷一十二万一百七十一石五斗。所有义仓钱谷，仍由绅大根详慎经理。再，查会办委员刘炳青、随办委员靳继曾、林守廉先后循例销差。合由绅董造具十九年四月起，至二十年三月底止，义仓一应收支各款四柱清册，恭呈鉴核，并备造清册两套，呈盖宪印，详送抚宪核销，并请转详督宪存案。伏乞大公祖大具呈申报，除呈藩宪批示转详外，伏乞鉴察备查。上呈。人批示施行。上呈。

计呈 清册一套、备详清册两套
　　　清册一套

一呈 藩宪
　　　府宪

光绪二十年五月　　日义仓绅董呈

光绪十九年四月起至二十年三月底止，完纳条漕、协贴省城饭粥局及收租积谷经费一应收支等款清册

计开：

旧管

上届存钱二十一万四千四百六千七百六十四文。

上届存谷一十二万二千一百七十一石五斗。

新收

一、收十八年分旧租折色钱三百二十六千一百七十二文。

一、收十九年分新租折色钱二万五千四百二十五千一百八十五文。

一、收周年八厘当息钱八千四百三十八千四百文。

一、收清嘉坊租房息洋八十元合钱八十一千六百文。（十九年十月二十五日起租，二十年三月二十四日止，计五个月，每月洋一十六元。）

共收钱三万四千二百七十一千三百五十七文。

开除

十九年四月

一、司事一十五人薪水，支钱九十一千文。

一、门厨仓工八人辛工，支钱一十二千文。

一、伙食（小建，司事一十五人，每人每日一百文，使役八人，每人每日六十文），支钱五十七千四百二十文。

一、煤柴（小建，每日一百四十文），支钱四千六十文。

一、油烛，支钱四千三百四文。

一、纸张笔墨，支钱九百二十八文。

一、零用，支钱三千二百二文。

共支钱一百七十二千九百一十四文。

五月

一、司事一十五人薪水，支钱九十一千文。

一、门厨仓工八人辛工，支钱一十二千文。

一、伙食（小建），支钱五十七千四百二十文。

一、煤柴，支钱四千六十文。

一、油烛，支钱四千一百七十文。

一、纸张笔墨，支钱五千二百九十一文。

一、零用，支钱五千四百二十一文。

共支钱一百七十九千三百六十二文。

六月

一、司事一十五人薪水，支钱九十一千文。

一、门厨仓工八人辛工，支钱一十二千文。

一、伙食（大建），支钱五十九千四百文。

一、煤柴，支钱四千二百文。

一、油烛，支钱四千九十六文。

一、纸张笔墨，支钱八十文。

一、零用，支钱七千一百三十一文。

共支钱一百七十七千九百七文。

七月

一、司事一十五人薪水，支钱九十一千文。

一、门厨仓工八人辛工，支钱一十二千文。

一、伙食（小建），支钱五十七千四百二十文。

一、煤柴，支钱四千六十文。

一、油烛，支钱四千三百五十四文。

一、纸张笔墨，支钱二百九十六文。

一、零用，支钱四千八十九文。

　　共支钱一百七十三千二百一十九文。

八月

一、司事一十五人薪水，支钱九十一千文。

一、门厨仓工八人辛工，支钱一十二千文。

一、伙食（大建），支钱五十九千四百文。

一、煤柴，支钱四千二百文。

一、油烛，支钱四千四百四十四文。

一、纸张笔墨，支钱三千五百四十五文。

一、零用，支钱四千五百四十六文。

　　共支钱一百七十九千一百三十五文。

九月

一、司事一十九人薪水，支钱一百七千文。

一、门厨仓工九人辛工，支钱一十五千五百文。

一、伙食（小建），支钱七十千七百六十文。

一、煤柴，支钱四千六十文。

一、油烛，支钱四千四百四十八文。

一、纸张笔墨（租由、租册、工料等），支钱一十四千五百五十四文。

一、零用，支钱五千五百九十四文。

　　共支钱二百二十一千九百一十六文。

十月

一、委员薪水（会办委员五十八千文，随办委员二人四十八千文），支钱一百六千文。

一、委员轿随（会办委员一十二千文，随办委员二人一十二千文），支钱二十四千文。

一、司事一十九人薪水，支钱一百四十四千文。

一、门厨仓工九人辛工，支钱一十五千五百文。

一、伙食（大建），支钱七十三千二百文。

一、煤柴，支钱四千二百文。

一、油烛，支钱六千四百三十六文。

一、纸张笔墨，支钱一千三百六十四文。

一、零用，支钱四千九百三十七文。

一、开仓酒席及催甲酒饭一应犒赏，支钱三十七千九百二文。

　　共支钱四百一十七千五百三十九文。

十一月

一、委员薪水，支钱一百六千文。

一、委员轿随，支钱二十四千文。

一、司事一十九人薪水，支钱一百四十四千文。

一、门厨仓工九人辛工，支钱一十五千五百文。

一、伙食（大建），支钱七十三千二百文。

一、煤柴，支钱四千二百文。

一、油烛，支钱四千五百六十四文。

一、零用，支钱五千三十二文。

　　共支钱三百七十六千四百九十六文。

十二月

一、委员薪水，支钱一百六千文。

一、委员轿随，支钱二十四千文。

一、司事一十九人薪水，支钱一百四十四千文。

一、门厨仓工九人辛工，支钱一十五千五百文。

一、伙食（大建），支钱七十三千二百文。

一、煤柴，支钱四千二百文。

一、纸张笔墨，支钱二千四百一十六文。

一、油烛，支钱五千四百八十二文。

一、零用，支钱一十六千六百七十五文。

一、年终犒赏及年饭酒，支钱三十六千一百三十七文。

　　共支钱四百二十七千六百一十文。

二十年正月

一、委员薪水，支钱一百六千文。

一、委员轿随，支钱二十四千文。

一、司事一十四人薪水，支钱一百一十九千文。

一、门厨仓工八人辛工，支钱一十二千文。

一、伙食（小建），支钱五十四千五百二十文。

一、煤柴，支钱四千六十文。

一、油烛，支钱四千六百四十二文。

一、零用，支钱二千四百八十二文。

　　共支钱三百二十六千七百四文。

二月

一、委员薪水，支钱一百六千文。

一、委员轿随，支钱二十四千文。

一、司事一十四人薪水，支钱一百一十九千文。

一、门厨仓工八人辛工，支钱一十二千文。

一、伙食（大建），支钱五十六千四百文。

一、煤柴，支钱四千二百文。

一、油烛，支钱四千二百八十四文。

一、纸张笔墨，支钱一百六十七文。

一、零用，支钱四千一百九十二文。

共支钱三百三十千二百四十三文。

三月

一、委员薪水，支钱一百六千文。

一、委员轿随，支钱二十四千文。

一、司事一十四人薪水，支钱一百一十九千文。

一、门厨仓工八人辛工，支钱一十二千文。

一、伙食（小建），支钱五十四千五百二十文。

一、煤柴，支钱四千六十文。

一、油烛，支钱四千五百八十八文。

一、纸张笔墨，支钱一百文。

一、零用，支钱三千五百九十四文。

共支钱三百二十七千八百六十二文。

一、完三邑条漕，支钱三千五百七十五千文。

一、奉文协贴省城饭粥局，支钱一千五百千文。

一、各署书吏辛工纸张费，支钱四百一十六千五百六十三文。

一、追租差费，支钱四百三十二千一百文。

一、催佃缴租零犒，支钱一百六十二千六百八十八文。

一、三邑易知单费，支钱四十千三百三十三文。

一、仓场工费，支钱二百四十一千九百三十文。

一、匠工岁修工料，支钱一百五十五千三百一十八文。

一、添置器用物件，支钱二千八百五十七文。

一、顺直山西赈捐，支钱六十二千文。

一、水龙出救，支钱一十三千一百九十四文。

共支钱六千六百一十千九百八十三文。

统共支钱九千九百一十二千八百九十文。

一、支协贴省城饭粥局谷二千石。

计支谷二千石。

实在

一、存豫成当钱五千六百千文。

一、存祥利、元顺，共两当，每当各存钱四千八百六十千文。

一、存豫昌当钱四千七百千文。

一、存致祥当钱四千四百六十千文。

一、存仁裕当钱四千三百九十四千文。

一、存慎裕当钱四千二百六十七千文。

一、存济泰当钱四千一百六十千文。

一、存福泰、元昌，共两当，每当各存钱四千六十千文。

一、存顺兴、福源，共两当，每当各存钱三千四百六十千文。

一、存保裕当钱三千三百六十千文。

一、存济大当钱三千二百六十六千文。

一、存祥发当钱三千一百六十千文。

一、存久大当钱三千一百千文。

一、存保容当钱二千九百六十千文。

一、存安泰当钱二千六百千文。

一、存森泰当钱二千五百千文。

一、存同裕当钱二千四百千文。

一、存久和当钱一千九百六十千文。

一、存同昌当钱一千九百千文。

一、存裕源、同丰，共两当每当各存钱一千六百六十千文。

一、存公泰、善昌、保源、同和、同泰、同春、永大、元昌（分典）、永丰、仁和、久和（分典），共一十一当，每当各存钱一千四百千文。

一、存济泰分当钱一千三百六十千文。

一、存协茂当钱一千千文。

一、存恒和当钱八百千文。

一、存保丰当钱七百千文。

一、存裕源当钱六百千文。

一、存元裕当钱五百四十千文。

一、存仁和当钱五百千文。

一、存源源、安余、恒豫，共三当，每当各存钱四百千文。

一、存大裕、萃元，共两当，每当各存钱二百六十千文。

以上存当钱一十万五千四百八十千文。

十四年四月初三日

一、存寄藩库二两库平足宝纹一万六千两（每百两计钱一百五十五千八百三十文），合钱二万四千九百三十二千八百文。

十七年三月十八日

一、存寄藩库英洋二万元（每元作一千文），合钱二万千文。

十八年三月初三日

一、存寄藩库英洋二万元（每元作一千三十文），合钱二万六百千文。

十九年二月初三日

一、存寄藩库英洋三万元（每元作一千四十文），合钱三万一千二百千文。

二十年正月二十三日

一、存寄藩库英洋三万元（每元作一千二十文），合钱三万六百千文。

以上寄存藩库钱一十二万七千三百三十二千八百文。

一、存仓钱五千九百五十二千四百三十一文。

统共存钱二十三万八千七百六十五千二百三十一文。

统共存谷一十二万一百七十一石五斗。

为报销事。窃查丰备义仓田租，于上年十月二十四日开收起，至十二月二十七日止，收见田租折色钱文，业由会办委员刘炳青于上年十二月二十八日具文申报在案。兹查二十一年正月起，至三月底止，续收田租米一百三石九斗四升三合，每石折色钱二千文，合钱二百七千八百八十六文。上年申报收过新旧田租米折色钱二万六百九十六千六百八十二文，共收新旧田租米折色钱二万九百四千五百六十八文。又收发当生息钱八千四百三十八千四百文，又收房租钱七百九千一百五十文，共收田租折色及发当生息房租钱三万五十二千一百一十八文。上届报销册内申报存钱二十三万八千七百六十五千二百三十一文，除本届报销开支钱二万七千五百二十千七百三十三文，前后统共存钱二十四万一千二百九十六千六百一十六文。又上届报销册内申报存谷一十二万一百七十一石五斗，除本届协贴饭粥局谷二千石，前后统共存谷一十一万八千一百七十一石五斗。所有义仓钱谷，仍由绅大根详慎经理。再，查会办委员刘炳青、随办委员王绍燕先后循例销差。合由绅董造具二十年四月起，至二十一年三月底止，义仓一应收支各款四柱清册，恭呈鉴核，并备造清册两套，呈盖宪印，详送，具呈申报，除呈藩宪批示转详外，伏乞鉴察备查。上呈抚宪核销，并请转详督宪存案。伏乞大公祖大人批示施行。上呈。

计呈清册一套、备详清册二套
　　　清册一套

一呈藩宪
　　　府

光绪二十一年四月　日义仓绅董呈

光绪二十年四月起至二十一年三月底止，完纳条漕、协贴省城饭粥局、津贴三邑积谷仓及收租积谷经费一应收支等款清册

计开：

旧管

上年存钱二十三万八千七百六十五千二百三十一文。

上年存谷一十二万一百七十一石五斗。

新收

一、收十九年分旧租折色钱三百四十六千一百一十七文。

一、收二十年分新租折色钱二万五百五十八千四百五十一文。

一、收周年八厘当息钱八千四百三十八千四百文。

一、收清嘉坊房租息洋一百九十二元合钱一百九十二千文。（二十年三月二十五日起，二十一年三月二十四日止，计一十二个月，每月洋一十六元。）

一、收包衕前济泰当房租息银二百五十两合钱三百五十七千一百五十文。（二十年七月二十日起，二十一年三月底止，计八个月十天，每月银三十两。）

一、收包衕前德昌栈房租息银一百一十二两合钱一百六十千文。（二十年八月二十四日起，二十一年三月二十三日止，计七个月，每月银一十六两。）

共收钱三万五十二千一百一十八文。

开除

二十年四月

一、司事一十四人薪水，支钱八十六千文。

一、门厨仓工八人辛工，支钱一十二千文。

一、伙食（大建，司事一十四人，每人每日一百文，使役八人，每人每日六十文），支钱五十六千四百文。

一、煤柴（大建，每日一百四十文），支钱四千二百文。

一、油烛，支钱四千一百七十六文。

一、纸张笔墨，支钱二百二十九文。

一、零用，支钱二千七百二文。

共支钱一百六十五千七百七文。

五月

一、司事一十四人薪水，支钱八十六千文。

一、门厨仓工八人辛工，支钱一十二千文。

一、伙食（小建），支钱五十四千五百二十文。

一、煤柴，支钱四千六十文。

一、油烛，支钱四千一百七十八文。

一、纸张笔墨，支钱七百文。

一、零用，支钱四千七百一十七文。

共支钱一百六十六千一百七十五文。

六月

一、司事一十四人薪水，支钱八十六千文。

一、门厨仓工八人辛工，支钱一十二千文。

一、伙食（小建），支钱五十四千五百二十文。

一、煤柴，支钱四千六十文。

一、油烛，支钱四千六十二文。

一、零用，支钱九千七百八十五文。

共支钱一百七十千四百二十七文。

七月

一、司事一十四人薪水，支钱八十六千文。

一、门厨仓工八人辛工，支钱一十二千文。

一、伙食（大建），支钱五十六千四百文。

一、煤柴，支钱四千二百文。

一、油烛，支钱四千三百七十九文。

一、纸张笔墨，支钱五十六文。

一、零用，支钱一十千二百三十二文。

共支钱一百七十三千二百六十七文。

八月

一、司事一十四人薪水，支钱八十六千文。

一、门厨仓工八人辛工，支钱一十二千文。

一、伙食（小建），支钱五十四千五百二十文。

一、煤柴，支钱四千六十文。

一、油烛，支钱四千四百四十八文。

一、纸张笔墨，支钱四千八百四十四文。

一、零用，支钱七千三百九十三文。

　　共支钱一百七十三千二百六十五文。

九月

一、司事一十八人薪水，支钱一百二千文。

一、门厨仓工九人辛工，支钱一十五千五百文。

一、伙食（大建），支钱七十千二百文。

一、煤柴，支钱四千二百文。

一、油烛，支钱四千五百四十七文。

一、纸张笔墨（租簿、租册、工料等），支钱一十四千四百七十八文。

一、零用，支钱三千六百八文。

　　共支钱二百一十四千五百三十三文。

十月

一、委员薪水（会办委员五十八千文，随办委员二十四千文），支钱八十二千文。

一、委员轿随（会办委员一十二千文，随办委员六千文），支钱一十八千文。

一、司事一十八人薪水，支钱一百三十五千文。

一、门厨仓工九人辛工，支钱一十五千五百文。

一、伙食（小建），支钱六十七千八百六十文。

一、煤柴，支钱四千六十文。

一、油烛，支钱六千七十二文。

一、纸张笔墨，支钱一千五百一十四文。

一、零用，支钱六千四百一十七文。

一、开仓酒席及催甲酒饭一应犒赏，支钱三十九千五百四十四文。

　　共支钱三百七十五千九百六十七文。

十一月

一、委员薪水，支钱八十二千文。

一、委员轿随，支钱一十八千文。

一、司事一十八人薪水，支钱一百三十五千文。

一、门厨仓工九人辛工，支钱一十五千五百文。

一、伙食（大建），支钱七十千二百文。

一、煤柴，支钱四千二百文。

一、油烛，支钱四千四百八文。

一、纸张笔墨，支钱一百文。

一、零用，支钱三千七百三十八文。

　　共支钱三百三十三千一百四十六文。

十二月

一、委员薪水，支钱八十二千文。

一、委员轿随，支钱一十八千文。

一、司事一十八人薪水，支钱一百三十五千文。

一、门厨仓工九人辛工，支钱一十五千五百文。

一、伙食（大建），支钱七十千二百文。

一、煤柴，支钱四千二百文。

一、油烛，支钱五千四百八文。

一、纸张笔墨，支钱七百文。

一、零用，支钱一十五千七百三文。

一、年终犒赏及年酒饭，支钱三十七千八百一十二文。

　　共支钱三百八十四千五百二十三文。

二十年正月

一、委员薪水，支钱八十二千文。

一、委员轿随，支钱一十八千文。

一、司事一十四人薪水，支钱一百一十九千文。

一、门厨仓工八人辛工，支钱一十二千文。

一、伙食（大建），支钱五十六千四百文。

一、煤柴，支钱四千二百文。

一、油烛，支钱四千四百九十六文。

一、零用，支钱二千八百五十五文。

　　共支钱二百九十八千九百五十一文。

二月

一、委员薪水，支钱八十二千文。

一、委员轿随，支钱一十八千文。

一、司事一十四人薪水，支钱一百一十九千文。

一、门厨仓工八人辛工，支钱一十二千文。

一、伙食（小建），支钱五十四千五百二十文。

一、煤柴，支钱四千六十文。

一、油烛，支钱四千五百五十九文。

一、纸张笔墨，支钱五百三十五文。

一、零用，支钱三千八百九十八文。

　　共支钱二百九十八千五百七十二文。

三月

一、委员薪水，支钱八十二千文。

一、委员轿随，支钱一十八千文。

一、司事一十四人薪水，支钱一百一十九千文。

一、门厨仓工八人辛工，支钱一十二千文。

一、伙食（大建），支钱五十六千四百文。

一、煤柴，支钱四千二百文。

一、油烛，支钱四千四百八十一文。

一、纸张笔墨，支钱九十六文。

一、零用，支钱三千四百六十五文。

共支钱二百九十九千六百四十二文。

一、完三邑条漕，支钱三千四百一十一千文。

一、奉文协贴省城饭粥局，支钱二千千文。

一、各署书吏辛工纸张费，支钱三百二十千四百五十一文。

一、契买房屋（坐落吴邑北利一图包衙前朝南门面一所，共上下楼房八十间，披厢三十五个，空地三间，计价银一万一千三百两，加中费银三百二十六两四钱，每百两计钱一百四十八千五百八十文），支钱一万七千二百五十九千六百三十九文。

一、追租差费，支钱五百四十二千五百文。

一、催佃缴租零犒，支钱一百二十七千四百八十二文。

一、三邑易知单费，支钱四十二千九十九文。

一、仓场工费，支钱三百一十六千八百九十三文。

一、匠工岁修工料（重铺仓场并租房修理），支钱四百一十五千九百六十四文。

一、添置器用物件，支钱一十六千六十七文。

一、津贴长元吴三邑积谷仓（不敷经费，二十年四月起，至二十一年三月底止），支钱一十六千一百一十五文。

一、水龙出救，支钱四千三百四十八文。

共支钱二万四千四百六十六千五百五十八文。

统共支钱二万七千五百二十千七百三十三文。

一、支协贴饭粥局谷二千石。

计支谷二千石。

实在

一、存豫成当钱五千六百千文。

一、存祥利、元顺，共两当，每当各存钱四千八百六十千文。

一、存豫昌当钱四千七百千文。

一、存致祥当钱四千四百六十千文。

一、存洪兴当钱四千三百九十四千文（接领仁裕款）。

一、存慎余当钱四千二百六十千文。

一、存济泰当钱四千一百六十千文。

一、存福泰、元昌，共两当，每当各存钱四千六十千文。

一、存顺兴、福源，共两当，每当各存钱三千四百六十千文。

一、存保裕当钱三千三百六十千文。

一、存济大当钱三千二百六十六千文。

一、存祥发当钱三千一百六十千文。

一、存久大当钱三千一百千文。

一、存保容当钱二千九百六十千文。

一、存安泰当钱二千六百千文。

一、存森泰当钱二千五百千文。

一、存同裕当钱二千四百千文。

一、存久和当钱一千九百六十千文。

一、存同昌当钱一千九百千文。

一、存裕源、同丰，共两当，每当各存钱一千六百六十千文。

一、存公泰、善昌、保源、同和、同泰、同春、永大、元昌（分典）、永丰、仁和、久和（分典），共一十一当，每当各存钱一千四百千文。

一、存济泰分当钱一千三百六十千文。

一、存协茂当钱一千千文。

一、存恒和当钱八百千文。

一、存保丰当钱七百千文。

一、存裕源当钱六百千文。

一、存元裕当钱五百四十千文。

一、存仁和当钱五百千文。

一、存源源、安余、恒豫，共三当，每当各存钱四百千文。

一、存大裕、萃元，共两当，每当各存钱二百六十千文。

以上存当钱一十万五千四百八十千文。

一、奉文息借商款二两库平足宝纹一万六千两（每百两计钱一百五十五千八百三十文），合钱二万四千九百三十二千八百文。

一、奉文息借商款英洋一十万元（每元合库平银六钱七分八厘，共计库平纹六万七千八百两，印票、小票现存司库），合钱一十万二千四百千文。

以上存息借商款钱一十二万七千三百三十二千八百文。

一、存仓钱八千四百八十三千八百一十六文。

统共存钱二十四万一千二百九十六千六百一十六文。

统共存谷一十一万八千一百七十一石五斗。

为报销事。窃查丰备义仓田租，于上年十月初九日开收起，至十二月二十六日止，收见田租折色钱文，业由会办委员吴俊卿于上年十二月二十七日具文申报在案。兹查二十二年正月起，至三月底止，续收田租米一百七十二石七斗五升一合，每石折色钱一千九百文，合钱三百二十八千二百二十七文。上年申报收过新旧田租米折色钱二万五千二百五十九千四百七十二文。共收新旧田租米折色钱二万五千五百八十七千六百九十九文。又收发当生息钱八千三百七十四千四百文，息借商款息银合钱二千一百三十四千二百九十六文，房租合钱九百四十五千二百九十三文。共收田租折色及发当生息、息借商款息、房租钱三万七千四十一千六百八十八文。上届报销册内申报存钱二十四万一千二百九十六千六百一十六文，除本届报销开支钱一万一千三百四十九千三百三十四文，前后统共存钱二十六万六千九百八十八千九百七十文。上届报销册内申报存谷一十一万八千一百七十一石五斗，除本届协贴饭粥局谷二千石，前后统共存谷一十一万六千一百七十一石五斗。所有义仓钱谷，仍由绅大根详慎经理。再，查会办委员吴俊卿、随办委员靳继曾先后循例销差。合由绅董造具二十一年四月起，至二十二年三月底止，义仓一应收支各款四柱清册，恭呈鉴核，并备详清册两套，呈盖宪印，详送具呈申报，除呈藩宪批示转详外，伏乞鉴察备查。上呈抚宪核销，并请转详督宪存案。伏乞大公祖大人批示施行。上呈。

计呈 ^{清册一套、备详清册二套}
^{清册一套}

一呈 ^{藩宪}
^府

光绪二十二年四月　日义仓绅董呈

光绪二十一年四月起至二十二年三月底止，完纳条漕、协贴省城饭粥局、津贴三邑积谷仓及收租积谷经费一应收支各款清册

计开：

旧管

上届存钱二十四万一千二百九十六千六百一十六文。

上届存谷一十一万八千一百七十一石五斗。

新收

一、收二十年分旧租折色钱五百七十五千七百七十文。

一、收二十一年分新租折色钱二万五千一十一千九百二十九文。

一、收周年八厘当息钱八千三百七十四千四百文。（内恒和当缴还存本钱八百千文，二十一年四月初一日起止息。）

一、收息借商款第一、二两期息库平银一千五百六十两五钱三分三厘（每百两一百三十六千七百六十文），合钱二千一百三十四千二百九十六文。（计十二个月二十八天。）

一、收清嘉坊房租息洋一百九十二元合钱一百八十四千三百二十文。（二十一年三月二十五日起，二十二年三月二十四日止，计一十二个月，每月洋一十六元。）

一、收包衙前济泰当房租息银三百六十两合钱四百九十六千八百四十文。（二十一年四月初一日起，二十二年三月底止，计一十二个月，每月银三十两。）

一、收包衙前德昌栈房租息银一百九十二两合钱二百六十四千一百三十三文。（二十一年三月二十四日起，二十二年三月二十三日止，计一十二个月，每月银一十六两。）

共收钱三万七千四十一千六百八十八文。

开除

二十一年四月

一、司事一十四人薪水，支钱八十七千文。

一、门厨仓工八人辛工，支钱一十二千文。

一、伙食（小建，司事一十四人，每人每日一百文，使役八人，每人每日六十文），支钱五十四千五百二十文。

一、煤柴（小建，每日一百四十文），支钱四千六十文。

一、油烛，支钱四千五百二十九文。

一、纸张笔墨，支钱六百八十二文。

一、零用，支钱四千六百六十四文。

共支钱一百六十七千四百五十五文。

五月

一、司事一十四人薪水，支钱八十七千文。

一、门厨仓工八人辛工，支钱一十二千文。

一、伙食（大建），支钱五十六千四百文。

一、煤柴，支钱四千二百文。

一、油烛，支钱四千二百六十五文。

一、纸张笔墨，支钱三百四十六文。

一、零用，支钱四千九百七十文。

　　共支钱一百六十九千一百八十一文。

闰五月

一、司事一十四人薪水，支钱八十七千文。

一、门厨仓工八人辛工，支钱一十二千文。

一、伙食（小建），支钱五十四千五百二十文。

一、煤柴，支钱四千六十文。

一、油烛，支钱四千一百九十文。

一、纸张笔墨，支钱四百九十六文。

一、零用，支钱四千一百六十九文。

　　共支钱一百六十六千八百八十五文。

六月

一、司事一十四人薪水，支钱八十七千文。

一、门厨仓工八人辛工，支钱一十二千文。

一、伙食（小建），支钱五十四千五百二十文。

一、煤柴，支钱四千六十文。

一、油烛，支钱四千八十四文。

一、零用，支钱九千二百七十七文。

　　共支钱一百七十千九百四十一文。

七月

一、司事一十四人薪水，支钱八十七千文。

一、门厨仓工八人辛工，支钱一十二千文。

一、伙食（大建），支钱五十六千四百文。

一、煤柴，支钱四千二百文。

一、油烛，支钱四千四百九十九文。

一、纸张笔墨，支钱四百四十文。

一、零用，支钱八千一百九十七文。

　　共支钱一百七十二千七百三十六文。

八月

一、司事一十四人薪水，支钱八十七千文。

一、门厨仓工八人辛工，支钱一十二千五百文。

一、伙食（小建），支钱五十四千五百二十文。

一、煤柴，支钱四千六十文。

一、油烛，支钱四千三百五十五文。

一、纸张笔墨，支钱五千四百九十文。

一、零用，支钱五千二百七十二文。

共支钱一百七十三千一百九十七文。

九月

一、司事一十九人薪水，支钱一百七千文。

一、门厨仓工九人辛工，支钱一十五千五百文。

一、伙食（大建），支钱七十三千二百文。

一、煤柴，支钱四千二百文。

一、油烛，支钱七千七百一十五文。

一、纸张笔墨（租簿租册工料等），支钱七千六百三十文。

一、零用，支钱五千三百五十文。

共支钱二百二十千五百九十五文。

十月

一、委员薪水（会办委员五十八千文，随办委员二十四千文），支钱八十二千文。

一、委员轿随（会办委员一十二千文，随办委员六千文），支钱一十八千文。

一、司事一十九人薪水，支钱一百四十一千文。

一、门厨仓工九人辛工，支钱一十五千五百文。

一、伙食（小建），支钱七十千七百六十文。

一、煤柴，支钱四千六十文。

一、油烛，支钱四千二百八十五文。

一、纸张笔墨，支钱二百二文。

一、零用，支钱四千七百三十九文。

一、开仓酒席及催甲酒饭一应犒赏，支钱四十五千二百二十五文。

共支钱三百八十五千七百七十一文。

十一月

一、委员薪水，支钱八十二千文。

一、委员轿随，支钱一十八千文。

一、司事一十九人薪水，支钱一百四十一千文。

一、门厨仓工九人辛工，支钱一十五千五百文。

一、伙食（大建），支钱七十三千二百文。

一、煤柴，支钱四千二百文。

一、油烛，支钱四千四百三十八文。

一、纸张笔墨，支钱一百七十五文。

一、零用，支钱五千七百七十文。

共支钱三百四十四千二百八十三文。

十二月

一、委员薪水，支钱八十二千文。

一、委员轿随，支钱一十八千文。

一、司事一十九人薪水，支钱一百四十一千文。

一、门厨仓工九人辛工，支钱一十五千五百文。

一、伙食（小建），支钱七十千七百六十文。

一、煤柴，支钱四千六十文。

一、油烛，支钱五千三百二十四文。

一、纸张笔墨，支钱九百六十文。

一、零用，支钱一十六千六百二十五文。

一、年终犒赏及年饭酒，支钱四十二千二百一十八文。

共支钱三百九十六千四百四十七文。

二十二年正月

一、委员薪水，支钱八十二千文。

一、委员轿随，支钱一十八千文。

一、司事一十四人薪水，支钱一百三十一千文。

一、门厨仓工八人辛工，支钱一十二千五百文。

一、伙食（大建），支钱五十六千四百文。

一、煤柴，支钱四千二百文。

一、油烛，支钱四千三百二十六文。

一、零用，支钱三千六百一十一文。

共支钱三百一十二千三十七文。

二月

一、委员薪水，支钱八十二千文。

一、委员轿随，支钱一十八千文。

一、司事一十四人薪水，支钱一百三十一千文。

一、门厨仓工八人辛工，支钱一十二千五百文。

一、伙食（大建），支钱五十六千四百文。

一、煤柴，支钱四千二百文。

一、油烛，支钱四千四十六文。

一、纸张笔墨，支钱四百七十五文。

一、零用，支钱三千三百六十二文。

共支钱三百一十一千九百八十三文。

三月

一、委员薪水，支钱八十二千文。

一、委员轿随，支钱一十八千文。

一、司事一十四人薪水，支钱一百三十一千文。

一、门厨仓工八人辛工，支钱一十二千五百文。

一、伙食（大建），支钱五十六千四百文。

一、煤柴，支钱四千二百文。

一、油烛，支钱四千二百三十四文。

一、零用，支钱四千四百九文。

共支钱三百一十二千七百四十三文。

一、完三邑条漕，支钱三千六百四十三千文。

一、奉文协贴省城饭粥局，支钱二千千文。

一、各署书吏辛工纸张费，支钱四百一十一千七百六文。

一、追租差费，支钱四百六十四千九百文。

一、催佃缴租零犒，支钱一百六十六千七百六十二文。

一、三邑易知单费，支钱三十八千九十八文。

一、仓场工费，支钱二百三十五千四百五十九文。

一、匠工岁修工料，支钱一百七十六千九百八十六文。

一、租房济泰当（第七、第八两进改造一进工料），支钱七百千文。

一、添置器用物件，支钱一十七千五百二十九文。

一、津贴长元吴三邑积谷仓不敷经费（二十一年四月起，二十二年三月止），支钱一百八十六千六百九十二文。

一、水龙出救工费，支钱三千九百四十八文。

　　共支钱八千四十五千八十文。

统共支钱一万一千三百四十九千三百三十四文。

一、支协贴饭粥局谷二千石。

计支谷二千石。

实在

一、存豫成当钱五千六百千文。

一、存祥利、元顺，共两当，每当各存钱四千八百六十千文。

一、存豫昌当钱四千七百千文。

一、存致祥当钱四千四百六十千文。

一、存洪兴当钱四千三百九十四千文。

一、存慎余当钱四千二百六十千文。

一、存济泰当钱四千一百六十千文。

一、存福泰、元昌，共二当，每当各存钱四千六十千文。

一、存顺兴、福源，共二当，每当各存钱三千四百六十千文。

一、存保裕当钱三千三百六十千文。

一、存济大当钱三千二百六十六千文。

一、存同济当钱三千一百六十千文（接领祥发款）。

一、存久大当钱三千一百千文。

一、存保容当钱二千九百六十千文。

一、存安泰当钱二千六百千文。

一、存森泰当钱二千五百千文。

一、存同裕当钱二千四百千文。

一、存久和当钱一千九百六十千文。

一、存同昌当钱一千九百千文。

一、存裕源、同丰，共两当，每当各存钱一千六百六十千文。

一、存公泰、善昌、保源、同和、同泰、同春、永大、元昌（分典）、永丰、仁和、久和（分典），共一十一当，每当各存钱一千四百千文。

一、存济泰分当钱一千三百六十千文。

一、存协茂当钱一千千文。

一、存保丰当钱七百千文。

一、存裕源分当钱六百千文。

一、存元裕当钱五百四十千文。

一、存仁和分当钱五百千文。

一、存源源、安余、恒豫，共三当，每当各存钱四百千文。

一、存大裕、萃元，共两当，每当各存钱二百六十千文。

以上存当钱一十万四千六百八十千文。

一、奉文息借商款二两库平足宝纹一万六千两（每百两计钱一百五十五千八百三十文），合钱二万四千九百三十二千八百文。

一、奉文息借商款英洋一十万元（每元合库平银六钱七分八厘，共计库平银六万七千八百两，印票、小票现存司库），合钱一十万二千四百千文。

以上存息借商款钱一十二万七千三百三十二千八百文。

一、存仓钱三万四千九百七十六千一百七十文。

统共存钱二十六万六千九百八十八千九百七十文。

统共存谷一十一万六千一百七十一石五斗。

为报销事。窃查丰备义仓田租，于上年十月十八日开收起，至十二月二十六日止，收见田租折色钱文，业由会办委员屈泰清于上年十二月二十七日具文申报在案。兹查二十三年正月起，至三月底止，续收田租米一百四十四石五斗二升四合，每石折色钱二千文，合钱二百八十九千四十八文。上年申报收过新旧田租米折色钱二万六千五百四十七千二百二十文。共收新旧田租米折色钱二万六千八百三十六千二百六十八文。又收发当生息钱八千三百五十五千七百三十三文，息借商款息银合钱一千七百九十一千一百三十六文，房租合钱九百四十二千三百一十文。共收田租折色及发当生息、息借商款息、房租钱三万七千九百二十五千四百四十七文。上届报销册内申报存钱二十六万六千九百八十八千九百七十文，除本届报销开支钱二万一千一百七十八千七百二十四文，前后统共存钱二十八万三千七百三十五千六百九十三文。再，本届采买谷四千八百七十九石三斗，上届报销册内申报存谷一十一万六千一百七十一石五斗，除本届协贴饭粥局谷二千石，前后统共存谷一十一万九千五十石八斗。所有义仓钱谷，仍由绅大根详慎经理。再，查会办委员屈泰清、随办委员王绍燕先后循例销差。合由绅董造具二十二年四月起，至二十三年三月底止，义仓一应收支各款四柱清册，恭呈鉴核，并备详清册两套，呈盖宪印，详送 具呈申报，除呈藩宪批示转详外，伏乞鉴核备查。上呈 抚宪核销，并请转详督宪存案。伏乞大公祖大人批示施行。上呈。

计呈 清册一套、备详清册两套
清册一套

一呈 藩宪
府

光绪二十三年四月　日义仓绅董呈

光绪二十二年四月起至二十三年三月底止，采买谷石、完纳条漕、协贴省城饭粥局、津贴三邑积谷仓及收租积谷经费一应收支各款清册

计开：

旧管

上届存钱二十六万六千九百八十八千九百七十文。

上届存谷一十一万六千一百七十一石五斗。

新收

一、收二十一年分旧租折色钱三百六十七千八百五十九文。

一、收二十二年分新租折色钱二万六千四百六十八千四百九文。

一、收周年八厘当息钱八千三百五十五千七百三十三文。（内除同春当七月初一日缴还存本钱
一千四百千文，空息两月。）

一、收息借商款息库平银一千三百四十四两（每百两计钱一百三十三千二百六十文），合钱一
千七百九十一千一百三十六文。

一、收清嘉坊房租洋一百九十二元合钱一百七十二千八百文。（每月洋一十六元。）

一、收包衙前济泰当、德昌栈房租息银五百五十二两合钱七百三十四千四百一十文。
（每月银四十六两。）

一、收曹家巷房租息洋三十九元合钱三十五千一百文。（二十二年十二月初十日起，二十三年
三月初九日止，计三个月，每月洋一十三元。）

共收钱三万七千九百二十五千四百四十七文。

一、收采买新谷四千八百七十九石三斗。

计收谷四千八百七十九石三斗。

开除

二十二年四月

一、司事一十四人薪水，支钱一百二千文。

一、门厨仓工八人辛工，支钱一十二千五百文。

一、伙食（小建，司事一十四人，每人每日一百文，使役八人，每人每日六十文），支钱五十四千五百
二十文。

一、煤柴（小建，每日一百四十文），支钱四千六十文。

一、油烛，支钱四千二十一文。

一、纸张笔墨，支钱五百二十六文。

一、零用，支钱四千八百七十六文。

共支钱一百八十二千五百三文。

五月

一、司事一十四人薪水，支钱一百二千文。

一、门厨仓工八人辛工，支钱一十二千五百文。

一、伙食（大建），支钱五十六千四百文。

一、煤柴，支钱四千二百文。

一、油烛，支钱四千一百七十二文。

一、纸张笔墨，支钱一千一百七十三文。

一、零用，支钱七千二百七十四文。

共支钱一百八十七千七百一十九文。

六月

一、司事一十四人薪水，支钱一百二千文。

一、门厨仓工八人辛工，支钱一十二千五百文。

一、伙食（小建），支钱五十四千五百二十文。

一、煤柴，支钱四千六十文。

一、油烛，支钱四千一百八十文。

一、纸张笔墨，支钱三百三十六文。

一、零用，支钱一十千一百五十八文。

共支钱一百八十七千七百五十四文。

七月

一、司事一十四人薪水，支钱一百二千文。

一、门厨仓工八人辛工，支钱一十二千五百文。

一、伙食（小建），支钱五十四千五百二十文。

一、煤柴，支钱四千六十文。

一、油烛，支钱三千八百七十八文。

一、纸张笔墨，支钱六百八十文。

一、零用，支钱一十二千九百八十八文。

共支钱一百九十千六百二十六文。

八月

一、司事一十四人薪水，支钱一百二千文。

一、门厨仓工八人辛工，支钱一十二千五百文。

一、伙食（大建），支钱五十六千四百文。

一、煤柴，支钱四千二百文。

一、油烛，支钱四千一百五十九文。

一、纸张笔墨，支钱五千九百八文。

一、零用，支钱八千一百一十文。

共支钱一百九十三千二百七十七文。

九月

一、司事一十七人薪水，支钱一百一十四千文。

一、门厨仓工九人辛工，支钱一十五千五百文。

一、伙食（小建），支钱六十四千九百六十文。

一、煤柴，支钱四千六十文。

一、油烛，支钱四千四百四十二文。

一、纸张笔墨（租繇、租册、工料等），支钱一十六千三百一十六文。

一、零用，支钱八千五十五文。

共支钱二百二十七千三百三十三文。

十月

一、委员薪水（会办委员五十八千文，随办委员二十四千文），支钱八十二千文。

一、委员轿随（会办委员一十二千文，随办委员六千文），支钱一十八千文。

一、司事一十七人薪水，支钱一百四十三千文。

一、门厨仓工九人辛工，支钱一十五千五百文。

一、伙食（大建），支钱六十七千二百文。

一、煤柴，支钱四千二百文。

一、油烛，支钱七千九百七十三文。

一、纸张笔墨，支钱二百五十六文。

一、零用，支钱八千七百三十四文。

一、开仓酒席及催甲酒饭一应犒赏，支钱四十一千五百一十七文。

共支钱三百八十八千三百八十文。

十一月

一、委员薪水，支钱八十二千文。

一、委员轿随，支钱一十八千文。

一、司事一十七人薪水，支钱一百四十三千文。

一、门厨仓工九人辛工，支钱一十五千五百文。

一、伙食（小建），支钱六十四千九百六十文。

一、煤柴，支钱四千六十文。

一、油烛，支钱四千一百四十四文。

一、零用，支钱六千二百六十九文。

共支钱三百三十七千九百三十三文。

十二月

一、委员薪水，支钱八十二千文。

一、委员轿随，支钱一十八千文。

一、司事一十七人薪水，支钱一百四十三千文。

一、门厨仓工九人辛工，支钱一十五千五百文。

一、伙食（大建），支钱六十七千二百文。

一、煤柴，支钱四千二百文。

一、油烛，支钱五千二十四文。

一、纸张笔墨，支钱一千九百九十文。

一、零用，支钱一十五千三百五十三文。

一、年终犒赏及年饭酒，支钱三十八千四百一十四文。

共支钱三百九十千六百八十一文。

二十三年正月

一、委员薪水，支钱八十二千文。

一、委员轿随，支钱一十八千文。

一、司事一十四人薪水，支钱一百三十二千文。

一、门厨仓工八人辛工，支钱一十二千五百文。

一、伙食（小建），支钱五十四千五百二十文。

一、煤柴，支钱四千六十文。

一、油烛，支钱四千六百六十八文。

一、纸张笔墨，支钱一百五十文。

一、零用，支钱四千六百八十五文。

共支钱三百一十二千五百八十三文。

二月

一、委员薪水，支钱八十二千文。

一、委员轿随，支钱一十八千文。

一、司事一十四人薪水，支钱一百三十二千文。

一、门厨仓工八人辛工，支钱一十二千五百文。

一、伙食（大建），支钱五十六千四百文。

一、煤柴，支钱四千二百文。

一、油烛，支钱四千五十四文。

一、纸张笔墨，支钱三百六十文。

一、零用，支钱四千四百三十八文。

共支钱三百一十三千九百五十二文。

三月

一、委员薪水，支钱八十二千文。

一、委员轿随，支钱一十八千文。

一、司事一十四人薪水，支钱一百三十二千文。

一、门厨仓工八人辛工，支钱一十二千五百文。

一、伙食（大建），支钱五十六千四百文。

一、煤柴，支钱四千二百文。

一、油烛，支钱四千一百文。

一、零用，支钱四千二百七十八文。

共支钱三百一十三千四百七十八文。

一、采买籼谷四千八百七十九石三斗（每石连水脚费一元五角七分六厘八毫，洋照二十一年收租价，每元九百六十文），支钱七千三百八十五千六百四十七文。

一、完三邑条漕，支钱三千七百二十七千文。

一、奉文协贴省城饭粥局，支钱二千千文。

一、各署书吏辛工纸张费，支钱四百一十一千九百七十五文。

一、追租差费，支钱四百九十九千五百文。

一、催佃缴租零犒，支钱一百六十六千二文。

一、三邑易知单费，支钱三十九千二十九文。

一、匠工岁修工料（以及租房修理），支钱二百四十千七百三十七文。

一、仓场工费，支钱三百七十二千八百六十二文。

一、添置器用物件，支钱二十七千八百八文。

一、津贴长元吴三邑积谷仓（不敷经费，二十二年四月起，二十三年三月止），支钱一百二十九千九百四十五文。

一、契买房屋一所（坐落吴邑北亨二图曹家巷东朝南门面，共计上下楼房二十四间，披厢四个，后面地基十五间，计价洋三千二百元，加中费洋八十元，每元九百文），支钱二千九百五十二千文。

共支钱一万七千九百五十二千五百五文。

统共支钱二万一千一百七十八千七百二十四文。

一、支协贴饭粥局谷二千石。

计支谷二千石。

实在

一、存豫成当钱五千六百千文。

一、存祥利、元顺，共两当，每当各存钱四千八百六十千文。

一、存豫昌当钱四千七百千文。

一、存致祥当钱四千四百六十千文。

一、存洪兴当钱四千三百九十四千文。

一、存慎余当钱四千二百六十千文。

一、存济泰当钱四千一百六十千文。

一、存福泰、元昌，共两当，每当各存钱四千六十千文。

一、存顺兴、福源，共两当，每当各存钱三千四百六十千文。

一、存保裕当钱三千三百六十千文。

一、存济大当钱三千二百六十六千文。

一、存同济当钱三千一百六十千文。

一、存久大当钱三千一百千文。

一、存保容当钱二千九百六十千文。

一、存公泰当钱二千八百千文（内接领同春当钱一千四百千文）。

一、存安泰当钱二千六百千文。

一、存森泰当钱二千五百千文。

一、存同裕当钱二千四百千文。

一、存久和当钱一千九百六十千文。

一、存同昌当钱一千九百千文。

一、存善昌、保源、同和、同泰、永大、元昌（分典）、永丰、仁和、久和（分典），共九当，每当各存钱一千四百千文。

一、存济泰分当钱一千三百六十千文。

一、存协茂当钱一千千文。

一、存保丰当钱七百千文。

一、存裕源分当钱六百千文。

一、存元裕当钱五百四十千文。

一、存仁和分当钱五百千文。

一、存裕源、同丰，共两当，每当各存钱一千六百六十千文。

一、存源源、安余、恒豫，共三当，每当各存钱四百千文。

一、存大裕、萃元，共两当，每当各存钱二百六十千文。

以上存当钱一十万四千六百八十千文。

一、奉文息借商款二两库平足宝纹一万六千两（每百两计钱一百五十五千八百三十文），合钱二万四千九百三十二千八百文。

一、奉文息借商款英洋一十万元（每元合库平银六钱七分八厘，共计库平银六万七千八百两，印票、小票现存司库），合钱一十万二千四百千文。

以上存息借商款钱一十二万七千三百三十二千八百文。

一、存仓钱五万一千七百二十二千八百九十三文。

统共存钱二十八万三千七百三十五千六百九十三文。

统共存谷一十一万九千五十石八斗。

为报销事。窃查丰备义仓田租，于上年十月二十七日开收起，至十二月二十五日止，收见田租折色钱文，业由会办委员吴俊卿于上年十二月二十六日具文申报在案。兹查二十四年正月起，至闰三月底止，续收田租米一百五十六石八斗六升一合，每石折色钱二千二百文，合钱三百四十五千九十四文。上年申报收过新旧田租米折色钱二万四千二百四十一千四百一十九文，又收发当生息钱八千三百五十三千六百文，息借商款息银合钱一千八百一十四千九百四十四文，房租合钱一千三百三十五千六百三十六文，又收奉文平粜谷价钱四万三千九十千一百九十七文。共收田租折色及发当生息、息借商款息、房租并平粜谷价钱七万八千五百三十五千七百九十六文。上届报销册内申报存钱二十八万三千七百三十五千六百九十三文，除本届报销开支钱三万五百三千六百六十六文，前后统共存钱三十三万一千七百六十七千八百二十三文。再，本届采买谷一万四百九十九石八斗二升，上届报销册内申报存谷一十一万九千五十石八斗，除上年奉文平粜谷三万五千石，共存谷九万四千五百五十石六斗二升。又除本届协贴饭粥局谷二千石，前后统共存谷九万二千五百五十石六斗二升。所有义仓钱谷，仍由绅大根详慎经理。再，会办委员吴俊卿、随办委员王绍燕先后循例销差。合由绅董造具二十三年四月起，至二十四年闰三月底止，义仓一应收支各款四柱清册，恭呈鉴核，并备详清册两套，呈盖宪印，详送具禀申报，除呈藩宪批示转详外，伏乞鉴核备查。上呈 抚宪核销，并请转详督宪存案。伏乞大公祖大人批示施行。上呈。

计呈 清册一套、备详清册二套
清册一套

一呈 藩宪
府

光绪二十四年四月　日义仓绅董呈

光绪二十三年四月起至二十四年闰三月底止，采买谷石、完纳条漕、协贴省城饭粥局、津贴三邑积谷仓及收租积谷经费一应收支各款清册

计开：

旧管

上届存钱二十八万三千七百三十五千六百九十三文。

上届存谷一十一万九千五十石八斗。

新收

一、收二十二年分旧租折色钱四百四十五千八百七十六文。

一、收二十三年分新租折色钱二万三千七百九十五千五百四十三文。

一、收平粜谷价（奢见米一万八千八十三石八斗五升，每石二元五角九分，每元九百二十文），合钱四万三千九十千一百九十七文。

一、收周年八厘当息钱八千三百五十三千六百文。（内萃元当四月初一日缴还存本钱二百六十千文。）

一、收息借商款息库平银一千三百四十四两（每百两计钱一百三十五千四十文），合钱一千八百一十四千九百四十四文。

一、收包衙前济泰当、德昌栈房租息银五百五十二两，合钱七百二十二千四百三十六文。（每月银四十六两。）

一、收清嘉坊、曹家巷房租息洋三百四十八元，合钱三百一十三千二百文（每月洋二十九元）。

共收钱七万八千五百三十五千七百九十六文。

一、收采买新谷一万四百九十九石八斗二升。

计收谷一万四百九十九石八斗二升。

开除

二十三年四月

一、司事一十四人薪水，支钱一百二千文。

一、门厨仓工八人辛工，支钱一十二千五百文。

一、伙食（小建，司事一十四人，每人每日一百文，使役八人，每人每日六十文），支钱五十四千五百二十文。

一、煤柴（小建，每日一百四十文），支钱四千六十文。

一、油烛，支钱四千二百三文。

一、纸张笔墨，支钱六百四十四文。

一、零用，支钱四千三百六十八文。

共支钱一百八十二千二百九十五文。

五月

一、司事一十四人薪水，支钱一百二千文。

一、门厨仓工八人辛工，支钱一十二千五百文。

一、伙食（大建），支钱五十六千四百文。

一、煤柴，支钱四千二百文。

一、油烛，支钱四千二百一十二文。

一、纸张笔墨，支钱一千七百文。

一、零用，支钱六千七百五十二文。

共支钱一百八十七千七百六十四文。

六月

一、司事一十四人薪水，支钱一百二千文。

一、门厨仓工八人辛工，支钱一十二千五百文。

一、伙食（小建），支钱五十四千五百二十文。

一、煤柴，支钱四千六十文。

一、油烛，支钱四千三十八文。

一、纸张笔墨，支钱七百文。

一、零用，支钱一十二千一文。

共支钱一百八十九千八百一十九文。

七月

一、司事一十四人薪水，支钱一百二千文。

一、门厨仓工八人辛工，支钱一十二千五百文。

一、伙食（大建），支钱五十六千四百文。

一、煤柴，支钱四千二百文。

一、油烛，支钱四千一百文。

一、纸张笔墨，支钱二百五十二文。

一、零用，支钱一十千七百五十七文。

共支钱一百九十千二百九文。

八月

一、司事一十四人薪水，支钱一百二千文。

一、门厨仓工八人辛工，支钱一十二千五百文。

一、伙食（小建），支钱五十四千五百二十文。

一、煤柴，支钱四千六十文。

一、油烛，支钱四千八百八十二文。

一、纸张笔墨，支钱六千九百一十文。

一、零用，支钱七千八百一十六文。

共支钱一百九十二千六百八十八文。

九月

一、司事一十七人薪水，支钱一百一十四千文。

一、门厨仓工九人辛工，支钱一十五千五百文。

一、伙食（大建），支钱六十七千二百文。

一、煤柴，支钱四千二百文。

一、油烛，支钱四千三百五十文。

一、纸张笔墨（租籧、租册、工料等），支钱一十四千二百七十文。

一、零用，支钱五千七百三十三文。

共支钱二百二十五千二百五十三文。

十月

一、委员薪水（会办委员五十八千文，随办委员二十四千文），支钱八十二千文。

一、委员轿随（会办委员一十二千文，随办委员六千文），支钱一十八千文。

一、司事一十七人薪水，支钱一百四十四千文。

一、门厨仓工九人辛工，支钱一十五千五百文。

一、伙食（小建），支钱六十四千九百六十文。

一、煤柴，支钱四千六十文。

一、油烛，支钱六千六百一十三文。

一、纸张笔墨，支钱一千三百七十七文。

一、零用，支钱五千二百八十七文。

一、开仓酒席及催甲酒饭一应犒赏，支钱四十九千二百五十五文。

共支钱三百九十一千五十二文。

十一月

一、委员薪水,支钱八十二千文。

一、委员轿随,支钱一十八千文。

一、司事一十七人薪水,支钱一百四十四千文。

一、门厨仓工九人辛工,支钱一十五千五百文。

一、伙食（大建）,支钱六十七千二百文。

一、煤柴,支钱四千二百文。

一、油烛,支钱四千六百四十八文。

一、纸张笔墨,支钱九百六十文。

一、零用,支钱六千一百三十文。

共支钱三百四十二千六百三十八文。

十二月

一、委员薪水,支钱八十二千文。

一、委员轿随,支钱一十八千文。

一、司事一十七人薪水,支钱一百四十四千文。

一、门厨仓工九人辛工,支钱一十五千五百文。

一、伙食（小建）,支钱六十四千九百六十文。

一、煤柴,支钱四千六十文。

一、油烛,支钱六千二百一十七文。

一、纸张笔墨,支钱三千九百一十文。

一、零用,支钱一十六千一百五十九文。

一、年终犒赏及年饭酒,支钱四十四千八百四十二文。

共支钱三百九十九千六百四十八文。

二十四年正月

一、委员薪水,支钱八十二千文。

一、委员轿随,支钱一十八千文。

一、司事一十四人薪水,支钱一百三十二千文。

一、门厨仓工八人辛工,支钱一十二千五百文。

一、伙食（大建）,支钱五十六千四百文。

一、煤柴,支钱四千二百文。

一、油烛,支钱五千六百三文。

一、零用,支钱六千三百三文。

共支钱三百一十七千六文。

二月

一、委员薪水,支钱八十二千文。

一、委员轿随,支钱一十八千文。

一、司事一十四人薪水,支钱一百三十二千文。

一、门厨仓工八人辛工,支钱一十二千五百文。

一、伙食（小建），支钱五十四千五百二十文。

一、煤柴，支钱四千六十文。

一、油烛，支钱四千七十六文。

一、纸张笔墨，支钱三百六十文。

一、零用，支钱四千六百六十二文。

共支钱三百一十二千一百七十八文。

三月

一、委员薪水，支钱八十二千文。

一、委员轿随，支钱一十八千文。

一、司事一十四人薪水，支钱一百三十二千文。

一、门厨仓工八人辛工，支钱一十二千五百文。

一、伙食（大建），支钱五十六千四百文。

一、煤柴，支钱四千二百文。

一、油烛，支钱四千二百一十二文。

一、零用，支钱五千五百文。

共支钱三百一十四千八百一十二文。

闰三月

一、委员薪水，支钱八十二千文。

一、委员轿随，支钱一十八千文。

一、司事一十四人薪水，支钱一百三十二千文。

一、门厨仓工八人辛工，支钱一十二千五百文。

一、伙食（小建），支钱五十四千五百二十文。

一、煤柴，支钱四千六十文。

一、油烛，支钱四千三百三十八文。

一、纸张笔墨，支钱二百二十八文。

一、零用，支钱五千三百九十八文。

共支钱三百一十三千四十四文。

一、采买籼谷一万四百九十九石八斗二升（每石连水脚费一元八角三分六厘，洋照平粜价，每元九百二十文），支钱一万七千七百三十五千七百六十八文。

一、完三邑条漕，支钱三千五百六十七千文。

一、奉文协贴省城饭粥局，支钱二千千文。

一、各署书吏辛工纸张费，支钱三百三十一千五百五文。

一、追租差费，支钱五百五十八千四百文。

一、催佃缴租零犒，支钱一百三十八千八百三十七文。

一、三邑易知单费，支钱三十八千九百一十三文。

一、匠工岁修工料（及租房修理等），支钱五百四千九百九文。

一、仓场工费（芦席、廒笆、谷力等），支钱六百八十五千六百三十四文。

一、添置器用物件，支钱一十千九百六文。

一、水龙出救，支钱四千七百四十八文。

一、运谷赴锡奢米装回水脚费，支钱一千一百六十九千二百八十三文。

一、津贴长元吴三邑积谷仓（不敷经费，二十三年四月起，二十四年闰三月止），支钱一百九十九千三百五十七文。

共支钱二万六千九百四十五千二百六十文。

统共支钱三万五百三千六百六十六文。

一、支奉文平粜谷三万五千石。

一、支协贴饭粥局谷二千石。

共支谷三万七千石。

实在

一、存豫成当钱五千六百千文。

一、存祥利、元顺，共两当，每当各存钱四千八百六十千文。

一、存豫昌当钱四千七百千文。

一、存致祥当钱四千四百六十千文。

一、存洪兴当钱四千三百九十四千文。

一、存慎余当钱四千二百六十千文。

一、存济泰当钱四千一百六十千文。

一、存福泰、元昌，共两当，每当各存钱四千六十千文。

一、存顺兴、福源，共两当，每当各存钱三千四百六十千文。

一、存保裕当钱三千三百六十千文。

一、存济大当钱三千二百六十六千文。

一、存同济当钱三千一百六十千文。

一、存久大当钱三千一百千文。

一、存保容当钱二千九百六十千文。

一、存公泰当钱二千八百千文。

一、存安泰当钱二千六百千文。

一、存森泰当钱二千五百千文。

一、存同裕当钱二千四百千文。

一、存久和当钱一千九百六十千文。

一、存同昌当钱一千九百千文。

一、存裕源、同丰，共两当，每当各存钱一千六百六十千文。

一、存善昌、保源、同和、同泰、永大、元昌（分典）、永丰、仁和、久和（分典），共九当，每当各存钱一千四百千文。

一、存济泰分当钱一千三百六十千文。

一、存协茂当钱一千千文。

一、存保丰当钱七百千文。

一、存裕源分当钱六百千文。

一、存元裕当钱五百四十千文。

一、存仁和分当钱五百千文。

一、存源源、安余、恒豫，共三当，每当各存钱四百千文。

一、存大裕当钱二百六十千文。

以上存当钱一十万四千四百二十千文。

一、奉文息借商款二两库平足宝纹一万六千两（每百两计钱一百五十五千八百三十文），合钱二万四千九百三十二千八百文。

一、奉文息借商款英洋一十万元（每元合库平银六钱七分八厘，共计库平银六万七千八百两，印票、小票现存司库），合钱一十万二千四百千文。

以上存息借商款钱一十二万七千三百三十二千八百文。

一、存仓钱一十万一十五千二十三文。

统共存钱三十三万一千七百六十七千八百二十三文。

统共存谷九万二千五百五十石六斗二升。

为报销事。窃查丰备义仓田租，于上年十月十一日开收起，至十二月二十六日止，收见田租折色钱文，业由会办委员吴俊卿于上年十二月二十七日具文申报在案。兹查二十五年正月起，至三月底止，续收田租米一百一十六石六升七合，每石折色钱二千二百文，合钱二百五十五千三百四十七文。上年申报收过新旧田租米折色钱二万九千六百二十六千八百三十五文，又收发当生息钱八千二百一十五千四百六十七文，息借商款息银合钱一千九百三十五千八百五十文，房租息合钱一千三十七千七百九十三文，又收奉文平粜谷价钱七万八千一十一千五百三十四文。共收田租折色及发当生息、息借商款息、房租息并平粜谷价钱一十一万九千八十二千八百二十六文。上届报销册内申报存钱三十三万一千七百六十七千八百二十三文，除本届报销开支钱一十四万二千二百一十千三百七文，前后统共存钱三十万八千六百四十千三百四十二文。再，本届采买谷六万二千九百九十三石三斗八升，上届报销册内申报存谷九万二千五百五十石六斗二升，除上年平粜谷五万三千八百四十石，协贴饭粥局谷二千石，共存谷九万九千七百四石。查光绪四年以前，前仓董潘绅所办积谷，业由监盘委员将盘见折耗数目申报在案。自绅接管以来，陆续采买积谷，计四年起，至二十一年止，除牙厘局发下谷九千六百石报过折耗不计外，前后共购谷一十万六千八百九十七石二斗。经二十三、二十四两年平粜发出此项谷八万五千六百五十石，应存二万一千二百四十七石二斗。绅即督同司事，将此项谷彻底清盘，计共盘见耗谷二千六百七十二石四斗，统扯每石折耗二升五合，至二十二、二十三、二十四年及本年历购积谷，为时尚近，应归下届盘报，统共除耗净谷及未除耗谷实存九万七千三十一石六斗。所有义仓钱谷，仍由绅详慎经理。再，查会办委员吴俊卿、随办委员陈锡蕃先后循例销差。合由绅董造具二十四年四月起，至二十五年三月底止，义仓一应收支各款四柱清册，

恭呈鉴核，并备详清册二套，呈盖宪印，详送 抚宪核销，并请转详督宪存案。伏乞大公祖大
具呈申报，除呈藩宪批示转详外，伏乞鉴核备查。上呈 人批示施行。上呈

计呈 清册一套、备详清册二套
计呈 清册一套

一呈 藩宪
一呈 府

光绪二十五年四月　日义仓绅董呈

光绪二十四年四月起至二十五年三月底止，采买谷石、完纳条漕、设局平粜、协贴省

城饭粥局、津贴三邑积谷仓及收租积谷经费一应收支各款清册

计开：

旧管

上届存钱三十三万一千七百六十七千八百二十三文。

上届存谷九万二千五百五十石六斗二升。

新收

一、收二十三年分旧租折色钱四百六十七千九百七十五文。

一、收二十四年分新租折色钱二万九千四百一十四千二百七文。

一、收奉文平粜谷价钱七万八千一十一千五百三十四文。

一、收周年八厘当息钱八千二百一十五千四百六十七文。（内保容当九月初一日缴还存本钱二千九百六十千文。）

一、收息借商款息库平银一千四百五十六两（每百两计钱一百三十二千九百五十文），合钱一千九百三十五千八百五十文。

一、收包衙前济泰当、德昌栈房租息银五百五十二两，合钱七百二十八千七十三文。

一、收清嘉坊、曹家巷房租息洋三百四十八元，合钱三百九千七百二十文。

共收钱一十一万九千八十二千八百二十六文。

一、收二十四年冬采买新谷四万六千四百二十二石七斗八升。

一、收二十五年春采买新谷一万六千五百七十石六斗。

共收谷六万二千九百九十三石三斗八升。

开除

二十四年四月

一、司事一十四人薪水，支钱一百二千文。

一、门厨仓工八人辛工，支钱一十二千五百文。

一、伙食（大建，司事一十四人，每人每日一百文，使役八人，每人每日六十文），支钱五十六千四百文。

一、煤柴（大建，每日一百四十文），支钱四千二百文。

一、油烛，支钱四千四百一十八文。

一、纸张笔墨，支钱四百六十八文。

一、零用，支钱七千一百四十文。

共支钱一百八十七千一百二十六文。

五月

一、司事一十四人薪水，支钱一百二千文。

一、门厨仓工八人辛工，支钱一十二千五百文。

一、伙食（大建），支钱五十六千四百文。

一、煤柴，支钱四千二百文。

一、油烛，支钱四千四十文。

一、纸张笔墨，支钱一千二百一十八文。

一、零用，支钱一十一千一百五十二文。

共支钱一百九十一千五百一十文。

六月

一、司事一十四人薪水，支钱一百二千文。

一、门厨仓工八人辛工，支钱一十二千五百文。

一、伙食（小建），支钱五十四千五百二十文。

一、煤柴，支钱四千六十文。

一、油烛，支钱四千一百九十二文。

一、纸张笔墨，支钱一千二百文。

一、零用，支钱一十三千三十一文。

共支钱一百九十一千五百三文。

七月

一、司事一十四人薪水，支钱一百二千文。

一、门厨仓工八人辛工，支钱一十二千五百文。

一、伙食（大建），支钱五十六千四百文。

一、煤柴，支钱四千二百文。

一、油烛，支钱四千四百五十三文。

一、纸张笔墨，支钱八百四十文。

一、零用，支钱八千二百四十三文。

共支钱一百八十八千六百三十六文。

八月

一、司事一十四人薪水，支钱一百二千文。

一、门厨仓工八人辛工，支钱一十二千五百文。

一、伙食（小建），支钱五十四千五百二十文。

一、煤柴，支钱四千六十文。

一、油烛，支钱三千九百九十文。

一、纸张笔墨，支钱六千五百六十四文。

一、零用，支钱六千五百文。

共支钱一百九十千一百三十四文。

九月

一、司事一十六人薪水，支钱一百一十千文。

一、门厨仓工九人辛工，支钱一十五千五百文。

一、伙食（大建），支钱六十四千二百文。

一、煤柴，支钱四千二百文。

一、油烛，支钱四千五百四十四文。

一、纸张笔墨租簿租册，支钱一十六千三百九十六文。

一、零用，支钱七千八百二十二文。

共支钱二百二十二千六百六十二文。

十月

一、委员薪水（会办委员五十八千文，随办委员二十四千文），支钱八十二千文。

一、委员轿随（会办委员一十二千文，随办委员六千文），支钱一十八千文。

一、司事一十六人薪水，支钱一百四十千文。

一、门厨仓工九人辛工，支钱一十五千五百文。

一、伙食（小建），支钱六十二千六十文。

一、煤柴，支钱四千六十文。

一、油烛，支钱八千一百五十九文。

一、纸张笔墨，支钱一千一百六十二文。

一、零用，支钱六千三百二十八文。

一、开仓酒席及催甲酒饭一应犒赏，支钱四十八千六百四十二文。

共支钱三百八十五千九百一十一文。

十一月

一、委员薪水，支钱八十二千文。

一、委员轿随，支钱一十八千文。

一、司事一十六人薪水，支钱一百四十千文。

一、门厨仓工九人辛工，支钱一十五千五百文。

一、伙食（大建），支钱六十四千二百文。

一、煤柴，支钱四千二百文。

一、油烛，支钱四千四百四十八文。

一、纸张笔墨，支钱一千二百二十七文。

一、零用，支钱七千四百八十七文。

共支钱三百三十六千六百六十二文。

十二月

一、委员薪水，支钱八十二千文。

一、委员轿随，支钱一十八千文。

一、司事一十六人薪水，支钱一百四十千文。

一、门厨仓工九人辛工，支钱一十五千五百文。

一、伙食（小建），支钱六十二千六十文。

一、煤柴，支钱四千六十文。

一、油烛，支钱六千八百七十九文。

一、纸张笔墨，支钱三千七百五十文。

一、零用，支钱一十六千九百五十五文。

一、年终犒赏及年夜酒，支钱四十六千一百一文。

共支钱三百九十五千三百五文。

二十五年正月

一、委员薪水，支钱八十二千文。

一、委员轿随，支钱一十八千文。

一、司事一十三人薪水，支钱一百三十一千文。

一、门厨仓工八人辛工，支钱一十二千五百文。

一、伙食（大建），支钱五十三千四百文。

一、煤柴，支钱四千二百文。

一、油烛，支钱五千四百四文。

一、零用，支钱五千七百二十四文。

共支钱三百一十二千二百二十八文。

二月

一、委员薪水，支钱八十二千文。

一、委员轿随，支钱一十八千文。

一、司事一十三人薪水，支钱一百三十一千文。

一、门厨仓工八人辛工，支钱一十二千五百文。

一、伙食（小建），支钱五十一千六百二十文。

一、煤柴，支钱四千六十文。

一、油烛，支钱四千三百三十文。

一、零用，支钱五千一百四十八文。

共支钱三百八千六百五十八文。

三月

一、委员薪水，支钱八十二千文。

一、委员轿随，支钱一十八千文。

一、司事一十三人薪水，支钱一百三十一千文。

一、门厨仓工八人辛工，支钱一十二千五百文。

一、伙食（大建），支钱五十三千四百文。

一、煤柴，支钱四千二百文。

一、油烛，支钱四千三百二十五文。

一、纸张笔墨，支钱四百六十八文。

一、零用，支钱六千五百一十六文。

共支钱三百一十二千四百九文。

一、二十四年冬采买谷四万六千四百二十二石七斗八升（每石连水脚费二元一角九分二厘，洋价九百一十文），支钱九万二千六百九十九百九十九文。

一、二十五年春采买谷一万六千五百七十石六斗（每石连水脚费二元一角八分九厘，洋价九百一十文），支钱三万三千九千六百六十文。

一、奉文协贴省城饭粥局，支钱二千千文。

一、奉文平粜局用水脚等费，支钱二千三百四十九千二百一十文。

一、各署书吏辛工纸张费，支钱四百一十三千一百七十六文。

一、完纳三邑条漕，支钱四千四十二千文。

一、追租差费，支钱五百三十六千一百文。

一、催佃缴租零犒，支钱一百六十一千五百六文。

一、三邑易知单费，支钱四十千七百八十九文。

一、匠工岁修工料（重铺仓场七处及租房修理等），支钱一千一百四十一千七百三十七文。

一、仓场工费（芦席、廒笆、晒谷等），支钱六百三十九千六百九十六文。

一、上谷入廒力（每石一十文八毫），支钱六百八十千三百二十七文。

一、添置器用物件，支钱二十四千七百八十三文。

一、津贴长元吴三邑积谷仓（不敷经费，二十四年四月起，二十五年三月止），支钱八百六十九千七百四文。

一、续刻义仓全案刷印工料，支钱四百六十九千七百七十六文。

共支钱一十三万八千九百八十七千五百六十三文。

统共支钱一十四万二千二百一十千三百七文。

一、支奉文平粜谷五万三千八百四十石。

一、支协贴饭粥局谷二千石。

一、支盘见耗谷二千六百七十二石四斗。

统共支谷五万八千五百一十二石四斗。

实在

一、存豫成当钱五千六百千文。

一、存祥利、元顺，共两当，每当各存钱四千八百六十千文。

一、存豫昌当钱四千七百千文。

一、存致祥当钱四千四百六十千文。

一、存洪兴当钱四千三百九十四千文。

一、存慎余当钱四千二百六十千文。

一、存济泰当钱四千一百六十千文。

一、存福泰、元昌，共两当，每当各存钱四千六十千文。

一、存顺兴、福源，共两当，每当各存钱三千四百六十千文。

一、存保裕当钱三千三百六十千文。

一、存济大当钱三千二百六十六千文。

一、存同济当钱三千一百六十千文。

一、存久大当钱三千一百千文。

一、存公泰当钱二千八百千文。

一、存安泰当钱二千六百千文。

一、存森泰当钱二千五百千文。

一、存同裕当钱二千四百千文。

一、存保源当钱二千一百千文（内七百千接领保丰款）。

一、存久和当钱一千九百六十千文。

一、存同昌当钱一千九百千文。

一、存裕源、同丰，共两当，每当各存钱一千六百六十千文。

一、存善昌、同和、同泰、永大、永丰、元昌（分典）、仁和、久和（分典），共八当，每当各存钱一千四百千文。

一、存济泰分典钱一千三百六十千文。

一、存协茂当钱一千千文。

一、存裕源分典钱六百千文。

一、存元裕当钱五百四十千文。

一、存仁和分典钱五百千文。

一、存源源、安余、恒豫，共三当，每当各存钱四百千文。

一、存大裕当钱二百六十千文。

以上存当钱一十万一千四百六十千文。

一、奉文息借商款二两库平足宝纹一万六千两（每百两计钱一百五十五千八百三十文），合钱二万四千九百三十二千八百文。

一、奉文息借商款英洋一十万元（每元合库平银六钱七分八厘，共计库平银六万七千八百两，印小票现存司库），合钱一十万二千四百千文。

以上存息借商款钱一十二万七千三百三十二千八百文。

一、寄存藩库英洋五万元（洋价每元九百一十文），合钱四万五千五百千文。

以上存寄存藩库钱四万五千五百千文。

一、存仓钱三万四千三百四十七千五百四十二文。

统共存钱三十万八千六百四十千三百四十二文。

统共存谷九万七千三十一石六斗。

卷末　识余

　　钱之出纳，有缩即有赢。每冬收租，即定洋价，以贯一年所出之经费，以昭画一。其余大如建造，小及日用所出，积而有赢。又除买谷存当寄库外，存仓余款暂行生息。凡杂项不能作正之开销，胥取给于此。冬备米帖，待邻里乡党之告乞者。夏制卧龙丹、蟾酥丸，分散乡农。清晨一友挈仓工，携至城门外，伺负担入城者，每人给之，药尽而返。凡六门六日而遍，余亦以备邻里乡党之需。又于夏秋间配合药料，烧成西瓜灰，以备施送。区区小惠，略仿文毅以广任恤之意，盖义仓之余事也。故曰识余。

　　义仓不列报销收支各款
　　计开：
　　光绪四年分，收移交钱一千九百八十五千二文。
　　四年分，收洋余钱三百七十六千九百三十一文。
　　五年分，收洋余钱二百七十八千四百四十九文。
　　六年分，收洋余钱二百八十千八百三十二文。
　　七年分，收洋余钱八百七十六千五百六十一文。
　　八年分，收洋余钱一百六十二千八百一十六文。
　　九年分，收洋余钱一百一十七千六百一十三文。
　　十年分，收洋余钱四百三十四千八十九文。
　　十一年分，收洋余钱九千四百七十文。
　　十二年分，收洋余钱七十四千五百六十三文。
　　十三年分，收洋余钱三百九十七千五百五十三文。
　　十四年分，收洋余钱二百二十一千八百九十八文。
　　十五年分，是年洋亏。
　　十六年分，收洋余钱三十八千六百七十文。
　　十七年分，收洋余钱六百七十八千五百九十四文。
　　十八年分，收洋余钱四百二十四千二百一十文。
　　十九年分，是年洋亏。
　　二十年分，是年洋亏。
　　二十一年分，是年洋亏。
　　二十二年分，是年洋亏。
　　二十三年分，是年洋亏。
　　二十四年分，收洋余钱一千七十五千一百二十三文。
　　光绪四年分，收暂息钱二百五千三百二十文。
　　五年分，收暂息钱二十八千二百六十六文。

六年分，收暂息钱一十六千文。

九年分，收暂息钱二百九十八千七百四文。

十年分，收暂息钱四百一十八千二百五十六文。

十一年分，收暂息钱三百九十九千二百一十文。

十二年分，收暂息钱六百七十二千六百二十五文。

十三年分，收暂息钱二百一十一千二百五文。

十四年分，收暂息钱四百七十三千五百七十四文。

十五年分，收暂息钱七百九十八千四百五文。

十六年分，收暂息钱一千三百八十四千三百九十二文。

十七年分，收暂息钱一千二百八十五千六百八十六文。

十八年分，收暂息钱一千四百七十六千九百七十四文。

十九年分，收暂息钱九百二十千八百三十八文。

二十年分，收暂息钱四百三十二千五百四十五文。

二十一年分，收暂息钱五百九十千九百八十八文。

二十二年分，收暂息钱三千八百七十七千四百六十文。

二十三年分，收暂息钱四千七十四千三百四十六文。

二十四年分，收暂息钱五千六百九十八千八百五十四文。

光绪四年分，收糠粞钱一百四十二千五十四文。

五年分，收糠粞钱一百三十三千三百二十文。

六年分，收糠粞钱一百七千三百六十文。

七年分，收糠粞钱一百三十四千四百文。

八年分，收糠粞钱一百六十九千七百四十六文。

九年分，收糠粞钱一百五十五千三百二十八文。

十年分，收糠粞钱一百二十二千九百二十二文。

十一年分，收糠粞钱一百一千三百一十二文。

十二年分，收糠粞钱一百三十三千七百六十七文。

十三年分，收糠粞钱八十二千三百九十二文。

十四年分，收糠粞钱一百八千一百一十五文。

十五年分，收糠粞钱一百四十六千六十五文。

十六年分，收糠粞钱八十六千二十七文。

十八年分，收糠粞钱一百五十千一百二十四文。

十九年分，收糠粞钱一百四十三千八十五文。

二十年分，收糠粞钱一百八千五十文。

二十一年分，收糠粞钱一百三十六千七十三文。

二十二年分，收糠粞钱一百三十九千六百八十文。

二十三年分，收糠粞钱四百五十八千五百九十五文。

二十四年分，收糠粞钱二百九十八千二百九十文。

统共收钱三万三千七百二十二千七百二十七文。

四年分

贴司事使役等年终酬劳，支钱一百九十二千五百六十三文。

造仓各项零费，支钱一十二千六百文。

施药，支钱一百六千一百八十九文。

施米票，支钱一百二十九千八百五十文。

施棉衣，支钱二十八千一百文。

送司事吊礼，支钱八千四百文。

给仓工丧费，支钱一十一千五百五十文。

共支钱四百八十九千二百五十二文。

五年分

贴司事使役等年终酬劳，支钱三百一十三千九百八十一文。

施药，支钱一百二十四千四文。

施米票，支钱一百一十七千八百二十文。

施棉衣，支钱三十一千九百七十文。

共支钱五百八十七千七百七十五文。

六年分，贴司事使役等年终酬劳，支钱三百四十一千八百四十九文。

施药，支钱一百二十八千九百二十文。

施米票，支钱一百一十六千八百一十文。

施棉衣，支钱二十五千二百文。

送司事奠分丧费，支钱一百七十七千五百二十文。

送司事贺分，支钱一十一千二百文。

共支钱七百三十一千四百九十九文。

七年分

贴司事使役等年终酬劳，支钱三百六十八千六百七十一文。

施药，支钱一百一十九千四百七十八文。

施米票，支钱一百二十五千九百四十文。

施棉衣，支钱二十三千五百二十文。

佃户被火恤费，支钱二十二千四百文。

葑门外大塘里修塘工费，支钱二千二百四十文。

共支钱六百六十二千二百四十九文。

八年分

贴司事使役等年终酬劳，支钱二百九十千二百一十九文。

施药，支钱一百一十千五百六文。

施米票，支钱一百三十千九百八十文。

施棉衣，支钱二十二千二百文。

抚恤失慎灾民，支钱一十八千八百七十文。

共支钱五百七十二千七百七十五文。

九年分

贴司事使役等年终酬劳，支钱三百四十四千一百四十文。

施药，支钱一百一十一千六百五十二文。

施米票，支钱一百一十六千六十文。

施棉衣，支钱一十八千三百六十文。

送司事贺分，支钱一十千八百文。

送司事吊分，支钱八千六百四十文。

佃户被火恤费，支钱一十二千六十文。

共支钱六百二十一千七百一十二文。

十年分

贴司事使役等年终酬劳，支钱四百二十一千四十四文。

施药，支钱九十六千三十四文。

施米票，支钱一百一十千文。

施棉衣，支钱一十千二百文。

送司事丧费，支钱七十千四百文。

送司事贺礼，支钱一十一千文。

共支钱七百一十八千六百七十八文。

十一年分

贴司事使役等年终酬劳，支钱四百二十四千七百三十四文。

施药，支钱九十二千四百六十文。

施米票，支钱一百三十二千九百八十文。

施棉衣，支钱五千二百三十文。

送司事吊分，支钱八千八百文。

共支钱六百六十四千二百四文。

十二年分

贴司事使役等年终酬劳，支钱四百二千九百三十六文。

施药，支钱九十六千一百四十文。

施米票，支钱一百三十五千四百三十文。

抚恤佃户，支钱一十五千二百八十文。

共支钱六百四十九千七百八十六文。

十三年分

贴司事使役等年终酬劳，支钱四百三十七千六百二十一文。

施药，支钱九十九千二百一文。

施米票，支钱一百一十九千九百八十文。

送司事贺礼，支钱二十四千七百二十文。

送司事吊礼，支钱一十七千五百一十文。

佃户被火抚恤，支钱五千一百五十文。

共支钱七百四千一百八十二文。

十四年分

贴司事使役等年终酬劳，支钱五百九千三百二十四文。

施药，支钱一百二千五百四十九文。

施米票，支钱一百二十四千九百四十文。

送司事吊礼，支钱二十四千四百八十文。

给仓工丧费，支钱一十千二百文。

共支钱七百七十一千四百九十三文。

十五年分

贴洋亏，支钱九千四百四十文。

贴司事使役等年终酬劳，支钱五百二十一千二百一十一文。

施药，支钱一百一十三千一百九十二文。

施米票，支钱一百三十八千八百七十文。

送司事吊分，支钱二十四千四百八十文。

共支钱八百七千一百九十三文。

十六年分

贴司事使役等年终酬劳，支钱三百一十九千八百三十六文。

施药，支钱一百二十一千四百四十六文。

施米票，支钱一百一十八千四百八十八文。

建醮（善坊巷二次失慎），支钱三十一千五百七十九文。

佃户被火抚恤，支钱四千五百四十文。

共支钱五百九十五千八百八十九文。

十七年分

贴司事使役等年终酬劳，支钱三百七十七千一百八十文。

施药，支钱一百一十二千五百一十五文。

施米票，支钱一百二十四千文。

送司事吊礼，支钱一十千文。

佃户被火抚恤，支钱一十七千文。

共支钱六百四十千六百九十五文。

十八年分

贴司事使役等年终酬劳，支钱三百九十千三百七十五文。

施药，支钱一百四十三千二百八十九文。

施米票，支钱一百五十千八百文。

送司事贺礼，支钱一十千四百文。

共支钱六百九十四千八百六十四文。

十九年分

贴洋亏，支钱一百八十千六百八十四文。

贴司事使役等年终酬劳，支钱四百四十二千一百八十六文。

施药，支钱一百一十五千一十七文。

施米票，支钱一百五十九千八百八十五文。

送司事吊礼，支钱二十千八百文。

给厨役丧费，支钱一十五千二十五文。

共支钱九百三十三千五百九十七文。

二十年分

贴洋亏，支钱七百八十一千一百四十三文。

贴司事使役等年终酬劳，支钱三百五十七千一百六十二文。

施药，支钱一百二十七千三百二十三文。

施米票，支钱一百六十五千文。

送司事吊礼，支钱一十千文。

西津桥修桥捐，支钱七千一百四十文。

共支钱一千四百四十七千七百六十八文。

二十一年分

贴洋亏，支钱二百四十六千七百六文。

贴司事使役等年终酬劳，支钱三百八十二千一百八十九文。

施药，支钱一百六十四千二百二十文。

施米票，支钱一百六十八千九百六十文。

送司事（吊礼、丧葬）费，支钱九十一千二百九十七文。

共支钱一千五十三千三百七十二文。

二十二年分

贴洋亏，支钱一千七百三十九千九百九十四文。

贴司事使役等年终酬劳，支钱三百五十四千一百八十七文。

施药，支钱一百六十二千八十四文。

施米票，支钱一百八十三千一百五十文。

送司事贺礼，支钱九千文。

佃户被火恤费，支钱九千文。

共支钱二千四百五十七千四百一十五文。

二十三年分

贴洋亏，支钱三百七十五千一百六十六文。

贴司事使役等年终酬劳，支钱三百二十一千四百九十九文。

施药，支钱一百七十六千九百五十六文。

施米票，支钱二百二千九百六十文。

送司事（吊礼、葬费），支钱三十四千二百文。

共支钱一千一百一十七千七百八十一文。

二十四年分

贴司事使役等年终酬劳，支钱三百一十七千一百一十二文。

施药，支钱二百三千二百三十八文。

施米票，支钱二百一十七千七百九十文。

浒关、车坊修桥捐，支钱一十八千文。

送司事贺礼，支钱一十四千四百文。

送司事丧葬费，支钱二十四千九百二十文。

共支钱七百九十五千四百六十文。

统共支钱一万七千七百一十千六百三十九文。

除支净存钱一万六千一十二千八十八文。

从一品封典分部郎中吴大根呈为任重力衰求简贤接替事。窃绅于光绪四年蒙前宪照会，接管省城丰备义仓事宜，所有钱谷收支数目，历经逐年报销在案。绅自接翰林院编修潘绅遵祁交替以来，循照旧章，详慎办公，未敢陨越，迄今历有二十年。自维精力就衰，当此重任，诚恐或有疏虞，为特恳求另简贤能，即日交替及长元吴三邑积谷仓一并交移。

除呈抚宪外
除呈藩府宪外　理合沥情上陈。伏乞大公祖大人俯赐允准，实深感戴。上呈。

　　一呈 藩 抚宪 府

光绪二十四年八月　日

为照会事。光绪二十四年八月十三日，奉布政使聂札，本年八月初三日奉苏抚部院奎批丰备义仓绅董吴大根呈请交替由，奉批：省垣丰备义仓事繁责重，吴绅因精力未逮，呈请交替，应准照行。仰苏藩司即饬府县选举妥绅，详请接管毋延等因到司。奉此并据吴绅具呈前来，合行转饬等因到府。奉此并准贵绅具呈前来，除行长元吴三县选举外，合行照会。为此照会贵绅董，希即查照施行。须至照会者。

光绪二十四年八月　日
苏州府照会

长元吴丰备义仓全案三编

清宣统三年刻本

（清）潘祖谦 辑

吴 滔 点校

序

　　《周礼》：仓人掌粟入之藏，遗人掌邦之委积。此仓储所由昉焉。历代踵行，各有建置，而尤以宋朱子社仓之法，夏贷冬偿，主守则属于乡之士夫，收敛则请于郡之长官为详备。三吴财赋虽号富饶，然水旱偏灾，无地蔑有，则耕三蓄一、耕九蓄三之制，自宜亟为讲求。道光中叶，我吴大吏陶文毅、林文忠两公奏请设仓，并会同长、元、吴三邑绅富，陆续捐置田亩，建筑廒屋，命名“丰备”，原取图匮于丰、有备无患之义。庚申兵燹，屋毁田存。洎经克复，先从父西圃公力筹兴举，董理十数年，重建仓屋，刊有义仓全案八卷。继其事者吴公大根，增修进益，规制大备，亦刊有续编八卷。语有之曰：莫为之前，虽美不彰；莫为之后，虽盛不传。是二公者，可谓惠及梓桑矣。己亥之春，吴公以衰病力辞。中丞奎公允其请，乃属祖谦暨张部郎履谦、吴观察景萱同承斯乏。祖谦自维轻弱，深幸张、吴二君互相协替，得以循蹈前规，差免陨越。嗣吴观察以疾病捐馆舍，张部郎又以他事谢任去，祖谦以一身主持。其际而又值时局艰虞，民穷财匮之秋，势不能骤弛负担。自接办以来，计赒恤机户者二次，平粜济贫者五次，均动用大宗仓款。其余津贴粥局、协拨地方公益并教育等费，以及购谷、筑廒、置产一应钱谷收支，俱有册簿登记，历年按季造销，积牍又成巨帙，仍分类编叙，凡十二卷，合首、末二卷，为十四卷。付诸手民，即以《长元吴丰备义仓全案三续》名之。藉征信实，且以表师法前哲之微意云尔。

　　宣统三年岁在辛亥春三月吴县潘祖谦谨序

长元吴丰备义仓全案三编目录

卷　首

为照会事。照得司库收存省城丰备义仓积谷英洋十万元，现准贵绅呈请，归入息借商款案内提借备用等因。应将前项英洋十万元，按照省城市价，每洋一元，合银六钱七分八厘，共合库平银六万七千八百两，作为放还义仓谷价洋款。即作收义仓解司息借商款案内提借银两之项，仍以原洋存库，作为银款列报。于本年十一月初一日起息，由局核填印票，另文照送备案。除于十月十八日堂期核作收放外，合就照会。为此照会贵绅，烦为查照。再，另存积谷银一万六千两，已于本月十三日先行核作收放，移局填票，另文照送，合并声明施行。须至照会者。

光绪二十年十月二十三日照会
署藩宪黄照会

为照会事。案照司库收存省城丰备义仓积谷洋十万元，前准贵绅呈请，归入息借商款案内提借备用等因。当经由司于十月十八日堂期，饬库核作收放，移请筹饷局查照，核填印票，移司照送在案。兹准照填印票一张，小票五张，备同划批移司前来。除将划批印掣移还并将印票、小票一并暂存司库外，合就照会。为此照会贵绅，请烦查照施行。须至照会者。

光绪二十年十一月十四日照会
署藩宪黄照会

为照会事。照得苏城设立儒孤学堂，系专选长、元、吴三学儒孤子弟，聪颖寒俭、有志读书者，入堂肄业。额定三十二人，由候选直隶州知州谢绅家福厘订学规，延聘师儒，分等课读，洵足嘉惠孤寒，栽培后进。惟该堂应需修膳、膏火、食用一切以及购买书籍笔墨纸张、添置零星器具等项，为数不赀，每岁约需洋二千元，方可敷用。苟非筹有的款，难期经久。除由谢绅业经筹定常年经费洋三百元外，计不敷洋一千七百元，尚无把握。兹据谢绅呈送章程，请拨款项前来。当查送到所议章程，甚为详尽，其于寒素儒孤，教养有方，事事不苟，自应官为维持。第目下司库，万分支绌，无款可拨。惟查有丰备义仓存司积谷借款息银一项，原拟作为筹饷局用，嗣因未经动支，由司另款存储。现拟自光绪二十三年起，于前项息银内每年拨洋一千元，由司合银动放，发给该堂济费。以本地之公款，作本地之公用，俾三学儒孤子弟多所造就，洵属地方善举，揆诸情理，初无二致。此外不敷之款，仍由谢绅另行筹画，以期永久。合就照会。为此照会贵绅，请烦查照施行。须至照会者。

光绪二十二年七月十二日照会
苏藩宪邓照会

为照会事。案照司库收存省城丰备义仓积谷洋十万元，前准贵绅呈请，归入息借商款案内，提借应给息银，以作局用等因。当经由司将前项洋元，按照市价，合库平银六万七千八百两，于二十年十月十八日堂期，核作收放，由局填给印票，从十一月初一日起息，并将第一、二、三三期息银，照数动放，另款存储各在案。兹查提借前项积谷银两，应给第四期息银，扣至本年十一月初十日止，六个月核该息银一千四百二十三两八钱，应于商款息银款内动支。其第二期应还本银一万六千九百五十两，第三期本银一万六千九百五十两，借拨公司济用。计自本年五月十一日起，至十一月初十日止，六个月核该息银一千四百二十三两八钱，已准商务局解司，自应一并动放，即于局解积谷息银款内照数动支。核计共给息银二千八百四十七两六钱，作为局用，由司另款存储。至应还第四期本银，业已照案解交商务局，借拨公司济用。除于十二月二十八日堂期动放作收外，合就照会。为此照会贵绅，请烦查照施行。须至照会者。

光绪二十二年十二月二十九日照会

藩宪聂照会

为照会事。案照司库收存省城丰备义仓积谷洋十万元，前准贵绅呈请，归入息借案内，提借应给息银，以作局用等因。当经由司将前项洋元，按照市价，合库平银六万七千八百两，于二十年十月十八日堂期，核作收放，由局核填印票，从十一月初一日起息，并将应给息银，放至第四期止，及借拨公司本银项下息银，放发至二十二年十一月初十日止各在案。兹查第五期应付息银，扣至二十三年五月初十日止，六个月核该银七百十一两九钱，应于商款息银款内动支。所有借拨公司第二、三、四三期共应还本银五万八百五十两，计自二十二年十一月十一日起，至二十三年五月初十日止，六个月核该应给息银二千一百三十五两七钱，已准商务局解司，即于局解积谷息银款内照数动支，一并放发。共应给息银二千八百四十七两六钱，作为局用，由司另款存储。除于十月十三日堂期动放作收外，合就照会。为此照会贵绅，请烦查照施行。须至照会者。

光绪二十三年十月十二日照会

藩宪聂照会

为照会事。照得苏属息借商款第五期，应还各属积谷公款本银九万三千九百五十两，当经详奉商宪批准，暂行借拨锡厂银五万两，其余银四万三千九百五十两，暂存司库，复经由司详奉批饬，先行就数收还苏城丰备义仓之项，通饬各属遵照，并照会贵绅在案。查司库收存丰备义仓积谷洋十万元，前于息借案内，将前项洋元合银六万七千八百两，于光绪二十年十月十八日堂期，核作收放，由局核填印票给执。兹奉批饬，将前项积谷公款本银四万三千九百五十两，先行就数收还，应即照数动放，作为解交贵绅查收，先行归还积谷银四万三千九百五十两，即作收贵绅解司积谷银两，寄存司库，以清款目。其余银二万三千八百五十两，借拨公司济用，按期给息，除于十月十三日堂期核作收放，并将大小印票分别注明存销外，合就照会。为此照会贵绅，烦为查照施行。须至照会者。

光绪二十三年十月十二日照会

藩宪聂照会

　　为照会事。奉苏抚部院德批广东候补通判程绅庆祺禀循案举办米粥各厂，呈请札司拨济由，奉批：仰苏藩司照会仓绅核明，照案拨济，并饬该董知照缴等因到司。奉此查此案前据禀请，拨款到司，即经照案放给银一千两在案。奉批前因，除转饬知照外，合行照会。为此照会贵绅，请烦查照，核明拨济施行。须至照会者。

　　光绪二十四年十二月初二日照会

　　藩宪聂照会

　　为照会事。本年六月十二日奉总督部堂刘批本司详送省城丰备义仓光绪二十五年三月分止收支册由，奉批：据送清册存查，仍候抚部院批示缴。又先于六月初六日奉苏抚部院德批开，据送清册存查，仰即转饬知照，仍候督部堂批示缴各等因到司。奉此合行照会。为此照会贵绅董，烦为查照施行。须至照会者。

　　光绪二十五年七月初三日

　　藩宪聂照会

卷一　接管仓务 *

头品顶戴江南苏州等处承宣布政使司布政使聂为照会事。案照省城丰备义仓并长元吴三邑积谷仓董事，经管积谷存钱，事繁责重。今吴绅大根以精力未逮，呈奉前抚宪奎批准交替，自应另派绅董经理，以慎储备。查有贵绅堪以照会接办，除呈报并行府饬县知照暨另行委员会同盘交外，合行照会。为此照会贵绅，请烦查照，希即赴仓，将前项事宜妥慎接管经理施行。须至照会者。

右照会

三品衔户部山西司郎中张绅

内阁中书潘绅

三品衔道员用广东候补府吴绅

光绪二十五年五月十一日照会

为照会事。本年五月十八日奉府宪彦札，本年五月十二日奉布政司聂札开，案照省城丰备义仓并长元吴三县积谷仓董事，经管积谷存钱，事繁责重。今吴绅大根以精力未逮，呈奉前抚宪奎批准交替，自应另派绅董经理，以慎储备。查有潘绅祖谦、张绅履谦、吴绅景萱堪以照会接办，除照会并呈报暨另行委员会同清盘外，合就札知札府。即转行三首县，并照会吴绅，一体知照毋违等因到府。奉此除照会外，合行转饬札县，即便知照。又于五月二十日奉府宪札，本年五月十五日奉藩宪札开，案照省城丰备义仓并长元吴三邑积谷仓董事吴绅大根以精力未逮，呈奉前抚宪奎札准交替，即经由司照会潘绅祖谦、张绅履谦、吴绅景萱接管在案。所有积存钱谷，为数较巨，自应委员会同盘交，以重积储。除饬委候补县傅维祚、于铭训、韩国楹、张峻基前赴丰备等仓，将所存钱谷，订期会同新旧绅董，逐一盘交清楚，事竣具报查考并呈报外，合行札知札府。即便转行三首县，并照会吴绅董等一体知照毋违。此札等因到府。奉此合行转饬札县即便知照等因，札三县各到敝县。奉此合行照会。为此照会贵绅，烦为知照。须至照会者。

光绪二十五年六月初一日照会

长洲县照会

呈为接管丰备义仓并长元吴三邑积谷总仓报明立案事。窃本年五月十一日奉藩宪聂照会内开，省城丰备义仓并长元吴三邑积谷仓董事，经管积谷存钱，事繁责重。今吴绅大根以精力未逮，呈奉前抚宪奎批准交替，自应另派绅董经理，以慎储备。查有贵绅堪以照会接办，除呈报并行府饬县知照暨另行委员会同盘交外，合行照会贵绅，请烦查照，希即赴仓，将前项事宜妥慎接管经理施行等因。奉此绅等窃维仓曰丰备，诚以图匮于丰，乃能有备无患。伏读上年大人通饬遵办积谷事宜文内，有王者八政，以食为先，管子治齐，首实仓廪等谕，事关备荒要需，宜如何慎重将事。查苏城义仓并三邑积谷仓，兵燹后，自绅祖谦从父故绅遵祁整理于前，吴绅大根经董于后，均已法良意美。兹奉前因，举凡积谷存钱用人理财诸务，绅等自当随时会商，参酌旧章，不激不随，以期有利无弊，仰副大人整顿仓储之至意。除于五月二十二日，会同委员，先赴丰备义仓，继至三邑总仓，将积谷按廒盘斛，所有实存钱谷各数盘交情形，另由委员汇开清折申报外，绅等于七月十三日始，遵即妥慎经理，以重储备。合将接管仓务日期，会同具文呈报。伏祈大人电鉴，俯赐立案，实为公便。谨呈。

　　呈抚宪德

光绪二十五年七月十三日义仓绅董张、潘、吴呈

　　呈为接管丰备义仓暨长元吴三邑积谷总仓报明立案并请转详事。窃本年五月十一日接奉宪台藩宪照会内开，省城丰备义仓（照前叙），乃能有备无患。查苏城义仓并三邑积谷仓，兵燹后，（照前叙）以期有利无弊，仰副宪台各大宪整顿仓储之至意。除于五月二十二日会同宪委傅令维祚、于令铭训、韩令国楗、张令峻基委员先赴丰备义仓，继至（照前叙），遵即妥慎经理，以重积储。合将接管仓务日期，会同具文呈报。仰祈大公祖大人俯赐电鉴，并请转详督、抚宪督、抚宪暨藩宪察核立案，实为公便。谨呈。

　　呈藩宪聂府宪彦

光绪二十五年七月十三日义仓绅董张、潘、吴呈

　　呈为接管丰备义仓并长元吴三邑积谷总仓报明立案事。窃本年五月十一日接奉藩宪照会内开（照呈府宪稿叙），另由委员汇开清折申复，及绅等分别呈报抚宪府宪呈明藩长吴元吴两县外，长元绅等于七月十三日始，（照前叙）会同具文呈报。仰祈公祖大人电鉴立案，实为公便。谨呈。

　　呈长洲县元和吴

光绪二十五年七月十三日义仓绅董张、潘、吴呈

　　为照会事。本年七月二十九日奉藩宪聂批贵绅等呈接管丰备义仓暨三邑积谷总仓日期由，奉批：已据呈转报抚宪立案矣。仰苏州府照会潘绅等知照此批等因到府，奉此合行照会。为此照会贵绅董，希即知照。须至照会者。

　　光绪二十五年八月初五日照会

　　苏州府彦照会

　　为照会事。本年八月十五日奉署藩宪陆札开，查接管卷内，于本年七月二十六日奉苏抚部院德批潘绅祖谦等呈接管丰备仓务日期由，奉批：来牍阅悉。仰苏藩司照会该绅等，勤慎将事，毋负委任此批等因，到前司移交。奉此查此案前据潘绅等具呈，即经转报抚宪立案，并批饬该府照会潘绅等知照在案。奉批前因，合就转饬等因到府，奉此查此案前奉藩宪批示，当经照会在案。兹奉前因，合行照会，为此照会贵绅董，希即知照。须至照会者。

　　光绪二十五年八月二十四日照会

　　苏州府彦照会

卷二　添筑廒屋 *

为添购基地备建仓廒绘图送请给照立案事。窃照丰备义仓叠经各前绅董觅购基地，陆续建造仓廒四所，现已存谷十一万七千石有奇，廒间均满，再欲添购谷石，已无囤积之所。惟备荒要需，多多益善，亟应随时添置，以广积储。兹特援照成案，在贵治正三下图娄门内桥湾街，购得空地一块，南沿官街，北临河道，东西各有小衖，地形高爽，并无瓦砾堆积，又与旧仓相距甚近，添建廒屋，尚属得宜。第查该地原主共有十四户，询据各该户，佥称旧时印契，自遭庚申兵燹，均与房屋俱毁，由各该原主报明丈尺间数，绅等督同司事，复加查丈，计周围步见地三亩二分四厘，统共议定价洋四百八十六元，又加中费洋十五元，综计合钱四百三十五千八百七十文。取具各该户里邻亲族及该图图董吴凤藻等担保甘结前来，业于上月内按户分别给价，将地收管。惟此项基地，系添建仓廒囤谷之用，与寻常得业造屋居住者不同，应请总给县照，以昭信守。除将前项价洋汇入本年春季义仓报销册内，通送各宪查考外，合将该地四址注明原主各姓，绘图备文呈送。为此呈请贵县鉴核，迅赐饬给印照一纸，交仓执守，并请申报藩府宪立案，实为公便。须至呈者。

计呈基地全图一纸

右呈元和县正堂金

光绪三十年四月十六日义仓绅董张、潘、吴呈

呈为添建仓廒报明动工日期事。窃照丰备义仓叠经各前绅董觅购基地，陆续建造仓廒四所，现已存新旧谷十二万八千九百十六石有奇，廒间均满。绅等思备荒要需，多多益善，亟应添置廒屋，以广积储。是于上年援照成案，在元邑正三下图娄门内桥湾街，购得空地一块，南沿官街，北临河道，东西各有小衖，地形高爽，并无瓦砾堆积，又与旧仓相距甚近，添建廒屋，最为得宜。绅等督同司事前往查丈，计周围步见地三亩二分四厘，共给地价连中费洋五百一元，合钱四百三十五千八百七十文。绘图送请前署元和县金令核给印照执守，并由县申^{宪台}立案，一面将前项价洋汇入三十年春季义仓报销册内，通送查考各在案。兹延堪舆家相度地势，诹定吉日，业于本年六月十三日动工，除督饬匠工选购砖瓦木料，赶紧建筑，务使工坚料实，一俟工竣，再行绘具建廒图式，并将动用工料钱文专案呈送备查外，合将动工日期，先行具文报明。仰祈大公祖大人鉴核俯赐_{转报抚宪查考}_{转饬长元吴三县知照}，实为公便。再，前同办仓务之二品顶戴广东补用道吴绅景萱已于本年四月二十四日病故，合并声明。_谨_{呈。}除径呈藩宪转报抚宪查考外，谨呈。

呈藩宪效、苏州府许

光绪三十一年六月廿四日义仓绅董潘、张呈

一件：潘绅祖谦等呈丰备义仓添建廒屋，购地兴工由，藩宪效抄呈批发，来牍阅悉，

已由司呈报抚宪查核矣。希将此项添置廒屋，督匠选购砖瓦木料，赶紧建筑，务使工坚料实，勿任草率偷减。一俟工竣，共计建造若干间，即行绘具图式，并将动用工料钱文，核实造册，通送查核。此复。七月初四日苏城丰备义仓绅董潘、张。

　　呈为添建仓廒工竣造册（绘图）呈核并请转详行三县知照事。窃丰备义仓购置元邑正三下图娄门内桥湾街空地一块，计三亩二分四厘，添建仓廒，业于光绪三十一年六月十三日开工，将动工日期报明，呈奉前宪台效批开，来牍阅悉，已由司呈报抚宪查核矣。希将此项添置廒屋，督匠选料，赶紧建筑，务使工坚料实，勿任草率偷减，一俟工竣，共计建造若干间，即行绘具图式，并将动用工料钱文，核实造册，通送查核此复等因在案。奉经绅等督饬工匠选购水木石料，陆续建造，计仓厅三间，仓房二间，头二门、后门、侧门、穿堂各一间，廒屋六十九间，晒场一方，天井三个，周围墙垣，后面沿河建筑驳岸，踏渡前面及东西两边，分别砌街开沟。迄本年四月底，一律完竣，共计动用一应工料折实钱一万五千三百六十四千七百二十文。绅等督同司事，逐加复勘，尚属工坚料实，且皆核实开支。除饬该匠工出具包固年限切结存仓备查外，理合汇造清册，绘具图式，具文呈报，并附备详清册一本，请钤宪印，详送抚宪核销外，理合照缮清册，备文呈送仰祈大公祖大人电鉴备核，一面造册绘图，径报藩宪转详分别存送，实为公便。谨通行长元吴三县并饬元和呈。

县东路巡官谕饬该图地保认真支更暨巡警人等加意巡查，以重仓储。实为公便。谨呈。

　　计呈送清册一本、仓图一纸并备详清册一本
　　　　　　清册一本
　　光绪三十二年五月廿三日义仓绅董潘、张呈

　　谨将丰备义仓添建娄门内桥湾街仓廒一所动用一应工料钱文造具清册呈请鉴核
计开：
建造仓厅三间、仓房二间、头二门等仓屋五间
　　　　水料，计钱七百千三百文。
　　　　木料，计钱七百八十五千一百文。
　　　　石料，计钱二百一十一千文。
　　　　水作工，计钱二百八十六千二百文。
　　　　木作工，计钱一百七十四千四百文。
　　　　石作工，计钱一十七千四百文。
　　　　共计钱二千一百七十四千四百文。
建造廒屋六十九间
　　　　水料，计钱四千六百六十千八百文。
　　　　木料，计钱四千九十五千三百文。
　　　　石料，计钱一千二百八十三千四百文。
　　　　水作工，计钱一千五百九十四千文。
　　　　木作工，计钱九百六十六千四百文。
　　　　石作工，计钱一百五十四千六百文。
　　　　共计钱一万二千七百五十四千五百文。

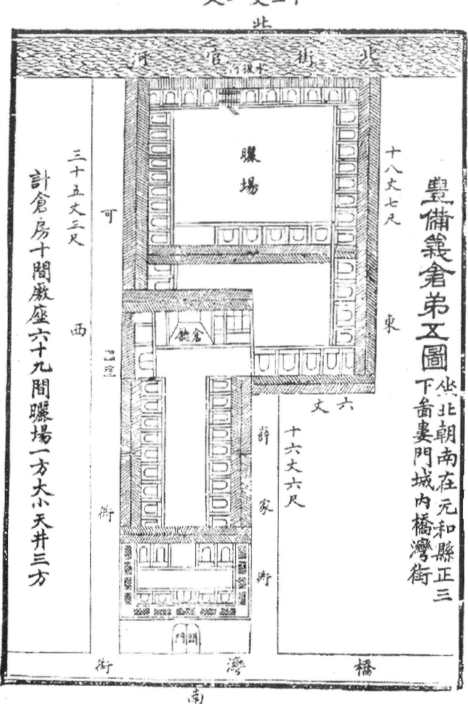

豐備義倉弟五圖

此北朝南在元和縣正三下畫妻門城內橋灣街

十八丈七尺　東

六丈

十六丈六尺

薛家街

北街　北

河　宦　水後門

曬場

飽倉

十　二丈

北二十丈一尺

三十五丈三尺　西

可　二定

街

計倉房十間厰座六十九間曬場一方大小天井三方

門間

街　灣　橋

南

六丈二尺

筑驳岸、铺仓场天井走廊

　　水料，计钱一千三百一十六千文。

　　木料，计钱五百九十千文。

　　石料，计钱八百九十六千文。

　　水作工，计钱八百一十四千文。

　　石作工，计钱四十八千八百文。

　　共计钱三千六百六十四千八百文。

仓前左右开沟砌街及仓内漆油一应犒赏

　　砌街，计钱二百二十七千八百文。

　　开沟，计钱二百二十四千文。

　　漆油工料，计钱一百三十四千文。

　　水木作一应犒赏，计钱二十六千四百文。

　　共计钱六百一十二千二百文。

统共工料钱一万九千二百五千九百文（估见八折），

统共实支工料钱一万五千三百六十四千七百二十文。

光绪三十二年五月二十三日

　　一件：潘绅祖谦等呈丰备仓添建工料册由，藩宪濮抄呈批发，已由司将送到清册转详抚宪核销矣。希即知照，此复，备案册图存。六月初一日

苏城丰备义仓绅董潘、张

　　为照会事。本年六月初十日奉抚宪陈批司详送丰备义仓添建仓屋完竣工料清册由，奉批：如详核销，仰即转饬知照，缴册存等因到司。奉此查此案前于具详时，即经批复在案。兹奉前因，合就照会。为此照会贵绅，烦为查照施行。须至照会者。

光绪三十二年六月二十日照会

藩宪濮照会

卷三 采办积谷 *

为照会事。光绪二十五年五月二十六日奉布政司聂札，本年四月二十五日奉苏抚部院德札开，照得苏省各属积谷陆续买补办有就绪一案，经本部院于光绪二十五年三月十二日会同督部堂附片具奏，抄片行知在案。兹于四月十七日差弁赍回原片，奉朱批：知道了。钦此。恭录札司转饬各属一体钦遵等因到司。奉此查此案前奉抚宪抄片札司，当经抄粘通饬在案。兹奉前因，合就转饬等因到府，奉此查此案前奉藩宪抄粘札府，即经照会遵照在案。兹奉前因，合就照会。为此照会贵绅董，希即遵照勿违。须至照会者。

光绪二十五年五月三十日照会

苏州府彦照会

为照会事。本年十月十九日奉署藩宪陆札开，照得积谷为备荒要需，不容稍有短缺。前因各属办理工赈平粜，动用殆尽，虽据将收回平粜米价，陆续买谷储仓，类皆未曾足额。兹届新谷登场，亟宜趁时采购，以期有备无患。合行通饬札府，立即通饬迅速遵办，督令公正绅董，探询谷价最廉之处，前往购买干洁新谷，运回另储，禀司委验上仓，不准以潮湿瘪谷掺杂充数，尤须妥慎存储，毋任亏短霉变，一面将用过价脚各款，造册报销，均毋违延，切切等因到府。奉此除通饬所属遵办外，合亟照会。为此照会贵绅董，希遵宪饬办理。切切！须至照会者。

光绪二十五年十月廿三日照会

苏州府彦照会

呈为义仓采办积谷援案请免厘捐事。窃查省城丰备义仓历年办谷，呈明免捐，具有成案。本年七月内，绅等接董仓事，即于该仓报销册内，将实存积谷九万七千三十一石六斗，报明在案。惟查照省章，有大县积谷四五万石之额，则丰备为长元吴三县义仓，现存此数，尚未足额，兼之修葺空廒，约再可容谷二万余石。兹届新谷登场，关外地方并称中稔，绅等拟于本月抄〔杪〕，遴派司事，携带义仓钤印护照，前往宜荆及宝山县鼎兴沙等处，采购新谷二万余石，陆续运苏，到仓收储。理合援案呈请免捐。伏乞大公祖大人电鉴，迅赐札饬经过各厘卡，验明仓照，免捐放行，实为公便。谨呈。

呈牙厘局宪朱

光绪二十五年十月廿八日义仓绅董张、潘、吴呈

为照会事。本年十月十九日奉署布政司陆札开，照得积谷为备荒要需，不容稍有短缺。前因各属办理工赈平粜，动用殆尽，虽据将收回平粜米价，陆续买谷储仓，类皆未曾足额。兹届新谷登场，亟宜趁时采购，以期有备无患。合行通饬札县，立即迅速遵办，督令公正绅董，探询谷值最廉之处，前往购买干洁新谷，运回另储，禀司委验上仓，不准以

潮湿瘪谷掺杂充数，尤须妥慎存储，毋任亏短霉变，一面将用过价脚各款，造册报销，均毋违延，切切等因到县。奉此查丰备义仓并三邑积谷总仓，均由贵绅经理，合行照会。为此照会贵绅董，希即遵照宪饬，迅速探询谷值最廉之处，前往购买干洁新谷，运回另储，会衔禀司委验上仓，并将所用价脚各款，造册报销。仍先将查探谷价拟办情形，随时报县核办。望切！须至照会者。

光绪二十五年十一月初二日照会

长洲县照会

为照复事。本年十月二十八日准贵绅董文称：窃查省城丰备义仓历年办谷，呈明免捐，具有成案。本年七月内，绅等接董仓事，即于该仓报销册内，将实存积谷九万七千三十一石六斗，报明在案。惟查照省章，有大县积谷四五万石之额，则丰备为长元吴三县义仓，现存此数，尚未足额，兼之修葺空廒，约再可容谷二万余石。兹届新谷登场，关外地方并称中稔，绅等拟于本月抄〔杪〕，遴派司事，携带义仓钤印护照，前往宜荆及宝山县鼎兴沙等处，采购新谷二万余石，陆续运苏，到仓收储。理合援案呈请免捐。伏乞电鉴，札饬各卡，验明仓照，免捐放行等因到局。准此除转行验放外，合就照复。为此照会贵绅董，请烦查照施行。须至照会者。

光绪二十五年十一月初六日照会

牙厘局宪朱照会

呈为报明义仓购就新谷数目事。窃绅等于上年十月内，将丰备仓采办积谷，照案免捐，呈准在案。即于十月底遴派司事，携带义仓钤印护照，前往宜荆及宝山县等处，采办谷石，陆续装运，到仓收储。嗣为雨雪所阻，购运斛卸俱形迟滞，至上年十二月十五日停止采办，所有装载各船，陆续到齐。至十二月二十三日，始将所购新谷尽数收入仓廒，仍照向章，搧净秤见，以一百斤为一石，计共购就新谷二万三千三十四石八斗六升，收回义仓钤印护照，核计经过各厘卡盖戳验明之数，正与到仓之数相符。因上年年底赶办机赈事宜，未及报明，除谷价水脚等费归入上年冬季报销外，合将购就新谷数目，具文呈报。伏乞大公祖大人鉴察备查。再，上年十二月内奉护理抚宪前署藩宪陆照会，谕令赈恤失业机户，赶紧砻米，按口放给等因。绅等遵即督同司事，查明户口，以三个月为限，约须用谷六千数百石，先将新购籼谷三千石，运交城外砻坊，砻米舂白，陆续驳运入城到仓，以应机赈放米之用。所有驳运各船，悉以义仓小票为凭，仍请札饬娄门、齐门各厘卡验明仓票，免捐放行，实为公便。谨呈。

一呈牙厘局宪

光绪二十六年正月初九日义仓绅董张、潘、吴呈

为照会事。照得省城丰备及三邑义仓积谷无多，又以失业机户发谷赈抚，动用亦属不少，亟应赶紧购买，以资储备。惟查义仓寄存司库款项，为数不多，本署司统筹全局，自应由官另行筹款，委员分投购买干洁谷五六万石，运回积储。现已旬余，如委员就近在无锡购买，日内谅可运苏，应请贵绅董预将仓廒赶紧腾出空屋数十间，以便堆积稻谷之用。合亟照会。为此照会贵绅董，烦为查照，希将仓廒赶紧饬人打扫腾空，一俟委员将谷运

到，即可当日上仓，以免稽待。望切施行。须至照会者。

光绪二十六年八月初三日照会

署藩宪陆照会

呈为遵饬查复并请行县核办事。窃奉本月初三日照会内开，省城丰备及三邑义仓积谷无多，近又以失业机户发谷赈抚，动用亦属不少，亟应赶紧购买，以资储备。惟查义仓寄存司库款项，为数不多，本署司统筹全局，自应由官另行筹款，委员分投购买干谷五六万石，运回积储。现已旬余，如各委员就近在无锡购买，日内谅可运苏，应请贵绅董预将仓廒腾出空屋，以便堆积稻谷之用。合亟照会，烦为查照，希将仓廒赶紧饬人打扫腾空，一俟委员将谷运到，即可当日上仓，以免稽待等因。绅祖谦并蒙宪台面谕前因，奉此查民以食为天，仓廪实自可以备缓急之需。今已派员购办稻谷，仰见宪德政宏敷，绅等下怀，莫名钦佩。第查丰备义仓廒屋四处，约共三百余间，均于上年买补谷石，陆续堆满。现虽赈恤机户，发谷籴米，而随时运出，即使廒间腾空，亦恐迟缓，惟盘门新桥巷三邑仓廒共有一百五十二间，除现存仓谷堆用六十七间，尚可腾出空廒八十五间，约每间囤积五百石，共可容谷四万二千五百石。如不敷用，拟请再于丰备义仓发出赈给机户籴米谷石之空廒内，随后上仓寄囤。但三邑仓廒空闭已久，屋瓦渗漏，亟须修补，仓场自历年冰碎，亦必大加铺砌，至廒中应用各件，尤宜置备齐全，以防霉变而便晒晾。而三邑仓内，每年仅恃典息钱数百千文，时患不敷，均向丰备仓暂借开支，委无余款。绅等公同会议，应请札饬三首县，即日派人前往三邑仓廒察看，赶速雇匠，分别修理完固，以便布置一切。所有需用物件，按照绅等另开清单，一一预为置备，俾委员运谷到日，即可上仓，以副宪怀。理合开单，具文呈复。仰祈大公〈祖〉大人电鉴，迅赐行县核办，实为公便。谨呈。

计粘清单一纸

呈署藩宪陆

光绪二十六年八月初五日义仓绅董张、潘、吴呈

一件：丰备义仓绅董潘祖谦等呈请饬县估修仓廒等项由，署藩宪陆批，来牍阅悉。三邑义仓既可腾出空廒八十五间，共容谷四万二千余石，应先尽堆积。所有应修仓廒，以及置备一切，该仓现无余款可支，只得由司库暂时筹垫，以应急需。希候札饬三首县，刻日前往会勘，撙节估计，开折禀复核办可也。此批。粘单附。初六日省城丰备义仓绅董张、潘、吴

济之仁兄大人阁下：顷奉惠复并清折一扣，敬悉种切。弟与纬翁等已同往仓中阅过，三邑义仓既有空房八十余间，将来采办谷石，即可存储。应加修葺之处，约计估价若干，并添备物件，每廒应需钱若干，均乞详细示知，以便转禀藩宪酌核拨款，仍由贵司事经办，藉资熟手。所有清折已面呈藩宪，并祈再开一折，以备查考。尤深盼祷。专肃，敬请台安。诸维朗照不宣。

愚弟苏品仁顿首

济之仁兄大人阁下：三邑仓廒应须修葺一节，昨承开示大略，莫名心感。惟此事刻又

奉藩宪札饬，须于两日内确估禀办。因思修理工程之事，弟等素不熟谙，且仓中应行添置各物，亦属事多阂隔。若竟全凭匠工估计，难免不任意虚浮。再四筹商，还是奉恳阁下于义仓中司事，择其熟谙情形者，代为转邀一二位，前赴仓中，逐项估计，较为妥速。至应需经费，已奉藩宪明示，准由司库暂垫，毋须经手为难。用载专函奉渎，务祈速赐，查照代估，并希将估见实数，即日开单示复，俾便依限禀报。屡荷偏劳，不情之至。肃先鸣谢，敬请台安。诸惟惠照百益。

愚弟王得庚、苏品仁、田宝荣顿首

济之仁兄大人阁下：顷奉手示，敬悉种切。此次藩宪委员采办谷石，交仓存储，所有验收秤斛一切，既由本仓暨丰备仓司事公同料理，自应酌量酬劳，以尽微意，即饭食钱文，亦不必开支公款。兹由弟等于藩库请领经费项下，每人奉赠劳敬八元，计五人，共洋四十元，又饭食钱九千九百五十六文，合洋十元零八角，统共洋五十元零八角，如数送呈。即祈查收，分别转送归垫。是所拜祷，专肃奉复，敬请台安。统惟朗照，仍候惠答不既。

愚弟王得庚、苏品仁、田宝荣顿首
硕月翁前均此请安，不另。

为照会事。本年八月十三日奉署藩宪陆札开，照得省城丰备及三邑义仓积谷无多，当经由司拨款札委候补知县顾元亨、钱国选、王国振等三员，分赴无锡、宜兴、芜湖等处，采办谷石，运苏积储，以备缓急。现据该委员顾元亨禀报，已买有两船运苏，不日可到，自应由县会同绅董验收，以昭慎重。合行札饬札县等，立即照会绅董，俟该委员陆续运到谷石，即行会同盘验，先尽三邑义仓堆储。其谷石上仓，应查照积谷向章，秤斛并用，仍将上仓日期、验收起数暨斛口斤量是否相符，开折具报查考，毋违等因札三县到敝县。奉此除移会元、吴两县外，合行照会。为此照会贵绅，烦遵宪札，一俟委员陆续运到谷石，即会同盘斛验收，先尽三邑义仓堆储。其谷石上仓，查照向章，秤斛并用，仍将上仓日期、验收起数暨斛口斤量是否相符，开具清折两套，送县转报。望切！须至照会者。

光绪二十六年八月十八日照会
长洲县照会

月阶、济之、硕卿仁兄大人阁下：敬复者：前接奉惠缄，诵悉种切。所有上年新购存仓谷石，顷奉藩宪面谕，饬即悉数粜售，将价解司，设一时价不相宜，未能出粜，再行晒晾等因，自应谨遵办理。用特肃函奉布，即祈执事查照。至前承示及仓用不敷一节，弟等一再会商，实无间〔闲〕款可拨，究应如何筹济归补之处，容即详请宪示，再行知照。专泐布复，敬请台安。诸维雅照不宣。

愚弟王得庚、苏品仁、田宝荣顿首

为照会事。本年九月十一日奉督宪刘札开，照得积谷一项，实为救荒要需，不可不预为筹备。前次迭奉谕旨，饬令各州县一体认真劝办，以期有备无患，均经转行钦遵，并经通饬将上年因灾办理工赈平粜动用之谷，酌提积谷存款及收回平粜米价，照数采购存储各在案。兹查本年雨旸不时，各属秋成，减歉居多，现在节交霜降，天干风燥，亢晴不雨，二麦尚难及时播种，亟应为未雨绸缪之计，趁此新谷登场，迅速提款，多购谷石储仓，以备春需而资应急。合行通饬札府，即便通饬所属，一体遵照办理，仍将采购价值石数报查，毋得玩视迟延，切切等因到府。奉此除通饬外，合亟照会。为此照会贵绅董，希即遵照办理，仍将采购价值石数报查，幸勿玩视迟延。望切！须至照会者。

光绪二十六年九月廿一日照会

苏州府濮照会

为照会事。奉署藩宪陆札，本年九月十二日奉护抚宪聂札开，照得积谷为备荒要政，图匮于丰，以实储在仓为正办。兹据苏松太道申送苏、太二属各厅县积谷数目清折，逐细查核，存谷均不足额，存钱多者三四万串，少亦七八千串。不仅藉端借用，捏款滥销，易启亏挪之弊，且恐歉岁谷价昂贵，购买费事，不能济急，是徒有备荒之名，仍未得备荒之实。本护院闻本年江南北谷价较为平减，自应分饬各府厅州县酌量情形，提钱购谷。照原定旧章，大县积谷四五万石，小县三万石为率，以实仓储而备不虞。合行札司，即便通饬遵照，妥为筹办经理。官绅须以救济存心，视此事如家事，先将各路籼粳高低、价值贵贱，仔细访问明白，再择诚实熟谙堪胜采办之人，于运费挑力，如何而能核实，存储晒晾，如何而能经久，实心实力，务在策划尽善而后已。有益仓储，造福无量，其各勉之，是所厚望等因到司。札府通饬所属，一体遵照办理等因到府，奉此除通饬外，合亟照会。为此照会贵绅，希即遵照宪札办理。望切！须至照会者。

光绪二十六年十月初五日照会

苏州府濮照会

呈为遵谕补办积谷并请照案免捐事。窃绅等两次接奉苏府宪濮照会，转奉督宪护抚宪暨宪札，均以积谷为备荒要需，不可不预为筹备。本年谷价较为平减，趁此新谷登场，亟应酌量情形，提款购办，以实仓储而备不虞各等因到仓。奉此绅等查上年冬间、本年秋间两奉宪谕，饬令义仓碾谷舂米，赈恤失业机户，计共两次动用仓谷一万七千余石，迭经造册报销各在案。兹奉前因，遵即于本月望前，遴派诚实熟谙司事，携带义仓钤印护照，前往宜荆及宝山等处，采购新谷一万七千余石，陆续装运到仓收储，以补足前数。应请宪台援照成案，咨请苏省牙厘总局松沪厘捐总局宪转饬经过各厘卡，验明仓照，免捐放行，一俟照数购齐，再行呈报。合将补办积谷并照案免捐等情，备文呈请。伏乞大公祖大人电鉴施行，实为公便。谨呈。

一呈署藩宪陆

光绪二十六年十月十一日义仓绅董张、潘、吴呈

一件：丰备义仓绅等呈补办积谷照案免捐由，署藩宪陆批，已据呈咨请苏、沪两厘局转饬验照，免捐放行矣。希即知照，此复。十四日苏城丰备义仓绅董张、潘、吴

为照会事。奉府宪濮札，奉护抚宪聂札开，光绪二十六年九月十一日承准督部堂刘

咨，窃照积谷一项，实为救荒要需，不可不预为筹备。前次迭奉谕旨，饬令各州县一体认真劝办，以期有备无患，均经转行钦遵，并经通饬将上年因灾办理工赈平粜动用之谷，酌提积谷存款及收回平粜米价，照数采购存储各在案。兹查本年雨旸不时，各属秋成，减歉居多，现在节交霜降，天干风燥，亢晴不雨，二麦尚难及时播种，亟应为未雨绸缪之计，趁此新谷登场，迅速提款，多购谷石储仓，以备春需而资应急。除通饬各道府州，一体遵照办理，仍将采购价值石数报查，毋得玩视迟延切切，并行宁、苏、安、西四藩司一体通饬遵办外，咨会查照一体饬遵等因到本护院。承准此查积谷为备荒要政，本护院访闻本年江南北谷价平减，业经分行宁、苏两藩司转饬各属，采访价值，慎选妥实之人，提款买补仓谷，以备不虞在案。兹准前因，除分行外，合行札饬札府，即便通饬各属，一体遵照，趁此新谷登场，谷价平减之时，禀请提款购谷上仓，价脚一切，均须力求核实，不得稍涉浮冒，切切！此札。又先奉藩宪转奉督宪札府，当经分别通饬照会在案。奉札前因，合就转饬札县，立即牒移府属各厅县，并照会丰备义仓绅董一体遵照办理毋迟，切切等因札三县到敝县。奉此除转移元、吴两县遵照外，合行照会。为此照会贵绅董，烦即遵照宪饬办理。须至照会者。

光绪二十六年十月廿九日照会

长洲县照会

呈为采购积谷仓款不敷请将寄存宪库洋元发还应用事。窃绅等前遵宪谕采办积谷，至今尚未如数购齐。查本年秋季报销册内，开明存仓钱一万一千余串，又上月开仓收租共收钱二万四千余串，除完纳三邑条漕、协贴省城饭粥局及义仓冬季一切经费外，以之购谷一万七千余石，尚属不敷。请于寄存宪库积谷款内，先将发还洋二万元，以济购办而充储积。相应备文呈请，伏乞大公祖大人批示施行，给领应用，实为公便。谨呈。

呈署藩宪陆

光绪二十六年十一月二十日义仓绅董张、潘、吴呈

为照会事。准贵绅等呈称：窃绅等前遵宪谕采购积谷，至今尚未如数购齐。查本年秋季报册内，开明存仓钱一万一千八百余串，又上年开仓收租共收钱二万四千九百余串，除完三邑条漕、协贴省城粥局及义仓冬季一切经费外，以之购谷一万七千余石，尚属不敷。请将寄存司库积谷款内，先行发还洋二万元，以济购办，伏乞给领应用等因。准此查义仓积谷，系备荒要需，自应赶紧购办，以充储积。既称存仓钱文不敷购买，应即在于寄存本款内动支英洋二万元，放还应用。除于十一月二十八日堂期动放外，合就照会。为此照会贵绅等，烦为查收应用施行。须至照会者。

光绪二十六年十二月初二日照会

署藩宪陆照会

呈为新谷购齐停止采办并将谷价石数核实报明事。窃绅等于本年十月内，将丰备义仓采办积谷，呈准照案免捐在案。即于是月十四日遴派司事，携带义仓钤印护照，前往宜荆及宝山县等处，采购新谷，陆续装运，到仓收储。嗣为雨雪所阻，购运斛卸，俱形迟滞。直至十二月十五日，如数购就，停止采办，所有装谷各船陆续到齐，收入仓廒。仍照向

章，扇净秤见，以一百斤为一石计，共购就新谷一万六千三百六十五石三斗五升，每石连水脚费合洋一元六角五分八厘，计共动用洋二万七千一百四十二元。收回钤印护照，核计各厘卡盖戳验明之数，与到仓之数相符。除上水力费归入本年报销外，合将购就谷价石数并停止采办日期，备文呈报。伏乞大公祖大人电鉴存查，并咨会苏省牙厘总局松沪厘捐总局宪备考，实为公便。谨呈。

一呈藩宪陆

光绪二十六年十二月廿七日义仓绅董张、潘、吴呈

为照会事。本年十二月二十四日奉藩宪陆札，本年十二月十三日奉总督部堂刘札开，照得江苏各州县随粮带征积谷钱文，定章本系钱谷并存，以便遇有凶荒，随时动用。乃近查各处多有忘本逐末，只图存钱生息之利，延不购补新谷，每致仓储匮乏，临时不敷拨济，殊失备荒本意。今年夏秋，沿江一带，雨水为灾，现又冬晴日久，诚恐来岁春荒，自宜未雨绸缪，以免临渴掘井。札司即便转饬所属，遵照查明该仓现存谷石若干，如果所储无多，即行酌提本息钱文，督董采购干洁谷石，照额补足，以裕仓储而资有备，毋得迁延。切切！仍令将遵办情形及现存积谷暨本息钱文，开具清折，禀报查考等因司札府。奉此除通饬各属遵办外，合亟照会。为此照会贵绅董，希即遵照查明仓廒现存谷石若干，如果所储无多，即行开明数目，送府核缮印谕照，请酌提本息钱文，督饬司事采购干洁谷石，照额补足，以裕仓储。仍将遵办情形及现存积谷暨本息钱文，开具清折，呈复查考。望切切！须至照会者。

光绪二十七年十二月廿九日照会

苏州府向照会

呈为补办积谷请照案免捐事。窃绅等前奉宪谕砻米平粜，除借用宪台寄存三邑仓谷四千九百八十石并拨用三邑仓谷一万石外，计义仓动用积谷三万一千余石，业经于上月内造册报销在案。查此次收存平粜米款，自应尽数购办积谷，以补足原额。现在新谷齐登，拟即于本月抄〔秒〕遴派司事，携带义仓钤印护照，前往宜荆及宝山等处，先行采购新谷一万五六千石，陆续装运，到仓收储。应请宪台援照成案，咨请苏省牙厘总局松沪厘捐总局宪迅速转饬经过各厘卡，验明仓照，免捐放行，一俟照数购齐，再行呈报。合将补办积谷照案免捐情由，备文呈请。伏乞大公祖大人电鉴施行，实为公便。谨呈。

一呈藩宪陆

光绪二十八年十月廿六日义仓绅董张、潘、吴呈

一件：丰备义仓潘绅等呈补办谷石照案免捐由，藩宪陆批，已据呈咨请苏沪两厘局转饬各卡，验照免捐放行矣。希即知照，此复。三十日，苏城丰备义仓绅董张、潘、吴

为照会事。奉藩宪陆札开，照得积谷一项，实为备荒要需，不可不预为筹备。本年夏间，苏属米价飞涨，贫民谋食维艰，各州厅县纷纷禀请，将食谷碾米平粜，以济穷黎，迭经札饬照办。现查各处，或所存无多，或尽数粜变无存，仓储匮乏，殊为可虑。刻当新谷

登场，亟应将所动积谷如数买补，以备续遇荒歉，随时动用。合特札饬札府，立即移行所属各厅县遵照，查明仓廒现存谷石若干，一面赶紧酌提本息钱文，慎选妥实经董，赴产米之区，采购干洁圆绽新谷，照额补足，禀司委员验收上仓，以重积储。所需价脚一切，均须核实造册报销，不得稍有浮冒。仍将遵办情形，刻日先行禀报，均毋违延，切速切速特札等因到府。奉此除饬属遵办外，合行照会。为此照会贵绅董，希即遵照宪饬办理，仍将遵办情形，先行禀报。望切切！须至照会者。

　　光绪二十八年十一月初三日照会

　　苏州府向照会

　　呈为新谷购就停止采办并将谷价石数核实报明事。窃绅等于本年十月内，将丰备义仓采办积谷，呈准照章免捐在案。即于是月抄〔秒〕，遴派司事，携带义仓钤印护照，先往宜荆界内和桥等处，采购新谷，陆续装运，到仓收储。至十二月二十日停止采办，所有陆续运到谷石，一律储入仓廒，仍照向章，扇净秤见，以一百斤为一石计，共义仓购就新谷一万五千一百一石二斗六升，每石连水脚费合洋二元五角五分四厘，计共支用洋三万八千五百六十八元六角八分。又为三邑仓附办谷三千余石，亦经购就运回，应由三邑仓另行报销。收回钤印护照，核计各卡盖戳验明之数，与到仓之数相符。查本年和桥等处，岁称中稔，谷甚干洁，是以此次专在该处采购，不复前往宝山。今冬为日无多，不及再办，一俟来年二三月间，再行呈请添办，以补足原额。除上水入廒力及添置应用物件各费归入本年冬季报销外，合将购就谷价石数并停止采办日期，备文呈报。伏乞大公祖大人电鉴存查，并咨会_{苏省牙厘总局}_{松沪厘捐总局}宪备考，实为公便。谨呈。

　　一呈藩宪陆

　　光绪二十八年十二月廿八日义仓绅董张、潘、吴呈

　　呈为补办积谷请照案免捐事。窃上年五月内，奉各宪谕令，举办平粜，计动用仓谷三万一千余石，旋于上年十月内补办新谷一万五千余石，迭经呈报各在案。查丰备义仓空廒尚多，按照积谷原额，尚少一万六七千石。现在关外地方，新谷齐登，据闻该处谷价不甚腾贵，拟即于本月十五日前后，遴派司事，携带义仓钤印护照，前往宜兴界内和桥等处，采购新谷一万六七千石，陆续装运，到仓收储，以足原额而备要需。应请宪台援照成案，咨请苏省牙厘总局宪，迅速转饬自苏至宜经过各厘卡，验明仓照，免捐放行，一俟照数购齐，停止采办，再行续报。合将补办积谷照案免捐情由，备文呈请。伏乞大公祖大人电鉴施行，实为公便。谨呈。

　　一呈署藩宪效

　　光绪二十九年十月初十日义仓绅董张、潘、吴呈

　　一件：丰备义仓潘绅等呈补办谷石照案免捐由，署藩宪效抄呈批发，已据呈咨请苏牙厘局转饬各卡，验照免捐放行矣。希即知照，此复。十九日苏城丰备义仓潘绅等

　　呈为新谷购就停止采办并将谷价石数核实报明事。窃绅等于本年十月内，将丰备义仓

采办积谷，呈准照章免捐在案。即于是月望后，遴派司事，携带义仓钤印护照，前往宜荆界内和桥等处，采购新谷，陆续装运，到仓收储。至本月初停止采办，所有陆续运到谷石，验明干洁，一律储入仓廒。仍照向章，扇净秤见，以一百斤为一石计，共购就净谷一万六千三百九十八石一斗九升，每石谷价连水脚费合洋二元三角一分四厘，统共支用洋三万七千九百三十八元。收回钤印护照，核计各卡盖戳验明之数，与到仓之数相符。除上水入廒脚力及添置仓场应用物件各费归入本年冬季报销外，合将购就谷价石数并停止采办日期，备文呈报。伏乞大公祖大人电鉴存查，并咨会苏省牙厘总局宪备考，实为公便。谨呈。

呈苏藩宪效

光绪二十九年十二月初七日义仓绅董张、潘、吴呈

呈为新谷购就停止采办并将购就谷数报明请饬知各卡事。窃绅等于本年十月内，请将丰备义仓添办积谷约计一万六七千石，呈准藩宪咨请宪台札饬经过各厘卡，验明义仓钤印护照，照章免捐放行在案。即于是月望后，遴派司事，携带护照，前往宜兴界内和桥等处，采购新谷，陆续装运，到仓收储。至本月初停止采办，计共购就毛谷一万七千七百五十石九斗四升。因今岁该处谷价尚平，是以视呈请约计之数，多购七百余石，经过各卡验照盖戳放行，各无异言。惟和桥一卡，以多购之谷例应完税为言，虽未批谷船，该卡业经放行，仍将该处行家，责令代完。查积谷免捐，具有成案，义仓历届办谷，每与约计之数略有出入，或多或少，总以钤印护照为凭。应请迅赐札饬各卡，并札宜兴厘局转饬和桥卡，一体遵照，以符成案而重仓储。除俟扇净秤见尽数收入仓廒，将净谷谷价呈报藩宪鉴核外，合将购就毛谷数目停止采办日期，备文呈请。伏乞大公祖大人电鉴施行，实为公便。谨呈。

呈牙厘总局宪朱

光绪二十九年十二月初七日义仓绅董张、潘、吴呈

为照复事。本年十二月初七日准贵绅等呈称：窃绅等于本年十月内，请将丰备义仓添办积谷，约计一万六七千石，呈准藩宪咨请宪台札饬经过各厘卡，验明义仓钤印护照，照章免捐放行在案。即于是月望后，遴派司事，携带护照，前往宜荆界内和桥等处，采购新谷，陆续装运，到仓收储。至本月初停止采办，共计购就毛谷一万七千七百五十六石九斗四升。缘今岁该处谷价尚平，是以视呈请约计之数，多购七百余石，经过各卡验照盖戳放行，各无异言。惟和桥一卡，以多购七百余石例应完税为言，虽未批谷船，该卡业经放行，仍向该处行家责令代完。查积谷免捐，具有成案，义仓历届办谷，每与约计之数略有出入，或多或少，总以钤印护照为凭。应请迅赐札饬经过各卡，并札宜兴厘局转饬和桥卡，一体遵照，以符成案而重仓储。除俟扇净秤见尽数收入仓廒，将净谷谷价呈报藩宪鉴核外，合将购就毛谷数目停止采办日期，备文呈请等因到局。准此查核来文，此次采办新谷，经过宜荆之和桥卡，因按奉饬验放之数，多购七百余石，令其完捐。可见该卡于验放之数，尚能留心考核，既称义仓多办，并非借照浮运，应准照案一并免捐。除转饬遵照外，合行照复。为此照会贵绅董，请烦查照施行。须至照会者。

光绪二十九年十二月初十日照会

牙厘总局宪照会

呈为添办积谷以实新廒请照案免捐事。窃绅等董理丰备义仓，历届照案呈请采购谷石，陆续将所有仓廒积储已满。惟狮林寺巷仓后尚有旧存空地一块，因于本年夏间，雇召工匠建造廒屋三十间，所支工料各款，业于本年夏季义仓报销册内报明核转在案。查今岁苏、常两郡并称中稔，谷价较为平减，绅等拟即于本月月底，遴派司事，携带义仓钤印护照，前往宜兴界内和桥等处，采购新谷一万五六千石，陆续装运，到仓收存，以实新廒而广储蓄。应请宪台援照成案，咨请苏省牙厘总局宪转饬自苏城至宜兴和桥等处经过各厘卡，验明仓照，免捐放行，一俟照数购齐，停止采办，再行续报。合将添办积谷照案免捐情由，备文呈请。伏乞大公祖大人电鉴施行，实为公便。谨呈。

一呈督粮道兼理藩宪陆

光绪三十年十月廿五日义仓绅董张、潘、吴呈

呈为新谷购就停止采办并将谷价石数核实报明事。窃绅等于本年十月内，将丰备义仓采办积谷，呈准照章免捐在案。即于是月抄〔杪〕，遴派司事，携带义仓钤印护照，前往宜兴界内和桥等处，采办新谷，陆续装运，到仓收储。至本月初停止采办，所有各船陆续运到谷石，验明干洁，储入仓廒。仍照向章，扇净秤见，以一百斤为一石计，共购就净谷一万一千四百十八石二斗六升，每石价连水脚费合洋一元七角三分一厘，计共支用洋一万九千七百六十四元一角四分。收回钤印护照，核计各卡盖戳验明之数，与到仓之数相符。除上水入廒脚力及添置仓场应用物件各款汇入本年冬季义仓报销外，合将购就谷价石数并停止采办日期，具文呈报。伏乞大公祖大人电鉴存查，并咨会苏省牙厘总局宪备考，实为公便。谨呈。

一呈粮道兼署藩宪陆

光绪三十年十二月十七日义仓绅董张、潘、吴呈

呈为补办积谷以实仓廒请照案免厘事。本年五月内，奉抚宪暨前宪前藩宪谕令，办理平粜，以济民食。遵即于六月初十日设局开粜，截至九月初十日一律停止，计共陆续碾动仓谷五万五千五百余石。总核存谷之数，业已提用四成有奇，兼之本年四月内义仓添建廒屋四五十间，未经储谷，似此备荒要需，亟应采购，以补缺额。现届新谷登场，闻宜兴界内和桥等处，收成尚好，绅等拟即于本月望日前后，遴派司事，携带义仓钤印护照，前往该处，先行补办新谷三四万石，陆续装运，到仓收储。应请宪台援照成案，迅赐（咨请苏省牙厘总局宪）札饬自苏城至宜兴和桥等处经过各局卡，验明仓照，免厘放行，以便装运而厚储积。除俟照数购齐停止采办再行呈报外，理合将补办积谷照案免厘缘由，备文呈请。伏乞大公祖大人电鉴施行，实为公便。谨呈。

呈请藩宪

呈藩宪陈
呈牙厘总局宪朱

光绪三十二年十月初九日义仓绅董潘、张呈

一件：丰备义仓绅董潘绅等呈补办谷石照案免捐由，藩宪陈抄呈批复，已据呈咨请苏

牙厘局转饬各卡，验照免捐放行矣。希即知照，此覆。十月十五日，苏城丰备义仓绅董潘

呈为新谷购就停止采办并将谷价石数核实报明事。窃绅等于本年十月内，将丰备义仓补办积谷三四万石，呈准照章免厘在案。即于是月二十日，遴派司事，携带义仓钤印护照，前往宜兴界内和桥等处，采购新谷，陆续装运到仓，验明干洁，收入仓廒。继因谷价日涨，出货无多，不克如数购齐，遂于十二月十五日停止采办，仍照向章，扇净秤准，以一百斤为一石计，共购就入廒净谷二万六千一百四十九石七斗八升，每石谷价连水脚费合洋二元八角一分八厘五毫，计共支用洋七万三千七百零四元。收回钤印护照，核计各卡盖戳验明之数，与到仓之数相符，一俟明年春间，察看市价，再行续补。除上水入廒脚力及添置仓场应用物件各款汇入本年冬季义仓报销外，合将购就谷价石数并停止采办日期，具文呈报。伏乞大公祖大人俯赐鉴核，并咨会苏省牙厘总局宪备考，实为公便。谨呈。
　　呈藩宪陈
　　光绪三十二年十二月廿七日义仓绅董潘、张呈

为照会事。本月初九日，奉抚宪札开，照得本部院前会两江督部堂端电请军机处代奏，苏省米价翔贵，请于起运光绪三十二年分本色漕米四十万石内，再行缓运二十万石，办理平粜，俟本年秋后如数买还缘由，当经抄录电稿札司转行在案。兹于二月初八日，承准军机处齐电内开，奉旨：端陈等电奏米价翔贵，请再缓运苏漕二十万石平粜等语，度支部速议具奏。前据内阁学士吴郁生奏请开仓平粜等语。地方官仓、义仓，原为备荒之用，该省各属，此项仓谷实存若干，现在已否动放，著该督抚迅即查明电奏。钦此等因。承准此除电饬省外各府州刻日查明电复，并分别咨行外，亟恭录札行札府，即便钦遵，督饬所属，迅速查明，详悉电复，以凭电奏，毋稍刻延等因到府。正在转行间，续奉抚宪札开，光绪三十三年二月初九日，准度支部洪齐电开：本月初八日军机处交片，奉旨：端方、陈夔龙等电奏，米价翔贵，请再缓运苏漕二十万石平粜等语，著度支部速议具奏。前据内阁学士吴郁生奏请开仓平粜等语。地方官仓、义仓，原为备荒之用，该省各属，此项仓储实存若干，现在已否动放，著该督抚迅即查明电奏。钦此。钦遵抄交到部。除由本部赶办复奏外，先此电知等因到本部院。准此查此案昨准军机处电传谕旨，即经转行在案。兹准前因，合再恭录札行等因到府，奉此除分行厅县遵照外，合并照会。为此照会贵绅董，希即遵照，确查存仓谷石，除上年动放开办平粜外，现在究竟实存若干，详悉呈复抚宪查核，并复府查考。事关复奏要件，万勿片延。望速！望速！须至照会者。
　　光绪三十三年二月十三日照会
　　苏州府何照会

为呈复事。窃于本年二月十四日，奉苏州府照会内开，奉抚宪札，以前会两江督部堂端电，请于起运光绪三十二年分本色漕米内，再行缓运二十万石，办理平粜，俟本年秋后买还缘由。旋准军机处、度支部电开，奉旨：著度支部速议具奏。前据内阁学士吴郁生请开仓平粜等语。地方官仓、义仓，原为备荒之用，该省各属，仓储若干，现在是否动放，著该督抚迅即查明电奏。钦此。电知到院，恭录行府照会到绅。奉此遵查苏城丰备义仓银洋钱谷收支储存各款，向系按季报销一次，现查已报销至上年冬季止，计除动放开办

平粜及平粜后采买新谷，截至上年年底止，实共存仓谷九万七千五百一十三石六斗四升，业经列册，呈明在案。兹奉前因，理合具文呈复，仰祈大公祖大人鉴核查考，实为公便。谨呈。

除呈抚、藩宪外，谨呈。

　　　　藩宪
　　呈抚宪
　　　　苏州府

光绪三十三年二月十六日义仓绅董潘呈

为照会事。本年二月十四日，奉督宪端抚宪陈会札开，光绪三十三年二月初八日，承准军机大臣电开，奉旨：端方、陈夔龙等电奏，米价翔贵，请再缓运苏漕二十万石平粜等语，著度支部速议具奏。前据内阁学士吴郁生奏请开仓平粜等语。地方官仓、义仓，原为备荒之用，该省各属，此项仓谷实存若干，现在已否动放，著该督抚迅即查明电奏，钦此枢齐等因。承准此除札委江南商局参议前福建兴泉永道恽道祖祁，前往宁、苏各属，将官仓、义仓现在实存仓谷若干，已否动放，确切查明，并电饬各属先行查明禀复外，合行札饬，札府即便遵照，迅即查明所属州县官仓、义仓存谷数目及已否动放，于文到三日禀复毋违。此札等因到府。奉此，查此案已准贵绅呈复，除汇案开折具复外，奉札前因，合行照会。为此照会贵绅董，希即知照。须至照会者。

光绪三十三年二月二十七日照会
苏州府何照会

为照会事。本年九月初八日，奉藩宪陈札开，照得积谷一项，实为备荒要需，不可不预为筹备。上今两年，苏属米价腾贵，贫民谋食谁〔维〕艰，各州厅县纷纷禀请碾米平粜，以济穷黎，迭经批饬照办。现查各处积谷，或所存无多，或尽数粜变无存，仓储匮乏，殊为可虑。当此新谷登场，亟应将所动积谷，如数买补，庶几图匮于丰，有备无患。合特札饬札府，立即移行所属各厅县遵照，查明仓廒现存谷石若干，一面赶紧酌提本息钱文，慎选妥实经董，赴产米之区，采购干洁圆绽新谷，照额补足，禀司委员验收上仓，以重积储。所需价脚一切，均须核实造册报销，不得稍有浮冒。仍将遵办情形，刻日先行禀报，毋稍违延，切速特札等因到府。奉此合行照会。为此照会贵绅董，希即查照宪饬办理，毋稍违延。须至照会者。

光绪三十三年九月十七日照会
苏州府何照会

呈为补办积谷以裕仓储请照案免厘事。本年三月奉升任抚宪谕令，办理平粜，以济民食，遵即于四月十六日设局，先粜官米，粜毕后，旋于六月初二日接粜仓米，截至八月底，一律停止，计共陆续碾动仓谷七万九千余石。查此次米价较上年尤贵，是以户口增多，粜数甚巨，仓中所剩积谷，为数无几，似此备荒要需，亟应采买，以补缺额。现届新谷登场，访悉无锡、宜兴等处，收成均称中稔，绅等拟于本月二十日后，遴派司事数人，携带义仓钤印护照，分往无锡及宜兴界内和桥等处，采购新谷七八万石，陆续装运，到仓收储。应请宪台援照成案，迅赐（咨请苏省牙厘总局宪）札饬自苏城至无锡又至宜兴和桥等处经过各局卡，验明仓照，免厘放行。再，上届办谷时，放船前往和桥，各给以钤印封条小旗为号，乃行过本城阊门外及无锡城外，屡被两处船埠头不问根由，将船捉差他去，以致有碍运谷。并请俯赐札饬长、元、吴、锡、金各县转饬各该处船埠头，不准封捉义仓办谷船只，以祛阻滞而重积储。除俟照数购齐，停止采办，再行呈报外，理合将补办积谷照案免厘缘由，具文呈请。伏乞大公祖大人电鉴施行，实为公便。谨呈。呈请藩宪

呈署藩宪朱
牙厘总局宪朱

光绪三十三年九月十七日义仓绅董潘、张呈

一件：丰备义仓潘绅呈补办谷石照案免捐并各埠头不准封捉谷船由，署藩宪朱抄呈批发，已据呈咨请苏牙厘局转饬各卡，验明免捐放行并分饬遵照矣。希即知照，此复。九月廿四日，苏城丰备义仓绅董潘、张

为照会事。本年十月十八日，奉总督部堂端札开，照得苏属各厅州县从前随粮带征积谷，本为备荒而设。上年江北十三州县被水成灾，凡有存仓积谷及存典谷钱，或提拨冬春二赈，或碾米平粜，均已动用无存，甚有借用无灾各乡镇积谷及谷息存款者，以及苏、松、常、镇各属，虽被灾稍轻，亦多动拨仓谷。当兹大祲之后，民间盖藏，几于空虚如洗。古人图匮于丰，即未遇灾祲，尚亟亟以民食为重。况此次惩前毖后，尤以广储峙为第一要义。本部堂先事防维，曾于各属禀请动拨积谷之初，即随案批示预筹购补各在案。现查本年大江南北春麦秋禾均称丰稔，民间元气或可稍纾，所有随粮带捐积谷一项，自应循照旧章办理，务期多多益善。纵难骤复原额，亦可递年捐储，一俟稍有成数，即由各该州县遴派妥人，随时分赴产米之区，赶紧采买干洁谷石，运回存仓，俾资储蓄。至各属借用积谷，办理平粜，其有收回粜价暂存生息者，亦赶紧查照原额，买补还仓，事竣通禀存案。其各地方官暨各绅董铺户亏欠积谷捐款，并应查明，勒限半月内，饬令照数缴清，倘敢违抗，定予提案追究。除通饬宁、苏属各厅州县，遵照指饬事宜，妥速办理，统限奉文十日后，将遵办情形禀报查考，至目下存仓积谷捐钱实共若干，一并随文附复，事关备荒要政，均毋违延，致干参处，切切外，合就札行，札府即便遵照，督饬所属，妥速办理，乃禀复查考，事关备荒要政，毋任违延。切切此札等因到府。奉此合亟照会。为此照会贵绅董，希即遵照宪饬妥为办理，依限禀报。事关备荒要政，毋稍违延。切切！须至照会者。

光绪三十三年十月二十九日照会
苏州府何照会

呈为新谷购就停止采办并将谷价石数核实报明事。窃绅等于本年九月内，将丰备义仓补办积谷七八万石，呈准照章免厘在案。即于九月底遴派司事数人，携带义仓钤印护照，分往锡、金及宜荆界内和桥等处，采购新谷，陆续装运，到仓收储。查本年刈稻时，该两处叠经雨渍，是以干洁之谷甚少，选购维艰，价值亦贵。历两月有余，尚未购足原拟之数。兹于十二月十三日停止两处采购，一面由仓监视斛卸，仍照向章，扇净秤准，以一百斤为一石计，共购就入廒净谷六万六千一百三十二石三斗八升，每石谷价连水脚费合洋三

元七厘五毫，统共支用洋一十九万八千八百九十五元三角。收回钤印护照，核计各卡盖戳验明之数，与到仓之数相符。一俟明年，随时察看市面，再行续补。除上水入廒脚力及添置仓场应用物件各款汇入本年冬季义仓报销外，理合将购就谷价石数并停止采办日期，具文呈报。伏乞大公祖大人俯赐鉴核，并咨会苏省牙厘总局宪备考，实为公便。再，长元吴三邑总仓奉文补办积谷，亦于本年十一月间在锡，金购就净谷六千余石，借用义仓钤印护照，装运到该仓收储。合并声明。谨呈。

呈署藩宪朱

光绪三十三年十二月廿五日义仓绅董潘、张呈

呈为补办积谷以裕仓储请照案免厘事。窃丰备义仓于上年冬季采买积谷六万六千余石，随即收储，呈报在案。惟查历年平粜碾动，为数甚巨，空廒尚多，似此备荒要需，亟应添购，以补缺额。现届新谷登场，访悉无锡、宜兴等处，收成尚好，谷价亦较上年为廉。绅拟即于本月望后，遴派司事数人，携带义仓钤印护照，分往无锡及宜兴界内和桥等处，采购新谷三四万石，陆续装运，到仓收储。应请宪台援照成案，迅赐（咨请苏省牙厘总局宪）札饬自苏城至无锡又至宜兴和桥等处经过各局卡，验明仓照，免厘放行。再，上届办谷时，由仓雇船前往，各给以钤印封条小旗为号，乃所过本城阊门外及无锡城外，屡被两处船埠头不问根由，将船捉差他去，以致有碍运谷。并请俯赐札饬长、元、吴、锡、金各县转饬各该处船埠头，不准封捉义仓办谷船只，以祛阻滞而重积储。除（俟照数购齐，停止采办，呈请藩宪再行呈报）外，理合将补办积谷照案免厘缘由，具文呈请。伏乞大公祖大人电鉴施行，实为公便。谨呈。

呈藩宪瑞
牙厘总局宪朱

光绪三十四年十月初六日义仓绅董潘呈

一件：丰备义仓潘绅呈补办谷石照案免捐并各埠头不准封捉办谷船只由，藩宪瑞抄呈批发，已据呈咨请苏牙厘局转饬各卡，验照免捐放行并分饬遵办矣。希即知照，此复。十月十二日，苏城丰备义仓绅董潘

呈为采办积谷现款不敷将寄存宪库银款发还济用事。窃绅于本月初，呈请补购新谷三四万石，照案免厘，旋奉宪台批准照办在案。遵即于本月二十日，遴派司事，前往无锡及宜兴界内和桥等处，分投采购，装运到仓。查现在谷价，如办三万余石，约须洋七万数千余元。本年秋季报销册实在项下，登列存仓曹〔漕〕平银六千五百一十两，存仓钱三万六千八百余千文。又本届所收田租项下，除完纳三邑条漕及协贴省城粥局外，约存洋二万余元。统计前两项银钱，合洋连同租款只共六万余元，以之购谷三万余石，所短尚巨。伏念今岁尚称中稔，谷价较上年为廉，仓储缺额，不得不赶紧办补，以裕备荒之需。应请在宪库内寄存积谷款项下，所有二两库平银一万三千七两五钱六分二厘一款，饬库如数发还。并请示明动放日期，以便具领济用。合将办谷不敷，请领寄存银款情由，具文呈请，仰祈大公祖大人电鉴批示，实为公便。谨呈。

呈藩宪瑞

光绪三十四年十月廿六日义仓绅董潘呈

为照会事。本年九月二十七日，奉藩宪瑞札开，照得积谷一项，实为备荒要需，不可不预为筹备。近年米价腾贵，贫民谋食维艰，各州县纷纷禀请碾米平粜，以济穷黎，迭经札饬照办。现查各处积谷，或所存无多，或尽数粜变无存，仓储匮乏，朱〔殊〕为可虑。当此新谷登场，亟应趁时提款，采购足额，庶几图匮于丰，有备无患。合特札饬札到该府，立即移行所属各厅县遵照，查明仓廒现存谷石若干，一面赶紧酌提本息钱文，慎选妥实经董，赴产米之区，采购干洁圆绽新谷，照额补足，禀司委员验收上仓，以重积储。所需价脚一切，均须核实造册报销，不得稍有浮冒，仍将遵办情形，刻日先行禀报，毋稍违延。切切此札等因到府。奉此合亟照会。为此照会贵绅董，希即遵照宪饬办理，仍将遵办情形，刻日先行呈报，毋稍违延。切速！切速！须至照会者。

光绪三十四年十一月初三日照会

苏州府何照会

为照会事。准贵绅呈称：现在采办新谷三万余石，约须洋七万数千余元。本年秋季报销册实在项下，存仓曹〔漕〕平银六千五百一十两，钱三万六千八百余千文。又本届所收田租项下约存洋二万余元。统计前两项银钱，合洋连同租款只共六万余元，以之购谷三万余石，所短尚巨。请将寄存司库积谷项下库平银一万三千七两五钱六分二厘，如数发还济用等因到司。准此查祝故商原借丰备义仓银二万两，上年由司于费商代祝故商缴还公款内提还银一万一千二百五十七两五钱六分二厘，又自第十四期起，至二十期止，费商租银项下提归银一千七百五十两，共钱〔银〕一万三千七两五钱六分二厘，收存丰备仓之款。兹据具呈，以仓存之款不敷购买新谷，应将收存丰备仓之款，如数动支，放还济用。除于十一月初三日堂期动支外，合就照会。为此照会贵绅，烦为查收，应用见复施行。须至照会者。

光绪三十四年十一月初九日照会

藩宪瑞照会

为照会事。本年十一月二十五日，奉藩宪瑞札，本年十一月十四日奉督宪端札，照得各州县仓谷，必应实储，图匮于丰，实为备荒要政。自光绪三十二年江北十三州县被水成灾，凡有存仓积谷及存典谷钱，或提拨冬春二赈，或碾米平粜，均以动用无存，以及苏、松、常、镇各属，虽被灾稍轻，亦多动拨仓谷。本部堂曾于上年十月间，通饬宁、苏两属各厅州县，赶紧买补还仓，禀报查核。迄今已逾一载，禀报者甚属寥寥，即间有一二禀复，率皆空言敷衍，实属不成事体。查本年自丹阳而下，苏、杭、嘉、湖粳稻大熟，为十年来所未有。谷多价平，即应趁此买补，填实仓储，应即由司通饬各州县迅速收买，纵难骤复原额，务须储至七成以上。限定于年内，将收买数目，禀请委员验收，不得藉词延宕。一面由司定立赏罚章程，各州县能限内速买速报至若干成以上者优奖，其延不购买、逾限不报者从严议惩。合行札饬札司通饬各州县遵照办理，并将议定章程详报查考等因到司。奉此查苏省积谷定章，大邑积存四五万石，小邑积至三万石为额。近年米价腾贵，纷纷禀请碾粜，以致旧存积谷所剩无多，或尽数粜变无存，仓储匮乏，一至于此，缓急复何所恃！是经本司于九月间新谷登场之时，通饬各属，赶紧选董采购，请委验收上仓，以重积储在案。兹奉宪饬，限定于年内，将收买数目，禀请委员验收，饬司定赏罚章程。各州县能于限内速买速报至若干成以上者优奖，其延不购买、逾限不报者从严议惩等因。应饬各属将现存仓谷若干石，先行开报，一面就现在谷本内提出七成，尽数采办新谷。此后带征之款，仍年年以七成购谷，三成存典。所收息钱，抵支翻晒盘量之用，俟购谷足额，再照章尽数存钱。州县能遵照指饬，年内报验至七成者，准其记大功一次；不及七成者，姑免置议；不及六成者，应记大过一次；不及五成四成者，记大过二次；其有延不遵办，零星报验，核数尚不足二三成者，应由司择尤撤参，为玩视民瘼者戒。除详督^抚宪外，合亟札饬等因到府。奉此查此案前奉藩宪札饬，即经照会遵照在案。兹奉前因，合亟照会。为此照会贵绅董，希即遵照宪札指饬，务于年内买补还仓，请委验收。一面限于文到十日内，先将仓存谷石数目，现有谷本钱数，明晰开单，通报查考。事关备荒要政，勿稍违延。切切！须至照会者。

光绪三十四年十二月初三日照会

苏州府何照会

呈为谷已采购祈先^{察核}_{转复}事。窃奉本年十二月初三日^{苏州府}_{贵府}照会，以奉^{宪台}_{藩宪}札，奉督宪端札开，仓谷为备荒要政，本年谷多价平，亟应趁此买补，填实仓储等因到司。查前于新谷登场之时，经本司通饬赶紧采购在案。兹奉宪饬，限于年内，将收买数目速报等因到府。查前奉藩宪札饬，即经照会在案。兹奉前因，合亟照会，希即于年内买补还仓。一面将仓存谷石数目，现有谷本钱数，通报查考等因到仓。奉此查丰备义仓，因历年办理平粜，以济民食，碾动积谷，为数甚多，是经绅于上年冬季购谷六万六千余石，收储仓厫，呈报有案。本年新谷登场之际，访悉价尚平减，复由绅于十月间，遴派司事，携带义仓钤印护照，分赴无锡及宜兴界内和桥等处，采购新谷三四万石。呈蒙^{宪台}_{藩宪}咨经苏省牙厘总局札饬沿途经过各局卡，验明仓照，免厘放行在案。现在无锡、和桥等处购定之谷，正值陆续装运来苏，秤卸入厫。约于本月二十日左右，即可一律收齐。兹奉前因，除俟所购新谷运完到苏后，再将核见确数并支用款目另文呈报外，知关宪廑，合将谷已采购缘由，先行具文呈复。仰祈大公祖大人鉴核^{查考}_{转覆}，实为公便。谨呈。

^{呈藩宪瑞}
_{苏州府何}

光绪三十四年十二月十六日义仓绅董潘呈

为照会事。本年十二月初九日，奉藩宪瑞札，本年十一月二十七日，奉抚宪札开，照得民以食为天，积谷以防俭岁，尤为为政之要。迩年江苏各州县偏灾叠遇，江北各属因光绪三十二年被水成灾，仓储谷石及存典本息，均以动用殆尽，常、镇等属亦同时被灾，赈抚一空。本年江南北各属秋成丰稔，谷价平减，应令乘时买补，填实仓储，庶几有备无患。昨准督部堂咨会，已饬司通饬各州县，迅速收买，纵难骤复原额，务须储至七成以上。限定于年内，将收买数目，禀请委员验收，并由司定立赏罚章程，用示劝惩等因，并经本部院行司通饬赶紧遵办在案。合再札司分饬各州县，遵照先今来札，迅速提款，遴派公正经董，前赴产地，购买新谷运回，禀请委验上仓，以备不虞，并将劝惩章程，刻日核议详办，毋稍迟延等因到司。奉此查各属积谷，所存无几，或尽数桑变，不足以备荒歉。前奉督宪行司通饬各州县，限定于年内，将收买数目，禀请委员验收，饬司定立赏罚章程等因，奉经拟定章程，通饬各属遵照指饬，务于年内买补还仓，请委验收。一面限于文到十日内，先将仓存谷石数目，现存谷本钱数，明晰开单通报查考，并详督^抚宪鉴核，嗣奉抚宪准咨行司各在案。兹奉前因，除呈复外，合再通饬等因到府。奉此查此案前奉藩宪札饬，并奉另札转奉督宪札行均经照会遵照在案。迄今日久，仅据吴江县详请提款购谷前来，此外迄无一处遵办，殊属违延。奉札前因，合再照会。为此照会贵绅董，希即遵照迷奉宪饬办理，毋稍违延干咎。切切！须至照会者。

光绪三十四年十二月十八日照会

苏州府何照会

呈为新谷购就停止采办将谷价石数核实报明并请转详事。窃绅于本年十月间，将丰备义仓补办积谷三四万石，呈准照章免厘在案。即于是月望后，遴派司事数人，携带义仓钤印护照，分赴无锡及宜兴界内和桥等处，采购新谷，陆续装运，到仓收储。兹于十二月十四日停止两处采办，一面由仓监视斛卸，仍照向章，扇净秤准，以一百斤为一石计，共购就入廒净谷三万四百七十六石二斗八升，每石谷价连水脚费合洋二元三角三分八厘，统共支用洋七万一千二百四十六元。收回钤印护照，核计各卡验明盖戳之数，与到仓之数相符。查义仓本年秋季报销册内，存谷八万四千六百九十三石五斗二升，添入今届所购新谷，统共存谷一十一万五千一百六十九石八斗。除上水入廒脚力及添置仓场应用物件各款汇入本年冬季义仓报销外，理合将购就谷价石数并停止采办日期，具文呈报。仰祈大公祖大人俯赐鉴核，并请详报督^抚宪备查。一面咨会苏省牙厘总局宪备考，实为公便。谨呈。

呈藩宪瑞

光绪三十四年十二月二十日义仓绅董潘呈

一件：丰备仓呈现在采买新谷将次购齐由，藩宪瑞抄呈批发，来牍阅悉。希俟新谷购齐，即行核数报查。此复。十二月廿一日，省城丰备义仓绅董潘

为照会事。奉藩宪瑞札，奉督宪端札本司详复通饬各属补买仓谷并拟定赏罚由，奉批：查阅所拟赏罚章程，甚为严明切实，仰即通饬所属，一体认真遵办。仍候抚部院批示缴。又奉抚宪陈批开，如详办理，仰即通饬遵照，仍候督部堂批示缴各等因到司。奉此查此案前于具详时，业经通饬在案。奉批前因，合再转饬等因到府。奉此查此案迷奉藩宪转奉督^抚宪札饬，均经通行遵照在案。兹奉前因，合亟照会。为此照会贵绅董，希即查照迷奉宪饬办理，勿稍违延干咎。望速！须至照会者。

宣统元年二月十八日照会

苏州府何照会

呈为采办积谷请照案免厘事。窃丰备义仓历届买补谷石，呈准免厘在案。查前年添建桥湾街新仓一所，至今空廒尚多，自应一律储满，以裕备荒要需。现届新谷登场，访悉无

锡及宜兴界内和桥等处，收成尚好，价亦不昂。绅拟即于本月二十日后，遴派司事，携带义仓钤印护照，分往各该处采购新谷二三万石，陆续装运，到仓收储。应请宪台援照成案，迅赐咨请苏省牙厘总局宪札饬自苏至无锡及宜兴和桥等处沿途经过各局卡，验明仓照，免厘放行。再，历届办谷时，由仓雇船前往，各给以钤印封条小旗为号，乃行过本城阊门外及无锡城外，屡被该两处船埠头不问根由，将船捉差他去，以致装运迟延。并请俯赐札饬长、元、吴、锡金各县转饬各该处船埠头，不准封捉义仓办谷船只，以祛阻滞而重积储。除俟照数购齐停止采办再行呈报外，理合将采办积谷照案免厘缘由，具文呈请，仰祈大公祖大人电鉴施行，实为公便。谨呈。

呈藩宪陆
牙厘总局宪黄

宣统元年十月初九日义仓绅董潘呈

　　一件：丰备义仓呈采办积谷免捐并不准封捉办谷船只由，藩宪陆抄呈批发，已据呈咨请苏牙厘局转饬各卡，验照免捐放行并分饬遵办矣。希即知照，此复。苏城丰备义仓绅董潘

　　呈为新谷购就停止采办将谷价石数核实报明并请转详事。窃绅于本年十月间，将丰备义仓补办积谷二三万石，呈准照章免厘在案。嗣因宜兴任绅锡汾函致苏州府，以宜、荆两县收成歉薄，拟拦禁米谷出境，托为关照，苏城积谷须往他处购办等语，绅即于十二月二十日后，遴派司事，携带义仓钤印护照，专赴无锡购新谷，陆续装运，到仓收储。未及一月，各处采办积谷多集锡地，谷价因之骤涨，采购不免棘手，遂于十一月二十三日停止采办。一面由仓陆续监视斛收，仍照向章，扇净秤准，以一百斤为一石计，共购就入廒净谷一万一千三百三十五石七斗，每石谷价连水脚费合洋二元七角三分一厘五毫，统共支用洋三万九百六十四元五角。收回钤印护照，核计各卡盖戳验明之数，与到仓之数相符。查本年义仓秋季报销册内，存谷一十一万五千一百六十九石八斗，添入此次所购新谷，统共存仓谷一十二万六千五百五石五斗。除上水入廒脚力及添置仓场应用物件各款汇入冬季报销外，理合将购就谷价石数并停止采办日期，具文呈报。仰祈大公祖大人俯赐鉴核，并请详报督抚宪备查。一面咨会苏省牙厘总局宪备考，实为公便。谨呈。

呈署藩宪樊

宣统元年十一月廿八日义仓绅董潘呈

　　为照会事。照得积谷一项，实为备荒要需，不可不预为筹备。上年岁收歉减，以致本年米价腾贵，贫民谋食维艰，迭经碾动积谷，仍虑米不敷食，复截留漕粮，采办客米，藉资凑济，各属仓谷大都动罄。前奉谕旨，饬将各仓积谷切实整顿，实行储积，以备凶荒。曾经本司于本年三月间，通饬各属，俟本年秋后，新谷登场，于存典谷本内提出七成，尽数采买谷石。嗣后年年忙漕内带征之款，以七成购谷，三成存典，即以所得息钱，抵支翻晒盘量等用，俟购谷足额，再行照章尽数存钱。其沿江沿海各州县，地既卑湿，性复斥卤，仓谷存储稍久，每易霉变，应照原额减半积存，多存现钱，以备临时采购，藉免亏耗在案。值此新谷登场，市价平减之时，亟应查照前饬，提款采购足额，庶几图匮于丰，有

备无患。除呈报督宪并通饬各属查明仓廒谷数，赶紧核提本息钱文，采购干洁圆绽新谷，于两个月内照额补足，禀司委员验收上仓外，合亟照会。为此照会贵绅，请烦查照办理施行。须至照会者。

宣统二年九月二十二日照会

藩宪陆照会

为照会事。奉藩宪陆札开，照得积谷一项，实为备荒要需，不可不预为筹备。上年岁收歉减，以致本年米价腾贵，贫民谋食维艰，迭经碾动积谷，仍虑米不敷食，复截留漕粮，采办客米，藉资凑济，各属仓谷大都动罄。前奉谕旨，饬将各仓积谷切实整顿，实行储积，以备凶荒。曾经本司于本年三月间，通饬各属，俟本年秋后，新谷登场，于存典谷本内提出七成，尽数采买谷石。嗣后年年忙漕内带征之款，以七成购谷，三成存典，即以所得息钱，抵支翻晒盘量等用，俟购谷足额，再行照章尽数存钱。其沿江沿海各州县，地既卑湿，性复斥卤，仓谷存储稍久，每易霉变，应照原额减半积存，多存现钱，以备临时采购，藉免亏耗在案。值此新谷登场，市价平减之时，亟应查照前饬，提款采购足额，庶几图匮于丰，有备无患。除呈报督宪外，合特札饬札府移行所属各厅县遵照，查明仓廒现存谷石若干，一面赶紧核提本息钱文，慎选妥实经董，赴产米之区，采购干洁圆绽新谷，于两个月内，照额补足，极迟以十一月十五日为度，禀司委员验收上仓，以重积储。所需价脚一切，均须核实造册报销，不得稍有浮冒，仍将遵办情形，刻日先行禀报，毋稍违延，切速此札等因到府。奉此合亟照会。为此照会贵绅董，希烦查照宪饬，赶紧依限办理，仍将遵办情形，先行具复府查核，幸勿违延。望速！望速！须至照会者。

宣统二年十月十二日照会

府宪何照会

呈为买补谷石请赐发还寄存款项事。窃丰备义仓本年办理平粜，所有粜变钱文，绅以距购谷之期尚有时日，将谷价项下提取例洋五万元，于九月十三日堂期，具文批解宪库暂行寄存，印掣回照在案。兹查本年新谷登场，米价近又遂〔逐〕渐增涨，亟应多购谷石，以实仓储，庶几图匮于丰，乃能有备无患。除业经提取存仓现款，派令司事分赴宜兴、无锡等处，陆续购买上仓外，为此具文呈请，仰祈大公祖大人鉴核，将义仓寄存例洋五万元，于本月初八日堂期放给，俾得具领应用，实为公便。谨呈。

计呈图领一纸

呈藩宪陆

宣统二年十一月初五日义仓绅董潘呈

为照复事。准贵绅呈请发还丰备义仓本年办理平粜，寄存粜变例洋五万元，买补新谷等因到司。准此应即照放，除十一月初八日堂期在解存本款内，如数动放，汇案具报外，合行照会。为此照会贵绅，烦为查照应用施行。须至照会者。

宣统二年十一月十四日照会

藩宪陆照会

为照会事。奉藩宪陆札开，照得积谷为备荒要政。今春米价昂贵，贫民艰于粒食，业由各州厅县将仓存谷石酌碾动粜，暂资凑济，为一时救急之计，储备实已空虚。亟应趁此新谷登场，赶紧如数买补，以备不虞。因于九月内通饬遵办，勒限两个月，照额买足，至迟以十一月十五日为度各在案。现已十月下旬，转瞬即须届限，各属多未将新买谷数开报到司，万难再任迟延。除派员查催外，合亟札催札府，立即飞催所属，一体遵照前饬，依限核提本息钱文，慎选妥实经董，赴产米之区，届时一律购齐，禀司委验上仓，不得稍有延误，以重积储。至所需价脚一切，均须核实造报，毋稍浮冒，切切特札等因到府。奉此查此案前奉藩宪札饬，即经照会遵照在案。奉札前因，合亟飞催，为此照会贵绅董，希即查照先今宪饬，赶紧依限办理，幸勿再延。望速！须至照会者。

宣统二年十一月十四日照会
苏州府何照会

呈为新谷购就停止采办报明谷价石数并请转详事。窃绅前于九月间，以本年平粜，动用仓谷为数甚巨，呈请买补新谷五六万石在案。嗣于十月初，遴派司事，携带义仓钤印护照，先赴无锡，继赴和桥，陆续采购新谷，装运到仓收储。查今岁无锡、和桥等处，产谷不多，来路尤少，兼之各处仓厫争补积谷，市价逐渐加涨，购办更觉迟延，直至十二月十八日停止采办。一面由仓陆续监视斛收，循照向章，扇净秤准，以一百斤为一石计，两处共购入厫净谷四万四千六百三十三石八斗，统扯每石谷价连水脚费合洋三元三分二厘五毫，统共支用洋一十三万五千三百五十一元三角。收回钤印护照，核计各卡盖戳验明之数，与到仓之数相符。查本年义仓秋季报销册内，存谷四万六千七百二十一石一斗，加入此次新谷，统共存仓谷九万一千三百五十四石九斗。一俟明春，察看市面，再行添买，以补缺额。除上水脚力及添置仓场应用物件各款汇列冬季报销外，理合将购就谷价石数并停止采办日期，具文呈报。仰祈大公祖大人俯赐鉴核，并请详报督抚宪备查，实为公便。谨呈。

呈藩宪陆
宣统二年十二月二十八日义仓绅董潘呈

呈为补购积谷请照案免厘事。窃本年夏秋间，办理平粜，动用丰备仓谷七万六千一百余石，现在存谷不过五万余石，备荒要需，不容缺乏，亟应买补，以实仓厫。兹届新谷登场，访悉宜、荆两县收成尚好，而和桥等处尤称中稔，谷价较上年为廉。绅拟于十月初，遴派司事，携带义仓钤印护照，前赴和桥等处，采购新谷五六万石，陆续装运，到仓收储。应请宪台照案迅赐札饬自苏城至和桥沿途经过各局卡，验明仓照，免厘放行。查义仓向章，专在和桥办谷，上年宜兴任绅锡汾函致苏州府，以宜荆灾剧，北乡和桥等处较有秋收，藉以抵补各乡之无，请令苏仓办谷，移往他处等语。绅遂令司事改赴无锡采购，购得一万一千余石，即行停止。今岁该处收成非上年可比，属在邻郡，仍当彼此流通，更请俯赐札饬宜兴县照会任绅等，以免临时阻碍。除俟照数购齐，停止采办，再行呈报外，理合将补购积谷，照案免厘情由，具文呈请。仰祈大公祖大人电鉴施行，实为公便。谨呈。

呈苏藩宪陆

宣统三年九月　日义仓绅董潘呈

为移请事。案照本年办理平粜，动用仓谷八万七千余石，亟应陆续买补，以实仓储。现经敝仓派令司事，前赴无锡、宜兴和桥等处，采办米谷运苏。惟向章先由厘捐总局札行经过各局卡，验明义仓护照，免厘放行。此次买补米谷，自应移请贵民政长移行经过各税卡，验照放行，以免阻滞。除填给护照，发交船户领运外，相应移请。为此合移贵民政长，请烦查照办理。望切施行。须至移者。

一移苏州民政长江

黄帝纪元四千六百有九年十一月十四日丰备义仓绅董潘移

为照复事。案准大移，属移行经过各税卡，将义仓采买米谷，验照放行等因。准此查厘捐现已改归各民政长设所办理。除照会无锡、宜兴民政长转饬放行外，相应照复贵绅董，请烦查照。须至照会者。

黄帝纪元四千六百有九年十一月初六日照会

苏州民政长江照会

卷四　征收田租 *

为照会事。本年九月十九日，奉署藩宪陆札开，照得长元二县义仓田亩收租事宜，历经由司委员会同绅董，实力收办在案。所有本年义仓收租各事，将届开征之期，应即饬委候补知县沈翰会同绅士，妥为经理，并委候补巡检王登瀛随同办理，以昭周妥。除分札饬委并呈报外，合行札知等因到府。奉此合行照会。为此照会贵绅董，希即会委妥为征收，一俟收竣，造册分送察核，仍将开仓日期报查。望切！须至照会者。

光绪二十五年九月廿九日照会

苏州府彦照会

呈为乡农赍米入城还租请饬局卡免厘事。窃绅等伏读前抚宪德通饬遵办积谷事宜，文内有王者八政，以食为先，管子治齐，首实仓廪等谕。本年又奉正任署藩宪聂暨宪台面谕，业户征租，务须带收米石等因。诚以食为民天，事不可缓。绅等已于董理之丰备义仓，给发租籴，纸上先行刊加戳记，遵谕本折兼收。第是近来米价腾昂，日甚一日。农佃粜米一石之价，远过于业户所收。每石折价，虽现定来纳米者一律七成，恐完纳本色者尚属无多。现又风闻米厘一项，仍复起捐，虽乡农赍米入城还租，不过数石十余石，多至数十石，均非大帮载运，本在蠲免厘金之列。惟上年曾蒙大宪恩施，停止米捐，三吴士民同声感颂。今又开办，深恐局卡委员未能仰体德意，或忘却旧章，责令农佃携带还租之米，一律输捐，势必佃户裹足不前，则本折兼收，徒成虚语。绅等愚昧之见，似宜严贩米出洋之禁，以塞漏卮，即可宽粜米抽厘之捐，以通来源。是否有当，仰祈大公祖大人电鉴察夺，申明旧章，通饬各局卡委员，谕令司事巡丁人等，遇有乡农入城完纳义仓及各业田租，赍带米石经过，概免抽收厘捐，勿任留难需索，庶于宪谕带收本色之处，或有裨益。出自鸿施，谨呈。

呈牙厘局宪朱

光绪二十五年十月十三日义仓绅董张、潘、吴呈

为照复事。本年十月十三日，准贵绅董文称：乡农入城完纳义仓及各业田租，赍带米石过卡，请局申明旧章，通饬各局卡员，概免抽收厘捐，勿任留难需索等因到局。准此查各处农佃装运租米入城及乡户收租装米到镇，经过厘卡，向以籴单为凭，听候扦查米数相符，加戳放行，不准一籴两运。倘租数较多，一批未能清缴，需待转运者，即由各厘卡于租籴上注明某日运过米数，仍加盖戳记，俾便稽查。其乡民零星载米进卡，如在数石以内，确系运赴行家粜卖者，亦准一律免捐，以示体恤。前经由局颁示晓谕，通行遵办在案。今准前因，除通饬各局卡仍遵旧章办理，并令谕禁巡勇人等不准藉端需索外，合行照复。为此照会贵绅董，请烦查照施行。须至照会者。

光绪二十五年十月十四日照会

牙厘局宪朱照会

委办省城义仓候补知县为申报事。窃卑职奉宪台札委办理丰备义仓田租事宜，遵即于
十月初七日到仓，同随办委员王登瀛会同绅董，循照旧章，饬差传集各催甲赴仓谕话，发
给印繇，分催各佃，依限完租额米。除遵奉宪章减净外，分限照章另饶，逾限不饶。收租
折价，议定每石制钱二千四百文，仍照向章，头限十日，每石让钱二百文，二限十日，每
石让钱一百文，三限十日，每石让钱五十文，过限不让，照每石二千四百文收折。在限内
以米完纳，每石概饶三斗，实收七斗。定于十月二十一日开收，一俟收有成色，再行续
报。合将卑职等到仓议定收米折色各价目并到仓日期，具文申报。除申藩宪外，仰祈宪台鉴
察备查。须至申者。
　　追租委员沈申文
　　一申藩宪
　　　　府
　　光绪二十五年十月十二日义仓委员沈翰

为晓谕事。照得省城丰备义仓官绅会办，妥议定章，历奉宪饬筹办在案。现届秋谷登
场，仍照历届章程，于十月二十一日为始，分限收租，为此合行晓谕，仰差传集各催甲，
于预日赴仓领繇，赶即分派各佃，挨户晓谕，务令在限内，将本年应完核实租米，赶紧备
齐，亲自到仓完缴，毋得观望。如敢逾限不清，立即提比，勒限严追，仍不准颗粒蒂欠，
各催甲倘有徇庇顶用及以熟报荒等弊，一经察出，定即从重惩治，差保贿纵，一并究办不
贷。凛之。特示。
　　一出示义仓
　　光绪二十五年十月十三日
　　长、元、吴三县与义仓委员会衔告示（历届告示并同）

委办省城义仓候补知县为具文申报事。窃卑职奉前宪台札委会办丰备义仓田租事宜，
　　　　　　　　　　　　　　　　　前藩宪
业将收租折价并到仓开收日期，具文申报在案。兹查本年十月二十一日开收起，头限十
日，收长元吴三邑田租米一万二千五百五十三石四斗五升七合，每石折色钱二千二百文，
合钱二万七千六百一十七千六百五文；二限十日，收长元吴三邑田租米二百五十五石二斗
三升八合，每石折色钱二千三百文，合钱五百八十七千四十七文；三限十日，收长元吴三
邑田租米一百五石三斗六升八合，每石折色钱二千三百五十文，合钱二百四十七千六百一
十五文。自过限起，至十二月二十七日止，收长元吴三邑田租米一千二百五十九石三斗七
升二合，每石折色钱二千四百文，合钱三千二十二千四百九十三文。又本年九月报销后，
续收上年长元吴三邑旧租米一百二十石三斗五升，每石折色钱二千二百文，合钱二百六十
四千七百七十文。共收新旧田租米一万四千二百九十三石七斗八升五合，共合钱三万一
千七百三十九千五百三十文。又收荡田租银合钱一百五千九百四十三文，统共收田租米银折
色钱三万一千八百四十五千四百七十三文。尚有应完未缴田租，开篆后，再当竭力催收。
至本年采买新谷、完纳条漕、协贴省城饭粥局及一切收租积谷经费，俟明年正月内由绅董
造具本年冬季报销四柱清册，呈送鉴核。合将现收田租折色钱文数目，备文申报。（除申藩

宪外），仰祈宪台鉴察备查。须至申者。

一申藩宪
　　府宪

光绪二十五年十二月二十九日义仓委员沈翰

为照会事。奉署藩宪陆札开，照得长元二县义仓田亩收租事宜，历经由司委员会同绅董，实力收办在案。所有本年义仓收租各事，将届开征之期，应即饬委候补知县洪衍庆会同绅士，妥为经理，并委候补县丞沈尔桢随同办理，以昭周妥。除分札饬委并呈报外，合行札知等因到府。奉此合行照会。为此照会贵绅董，希即知照。望切！须至照会者。

光绪二十六年九月二十一日照会

苏州府彦照会

委办省城义仓候补知县为申报事。窃卑职奉宪台札委办理丰备义仓田租事宜，遵即于
　　　　　　　　　　　　　　　　　藩宪
十月初一日到仓，同随办委员沈尔桢会同绅董循照旧章，饬差传集各催甲赴仓谕话，发给印纂，分催各佃，依限完租额米。除遵奉宪章减净外，分限照章另饶，逾限不饶。收租折价，议定每石制钱二千一百文，仍照向章，头限十日，每石让钱二百文，二限十日，每石让钱一百文，三限十日，每石让钱五十文，过限不让，照每石二千一百文收折。定于十月初八日开收，一俟收有成色，再当续报。合将卑职等到仓议定收租折价并到仓日期，具文申报。（除申藩宪外），仰祈宪台鉴察备查。须至申者。

一申藩宪
　　府宪

光绪二十六年十月初一日义仓委员洪衍庆

委办省城义仓候补知县为具文申报事。窃卑职奉宪台札委会办丰备义仓田租事宜，业
　　　　　　　　　　　　　　　　　　藩宪
将收租折价并到仓开收日期，具文申报在案。兹查本年十月初八日开收起，头限十日，收长元吴三邑田租米一万二千六百一十石六斗四升，每石折色钱一千九百文，合钱二万三千九百六十千二百一十六文；二限十日，收长元吴三邑田租米三百一石九斗六升一合，每石折色钱二千文，合钱六百三十九千九百二十二文；三限十日，收长元吴三邑田租米一百二十一石五斗九升二合，每石折色钱二千五十文，合钱二百四十九千二百六十三文。自过限起，至十二月二十七日止，收长元吴三邑田租米一千三百六十二石三斗八升二合，每石折色钱二千一百文，合钱二千八百六十一千二文。又本年九月报销后，续收上年长元吴三邑旧租米五十三石一斗三升四合，每石折色钱二千四百文，合钱一百二十七千五百二十二文。共收新旧田租米一万四千四百四十九石七斗九合，共合钱二万七千八百一千九百二十五文。又收荡田租银合钱一百二十五千二百七十九文，统共收田租米银折色钱二万七千九百二十七千二百四文。尚有应完未缴田租，开篆后，再当竭力催收。至本年采买新谷、完纳条漕、协贴省城饭粥局及一切收租积谷经费，俟明年正月内由绅董造具本年冬季报销四柱清册，呈送鉴核。合将现收田租折色钱文数目，备文申报。除申藩宪外，仰祈宪台鉴察备查。须至申者。

一申藩宪
　　府宪

光绪二十六年十二月二十七日义仓委员洪衍庆

为照会事。奉藩宪陆札开，照得长元二县义仓田亩收租事宜，历经由司委员会同绅董，实力收办在案。所有本年义仓收租各事，将届开征之期，应即饬委候补知县林廷楷会同绅士，妥为经理，并委候补县丞王维翰随同办理，以昭周妥。除分札饬委呈报外，合行札知等因到府。奉此合行照会。为此照会贵绅董，希即知照。须至照会者。

光绪二十七年九月二十三日照会

苏州府向照会

委办省城义仓候补知县为申报事。窃卑职奉宪台札委办丰备义仓田租事宜，遵即于十月初一日到仓，同随办委员王维翰会同绅董循照旧章，饬差传集各催甲赴仓谕话，发给印籴，分催各佃，依限完租额米。除遵奉宪章减净外，分限照章另饶，逾限不饶。本年耷口歉收，每亩再格饶米二斗。收租折价，议定每石制钱二千六百文，仍照向章，头限十日，每石让钱二百文，二限十日，每石让钱一百文，三限十日，每石让钱五十文，过限不让，照每石二千六百文收折。定于十月十七日开收，一俟收有成色，再行续报。合将卑职等到仓议定收租折价并到仓日期，具文申报。除申藩宪外，仰祈宪台鉴察备查，至至申者。

一申藩宪
府宪

光绪二十七年十月初七日义仓委员林廷楷

委办省城义仓候补知县为具文申报事。窃卑职奉宪台札委会办丰备义仓田租事宜，业将收租折价并到仓开收日期，具文申报在案。兹查本年十月十七日开收起，头限十日，收长元吴三邑田租米一万四百五十七石九斗八升五合，每石折色钱二千四百文，合钱二万五千九十九千一百六十五文；二限十日，收长元吴三邑田租米九十一石六斗六升八合，每石折色钱二千五百文，合钱二百二十九千一百七十一文；三限十日，收长元吴三邑田租米二十六石九斗二升八合，每石折色钱二千五百五十文，合钱六十八千六百六十六文。自过限起，至十二月二十六日止，收长元吴三邑田租米一千二十石八斗三升三合，每石折色钱二千六百文，合钱二千六百五十四千一百六十六文。又本年九月报销后，续收上年长元吴三邑旧租米二百一十五石一斗九升五合，每石折色钱二千一百文，合钱四百五十一千九百九文。共收新旧田租米一万一千八百一十二石六斗九合，共合钱二万八千五百三千七十七文。又收荡田租银合钱一百一十四千五百八十五文，统共收田租米银折色钱二万八千六百一十七千六百六十二文。尚有应完未缴田租，开篆后，再当竭力催收。至本年完纳条漕、协贴省城饭粥局及一切收租积谷经费，俟明年正月由绅董造具本年冬季报销四柱清册，呈送鉴核。合将现收田租折色钱文数目，备文申报。除申藩宪外，仰祈宪台鉴察备查。须至申者。

一申藩宪
府宪

光绪二十七年十二月　日义仓委员林廷楷

为照会事。奉藩宪陆札开，照得长元二县义仓田亩收租事宜，历经由司委员会同绅董，实力收办在案。所有本年义仓收租各事，将届开征之期，应即饬委候补知县许之祜会同绅士，妥为经理，并委候补县丞鲁宝清随同办理，以昭周妥。除分札饬委呈报外，合行札知等因到府。奉此合行照会。为此照会贵绅董，希即知照。须至照会者。

光绪二十八年十月十七日照会

苏州府向照会

委办省城义仓候补知县为申报事。窃卑职奉宪台藩宪札委办理丰备义仓田租事宜，遵即于十月十五日到仓，同随办委员鲁宝清会同绅董循照旧章，饬差传集各催甲赴仓谕话，发给印劄，分催各佃，依限完租额米。除遵奉宪章减净外，分限照章另饶，逾限不饶。查本年佃农冒水辛勤，每亩再统另饶米一斗。收租折价，议定每石制钱二千八百文，仍照向章，头限十日，每石让钱二百文，二限十日，每石让钱一百文，三限十日，每石让钱五十文，过限不让，照每石二千八百文收折。定于十月二十三日开收，一俟收有成色，再行续报。合将卑职等到仓议定收租折价饶米并到仓日期，具文申报。除申藩宪外，仰祈宪台鉴察备查。须至申者。

一申藩宪府宪

光绪二十八年十月十三日义仓委员许之祜

委办省城义仓候补知县为具文申报事。窃卑职奉宪台藩宪札委会办丰备义仓田租事宜，业将收租折价并到仓开收日期，具文申报在案。兹查本年十月二十三日开收起，头限十日，收长元吴三邑田租米一万一千二百七十二石三斗六升七合，每石折色钱二千六百文，合钱二万九千三百八千一百五十四文；二限十日，收长元吴三邑田租米三百二十七石八斗七升一合，每石折色钱二千七百文，合钱八百八十五千二百五十二文；三限十日，收长元吴三邑田租米六十二石九斗三升八合，每石折色钱二千七百五十文，合钱一百七十三千八十文。自过限起，至十二月二十七日止，收长元吴三邑田租米一千二百七十九石八斗六升六合，每石折色钱二千八百文，合钱三千五百八十三千六百二十五文。又本年九月报销后，续收上年长元吴三邑旧租米一百五十七石四斗七升，每石折色钱二千六百文，合钱四百九千四百二十二文。共收新旧田租米一万三千一百石五斗一升二合，共合钱三万四千三百五十九千五百三十三文。又收荡田租银合钱一百一十六千三百五十二文，统共收田租米银折色钱三万四千四百七十五千八百八十五文。尚有应完未缴田租，开篆后，再当竭力催收。至本年采办谷石、完纳条漕、协贴省城饭粥局及一切收租积谷经费，俟明年正月由绅董造具本年冬季报销四柱清册，呈送鉴核。合将现收田租折色钱文数目，备文申报。除申藩宪外，仰祈宪台鉴察备查。须至申者。

一申藩宪府宪

光绪二十八年十二月二十九日义仓委员许之祜

为照会事。奉署藩宪效札开，照得长元二县义仓田亩收租事宜，历经由司委员会同绅董，实力收办在案。所有本年义仓收租各事，将届开征之期，应即饬委候补知县卢懋善会同绅士，妥为经理，并委候补县丞周祖揆随同办理，以昭周妥。除分札饬委并呈报外，合行札知等因到府。奉此合就照会。为此照会贵绅，希即知照。须至照会者。

光绪二十九年九月二十二日照会

代理苏州府田照会

委办省城义仓候补知县为申报事。窃卑职奉^{宪台}札委办理丰备义仓田租事宜，遵即于十月初一日到仓，同随办委员周祖揆会同绅董循照旧章，饬差传集各催甲赴仓谕话，发给印簿，分催各佃，依限完租额米。除遵奉宪章减净外，分限照章另饶，逾限不饶。查本年收成较上年为歉，议定每亩再统饶米一斗五升，以示体恤。收租折价，议定每石制钱二千八百文，仍照向章，头限十日，每石让钱二百文，二限十日，每石让钱一百文，三限十日，每石让钱五十文，过限不让，照每石二千八百文收折。定于十月十一日开收，一俟收有成色，再行续报。合将卑职等到仓议定收租折价饶米并到仓日期，具文申报。^{除申藩宪}外，仰祈宪台鉴察备查。须至申者。

一申^{藩宪}_{府宪}

光绪二十九年十月初一日义仓委员卢懋善

委办省城义仓候补知县为具文申报事。窃卑职奉^{宪台}_{藩宪}札委会办丰备义仓田租事宜，业将收租折价并到开仓收日期，具文申报在案。兹查本年十月十一日开收起，头限十日，收长元吴三邑租米一万八百三十石九斗三升一合，每石折色钱二千六百文，合钱二万八千一百六十千四百二十一文；二限十日，收长元吴三邑田租米一百七十石一斗四升，每石折色钱二千七百文，合钱四百五十九千三百七十八文；三限十日，收长元吴三邑田租米六十六石一斗七升一合，每石折色钱二千七百五十文，合钱一百八十一千九百七十一文。自过限起，至十二月二十七日止，收长元吴三邑田租米一千一百三十五石三斗九升八合，每石折色钱二千八百文，合钱三千一百七十九千一百一十四文。又本年九月报销后，续收上年长元吴三邑旧租米一百二十七石八斗五升九合，每石折色钱二千八百文，合钱三百五十八千五文。共收新旧田租米一万二千三百三十石四斗九升九合，共合钱三万二千三百三十八千八百八十九文。又收荡田租银合钱一百一十五千七十二文，统共收田租米银折色钱三万二千四百五十三千九百六十一文。尚有应完未缴田租，开篆后，再当竭力催收。至本年采办谷石、完纳条漕、协贴省城饭粥局及一切收支积谷经费，俟明年正月由绅董造具本年冬季报销四柱清册，呈送鉴核。合将现收田租折色钱文数目，备文申报。^{除申藩宪外}，仰祈宪台鉴察备查。须至申者。

一申^{藩宪}_{府宪}

光绪二十九年十二月二十八日义仓委员卢懋善

为照会事。本年九月十七日奉藩宪效札开，照得长元二县义仓田亩收租事宜，历经由司委员会同绅董，实力收办在案。所有本年义仓收租各事，将届开征之期，应即饬委候补通判金殿元会同绅士，妥为经理，并委试用县丞周祖揆随同办理，以昭周妥。除分札饬委并呈报外，合行札知等因到府。奉此合行照会。为此照会贵绅董，希即知照。须至照会者。

光绪三十年九月二十九日照会

苏州府许照会

委办省城义仓候补通判为申报事。窃卑职奉前升宪札委会办丰备义仓田租事宜，遵即于十月初一日到仓，同随办委员周祖揆会同绅董循照旧章，饬差传集各催甲赴仓谕话，发给印籖，分催各佃，依限完租额米。除遵奉宪章减净外，分限照章另饶，逾限不饶。收租折价，议定每石制钱二千五百文，仍照向章，头限十日，每石让钱二百文，二限十日，每石让钱一百文，三限十日，每石让钱五十文，过限不让，照每石二千五百文收折。定于十月二十三日开收，一俟收有成色，再行续报。合将卑职等到仓议定收租折价并到仓日期，具文申报。除申藩宪外，仰祈宪台鉴察备查。须至申者。

一申藩宪
苏州府

光绪三十年十月十五日义仓委员金殿元

委办省城义仓候补通判为申报事。窃卑职奉宪台藩宪札委会办丰备义仓田租事宜，业将收租折价并到仓开收日期，具文申报在案。兹查本年十月二十三日开收起，头限十日，收长元吴三邑田租米一万二千二百九十石八斗三升八合，每石折色钱二千三百文，合钱二万八千二百六十八千九百二十七文；二限十日，收长元吴三邑田租米三百一石二斗六合，每石折色钱二千四百文，合钱七百二十二千八百九十四文；三限十日收长元吴三邑田租米一百二十七石一斗四升七合，每石折色钱二千四百五十文，合钱三百一十一千五百一十文。自过限起，至十二月二十六日止，收长元吴三邑田租米一千五百六石四斗五升二合，每石折色钱二千五百文，合钱三千七百六十六千一百三十文。又本年九月报销后，续收上年长元吴三邑旧租米一百二十九石三斗二升一合，每石折色钱二千八百文，合钱三百六十二千九十九文。共收新旧田租米一万四千三百五十四石九斗六升四合，共合钱三万三千四百三十一千五百六十文。又收荡田租银合钱一百一十四千五百九十一文，统共收田租米银折色钱三万三千五百四十六千一百五十一文。尚有应完未缴田租，开篆后，再当竭力催收。至本年采办谷石、完纳条漕、协贴省城饭粥局及一切收租积谷经费，俟明年正月由绅董造具本年冬季报销四柱清册，呈送鉴核。合将现收田租折色钱文数目，备文申报。除申藩宪外，仰祈宪台鉴察备查。须至申者。

一申藩宪
苏州府

光绪三十年十二月二十八日义仓委员金殿元

为照会事。本年十月十八日，奉藩宪陆札开，照得长元二县义仓田亩收租事宜，历经由司委员会同绅董，实力收办在案。所有本年义仓收租各事，将届开征之期，应即饬委候补知县沈尔桢会同绅士，妥为经理，并委试用县丞周祖揆随同办理，以昭周妥。除分札饬委并呈报外，合行札知等因到府。奉此合行照会。为此照会贵绅董，希即知照。须至照会者。

光绪三十一年十一月初十日照会

苏州府许照会

委办省城义仓候补知县为申报事。窃卑职奉^{宪台}札委会办丰备义仓田租事宜，遵即于十月十九日到仓，同随办委员周祖揆会同绅董循照旧章，饬差传集各催甲赴仓谕话，发给印蒜，分催各佃，依限完租额米。除遵奉宪章减净外，分限照章另饶，逾限不饶。收租折价，议定每石制钱二千四百文，仍照向章，头限十日，每石让钱二百文，二限十日，每石让钱一百文，三限十日，每石让钱五十文，过限不让，照每石二千四百文收折。定于十月二十八日开收，一俟收有成色，再行续报。合将卑职等到仓议定收租折价并到仓日期，具文申报。除申藩宪外，仰祈宪台鉴察备查。须至申者。

一申 ^{署藩宪陆}
　　^{府宪许}

光绪三十一年十月　日义仓委员沈尔桢

委办省城义仓候补知县为申报事。窃卑职奉^{宪台}札委会办丰备义仓田租事宜，业将收租折价并到仓开收日期，具文申报在案。兹查本年十月二十八日开收起，头限十日，收长元吴三邑田租米一万二千七百五十石三斗九合，每石折色钱二千二百文，合钱二万八千五十千六百八十文；二限十日，收长元吴三邑田租米二百六石六斗五升四合，每石折色钱二千三百文，合钱四百七十五千三百四文；三限十日，收长元吴三邑田租米三十九石九斗八升二合，每石折色钱二千三百五十文，合钱九十三千九百五十八文。自过限起，至十二月二十七日止，收长元吴三邑田租米一千三百三十石七斗二升一合，每石折色钱二千四百文，合钱三千一百九十三千七百三十文。又本年九月报销后，续收上年长元吴三邑旧租米二百三十石五斗七升六合，每石折色钱二千五百文，合钱五百七十六千四百四十文。共收新旧田租米一万四千五百五十八石二斗四升二合，共合钱三万二千三百九十千一百一十二文。又收荡田租银合钱一百一十一千八百六文，统共收田租米银折色钱三万二千五百一千九百一十八文。尚有应完未缴田租，开篆后，再当竭力催收。至本年完纳条漕、协贴省城粥局及一切收支各款，俟明年正月由绅董造具本年冬季报销四柱清册，呈送鉴核。合将现收田租折色钱文数目，备文申报。除申藩宪外，仰祈宪台鉴察备查。须至申者。

一申 ^{藩宪濮}
　　^{府宪许}

光绪三十一年十二月　日义仓委员沈尔桢

为照会事。本年十月初四日，奉署藩宪朱札开，照得长元二县义仓田亩收租事宜，历经由司委员会同绅董，实力收办在案。所有本年义仓收租各事，将届开征之期，应即饬委候补知县沈尔桢会同绅士，妥为办理，并委候补县丞周祖揆随同办理，以昭周妥。除分札饬委并呈报外，合行札知等因到府。奉此合行照会，为此照会贵绅董，希即知照。须至照会者。

光绪三十二年十月十八日照会

苏州府何照会

　　委办省城义仓候补知县为申报事。窃卑职奉前^{宪台}札委会办丰备义仓田租事宜，遵即于十月初一日到仓，同随办委员周祖揆会同绅董循照旧章，饬差传集各催甲赴仓谕话，发给印簿，分催各佃，依限完租额米。除遵奉宪章减净外，分限照章另饶，逾限不饶。查本年歉收，再饶米每亩二斗。收租折价，议定每石制钱三千文，仍照向章，头限十日，每石让钱二百文，二限十日，每石让钱一百文，三限十日，每石让钱五十文，过限不让，照每石三千文收折。定于十月十三日开收，一俟收有成色，再行续报。合将卑职等到仓议定收租折价并到仓日期，具文申报。除申藩宪外，仰祈宪台鉴察备查。须至申者。

　　一申^{藩宪陈}_{府宪何}

光绪三十二年十月　　日义仓委员沈尔桢

　　委办省城义仓候补知县为申报事。窃卑职奉^{宪台}札委会办丰备义仓田租事宜，业将收租折价并到仓开收日期具文申报在案。兹查本年十月十三日开收起，头限十日，收长元吴三邑田租米一万五十三石七斗四升四合，每石折色钱二千八百文，合钱二万八千一百五十千四百八十三文；二限十日，收长元吴三邑田租米一百六十二石七斗四升一合，每石折色钱二千九百文，合钱四百七十一千九百四十九文；三限十日，收长元吴三邑田租米五十四石七斗五升一合，每石折色钱二千九百五十文，合钱一百六十一千五百一十五文。自过限起，至十二月二十七日止，收长元吴三邑田租米一千一百四十一石二斗八升六合，每石折色钱三千文，合钱三千四百二十三千八百五十八文。又本年九月报销后，续收上年长元吴三邑旧租米一百七石九升八合，每石折色钱二千四百文，合钱二百五十七千三十五文。共收新旧田租米一万一千五百一十九石六斗二升，共合钱三万二千四百六十四千八百四十文。又收荡田租银合钱一百一十二千三百三十二文，又收荡田旧租银合钱一千八百九文，统共收田租米银折色钱三万二千五百七十八千九百八十一文。尚有应完未缴田租，开篆后，再当竭力催收。至本年采买积谷、完纳条漕、协贴省城粥局及一切收支各款，俟明年正月由绅董造具本年冬季报销四柱清册，呈送鉴核。合将现收田租折色钱文数目，备文申报。除申藩宪外，仰祈宪台鉴察备查。须至申者。

　　一申^{藩宪陈}_{府宪何}

光绪三十二年十二月　　日义仓委员沈尔桢

　　为照会事。本年十月初六日，奉署藩宪朱札开，照得长元二县义仓田亩收租事宜，历经由司委员会同绅董，实力收办在案。所有本年义仓将届收租之期，应即饬委候补知县沈尔桢会同绅士妥办，并委候补县丞周祖揆随同办理，以昭周妥。除分札饬委并呈报外，合行札知等因到府。奉此合行照会。为此照会贵绅董，希即知照。须至照会者。

光绪三十三年十月十二日照会

苏州府何照会

委办省城义仓候补知县为申报事。窃卑职奉宪台札委会办丰备义仓田租事宜，遵即于十月初八日到仓，同随办委员周祖揆会同绅董循照旧章，饬差传集各催甲赴仓谕话，发给印縢，分催各佃，依限完租额米。除遵奉宪章减净外，分限照章另饶，逾限不饶。收租折价，议定每石制钱三千三百文，仍照向章，头限十日，每石让钱二百文，二限十日，每石让钱一百文，三限十日，每石让钱五十文，过限不让，照每石三千三百文收折。定于十月二十一日开收，一俟收有成色，再行续报。合将卑职等到仓议定收租折价并到仓日期，具文申报。除申藩宪外，仰祈宪台鉴察备查。须至申者。

一申署藩宪朱 府宪何

光绪三十三年十月　日义仓委员沈尔桢

委办省城义仓候补知县为申报事。窃卑职奉宪台札委会办丰备义仓田租事宜，业将收租折价并到仓开收日期具文申报在案。兹查本年十月二十一日开收起，头限十日，收长元吴三邑田租米一万二千六百七石五斗七升九合，每石折色钱三千一百文，合钱三万九千八十三千四百九十五文；二限十日，收长元吴三邑田租米三百六十六石三斗七升一合，每石折色钱三千二百文，合钱一千一百七十二千三百八十七文；三限十日，收长元吴三邑田租米八十三石三斗五升三合，每石折色钱三千二百五十文，合钱二百七十千八百九十七文。自过限起，至十二月二十六日止，收长元吴三邑田租米一千三百四十二石七斗八升五合，每石折色钱三千三百文，合钱四千四百三十一千一百九十文。又本年九月报销后，续收上年长元吴三邑旧租米一百三石七斗六升三合，每石折色钱三千文，合钱三百一十一千二百八十九文。共收新旧田租米一万四千五百三石八斗五升一合，共合钱四万五千二百六十九千二百五十八文。又收荡田租银合钱一百一十五千六百五十一文，统共收田租米银折色钱四万五千三百八十四千九百九文。尚有应完未缴田租，开篆后，再当竭力催收。至本年采办谷石、完纳条漕、协贴省城粥局及一切收租积谷经费，俟明年正月由绅董造具本年冬季报销四柱清册，呈送鉴核。合将现收田租折色钱文数目，备文申报。除申藩宪外，仰祈宪台鉴察备查。须至申者。

一申署藩宪朱 府宪何

光绪三十三年十二月　日义仓委员沈尔桢

为照会事。本年十月初十日，奉藩宪瑞札开，照得长元二县义仓田亩收租事宜，历经由司委员会同绅董，实力收办在案。所有本年义仓将届收租之期，应即饬委王令庆征会同绅士，妥为办理，并委陈县丞其昌随同办理，以昭周妥。除分札饬委并呈报外，合行札知等因到府。奉此合行照会。为此照会贵绅董，希即知照。须至照会者。

光绪三十四年十月十八日照会

苏州府何照会

委办省城义仓候补知县为申报事。窃卑职奉宪台札委会办丰备义仓田租事宜，遵即于十月二十日到仓，同随办委员陈其昌会同绅董循照旧章，饬差传集各催甲赴仓谕话，发给印繇，分催各佃，依限完租额米。除遵奉宪章减净外，分限照章另饶，逾限不饶。收租折价，议定每石制钱三千九百文，仍照向章，头限十日，每石让钱二百文，二限十日，每石让钱一百文，三限十日，每石让钱五十文，过限不让，照每石三千九百文收折。定于十月廿八日开收，一俟收有成色，再行续报。合将卑职等到仓议定收租折价并到仓日期，具文申报。除申藩宪外，仰祈宪台鉴察备查。须至申者。

一申藩宪瑞
府宪何

光绪三十四年十月　日义仓委员王庆征

委办省城义仓候补知县为申报事。窃卑职奉宪台藩宪札委会办丰备义仓田租事宜，业将收租折价并到仓开收日期具文申报在案。兹查本年十月二十八日开收起，头限十日，收长元吴三邑田租米一万二千六百三十五石二斗五升四合，每石折色钱三千七百文，合钱四万六千七百五十千四百四十文；二限十日，收长元吴三邑田租米二百三十六石六斗六合，每石折色钱三千八百文，合钱八百九十九千一百三文；三限十日，收长元吴三邑田租米五十三石六斗二升五合，每石折色钱三千八百五十文，合钱二百六千四百五十六文。自过限起，至十二月二十七日止，收长元吴三邑田租米一千三百七十七石四斗八升八合，每石折色钱三千九百文，合钱五千三百七十二千二百三文。又本年九月报销后，续收上年长元吴三邑旧租米八十八石三斗七升六合，每石折色钱三千三百文，合钱二百九十一千六百四十一文。共收新旧田租米一万四千三百九十一石三斗四升九合，共合钱五万三千五百一十九千八百四十三文。又收荡田租银合钱一百一十三千五百五文，统共收田租米银折色钱五万三千六百三十三千三百四十八文。尚有应完未缴田租，开篆后，再当竭力催收。至本年采办谷石完纳条漕协贴省城粥局及一切收租积谷经费，俟明年正月由绅董造具本年冬季报销四柱清册，呈送鉴核。合将现收田租折色钱文数目，备文申报。除申藩宪外，仰祈宪台鉴察备查。须至申者。

一申藩宪瑞
府宪何

光绪三十四年十二月　日义仓委员王庆征

为照会事。本年九月十六日，奉藩宪陆札开，照得长元二县义仓田亩收租事宜，历经由司委员会同绅董，实力收办在案。所有本年义仓将届收租之期，应即饬委候补通判莫小农会同绅士妥办，并委候补县丞周祖揆随同办理，以昭周妥。除分札饬委并呈报外，合行札知等因到府。奉此合行照会。为此照会贵绅董，希即知照。须知照会者。

宣统元年九月三十日照会

苏州府何照会

委办省城义仓候补通判为申报事。窃卑职奉宪台藩宪札委会办丰备义仓田租事宜，遵即于十月初一日到仓，同随办委员周祖揆会同绅董循照旧章，饬差传集各催甲赴仓谕话，发给印繇，分催各佃，依限完租额米。除遵奉宪章减净外，分限照章另饶，逾限不饶。再本年田禾略有虫伤，每亩格饶米一斗五升。收租折价，议定每石制钱三千九百文，仍照向章，头限十日，每石让钱二百文，二限十日，每石让钱一百文，三限十日，每石让钱五十文，过限不让，照每石三千九百文收折。定于十月十五日开收，一俟收有成色，再行续报。合将卑职等到仓议定收租折价并到仓日期，具文申报。除申藩宪外，仰祈宪台鉴察备查。须至申者。

一申^{藩宪陆}^{府宪何}

宣统元年十月初七日义仓委员莫小农

委办省城义仓候补通判为具文申报事。窃卑职奉前^{宪台札委会办丰备}^{藩宪}义仓田租事宜，业将收租折价并到仓开收日期具文申报在案。兹查本年十月十五日开收起，头限十日，收长元吴三邑田租米一万七百八十五石三斗九升八合，每石折色钱三千七百文，合钱三万九千九百五千九百七十三文；二限十日，收长元吴三邑田租米二百七十二石四斗六升六合，每石折色钱三千八百文，合钱一千三十五千三百七十一文；三限十日，收长元吴三邑田租米一百二石一斗一升五合，每石折色钱三千八百五十文，合钱三百九十三千一百四十三文。自过限起，至十二月二十七日止，收长元吴三邑田租米一千三百一石六斗七升五合，每石折色钱三千九百文，合钱五千七十六千五百三十三文。又本年九月报销后，续收上年长元吴三邑旧租米七十八石二斗八升八合，每石折色钱三千九百文，合钱三百五千三百二十三文。共收新旧田租米一万二千五百三十九石九斗四升二合，共合钱四万六千七百一十六千三百四十三文。又收荡田租银合钱一百一十六千二百二十三文，统共收田租米银折色钱四万六千八百三十二千五百六十六文。尚有应完未缴田租，开篆后，再当竭力催收。至本年采办谷石、完纳条漕、协贴省城粥局及一切收租积谷经费，俟明年正月由绅董造具本年冬季报销四柱清册，呈送鉴核。合将现收田租折色钱文数目，备文申报。除申藩宪外，仰祈宪台鉴察备查。须至申者。

一申^{署藩宪樊}^{府宪何}

宣统元年十二月　日义仓委员莫小农

为照会事。本年九月十三日，奉藩宪陆札开，照得长元二县义仓田亩收租事宜，历经由司委员会同绅董，实力收办在案。所有本年义仓将届收租之期，应即饬委试用知县许锡同会同绅士妥办，并委试用县丞周祖揆随同办理，以昭周妥。除分札饬委并呈报外，合行札知等因到府。奉此合行照会。为此照会贵绅董，希即知照。须至照会者。

宣统二年九月二十一日照会

苏州府何照会

委办省城义仓候补知县为申报事。窃卑职奉^{宪台札委会办丰备}^{藩宪}义仓田租事宜，遵即于十月朔日到仓，同随办委员周祖揆会同绅董循照旧章，饬差传集各催甲赴仓谕话，发给印鐢，分催各佃，依限完租额米。除遵奉宪章减净外，分限照章另饶，逾限不饶。本年因耷口稍歉，每亩再格饶米或一斗，或分别酌饶。收租折价，议定每石制钱四千一百文，仍照向章，头限十日，每石让钱二百文，二限十日，每石让钱一百文，三限十日，每石让钱五十文，过限不让，照每石四千一百文收折。定于十月二十一日开收，一俟收有成色，再行续报。合将卑职等到仓议定收租折价并到仓日期，具文申报。除申藩宪外，仰祈宪台鉴察备查。须至申者。

一申^{藩宪陆}_{府宪何}

宣统二年十月十一日义仓委员许锡同

委办省城义仓候补知县为具文申报事。窃卑职奉^{宪台札}_{藩宪}委会办丰备义仓田租事宜，业将收租折价并到仓开收日期具文申报在案。兹查本年十月二十一日开收起，头限十日，收长元吴三邑田租米一万一千九百三十一石四斗六升六合，每石折色钱三千九百文，合钱四万六千五百三十二千七百一十七文；二限十日，收长元吴三邑田租米二百六十七石四升四合，每石折色钱四千文，合钱一千六十八千一百七十六文；三限十日，收长元吴三邑田租米一百一十九石五升一合，每石折色钱四千五十文，合钱四百八十二千一百五十六文。自过限起，至十二月二十六日止，收长元吴三邑田租米一千三百三十石八斗二升二合，每石折色钱四千一百文，合钱五千四百五十六千三百七十文。又本年九月报销后，续收上年长元吴三邑旧租米六十六石七斗四合，每石折色钱三千九百文，合钱二百六十一千一百四十六文。共收新旧田租米一万三千七百一十五石八升七合，共合钱五万三千七百九十九千五百六十五文。又收荡·田租银合钱一百一十六千九百三十一文，统共收田租米银折色钱五万三千九百一十六千四百九十六文。尚有应完未缴田租，开篆后，再当竭力催收。至本年采办谷石、完纳条漕、协贴省城粥局及一切收租积谷经费，俟明年正月由绅董造具本年冬季报销四柱清册，呈送鉴核。合将现收田租折色钱文数目，备文申报。除申藩宪外，仰祈宪台鉴察备查。须至申者。

一申^{藩宪陆}_{府宪何}

宣统二年十二月二十七日义仓委员许锡同

卷五　领存商息*

　　呈为请领息款祈赐核放事。窃查丰备义仓叠奉前宪照会，以寄存司库积谷款库平银一万六千两，英洋一十万元，合库平银六万七千八百两，一并归入息借商款案内济饷，以六万七千八百两印小票暂存司库，其息款留作局用，惟一万六千两照发小票五纸，按期分别发还本息银两。嗣又奉文，以司库收存积谷银一万六千两，借作商款，按期应还本银，由司汇解商务局转借公司拨用，仍照案每月七厘起息各等因。绅等查积谷存款，既经宪库转解商务局拨借公司银一万六千两，所有按月七厘息款，业由前仓董吴绅大根具呈领至上年十一月初十日止在案。其自十一月十一日起，至本年五月初十日止，计六个月，应领前项息银六百七十二两。理合缮具领结，备文呈请，仰祈大公祖大人电鉴，示期照数核放领回，实为公便。谨呈。

　　　　计呈领结一纸
　　　　呈署藩宪陆
　　　　光绪二十五年九月十一日义仓绅董张、潘、吴呈

　　为照会事。准贵绅等呈领借拨商务公司积谷本银项下息银，具领请给等因到司。准此查提借贵绅等积谷银一万六千两，应给息银，业已放至光绪二十四年十一月初十日止在案。所有是年十一月十一日起，至光绪二十五年五月初十日止，计六个月，核计应给息银六百七十二两，已准商务局解司，自应照数放发，在于解存本款内动放给领。除于九月十八日堂期放给外，合就照会。为此照会贵绅等，请烦查收施行。须至照会者。

　　　　光绪二十五年九月十七日照会
　　　　藩宪陆照会

　　呈为请领息款祈赐核放事。窃查丰备义仓叠奉前宪照会，以寄存司库积谷款库平银一万六千两，英洋一十万元，合库平银六万七千八百两，一并归入息借商款案内济饷，以六万七千八百两印小票暂存司库，其息款留作局用，惟一万六千两，照发小票五纸，按期分别发还本息银两。嗣又奉文，以司库收存积谷银一万六千两，借作商款，按期应还本银，由司汇解商务局转借公司拨用，仍照案每月七厘起息各等因。绅等查积谷存款，既经宪库转解商务局拨借公司银一万六千两，所有按月七厘息款，业由绅等具呈领至本年五月初十日止在案。其自五月十一日起，至本年十一月初十日止，计六个月，应领前项银六百七十二两。理合缮具领结，备文呈请，仰祈大公祖大人电鉴，示期照数核放领回，实为公便。谨呈。

　　　　计呈领结一纸
　　　　呈署藩宪陆
　　　　光绪二十五年十二月初一日义仓绅董张、潘、吴呈

为照会事。准贵绅等呈领借拨商务公司积谷本银项下息银，具领请给等情到司。准此查提借贵绅积谷银一万六千两，应给息银，业已放至光绪二十五年五月初十日止在案。所有是年五月十一日起，至十一月初十日止，六个月核计应给息银六百七十二两，已准商务局解司，自应照数放发，即于解存本款内动放给领。除于十二月初八日堂期放发外，合就照会。为此照会贵绅，请烦查收施行。须至照会者。

光绪二十五年十二月十三日照会

署藩宪陆照会

呈为请领息款祈赐核放事。窃查丰备义仓叠奉前宪照会，以寄存司库积谷款库平银一万六千两，英洋一十万元，合库平银六万七千八百两，一并归入息借商款案内济饷，以六万七千八百两印小票暂存司库，其息款留作局用，惟一万六千两，照发小票五纸，按期分别发还本息银两。嗣又奉文，以司库收存积谷款银一万六千两，借作商款，按期应还本银，由司汇解商务局转借公司拨用，仍照前案每月七厘起息各等因。绅等查积谷存款，即经宪库转解商务局拨借公司银一万六千两，所有按月七厘息款，业由绅等具呈领至上年十一月初十日止在案。其自十一月十一日起，至本年五月初十日止，计六个月，应领前项息银六百七十二两。理合缮具领结，备文呈请，伏乞大公祖大人电鉴，示期照数核放领回，实为公便。谨呈。

计呈领结一纸

呈藩宪聂

光绪二十六年六月初三日义仓绅董张、潘、吴呈

为照会事。准贵绅等呈领借拨商务公司积谷本银项下息银，具领请给等情到司。准此查提借贵绅积谷银一万六千两，应给息银，业已放至二十五年十一月初十日止各在案。所有是年十一月十一日起，至光绪二十六年五月初十日止，计六个月，核计应给息银六百七十二两，已准商务局解司，自应照数放发，即于解存本款内动放给领。除于六月初八日堂期放发外，合就照会。为此照会贵绅，请烦查收施行。须至照会者。

光绪二十六年六月初十日照会

藩宪聂照会

为照会事。窃照司库收存省城丰备义仓寄存积谷款洋十万元，易银六万七千八百两，归入息借案内提借。嗣于二十三年十月十三日堂期，先行归还银四万三千九百五十两，寄存司库，其余银二万三千八百五十两，借拨公司济用，按期给息，并将应给息银放至二十三年五月初十日第五期止，均经照会贵绅董在案。兹查积谷息银，已准商务局解至二十六年五月初十日止，由司兑收转发。今前项息银，应自二十三年五月十一日起，至二十五年十一月初十日止，连闰三十一个月，以本银二万三千八百五十两，每月七厘起息，共该银五千一百七十五两四钱五分。又二十五年十一月十一日起，至二十六年二月二十日止，核该息银五百五十六两五钱。又二十六年二月二十一日起，至是年五月初十日止，除商务局解还吴兴厂缴还借本一万两，收入省城义仓积谷本款外，实计本银一万三千八百五十两。应支息银，按月核算，该银二百五十八两五钱三分三厘两，共息银八百十五两三分三厘。

又前溧阳县杨令股本二千两，二十四年六月十三日由司于义仓积谷本银内发还，其息银自应拨归义仓，准商务局移解，即从二十四年五月十一日起，至二十六年五月初十日止，计二十四个月，以七厘计算，该息银三百三十六两。又前阳湖县李令股本银三千两，二十五年十一月十三日亦于义仓本银内发还，息银照局移解，自二十五年十一月十一日起，至二十六年五月初十日止，计六个月七厘，息银一百二十六两。四共应放银六千四百五十二两四钱八分三厘，自应在于商务局解存本款内照数动支，作为局用，由司另款存储。除于十一月二十八日堂期动放作收外，合就照会。为此照会贵绅，请烦查照施行。须至照会者。

光绪二十七年十一月二十八日照会

藩宪陆照会

呈为请领上年息款祈赐核放事。窃查丰备义仓叠奉前宪照会，以寄存司库积谷款库平银一万六千两，又英洋一十万元，合库平银六万七千八百两，一并归入息借商款案内济饷，以六万七千八百两印小票暂存司库，其息款留作局用，惟一万六千两，照发小票五纸，按期发还本息银两。嗣又奉文，以司库收存积谷款银一万六千两，按期应还本银，由司汇解商务局转借公司拨用，仍照前案每月七厘起息各等因。绅等查积谷存款，既经宪库转解商务局拨借公司银一万六千两，所有按月七厘息款，业由绅等具呈领至上年五月初十日止在案。嗣因此项息款暂行停止，未经请领，近闻商务局已将积谷息银解交宪库收存备领，计自上年五月十一日起，至十一月初十日止，连闰七个月，应领息银七百八十四两。理合缮具领结，备文呈请，仰祈大公祖大人电鉴，示期照数核放领回，实为公便。谨呈。

一呈藩宪陆

光绪二十七年十二月　日义仓绅董张、潘、吴呈

为照会事。准贵绅等请领借拨商务公司积谷本银项下息银，具领请给等因到司。准此查提借丰备义仓积谷银一万六千两，应给息银，业已放至二十六年五月初十日止在案。所有是年五月十一日起，至十一月初十日止，连闰七个月，核该息银七百八十四两，现准商务局催解到司，自应照数于解存本款内动放给领。除于正月二十三日堂期动放外，合就照会。为此照会贵绅，烦为查照施行。须至照会者。

光绪二十八年正月二十八日照会。

藩宪陆照会

为照会事。案照丰备仓借拨商务公司积谷银一万六千两，应给息银，已放至二十六年十一月初十日止在案。嗣因公司积欠多期，迭经司局勒限严催，委员守提。仅据呈缴半期，由局转解到司，自应就数先行放发。核该二十六年十一月起，至二十七年二月初十日止，共应给三个月，息银三百三十六两，即于解存本款内动支。除于十一月十三日堂期动放外，合就照会。为此照会贵绅，烦为查照，希即备具准领，送司备案。须至照会者。

光绪二十八年十一月二十一日照会

藩宪陆照会

为照会事。案照省城丰备义仓寄存司库积谷款洋十万元，易银六万七千八百两，归入

息借商款案内提借。嗣于二十三年十月十三日堂期，先行归还银四万三千九百五十两。又二十六年二月二十三日，准商务局解吴兴丝厂缴还借本银一万两，当经收入义仓积谷本款，均存司库，其余银一万三千八百五十两，仍归借拨公司项下，按期给息，并将应给息银放至二十六年五月初十日止各在案。兹查积谷息银，已准商务局解至二十七年二月初十日止，由司总收分发。今前项息银，应自二十六年五月十一日起，至二十七年二月初十日止，连闰十个月，每月七厘起息，共该银九百六十九两五钱。又前溧阳县杨令、阳湖县李令股本共银五千两，前经由司于义仓积谷本款银内发还。所有息银，自应拨归义仓，已放至二十六年五月初十日止，核该是年五月十一日起，至二十七年二月初十日止，连闰十个月，以七厘计算，该给银三百五十两。两共应放银一千三百十九两五钱，即于商务局解存本款内动支，由司另款存储。除于九月十八日堂期动放作收外，相应照会。为此照会贵绅董，烦为查照施行。须至照会者。

光绪二十九年九月十九日照会

署藩宪效照会

为照会事。案照息借积谷公款，拨入公司案内，由司详准，将尾款银四万三千九百五十两，先行拨归义仓租息。兹查此项银两，当时收入义仓田租备拨款，自应提入义仓租息本款，以符原案。内除划放溧阳县杨令、常熟县朱令、阳湖县李令、宝山县马令息借银共一万两，丝、纱两厂借领银二万两，共银三万两，前于提还款内动支，应仍于义仓租息项下作放。其余银一万三千九百五十两，即在义仓田租备拨款内动支。除于九月十八日堂期分别核作收放外，相应照会。为此照会贵绅董，烦为查照施行。须至照会者。

光绪二十九年九月十九日照会

署藩宪效照会

为照会事。案照丰备义仓租息借拨商务局银二万三千八百五十两，又积谷本银一万六千两，现在息借本银，已准商务局解还银五万两。省城义仓，尤关紧要，应先收归，即于解存本款内放还。除于九月十八日堂期，分别收归义仓租息本银专款外，相应照会。为此照会贵绅，请烦查照施行。须至照会者。

光绪二十九年九月十九日照会

署藩宪效照会

一件：丰备义仓绅董呈送二十九年冬季收支册由，藩宪效批，查义仓寄存司库洋三万元，前因苏省建立李文忠公专祠，经费不敷，由贵绅等议复，于存款内暂借洋五千元，移缓就急，仍由省城筹捐归还，批复在案。现在司库只存洋二万五千元，希于本年春季册内登明，以符档案。至溧阳等县息借银一万两，前由司详明，援照通属积谷办法，分十年拨还。仅准商务局解到第一、二期银五百两，已饬库收归寄存租款，嗣后开造实存数目，应将此款添列，以清款目。其余银两，容俟续解到司，再行照会可也。现送清册，已转详抚宪核销，并希知照。此复。初七日，丰备义仓董潘绅等

为照会事。本年十月十六日，奉督宪魏批司详提借未还积谷，一律匀分十年，停利拨

本，随后核给息银，请示饬遵由，奉批：如详办理，仰即转饬遵照，仍候抚部院批示缴。又先于十月十一日，奉抚宪恩批开，据详息借商款案内未还各属积谷公款，一律匀分十年，停利拨本，俟本清后，随后核给息银，应准立案，仰即转饬遵照办理。至溧阳等县亏欠交代公款，前经司局会详，请照积谷还本之例，在于费商所缴每年租银拨余存款内按年提银一千两，解司归款，以十年归清，当经批准照办在案，并即查照前批办理可也。仍候南洋通商大臣批示缴等因各到司。奉此除通饬外，合就抄详照会。为此照会贵绅，烦为查照施行。须至照会者。

计抄详

光绪二十九年十月三十日照会

署藩宪效照会

为详明事。窃照息借商款案内，提借丰备义仓及各州厅县积谷公款，共银三十七万五千八百两，由司关各库分期筹还。嗣又遵饬改解商务局，借拨苏经、苏纶等厂具领，除第五期归还积谷公款时，详准将尾款银四万三千九百五十两先行收归丰备义仓外，实在借拨银三十三万一千八百五十两。内苏经、苏纶两厂银二十一万一千八百五十两，业勤纱厂银十万两，吴兴丝厂银二万两。现在吴兴丝厂已据全数解还，业勤纱厂亦已归还银三万两，尚欠银七万两，据呈分年归缴，声明光绪三十年还银二万两，三十一、二两年，各还银二万五千两。经、纶两厂，因祝商承桂包办亏空，丝毫未据解还，前经司局议定，于新商费承荫缴呈租银项下按年提还一成，分作十年归清，开折会详宪台批准照办在案。伏查吴兴、业勤两厂，先经解还银五万两内，除武、阳两县二十七年沙洲灾赈案内先还积谷本银一万两，又照案提还丰备义仓积谷银三万九千八百五十两，实存司库银一百五十两。统计各州厅县积谷公款，尚有未还银二十八万二千两。惟当时借拨，并未指明何县谷款借拨何厂。今经、纶两厂借款，须分十年拨还，业勤纱厂借款，光绪三十二年即可全清。若办理稍有参差，人皆得而藉口。本署司筹思至再，应请将业勤厂按年认缴本银，连同经、纶两厂应拨银两，从二十九年四月二十六日新商费承荫承租之日起，概分十年拨还，仍照以前给发息银之案，分五月、十一月两期核放，以未还各属积谷公款银二十八万二千两核计，每年应还库平银二万八千二百两。将来按期核发时，倘业勤厂款未解到，由司在于该厂缴存未发息银款内挪垫应付，仍俟收起提还，俾免迁延守候。至各属应领积谷息款，已放至光绪二十七年二月初十日止，此后经、纶两厂五厘息银，详明暂停不付，所有业勤厂应缴七厘息银，亦请暂存司库，统俟本银清后，再分两年，就数统摊核给，以昭公允而免偏枯。相应具文详明，伏候宪台鉴赐立案，并乞批示下司，以便转饬遵照。再，前溧阳县杨令、阳湖县李令、常熟县朱令、宝山县马令各任内，息借改作股本共银一万两，均因事故，交卸亏累，先后禀经各前升司批准，于提还丰备义仓积谷款内放还，仍作丰备义仓借拨商务局积谷存款，现经会局详请，在于费商租银拨余存款内，分年拨还，应俟奉批后，归入积谷项下，一律办理。合并陈明，除详某宪外，为此云云。

呈为请示遵办事。窃于光绪二十九年十月三十日，奉宪台照会，本年十月十一日奉抚宪恩批司详提借未还积谷，一律匀分十年，停利拨本，随后核给息银，请示饬遵由。奉批：据详息借商款案内未还各属积谷公款，一律匀分十年，停利拨本，俟本清后，随后核给息银，应准立案，仰即转饬遵照办理。至溧阳等县亏欠交代公款，前经司局会详，请照积谷还本之例，在于费商所缴每年租银拨余存款内按年提银一千两，解司归款，以十年归清，当经批准照办在案，并即查照前批办理可也等因到司。合就抄详照会，烦为查照施行等因到仓。奉此查丰备义仓寄存宪库积谷款英洋十万元，共合库平银六万七千八百两，系光绪二十年十月十八日前署宪黄提入息借商款案内，又另存积谷库平银一万六千两，先于是月十三日提归息借商款。其时董理仓务者，系吴故绅大根，迄今已逾九稔。自绅等接董以来，按季造册报销，仍照前式，实在项下，分列两行，曰：一、存奉文息借商款二两库平银一万六千两；曰：一、存奉文息借商款英洋十万元，每元合库平银六钱七分八厘。均合钱数列存，历经造报至本年秋季止，呈送宪鉴各在案。统计前项积谷存款，两共库平银八万三千八百两。今奉宪台抄详内开，息借商款案内提借丰备义仓积谷公款，改解商务局借拨苏经、苏纶等厂。具领第五期归还积谷公款时，详准将尾款银四万三千九百五十两，先行收归丰备义仓。又查吴兴、业勤两厂，先经解还银五万两内，照案提还丰备义仓积谷银三万九千八百五十两各等语。是丰备义仓积谷存款共银八万三千八百两，前奉提入息借商款，继又改拨经、纶等厂，借作股本，业经宪台先后两次如数提还，列作收放，照旧存库矣。而抄详内又开，前溧阳县杨令、阳湖县李令、常熟县朱令、宝山县马令各任内，息借改作股本共银一万两，均因事故，交卸亏累，先后禀经各前升司批准，于提还丰备义仓积谷款内放还，仍作丰备义仓借拨商务局积谷存款，现经会局详请，在于费商租银拨余存款内分年拨还等语，并奉抚宪批准照办。绅等伏读之余，如前两说，则义仓积谷存款奉拨息借案内既已悉数提还，本年冬季报销册内，即应写作寄存宪库库平银一万六千两、英洋十万元，以符原数而正名目，无用再书奉文息借商款等字样。如后一说，则提还义仓积谷存款内，既有借放溧阳等县亏欠交代公款，共银一万两，每年在费商所缴租银内提银一千两归款。应请于商务局解还此项银两，随时饬知，以凭登册。惟是款既分十年归清，为期正远。嗣后报销清册，拟将已经提还积谷公款银内，先行登列寄存宪库英洋十万元，所有借放溧阳等县银一万两，拟在义仓原拨息借银一万六千两内，按年列作收存。以上办法两条，究以何者为当，总之义仓积谷存款奉拨息借案内，共银八万三千八百两，是否全数提还宪库，抑实在只提还银七万三千八百两，尚有划放溧阳等县银一万两，须俟商务局匀分十年，解还归清，伏乞宪台明晰批示，俾有遵循。至奉文息借之一万六千两，系二两库平银色，英洋十万元作银六万七千八百两，亦合二两库平。义仓报销各册，有案可稽。惟经、纶两厂，凡属商股本银，均用漕平银色。所有各前次宪库提还之积谷公款，是否概以库平核收，嗣后十年内，如须商务局每年解还银一千两，是否一律二两库平，庶丰备义仓存款正项，不致稍有短缺。缘积谷乃备荒要需，丝毫为重，各前升宪首先提款归还，亦以省城义仓尤关紧要，岂绅等反敢含糊。理合一并具文呈请，仰祈大公祖大人电鉴，复核俯赐查案，分别批示，俾可遵办，实为公便。谨呈。

呈署藩宪效

光绪二十九年十一月十三日义仓绅董张、潘、吴呈

为照复事。本年十一月十三日准贵绅等呈称：丰备义仓寄存司库积谷款英洋十万元，每元合库平银六钱七分八厘，计银六万七千八百两，又另存积谷库平银一万六千两，共库平银八万三千八百两。前奉提拨息借商款，现在是否全数提还，抑只还银七万三千八百

两，尚有划放溧阳等县银一万两，须俟匀分十年归还，前次提还积谷公款，是否概以库平核收，以后商务局每年解还银一千两，是否一律库平，呈请示遵等情到司。准此查当时息借商款案内，共提拨丰备义仓积谷银八万三千八百两，核与来呈银数相符。续后改拨商务公司，经聂前升司详准，将存司积谷尾款银四万三千九百五十两，先行就数收还丰备义仓寄存之款，嗣因包办苏经、苏纶两厂之祝职商活本不敷周转，准贵绅等暨费绅念慈，先后呈请借领公款银十万两，出具保结，力为担承，由司禀明院宪，设法借拨，并在收归义仓积谷款内凑放银二万两，曾经照会厂董有案。又前溧阳县杨令等息借改作股本，均因事故亏累，禀经各前升司批准，复于提还积谷款内拨放银一万两，仍作义仓借拨商务公司积谷存款。是先经提归之四万三千九百五十两，核除借拨经、纶两厂活本二万两，拨放溧阳县杨令等股本一万两，实只存司银一万三千九百五十两。本年九月间，又在商务局解到吴兴、业勤两厂缴还公款内提还银三万九千八百五十两，实计义仓寄存司库积谷银五万三千八百两，均经照会贵绅等查照在案。所有借拨商务公司积谷银一万两，现已详明匀分十年拨还，应俟按年收起归款，其祝职商借领活本银二万两，迭经司局汇案严追，并将房产等项备抵，惟亏欠公款太巨，作抵之款有限，通盘核计，不及三成。贵绅等担保在先，自应力践前言，追令祝职商赶紧筹措清缴，则司库借拨公款固不致日久虚悬，而义仓寄存之项，亦可早日收归，万勿再任宕延，是为至要。至于司库收放款项，均系库平，即商务局每年应还银一千两，亦系漕折库平，并无丝毫出入，自可无庸虑及。嗣后贵绅等造办季报，应将祝职商借领银二万两，暂列开除，以昭核实。实在项下应列存司银两及借拨公司积谷存款，均请登列库平纹银，不必再列英洋名目，缘今昔洋价不同，日后恐多纠葛。准呈前因，相应备文照复。为此照会贵绅等，烦为查照核办施行。须至照会者。

光绪二十九年十一月二十四日照会

署藩宪效照会

为照会事。本年三月初七日，奉藩宪效批敝府详准贵绅等呈厂商费承荫拨还司库仓谷银一千两，于借拨商务公司项下归还，分别列减由。奉批：此案前据潘绅等具呈请示，当查义仓寄存司库洋三万元，前因苏省建立李文忠公专祠，经费不敷，由潘绅等议复，于存款内暂借洋五千元，移缓就急，仍由省城筹捐归还。核计司库，只存洋二万五千元，应于本年春季册内登明，俾符档案。至义仓借拨商务公司积谷存款银一万两，由司详明，援照通属积谷办法，分十年拨还，业准商务局解到第一、二期银五百两，已饬库收归寄存租款，其余银两，俟续解到司，再行照会批复查照在案。现在又准商务局解到第三、四期积谷本银五百两，亦经收归租款。据详前情，仰即照会潘绅等查照可也，此缴等因到府。奉此合就照会。为此照会贵绅等，希即查照施行。须至照会者。

光绪三十年三月十七日照会

苏州府许照会

为照会事。本年三月初四日，奉兼署藩宪陆批敝府详准贵绅等呈厂商费承荫应拨司库仓谷银两，并祝商亏欠以及借拨三邑仓钱文，据情转请示遵由，奉批：查此案前据该仓绅董具呈前来，业经明晰批复在案。据详前情，仰即知照，此缴，原批抄发等因到府。奉此合亟录批照会。为此照会贵绅等，希即查照宪批，分别办理施行。须至照会者。

计抄粘

光绪三十一年三月十三日照会

苏州府许照会

一件：丰备仓绅董呈送三十年冬季收支册由，署藩宪陆批，查借拨商务公司银一万两，截至现在止，业经由司于费商缴存八期租银项下，先后提归寄存租款银二千两，实只剩银八千两，下季报册，应即照此登列。至借拨经、纶两厂活本银二万两，当初由贵绅等力为担保，声明销货归还，本系有著之项，嗣因延宕日久，迭经各前司照催，迄无一应。至于包办两厂之人，亏欠活本，连同司中公款银八万两，均归无著。现在追出之款，不及二成，屡经汇案严催，尚未就绪，应俟备抵各款，将来核见确数，再行酌量弥补。所有派还银数，此时无从核定。至三邑仓陆续向丰备义仓挪借之款，将来积有余款，理应如数归还。册内仍应照列存钱名目，俾有稽核。现送请册，已转详抚宪核销。希即知照，此复。二月十六日，丰备义仓绅董张、潘、吴

一件：丰备义仓绅董呈送三十一年冬季收支册由，藩宪濮批，查借拨商务公司银一万两，截至现在止，业经由司于费商缴存十二期租银项下，先后提归寄存租款银三千两，实只剩银七千两。下季报册，应即照此登列。现送清册，已分别存送抚宪核销矣。希即知照，此复。七月初七日，苏城丰备义仓绅董潘、张

为照复事。本年二月十八日，奉署藩宪朱批敝府详准丰备仓董呈厂商费承荫按年拨还仓款，谅系续解宪库收存，据情转请示遵由，奉批：此案原案声明，按年拨还本银一千两，所有三十一年分拨还仓款，业已按季照收。前据该仓绅董呈请查案饬知，即由前升司查明借拨商务公司银一万两，截至现在止，由司于费商缴存租银项下，先后提归寄存租款银三千两，实只存银七千两，下季册报，应即照此登列批复在案。据详前情，仰即知照缴等因到府。奉此合亟录批照复。为此照会贵绅董，希即遵照宪批办理。须至照会者。

光绪三十二年二月二十六日照会

苏州府许照会

一件：丰备义仓绅董等呈送三十二年冬季收支册由，藩宪陈批，查借拨经、纶两厂活本银十万两，内司库银八万两，义仓银二万两，现就追起各款及费商缴存银六万两作抵，计尚短银八千七百余两。已饬令费商按数补解，一俟缴司，即行分别收发，另再照会，改列寄存库款名目。现送清册，已分别存送抚宪核销矣。希即知照，此复。二月二十三日，苏城丰备义仓绅董潘、张

一件：丰备仓潘绅等呈送三十三年春季收支册由，藩宪陈批，查借拨商务公司银一万两，截至现在止，业经由司于费商缴存十六期租银项下，先后提归寄存租款四千两，实只剩银六千两。下季报册，应即照此登列。现送清册，已分别存送抚宪核销矣。希即知照，此复。四月二十四日，苏城丰备义仓绅董潘、张

一件：丰备仓绅董呈送三十三年冬季收支册由。藩宪瑞批，查借拨商务公司银一万两，截至现在止，已由司于费商缴存十九期租银项下，先后提归寄存租款银四千七百五十两，实只剩银五千二百五十两。下季报册，应即照此登列。现送清册，已分别存送抚宪核销矣。希即知照，此复。二月初四日，苏城丰备义仓绅董潘、张

为照会事。案照祝商承桂包办苏经、苏纶丝纱两厂，先后请借公款银十万两，由司于二十四年闰三月十三日，在各年南米款内动借银五万两，又于七月二十八日，在局存滚余款内动借银三万两，义仓寄存租息款内动借银二万两，发给具领在案。嗣因祝商包办亏空，由司追起丝厂盈余、纱厂备件物料等项及股票项下息银，共一万一千三百七十五两八钱五分，又费商接办各年所缴租银余存银一万九千八百八十一两七钱一分二厘，又上年股商争办，由费商遵照部饬，代祝故商垫还公款，先缴库平银六万两，共银九万一千二百五十七两五钱六分二厘，现应先行提归原借各年南米款银五万两，局存滚余款银三万两，义仓租息银一万一千二百五十七两五钱六分二厘，其义仓租息款内尚短银八千七百四十二两四钱三分八厘，应俟费商缴到，即行收还，俾清款目。除于九月初三日堂期饬库分别收支外，合就照会。为此照会贵绅，烦为查照施行。须至照会者。
光绪三十三年九月初七日照会
藩宪陈照会

一件：丰备义仓绅董潘呈送三十四年冬季收支册由，藩宪瑞批，查义仓款内尚短银八千七百四十二两零，费商交卸厂务，未据按数代缴，派委坐提，仅据将股票银一万八百两，连同息折，缴司作抵，应俟股票变价后，再行提拨归款。现送清册，已盖印详送抚宪核销矣。希即知照，此复。备案册存。二月十四日，苏城丰备仓绅董潘

一件：丰备仓绅董呈送本年夏季收支册由，藩宪瑞批，查借拨商务公司银一万两，截至现在止，已由司于费商缴存二十期租银项下，先后提归寄存租款银五千两，实只剩银五千两。下季报册，应即照此登列。现送清册，已盖印详送抚宪核销矣。希即知照，此复。备案册存。七月十九日，苏藩宪瑞照会

一件：丰备仓董潘绅呈送报销册并请发还股票息折由，署理藩宪左批，来牍阅悉。查费商代缴厂欠公款，尚短银八千七百四十二两四钱三分八厘，本系义仓解司存项，前经派员坐提，仅据将股票息折缴司作抵，刻期变售，亏耗甚巨，久存司库，本息两悬。据请发还义仓提息，或可陆续凑足原数，系为弥补起见，应准照办，合将股票二十二纸，另文照送检收。其息折二十二扣，现甫谕发经、纶两厂提取息银，应即持批，就近赴厂领回具报，以省转折。一面由司谕饬该厂，遵照办理。至现送清册，已盖印详送抚宪核销矣。希即知照，此复。备案册存。二十三日，丰备仓绅董潘

为照送事，案准贵绅呈称：前司批义仓借拨经、纶两厂，尚短银八千七百四十二两零，费商交卸厂务，未据按数代缴，派委坐提，仅据将股票银一万八百两，连同息折，缴司作抵，应俟股票变价后，再行提拨归款等因。绅探悉经、纶两厂老股票，近来转售于人

者，不过五六成，折算费商将股票作抵，无论累月经年，未必能克期变价，即使有人承买，而以五六成股票之价，抵还所短义仓实银，必致亏耗甚巨。与其久存司库，本息两悬，似不如将股票息折发还义仓，俾得按期赴厂领息，以期得寸得尺，陆续弥补，俟将来股票价涨，再得变售，归还仓款，或可凑足原数，请示遵办等因到司。准此除批查费商代缴厂欠公款，尚短银八千七百四十二两四钱三分八厘，本系义仓解司存项，前经派员坐提，仅据将股票息折缴司作抵，刻期变售，亏耗甚巨，久存司库，本息两悬。据请发还义仓提息，或可陆续凑足原数，系为弥补起见，应准照办。合将股票二十二纸，另文照送检收，其息折二十二扣，现甫谕发经、纶两厂，提取息银，应即持批，就近赴厂领回具报，以省周折。一面由司谕饬该厂，遵照办理等因，由司印发并谕饬外，合将股票照送。为此照会贵绅，烦为检收，希即就近赴厂，将息折息银领回具报施行。须至照会者。

计送股票二十二纸

宣统元年五月　日照会

署藩宪左

呈为奉发股票息折息银照收陈复事。窃绅于本年四月间，呈奉宪台批开，查费商代缴厂欠公款，尚短银八千七百四十二两四钱三分八厘，本系义仓解司存项，前经派员坐提，仅将股票息折缴司作抵，刻期变售，亏耗甚巨，久存司库，本息两悬。据请发还义仓提息，或可陆续凑足原数，系为弥补起见，应准照办等因。顷又奉文，照发费商缴抵经、纶两厂股票二十二纸，合计股银一万零八百两，又息折二十二扣，连同上年冬季、本年春夏二季息款漕平银四百零五两，业经如数收齐，存储仓中，即遵俟将来股票变价后，再行提拨归款，以重仓储而免旷息。除嗣后由仓赴厂领息，按季汇报外，理合备文星〔呈〕复，仰祈大公祖大人俯赐鉴核，实为公便。谨呈。

呈署藩宪左

宣统元年六月初八日义仓绅董潘呈

一件：丰备义仓绅董呈送本年夏季收支册由，藩宪陆批，来牍阅悉。查借拨商务公司银一万两，截至现在止，已由司于费商缴存二十一至二十四期租银项下，先后提归寄存租款银六千两，实只剩银四千两。下季报册，即照此登列。现送清册，已盖印详送抚宪核销矣。希即知照，此复。备案册存。七月二十日，苏城丰备义仓绅董潘

一件：丰备义仓绅董呈送宣统二年夏秋两季收支册由，藩宪陆批，来牍阅悉。查借拨商务公司银一万两，截至现在止，已由司于费商缴存二十五至二十九期租银项下，先后提归寄存租款银七千二百五十两，实只剩银二千七百五十两。下季报册，应即照此登列。现送清册，已盖印详送抚宪核销矣。希即知照，此复。备案册存。十月二十七日，苏城丰备义仓经董潘绅

卷六　协济粥厂 *

为照会事。本年十一月十四日，奉苏抚部院鹿批广东候补通判程绅庆祺禀循案举办米粥各厂，呈请札司拨济由，奉批：仰苏藩司照会仓绅核明，照案拨济，并饬该董知照缴等因到司。奉此查此案前据程绅具呈，即经由司放给银一千两，以资济用在案。奉批前因，除转饬外，合就照会。为此照会贵绅等，请烦查照施行。须至照会者。

光绪二十五年十二月十三日照会

署藩宪陆照会

为照会事。查接管卷内，据广东候补通判程庆祺禀，米粥各厂，均经先后开办。本年市面更形萧飒，工作机户，各业皆清，穷民就赈愈多。奉拨各项协济，扣足三个月，所短尚巨，应请照会仓董，益拨钱二千串，以资赈需等情，到前升司移交。据此查核所禀，尚属实情，应准如数拨给。合行照会。为此照会贵绅等，烦为查照拨给施行。须至照会者。

光绪二十五年十二月廿三日照会

署藩宪吴照会

为照会事。光绪二十五年十二月十七日，奉苏抚部院鹿批广东候补通判程绅庆祺报开厂日期约数开折，并请益拨义仓钱文由，奉批：据禀并折均悉。仰苏藩司照会仓绅，循案拨济，并饬该绅知照缴折存等因到司。奉此查此案前据该绅具禀，业经照会贵绅等拨给在案。奉批前因，除转饬外，合就照会。为此照会贵绅等，烦为查照，希即循案拨济施行。须至照会者。

光绪二十六年正月十四日照会

署藩宪吴照会

呈为报明循案拨济钱款并请转详事。窃绅等于上年十二月二十四日接奉照会内开，查接管卷内，据广东候补通判程绅庆祺禀，米粥各厂，均经先后开办。本年市面萧飒，工作机户，各业皆清，穷民就食愈多，奉拨各项协济，扣足三个月，所短尚巨，应请照会仓董，益拨钱二千串，以资赈需等情，到前升司移交。据此查核所禀，尚属实情，应准如数拨给。嗣于本年正月十五日又奉照会内开，前奉苏抚部院鹿批程绅庆祺请益拨义仓钱文由，奉批：据禀已悉。仰苏藩司照会仓绅，循案拨济等因到司。奉此查此案前据该绅具禀，业经照会拨给在案。奉批前因，合再照会，希即循案拨济各等因。奉此绅等查丰备义仓协贴省城米粥各厂，经前宪详准，于年例拨谷二千石之外，另在生息项下益拨钱二千串，以资接济，历届照拨在案。兹奉前因，除年例碾谷二千石拨济各厂外，遵即于上年十二月二十六日，由义仓照数提拨通足制钱二千串，转交程绅收领备用。合将循案拨济钱款，具文呈报。伏乞大公祖大人电鉴备考，并请转详抚宪鉴察，实为公便。谨呈。

一呈藩宪吴
光绪二十六年正月廿二日义仓绅董张、潘、吴呈

为照会事。据苏州府粥局董事邹福保、程增瑞、彭福孙、程玮呈称：窃绅等经理苏州府城内外各粥局，仰蒙筹拨清赋新增条银解司倾镕火耗项下库平银四千两，丰备义仓生息库平银一千两，业经分别具领在案。惟是经费浩繁，粥米茖糠均须预行采买。前领之款，所存无多，趁此价值便宜，似应早为存储，以免多销款项。应请照会丰备义仓绅董，将应拨本年粥局经费二千串，谷二千石折钱三千串，移局备用，并恳续拨清赋新增条银解司倾镕火耗项下银两，札库发领。现在酌加米石，添设一局，约增钱三千串有奇，如前项银两不敷动支，恳请移知善后局，指拨的款，以便届时具领。是否有当，伏乞电核等情到司。据此除将司库应拨银两，由司另行动放，并将不敷钱文移请善后局拨款济用外，合亟照会。为此照会贵绅等，请烦查照，希将本年粥局经费钱二千串，谷二千石折钱三千串，拨交粥局董事邹绅等备用。望切施行。须至照会者。
光绪二十六年十月十二日照会
署藩宪陆照会

呈为遵饬拨款复请查核事。窃本月十二日奉宪台照会内开，据苏州府粥局董事邹福保、程增瑞、彭福孙、程玮呈称：绅等经理苏州府城内外各粥局，仰蒙筹拨清赋新增条银解司倾镕火耗项下库平银四千两，丰备义仓生息库平银一千两，业经分别具领在案。惟是经费浩繁，粥米茖糠均须预行采买。前领之款，所存无多，趁此价值便宜，似应早为存储，以免多销款项。应请照会丰备义仓绅董，将应拨本年粥局经费二千串，谷二千石折钱三千串，移局拨用等情到司。据此合亟照会，请烦查照，希将本年粥局经费钱二千串，谷二千石折钱三千串，拨交粥局董事邹绅等备用等因到绅等。奉此遵即将丰备义仓应拨本年粥局经费钱二千串，谷二千石折钱三千串，两共合钱五千串，如数备齐，拨交粥局董事邹绅福保等收讫应用。除汇列年总四柱清册报销外，理合具文呈复，仰祈大公祖大人鉴核备查，实为公便。谨呈。
呈署藩宪陆
光绪二十六年十月廿四日义仓绅董张、潘、吴呈

为照会事。案照本年省城粥局经费，现据苏州府转据邹绅等查明户口，裁并局厂，核除息款仓款，尚不敷钱六千串，详请拨款开办前来。查苏城隆冬煮粥经费，向由司库放给银一千两，其添设粥厂，不敷经费，上年详明由司局如数拨济。本年时局渐定，民生亦得转机，既据邹绅等查明户口，裁并局厂，核除息款仓款，尚不敷钱六千串，应准于司库清赋增征条银倾镕火耗款内凑拨足数。所有丰备义仓向拨粥局经费钱二千串，谷二千石折钱三千串，亦应一并拨给，俾资应用。除将司库应拨银两由司另行动放外，合亟照会。为此照会贵绅等，请烦查照，希将本年粥局经费钱二千串，谷二千石折钱三千串，如数拨交粥局董事邹绅等备用。望切施行。须至照会者。
光绪二十七年十月廿三日照会
藩宪陆照会

呈为报明遵饬拨款事。窃奉本年十月二十三日宪台照会内开，案照省城粥局经费，现据苏州府转据邹绅等查明户口，裁并局厂，详请拨款开办前来。查苏城隆冬煮粥经费，向由司库放给银一千两，其添设粥厂，不敷经费，上年详明由司局如数拨济。本年时局渐定，民生亦得转机，既据邹绅等查明户口，裁并局厂，核除息款仓款，尚不敷钱六千串，应准于司库清赋增征条银倾镕火耗款内凑拨足数。所有丰备义仓向拨粥局经费，亦应一并拨给，俾资应用。合亟照会，希将本年粥局经费钱二千串，谷二千石折钱三千串，如数拨交粥局董事邹绅等备用等因到仓。奉此绅等查苏城粥局，向来丰备义仓钱谷并拨，非专拨钱文一项，缘该局本须购米煮粥，而仓厫拨给存谷，藉可推陈易新，原属一举两得。自上年经董邹绅等请将谷石改折钱文，概归自行采买，当经照拨在案。兹奉前因，遵即将丰备义仓应拨本年粥局经费钱二千串，谷二千石仍折钱三千串，两共合钱五千串，如数备齐，业于十月二十四日拨交粥局董事邹绅福保等收讫应用，取有收条存仓。除俟汇造四柱清册按季报销外，理合具文呈报，仰祈大公祖大人鉴核备查，并行苏州府知照，实为公便。谨呈。……

呈藩宪陆

光绪二十七年十月廿六日义仓绅董张、潘、吴呈

呈为报明遵饬拨款事。窃奉本年十月二十八日照会内开，（据苏州府申称）：省城开办粥厂，所需经费，向在丰备义仓拨钱二千串，谷二千石折钱解交，凑拨济用。现值冬令，将届开办之期，业经由府申请<sup>宪台示期开办，并照会尤绅等查照在案。惟为时已促，购米定糠及一切应办事宜，亟须次第举行。所有义仓款内应拨钱谷各款，自应提拨，交董领回办备，以免临时缺误。除^{由卑府照会潘绅等循案拨交尤绅等济用外，仰祈鉴核查考等情到司，据此除批示外，申报藩宪查核外}合亟照会，希将本年应拨粥厂经费钱二千串，谷二千石折钱拨交尤绅等备用等因到仓。奉此绅等查苏城粥局向来丰备义仓钱谷并拨，非专拨钱文一项，缘该局本须购米煮粥，而仓厫拨给存谷，藉可推陈易新，原属一举两得。自二十六年分经董事邹绅福保等请将谷石改折钱文，概归自行采买，当经照拨在案。兹奉前因，遵即将义仓应拨本年粥局经费钱二千串，谷二千石仍折钱三千串，两共合钱五千串，如数备齐，业于十月三十日拨交粥局董事尤绅先甲等收讫应用。除^{俟汇造清册按季报销 呈报藩宪查核}外，理合具文呈^复，仰祈大公祖大人鉴核备查，实为公便。谨呈。

一呈^{藩宪陆 府宪向}

光绪二十八年十一月初四日义仓绅董张、潘、吴呈

呈为报明遵饬拨款事。窃于上月十七日^{准苏州府照会 接奉照会}内开，省城粥厂所需经费，向在丰备义仓拨钱二千串、谷二千石折钱解交凑拨抵用。现值冬令，将届开办，除由府详请^{宪台 藩宪}核示并照会尤绅等，将贫民户口逐细查明造册，并会议章程复府察转外，合亟照会，希将本年应拨粥厂经费钱二千串、谷二千石循章折钱，拨交尤绅等备用，汇册造报等因。^{准奉}此绅等查苏城粥局，向来丰备义仓钱谷并拨，非专拨钱文一项，缘该局本须购米煮粥，

而仓中拨出存谷，藉可推陈易新，原属一举两得。自二十六年分经局董邹绅福保等请将谷石改折钱文，概归自行采买，迭经照拨在案。兹奉前因，即将义仓应拨本年粥局经费钱二千串，谷二千石仍折钱三千串，两共合钱五千串，如数备齐，业于十月廿八日拨交粥局董事尤绅先甲等收讫应用。除俟汇造清册按季报销^{呈报藩宪查核}外，理合具文呈^复，伏乞大公祖大人鉴核备查，实为公便。谨呈。

一呈^{署藩宪效}_{苏州府许}

光绪二十九年十一月初六日义仓绅董张、潘、吴呈

为照会事。照得省城粥厂，曾奉宪饬，关系地方善举，不可中止。历于十一月初一日起，至来年正月三十日止，循案开办。现在天气渐寒，贫民觅食维艰，除由府详请藩宪核示开办，并照会尤绅等先将贫户查明造册送府察转外，合亟照会。为此照会贵绅董等，希即查照，将义仓内应拨粥局经费钱二千串，谷二千石，循章拨交尤绅等备用，汇册造报。望切！须至照会者。

光绪三十年九月十四日照会

府宪许照会

呈为报明遵饬拨款事。窃本年九月内^{准苏州府照会}_{接奉照会}内开，省城粥厂，曾奉宪饬，关系地方善举，不可中止。历于十一月初一日起，至来年正月三十日止，循案开办。现在天气渐寒，贫民觅食维艰，除由府详请^{宪台核示开办}_{藩宪}，并照会尤绅等先将贫户查明造册送府察转外，合亟照会，希即查照将义仓内应拨粥局经费钱二千串，谷二千石，循章拨交尤绅等备用，汇册造报等因到仓。^{准奉}此查省城粥局，向由丰备义仓钱谷并拨，非专拨钱文一项，自二十六年分经局董邹绅福保等请将谷石改折钱文，概归自行购米，迭经照拨在案。兹奉前因，即将义仓应拨本年粥局经费钱二千串，谷二千石仍折钱三千串，两共合钱五千串，如数备齐，业于十月二十八日拨交粥局董事尤绅先甲等收讫应用。除俟汇造清册按季报销^{呈报藩宪查核}外，理合具文呈^复，伏乞大公祖大人鉴核备查，实为公便。谨呈。

一呈^{粮道兼理藩宪陆}_{苏州府许}

光绪三十年十一月初八日义仓绅董张、潘、吴呈

呈为报明遵饬拨款事。窃本年十月内^{准苏州府照会}_{接奉贵府照会}内开，省城粥厂，曾奉宪饬，关系地方善举，不可中止。历于十一月初一日起，至来年正月三十日止，循案开办。现在天气渐寒，贫民觅食维艰，除由府详请^{宪台核示开办}_{藩宪}，并照会尤绅等先将贫户查明造册送府核转外，合亟照会，希即查照将义仓应拨粥局经费钱二千串，谷二千石，循案拨交尤绅等备用，汇册造报等因到仓。^{准奉}此查省城粥局，向由丰备义仓钱谷并拨，非专拨钱文一项，缘该局本须购米煮粥，而义仓拨出存谷，代为砻碓成米，藉可推陈易新，原属一举两得。自二十六年分经局董邹绅福保等请将谷石改折钱文，概归自行购米，嗣后遂专拨钱文一项，

迭经报明照拨在案。兹奉前因，即将义仓应拨本年粥局经费钱二千串，谷二千石仍折钱三千串，两共五千串，如数备齐，业于十月二十五日拨交粥局董事尤绅先甲等收讫应用。除俟汇造清册按季报销呈报藩宪查核外，理合具文呈复，伏乞大公祖大人鉴核备查，实为公便。谨呈。

呈　署藩宪陆　苏州府许

光绪三十一年十月初三日义仓绅董潘、张呈

为照会事。照得省城开办粥厂，曾奉宪饬，关系地方善举，不可中止。历于十一月初一日起，至来年正月三十日止，循案开办。现在天气渐寒，贫民觅食维艰，所有本年省城粥厂，应否循案举行，除由府详请藩宪核示，并照会尤绅等先将贫户查明造册送府察转外，合亟照会。为此照会贵绅董等，希即查照，将义仓内应拨粥局经费钱二千串，谷二千石，循章拨交尤绅等备用，汇册造报。望切！须至照会者。

光绪三十一年十月十一日照会

府宪许照会

为照会事。窃照省城开办粥厂，前奉宪饬，关系地方善举，历于十一月初一日起，至来年正月三十日止，循案开办。现在天气渐寒，且又米珠薪桂，贫民觅食维艰，甚于往年。所有今届省城粥厂，应否循案举行，抑或提前开办，除由府详请藩宪核示，并照会陶绅等先将贫户查明造册送府察转外，合亟照会。为此照会贵绅董等，希即查照，将义仓内应拨粥局经费钱二千串，谷二千石，循章拨交陶绅等备用，汇册造报。望切！须至照会者。

光绪三十二年九月廿六日照会

苏州府何照会

呈为报明遵饬拨款事。窃本年九月内准苏州府照会接奉照会内开，省城开办粥厂，前奉宪饬，关系地方善举，历于十一月初一日起，至来年正月三十日止，循案开办。现在天气渐寒，且又米珠薪桂，贫民觅食维艰，甚于往年。所有今届省城粥厂，应否循案举行，抑或提前开办，除由府详请宪台藩宪核示，并照会陶绅等先将贫户查明造册送府察转外，合亟照会，希即查照将义仓内应拨粥厂经费钱二千串，谷二千石，循章拨交陶绅等备用，汇册造报等因到仓。准此奉查省城粥局，向由丰备义仓钱谷并拨，自光绪二十六年分经邹绅福保等请将谷二千石改折钱三千串，嗣后遂专拨钱文一项，迭经报明照拨在案。兹奉前因，即将义仓应拨本年粥局经费钱二千串，谷二千石仍折钱三千串，两共合钱五千串，如数备齐，业于十月二十五日拨交粥局董事陶绅治元等收讫应用。除俟汇造清册按季报销呈报藩宪查核外，理合具文呈复，伏乞大公祖大人鉴核备查，实为公便。谨呈。

呈　藩宪陈　苏州府何

光绪三十二年十月三十日义仓绅董潘、张呈

为照会事。窃照省城开办粥厂，前奉宪饬，关系地方善举，历于十一月初一日起，至来年正月三十日止，循案开办。现在天气渐寒，且又米珠薪桂，贫民觅食维艰，甚于往昔。所有今届省城粥厂，应否循案举行，除由府详请藩宪核示，并照会陶绅等先将贫户查明造报送府察转外，合亟照会。为此照会贵绅董等，希即查照，将义仓内应拨粥局经费钱二千串，谷二千石，循章拨交陶绅等备用，汇册造报。望切！望切！须至照会者。

光绪三十三年十月廿二日照会

苏州府何照会

呈为报明遵饬拨款事。本年十月二十三日准苏州府照会接奉照会内开，省城粥厂，前奉宪饬，关系地方善举，历于十一月初一日起，至来年正月三十日止，循案开办。现在天气渐寒，且又米珠薪桂，贫民觅食维艰，甚于往昔。所有今届省城粥厂，应否循案举行，除由府详请藩宪核示，并照会陶绅等先将贫户查明造册送府核转外，合亟照会，希即查照将义仓内应拨粥局经费钱二千串，谷二千石，循章拨交陶绅等备用，汇册造报等因到仓。准奉此查省城粥局，向由丰备义仓钱谷并拨，自光绪二十六年分经前粥局董事邹绅福保等请将谷二千石改折钱三千串，概归自行购米，嗣后遂专拨钱文一项，迭经报明照拨在案。兹准奉前因，即将义仓应拨本年粥局经费钱二千串，谷二千石仍折钱三千串，两共五千串，如数备齐，业于十月二十九日拨交粥局董事陶绅治元等收讫应用。除俟汇造清册按季报销外，理合具文呈报藩宪查核报复，伏乞大公祖大人鉴核备查，实为公便。谨呈。

呈署藩宪朱 苏州府何

光绪三十三年十一月十二日义仓绅董潘、张呈

为照会事。照得省城开办粥局，前奉宪饬，关系地方善举，历于十一月初一日起，至来年正月三十日止，循案开办。现在天气渐寒，且又米珠薪桂，贫民觅食维艰，甚于往昔。所有今届省城粥厂，应否循案举行，除由府详请藩宪核示，并照会吴绅等先将贫户查明造册送府察转外，合亟照会。为此照会贵绅董等，希即查照，将义仓内应拨粥局经费钱二千串，谷二千石，循章拨交吴绅等备用，汇册造报。望切！须至照会者。

光绪三十四年十月十四日照会

苏州府何照会

为照会事。准苏城栖流所绅董呈称：苏城栖流所，自光绪二十年扩充开办以来，已十有余载。从前贫民虽多，物价尚廉，以岁入经费，足敷开支。近年百物昂贵，贫民愈多，常年统计，约短钱一千余串。际此物力维艰，四方多故，贫民为窃贼之源，若不设法维持，恐于治安有碍。无如经济困难，官款商捐，均难措集。查光绪二十年以前，栖流所与六门粥厂合办之时，历由丰备义仓按年协拨栖流所钱二千串，谷二千石，嗣因六门粥厂另行举绅办理，将此项提归粥厂之用。现在栖流所收养贫民，系属常年开支，较诸冬令施粥，需款尤为紧要。因思丰备义仓，本为赈恤贫民之举，可否援案每年拨助栖流所经费钱一千串，以资接济。呈祈鉴核，准予立案，即自光绪三十四年为始，按年由丰备仓拨钱一

千串，径送栖流所查收应用。绅为维持善举、筹款艰窘起见，且以栖流所前经拨济有案，以后各善堂局均不得援以为例。是否有当，伏乞批示遵行等因到司，准此除批来牍具悉，查栖流所常年经费，历由丰备仓协济应用，旋即停拨。现在该所扩充留养，筹款更艰，拟自本年为始，按年由仓循旧拨钱一千串，以资接济，各善举不得援以为例，系于维持之中，寓限制之意。应准立案，希即知照，仍候照会丰备义仓照办可也。此复印发外，合就照会贵绅，烦为照办施行。须至照会者。

光绪三十四年十月廿七日照会

藩宪瑞照会

呈为报明遵饬拨款事。窃本年十月间^{准苏州府}^{接奉照会}内开，省城开办粥局，前奉宪饬，关系地方善举，历于十一月初一日起，至来年正月三十日止，循案开办。现在天气渐寒，且又米珠薪桂，贫民觅食维艰，甚于往昔。所有今届省城粥厂，应否循案举行，除由府详请^{宪台}^{藩宪}核示，并照会吴绅等先将贫户查明造册送府察转外，合亟照会，希即将义仓内应拨粥局经费钱二千串，谷二千石，循章拨交吴绅等备用，汇册造报等因到仓。^{准奉}此查省城粥局，由丰备义仓钱谷并拨，自光绪二十六年分经前粥局董事邹绅福保等请将谷二千石改折钱三千串，嗣后遂专拨钱文一款，送经报明照拨在案。兹^{准奉}前因，即将义仓应拨本年粥局经费钱二千串，谷二千石仍折钱三千串，两共合钱五千串，如数备齐，业于十月三十日拨交粥局董事吴绅荫培等收讫应用。除^{俟汇造清册接季报销外}^{呈报藩宪查核}外，理合具文呈^报^复，伏乞大公祖大人鉴核备查，实为公便。谨呈。

^{呈藩宪瑞}^{苏州府何}

光绪三十四年十一月十三日义仓绅董潘、张呈

为照会事。窃照省城开办粥厂，前奉宪饬，关系地方善举，历于十一月初一日起，至来年正月三十日止，循案开办。现在天气渐寒，且又米珠薪桂，贫民觅食维艰，甚于往昔。所有今届省城粥厂，应否循案举行，除由府详请藩宪核示，并照会刘绅等先将贫民查明造册送府察转外，合亟照会。为此照会贵绅，希即查照将义仓内应拨粥局经费钱二千串，谷二千石，循章拨交刘绅等备用，汇册造报。望切！须至照会者。

宣统元年十月十二日照会

苏州府何照会

呈为报明遵饬拨款事。窃于本月十四日^{准苏州府照会}^{接奉照会}内开，省城开办粥厂，前奉宪饬，关系地方善举，历于十一月初一日起，至来年正月三十日止，循案开办。现在天气渐寒，且又米珠薪桂，贫民觅食维艰，甚于往昔。所有今届省城粥厂，应否循案举行，除由府详请^{宪台}^{藩宪}核示并照会刘绅等先将贫户查明造册送府察转外，合亟照会，希将义仓内应拨粥局经费钱二千串，谷二千石，循章拨交刘绅等备用，汇册造报等因到仓。^{准奉}此绅查苏城粥局，向由丰备义仓钱谷并拨，自光绪二十六年分邹绅福保等请将谷二千石改折钱三千串，

送经照拨在案。兹准^奉前因即将义仓应拨本年粥局经费钱二千串，谷二千石仍折钱三千串，两共合钱五千串，如数备齐，业于十月二十五日拨交粥局董事刘绅传福等收讫应用。除^{俟汇造清册按季报销}_{呈报藩宪查核}外，理合具文呈^报_复，仰祈大公祖大人鉴核备查，实为公便。谨呈。

一呈^{藩宪陆}_{苏州府何}

宣统元年十月廿七日义仓绅董潘呈

为照会事。案照本年省城粥局事宜，前据长元吴三县详据议事会议决改良办法，开折详府，转请藩宪核示。奉批照准，当经由府酌拟绅士衔名，饬县照送议事会，查照议案妥办在案。兹准长元吴城董事会总董尤绅先甲，以议事会议员，遵照酌定名单，投票选举总分理，造册呈请照会前来。除照会粥局总分理妥为筹办外，合行照会。为此照会贵绅，希即查照，将义仓内应拨粥局经费钱二千串，谷二千石，循章拨交总理刘绅分别济费，汇册造报。望切！须至照会者。

宣统二年十月廿七日照会

苏州府何照会

呈为报明照案拨款事。本年十月二十七日^{准苏州府照会}_{接奉照会}内开，本年省城粥局事宜，前据长元吴三县详据城议事会议决改良办法，开折详府，转请^{宪台}_{藩宪}核示。奉批照准，当经由府酌拟绅士衔名，饬县照送议事会，查照议案妥办在案。兹准长元吴城董事会总董尤绅先甲，以议员遵照酌定名单，投票选举总分理，造册呈请照会前来。除照会粥局总分理妥为筹办外，合行照会，希即将义仓内应拨粥局经费钱二千串，谷二千石，循章拨交总理刘绅分别济费，汇册造报等因到仓。^准_奉此绅查苏城粥局，向由丰备义仓钱谷并拨，自光绪二十六年分邹绅福保等请将谷二千石改折钱三千串，嗣后历经照办在案。兹准^奉前因，即将义仓应拨本年粥局经费钱二千串，谷二千石仍折钱三千串，两共合钱五千串，如数备齐，业于十月三十日拨交粥局总理刘绅收讫应用。除^{俟汇造清册按季报销}_{呈报藩宪查核}外，理合具文呈^报_复，仰祈大公祖大人鉴核备查，实为公便。谨呈。

一呈^{藩宪陆}_{苏州府何}

宣统二年十一月初六日义仓绅董潘呈

为照会事。接据绅董杭祖良、汪恩锦、朱世华、邹宗淇、李文彬、徐芬等呈称：本城筹振济贫，认捐各绅，均已允洽。其不敷之处，查有丰备义仓协助施粥款项五千串文，粥局官款，议经裁撤，仅此区区，不敷济贫，已商妥丰备仓加拨五千串文，一奉明文，即可拨用，呈请照会仓董，拨现济用等情。据此除照复外，查此项加拨钱文，既据呈称商酌妥洽，事关慈善，亟应照请贵绅董，查照加拨。望切施行。须至照会者。

黄帝纪元四千六百有九年十一月初五日照会

苏州民政长江照会

为照会事。准苏城粥局绅董杭祖良、汪恩锦、徐芬、邹宗淇、朱世华、李文彬等呈称：苏城向逢冬令，于各路借用公所房屋，设局施粥，以济贫民。本年东路粥局，拟借丰备义仓暂为设局，亟应照会丰备仓绅董，以期接洽等因。准此相应照请贵绅董，查照办理，见复施行。须至照会者。

黄帝纪元四千六百有九年十一月十三日照会

苏州民政长江照会

为移复事。本日准贵民政长照会内开，准苏城粥局绅董杭祖良等呈称：苏城向逢冬令，于各路借用公所房屋，设局施粥，以济贫民。本年东路粥局，拟借丰备义仓暂为设局，亟应照会丰备仓董，以期接洽等因。准此相应照请贵绅董，查照办理，见复施行等因。准此查历届办理粥局，从未借用义仓房屋，况值收租之时，事务正繁，兼之购办米谷上仓，尤须妥慎照料，此次开办粥局，自应仍由杭绅等查照向章，另觅相当地方，以清界限而免混淆。相应移覆，为此合移贵民政长，请烦查照，转复杭绅等遵照办理。望切施行。须至移者。

一移苏州民政长江

黄帝纪元四千六百有九年十一月十四日丰备义仓绅董潘移

为照会事。据公义局董事蒋清钟呈称：公义善局，创自娄关蒋氏，夙于春夏办理掩骼施药，秋冬办理施粥棉衣以及施棺惜字等诸善事，既无局产，又无公款，全赖劝募。苏、松、太等属官绅户铺，乐输善款，成此美举。钟于甲辰年十二月初三日，承乏斯役，历有年所。义粟仁浆，穷黎食德，自义师之兴，拯民水火，闾阎安堵，鸡犬不惊。然而无识之徒，不免下乔，迁谷往来，行李乏困，不胜彼固，咎由自取，而金融因之恐慌，工商因之窒滞，负贩小民之虮于其间者，更无从博升斗为晨夕之需，虽未必骤转沟壑，要不能免于饿莩。而城东机户，歇业者不啻万人，壮者或投梭从戎，彼老弱妇稚，嗷嗷待哺者，何以聊生？隆冬已届，卒岁堪虞。钟蒿目哀鸿，殊深饥溺，黔敖为食，何忍迟迟？欲纾难而毁家无自，欲告哀而集腋犹难，于无可如何之中，为万不得已之举。惟有姑仍旧贯，迫切劝募，诚恐离迁扰攘之余，衙署裁汰之际，一时难复旧观，则人多食少，普及为难。为特援向时官粥厂之例，仰恳照会丰备义仓拨米四五十石，先行开办，为各属诸绅商倡，所有不敷之处及一切开办经费，仍由钟谕饬司事等，多方筹募，以为后盾。应请给示，以资信守，并抄粘都督指令，据呈已悉。该董以时届严冬，劝募米石以拯冻馁，果能切实办理，洵属应时要政。惟事关地方行政，应径向苏州民政长呈候核示，仰即遵照此令等情到州。并据该董面称，请拨米石，已与仓董潘绅晤商妥洽云云。相应据情照会贵绅董，请烦查照办理。须至照会者。

黄帝纪元四千六百有九年十一月十四日照会

苏州民政长江照会

为知会事。本公所名誉董事杭董祖良等奉本州民政长江照会办理本城发粥济贫事宜内开，丰备义仓于原拨协助施粥款五千串外，加拨五千串，以襄义举。既经会商妥洽，准再照会丰备仓董，如数加拨等因。当经本公所议董两会职员开会讨论，全体赞成，作为议决。应请贵董于原拨粥款外，如数加拨，俾杭董等即日开办，以惠贫民。事关济贫，万难再缓，相应知会贵董，迅即查照为荷。须至知会者。

黄帝纪元四千六百有九年十一月十五日知会

城自治公所知会

为移覆事。准贵州长照会内开，据绅董杭祖良等呈称：本城筹赈济贫，认捐各绅，均已允洽。其不敷之处，查有丰备义仓协助施粥款，项五千串文，粥局官款，议经裁撤，仅此区区，不敷济贫，已商妥丰备仓加拨钱五千串文，一奉明文，即可拨用，呈请照会仓董，拨现济用等情。据此除照复外，查此项加拨钱文，既据呈称商酌妥洽，事关慈善，应请查照加拨等因到仓。准此查省城粥局经费，向以官款为大宗，丰备义仓仅协拨钱五千千文，历经照拨有案，此次杭绅等所请加拨钱五千千文，当时并未会商定夺。惟既据呈请贵州长，准予加拨，应即照办。除于义仓存款项下提钱一万千文，即日送交杭绅祖良核收应用外，相应移覆，为此合移贵州长，请烦查照施行。须至移者。

一移苏州民政长江

中华民国元年正月六号丰备义仓绅董潘移

为移覆事。准贵州长照会，据公义局董事蒋清钟呈请，由丰备义仓拨米四五十石，办理施粥等情，并据该董面称，请拨米石，已与仓董潘绅晤商妥洽云云，相应照会，请烦查照办理等因到仓。准此查公义局董事蒋清钟素未往还，所称请拨米石，已经晤商妥洽，事属茫然。且本年省城粥局，业经杭绅祖良等设局开办，并由丰备义仓于原拨钱五千千文之外，加拨钱五千千文，经费充足，不难普及。所有公义局请拨米石之处，碍难照办。相应移覆，为此合移贵州长，请烦查照转复施行。须至移者。

一移苏州民政长江

中华民国元年正月六号丰备义仓绅董潘移

卷七　赈恤机户 *

为照会事。光绪二十五年十二月初三日，据内阁中书江文梓、候选训导彭康保、直隶州州判张是孚、举人张一麐、张一鹏、廪生管尚莹、附生郭文彬等呈称：窃职等居住苏城东南、北两隅，手艺营生者，以织机一业为大宗。本年丝市尚属丰收，无如外洋各国收数过多，以致丝价骤涨，经价更甚，较之出新之时，何啻加倍。而苏机纱缎，各路滞销，因之货价难提。开机各户大半亏折，中小之户闭歇不少，大户亦不得不减放，失业机户不知凡几。若辈皆无积蓄，一家老弱，何以为生？因思光绪二年，纱缎滞销，机户失业，由职员生员姚宗昶等禀请，照会义仓绅董，益拨谷石，并归经办六门粥厂程绅散放。光绪九年，因蚕市歉收，机户失业，经程绅禀请，援案赈恤，由义仓派司稽查，即在义仓折钱散给各在案。本年米珠薪桂，失业机户较之上届两次，更形竭蹶。职等目击饥寒情景，代为呼号，援案禀请批示，可否照会义仓绅董，循案办理，俾失业机户得庆更生等情到司。据此查近年米珠薪桂，此等失业机户，皆系贫苦小民，现届隆冬，饥寒交迫，情殊可悯。本署司亦有所闻，自应准予照案赈恤，无使一夫失所。除批示并呈报抚宪并札三首县一体遵照外，合就照会。为此照会贵绅，烦为查照，希即速派司事，逐细先行查报，给款赈恤，期无一夫失所，是为至要。望切施行。须至照会者。

光绪二十五年十二月初六日照会

署藩宪陆照会

呈为机户失业遵谕照案赈恤先行报明办理情形事。窃奉照会内开，据内阁中书江文梓等呈称：本年丝价骤涨，经价更甚，苏机纱缎，各路滞销。开机各户大半亏折，中小之户闭歇不少，大户亦不得不减放，失业机户不知凡几。若辈皆无积蓄，一家老弱，何以为生？因思光绪二年，机户失业，由义仓益拨谷石，并归六门粥厂散放。光绪九年，亦因机户失业，即在义仓折钱散给。本年米珠薪桂，失业机户较之上届两次，更形竭蹶。职等目击饥寒情景，代为呼号，可否照会义仓绅董，循案办理等情到司。据此查近年来米珠薪桂，此等失业机户，皆系贫苦小民，现届隆冬，饥寒交迫，情殊可悯。本署司亦有所闻，自应准予照案赈恤，无使一夫失所。合就照会，希即速派司事，逐细先行查报，给款赈恤，是为至要等因。奉此绅等查近时机户困苦，诚如江绅文梓等所呈称，并为宪鉴所洞悉，遵即督同义仓司事照案办理。惟折钱散放，恐其入手妄用，似不若按口给米，较有实际。兹据机捐局董事报称，失业机户约大小六千余口，绅等即派司事赶紧逐细复查，按户给予执照，拟大口每日给米五合，小口减半，十日一放，以三个月为率。一面赶将仓谷发交城外各砻坊，砻米舂臼，运回应用。计本月二十日后，即可在义仓散放。一俟复查确实，散放有期，再行报明。合将遵办情形并约计口数，先行呈复。是否有当，伏乞大公祖大人电鉴核夺。再，苏地各砻坊，皆在娄门、齐门、胥门之外，此次运谷付坊，运米回仓，往来驳船，悉以义仓小票为凭，并请札饬经过各厘卡，验明免捐放行，实为公便。谨呈。

一呈署藩宪陆
光绪二十五年十二月十一日义仓绅董张潘吴呈

为出示晓谕事。案奉护抚院前署藩宪陆札开，据内阁中书江文梓等呈称：本年丝价骤涨，经价更甚。苏机纱缎，各路滞销。开机各户大半亏折闭歇，失业机户不知凡几。一家老弱，何以为生？请照光绪二年、九年两届成案，照会义仓绅董，援案赈恤等情到司。据此查近年米珠薪桂，此等失业机户，皆系贫苦小民，现届隆冬，饥寒交迫，情殊可悯。本署司亦有所闻，自应准予照案赈恤，无使一夫失所。除批示及呈报抚宪并照会义仓绅董外，合行札饬三首县一体遵照等因下县。奉此合行出示晓谕，为此示仰机户人等知悉：现准于十二月廿七日，在丰备义仓发米赈恤，大口每日给米五合，小口减半，以义仓所给执照为凭，十日一放，逢七为期，放至三个月为限。尔机户等亲持执照到仓领米，毋得争先拥挤，倘有地匪棍徒混杂滋闹情事，许由仓差解案惩办，决不宽贷，各宜凛遵毋违。特示。

一出示本仓
光绪二十五年十二月　　日
长元吴三县与义仓委员会衔告示

一件：丰备义仓潘绅呈机户失业赈米请饬卡验放由，署藩宪陆批，来牍阅悉。此等失业机户，约共大小六千余口，既以折钱散放，恐入手妄用，似不若按口给米，较有实际。拟给予执照，大口每日给米五合，小口减半，十日一放，以三个月为率。应准照办，希即在义仓刻日赶紧散放，仍将复查机户实数，分别大小口若干，复司备查。至所称各碓坊均在城外，放船往返，运载米谷，以义仓小票为凭，并候札饬经过各厘卡，验明免捐放行，暨咨会牙厘局，一体饬遵，并即知照。此批。十五日，丰备义仓董事潘绅等

呈为机赈告竣造册报销并请转详事。窃绅等于上年十二月内呈奉护理抚宪前署藩宪陆批，准援照成案，赈恤失业机户，大口日给米五合，小口减半，十日为期，按期放米，以三个月放至九期为限在案。绅等速派义仓司事，将各纱缎帐房所报户口，一一履查确实，给予执照。遂于上年十二月二十四日至二十七四日内，即在义仓连放第一、第二两期赈米，俾此等困苦小民资以卒岁。嗣后概以六七两日为期，至本月十七日九期告竣。蚕事方兴，丝经价减，各帐房逐渐添机，该机户逐渐复业。合行停止放赈，即将执照尽行吊销，统共赈恤失业机户二千六十五户，计大口四千八百七十三名，小口三千一百二十一名，两共折实大口六千四百三十三口半，与前报约数相近。计共九期放米二千八百九十五石七升五合。因腊尾春初，碓坊停工，先行提款购米一千石，以应亟需，继即在城外碓坊陆续碾谷舂白，运回应用，计共支谷四千六十石五斗。除放赈一应开支各款列入本年春季报销外，合将机户姓名住址大小各口及按期放米各数目，缮具清册，备文呈报。伏乞大公祖大人电鉴核销，并请转详抚宪鉴察备考，实为公便。谨呈。

计呈清册一套共四本
呈藩宪吴
光绪二十六年三月二十三日义仓绅董张、潘、吴呈

为照会事。光绪二十六年六月十五日，据内阁中书江文梓，举人张一麐、陈懋治，机业职员徐廷桂、俞天骥等禀称：窃职等于上年十一月，目击机匠失业，饥寒交迫，禀准照会义仓绅董，发米赈恤，数千机匠得庆更生。本年五月，因北路拳教相仇，各路机货滞销，且银根紧急，钱铺不能往来，中小各户不能周转。机张只得暂停，而织手因之失业。城厢以内数千家，老幼约有万余，若辈素无积蓄，无以为生。值此时艰，诚恐滋生事端。为此援案恳请批示，可否照会义仓绅董，循案办理等情到司。据此查上年因机户失业，准该职等所请，照会义仓绅董发米赈恤，原以时届隆冬，薪桂米珠，饥寒交迫，出于情非获已。本年北地拳教相仇，各路机货滞销，银根紧急，乃偶然之事。各帐房不乏有本之户，理应顾全大局，照常放织，勿使若辈失业。今该职等遽以赈恤为请，核与上届情形不同，本难照准。第念城厢以内，业此者不下数千家，机少人多，停工在所不免，若辈素无积蓄，无以为生，值此时艰，易滋事端，不可不虑，所禀似亦有见，姑准照案抚恤。惟查苏城义仓积谷无多，须备缓急之用，本署司兼筹并顾，只得先行折给钱文，或一月，或二三月，或须间放米石，随时察看情形，斟酌办理。此次赈恤，原为安抚若辈，免致生事起见，应由机捐局董传谕各帐房，仍须勉力支持，设法放织，以济官赈所不及，勿令滋生事端，致干查究。各帐房等具有身家，自应激发天良，同顾大局也。据禀前情，除批示并呈报抚宪暨札三首县一体遵照外，合就照会。为此照会贵绅，烦为查照，希即速派司事，逐细先行查报户口实数，核实抚恤。望切施行。须至照会者。

光绪二十六年六月十八日照会
署藩宪陆照会

为照会事。照得机匠给赈，本由贵绅转饬丝经帐房，分别等差，查明实在穷苦者，一律给赈，于赈恤机户之中，实寓绥靖地方之意。乃查开机户之各地保，开报固多不实，甚有藉此索贿蒙混请领者，而各丝经帐房派人清查，亦有徇情滥给情事，以致不应赈而赈，应赈而不赈。各机匠藉口滋事，所有开报不实索贿请领之各地保，已奉护抚宪面谕，札饬三县，会同各总巡，迅速查明，从严革究外，其徇情滥给之各丝经帐房，亦属不知轻重，并应查明核办。合特照会，为此照会贵绅，希即传谕各丝经帐房，速将从前给过赈票之机户，核实复查，应剔应补，查照所议章程，妥为办理，毋任稍再弊混滋事，是为至要。须至照会者。

光绪二十六年七月廿二日照会
署府宪濮照会

为照会事。奉藩宪陆札开，照得本年六月间，因北地不靖，机货滞销，银根紧急，苏城各帐房纷纷停织，机户类多失业。当据内阁中书江文梓等禀请赈恤，即经本署司批准照办，一面照会义仓绅董派司稽查，核实散放在案。惟自开办迄今，几及三月，现在银根较前松动，各帐房当可照常放织。此等机户，谅能渐次复业，倘以苏城备荒谷石，专供机户赈恤之用，无论揆诸事理，固有未合，且恐旷日持久，难以为继。究竟目前能否停办，仍不得不妥为筹画，以期两全。本署司查得城厢内外，每届冬令，原有粥厂之设，历准拨给义仓谷子二千石，钱二千千文，善举生息款六百两，于司库协贴生息银一千两，善后局棉衣一千件，其不敷钱文，由经办绅董募捐归款。本届应如何办理，抑或竟停放机赈，将粥厂分定地段，提前开办。倘因为日较久，经费不敷，能否于义仓酌拨谷石，或再由司库筹拨公项，并于地方好善绅富设法劝募，均无不可。盖本年市面大坏，贫苦小民生机更窘，亦应量为体恤，如此则粥厂虽不为机户而设，而机户亦可就食，似属一举两得。此特本署司苦心筹画，聊为曲全之计。究竟地方实在情形，全在该府督同三县博采周谘，悉心体察，与义仓绅董通盘筹议。于机赈一事，应如何示以限制，能否将粥厂提前开办，自应从速定议，总以安靖地方，不縻公款为主，本署司毫无成见也。合行札饬札府，即速遵照指饬办理，刻日妥议，禀复察夺，毋违等因到府。奉此查省城开放机赈，时及三月，动用义仓谷石，为数甚巨，若再旷日持久，诚难为继，且迩来市面萧条，贫苦小民生机日促，似应遵照宪饬，将粥厂分定地段，提前开办，以资抚恤，失业机户亦可就食，事属两全。惟往年设立粥厂，时在冬令，提前开办，为日较久，当以宽筹经费为第一要义，而机赈究应何时停止，亦须悉心体察。奉札前因，除札饬三首县暨照会各绅董筹议，复府汇核禀复外，合亟照会。为此照会贵绅董，希即查照宪饬，通盘筹议机赈一事，应如何示以限制，能否将粥厂提前开办，约需米石经费若干，除历年照案准拨仓谷银钱外，尚短若干，能否于义仓酌量添拨谷石，再有不敷，则于地方好善绅富设法多多劝募，并请藩宪酌拨公项，以全善举。案奉藩宪特札饬议，为绥靖地方要件，务希刻日妥筹议复，以便转禀察办，是所厚望。须至照会者。

光绪二十六年闰八月十六日照会
苏州府濮照会

为照会事。光绪二十六年闰八月十六日奏府宪濮札，奉藩宪陆札开，照得本年六月间，因北地不靖，机货滞销，银根紧急，苏城各帐房纷纷停织，机户类多失业。当据内阁中书江文梓等禀请赈恤，即经本署司批准照办，一面照会义仓绅董派司稽查，核实散放在案。惟自开办迄今，几及三月，现在银根较前松动，各帐房当可照常放织。此等机户，谅能渐次复业，倘以苏城备荒谷石，专供机户赈恤之用，无论揆诸事理，固有未合，且恐旷日持久，难以为继，究竟目前能否停办，仍不得不妥为筹画，以期两全。本署司查得城厢内外，每届冬令，原有粥厂之设，历准拨给义仓谷子二千石，钱二千千文，义举生息款六百两，并于司库协贴生息银一千两，善后局棉衣一千件，其不敷钱文，由经办绅董募捐归款。本届应如何办理，抑或竟停放机赈，将粥厂分定地段，提前开办。倘因为日较久，经费不敷，能否于义仓酌拨谷石，或再由司库筹拨公项，并于地方好善绅富设法劝募，均无不可。盖本年市面大坏，贫苦小民生机更窘，亦应量为体恤。如此则粥厂虽不为机户而设，而机户亦可就食，似属一举两得。此特本署司苦心筹画，聊为曲全之计。究竟地方实在情形，全在该府督同三县博采周谘，悉心体察，与义仓绅董通盘筹议。于机赈一事，应如何示以限制，能否将粥厂提前开办，自应从速定议，总以安靖地方，不縻公款为主，本署司毫无成见也。合行札饬札府，即速遵照指饬办理，刻日妥议，禀复察夺，毋违等因到府。奉此查省城开放机赈，时及三月，动用义仓谷石，为数甚巨，若再旷日持久，诚难为继。且迩来市面萧条，贫苦小民生机日促，似应遵照宪饬，将粥厂分定地段，提前开办，以资抚恤，失业机户亦可就食，事属两全。惟往年设立粥厂，时在冬令，提前开办，为日较久，当以宽筹经费为第一要义。而机赈究应何时停止，亦须悉心体察。奉札前因，除照会各绅董筹议，复府汇核禀复外，合亟札饬札县，立即遵照宪饬，一体会同各绅董，通盘筹议机赈一事，应如何示以限制，能否将粥厂提前开办，约需米石经费各若干，除历年照案准拨仓谷银钱外，尚短若干，能否于义仓酌量添拨谷石，再有不敷，则于地方好善绅富设法多多劝募，并请藩宪酌拨公项，以全善举。案奉藩宪特札饬议，为绥靖地方要件，务须刻日妥筹议复，以便转禀察办，毋违等因到三县。奉此查省城开放机赈，为时已久，动用谷石，数当不少。诚如宪饬，旷日持久，恐难为继，现在能否示以限制，一面将粥厂事宜，提前开办，自应分别妥为筹议，俾全善举而重公款。奉饬前因，除照会经理粥厂绅董一体筹议外，合行照会。为此照会贵绅董，烦遵宪饬，会同粥厂经董程绅及各绅董通盘筹议，能否将粥厂提前开办，以及机赈一事，如何示以限制，克日妥议复县，以便转禀察办。望速！须至照会者。

光绪二十六年闰八月二十日照会

元和、长洲、吴县照会

呈为机赈放竣缮具户口清册并将动用义仓钱谷数目据实报销事。窃绅等于本年六月十八日接奉照会内开，据江文梓等禀请援案赈恤失业机户，以若辈素无蓄积，无以为生，值此时艰，易滋事端，所禀似亦有见，姑准照案抚恤。惟查苏城义仓积谷无多，须备缓急之用，本署司兼筹并顾，只得先行折给钱文，或须间放米石，随时察看情形，斟酌办理，希即速派司事，逐细查报户口实数，核实抚恤等因。奉此绅等遵即据各帐房陆续开报失业机户，派义仓司事，分路核实复查，给予执照。继由长、元、吴三县开送续停机户，当即一律给照赈恤，仍照前案，大口给米五合，小口减半，十日一期，按期放给，遂于七月初六日起，即在义仓折钱放给，两期每米一升，折钱四十文，自第三期起，概行放米，放至九期。奉经苏府宪濮出示晓谕机户，以城厢施粥局开办尚远，准再加放赈米一期，以示体恤。遵即展至九月初九日十期放竣，收回执照，始行停赈。查初报机户，给十期者，共四千一百四十六户，内大口九千一百三十九口，小口四千五百六十三口，计二期给钱四千五百六十八千二百文，八期给米四千五百六十八石二斗。其续报者给九期，共二百八十二户，内大口四百五十一口，小口二百九十一口，计一期给钱一百一十九千三百文，八期给米二百三十八石六斗。其再续报者给八期，共一千二百七十四户，内大口二千四十二口，小口六百九十三口，计八期给米九百五十五石四斗。其只给三期，以冒领重领查出扣除者，共二十五户，内大口四十六口，小口二十二口，计二期给钱二十二千八百文，一期给米二石八斗五升。统共赈恤失业机户五千七百二十七户，计大口一万一千六百七十八口，小口五千五百六十九口，折实大口共一万四千四百六十二口半，统共动放赈钱四千七百一十千三百文，动放赈米五千七百六十五石五升，合用籼谷一万三千五十一石五斗。除砻谷礧米各工、上下水驳力、米铺伙友饭点及其余一切经费列入本年义仓秋季报销外，合行缮具户口清册，并将动用义仓钱谷数目，备文呈报。伏乞大公祖大人电鉴核销，并转详抚宪鉴察备查，实为公便。谨呈。

计呈户口清册一套共五本

呈藩宪陆

光绪二十六年九月十六日义仓绅董张、潘、吴呈

一件：潘绅等呈机赈放竣户口并动用义仓钱谷报销册由，署藩宪陆抄呈批发，已据情

转详抚宪备查矣。希即知照，此复。册存。廿二日，苏城丰备义仓绅董张、潘、吴

为照会事。本年十月初九日奉护抚宪聂批本署司详机赈放竣户口并动用义仓钱谷数目报销由，奉批：来详阅悉，希即转饬知照，此复等因到司。奉此除行苏州府知照外，合行抄详照会。为此照会贵绅董，烦为查照施行。须至照会者。

光绪二十六年十月三十日照会

署藩宪陆照会

卷八　历届平粜*

呈为筹办平粜遵即议覆并请转详事。窃绅等于本月廿五日接奉照会内开，奉藩宪陆札开，照得苏省米缺价昂，贫苦小民粒食维艰。前经本司示禁谷米出口，一面详请^督^抚宪奏奉恩旨允准，减运漕粮十万石，并筹拨公款，派员前赴扬州仙女镇，采办米粮，运回接济。原期平市价而定人心，作补苴万一之计。乃近日察看情形，米价仍前昂贵，当此青黄不接，为日方长。省城地方辽阔，贫民众多，度日艰难，不言而喻，平粜之举势不容缓，业经由司函商义仓绅董议章筹办。应即由该府会商绅董，督饬长元吴三首县，将平粜事宜，应否先行稽查户口，刻日妥议章程，禀候核夺。除照会义仓绅董外，合行札饬到府。奉此查开办平粜，原为抚恤贫民起见，若不先行稽查户口，凡力堪自给者，亦将纷纷购籴，有限之款，未免博施为难，似应参仿二十四年办过成案，察酌现在情形，会议禀办。除饬三首县一体遵办外，合亟照会，希即查照议覆等因到仓。奉此绅等先于本月廿三日接奉藩宪照会，遵即商拟办法，将查户设局大略章程，面呈鉴核，并请转详藩宪核夺批示，俾得遵行。兹奉前因，合再备文呈覆，伏乞大公祖大人电鉴施行，实为公便。谨呈。

一呈苏州府向

光绪二十八年四月廿八日义仓绅董张、潘、吴呈

呈为查户平粜议章陈请转详示遵事。窃绅等先后接奉照会内开，现拟分设十局，按段平粜，希将平粜事宜，会同各董妥议章程，送府核夺等因。奉此绅祖谦、履谦、景萱，先于四月二十三日奉藩宪照会到仓，当即商拟办法，先将查户设局大略章程数条，面呈鉴核，并具文呈复在案。兹奉前因，绅等复于本月初九日齐集义仓，公同会议，即于十一、二日起，一律派令司事，分投各路，开查户口。除将拟议详细章程，另载清册，不复赘叙外，绅等伏查藩宪派员前赴扬州采办米粮，业已奉文运回接济，现囤三邑仓厫，应由绅等分领粜出。尚有前奉藩宪寄储存谷，除提用外，余存谷石，应请一并陆续提出，由义仓砻米碓白，分发各局粜变。至平粜米价，按照时价核减，拟每升取钱四十二文，或四十文，或仿照浙省平粜办法，每小洋一角，给米两升之处，绅等未敢擅便。理合会同具文呈请，仰祈大公祖大人电鉴核夺，转详大宪批示祗遵。再，查户给票等事，现于本月内均可办竣，即于六月初一日开办平粜，所有米价若干，并请迅赐，详请宪定先期示复施行，俾有遵循，实为公便。谨呈。

计呈送章程清册一本

呈苏州府向

光绪二十八年五月十七日平粜局绅董呈

会议平粜章程，呈候鉴裁。

计开：

一、城内分设九局。平江路丰备仓，归潘绅祖谦办；试院西定慧寺，归吴绅景萱办；东北街普福寺，归张绅履谦办；旧学前平江书院，归陆绅鼎奎办；卫道观内，归彭绅福孙办；平桥韦白二公祠，归徐绅芬办；新桥巷三邑仓，归程绅玮办；石塔头恤孤局，归尤绅先甲办；桃花坞福田庵，归程绅增瑞办；阊门外设一局，在留园后永善局，归吴绅韶生办；胥门外胥台乡，归三邑仓兼查；娄、齐、葑三门外，归丰备仓、普福寺、定慧寺三局分查；盘门外除马路外，亦归三邑仓带查。

一、各绅经办各局事宜，公同议定，划分东南西北四址，各就本局所管界内，先查户口，总以此局地段，与彼局接界，俾无脱漏。

一、每局先用司事四人，由绅董派令，逐日分投，清查户口。

一、丰备仓存谷十一万七千余石，三邑仓存谷二万四千余石，两共存谷十四万一千余石。现遵藩宪前谕，并绅董公议，酌提五成，计谷七万余石，碾米碓白，约得三万余石，分发城厢内外十局平粜。（此外尚有藩宪寄存之米谷两项，请归平粜，数开于后。）

以上四条，系设局分界、酌米谷数之大概情形。

一、司事逐日率同地保，按图查户，偏街僻巷均须查到。凡贫苦经纪小民，填明姓名、住处、口数，随给小票，务期无滥无遗。每查一户，即于门上或墙上，画一红圈作记。一面将票根携归，照填大票，仍派司事带往复查，收回小票，换给大票，以便开粜后，各该户持票赴局粜米。

一、每局每日粜米，以四十石为限，城内外分设十局，每日共合米四百石。

一、视各户口数若干，派定米数，自五合起，至三升为止，于大票内填明每两日粜米若干。各局所查户口，或有多寡不同，俟查齐后，各就本局界内，均匀分派，总不逾每局日粜四十石之数，以示限制。（议定间日一粜，一日兼粜两日之米，以免逐日奔走之劳。）

一、各户持票来局粜米，司事凭票收钱，即于大票方格内，盖一付讫戳。又另给若干米，小票一纸，俾与大票一并持以取米。付米处查对大小票，符合即将小票收回，以凭核算粜米总数。

一、平粜米价，拟照时价核减，每升取钱四十或四十二文，请宪鉴定夺，俾各局一律照办。

一、酌谷碓白之米，由丰备仓随时分拨各局收储，以便间日粜出。

一、每局查户司事四人，接办开局粜米各事。开粜时，添雇局使三人，借用米店伙数人以量米，钱店伙二人以看角洋。各绅董时常在局监粜察看，切属司事局使人等，认真从事，常川住局，如有吸食洋烟、怠忽误公者，随时撤换。

一、各局粜下角洋钱文，随时送交殷实钱庄，登折收存。其折由各绅董亲执，以昭慎重，俟满一月，即由各绅董将折汇缴丰备仓，由仓凭折分向各钱庄收回归款。（一切局用，均向丰备仓支取，不得于粜下米款内移用，以清界限。）

以上八条，系绅等经理局务之大概情形。

一、现奉藩宪派员赴扬州仙女镇，采办米粮一千四百石左右，运苏接济，寄囤三邑仓廒，恐日久易致霉变，又前奉藩宪寄储存谷，除提用外，尚余四千九百八十石，亦在三邑仓内，应请详明宪鉴，由绅等陆续领出前项存米，并将存谷碾酌碓白，分发各局，配搭仓米，随时粜售。其价每升亦收钱若干文，以归划一，俟事竣后，即将该价核算总数，汇解藩库，收还归款。

一、应设各局处所，分派既定，内有定慧寺、普福寺、平江书院、卫道观、韦白二公祠、福田庵，计六处。请饬三首县，速即分别谕知僧道管门人等，预办一切，并借用桌凳等件，不得违阻，以免开局时侷促，俾可于各局票内，刊明粜米地址。

一、请饬三县，将查户平粜事宜，摘叙简明章程，先期会衔出示，分贴城内及阊门外附郭并各局门首晓谕，俾众周知。

一、自开局日起，至撤局止，应请贵府率同总捕三县暨城内五路总巡，轮流分诣各局，监粜弹压。其阊门外一局，请饬阊胥门外总巡督同段员，就近到局弹压，以昭郑重而免滋事。

一、请饬三县饬传城内外设局十处之各本图地保，谕知遵照每粜米日来局，伺值当差，以便呼应，毋得玩违。

以上五条，请官长办理之大概情形。

一、设局十处，共用司事四十人。每局查户核数填票，约须二十日完竣。接办开局粜米，每人每月薪膳七千文，月共需二百八十千文。

一、开局平粜，添雇局使共三十人，每人每月工饭钱四千文，共需钱一百二十千文。

以上二条，酌定局用之大概情形。

（所有砻谷、碓米、驳运水脚、购置栈条脚扁栲栳斛子升斗等项应用之物，刊印大小票册纸等件及钱米店伙点心饭膳、酬劳、各局零用，所费甚巨，现在无从预为约数，统俟事竣后，核明总数，汇造报销。）

再，现已开查户口，查竣择期开粜。此外如有未尽事宜及应行变通办理之处，仍随时会商，拟章呈办，合并声明。

为照会事。本年五月二十六日奉藩宪陆札，本年五月二十五日奉抚宪恩批该府详奉饬筹办平粜，现已会绅妥议章程，开册转请示遵由，奉批：据详已悉。现值青黄不接，米价尤昂，所请设局平粜，系为接济民食，绥靖地方起见，拟办章程，尚属妥洽，应准照行。惟粜售米价，每升若干，自应酌定，大张晓示各局之前，俾使周知而杜弊混。仰苏藩司速即核明，按照市镇米价核减，转饬遵照，督同绅董司事人等，妥为实心经理，务使贫民咸沾实惠，毋滥毋遗，是为至要，缴册存等因到司，奉此并据该府具详前来。查粜售米价，自应遵照宪批，由司按照市镇米粮价值，核减定价，每升取钱四十文，俾贫民得沾实惠。所有应委员赴仙女镇，采办米一千三百五十余石，同前寄存三邑仓谷尚余四千九百八十石，一并由绅领出碾白，分发各局，配搭仓米，随时粜售。其价每升亦收钱四十文，以归一律。事竣即将该价核算总数，解司归款。奉批前因，除批示外，合亟转饬，又奉藩宪批：此案现奉抚宪批示，已另行转饬矣。仰即遵照另札办理毋违，此缴册存各等因到府。奉此除饬三首县遵照，赶紧大张晓示各局门首，并分贴城内及阊门外附郭等处，俾使周知而杜弊混，一面会同贵绅，督饬司事人等，妥为实心经理外，合行照会。为此照会贵绅等，希即查照办理，务使贫民咸沾实惠，毋滥毋遗，是为至要。切切！须至照会者。

光绪二十八年五月廿七日照会

苏州府向照会

为呈请查考事。案奉藩宪函谕并苏州府宪照会，以苏城米缺价昂，应设法碾米，分设十局，按段平粜各等因。当即邀会各绅董详议章程，请酌提三邑仓旧存谷石并归丰备仓，碾米平粜，藉可推陈易新，呈奉藩府宪转详抚宪批准照办在案。一面赶将丰备仓谷，先行碾砻成米，分发城内外十局，于六月初一日起，一律开办平粜。嗣将三邑仓存谷二万四千余石之内提出一万石，运往锡、金等县，发坊砻碓，以应七八月间平粜之需。计每谷一石，砻见白米四斗六升一合二勺，共成米四千六百十二石，派由十局分领，截至八月十五日撤局止，全数粜竣。惟粜变米价，节奉文函，六月分每升收钱四十文，迨七八月内递减至三十六、三十二文，现将三等价值统扯，应每石钱三千六百文。除去砻工钱七十四文，每石净钱三千五百二十六文，核计前项米价，共钱一万六千二百六十一千九百十二文。除按数拨还三邑仓归款，俟秋季另造四柱清册，将钱谷两项列入收支报销外，合先备文呈明，为此呈请贵三县查考，转报各大宪暨府宪鉴核，实为公便。再，砻谷粜米驳船水脚挑力及一应局用经费钱文，均由丰备仓支给，并未于此项米款内动用分文，合并声明。须至呈者。

右呈

元和、长洲、吴县正堂金、苏、田

光绪二十八年九月十八日三邑总仓绅董张、潘、吴呈

呈为平粜事竣汇造总册报销事。窃绅等前奉宪台/藩宪函开，苏城米价太昂，应设法碾米平粜等谕，并准苏州/接贵府照会，以省城地面辽阔，贫民众多，须分设十局，按段平粜等因各到仓。奉/准此当即邀会各局绅董，筹议章程，呈奉详准照办在案。一面刊印大小联票，自五月十一日始，派令司事，分段查户给票，遂于六月初一日起，一律开办平粜，截至八月十五日奉谕撤局止，所有粜变米价，节奉文函，每升收钱由四十而三十六、三十二文，以次递减。除撤局后，已由原办绅董各就各局，督同司事人等，开具报销清折，径行送核外，理合并经绅等将城内外十局办理平粜收支钱米及砻谷粜米一应局用经费，汇齐总数，造具四柱清册，备文呈送/呈报藩宪查销外，理合照造总册，备文呈送。仰祈大公祖大人电鉴核销，俯赐转报抚宪查考，实为公便。再，此次领用宪台/藩宪寄仓存谷并三邑仓旧谷砻米平粜，业由绅等分别将粜下米价，于九月初八日堂期，批解藩宪库查收，（另文送核）暨拨还三邑仓归款矣。合并陈明。谨呈。

计呈送清册一本。

呈藩宪陆/苏州府向

光绪二十八年九月十九日义仓绅董张、潘、吴呈

谨将丰备义仓办理平粜，分设十局，收支钱米暨砻谷粜米一应经费，汇齐总数，造具四柱清册，恭呈鉴核。须至册者。

计开

旧管

一、丰备仓存谷十一万七千三百十五石三斗一升。

新收

一、收藩宪寄仓存谷四千九百八十石砻见白米二千二百九十六石七斗八升。（每谷一石，

扯出白米四斗六升一合二勺。）

一、收三邑仓旧谷一万石砻见白米四千六百十二石。（每谷一石，扯出白米四斗六升一合二勺。）

以上两项共收米六千九百八石七斗八升。

一、收本仓粜下米价钱六千九百十三千二百三十六文。

一、收普福寺粜下米价钱七千八百六十九千一百三十六文。

一、收定慧寺粜下米价钱四千三百十五千二百九十六文。

一、收恤孤局粜下米价钱五千四百五十二千四百九十六文。

一、收文丞相祠粜下米价钱四千二百二十二千三百二十四文。

一、收火神庙粜下米价钱三千九百五十八千三百四十四文。

一、收三邑仓粜下米价钱一万三千六百七十一千七百七十六文。

一、收福田庵粜下米价钱一万五百七十一千七百文。

一、收昭忠祠粜下米价钱四千一百四十二千二百三十六文。

一、收永善局粜下米价钱一万四千七百七十四千七百九十八文。

以上十局共收钱七万五千八百九十一千三百四十二文。

开除

一、支丰备仓砻去谷三万一千三百十七石。（每石砻见米四斗六升一合二勺，共成白米一万四千四百四十三石四斗五合。）

一、支解还藩库米价钱八千九十八千四百四十六文。（每石米除去砻工钱七十四文，净钱三千五百二十六文。）

一、支拨还三邑仓米价钱一万六千二百六十一千九百十二文。（每石米除去砻工钱七十四文，净钱三千五百二十六文。）

一、支下谷力钱三百八十一千七百七十八文。

一、支谷米运锡回苏水脚钱一千六百二十九千六百八十三文。

一、支各坊砻工钱一千五百八十九千四百三文。

一、支刊印大小票纸工料钱七十五千六百六十五文。

一、支置办十局器用钱一百五十七千四百三十三文。

一、支本仓平粜局用钱三百十七千二百五十六文。（潘绅祖谦经办。）

一、支普福寺局用钱三百二十二千九十二文。（张绅履谦经办。）

一、支定慧寺局用钱三百六千四百八十四文。（吴绅景萱经办。）

一、支恤孤局局用钱三百三十六千三百七十九文。（尤绅先甲经办。）

一、支文丞相祠局用钱二百八十八千八百六十八文。（陆绅鼎奎经办。）

一、支火神庙局用钱二百五十二千一百四十五文。（彭绅福孙经办。）

一、支三邑仓局用钱五百八十七千五百文。（程绅玮经办。）

一、支福田庵局用钱四百九十四千二百三十二文。（程绅增瑞经办。）

一、支昭忠祠局用钱二百九十六千五百九十五文。（徐绅芬经办。）

一、支永善局局用钱五百十一千二百七十一文。（吴绅韶生经办。）

一、支代普福寺酬钱庄伙劳钱五千四百六十文。

一、支代火神庙酬钱庄伙劳钱五千四百六十文。

一、支代福田庵酬钱庄伙劳钱五千四百六十文。

一、支代昭忠祠酬钱庄伙劳钱五千四百六十文。

（前四款系各绅董于撤局时，漏未送给，已经开折报销之后，义仓代为补送，合并登明。）

一、支十局酬米店伙劳钱一百八十二千文。

以上二十二款共支钱三万二千一百二千九百八十二文。

一、支本仓籴出米一千九百二十九石三斗六升。（另耗米三石八斗一升。）

一、支普福寺籴出米二千一百七十六石九升。（另耗米十七石二斗三升。）

一、支定慧寺籴出米一千二百石九斗九升。（另耗米九石三斗三升。）

一、支恤孤局籴出米一千四百九十七石四斗二升。（另耗米二石八斗四升。）

一、支文丞相祠籴出米一千一百七十六石九斗九升。（另耗米三十六石二升。）

一、支火神庙籴出米一千一百石九斗九升。（另耗米十六石八斗四升。）

一、支三邑仓籴出米三千七百六十九石六斗三升。（另耗米四十二石三斗八升。）

一、支福田庵籴出米二千九百二十七石四斗六升。（另耗米六十四石七斗七升。）

一、支昭忠祠籴出米一千一百五十一石五斗九升。（另耗米三十四石五斗八升。）

一、支永善局籴出米四千一百六十一石四斗六升五合。（另耗米三十二石四斗。）

一、支十局量耗米二百六十石二斗。

以上十局连耗共支米二万一千三百五十二石一斗八升五合。

实存

一、存平籴款钱四万三千七百八十八千三百六十文。

一、存丰备仓谷八万五千九百九十八石三斗一升。

为照会事。本年闰四月初七日奉抚宪陈札开，照得现因米价腾贵，贫民升斗维艰，业经本部院出示晓谕，禁止囤户居积，米价不准再昂在案。查二十八年分，因时值青黄不接，米价昂贵，曾经碾动省仓积谷，设局平籴有案，应即循照办理，以平市价。合亟札司立即转饬首府三县，一体遵照，会商丰备仓绅董，即日提谷，赶紧砻碓，酌定籴价，分投设局，给票平籴，以济民食而靖地方。仍将遵办情形，详报查核等因到司，奉此除飞饬苏州府长、元、吴三县一体遵办外，合亟照会。为此照会贵绅，烦为查照，希即会商，即日提谷赶紧砻碓平籴，以济民食。望速施行。须至照会者。

光绪三十二年闰四月初七日照会

藩宪濮照会

呈为遵谕碾米平籴请照案免厘事。窃本月初八日接奉藩宪照会内开，奉抚宪陈札开，现因米价腾贵，贫民升斗维艰，业经本部院出示晓谕，禁止囤户居积，米价不准再昂在案。查二十八年分，因时值青黄不接，米价昂贵，曾经碾动省仓积谷，设局平籴有案，应即循照办理，以平市价。合亟札司转饬首府三县，一体遵照，会商丰备仓绅董，即日提谷砻碓，酌定籴价，设局平籴，以济民食而靖地方。仍将遵办情形，详报查核等因到司，奉此合亟照会，希即会商，即日提谷砻碓平籴，以济民食等因到仓，奉此仰见仁宪轸念民依思患豫防之至意。绅等捧诵之余，曷胜钦佩！查现在苏地米价较前为定，各米铺零售升斗，价亦有减无增，惟出口既多，来源尚少，将来青黄不接时，实难逆料。兹奉前因，遵即动拨义仓积谷，陆续运交本城胥门外洽记砻坊，令其赶紧砻碓，复将碓就白米运回入城，以备汇用。所有往返米谷各船，悉以义仓钤印护照为凭，应请宪台援照成案，咨请苏省牙厘总局宪，札饬六门总局，转饬经过各卡，验明仓照，免厘放行。（除俟碾米积有成数，再行议章呈请核办外），理合先将遵办平粜照案免厘缘由，具文呈请。伏乞大公祖大人电鉴施行，实为公便。谨呈。

一呈藩宪濮
牙厘局宪朱

光绪三十二年闰四月十二日义仓绅董潘、张呈

呈为办理平粜本地砻坊出米无多仍拟照案运谷赴锡请札饬各卡免厘事。窃绅等于上月内，将仓谷运赴城外砻坊碾米，以备平粜，呈请照案免厘，业经宪台批准在案。现届青黄不接，米价仍昂，办理平粜，势难再缓。绅等援照光绪二十八年分旧章，设局查户，酌提仓谷三成，计谷三万八千余石。苏地砻坊既少，出米尤迟，只足以备接济，不足以敷应用。仍照向章，拟即于本月十六七日，赶将仓谷陆续运赴锡、金砻坊，碾米碓白，运回苏城。所有往返米谷各船，均给义仓钤印护照为凭，应请宪台迅赐札饬自苏至锡经过各卡，验明仓照，照案免厘放行。除将议章提谷，赶紧赴锡砻米等情呈报藩宪，并转详抚宪外，理合具文呈请，伏乞大公祖大人电鉴施行，实为公便。谨呈。

呈苏省牙厘总局宪朱

光绪三十二年五月十二日义仓绅董潘、张呈

呈为议章平粜陈请鉴定分别转报札行并给照会开办事。光绪三十二年闰四月初十日奉贵府照会，奉抚宪陈札开，照得现因米价腾贵，贫民升斗维艰，业经本部院出示晓谕，禁止囤户居积，米价不准再昂在案。查二十八年分，因时值青黄不接，米价昂贵，曾经碾动省仓积谷，设局平粜有案，应即循照办理，以平市价。合亟札饬札府，立即转饬三县，一体遵照，会商丰备仓绅董，即日提谷，赶紧砻碓，酌定粜价，分投设局，给票平粜，以济民食而靖地方。仍将遵办情形，详报查核等因到府。奉此除饬三首县会商办理外，合行照会，希即遵照宪饬会商办理等因，并奉藩宪濮暨准三首县照同前由，先后各到仓。奉准此查本年四月、闰四月间，米价翔贵，幸蒙抚宪体恤民艰，示禁囤积居奇，不致再涨。而民以食为天，瞬届青黄不接，诚如宪札，贫民升斗维艰，是以绅等将义仓积谷先期陆续碾砻，以备奉文后平粜之需。当经面陈抚宪暨贵府钧听，缘奉前因，遵即邀集郡绅赴仓会议，拟照二十八年分平粜旧章，略加酌改，其大致悉仍循旧。除现办学会、商会各绅事务甚繁，未遑兼顾外，兹由绅等分办中、东两局，陆绅鼎奎、程绅玮、陶绅治元、顾绅贤麟分办南、西、北、阊门外四局，拟定本月十六日起，督令司事清查户口。因苏城砻米每日出数无多，缓不济急，须将大宗谷石运往无锡，赶紧砻碓回苏。一面俟查户事竣，约在六月初十左右，即可开办平粜，所有粜价，拟照市价每升减收钱十五六文，将来市面米价设有涨落，随时酌议，另请核示。除详细章程另开清折外，理合粘单具文陈请，仰祈大公祖大人电鉴核定，抄章转报抚宪查考，并札行三首县七路巡官，查照议章，分别办理。一面请照案抄粘章程，分给各绅照会，俾设局开办，有所遵循，以昭慎重，实为公便。谨呈。

计粘单并呈清折一扣

呈代理苏州府孙

光绪三十二年五月十六日义仓绅董潘、张呈

谨将丰备义仓办理平粜会议详细章程，呈候鉴裁。

一、此次平粜，援照光绪二十八年分旧章，略为酌改。城内分设五局：元妙观内追租局，归潘绅祖谦办；平江路丰备仓，归张绅履谦办；试院前定慧寺，归陆绅鼎奎办；盘门新桥巷三邑仓，归程绅玮办；王洗马巷春申君堂，归陶绅治元办；阊门外设一局，在留园后永善局，归顾绅贤麟办。

一、各绅经办各局事宜，城内照五路巡警分局划分中东南西北五局地界。阊门外地段绵长，烟户稠密，故另设一局。其余各门外，均由就近城局兼办。各就本局所管界内，先查户口，总以此局地段与彼局接界，俾无脱漏。（娄、齐两门外，归丰备仓兼查；葑门外，归定慧寺兼查；胥门外胥台乡及盘门外马路外，均归三邑仓兼查。）

一、每局先用司事六人，由绅董派令，逐日分投清查户口。

一、丰备仓存谷十二万八千余石，现拟酌提三成，计谷三万八千余石，碾米碓白，约得米一万七千余石，分发城厢内外六局平粜。

以上四条，系设局分界、砻米谷数之大概情形。

一、司事逐日率同地保，按图查户，偏街僻巷均须查到。凡贫苦经纪小民，填明姓名、口数、住处，随给小票，务期无滥无遗。每查一户，即于门上或墙上画一红圈作记，一面将票根携归，照填大票，仍派司事带往复查，收回小票，换给大票，以便开粜后各该户持票赴局籴米。

一、每局日粜米数，以四十石为度，合计六局，每日共需米二百四十石。虽各局查写户口多寡不同，而裒多益寡，不得逾每日二百四十石之总数，以示限制。

一、视各户口数派定米数，每户自五合起，至三升止，于大票内填明每两日粜米若干。缘此次仍照向章，间日一粜，一日兼粜两日之米，既可节省局用，又免粜者逐日奔走之劳。

一、各户持票来局籴米，司事凭票收钱，随于大票方格内盖一付讫戳，另给若干米，小票一纸，俾与大票一并持以取米。付米处查对大小票符合，即将小票收回，以凭核算粜米总数。

一、平粜米价，拟照时价核减，每升取钱□文，请宪鉴定夺，俾各局一律照办。

一、每局查户司事六人，接办开局粜米各事。开粜时，添雇局使三人，又借用米店伙数人，专司量米。各绅董时常在局监粜察看，以防弊端。

一、各局粜下米款，随时送交殷实钱庄登折收存。其折由各绅董亲执，以昭慎重。俟满一月，即由各绅董将折汇缴丰备仓，由仓凭折分向各钱庄收还归款。（一切局用，均向丰备仓支取，不得于粜下米款内移用，以清界限。）

以上七条，系绅等经理局务之大概情形。

一、请饬长、元、吴三县，将查户平粜事宜，摘叙简明章程，先期会衔出示晓谕，分贴城内及阊门外负郭并各局门首，俾众周知。

一、请饬三县先期遍传城内及城外负郭各图地保，谕饬分随各局司事，按图查户，毋得怠忽。又饬设局六处之本图地保，每粜米日来局，伺值当差，以便呼应，毋得玩违。

一、请饬城内五路巡官，分诣各局监粜弹压。其阊门外一局，请饬阊胥门外巡官到局弹压，以照〔昭〕慎重而免滋事。

以上三条，请官长办理之大概情形。

一、设局六处，共用司事三十六人，每人每月薪膳钱七千文，共雇局使十八人，每人每月工饭钱四千文，两共月需钱三百二十四千文。（此两项由各局分别开支，列入局用项下。）

一、二十八年分平粜各局局用，或二百八九十千，或三百数十千，或至四百五百余千不等。今拟一适中之数，每局局用，自始至终，以三百五十千为度，计六局，共需局用钱二千一百千文。

以上二条，系酌定局用之大概情形。

再，除各局局用外，所有砻谷碓米、驳运水脚、添修栈条脚扁栲栳斛子升斗等物，刊印大小票册纸等件以及米店伙酬劳之款，均由丰备仓开支，现在无从预算，统俟事竣，核明总数，汇造报销，合并陈明。

呈为开办平粜日期请赐转报行知事。窃绅祖谦、履谦奉文会议平粜章程，声明查户事竣，约在六月初十左右，开办平粜，呈奉贵府照会，饬即赶紧设局，督饬司事人等，妥为实心经理，务使贫民咸沾实惠，毋滥毋遗，平粜米价，拟定每升四十文等因在案。现在苏城内外，分设六局，一律于五月十六日起，督令司事清查户口，填给小票，一面将多数仓谷，运往无锡砻米碓白，载运回苏。兹因查户给票，均已办竣，正值市面米价仍昂，青黄不接之时，自应及早开粜，以惠贫民。绅等公同会商定于六月初十日，各局同时开办平粜，遵照来文，米价每升取钱四十文。惟查二十八年分平粜期内，蒙贵前府督饬三首县各总巡，逐日分诣各局，轮流监粜，并带同勇役随时弹压，以免拥挤滋事。此次应请循旧办理，俾昭慎重。除将所查户口及每日应粜米数另行汇开清折送核外，合将平粜日期，具文呈报。仰祈大公祖大人鉴核，俯赐转报抚藩宪查考，并行知三县暨七路巡官照办，实为公便。谨呈。

呈代理苏州府孙

光绪三十二年六月　日平粜局绅董呈

为呈报事。案奉代理苏州府孙照会，奉抚宪札，以米价腾贵，贫民升斗维艰，照二十八年分碾动省仓积谷，设局平粜一案，并奉藩宪暨准贵三县照同前由，先后各到仓。奉准此当经绅祖谦、履谦会议平粜章程，于五月十六日，呈请苏州府转报宪鉴，并抄章札行贵三县查照办理在案。嗣奉苏州府照会，饬即赶紧设局云云，拟定每升四十文，六月初一日又准贵元和县函开奉饬平粜，请将查户给票平价设局详细办法，何日开办，一体示知等因。查苏城内外，分设六局云云，各局同时开办平粜，遵照苏州府来文，米价每升取钱四十文。惟查二十八年分平粜期内，蒙贵前三县暨各总巡，分诣各局轮流监粜云云，俾昭慎重，并将户口及粜出米数，查开转报。除径呈苏州府外，合再抄章呈送。为此呈请贵三县查照，希即会同核办。望切施行。须至呈者。

计抄帖

右呈

元和县正堂孙

长洲县正堂陈

吴县正堂张

光绪三十二年六月初四日平粜局绅董呈

为照会事。本月十三日奉抚宪陈批尤绅先甲等呈请展办平粜由，奉批：查苏属收获较迟，本年秋成又复歉薄，现在米价未落，亟应展办平粜，以恤贫民。昨已行司通饬各属，酌量情形，分别办理在案。据呈前情，应准将省城内外各局平粜，一律展办一个月，截至九月底止，用纾民困而靖地方。仰苏藩司迅速照会义仓绅董，遵照办理，并行该府县知照，此批呈抄发等因到司。奉此除分行府县外，合就抄粘照会。为此照会贵绅董，请烦查照办理施行。须至照会者。

光绪三十二年八月二十日照会

署藩宪朱照会

为照会事。本年八月二十一日奉署藩宪朱札，本月十三日奉抚宪陈札尤绅先甲等呈请展办平粜由，奉批：查苏属收获较迟，本年秋成又复歉薄，现在米价未落，亟应展办平粜，以恤贫民。昨已行司通饬各属，酌量情形，分别办理在案。据呈前情，应准将省城内外各局平粜，一律展办一个月，截至九月底止，用纾民困而靖地方。仰苏藩司迅速照会义仓绅董，遵照办理，并行该府县知照，此批呈抄发等因到司，除照会外，抄粘札府。奉此除转饬三首县遵照外，合亟粘抄照会。为此照会贵绅董，希即遵照勿违。须至照会者。

光绪三十二年八月二十七日照会

苏州府照会

呈为米价渐平拟将平粜各局展办至九月初十日一律停止请示遵办事。窃于光绪三十二年八月二十一日，接奉苏藩司照会内开，本月十三日奉宪台批抚宪尤绅先甲等呈请展办平粜由，奉批：查苏属收获较迟，本年秋成又复歉薄，现在米价未落，亟应展办平粜，以恤贫民。昨已行司通饬各属，酌量情形，分别办理在案。据呈前情，应准将省城内外各局平粜，一律展办一个月，截至九月底止，用纾民困而靖地方。仰苏藩司迅速照会义仓绅董，遵照办理，并行该府县知照，此批呈抄发等因到司。奉此除分行府县外，合就抄粘照会，请烦查照施行等因到仓，奉此仰见仁宪轸恤民艰有加无已之至意，绅等自应遵照宪批办理。惟尤绅先甲等呈请展期，其时新米尚稀，价诚未落，乃迄今未越一月，新米上市，日多一日，市中大价，每石陆续减去洋两元有余，各米铺零粜白籼，亦减去十六七文，每升不过四十六七文。尤幸天气晴和，收获无碍。霜降后，晚稻登场，米价更有日跌之势。查尤绅等原呈请于立冬为止，九月二十二日节交立冬，届时义仓须开办冬租等事，即各局绅董，亦均有兼办善堂租息，势难兼顾平粜。绅等体察情形，兼采众论，拟请将城内外平粜各局，展至九月初十日一律停止，复与尤、王诸绅等会商，意见佥同，亦以体察情形，无须再展至九月底止。理合将商议停止平粜缘由，具文呈请。伏乞大人 大公祖大人俯赐鉴核批示祗遵，实为公便。（除呈抚宪外），谨呈。

呈 抚宪陈
 署藩宪朱

光绪三十二年八月　日义仓绅董潘、张呈

呈为米价渐平拟将平粜各局展办至九月初十日一律停止请示遵办事。窃于本年八月二十一日接奉藩宪照会内开，本月十三日奉抚宪批（照前稿全叙至理合）将商议停止平粜缘由，具文呈请。仰祈大公祖大人鉴核批示祗遵，实为公便。除呈抚宪_藩外，谨呈。

　　一呈苏州府孙
　　光绪三十二年八月廿五日义仓绅董潘、张呈

为照会事。本年九月初一日奉抚宪陈批贵绅等呈停办平粜由，奉批：据呈新米上市，米价大减，应准将省城内外平粜各局，展至九月初十日一律停止，仰苏藩司即便照会该绅董，遵照办理，并行该府县知照，此批呈抄发等因到司。奉此查此案昨准贵绅等并呈即经批复在案。兹奉前因，除转饬外，合就照会。为此照会贵绅，烦为查照办理施行。须至照会者。

　　署藩宪朱照会
　　光绪三十二年九月十一日照会

呈为平粜事竣汇造总册报销事。本年闰四月内奉前宪_{贵前府}照会，奉抚宪陈札开，照得现因米价腾贵，贫民升斗维艰。查二十八年分，因时值青黄不接，米价昂贵，曾经碾动省仓积谷，设局平粜有案，应即循照办理，以平市价。合亟札司_府转饬三首县，一体遵照，会商丰备仓绅董，即日提谷砻碓，酌定粜价，设局平粜，以济民食而靖地方等因到司_府。奉此合行照会，希即遵照办理等因到仓，奉_准此绅等当即邀集各绅董，会议章程，呈奉详准照办在案。一面刊印大小联票，自五月十六日起，派令司事，分段查户给票，遂于六月初十日一律开局平粜，截至九月初十日止，所有粜变米价，呈准每升收钱四十文，除撤局后，业由各局绅董各自造报，径行送核外，理合_{并经绅等}将城内外六局收支钱米及砻谷粜米一应局用经费，汇齐总数，造具四柱清册（呈报藩宪查销外，理合照缮总册）备文呈送。仰祈大公祖大人电鉴核销，俯赐转报抚宪查考，实为公便。再，此次各乡镇照办平粜，因三邑仓积谷奉文准拨米业董事粜变，暨三首县发给各乡董平粜，均已具领无存，是以木渎镇董吴锡熊请领仓谷一千石，光福镇董冯泽衍请领仓谷四百石，系准吴县备文，请在丰备存谷项下照拨。绅等当即如数拨给，照三邑仓粜变谷价，每石收钱二千文计，共收到钱二千八百千文。事关平粜，合并附列报销。谨呈。

　　计呈送_{清册一本}
　　　　　_{清册一本}
　　呈_{署藩宪朱}
　　　_{苏州府何}
　　光绪三十二年九月　日义仓绅董潘、张呈

今将丰备义仓办理平粜，分设六局，收支钱米暨砻谷粜米一应经费，汇齐总数，造具四柱清册，呈候鉴核。须至册者。

计开：

旧管

一、丰备仓存谷一十二万八千九百一十六石二升。

新收

一、收元妙观中局粜下米价钱七千一十二千文（潘绅祖谦办）。

一、收本仓东局粜下米价钱二万四千八百五十二千八十文（张绅履谦办）。

一、收贡院南局粜下米价钱一万四千二百四十五千四百四十文（陆绅鼎奎办）。

一、收女普济堂西局粜下米价钱一万九千六百九十九千五百六十文。（程绅玮办。）

一、收春申君堂北局粜下米价钱一万四千四百三十一千二百四十文。（陶绅治元办。）

一、收阊门外永善局粜下米价钱一万四千三百四千八十文。（顾绅贤麟办。）

一、收木渎镇谷价钱二千千文。（每石照三邑仓粜价钱二千文。）

一、收光福镇谷价钱八百千文。

计共收钱九万七千三百四十四千四百文。

开除

一、支砻去谷五万四千一百一十八石五斗。（每石砻见米四斗三升三合六勺，共成白米二万四千七石四斗四升三升。）

一、支奉文木渎镇领平粜谷一千石。（由吴董锡熊备价来领。）

一、支奉文光福镇领平粜谷四百石。（由冯董泽衍备价来领。）

计共支谷五万五千五百一十八石五斗。

一、支下谷力钱三百二十七千六百文。

一、支谷米运锡回苏及分拨各局驳船水脚钱二千七百七十八千三百六十七文。

一、支各坊砻碓工钱一千一百九十四千八百七十文。

一、支添置六局器用物件钱三十五千七百五十文。

一、支刊印大小票纸工料钱九十三千五百七十四文。

一、支元妙观平粜局用钱四百九十八千四百五十一文。

一、支本仓局用钱四百七十千四十五文。

一、支贡院局用钱六百一十千五百一十四文。

一、支女普济堂局用钱六百八十二千一百三十六文。

一、支春申君堂局用钱五百六十千七百六十三文。

一、支阊门外永善局局用钱五百千九十八文。

一、支六局米店伙酬劳钱二百一十六千文。

计共支钱七千九百六十八千九百七十八文。

一、支元妙观粜出米一千七百五十三石。（另耗米二十一石五斗。）

一、支本仓粜出米六千二百一十三石二斗。（另耗米五十一石一斗。）

一、支贡院粜出米三千五百六十一石三斗六升。（另耗米二十五石八斗三升。）

一、支女普济堂粜出米四千九百二十四石八斗九升。（另耗米一百六十三石七斗三升。）

一、支春申君堂粜出米三千六百七十七石八斗一升。（另耗米五十七石八斗三升。）

一、支阊门外永善局粜出米三千五百七十六石二升。（另耗米五十一石三斗四升。）

一、支六局量耗米三百七十一石三斗三升。

计六局连耗共支米二万四千七石四斗三升。

实在

一、存平粜款钱八万九千三百七十五千四百二十二文。

一、存丰备仓谷七万三千三百九十七石五斗二升。

光绪三十二年十月　日

为照会事。本年十月二十二日奉抚宪陈批本司详送平粜案内动用丰备仓积谷收支清折由，奉批：如详核销。仰即转饬知照，缴折存等因到司。奉此合就照会。为此照会贵绅董，烦为查照施行。须至照会者。

光绪三十二年十月三十日照会

藩宪陈照会

为照会事。本年二月十二日奉苏州布政使陈札开，本年二月初十日奉抚宪陈札，照得本年苏省米缺价贵，甫交春令，各属因米滋事之案，即时有所闻，亟应及早维持，多方补救，以弭隐患，业经叠饬营县严拿抢米匪犯，从重惩办，并派瑞道、曾道设法采购洋米，运回平价。惟齐之以刑，犹是治标办法，而采运洋米，犹有缓不济急之虞。查积谷本为备荒而设，前已饬司转行将各州县积谷项下，现存谷数钱数，查明开报在案。值此米价翔贵，人心浮动，应饬该司，再行通饬各属，立即体察情形，如地方民食拮据，必须接济，准将仓存谷石照章动用，妥办平粜。一面酌拨谷款，设法购米，以为之继。如目下民食尚敷，即暂缓出粜，留备青黄不接之时，藉资挹注，但须预为部署，俾免临事张皇。自此次通饬之后，各该地方官，务须会商绅董，切实筹维，随时禀办，总期平民不虞艰食，匪徒自无从生心。倘仍玩视民瘼，致酿事端，责有专归，断难曲贷，札司飞饬所属，一体遵照，仍将转行日期报查等因到司。奉此除将转饬札县立即遵照办理毋违等因下县，奉此合行照会。为此照会贵绅董，请烦查照，希即会同妥商，切实筹维。如民食拮据，必须将仓存谷石，照章动用，妥办平粜。如民食尚敷，即暂缓出粜，留备青黄不接之时，藉资挹注。望切！须至照会者。

光绪三十三年二月二十一日照会

元和县照会

为照会事。照得近来米价翔贵，贫民粒食维艰，业经遵奉宪谕，会同贵绅董公同筹议，拟照上年章程，举办平粜。惟查丰备义仓存谷无多，现奉抚宪电请缓运漕米十五万石，已奉旨允准。又复提款委员购办洋米，分别派拨，俾资接济，一面酌量动碾仓谷，办理平粜，以平市价而顾民食。除出示晓谕外，合行照会。为此照会贵绅董，请烦查照，希即将贫户刻速查明，定期见复，以凭开局办粜。望切！须至照会者。

光绪三十三年二月十六日照会

元和、长洲、吴县照会

为照会事。本年二月二十三日奉藩宪札开，本年二月二十日奉抚宪陈批司道等会详续奉缓运减价平粜米石，谨拟大要办法，开折请示由，奉批：据详并折均悉。察核所议办法，条分缕晰，颇属精详，应准先行试办，如此后有应行变通之处，仍随时考查情形，禀明办理。仰即分别移行，一体遵照。惟前次采办洋米，已设驻沪官米平价局，此次借漕平粜，应于折开第三条内，改为就近由该局总会办，与驻沪官米平价局妥为接洽，经理其事等语。并即知照，仍候督部堂批示，缴折存等因到司，奉此除遵批在办法第三条、第十条内分别增改暨咨行外，合就抄录详折札饬札县，立即遵照详折指饬各节，迅速会商绅董妥办。仍将奉文遵办情形，先行通报毋违特札等因抄粘到县。奉此合行抄粘照会。为此照会贵绅董，烦为遵照藩宪详折指饬各节，迅速会商妥办，幸勿有稽。望切！须至照会者。

计抄粘

光绪三十三年二月二十七日照会

吴县照会

为照会事。本年二月十四日奉藩宪陈札开，本年二月十一日奉抚宪陈札，光绪三十三年二月初九日，据江海关道瑞澂电禀曾道，会议购米平粜办法九条，伏候核示等情到院。除电复外，合抄来往各电札司，通饬各属，一体遵照办理等因到司。奉此合亟抄粘飞饬札县，立即遵照办理，迅速会商绅董，核明应需平粜米数，备齐价洋，径请上海平价总局酌拨运回，饬发城乡各米铺照价领售，以济民食。一面通报查考等因，并奉府宪札同前由到县。奉此合行抄粘照会。为此照会贵绅董，请烦查照，希即核明应需平粜备价，径请上海平价总局酌拨运回，饬发平粜，以济民食，幸勿稽延。须至照会者。

光绪三十三年二月二十七日照会

吴县照会

为呈复事。准贵三县照会，以近年来米价翔贵，贫民粒食维艰，业奉宪谕，会同绅董公同筹议，拟照上年章程举办平粜。惟查丰备义仓存谷无多，现奉抚宪电请缓运漕米十五万石，已奉旨允准。又复提款委员购办洋米，分别派拨，俾资接济，一面酌量动碾仓谷，办理平粜，以平市价而顾民食。除出示晓谕外，照请将贫户查明见复，以凭开局办粜等因到仓。准此仰见大宪暨贵三县重视民瘼、宽筹民食之至意，吴中士庶，感颂同声。惟丰备义仓自上年举办平粜，动碾仓谷至五万五千五百余石之多，虽届新谷登场，陆续买补，无如江北产米之区，既被水灾，大半秋收无获，致谷缺价昂，未能全数补足。现在诚如来文，存谷无多，而本年米价翔贵，转瞬青黄不接，恐贫民粒食之艰，将较去年尤甚。是开办平粜，为期必长，需用谷石，为数必多，仅以现存仓谷九万余石，欲支持四个月左右之平粜，断然不敷。正深焦灼，兹准前因，当即邀集前办平粜局绅董，赴仓会商。金以既蒙抚宪电请缓运漕米十五万石，奉旨允准。闻此项漕米，囤积无锡行栈，苏州距锡邑只百里，既较赴沪驳运洋米大为近便，且以本省漕米，粜充本省民食，又较洋米口味大为合宜。今锡、金两县已设借漕平粜局，苏郡事同一律，应请在缓运漕米内先予借购一万石，由贵三县核给护照，饬令无锡存米行栈，装运来苏。沿途厘卡验照放行，交由义仓斛收，一俟粜竣，再行续购。如漕米尚系糙粳，并请饬商碓白运苏。所需米价，拟照上年宪定漕价每白米一石，连碓费一并在内，计钱四千五百文。由义仓收米时，按数呈缴贵三县核收转解，将来平粜米价，绅等当再呈请宪示遵行。一面仍由义仓动放存谷，碾砻成米，以继借漕办粜之后，庶广皇仁而副宪厪。至另文照会，向上海平价总局订购洋米，发商平售一节，原以补平粜之不足，应如何查照曾道台所议办法，由各州县领运米石，发交米铺出售之处，仍请贵三县主政酌办。绅等与各绅董一再面议，意见相同，合亟备文呈复。为此呈请贵三县鉴核，迅赐详报各大宪核示。再，查明贫户口数，与平粜开局日期不宜过远，庶免悬望而释群疑。应请俟以上各节奉批照准示复到仓，即行查户给票，合并陈明。须至呈者。

右呈元和窦、长洲县正堂苏、吴张

光绪三十三年三月初一日义仓绅董潘、张呈

为照会事。本年二月二十八日奉府宪何札，本年二月二十一日奉藩宪陈札，本年二月十七日奉抚宪陈札开：照得上海设立官米平粜局，已经札发关防，饬由曾道会同瑞道查收启用，以昭信守。现在据报，购到洋米，次第上栈，各州县赴局领米，自必络绎而来，应饬各属于具文领米时，随备护照一件，送由该局盖印关防，并批明免厘验放字样，以期周密而免影射。经过各厘局，验明护照米数相符，立即放行，不得留难阻滞，亦不准夹带舞弊，致亏要需。除分行外，札司通饬各属一体遵照等因，到司札府。奉此合亟转饬札县，立即遵照毋违，此札等因下县，奉此合行照会。为此照会贵绅董，请烦查照办理。望切！须至照会者。

光绪三十三年三月初五日照会

元和县照会

为照会事。本年三月初一日准贵绅董呈称：准敝三县照会，以近来米价昂贵，贫民粒食维艰，业奉宪谕，会同绅董公同筹议，拟照上年章程举办平粜。查丰备义仓存谷无多，现奉抚宪电请缓运漕米十五万石，已奉旨允准。又复提款委员购办洋米，分别派拨，俾资接济，一面酌量动碾仓谷，办理平粜，以平市价而顾民食。除出示晓谕外，照请将贫户查明见复，以凭开局办粜等因到仓。准此仰见大宪暨贵三县重视民瘼、宽筹民食之至意，吴中士庶，感颂同声。惟丰备义仓自上年举办平粜，动碾仓谷至五万五千五百余石之多，虽届新谷登场，陆续买补，无如江北产米之区，既被水灾，大半秋收无获，致谷缺价昂，未能全数补足。现在诚如来文，存谷无多，而本年米价翔贵，转瞬青黄不接，恐贫民粒食之艰，将较去年尤甚。是开办平粜，为期必长，需用谷石，为数必多，仅以现存仓谷九万余石，欲支持四个月左右之平粜，断然不敷。正深焦灼，兹准前因，当即邀集前办平粜局绅董，赴仓会商。金以既蒙抚宪电请缓运漕米十五万石，奉旨允准。闻此项漕米，囤积无锡行栈，苏州距锡邑只百里，既较赴沪驳运洋米大为近便，且以本省漕米，粜充本省民食，又较洋米口味大为合宜。今锡、金两县已设借漕平粜局，苏郡事同一律，应请在缓运漕米内先予借购一万石，由贵三县核给护照，饬令无锡存米行栈，装运来苏，沿途厘卡验照放行，交由义仓斛收，一俟粜竣、再行续购。如漕米向系糙粳，并请饬商碾白运苏，所需米价，拟照上年宪定漕价每白米一石，连碾费一并在内，计钱四千五百文。由义仓收米时，按数呈缴贵三县核收转解，将来平粜米价，绅等当再呈请宪示遵行。一面仍由义仓动放存谷，碾着成米，以继借漕办粜之后，庶广皇仁而副宪廑。至另文照会，向上海平价总局订购洋米，发商平售一节，原以补平粜之不足，应如何查照曾道台所议办法，由各州县领运米石，发交米铺出售之处，仍请贵三县主政酌办。绅等与各绅董一再面议，意见相同，合亟备文呈复鉴核，迅赐详报各大宪核示。再，查明贫户口数，与平粜开局日期不宜过远，庶免悬望而释群疑，应请俟以上各节奉批照准示复到仓，即行查户给票，合并陈明等情到县。据此查借漕十五万石平粜一案，业奉宪颁议准办法十条，另文照会来呈。拟请连碓费每石缴价钱四千五百文，俟义仓收米时，按数缴由县中转解，核与颁章均有未符，自系贵绅董尚未接到照会接洽所致。据呈前情，理合照复，为此照会贵绅董，即烦查照宪颁定章，仍再刻日妥议见复，以凭核转。至洋米因苏城口味未宜，应否俟漕米粜竣，再行请领接济，于目前民食，能否不致缺乏，亦希察酌情形，一并速复汇转，幸勿稍稽。须至照会者。

光绪三十三年三月初七日照会

元和、长洲、吴县照会

为照会事。本年二月二十九日奉府宪札，本年二月二十六日奉藩宪抄发外府州通电内开，借漕平粜章程，已通行各属，并在无锡设局，委孙守毓骧经理各州县划留平粜事宜，希饬所属会商绅董，察酌就地米粮多寡，应领漕米若干，电禀核夺，并将应运漕粮已经运沪若干，买存某处行栈，未运漕粮若干，一并开报。一面备价照市购回发粜，以济民食，万勿延误，藩署宥电等因到府。奉此除借漕平粜章程另行转饬外，合亟飞饬札县，立即遵照宪饬，分别会商绅董察酌禀办，具报司府查考，万勿延误等因下县。奉此合行照会。为此照会贵绅董，请烦查照，希即会商察酌办理，仍祈见复。望切！须至照会者。

光绪三十三年三月初五日照会

元和县照会

为照会事。本年三月二十日奉府宪札开，本年三月十五日奉藩宪陈札开，照得各属购领漕米数目，前经饬令会商绅董，自行认定禀复，听候核明，派拨领回平粜在案。兹查各属均系认齐，独该府所属长洲、元和、吴县、吴江、震泽、昆山、新阳、太湖、靖湖九厅县，至今未复。现届三月中旬，节候已迟，亟待汇核分拨，广办平粜，俾贫民早沾实惠，未便再事宕延。合特飞催札府，立即遵照飞饬各厅县，迅速认定，限两日内禀复，不得再延毋违等因到府。奉此查此案前奉藩宪札饬，当经转饬在案。奉札前因，合亟飞饬札县，立即遵照，迅速认定，限两日内禀复，不得再延毋违等因下县。奉此合行照会。为此照会贵绅董，烦即遵照宪札办理。望切！须至照会者。

光绪三十三年三月二十七日照会

元和县照会

呈为议章平粜陈请鉴定分别转报札行并给照会开办事。准长、元、吴三县照会，以米价翔贵，民食维艰，遵奉宪谕，会同绅董公同筹议，照章举办平粜等因到仓。准此绅等当即邀集前办平粜局各绅董赴仓会议，议于缓运漕米内，先请购领米一万石，运苏办粜，业已呈请长、元、吴三县转详各宪核示在案。查光绪二十八年、三十二年两届平粜，议定详细章程，现拟略为酌改，大致循旧，由绅等分办中、东两局，吴绅曾祜、程绅玮、陶绅治元、顾绅贤麟分办南、西、北、阊门外四局，并由丰备仓将查户大小票及一切应用物件，陆续添修备齐。绅等以领漕一节，谅蒙各宪批准，不必久待。又以平粜之举，民食攸关，势难再缓，兹定于本月十一日起，约同各局绅董，派令司事，逐日分投清查户口，随给小票，一俟查户事竣，领到漕米，再行报明开粜日期。一面由丰备仓酌提存谷，陆续舂碓成米，以继借漕办粜之后。除详细章程另开清折外，理合粘单，具文陈请。伏乞大公祖大人电鉴，核定抄章，转报抚宪查考，并札行三首县七路巡官，查照议章，分别办理。一面照案抄粘章程，分给各绅照会，俾设局开办有所遵循，而昭慎重，实为公便。谨呈。

计粘单并呈清折一扣。

呈苏州府何

光绪三十三年三月　日义仓绅董潘、张呈

谨将丰备义仓办理平粜会议详细章程，呈候鉴裁。

一、此次办理平粜，援照光绪二十八年、三十二年两届旧章，略为酌改。城内分设五局：元妙观内太阳宫，归潘绅祖谦办；平江路丰备义仓，归张绅履谦办；双塔寺前试院，归吴绅曾祜办；盘门新桥巷女普济堂，归程绅玮办；王洗马巷春申君堂，归陶绅治元办；阊门外另设一局，在留园西永善堂，归顾绅贤麟办。

一、各绅经办各局事宜，城内照五路巡警分局划分中、东、南、西、北五局地界，阊门外地段绵长，烟户稠密，故另设一局。其余各门外，均由就近城局兼办。各就本局所管界内，先查户口，总以此局地段与彼局接界，俾免脱漏。（娄、齐两门外，归丰备仓兼查；葑门外，归试院兼查；胥门外胥台乡及盘门外除马路外，均归女普济堂兼查。）

一、丰备仓上年平粜，动用仓谷五万五千余石，嗣因各处收成歉薄，谷缺价昂，补购新谷，未及一半。今岁米价更贵，平粜户口必较上年为多，现在共存仓谷九万七千余石，酌提六七成，碾米碓白，以备城内外六局平粜之用。其余存数无多，如各乡镇分办平粜，请领米谷，应由长、元、吴三县派拨官米，俾免向隅。

以上三条，系设局分界、核计谷数之大概情形。

一、每局先用司事六七人，由各绅董派令，逐日分投率同地保，按图查户，偏街僻巷均须查到。凡贫苦经纪小民，填明姓名、口数、住处，随给小票，务期无滥无遗。每查一户，即于门上或墙上画一红圈作记，一面将票根携归，照填大票，仍派司事带往复查，收回小票，换给大票，以便开粜时各该户持票赴局籴米。

一、大口每日五合，小口减半，视各户口数派定米数，每户日以三升为限，间日一粜。于大票内填明每两日粜米若干，司事凭票收钱，随于大票方格内盖一付讫戳，又另给若干米，小票一纸，俾与大票一并持以取米。付米处查对大小票符合，即将小票收回，每局派司事一人，经管收回小票，以凭核算粜米总数。

一、平粜米价，拟照市价核减，每升取钱□文，请宪鉴定夺，俾各局一律照办。

一、每局查户司事六七人，接办开局粜米各事。开粜时，每局各雇局使四五人。上年各局量米，借用米店伙数人，未能妥贴，兹拟改由各绅董自行选用米伙四五人，或六七人，给予薪膳，专司量米，兼管监斛等事。各绅董时常在局监粜察看，以防弊端。

一、各局粜下米款，随时送交殷实钱庄，登折收存。其折由各绅董亲执，以昭慎重。俟满一月，各绅董汇缴丰备仓，由仓凭折向各钱庄收回归款。至各局一切局用，均向丰备仓随时支取，不得于粜下米款内移用，以清界限。

以上五条，系绅等经理局务之大概情形。

一、请饬长、元、吴三县，将查户平粜事宜，摘叙简明章程，先期会衔出示晓谕，分贴城内及阊门外负郭并各局门首，俾众周知。

一、请饬三县先期遍传城内及城外负郭各图地保，谕饬分随各局司事，按图查户，毋得怠忽。又饬设局六处之本图地保，每粜米日来局，伺值当差，以便呼应，毋得玩违。

一、请饬城内五路巡官，分诣各局监粜弹压。其阊门外一局，请饬阊胥门外巡官到局弹压，以昭慎重而免滋事。

以上三条，请官长办理之大概情形。

一、每局用司事六人，或七人，用米伙四五人，或六七人，雇局使四人，或五人，均视各局米数多寡为定。司事每人月送薪水钱四千文，月费钱一千文，伙食钱三千文；米伙每月薪水钱三千文，月费钱一千文，伙食钱三千文；局使每月工钱三千文，饭钱二千四百文。地保随同查户，每日给饭钱一百文。粜米日，差保等到局，当差每名给饭钱八十文。（司事米伙，各送月费，以备各人点心水烟等用，局中概不供给。）

一、现蒙抚宪缓运漕米，复购粮米，饬令绅等照此章程办理平粜。拟先于三四月间，设局查户，择日开粜丰备仓砻出之米，当于五六月间接续开粜，以期久济民食。至官米领到后，分驳各局所有驳耗量耗之米，由各局随时核明记数，照仓米一律办理，以便事竣后汇列报销。

以上二条，系酌定局用及开粜官米之大概情形。

再，除各局局用外，所有砻谷碓米、驳运水脚、添修栈条脚扁栲栳斛子升斗等物，刊印大小票册纸等件，均由丰备仓开支。现在无从预算，统俟事竣核明总数，汇造报销，合并陈明。

为呈报事。前准贵三县来文，当将各绅会议，请于缓运漕米内，先行购领米一万石，以备运苏平粜等情，呈请迅赐转详各大宪核示在案。查光绪二十八年、三十二年两届平粜，议定详细章程，现拟略为酌改，大致循旧，由绅等分办中、东两局云云（仝前）至以继借漕办粜之后。除呈报苏州府外，合将各绅衔名及详细章程，粘单缮折呈送。为此呈请贵三县查照议章，会同核办，一面照案抄粘章程，分给各绅照会，以凭开办而昭慎重。望切！施行须至呈者。

右呈元和窦、长洲县正堂苏、吴张

光绪三十三年三月　日义仓绅董潘、张呈

为照会事。照得苏省米价翔贵，小民粒食维艰，业奉抚宪奏请缓运漕米，饬县会商绅董，购领办粜，节经照会贵绅妥议章程，迅即开办，以济民食在案。兹准呈称，本届平粜查照二十八、三十二两年章程，略为酌改，仍于城内外分设六局，兹定于本月十一日起，由各局绅董督令司事，逐日分投清查户口，随给小票，一俟查户事竣，领到漕米，再行呈报开粜日期，开具绅董衔名及详细章程，呈请核办，分给照会，以凭开办而昭慎重等情到县。准此除查照章程分别办理并传保伺应外，合行照会。为此照会贵绅，请烦查照，希即酌派司事，先将贫户查明给票，一俟运米到苏，即行定价示期，开局平粜，望勿有稽。须至照会者。

光绪三十年三月十六日照会

元和、长洲、吴县照会

呈为举办平粜本地砻坊出米无多，仍拟照章将仓谷运锡砻碓，运米回苏，请札饬各卡免厘事。前准长元吴三县来文，以米价翔贵，民食维艰，遵奉宪谕，会同绅董筹办平粜等因，绅等邀集前办平粜局各绅董公同会议，议照光绪二十八年、三十二年两届平粜旧章，略为酌改，城内分设五局，阊门外另设一局，业经抄章，请长、元、吴三县详报抚_宪宪鉴核在案。又因义仓存谷无几，平粜为日正长，呈准于缓运漕米项下购领米二万石，以备先行开局之用。惟现在各局查户将竣，约计户口总数，较上年几增一倍之多，则义仓存谷不得不赶紧碾砻，以资接济。拟即于四月初一日起，将仓谷驳交本城齐门外砻坊砻碓，其大宗谷石仍照向章，陆续运交锡、金砻坊，碾米舂白，运回苏城。所有往来米谷各船，均给义仓钤印护照为凭，应请宪台迅赐札饬六门总局及自苏至锡经过各卡，验明仓照，免厘放行。除领运漕米由长、元、吴三县另给护照外，理合备文呈请，伏乞大公祖大人电鉴施行，实为公便。谨呈。

呈苏省牙厘总局宪朱

光绪三十三年三月二十三日义仓绅董潘、张呈

为照会事。本年三月十七日奉藩宪陈札开，照得各属购领截漕，续经照市酌减，每石定价洋四元四角，尽三月内，饬令运回平粜，米价或不能筹齐，并准其先行借领，陆续缴款，限五月底如数缴清在案。兹查此项米价，为日后买补要款，数目甚巨，关系甚重。各州县借领之时，应先取殷实钱庄，五月底以前，期票连同官绅印领，一并径交驻锡平粜局核拨领运，随时通报查考，即由平粜局按期提取现洋，解司存储。到期设有错误，仍惟具领之官绅是问，以昭郑重而免亏挪。除详报咨行外，合亟通饬札县，立即遵照办理毋违等因下县。奉此合行照会。为此照会贵绅董，请烦查照宪饬办理，仍祈见复。望切！须至照会者。

光绪三十三年三月二十三日照会

元和县照会

为照会事。本年三月十八日奉府宪何札开，照得本年米价翔贵，民食维艰，前奉藩宪抄发外府州通电，借漕平粜，饬属会商绅董，察酌禀办等因。奉经通饬各属遵照去后，兹准丰备仓绅董盐运使衔道员用分省补用知府潘祖谦、三品衔户部山西司郎中张履谦呈称：准三首县照会，遵奉宪谕，会同绅董公同筹议，照章举办平粜等因到仓。准此绅等当即邀集前办平粜局各绅董赴仓会议，议于缓运漕米内，先请购领米一万石，运苏办粜，业已呈请长、元、吴三县转详各宪核示在案。查光绪二十八年、三十二年两届平粜，议定详细章程，拟即略为酌改，大致循旧，由绅等分办中、东两局，吴绅曾祜、程绅玮、陶绅治元、顾绅贤麟分办南、西、北、阊门外四局。窃思领漕一节，谅蒙各宪批准，不必久待。又以平粜之举，民食攸关，势难再缓，兹定于本月十一日起，由各局绅董督令司事，逐日分投清查户口，随给小票，一俟查户事竣，再行呈报开粜日期。一面由丰备仓酌提存谷，陆续砻米碓白，以继借漕办粜之后。开具章程清折，粘单呈祈鉴核等由到府。准此查潘绅等此

次折开司事局使薪工饭食及米伙差保薪饭等项，较之上届是否必须加增，本年开办较早，能否有所挹注，应由潘绅等再行妥酌具复。除批答并照会各绅董遵照暨先行转报外，合亟抄粘札饬札三县，立即遵照，将粜米价值，按照原奉宪饬，会同妥议，知照各绅董，并通报查考。一面分移七路巡官赴局弹压，由县赶紧晓示各局门首暨分贴城内阊门外负郭等处，俾众周知而杜弊混。仍会同绅董，督饬司事人等，妥为实心经理，务使贫民咸沾实惠，毋滥毋遗，是为至要，切切等因，抄粘到县。奉此查此案前准贵绅拟章呈县，即经分别抄章照会贵绅暨各绅，并移各路警察局及出示城厢内外遍贴晓谕。惟平粜米价一层，前奉藩宪札饬，商定核减缓运漕米，划一价值，每石洋四元四角。至碓白领运一切费用，应遵照前议办法，在地方公款内自行开支，以清界限。奉经照会查照及复，另奉颁示，又经遍贴晓谕具报各在案。兹奉前因，除抄章毋庸重录外，合行照会。为此照会贵绅董，请烦查照先今宪饬，妥拟平粜米价，径请藩府宪核定开粜，以期迅速妥洽，而免辗转稽迟。一俟奉定，希将米价及开局日期，一并报县，以凭示谕通报，望勿有稽。切切！须至照会者。

光绪三十三年四月初六日照会

元和、长洲、吴县照会

为照会事。据吏书金殿元禀称：窃书吏科兼办仓科积谷等事，本极清苦，历办平粜，由仓碾谷，公事则三邑分任，办理可一人支持。今借漕平粜，头绪纷纭，奉准二万石，绅董分赴锡、沪领运，如禀详给护印领告示文牍，往来各辕，合札到县。事事本邑主稿，转行复办，实较往届增至数倍，不得已添雇清书帮写，以期从速无误。适值各物昂贵，踵事增费，所以油烛纸张清书辛饭已垫不少，即护照一项，已用至二百四十张，计刻板刷印工料，约钱四千余文，均书垫用，前届所无也。自二月下旬以来，迄及五旬，朝夕从公，谨慎其事，刻下平粜开局，事已大定，可否乞恩俯念清苦，照会仓董，俟平粜事竣报销，将书因公用款，酌量贴给，俾书辛劳之余，冀免赔贴。禀乞电怜下情，俯赐照准，以示体恤等情到县。据此查该书所禀，系属实在情形。除批示外，合行照会。为此照会贵绅董，请烦查照，希将该书承办本届平粜事宜所需辛饭纸张，于造报时酌量贴给，以示体恤。望切！须至照会者。

光绪三十三年四月　日照会

长洲县照会

为批解米款事。案奉贵三县函开，奉升任抚宪陈委员采办赣米，现已到沪，运苏平粜等因，绅祖谦并奉府尊面示，本年开办平粜，丰备仓动用钱谷，为数已巨，现在赣米甚为价廉，以之购领平粜，藉可少动仓谷，较为省便等语。绅遵即会商绅履谦，以仓谷足敷应用，平粜将次撤局，特既承府尊谆嘱，自当照领，以副大宪惠泽敷敷关心民食之至意。惟此项赣米，直至八月二十左右，始陆续领到白籼一千一百五十七包，当即知照各局平粜，展期至八月底止，并将原包分派各局，仍以每升四十八文发粜。嗣奉贵三县函开，白籼每石价洋四元八角，每包一石可多米四升，一并扣算等因。查赣米原袋，破碎居多，火车自沪运苏，不无渗漏。当嘱司事，将六局粜见米数统核，每石实可余七升计，共白籼一千二百三十七石九斗九升，应缴价洋五千九百四十二元三角五分二厘，虽以购价与粜价比较，已亏钱五百九十余千文，而上下水脚分拨各局等项尚不在内。绅等互相商酌，以大宪提拨公款，采办赣米平粜，原为地方民食起见，丰备义仓本为备荒而设，是可无分畛域，缘即于平粜报销案内汇列开除，并未动用米款。理合将购领赣米价洋五千九百四十二元三角五分二厘，开具庄票一纸，备文批解，应请贵三县鉴收，转解藩库，并祈掣具回照备案。望切施行。须至呈者。

计批解赣米价洋五千九百四十二元三角五分二厘庄票一纸。

右呈元和魏、长洲县正堂宗、吴王

光绪三十三年十一月初一日义仓绅董潘、张呈

呈为平粜事竣汇造总册报销事。本年三月间准长元吴三县来文，以米价翔贵，民食维艰，遵奉宪谕，会商绅董公同筹议，照章举办平粜，以资粒食而苏民困等因，并奉^{苏州府}照同前由各到仓。绅等当即邀集各绅董，会议章程，于城内外分设六局，清查贫户口数，并请在缓运漕米内，购领糙粳二万石，先行碾白开粜。一面赶碖仓谷接粜，呈经详准照办，即于四月十六日起开粜漕米，五月二十二日粜竣，业经三邑仓造具报销清册，^{送请}_{苏州府三首县}转详核销，并声明此项漕米，驳运水脚、车费、栈租暨平粜六局器件局用，共支钱四千九百三十三千六十二文，均由丰备仓拨款济用，并未动支米款。悉遵^{前升宪}_{前升藩宪}批饬，一切耗费，在本地公款内另行开支，俾贫民均沾实惠。至六月初二日丰备仓存谷，碾米接粜，仍俟事竣，另造报销各在案。嗣于八月间蒙升任抚宪委员购到赣米，拨给一千二百三石二斗八升，发仓济粜，遵即随同仓米粜出，至八月底一律完竣，所有粜变米价，遵批每升减收钱四十八文。除撤局后业由各绅董各自造报径行送核外，兹将南、西、北、阊门外各平粜局吴绅曾祜、程绅玮、陶绅治元、顾绅贤麟开送报销，连同绅等经办之中、东两局收支钱米及碖谷粜米一应局用经费，汇齐总数，造具四柱清册，_{呈报藩宪查销外，理合照缮}清册，备文呈送。仰祈大公祖大人电鉴核销，俯赐转报抚宪查考，实为公便。再，领粜漕米时，共用钱四千九百三十三千六十二文，现于册内汇列开除，至接粜仓米动用钱谷及实存总数，另于夏秋二季报销册内分别造报，合并声明。谨呈。

呈^{署藩宪朱}_{苏州府何}

光绪三十三年十一月初三日义仓绅董潘、张呈

谨将苏城内外分设六局，办理仓米赣米平粜收支钱米暨碖谷粜米一应经费，汇齐总数，造具四柱清册，呈候鉴核。须至册者。

计开：

旧管

无项

新收

一、收丰备义仓谷七万九千二石五斗，碖见米三万五千四百四十石六升。（计每石谷成白米四斗四升八合。）

一、收官办赣米一千二百三十七石九斗九升。

计共收仓米赣米三万六千六百七十八石五升。

一、收中局粜下米价钱一万八千七百八十八千四百二十四文。（潘绅祖谦经办。）

一、收东局籴下米价钱四万七千四百一十九千五百三十六文。（张绅履谦经办。）

一、收南局籴下米价钱二万九千四百八十二千五百一十二文。（吴绅曾祜经办。）

一、收西局籴下米价钱三万二千四百四千五百六十文。（程绅玮经办。）

一、收北局籴下米价钱一万四千七百八十八千三百二十文。（陶绅治元经办。）

一、收阊门外局籴下米价钱三万二千二百九十一千九百四文。（顾绅贤麟经办。）

计共收仓米赣米籴价钱一十七万五千一百七十五千二百五十六文。

开除

一、支无锡碓白漕米运苏水脚钱三百九十三千七百三十五文。

一、支上海碓白漕米运至火车站小车力钱二百九十七千文。

一、支上海漕米运苏火车费钱六百八十九千四十文。

一、支赁用洋线大米袋钱七十五千六百文。

一、支苏车站囤米栈租及上栈下水分送六局驳力钱四百二十三千三百六十文。

一、支置办六局器用钱一百六十三千七百七十五文。

一、支刊印大小票工料钱二百四十三千六百四十九文。

一、支六局驳米及上下水力钱四百四十千七百八十四文。

一、支下谷力钱四百三十六千六百七十七文。

一、支无锡砻坊碓工钱一千三百五十四千一百一十八文。

一、支谷米运锡回苏水脚钱三千六百六十千文。

一、支中路局用钱八百三十千四十一文。

一、支东路局用钱一千一百五千二百七十二文。

一、支南路局用钱一千三百四十一千一百四十文。

一、支西路局用钱一千一百四十四千四百四十六文。

一、支北路局用钱八百三十千四百八十五文。

一、支阊门外局用钱一千一百二十八千三百七十九文。

计共支钱一万四千五百五十七千五百一文。

一、支中局籴出仓米赣米三千九百一十四石二斗五升五合。（另耗米二十二石二斗四升五合。）

一、支东局籴出仓米赣米九千八百七十九石七升。（另耗米一十二石七斗。）

一、支南局籴出仓米赣米六千一百四十二石一斗九升。（另耗米四十二石四斗一升。）

一、支西局籴出仓米赣米六千七百五十石九斗五升。（另耗米四十八石三斗五升。）

一、支北局籴出仓米赣米三千八十石九斗。（另耗米四十四石三斗二升。）

一、支阊门外局籴出仓米赣米六千七百二十七石四斗八升。（另耗米一十三石一斗八升。）

一、支六局仓米赣米廒耗量耗共一百八十三石二斗五合。

计六局连耗共支仓米赣米三万六千六百七十八石五升。

一、支赣米购价缴县钱六千五百三十六千五百八十七文。（合洋五千九百四十二元三角五分二厘。）（此项米价，另文批解三首县转缴归款，合并登明。）

实在

一、存仓米平籴款钱一十五万四千九百九十七千八百二十九文。

（此款全数归入丰备义仓存储，采购新谷，合并登明。）

一、仓米无

一、赣米无

光绪三十三年十月　日

为录批照会事。准贵绅董以平粜事竣，汇造总册报销，呈请核转前来。查送到清册一本，不敷存转，应即照造二本送府，以便呈请藩宪转送抚宪查核。除批复外，合亟录批照会。为此照会贵绅董，希烦查照，将前项报销册照造二本送府，以便转呈，幸勿稽延。望切！须至照会者。

光绪三十三年十一月二十日照会

苏州府何照会

呈为遵批添送报册事。窃于十一月二十三日接奉贵府来文，以平粜事竣，汇造总册报销，呈请核转前来。查送到清册一本，不敷存转，应即照造二本送府，以便呈请藩宪转送抚宪查核。除批复外，合亟录批照会等因。奉此查本年平粜事竣后，汇总造报。绅等循照向章，除呈报贵府监核外，业将清册径送藩宪，并请转报抚宪查考，似前项清册，无须再送藩宪。惟公事往来，不嫌重叠，照例申转，始见周详。既蒙贵府批示，遵即添缮平粜报销总册二本，具文呈送。伏乞大公祖大人电鉴存转，实为公便。谨呈。

计呈送清册二本

呈苏州府何

光绪三十三年十二月初二日义仓绅董潘、张呈

为照会事。本年十一月二十六日奉署抚宪陈批司详送平粜案内动用丰备仓积谷收支清折由，奉批：如详核销，希即转饬知照，此复折存等因到司。奉此合就照会。为此照会贵绅董，烦为查照施行。须至照会者。

光绪三十三年十二月初六日照会

署藩宪朱照会

为照复事。本年三月二十四日准贵三县来文，以米价翔贵，民食维艰，业奉上宪委员采米平粜，以济民食，并由敝三县示谕各米铺，一律平价出售，不准任意增涨，又禁止囤积居寄各在案。现奉层宪暨府宪面谕，饬即会同贵绅董，查照历届章程，筹议开仓碾米平粜等因。惟丰备仓及三邑积谷仓存谷若干，能否足敷平粜之用，以及如何分区调查户口，定期开办之处，迅速邀同各绅，察酌情形，妥议章程，分别呈复等因到仓。准此查上年雨旸失调，秋收歉薄，入春来米价逐渐增涨，民食维艰，绅于二月间，即在丰备仓先行雇工砻谷碾米，为先事预备以安人心之计。嗣又恐仓谷不敷所用，请于缓运漕米项下拨购糙粳二万石，以便开粜，业奉藩宪函谕照准在案。兹于上月二十七日邀集各绅到仓，公同会议，议照光绪三十二、三十三年两届平粜旧章，略为酌改，城内分设中、东、南、西、北五局，阊门外另设一局，由绅暨孔绅昭晋、彭绅麟保、徐绅芬、陶绅治元、顾绅贤麟，分办城内外六局，一俟领到漕米，在锡开碓，再行设局查户，择日开粜。一面提用丰备仓谷，运锡砻碓，接续办粜。查现在丰备仓存谷一十二万六千五百五石五斗，三邑仓存谷六千一十四石四斗，合并陈明，除俟备齐一切，定期开办，当即抄章分别呈报外，为此呈复

贵三县查照，希即转报。望切施行。须至呈者。

　　右呈元和吴、长洲县正堂赵、吴陈

　　宣统二年四月初一日义仓绅董潘呈

　　为照会事。本年三月二十八日奉藩宪陆札，奉抚宪札饬奉准缓运新漕十万石，速饬需米较急之区，由官督绅备价请领，设局平价出粜，首尽极贫次贫各户，购食有余，以次类推，其情形较缓，可待外米接济。又奉抚宪札饬，苏、松、太辖地虽广，常、镇灾区悉在，此项新漕十万石，暂以苏、松、太四成，常、镇六成为率，如有缓急，仍随时通融，不得拘执贻误等因，先后到司，业经分别移行在案。查奉准截留漕米，连备带各项，计共十一万六百六十余石，自应遵照宪饬，四六分计。常、镇两属灾区，以坛、溧、宜、荆四县为重，徒、阳两县为次，武进沙洲闻亦歉收。现拟坛、溧、宜、荆四县各拨米一万石，共四万石，徒、阳二县各拨米五千石，合成一万石，武进拨米四千石，尚余一万二千石，即匀拨阳湖、无锡、金匮、江阴、靖江及太平厅六处，每属各得米二千石，以符六成米六万六千石之数。苏、松、太三属以苏州省城及上海商埠烟户为多，贫民麇聚，必须酌量加拨。现拟省城长、元、吴三县合拨米二万石，上海拨米四千石，尚余米二万六百六十七石二斗五升，即分给苏属之太、靖、常、昭、江、震、昆、新，松属之川沙、华、奉、娄、金、南、青，太仓州并属镇、嘉、宝、崇二十州厅县，每属各得米一千石，震泽间有灾区，即以余米六百六十七石二斗五升，尽数拨给。似此分别缓急，酌量分派，庶足以昭平允。此外不敷，应俟外米购到，再行饬属认领接济。除详明督抚宪并移行外，合亟札饬札县，立即遵照，赶紧由官督绅遵章备价，领回平粜，如有缓急，仍随时通融，不得拘执贻误。再，该处存米如多，无须购领漕米，应于奉文日专电禀明，以凭改派毋违，切切此札等因到县。奉此合行照会。为此照会贵绅董，请烦查照，希即遵章备价，领回平粜，以济民食。望切！须至照会者。

　　宣统二年四月初二日照会

　　长元吴三县照会

　　呈为议章平粜陈请鉴定分别转报札行并给照会开办事。窃准长、元、吴三县来文，以米价翔贵，民食维艰，现奉层宪暨府宪面谕，饬即会同绅董，查照历届章程，筹议开仓碾米平粜等因。惟存仓谷数若干，能否敷平粜之用，以及如何分区查户、定期开办之处，希即邀同各绅，察酌情形，妥议章程，分别呈复等因到仓。准此查上年秋收歉薄，入春来米价渐涨，民食维艰，绅即在义仓内雇工砻谷，虽出米无多，亦足为先事预备以定人心之计。嗣恐仓谷不敷所用，请于缓运漕米项下拨购糙粳二万石，以便开粜，业蒙藩宪函谕照准在案。兹于上月二十七日，邀集各绅会议，议照光绪三十二、三十三年两届平粜旧章，略为酌改，城内分设东、南、西、北、中五局，阊门外另设一局，由绅暨彭绅麟保、徐绅芬、陶绅治元、孔绅昭晋、顾绅贤麟，分办城内外六局，业已约同各绅，于本月初六日起，一律开查户口，散给小票。一面赴领漕米，在锡赶碾，并将大宗仓谷陆续运锡砻米，以资接粜。一俟查户事竣，再行报明开粜日期。除详细章程另开清折外，理合粘单，具文呈报。伏乞大公祖大人电鉴核定，抄章转报抚藩宪查考，并札行三首县七路巡官查照议章，分别办理。一面照案抄粘章程，分给各绅照会，俾设局开粜有所遵循，以昭慎重，实为公便。谨呈。

计粘单并呈清折一扣

呈苏州府何

宣统二年四月初六日义仓绅董潘呈

谨将丰备义仓办理平粜会议详细章程，呈候钧鉴。

一、此次办理平粜，援照光绪三十二、三十三年两届旧章，略为酌改，城内分设东、南、西、北、中五局。东局在平江路丰备仓，归潘绅祖谦办；南局在双塔寺前贡院，归彭绅麟保办；西局在中军衙都城隍庙，归徐绅芬办；北局在王洗马巷春申君堂，归陶绅治元办；中局在元妙观太阳宫，归孔绅昭晋办。阊门外另设一局，在留园西首永善堂，归顾绅贤麟办。

一、各绅经办各局事宜，城内照五路巡警分局，划分东、南、西、北、中五局地界，阊门外地段绵长，烟户稠密，故另设一局，其余各门外，均由就近城局兼办。各就本局所管界内，先查户口，总以此局地段与彼局接界，以免脱漏。娄、齐门外，归东局兼查；葑门外，归南局兼查；胥门外胥台乡及盘门外除马路外，均归西局兼查。

一、今岁米价较光绪三十三年更贵，平粜户口势必增多数成。现在丰备仓存谷十二万六千余石，砻碓成米约五万三四千石，若照三十三年分平粜户口略加二三成，约每日需米六百余石，计仓米全数，仅可敷六局三个月粜用。如各乡镇分办平粜，请领米谷，应由长、元、吴三县派拨官米，或动拨三邑仓积谷，俾免向隅。

以上三条，系设局分界、核计谷数之大概情形。

一、每局先用司事五六人，或六七人，由绅董派令，逐日分投率同地保，按图查户，偏街僻巷均须查到。凡贫苦经纪小民，填明姓名、口数、住处，随给小票，务期无滥无遗。即将票根携归，照填大票，仍派司事带往复查，收回小票，换给大票，以便开粜时各该户持票赴局粜米。

一、大口每日米五合，小口减半，视各户口数派定米数，每户每日以三升为限，间日一粜。大票内填明每两日粜米若干，司事凭票收钱，随于大票方格内盖一付讫戳，另给若干米，小票一纸，俾与大票一并持以取米。付米处查对大小票符合，即将小票收回，每局派司事一人，经管收回小票，以凭核算粜米总数。

一、平粜米价，拟照现在市价核减，每升取钱□文，请宪鉴定夺，俾各局一律照办。

一、各局查户司事，接办开局粜米各事。开粜时，雇局使四五人，以备斛米盘米一应使用。又就各局界内轮借米店伙数人，到局量米。各绅董时常在局监粜察看，以防弊端。

一、各局粜下米款，随时送交殷实钱庄，登折收存。其折由各绅董亲执，以昭郑重。俟满一月，将折汇缴丰备仓，凭折向各钱庄收回归款。至各局一应局用，均向丰备仓随时支取，不得于粜下米款内移用，以清界限。

以上五条，系绅等经理局务之大概情形。

一、请饬长元吴三县，将查户平粜事宜，摘叙简明章程，先期会衔出示晓谕，分贴城内及阊门外附郭并各局门首，俾众周知。

一、请饬三县先期遍传城内及城外附郭各图地保，谕饬分随各局司事，按图查户，毋得怠忽。又饬设局六处之本图地保，每粜米日来局，伺值当差，毋得玩违。

一、请饬城内五路巡官，分诣各局监粜弹压。阊门外一局，请饬阊胥门外巡官到局弹压，以昭慎重而免滋事。

以上三条，请官长办理之大概情形。

一、每局用司事五六人，或六七人，借用米店伙六七人，或七八人，雇用局使四五人，均视户口多寡为准。司事每月薪水钱四千文，月费钱一千文，伙食钱三千六百文；借用米店伙，给以朝点午膳，每人合钱一百二十文，俟事竣后，总送酬劳；局使每人工钱三千文，饭食二千七百文。地保随同查户，每日给饭钱一百文。粜米日，巡警差保等到局当差，每名给饭钱八十文。其余一应零用，由各局绅董酌量开支。

一、现在购领官米二万石，在无锡碓白运回，办理平粜，拟先于四月内设局查户，择日开粜。丰备仓奢出之米，当于五六月间接粜，以期久济民食。至驳耗量耗等米，应由各局随时核明记数，以便事竣后，汇列报销。

以上二条，系酌定局用及领粜官米之大概情形。

再，除各局局用外，所有奢谷碓白、驳运水脚、添修栈条脚扁栲栳斛子升斗等物，刻印大小票护照帐册等件，均由丰备仓开支，俟事竣核明总数，汇造报销，合并陈明。

呈为筹办平粜，仍照向章装谷赴锡奢碓，运米回苏，请札饬各卡验明放行事。窃准长、元、吴三县来文，以米价翔贵，民食维艰，奉层宪面谕，饬令会同绅董，查照历届章程，筹议开仓碾米平粜等因。绅当即邀同各绅到仓会议，仍照三十二、三十三年两届旧章，略为酌改，城内分设五局，阊门外另设一局，业于本月初六日一律开查户口，散给小票。又恐仓谷不敷所用，因请拨购漕米二万石，蒙藩宪函谕照准在案。一面将仓谷即日运锡奢碓，运米回苏，以资接粜。所有往来米谷各船，均给义仓护照为凭，应请宪台迅赐札饬六门总局及自苏至锡经过各卡，验明仓照，免厘放行。除领运漕米由农工商局另给护照外，理合备文呈请，伏乞大公祖大人电鉴施行，实为公便。谨呈。

呈苏省牙厘总局宪

宣统二年四月初七日义仓绅董潘呈

呈为筹办平粜，仍照向章装谷赴锡奢碓，运米回苏，请札饬各卡验明放行事。窃准长、元、吴三县来文，以米价翔贵，民食维艰，奉层宪面谕，饬令会同绅董，查照历届章程，筹议开仓碾米平粜等因。绅当即邀同各绅到仓会议，仍照三十二、三十三年两届旧章，略为酌改，城内分设五局，阊门外另设一局，业于本月初六日一律开查户口，散给小票。又恐仓谷不敷所用，因请拨购漕米二万石，蒙藩宪函谕照准在案。一面将仓数〔谷〕即日运锡奢碓，运米回苏，以资接粜。所有往来米谷各船，均给义仓护照为凭，应请宪台迅赐札饬六门总局及自苏至锡经过各卡，验明仓照，免厘放行。除领运漕米由农工商局另给护照外，理合备文呈请，伏乞大公祖大人电鉴施行，实为公便。谨呈。

呈苏省牙厘总局宪

宣统二年四月初七日义仓绅董潘呈

为呈报事。绅祖谦于本月初六日，将筹办平粜并购领漕米仓谷石数等情，呈请转详各大宪核示在案。现在各局查户甫竣，又须逐日分图换给大票，此次户口浩繁，需米甚多，先将领到漕米，在锡赶碓运回，一面赶装仓谷，赴锡碾米，以资接济。又以贫户众多，居处僻静，苟非详细履查，略宽期限，恐不足以免遗漏而杜滋闹。绅等桑梓关怀，断不敢草率从事。兹拟于本月二十四日，各局同时开办平粜。至平粜米价，照市减二十余文，每升收钱六十文，业蒙府宪面谕详定在案。当即遵照办理，应请贵三县迅赐出示晓谕，分贴各局门首，俾众周知，并会同各路巡官，届时分诣各局，监粜弹压，以免拥挤滋事。再，各局户口数目，容汇开清折，稍缓另函送核。除呈报府宪外，为此呈请贵三县查照，希即转报。望切施行。须至呈者。

右呈元和吴、长洲县正堂赵、吴陈

宣统二年四月十八日苏城内外平粜六局绅董孔、徐、潘、彭、陶、顾呈

呈为报明开办平粜日期并请转报行知事。窃绅祖谦于本月初六日将平粜议章、查户日期，呈请贵府转报_{抚潘}宪鉴核在案。现在各局查户甫竣，又须逐日分图换给大票，此次户口浩繁，需米甚多，先将领到漕米，在锡赶碓运回，一面赶装仓谷，赴锡碾米，以资接济。又以贫户众多，居处僻静，苟非详细履查，略宽期限，恐不足以免遗漏而杜滋闹。绅等桑梓关怀，断不敢草率从事。兹拟于本月二十四日，各局同时开办平粜。至平粜米价，照市减二十余文，每升收钱六十文，业蒙贵府面谕详准在案。当即遵照办理，应请迅赐长、元、吴三县出示晓谕，分贴各局门首，俾众周知，并督令三首县各路巡官，届时分诣各局，监粜弹压，以免拥挤滋事。除各局户口数目，容汇开清折，稍缓另函送核外，理合将开粜日期，合词具文呈报。仰祈大公祖大人鉴核，迅赐转报_{抚藩}宪查考，并行三首县暨七路巡官照办，实为公便。谨呈。

呈苏州府何

宣统二年四月十八日苏城内外平粜六局绅董孔、徐、潘、彭、陶、顾呈

为照会事。本年五月初三日，奉藩宪陆札开，本年四月二十三日，奉督宪张札该府申报丰备仓绅董议呈办理平粜章程，据情录折转报由，奉批：苏省米价昂贵，潘绅祖谦既拟将义仓存谷碾米平粜，议定米价每升六十文，应准照办。仰苏藩司饬即照会潘绅遵照，仍候抚部院批示折存等因到司。奉此查此案前据该府具申，即经明晰批示，嗣奉抚院衙门批司，又经转饬遵照在案。奉批前因，合就转饬札府，即便遵照前批办理毋违。又先于四月二十六日，奉另札内开，本年四月十八日，奉抚院衙门批该府申报丰备仓绅董议呈办理平粜章程，据情录折转报由，奉批：据呈已悉。希苏藩司核饬遵照此致折存等因到司。奉此查此案前据该府具申，即经明晰批示在案。奉批前因，合就转饬札府，即便遵照前批办理毋违各等因到府。奉此查此案前奉藩宪批示，当经照会在案。奉札前因，合并照会。为此照会贵绅董，希即查照前文办理勿违。望切！须至照会者。

宣统二年五月念二日照会

苏州府照会

呈为购领漕米批解漕项请赐兑收事。本年四月初三日，准长、元、吴三县照会内开，

奉宪台札，案奉抚宪札饬奉准缓运新漕十万石，速饬需米较急之区，由官督绅备价请领，设局平粜，按数分派等因到司。酌派长、元、吴三县合拨漕米二万石，札县赶紧督绅遵章备价，领回平粜等因。奉此合行照会，请烦查照，领回平粜，以济民食等因到绅。准此嗣奉宪台面谕，此项漕米价洋每石四元九角，丰备仓应领之漕米二万石，一俟领齐，即将该款径行缴司，以省周折等因。奉此绅当将三县送到申文印领，派令司事，持赴无锡截漕平粜局胡守请领，就近碓白，运回平粜。现在奉派之漕米二万石，陆续领齐，所有应缴漕价例洋九万八千元，即于本月初三日堂期，备具现洋，随文批解。仰祈大公祖大人鉴核，饬库兑收，印掣回照备案，实为公便。至折耗米石及动用仓款，统俟平粜事竣，另行造报，合并声明。谨呈。

计批解购领平粜漕米二万石，备价例洋九万八千元，正批一纸。

宣统二年六月初三日义仓绅董潘呈

为照催事。本年五月二十九日奉藩宪陆札开，照得该三县合领平粜漕米二万石，所有应缴米价洋九万八千元，现据驻锡平粜局禀称，由该县自行径解，请饬赶解等情到司。据此查此项米价洋元，现已届期，自应解司存储，以备秋后买补之用。合亟札催札三县，立即遵照，刻日如数备齐现洋，解司候兑，毋稍片延，切切等因到县。奉此查此项漕米，前奉派定，当经照会贵绅赴锡具领，碓白运回平粜在案。兹奉前因，合行照催，为此照会贵绅，请烦查照宪札，迅即如数备齐现洋，即日送县，以便转解藩库兑收。望切！须至照会者。

宣统二年六月十二日照会

长元吴三县照会

为呈复事。窃准贵三县来文，以禀奉藩宪批饬，再催绅接续依限领漕办粜，以济民食，勿稍延误等因到县。奉此合行抄禀照会，烦即遵照宪批，将未领漕米，赴锡运回碓粜等因到仓。准此查丰备义仓于本年四月初旬，将贵三县送到申文印领，派司事持赴无锡，向截漕平粜局宪先领糙粳一万石，继又领五千石，一并就近碓白，运回平粜。五月内再请续领漕米五千石，业蒙局宪指示，存米各行栈如数给领，计先后领足二万石之数。现在正将此项米五千石，属各行陆续运坊碓白，以资接济出粜。一面于本月初三日堂期，备文批解二万石漕价例洋九万八千元，请藩宪饬库兑收，印掣回照各在案。兹准前因，为此呈复贵三县查核转详。望切施行。须至呈者。

右呈元和吴、长洲县正堂赵、吴陈

宣统二年六月十三日义仓绅董潘呈

为呈报事。本年三四月间，各大宪以米价翔贵，民食维艰，谕令绅祖谦购领缓运漕米二万石，并碾动丰备仓积谷，举办平粜，遵即会集绅等，援照光绪三十二、三十三年两届成案，议章设局，履查贫民户口，即于四月二十四日，六局同时开办平粜，业将以上情形，呈请贵三县详报各大宪在案。查各局开办以来，间日一粜，籴户踊跃，并无滋闹情事，地方尚称安谧。现在新籼登市，米价较平，各处平粜均已陆续停办。绅祖谦奉藩宪面谕，此间平粜，中秋节前亦可撤局，绅等遵照办理，本拟于八月十四日撤局，因节前后米店伙收帐，无暇到局量米，遂改以十八日为末期，是日粜毕，收回大票，六局一律停止，计阅一百十日，共粜五十五期，动用漕米二万石，仓谷八万石，一切经费，为数甚巨。除俟撤局后，由绅等分别详细造报外，为此将停止平粜日期，呈请贵三县查照转报。望切施行。须至呈者。

右呈元和吴、长洲县正堂张、吴陈

宣统二年八月十四日苏城内外平粜六局绅董孔、徐、潘、彭、陶、顾呈

为照会事。据四十八部区董职附贡姚文潞禀称：中、东、西十八、北十九都四区，去年水淹田亩，虫伤稻苗，收成减色，户鲜盖藏。值此青黄不接〔济〕之时，农民饔飧不继，不无仰屋兴嗟，情殊可悯。伏念积谷仓米，带征存储，原为补救岁歉而设，现在贫民嗷嗷待哺，可否仰乞电核恩准，拨给仓米三四百石，俾得设局平粜，惠济穷困，实深感戴。又据该董禀称：值此青黄不接之时，米价腾贵，民食维艰。前禀请拨仓米三百石，已与义仓潘绅晤商，订定七月初赴仓驳运，下乡设局平粜，应缴米价，缘乡间并无公款可垫，仍请循照三十二年分请领仓谷成案，俟领回出粜后，即以粜价缴仓，约迟月余缴县转送归款，乞赐照准施行各等情到县，据此当经批示在案。兹又准贵绅函开，姚董领米一事，已与仓中接洽，拟领米三百石，每升粜价六十文，共应缴钱一千八百千文，该款即令径缴丰备仓，以便汇报而清款目等因。准此除照会姚董遵照办理外，合行照会。为此照会贵绅董，请烦查照，希即在丰备义仓存谷项下砻碓米三百石，给姚区董文潞领回平粜，以济民食。望勿有稽。须至照会者。

宣统二年七月初三日照会

长洲县照会

谨将苏城内外分设六局，办理漕米仓米平粜收支钱米暨砻谷粜米一应经费，汇齐总数，造具四柱清册，呈候鉴核。

计开：

旧管

无项

新收

一、收奉文拨购漕米糙粳二万石，碓见白米一万七千三百二石二斗五升。

一、收丰备义仓谷（七万六千一百五十二石五斗）砻碓见白米三万二千九百七十二石五斗七升。（计每石谷成白米四斗三升三合。）

计共收漕米仓米五万二百七十四石八斗二升。

一、收东局粜下米价钱六万八千二百五十六千文。（潘绅祖谦经办。）

一、收南局粜下米价钱五万一千四百四十千三百四十文。（彭绅麟保经办。）

一、收西局粜下米价钱五万三千三百一十六千四百二十文。（徐绅芬经办。）

一、收北局粜下米价钱二万九千四百一千四百四十文。（陶绅治元经办。）

一、收中局粜下米价钱三万三千一百九千九百八十文。（孔绅昭晋经办。）

一、收阊门外局粜下米价钱五万九千四十七千二十文。（顾绅贤麟经办。）

一、收湘城领米平粜缴价钱一千八百千文。（准长洲县照会拨领，系姚董文潞经办。）

计共收漕米仓米粜价钱二十九万六千三百七十一千二百文。

开除

一、支置办六局器用钱二百三十四千六百二十文。

一、支刊印大小票护照等件工料钱一百六十一千六百二十文。

一、支六局驳米力钱四百二十八千一百三十六文。

一、支下谷力钱四百五十五千七十七文。

一、支锡坊砻碓筛扇各工及谷米上下水力钱五千九十二千八百四文。

一、支漕米碓白由锡运苏水脚钱八百四十一千四百七十文。

一、支仓谷米运锡回苏水脚钱四千三百六十三千四百文。

一、支米店伙六局量米酬劳钱二百六十八千文。

一、支东路局用钱九百五十五千九百四十文。

一、支南路局用钱一千一百六十二千一百文。

一、支西路局用钱一千三百七十四千七百五十四文。

一、支北路局用钱七百九十七千三百六十文。

一、支中路局用钱一千一百四十九千四百一十九文。

一、支阊门外局用钱一千八十五千六十三文。

计共支钱一万八千三百六十九千七百六十三文。

一、支东局粜出漕米仓米一万一千三百七十六石。（另耗米一百二十四石二斗四升。）

一、支南局粜出漕米仓米八千五百七十三石三斗九升。（另耗米一百八十二石二斗三升。）

一、支西局粜出漕米仓米八千八百八十六石七升。（另耗米一百九十九石二斗三升。）

一、支北局粜出漕米仓米四千九百石二斗四升。（另耗米八十三石八斗七升。）

一、支中局粜出漕米仓米五千五百一十八石三斗三升。（另耗米二百一十二石二斗二升。）

一、支阊门外局粜出漕米仓米九千八百四十一石一斗七升。（另耗米七十七石八斗三升。）

一、支六局廒耗量耗米八百七十九石六斗二升。

一、支湘城姚董文潞领米三百石。

计共连耗支米五万二百七十四石八斗二升。

一、支解还藩库漕米购价洋九万八千元，合钱一十三万一千三百二十千文。

计支钱一十三万一千三百二十千文。

实在

一、存仓米平粜款钱一十四万六千六百八十一千四百三十七文。（此款全数归入丰备义仓存储，专备补购新谷，理合登明。）

一、漕米无

一、仓米无

为照会事。本年六月初七日，奉藩宪陆批三首县详举办开仓平粜，仍请照会潘绅预备由，奉批：据详已悉，值此米价腾贵，民食维艰，自应碾动仓谷，赶办平粜，以惠穷黎。既称仓董尚未选定，应仍由潘绅再办一届，俾期无误。仰苏州府即速照会潘绅，查照向章，会同各绅，将平粜事宜妥速筹办，并拟具章程及酌拟粜价，由府核定具复，一面转行该县等知照毋迟，切切，缴详抄发等因到府。奉此并据三首县会详前来，除批示外，合亟照会。为此照会贵绅董，希烦查照向章，会同各绅，将平粜事宜妥速筹办，并拟具章程及酌拟粜价，刻日复府，以便察核具复，幸勿稍延。望速！望速！须至照会者。

宣统三年六月十二日照会

苏州府何照会

呈为筹办平粜先将仓谷运锡砻碓运米回苏请照案免厘事。窃绅前以年老告辞仓董，只因接替无人，迟迟交卸。昨由三首县传述宪谕谆谆，以米价昂贵，民食维艰，饬令绅循照前案，举办平粜，系为轸恤民艰绥靖地方起见，绅何人斯，岂敢过为推诿。兹拟将丰备仓谷，陆续运赴无锡，交坊砻碓，运米回苏。一面遴派司事住锡，监视所有往来米谷各船，均给义仓钤印护照，应请宪台迅赐札饬苏城六门厘捐局及自苏至锡经过各局卡，验明仓照，免厘放行。除平粜一切事宜另行赶紧筹备外，合将照案米谷免厘缘由，具交呈请。仰祈大公祖大人鉴核施行，实为公便。谨呈。

呈藩宪陆

宣统三年六月初二日义仓绅董潘呈

敬复者，昨展惠函，祇悉壹是。近日苏省米价迭增，小民几难获一饱，情殊堪悯。我公胞与为怀，为三吴黎庶代谋升斗，援案举办平粜，绥靖地方，实深感佩。昨接来牍，已飞饬苏锡各卡，照案验放矣。承询肃复，敬颂台安。

年教弟陆锺琦顿首

呈为议章平粜陈请鉴定分别转报札行并给照会开办事。案奉照会内开，本年六月初七日，奉藩宪陆批三首县详举办开仓平粜，仍请照会潘绅预备由，奉批：据详已悉，值此米价腾贵，民食维艰，自应碾动仓谷，赶办平粜，以惠穷黎。既称仓董尚未选定，应仍由潘绅再办一届，俾期无误。仰苏州府即速照会潘绅，查照向章，会同各绅，将平粜事宜妥速筹备，并拟具章程及酌拟粜价，由府核定具复。一面转行该县等知照毋违等因到府，奉此并据三首县会详前来。除批示外，合亟照会，希烦查照向章，会同各绅，将平粜事宜妥速筹备，并拟具章程及酌拟粜价，刻日复府，以便察核具复等因到仓。奉此绅先与尤绅先甲、吴绅本齐等会同酌定分局各绅董，旋于本月十三日，邀集各该绅董到仓会议平粜事宜，查照向章，略为酌改，城内分设东、南、西、北、中五局，阊门外另设一局，由绅暨章绅慰高、汪绅恩锦、汪绅惟韶、潘绅志奄、顾绅贤麟分办。城内外六局，拟即于本月十七日起，督令司事，清查户口，一面动拨仓谷，运锡碾米，以便陆续运回，一俟六局查户事竣，再行呈报开粜日期。至平粜米价，拟照市价核减，每升取钱七十文，除详细章程另开清折外，理合粘单，具文呈复。仰祈大公祖大人电鉴，核定抄章，转报藩宪查考，并札行三首县七路区长，查照议章，分别办理，一面请照案抄粘章程，分给各绅照会，俾设局开办，有所遵循，而昭慎重，实为公便。谨呈。

计粘单一纸并呈送请〔清〕折一扣

呈苏州府何

丰备义仓绅董潘为议章平粜事。案奉府宪照会内开（仝上至）每升取钱七十文，除开具清折，呈请府宪核定，并转报藩宪查考外，为此照开清折，具文呈送贵三县鉴核，希即查照议章，迅速施行。须至呈者。

计呈送清折一扣

右呈长洲县正堂张^{元和}_吴 张^张_吴

宣统三年六月十六日义仓绅董潘呈

谨将丰备义仓办理平粜会议详细章程，呈请鉴核。

一、此次办理平粜，循照历届章程，略为酌改，城内分设东、南、西、北、中五局。东局在平江路丰备仓，归潘绅祖谦办；南局在双塔寺前贡院，归章绅慰高办；西局在中军巷都城隍庙，归汪绅恩锦办；北局在王洗马巷春申君堂，归汪绅惟韶办；中局在元妙观内太阳宫，归潘绅志畬办。阊门外另设一局，在留园西永善堂，归顾绅贤麟办。

一、各绅经理各局事宜，城内照五路巡警分局，划分东、南、西、北、中五局地界，阊门外地段绵长，烟户稠密，故另设一局，其余各门外，均由就近城局兼办。各就本局所管界内，先查户口，总以此局地段与彼局接界，俾免脱漏。（娄、齐两门外，归东局兼查；葑门外，归南局兼查；胥门外胥台乡及盘门外除马路外，均归西局兼查。）

一、今岁米价较上年更贵，平粜户口势必有增无减。查现在丰备仓存谷，共九万一千三百余石，砻碓成米约三万九千余石，若照上年平粜户口，间日一粜，每期需米九百余石，核计仓米全数，仅足敷六局四十期之用。倘各乡镇分办平粜，请领米谷，应由长、元、吴三县派拨官米，或动拨三邑仓谷，俾免向隅。

以上三条，系设局分界、核计谷数之大概情形。

一、每局先用司事五六人，由绅董派令，逐日分投率同地保，按图查户，偏街僻巷均须查到。凡贫苦经纪小民，填明姓名、口数、住处，随给小票，务期无滥无遗。即将票根携归，照填大票，俟查户事竣，谕令各该户按日分图到局，将小票倒换大票，以便开粜时持以籴米。

一、大口每日米五合，小口减半，视每户口数派定米数，每户口以三升为限，间日一粜。大票内填明每两日粜米若干，司事凭票收钱，随于大票方格内盖一付讫戳，另给若干米，小票一纸，俾得持以取米。凡贫苦小民，需米甚亟，自应按期来籴，若越数期或十余期一籴，度必有米可食，只准补籴一二期，不准多补，庶各局每期收回小票之数，不至大相增减，而备米亦较有把握。

一、平粜米价，拟照市核减，每升取钱七十文，请宪鉴定夺，俾各局一律照办。

一、各局查户司事，接办开局粜米各事。开粜时，雇用局使五六人，使学习量米。又于著名各米店内，每期轮借诚实可靠者一二人，（或由局遴用米业中一二人亦可，）以便督率局使量米，借用钱庄伙一二人，以看角洋，包铜元。各绅董时常在局监粜察看，以防弊端。

一、各局粜下米款，随时送交殷实钱庄，登折收存。其折由各绅董亲执，以昭慎重。俟满一月，将折汇缴丰备仓，由仓凭折向各钱庄收回归款。至各局一切局用，均向丰备仓随时支取，不得于粜下米款内移用，以清界限。

以上五条，系绅等经理局务之大概情形。

一、请饬长、元、吴三县，将查户平粜事宜，摘叙简明章程，先期会衔出示晓谕，分贴城内及阊门外负郭并各局门首，俾众周知。

一、请饬三县先期遍传城内及城外负郭各图地保，谕饬分随各局司事，按图查户，毋得怠忽。又饬设局六处之本图地保，每粜米日来局，伺值当差，毋得玩违。

一、请饬城内五路区长，分诣各局，监粜弹压。其阊门外一局，请饬阊胥门外区长到局弹压，以昭慎重而免滋事。

以上三条，请官长办理之大概情形。

一、各局司事，每月薪水钱五千文，月费钱一千文，伙食钱四千文（如遇用米伙一二人，薪膳亦照此数）；借用米店钱庄各伙，每期给以朝点午膳，每人合钱一百二十文，俟事竣后，酌送酬劳；局使每月辛工钱三千文，饭食钱二千七百文；每期局使量米，各给朝点钱四十文；地保随同查户，每日给饭钱一百文。粜米日巡警差保到局当差，每名给饭钱八十文。其余一应零用，由各绅董酌量开支。

一、各局栈耗量耗米数，随时登记，以便列入报销。俟撤局后，由各绅董各将所管之局收支钱米以及局用各数，开具清折，备文各自径送藩府两署，又照开清折，送存丰备仓，再由仓汇总造报，以符成案而昭核实。

以上二条，系酌定局用分办报销之大概情形。

再，除各局局用外，所有砻谷碓米、驳运水脚、添修栈条脚扁栲栳斛子升斗等物，刻印大小票护照帐册等件，均由丰备仓开支，统俟事竣，核明总数，汇造报销，合并陈明。

苏城内外平粜六局绅董潘志畬、汪恩锦、潘祖谦、章慰高、汪惟韶、顾贤麟呈为报明开办平粜日期并请转报行知事。窃绅祖谦于上月望前，将平粜议章、查户日期，呈请贵府转报藩宪鉴核在案。查苏城内外贫户众多，居处偏僻，苟非详细履查，不足以免脱漏而杜滋闹。现在各局查户甫竣，又须逐日分图换给大票，闻米商所设官米平价各局，定于本月初六七日一律停止。绅等即拟于本月十一日，六局同时开办平粜，粜价照市减二十余文，每升收钱七十文，业蒙贵府详定在案。当即遵照办理，应请迅饬长元吴三县，先期出示晓谕，分贴各局门首，俾众周知，并督令三首县各路区长，届时分诣各局，监粜弹压，以免拥挤滋事。除将各局查见户口及每期应粜米数汇开请〔清〕折送核外，理合会同具文，报明开粜日期，仰祈大公祖大人鉴核，迅赐转报抚藩宪查考，并行三首县暨七路区长照办，实为公便。谨呈。

计呈送清折一扣

呈苏州府何

为照会事。案奉藩宪陆批三首县详举办开仓平粜，仍请照会潘绅预备一案，奉批：据详已悉。值此米价腾贵，民食维艰，自应碾动仓谷，赶办平粜，以惠穷黎。既称仓董尚未选定，应仍由潘绅再办一届，俾期无误。批府照会潘绅，查照向章，会同各绅，将平粜事宜妥速筹备，并拟具章程及酌拟粜价，由府核定具复等因，奉经遵办。兹准贵绅董呈称，绅遵即与尤绅先甲、吴绅本齐等先行会同酌定分局各绅董，旋于本月十三日，邀集各该绅董到仓会议平粜事宜，查照向章，略为酌改，城内分设东、南、西、北、中五局，阊门外另设一局，由绅暨章绅慰高、汪绅恩锦、汪绅惟韶、潘绅志畬、顾绅贤麟分办。城内外六局，拟即于本月十七日起，督令司事，清查户口，一面动拨仓谷，运锡碾米，以便陆续运回，一俟六局查户事竣，再行呈报开粜日期。至平粜米价，拟照市价核减，每升取钱七十文，开具章程清折，粘单呈祈鉴核等由到府。准此除照录章程转报，并分别照会暨行三首县遵办外，合亟照会。为此照会贵绅，烦为查照，赶紧设局，开办平粜，并督饬司事人等，妥为实心经理，务使贫民咸沾实惠，毋滥毋遗，是为至要。须至照会者。

　　宣统三年六月十八日照会
　　苏州府何照会

　　为照会事。奉藩宪陆批府申报丰备仓绅董议办平粜章程由，奉批：据申及折均悉，所拟办法章程，尚属妥洽，平粜米价，既由潘绅拟定，每升七十文，较诸现在市价，参酌上届定价，亦尚平允，应准照办。仰即转饬三首县，赶紧出示晓谕，会同绅董人等，实心经理，务使贫民咸沾实惠，毋滥毋遗，是为至要，切切，此批等因到府，奉此查此案前经照会，赶紧设局开办在案。奉批前因，除行三首县遵办外，合行照会。为此照会贵绅等，希即查照，将平粜事宜妥为经理，并将开办日期，具报查考。望切！须至照会者。

　　宣统三年六月二十九日照会
　　苏州府何照会

　　苏城内外平粜六局绅董潘、汪、潘、章、汪、顾为呈报事。绅祖谦于上月望前，将平粜议章、查户日期，呈请贵三县转报各大宪鉴核在案。查苏城内外（以下全前，至）一律停止。绅等即拟于本月十一日，六局同时开办平粜，粜价照市减二十余文，每升收钱七十文，业蒙府宪详定在案。当即遵照办理，应请贵三县先期出示晓谕，分贴各局门首，俾众周知，并会同各路区长，届时分诣各局，监粜弹压，以免拥挤滋事。除户口及应粜米数汇开清折送核，并呈报府宪外，为此会同呈请贵三县查照，希即转报。望切施行。须至呈者。

　　计呈送清折一扣
　　右呈元和张、长洲县正堂张、吴吴
　　宣统三年闰六月初三日呈

　　为照会事。奉藩宪陆札，本年六月二十七日，奉抚宪程批该府申送丰备仓绅董议呈办理平粜章程由，奉批：察核所议平粜章程，尚属妥洽，仰苏藩司转饬遵照，照会各绅董，赶紧设局开办，以惠穷黎，切切，仍候督院批示，此批折存等因到司。奉此查此案前据该府具申，即经明晰批示在案。奉批前因，合就转饬。又先奉警道宪吴批府申报前案由，奉批：据详已悉，送到章程尚属妥洽，仰即查照办理，此批各等因到府。奉此查此案前奉藩宪批示，即经照会在案。今奉前因，合再照会。为此照会贵绅等，希即查照先今来文办理。望切！须至照会者。

　　宣统三年闰六月初六日照会
　　苏州府何照会

　　呈为平粜期内数难截清请将夏季连闰四个月并入下季造报事。窃丰备义仓实存银洋钱谷各数，业已截至宣统三年春季止，造具清册，呈请核转在案。五月抄〔钞〕奉文筹办平粜，当经绅会同各绅议章设局，自六月初八日起，提用仓谷，运赴无锡砻碓，陆续运米回苏。至本月十一日开粜，以六局需米甚多，仍当随时运谷，未可限量，此平粜期内实存谷数遽难截清之情形也。至各局粜下米款钱数，多寡不等，汇缴义仓，为期亦先后不齐。其余砻碓米谷、驳连水脚、购置各项应用物件以及六局一应经费，随在需款，究竟粜变若干，开支若干，余存若干，均未可以悬拟，此平粜期内实存钱数遽难截清之情形也。查光绪二十八年、三十二三年及宣统二年历届夏季开办平粜，均将前情呈请并入秋季造报，历蒙各前宪 _{前藩宪暨贵府} 批准在案。现在情形与历届相同，应请照案俟平粜撤局后，截清界限，至本年秋季止，一并造册报销，以符向章而昭核实。除呈藩宪外，所有本年夏季连闰四个月并入下季造报，理合具文呈请，仰祈大公祖大人电鉴批示，实为公便。谨呈。

呈藩宪应 _{苏州府何}

宣统三年闰六月十九日义仓绅董潘呈

为照会事。查接管卷内，本年七月初二日，奉抚宪程批前署司详丰备仓现办平粜，实存钱谷遽难截清，夏季请免造册由，奉批：据详丰备仓现因办理平粜，夏季收支未能截清造报，应准循案免造。仰即转饬该绅，一俟平粜撤局，即行截清数目，并归秋季核实造销缴等因，到前署司移交。奉此查此案前于具详时，即经批复在案。奉批前因，合就照会。为此照会贵绅，请烦查照办理施行。须至照会者。

宣统三年七月初十日照会

署藩宪左照会

为照会事。八月十四日奉兼署藩宪左札，本年八月初一日，奉抚宪程批长元吴城自治公所议事会呈请延长平粜期限，请拨存款由，奉批：据呈已悉。该议长等请延长平粜期限，自系为慎重民食、保卫治安起见，惟该义仓属城属县，聚讼已久，前据自治筹办处详请，俟县自治成立后，分别划定等情，即经批示在案。来呈谓在城言城，请拨藩库存款，与前案有无抵触，仰苏藩司会同筹振公所、自治筹办处妥议办理，详候核夺。至藩库存款，共计若干，是何款项，于何时提存，现在能否提拨，并由司查明详覆，切切呈抄发等因到司。奉此查丰备义仓光绪三十四年秋季册报实在项下，有寄存司库库平银一万三千七两五钱六分二厘，是年冬间，因采购积谷，由仓如数领回，换钱二万四千二百七十一千五百九十六文，列入冬季册报新收开除项下，余无别项存款。今核呈叙丰备义仓送交筹办自治公所光绪三十四年分表册内载，储存藩库款项，尚有二万元之谱，是否即指寄存前项银款而言？除呈复分移外，合就抄粘转饬札府，即便饬查明确，详复察办毋违等因到府。奉此合亟抄粘照会。为此照会贵绅董，希烦查明具复，以便转详察办。须至照会者。

宣统三年八月二十一日照会

苏州府何照会

为照会事。本年八月二十三日，奉兼署藩宪左札，本年八月初八日，奉抚宪程批长元吴三县会禀城议事会呈请提款采米展长城厢平粜期限谕复情形由，奉批：查此案前据长元吴城自治公所议事会具呈到院。当查该议长等请延长平粜期限，自系为慎重民食、保卫治安起见，惟该义仓属城属县，聚讼已久，前据自治筹备处详请，俟县自治成立后，分别划定等情，即经批示在案。来呈谓在城言城，请拨藩库存款，与前案有无抵触，批司会同筹振公所、自治筹办处妥议办理，详候核夺。至藩库存款，共计若干，是何款项，于何时提存，现在能否提拨，并由司查明详复在案。据禀前情，系为通盘筹划起见，所见甚是。仰苏藩司查照前批，赶紧会同妥议，详候察夺毋延，切切缴等因到司。奉此查此案前奉抚宪批司，当查丰备义仓光绪三十四年秋季册报实在项下，有寄存司库库平银一万三千七两五钱六分二厘，是年冬间，因采购积谷，由仓如数领回，换钱二万四千二百七十一千五百九十六文，列入冬季册报新收开除项下，余无别项存款。今核呈叙丰备义仓送交筹备自治公所光绪三十四年分表册内载，储存藩库款项，尚有二万元之谱，是否即指寄存前项银数而言？即经札饬该府饬查明确，详复察办，并先呈复分移在案。奉批前因，除分移外，合就转饬札府，即便遵照前批，饬查明确，详复察办毋违等因到府。奉此查此案前奉藩宪饬札，即经照会贵绅董查复在案。今奉前因，除行三首县外，合再照会。为此照会贵绅董，希烦查照先今来文，迅速确查具复察办，幸勿稍延。望速！望速！须至照会者。

宣统三年八月二十五日照会

苏州府何照会

呈为据实陈复并请转详事。本月二十二日接奉照会内开，奉兼署藩宪左札，本年八月初一日，奉抚宪程批长元吴城自治公所议事会呈请延长平粜期限，请拨存款由，奉批：据呈已悉。该议长等请延长平粜期限，自系为慎重民食、保卫治安起见，惟该义仓属城属县，聚讼已久，前据自治筹办处详请，俟县自治成立后，分别划定等情，即经批示在案。来呈谓在城言城，请拨藩库存款，与前案有无抵触，仰苏藩司会同筹振公所、自治筹办处妥议办理，详候核夺。至藩库存款，共计若干，是何款项，于何时提存，现在能否提拨，并由司查明详复呈抄发等因到司。奉此查丰备义仓光绪三十四年秋季册报实在项下，有寄存司库库平银一万三千七两五钱六分二厘，是年冬间，因采购积谷，由仓如数领回，换钱二万四千二百七十一千五百九十六文，列入冬季册报新收开除项下，余无别项存款。今核呈叙义仓送交筹备自治公所光绪三十四年分表册内载，储存藩库款项，尚有二万元之谱，是否即指寄存前项银款而言？合就抄粘转饬札府，即便查明详复察办等因到府。奉此合亟抄粘，照会贵绅董，希烦查明具复，以便转详察办等因到仓。奉此绅查本年春季义仓报销清册实在项下，列有寄存款藩库二两库平银二千二百五十两一款，存库现银只有此数。城自治会所称，光绪三十四年存库有二万元之谱，是指前项银款而言，不知此款即于是年冬间如数领回，以应补买积谷之用，历届册报，有案可稽。所请提拨存款赶办米谷一节，义仓实无存款可提。至延长平粜期限，自是正办。查义仓存谷，共九万一千余石，本拟于中秋节前停止平粜，兹因雨水为灾，低田淹没，遂延长平粜日期，将仓谷全数用罄，计粜至九月十一日，始行撤局。现在新米陆续入市，市价逐渐减短，重阳节后，晚稻登场，民食当可无虑。缘奉前因，理合将存库现款及平粜撤局日期，具文呈复。仰祈大公祖大人鉴核，俯赐转详抚宪批示祗遵，实为公便。谨呈。

宣统三年八月二十五日义仓绅董潘呈

呈苏州府宪何

为呈复事。本年八月二十三日接奉照会内开，奉兼署藩宪左批三县详会议提拨存仓谷钱，采买米石，发乡平粜，乞赐批示立案由，奉批：据详动拨三邑仓积谷六千十四石零，并酌提存典谷款洋一万元，再于丰备仓内借拨洋二万元，采购米石，分发各镇乡，开办平粜，既经会议议决，事应照办。仰苏州府转饬遵照，并照会仓董，照数借拨具报，仍候抚宪批示缴等因到府。奉此查此案前据会详，即经照会在案。奉批前因，除转饬外，合亟照会贵绅董，希烦查照先今来文，照数借拨具报等因到仓。奉此查本年霪雨为灾，低区被淹，农民艰食，各镇乡须办平粜，前经筹赈公所官绅会同议决，于丰备、三邑两仓，分别提借洋三万元，采购米石，分发各乡镇平粜。嗣准长、元、吴三县来文，绅当将三邑仓存典款提集洋一万元，并在丰备仓借拨洋二万元，计共洋三万元，即于八月初三日，具文批解长、元、吴三县，照收印掣回照在案。兹奉前因，除报明筹赈公所外，理合具文呈复，仰祈大公祖大人鉴核，并转报藩宪备考，实为公便。谨呈。

呈苏州府何

宣统三年九月初四日丰备兼三邑仓绅董潘呈

呈为平粜造报事。本年米价昂贵，民食维艰，重以霪雨为灾，低区淹没，循照向章，于苏城内外分设六局，办理平粜，自闰六月十一日开粜起，至九月十一日撤局止，迭经呈请前苏州府转报在案。查此次平粜，历三个月，碾动仓谷八万七千六百一十石，计共六局，粜出连耗米三万五千四百一十六石三斗，动支经费钱一万四千三百三十四千九百九文。除南、西、北、中暨阊门外五局由经办各董各自造报送核外，合将董经理之东路一局，开具清折，并将六局总数，汇造四柱清册，备文呈报。仰祈都督赐鉴核销，实为公便。谨呈。

计呈送清折一扣、清册一本

呈苏省都督程

黄帝纪元四千六百有九年十月十六日义仓董事潘呈

为移送事。案照本年因米价昂贵，民食维艰，重以霪雨为灾，低区淹没，循照向章，于苏城内外分设六局，办理平粜，自闰六月十一日开粜起，至九月十一日撤局止，迭经分别呈报在案。查此次平粜，历三个月，碾动仓谷八万七千六百一十石，计共六局，粜出连耗米三万五千四百一十六石三斗，动支经费钱一万四千三百三十四千九百九文。除造册呈报都督府核销外，相应汇造总册一本，备文移送。为此合移贵民政长查照施行。须至移者。

计送清册一本

右移苏州民政长江

黄帝纪元四千六百有九年十月十六日义仓董事潘呈

谨将苏城内外分设六局，办理仓米平粜、收支钱米暨砻谷粜米一应经费，汇齐总数，造具四柱清册，呈请钧鉴。

计开：

旧管

无项

新收

一、收丰备义仓谷（八万七千六百一十石）砻碓见白米三万七千七十石七斗六升。（计谷一石成白米四斗二升三合一勺。）

计共收米三万七千七十石七斗六升。

一、收东局粜下米价钱五万四千一百三十六千四十文。（潘绅祖谦经办。）

一、收南局粜下米价钱五万一千一百九十八千七百文。（章绅慰高经办。）

一、收西局粜下米价钱三万七千七百九十六千五百七十文。（汪绅恩锦经办。）

一、收北局粜下米价钱二万三千一百六十八千六百文。（汪绅惟韶经办。）

一、收中局粜下米价钱二万二千九百二十三千一百八十文。（潘绅志奋经办。）

一、收阊门外局粜下米价钱五万六千一十四千九百一十文。（顾绅贤麟经办。）

计共收钱二十四万五千二百三十八千文。

开除

一、支置办六局器用钱一百一十三千七百九十五文。

一、支刊印大小票护照等件工料钱一百三十六千七百三十五文。

一、支六局驳米力钱三百七十九千五百七十文。

一、支下谷力钱五百八十六千四百六十文。

一、支锡坊砻碓筛扇各工及谷米上下水力钱二千三百五十千二百三十文。

一、支谷米运锡回苏水脚钱五千一百七十七千六百五十文。

一、支东路局用钱八百五十四千七百三十五文。

一、支南路局用钱一千一百三十四千一百文。

一、支西路局用钱九百九十六千七百三十文。

一、支北路局用钱八百九十一千三百六十九文。

一、支中路局用钱七百六十七千九百六十二文。

一、支阊门外局用钱一千一十五千五百七十三文。

计共支钱一万四千三百三十四千九百九文。

一、支东局粜出米七千七百三十三石七斗二升。（另耗米三十五石五斗三升。）

一、支南局粜出米七千三百一十四石一斗。（另耗米一百五十三石四斗五升。）

一、支西局粜出米五千三百九十九石五斗一升。（另耗米八十三石九斗九升。）

一、支北局粜出米三千三百九石八斗。（另耗米三十三石二斗。）

一、支中局粜出米三千二百七十四石七斗四升。（另耗米四十九石七斗六升。）

一、支阊门外局粜出米八千二石一斗三升。（另耗米二十六石三斗七升。）

一、支六局廒耗量耗米三百八十二石三斗。

计共支米连耗三万五千四百一十六石三斗。

实在

一、存平粜米款钱二十三万九百三千九百九十一文。

一、存白米一千六百五十四石四斗六升。

以上两项归入丰备义仓存储。

一、六局钱米无存。

黄帝纪元四千六百零九年十月十六日。

卷九　拨借各项 *

为恭录照会事。窃照已故大学士李鸿章，功德在民，追崇遗爱，吁恳天恩，宣付史馆立传，并准于苏省建立专祠，列入祀典，由地方官春秋致祭，以彰荩绩一案，经本部院于光绪二十八年二月十三日，会同督部堂恭折具奏，抄折照会在案。兹于三月初五日，差弁赍回原折，奉朱批：著照所请，该衙门知道。钦此。相应恭录照会。为此照会贵绅，请烦查照，钦遵施行。须至照会者。

光绪二十八年三月初八日照会

前奉天府丞朱绅等

抚宪照会

为照会事。光绪二十八年十月二十五日奉府宪札，光绪二十八年九月二十九日奉藩宪陆札，本年七月十一日奉抚宪恩札开，据办理金陵机器制造局吴道学廉禀称：职道前奉院台面谕，以苏省创建李文忠公专祠，需款甚巨，猝难筹足。令函询周玉山中丞，直省文忠任内，有无积存闲款，能否拨助若干一节，当经遵照钧指，致函与商。兹接周中丞复函云，所商一节，业向袁慰帅处面陈颠末。慰帅以直省自遭兵燹，各库荡然无遗，部拨各省关协饷，又不能如数解足，军糈待给，罗掘俱穷。即文忠从前筹集外存之款，本不甚多，亦皆挪用罄尽，实无余力拨济祠工。且三吴财赋，实为文忠再造之区，绅民到今受赐。此时报功崇享，自当群乐输将，似可设法集事，请即婉为转达，当荷鉴原也等语，用特缕述禀陈等情到院。据此除批示外，札司移行遵照，并会绅设法筹建，以隆报享等因到司。奉此除转移外，合就转行等因。又奉臬宪准咨札同前由，奉此合行札饬札县，即便牒移府属各厅县，并申请各府州饬属一体遵照。一面会绅设法筹建，以隆报享毋违等因。奉此合行照会。为此照会贵绅，请烦设法筹议，以隆报享。望切！须至照会者。

光绪二十八年十一月廿四日照会

长洲县照会前奉天府府丞朱绅等

二品顶戴直隶候补道恽秀孙，前署台湾布政使顾肇熙，员外郎衔候选主事费树蔚，四品衔分部郎中曹元恒，三品衔记名知府刑部郎中潘祖年，翰林院编修费念慈，五品衔翰林院检讨陆懋宗，三品衔前奉天府府丞朱以增，侍读衔内阁中书尤先甲，内阁中书恽炳孙，三品衔候选郎中吴本齐，候选郎中费树达，二品顶戴直隶候补道任之骅，候选道江衡，二品顶戴广东补用道叶树芳，二品顶戴河南候补道杨廷杲，知州衔尽先选用州同吴乃健，中书科中书顾麟颐，运同衔广东候补知州程玮，三品衔知府用浙江补用同知潘嘉穗，盐运使衔王立鳌，二品顶戴浙江候补道陆鼎奎，二品顶戴分省补用道程增瑞，二品顶戴广东候补道朱咸翼，三品封典吴韶生，甘肃补用知府候补同知直隶州彭福孙，同知衔正任徐州府教授王亦曾，浙江候补知府王立勋，候选运同吴本善，知府衔江西即补同知前靖安知县姚景羲，四品衔议叙通判两浙即补盐经历姚景沅，运同衔吴章焕，呈为环请借拨公款筹建专祠事。窃准长洲县照会，以奉府宪札，奉藩宪陆札，奉抚宪恩札开，据办理金陵机器制造局吴道学廉禀称：前奉院台面谕，苏省创建李文忠公专祠，需款甚巨，猝难筹足。令函询周玉山中丞，直省文忠任内，有无积存闲款，能否拨助若干一节，当经遵照钧指，致函与商。兹接周中丞复函云，所商一节，业向袁慰帅处面陈颠末。慰帅以直省自遭兵燹，各库荡然无遗。即文忠从前筹集外存之款，本不甚多，亦皆挪用罄尽，实无余力拨济祠工。且三吴财赋，为文忠再造之区，绅民到今受赐。此时报功崇享，自当群乐输将，似可设法集事等语，用特缕述禀陈等情到院。据此札司移行遵照会绅设法筹建，以隆报享等因到司，转行到府札县，照会设法筹议等因到绅等。奉准此查近年苏省捐输层叠，物力维艰，李文忠公功德在民，吴中人士，靡不同深报飨之忱，惟必待筹捐零星款项，俟集巨资，始行建祠，深恐旷日持久，不卜何时可荐馨香。绅等窃维省城丰备义仓，自道光十五年前升抚宪林文忠公创设，迨咸丰庚申，仓廒毁于兵燹，仰赖李文忠公肃清全省，永减赋额，苏城百废俱举，义仓首先规复，迄今承平四十余年，备荒有资，莫不同沾文忠之遗泽。伏查义仓存款项下，有寄储宪库洋三万元，原备将来购谷之需。现在谷价既未平减，一时未必购买，可否移缓就急，请于前项存款内，暂为借拨洋五千元，其余尚不敷洋三千元之数，再乞仁宪另由别款项下照数筹拨，俾祠工早日兴建，以崇报享而顺舆情。惟仓款系备荒要需，万难短缺，日后或俟捐有成数，或另行设法，总须如数归还。倘蒙俯允，应请照会丰备义仓绅董，会商妥洽，通融办理，并请详明抚宪立案。其余无论各项，均不准援以为例，借动仓款分文，以示限制。绅等再三筹议，意见相同，理合具文呈请，仰祈大公祖大人电鉴察夺，批示祗遵，实为公便。谨呈。

呈藩宪陆

光绪二十九年二月二十二日前奉天府府丞朱以增等公呈

一件：贵绅等呈借动仓谷款兴建李文忠公专祠由，藩宪陆批，来呈阅悉，查司库寄储义仓洋元，专备购谷之用，系属御荒要需，本不能通融借动。第念祠工需款颇巨，一时未易筹集，而谷价现未平减，此刻尚不遽议购买。贵绅等既知仓款万难短缺，拟俟捐有成数，或另行设法，即行如数归还，系为移缓就急起见，似无不可。应候由司照会义仓绅董，会商妥洽，刻日复司核办，希即知照。惟捐项如何筹集，谷款如可暂行借动，约计何时可以全数归清，来呈均未声叙，并即会同各绅妥议，复司察核。至不敷洋三千元，并候另行设法借拨，仍由贵绅等筹捐归还。此批。廿四日。三品衔前奉天府丞朱绅以增等

济之仁兄大人阁下：敬启者，李文忠建祠节略，已奉聂仲帅函，寄来苏，用特抄函，连同节略一并奉呈，乞察阅。商诸吴硕翁及城中诸大绅，详考事实，公同具呈。倘蒙从速尤感，缘杨廉翁前已电催速办也。专此敬请台安。惟希荃照不宣。

愚弟陆元鼎顿首

济之仁兄大人阁下：前以李文忠公祠工需费，接准朱绅等公呈，拟于司库寄储义仓存款项下，暂行借拨洋五千元，仍俟筹捐归还一案，当经备文移商，谅已早邀鉴及。嗣又据祠工委员田守等，将所短银两，禀奉抚宪批令设筹。现在祠工待款孔殷，未识尊处作何办

理，如已会商允洽，乞于日内见复，以便敝处连同另行借拨之三千元，一并详复定案。无任盼切。专肃敬请台安。惟希察照不宣。

愚弟陆元鼎顿首

　　为照会事。据三品衔前奉天府府丞朱绅以增等呈称：苏省创建李文忠公专祠，由县照会绅等，设法筹议。查省城丰备义仓存款项下，有寄存宪库洋三万元，原为购谷之需，现在谷价既未平减，一时未必购买，可否移缓就急，请于前项存款内，暂为借拨洋五千元，尚不敷洋三千元，再乞另行照数筹拨。仓款系备荒要需，万难短缺，或俟捐有成数，或另行设法，总须如数归还，应请照会丰备仓绅，会商妥洽，通融办理。其余无论各项，均不准援以为例等情到司。据此除批来呈阅悉，查司库寄储义仓洋元，专备购谷之用，系属御荒要需，本不能通融借动。第念祠工需款颇巨，一时未易筹集，而谷价现未平减，此刻尚不遽议购买。贵绅等既知仓款万难短缺，拟俟捐有成数，或另行设法，即行如数归还，系为移缓就急起见，似无不可。应候由司照会义仓绅董，会商妥洽，刻日复司核办，希即知照。惟捐项如何筹集，谷款如可暂行借动，约计何时可以全数归清，来呈均未声叙，并即会同各绅妥议，复司察核。至不敷洋三千元，并候另行设法借拨，仍由贵绅等筹捐归还此批牌示外，合就照会。为此照会贵绅董，请烦查照，希即会商妥洽，刻日复司核办施行。须至照会者。

　　光绪二十九年二月廿四日照会
　　藩宪照会

　　呈为复请核示事。窃奉本年二月二十四日宪台照会内开，据三品衔前奉天府府丞朱绅以增等呈称：苏省创建李文忠公专祠，请于丰备义仓存款内，暂为借拨洋五千元等情到司。据此除批来呈阅悉，查司库寄储义仓洋元，专备购谷之用，系属御荒要需，本不能通融借动。第念祠工需款颇巨，一时未易筹集，而谷价现未平减，此刻尚不遽议购买。贵绅等既知仓款万难短缺，拟俟捐有成数，或另行设法，即行如数归还，系为移缓就急起见，似无不可。应候由司照会义仓绅董，会商妥洽，刻日复司核办，希即知照。惟捐项如何筹集，谷款如可暂行借动，约计何时可以全数归清，来呈均未声叙，并即会同各绅妥议，复司察核。至不敷洋三千元，并候另行设法借拨，仍由贵绅等筹捐归还此批牌示外，合就照会，希即会商妥洽，复司核办等因，并抄呈到仓。奉此查道光间两江督宪陶文毅公、江苏抚宪林文忠公筹设苏城义仓，于银钱一项，会衔奏明，不准别项借动，以杜流弊而垂永久在案。同治中，绅祖谦从父故绅遵祁重订仓规，其第十四条刊有积谷之外，或发典生息，或寄存藩库，系专为备荒之款，虽有别项公事，永远不得暂挪等语。绅等自董理仓务以来，恪守旧章，从未敢妄事更张，稍涉迁就。是以前年尤绅先甲因女普济堂经费支绌，呈请借拨仓款，绅等奉文会议，卒以与定章窒碍，莫敢遵行。兹奉前因，查朱绅等原呈请于义仓存款内，暂借洋五千元，为建李文忠公专祠之用。虽称备荒要需，万难短缺，俟捐有成数，或另行设法，总须如数归还。诚如宪批，捐项如何筹集，借动谷款何时可以全数归清，均未声叙。惟绅等伏思李文忠公丰功伟烈，震耀寰区，而肃清全省、永减赋额两大端，尤为三吴造福，报功崇德，自宜早荐馨香。前阅长洲县照会，奉苏州府转奉宪札，饬县牒移府属各厅县，并申请各府州，饬属一体会绅设法筹建，以隆报享等因。是李文忠公立功省分，奉旨饬建专祠，与捐建者不同，虽不敢援请浙江建祠章程，不烦民力，但事关江苏通省，凡三十三州县，同在骈罗。应请宪台迅赐通饬外府州县公同劝捐，或酌派各属摊认，则众擎似尚易举。至宪批谓为移缓就急起见，如奉允准朱绅等所请，暂时通融借拨谷款洋五千元。绅等亦何能违阻，但系一时权宜，必求早日全数归清，以重仓储而免悬旷。理合会同具文呈复，仰祈大公祖大人电鉴核办，批示祗遵，实为公便。再，另拨之三千元，仓中既再难挪用，本地亦无款可筹，应请宪台咨商牙厘局，如何核销之处，未敢擅拟。合并声明。谨呈。

呈藩宪陆

光绪二十九年三月十三日义仓绅董张、潘、吴呈

一件：丰备义仓董呈复借动仓款由，藩宪陆批，来呈阅悉。查苏州省城为李文忠公立功之地，现在建立专祠，即在省城度地，原所以崇德报功，俾遂绅民爱戴。惟此项祠工，需款甚巨，除由司局合筹公项倡办，并劝淮军将领输助外，不敷之款，非特抚宪谕令，转请省绅募捐集事。且文忠公子来苏亦谓，从前苏绅海上请师，此番在苏建祠，亦出诸绅之请，经费想易筹集，其殷殷属望之意，当亦贵绅董所共闻共知。至外属绅商士庶，讴思旧德，乐于输将，原可藉资凑济，第统核借拨之款，尚不止五千元之数，则积谷存项，既由朱绅等会议借动，自应仍由省城筹还，庶公款不致久悬，而祠宇亦得早日竣工。揆诸贵绅董追念遗爱吁请建祠之意，当无不乐助其成也。希即知会朱绅等一体知照，并候札饬祠工委员田守等具领应用。此批。十八日。丰备义仓董潘绅等

呈为公款久假未归拟请生息筹还事。窃光绪三十年正月二十七日，丰备仓造送二十九年冬季三个月一应钱谷收支储存各数报销清册，呈奉宪台批开，查义仓寄存司库洋三万元，前因苏省建立李文忠公专祠，经费不敷，由贵绅等议复，于存款内暂借洋五千元，移缓就急，仍由省城筹捐归还批复在案。现在司库只存洋二万五千元，希于本年春季册内登明，以符档案。至溧阳等县息借银一万两，前由司详明，援照通属积谷办法，分十年拨还。仅准商务局解到第一、二期银五百两，已饬库收归，寄存租款。嗣后开造实存数目，应将此款添列，以清款目。其余银两，容俟续解到司，再行照会可也。现送清册，已转详抚宪核销，并希知照，此复等因。奉此查苏省创建李文忠公专祠，前由朱绅以增等公呈，请于寄存宪库义仓款内，暂借洋五千元，声称俟捐有成数，或另行设法，总须如数归还。当奉前升宪陆批示，系为移缓就急，似无不可，饬由绅与张绅履谦、吴绅景萱会议，即经呈明。如奉允准朱绅等所请，暂时通融，借拨谷款，系属一时权宜，必求早日全数归清，以重仓储而免悬旷，具复在案。嗣复会商各绅，询催如何设法捐助筹还之处，不啻至再至三，而筑室道谋，迄无成议。绅维仓款为备荒要需，银钱永远不准借动，有奏案及仓规可稽。即如苏经、苏纶两厂，虽开办时绅奉文会同吴绅景萱、费绅念慈附名兼董，旋即辞退，一再备文呈请商务局鉴核，继因包办两厂之祝商〈承桂活本不敷〉周〈转，由吴、〉费二绅担保，借领宪库公款，将积谷款内凑济银二万两，至今亏欠甚巨，归还无期。每念及此，怃焉心忧。而朱绅等请借建祠款洋五千元，若不亟求弥补之方，则日久虚悬，谷价益形短缺，殊非慎重仓储之道。绅再四筹思，可否请将现存宪库英洋二万五千元，一并发交绅处具领，或存典铺，或存钱庄，议明若干起息，以期子母相生，即将所收利息洋元，

随时由仓专款存储，统俟历年息款积有五千元之数，连同本洋二万五千元，共合成洋三万元，全数无缺，将来或再寄存宪库，或仍存典钱各铺生息，届时另行请示办理。绅愚昧之见，不得已为此补救弥缝以实仓储之计，是否有当，合亟具文呈请，仰祈大公祖大人电鉴察夺，俯赐批示祗遵，实为公便。再，如奉俯允照办，当即由绅转致张、吴二绅，一体知照遵行，并请示期放发，合并陈明。谨呈。

呈藩宪效

光绪三十年三月二十二日丰备义仓绅董潘呈

　　为照催事。准苏城丰备义仓董潘绅呈称：窃光绪三十年正月二十七日，丰备义仓造送冬季三个月一应钱谷收支储存各数报销清册，呈奉宪台批开，查义仓寄存司库洋三万元，前因苏省建立李文忠公专祠，经费不敷，由贵绅等议复，于存款内暂借洋五千元，移缓就急，仍由省城筹捐归还批复在案。现在司库只存洋二万五千元，希于本年春季册内登明，以符档案。至漂〔溧〕阳等县息借银一万两，前由司详明，援照通属积谷办法，分十年拨还。仅准商务局解到第一、二期银五百两，已饬库收归，寄存租款。嗣后开造实存数目，应将此款添列，以清眉目。其余银两，容俟续解到司，再行照会可也。现送清册，已转详抚宪核销，并希知照，此复等因。奉此查苏省创建李文忠公专祠，前由朱绅以增等公呈，请于寄存宪库义仓款内，暂借洋五千元，声称俟捐有成数，或另行设法，总须如数归还。当奉前升宪陆批示，系为移缓就急，似无不可，饬由绅与张绅履谦吴绅景萱会议，即经呈明。如奉允准朱绅等所请，暂时通融，借拨谷款，系属一时权宜，必求早日全数归清，以重仓储而免悬旷，具复在案。嗣复会商各绅，询催如何设法捐助筹还之处，不啻至再至三，而筑室道谋，迄无成议。绅维仓款为备荒要需，银钱永远不准借动，有奏案及仓规可稽。即如苏经、苏纶两厂，开办时绅奉文会同吴绅景萱、费绅念慈附名兼董，旋即辞退，一再备文呈请商务局鉴核，继因包办两厂之祝商承桂活本不敷周转，由吴、费二绅担保，借领宪库公款，将积谷款内凑济银二万两，至今亏欠甚巨，归还无期。每念及此，悢焉心忧。而朱绅等请借建祠款洋五千元，若不亟求弥补之方，则日久虚悬，谷价益形短缺，殊非慎重仓储之道。绅再四筹思，可否请将现存宪库英洋二万五千元，一并发交绅处具领，或存典铺，或存钱庄，议明若干起息，以期子母相生，即将所收利息洋元，随时由仓专款存储，统俟历年积款积有五千元之数，连同本洋二万五千元，共合成洋三万元，全数无缺，将来或再寄存宪库，或仍存典钱各铺生息，届时另行请示办理。绅愚昧之见，不得已为此补救弥缝以实仓储之计，是否有当，合亟具文呈请，仰祈电鉴察夺，俯赐批示祗遵，实为公便。再，如奉俯允照办，当即由绅转致张、吴二绅，一体知照遵行，并请示期放发，合并陈明等情到司。准此除批此项借动谷款，查阅朱绅等原呈，曾据声明，仓款系备荒要需，万难短缺，日后捐有成数，或另行设法，总须如数归还。是经陆前升司照会贵绅会商复司借给应用，循题思义，应以筹捐归还，为一定办法。况李文忠公有功苏省，建祠之举，亦由于苏绅吁请，所需祠款，当不难于劝集，何致时阅经年，一无成议。今贵绅所请发领义仓寄储洋元，生息归款，系为弥补起见，惟核与朱绅等请借原案不符，碍难照办。希候照催朱绅等，迅速集捐，或另行设法，早日归还，以资储备，并即知照，此批印发。合亟照催，为此照会贵绅等，请烦查照，希将义仓寄存司库款内，动借李文忠公建祠洋五千元，迅速集捐，或另行设法，早日如数归还，以资储备。望切施行。须至照会者。

光绪三十年五月廿七日照会
前奉天府丞朱绅以增等
藩宪效照会

一件：丰备义仓董呈请发义仓寄储洋元由，藩宪效批，此项借动谷款，查阅朱绅等原呈，曾据声明，仓款系备荒要需，万难短缺，日后捐有成数，或另行设法，总须如数归还。是经陆前升司照会贵绅会商复司借给应用，循题思义，应以筹捐归还，为一定办法。况李文忠公有功苏省，建祠之举，亦由于苏绅吁请，所需祠款，当不难于劝集，何致时阅经年，一无成议。今贵绅所请发领义仓寄储洋元，生息归款，系为弥补起见，惟核与朱绅等请借原案不符，碍难照办。希候照催朱绅等，迅速集捐，或另行设法，早日归还，以资储备，并请知照。此批。初五日。省城丰备义仓绅董潘

为拨借丰备仓积谷存储款项以维路政事。苏省商办铁路公司，现奉商部奏准设立在案。查苏省铁路之议，发始于二月间前护院濮之警告，因外界之激刺，命绅等于学界、商界先行提议，随公举代表四人（同愈、先甲、钰、本善），赴申与浙路总理汤京卿及寓沪绅商会筹办法。初议先办苏南一路，约计需费二百余万元，名曰"商办苏南铁路公司"，按部定公司律，非验有确实资本，不为立案。而在资本家，则非有允准立案明文，不乐入股。就苏南一线而论，尤非先有底股三十万元，不足以坚投资入股之信心。为呈部立案之初基，绅等遂于苏州商务总会邀集郡中绅富行商公同规画，佥谓筹备底股，必自公款始，而后绅商随之，所谓有开必先，端资凭藉。惟苏地财政之困乏，久在鉴中，地方公款，更形艰窘，仅丰备仓历年积存项下为数较多，尚可动拨。值此铁路问题关系国家权利者甚大，自应熟权缓急轻重，以顾要政。公议于积谷项下拨借银十万元，为铁路股本，其余二十万元，由绅富行商分任，均无异议，当即据实电请商部立案。旋奉复电照准，并饬改"苏南"为"苏省"字样等因。于是范围广，路线多，需款巨，责任重。三月间，复经赴申会议，南北兼筹，至少需备一千万元，而底股亦需二百万元，叠次开会，邀集寓沪绅商题名，现计京、沪、苏三处，认定底股不下二百万元，始克达今日成立之目的，而苏之三十万元，实为之倡。三十万元中，尤以积谷之十万元为原动力。黄河之水，始于滥觞，九仞之山，基于覆篑。是丰备拨借一款，虽仅全数百分之一，而呼起全省精神，成就全省路政，关系诚非细故。现在公司成立，先从苏嘉入手，即设驻苏公司，于省垣赁屋办事，勘路购地，需款正殷，祖谦、履谦拟将寄存藩库之库平银五万六千八百两又英银二万五千元内提出十万元，拨归铁路驻苏公司接收，以资应用。即以公司中股票息折，作为公借证券，路工告成，即由公司筹款归还，以符拨借原议。至照章应得红股若干，绅等丝毫不欲沾润，将来获有赢利，充作地方公益之用。其特别利益，作为铁路学堂开办经费。绅等叠经会商，意见相同，除呈藩司将寄存库款照拨外，理合具呈。伏乞大公祖大人俯赐备案，饬遵施行，实为公便。谨呈。
光绪三十二年五月　日绅士王同愈等呈

呈为表明实情祈赐察办事。窃王绅同愈等拟借丰备仓积谷存储款项，为苏省商办铁路公司股本，将绅暨张绅履谦一并列名具呈请拨在案。惟绅委曲实情，敢为大人缕晰陈之。

缘前项丰备仓款，前董吴故绅大根寄存^{藩宪}，专备丰岁购谷、凶年赈抚缓急之需。本年因办苏南铁路，王绅同愈在商务总会提议拨借仓款，绅以公款重大，须听大宪主政。绅与张绅忝董仓务，未敢擅请。五月二十日，王绅携来请拨仓款呈稿，交绅匆匆一阅，嘱为列名。绅正切踌躇，并未将衔名发送。次晨专函知照王绅，将绅名删去。当时并未复字，绅一面函询张绅署名与否，先接张绅函复，有如绅列名，自当附骥，否则谨谢不敏等语。二十一日晚间，始接王绅来函，谓呈稿携交商务总会缮发，知已早递。窃思此项公呈，以绅名滥厕其间，固属无足轻重，惟呈内所叙，绅与张绅拟将寄存藩库之库平银五万六千八百两、英银二万五千元内提出十万元，拨归铁路驻苏公司接收，及叠经会商，意见相同各语，绅皆万不能承认。盖既为仓董，必以保全仓款为一定方针，岂有反请拨动，置备荒要政于不顾。现在应否准拨，^{大人}自有权衡，无待绅妄参末议。第原呈所称，路工告成，由公司筹款归还，将来能否克期筹还，应得利息能否如期交付，自有承办铁路者担任。设遇水旱偏灾，需款孔亟，而此项巨数，尚在铁路公司中，倘一时未克全数提还，绅亦不任是咎。绅家世清寒，素性拘谨，历年董理典当公所，经手存放公款，为数甚巨，时而取息，时而提本，从无丝毫错误。然皆出自各大宪之命饬发，从未自行指拨请领。今仓款拨作铁路股本，如奉照准，该款系吴故绅寄存，现被王绅等领借，径由^{藩宪}发出，与绅本无干涉，其所以断断不能已于言者，因忝为仓董，未便自相矛盾。此次王绅具呈，代列绅名，实不敢与闻其事。合亟^{照录}_{抄粘}致王、张二绅函稿，具呈表明，仰祈^{大人}_{大公祖大人}鉴核此案，^{札饬苏藩司核办时}_{详院时}俯赐将绅职名开除，以全下情，无任悚感之至。除呈抚宪外，谨呈。

　　计^{呈清折一扣}_{抄粘}

　　呈^{抚宪陈}_{藩宪濮}

　　光绪三十二年五月廿七日义仓绅董潘呈

　　谨将致王、张二绅函稿，录呈宪鉴。

　　计开：

　　致王绅同愈稿　日昨枉顾，得聆雅教，甚慰！甚慰！承示呈稿，厕列贱名，本无不可。惟一再审思，现在米价无端翔贵，正在放给平粜，且又霉雨为患，各处低区纷纷报荒，设局之后，撤期未可预料。以弟承乏义仓，若附骥末，深恐事出两歧，愧对乡间父老。好在此款储存藩库，诸君子为义务起见，尽可请拨。祈将贱名删去，感荷莫名。容缓诣谢，面罄不既。专此奉布，敬请台安。惟祈原鉴。

　　致张绅履谦稿　多日未能晤教为念。一昨王胜之太史来舍，携有请拨义仓公款呈稿，属为列名，佇一再思维，于义于名，似皆不顺，用特专函辞谢，另将底稿录呈电察。同舟之谊，不敢不以鄙忱上贡我公，署名与否，尚希卓裁为荷。手肃奉布，祗请台安。惟祈蔼鉴。

　　附呈致胜翁函稿一纸

　　为照会事。本年五月二十四日奉抚宪陈批贵绅等呈拨丰备仓款以维路政由，奉批：该绅等以丰备仓存款十万元，拨充铁路经费，并声称不沾红股，充作地方公益之用，其特别利益，作为铁路学堂经费，具见关怀大局，以公济公，应准如禀立案。至此项仓款，专为备荒而设，将来铁路告成，自应由公司首先筹还归款，以符原案而重储峙。仰苏藩司核明动拨具报，并照会该绅等遵照此批，原呈抄发等因到司。奉此查呈叙银数，核与司案，计少列费商第十三期厂租项下归还银二百五十两，实在存司银五万七千五十两，又洋二万五千元，既奉抚宪批司动拨，自应由贵绅董备领，赴司全数领回，拨借具报，余即由仓归入存项报销，以清眉目。相应照会。为此照会贵绅，烦为查照办理施行。须至照会者。

光绪三十二年五月二十七日照会

藩宪濮照会

呈为奉文请领事。窃照王绅同愈等呈据丰备仓款借作铁路股本一案，业奉宪台照会，以奉抚宪陈批开，此项仓款专为备荒而设，将来铁路告成，自应由该公司首先筹还归款，以符原案而重储峙。仰司核明动拨具报，并照会该绅等遵照等因到司。查呈叙银数，核与司案，计少列费商第十三期厂租项下归还银二百五十两，实存司银五万七千五十两，又洋二万五千元，既奉抚宪批司动拨，自应由绅董备领，赴司全数领回，拨借具报，余款即由仓归入存项报销，以清眉目等因到仓。奉此查王绅前在商务总会提议拨借仓款，嗣即具呈，代为附列绅等职名请拨，当核呈内所叙，绅等拟将寄存藩库之库平银五万六千八百两、洋二万五千元内提出十万元，拨归铁路驻苏公司接收，及叠经会商，意见相同各语，皆万不能承认，经绅祖谦于五月二十七日表明实情，具文呈请抚宪暨宪台核办在案。此项仓款，诚如宪批，专为备荒而设，本年霪雨累月连旬，低田尽遭淹没，岁之丰荒，殊难逆料。近因米价昂贵，贫民升斗维艰，已发仓谷，碾米平粜，不知何日方能截止。王绅等前呈谓，熟权缓急轻重，然义仓存谷如此巨数，正备丰年购谷、歉岁粜赈之需，似不得谓非急且重矣。惟接宪台来文，已奉抚宪批准动拨，绅等敢不遵办。第铁路事宜，绅等均未预问，将来设有贻误要款，非仓董所能肩此重任，似应由经办铁路公司之王绅同愈等径赴宪库具领，以清界限而专责成。兹奉前因，遵于本月十八日堂期，由绅等备具钤领，将存库银五万七千五十两，照数领回，当于下次堂期，备齐洋银七万五千元，缴呈宪库，连同原存洋二万五千元，凑足洋银十万元，应请宪台照会王绅同愈等赴司具领。至以银易洋，当饬号商，照市作价，余多之款，归入存仓项下，另行汇造季报。理合备领，具文呈请，仰祈大公祖大人鉴核施行。谨呈。

计呈钤领一纸

呈藩宪濮

光绪三十二年六月十六日义仓绅董潘、张呈

为照会事。准贵绅呈称：丰备仓寄存库银洋，王绅同愈等请作铁路股本，已奉抚宪批准动拨，敢不遵办。绅等备具钤领，将存库银五万七千五十两，照数领回，当于下次堂期，备齐洋银七万五千元，缴呈司库，连同原存洋二万五千元，凑足洋银十万元，应请照会王绅赴司具领。至以银易洋，当照市作价，余多之款，归入存仓项下另报，呈祈鉴核等因到司。准此应于义仓寄存款内动支银五万七千五十两，放交贵绅领回，易换洋元，解司凑放。除照会王绅查照，并于六月二十八日堂期动放外，相应照会。为此照会贵绅，烦为查照施行。须至照会者。

　　光绪三十二年六月廿九日照会

　　藩宪濮照会

　　呈为银款易洋缴请转发事。窃绅等接奉照会，于六月二十八日堂期，领回丰备义仓寄存宪库银五万七千五十两，当即眼同号商，公平估兑，合见漕平银五万七千七百六十三两一钱二分五厘，按照市价易洋七万五千元，计合银五万一千二百五十三两一钱二分五厘。自应将此项洋元如数缴呈宪库查收，以便连同原存仓款洋二万五千元，凑足十万元，由宪台照会王绅同愈等赴司具领，拨归铁路公司借款。除将余存银六千五百一十两，由仓归入存项，汇列夏季报销外，合亟填批，并粘呈裕源仁号商水票，将洋具文呈缴，仰祈大公祖大人鉴赐核收，转发具领，报明抚宪查考，并饬苏州府知照，仍请印掣批回，发仓备案，实为公便。再，王绅等原呈，以公司中股票息折，作为公借证券，路工告成，即由公司筹款归还，以符拨借原议等语。此项应得息银，是否与商股一律由义仓凭折向收，并乞示遵。谨呈。

　　计粘水票一纸，批解奉文借拨江苏商办铁路公司洋七万五千元整

　　光绪三十二年七月初三日义仓绅董潘、张呈

　　为照会事。案照王绅等请拨丰备仓存款以作铁路公司股本一案，呈奉抚宪批准动拨，批明此项仓款，专为备荒而设，将来铁路告成，应由公司首先筹还归款等因，即经照会义仓绅董查照，领回寄存司库银五万七千五十两，易洋解司凑放在案。准贵绅等解到洋七万五千元，自应连同寄存司库洋二万五千元，共十万元，一并拨给，由公司出具公借证券，遵批将路工告成由公司首先筹还一节，于借券内注明，缴司具领，以符原案。除于七月初八日堂期动放并呈报外，合就照会。为此照会贵绅，请烦查照施行。须至照会者。

　　光绪三十二年七月初八日照会

　　藩宪濮照会

　　呈为报明铁路借款照股起息分息助学请批示立案鉴核备案事。窃光绪三十二年七月，铁路驻苏公司王绅同愈等，请借丰备义仓积谷款洋十万元，呈奉前升抚宪陈批准动拨，并蒙批明，此项仓款专为备荒而设，将来铁路告成，由公司首先筹还归款。嗣奉前藩宪濮照会，以寄存司库积谷银款照市易洋七万五千元，连同寄存司库现洋二万五千元，共十万元，拨给铁路公司，由公司出具公借证券，遵批将路工告成由公司首先筹还一节，于借券内注明，缴司具领，以符原案各等因在案。伏查义仓连年粜谷平粜，以粜变之钱买补新谷，一出一入，亏耗甚巨，且补购谷数较前尚未足额，而存款已属无多，设遇三邑灾荒，不免有杯水车薪之虑。本年正、二月间，绅向铁路驻苏公司商议，前借十万元应领利息一层，承省城诸绅协力赞成，驻苏公司亦顾全公益，允为照办。遂于二月二十七日，在沪开股东常会时，议决将借用仓款，一体照入股定章，周年七厘起息，自三月初一日起，给发股息，并填送苏省铁路股票二百张到仓，以凭按期领息。惟省城诸绅以教养必期兼顾，此项利息，系地方公款所生，正可分助三邑地方蒙小学费，现经绅与学务总汇处蒋绅炳章、吴绅本善

等公同会商，议定在应领前项息洋内留五成存仓，略补历年平粜之亏耗，并随时买谷备荒，分五成助入三邑地方蒙小学堂，如城中所设半日学堂，专收贫家子弟，不取学膳费者之类，按期由仓领到息洋后，拨交长元吴学务总汇处收存，以备分贴各该学堂。似此变通办理，由养及教，并不动用义仓本款，尚属一举两得。其余各学堂及各项公会，均不得援以为请，以示限制。绅与学务总会〔汇〕处诸绅再三商议，意见相同。至铁路借款，应如何提前分期归还，俟九月公司开会议决后，再行报明。除 收支此项息款，俟逐期领到，分别列入按呈请藩宪批示立案 季报销外，理合具文呈报，仰祈大公祖大人鉴核，俯赐批示立 案，实为公便。谨呈。

呈 藩宪
苏州府

光绪三十四年四月初七日义仓绅董潘呈

一件：潘绅呈铁路借款照股起息分息助学由，藩宪瑞抄呈批发，据呈义仓谷数，较前尚未足额，存款无多，设遇灾荒，不免杯水车薪之虑，则所得铁路借款息银，似应子母相生，仍以备荒之款，归作备荒之用，方属正办。且半日学费，已由司就恤孤局原款拨助在案。现请分给五成，既据会商蒋绅等，意见相同，本司亦何忍重拂舆论，应即如呈立案。希即知照。此复。四月十三日。苏城丰备义仓绅董潘

季和、讷士两兄大人阁下：前在丰备仓，获诵讷翁来函称，二月十七日在沪铁路公司常会议定，仓款作为借款，其息与入股者同，按年分期拨还，是以红股票不给。此项息金，卓臣前曾面商，拟请酌助三邑蒙小学费，其如何划拨之处，即请商定示知等语。仰见慎重仓储，顾全公益，令人钦佩不置。弟拟将此项息款，留五成存仓，略补历年平粜之亏耗，以五成助作三邑地方蒙小学费，如城中所设半日学堂，专收贫家子弟、不取学膳费者之类，推之三邑各乡镇蒙小学堂，贫者尤多，似亦应调查酌贴，以示普遍。尚祈卓裁核夺。一俟该款领到，当将五成送交贵总汇处收存备用。至借款按年分期拨还，未知起自何年，如何分期拨还，并乞示明为荷。附上敝处呈稿两纸，希即鉴阅，阅毕掷还，以便缮送。专肃，祗请台安

世愚弟
姻 戊申三月廿三日

长元吴学务总汇处绅董蒋、吴呈为报明事。窃绅等以地方公款办理地方公学，经费之岁入有常，而学务之推广无尽，前将恤孤局蒙养学堂经费，改办半日学堂，专教贫民工商子弟，次第成立九区，经费已竭蹶万分。正拟设法筹措，适苏路公司承借丰备仓积谷款洋十万元，照股起息，由仓领到所发年息。绅等以此项地方公款利息，即可分拨三邑地方公立蒙小学堂，以期教养兼顾。当与仓董潘绅祖谦会商，定议以此项年息，留五成作备荒，拨五成充学费。嗣后按年领息，亦即按期分派。在潘绅热心公益，洵属教养兼顾，而三邑地方学款，亦藉得稍资挹注，实于教育前途有裨。除此项息金，由绅等向义仓径领，撙节核实动用，列入收支报告，暨仓董潘绅另文呈报外，理合具呈报明，伏乞大公祖大人鉴核，俯赐备案施行。

长元吴学务公款处函　敬启者，所有拨归敝处苏路股息一款，本年改为以息作股。此项股单，想贵仓早经领到，应请照数交下，作为学款处基本财产，以符原议。现因衡等交代在即，特专函告领，敬祈核发是荷。专肃，敬请台安。

总董江衡　协董孔昭晋　同启　十二月二十五日

长元吴学务公款处收条

收到丰备义仓交下苏路公司股票四纸，计三千五百股，照收无误。

宣统二年十二月二十八日

为照会事。准尤绅先甲、蒋绅炳章、倪绅开鼎函开，去年物产会未曾筹备，经营勉强，由商会措垫洋一千元，原属一时权宜之计，因此决算超过预算，啧有烦言。故今年公议，不能再垫，而一应开支，需款浩繁，无米之炊，巧妇为难，况此次劝业开幕，我为主体，各省观瞻，所系前途希望无穷，一朝失败，万口讥讪，关系诚非浅鲜。事创期迫，焦惧万分，辗转图度，非向公中设法支出特别款项，不足以济燃眉，拟请台端即日照会潘绅，在丰备仓存款项下指拨洋一千元，襄此盛举，将来无论如何，当核实支销，决不虚糜分文，有忝职守，爰呼将伯，务乞迅赐援手，不胜盼祷等因到府。准此合亟照会。为此照会贵绅，希即查照，如数动拨，以襄盛举。望速施行。须至照会者。

宣统二年三月初四日照会

苏州府何照会

苏城丰备义仓绅董二品顶戴分省补用道潘呈为奉文拨款事。本年三月初四日，准苏州府来文贵府来文以尤绅先甲、蒋绅炳章、倪绅开鼎函开，去年物产会未曾筹备，经费勉强，由商会措垫洋一千元，原属一时权宜之计。今年公议，不能再垫，而一应开支，需款浩繁。此次劝业开幕，我为主体，各省观瞻，所系前途希望无穷，事创期迫，辗转图度，拟请照会潘绅，在丰备仓存款项下拨洋一千元，襄此盛举等因到府。准此合函照会，希即如数动拨，以襄盛举，望速施行等因到仓。准此查备荒要款，本不得移动分文，现在将办平粜，经费浩繁，几乎自顾不暇。惟念尤绅等举办物产会，极力筹款，具见热心商业，重以苏州府谆谕贵府谆谕饬令照拨，以襄盛举，绅亦未便固执，业于三月二十四日，将义仓存款项下动支洋一千元，送交尤绅等收讫。只能勉拨一次，嗣后不得援以为例。除将该款列入本年春季报销呈报藩宪外，理合具文呈报，伏乞大公祖大人电鉴备查，实为公便。谨呈。

呈藩宪陆　苏州府何

为照会事。奉藩宪陆批丰备义仓呈义仓存款项下奉拨物产会经费，由奉批：来牍阅悉，积谷款项为备荒要需，只能拨作平粜之用，此次既经该绅于存款项下动支洋一千元，送交尤绅等举办劝业会经费，姑准照拨一次，嗣后不得援以为例，以重仓款。仰苏州府照会知照，并候报明院宪立案，此批等因到府。奉此查此案前准贵绅呈府，当经批答在案。兹奉前因，相应备文，照会贵绅知照。须至照会者。

宣统二年五月初五日照会

苏州府何照会

为照会事。本年五月十四日奉藩宪陆札，本年五月初五日，奉抚宪程批本司呈报丰备义仓存款项下动拨劝业会经费立案由，如呈立案，仰即转饬知照此批等因到司。奉此查此案前于报明时，即经批示在案。奉批前因，合就转饬等因到府，奉此合行照会。为此照会贵绅知照。须知照会者。

宣统二年五月十九日照会

苏州府何照会

为照会事。奉藩宪批三县详请核放三邑垫发本年正、二、三月分递解过境饥民口粮车费等款银洋，并呈清折印领由，奉批：折开资遣难民各项用款，既据声称均系樽节开支，应准照销。除将应拨一半洋一千九十元三角八分五厘，于五月十三日堂期在库储款内动放外，仰即领回归垫，其余一半洋元，并由该县等会商潘绅，在于丰备仓息款项下提取可也，此缴折领存等因。奉此查此案前经敝三县备文申领，奉宪批饬司道，原详垫用经费，丹徒则酌量补助，三首县则半动积谷，半给公款，以示区别在案。兹奉前因，合行照会。为此照会贵绅董，请烦遵照，希将垫发前项一半经费洋一千九十元三角八分五厘，在于丰备积谷息款项下，照数动拨归垫，幸勿有稽。望切！须至照会者。

宣统三年五月二十九日照会

长元吴三县照会

为照催事。案照三邑垫发本年正、二、三月分递解过境饥民口粮车费等款，业经详奉藩宪批准，半动积谷，半给公款，以示区别。并即照会贵绅董，将一半经费洋一千九十元三角八分五厘，在于丰备仓积谷息款项下，照数动拨归垫在案。迄今日久，未准送还，合行照催，为此照会贵绅董，请烦查照，希将垫发前项一半经费洋一千九十元三角八分五厘，在于丰备仓积谷息款项下，刻日照数动拨归垫，幸勿有稽。望速！望速！须至照会者。

宣统三年闰六月二十九日照会

长元吴三县照会

为批解事。案准贵三县照会内开，奉藩宪批三县详请核放三邑垫发本年正、二、三月分递解过境饥民口粮车费等款，并呈清折印领由，奉批：资遣难民各项经费，除将应拨一半洋一千九十元三角八分五厘在库储款内动放外，仰即领回归垫，其余一半洋元，并由该县等会商潘绅，在于丰备仓息款项下提取可也等因。奉此查此案前经敝三县备文申领，奉宪批饬司道，原详垫用经费，丹徒则酌量补助，三首县则半动积谷，半给公款，以示区别在案。兹奉前因，合行照会，希将垫发前项一半经费，在丰备积谷息款项下，照数动拨归垫等因到仓。准此查丰备义仓历办平粜，费用浩繁，岁收息钱，尚虑不敷支出。上年经绅将积存洋余暂息等款，呈请前升任藩宪陆批准，归入正项，专为本地备荒要需，无论何项均不得动用在案。现在递解过境饥民经费，本属未便支拨，惟既经贵三县详奉藩宪批准提取，自应照拨，以资归垫。所有前项递解饥民一半经费洋一千九十元三角八分五厘，除在义仓正款项下开支，列入本年秋季造报外，理合备文批解，应请贵三县鉴收归垫，印掣回照，并转报藩宪查考备案。望切施行。须至呈者。

计批解洋一千九十元三角八分五厘正

右呈长洲县正堂张_{元和}_吴 张_吴

宣统三年七月十六日义仓绅董潘呈

为照送事。案准贵绅董拨解三邑垫发本年正、二、三月分递解过境饥民口粮车费等款一半经费洋一千九十元三角八分五厘，呈请鉴收归垫，具报查考等情过县。准此除由敝县等摊收归垫并申报藩宪鉴核外，合行印掣回照，备文照送，为此照会贵绅董，请烦查收备考。须至照会者。

计照送回照一纸

宣统三年八月初六日照会

长元吴三县照会

卷十　寄库存款*

呈为请领存库洋元以维市廛事。窃自京津一带，军务戒严，南方本甚安谧，业经各大宪加意筹防，原属有备无患。惟不逞之徒乘机造谣，摇惑人心，以致银根日紧，洋厘飞涨。本月初四日，苏郡每洋一元已合银七钱三分，次日各钱庄叠接上海、杭州电信，各该处同业相约，银洋不准出境，以资本城周转。于是苏庄更形惶急，公所内竟未开市，而外路钱业及各行铺，均以申、杭不通划取，纷纷向苏庄捆载现洋。此间来源已涸，去路增多，市面为之闭塞，人心益觉惊惶。除由绅祖谦董理之钱业公所呈请长、元、吴三县，仿照申、杭办法，出示严禁洋银出境外，兹据仁和等各钱庄面称，查丰备义仓向有寄存宪库英洋五万元，现在苏城洋源告竭，拟请领回分存各庄，以济眉急，再三恳说前来。绅等以义仓所存洋款，原备采买仓谷之用，且数只五万，亦属杯水车薪。惟移缓就急，一有此项洋元分存各庄，暂为运用，于市情稍可流通，所望洋厘渐减，银根渐松，市面平而人心定，即将前项洋元陆续收回。除俟议定利息，另行造册呈核外，理合具文请领，仰祈大公祖大人电鉴，迅赐将义仓寄存英洋五万元，刻日如数放发，由绅等分派各庄领存，以维市廛，实为公便。谨呈。

呈潘宪聂

光绪二十六年六月初七日义仓绅董张、潘、吴呈

为照会事。准贵绅等呈称：京津一带，军务戒严，南方加意筹防，原属有备无患。惟不逞之徒，乘机造谣，摇惑人心，以致银根日紧，洋厘飞涨，市面为之闭塞。请将寄存司库洋五万元领回，由绅等分派各庄，暂为运用，于市情稍可流通等因到司。准此查义仓寄存洋元，原为购谷备荒要需，既准贵绅等声称，近日洋厘飞涨，市面闭塞，应即在于寄存本款内动支英洋五万元，放还分派各庄领存，以维市廛，一俟洋厘渐减，银根渐松，即将前项洋元收回，寄存司库。除于六月初八日堂期动放外，合就照会。为此照会贵绅等，烦为查收，派庄运用，并祈将利息议定造册，呈司核办施行。须至照会者。

光绪二十六年六月十二日照会

潘宪聂照会

呈为收回存庄洋元仍请寄库事。窃绅等于本年六月初七日具呈，请将丰备义仓寄存宪库洋五万元，领回分派各庄，暂为运用。旋于十二日奉前宪台聂照会内开，查义仓寄存洋元，原为购谷备荒要需，既准绅等声称，近日洋厘飞涨，市面闭塞，应即在于寄存本款内动支洋五万元，放还分派各庄领存，以维市廛，一俟洋厘渐减，银根渐松，即将前项洋元收回，寄存司库。除于六月初八日堂期动放外，合就照会，烦为查收，派庄运用，并将利息议定造册，呈司核办等因到绅等。奉此遵即将奉放洋五万元，如数领回，分派仁和、顺康、鸿源、仁昌、裕余元、源康等六庄，暂为存放运用。迄今三月有余，虽市面仍虞支

绌，而洋厘渐减，较前稍觉流通。现因义仓发谷碚米赈给机户之余，又值新谷登场，亟宜随时买补，以实仓廒。自应遵饬将前项洋元收回，仍寄宪库，以备购谷要需。正在提取间，乃自闰八月初八日起，即据源康等六庄，陆续将领存洋元，分次缴还前来。绅等以前项义仓洋五万元，当日领放钱庄，原为银根奇紧，权济一时眉急起见，并非欲图利息，因与各该庄议定，照先今市上大小银折牵匀计算，作为按月七厘起息，自六月初八奉放之日起，至闰八月初八日止，计三个月，共得息洋一千五十元。现在既据各该庄先后将本息洋元，一律缴齐，除将息洋一千五十元暂存仓内，以便随时采买谷石应用，并汇列四柱清册，另行送核外，理合将本款洋五万元，填批具文呈缴，定于九月初三日堂期，由仁和庄转解。仰祈大公祖大人电鉴核收，寄储宪库，并请印掣批回备案，实为公便。谨呈。

计呈解丰备义仓寄存宪库洋五万元批一纸

呈署藩宪陆

光绪二十六年九月初三日义仓绅董张、潘、吴呈

为照复事。案准贵绅董等呈解收回存庄洋五万元，仍请寄储司库等因到司。除于九月初三日堂期如数兑收外，合行照复，为此照会贵绅董，烦为查照施行。须至照会者。

光绪二十六年九月十六日照会

署藩宪陆照会

丰备义仓绅董二品顶戴分省补用道潘呈为仓款过巨暂行寄存宪库请赐兑收事。窃丰备义仓本年办理平粜，城厢六局，计共动用仓谷七万六千一百五十余石。现在平粜事竣，所有粜变钱文，业经各局先后缴还到仓。惟现距购谷之期，尚有时日，绅以款关备荒，不敢不加意慎重。兹在义仓存款项下，提取例洋五万元，于本月十三日堂期，批解宪库，暂行寄存，一俟新谷登场，谷价平减，再行呈请发还，补购谷石，以实仓储。为此具文批解，仰祈大公祖大人俯赐鉴核兑收，印掣回照备案，实为公便。谨呈。

计批解寄存宪库例洋五万元正

一呈苏藩宪陆

宣统二年九月十三日呈

一件：丰备义仓潘绅呈解仓谷粜变洋元由，苏藩宪陆批，来牍阅悉，解到例洋五万元，已由司于九月十三日堂期，照数收储，印掣回照备案矣。希即知照，此复。九月十九日。丰备义仓董潘绅

卷十一　收支息余 *

呈为苏关买用仓田缴单领照陈明备案并请转详事。案查丰备义仓有管业吴邑一都六图内田一丘，计一亩八分五厘，向有佃户承种收租。本年四月，苏关厘金副税务司梅买用该丘内田八分七厘，造作厘金局，当经给领田价，除被扣去关友许姓中费及佃户田面等项外，核计实收洋合钱数一百五十三千三百三十文，业经列入前呈四柱册内，送请各大宪鉴核在案。查该丘田有一亩八分五厘，厘金局买去八分七厘，应余田九分八厘，又被马路造去三分一厘五毫，净剩田六分六厘五毫。复经遵照新章，报由勘地公所丈量明确，转呈商务局核给印照执业。其仓中旧有田单，已经厘金局注明，买用八分七厘，将单缴存梅税司收执。惟是义仓田亩，关系备荒要需，与寻常田产任听业户买卖者情事不同，亟应呈报立案，庶有稽考。旧董吴绅大根未及核办，移交前来，绅祖谦系原办勘地事宜，此项田数，查案相符，理合会同具文陈明。仰祈公祖大人电鉴备案，并请转详各大宪查核，实为公便。再，仓中原有田额一万七千三百二十五亩九分七厘八毫，现应开除一亩一分八厘五毫，共实存田一万七千三百二十四亩七分九厘三毫，合并声明。谨呈。

呈兼理吴县陈

光绪二十五年七月廿六日义仓绅董张、潘、吴呈

为照会事。本年八月二十九日，奉本府正堂彦札开，本年八月二十一日，奉署藩宪陆批本县详明丰备义仓管业田亩，厘金局划用建屋，给领价值，俯赐鉴核由，奉批：据详已悉，仰苏州府转饬遵照，一面照会丰备仓董潘绅、张绅、吴绅，将所领田价，于附近处所，购置熟田采租，以充经费而备荒歉，并将田亩坐落字圩租额斗则，开册送司备核，毋违此缴等因到府。奉此查此案前据该县并详，即经批示在案。奉批前因，合行札饬札县，立即照会丰备义仓绅董，一体遵照宪批办理等因到县。奉此合行照会，为此照会贵绅董，请烦遵照宪批办理。须至照会者。

光绪二十五年九月初七日照会

兼理吴县照会

呈为专案报明事。窃丰备义仓钱谷并存，向章出纳均以钱数核计，而平日收支银洋，悉以冬令收租所定洋价，贯一年银洋，合钱之价值，原以昭画一而免参差。凡遇洋贵钱贱之时，即有洋余，反是则有洋亏。又存仓现款，除买谷、寄库、存当及一应开支外，有余则暂行存庄生息。以上洋余、暂息两项，自同治五年起。绅从父遵祁董理仓务时，以洋余非年年皆有，若遇洋价亏短，即须以之贴补，暂息亦非常有，设多买谷石，或办平粜，仓款无余，即无暂息，遂将该两项另款存储，名曰"识余"，专备夏令施药、冬令施米及一切公益善举之需，以广任恤，不列钱谷正款报销。另将历年收支数目，一一刊入义仓全案，以昭征信。是所谓不列报销者，仍系逐款载明全案，丝毫无错，并非漫无稽考也。绅

于光绪二十五年七月接办仓务时，准吴前董大根移交此项洋余暂息，存钱一万四千二十七千八十六文，又转交从父遵祁原交前款钱一千九百八十五千二文，两共钱一万六千十二千八十八文。绅深佩各董经画之善，前规后随，一循向章办理。近来愈积愈多，截至宣统元年十二月底止，本可积存前款钱十万六百三十四千七百六十文，因思暂存钱庄生息，不如购置产业，较为经久之图，爰陆续购得长元邑田一千三百五十五亩七分五厘九毫，市房一所，均附入丰备义仓，征收租息，共计田房价钱四万一千八百八十二千六百文，除拨支外，上年年底核算连同田房租息，尚存现钱六万一千七十七千二百九十八文。查绅自光绪二十五年至宣统元年，接办十一年，除历年开支外，共余钱八万六千九百四十七千八百十文。差幸为吴中备荒要需，稍有增进，现在所存洋余暂息数目，既较从前为巨，又置有田房各产，自应报明立案，以昭郑重。至义仓向办各项慈善事业，循旧在此项动支，其余无论何处公用，均不得动拨分文，俾重积储。除将一应收支各数，仍照向章，刊入义仓全案，以备查考而昭核实外，为此专案呈报，仰祈大公祖大人鉴核，俯赐批示祗遵，并请详明抚宪立案，并行苏州府知照，实为公便。谨呈。

宣统二年四月初六日义仓绅董潘呈

一件：丰备仓呈洋余暂息存数并置田房各产立案由，苏藩宪陆批呈批复，来牍阅悉。光绪二十五年分贵董接办丰备义仓时，洋余、暂息两项，共存钱一万六千十二千文零，现截至宣统元年年底止，计共存钱十万六百三十余千文，除陆续购买田房价钱四万一千八百八十二千六百文，尚存现钱六万一千七十七千二百九十八文。较之吴前董移交，多至五倍有奇，具见实心经理，裨益仓储，曷胜敬佩！所请将此项存款，无论何处公用，不得动拨，系为保存谷款、留备荒需起见，自是正办，应照立案。希候报明抚院查考，暨札苏州府知照。此复。四月十八日。苏城丰备义仓绅董潘

为照会事。奉藩宪陆札，本年五月初四日，奉抚宪程札本司呈报丰备仓洋余暂息存数并置田房各产立案由，奉批：如呈立案，仰即转饬知照此批等因到司。奉此查此案前于报明时，即经行知在案。奉批前因，合就转饬札府，即便照会潘绅知照此札等因到府。奉此查此案贵绅原呈暨司批，前奉藩宪行府知照在案。今奉前因，合亟照会，为此照会贵绅董，希烦知照。须知照会者。

宣统二年六月二十五日照会
苏州府何照会

为据情呈请核示事。窃照省城丰备义仓有租房一所，坐落吴邑北元三图清嘉坊朝西门面，计上下楼，平房三十一间，披箱七个，空地六间。该屋向系苏郡典当公所公产，于光绪十九年，该公所因有要需，商经吴前董大根在义仓正款项下提钱四千六百二十余串，合漕平银三千两，由仓购置在案。兹据该典商等禀称：窃典业为便民要举，而承领公款，关系尤巨，非有集合之总机关，则商情扞格，在在可虞。商等屡思购置公所房屋，苦无相当之所，而近年来典务更形疲玩，似未便长此因循，以误大局。爰是一再商酌，拟恳将清嘉坊公所房屋一所，仍照原价漕平银三千两，由各典分派赎归，以便会议等情。据此查该屋现由义仓出租，每月租价洋十八元，除去岁修等费，所得利息不及四厘，今该典商请以原

价银数赎归，按照现在市价漕平银三千两，约合钱五千四百余串，若以周年八厘生息，发存各典承领，当亦乐从。似此量为变通，固属两有裨益。绅以各该典商为联络商情起见，事属公益，与他项绝卖产业不同，似未便靳而不与。用敢据情呈请，仰祈大公祖大人俯赐鉴核，准予各典商备齐漕平银三千两，缴由义仓核收，将公所房屋一所赎还，以顺商情而维典业，实为公便。谨呈。

呈苏藩司陆

宣统三年正月十一日义仓绅董潘呈

潘绅呈义仓租房仍由典商赎归由，藩宪陆批，来牍阅悉。此项房屋，既据各该典商请，以原价赎归，自可准予照办，以顺商情。希即查照办理，此复。正月二十五日。

为呈请备案事。窃据苏属各典商以丰备义仓前购典当公所房屋一所，恳请照原价赎回，俾商业联络等情，由绅据情呈奉宪批，此项房屋，既据各该典商请以原价赎归，自可准予照办，以顺商情，希即查照办理等因。奉此遵即知照各该典商照办去后，随据各该典商照原价漕平银三千两，送交义仓核收，当将契据各件检齐，由绅眼同银房两交清讫该款，即由绅邀集各典商至公所，议定分派在苏广大、协裕、茂源、晋裕、洪盛、豫昌分六典，每典各领银五百两，共计银三千两，照章周年八厘，均于四月初一日起息，具到图领息折六套，即交义仓收存，按季取息。所有收到银款、交还房屋暨发典生息各缘由，理合具文呈明。伏祈大公祖大人鉴核备案，实为公便。谨呈。

呈苏藩司陆

宣统三年四月初四日义仓绅董潘呈

义仓不列报销收支各款

计开：

光绪二十五年分

收移交钱一万六千一十七千二百一十文。

又收洋余钱二百八千四百八十五文。

收暂息钱二千五百二千八百八十三文。

收糠粞钱一百二十三千九百二十文。

二十六年分

收洋余钱八百八十千九百五十七文。

收暂息钱二千六十六千三百四文。

收糠粞钱三百四十二千四百六十一文。（协贴粥局谷二千石，由仓代为舂碓，陆续拨米，除付舂碓费外，尚有糠粞余款，自明年改贴钱款乃止。）

二十七年分

收洋余钱二百三十千四百四十七文。

收暂息钱一千四百六十三千七百八十六文。

二十八年分

收暂息钱四千二百五十九千五百一十文。

是年洋亏（数目列后）。

二十九年分

收暂息钱八千七百九十三千四百三十五文。

是年洋亏。

三十年分

收洋余钱一千九百三十千二百六十三文。

收暂息钱五千三百三十五千四百四十二文。

三十一年分

收洋余钱一万一十四千九百九十四文。

收暂息钱五千八百四十四千五百二十五文。

三十二年分

收暂息钱六千六百二十九千九百八十三文。

是年洋亏。

三十三年分

收洋余钱一万五千五百六十九千一百四十三文。

收暂息钱一万二千六百九十千七百一十二文。

收糠秕钱九百七十八千七百五十六文。（此系平粜糠秕余款。）

三十四年分

收暂息钱七千四百八十七千四百三十八文。

收洋余钱一万七百二十二千一百九十二文。

宣统元年分

收暂息钱五千九百四十八千四百二十一文。

收洋余钱八百七十五千一百七十一文。

收新置田房租息钱二千三百二十五千二百三十八文。（是年以不列报销款，购置田房。）

二年分

收暂息钱九百三十六千文。

收洋余钱七百九十八千四百三十三文。

三年三月底止

统共收收钱一十二万四千九百七十六千一百零九文。

光绪二十五年分

贴司事力米及使役等年终酬劳，支钱四百十八千文。

施药，支钱一百八十五千五百二十四文。

施米，支钱二百五十二千五百三十文。

司事贺分，支钱七千一百二十文。

司事丧葬费，支钱二百一千一百四十文。

葑门外桥捐，支钱一千七百八十文。

共支钱一千六十六千九十四文。

二十六年分

贴司事力米及使役等年终酬劳，支钱三百四十六千六百文。

施药，支钱二百一千九百八十八文。

施米，支钱三百一十七千七百三十文。

司事贺分，支钱一十千六百八十文。

司事丧分，支钱七千一百二十文。

司事丧葬费，支钱四十五千文。

仓工丧费，支钱八千九百文。

查勘荒田经费，支钱七十九千二百一十文。

陕西赈捐，支钱一百三十三千五百文。

贴机赈发米米店友点膳，支钱一百一十七千九百一十五文。

建醮（机赈撤局后），支钱二十五千三百六十三文。

抚恤佃户被火灾，支钱三千五百六十文。

共支钱一千二百九十七千五百六十六文。

二十七年分

贴司事力米及使役等年终酬劳，支钱三百四十五千八百文。

施药，支钱二百九千九文。

施米，支钱二百六十二千九百九十文。

司事贺分，支钱九千一百文。

司事葬费，支钱一十八千二百文。

仓工丧费，支钱三千六百四十文。

陆墓开河捐，支钱一十八千二百文。

唯亭修桥捐，支钱三千六百四十文。

镇江水灾赈捐，支钱三十六千四百文。

共支钱九百六千九百七十九文。

二十八年分

洋亏，支钱二百二十三千一百一十五文。

贴司事力米及使役等年终酬劳，支钱三百一十五千八百文。

施药，支钱三百一十千四百四十三文。

施米，支钱三百七千五百八十文。

司事贺分，支钱七千二百八十文。

司事丧分，支钱七千二百八十文。

司事葬费，支钱一十八千二百文。

建醮（平粜撤局后），支钱三十七千四百八十三文。

共支钱一千二百二十七千一百八十一文。

二十九年分

洋亏，支钱九十五千八百三十四文。

贴司事力米及使役等年终酬劳，支钱二百七十六千八百文。

施药，支钱二百四十一千一百五十二文。

施米，支钱三百七千五百八十文。

司事贺分，支钱七千二百八十文。

司事丧分，支钱二十九千一百二十文。

司事丧葬费，支钱二十七千三百文。

共支钱九百八十五千六十六文。

三十年分

贴司事力米及使役等年终酬劳，支钱三百五十二千五百文。

施药，支钱二百一十九千四十二文。

施米，支钱二百六十一千文。

司事丧葬费，支钱八十七千文。

通济桥桥捐（在潘儒巷东口），支钱一十三千九百二十文。

元邑北三十一都桥捐，支钱三千四百八十文。

四川赈捐，支钱三十四千八百文。

共支钱九百七十一千七百四十二文。

三十一年分

贴司事力米及使役等年终酬劳，支钱三百六十九千九百文。

施药，支钱二百九十九千一百七十九文。

施米，支钱二百八十八千一百文。

司事丧葬费，支钱四十三千五百文。

崇宝等处赈捐，支钱八十七千文。

共支钱一千八十七千六百七十九文。

三十二年分

洋亏，支钱一千一百九十七千二百六十四文。

贴司事力米及使役等年终酬劳，支钱二百七十五千七百文。

施药，支钱二百八十九千八百二十四文。

施米，支钱三百五十四千五百一十文。

司事贺分，支钱八千八十文。

司事丧分，支钱一十六千一百六十文。

淮徐赈捐，支钱四百四千文。

云南赈捐，支钱六十千六百文。

抚恤元邑二十一都五图佃户，支钱四千四十文。

抚恤船户，支钱一十千一百文。

建醮（平粜撤局后），支钱四十八千六百五十文。

共支钱二千六百六十八千九百二十八文。

三十三年分

贴司事力米及使役等年终酬劳，支钱三百二十五千二百文。

施药，支钱三百一十千三百六十七文。

施米，支钱五百五千文。

司事丧分，支钱一十六千文。

共支钱一千一百五十六千五百六十七文。

三十四年分

贴司事力米及使役等年终酬劳，支钱二百七十八千六百文。

施药，支钱三百九千七百八十七文。

施米，支钱四百九十五千三百九十文。

司事贺分，支钱七千九百二十文。

司事丧葬费，支钱一百二十四千文。

传芳巷开河捐，支钱九十九千文。

斜塘桥捐，支钱三十九千六百文。

安徽赈捐，支钱四十九千五百文。

苏省铁路开会赴沪费，支钱一百一十千文。

共支钱一千五百一十三千七百九十七文。

宣统元年分

贴司事力米及使役等年终酬劳，支钱二百五十一千三百文。

施药，支钱三百九十二千九百三十一文。

施米，支钱五百七十九千二十文。

捐修唐家桥（胡想思巷西口），支钱二十四千八百文。

铁路开会赴沪费，支钱一百六千一百一十文。

金梧记田价（契买长邑田九十三亩六分七厘七毫），支钱二千八百六十五千九百二十文。

陈叙德田价（契买元邑田二百九十三亩三分六厘一毫），支钱一万一千二百一十八千四百八十文。

陆恒记田价（契买长邑田四百一十三亩四分八厘六毫），支钱一万五百四拾一千四百四十文。

周保滋田价（契买长邑田五百五十五亩二分三厘五毫），支钱一万三千四百四十七千五百二十文。

潘竹记房价（契买阊门外姚家巷石库门面，上下楼房二十间，披厢八个），支钱三千八百九千二百八十文。

李文忠公专祠不敷经费，支钱六千二百千文。（查前项创建李文忠公专祠一款，郡绅原呈由地方绅民筹款归垫。嗣因叠奉藩宪催缴，郡绅金以摊捐为难，一再会商，即在义仓不列报销暂息项下，先行照数划归正款，作为地方绅民筹还，呈报藩宪在案，合行登明。）

共支钱四万九千四百三十六千八百一文。

二年分

贴司事力米及使役等年终酬劳，支钱一百八十五千八百文。

施药，支钱四百七十六千六百三文。

施米，支钱六百三十八千四百文。

司事丧分，支钱一十千六百四十文。

建醮（平粜撤局后），支钱六十六千四百七十文。

报入正款（连同上年所买田房一并报出），支钱六万一千七百七十七千二百九十八文。

共支钱六万二千四百五十五千二百一十一文。

统共支钱一十二万四千七百七十三千六百一十一文。

三年三月底止

除开支净存钱二百二千四百九十八文。

补刊辛亥年（四月分起十二月分止）不列报销收支款项

计开

收洋余钱八十四千三百八十三文。

收暂息钱七千八百六十二千一百二十九文。

收糠秕钱一千千文。

共收钱八千九百四十六千五百十二文。

支贴司事力米，钱五百九十四千文。

支司事丧费，钱七十七千一百四十文。

支司事贺分，钱六十五千文。

支施药，钱四百六千二百三十一文。

支施米，钱三百七十四千四百文。

支裕宁钞票贴水钱一百三十千文。

共支钱一千六百四十六千七百七十一文。

连上除开支净存钱七千五百二千二百三十九文。

谨将丰备仓识余项下增置田亩租房细数，并列于左：

计开：

长洲县

一都

六图　昆字圩

十四丘，官则田五亩七分八厘四毫。

　　　荣字圩

八丘，官则田一亩六厘八毫。

十二丘，官则田四亩二分六厘三毫。

十三丘，官则田二亩三分三厘五毫。

十四丘，官则田一亩六厘四毫。

十六丘，官则田二亩一分二厘九毫。

四十丘，官则田一亩九分八厘六毫。

四十一丘，官则田一亩九分。

四十二丘，官则田四亩六分八毫。

四十五丘，官则田三亩九厘四毫。

四十七丘，官则田一亩三分。

　　　芥字圩

十三丘，官则田三亩四分八厘三毫。

　　　麟字圩

二丘，官则田一亩五分五厘二毫。

三丘，官则田二亩一厘。

四丘，官则田一亩六分六厘七毫。

　　　羽字圩

十五丘，官则田一亩。

二十丘，官则田九分二厘四毫。

二十一丘，官则田九分三厘七毫。

二十二丘，官则田一亩六分九厘五毫。

二十九丘，官则田二亩二分七厘五毫。

三十丘，官则田九分三厘二毫。

三十一丘，官则田四分九厘九毫。

三十二丘，官则田四亩六厘九毫。

三十三丘，官则田五亩七分五厘七毫。

三十四丘，官则田四分。

又，官则田四分。

三十五丘，官则田三分三厘五毫。

三十六丘，官则田四亩五分五厘九毫。

三十七丘，官则田一亩八分五厘。

三十八丘，官则田二亩二分六厘。

三十九丘，官则田一亩七分六毫。

四十丘，官则田一亩二分四厘九毫。

四十三丘，官则田二亩一分。

四十八丘，官则田五分六厘一毫。

四十九丘，官则田三亩一分八厘四毫。

五十丘，官则田一亩九分三厘一毫。

五十一丘，官则田二亩。

五十二丘，官则田二亩二分六厘二毫。

五十三丘，官则田九分一厘三毫。

五十八丘，官则田一亩一分二厘五毫。

七十五丘，官则田三亩七毫。

七图　翔字圩

十二丘，官则田三亩九厘八毫。

四十二丘，官则田一亩八分一厘。

八十四丘，官则田二亩三分九厘六毫。

八十四丘，官则田一亩二分。

二都

上五图　凤字圩

二十九丘，官则田三亩四分八厘八毫。

三十丘，官则田一亩八分三厘六毫
　　　　竹字圩

二十二丘，官则田三亩五分八厘二毫。
　　　　下归字圩

十一丘，官则田二亩八分六厘一毫。

洁字圩

失丘，官则田三亩八分九厘四毫。

失丘，官则田四分三厘。

下五图，西鸣字圩

七丘，官则田三亩三分二厘八毫。

知字圩

二十丘，官则田五亩一分九厘。

二十一丘，官则田五亩三分六厘四毫。

中宾字圩

一丘，官则田三亩四分一厘八毫。

六图　师字圩

二十二丘，官则田三亩四厘三毫。

失丘，官则田一亩九分七厘一毫（代单）。

九图　景字圩

四十丘，官则田四亩八分。

五十二丘，官则田五亩三分。

失丘，官则田四亩。

失丘，官则田四亩。

失丘，官则田五亩。

失丘，官则田六分。

失丘，官则田四亩二厘八毫。

失丘，官则田五亩。

失丘，官则田六亩五分。

失丘，官则田四分。

失丘，官则田八亩六分。

失丘，官则田一亩七分。

失丘，官则田一亩九分。

失丘，官则田九分一厘八毫。

失丘，官则田四亩。

十一图　裳字圩

失丘，官则田二亩一分五厘八毫。

失丘，官则田二亩五分八毫。

三丘，官则田一亩二分二毫。

民字圩

七十五丘，民则田一亩二厘一毫。

十二图　恭字圩

失丘，官则田一亩六分。

十八图　道字圩

三十六丘，官则田三分。

四十四丘，官则田四亩七分五厘五毫。

十九图　人字圩

失丘，官则田五亩四分四厘一毫。

字字圩

四十三、四十六丘，官则田四亩五分八厘七毫。

国逊字圩

二十丘，官则田三亩二分。

逊字圩

十三丘，官则田二亩三分。

失丘，官则田二亩三分。

十九丘，官则田三亩。

二十图　迩字圩

五十三丘，官则田五亩九分五毫。

宁字圩

二十二丘，官则田一亩一分二厘八毫。

爱字圩

六丘，官则田一亩三分三厘。

失丘，官则田三亩八分四厘三毫。

壹字圩

六丘，官则田一亩九分二毫。

八丘，官则田二亩四分一厘三毫。

二十丘，官则田二亩四分七厘四毫。

体字圩

失丘，官则田四亩七分九厘七毫。

失丘，官则田七分。

失丘，官则田一分六厘。

失丘，官则田一亩七分一厘。

归字圩

二十四丘，官则田四亩二分八厘八毫。

二十九丘，官则田二亩三分六厘七毫。

三十二丘，官则田三亩三分七厘六毫。

仁字圩

失丘，官则田一亩二分。

臣字圩

失丘，官则田三亩三厘三毫。

失丘，官则田三亩五分一厘八毫。

失丘，官则田四亩九分。

失丘，官则田三亩九分九厘六毫。

失丘，官则田五亩三分六厘二毫。

失丘，官则田五亩二分。

失丘，官则田三亩四分一厘三毫。

失丘，官则田一亩二分八厘二毫。

十五丘，官则田四亩一分三厘七毫。

十五丘，官则田一亩四分。

九十七丘，官则田二亩三分。

四都

六图　龙字圩

一百三十丘，官则田三亩五厘九毫。

一百三十一丘，官则田二亩四厘参毫。

一百三十二丘，官则田二亩四分四厘六毫

一百三十三丘，官则田八分七毫

一百三十四丘，官则田一亩五厘六毫

一百三十五丘，官则田二亩二分七厘八毫

一百三十六丘，官则田四亩一厘三毫

一百四十八丘，官则田四亩四分二厘一毫。

一百四十九丘，官则田五亩二分八厘八毫。

一百五十二丘，官则田一亩四厘一毫。

上八图　夜字圩

九丘，官则田六分三厘三毫。

十一丘，官则田六分二厘七毫。

十八丘，官则田五亩一分八厘七毫。

十九丘，官则田五分。

三十八丘，官则田五亩一分四厘。

三十九丘，官则田五亩六分八厘六毫。

四十四丘，官则田二亩七分四厘。

下八图　水字圩

三十六丘，官则田五亩九厘八毫。

三十七丘，官则田三亩八分一厘。

三十九丘，官则田四亩五厘九毫。

七十九丘，官则田六亩七厘。

九十九丘，官则田二亩八分二厘九毫。

一百一丘，官则田二亩二分三厘八毫。

上十二图　裳字圩

三十七丘，官则田二亩七分八厘二毫。

五十三丘，官则田二亩二分一厘。

五十三丘，官则田五亩五分。

失丘，官则田二亩五分。

五十五丘，官则田一亩八厘四毫。

五十七丘，官则田三亩四毫。

五十八丘，官则田四亩九分八厘八毫。

五十九丘，官则田二亩八分五毫。

六十丘，官则田一亩六分七毫。

六十一丘，官则田九分七厘六毫。

失丘，官则田四亩四分一厘五毫。

六十一丘，官则田九分。

六十二丘，官则田四亩一分五厘五毫。

六十三丘，官则田三亩五分八厘八毫。

　　　　周字圩

一百六丘，官则田七分六厘三毫。

一百八丘，官则田七分三厘四毫。

一百九丘，官则田一亩一分四厘二毫。

一百十四丘，官则田三亩二分五厘八毫。

一百十九丘，官则田二亩九分三毫。

一百二十丘，官则田六分六厘二毫。

一百二十二丘，官则田一亩五分七毫。

一百二十四丘，官则田二亩二分七厘。

失丘，官则田九分。

失丘，官则田二亩二厘八毫。

失丘，官则田四亩八分七厘。

失丘，官则田一亩三分八厘。

　　　　吊字圩

五十二丘，官则田二亩一分七厘六毫。

五十三丘，官则田二亩五厘三毫。

五十九丘，官则田八分五厘三毫。

六十四丘，官则田二亩七分九厘。

六十五丘，官则田二亩九分九厘七毫。

六十六丘，官则田六亩六分六厘九毫。

六十七丘，官则田三分八厘九毫。

　　　　唐字圩

失丘，官则田六亩。

失丘，官则田六亩。

　　　　庚字圩

失丘，官则田五亩四分。

失丘，官则田四亩。

失丘，官则田五亩三分五厘。

　　　　民字圩

六十一丘，官则田五亩二厘四毫。

六十二丘，官则田一亩一分二厘二毫。

六十三丘，官则田一亩四分六厘五毫。

六十四丘，官则田四亩四分九厘四毫。

六十五丘，官则田四亩七分八厘五毫。

六十六丘，官则田二亩三厘七毫。

六十七丘，官则田三亩九分九厘。

六十九丘，官则田一亩九分七厘五毫。

七十一丘，官则田八分五厘八毫。

七十四丘，官则田四亩九分七厘二毫。

七十五丘，官则田四亩八分二厘五毫。

八十六丘，官则田一亩五厘三毫。

一百七丘，民则田六分五厘六毫。

一百七十一丘，官则田一亩七分五毫。

一百七十二丘，官则田一亩六分八厘九毫。

一百七十三丘，官则田三亩三分六厘二毫。

一百七十四丘，官则田一亩九分一毫。

一百七十五丘，官则田三亩九分九厘。

一百七十八丘，官则田二亩二分六毫。

　　　　伐字圩

失丘，官则田六亩。

　　　　始字圩

四丘，官则田三亩二分五厘二毫。

六丘，官则田三亩七分四厘五毫。

七丘，官则田五亩三分一厘七毫。

八丘，官则田五分三厘一毫。

八丘，官则田一亩三厘一毫。

九丘，官则田一亩七分四厘九毫。

十丘，官则田一亩三分八厘九毫。

下十二图　有字圩

失丘，官则田七亩三分二厘五毫。

　　　　壬字圩

八十三丘，下地则田一亩一分九厘一毫。

一百二十一丘，下地则田三分。

一百二十二丘，民则田三分九厘九毫。

　　　　癸字圩

一丘，二斗则田三亩三分四厘五毫。

北十三图　咸字圩

十八丘，官则田二亩七分八厘四毫。

五都

三图　射字圩

一丘，官则田五亩七分五毫。

二丘，官则田七亩四分九厘九毫。

三丘，官则田五亩三分一厘。

四丘，官则田七亩二分二厘七毫。

五丘，官则田五亩三分六厘。

六丘，官则田四亩九分。

七丘，官则田三亩二分六厘四毫。

八丘，官则田三亩二分。

九丘，官则田五亩六分。

十丘，官则田四亩三分一厘四毫。

十五丘，官则田四亩三分九厘五毫。

十九丘，官则田五亩三分六厘三毫。

二十丘，官则田三亩九分三厘六毫。

二十一丘，官则田三亩一分一厘三毫。

二十二丘，官则田二亩九分八厘八毫。

二十三丘，官则田一亩四分六厘。

二十三丘，官则田四分八厘五毫。

二十三丘，官则田四分八厘五毫。

二十四丘，官则田一亩四分七厘三毫。

二十四丘，官则田一亩四分七厘三毫。

二十五丘，官则田一亩四分五厘。

二十七丘，官则田二亩九分一厘。

二十八丘，官则田二亩六分七毫。

二十九丘，官则田九分三厘三毫。

二十九丘，官则田二分二厘七毫。

三十丘，官则田一亩八分八厘四毫。

三十丘，官则田一亩八分八厘四毫。

三十一丘，官则田一亩八分五厘。

三十一丘，官则田一亩八分五厘一毫。

三十四丘，官则田一亩八分六厘一毫。

三十四丘，官则田一亩八分六厘二毫。

　　丸字圩

十四丘，官则田三亩三分五厘三毫。

十五丘，官则田三亩四分三厘三毫。

十八丘，官则田一亩二分五厘六毫。

十九丘，官则田八分三厘八毫。

二十丘，官则田一亩六分八厘五毫。

二十一丘，官则田三亩五分七毫。

七十一丘，官则田二亩四分九厘三毫。

琴三字圩

十三丘，官则田三亩八分五毫。

二十丘，官则田四亩三分三厘一毫。

二十一丘，官则田四亩二分五厘五毫。

二十二丘，官则田七亩五分七厘五毫。

己字圩

一百二十一丘，官则田四亩三分六厘七毫。

一百二十二丘，官则田二亩六分八厘。

七图 悦字圩

四十八丘，官则田二亩六分五厘三毫。

五十一丘，官则田一亩二分九厘六毫。

七十八丘，民则田一亩九分四厘。

八十丘，民则田三亩三分六厘六毫。

八十六丘，民则田一亩九分三毫。

八十七丘，民则田一亩三厘五毫。

一百十丘，官则田五分四厘七毫。

一百十三丘，官则田三分一厘五毫。

一百十七丘，官则田五亩七分二厘六毫。

一百四十三丘，官则田四亩三分二厘二毫。

上八图 虞字圩

五丘，官则田二亩一分八厘。

十二丘，官则田二亩一分六厘七毫。

三十丘，官则田一亩八分二厘一毫。

三十二丘，官则田六分八厘。

失丘，官则田三亩六分七厘六毫。

三十六丘，官则田三亩一分一毫。

下八图 叛字圩

十一丘，官则田一亩二分。

十二丘，官则田四亩三分二厘七毫。

十二丘，官则田六分。

一百七丘，官则田五亩二分四厘二毫。

一百十丘，五升则田二亩二分六厘。

一百三十四丘，官则田四亩二分一厘一毫。

一百三十六丘，官则田一分六厘七毫。

一百九十六丘，官则田二亩七分二厘三毫。

一百九十七丘，官则田二亩六厘七毫。

一百九十七丘，官则田一亩四分。

一百九十八丘，官则田六分。

一百九十八丘，官则田四分四厘一毫。

一百九十九丘，官则田三亩三分六厘。

二百丘，官则田二亩五分九毫。

二百一丘，官则田九分。

十一图 获字圩

三丘，官则田三亩一分五厘。

四丘，官则田一亩八分一厘。

五丘，官则田三亩一分八厘。

六丘，官则田一亩三分九厘三毫。

六丘，官则田一亩三分九厘二毫。

七丘，官则田六分一厘。

七丘，官则田六分。

八丘，官则田一亩六分二厘。

八丘，官则田一亩六分一厘三毫。

九丘，官则田六分五厘。

十二丘，官则田二亩二分二厘。

十二图 康一字圩

三十四丘，官则田四亩三分。

三十六丘，官则田二亩。

三十六丘，官则田二亩。

三十六丘，官则田二分七厘一毫。

四十丘，官则田二亩七分三厘九毫。

四十八丘，官则田四分一厘六毫。

四十八丘，官则田四分一厘四毫。

五十丘，官则田二亩。

五十六丘，官则田八分九厘五毫。

五十七丘，官则田二亩二厘七毫。

六十丘，官则田四亩三分三厘一毫。

六十一丘，官则田四亩四厘。

十四图 后字圩

四十六丘，官则田二亩一分一厘三毫。

四十七丘，官则田二亩五分四厘八毫。

东六都

下一图 是字圩

三丘，官则田二亩九分六厘六毫。

四丘，官则田三亩三分六厘五毫。

　　　　川字圩

失丘，官则田八分。

上二图 地字圩。

十丘，官则田五亩八分五厘。

三十二丘，官则田二亩六分六厘三毫。

三十三丘，官则田二亩五分五厘六毫。

四十九丘，官则田一亩一分三厘三毫。

钦字圩

四十二丘，官则田二亩九分八厘七毫。

四十三丘，官则田三亩一分九厘八毫。

四十四丘，官则田五亩九厘二毫。

四十六丘，官则田三亩六分九厘三毫。

四十七丘，官则田五亩一分三厘一毫。

失丘，官则田一亩二分。

凤字圩

四十七丘，官则田三亩五分四厘四毫。

上十七图　克字圩

十二丘，官则田五亩七厘七毫（原单七亩八分四厘六毫，铁路划用二亩七分六厘九毫）

下十七图　凤字圩

二丘，官则田四亩三分八厘二毫。

三丘，官则田四亩三分六厘五毫。

八丘，官则田七亩二分五厘一毫。

九丘，官则田九分六厘五毫。

十丘，官则田一亩二分四厘五毫。

十丘，官则田三亩一分五厘。

十二丘，官则田九分五厘。

二十四丘，官则田五亩一分三毫。

二十六丘，官则田三亩六分。

二十九丘，官则田八分一厘。

失丘，官则田一亩五厘。

失丘，官则田二亩一分。

七都

上十一图　孝字圩

四十二丘，官则田二亩三分九毫。

五十丘，官则田三亩九分七厘三毫。

五十一丘，官则田四亩三分八厘四毫。

五十七丘，官则田四亩三分六厘七毫。

六十九丘，官则田二亩三厘三毫。

下十一图　深字圩

二十三丘，官则田一亩三分七厘六毫。

二十四丘，官则田四亩四分八厘二毫。

二十五丘，官则田一亩三分二厘六毫。

八都

上七图　海字圩

十六丘，官则田四亩八分四厘。

　　　　姜黄字圩

五十九丘，官则田四亩一分七厘一毫。

十图　宿字圩

失丘，官则田三亩。

失丘，官则田二亩一分。

失丘，官则田五亩六分二厘。

失丘，官则田六分。

失丘，官则田六分。

失丘，官则田四亩。

失丘，官则田二亩。

　　　成字圩

失丘，官则田五亩。

　　　调字圩

失丘，官则田二亩九分八厘。

失丘，官则田五亩四分。

　　　秋字圩

失丘，官则田二亩五分。

失丘，官则田三亩。

十三图　称字圩

二丘，官则田四亩一分四厘九毫。

十七丘，官则田二亩三厘。

十九丘，官则田一亩五分七毫。

　　　　月字圩

三十六丘，官则田二亩七分四厘八毫。

　　　　地元黄字圩

八丘，官则田三亩七分三厘六毫。

九丘，官则田一亩一分五毫。

十丘，官则田三亩六分九厘五毫。

十一丘，官则田二亩五分。

上十四图　人字圩

一丘，官则田四亩三厘五毫。

上十五图　丽服水字圩

十四丘，官则田三亩三分六厘六毫。

　　　　　雨字圩

八十八丘，官则田一亩一分七厘八毫。

上十七图　师字圩

七十四丘，官则田四亩二厘九毫。

八十三丘，官则田五分九厘。

推字圩

九十七丘，官则田三亩九分六毫。

一百三十八丘，官则田六亩一分三厘三毫。

下十七图　余字圩

六丘，官则田五亩九分一厘三毫。

二十一图　火字圩

三十九丘，官则田五亩四分三厘三毫。

四十丘，官则田六亩九分七厘九毫。

官字圩

四十三丘，官则田一亩六分六厘六毫。

四十四丘，官则田三亩二分二厘五毫。

四十四丘，下地则田七分五厘五毫。

翔字圩

三丘，官则田二亩三分三厘。

二十二丘，官则田一亩五厘八毫。

二十二图　北昆字圩

二十三丘，官则田四亩三分八厘三毫。

结字圩

失丘，官则田五亩六分七厘。

十一都

下一图　天字圩

二丘，官则田三亩八分一厘九毫。

十四丘，官则田二亩六分一厘七毫。

十六丘，官则田二亩八分三厘二毫。

十七丘，官则田一亩四分六厘八毫。

五十一丘，官则田九亩三分五厘四毫。

一百九丘，官则田二亩五分九厘三毫。

二百四丘，官则田一亩八分六厘八毫。

失丘，官则田二亩六分四厘。

失丘，官则田九分三厘五毫。

失丘，官则田四分。

地字圩

一百丘，官则田六亩一分一厘九毫。

以上计长邑田一千九十七亩四厘三毫（田单三百八十九纸代单一纸）。

元和县

半十九都

八图　闻字圩

三十六丘，官则田五亩三分四厘。

一百二十九丘，官则田一亩。

失丘，官则田一亩八分七厘五毫。

九图　蒙字圩

三百四十丘，官则田二亩。

二十七图　纸字圩

九十八丘，官则田八亩一分三厘七毫。

一百三十五丘，官则田四亩三分五厘七毫。

一百四十三丘，官则田三亩五分八厘三毫。

一百四十七丘，官则田二亩一分七厘九毫。

一百六十九丘，官则田三亩二分七厘二毫。

一百七十一丘，官则田四分九厘六毫。

五十一图　南贼字圩

三十一丘，荒银则田一亩六分八厘九毫。

五十六图　徘字圩

失丘，官则田六分。

东十九都

三十三图　晦字圩

失丘，五升荡则田三亩五分。

失丘，官则田五亩八分三厘三毫。

失丘，官则田四亩。

失丘，官则田五亩二分三厘。

失丘，官则田一亩三分三厘。

失丘，官则田四亩七分一毫。

失丘，官则田一亩。

失丘，官则田五亩六厘六毫。

失丘，官则田二亩八分五厘。

四丘，官则田二亩一分。

六十九丘，官则田六亩五分三厘一毫。

二百五十七丘，官则田三分八厘四毫。

二百五十七丘，一斗荡则田一亩。

二百九十八丘，官则田二亩八分。

　　　　　曜字圩

失丘，二斗则田一亩八分一厘。

失丘，官则田二亩八分四厘五毫。

失丘，官则田二亩六分一厘六毫。

失丘，三斗七升五合则田四亩七厘。

失丘，官则田七分五厘。

失丘，官则田二亩七厘五毫。

失丘，官则田一亩二分五厘。

失丘，官则田一亩二分五毫。

一百十丘，官则田三亩。

一百二十九丘，官则田二亩二厘二毫。

一百五十丘，官则田五亩一分三厘一毫。

一百六十三丘，官则田一亩。

二百五十五丘，官则田四亩六分三厘。

二百六十一丘，官则田一亩八分五毫。

二百六十二丘，官则田六分五厘五毫。

二百七十三丘，官则田二亩四分一厘九毫。

　　　璇字圩

十九丘，官则田一亩。

三十三丘，官则田三亩一分八厘四毫。

三十四丘，官则田八分一厘七毫。

　　　晃字圩

四十一丘，官则田二亩五分七厘六毫。

失丘，官则田三亩六分二厘五毫。

失丘，官则田二亩二分三厘五毫。

失丘，官则田二亩六分八厘五毫。

失丘，官则田二亩一分六毫。

失丘，官则田五亩八分九厘四毫。

　　　斡字圩

失丘，官则田一亩。

三十四图　迁字圩

失丘，官则田四亩三分四厘九毫。

失丘，官则田一亩四分五厘。

失丘，官则田二分六厘一毫。

三十六图　淑字圩

三十二丘，官则田二亩二分四厘一毫。

三十三丘，官则田五分。

六十七丘，官则田一亩。

一百五十一丘，官则田四亩九分一厘二毫。

失丘，官则田五亩六分。

三十七图　每字圩

十八丘，官则田二亩六厘七毫。

一百八十六丘，官则田一亩三分八厘。

二百八十三丘，官则田三亩九厘九毫。

三百三十四丘，官则田四亩三分二厘四毫。

失丘，官则田三亩五分。

失丘，官则田二亩一分五厘。

失丘，官则田一亩。

失丘，官则田一亩。

三十八图　邵字圩

一丘，官则田四分三厘。

七十九丘，官则田三亩三厘。

八十四丘，官则田九分一厘。

三十九图　西吉字圩。

七十七丘，官则田一亩四分二厘五毫。

南十九都

二十二图　丸字圩

失丘，官则田一亩五分五厘。

失丘，官则田二亩四分。

失丘，官则田四分五厘八毫。

一百五十九丘，官则田七分。

一百六十八丘，官则田一亩一分四厘四毫。

布字圩

三百十四丘，三斗七升五合则田三亩五分。

三百十五丘，荒氏则田二亩八分九厘四毫。

三百十八丘，官则田四亩。

二十三图　淑字圩

失丘，官则田三亩。

二十四图　施字圩

三十一丘，官则田三亩五分八厘七毫。

一百四十四丘，官则田二亩六分一毫。

妙字圩

失丘，官则田三亩三厘五毫。

佳字圩

一百二十一丘，官则田二亩九分三厘五毫。

二十六图　末稽字圩

失丘，官则田一亩五分。

二十八图　俗字圩

三十五丘，官则田六亩五厘五毫。

三十八丘，官则田二亩六分七厘四毫。

二十九图　释字圩

十一丘，官则田七分二厘。

三十七丘，官则田一分九厘。

五十四丘，官则田二亩九分九厘八毫。

五十八丘，官则田二亩六分九厘五毫。

五十九丘，官则田三亩五分九厘二毫。

钧字圩

四丘，官则田三亩七分三厘五毫。

三十图　巧字圩

六十二丘，官则田八亩九分二厘五毫。

一百八十二丘，官则田二亩四分一厘。

二百五十七丘，官则田二亩一分五厘六毫。

三十一图　环字圩

四十三丘，官则田六亩四分二厘六毫。

一百十五丘，官则田五亩八分一厘三毫。

一百十七丘，官则田一亩九毫。

西照字圩

一丘，官则田五分四厘六毫。

二十九丘，民则田七分三厘九毫。

三十二图　东照字圩

六十丘，官则田三亩六分四厘二毫。

指字圩

四十七丘，官则田五亩七分九厘四毫。

一百七十九丘，官则田一亩二分八厘一毫。

三十五图　淑字圩

失丘，官则田六亩一厘

一百十七丘，官则田二亩七分六厘一毫。

四十八图　亡字圩

失丘，官则田二亩。

以上计元邑田二百九十三亩三分六厘一毫。

田单一百八纸

共计田一千三百九十亩四分四毫。

田单四百九十七纸

代单一纸

租房一所

坐落吴邑阊二图南濠姚家巷内，朝南石库门面，出入共三进，计上下楼，平房二十间，上下披厢八个，平屋过路一个。（计商务局印照一纸，上首红白契十纸，绝卖契一纸。）

卷十二　造册报销 *

一 *

丰备义仓绅董张、吴、潘、吴呈为新旧交替截清收支造册报销事。窃丰备义仓并长元吴三邑积谷仓一应收支储存钱谷各数，经绅大根自光绪四年四月分起，至本年三月底止，造具四柱总册，呈送^藩府宪核转详销各在案。其四月分起各项收支，本应积至下年三月底止，一并报销。兹因绅大根精力未逮，呈奉前抚宪奎批准交替。绅祖谦等于五月十一日奉藩宪聂照会，接办丰备义仓并长元吴三邑积谷仓事宜，并委员会同盘交等因。奉此，绅大根遵即会同委员，先将存钱折据等件交由绅祖谦等接收，继将丰备及三邑总仓各厫积谷，逐一盘斛清楚。除实存钱谷数目交收各件，另由委员开折申复，暨绅祖谦等于七月十三日接管仓务日期，业已另文呈报外，所有四月初一日起，至七月十二日止，三邑仓中一应钱谷收支储存、盘谷经费、折耗谷石及由丰备仓协贴钱文各款，理合截清界限，先行造具四柱清册，具文申报。除呈吴^{长元}长、（按：原文如此）县^{元吴}外，仰祈公祖大人电鉴核销，并请饬承照造清册钤印，转详^抚督^藩宪暨府宪存案备查，实为公便。再，本年七月十三日起，收支各款，应由绅祖谦等汇入下次报销。其丰备义仓四柱总册，业经绅等一体会同呈送^藩府宪核转详销在案。合并声明。谨呈。

呈元和、长洲、吴县。

光绪二十五年七月廿六日呈

为照会事。本年九月初七日，奉总督部堂刘批本署司详送丰备义仓自光绪二十五年四月初一日起至七月十二日止收支报销册由，奉批：据送清册存查，仍候抚部院批示缴。又先于八月二十七日奉苏抚部院鹿批开，据送清册存查，仰即转饬知照，仍候督部堂批示缴各等因到司。奉此除行苏州府一体照会外，合亟照会。为此照会贵绅董等，请烦查照施行。须至照会者。

光绪二十五年九月二十三日照会

藩宪陆照会

为照会事。案奉前藩宪转奉^督抚宪札，以钦奉上谕，饬将各属实存钱谷以及整顿办理情形，从本年夏季起，按季开折，送府汇总转呈等因，奉经造送至本年夏季止在案。所有本年秋季前项实存钱谷数目清折，已据太湖厅暨长、元、吴、江、常、昭、昆、新各厅县先后开折送府，其余各处均未造送，殊属迟延。合亟照会。为此照会贵绅董，希即遵照，迅将本年秋季丰备义仓实存本息钱若干，实存谷若干，务于文到三日内，开折送府，以凭汇总转呈，幸勿迟延。望切！望切！须至照会者。

光绪二十五年十月二十日照会

苏州府彦照会

呈为遵饬按季报销并请转详事。窃绅等接奉照会内开，案奉前藩宪转奉督抚宪札，以钦奉上谕，饬将各属实存钱谷以及整顿办理情形，从本年夏季起，按季开折，送府汇总转呈等因，奉经造送至本年夏季止在案。所有本年秋季前项实存钱谷数目，已据各厅县先后开折送府，希即遵照，迅将本年秋季丰备义仓实存本息钱若干，实存谷若干，开折送府，以凭汇总转呈等因。奉此查丰备义仓，向由前董于每年三月底报销一次，本年七月十三日，绅等接管仓事，即于七月内会同前仓董吴故绅大根，将本年四月初一日起至七月十二日止该仓实存钱谷数目造册报销。又将绅等接管日期以及整顿办理情形，另行呈报各在案。兹奉前因，遵即将本年七月十三日起至九月底止秋季丰备义仓一应钱谷收支储存以及积谷经费各款，造具四柱清册，具文呈报。伏乞大公祖大人电鉴存查，一面汇总转报各宪核销，实为公便。谨呈。

呈府宪彦

光绪二十五年十一月初一日义仓绅董张、潘、吴呈

谨将丰备义仓自光绪二十五年七月十三日起至九月底止，一应钱谷收支储存及积谷经费各款，造具四柱清册，恭呈钧鉴。

计开：

旧管

上届存钱三十万八千八百六十五千九百七十四文。

上届存谷九万七千三十一石六斗。

新收

一、收二十四年分旧租折色钱七千九百五十五文。

一、收秋季周年八厘当息钱二千二十九千二百文。

一、收包衙前济泰当、德昌栈房租息银一百三十八两合钱一百七十九千四百文。（计三个月。）

一、收曹家巷、清嘉坊房租息洋八十七元合钱七十七千四百三十文。（计三个月。）

一、收息借商款息库平银六百七十二两合钱八百八十六千八百一文，共收钱三千一百八十千七百八十六文。

开除

七月十三日起

一、伙食（大建十八日，司事一十二人，每人每日一百文，使役八人，每人每日六十文），支钱三十千二百四十文。

一、煤柴（大建十八日，每日一百四十文），支钱二千五百二十文。

一、油烛，支钱二千三百六十九文。

一、纸张笔墨，支钱五百一十八文。

一、零用，支钱七千三百二文。

计支钱四十二千九百四十九文。

八月

一、司事一十二人薪水，支钱八十八千文。

一、门厨仓工八人辛工，支钱一十二千五百文。

一、伙食（大建），支钱五十千四百文。

一、煤柴（大建），支钱四千二百文。

一、油烛，支钱四千六百四文。

一、纸张笔墨，支钱七千一百一十三文。

一、零用，支钱八千二百四文。

计支钱一百七十五千二十一文。

九月

一、司事一十六人薪水，支钱一百四千文。

一、门厨仓工九人辛工，支钱一十五千五百文。

一、伙食（小建），支钱六十二千六十文。

一、煤柴（小建），支钱四千六十文。

一、油烛，支钱四千七百九十三文。

一、纸张笔墨，支钱五百八十三文。

一、零用，支钱九千五百七十六文。

计支钱二百千五百七十二文。

一、匠工岁修，支钱二百三十五千六百四文。

一、仓场工费，支钱九十四千六百六十五文。

一、添置器用物件，支钱一千八百八十二文。

计支钱三百三十二千一百五十一文。

共支钱七百五十千六百九十三文。

实在

一、存豫成当钱五千六百千文。

一、存祥利、元顺，共二当，每当各存钱四千八百六十千文。

一、存豫昌当钱四千七百千文。

一、存致祥当钱四千四百六十千文。

一、存洪兴当钱四千三百九十四千文。

一、存慎余当钱四千二百六十千文。

一、存济泰当钱四千一百六十千文。

一、存福泰、元昌，共二当，每当各存钱四千六十千文。

一、存顺兴、福源，共二当，每当各存钱三千四百六十千文。

一、存保裕当钱三千三百六十千文。

一、存济大当钱三千二百六十六千文。

一、存同济当钱三千一百六十千文。

一、存久大当钱三千一百千文。

一、存公泰当钱二千八百千文。

一、存安泰当钱二千六百千文。

一、存森泰当钱二千五百千文。

一、存同裕当钱二千四百千文。

一、存久和当钱一千九百六十千文。

一、存同昌当钱一千九百千文。

一、存裕源、同丰，共二当，每当各存钱一千六百六十千文。

一、存善昌、同和、同泰、保源、永大、永丰、元昌（分典）、仁和、久和（分典），共九当，每当各存钱一千四百千文。

一、存济泰分典钱一千三百六十千文。

一、存协茂当钱一千千文。

一、存保和当钱七百千文。

一、存裕源分典钱六百千文。

一、存元裕当钱五百四十千文。

一、存仁和分典钱五百千文。

一、存源源、安余、恒豫，共三当，每当各存钱四百千文。

一、存大裕当钱二百六十千文。

以上存当钱一十万一千四百六十千文。

一、奉文息借商款二两库平足宝纹一万六千两（每百两计钱一百五十五千八百三十文），合钱二万四千九百三十二千八百文。

一、奉文息借商款英洋一十万元（每元合库平银六钱七分八厘，共计库平银六万七千八百两，印小票现存司库），合钱一十万二千四百千文。

以上存息借商款钱一十二万七千三百三十二千八百文。

一、寄存藩库英洋五万元（洋价每元九百一十文），合钱四万五千五百千文。

以上存寄存藩库钱四万五千五百千文。

一、存仓钱三万七千三千二百六十七文。

统共存钱三十一万一千二百九十六千六十七文。

统共存谷九万七千三十一石六斗。

呈为遵饬按季报销并请转详事。窃绅等于上年年底接奉照会内开，案奉前藩宪转奉督抚宪札，以钦奉上谕，饬将各属实存钱谷以及整顿办理情形，从本年夏季起，按季开折，送府汇总转呈等因，奉经造送至本年秋季止在案。所有本年冬季前项实存钱谷数目清折，现已届期，应再开送，以凭汇办等因。奉此查丰备义仓上年秋季报销，业经绅等于上年十月内造册呈报在案。现又届按季报销之期，所有上年冬季新收租籽、实存本息以及完纳条漕、协贴省城饭粥局、赈恤失业机户一应收租积谷经费各款，自上年十月初一日起，至十二月底止，合行造具四柱清册，据实呈报。伏乞大公祖大人电鉴存查，一面汇总转报各宪核销。再，上年冬季遵奉宪谕，添购新谷二万三千三十四石八斗六升，查上年秋季报销册内存谷九万七千三十一石六斗，现在开除协贴饭粥局谷二千石及先支机赈谷三千石，计共义仓存谷十一万五千六十六石四斗六升。并请一并转详各宪备查，实为公便。谨呈。

一呈府宪彦

光绪二十六年正月初九日义仓绅董张、潘、吴呈

谨将丰备义仓自光绪二十五年十月初一日起至十二月底止，一应钱谷收支储存及收租积谷经费各款，造具四柱清册，恭呈钧鉴。

计开：

旧管

上届存钱三十一万一千二百九十六千六十七文。

上届存谷九万七千三十一石六斗。

新收

一、收二十四年分旧租折色钱二百六十四千七百七十文。

一、收二十五年新租折色钱三万一千五百八十千七百三文。

一、收冬季周年八厘当息钱二千二十九千二百文。

一、收息借商款息库平银六百七十二两合钱八百八十五千七百三十五文。

一、收包衙前济泰当、德昌栈房租息银一百三十八两合钱一百七十九千四百文。

一、收曹家巷、清嘉坊房租息洋八十七元合钱七十七千四百三十文。

共收钱三万五千一十七千二百三十八文。

一、收采买新谷二万三千三十四石八斗六升。

共收谷二万三千三十四石八斗六升。

开除

十月

一、委员薪水（会办委员五十八千文，随办委员二十四千文），支钱八十二千文。

一、委员轿随（会办委员一十二千文，随办委员六千文），支钱一十八千文。

一、司事一十七人薪水，支钱一百三十八千文。

一、门厨仓工九人辛工，支钱一十五千五百文。

一、伙食（大建，司事一十七人，每人每日一百文，使役九人，每人每日六十文），支钱六十七千二百文。

一、煤柴（大建，每日一百四十文），支钱四千二百文。

一、油烛，支钱六千九百六十一文。

一、纸张笔墨，支钱一千六百七十八文。

一、零用，支钱七千九百八十文。

一、开仓酒席及催甲酒饭一应犒赏，支钱四十三千一百六十六文。

计支钱三百八十四千六百八十五文。

十一月

一、委员薪水，支钱八十二千文。

一、委员轿随，支钱一十八千文。

一、司事一十七人薪水，支钱一百三十八千文。

一、门厨仓工九人辛工，支钱一十五千五百文。

一、伙食（小建），支钱六十四千九百六十文。

一、煤柴，支钱四千六十文。

一、油烛，支钱四千二百八文。

一、纸张笔墨，支钱二百文。

一、零用，支钱六千九百三十四文。

计支钱三百三十三千八百六十二文。

十二月

一、委员薪水，支钱八十二千文。

一、委员轿随，支钱一十八千文。

一、司事一十七人薪水，支钱一百三十八千文。

一、门厨仓工九人辛工，支钱一十五千五百文。

一、伙食（大建），支钱六十七千二百文。

一、煤柴，支钱四千二百文。

一、油烛，支钱七千六百二文。

一、纸张笔墨（机赈执照工料等），支钱一十七千五百八文。

一、零用，支钱一十七千一百六十文。

一、年终犒赏及年饭酒，支钱四十六千四百二十四文。

计支钱四百一十三千五百九十四文。

一、采买新谷二万三千三十四石八斗六升（每石连水脚费一元九角七分四厘，洋价八百九十文），支钱四万四百六十五千六百二十二文。

一、奉文协贴省城饭粥局，支钱二千千文。

一、完纳三邑条漕，支钱一万四百三十一千七百四十五文。

一、各署书吏辛工纸张费，支钱四百五千四百一十二文。

一、追租差费，支钱三百二十二千八百文。

一、催佃缴租零犒，支钱一百六十四千一百六十九文。

一、三邑易知单费，支钱四十二千五百六文。

一、匠工岁修工料（重建石家角廒屋九间），支钱三百二十一千三百一十文。

一、仓场工费，支钱二百八十三千八十五文。

一、上谷入廒力，支钱二百四十八千七百七十六文。

一、添置器用物件，支钱四千三百四十三文。

计支钱五万四千六百八十九千七百六十八文。

共支钱五万五千八百二十一千九百九文。

一、支协贴省城饭粥局谷二千石。

一、奉文先支机赈谷三千石。

共支谷五千石。

实在

一、分存城乡四十二当共钱一十万一千四百六十千文。

一、奉文息借商款二两库平纹一万六千两（每百两计钱一百五十五千八百三十文），合钱二万四千九百三十二千八百文。

一、奉文息借商款英洋一十万元（每元合库平纹六钱七分八厘，印小票现存司库），合钱一十万二千四百千文。

一、寄存藩库英洋五万元（洋价每元九百一十文），合钱四万五千五百千文。

一、存三邑仓借拨钱六十千五十七文。

一、存仓钱一万六千一百三十八千五百三十九文。

统共存钱二十九万四百九十一千三百九十六文。

统共存谷一十一万五千六十六石四斗六升。

为照会事。照得各属积谷月报清折，向章应于次月上旬填送，以凭稽核。乃各州县竟视为具文，往往延不填报，叠次由司频札严催，不啻三令五申。现当整顿之际，亟应将积谷月报折内管收除在四项，逐一查填申报，俾上下衙门俱可按籍而稽。且息借银钱，亦应于实在之后，叙列外有息借若干，庶归一律。所有省城丰备义仓收支数目，向章虽系一年造报一次，然现在司中创办各属，每月简明汇折，所有贵绅董经理之项，亦未便歧异。除札各属外，合亟照请，为此照会贵绅董，请烦查照，希即从本年正月分起，以后按月查明四柱，造具简明清折，送司备考。并祈按照各属向章，上月之折，下月上旬填报，并将息借数目一并声叙，幸勿耽延，致稽通案。望速施行。须至照会者。

光绪二十六年三月十九日照会

署藩宪吴照会

呈为遵谕造送月报并请转详事。窃绅等接奉照会内开，各属积谷月报清折，向章于次月上旬填送，以凭稽核。现当整顿之际，亟应将积谷月报折内管收除在四项，逐一查填申报，俾上下衙门俱可按籍而稽。且息借银钱，亦应于实在后叙列。所有丰备义仓收支数目，向章虽系一年造报一次，然现在司中创办各属，每月简明汇折，亦未便歧异，希即从本年正月分起，以后按月查明四柱，造具简明清折，送司备考等因到仓。奉此伏查丰备义仓向章，诚系一年造报一次，惟自上年七月内绅等接管仓事以后，接奉彦前升府宪照会，谕令钦遵上谕，将义仓实存钱谷，按季开折，送府汇总转呈等因。绅等遵即改为按季造报一次，当将上年秋冬两季分期造册，送府转详在案。兹奉前因，合将本年春季三个月义仓钱谷收支储存及机赈开支各款数目，分月汇缮四柱清册，恭呈鉴核，并呈备详清册一套，请盖宪印，详送抚宪核销。伏乞大公祖大人批示施行，实为公便。谨呈。

计呈 清册一套
备详清册一套

呈署藩宪吴

光绪二十六年四月初四日义仓绅董张、潘、吴呈

为照会事。案奉前藩宪转奉督宪札，以钦奉上谕，饬将各属实存钱谷以及整顿办理情抚
形，从二十五年夏季起，按季开折，送府汇总转呈等因，奉经造送至二十五年冬季止在案。所有二十六年春季前项实存钱谷数目清折，现已届期，应即开送，以凭汇办。合亟照会，为此照会贵绅董，希即遵照，迅将本年春季丰备义仓实存本息钱若干，务于文到三日

内，开折送府，以凭汇总转呈，幸勿迟延。望切！须至照会者。

光绪二十六年三月二十一日照会

苏州府濮照会

呈为遵饬按季造报事。窃绅等接奉照会内开，案奉前藩宪转奉督宪札，以钦奉上谕，饬将各属实存钱谷以及整顿办理情形，从二十五年夏季起，按季开折，送府汇总转呈等因，奉经造送至二十五年冬季止在案。所有二十六年春季前项实存钱谷数目清折，现已届期，应即开送，以凭汇办等因。奉此查丰备义仓上年冬季钱谷数目，业经绅等造册呈报在案。兹奉前因，所有本年春季义仓钱谷收支储存及机赈开支各款，自正月初一日起，至三月底止，合行缮具四柱清册，备文呈报。除另册呈送藩宪转详抚宪外，伏乞大公祖大人电鉴存查，实为公便。谨呈。

计呈清册一套，呈署苏州府宪濮

光绪二十六年四月初四日义仓绅董张、潘、吴呈。

谨将丰备义仓光绪二十六年春季三个月，一应钱谷收支储存及机赈开支各款，造具四柱清册，恭呈钧鉴。

计开：

旧管

上届存钱二十九万四百九十一千三百九十六文。

上届存谷一十一万五千六十六石四斗六升。

新收

一、收二十五年分旧租折色钱二百八千五百五文。

一、收春季周年八厘当息钱二千二十九千二百文。

一、收房租息钱一百八十五千五百六十文。

共收钱二千四百二十三千二百六十五文。

一、收采买白米一千石。

一、收舂见籼米一千八百九十五石七斗二升。

共收米二千八百九十五石七斗二升。

开除

正月

一、委员薪水（会办委员五十八千文，随办委员二十四千文），支钱八十二千文。

一、委员轿随（会办委员一十二千文，随办委员六千文），支钱一十八千文。

一、司事一十四人薪水，支钱一百三十一千文。

一、门厨仓工八人辛工，支钱一十二千五百文。

一、伙食（小建，司事一十四人，每人每日一百文，使役八人，每人每日六十文），支钱五十四千五百二十文。

一、煤柴（小建，每日一百四十文），支钱四千六十文。

一、油烛，支钱五千六百九十六文。

一、纸张笔墨，支钱一百二十文。

一、零用，支钱八千一百八文。

计支钱三百一十六千四文。

二月

一、委员薪水，支钱八十二千文。

一、委员轿随，支钱一十八千文。

一、司事一十五人薪水，支钱一百三十六千文。

一、门厨仓工八人辛工，支钱一十二千五百文。

一、伙食（大建），支钱五十九千四百文。

一、煤柴，支钱四千二百文。

一、油烛，支钱五千八百七十文。

一、纸张笔墨，支钱七百九十六文。

一、零用，支钱六千五百五十三文。

计支钱三百二十五千三百一十九文。

三月

一、委员薪水，支钱八十二千文。

一、委员轿随，支钱一十八千文。

一、司事一十五人薪水，支钱一百三十六千文。

一、门厨仓工八人辛工，支钱一十二千五百文。

一、伙食（小建），支钱五十七千四百二十文。

一、煤柴，支钱四千六十文。

一、油烛，支钱四千三百一十四文。

一、纸张笔墨，支钱三百一十四文。

一、零用，支钱六千五百八十九文。

计支钱三百二十一千一百九十七文。

一、春租催佃酒，支钱一千八百八十八文。

一、匠酒，支钱一千三百六十文。

一、添置器用，支钱二千六百七十文。

一、机赈采买白米一千石（每石四元一角，洋照开仓价，每元八百九十文），支钱三千六百四十九千文。

一、机赈砻谷舂米各工及一应经费，支钱一百九十三千七百八十九文。

计支钱三千八百四十八千七百七文。

共支钱四千八百一十一千二百二十七文。

一、奉文支机赈谷一千六十五石。（连上年年底报过谷三千石，计共砻见糙米二千一百五十四石六斗，舂见白米一千八百九十五石七斗二升。）

一、支机赈米二千八百九十石七升五合。

一、支机赈耗米五石六斗四升五合。

共支谷一千六十五石。

共支米二千八百九十五石七斗二升。

实在

一、分存城乡四十二当共钱一十万一千四百六十千文。

一、奉文息借商款二两库平纹一万六千两（每百两计钱一百五十五千八百三十文），合钱二万四千九百三十二千八百文。

一、奉文息借商款英洋一十万元（每元合库平银六钱七分八厘，印小票现存司库），合钱一十万二千四百千文。

一、寄存藩库英洋五万元（洋价每元九百一十文），合钱四万五千五百千文。

一、存三邑仓借拨钱八十八千五百五十七文。

一、存仓钱一万三千七百二十二千七十七文。

统共存钱二十八万八千一百三千四百三十四文。

统共存谷一十一万四千一石四斗六升。

一件：潘绅等呈丰备义仓春季收支册由，署藩宪吴批，据送清册，存候汇核办理。希即知照，此复。四月十七日。苏城丰备义仓绅董张、潘、吴

为照会事。案奉前藩宪转奉督抚宪札，以钦奉上谕，饬将各属实存钱谷以及整顿办理情形，从二十五年夏季起，按季开折，送府汇总转呈等因，奉经送至二十六年春季止在案。所有夏季前项实存钱谷数目清折，现已届期，应即开送，以凭汇办。合亟照会，为此照会贵绅董，希即遵照，迅将本年夏季丰备义仓实存本息钱若干，实存谷若干，务于文到三日内，开具清折，加具实存无亏切结，一并送府，以凭汇总转呈，幸勿迟延。望切！须至照会者。

光绪二十六年七月初四日照会

苏州府濮照会

呈为遵饬按季造报事。窃绅等于本月初五日接奉苏州府照会内开，案奉前藩宪转奉督抚宪札，以钦奉上谕，饬将各属实存钱谷以及整顿办理情形，从二十五年夏季起，按季开折送府汇总转呈等因，奉经造送至二十六年春季止在案。所有夏季前项实存钱谷数目清折，现已届期，应即开送，以凭汇办。合亟照会，希即遵照，迅将本年夏季丰备义仓实存本息钱若干，实存谷若干，务于文到三日内，开具清折送府，以凭汇总转呈，幸勿迟延等因。奉此绅等查本年六月抄〔杪〕及七月初，因义仓赶办机赈事宜，是以夏季造报较迟数日，兹奉前因，合将本年夏季三个月义仓钱谷收支储存各款，缮具四柱清册，备文呈报。并呈备详清册一套，请盖宪印，详送抚宪核销除另册呈报藩宪并转详抚宪外伏乞大公祖大人批示施行 电鉴存查，实为公便。谨呈。

　　计呈清册一套并备详清册一套
　　　　清册一套

呈署藩宪陆、苏州府濮

光绪二十六年七月十七日义仓绅董张、潘、吴呈

谨将丰备义仓光绪二十六年夏季三个月，一应钱谷收支储存各款，造具四柱清册，恭

呈钧鉴。

计开：

旧管

上届存钱二十八万八千一百三千四百三十四文。

上届存谷一十一万四千一石四斗六升。

新收

一、收二十五年分旧租折色钱五百七十七千五百五十八文。

一、收夏季周年八厘当息钱二千二十九千二百文。

一、收房租息钱二百二十一千五百七十九文。

一、收息借商款息银合钱八百九十九千四百九十文。

共收钱三千七百二十七千八百二十七文。

开除

四月

一、司事一十五人薪水，支钱一百六千文。

一、门厨仓工八人辛工，支钱一十二千五百文。

一、伙食（小建，司事一十五人，每人每日一百文，使役八人，每人每日六十文），支钱五十七千四百二十文。

一、煤柴（小建，每日一百四十文），支钱四千六十文。

一、油烛，支钱四千四百五十六文。

一、纸张笔墨，支钱四百二十五文。

一、零用，支钱五千五百八十一文。

计支钱一百九十千四百四十二文。

五月

一、司事一十五人薪水，支钱一百六千文。

一、门厨仓工八人辛工，支钱一十二千五百文。

一、伙食（大建），支钱五十九千四百文。

一、煤柴（大建），支钱四千二百文。

一、油烛，支钱四千二百文。

一、纸张笔墨，支钱三千五百文。

一、零用，支钱九千三百一十五文。

计支钱一百九十九千一百一十五文。

六月

一、司事一十四人薪水，支钱九十九千文。

一、门厨仓工八人辛工，支钱一十二千五百文。

一、伙食（小建），支钱五十四千五百二十文。

一、煤柴（小建），支钱四千六十文。

一、油烛，支钱四千一百六文。

一、纸张笔墨（租縣租册），支钱一十七千三百三十六文。

一、零用，支钱八千四百九十六文。

计支钱二百千一十八文。

一、春租催酒力，支钱三千二百七十六文。

一、匠工岁修（及租房修理），支钱九十五千二百五文。

一、春租追租差费，支钱一百八十一千五百文。

一、仓场工费，支钱二十六千三百八十三文。

一、查勘三邑荒田经费，支钱五十六千九百六十文。

计支钱三百六十三千三百二十四文。

共支钱九百五十二千八百九十九文。

实在

一、分存城乡四十二当共钱一十万一千四百六十千文。

一、奉文息借商款二两库平纹一万六千两（每百两计钱一百五十五千八百三十文），合钱二万四千九百三十二千八百文。

一、奉文息借商款英洋一十万元（每元合库平纹六钱七分八厘，印小票存司库），合钱一十万二千四百千文。

一、存仁和、顺康、鸿源、仁昌余、余元、源康等庄英洋五万元（洋价每元九百一十文），合钱四万五千五百千文。

一、存三邑仓借拨钱一百一十七千五十七文。

一、存仓钱一万六千四百六十八千五百五文。

统共存钱二十九万八百七十八千三百六十二文。

统共存谷一十一万四千一石四斗六升。

为照会事。本年八月十三日奉护抚宪聂批本署司详送省城丰备义仓本年夏季收支报销册由，奉批：送到清册存查，希即转饬知照此复等因到司。奉此合行照会，为此照会贵绅董，烦为查照施行。须至照会者。

光绪二十六年八月三十日照会

署藩宪陆照会

呈为遵饬按季造报并请转详事。窃于上月底接奉照会 苏府宪濮照会 内开，案奉前藩宪转奉督宪 抚 札，以钦奉上谕，饬将各属实存钱谷以及整顿办理情形，从二十五年夏季起，按季开折，送府汇总转呈等因，奉经造送至二十六年夏季止在案。所有秋季前项实存钱谷数目清折，现已届期，应即开送，以凭汇办等因到仓。奉此绅等查义仓于本月初八日起限收租，其前后六七日，租务殷繁，是以不及造报。兹奉前因，合将本年秋季连闰四个月义仓一应钱谷收支储存并机赈开支各款，缮具四柱清册，备文呈报。除呈送藩宪鉴核并转详抚宪核销外 并呈备详清册一套，请盖宪印，详送抚宪核销，伏乞大公祖大人鉴察备查 鉴核施行，实为公便。谨呈。

计呈 清册一套并备详清册一套 清册一套

呈 署藩宪陆 苏府宪濮

光绪二十六年十月二十一日义仓绅董张、潘、吴呈。

谨将丰备义仓光绪二十六年秋季连闰四个月，一应钱谷收支储存并机赈开支各款，造具四柱清册，恭呈钧鉴。

计开：

旧管

上届存钱二十九万八百七十八千三百六十二文。

上届存谷一十一万四千一石四斗六升。

新收

一、收二十五年分旧租折色钱二百八十一千五百二十九文。

一、收秋季周年八厘当息钱二千二十九千二百文。

一、收房租息钱二百六十八千五百七十文。

一、收仁和等庄息洋一千五十元（洋价每元九百一十文），合钱九百五十五千五百文。

共收钱三千五百三十四千七百九十九文。

一、收碜见碓净白米五千七百七十三石七斗七升。

计收米五千七百七十三石七斗七升。

开除

七月

一、司事一十四人薪水，支钱九十九千文。

一、门厨仓工九人辛工，支钱一十四千文。

一、伙食（大建，司事一十四人，每人每日一百文，使役九人，每人每日六十文），支钱五十八千二百文。

一、煤柴（大建，每日一百四十文），支钱四千二百文。

一、油烛，支钱四千一百一十三文。

一、纸张笔墨，支钱六百一十一文。

一、零用，支钱一十二千三百四十一文。

计支钱一百九十二千四百六十五文。

八月

一、司事一十四人薪水，支钱九十九千文。

一、门厨仓工九人辛工，支钱一十四千文。

一、伙食（大建），支钱五十八千二百文。

一、煤柴，支钱四千二百文。

一、油浊，支钱四千六百二十三文。

一、纸张笔墨，支钱七千三百六十八文。

一、零用，支钱一十二千六十六文。

计支钱一百九十九千四百五十七文。

闰八月

一、司事一十四人薪水，支钱九十九千文。

一、门厨仓工九人辛工，支钱一十四千文。

一、伙食（小建），支钱五十六千二百六十文。

一、煤柴，支钱四千六十文。

一、油烛，支钱四千三百九十七文。

一、零用，支钱八千九百五十八文。

计支钱一百八十六千六百七十五文。

九月

一、司事一十八人薪水，支钱一百一十五千文。

一、门厨仓工九人辛工，支钱一十五千五百文。

一、伙食（大建），支钱七十千二百文。

一、煤柴（大建），支钱四千二百文。

一、油烛，支钱四千六百六十三文。

一、纸张笔墨，支钱一千一百三十六文。

一、零用，支钱七千七百七十三文。

计支钱二百一十八千四百七十二文。

一、补缴上年元邑条漕（因上年易知单未送到仓，元署须凭单完纳，故未及缴），支钱二百六十七千八百六十五文。

一、完本年三邑上忙条银，支钱六百七十九千八百八十六文。

一、奉文机赈发钱二期（十日一期），支钱四千七百一十千三百文。

一、机赈上下米谷力，支钱一百六十五千五百二十九文。

一、机赈驳运米谷力，支钱二百四千五百二十四文。

一、机赈砻谷碓米各工（及添栲栳芦席等），支钱七百七十六千五百四十五文。

一、机赈米店友伙食添雇仓工（及局勇差保等），支钱一百九十九千八百八十文。

一、春租催佃酒，支钱四千四百一十六文。

一、匠工岁修（及租房修理），支钱一百九十五千三百一十七文。

一、添置器用物件，支钱二十六千三十八文。

计支钱七千二百三十千三百文。

共支钱八千二十七千三百六十九文。

一、奉文支机赈谷一万三千五十一石五斗。

一、支机赈白米五千七百六十五石五升。

一、支机赈耗米八石七斗二升。

共支谷一万三千五十一石五斗。

共支米五千七百七十三石七斗七升。

实在

一、分存城乡四十二当共钱一十万一千四百六十千文。

一、奉文息借商款二两库平纹一万六千两（每百两计钱一百五十五千八百三十文），合钱二万四千九百三十二千八百文。

一、奉文息借商款英洋一十万元（每元合库平纹六钱七分八厘，印小票存司库），合钱一十万二千四百千文。

一、寄存藩库英洋五万元（洋价每元九百一十文），合钱四万五千五百千文。

一、存三邑仓借拨钱二百一十八千六百四十三文。

一、存仓钱一万一千八百七十四千三百四十九文。

统共存钱二十八万六千三百八十五千七百九十二文。

统共存谷一十万九百四十九石九斗六升。

为照会事。本年十一月二十九日奉护抚部院聂批本署司详送省城丰备义仓本年秋季收支报销册由，奉批：送到清册存查。希即转饬知照。此复等因到司。奉此合就照会。为此照会贵绅董，烦为查照施行。须至照会者。

光绪二十六年十二月二十日照会

署藩宪陆照会

呈为遵饬按季造报并请转详事。窃绅等于上年年底接奉苏府宪照会内开，案奉前藩宪转奉督抚宪札，以钦奉上谕，饬将各属实存钱谷以及整顿办理情形，从二十五年夏季起按季开折，送府汇总转呈等因，奉经造送至二十六年秋季止在案。所有冬季前项实存钱谷数目清折，现已届期，应即开送，以凭汇办等因。奉此查丰备义仓上年秋季实存钱谷数目，业经绅等于上年十月内造册报销在案。兹奉前因，合将上年冬季三个月义仓钱谷收支储存及收租积谷一应经费各款，造具四柱清册，备文呈请鉴核，并备详清册壹套，请钤宪印，详送抚宪核销呈报，除呈送藩宪并转详抚宪核销外伏乞大公祖大人电鉴备查，一面汇总转呈，实为公便。谨呈。

计呈清册一套并备详清册一套
清册一套

呈藩宪陆
府宪濮

光绪二十七年正月十七日义仓绅董张、潘、吴呈

谨将丰备义仓光绪二十六年冬季三个月，一应钱谷收支储存及收租积谷经费各款，造具四柱清册，恭呈钧鉴。

计开：

旧管

上届存钱二十八万六千三百八十五千七百九十二文。

上届存谷一十万九百四十九石九斗六升。

新收

一、收二十五年分旧租折色钱一百二十七千五百二十二文。

一、收二十六年新租折色钱二万七千七百九十九千六百八十二文。

一、收冬季周年八厘当息钱二千二十九千二百文。

一、收房租息钱二百四十九千文。

共收钱三万二百五千四百四文。

一、收采买新谷一万六千三百六十五石三斗五升。

共收谷一万六千三百六十五石三斗五升。

开除

十月

一、委员薪水（会办委员五十八千文，随办委员二十四千文），支钱八十二千文。

一、委员轿随（会办委员一十二千文，随办委员六千文），支钱一十八千文。

一、司事一十八人薪水，支钱一百四十三千文。

一、门厨仓工九人辛工，支钱一十五千五百文。

一、伙食（大建，司事一十八人，每人每日一百文，使役九人，每人每日六十文），支钱七十千二百文。

一、煤柴（大建，每日一百四十文），支钱四千二百文。

一、油烛，支钱九千三百三十八文。

一、纸张笔墨，支钱八百五十文。

一、零用，支钱六千九百五十一文。

一、开仓酒席及催甲酒饭一应犒赏，支钱四十七千四百四十一文。

计支钱三百九十七千四百八十文。

十一月

一、委员薪水，支钱八十二千文。

一、委员轿随，支钱一十八千文。

一、司事一十八人薪水，支钱一百四十三千文。

一、门厨仓工九人辛工，支钱一十五千五百文。

一、伙食（小建），支钱六十七千八百六十文。

一、煤柴（小建），支钱四千六十文。

一、油烛，支钱六千五百一十七文。

一、纸张笔墨，支钱四百九十六文。

一、零用，支钱七千六百七十三文。

计支钱三百四十五千一百六文。

十二月

一、委员薪水，支钱八十二千文。

一、委员轿随，支钱一十八千文。

一、司事一十八人薪水，支钱一百四十三千文。

一、门厨仓工九人辛工，支钱一十五千五百文。

一、伙食（大建），支钱七十千二百文。

一、煤柴（大建），支钱四千二百文。

一、油烛，支钱七千二百三十一文。

一、纸张笔墨，支钱四千四百二十文。

一、零用，支钱一十八千一百五十一文。

一、年终犒赏及年饭酒，支钱四十九千五百一十五文。

计支钱四百一十二千二百一十七文。

一、采买新谷一万六千三百六十五石三斗五升（每石连水脚费一元六角五分八厘，洋价九百一十文），支钱二万四千六百九十九千三百一十四文。

一、奉文协贴省城饭粥局，支钱五千千文。

一、完纳三邑条漕，支钱九千三百九十一千九百九十八文。

一、各署书吏辛工纸张费，支钱四百一十六千七百九十八文。

一、追租差费，支钱三百四十三千七百文。

一、催佃缴租零犒，支钱一百五十六千九百八十八文。

一、三邑易知单费，支钱三十六千四十文。

一、匠工岁修工料（翻造厂屋二十间），支钱四百八十千二百三十四文。

一、仓场工费，支钱一百四十八千七百九十一文。

一、上谷入廒力，支钱一百七十六千七百四十六文。

一、添置器用，支钱三千六百八十四文。

计支钱四万八百五十四千二百九十三文。

共支钱四万二千九千九十六文。

实在

一、分存城乡四十一当共钱一十万一千四百六十千文。

一、奉文息借商款二两库平银一万六千两（每百两计钱一百五十五千八百三十文），合钱二万四千九百三十二千八百文。

一、奉文息借商款英洋一十万元（每元合库平银六钱七分八厘，印小票存司库），合钱一十万二千四百千文。

一、寄存藩库英洋三万元（洋价每元九百一十文），合钱二万七千三百千文。

一、存三邑仓借拨钱二百四十七千一百四十三文。

一、存仓钱一万八千二百四十二千一百五十七文。

统共存钱二十七万四千五百八十二千一百文。

统共存谷一十一万七千三百一十五石三斗一升。

为照会事。本年三月初一日，奉苏抚部院聂批本司详送省城丰备义仓二十六年冬季收支报销册由，奉批：据送清册存查。仰即转饬知照缴等因到司。奉此合就照会，为此照会贵绅董，烦为查照施行。须至照会者。

光绪二十七年三月十四日照会

藩宪陆照会

二 *

呈为遵饬按季造报并请转详事。窃前准苏州府照会（接奉照会）内开，各属按季应造实存钱谷各数折结，现已届期，应即开送。合亟照会，希即遵照，迅将丰备义仓实存本息钱若干，实存谷若干，逐细开送清折，以凭由府汇案核转等因，准（奉）此查丰备义仓按季造报，业经绅等截至上年冬季止，造册呈报，（核汇）转在案。所有本年春季三个月义仓一应收支款项，实存本息钱文及实储谷石各数目，（理合除）分晰造具四柱清册，备文呈（请鉴核，并备详清册一套，请钤宪印，详送抚）（报藩宪并转详）宪核销（外，理合照缮清册，备文呈送）。伏乞大公祖大人电鉴备查（一面照案汇总转呈），实为公便。谨呈。

计呈送 清册一套并备详清册一套
清册一套

呈藩府宪陆向

光绪二十九年四月初七日义仓绅董张、潘、吴呈

谨将丰备义仓光绪二十九年春季三个月，一应钱谷收支储存各款，造具四柱清册，恭呈钧鉴。

计开：

旧管

上届存钱三十二万三千四十一千五百四十八文。

上届存谷一十万一千九十九石五斗七升。

新收

一、收二十八年分旧租折色钱一百一十二千五十九文。

一、收春季周年八厘当息钱二千二十九千二百文。

一、收房租息钱二百三千五百五十文。

共收钱二千三百四十四千八百一十四文。

开除

正月

一、委员薪水（会办委员五十八千文，随办委员二十四千文），支钱八十二千文。

一、委员轿随（会办委员一十二千文，随办委员六千文），支钱一十八千文。

一、司事一十五人薪水，支钱一百三十四千文。

一、门厨仓工八人辛工，支钱一十二千五百文。

一、伙食（小建，司事一十五人，每人每日一百文，使役八人，每人每日七十文），支钱五十九千七百四十文。

一、煤柴（小建，每日一百四十文），支钱四千六十文。

一、油烛，支钱五千八百八十八文。

一、纸张笔墨，支钱八十四文。

一、零用，支钱七千二百二十文。

计支钱三百二十三千四百九十二文。

二月

一、委员薪水，支钱八十二千文。

一、委员轿随，支钱一十八千文。

一、司事一十五人薪水，支钱一百三十四千文。

一、门厨仓工八人辛工，支钱一十二千五百文。

一、伙食（大建），支钱六十一千八百文。

一、煤柴（大建），支钱四千二百文。

一、油烛，支钱四千七百六十六文。

一、纸张笔墨，支钱五百九十五文。

一、零用，支钱六千五十六文。

计支钱三百二十三千九百一十七文。

三月

一、委员薪水，支钱八十二千文。

一、委员轿随，支钱一十八千文。

一、司事一十五人薪水，支钱一百三十四千文。

一、门厨仓工八人辛工，支钱一十二千五百文。

一、伙食（小建），支钱五十九千七百四十文。

一、煤柴（小建），支钱四千六十文。

一、油烛，支钱四千四百三十八文。

一、零用，支钱五千三百六十七文。

计支钱三百二十千一百五文。

一、仓场工费，支钱一十八千三十二文。

一、催佃酒，支钱一千一百二十文。

一、匠酒，支钱九千九百六十文。

计支钱二十九千一百一十二文。

共支钱九百九十六千六百二十六文。

实在

一、分存城乡四十一当共钱一十万一千四百六十千文。

一、奉文息借商款二两库平银一万六千两（每百两计钱一百五十五千八百三十文），合钱二万四千九百三十二千八百文

一、奉文息借商款英洋一十万元（每元合库平银六钱七分八厘，印小票存司库），合钱一十万二千四百千文。

一、寄存藩库英洋三万元（洋价每元九百一十文），合钱二万七千三百千文。

一、存三邑仓借拨钱五百五十千二百八十四文。

一、存仓钱六万七千七百四十六千六百五十二文。

统共存钱三十二万四千三百八十九千七百三十六文。

统共存谷一十万一千九十九石五斗七升。

为照会事。查接管卷内，本年四月二十八日奉抚宪恩批前升司详送丰备义仓本年春季收支报销册由，奉批：据送清册存查。仰即转饬知照缴等因，到前升司移交。奉此合就照会，为此照会贵绅，烦为查照施行。须至照会者。

光绪二十九年五月二十日照会

藩宪效照会

呈为按季造报并请转详事。窃前叠奉各宪饬将丰备义仓实存钱谷数目，按季造报，由府汇总核转等因，业经绅等截至本年春季止，造册呈报，核汇转在案。所有本年夏季连闰四个月义仓一应收支款项，实存本息钱文及实储谷石各数目，理合分晰造具四柱清册，备文除呈请鉴核，并备详清册一套，请钤宪印，详送抚宪核销（外，理合照缮清册，备文呈送）。伏乞大公祖大人呈报藩宪并转详电鉴备查（一面照案汇总转呈），实为公便。谨呈。

计呈送 清册一套又备详清册一套
清册一套

一呈署 藩 宪 效
　　　府 宪 田

光绪二十九年七月初十日义仓绅董张、潘、吴呈

谨将丰备义仓光绪二十九年夏季连闰四个月，一应钱谷收支储存各数，造具四柱清册，恭呈钧鉴。

计开：

旧管

上届存钱三十二万四千三百八十九千七百三十六文。

上届存谷一十万一千九十九石五斗七升。

新收

一、收二十八年分旧租折色钱三百四十五千四百七十五文。

一、收夏季周年八厘当息钱二千二十九千二百文。

一、收房租息钱二百五十二千六百一十八文。

共收钱二千六百二十七千二百九十三文。

开除

四月

一、司事一十五人薪水，支钱一百六千文。

一、门厨仓工八人辛工，支钱一十二千五百文。

一、伙食（大建，司事一十五人，每人每日一百文，使役八人，每人每日七十文），支钱六十一千八百文。

一、煤柴（大建，每日一百四十文），支钱四千二百文。

一、油烛，支钱四千二百七十文。

一、纸张笔墨，支钱二百六十八文。

一、零用，支钱八千四百四十三文。

计支钱一百九十七千四百八十一文。

五月

一、司事一十五人薪水，支钱一百六千文。

一、门厨仓工八人辛工，支钱一十二千五百文。

一、伙食（小建），支钱五十九千七百四十文。

一、煤柴（小建），支钱四千六十文。

一、油烛，支钱四千三十八文。

一、纸张笔墨（租稣、租册纸料等），支钱一十七千七十四文。

一、零用，支钱九千七百五十八文。

计支钱二百一十三千一百七十文。

闰五月

一、司事一十五人薪水，支钱一百六千文。

一、门厨仓工八人辛工，支钱一十二千五百文。

一、伙食（小建），支钱五十九千七百四十文。

一、煤柴（小建），支钱四千六十文。

一、油烛，支钱四千一百六文。

一、纸张笔墨，支钱七百九十六文。

一、零用，支钱七千五百二十三文。

计支钱一百九十四千七百二十五文。

六月

一、司事一十五人薪水，支钱一百六千文。

一、门厨仓工八人辛工，支钱一十二千五百文。

一、伙食（大建），支钱六十一千八百文。

一、煤柴（大建），支钱四千二百文。

一、油烛，支钱四千三百二十文。

一、零用，支钱一十千五百一十二文。

计支钱一百九十九千三百三十二文。

一、仓场工费，支钱三十九千二百七十二文。

一、追租差费，支钱一百八十四千六百文。

一、催佃酒，支钱三千四百一文。

一、匠工岁修，支钱三百一十九千三百文。

一、添置器用，支钱二千一十五文。

计支钱五百四十八千五百八十八文。

共支钱一千三百五十三千二百九十六文。

实在

一、分存城乡四十一当共钱一十万一千四百六十千文。

一、存奉文息借商款二两库平银一万六千两（每百两计钱一百五十五千八百三十文），合钱二万四千九百三十二千八百文。

一、存奉文息借商款英洋一十万元（每元合库平银六钱七分八厘，印小票存司库），合钱一十万二千四百千文。

一、寄存藩库英洋三万元（洋价每元九百一十文），合钱二万七千三百千文。

一、存三邑仓借拨钱五百八十四千七百四十九文。

一、存仓钱六万八千九百八十六千一百八十四文。

统共存钱三十二万五千六百六十三千七百三十三文。

统共存谷一十万一千九十九石五斗七升。

为照会事。本年八月初六日，奉抚宪恩批本司详送丰备义仓本年夏季收支报销册由，奉批：如详核销。仰即转饬遵照缴册存等因到司。奉此合就照会，为此照会贵绅，烦为查照施行。须至照会者。

光绪二十九年八月十九日照会

藩宪效照会

呈为按季造报并请转详事。窃于上月内准前代理苏州府接奉前代理贵府照会内开，案照积谷案内各属应造光绪二十九年秋季实存钱谷各数折结，现已届期，应即开送。合亟照会，希即遵照，迅将本年秋季省城义仓实存本息钱若干，实存谷若干，逐细查开清折送府，以凭汇总转呈等因。准奉此查丰备义仓按季造报，业经绅等截至本年夏季止，造册呈报核汇转在案。所有本年秋季三个月义仓一应收支款项，实存本息钱文及实储谷石各数目，理合分晰造具四柱清册，除备文呈请鉴核，并备详清册一套，请钤宪印，详送抚宪核销外，理合照缮清册，备文呈送。伏乞大公祖大人电鉴备查，一面照案汇总转呈，实为公便。谨呈。

　　计呈送清册一套并备详清册一套
　　　　　清册一套

　　一呈署藩宪效
　　　　苏府宪许

光绪二十九年十月初十日义仓绅董潘、张、吴呈

谨将丰备义仓光绪二十九年秋季三个月，一应钱谷收支储存各数，造具四柱清册，恭呈钧鉴。

计开：

旧管

上届存钱三十二万五千六百六十三千七百三十三文。

上届存谷一十万一千九十九石五斗七升。

新收

一、收二十八年分旧租折色钱一百四十七千七十四文。

一、收秋季周年八厘当息钱二千二十九千二百文。

一、收房租息钱二百三十二千六百五十五文。

共收钱二千四百八千九百二十九文。

开除

七月

一、司事一十五人薪水，支钱一百六千文。

一、门厨仓工八人辛工，支钱一十二千五百文。

一、伙食（小建，司事一十五人，每人每日一百文，使役八人，每人每日七十文），支钱五十九千七百四十文。

一、煤柴（小建，每日一百四十文），支钱四千六十文。

一、油烛，支钱四千二百一十九文。

一、纸张笔墨，支钱一千二百三十文。

一、零用，支钱七千四百二十七文。

计支钱一百九十五千一百七十六文。

八月

一、司事一十五人薪水，支钱一百六千文。

一、门厨仓工八人辛工，支钱一十二千五百文。

一、伙食（小建），支钱五十九千七百四十文。

一、煤柴（小建）支钱四千六十文。

一、油烛，支钱四千六文。

一、纸张笔墨（租籤、租册印工等），支钱八千一百九十文。

一、零用，支钱八千二百九十文。

计支钱二百二千七百八十六文。

九月

一、司事一十九人薪水，支钱一百二十二千文。

一、门厨仓工九人辛工，支钱一十五千五百文。

一、伙食（大建），支钱七十五千九百文。

一、煤柴（大建），支钱四千二百文。

一、油烛，支钱四千七百五十三文。

一、纸张笔墨，支钱一千八文。

一、零用，支钱七千五百二十八文。

计支钱二百三十千八百八十九文。

一、晒谷工，支钱六十三千三百文。

一、完纳三邑上忙条银，支钱六百八十千文。

一、催佃酒，支钱三千二百六十文。

一、匠工岁修，支钱一百八千六百六十文。

一、添置器用，支钱二千五十文。

计支钱八百五十七千二百七十文。

共支钱一千四百八十六千一百二十一文。

实在

一、分存城乡四十一当共钱一十万一千四百六十千文。

一、存奉文息借商款二两库平银一万六千两（每百两计钱一百五十五千八百三十文），合钱二万四千九百三十二千八百文。

一、存奉文息借商款英洋一十万元（每元合库平银六钱七分八厘，印小票存司库），合钱一十万二千四百千文。

一、寄存藩库英洋三万元（洋价每元九百一十文），合钱二万七千三百千文。

一、存三邑仓借拨钱六百五十六千一百四十九文。

一、存仓钱六万九千八百三十七千五百九十二文。

统共存钱三十二万六千五百八十六千五百四十一文。

统共存谷一十万一千九十九石五斗七升。

为照会事。本年十一月初九日，奉苏抚部院恩批本司详送丰备义仓本年秋季收支报销册由，奉批：如详核销。仰即转饬遵照缴册存等因到司。奉此合就照会，为此照会贵绅，烦为查照施行。须至照会者。

光绪二十九年十一月十九日照会

藩宪效照会

呈为汇造报销送请（核示）转详呈事，窃绅等董理省城丰备义仓事宜，历将一应收支款项、实存本息钱文及仓储谷石数目，清册造报至光绪二十九年秋季止，呈请核汇转在案。所有是年冬季三个月，应行接续造报。查义仓实在项下向存钱谷两项，其银款洋款，均合钱数，陈陈相因，未之或改。惟银洋易钱之价，随时涨落不同，若执定旧章，只合钱款，似不足以昭核实。上年十一月间奉宪台藩宪照会，嗣后造办季报，应列存司银两及借拨公司积谷存款，均请登列库平纹银，不必再列英洋名目。缘今昔洋价不同，日后恐多纠葛。又前漂〔溧〕阳县杨令等息借股本，均因事故亏累，经各前升司批准，于提还积谷款内拨放银一万两，仍作义仓借拨商务公司积谷存款，现已详明，匀分十年拨还，应俟按年收起归款各等因。奉此除原有寄存宪藩库英洋三万元，仍列洋款，不复合钱外，其旧案息借商款英洋十万元，照二十年分提拨时洋价，共合库平银六万七千八百两，内有已蒙提还银款，自应分晰开列，寄存宪藩库及借拨商务公司，借拨经、纶两厂活本三项，以清眉目，并遵饬登列库平纹银，俾免纠葛。惟前借拨商务公司银一万两，既奉详明，匀分十年拨还，而厂商费承荫系于二十九年四月二十六日缴银承租，所有上年应拨还银一千两，谅已早经商务局提出，按期咨送宪藩库收储，归还仓款。应请宪台乙转请藩宪核明批示，以便本年春季册内，于寄存库款项下添列银一千两，即于借拨商务公司项下减去银一千两，列银九千两，以符档案而清款目。除理合汇造二十九年冬季四柱清册，具文呈候鉴核，并备详清册一套，请钤宪印，详送报藩宪并转详抚宪核销外，理合照缮清册，备文呈送。仰祈大公祖大人电鉴备查仍乞示复施行一面照案汇总通报，仍转请宪示祗遵实为公便。谨呈。

　　计呈送清册并备详册各一本
　　　　　　清册一本
　　呈苏藩宪效州府许
　　光绪三十年正月廿七日义仓绅董张、潘、吴呈

　　谨将丰备义仓光绪二十九年冬季三个月，一应钱谷收支储存各数，造具四柱清册，恭呈钧鉴。
　　计开：
旧管
上届存钱三十二万六千五百八十六千五百四十一文。
上届存谷一十万一千九十九石五斗七升。
新收
一、收二十八年分旧租折色钱三百五十八千五文。
一、收二十九年分新租折色钱三万二千九十五千九百五十六文。
一、收冬季周年八厘当息钱二千二百二十九千二百文。
一、收房租息钱二百四十二千一百五十七文。
共收钱三万四千七百二十五千三百一十八文。
一、收采买新谷一万六千三百九十八石一斗九升。

共收谷一万六千三百九十八石一斗九升。

开除

十月

一、委员薪水（会办委员五十八千文，随办委员二十四千文），支钱八十二千文。

一、委员轿随（会办委员一十二千文，随办委员六千文），支钱一十八千文。

一、司事一十九人薪水，支钱一百五十千文。

一、门厨仓工九人辛工，支钱一十五千五百文。

一、伙食（大建，司事一十九人，每日每人一百文，使役九人，每日每人七十文），支钱七十五千九百文。

一、煤柴（大建，每日一百四十文），支钱四千二百文。

一、油烛，支钱一十千五百四文。

一、零用，支钱九千八十六文。

一、开仓酒席及催甲酒饭一应犒赏，支钱五十四千五百九十一文。

计支钱四百一十九千七百八十一文。

十一月

一、委员薪水，支钱八十二千文。

一、委员轿随，支钱一十八千文。

一、司事一十九人薪水，支钱一百五十千文。

一、门厨仓工九人辛工，支钱一十五千五百文。

一、伙食（小建），支钱七十三千三百七十文。

一、煤柴（小建），支钱四千六十文。

一、油烛，支钱四千八百四十文。

一、零用，支钱六千五百九十二文。

计支钱三百五十四千三百六十二文。

十二月

一、委员薪水，支钱八十二千文。

一、委员轿随，支钱一十八千文。

一、司事一十九人薪水，支钱一百五十千文。

一、门厨仓工九人辛工，支钱一十五千五百文。

一、伙食（大建），支钱七十五千九百文。

一、煤柴（大建），支钱四千二百文。

一、油烛，支钱六千四百二十文。

一、纸张笔墨，支钱五千四百五十文。

一、零用，支钱一十五千六十四文。

一、年终犒赏及年饭酒，支钱五十一千四百九十七文。

计支钱四百二十四千三十一文。

一、采买新谷一万六千三百九十八石一斗九升（每石连水脚费二元三角一分四厘，洋照上届开仓价八百九十文），支钱三万三千七百六十四千八百九十七文。

一、奉文协贴省城粥局，支钱五千千文。

一、完纳三邑条漕，支钱一万一千六百五十八千八百八十三文。

一、各署书吏辛工纸张费，支钱三百五十一千二百九十八文。

一、追租差费，支钱三百一十四千四百文。

一、催佃缴租零犒，支钱一百四十千七十六文。

一、三邑易知单费，支钱四十五千五十文。

一、匠工岁修及租房修理，支钱二百二十一千六百二十文。

一、仓场工费及上谷力，支钱三百四十五千六百一文。

计支钱五万一千八百四十一千八百二十五文。

共支钱五万三千三十九千九百九十九文。

实在

一、分存城乡四十一当共钱一十万一千四百六十千文。

一、寄存藩库英洋三万元。（此款本系现洋，而前呈各册内均开洋价每元九百一十文，合钱二万七千三百千文。惟洋价随时涨落不同，此次将洋款列存，较为核实。理合登明。）

一、寄存藩库二两库平银一万六千两。（此款本系库平纹银，而前呈各册内均开每百两计钱一百五十五千八百三十文，共合钱二万四千九百三十二千八百文。惟银易钱价，今昔不同，此次只将银款列存，较为核实。理合登明。）

一、寄存藩库二两库平银三万七千八百两。（此款连以下二款，本系英洋一十万元，前呈各册内均开每元合库平银六钱七分八厘，共合钱一十万二千四百千文。光绪二十年分奉文连同以上银款一万六千两，一并提拨息借商款，共计银八万三千八百两。今于二十九年十一月二十四日奉藩宪照会，已先后提还义仓积谷银五万三千八百两，寄存司库。嗣后造办季报，应列存司银两及借拨公司积谷存款，均请登列库平纹银，不必再列英洋名目。缘今昔洋价不同，日后恐多纠葛等因，是以此次遵饬登列银款，尚有积谷存款银三万两，分列于后。理合登明。）

一、奉文借拨商务公司二两库平银一万两。（此款奉藩宪照会，以前溧〔溧〕阳县杨令等息借股本，均因事故亏累，经各前升司批准，于提还积谷款内拨放银一万两，仍作义仓借拨商务公司积谷存款。现已详明，匀分十年返还，应俟按年收起归款。至司库收放款项，均系库平。此项商务局每年应还银一千两，亦系漕折库平等因在案。理合登明。）

一、奉文借拨经、纶两厂活本二两库平银二万两。（此款奉藩宪照会，以前因包办苏经、苏纶两厂祝商承桂活本不敷周转，请借领公款银十万两，由司借拨，并在归还义仓积谷款内凑拨银二万两，送经司局汇案严追，并将房产等项备抵。惟亏欠公款太巨，作抵之款有限，通盘核计，不及三成，应追令祝商赶紧筹措清缴等因在案。理合登明。）

以上三款，共库平银六万七千八百两，即系前呈各册内所开英洋十万元一项。此次分列三项，以期清晰而昭核实。合并登明。

一、存三邑仓借拨钱六百五十六千一百四十九文。

一、存仓钱五万一千五百二十二千九百一十一文。

统共存英洋三万元、二两库平银八万三千八百两、足钱一十五万三千六百三十九千六十文。

统共存谷一十一万七千四百九十七石七斗六升。

为照会事。本年二月二十五日，奉抚宪恩批本司详送丰备义仓二十九年冬季收支册由，奉批：如详核销。仰即转饬遵照缴册存等因到司，奉此查此案前于具详时，即经批复在案。奉批前因，合就照会，为此照会贵绅，烦为查照施行。须至照会者。

光绪三十年三月初三日照会

藩宪效照会

呈为按季造报并请转详事。窃绅等董理省城丰备义仓事宜，历将一应收支款项实存本息钱文及仓储谷石数目，按季造报至光绪二十九年冬季止，呈请^{核汇}转在案。查义仓向章，凡银洋两项，均以钱数合算。自上年冬季报销，遵奉^{宪台照会藩宪}于实在项下存库洋款，改列库平银款，绅等并将存库洋三万元，径列洋款，不复合算钱数，以昭核实而免纠葛。所有本年春季三个月义仓一应银洋钱谷收支储存各数目，^{理合除}分晰造具四柱清册，备文呈请鉴核，并备详清册一本，请钤宪印，详送^{报藩宪并转详}抚宪核销外，理合照缮清册，备文呈送。伏乞大公祖大人电鉴备查，一面照案汇总转呈，实为公便。谨呈。

计呈送^{清册一本并备详清册一本
清册一本}

光绪三十年四月十二日义仓绅董张、潘、吴呈

谨将丰备义仓光绪三十年春季三个月，一应钱谷收支储存各数，造具四柱清册，恭呈钧鉴。

计开：

旧管

上届存二两库平银八万三千八百两。

上届存英洋三万元。

上届存钱一十五万三千六百三十九千六十文。

上届存谷一十一万七千四百九十七石七斗六升。

新收

一、收二十九年分旧租折色钱二十二千三百五文。

一、收春季周年八厘当息钱二千二十九千二百文。

一、收房租息钱一百九十三千三百七十文。

共收钱二千二百四十四千八百七十五文。

开除

正月

一、委员薪水（会办委员五十八千文，随办委员二十四千文），支钱八十二千文。

一、委员轿随（会办委员十二千文，随办委员六千文），支钱一十八千文。

一、司事一十五人薪水，支钱一百三十四千文。

一、门厨仓工八人辛工，支钱一十二千五百文。

一、伙食（大建，司事一十五人，每人每日一百文，使役八人，每人每日七十文），支钱六十一千八百文。

一、煤柴（大建，每日一百四十文），支钱四千二百文。

一、油烛，支钱六千六百八十四文。

一、零用，支钱七千八百五十二文。

计支钱三百二十七千三十六文。

二月

一、委员薪水，支钱八十二千文。

一、委员轿随，支钱一十八千文。

一、司事一十五人薪水，支钱一百三十四千文。

一、门厨仓工八人辛工，支钱一十二千五百文。

一、伙食（大建），支钱六十一千八百文。

一、煤柴（大建），支钱四千二百文。

一、油烛，支钱四千八百六文。

一、零用，支钱七千八百四十六文。

计支钱三百二十五千一百五十二文。

三月

一、委员薪水，支钱八十二千文。

一、委员轿随，支钱一十八千文。

一、司事一十五人薪水，支钱一百三十四千文。

一、门厨仓工八人辛工，支钱一十二千五百文。

一、伙食（小建），支钱五十九千七百四十文。

一、煤柴（小建），支钱四千六十文。

一、油烛，支钱四千一百八十四文。

一、零用，支钱七千七文。

计支钱三百二十一千四百九十一文。

一、契买桥湾街基地三亩二分四厘，支钱四百三十五千八百七十文。

一、仓场工费，支钱二十二千五百文。

一、催酒，支钱四百文。

计支钱四百五十八千七百七十文。

共支钱一千四百三十二千四百四十九文。

实在

一、分存城乡四十一当共钱一十万一千四百六十千文。

一、寄存藩库英洋二万五千元。（此款本系现洋，前呈各册内均以洋价每元九百十文合算。兹因洋价随时涨落，即将洋款列存，较为核实。理合登明。）

一、存借拨李文忠公专祠不敷经费洋五千元。（此款系呈奉藩宪批准暂借，仍由省城筹捐归还。理合登明。）

一、寄存藩库二两库平银一万六千两。（此款本系库平纹银，前呈各册内均开每百两计钱一百五十五千八百三十文，共合钱二万四千九百三十二千八百文。惟银易钱价，今昔不同，此次只将银款列存，较为核实。理合登明。）

一、寄存藩库二两库平银三万七千八百两。（此款连以下二款，本系英洋一十万元，前呈各册内均开每元合库平银六钱七分八厘，共合钱一十万二千四百千文。光绪二十年分奉文连同以上银款一万六千两，一并提拨息借商款，共计银八万三千八百两。今于二十九年十一月二十四日奉藩宪照会，已先后提还义仓积谷银五万三千八百两，寄存司库。嗣后造办年报，应列存司银两及借拨公司积谷存款，均请登列库平纹银，不必再列英洋名目。缘今昔洋价不同，日后恐多纠葛等因，是以此次遵饬登列银款，尚有积谷存款银三万两，分列于后。理合登明。）

一、存奉文借拨商务公司二两库平银一万两。（此款奉藩宪照会，以前漂〔溧〕阳县杨令等息借股本，均因事故亏累，经各前升司批准，于提还积谷款内拨放银一万两，仍作义仓借拨商务公司积谷存款。现已详明匀分十年拨还应，俟按年收起归款。至司库收放款项，均系库平。此项商务局每年应还银一千两，亦系曹折库平等因在案。兹奉苏州府照会，奉藩宪批复，准商务局先后解到银一千两，已饬库收归寄存租款。理合登明。）

一、存奉文借拨经、纶两厂活本二两库平银二万两。（此款奉藩宪照会，以前因包办苏经、苏纶两厂祝商承桂活本不敷周转，请借领公款银十万两，由司借拨，并在归还义仓积谷款内凑拨银二万两，迭经司局汇案严追，并将房产等项备抵。惟亏欠公款太巨，作抵之款有限，通盘核计不及三成，应追令祝商赶紧筹措清缴等因在案。理合登明。）

以上三款共库平银六万七千八百两，即系前呈各册内所开英洋一十万元一项，此次分列三项，以期清晰而昭核实。合并登明。

一、存三邑仓借拨钱六百五十六千一百四十九文。

一、存仓钱五万二千三百三十五千三百三十七文。

统共存英洋三万元、二两库平银八万三千八百两、足钱一十五万四千四百五十一千四百八十六文。

统共存谷一十一万七千四百九十七石七斗六升。

为照会事。本年五月十六日，奉抚宪恩批本司详送丰备义仓本年春季收支报销册由，奉批：如详核销，仰即转饬遵照缴册存等因到司。奉此查此案前于具详时，即经批复在案。奉批前因，合就照会，为此照会贵绅，烦为查照施行。须至照会者。

光绪三十年六月初七日照会

藩宪效照会

呈为按季造报并请转详事。窃绅等董理省城丰备义仓，历将一应收支款项实存本息钱文及仓储谷石数目，按季造报至光绪三十年春季止，呈请核汇转在案。查义仓向章，凡银洋两项，均以钱数合算。自上年冬季报销，遵奉宪台藩宪照会，于实在项下存库洋款，改列库平银款，绅等并将库洋三万元，径列洋款，不复合算钱数，以昭核实而免纠葛。所有本年夏季三个月义仓一应银洋钱谷收支储存各数目，理合分晰造具四柱清册，备文呈请鉴核，并备详清册一本，请钤宪印，详送报藩宪并转详抚宪核销外，理合照缮清册，备文呈送。伏乞大公祖大人电鉴备查，一面照案汇总转呈，实为公便。谨呈。

计呈送 清册一本并备详清册一本
清册一本

一呈 藩宪效
苏州府许

光绪三十年七月初十日义仓绅董张、潘、吴呈

谨将丰备义仓光绪三十年夏季三个月，一应银洋钱谷收支储存各数，造具四柱清册，恭呈钧鉴。

计开：

旧管

上届存二两库平银八万三千八百两。

上届存英洋三万元。

上届存钱一十五万四千四百五十一千四百八十六文。

上届存谷一十一万七千四百九十七石七斗六升。

新收

一、收二十九年分旧租折色钱三百一十六千六百三十文。

一、收夏季周年八厘当息钱二千二十九千二百文。

一、收租房息钱二百一十八千八百五十文。

共收钱二千五百六十四千六百八十文。

开除

四月

一、司事一十五人薪水，支钱一百八十千文。

一、门厨仓工八人辛工，支钱一十二千五百文。

一、伙食（大建，司事一十五人，每人每日一百文，使役八人，每人每日七十文），支钱六十一千八百文。

一、煤柴（大建，每日一百四十文），支钱四千二百文。

一、油烛，支钱四千八百一十六文。

一、纸张笔墨，支钱三百八十六文。

一、零用，支钱七千七百三十八文。

计支钱一百九十九千四百四十文。

五月

一、司事一十五人薪水，支钱一百八千文。

一、门厨仓工八人辛工，支钱一十二千五百文。

一、伙食（小建），支钱五十九千七百四十文。

一、煤柴（小建），支钱四千六十文。

一、油烛，支钱四千七百九十文。

一、纸张笔墨，支钱四百六十二文。

一、零用，支钱八千七百一十五文。

计支钱一百九十八千二百六十七文。

六月

一、司事一十五人薪水，支钱一百八千文。

一、门厨仓工八人辛工，支钱一十二千五百文。

一、伙食（小建），支钱五十九千七百四十文。

一、煤柴（小建），支钱四千六十文。

一、油烛，支钱四千四百六文。

一、纸张笔墨，支钱八百六十八文。

一、零用，支钱一十千七百五十九文。

计支钱二百千三百三十三文。

一、狮林寺巷仓后添建厰屋三十间工料，支钱四千五十四千六百文。

一、狮林寺巷仓后驳岸石工料，支钱七百九十千五百五十文。

一、匠工岁修（租房修理），支钱七十七千九百二十五文。

一、追租差费，支钱一百八十五千一百文。

一、仓场工费，支钱八千六百七十六文。

一、催酒，支钱三千三百八十文。

一、添置器用，支钱一十一千八百九十八文。

计支钱五千一百三十二千一百二十九文。

共支钱五千七百三十千一百六十九文。

实在

一、分存城乡四十一当共钱一十万一千四百六十千文。

一、寄存藩库英洋二万五千元。（此款本系现洋，前呈各册内均以洋价每元九百十文合算。兹因洋价随时涨落，即将洋款列存，较为核实。理合登明。）

一、存借拨李文忠公专祠不敷经费洋五千元。（此款系呈奉藩宪批准暂借，仍由省城筹捐归还。理合登明。）

一、寄存藩库二两库平银一万六千两。（此款本系库平纹银，前呈各册内均开每百两计钱一百五十五千八百三十文，共合钱二万四千九百三十二千八百文。惟银易钱价，今昔不同，此次只将银款列存，较为核实。理合登明。）

一、寄存藩库二两库平银三万七千八百两。（此款连以下二款，本系英洋一十万元，前呈各册内均开每元合库平银六钱七分五厘，共合钱一十万二千四百千文。光绪二十年分连同以上银款一万六千两，一并提拨息借商款，共计银八万三千八百两。今于光绪二十九年十一月廿四日奉藩宪照会，已先后提还义仓积谷银五万三千八百两，寄存司库。嗣后造办季报，应列存司银两及借拨公司积谷存款，均请登列库平纹银，不必再列英洋名目。缘今昔洋价不同，日后恐多纠葛等因，是以此次遵饬登列银款，尚有积谷存款银三万两，分列于后。理合登明。）

一、存奉文借拨商务公司二两库平银一万两。（此款奉藩宪照会，以前溧阳县杨令等息借股本，均因事故亏累，经各前升司批准，于提还积谷款内拨放银一万两，仍作义仓借拨商务公司积谷存款。现已详明匀分十年拨还，应俟按年收起归款。至司库收放款项，均系库平。此项商务局每年应还银一千两，亦系漕折库平等因在案。兹奉苏州府照会，奉藩宪批复，准商务局先后解到银一千两，已饬库收归寄存租款。理合登明。）

一、存奉文借拨经纶两厂活本二两库平银二万两。（此款奉藩宪照会，以前因包办苏经、苏纶两厂祝商承桂活本不敷周转，请借领公款银一十万两，由司借拨，并在归还义仓积谷款内凑拨银二万两，送经司局汇案严追，并将房产等项备抵。惟亏欠公款太巨，作抵之款有限，通盘核计不及三成，应追令祝商赶紧筹措清缴等因在案。理合登明。）

以上三款共库平银六万七千八百两，即系前呈各册内所开英洋一十万元一项，此次分列三项，以期清晰而昭核实。合并登明。

一、存三邑仓借拨钱六百五十六千一百四十九文。

一、存仓钱四万九千一百六十九千八百四十八文。

统共存英洋三万元、二两库平银八万三千八百两、足钱一十五万一千二百八十五千九百九十八文。

统共存谷一十一万七千四百九十七石七斗六升。

为照会事。本年八月二十五日，奉抚宪端批本司详送丰备义仓本年夏季收支报销册由，奉批：如详核销，仰即转饬遵照缴册存等因到司，奉此合就照会，为此照会贵绅，烦为查照施行。须至照会者。

光绪三十年九月十一日照会

藩宪效照会

呈为按季造报并请转详事。窃绅等董理省城丰备义仓，历将一应收支款项实存本息钱文及仓储谷石数目，按季造报至光绪三十年夏季止，呈请核_汇转在案。查义仓向章，凡银洋两项，均以钱数合算。自上年冬季报销，遵奉升宪_{升任藩宪}效照会，于实在项下存库洋款，改列库平银款，绅等并将存库洋三万元，径列洋款，不复合作钱数，以昭核实而免纠葛。所有本年秋季三个月义仓一应银洋钱谷收支储存各数目，理合_除分晰造具四柱清册，备文呈请鉴核，并备详清册一本，请钤宪印，详送_{报藩宪并转详}抚宪核销外，理合照缮清册，备文呈送。伏乞大公祖大人电鉴备查，一面照案汇总转呈，实为公便。谨呈。

计呈送_{清册一本并备详清册一本清册一本}

一呈_{署藩宪陆苏州府许}

光绪三十年十月十二日义仓绅董张、潘、吴呈

谨将丰备义仓光绪三十年秋季三个月，一应银洋钱谷收支储存各数，造具四柱清册，恭呈钧鉴。

计开：

旧管

上届存二两库平银八万三千八百两。

上届存英洋三万元。

上届存钱一十五万一千二百八十五千九百九十八文。

上届存谷一十一万七千四百九十七石七斗六升。

新收

一、收二十九年分旧租折色钱七十五千六百九十二文。

一、收秋季周年八厘当息钱二千二十九千二百文。

一、收房租息钱二百九千七百三十五文。

共收钱二千三百一十四千六百二十七文。

开除

七月

一、司事一十五人薪水，支钱一百八十文。

一、门厨仓工八人辛工，支钱一十二千五百文。

一、伙食（大建，司事一十五人，每人每日一百文，使役八人，每人每日七十文），支钱六十一千八百文。

一、煤柴（大建，每日一百四十文），支钱四千二百文。

一、油烛，支钱四千四百八十文。

一、纸张笔墨，支钱一千五十文。

一、零用，支钱一十千九百五十八文。

计支钱二百二千九百八十八文。

八月

一、司事一十五人薪水，支钱一百八十文。

一、门厨仓工八人辛工，支钱一十二千五百文。

一、伙食（小建），支钱五十九千七百四十文。

一、煤柴（小建），支钱四千六十文。

一、油烛，支钱四千四十文。

一、纸张笔墨（租縣、租册工料等），支钱二十四千九百二十文。

一、零用，支钱八千九百七十一文。

计支钱二百二十二千二百三十一文。

九月

一、司事一十九人薪水，支钱一百二十四千文。

一、门厨仓工九人辛工，支钱一十五千五百文。

一、伙食（小建），支钱七十三千三百七十文。

一、煤柴（小建），支钱四千六十文。

一、油烛，支钱四千五百二十八文。

一、纸张笔墨，支钱四百一十二文。

一、零用，支钱七千九百四十六文。

计支钱二百二十九千八百一十六文。

一、完纳元吴两邑上忙条银，支钱四百八十千文。

一、匠工岁修（租房修理），支钱三百二十五千七百八十文。

一、催酒，支钱六百文。

一、水龙出救，支钱八千八百一十五文。

计支钱八百一十五千一百九十五文。

共支钱一千四百七十千二百三十文。

实在

一、分存城乡四十一当共钱一十万一千四百六十千文。

一、寄存藩库英洋二万五千元。（此款本系现洋，前呈各册内均以洋价每元九百十文合算。兹因洋价随时涨落，即将洋款列存，较为核实。理合登明。）

一、存借拨李文忠公专祠不敷经费洋五千元。（此款系呈奉升任藩宪批准暂借，仍由省城筹捐归还。理合登明。）

一、寄存藩库二两库平银一万六千两。（此款本系库平纹银，前呈各册内均开每百两计钱一百五十五千八百三十文，共合钱二万四千九百五十三千二百八百文。惟银易钱价，今昔不同，此次只将银款列存，较为核实。理合登明。）

一、寄存藩库二两库平银三万七千八百两（此款连以下二款，本系英洋一十万元，前呈各册内均开每元合库平银六钱七分八厘，共合钱一十万二千四百千文。光绪二十年分奉文连同以上银款一万六千两，一并提拨息借商款，共计银八万三千八百两。今于光绪二十九年十一月内奉升任藩宪照会，已先后提还义仓积谷银五万三千八百两，寄存司库。嗣后造办季报，应列存司银两及借拨公司积谷存款，均请登列库平银，不必再列英洋名目。缘今昔洋价不同，日后恐多纠葛等因，是以此次遵饬登列银款，尚有积谷存款银三万两，分列于后。理合登明。）

一、奉文借拨商务公司二两库平银一万两。（此款奉升任藩宪照会，以前溧阳县杨令等息借股本，均因事故亏累，经各前升司批准，于提还积谷款内拨放银一万两，仍作义仓借拨商务公司积谷存款。现已详明匀分十年拨还，应俟按年收起归款。至司事收放款项，均系库平。此项商务局每年应还银一千两，亦系曹折库平等因在案。兹奉苏州府照会，奉升任藩宪批准复，准商务局先后解到银一千两，已饬库收归寄存租款。理合登明。）

一、奉文借拨经、纶两厂活本二两库平银二万两（此款奉升任藩宪照会，以前因包办苏经、苏纶两厂祝商承桂活本不敷周转，请借领公款银十万两，由司借拨，并在归还义仓积谷款内凑拨银二万两，送经司局汇案严追，并将房产等项备抵。惟亏欠公款太巨，作抵之款有限，通盘核计不及三成，应追令祝商赶紧筹措清缴等因。理合登明。）

以上三款共库平银六万七千八百两，即系前呈各册内所开英洋一十万元一项，此次分列三项，以期清晰而昭核实。合并登明。

一、存三邑仓借拨钱六百五十六千一百四十九文。

一、存仓钱五万一十四千二百四十五文。

统共存英洋三万元、二两库平银八万三千八百两、足钱一十五万二千一百三十千三百九十四文。

统共存谷一十一万七千四百九十七石七斗六升。

为照会事。本年十一月十七日，奉护抚宪效批本兼署司详送丰备义仓本年秋季收支报销册由，奉批：如详核销。希即转饬遵照此复册存等因到司。奉此合就照会，为此照会贵绅，烦为查照施行。须至照会者。

光绪三十年十二月初一日照会

署藩宪陆照会

为照会事。案照积谷案内各属应造光绪三十年冬季实存钱谷各数折结，现已届期，应即开送。合亟照会，为此照会贵绅董，希即遵照，迅将本年冬季省城义仓实存本息钱若干，实存谷若干，逐细查开清折，加具实存无亏切结，务于三日内送到，以凭汇总转呈。为时已迟，勿再迟延。切切！须至照会者。

光绪三十年十二月初十日照会

苏州府许照会

呈为按季造报并请转详核示事。窃上年十二月间^{准苏州府照会以}_{奉贵府照会内开}积谷案内各属应造光绪三十年冬季实存钱谷各数折结，现已届期，应即开送。合亟照会，希将本年冬季省城义仓实存本息钱若干，实存谷若干，逐细查开清折送府，以凭汇总转呈等因。^准_奉此查向章，义仓银洋各款，均合钱数计算，嗣因银洋市价随时涨落不同，自光绪二十九年冬季报销起，遵奉^{升宪}_{升藩宪}效照会，于实在项下存库洋元，径列洋款，并将前曾奉文合作二两库平之洋元，改列银款，不复合算钱数，业经造报至三十年秋季止在案。兹^准_奉前因，查义仓存款内有借拨商务公司银一万两，上年三月^{接准苏州}_{奉贵}府来文，以奉藩宪批示，准商务局解到第一、二、三、四期共积谷本银一千两，已饬库收归寄存租款等因。是寄存^宪_藩库项下应增列银一千两，而借拨商务公司之款，只剩银九千两。今特照数分别列册，惟厂商费承荫厂租银两，现已缴至第七期止，则自第五期至第七期，又应拨还仓款银七百五十两，谅经商务局续解^宪_藩库收存。其第八期银两，刻下曾否解到，应请^{宪台}_{转详藩宪}查案饬知，俾于三十一年春季册内登明，以符档案。又查义仓存库款内，有借拨经、纶两厂活本银二万两，曾奉照会，因前包办两厂之祝承桂亏欠公款，送经司局汇案严追，并将房产等项备抵在案。因思此项追出

之款，亦即收存_藩宪库，截至现在止，连同备抵房产，变价派还义仓谷款，共已追收若干，

祝承桂尚欠若干，并^请_{祈详请}开数饬知，以重仓储而清款目。至现呈册内有借拨三邑仓钱六

百五十六千一百四十九文，系自二十五年七月十三日起，至二十九年八月二十九日止，三邑仓经费不敷，陆续向丰备仓借垫之款。厥后三邑仓将前办平粜米价，存典生息，又经吴县拨给充公，房屋按月有租息可收，足敷开支，是以二十九年九月分起，毋须再向丰备仓挪垫钱文。惟前项借拨之款，应否就数开除，勿复虚列存钱名目，抑俟三邑仓积有余款，仍如数归还丰备仓之处，绅等未敢擅便，应请^{宪裁〔裁〕}_{并详藩宪}核示，俾于下届报销遵照办理。所

有三十年冬季三个月义仓一应银洋钱谷收支储存各数，^{理合}_除分晰汇造四柱清册，具文呈

^{送，并备详清册一本，请钤宪印，详送}_{报藩宪并转详}抚宪核销外，理合照缮清册，备文呈送。仰祈大公祖大人鉴核

^{备查，俯赐分别批示祗遵，实为公便。谨呈。}
转详，俟奉宪批并赐示复，一面照案汇总转呈，实为公便。谨呈。

计呈送清册一本并备详清册一本

呈^{兼署藩宪粮道陆}_{苏州府许}

光绪三十一年正月廿六日义仓绅董张、潘、吴呈

谨将丰备义仓光绪三十年冬季三个月，一应银洋钱谷收支储存各数，造具四柱清册，呈候鉴核。

计开：

旧管

上届存二两库平银八万三千八百两。

上届存英洋三万元。

上届存钱一十五万二千一百三十千三百九十四文。

上届存谷一十一万七千四百九十七石七斗六升。

新收

一、收二十九年分旧租折色钱三百六十二千九十九文。

一、收三十年分新租折色钱三万三千一百八十四千五十二文。

一、收冬季周年八厘当息钱二千二十九千二百文。

一、收房租息钱二百九十一千五百六十三文。

共收钱三万五千八百六十六千九百一十四文。

一、收采买新谷一万一千四百一十八石二斗六升。

共收谷一万一千四百一十八石二斗六升。

开除

十月

一、委员薪水（会办委员五十八千文，随办委员二十四千文），支钱八十二千文。

一、委员轿随（会办委员一十二千文，随办委员六千文），支钱一十八千文。

一、司事一十九人薪水，支钱一百五十二千文。

一、门厨仓工九人辛工，支钱一十五千五百文。

一、伙食（大建，司事一十九人，每人每日一百文，使役九人，每人每日七十文），支钱七十五千九百文。

一、煤柴（大建，每日一百四十文），支钱四千二百文。

一、油烛，支钱九千二百六十文。

一、纸张笔墨，支钱一千二百一十二文。

一、零用，支钱九千四百二十五文。

一、开仓酒席及催甲酒饭一应犒赏，支钱五十六千三百三十一文。

计支钱四百二十三千八百二十八文。

十一月

一、委员薪水，支钱八十二千文。

一、委员轿随，支钱一十八千文。

一、司事一十九人薪水，支钱一百五十二千文。

一、门厨仓工九人辛工，支钱一十五千五百文。

一、伙食（大建），支钱七十五千九百文。

一、煤柴（大建），支钱四千二百文。

一、油烛，支钱五千四百九文。

一、纸张笔墨，支钱一千一百九十五文。

一、零用，支钱七千一百七十文。

计支钱三百六十一千三百七十四文。

十二月

一、委员薪水，支钱八十二千文。

一、委员轿随，支钱一十八千文。

一、司事一十九人薪水，支钱一百五十二千文。

一、门厨仓工九人辛工，支钱一十五千五百文。

一、伙食（小建），支钱七十三千三百七十文。

一、煤柴（小建），支钱四千六十文。

一、油烛，支钱七千二百三十文。

一、纸张笔墨，支钱三千五百二十文。

一、零用，支钱一十五千八百四十九文。

一、年终犒赏及年饭酒，支钱五十四千二百一十三文。

计支钱四百二十五千七百四十二文。

一、采买新谷一万一千四百一十八石二斗六升（每石连水脚费一元七角三分一厘，洋价每元九百文），支钱一万七千七百八十七千九百九十一文。

一、奉文协贴省城粥局，支钱五千千文。

一、完纳三邑条漕，支钱一万二千一百五十八千三百六十九文。

一、各署书史辛工纸张费，支钱四百六千七十七文。

一、追租差费，支钱三百四十六千六百文。

一、催佃缴租零犒，支钱一百五十六千五百八文。

一、三邑易知单费，支钱四十五千二百七十八文。

一、匠工岁修及租房修理，支钱一百六十千三百五十文。

一、仓场工费及上谷力，支钱三百二十六千四百九十九文。

一、水龙出救，支钱四千一百七十五文。

一、添置器用，支钱二千六百六十九文。

计支钱三万六千三百九十四千五百一十六文。

共支钱三万七千六百五千四百六十文。

实在

一、分存城乡四十一当共钱一十万一千四百六十千文。

一、寄存藩库英洋二万五千元。

一、存借拨李文忠公专祠不敷经费洋五千元。（此款系呈奉升任藩宪批准暂借，仍由省城筹捐归还。理合登明。）

一、寄存藩库二两库平银五万四千八百两。

一、存奉文借拨商务公司二两库平银九千两。（此款奉升任藩宪照会，以前溧阳县杨令等息借股本，均因事故亏累，经各前司批准，于提还积谷款内拨放银一万两，仍作义仓借拨商务公司积谷存款。现已详明，匀分十年拨还，应俟按年收起归款。继奉苏州府照会，奉升任藩宪批复，准商务局先后解到银一千两，已饬库收，归寄存租款各等因在案。是以此次于前项寄存藩库款内添列银一千两，即于此项缩除银一千两。理合登明。）

一、存奉文借拨经、纶两厂活本二两库平银二万两。（此款奉升任藩宪照会，以前因包办苏经、苏纶两厂祝商承桂活本不敷周转，请借领公款银十万两，由司借拨，并在归还义仓积谷款内凑拨银二万两，送经司局汇案严追，并将房产等项备抵。惟亏欠公款太巨，作抵之款有限，通盘核计不及三成，应追令祝商赶紧筹措清缴等因。理合登明。）

一、存三邑仓借拨钱六百五十六千一百四十九文。

一、存仓钱四万八千二百七十五千六百九十九文。

统共存英洋三万元、二两库平银八万三千八百两、足钱一十五万三百九十一千八百四十八文。

统共存谷一十二万八千九百一十六石二升。

为照会事。本年三月十三日，奉抚院衙门批前兼署司详送丰备义仓三十年冬季收支册缘由，奉批：如详核销。希即转饬遵照此复册存等因到司。奉此合就照会，为此照会贵绅，烦为查照施行。须至照会者。

光绪三十一年三月廿八日照会

藩宪效照会

呈为按季造报并请转详事。窃绅等董理省城丰备义仓，历将一应收支款项实存本息银洋钱文及仓储谷石数目，按季造报至光绪三十年冬季止，呈请汇转在案。本年二、三月间接奉前兼署宪陆批，绅等呈送三十年冬季收支册由，奉批：借拨商务公司银一万两，截至现在止，业经由司于费商缴存八期租银项下，先后提归寄存租款银二千两，实只剩银八千两，下季报册，应即照此登列。至经、纶两厂亏欠银二万两，应俟核见备抵各款确数，再行酌量弥补。至三邑仓挪借钱文，将来积有余款，理应如数归还，册内仍应照列存钱名目等因。奉此绅等即于此次报销遵照分别办理，所有本年春季三个月义仓一应银洋

接奉前兼署宪
接准贵府来文以奉前兼署藩宪

钱谷收支储存各数 ^{理合}分晰汇造四柱清册，具文呈 ^{送，并备详清册一本，请钤宪印，详送} 抚宪核销 ^{报藩宪并转详}

外，理合照缮清册，备文呈送。仰祈大公祖大人鉴核备查，一面照案汇总转呈，实为公便。谨呈。

计呈送 ^{清册一本并备详清册一本}
^{清册一本}

一呈 ^{藩宪效}
^{苏州府许}

光绪三十一年四月初九日义仓绅董张、潘、吴呈

谨将丰备义仓光绪三十一年春季三个月，一应银洋钱谷收支储存各数，造具四柱清册，呈候鉴核。

计开：

旧管

上届存二两库平银八万三千八百两。

上届存英洋三万元。

上届存钱一十五万三百九十一千八百四十八文。

上届存谷一十二万八千九百一十六石二升。

新收

一、收三十年分旧租折色钱七十四千二百一十文。

一、收春季当息钱二千二十九千二百文。

一、收房租息钱一百九十千六百八十文。

共收钱二千二百九十四千九十文。

开除

正月

一、委员薪水（会办委员五十八千文，随办委员二十四千文），支钱八十二千文。

一、委员轿随（会办委员一十二千文，随办委员六千文），支钱一十八千文。

一、司事一十五人薪水，支钱一百三十四千文。

一、门厨仓工八人辛工，支钱一十二千五百文。

一、伙食（大建，司事一十五人，每人每日一百文，使役八人，每人每日七十文），支钱六十一千八百文。

一、煤柴（大建，每日一百四十文），支钱四千二百文。

一、油烛，支钱八千五百二十二文。

一、零用，支钱七千六百四十文。

计支钱三百二十八千六百六十二文。

二月

一、委员薪水，支钱八十二千文。

一、委员轿随，支钱一十八千文。

一、司事一十五人薪水，支钱一百三十四千文。

一、门厨仓工八人辛工，支钱一十二千五百文。

一、伙食（大建），支钱六十一千八百文。

一、煤柴（大建），支钱四千二百文。

一、油烛，支钱五千四百一十六文。

一、纸张笔墨，支钱一百二十文。

一、零用，支钱六千四十六文。

计支钱三百二十四千八十二文。

三月

一、委员薪水，支钱八十二千文。

一、委员轿随，支钱一十八千文。

一、司事一十五人薪水，支钱一百三十四千文。

一、门厨仓工八人辛工，支钱一十二千五百文。

一、伙食（小建），支钱五十九千七百四十文。

一、煤柴（小建），支钱四千六十文。

一、油烛，支钱四千二百四十八文。

一、零用，支钱五千六百七十六文。

计支钱三百二十千二百二十四文。

一、催酒，支钱九百文。

一、匠酒，支钱八百八十文。

一、添置器用，支钱四千五十二文。

计支钱五千八百三十二文。

共支钱九百七十八千八百文。

实在

一、分存城乡四十一当共钱一十万一千四百六十千文。

一、寄存藩库英洋二万五千元。

一、存借拨李文忠公专祠不敷经费洋五千元。（此款系呈奉藩宪批准暂借，仍由省城筹捐归还。理合登明。）

一、寄存藩库二两库平银五万五千八百两。

一、存奉文借拨商务公司二两库平银八千两。（此款奉藩宪照会，以前溧阳县杨令等息借股本，均因事故亏累，经各前升司批准，于提还积谷款内拨放银一万两，仍作义仓借拨商务公司积谷存款。现已详明，匀分十年拨还，应俟按年收起归款。嗣奉苏州府照会，转奉藩宪批复，准商务局先后解到银一千两，已饬库收，归寄存租款。本年二月内又奉前署藩宪批示，借拨商务公司银一万两，截至现在止，业经由司於费商缴存八期租银项下，先后提归寄存租款银二千两，实只剩银八千两各等因。是以此次於前项寄存藩库款内，添列银二千两，即于此项缩除银二千两。理合登明。）

一、存奉文借拨经、纶两厂活本二两库平银二万两。（此款奉藩宪照会，以前因包办苏经、苏纶两厂祝商承桂活本不敷周转，请借领公款银十万两，由司借拨，并在归还义仓积谷款内凑拨银二万两，迭经司局汇案严追，并将房产等项备抵。惟亏欠公款太巨，作抵之款有限，通盘核计不及三成，应追令祝商赶紧筹措清缴。本年二月内又奉前署藩宪批示，此款屡经汇案严催，尚未就绪，应俟备抵各款，将来核见确数，再行酌量弥补，所有派还银数，此时无从核定各等因。理合登明。）

一、存三邑仓借拨钱六百五十六千一百四十九文。

一、存仓钱四万九千五百九十千九百八十九文。

统共存英洋三万元、二两库平银八万三千八百两、足钱一十五万一千七百七千一百三十八文。

统共存谷一十二万八千九百一十六石二升。

为照会事。本年五月十五日，奉抚宪陆批本司详送丰备义仓本年春季收支报销册由，奉批：如详核销。仰即转饬遵照缴册存等因到司。奉此合就照会，为此照会贵绅，烦为查照施行。须至照会者。

光绪三十一年五月二十三日照会

藩宪效照会

呈为按季造报并请转详事。窃绅等董理丰备义仓，历将一应收支款项实存本息钱文及仓储谷石数目，按季造报至光绪三十一年春季止，呈请核转汇转在案。兹查本年五六月间，宁沪铁路因轨道所经，购用仓田十九亩八分七厘九毫，每亩给价钱三十千文，计长邑田十一丘，内除三丘全数购用，已将田单缴存铁路局外，其余八丘或划用十分之一二，或划用十分之八九，均由购地委员在原单内注明盖戳，仍发还仓中执守。又葑门外新筑常备后营房基，由元和县奉宪买用仓田三亩一分三厘九毫，照铁路地价每亩给钱三十千文计，元邑田二丘内一丘全用，另一丘划用大半，由仓将旧单缴县，换给新单，以资执业，两共领到田价钱六百九十千五百四十文，分别列入本届报销册新收项下。所有本年夏季三个月义仓一应银洋钱谷收支储存各数，理合分晰汇造四柱清册，具文呈送除，并备详清册一本，请钤宪印，详送报藩宪并转详抚宪核销（外，理合照缮清册，备文呈送）。仰祈大公祖大人电鉴备查（一面照案汇总转呈），实为公便。再，义仓原有田额一万七千三百二十四亩七分九厘三毫，现应开除二十三亩一厘八毫，共实存田一万七千三百一亩七分七厘五毫，合并声明。谨呈。

计呈清册二本

呈苏藩宪效
苏州府许

光绪三十一年七月十二日义仓绅董张、潘、吴呈

谨将丰备义仓光绪三十一年夏季三个月，一应银洋钱谷收支储存各数，造具四柱清册，呈候鉴核。

计开：

旧管

上届存二两库平银八万三千八百两。

上届存英洋三万元。

上届存钱一十五万一千七百七千一百三十八文。

上届存谷一十二万八千九百一十六石二升。

新收

一、收三十年分旧租折色钱四百一十五千八百七十七文。

一、收夏季当息钱二千二十九千二百文。

一、收房租息钱二百三十六千七百文。

一、收宁沪铁路划用仓田（共十九亩八分七厘九毫，每亩给价三十千文）钱五百九十六千三百

七十文。

一、收葑门外常备后营圈用仓田（共三亩一分三厘九毫，每亩给价三十千文）钱九十四千一百七十文。

共收钱三千三百七十二千三百十七文。

开除

四月

一、司事一十五人薪水，支钱一百八千文。

一、门厨仓工八人辛工，支钱一十二千五百文。

一、伙食（大建，司事一十五人，每人每日一百文，使役八人，每人每日七十文），支钱六十一千八百文。

一、煤柴（大建，每日一百四十文），支钱四千二百文。

一、油烛，支钱五千八百八十六文。

一、纸张笔墨，支钱二千六百文。

一、零用，支钱九千五百五十八文。

计支钱二百四千五百四十四文。

五月

一、司事一十五人薪水，支钱一百八千文。

一、门厨仓工八人辛工，支钱一十二千五百文。

一、伙食（大建），支钱六十一千八百文。

一、煤柴（大建），支钱四千二百文。

一、油浊，支钱五千八百八文。

一、纸张笔墨（租缲、租册工料等），支钱三十七千七百三十四文。

一、零用，支钱九千四百二十文。

计支钱二百三十九千四百六十二文。

六月

一、司事一十五人薪水，支钱一百八千文。

一、门厨仓工八人辛工，支钱一十二千五百文。

一、伙食（小建），支钱五十九千七百四十文。

一、煤柴（小建），支钱四千六十文。

一、油烛，支钱四千四百四十文。

一、纸张笔墨，支钱二百六十八文。

一、零用，支钱一十一千九百六十文。

计支钱二百千九百六十八文。

一、催酒，支钱三千二百七十文。

一、追租差费，支钱二百一十千二百文。

一、匠工岁修（及租房修理），支钱二百八十三千四百八十文。

一、水龙出救，支钱五千二百七十五文。

计支钱五百二千二百二十五文。

共支钱一千一百四十七千一百九十九文。

实在

一、分存城乡四十一当共钱一十万一千四百六十千文。

一、寄存藩库英洋二万五千元。

一、存借拨李文忠公专祠不敷经费洋五千元。（此款系呈奉藩宪批准暂借，仍由省城筹捐归还。理合登明。）

一、寄存藩库二两库平银五万五千八百两。

一、存奉文借拨商务公司二两库平银八千两。（此款奉藩宪照会，以前溧阳县杨令等息借股本，均因事故亏累，经各前升司批准，于提还积谷款内拨放银一万两，仍作义仓借拨商务公司积谷存款。现已详明，匀分十年拨还，应俟按年收起归款。本年二月准苏州府照会，奉前署藩宪批复，借拨商务公司银一万两，截至现在止，业经由司于费商缴存八期租银项下，先后提归寄存租款银二千两，实只剩银八千两各等因。是以此次于前项寄存藩库款内，添列银二千两，即于此项缩除银二千两。理合登明。）

一、存奉文借拨经、纶两厂活本二两库平银二万两。（此款奉藩宪照会，以前因包办苏经、苏纶两厂祝商承柱活本不敷周转，请借领公款银十万两，由司借拨，并在归还义仓积谷款内凑拨银二万两，送经司局汇案严追，并将房产等项备抵。惟亏欠公款太巨，作抵之款有限，通盘核计不及三成，应追令祝商赶紧筹措清缴。本年二月内又奉前署藩宪批复，此款屡经汇案严催，尚未就绪，应俟备抵各款，将来核见确数，再行酌量弥补，所有派还银数，此时无从核定各等因。理合登明。）

一、存三邑仓借拨钱六百五十六千一百四十九文。

一、存仓钱五万一千八百一十六千六百九十七文。

统共存二两库平银八万三千八百两、英洋三万元、足钱一十五万三千九百三十二千二百五十六文。

统共存谷一十二万八千九百一十六石二升。

为照会事。查接管卷内，本年八月初九日，奉抚宪陆批前司详送丰备义仓本年夏季收支报销册由，奉批：如详核销，仰即转饬遵照缴册存等因，到前司移交。奉此合就照会，为此照会贵绅，烦为查照施行。须至照会者。

光绪三十一年九月十五日照会

署藩宪陆照会

呈为按季造报并请转详事。窃绅等董理省城丰备义仓，历将一应收支款项实存本息银洋钱文及仓储谷石数目，按季造报至光绪三十一年夏季止，呈请核汇转在案。所有本年秋季三个月义仓一应银洋钱谷收支储存各数，理合分晰汇造四柱清册，具文呈除

送并备详清册一本，请钤宪印，详送抚宪核销外，理合照缮清册，备文呈送。仰祈大公祖大人电鉴备

报藩宪并转详

查（一面照案汇总转呈），实为公便。谨呈。

计呈送 清册一本并备详清册一本
清册一本

呈 兼署藩宪苏松粮道陆
苏州府许

光绪三十一年十月初十日义仓绅董张、潘、吴呈

谨将丰备义仓光绪三十一年秋季三个月，一应银洋钱谷收支储存各数，造具四柱清册，呈候鉴核。

计开：

旧管

上届存二两库平银八万三千八百两。

上届存英洋三万元。

上届存钱一十五万三千九百三十二千二百五十六文。

上届存谷一十二万八千九百一十六石二升。

新收

一、收三十年分旧租折色钱二十四千八百四十文。

一、收秋季周年八厘当息钱二千五千五百三十三文。（慎余当报歇，七月二十日缴还存本钱四千二百六十千文，八月十六日大顺当接领，计空息二十三千六百六十七文。）

一、收房租息钱二百五十四千八百一十五文。

共收钱二千二百八十五千一百八十八文。

开除

七月

一、司事一十五人薪水，支钱一百八千文。

一、门厨仓工八人辛工，支钱一十二千五百文。

一、伙食（小建，司事一十五人，每人每日一百文，使役八人，每人每日七十文），支钱五十九千七百四十文。

一、煤柴（小建，每日一百四十文），支钱四千六十文。

一、油烛，支钱四千六百九十三文。

一、纸张笔墨，支钱一百四十文。

一、零用，支钱九千一十八文。

计支钱一百九十八千一百五十一文。

八月

一、司事一十五人薪水，支钱一百八千文。

一、门厨仓工八人辛工，支钱一十二千五百文。

一、伙食（大建），支钱六十一千八百文。

一、煤柴（大建），支钱四千二百文。

一、油烛，支钱四千五百七十一文。

一、纸张笔墨，支钱三千四百六十文。

一、零用，支钱八千五百五十六文。

计支钱二百三千八十七文。

九月

一、司事一十九人薪水，支钱一百二十四千文。

一、门厨仓工九人辛工，支钱一十五千五百文。

一、伙食（小建），支钱七十三千三百七十文。

一、煤柴（小建），支钱四千六十文。

一、油烛，支钱四千五百二十二文。

一、纸张笔墨，支钱三百二文。

一、零用，支钱七千五百六十三文。

计支钱二百二十九千三百一十七文。

一、完纳元邑上忙条银，支钱四百千文。

一、匠工岁修（及租房修理），支钱四百二十四千一百六十文。

一、添造曹家巷租房工料（上下房屋三十间及装修漆油等），支钱三千三百九十八千二百二十文。

一、催酒，支钱二百四十文。

一、晒谷工，支钱二十七千五百文。

一、添置器用，支钱四千一百二十四文。

计支钱四千二百五十四千二百四十四文。

共支钱四千八百八十四千七百九十九文。

实在

一、分存城乡四十一当共钱一十万一千四百六十千文。

一、寄存，藩库英洋二万五千元。

一、存借拨李文忠公专祠不敷经费洋五千元。（此款系呈奉前藩宪批准暂借，仍由省城筹款归还。理合登明。）

一、寄存藩库二两库平银五万五千八百两。

一、存奉文借拨商务公司二两库平银八千两。（此款奉前藩宪照会，以前溧阳县杨令等息借股本，均因事故亏累，经各前升司批准，于提还积谷款内拨放银一万两，仍作义仓借拨商务公司积谷存款。现已详明，匀分十年拨还，应俟按年收起归款。本年二月内准苏州府照会，奉前署藩宪批复，借拨商务公司银一万两，截至现在止，业经由司于费商缴存八期租银项下，先后提归寄存租款银二千两，实只剩银八千两各等因。是以此次于前项寄存藩库款内，添列银二千两，即于此项缩除银二千两。理合登明。）

一、存奉文借拨经、纶两厂活本二两库平银二万两。（此款奉前藩宪照会，以前因包办苏经、苏纶两厂祝商承桂活本不敷周转，请借领公款银十万两，由司借拨，并在归还义仓积谷款内凑拨银二万两，迭经司局汇案严追，并将房产等项备抵。惟亏欠公款太巨，作抵之款有限，通盘核计不及三成，应追令祝商赶紧筹措清缴。本年二月又呈奉前署藩宪批复，此款屡经汇案严催，尚未就绪，应俟备抵各款，将来核见确数，再行酌量弥补，所有派还银数，此时无从核定各等因。理合登明。）

一、存三邑仓借拨钱六百五十六千一百四十九文。

一、存仓钱四万九千二百一十六千四百九十六文。

统共存二两库平银八万三千八百两、英洋三万元、足钱一十五万一千三百三十二千六百四十五文。

统共存谷一十二万八千九百一十六石二升。

为照会事。查接管卷内，本年十一月初五日，奉抚宪陆批前司详送丰备义仓本年秋季收支报销册由，奉批：如详核销，仰即转饬遵照缴册存等因，到前兼署司移交前来。奉此合就照会，为此照会贵绅，烦为查照施行。须至照会者。

光绪三十一年十一月二十一日照会

藩宪濮照会

为照会事。案照积谷案内各属应造光绪三十一年冬季实存钱谷各数折结，现已逾期，未准开送。合亟照会，为此照会贵绅董，希即遵照，迅将上年冬季省城义仓实存本息钱若干，实存谷若干，逐细查开清折，加具实存无亏切结，务于三日内送到，以凭汇总转呈。为时已迟，毋再片延。切切！照会。

光绪三十二年正月二十四日照会

苏州府许照会

呈为按季造报并请转详事。窃绅等董理省城丰备义仓，历将一应收支款项实存本息银洋钱文及仓储谷石数目，按季造报至光绪三十一年秋季止，呈请^核转在案。兹查义仓前呈各册内实在项下有借拨三邑仓钱六百五十六千一百四十九文一款，曾于上年正月呈奉前兼署_{署藩}宪陆批示，三邑仓将来积有余款，理应如数归还等因。绅等遵即于上年年底，将三邑仓近来积存余款，如数交还丰备仓，即于此项册内，除去三邑仓借拨钱文一项，以清款目。又查实在项下，向列借拨商务公司银两一款，截至三十年冬季止，业由_{藩库}^{宪库}于厂商费承荫缴存八期租银项下，先后提归寄存积谷款银二千两，实只剩银八千两。惟原案声明按年拨还本银一千两，所有三十一年分应照案如数拨还仓款，谅经商务局续解_{藩库}^{宪库}收存。应请_{藩宪}^{转详宪台}查案饬知，俾于本年春季册内登明，以符档案。所有上年冬季三个月义仓一应银洋钱谷收支储存各数，_除理合分晰汇造四柱清册，具文呈^{送并备详清册一本，请钤宪印，详送}抚宪核销_{外，理合照缮清册，备文呈送}。仰祈大公祖大人鉴核^{备查，俯赐批示祗遵}_{转详，俟奉宪批并赐示复，一面照案汇总转呈}，实为公便。谨呈。

计呈送^{清册一本并备详清册一本}_{清册一本}

呈^{藩宪濮}_{苏州府许}

光绪三十二年正月廿三日义仓绅董张、潘、吴呈

谨将丰备义仓光绪三十一年冬季三个月，一应银洋钱谷收支储存各款，造具四柱清册，呈候鉴核。

计开：

旧管

上届存二两库平银八万三千八百两。

上届存英洋三万元。

上届存钱一十五万一千三百三十二千六百四十五文。

上届存谷一十二万八千九百一十六石二升。

新收

一、收三十年分旧租折色钱五百七十六千四百四十文。

一、收三十一年分新租折色钱三万一千九百二十五千四百七十八文。

一、收冬季周年八厘当息钱二千二十九千二百文。

一、收房租息钱二百九十五千二百文。

共收钱三万四千八百二十六千三百十八文。

开除

十月

一、委员薪水（会办委员五十八千文，随办委员二十四千文），支钱八十二千文。

一、委员轿随（会办委员一十二千文，随办委员六千文），支钱一十八千文。

一、司事一十九人薪水，支钱一百五十六千文。

一、门厨仓工九人辛工，支钱一十五千五百文。

一、伙食（大建，司事一十九人，每人每日一百文，使役九人，每人每日七十文），支钱七十五千九百文。

一、煤柴（大建，每日一百四十文），支钱四千二百文。

一、油烛，支钱八千四百六十文。

一、纸张笔墨，支钱一千三百三十一文。

一、零用，支钱八千一百四文。

一、开仓酒席及催甲酒饭一应犒赏，支钱五十九千七百四十二文。

计支钱四百二十九千二百三十七文。

十一月

一、委员薪水，支钱八十二千文。

一、委员轿随，支钱一十八千文。

一、司事一十九人薪水，支钱一百五十六千文。

一、门厨仓工九人辛工，支钱一十五千五百文。

一、伙食（小建），支钱七十三千三百七十文。

一、煤柴（小建），支钱四千六十文。

一、油烛，支钱四千六百八十三文。

一、纸张笔墨，支钱二百五十六文。

一、零用，支钱七千二百八文。

计支钱三百六十一千七十七文。

十二月

一、委员薪水，支钱八十二千文。

一、委员轿随，支钱一十八千文。

一、司事一十九人薪水，支钱一百五十六千文。

一、门厨仓工九人辛工，支钱一十五千五百文。

一、伙食（大建），支钱七十五千九百文。

一、煤柴（大建），支钱四千二百文。

一、油烛，支钱六千五百七十二文。

一、纸张笔墨，支钱六千四百一十文。

一、零用，支钱一十八千二十六文。

一、年终犒赏及年饭酒，支钱五十七千二百二文。

计支钱四百三十九千八百一十文。

一、奉文协贴省城粥局，支钱五千千文。

一、完纳三邑条漕，支钱一万一千八百九十七千七百五十二文。

一、各署书吏辛工纸张费，支钱四百一十三千四百二文。

一、追租差费，支钱三百二十四千七百文。

一、催佃缴租零犒，支钱一百五十八千一百三十七文。

一、三邑易知单费，支钱四十四千九百二十文。

一、匠工岁修及租房修理，支钱二百三十六千一百九十文。

一、仓场工费，支钱四十六千文。

一、添置器用，支钱六千七百五十八文。

计支钱一万八千一百二十七千八百五十九文。

共支钱一万九千三百五十七千九百八十三文。

实在

一、分存城乡四十一当共钱一十万一千四百六十千文。

一、寄存藩库英洋二万五千元。

一、存借拨李文忠公专祠不敷经费洋五千元。（此款系呈奉前藩宪批准暂借，仍由省城筹捐归还。理合登明。）

一、寄存藩库二两库平银五万五千八百两。

一、存奉文借拨商务公司二两库平银八千两。（此款奉前藩宪照会，以前溧阳县杨令等息借股本，均因事故亏累，经各前升司批准，于提拨积谷款内拨放银一万两，仍作义仓借拨商务公司积谷存款。现已详明，匀分十年拨还，应俟按年收起归款。上年二月又呈奉前署藩宪批复，借拨商务公司银一万两，截至现在止，业经由司于费商缴存八期租银项下，先后提归寄存积谷款银二千两，实只剩银八千两各等因。是以于前项寄存藩库款内，添列银二千两，即于此项缩除银二千两。理合登明）。

一、存奉文借拨经、纶两厂二两库平银二万两。（此款奉前藩宪照会，以前因包办苏经、苏纶两厂祝商承桂活本不敷周转，请借领公款银十万两，由司借拨，并在归还义仓积谷款内凑拨银二万两，送经司局汇案严追，并将房产等项备抵。惟亏欠公款太巨，作抵之款有限，通盘核计不及三成，应迫令祝商赶紧筹措清缴。上年二月又呈奉前署藩宪批复，此款屡经汇案严催，尚未就绪，应俟备抵各款，将来核见确数，再行酌量弥补，所有派还银数，此时无从核定各等因。理合登明。）

一、存仓钱六万五千三百四十千九百八十文。

统共存英洋三万元、二两库平银八万三千八百两、足钱一十六万六千八百千九百八十文。

统共存谷一十二万八千九百一十六石二升。

为照会事。本年二月二十四日，奉护抚宪濮批前升司详送丰备义仓三十一年冬季收支册由，奉批：如详核销。希即转饬遵照此覆册存等因到司。奉此合就照会，为此照会贵绅，烦为查照施行。须至照会者。

光绪三十二年三月初七日照会

署藩司朱照会

呈为遵饬按季造报并请转详事。窃绅等于上月月底接奉 ^{苏州府照会} 内开，案奉宪札，以钦奉上谕，饬将各属实存钱谷以及整顿办理情形，从二十五年夏季起，按季开折，送府汇总转呈等因。奉经造送至二十六年冬季止在案。所有二十七年春季前项实存钱谷数目清折，现已届期，应即开送，以凭汇办等因。奉此查丰备义仓上年冬季实存钱谷数目，业经绅等于本年正月内，造册报销在案。兹奉前因，合将本年春季三个月义仓钱谷收支储存各款，造具四柱清册，备文呈 请鉴核，并备详清册一套，请钤宪印，详送 抚宪核销（外），伏乞大公祖
报，除呈送藩宪并转详

大人电鉴备查（一面汇总转详），实为公便。谨呈。

计呈 清册一套并备详清册一套
清册一套

一呈 藩宪陆
府宪田

光绪二十七年四月十四日义仓绅董张、潘、吴呈

谨将丰备义仓光绪二十七年春季三个月，一应钱谷收支储存各款，造具四柱清册，恭呈钧鉴。

计开：

旧管

上届存钱二十七万四千五百八十二千一百文。

上届存谷一十一万七千三百一十五石三斗一升。

新收

一、收二十六年分旧租折色钱一百八十千一百八十七文。

一、收春季周年八厘当息钱二千二十九千二百文。

一、收房租息钱二百四十六千七百六十文。

共收钱二千四百五十六千一百四十七文。

开除

正月

一、委员薪水（会办委员五十八千文，随办委员二十四千文），支钱八十二千文。

一、委员轿随（会办委员一十二千文，随办委员六千文），支钱一十八千文。

一、司事一十五人薪水，支钱一百三十二千文。

一、门厨仓工八人辛工，支钱一十二千五百文。

一、伙食（小建，司事一十五人，每人每日一百文，使役八人，每人每日六十文），支钱五十七千四百二十文。

一、煤柴（小建，每日一百四十文），支钱四千六十文。

一、油烛，支钱五千六百八十文。

一、纸张笔墨，支钱四百六十八文。

一、零用，支钱七千八百五十文。

计支钱三百一十九千九百六文。

二月

一、委员薪水，支钱八十二千文。

一、委员轿随，支钱一十八千文。

一、司事一十五人薪水，支钱一百三十二千文。

一、门厨仓工八人辛工，支钱一十二千五百文。

一、伙食（大建），支钱五十九千四百文。

一、煤柴（大建），支钱四千二百文。

一、油烛，支钱四千二百三十二文。

一、纸张笔墨，支钱七百七十六文。

一、零用，支钱六千五百一文。

计支钱三百一十九千六百九文。

三月

一、委员薪水，支钱八十二千文。

一、委员轿随，支钱一十八千文。

一、司事一十五人薪水，支钱一百三十千文。

一、门厨仓工八人辛工，支钱一十千五百文。

一、伙食（小建），支钱五十七千四百二十文。

一、煤柴（小建），支钱四千六十文。

一、油烛，支钱四千四百二十七文。

一、春租催佃酒，支钱一千一百八十文。

一、零用，支钱七千五百八十二文。

计支钱三百一十七千一百六十九文。

共支钱九百五十六千六百八十四文。

实在

一、分存城乡四十一当共钱一十万一千四百六十千文。

一、奉文息借商款二两库平银一万六千两（每百两计钱一百五十五千八百三十文），合钱二万四千九百三十二千八百文。

一、奉文息借商款英洋一十万元（每元合库平银六钱七分八厘，印小票存司库），合钱一十万二千四百千文。

一、寄存藩库英洋三万元（洋价每元九百一十文），合钱二万七千三百千文。

一、存三邑仓借拨钱二百七十五千六百四十三文。

一、存仓钱一万九千七百一十三千一百二十文。

统共存钱二十七万六千八十一千五百六十三文。

统共存谷一十一万七千三百一十五石三斗一升

为照会事。本年五月初六日，奉苏抚部院聂批本司详送省城丰备义仓二十七年春季收支报销册由，奉批：据送清册存查，仰即转饬知照缴等因到司。奉此合就照会，为此照会贵绅董，烦为查照施行。须至照会者。

光绪二十七年五月十八日照会

藩宪陆照会

呈为遵饬按季造报并请转详事。窃绅等于上月内接奉苏州府照会内开，案奉宪札，钦奉上谕，饬将各属实存钱谷以及整顿办理情形，从二十五年夏季起，按季开折，送府汇总转呈等因。奉经按季造送在案。所有二十七年夏季前项实存钱谷数目折结，现已届期，应即开送以凭汇办等因。奉此查丰备义仓本年春季实存钱谷数目，业经绅等于四月内，造册报销在案。兹奉前因，合将本年夏季三个月义仓一应钱谷收支储存各款，缮具四柱清册，备文呈 _{请鉴核，并备详清册一套，请钤宪印，详送} 抚宪核销_外，伏乞大公祖大人电鉴备查，_{一面汇总转详，报除呈送藩宪并转详}

实为公便。谨呈。

计呈 清册一套并备详清册一套
清册一套

一呈藩宪陆
府宪向

光绪二十七年七月初六日义仓绅董张、潘、吴呈

谨将丰备义仓光绪二十七年夏季三个月，一应钱谷收支储存各款，造具四柱清册，恭呈钧鉴。

计开：

旧管

上届存钱二十七万六千八十一千五百六十三文。

上届存谷一十一万七千三百一十五石三斗一升。

新收

一、收二十六年分旧租折色钱一百八十八千三百七十五文。

一、收夏季周年八厘当息钱二千二十九千二百文。

一、收房租息钱二百六十一千二百五十文。

共收钱二千四百七十八千八百二十五文。

开除

四月

一、司事一十五人薪水，支钱一百四千文。

一、门厨仓工八人辛工，支钱一十二千五百文。

一、伙食（_{小建，司事一十五人，每人每日一百文，使役八人，每人每日六十文}），支钱五十七千四百二十文。

一、煤柴（_{小建，每日一百四十文}），支钱四千六十文。

一、油烛，支钱四千九十文。

一、纸张笔墨租繇租册工料，支钱一十六千六百六十五文。

一、零用，支钱九千三十九文。

计支钱二百七千七百七十四文。

五月

一、司事一十五人薪水，支钱一百四千文。

一、门厨仓工八人辛工，支钱一十二千五百文。

一、伙食（_{大建}），支钱五十九千四百文。

一、煤柴（_{大建}），支钱四千二百文。

一、油烛，支钱四千三十文。

一、纸张笔墨，支钱二千一百八十五文。

一、零用，支钱九千三百一十七文。

计支钱一百九十五千六百三十二文。

六月

一、司事一十五人薪水，支钱一百四千文。

一、门厨仓工八人辛工，支钱一十二千五百文。

一、伙食（小建），支钱五十七千四百二十文。

一、煤柴（小建），支钱四千六十文。

一、油烛，支钱四千二百二十三文。

一、纸张笔墨，支钱六百八十四文。

一、零用，支钱一十三千六百七十七文。

计支钱一百九十六千五百六十四文。

一、追租差费，支钱一百七十七千二百文。

一、匠工岁修，支钱四十千九百九十文。

一、添置器用，支钱五千二百六文。

一、催佃酒，支钱三千七十文。

计支钱二百二十六千四百六十六文。

共支钱八百二十六千四百三十六文。

实在

一、分存城乡四十一当共钱一十万一千四百六十千文。

一、奉文息借商款二两库平纹银一万六千两（每百两计钱一百五十五千八百三十文），合钱二万四千九百三十二千八百文。

一、奉文息借商款英洋一十万元（每元合库平纹银六钱七分八厘，印小票现存司库），合钱一十万二千四百千文。

一、寄存藩库英洋三万元（洋价九百一十文），合钱二万七千三百千文。

一、存三邑仓借拨钱三百四千一百四十三文。

一、存仓钱二万一千三百三十七千九文。

统共存钱二十七万七千七百三十三千九百五十二文。

统共存谷一十一万七千三百一十五石三斗一升。

为照会事。本年八月初一日，奉抚宪聂批本司详送丰备义仓本年夏季收支报销册由，奉批：据送清册存查。仰即转饬知照缴等因到司。奉此合就照会，为此照会贵绅董，烦为查照施行。须至照会者。

光绪二十七年八月二十三日照会

藩宪陆照会

呈为遵饬按季造报并请转详事。窃绅等接奉苏府宪照会内开，案奉宪札，以钦奉上谕，饬将各属实存钱谷以及整顿办理情形，从二十五年夏季起，按季开折，送府汇总转呈等因，奉经造送至二十七年夏季止在案。所有二十七年秋季前项实存钱谷数目清折，现已届期，应即开送，以凭汇办等因。奉此查丰备义仓本年夏季实存钱谷数目，业经绅等于本年七月内，造册报销在案。兹奉前因，合将本年秋季三个月义仓一应钱谷收支储存各款，造

具四柱清册，备文呈 请鉴核，并备详清册一套，请钤宪印，详送 报除呈送藩宪并转详 抚宪核销外，伏乞大公祖大人电鉴

备查，一面汇总转呈，实为公便。谨呈。

　　计呈 清册一套并备详清册一套
　　　　 清册一套

　　一呈 藩宪陆
　　　　 府宪向

光绪二十七年十月初三日义仓绅董张、潘、吴呈

　　谨将丰备义仓光绪二十七年秋季三个月，一应钱谷收支储存各款，造具四柱清册，恭呈钧鉴。

　　计开：

旧管

上届存钱二十七万七千七百三十三千九百五十二文。

上届存谷一十一万七千三百一十五石三斗一升。

新收

一、收二十六年分旧租折色钱八十八千三百二十八文。

一、收秋季周年八厘当息钱二千二十九千二百文。

一、收房租钱三百三十三千一百四十文。

共收钱二千四百五十千六百六十八文。

开除

七月

一、司事一十五人薪水，支钱一百四千文。

一、门厨仓工八人辛工，支钱一十二千五百文。

一、伙食（大建，司事一十五人，每人每日一百文，使役八人，每人每日六十文），支钱五十九千四百文。

一、煤柴（大建，每日一百四十文），支钱四千二百文。

一、油烛，支钱三千九百一十二文。

一、纸张笔墨，支钱一千文。

一、零用，支钱八千五百一十六文。

计支钱一百九十三千五百二十八文。

八月

一、司事一十五人薪水，支钱一百四千文。

一、门厨仓工八人辛工，支钱一十二千五百文。

一、伙食（小建），支钱五十七千四百二十文。

一、煤柴（小建），支钱四千六十文。

一、油烛，支钱四千一百八十八文。

一、纸张笔墨（租蠡、租册印工），支钱七千三十文。

一、零用，支钱九千三十九文。

计支钱一百九十八千二百三十七文。

九月

一、司事一十九人薪水，支钱一百二十千文。

一、门厨仓工九人辛工，支钱一十五千五百文。

一、伙食（大建），支钱七十三千二百文。

一、煤柴（大建），支钱四千二百文。

一、油烛，支钱三千九百三十四文。

一、纸张笔墨，支钱九百六十九文。

一、零用，支钱六千七百二十三文。

计支钱二百二十四千五百二十六文。

一、完纳三邑上忙条银，支钱六百八十千文。

一、仓场工费（晒谷等），支钱一百五千一百六十八文。

一、匠工岁修，支钱二百千九百文。

一、添置器用，支钱六千一百九十四文。

一、催佃酒，支钱八百六十文。

计支钱九百九十三千一百二十二文。

共支钱一千六百九千四百一十三文。

实在

一、分存城乡四十一当共钱一十万一千四百六十千文。

一、奉文息借商款二两库平银一万六千两（每百两计钱一百五十五千八百三十文），合钱二万四千九百三十二千八百文。

一、奉文息借商款英洋一十万元（每元合库平银六钱七分八厘，印小票存司库），合钱一十万二千四百千文。

一、寄存藩库英洋三万元（洋价每元九百一十文），合钱二万七千三百千文。

一、存三邑仓借拨钱三百三十二千六百四十三文。

一、存仓钱二万二千一百四十九千七百六十四文。

统共存钱二十七万八千五百七十五千二百七文。

统共存谷一十一万七千三百一十五石三斗一升。

为照会事。本年十一月十二日，奉苏抚部院聂批本司详送丰备义仓本年秋季收支报销册由，奉批：据送清册存查。仰即转饬知照缴等因到司。奉此合就照会，为此照会贵绅董，烦为查照施行。须至照会者。

光绪二十七年十二月初九日照会

藩宪陆照会

呈为遵饬按季造报并请转详事。窃绅等接奉 苏府宪照会内开，案奉宪札，以钦奉上谕，饬将各属实存钱谷以及整顿办理情形，从二十五年夏季起，按季开折，送府汇总转呈等因，奉经造送至二十七年秋季止在案。所有二十七年冬季前项实存钱谷数目清折，现已届期，应即开送，以凭汇办等因到仓。奉此查丰备义仓上年秋季实存钱谷数目，业经绅等于上年十月内，造册报销在案。兹奉前因，合将上年冬季三个月义仓一应钱谷收支储存以及收租积谷经费各款，造具四柱清册，备文呈请鉴核，并备详清册一套，请钤宪印，详送抚宪核销外，报，除呈送藩宪并转详

伏乞大公祖大人电鉴备查，一面汇总转详，实为公便。谨呈。

计呈 清册一套并备详清册一套
清册一套

一呈 藩宪陆
府宪向

光绪二十八年正月二十日义仓绅董张、藩、吴呈

谨将丰备义仓光绪二十七年冬季三个月，一应钱谷收支储存及收租积谷经费各款，造具四柱清册，恭呈钧鉴。

计开：

旧管

上届存钱二十七万八千五百七十五千二百七文。

上届存谷一十一万七千三百一十五石三斗一升。

新收

一、收二十六年分旧租折色钱四百五十一千九百九文。

一、收二十七年分新租折色钱二万八千一百六十五千七百五十三文。

一、收冬季周年八厘当息钱二千二十九千二百文。

一、收房租息钱二百二十七千三十文。

共收钱三万八百七十三千八百九十二文。

开除

十月

一、委员薪水（会办委员五十八千文，随办委员二十四千文），支钱八十二千文。

一、委员轿随（会办委员一十二千文，随办委员六千文），支钱一十八千文。

一、司事一十九人薪水，支钱一百四十六千文。

一、门厨仓工九人辛工，支钱一十五千五百文。

一、伙食（大建，司事一十五人，每人每日一百文，使役八人，每人每日六十文），支钱七十三千二百文。

一、煤柴（大建，每日一百四十文），支钱四千二百文。

一、油烛，支钱九千六百文。

一、纸张笔墨，支钱二百文。

一、零用，支钱六千一十七文。

一、开仓酒席及催甲酒饭一应犒赏，支钱五十千四百二十六文。

计支钱四百五千一百四十三文。

十一月

一、委员薪水，支钱八十二千文。

一、委员轿随，支钱一十八千文。

一、司事一十九人薪水，支钱一百四十六千文。

一、门厨仓工九人辛工，支钱一十五千五百文。

一、伙食（大建），支钱七十三千二百文。

一、煤柴（大建），支钱四千二百文。

一、油烛，支钱四千七百四十六文。

一、零用，支钱六千六百三十六文。

计支钱三百五十千二百八十二文。

十二月

一、委员薪水，支钱八十二千文。

一、委员轿随，支钱一十八千文。

一、司事一十九人薪水，支钱一百四十六千文。

一、门厨仓工九人辛工，支钱一十五千五百文。

一、伙食（小建），支钱七十千七百六十文。

一、煤柴（小建），支钱四千六十文。

一、油烛，支钱五千一百八十四文。

一、纸张笔墨，支钱二千九百一十文。

一、零用，支钱一十六千四十六文。

一、年终犒赏及年饭酒，支钱四十八千五百四十四文。

计支钱四百九千四文。

一、奉文协贴省城饭粥局，支钱五千千文。

一、完纳三邑条漕，支钱九千一百八十五千一百二十三文。

一、各署书吏辛工纸张费，支钱三百三十六千八百三十一文。

一、追租差费，支钱三百二十四千四百文。

一、催佃缴租零犒，支钱一百三十七千六百六十四文。

一、三邑易知单费，支钱四十四千三百八文。

一、包衙前翻造市房，支钱五百六十六千四百文。

一、匠工岁修工料，支钱一百七十五千五百四文。

一、添置器用，支钱二千一百二十六文。

计支钱一万五千七百七十二千三百五十六文。

共支钱一万六千九百三十六千七百八十五文。

实在

一、分存城乡四十一当共钱一十万一千四百六十千文。

一、奉文息借商款二两库平银一万六千两（每百两计钱一百五十五千八百三十文），合钱二万四千九百三十二千八百文。

一、奉文息借商款英洋一十万元（每元合库平银六钱七分八厘，印小票存司库），合钱一十万二千四百千文。

一、寄存藩库英洋三万元（洋价九百一十文），合钱二万七千三百千文。

一、存三邑仓借拨钱三百八十六千三百一十九文。

一、存仓钱三万六千三十三千一百九十五文。

统共存钱二十九万二千五百一十二千三百一十四文。

统共存谷一十一万七千三百一十五石三斗一升。

为照会事。本年三月二十一日，奉抚宪恩批本司详送省城丰备义仓光绪二十七年冬季收支报销册由，奉批：据送清册存查。仰即转饬知照缴等因到司。奉此合就照会，为此照会贵绅董，烦为查照施行。须至照会者。

光绪二十八年四月十一日照会

藩宪陆照会

为照会事。案奉宪札，钦奉上谕，饬将各属实存钱谷以及整顿办理情形，从二十五年夏季起，按季开折，送府汇总转呈等因，奉经按季造送在案。所有光绪二十八年春季前项实存钱谷数目折结，已届开送之期。合亟照会，为此照会贵绅董，希即遵照，迅将本年春季丰备义仓实存本息钱若干，实存谷若干，务于文到三日内，查开清折，加具实存无亏切结，一并送府，以凭汇总转呈，幸勿迟延。切切！须至照会者。

光绪二十八年四月初八日照会

苏州府向照会

呈为遵饬按季造报并请转详事。窃绅等前接^{苏州府照会}内开，案奉宪札，以钦奉上谕，饬将各属实存钱谷数目以及整顿办理情形，从二十五年夏季起，按季开折，送府汇总转呈等因到仓。奉此查丰备义仓上年冬季实存钱谷数目，业经绅等于本年正月内，造册报销在案。兹又届期，合将本年春季三个月义仓一应钱谷收支储存各款，造具四柱清册，备文呈请鉴核，并备详清册一套，请钤宪印，详送抚宪核销（外），伏乞大公祖大人电鉴备查（一面汇总转呈），报，除呈送藩宪并转详实为公便。谨呈。

计呈清册一套并备详清册一套
    清册一套

一呈藩宪陆
    府宪向

光绪二十八年四月初九日义仓绅董张、藩、吴呈

谨将丰备义仓光绪二十八年春季三个月，一应钱谷收支储存各款，造具四柱清册，恭呈钧鉴。

计开：

旧管

上届存钱二十九万二千五百一十二千三百一十四文。

上届存谷一十一万七千三百一十五石三斗一升。

新收

一、收二十七年分旧租折色钱一十九千九百五十五文。

一、收春季周年八厘当息钱二千二十九千二百文。

一、收息借商款息银七百八十四两合钱一千七十二千五百三十九文。

一、收房租息钱三百一千四百八十文。

共收钱三千四百二十三千一百七十四文。

开除

正月

一、委员薪水（会办委员五十八千文，随办委员二十四千文），支钱八十二千文。

一、委员轿随（会办委员一十二千文，随办委员六千文），支钱一十八千文。

一、司事一十五人薪水，支钱一百三十二千文。

一、门厨仓工八人辛工，支钱一十二千五百文。

一、伙食（大建，司事一十五人，每人每日一百文，使役八人，每人每日六十文），支钱五十九千四百文。

一、煤柴（大建每日一百四十文），支钱四千二百文。

一、油烛，支钱五千八百一十九文。

一、零用，支钱八千七十二文。

计支钱三百二十一千九百九十一文。

二月

一、委员薪水，支钱八十二千文。

一、委员轿随，支钱一十八千文。

一、司事一十五人薪水，支钱一百三十二千文。

一、门厨仓工八人辛工，支钱一十二千五百文。

一、伙食（小建），支钱五十七千四百二十文。

一、煤柴（小建），支钱四千六十文。

一、油烛，支钱四千文。

一、纸张笔墨，支钱一千一百三十六文。

一、零用，支钱八千二百四十四文。

计支钱三百一十九千三百六十文。

三月

一、委员薪水，支钱八十二千文。

一、委员轿随，支钱一十八千文。

一、司事一十五人薪水，支钱一百三十二千文。

一、门厨仓工八人辛工，支钱一十二千五百文。

一、伙食（大建），支钱五十九千四百文。

一、煤柴（大建），支钱四千二百文。

一、油烛，支钱四千三百一十五文。

一、零用，支钱八千一百五十文。

计支钱三百二十千五百六十五文。

一、仓场工费，支钱八十千三百二十九文。

一、匠酒，支钱二千九百二十文。

一、催佃酒，支钱七百九十四文。

计支钱八十四千四十三文。

共支钱一千四十五千九百五十九文。

实在

一、分存城乡四十一当共钱一十万一千四百六十千文。

一、奉文息借商款二两库平银一万六千两（每百两计钱一百五十五千八百三十文），合钱二万四千九百三十二千八百文。

一、奉文息借商款英洋一十万元（每元合库平银六钱七分八厘，印小票存司库），合钱一十万二千四百千文。

一、寄存藩库英洋三万元（洋价九百一十文），合钱二万七千三百千文。

一、存三邑仓借拨钱四百一十四千八百一十九文。

一、存仓钱三万八千三百八十一千九百一十文。

统共存钱二十九万四千八百八十九千五百二十九文。

统共存谷一十一万七千三百一十五石三斗一升。

为照会事。本年五月十五日，奉抚宪恩批本司详送丰备义仓本年春季收支报销册由，奉批：据送清册存查。仰即转饬知照缴等因到司。奉此合就照会，为此照会贵绅，烦为查照施行。须至照会者。

光绪二十八年六月初二日照会

藩宪陆照会

为照会事。奉府宪向札，案奉宪札，钦奉上谕，饬将各属实存钱谷以及整顿办理情形，从二十五年夏季起，按季开折，送府汇总转呈等因，奉经按季造送在案。现届二十八年夏季，应行开送之期，合亟札饬札县，立即遵照，迅将本年夏季该三县积谷实存本息钱若干，实存谷若干，务于文到三日内，查开清折，加具实存无亏印结，一并送府，以凭汇总转呈，毋稍迟延等因到县，奉此合行照会。为此照会贵绅董，烦遵宪饬，将本年夏季实存钱谷各数，迅速造具折结送县，以凭会衔造报，幸勿有稽。望切！须至照会者。

光绪二十八年七月十七日照会

长洲县照会

为呈明事。案准贵三县照会，以三邑积谷奉宪札饬，照章按季稽查，开折具报，合将季报折式录送，请烦查照，嗣后按季将实存钱谷数目，开折呈送，以凭转报等因。准此查三邑仓实存钱谷各数，业已截至光绪二十八年春季止，开具清折，送请通报在案。自入夏季以来，奉文开办平粜，即经会同苏郡各绅，拟议章程，酌提丰备仓暨三邑仓所存谷石，碾砻成米，分发城内外十局平粜。自六月初一日开粜起，随时将谷陆续运往无锡砻碓，迄今尚无停办日期。至各局粜下米款，钱数多寡不等，平粜十局一应经费开支，前次议章，曾已陈明，无从预为约数，统俟事竣，核明总数，汇造报销。是以本年夏季丰备仓实存钱谷，因在平粜期内，数难截清，请俟下季造报，已经呈明藩宪暨苏州府核转矣。三邑仓事同一律，应俟平粜撤局后，截清界限，至秋季再行查开四柱清折呈报，以符原案而昭核实。所有夏季一次，应请邀免开折，为此呈请贵三县鉴核照转。望切！须至呈者。

右呈元和金、长洲县正堂苏、吴田

光绪二十八年七月初十日三邑仓绅董张、潘、吴呈

呈为平粜期内数难截清请俟下季造报事。窃绅等接准苏州府照会内开，案奉宪札，以钦奉照会

奉上谕，饬将各属实存钱谷以及整顿办理情形，从二十五年夏季起，按季开折，送府汇总转呈等因，奉经按季造送在案。现届二十八年夏季应行开送之期，合亟照会，希即遵照，迅将本年夏季丰备义仓实存本息钱若干，实存谷若干，查开清折送府，以凭汇总转呈等因。奉此查丰备义仓实存钱谷各数，业已截至光绪二十八年春季止，造具清册，呈请核转报汇在案。自入夏季以来，奉文开办平粜，当经绅等会同苏郡各绅，拟议章程，酌提丰备仓暨三邑仓所存谷石，碾耗成米，分发城内外十局平粜。自六月初一日开粜起，随时将谷陆续运往无锡砻碓，迄今尚无停办日期。与未办平粜以前，陈陈相因，未经动用仓谷者不同，此平粜期内实存谷数，遽难截清之情形也。至各局粜下米款，钱数多寡不等，汇缴义仓，为期亦先后不齐。其砻谷碓米驳运水脚购置各项应用物件及平粜十局一应经费，在在需资。前次议章陈明，无从预为约数，统俟事竣，核明总数，汇造报销，究竟粜变若干，开支若干，余存若干，未可悬拟，此平粜期内实存钱数遽难截清之情形也。奉准兹奉前因，应俟平粜撤局后，截清界限，至本年秋季止，再行查造四柱清册，呈报以符原案而昭核实。所有夏季一次，应请邀免造册，理合具文呈明复，除呈藩宪外，仰祈大公祖大人电鉴核转，实为公便。谨呈。

呈苏藩宪陆
州府向

光绪二十八年七月初十日义仓绅董张、潘、吴呈

为照会事。本年八月初四日，奉抚宪恩批本司详丰备义仓现办平粜，实存钱谷遽难截清，夏季请免造册由，奉批：据详丰备仓暨三邑义仓积存钱谷，现在酌提举办平粜，实存钱谷数目，一时遽难截清。所有夏季收支各数清册，准免造报，仰即转饬遵照，一俟平粜撤局事竣，并归秋季核实造册报销，此缴等因到司。奉此合就照会，为此照会贵绅，烦为查照抚宪批示办理，一俟平粜撤局事竣，并归秋季核实造册报销。望切施行。须至照会者。

光绪二十八年八月十四日照会
藩宪陆照会

为照会事。案奉宪札，钦奉上谕，饬将各属实存钱谷以及整顿办理情形，从二十五年夏季起，按季开折，送府汇总转呈等因，奉经按季造送在案。现届二十八年秋季应行开送之期，合亟照会，为此照会贵绅董，希即遵照，迅将本年秋季丰备义仓实存本息钱若干，实存谷若干，务于文到三日内，查开清折，加具实存无亏切结，一并送府，以凭汇总转呈，勿稍迟延。切切！须至照会者。

光绪二十八年九月初四日照会
苏州府照会

为照会事。奉府宪向札开，案奉宪札，钦奉上谕，饬将各属实存钱谷以及整顿办理情形，从二十五年夏季起，按季开折，送府汇总转呈等因，奉经按季造送在案。现届二十八年秋季应行开送之期，合亟札饬札县，立即遵照，迅将本年秋季该三县积谷仓实存本息钱

若干，实存谷若干，务于文到三日内，查开清折，加具实存无亏印结，一并送府，以凭汇总转呈，毋稍迟延，切切等因到县。奉此查敝三县积谷仓本年夏季应报实存钱谷各数，因值平粜期内，未能截清，即经申请归入秋季造报在案。兹奉前因，合行照会，为此照会贵绅董，烦遵宪饬，将本年秋季实存钱谷各数，迅速造具折结送县，以凭会衔造报，幸勿有稽。望切！须至照会者。

光绪二十八年九月十九日照会

长洲县照会

呈为造报夏秋两季收支钱谷事。案查丰备义仓实存钱谷各数，前已截至光绪二十八年春季止，造具清册，呈报汇核转在案。嗣因夏季，适在奉文开办平粜期内，钱谷两项，数难截清，俟下季一并造报，业经绅等于七月初十呈（明贵府并）蒙宪台详奉抚宪恩批开，据详丰备仓暨三邑义仓积存钱谷，现在酌提举办平粜，实存钱谷数目，一时遽难截清，所有夏季收支各数清册，准免造报，仰即转饬遵照，一俟平粜撤局事竣，并归秋季核实造册报销，此缴等因到司。合就照会，烦为查照抚宪批示办理等因到仓。奉此查苏城内外分设十局，酌提仓谷，碾米平粜，前于八月十五日奉谕撤局，即由绅等将收支钱米及砻谷粜米局用经费，专案汇造总册，呈送核销在案。所有丰备义仓本年夏秋两季一应收支款项、实存本息钱文、仓储谷石数目，理合分晰造具四柱清册，除呈请鉴核，并备详清册一套，请钤宪印，详送抚宪核销外，理合照缮清册，备文呈送。仰祈大公祖大人电鉴备查，一面照案汇总转呈，实为公便。谨呈。

计呈 清册一套并备详清册一套
　　　清册一套

呈 藩宪陆
　　苏州府向

光绪二十八年十月初十日义仓绅董张、潘、吴呈

为造报事。案照三邑义仓实存钱谷各数（照前叙），业经绅于七月初十呈明贵三县核转，并蒙藩宪（照前叙）奉谕撤局。除由绅等将提用三邑仓谷一万石，粜变米价，共钱一万六千二百六十一千九百一十二文，在丰备仓存钱项下，按数拨还三邑仓归款，即于九月十八日专案呈请贵三县转报外，所有三邑总仓本年夏秋两季一应收支款项、实存钱谷各数，相应开具四柱清折，备文呈送。为此呈请贵三县鉴核，照案通报各宪查考，实为公便。再，三邑仓廒前奉藩宪寄储第一次官米一千四百数十石，第二次一百四十三石四斗，业于七月间，陆续将前项官米以苏斛量见，实共一千五百七十三石二斗五升，尽数发交甪头司余巡检领运西山，转交绅董办理平粜，并由绅等呈明宪鉴，暨开单送请贵三县转报在案。此次不复赘列折内，以清款目，合并声明。须至呈者。

计送清折一扣

右呈 元和
　　　长洲县正堂 金
　　　吴　　　苏
　　　　　　　田

光绪二十八年十月初十日三邑积谷仓绅董张、潘、吴呈

谨将丰备义仓光绪二十八年夏秋两季六个月，钱谷收支储存及收租积谷设局平粜一应经费各款，造具四柱清册，恭呈钧鉴。

计开：

旧管

上届存钱二十九万四千八百八十九千五百二十九文。

上届存谷一十一万七千三百十五石三斗一升。

新收

一、收二十七年分旧租折色钱二百五十九千四百文。

一、收夏秋两季周年八厘当息钱四千五十八千四百文。

一、收房租息钱三百六十九千四百八十五文。

一、收十局平粜米价钱七万五千八百九十一千三百四十二文。

共收钱八万五百七十八千六百二十七文。

一、收二藩宪寄储三邑仓谷四千九百八十石。

一、收三邑仓谷一万石。

共收谷一万四千九百八十石。

开除

四月

一、司事一十五人薪水，支钱一百四千文。

一、门厨仓工八人辛工，支钱一十二千五百文。

一、伙食（小建，司事一十五人，每人每日一百文，使役八人，每人每日七十文），支钱五十九千七百四十文。

一、煤柴（小建，每日一百四十文），支钱四千六十文。

一、油烛，支钱四千二百六十文。

一、纸张笔墨，支钱七百二十四文。

一、零用，支钱八千二百一十三文。

计支钱一百九十三千四百九十七文。

五月

一、司事十五人薪水，支钱一百四千文。

一、门厨仓工八人辛工，支钱一十二千五百文。

一、伙食（小建），支钱五十九千七百四十文。

一、煤柴（小建），支钱四千六十文。

一、油烛，支钱四千二百八文。

一、纸张笔墨（租由、租册等纸张），支钱一十千二百一十六文。

一、零用，支钱一十千九百九十四文。

计支钱二百五千七百一十八文。

六月

一、司事十五人薪水，支钱一百四千文。

一、门厨仓工八人辛工，支钱一十二千五百文。

一、伙食（大建），支钱六十一千八百文。

一、煤柴（大建），支钱四千二百文。

一、油烛，支钱四千一百五十文。

一、纸张笔墨，支钱二百一十八文。

一、零用，支钱一十千一百五十三文。

计支钱一百九十七千二十一文。

七月

一、司事十五人薪水，支钱一百四千文。

一、门厨仓工八人辛工，支钱一十二千五百文。

一、伙食（小建），支钱五十九千七百四十文。

一、煤柴（小建），支钱四千六十文。

一、油烛，支钱四千一百八十四文。

一、零用，支钱一十千二百四十八文。

计支钱一百九十四千七百三十二文。

八月

一、司事十五人薪水，支钱一百四千文。

一、门厨仓工八人辛工，支钱一十二千五百文。

一、伙食（大建），支钱六十一千八百文。

一、煤柴（大建），支钱四千二百文。

一、油烛，支钱四千二十文。

一、纸张笔墨（租由、租册等印工），支钱一十一千六百三十三文。

一、零用，支钱九千四百九十七文。

计支钱二百七千六百五十文。

九月

一、司事二十人薪水，支钱一百二十五千文。

一、门厨仓工九人辛工，支钱一十五千五百文。

一、伙食（小建），支钱七十六千二百七十文。

一、煤柴（小建），支钱四千六十文。

一、油烛，支钱四千三百一十三文。

一、纸张笔墨，支钱一千三十文。

一、零用，支钱五千七百二十六文。

计支钱二百三十一千八百九十九文。

一、解还，藩库谷价，支钱八千九十八千四百四十六文。

一、拨还三邑仓谷价，支钱一万六千二百六十一千九百一十二文。

一、完纳长元吴三邑上忙条银，支钱六百八十千文。

一、仓场工费，支钱二十八千三百九文。

一、匠工岁修，支钱二百七十四千八百文。

一、催佃酒，支钱三千五百一十文。

一、追租差费，支钱一百七十五千三百文。

一、添置器用，支钱四千四百八十五文。

一、十局平粜砻工水脚局用等费，支钱七千七百四十二千六百二十四文。

计支钱三万三千二百六十九千三百八十六文。

共支钱三万四千四百九十九千九百三文。

一、平粜砻去谷四万六千二百九十七石。

计支谷四万六千二百九十七石。

实在

一、分存城乡四十一当共钱一十万一千四百六十千文。

一、存奉文息借商款二两库平银一万六千两（每百两计钱一百五十五千八百三十文），合钱二万四千九百三十二千八百文。

一、存奉文息借商款英洋一十万元（每元合库平银六钱七分八厘，印小票存藩库），合钱一十万二千四百千文。

一、寄存藩库英洋三万元（洋价每元九百一十文），合钱二万七千三百千文。

一、存三邑仓借拨钱四百七十一千八百一十九文。

一、存仓钱八万四千四百三千六百三十四文。

统共存钱三十四万九百六十八千二百五十三文。

统共存谷八万五千九百九十八石三斗一升。

为照会事。本年十一月初二日，奉抚宪恩批本司详送丰备义仓本年夏秋两季收支报销册由，奉批：据详已悉。册开收支款项，既已由司覆核属实，应准核销。仰即转饬遵照按季接续造报，仍将粜变谷价，乘此新谷登场，赶紧如数买补上仓，请委验收，以重储备，切切，此缴册存等因到司。奉此合亟照会，为此照会贵绅，烦为查照宪批办理施行。须至照会者。

光绪二十八年十一月十六日照会

藩宪陆照会

为照会事。案奉宪札内开，照得各属应造光绪二十八年冬季实存钱谷各数折结，现已届期，应即开送等因到府。奉此合亟照会，为此照会贵绅董，烦为查照，希即将本年冬季丰备义仓实存本息钱若干，实存谷若干，逐细开送清折，以凭由府汇案核转，幸勿稽迟。望切施行。须至照会者。

光绪二十八年十二月十六日照会

苏州府向照会

呈为遵饬按季造报并请转详事。窃于上年十二月^{准苏州府}照会内开，案照各属应造光绪二十八年冬季实存钱谷各数折结，现已届期，应即开送。合亟照会，希即遵照，迅将本年冬季丰备义仓实存本息钱若干，实存谷若干，逐细开送清折，以凭由府汇案核转等因。^{准奉}此查丰备义仓，按季造报，业经绅等截至上年秋季止，造册呈报^{核汇}转在案。所有义仓上年冬季三个月一应收支款项实存本息钱文暨旧储新购谷石各数目，^{理合}分晰造具四柱清册，呈请鉴核，并备详清册一套，请钤宪印，详送抚宪核销外，^除理合照缮清册，备文呈送。仰祈大公祖大人电_{呈报藩宪并转详}

鉴备查，一面照案汇总转呈，实为公便。谨呈。

　　计呈送 清册一套并备详清册一套
　　　　　清册一套

　　一呈 藩宪陆
　　　　 苏州府向

光绪二十九年正月廿三日义仓绅董张、潘、吴呈

　　谨将丰备义仓光绪二十八年冬季三个月，一应钱谷收支储存及收租积谷经费各款，造具四柱清册，恭呈钧鉴。

　　计开：

旧管

上届存钱三十四万九百六十八千二百五十三文。

上届存谷八万五千九百九十八石三斗一升。

新收

一、收二十七年分旧租折色钱四百九千四百二十二文。

一、收二十八年分新租折色钱三万四千六十六千四百六十三文。

一、收冬季周年八厘当息钱二千二十九千二百文。

一、收房租息钱二百五十九千一百七十七文。

一、收息借商款息银三百三十六两合钱四百四十四千六百五十三文。

共收钱三万七千二百八十九千九百一十五文。

一、收采买新谷一万五千一百一石二斗六升。

计收谷一万五千一百一石二斗六升。

开除

十月

一、委员薪水（会办委员五十八千文，随办委员二十四千文），支钱八十二千文。

一、委员轿随（会办委员一十二千文，随办委员六千文），支钱一十八千文。

一、司事二十人薪水，支钱一百五十三千文。

一、门厨仓工九人辛工，支钱一十五千五百文。

一、伙食（大建，司事二十人，每人每日一百文，使役九人，每人每日七十文），支钱七十八千九百文。

一、煤柴（大建，每日一百四十文），支钱四千二百文。

一、油烛，支钱八千五百四十四文。

一、纸张笔墨，支钱四百七十六文。

一、零用，支钱八千六百六十文。

一、开仓酒席及催甲酒饭一应犒赏，支钱五十一千五十文。

计支钱四百二十千三百三十文。

十一月

一、委员薪水，支钱八十二千文。

一、委员轿随，支钱一十八千文。

一、司事二十人薪水，支钱一百五十三千文。

一、门厨仓工九人辛工，支钱一十五千五百文。

一、伙食（大建），支钱七十八千九百文。

一、煤柴（大建），支钱四千二百文。

一、油烛，支钱四千六百九十四文。

一、纸张笔墨，支钱三百九十二文。

一、零用，支钱六千二百六十三文。

计支钱三百六十二千九百四十九文。

十二月

一、委员薪水，支钱八十二千文。

一、委员轿随，支钱一十八千文。

一、司事二十人薪水，支钱一百五十三千文。

一、门厨仓工九人辛工，支钱一十五千五百文。

一、伙食（大建），支钱七十八千九百文。

一、煤柴（大建），支钱四千二百文。

一、油烛，支钱五千七百五十二文。

一、纸张笔墨，支钱五千八百二十文。

一、零用，支钱一十三千四百五十三文。

一、年终犒赏及年饭酒，支钱五十三千九百五十二文。

计支钱四百三十千五百七十七文。

一、采买新谷一万五千一百一石二斗六升（每石连水脚费二元五角五分四厘，洋照上届收租折价九百一十文），支钱三万五千九十七千四百九十二文。

一、奉文协贴省城粥局，支钱五千千文。

一、完纳三邑条漕，支钱一万一千七百七十七千五百八十三文。

一、各署书吏辛工纸张费，支钱三百六十九千八百一十二文。

一、追租差费，支钱三百三十三千八百文。

一、催佃缴租零犒，支钱一百四十七千二百九十二文。

一、三邑易知单费，支钱三十八千四百四十四文。

一、匠工岁修工料（翻造屋廒四十四间），支钱九百一十三千八百四十四文。

一、仓场工费及上谷力，支钱二百四十二千八百一十四文。

一、添置器用，支钱六百八十三文。

共计支钱五万三千九百二十一千七百六十四文。

共支钱五万五千一百三十五千六百二十文。

实在

一、分存城乡四十一当共钱一十万一千四百六十千文。

一、存奉文息借商款二两库平银一万六千两（每百两计钱一百五十五千八百三十文），合钱二万四千九百三十二千八百文。

一、存奉文息借商款英洋一十万元（每元合库平银六钱七分八厘，印小票存藩库），合钱一十万二千四百千文。

一、寄存藩库英洋三万元（洋价每元九百一十文），合钱二万七千三百千文。

一、存三邑仓借拨钱五百二十一千七百八十四文。

一、存仓钱六万六千四百二十六千九百六十四文。

统共存钱三十二万三千四十一千五百四十八文。

统共存谷一十万一千九十九石五斗七升。

三 *

为照会事。本年闰四月十八日奉抚宪陈札开，照得仓储积谷，专为备荒而设，一钱一粟，莫不与民命有关。各该州县自应将仓存谷数及收存银钱各数，按季造报一次，以备考核。乃查江苏各属，除省城丰备仓按季造册，又常熟、阳湖、金匮、荆溪、靖江、金坛、崇明七县按月开报外，其余各州县均无册报可稽，殊非慎重仓储之道。应饬各属，一律截至三十一年年底止，将仓存积谷实有若干石，征存银钱若干，是否发商生息，抑系存储何处，其发商生息者如何起息，造具详细清册，限文到十日内，专案具禀，以备考核。嗣后务即按季造报，不得漏延干咎。除分行各府州转饬外，合亟札饬等因到府。奉此合亟照会，为此照会贵绅董，希即遵照宪饬造册，依限禀复。嗣后务即按季造报，不得漏延干咎。切切！照会。

光绪三十二年闰四月二十六日照会

代理苏州府孙照会

呈为按季造报并请转详事。窃绅等董理省城丰备义仓，历将一应收支款项实存本息银洋钱文及仓储谷石数目，按季造报至光绪三十一年冬季止，呈请核转在案。兹查本年正月内呈送上年冬季报销清册，旋奉宪台藩宪批示借拨商务公司银一万两，截至现在止，业经由司于费商缴存十二期租银项下，先后提归寄存租款银三千两，实只剩银七千两等因。是以此次报册实在项下，于寄存宪藩库银两一款内，再添列银一千两，即于借拨商务公司银款内再缩除银一千两，遵照登列，以符档案。所有本年春季三个月义仓一应银洋钱谷收支储存各数，理合分晰造具四柱清册，具交呈送 除并备清册一本，请钤宪印，详送报藩宪并转详 抚宪核销外，理合照缮清册，备文呈送。仰祈大公祖大人鉴核备查，一面照案汇总转呈，实为公便。谨呈。

计呈送 清册一本并备详清册一本
清册一本

呈藩宪濮
代理苏州府孙

光绪三十二年四月初十日义仓绅董潘、张呈

谨将丰备义仓光绪三十二年春季三个月，一应银洋钱谷收支储存各数，造具四柱清册，呈候鉴核。

计开：

旧管

上届存二两库平银八万三千八百两。

上届存英洋三万元。

上届存钱一十六万六千八百千九百八十文。

上届存谷一十二万八千九百一十六石二升。

新收

一、收三十一年分旧租折色钱四十二千三百八文。

一、收春季周年八厘当息钱二千二百二十九千二百文。

一、收宁沪铁路局买用仓田（共一亩五分一厘一毫，每亩给价钱三十千文），钱四十五千三百三十文。

一、收房租息钱二百二十八千五百七十文。

共收钱二千三百四十五千四百八文。

开除

正月

一、委员薪水（会办委员五十八千文，随办委员二十四千文），支钱八十二千文。

一、委员轿随（会办委员一十二千文，随办委员六千文），支钱一十八千文。

一、司事一十五人薪水，支钱一百四十千文。

一、门厨仓工八人辛工，支钱一十二千五百文。

一、伙食（小建，司事一十五人，每人每日一百文，使役八人，每人每日七十文），支钱五十九千七百四十文。

一、煤柴（小建，每日一百四十文），支钱四千六十文。

一、油烛，支钱七千七百四十七文。

一、零用，支钱七千八百二十九文。

计支钱三百三十一千八百七十六文。

二月

一、委员薪水，支钱八十二千文。

一、委员轿随，支钱一十八千文。

一、司事一十五人薪水，支钱一百四十千文。

一、门厨仓工九人辛工，支钱一十四千文。

一、伙食（大建），支钱六十三千九百文。

一、煤柴（大建），支钱四千二百文。

一、油烛，支钱六千二百二文。

一、纸张笔墨，支钱八百六十文。

一、零用，支钱七千五百二十二文。

计支钱三百三十六千六百八十四文。

三月

一、委员薪水，支钱八十二千文。

一、委员轿随，支钱一十八千文。

一、司事一十五人薪水，支钱一百四十千文。

一、门厨仓工九人辛工，支钱一十四千文。

一、伙食（大建），支钱六十三千九百文。

一、煤柴（大建），支钱四千二百文。

一、油烛，支钱六千六文。

一、零用，支钱八千七百四十二文。

计支钱三百三十六千八百四十八文。

一、催酒，支钱三百九十文。

一、匠酒，支钱九千九百八十文。

一、仓场工费（芦席蚬壳等），支钱一百三十四千三百四十六文。

一、添置器用，支钱五千七百八十六文。

一、水龙出救，支钱四千六百六十八文。

计支钱一百五十五千一百七十文。

共支钱一千一百六十千五百七十八文。

实在

一、分存城乡四十一当共钱一十万一千四百六十千文。

一、寄存藩库英洋二万五千元。

一、存借拨李文忠公专祠不敷经费洋五千元。（此款系呈奉前藩宪批准暂借，仍由省城筹捐归还。理合登明。）

一、寄存藩库二两库平银五万六千八百两。

一、存奉文借拨商务公司二两库平银七千两。（此款奉前藩宪照会，以前溧阳县杨令等息借股本，均因事故亏累，经各前升司批准，于提还积谷款内拨放银一万两，仍作义仓借拨商务公司积谷存款。现已详明，匀分十年拨还，应俟按年收起归款。本年二月内呈奉藩宪批复，借拨商务公司银一万两，截至现在止，业经由司于费商缴存十二期租银项下，先后提归寄存租款银三千两，实只剩银七千两各等因。是以于前项寄存藩库款内，添列银三千两，即于此项缩除银三千两。理合登明。）

一存奉文借拨经、纶两厂二两库平银二万两。（此款奉前藩宪照会，以前因包办苏经、苏纶两厂祝商承桂活本不敷周转，请借领公款银十万两，由司借拨，并在归还义仓积谷款内凑拨银二万两，迭经司局汇案严追，并将房屋等产备抵。惟亏欠公款太巨，作抵之款有限，通盘核计不及三成，应追令祝商赶紧筹措清缴。上年二月内又呈奉前署藩宪批，此款屡经汇案严追，尚未就绪，应俟备抵各款，将来核见确数，再行酌量弥补，所有派还银数，此时无从核定各等因。理合登明。）

一、存仓钱六万六千五百二十五千八百一十文。

统共存英洋三万元、二两库平银八万三千八百两、足钱一十六万七千九百八十五千八百一十文。

统共存谷一十二万八千九百一十六石二升。

为照会事。本年四月二十七日，奉抚宪陈批司详送丰备义仓本年春季收支报销册由，奉批：如详核销。仰即转饬遵照缴册存等因到司。奉此合就照会，为此照会贵绅，烦为查照施行。须至照会者。

光绪三十二年闰四月初六日照会

藩宪濮照会

呈为案经造报请赐查卷核复事。本年闰四月二十七日奉贵府照会，本年闰四月十八日奉抚宪陈札开，照得仓储积谷，专为备荒而设，一钱一粟，莫不与民命有关。各该州县自应将仓存谷数及收存银钱各数，按季造报。乃查江苏各属，除省城丰备仓按季造册外，其余各州县均无册报可稽，殊非慎重仓储之道。应饬各属，一律截至三十一年年底止，将仓存积谷实有若干石，征存银钱若干，是否发商生息，抑系存储何处，其发商生息者如何起息，造具详细清册，限文到十日内，专案具禀，以备考核。嗣后务即按季造报，不得漏延等因到府。奉此合亟照会，希即遵照宪饬造册，依限禀复，嗣后务即按季造报等因到仓。奉此查丰备义仓一应银洋钱谷收支储存各数，本系按季造具四柱清册，业经呈报至光绪三十二年春季止，送请贵府查核，汇总转报。一面将册径呈藩宪，另备详册一本，请由藩宪钤印，详送抚宪核销。已于闰四月初六日奉藩宪濮照会，以奉抚宪陈批司详送丰备义仓本年春季收支报销册由，奉批：如详核销，仰即转饬遵照缴册存等因各在案。是以此次宪檄，有省城丰备仓按季造册等示。至绅等兼董之三邑积谷，总仓向由长元吴三县抄送折式，亦系按季开折，将实存钱谷各数，呈报至三十二年春季止。由三县照填清折，通送各宪暨贵府考核，并将所有钱款，发商生息，存储各典。起息若干及一应收支，按年另造报销总册，亦经造报至三十一年年底止，送县核转有案。是丰备、三邑两仓，均已分别按季按年造册呈报，并未漏延。兹奉前因，理合具文呈复，仰祈大公祖大人电鉴，俯赐查卷核复，嗣后仍由绅等循照成案，按季造报。再，详绎宪札有征存银钱若干一语，似指州县带征积谷钱文而言。今三邑总仓，各该县久不带征此项钱文，合并陈明。谨呈。

　　呈代理苏州府孙

　　光绪三十二年五月初九日义仓绅董潘、张呈

　　呈为平粜期内数难截清请照案并入下季造报事。窃查丰备义仓实存银洋钱谷各数，业已截至光绪三十二年春季止，造具清册呈^{请核}_{报汇}转在案。乃自入夏季以来，奉文举办平粜，当经绅等会同苏郡各绅议章设局，提谷砻碓，自六月初十日开粜起，随时将谷陆续运往无锡，砻碓成米，迄今尚无停办日期，此平粜期内实存谷数遽难截清之情形也。至各局粜下米款，钱数多寡不等，汇缴义仓，为期亦先后不齐。其余砻谷碓米驳运水脚添置各项应用物件以及各局一应经费，随时需资，究竟粜变若干，开支若干，余存若干，均未可悬拟，此平粜期内实存钱数遽难截清之情形也。查光绪二十八年夏季开办平粜，曾将前情呈准前^宪_{藩宪}并入下季造报在案。现在情形，与二十八年分相同，应请照案，俟平粜撤局后，截清界限，至本年秋季止，一并查造清册呈报，以昭核实。所有夏季一次，应请邀免造册，理合具文呈请。除呈藩宪外，仰祈大公祖大人电鉴批示，实为公便。谨呈。

　　呈^{苏藩宪濮}_{署苏州府孙}

　　光绪三十二年七月初十日义仓绅董潘、张呈

　　一件：义仓绅董潘祖谦等呈义仓现办平粜夏季请免造册由，藩宪濮抄呈批发，来牍阅悉，已由司转详抚宪鉴核矣。希即知照，此复。七月十五日。苏城丰备义仓绅董潘、张

　　为照会事。本年七月二十八日，奉抚宪陈批本司详丰备义仓现办平粜，实存钱谷，遽难截清，夏季请免造册由，奉批：据详丰备仓现因办理平粜，夏季收支未能截清造报，应准循案免造，仰饬该董等，一俟平粜撤局，即行截清数目，并归秋季核实造销缴等因到司，奉此查此案前于具详时，当经批复在案。兹奉前因，合就照会，为此照会贵绅，烦为

查照抚宪批示办理，一俟平粜撤局，即行截清数目，并归秋季核实造销。望切施行。须至照会者。

光绪三十二年八月初六日照会

藩宪濮照会

呈为造报夏秋两季收支钱谷事。案查丰备义仓实存钱谷各数，前已截至光绪三十二年春季止，造具清册呈报核汇转在案。嗣因夏季，适在奉文开办平粜期内，钱谷两项，数难截清，俟下季一并造报，业经绅等于七月内呈（明贵前府）蒙前宪前藩宪详奉抚宪陈批开，据详丰备仓现因办理平粜，夏季收支未能截清造报，应准循案免造。仰饬该董等，一俟平粜撤局，即行截清数目，并归秋季核实造报等因到司。合就照会，烦为查照抚宪批示办理等因到仓。奉此查苏城内外，分设六局，提用仓谷，碾米平粜，前于九月初十日奉谕撤局，即由绅等将收支钱米及奢谷粜米局用经费，专案汇造总册，呈送核销在案。所有义仓本年夏秋两季连闰七个月一应收支款项、实存本息银钱、仓储谷石数目，理合分晰造具四柱清册，除呈请鉴核，并备详清册一本，请钤宪印，详送抚宪核销（外，理合照缮清册，备文呈送）。仰祈大公祖大人报藩宪并转详鉴核备查（一面照案汇总转呈），实为公便。再，查义仓积谷，照章报耗，光绪二十五年四月内，由前仓董吴故绅大根报过耗谷二千余石，嗣绅等接管以来，自二十五年冬季起，至三十年冬季止，陆续购谷七万八千四百一十三石二斗一升，连同吴故绅移交谷九万七千三十一石六斗，除由绅等奉文两次平粜两次机赈动用谷数，随时报销在案外，应存仓谷七万三千三百九十七石五斗二升。现经绅等督同司事，将各廒彻底清盘，计盘见耗谷二千三十三石六斗六升，统扯每石折耗二升六合，统共除耗净存仓谷七万一千三百六十三石八斗六升。合并照案报明。谨呈。

计呈送清册一本并备详清册一本
清册一本

呈藩宪陈
苏州府何

光绪三十二年十月二十九日义仓绅董潘、张呈

谨将丰备义仓光绪三十二年夏秋两季连闰七个月，银洋钱谷收支储存及收租积谷设局平粜一应经费各款，造具四柱清册，呈候鉴核。

计开：

旧管

上届存二两库平银八万三千八百两。

上届存英洋三万元。

上届存钱一十六万七千九百八十五千八百一十文。

上届存谷一十二万八千九百一十六石二升。

新收

一、收三十一年分旧租折色钱七百二十三千七百三十文。

一、收夏秋两季周年八厘当息钱四千五十八千四百文。

一、收房租息钱六百六十一千九百二十文。

一、收平粜米价钱九万七千三百四十四千四百文。

共收钱一十万二千七百八十八千四百五十文。

开除

四月

一、司事一十五人薪水，支钱一百八千文。

一、门厨仓工九人辛工，支钱一十四千文。

一、伙食（小建，司事一十五人，每人每日一百文，使役九人，每人每日七十文），支钱六十一千七百七十文。

一、煤柴（小建，每日一百四十文），支钱四千六十文。

一、油烛，支钱五千六百六十四文。

一、纸张笔墨，支钱一百九十二文。

一、零用，支钱一十一千四百九文。

计支钱二百五千九十五文。

闰四月

一、司事一十五人薪水，支钱一百八千文。

一、门厨仓工九人辛工，支钱一十四千文。

一、伙食（大建），支钱六十三千九百文。

一、煤柴（大建），支钱四千二百文。

一、油烛，支钱五千四十六文。

一、纸张笔墨，支钱二千八百七十七文。

一、零用，支钱一十一千三百一十一文。

计支钱二百九千三百三十四文。

五月

一、司事一十五人薪水，支钱一百八千文。

一、门厨仓工九人辛工，支钱一十四千文。

一、伙食（小建），支钱六十一千七百七十文。

一、煤柴（小建），支钱四千六十文。

一、油烛，支钱五千八十二文。

一、纸张笔墨（租簏、租册工料等），支钱三十五千三百六十一文。

一、零用，支钱一十二千三百八十九文。

计支钱二百四十千六百六十二文。

六月

一、司事一十五人薪水，支钱一百八千文。

一、门厨仓工九人辛工，支钱一十四千文。

一、伙食（大建），支钱六十三千九百文。

一、煤柴（大建），支钱四千二百文。

一、油烛，支钱五千八十二文。

一、纸张笔墨，支钱一百四十八文。

一、零用，支钱一十二千九百三十九文。

计支钱二百八千二百六十九文。

七月

一、司事一十五人薪水，支钱一百八千文。

一、门厨仓工九人辛工，支钱一十四千文。

一、伙食（小建），支钱六十一千七百七十文。

一、煤柴（小建），支钱四千六十文。

一、油烛，支钱四千八百五十二文。

一、纸张笔墨，支钱五千八百九十六文。

一、零用，支钱一十三千二百二文。

计支钱二百一十一千七百八十文。

八月

一、司事一十五人薪水，支钱一百八千文。

一、门厨仓工九人辛工，支钱一十四千文。

一、伙食（大建），支钱六十三千九百文。

一、煤柴（大建），支钱四千二百文。

一、油烛，支钱五千二百一十九文。

一、零用，支钱一十一千六百四十四文。

计支钱二百六千九百六十三文。

九月

一、司事一十九人薪水，支钱一百二十四千文。

一、门厨仓工一十人辛工，支钱一十七千五百文。

一、伙食（小建），支钱七十五千四百文。

一、煤柴（小建），支钱四千六十文。

一、油烛，支钱五千一十四文。

一、纸张笔墨，支钱四百二十四文。

一、零用，支钱一十一千九百一文。

计支钱二百三十八千二百九十九文。

一、仓场工费，支钱一百三十六千一百六十六文。

一、匠工岁修（及租房修理），支钱九百二十九千五百六十五文。

一、催佃酒，支钱六千一百四十文。

一、追租差费，支钱二百二十五千一百文。

一、添置器用，支钱一十五千六百四十文。

一、水龙出救，支钱四千九百六十八文。

一、建造仓廒一所，支钱一万五千三百六十四千七百二十文。

一、平粜局用及砻碓工水脚费等，支钱七千九百六十八千九百七十八文。

计支钱二万四千六百五十一千二百七十七文。

共支钱二万六千一百七十一千六百七十九文。

一、平粜支用谷五万五千五百一十八石五斗。

一、盘见耗谷二千三十三石六斗六升。

共支谷五万七千五百五十二石一斗六升。

实在

一、分存城乡四十三当共钱一十万一千四百六十千文。

一、存借拨李文忠公专祠不敷经费洋五千元。（此款系呈奉前藩宪批准暂借，仍由省城筹捐归还。理合登明。）

一、存奉文借拨商务公司二两库平银六千七百五十两。（此款奉前藩宪照会，以前溧阳县杨令等息借股本，均因事故亏累，经各前升司批准，于提还积谷款内拨放银一万两，仍作义仓借拨商务公司积谷存款。现已详明，匀分十年拨还，应俟按年收起归款。本年二月及六月内叠奉前藩宪批复，借拨商务公司银一万两，业经由司于费商缴存十三期租银项下，先后提归寄存积谷款银三千二百五十两，实只剩银六千七百五十两各等因。理合登明。）

一、存奉文借拨经、纶两厂二两库平银二万两。（此款奉前藩宪照会，以前因包办苏经、苏纶两厂祝商承桂活本不敷周转，请借领公款银十万两，由司借拨，并在归还义仓积谷款内凑拨银二万两，迭经司局汇案严追，并将房产等项备抵。惟亏欠公款太巨，作抵之款有限，通盘核计不及三成，应追令祝商赶紧筹措清缴。上年二月内又呈奉前藩宪批，此款屡经汇案严追，尚未就绪，应俟备抵各款，将来核见确数，再行酌量弥补，所有派还银数，此时无从核定各等因。理合登明。）

一、存奉文借拨苏省铁路公司洋一十万元。（此款于本年六月内王绅同愈等呈请，借拨苏省铁路公司，作为股本，声明路工告成，即由公司首先筹还，以符借拨原案，由前藩宪濮详奉抚宪批准在案。当经绅等将银易洋，缴呈藩库凑足洋一十万元，由濮前藩宪拨交王绅等收讫。理合登明。）

一、存仓曹平银六千五百一十两。（此款即系前存寄藩库库平银两，除易洋借拨苏省铁路公司外，余款存仓，改作曹平，合成此数。理合登明。）

一、存仓钱一十四万三千一百四十二千五百八十一文。

统共存二两库平银二万六千七百五十两，漕平银六千五百一十两。

统共存洋一十万五千元，钱二十四万四千六百二千五百八十一文。

统共存谷七万一千三百六十三石八斗六升。

为照会事。本年十一月二十五日，奉抚宪陈批本司详送丰备义仓本年夏秋两季收支报销册由，奉批：如详核销。仰即转饬遵照缴册存等因到司。奉此合就照会，为此照会贵绅，请烦查照施行。须至照会者。

光绪三十二年十二月初八日照会

藩宪陈照会

为照会事。奉藩宪陈札，本年十一月初二日，奉抚宪陈批该府详丰备仓绅董呈报，平粜事竣，城内外六局收支局用一应经费，复核转报核销由，奉批：如详核销。仰苏州府转饬遵照缴等因到司，奉此查此案前据该府并详，即经批示在案。兹奉前因，合就转饬，又奉藩宪批此案前准潘绅等造册送司，已转详抚宪核销矣。仰即知照，仍候抚宪批示缴各等因到府。奉此合并照会，为此照会贵绅董，希烦查照。须至照会者。

光绪三十二年十二月二十八日照会

苏州府何照会

呈为按季造报并请转详事。窃绅等董理省城丰备义仓，迭将一应收支款项实存本息银洋钱文及仓储谷石数目，按季造报至光绪三十二年秋季止，呈请核转在案。兹查义仓存款内，有奉文借拨经、纶两厂活本二两库平银二万两一项，迭奉前宪_{前藩宪}照会，以此款屡经汇案严追，尚未就绪，乃上年秋冬间，厂商费承荫按照老股所拟章程，将前办两厂之祝商承桂亏欠公款银六万两，如数缴还宪库_{藩库}，以了前案，则义仓寄存库款银二万两，向所凑入公款，借拨该两厂者，当即在此次还款之中。应请宪台_{转详藩宪}查案饬知，俾于本年春季报销册内改列寄存名目，以符档案。所有上年冬季三个月义仓一应银洋钱谷收支储存各数，理合_除分晰造具四柱清册，具文呈送，并备详清册一本，请钤宪印，详送抚宪核销外，理合照缮清册，备文_{报藩宪并转详}呈送。仰祈大公祖大人鉴核备查，俯赐批示祗遵_{转详，俟奉宪批，并赐示复，一面照案汇总转呈}，实为公便。谨呈。

计呈送清册一本并备详清册一本
清册一本

呈藩宪陈
苏州府何

光绪三十三年正月二十八日义仓绅董潘、张呈

谨将丰备义仓光绪三十二年冬季三个月，一应银洋钱谷收支储存各款，造具四柱清册，呈候鉴核。

计开：

旧管

上届存二两库平银二万六千七百五十两。

上届存漕平银六千五百一十两。

上届存英洋一十万五千元。

上届存钱二十四万四千六百二千五百八十一文。

上届存谷七万一千三百六十三石八斗六升。

新收

一、收三十一年分旧租折色钱二百五十八千八百四十四文。

一、收三十二年分新租折色钱三万二千三百二十千一百三十七文。

一、收冬季周年八厘当息钱二千二十九千二百文。

一、收房租钱三百一十三千七百二十文。

共收钱三万四千九百二十一千九百一文。

一、收采买新谷二万六千一百四十九石七斗八升。

共收谷二万六千一百四十九石七斗八升。

开除

十月

一、委员薪水（会办委员五十八千文，随办委员二十四千文），支钱八十二千文。

一、委员轿随（会办委员一十二千文，随办委员六千文），支钱一十八千文。

一、司事一十九人薪水，支钱一百五十六千文。

一、门厨仓工一十人辛工，支钱一十七千五百文。

一、伙食（大建，司事一十九人，每人每日一百文，使役一十人，每人每日七十文），支钱七十八千文。

一、煤柴（大建，每日一百四十文），支钱四千二百文。

一、油烛，支钱八千五百九十七文。

一、纸张笔墨，支钱一千七百六十四文。

一、零用，支钱一十千九十八文。

一、开仓酒席及催甲酒饭一应犒赏，支钱六十五千一百八十四文。

计支钱四百四十一千三百四十三文。

十一月

一、委员薪水，支钱八十二千文。

一、委员轿随，支钱一十八千文。

一、司事一十九人薪水，支钱一百五十六千文。

一、门厨仓工一十人辛工，支钱一十七千五百文。

一、伙食（小建），支钱七十五千四百文。

一、煤柴（小建），支钱四千六十文。

一、油烛，支钱四千八百二十文。

一、纸张笔墨，支钱一百六十文。

一、零用，支钱九千五百四十六文。

计支钱三百六十七千四百八十六文。

十二月

一、委员薪水，支钱八十二千文。

一、委员轿随，支钱一十八千文。

一、司事一十九人薪水，支钱一百五十六千文。

一、门厨仓工一十人辛工，支钱一十七千五百文。

一、伙食（大建），支钱七十八千文。

一、煤柴（大建），支钱四千二百文。

一、油烛，支钱五千四百九十二文。

一、纸张笔墨，支钱八千七百二十文。

一、零用，支钱一十六千一百七文。

一、年终犒赏及年饭酒，支钱六十千八百二十一文。

计支钱四百四十六千八百四十文。

一、采买新谷二万六千一百四十九石七斗八升（每石连水脚费二元八角一分八厘五毫，洋照平粜价，每元一千八十文），支钱七万九千六百千三百一十文。

一、奉文协贴省城粥局，支钱五千千文。

一、完纳三邑条漕，支钱一万三千五百四十七千五十六文。

一、各署书吏辛工纸张费，支钱三百二十八千八百五十三文。

一、追租差费，支钱三百六十三千八百文。

一、催佃缴租零犒，支钱一百二十六千三百一十文。

一、三邑易知单费，支钱四十三千八百九文。

一、匠工岁修及租房修理（平粜后修理空廒五十余间），支钱一千七十千九百七十四文。

一、仓场工费及上谷力，支钱四百一十八千六十文。

一、添置器用，支钱九十二千文。

计支钱一十万五百九十一千一百七十二文。

共支钱一十万一千八百四十六千八百四十一文。

实在

一、分存城乡四十三当共钱一十万一千四百六十千文。

一、存借拨李文忠公专祠不敷经费洋五千元。（此款系呈奉前藩宪批准暂借，仍由省城筹捐归还。理合登明。）

一、存奉文借拨商务公司二两库平银六千七百五十两。（此款奉前藩宪照会，以前溧阳县杨令等息借股本，均因事故亏累，经各前升司批准，于提还积谷款内拨放银一万两，仍作义仓借拨商务公司积谷存款。现已详明，匀分十年拨还，应俟按年收起归款。上年二月及六月内叠奉前藩宪批复，借拨商务公司银一万两，业经由司于费商缴存十三期租银项下，先后提归寄存积谷款银三千二百五十两，实只剩银六千七百五十两各等因。理合登明。）

一、存奉文借拨经、纶两厂二两库平银二万两。（此款奉前藩宪照会，以前因包办苏经、苏纶两厂祝商承桂活本不敷周转，请借领公款银十万两，由司借拨，并在归还义仓积谷款内凑拨银二万两，迭经司局汇案严追，并将房产等项备抵。惟亏欠公款太巨，作抵之款有限，通盘核计不及三成，应追令祝商赶紧筹措清缴。三十一年二月内又叠奉前藩宪批，此款屡经汇案严追，尚未就绪，应俟备抵各款，将来核见确数，再行酌量弥补，所有派还银数，此时无从核定各等因。理合登明。）

一、存奉文借拨苏省铁路公司洋一十万元。（此款于上年六月内由王绅同愈等呈请，借拨苏省铁路公司，作为股本，声明路工告成，即由公司首先筹还，以符借拨原案，经前藩宪濮详奉抚宪批准拨交在案。理合登明。）

一、存仓曹（按：应为"漕平"。时人亦写作"曹平"，故此处及以下均不予改动。）平银六千五百一十两。（此款即系前寄存藩库库平银两，除易洋借拨苏省铁路公司外，余款存仓，改作曹平，合成此数。理合登明。）

一、存仓钱七万六千二百一十七千六百四十一文。

统共存曹平银六千五百一十两、二两库平银二万六千七百五十两、英洋一十万五千元。

统共存钱一十七万七千六百七十七千六百四十一文，谷九万七千五百一十三石六斗四升。

为照会事。本年三月初九日，奉抚宪陈批本司详送丰备义仓三十二年冬季收支册由，奉批：如详核销。仰即转饬遵照缴册存等因到司。奉此合就照会，为此照会贵绅，请烦查照施行。须至照会者。

光绪三十三年三月二十一日照会

藩宪陈照会

为照会事。案照积谷案内各属应造光绪三十三年春季实存钱谷各数折结，现已届期，未准开送。合亟照会，为此照会贵绅董，希即遵照，迅将本年春季省城义仓实存本息钱若干，实存谷若干，逐细查开清折，加具实存无亏切结，务于三日内送到，以凭汇总转呈。为时已届，勿稍片延。切速！切速！须至照会者。

光绪三十三年四月初十日照会

苏州府何照会

呈为按季造报并请转详事。窃准^{苏州府}_{贵府}照会，以积谷案内各属应造光绪三十三年春季实存钱谷各数折结，现已届期，希即遵照，迅将本年春季省仓实存本息钱若干，实存谷若干，逐细开送清折，以凭汇总转呈等因。准此查义仓报销册内，向列借拨商务公司银两一款，截至三十二年春季止，业由^{宪库}_{藩库}于厂商费承荫缴存十三期租银项下，先后提归寄存积谷款银三千二百五十两，实只剩银六千七百五十两。惟原案声明，按年拨还本银一千两，所有三十二年分夏秋冬三季应照案拨还银两，谅经商务局续解^{宪库}_{藩库}收存，应请^{宪台}_{转详藩宪}查案饬知，俾于本年夏季册内登明，以符档案。所有本年春季三个月一应银洋钱谷收支储存各数，_除理合分晰造具四柱清册，具文呈_送，并备详清册一本，请钤宪印，详送_{报藩宪并转详}抚宪核销外，理合照缮清册，备文呈送。仰祈大公祖大人鉴核_{备查，俯赐批示祗遵}_{转详，俟奉宪批，并赐示复，一面照案汇总转呈}，实为公便。谨呈。

计呈送^{清册一本并备详清册一本}_{清册一本}

呈^{藩宪陈}_{苏州府何}

光绪三十三年四月十六日义仓绅董潘、张呈

谨将丰备义仓光绪三十三年春季三个月，一应银洋钱谷收支储存各数，造具四柱清册，呈候鉴核。

计开：

旧管

上届存二两库平银二万六千七百五十两。

上届存英洋一十万五千元。

上届存漕平银六千五百一十两。

上届存钱一十七万七千六百七十七千六百四十一文。

上届存谷九万七千五百一十三石六斗四升。

新收

一、收三十二年分旧租折色钱九千四十二文。

一、收春季周年八厘当息钱二千二十一千二百文（本年正月初一日，安余当缴还存本钱四百千文）。

一、收葑门外常备军圈用仓田（共十一亩七分九厘八毫，每亩给价钱三十千文），钱三百五十三千九百四十文。

一、收房租钱三百二十三千八百文。

共收钱二千七百七十七千九百八十二文。

开除

正月

一、委员薪水（会办委员五十八千文，随办委员二十四千文），支钱八十二千文。

一、委员轿随（随办委员一十二千文，随办委员六千文），支钱一十八千文。

一、司事一十六人薪水，支钱一百四十五千文。

一、门厨仓工九人辛工，支钱一十四千文。

一、伙食（小建，司事一十六人，每人每日一百一十文，使役九人，每人每日八十文），支钱七十一千九百二十文。

一、煤柴（小建，每日一百四十文），支钱四千六十文。

一、油烛，支钱八千七百九十五文。

一、零用，支钱九千五百九十九文。

计支钱三百五十三千三百七十四文。

二月

一、委员薪水，支钱八十二千文。

一、委员轿随，支钱一十八千文。

一、司事一十六人薪水，支钱一百四十五千文。

一、门厨仓工九人辛工，支钱一十四千文。

一、伙食（大建），支钱七十四千四百文。

一、煤柴（大建），支钱四千二百文。

一、油烛，支钱五千七百三十八文。

一、纸张笔墨，支钱一千三百八十二文。

一、零用，支钱一十一千九百五十六文。

计支钱三百五十六千六百七十六文。

三月

一、委员薪水，支钱八十二千文。

一、委员轿随，支钱一十八千文。

一、司事一十六人薪水，支钱一百四十五千文。

一、门厨仓工九人辛工，支钱一十四千文。

一、伙食（小建），支钱七十一千九百二十文。

一、煤柴（小建），支钱四千六十文。

一、油烛，支钱五千一百五十二文。

一、零用，支钱九千六百六十三文。

计支钱三百四十九千七百九十五文。

一、催酒，支钱二百九十文。

一、仓场工费，支钱二百二十一千六百六十九文。

一、狮林寺巷仓开通长沟，支钱八十三千七百五十文。

计支钱三百五千七百九文。

共支钱一千三百六十五千五百五十四文。

实在

一、分存城乡四十二当共钱一十万一千六十千文。

一、存借拨李文忠公专祠不敷经费洋五千元。（此款系呈奉前藩宪批准暂借，仍由省城筹捐归还。理合登明。）

一、存奉文借拨商务公司二两库平银六千七百五十两。（此款奉前藩宪照会，以前溧阳县杨令等息借股本，均因事故亏累，经各前升司批准，于提还积谷款内拨放银一万两，仍作义仓借拨商务公司积谷存款。现已详明，匀分十年拨还，应俟按年收起归款。上年六月内奉前藩宪批复，借拨商务公司银一万两，业经由司于费商缴存十三期租银项下，先后提归寄存积谷款银三千二百五十两，实只剩银六千七百五十两各等因。理合登明。）

一、存奉文借拨经、纶两厂活本二两库平银二万两。（本年二月内奉藩宪批复，借拨经、纶两厂活本银十万两，内司库银八万两，义仓银二万两，现就追起各款及费商缴存银六万两作抵，计尚短银八千七百余两，已饬令费商按数补解，一俟解司，即行分别收发。另再照会，改列寄存库款名目等因。理合登明。）

一、存奉文借拨苏省铁路公司洋一十万元。（此款于上年六月内由王绅同愈等呈请，借拨苏省铁路公司，作为股本，声明路工告成，即由公司首先筹还，以符借拨原案，经前藩宪详奉抚宪批准拨交在案。理合登明。）

一、存仓曹平银六千五百一十两。（此款即系前寄存藩库库平银两，除照市易洋十万元借拨苏省铁路公司外，余款存仓，改作曹平，合成此数。理合登明。）

一、存仓钱七万七千九百六十千六十九文。

统共存曹平银六千五百一十两、二两库平银二万六千七百五十两、英洋一十万五千元。

统共存钱一十七万九千二十千六十九文，谷九万七千五百一十三石六斗四升。

为照会事。本年五月初十日，奉抚宪陈批司详丰备仓三十三年春季收支册由，奉批：如详核销。仰即转饬知照缴册存等因到司，奉此合就照会，为此照会贵绅，烦为查照，施行须至照会者。

光绪三十三年五月十七日照会

苏藩宪陈照会

呈为平粜期内数难截清请照案并入下季造报事。窃查丰备义仓实存银洋钱谷各数，业已截至光绪三十三年春季止，造具清册呈请核汇转在案。入夏以来，奉文举办平粜，并拨领漕米糙粳二万石，在沪、锡碓白运回。自四月十六日设局开粜官米起，至五月底官米粜毕，即于六月初二日接粜仓米，随时将仓谷运赴无锡，砻碓谷米，往返无日间断，迄今尚无停办日期，此平粜期内遽难截清谷数之实在情形也。至各局粜下米款，钱数多寡不等，汇缴义仓，为期亦先后不齐，其余砻谷碓米驳运水脚购置各项应用物件以及平粜六局一应经费，随在需资，究竟粜变若干，开支若干，余存若干，均未可悬揣，此平粜期内遽难截清钱数之实在情形也。查光绪二十八年及三十二年两届夏季均办平粜，当经绅等将以上各情，呈准前宪 前藩宪暨前贵府 并入下季造报在案。现在事同一律，应请照案，俟平粜撤局后，截清界限，至本年秋季止，一并查造清册呈报，以符成案而昭核实。除呈藩宪外，所有夏季一次，邀免造册，理合具文呈请，仰祈大公祖大人电鉴批示，实为公便。谨呈。

呈藩宪陈 苏州府何

光绪三十三年七月初六日义仓绅董潘、张呈

一件：丰备仓潘绅等呈义仓现办平粜夏季请免造册由，苏藩宪陈抄呈批发，来牍阅悉，已由司转详抚宪鉴核矣。希即知照，此复。七月十四日。省城丰备义仓绅董潘

为照会事。本年八月初三日，奉抚宪陈批司详丰备仓现办平粜，实存钱谷数遽难截

清，夏季请免造册由，奉批：据详丰备仓现因办理平粜，夏季收支遽难截清，应准循案免造。仰即转饬该董等，一俟平粜撤局，即行截清数目，汇入秋季造册报销缴等因到司。奉此查此案前于具详时，即经批复在案。奉批前因，合就照会，为此照会贵绅董，烦为查照办理施行。须咨。

光绪三十三年八月初十日照会

藩宪陈照会

呈为造报夏秋两季收支钱谷事。查丰备义仓按季造报，前已截至光绪三十三年春季止，造册呈报。嗣因夏季，适在奉文开办平粜期内，钱谷两项，数难截清，俟下季一并造报，经绅等于七月内呈奉批准各在案。九月初九日奉^{前升宪}_{前升藩宪}陈照会，以祝商承桂包办经、纶两厂，借拨公款银十万两，嗣因包办亏空，由司追起备□各项及费商各年缴存租银余款。又上年股商争办，由费商遵照部饬代祝故商垫还公款，先缴银六万两，现应提归原借义仓寄存租息银一万一千二百五十七两五钱六分二厘。其义仓款内尚短银八千七百四十二两四钱三分八厘，应俟费商缴到，再行收还，俾清款目等因。奉此绅等遵即于此次报册内，借拨经、纶两厂银款项下，改列二两库平银八千七百四十二两四钱三分八厘，即于下一项添列寄存^{宪库}_{藩库}二两库平银一万一千二百五十七两五钱六分二厘，以符档案而昭核实。又本年办理平粜，前于八月底停粜撤局，由绅等将收支钱米并砻谷粜米局用经费，专案汇造总册，呈请核销在案。所有义仓本年夏秋两季六个月一应收支款项实存本息银洋钱文及仓储谷石数目，^{理合}_除分晰造具四柱清册，呈^{请鉴核}_{报藩宪并转详}，并备详清册一本，请钤宪印，详送^{抚宪核销}外，理合照缮清册，具文呈送。仰祈大公祖大人鉴核备查，一面照案汇总转呈，实为公便。再，正在造具夏秋两季报销，接奉本月十六日贵府照会，以积谷案内各属造报届期，饬将省仓实存钱谷，开送清折，以凭汇总转呈等因。奉此查义仓业经造具平粜总报，又须开办收租事宜，是以此次报销稍迟缮送，合并陈复。谨呈。

计呈送^{清册一本并备详清册一本}_{清册一本}

呈^{署藩宪朱}_{苏州府何}

光绪三十三年十一月初三日义仓绅董潘、张呈

谨将丰备义仓光绪三十三年夏秋两季六个月，银洋钱谷收支储存及收租积谷设局平粜一应经费各款，造具四柱清册，呈候鉴核。

计开：

旧管

上届存二两库平银二万六千七百五十两。

上届存曹平银六千五百一十两。

上届存英洋一十万五千元。

上届存钱一十七万九千二十千六十九文。

上届存谷九万七千五百一十三石六斗四升。

新收

一、收三十二年分旧租折色钱六百二十六千四十文。

一、收夏秋两季周年八厘当息钱四千四十二千四百文。

一、收房租息钱四百六十九千一百一十五文。

一、收平粜仓米价钱一十六万九千三百九十九千五百一十二文。（内扣钱一百六十六千六百八文。）

一、收平粜赣米价钱五千七百七十五千七百四十四文。（内加钱一百六十六千六百八文。）

共收钱一十八万三百一十二千八百一十一文。

开除

四月

一、司事一十六人薪水，支钱一百一十三千文。

一、门厨仓工九人辛工，支钱一十四千文。

一、伙食（大建，司事一十六人，每日各一百一十文，使役九人，每日各八十文），支钱七十四千四百文。

一、煤柴（大建，每日一百四十文），支钱四千二百文。

一、油烛，支钱五千八百三十四文。

一、纸张笔墨，支钱七百六十文。

一、零用，支钱一十三千二百六十八文。

计支钱二百二十五千四百六十二文。

五月

一、司事一十六人薪水，支钱一百一十三千文。

一、门厨仓工九人辛工，支钱一十四千文。

一、伙食（小建），支钱七十一千九百二十文。

一、煤柴（小建），支钱四千六十文。

一、油烛，支钱五千五百六十四文。

一、纸张笔墨租縣租册工料等，支钱二十一千五百一十文。

一、零用，支钱一十七千七百八十三文。

计支钱二百四十七千八百三十七文。

六月

一、司事一十六人薪水，支钱一百一十三千文。

一、门厨仓工九人辛工，支钱一十四千文。

一、伙食（大建），支钱七十四千四百文。

一、煤柴（大建），支钱四千二百文。

一、油烛，支钱五千五百六十八文。

一、零用，支钱一十三千五百六文。

计支钱二百二十四千六百七十四文。

七月

一、司事一十六人薪水，支钱一百一十三千文。

一、门厨仓工九人辛工，支钱一十四千文。

一、伙食（大建），支钱七十四千四百文。

一、煤柴（大建），支钱四千二百文。

一、油烛，支钱五千四百二十文。

一、纸张笔墨，支钱一千五百四十五文。

一、零用，支钱一十二千七百七十五文。

计支钱二百二十五千三百四十文。

八月

一、司事一十六人薪水，支钱一百一十三千文。

一、门厨仓工九人辛工，支钱一十四千文。

一、伙食（小建），支钱七十一千九百二十文。

一、煤柴（小建），支钱四千六十文。

一、油烛，支钱五千九百四十一文。

一、纸张笔墨，支钱六千五百文。

一、零用，支钱一十一千一百七十四文。

计支钱二百二十六千五百九十五文。

九月

一、司事二十一人薪水，支钱一百三十三千文。

一、门厨仓工一十人辛工，支钱一十七千五百文。

一、伙食（大建），支钱九十三千三百文。

一、煤柴（大建），支钱四千二百文。

一、油烛，支钱五千一百九十六文。

一、零用，支钱一十千二百八十九文。

计支钱二百六十三千四百八十五文。

一、仓场工费（新仓廒笆芦席等），支钱六百六十一千六百八十九文。

一、催佃酒，支钱三千七百三十六文。

一、追租差费，支钱一百八十四千五百文。

一、匠工岁修并租房修理，支钱五百八十四千六百八十文。

一、添置器用，支钱四千八百五十文。

一、装德律风，支钱九十四千七百四十文。

一、平粜六局局用及砻碓工水脚等费，支钱一万四千五百五十七千五百一文。

计支钱一万六千九十一千六百九十六文。

共支钱一万七千五百五十八百八十九文。

一、平粜支用谷七万九千二石五斗。

共支谷七万九千二石五斗。

实在

一、分存城乡四十三当共钱一十万一千六十千文。

一、存借拨李文忠公专祠不敷经费洋五千元。（此款系呈奉前藩宪批准暂借，仍由省城筹捐归还。理合登明。）

一、存奉文借拨商务公司二两库平银六千七百五十两。（此款奉前藩宪照会，以前溧阳县杨令等息借股本，均因事故亏累，迭经各前升司批准，于提还积谷款内拨放银一万两，仍作义仓借拨商务公司积谷存款。现已详明，匀分十年拨还，应俟按年收起归款。上年六月内呈奉前藩宪批复，借拨商务公司银一万两，业经由司于费商缴存十三期租银项下，先后提归寄存积谷款银三千二百五十两，实只剩银六千七百五十两各等因。理合登明。）

一、存奉文借拨经、纶两厂二两库平银八千七百四十二两四钱三分八厘。（本年九月初九日奉升任藩宪照会，以祝商承桂先后请借公款银十万两，嗣因包办亏空，由司追起各款。又费商接办各年缴租余银，又上年股商争办，费商遵照部饬代祝故商垫还公款，先缴银六万两，现应无〔先〕行提归原借义仓租息银一万一千二百五十七两五钱六分二厘，其义仓款内尚短银八千七百四十二两四钱三分八厘，应俟费商缴到，即行收还，俾清款目。除于九月初三日堂期饬库分别收支外，合就照会等因。是以此款项下遵照缩除银数，即于下一项添列寄存藩库银一款。理合登明。）

一、寄存藩库二两库平银一万一千二百五十七两五钱六分二厘。

一、存奉文借拨苏省铁路公司洋一十万元。（此款于上年六月内，由王绅同愈等呈请借拨，作为股本。声明路工告成，即由公司首先筹还，以符借拨原案，经前藩宪详奉前抚宪批准拨交在案。理合登明。）

一、存仓曹平银六千五百一十两。

一、存仓钱二十四万七百六十七千七百九十一文。

一、存仓谷一万八千五百一十一石一斗四升。

统共存曹平银六千五百一十两、二两库平银二万六千七百五十两、英洋一十万五千元。

统共存钱三十四万一千八百二十七千七百九十一文，谷一万八千五百一十一石一斗四升。

为照会事。本年十一月二十六日，奉署抚宪陈批司详送丰备仓本年夏秋两季收支报销册由，奉批：如详核销。希即转饬知照，此复册存等因到司。奉此合就照会，为此照会贵绅董，请烦查照施行。须至照会者。

光绪三十三年十二月初六日照会

署苏藩宪朱照会

呈为按季造报并请转详事。本年正月二十二日^{准苏州府照会}_{接奉贵府照会}，以积谷案内各属应造光绪三十三年冬季实存钱谷各数折结，现已届期，希即遵照，迅将上年冬季省城仓实存本息钱若干，实存谷若干，逐细查开清折，务于三日内送到，以凭汇总转呈等因。^奉此查省城丰备义仓，历将一应收支款项，实存本息银洋钱文及仓储谷石数目，按季造报至光绪三十三年秋季止，呈请^核_汇转在案。又查前呈各册内实在项下，列有奉文借拨商务公司银两一款，截至三十二年春季止，业由^{宪库}_{藩库}于厂商费承荫缴存十三期租银项下，先后提归寄存积谷款银三千二百五十两，实只剩银六千七百五十两。惟原案声明，按年拨还本银一千两，所有三十二年夏季起，至三十三年冬季止，应照案拨还银两，谅经商务局陆续解到^{宪库}_{藩库}收存，应请^{宪台}_{转详藩宪}查案饬知，俾于本年春季册内登明，以符档案。兹^准_奉前因，所有上年冬季三个月义仓一应银洋钱谷收支储存各数，^{理合}_除分晰造具四柱清册，具文呈送，并备详清册一本，请钤宪印，详送_{报藩宪并转详}^{抚宪核销外，理合照缮清册，备文呈送。仰祈大公祖大人鉴核}备查，俯赐批示，祗遵宪批并_{转详，俟奉宪批，并}^{赐示复，一面照案汇总转呈，实为公便。再绅履谦于上前署藩宪朱批准退董，嗣后不复与闻仓事，准此次造具上年冬季报销，尚系绅等所会同经理，是以绅履谦仍}

应会列衔名，合仍应会列衔名，合并声明。谨呈。

计呈送^{清册一本并备详清册一本}

计呈送 清册一本并备详清册一本
清册一本

呈 藩宪瑞
苏州府何

光绪三十四年正月二十八日义仓绅董潘、张呈

谨将丰备义仓光绪三十三年冬季三个月，一应银洋钱谷收支储存各数，造具四柱清册，呈候鉴核。

计开：

旧管

上届存二两库平银二万六千七百五十两。

上届存漕平银六千五百一十两。

上届存英洋一十万五千元。

上届存钱三十四万一千八百二十七千七百九十一文。

上届存谷一万八千五百一十一石一斗四升。

新收

一、收三十二年分旧租折色钱三百一十一千二百八十九文。

一、收三十三年分新租折色钱四万五千七百七十三千六百二十文。

一、收冬季周年八厘当息钱二千二十一千二百文。

一、收房租息钱四百七十四千七百文。

共收钱四万七千八百八十千八百九文。

一、收采买新谷六万六千一百八十二石三斗八升。

共收谷六万六千一百八十二石三斗八升。

开除

十月

一、委员薪水（会办委员五十八千文，随办委员二十四千文），支钱八十二千文。

一、委员轿随（会办委员一十二千文，随办委员六千文），支钱一十八千文。

一、司事二十一人薪水，支钱一百六十七千文。

一、门厨仓工一十人辛工，支钱一十七千五百文。

一、伙食（小建，司事二十一人，每人每日一百一十文，使役一十人，每人每日八十文），支钱九十千一百九十文。

一、煤柴（小建，每日一百四十文），支钱四千六十文。

一、油烛，支钱一十千三百八十文。

一、纸张笔墨，支钱一百二十二文。

一、零用，支钱一十三千九百一十五文。

一、开仓酒席及催甲酒饭一应犒赏，支钱七十四千四百一十七文。

计支钱四百七十七千五百八十四文。

十一月

一、委员薪水，支钱八十二千文。

一、委员轿随，支钱一十八千文。

一、司事二十一人薪水，支钱一百六十七千文。

一、门厨仓工一十人辛工，支钱一十七千五百文。

一、伙食（大建），支钱九十三千三百文。

一、煤柴（大建），支钱四千二百文。

一、油烛，支钱五千九百六文。

一、纸张笔墨，支钱一千二百二十六文。

一、零用，支钱九千二百三十九文。

计支钱三百九十八千三百七十一文。

十二月

一、委员薪水，支钱八十二千文。

一、委员轿随，支钱一十八千文。

一、司事二十一人薪水，支钱一百六十七千文。

一、门厨仓工一十人辛工，支钱一十七千五百文。

一、伙食（小建），支钱九十千一百九十文。

一、煤柴（小建），支钱四千六十文。

一、油烛，支钱八千三十二文。

一、纸张笔墨，支钱一十千五百三十文。

一、零用，支钱一十八千九百八十文。

一、年终犒赏及年饭酒，支钱七十二千二百七十文。

计支钱四百八十八千五百六十二文。

一、采买新谷六万六千一百八十二石三斗八升（每石连水脚费三元七厘五毫，评价一千一百二十文），支钱二十二万二千七百六十二千四百八十五文。

一、奉文协贴省城粥局，支钱五千千文。

一、完纳三邑条漕，支钱一万七千二百三十一千一十六文。

一、缴还官办赣米价，支钱六千五百三十六千五百八十七文。

一、各署书吏辛工纸张费，支钱四百一十二千三十四文。

一、追租差费，支钱三百三十七千一百文。

一、催佃缴租零犒，支钱一百五十八千三百六文。

一、三邑易知单费，支钱四十五千五百文。

一、匠工岁修及租房修理（平粜后修理空廒六十余间），支钱一千六百七十二千七百四十五文。

一、仓场工费及上谷力，支钱九百六十八千九百一十文。

一、添置器用，支钱三十一千五百五十文。

一、水龙出救，支钱四千六百七十文。

计支钱二十五万五千一百六十千九百三文。

共支钱二十五万六千五百二十五千四百二十文。

实在

一、分存城乡四十二当钱一十万一千六十千文。

一、存借拨李文忠公专祠不敷经费洋五千元。（此款系呈奉前藩宪批准暂借，仍由省城筹捐归还。理合登明。）

一、存奉文借拨商务公司二两库平银六千七百五十两。（此款奉前藩宪照会，以前溧阳县杨令等息借股本，均因事故亏累，迭经各前升司批准，在于提还积谷款内拨放银一万两，仍作丰备义仓借拨商务公司积谷存款。现已详明，将该款匀分十年拨还，应俟按年收起归款。又于三十二年六月内呈奉前藩宪批复，借拨商务公司银一万两，业经由司库于费商缴存十三期租银项下，先后提归寄存积谷款银三千二百五十两，实只剩银六千七百五十两各等因。理合登明。）

一、存奉文借拨经、纶两厂二两库平银八千七百四十二两四钱三分八厘。（上年九月内奉升任藩宪照会，以祝商承桂包办经、纶两厂，借拨公款银十万两。嗣因包办亏空，由司追起各款及费商各年缴存租银余款。又上年股商争办，由费商遵照部饬代祝商垫还公款，先缴银六万两，现应提归原借义仓租息银一万一千二百五十七两五钱六分二厘。其义仓款内尚短银八千七百四十二两四钱三分八厘，应俟费商缴到，再行收还，俾清款目等因。是以此款内遵照缩除银数即于下，添列寄存藩宪银两一项。理合登明。）

一、寄存藩库二两库平银一万一千二百五十七两五钱六分二厘。

一、存奉文借拨苏省铁路公司洋一十万元。（此款于三十二年六月内由王绅同愈等呈请，借拨作为股本，声明路工告成，即由公司首先筹还，以符借拨原案，经前藩宪详奉前抚宪批准拨交在案。理合登明。）

一、存仓曹平银六千五百一十两。

一、存仓钱三万二千一百二十三千一百八十文。

统共存曹平银六千五百一十两、二两库平银二万六千七百五十两、英洋一十万五千元。

统共存钱一十三万三千一百八十三千一百八十文，谷八万四千六百九十三石五斗二升。

为照会事。本年二月十七日，奉抚宪陈批司详送丰备仓三十三年冬季收支册由，奉批：如详核销。希即转饬知照，缴册存等因到司，奉此合就照会，为此照会贵绅董，请烦查照施行。须至照会者。

光绪三十四年二月二十九日照会

苏藩宪瑞照会

呈为按季造报并请转详事。窃丰备义仓历将一应收支款项、实存本息银洋钱文并仓储谷石数目，按季造报截至光绪三十三年冬季止，呈请核汇转在案。查前呈各册内实在项下，列有奉文借拨经、纶两厂一款，曾于上年九月内奉升任宪藩宪陈照会，以祝商承桂包办经、纶两厂，借拨公款银十万两。嗣因包办亏空，由司追起各款及费商承荫各年缴存租银余款。又上年股商争办，由费商遵照部饬代祝故商垫还公款，先缴银六万两，现应提归原借义仓租银一万一千二百五十七两五钱六分二厘。其义仓款内尚短银八千七百四十二两四钱三分八厘，应俟费商缴到，即行收还，俾清款目等因。奉此是义仓积谷存款，前经宪藩库凑足公款银十万两，借拨经、纶两厂，自费商承办两厂，业已遵照部饬，认还祝商所借公款，则公款内尚短义仓银八千七百四十二两四钱三分八厘，自应由费商一并缴清。现闻费商于本月二十六日承办期满，即将交卸厂务，应请宪台贵府迅赐催令费商，于交卸厂务时，将所短义仓银两，如数解还宪库收存，以清款目而符原案。所有本年春季三个月义仓一应银洋钱谷收支储存各数，理合分晰造具四柱清册，具文呈^除送，并备详清册一本，请钤宪印，详送^{抚宪}核销外，理合照缮清册，备文呈送。仰祈大公祖大人鉴核备查，俯赐批示，一面照案汇总转呈，实为公便。谨呈。

计呈送^{清册一本并备详清册一本}
^{清册一本}

呈^{藩宪瑞}
^{苏州府何}

光绪三十四年四月初九日义仓绅董潘呈

谨将丰备义仓光绪三十四年春季三个月，一应银洋钱谷收支储存各数，造具四柱清册，呈候鉴核。

计开：

旧管

上届存二两库平银二万六千七百五十两。

上届存曹平银六千五百一十两。

上届存英洋一十万五千元。

上届存钱一十三万三千一百八十三千一百八十文。

上届存谷八万四千六百九十三石五斗二升。

新收

一、收三十三年分旧租折色钱一十千三百九十二文。

一、收春季当息钱二千二百二十一千二百文。

一、收房租息钱二百五十八千三百九十五文。

共收钱二千二百八十九千九百八十七文。

开除

正月

一、委员薪水（会办委员五十八千文，随办委员二十四千文），支钱八十二千文。

一、委员轿随（会办委员一十二千文，随办委员六千文），支钱一十八千文。

一、司事一十六人薪水，支钱一百四十七千文。

一、门厨仓工九人辛工，支钱一十四千文。

一、伙食（大建，司事一十六人，每人每日一百十文，使役九人，每人每日八十文），支钱七十四千四百文。

一、煤柴（大建，每日一百四十文），支钱四千二百文。

一、油烛，支钱六千八百七十七文。

一、零用，支钱九千六十八文。

计支钱三百五十五千五百四十五文。

二月

一、委员薪水，支钱八十二千文。

一、委员轿随，支钱一十八千文。

一、司事一十六人薪水，支钱一百四十七千文。

一、门厨仓工九人辛工，支钱一十四千文。

一、伙食（小建），支钱七十一千九百二十文。

一、煤柴（小建），支钱四千六十文。

一、油烛，支钱五千二百六十六文。

一、零用，支钱八千一十五文。

计支钱三百五十千二百六十一文。

三月

一、委员薪水，支钱八十二千文。

一、委员轿随，支钱一十八千文。

一、司事一十六人薪水，支钱一百四十七千文。

一、门厨仓工九人辛工，支钱一十四千文。

一、伙食（小建），支钱七十一千九百二十文。

一、煤柴（小建），支钱四千六十文。

一、油烛，支钱五千八百二十八文。

一、零用，支钱一十一千二百四十六文。

计支钱三百五十四千五十四文。

一、催酒，支钱二百二十文。

一、匠酒，支钱四千五百二十文。

一、仓场工费，支钱五千四百六十文。

计支钱一十千二百文。

共支钱一千七十千六十文。

实在

一、分存城乡四十二当钱一十万一千六十千文。

一、存借拨李文忠公专祠不敷经费洋五千元。（此款系呈奉前藩宪批准暂借，仍由省城筹捐归还。理合登明。）

一、存奉文借拨商务公司二两库平银五千二百五十两。（此款奉前藩宪照会，以溧阳县杨令等息借股本，均因事故亏累，迭经各前升司批准，在提还积谷款内拨放银一万两，仍作义仓借拨商务公司积谷存款。现已详明，匀分十年拨还，应俟按年收起归款。又本年二月内呈奉藩宪瑞批复，借拨商务公司银一万两，截至现在止，已由司于费商缴存十九期租银项下，先后提归寄存租款银四千七百五十两，实只剩银五千二百五十两各等因。理合登明。）

一、存奉文借拨经、纶两厂活本二两库平银八千七百四十二两四钱三分八厘。（上年九月内奉升任藩宪陈照会，以祝商承桂包办经纶两厂，借拨公款银十万两，嗣因包办亏空，由司追起各款及费商各年缴存租银余款。又上年股商争办，由费商遵照部饬代祝故商垫还公款，先缴银六万两，现应提归原借义仓租银一万一千二百五十七两五钱六分二厘。其义仓款内尚短银八千七百四十二两四钱三分八厘，应俟费商缴到，即行收还，俾清款目等因。理合登明。）

一、寄存藩库二两库平银一万二千七百五十七两五钱六分二厘。

一、存奉文借拨苏省铁路公司洋一十万元。（此款于三十二年六月内由王绅同愈等呈请，借拨作为股本，声明路工告成，即由公司首先筹还，以符借拨原案，经前藩宪详奉前抚宪批准拨交。本年二月内铁路公司在沪开股东会，议定以借拨仓款十万元，照入股定章，周年七厘起息，给予股票，按期领息各等因。理合登明。）

一、存仓曹平银六千五百一十两。

一、存仓钱三万三千三百四十三千一百七文。

统共存曹平银六千五百一十两、二两库平银二万六千七百五十两、英洋一十万五千元。

统共存钱一十三万四千四百三千一百七文，谷八万四千六百九十三石五斗二升。

为照会事。本年四月二十六日，奉抚宪陈批本司详送丰备义仓三十四年春季收支册由，奉批：如详核销。仰即转饬知照，缴册存等因到司。奉此合就照会，为此照会贵绅，请烦查照施行。须至照会者。

光绪三十四年五月初四日照会

藩宪瑞照会

呈为按季造报并请转详事。窃丰备义仓历将一应收支款项实存本息银洋钱文及仓储谷石数目，按季造报截至光绪三十四年春季止，呈请^核_汇转在案。本年二月内呈奉^{宪台}_{藩宪}批示，借拨商务公司银一万两，截至现在止，已由司于费商缴存十九期租银项下，先后提归寄存积谷款银四千七百五十两，实只剩银五千二百五十两等因。查费商以承办经纶两厂期满，业于本年四月底交卸厂务，其续缴二十期租银项下应照案提还积谷款银两，谅经商务局解到^{宪库}_{藩库}收存，应请^{宪台}_{转详藩宪}查案饬知，俾于下季报销册内遵照登列，以符档案。所有本年夏季三个月义仓一应银洋钱谷收支储存各数，^{理合}_除分晰造具四柱清册，具文呈送，并备详清册一本，请钤宪印，详送^{报藩宪并转详}^{抚宪核销外}，理合照缮清册，备文呈送。仰祈大公祖大人鉴核备查，俯赐批示，_{一面照案汇总转呈}，实为公便。谨呈。

计呈送^{清册一本并备详清册一本}_{清册一本}

光绪三十四年七月十二日义仓绅董潘呈

谨将丰备义仓光绪三十四年夏季三个月，一应银洋钱谷收支储存各数，造具四柱清册，呈请鉴核。

计开：

旧管

上届存二两库平银二万六千七百五十两。

上届存曹平银六千五百一十两。

上届存英洋一十万五千元。

上届存钱一十三万四千四百三千一百七文。

上届存谷八万四千六百九十三石五斗二升。

新收

一、收三十三年分旧租折色钱六百二十一千四百三文。

一、收夏季当息（周年八厘）钱二千二十九千二百文。

一、收房租息钱三百八十一千七百七十文。

一、收苏省铁路股息洋一千五百三十六元一角一分二厘合钱一千八百四十三千三百三十四文。

一、收常备军圈用仓田一亩五分价（每亩三十千文）钱四十五千文。

共收钱四千九百二十千七百七文。

开除

四月

一、司事一十六人薪水，支钱一百一十三千文。

一、门厨仓工九人辛工，支钱一十四千文。

一、伙食（大建，司事一十六人，每人每日一百十文，使役九人，每人每日八十文），支钱七十四千四百文。

一、煤柴（大建，每日一百四十文），支钱四千二百文。

一、油烛，支钱五千八百五十六文。

一、纸张笔墨，支钱一百九十二文。

一、零用，支钱七千八百四十文。

计支钱二百一十九千四百八十八文。

五月

一、司事一十六人薪水，支钱一百一十三千文。

一、门厨仓工九人辛工，支钱一十四千文。

一、伙食（大建），支钱七十四千四百文。

一、煤柴（大建），支钱四千二百文。

一、油烛，支钱五千九百二文。

一、纸张笔墨（租簿、租册等件），支钱二十四千八百八十文。

一、零用，支钱一十一千四百六十三文。

计支钱二百四十七千八百四十五文。

六月

一、司事一十六人薪水，支钱一百一十三千文。

一、门厨仓工九人辛工，支钱一十四千文。

一、伙食（小建），支钱七十一千九百二十文。

一、煤柴（小建），支钱四千六十文。

一、油烛，支钱六千六十二文。

一、纸张笔墨，支钱三千五百五十七文。

一、零用，支钱一十三千三百四十一文。

计支钱二百二十五千九百四十文。

一、催酒，支钱二千八百文。

一、追租差费，支钱一百八十四千文。

一、匠工岁修（及租房修理），支钱四百八十九千三百九十文。

一、铁路股息五成捐助学务总汇处（计洋七百六十八元五分六厘），支钱九百二十一千六百六十七文。

一、仓场工费，支钱三千八百二十文。

一、晒谷工，支钱九十五千八百文。

一、德律风修费，支钱二十一千六十文。

计支钱一千七百一十八千五百三十七文。

共支钱二千四百一十一千八百一十文。

实在

一、分存城乡四十三当钱一十万一千四百六十千文。（内西山永大当新存钱四百千文，于四月初一日起。）

一、存借拨李文忠公专祠不敷经费洋五千元。（此款系呈奉前藩宪批准暂借，仍由省城筹捐归还。理合登明。）

一、存奉文借拨商务公司二两库平银五千二百五十两。（此款奉前藩宪照会，以溧阳县杨令等息借股本，均因事故亏累，迭经各前升司批准，在提还积谷款内拨放银一万两，仍作义仓借拨商务公司积谷存款。现已详明，匀分十年拨还，应俟按年收起归款。又本年二月内呈奉藩宪批复，借拨商务公司银一万两，截至现在止，已由司于费商缴存十九期租银项下，先后提归寄存租款银四千七百五十两，实只剩银五千二百五十两各等因。理合登明。）

一、存奉文借拨经、纶两厂二两库平银八千七百四十二两四钱三分八厘。（上年九月内奉升任藩宪陈照会，以祝商承桂包办经、纶两厂，借拨公款银十万两，嗣因包办亏空，由司追起各款及费商各年缴存租银余款。又上年股商争办，由费商遵照部饬代祝故商垫还公款，先缴银六万两，现应提归原借义仓租银一万一千二百五十七两五钱六分二厘。其义仓款内尚短银八千七百四十二两四钱三分八厘，应俟费商缴到，即行收还，俾清款目等因。理合登明。）

一、寄存藩库二两库平银一万二千七百五十七两五钱六分二厘。

一、存奉文借拨苏省铁路公司洋一十万元。（此款于三十二年六月内由王绅同愈等呈请，借拨作为股本，声明路工告成，即由公司首先筹还，以符借拨原案，经前藩宪详奉前抚宪批准拨交在案。本年三月内铁路公司在沪开会，议定以此项借款照入股定章，周年七厘起息，给予股票，按期领息各等因。理合登明。）

一、存仓曹平银六千五百一十两。

一、存仓钱三万五千四百五十二千四文。

统共存曹平银六千五百一十两、二两库平银二万六千七百五十两、英洋一十万五千元。

统共存钱一十三万六千九百一十二千四文，谷八万四千六百九十三石五斗二升。

为照会事。本年七月二十九日，奉抚宪陈批司详送丰备仓三十四年夏季收支册由，奉批：如详核销。仰即转饬知照，缴册存等因到司。奉此合就照会，为此照会贵绅，烦为查照施行。须至照会者。

光绪三十四年八月初六日照会

藩宪瑞照会

呈为按季造报并请转详事。窃绅于本年七月间呈送夏季报销清册，旋奉宪台藩宪批示，借拨商务公司银一万两，截至现在止，已由司于费商缴存二十期租银项下，先后提归寄存租款银五千两，实只剩银五千两，下季报册，应即照此登列，现送清册，已盖印详送抚宪核销矣等因。奉此查现届秋季造报之期，借拨商务公司银一项，当即遵照登列，以符档案。所有本年秋季三个月义仓一应银洋钱谷收支储存各数，理合陈分晰造具四柱清册，具文呈送，并备详清册一本，请钤宪印，详送报藩宪并转详抚宪核销外，理合照缮清册，备文呈送。仰祈大公祖大人鉴核备查，一面照案汇总转呈，实为公便。谨呈。

计呈送清册一本并备详清册一本
清册一本

呈 藩宪瑞
  苏州府何

光绪三十四年十月初八日义仓绅董潘呈

谨将丰备义仓光绪三十四年秋季三个月，一应银洋钱谷收支储存各数，造具四柱清册，呈请鉴核。

计开：

旧管

上届存二两库平银二万六千七百五十两。

上届存曹平银六千五百一十元。

上届存英洋一十万五千元。

上届存钱一十三万六千九百一十二千四文。

上届存谷八万四千六百九十三石五斗二升。

新收

一、收三十三年分旧租折色钱五十九千一百九十五文。

一、收周年八厘秋季当息钱二千二十六千五百三十三文。

一、收房租息钱三百一十八千三百五十文。

共收钱二千四百四千七十八文。

开除

七月

一、司事一十六人薪水，支钱一百一十三千文。

一、门厨仓工九人辛工，支钱一十四千文。

一、伙食（大建，司事一十六人，每人每日一百一十文，使役九人，每人每日八十文），支钱七十四千四百文。

一、煤柴（大建，每日一百四十文），支钱四千二百文。

一、油烛，支钱五千九百九十五文。

一、零用，支钱一十四千八百九十四文。

计支钱二百二十六千四百八十九文。

八月

一、司事一十六人薪水，支钱一百一十三千文。

一、门厨仓工九人辛工，支钱一十四千文。

一、伙食（小建），支钱七十一千九百二十文。

一、煤柴（小建），支钱四千六十文。

一、油烛，支钱五千七百六十九文。

一、纸张笔墨，支钱七千八百文。

一、零用，支钱一十千四百四十八文。

计支钱二百二十六千九百九十七文。

九月

一、司事二十人薪水，支钱一百二十九千文。

一、门厨仓工一十人辛工，支钱一十七千五百文。

一、伙食（大建），支钱九十千文。

一、煤柴（大建），支钱四千二百文。

一、油烛，支钱五千六百九十二文。

一、纸张笔墨，支钱一百四十四文。

一、零用，支钱九千四文。

计支钱二百五十五千五百四十文。

一、仓场工费，支钱四千五百五十五文。

一、晒谷工，支钱一百一十一千四百文。

一、催酒，支钱四百文。

一、匠工岁修（及租房修理），支钱二百七十四千八十文。

一、德律风修费，支钱二十二千三百二十文。

一、捐助郡绅筹办谘议局调查经费，支钱二百四十八千文。

一、添置器用，支钱二千七百四文。

计支钱六百六十三千四百五十九文。

共支钱一千三百七十二千四百八十五文。

实在

一、分存城乡四十二当钱一十万一千六十千文。（西山恒豫当闭歇，八月底缴还存本钱四百千文。）

一、存借拨李文忠公专祠不敷经费洋五千元。（此款系呈奉前藩宪批准暂借，仍由省城筹捐归还。理合登明。）

一、存奉文借拨商务公司二两库平银五千两。（此款奉前藩宪照会，以溧阳县杨令等借息借股本，均因事故亏累，迭经各前司批准，在提还积谷款内拨放银一万两，仍作义仓借拨商务公司积谷存款。现已详明，匀分十年拨还，应俟按年收起归款。本年七月内呈奉藩宪批复，借拨商务公司银一万两，截至现在止，已由司于费商缴存二十期租银项下，先后提归寄存租款银五千两，实只剩银五千两各等因。理合登明。）

一、存奉文借拨经、纶两厂二两库平银八千七百四十二两四钱三分八厘。（上年九内奉升任藩宪照会，以祝商承桂包办经、纶两厂，借拨公款银十万两，嗣因包办亏空，由司追起各款及费商各年缴存租银余款。又上年股商争办，由费商遵照部饬代祝故商垫还公款，先缴银六万两，现因提归原借义仓租银一万一千二百五十七两五钱六分二厘。其义仓款内尚短银八千七百四十二两四钱三分八厘，应俟费商缴到，即行收还，俾清款目等因。理合登明。）

一、存奉文借拨苏省铁路公司洋一十万元。（此款于三十二年六月内由王绅同愈等呈请，借拨作为股本，声明路工告成，由公司首先筹还，以符借拨原案，经前藩宪详奉前升抚宪批准接交。本年三月内铁路公司在沪开会，议定以此项借款照入股定章，周年七厘起息，给予股票，按期领息各等因。理合登明。）

一、寄存藩库二两库平银一万三千七两五钱六分二厘。

一、存仓曹平银六千五百一十两。

一、存仓钱三万六千八百八十三千五百九十七文。

统共存曹平银六千五百一十两、二两库平银二万六千七百五十两、英洋一十万五千元。

统共存钱一十三万七千九百四十三千五百九十七文，谷八万四千六百九十三石五斗二升。

为照会事。本年十一月初九日，奉抚宪陈批本司详送丰备仓三十四年秋季收支册由，奉批：如详核销。仰即转饬知照，缴册存等因到司。奉此合就照会。为此照会贵绅董，烦为查照施行。须至照会者。

光绪三十四年十一月二十五日照会

藩宪瑞照会

呈为按季造报并请转详事。窃丰备义仓历将一应收支款项实存本息银洋钱文及仓储谷石数目，按季造报截至光绪三十四年秋季止，呈请核汇转在案。查历届报销册内实在项下，登列奉文借拨经、纶两厂银款一项，前于光绪三十三年九月，奉抚宪在藩宪任内照会，以费商遵照部饬，代祝故商垫还公款，先缴银六万两，现应提归原借义仓租银一万一千二百五十七两五钱六分二厘。其义仓款内尚短银八千七百四十二两四钱三分八厘，应俟费商缴到，即行收还，俾清款目等因。惟费商以承办两厂期满，业于上年四月底交卸厂务，则所短义仓一款，嗣后是否仍由承办两厂绅商如数垫还，应请宪台转详藩宪查案批示，俾得有所遵循。所有上年冬季三个月义仓一应银洋钱谷收支储存各数，理合除分晰造具四柱清册，具文呈送，并备详册一本，请钤宪印，详送抚宪核销外，理合照缮清册，备文呈送。仰祈大公祖大人鉴核备查，俯赐批示，一面照案汇总转呈，实为公便。谨呈。报藩宪并转详

计呈送清册一本并备详清册一本
清册一本

呈藩宪瑞
苏州府何

宣统元年正月二十九日义仓绅董潘呈

谨将丰备义仓光绪三十四年冬季三个月，一应银洋钱谷收支储存各数，造具四柱清册，呈请钧鉴。

计开：

旧管

上届存二两库平银二万六千七百五十两。

上届存曹平银六千五百一十两。

上届存英洋一十万五千元。

上届存钱一十三万七千九百四十三千五百九十七文。

上届存谷八万四千六百九十三石五斗二升。

新收

一、收寄存藩库二两库平银换钱二万四千二百七十一千五百九十六文。（计银一万三千七两五钱六分二厘，每百两合钱一百八十六千五百九十六文。）

一、收曹平银换钱一万一千九百七十八千四百文。（计银六千五百一十两，每百两合钱一百八十四千文。）

一、收三十三年分旧租折色钱二百九十一千六百四十一文。

一、收三十四年分新租折色钱五万三千三百四十一千七百七文。

一、收周年八厘冬季当息钱二千二十一千二百文。

一、收房租息钱三百七十五千五百四十文。

共收钱九万二千二百八十千八十四文。

一、收采办新谷三万四百七十六石二斗八升。

计收谷三万四百七十六石二斗八升。

开除

十月

一、委员薪水（会办委员五十八千文，随办委员二十四千文），支钱八十二千文。

一、委员轿随（会办委员一十二千文，随办委员六千文），支钱一十八千文。

一、司事二十人薪水，支钱一百六十三千文。

一、门厨仓工一十人辛工，支钱一十七千五百文。

一、伙食（大建，司事二十人，每人每日一百一十文，使役十人，每人每日八十文），支钱九十千文。

一、煤柴（大建，每日一百四十文），支钱四千二百文。

一、油烛，支钱一十二千八百六十四文。

一、纸张笔墨，支钱二千一百二十六文。

一、零用，支钱一十三千四百九十五文。

一、开仓酒席及催甲酒饭，支钱七十四千六百四十八文。

计支钱四百七十七千八百三十三文。

十一月

一、委员薪水，支钱八十二千文。

一、委员轿随，支钱一十八千文。

一、司事二十人薪水，支钱一百六十三千文。

一、门厨仓工十人辛工，支钱一十七千五百文。

一、伙食（小建），支钱八十七千文。

一、煤柴（小建），支钱四千六十文。

一、油烛，支钱五千七百二十六文。

一、纸张笔墨，支钱一千九十六文。

一、零用，支钱六千九百一十五文。

计支钱三百八十五千二百九十七文。

十二月

一、委员薪水，支钱八十二千文。

一、委员轿随，支钱一十八千文。

一、司事二十人薪水，支钱一百六十三千文。

一、门厨仓工一十人辛工，支钱一十七千五百文。

一、伙食（大建），支钱九十千文。

一、煤柴（大建），支钱四千二百文。

一、油烛，支钱六千七百三文。

一、纸张笔墨，支钱七千一百六十二文。

一、零用，支钱一十七千六百九十文。

一、年终犒赏及年饭酒，支钱七十六千六百九十六文。

计支钱四百八十二千九百五十一文。

一、采买新谷三万四百七十六石二斗八升（每石价连水脚费，合洋二元三角三分八厘），支钱八万九千七百七十千二百八十九文。

一、完纳条漕，支钱一万六千八百二十八千八百五十六文。

一、协贴省城粥局，支钱五千千文。

一、协贴省城栖流所，支钱一千千文。

一、各署书吏辛工纸张费，支钱四百八千七百二十四文。

一、上谷力，支钱三百二十九千一百四十三文。

一、仓场工费（芦席盖廒柴等），支钱二百五十九千二百四十二文。

一、匠工岁修及租房修理，支钱七百二十九千八百六十文。

一、追租差费，支钱三百三十七千九百文。

一、催佃缴租零犒，支钱一百五十七千三百七十四文。

一、易知单费，支钱四十五千一百六十三文。

一、添置器用，支钱六千九百四十文。

一、支二两库平银一万三千七两五钱六分二厘（计换钱二万四千二百七十一千五百九十六文）。

一、支曹〔漕〕平银六千五百一十两（计换钱一万一千九百七十八千四百文）。

计支库平银一万三千七两五钱六分二厘、钱一十一万四千八百七十三千四百九十一文、曹平银六千五百一十两。

共支库平银一万三千七两五钱六分二厘、钱一十一万六千二百一十九千五百七十二文、曹平银六千五百一十两。

实在

一、分存城乡四十二当共钱一十万一千六十千文。

一、存借拨李文忠公专祠不敷经费洋五千元。（此款呈奉前藩宪批准暂借，仍由省城筹捐归还。理合登明。）

一、存奉文借拨商务公司二两库平银五千两。（此款奉前藩宪照会，以溧阳县杨令等息借股本，均因事故亏累，经各前升司批准，在提还积谷款内拨放银一万两，仍作义仓借拨商务公司积谷存款。现已详明，匀分十年拨还，应俟按年收起归款。上年七月内呈奉藩宪批复，借拨商务公司银一万两，截至现在止，已由司于费商缴存二十期租银项下，先后提归寄存租款银五千两，实只剩银五千两各等因。理合登明。）

一、存奉文借拨经、纶两厂二两库平银八千七百四十二两四钱三分八厘。（前奉升任藩宪陈照会，以祝商承桂包办经、纶两厂，借拨公款银十万两，嗣因包办亏空，由司追起各款及费商各年缴存租银余款。又上年股商争办，由费商遵照部饬代祝故商垫还公款，先缴银六万两，现应提归原借义仓银一万一千二百五十七两五钱六分二厘。其义仓款内尚短银八千七百四十二两四钱三分八厘，应俟费商缴到，即行收还，俾清款目等因。理合登明。）

一、存奉文借拨苏省铁路公司洋一十万元。（此款于光绪三十二年六月内由王绅同愈等呈请，借拨作为股本，并声明路工告成，即由公司首先筹还，以符借拨原案，经前藩宪详奉前升抚宪批准拨交在案。上年三月内铁路公司在沪开会，议定以此项借款照入股定章，周年七厘起息，给予股票，按期领息。理合登明。）

一、存仓钱一万二千九百四十四千一百九文。

统共存二两库平银一万三千七百四十二两四钱三分八厘，英洋一十万五千元。

统共存钱一十一万四千四百四千一百九文，谷一十一万五千一百六十九石八斗。

为照会事。本年闰二月初二日，奉抚宪陈批本司详送丰备义仓光绪三十四年冬季收支册由，奉批：如详核销。仰即转饬遵照，缴册存等因到司。奉此合就照会。为此照会贵绅，请烦查照施行。须至照会者。

宣统元年闰二月十三日照会

藩宪瑞照会

四 *

为照会事。案照积谷案内各属应造宣统元年春季实存钱谷各数折结，现已届期，未准开送。合亟照会，为此照会贵绅董，希即遵照，迅将本年春季丰备义仓实存本息钱若干，实存谷若干，逐细查开清折，加具实存无亏印结，务于文到三日内送到，以凭汇总转呈。为时已逾，毋稍片延。望切！望切！须至照会者。

宣统元年四月十二日照会

苏州府何照会

呈为春季造报祈赐备核转详并请示遵事。窃丰备义仓一应收支款项，实存本息银洋钱文及仓储谷石数目，历经按季造报至光绪三十四年冬季止，呈请^核汇转在案。查前呈报销各册内实在项下，列有奉文借拨经、纶两厂银款一项，本年二月曾奉^{正任宪}_{正任藩宪}瑞批开，义仓款内尚短银八千七百四十二两零，费商交卸厂务，未据按数代缴，派委坐提，仅据将股票银一万八百两连同息折缴司作抵，应俟股票变价后，再行提拨归款等因。绅探悉经、纶两厂老股票，近来转售于人者，不过五六成折算。费商将股票作抵，无论累月经年，未必能克期变价，即使一旦有人承买，而以五六成股票之价抵还，所短义仓实银，必致亏耗甚巨。绅一再筹思，与其久存^{宪库}_藩，本息两悬，似不如将股票息折发还义仓，俾得按期赴厂领息，以期得寸得尺，陆续弥补，俟将来股票价涨，再行变售，归还仓款，或可凑足原数。是否可行，统希转详^{宪台}_{藩宪}核办。所有宣统元年春季连闰四个月义仓一应银洋钱谷收支储存各数，_除理合分晰造具四柱清册，具文呈^送，并备详清册一本，请钤宪印，详送^{抚宪核销外}，理合照缮清册，备文呈送。仰祈大公祖大人鉴核备查，俯赐批示祗遵。如蒙照准，并乞将股票息折示期饬发，给领转详，俟奉宪批，并赐示复，一面照案汇总转呈，实为公便。谨呈。

宣统元年四月十三日义仓绅董潘呈。呈^{苏州府何}_{藩宪陆}

谨将丰备义仓宣统元年春季连闰四个月，一应银洋钱谷收支储存各数，造具四柱清册，呈候鉴核。

计开：

旧管

上届存二两库平银一万三千七百四十二两四钱三分八厘。

上届存英洋一十万五千元。

上届存钱一十一万四千四千一百九文。

上届存谷一十一万五千一百六十九石八斗。

新收

一、收光绪三十四年分旧租折色钱二十六千八百六十七文。

一、收周年八厘当息钱二千二十一千二百文。

一、收房租息钱三百九十八千六百文。

一、收苏省铁路股息洋七千元合钱九千三百八十千文。

共收钱一万一千八百二十六千六百六十七文。

开除

正月

一、委员薪水（会办委员五十八千文，随办委员二十四千文），支钱八十二千文。

一、委员轿随（会办委员一十二千文，随办委员六千文），支钱一十八千文。

一、司事一十五人薪水，支钱一百三十八千文。

一、门厨仓工九人辛工，支钱一十四千文。

一、伙食（小建，司事一十五人，每人每日一百一十文，使役九人，每人每日八十文），支钱六十八千七百三十文。

一、煤柴（小建，每日一百四十文），支钱四千六十文。

一、油烛，支钱六千二百九十五文。

一、零用，支钱一十四千五百三十六文。

计支钱三百四十五千六百二十一文。

二月

一、委员薪水，支钱八十二千文。

一、委员轿随，支钱一十八千文。

一、司事一十五人薪水，支钱一百三十八千文。

一、门厨仓工九人辛工，支钱一十四千文。

一、伙食（大建），支钱七十一千一百文。

一、煤柴（大建），支钱四千二百文。

一、油烛，支钱五千六百二十九文。

一、零用，支钱一十千五百九十九文。

计支钱三百四十三千五百二十八文。

闰二月

一、委员薪水，支钱八十二千文。

一、委员轿随，支钱一十八千文。

一、司事一十五人薪水，支钱一百三十八千文。

一、门厨仓工九人辛工，支钱一十四千文。

一、伙食（小建），支钱六十八千七百三十文。

一、煤柴（小建），支钱四千六十文。

一、油烛，支钱五千五百九十二文。

一、纸张笔墨，支钱五百四十文。

一、零用，支钱七千五百八文。

计支钱三百三十八千四百三十文。

三月

一、委员薪水，支钱八十二千文。

一、委员轿随，支钱一十八千文。

一、司事一十五人薪水，支钱一百三十八千文。

一、门厨仓工九人辛工，支钱一十四千文。

一、伙食（小建），支钱六十八千七百三十文。

一、煤柴（小建），支钱四千六十文。

一、油烛，支钱五千三百六十四文。

一、纸张笔墨，支钱一百五十文。

一、零用，支钱九千七百六十文。

计支钱三百四十千六十四文。

一、催酒，支钱九百四十文。

一、匠酒，支钱一百六十文。

一、苏省铁路股息五成捐助学务总汇处（计洋三千五百元），支钱四千六百九十千文。

一、德律风修费，支钱二十八千一百四十文。

计支钱四千七百十九千二百四十文。

共支钱六千八十六千八百八十三文。

实在

一、分存城乡四十二当钱一十万一千六十千文。

一、存奉文借拨李文忠公专祠不敷经费洋五千元。（此款系呈奉前藩宪批准暂借，仍由省城筹捐归还。理合登明。）

一、存奉文借拨商务公司二两库平银五千两。（此款奉前藩宪照会，以溧阳县杨令等息借股本，均因事故亏累，迭经各前升司批准，在提还积谷款内拨放银一万两，仍作义仓借拨商务公司积谷存款。现已详明，匀分十年拨还，应俟按年收起归款。上年七月呈奉正任藩宪瑞批复，借拨商务公司银一万两，截至现在止，已由司于费商缴存二十期租银项下，先后提归寄存租款银五千两，实只剩银五千两各等因。理合登明。）

一、存奉文借拨经、纶两厂二两库平银八千七百四十二两四钱三分八厘。（前奉升任藩宪照会，以祝商承桂包办经、纶两厂，借拨公款银十万两，嗣固包办亏空，由司追起各款以及费商各年缴存租银余款。又上年股商争办，由费商遵照部饬代祝故商垫还公款，先缴银六万两，现应提归原借义仓银一万一千三百五十七两五钱六分二厘。其义仓款内尚短银八千七百四十二两四钱三分八厘，应俟费商缴到，即行收还，俾清款目。本年二月内呈奉正任藩宪瑞批复，义仓款内尚短银八千七百四十二两零，费商交卸厂务，未据按数代缴，派委坐提，仅据将股票银一万八百两连同息折缴可作抵，应俟股票变价后，再行提拨归款各等因。理合登明。）

一、存奉文借拨苏省铁路公司洋一十万元。（此款于光绪三十二年六月由王绅同愈等呈请，借拨作为股本，声明路工告成，由公司首先筹还，以符借拨原案，经前藩宪详奉前升抚批准拨交在案。上年三月铁路公司在沪开会，议定以此项借款照入股定章，周年七厘起息，给予股票，按期领息。理合登明。）

一、存仓钱一万八千六百八十三千八百九十三文。

统共存钱一十一万九千七百四十三千八百九十三文、二两库平银一万三千七百四十二两四钱三分八厘、英洋一十万五千元、谷一十一万五千一百六十九石八斗。

为照会事。本年五月初五日，奉抚宪批本署司详送丰备仓宣统元年春季收支册由，奉批：如详核销。仰即转饬知照，缴册存等因到司。奉此合就照会。为此照会贵绅董，请烦查照施行。须至照会者。

宣统元年五月十二日照会

署潘宪左照会

呈为夏季造报祈赐备核转详并请示遵事。窃丰备义仓历将一应收支款项实存本息银洋钱文及仓储谷石数目，按季造报至宣统元年春季止，呈请核汇转在案。查前呈报销各册内实在项下，列有奉文借拨商务公司银两一款，上年七月间呈奉升任宪藩宪瑞批开，借拨商务公司银一万两，截至现在止，已由司于费商缴存二十期租银项下，先后提归寄存租款银五千两，实只剩银五千两等因。刻又届七月报销之期，时阅一年，应照案拨还积谷款银一千两，谅由公司解到宪库藩库收存，应请宪台转详藩宪查案饬知，俾于下季册内遵照登列。又查实在项下，列有奉文借拨李文忠公专祠不敷经费洋一款，当时声明，暂行借拨，仍由省城筹捐归还。伏念仓款紧要，未便久悬，劝令省城诸绅，扶助公益，集腋成裘，业已陆续收到捐款，并由绅凑足洋五千元，提还义仓，以符原案。是以此次册内，即将款换钱，收入存仓现钱项下，合并报明，即有本年夏季三个月义仓一应银洋钱谷收支储存各数，理合分晰造除具四柱清册，具文呈送，并备详请册一本，请钤宪印详送报藩宪并转详抚宪核销外，理合照缮清册，备文呈送。仰祈大公祖大人鉴核备查，转详俯赐批示祗遵，侯奉宪批，并乞示复，一面照案汇总转呈，实为公便。谨呈。

计呈送清册一本并备详清册一本
清册一本

呈藩宪陆、苏州府何

宣统元年七月十一日义仓绅董潘呈

谨将丰备义仓宣统元年夏季三个月，一应银洋钱谷收支储存各数，造具四柱清册，呈请鉴核。

计开：

旧管

上届存二两库平银一万三千七百四十二两四钱三分八厘。

上届存英洋一十万五千元。

上届存钱一十一万九千七百四十三千八百九十三文。

上届存谷一十一万五千一百六十九石八斗。

新收

一、收光绪三十四年分旧租折色钱六百六十四千九百四十六文。

一、收周年八厘夏季当息钱二千二百二十一千二百文。

一、收房租息钱三百七十千七百二十文。

一、收各绅筹捐归还李文忠公专祠洋五千元合钱六千六百千文。

一、收经、纶两厂三季股息银四百五两合钱七百八十五千七百文。

共收钱一万四百四十二千五百六十六文。

开除

四月

一、司事一十五人薪水，支钱一百四千文。

一、门厨仓工九人辛工，支钱一十四千文。

一、伙食（大建。司事一十五人，每人每日一百一十文，使役九人，每人每日八十文），支钱七十一千一百文。

一、煤柴（大建，每日一百四十文），支钱四千二百文。

一、油烛，支钱五千八百五十八文。

一、零用，支钱一十一千五百一十四文。

计支钱二百一十千六百七十二文。

五月

一、司事一十五人薪水，支钱一百四千文。

一、门厨仓工九人辛工，支钱一十四千文。

一、伙食（小建），支钱六十八千七百三十文。

一、煤柴（小建），支钱四千六十文。

一、油烛，支钱五千四百七十六文。

一、纸张笔墨（连同租缥、租册工料），支钱三十三千九百四文。

一、零用，支钱一十二千三百二十一文。

计支钱二百四十二千四百九十一文。

六月

一、司事一十五人薪水，支钱一百四千文。

一、门厨仓工九人辛工，支钱一十四千文。

一、伙食（大建），支钱七十一千一百文。

一、煤柴（大建），支钱四千二百文。

一、油烛，支钱六千四百三十八文。

一、纸张笔墨，支钱二百六十四文。

一、零用，支钱一十三千七百三十六文。

计支钱二百一十三千七百三十八文。

一、催酒，支钱三千三百九十文。

一、追租差费，支钱二百一千文。

一、仓场工费（连晒谷费），支钱六十五千三百四文。

一、匠工修理（修石家角仓后驳岸及租房修理），支钱六百九千六百文。

一、添置器用，支钱五十一千八百八十文。

一、水龙出救，支钱四千八百四十文。

一、换钱，支钱五千元。

计支钱九百三十六千一十四文，洋五千元。

共支钱一千六百二千九百一十五文，洋五千元。

实在

一、分存城乡四十一当共钱一十万一千六十千文。

一、存奉文借拨商务公司二两库平银五千两。（此款奉前藩宪照会，以溧阳县杨令等息借股本，均因事故亏累，迭经各前升宪批准，在提还积谷款内拨放银一万两，仍作义仓借拨商务公司积谷存款。现已详明，匀分十年拨还，应俟按年收起归款。上年七月呈奉升任藩宪瑞批复，借拨商务公司银一万两，截至现在止，已由司于费商缴存二十期租银项下，先后提归寄存租款银五千两，实只剩银五千两各等因。理合登明。）

一、存奉文借拨经、纶两厂二两库平银八千七百四十二两四钱三分八厘。（本年四月内呈奉前署藩宪左批复，费商代缴厂欠公款，尚短银八千七百四十二两四钱三分八厘，本系义仓解司存项，前经派员坐提，仅据将股票息折缴可作抵，刻期变售，亏耗甚巨，久存司库，本息两悬。据请发还义仓提息，或可陆续凑足原数，系为弥补起见，应准照办等因。嗣奉文照发费商缴抵经纶两厂股票二十二纸，计共股银一万八百两，又息折二十二扣，连同上年冬季本年春夏二季息款银四百五两，业经收存仓中，遵照办理。理合登明。）

一、存奉文借拨苏省铁路公司洋一十万元。（此款于光绪三十二年六月由王绅同愈等呈请，借拨作为股本，声明路工告成，由公司首先筹还，以符借拨原案，经前藩宪详奉前升抚宪批准拨交在案。上年三月铁路公司在沪开会，议定以此项借款额入股章程，周年七厘起息，给予股票，按期领息。理合登明。）

一、存仓钱二万七千五百二十三千五百四十四文。

统共存钱一十二万八千五百八十三千五百四十四文、二两库平银一万三千七百四十二两四钱三分八厘、英洋一十万元、谷一十一万五千一百六十九石八斗。

为照会事。本年八月初五日，奉抚宪瑞批司详送丰备仓宣统元年夏季收支册由，奉批：如详核销。仰即转饬遵照，缴存等因到司。奉此合就照会。为此照会贵绅董，请烦查照施行。须至照会者。

宣统元年八月十一日照会

苏藩宪陆照会

呈为秋季造报并将补置田亩陈请核转立案事。窃绅董理丰备义仓，历将一应收支款项、实存本息银洋钱文及仓储谷石数目，按季造报至宣统元年夏季止，呈请核_汇转在案。查前沪宁铁路及常备军圈用仓田三十余亩，所收官价，自应照数补置。兹于本年七月间，契买潘世德长邑田三十四亩六分四厘五毫，以补足原数，计价连中费钱九百七十千五百二十文，即于存仓现钱项下如数动用。所有本年秋季三个月义仓银洋钱谷收支储存各数，连同此次补置田亩用款，_{理合}分晰造具四柱清册，具文呈_{送，并备详清册一本，请钤宪印，详送}报藩宪并转详 抚宪核销（外，理合照缮清册，备文呈送）。仰祈大公祖大人鉴核_{批示祗遵}备查，一面照案汇总转呈，实为公便。再，查仓田一万七千二百八十六亩九分六厘六毫，现在补置三十四亩六分四厘五毫，共实存田一万七千三百二十一亩六分一厘一毫，合并声明。谨呈。

计呈送^{清册一本并备详清册一本}_{清册一本}

呈藩宪陆、苏州府何

宣统元年十月初四日义仓绅董潘呈

谨将丰备义仓宣统元年秋季三个月，一应银洋钱谷收支储存各数，造具四柱清册，呈请宪鉴。

计开：

旧管

一、上届存二两库平银一万三千七百四十二两四钱三分八厘。

一、上届存英洋一十万元。

一、上届存钱一十二万八千五百八十三千五百四十四文。

一、上届存谷一十一万五千一百六十九石八斗。

新收

一、收光绪三十四年分旧租折色钱三百七十六千三百三十七文。

一、收周年八厘秋季当息钱二千二十一千二百文。

一、收房租息钱三百七十一千九百六十文。

共收钱二千七百六十九千四百九十七文。

开除

七月

一、司事一十五人薪水,支钱一百四千文。

一、门厨仓工九人辛工,支钱一十四千文。

一、伙食（小建,司事一十五人,每人每日一百一十文,使役九人,每人每日八十文）,支钱六十八千七百三十文。

一、煤柴（小建,每日一百四十文）,支钱四千六十文。

一、油烛,支钱五千六百四十四文。

一、纸张笔墨,支钱四百八十文。

一、零用,支钱一十千六百五十七文。

计支钱二百七千五百七十一文。

八月

一、司事一十五人薪水,支钱一百四千文。

一、门厨仓工九人辛工,支钱一十四千文。

一、伙食（大建）,支钱七十一千一百文。

一、煤柴（大建）,支钱四千二百文。

一、油烛,支钱五千七百六十四文。

一、零用,支钱九千六百一十七文。

计支钱二百八千六百八十一文。

九月

一、司事二十人薪水,支钱一百二十四千文。

一、门厨仓工一十人辛工,支钱一十七千五百文。

一、伙食（大建）,支钱九十千文。

一、煤柴（大建）,支钱四千二百文。

一、油烛,支钱五千五百七十六文。

一、纸张笔墨,支钱八百六十文。

一、零用,支钱九千六百四十七文。

计支钱二百五十一千七百八十三文。

一、契买潘世德长邑田三十四亩六分四厘五毫,连中费支钱九百七十千五百二十文。

一、催酒,支钱一千四百六十文。

一、仓场工费（连晒谷费）,支钱二十六千五百四十二文。

一、匠工岁修（及租房修理）,支钱二百六十六千六百文。

一、捐助城厢自治筹办处经费，支钱五百二十八千文。

一、添置器用，支钱二千四百八十文。

计支钱一千七百九十五千六百二文。

共支钱二千四百六十三千六百三十七文。

实在

一、分存城乡四十一当共钱一十万一千六十千文。

一、存奉文借拨商务公司二两库平银四千两。（此款奉前藩宪照会，以溧阳县杨令等息借股本，均因事故亏累，迭经前升司批准，在提还积谷款内拨放银一万两，仍作义仓借拨商务公司积谷存款。现已详明，匀分十年拨还，应俟按年收起归款。本年七月内呈奉藩宪批开，借拨商务公司银一万两，截至现在止，已由司于敝商缴存二十一至二十四期租银项下，先后提归寄存租款银六千两，实只剩银四千两各等因。理合登明。）

一、存寄存藩库二两库平银一千两。（此款即前项商务公司按年拨还积谷一款，缴存藩库。理合登明。）

一、存奉文借拨经、纶两厂二两库平银八千七百四十二两四钱三分八厘。（本年四月呈奉前署藩宪左批开，费商代缴两厂公款，尚短银八千七百四十二两四钱三分八厘，本系义仓解司存项，前经派员坐提，仅将股票息折缴司作抵，刻期变售，亏耗甚巨，久存司库，本息两悬。据请发还义仓息银，陆续凑足原数，系为弥补起见，应准照办等因。嗣奉文照发费商缴抵经纶两厂股票二十二纸，计共股银一万八百两，又息折二十二扣，连同上年冬季本年春夏二季息款银四百五两，业经收存照办。理合登明。）

一、存奉文借拨苏省铁路公司洋一十万元。（此款于光绪三十二年六月由王绅同愈等呈请，借拨作为股本，声明路工告成，由公司首先筹还，以符借拨原案，经前藩宪详奉前抚宪批准拨交在案。上年三月铁路公司在沪开会，议定以此项借款照入股章程，周年七厘起息，给予股票，按期领息。理合登明。）

一、存仓钱二万七千八百二十九千四百四文。

统共存二两库平银一万三千七百四十二两四钱三分八厘、英洋一十万元、钱一十二万八千八百八十九千四百四文、谷一十一万五千一百六十九石八斗。

为照会事。查接管卷内，本年十月二十四日，奉前抚宪瑞批前司详送丰备仓宣统元年秋季收支册由，奉批：如详核销。仰即转饬知照，缴册存等因，到前升司移交。奉此合就照会。为此照会贵绅董，请烦查照施行。须至照会者。

宣统元年十一月初七日照会

署藩宪樊照会

呈为上年冬季造报并请转详事。窃绅董理丰备义仓，历将一应收支款项、实存本息银洋钱文及仓储谷石数目，按季造报至宣统元年秋季止，呈请核汇转在案。现在又届造报之期，所有上年冬季三个月义仓一应银洋钱谷收支储存各数，理合除分晰造具四柱清册，具文呈送，并备详清册一本，请钤宪印，详送抚宪核销外，理合照缮清册，备文呈送。仰祈大公祖大人鉴核备查报藩宪并转详，一面照案汇总转呈，实为公便。谨呈。

计呈送 清册一本并备详清册一本
清册一本

宣统二年正月二十三日义仓绅董潘呈

谨将丰备义仓宣统元年冬季三个月，一应银洋钱谷收支储存各数，造具四柱清册，呈请鉴核。

计开：

旧管

一、上届存二两库平银一万三千七百四十二两四钱三分八厘。

一、上届存英洋一十万元。

一、上届存钱一十二万八千八百八十九千四百四文。

一、上届存谷一十一万五千一百六十九石八斗。

新收

一、收光绪三十四年分旧租折色钱三百五千三百二十三文。

一、收宣统元年分新租折色钱四万六千五百二十七千二百四十三文。

一、收周年八厘冬季当息钱二千二百一十一千二百文。

一、收房租息钱三百九十七千二百二十文。

共收钱四万九千二百五十千九百八十六文。

一、收采买新谷一万一千三百三十五石七斗。

计收谷一万一千三百三十五石七斗。

开除

十月

一、委员薪水（会办委员五十八千文，随办委员二十四千文），支钱八十二千文。

一、委员轿随（会办委员一十二千文，随办委员六千文），支钱一十八千文。

一、司事二十人薪水，支钱一百六十千文。

一、门厨仓工一十人辛工，支钱一十七千五百文。

一、伙食（大建。司事二十人，每人每日一百一十文，使役一十人，每人每日八十文），支钱九十千文。

一、煤柴（大建，每日一百四十文），支钱四千二百文。

一、油烛，支钱一十二千一百八十四文。

一、开仓酒席及催甲酒饭，支钱九十千七百六十四文。

一、零用，支钱一十四千七百八十八文。

计支钱四百八十九千四百三十六文。

十一月

一、委员薪水，支钱八十二千文。

一、委员轿随，支钱一十八千文。

一、司事二十人薪水，支钱一百六十千文。

一、门厨仓工一十人辛工，支钱一十七千五百文。

一、伙食（小建），支钱八十七千文。

一、煤柴（小建），支钱四千六十文。

一、油烛，支钱六千二百一文。

一、纸张笔墨，支钱六百文。

一、零用，支钱九千三百五十八文。

计支钱三百八十四千七百一十九文。

十二月

一、委员薪水，支钱八十二千文。

一、委员轿随，支钱一十八千文。

一、司事二十人薪水，支钱一百六十千文。

一、门厨仓工一十人辛工，支钱一十七千五百文。

一、伙食（大建），支钱九十千文。

一、煤柴（大建），支钱四千二百文。

一、油烛，支钱六千一百六文。

一、纸张笔墨，支钱一十一千五百二十文。

一、零用，支钱一十九千八百二十七文。

一、年终犒赏及年饭酒，支钱九十二千七百九十六文。

计支钱五百一千九百四十九文。

一、完纳长元吴三邑条漕，支钱一万八千八十千一百七十八文。

一、协贴省城粥局，支钱五千千文。

一、协贴省城栖流所，支钱一千千文。

一、采买新谷一万一千三百三十五石七斗（每石价连水脚费，洋二元七角三分一厘五毫），支钱四万八百七十三千一百五十文。

一、上谷力，支钱一百二十二千四百二十五文。

一、仓场工费（芦席盖蔽柴等件），支钱三百一十千一百一十三文。

一、各署书吏辛工纸张费，支钱三百六十四千八百七十六文。

一、追租差费，支钱三百八十六千文。

一、催佃缴租零犒，支钱一百三十三千七百九十九文。

一、易知单费，支钱四十九千八百六十八文。

一、匠工岁修及租房修理，支钱七百五十千八百六十文。

一、添置器用，支钱一十四千七百四十文。

一、德律风修费，支钱二十三千七百六十文。

计支钱六万七千一百九十千七百六十九文。

共支钱六万八千四百八十五千八百七十三文。

实在

一、存分存城乡四十二当共钱一十万一千六十千文。

一、存奉文借拨商务公司二两库平银四千两。（此款奉前藩宪照会，以溧阳县杨令等息借股本，均因事故亏累，迭经各前升司批准，在提还积谷款内拨放银一万两，仍作义仓借拨商务公司积谷存款。现已详明，匀分十年拨还，应俟按年收起归款。上年七月内呈奉藩宪批开，借拨商务公司银一万两，截至现在止，已由司于厂商缴存二十一至二十四期租银项下，先后提归寄存积谷款银六千两，实只剩银四千两各等因。理合登明。）

一、存寄存藩库二两库平银一千两。（此即前项商务公司按年还积谷一款，仍存藩库。理合登明。）

一、存奉文借拨经、纶两厂二两库平银八千七百四十二两四钱三分八厘。（上年四月内呈奉前署藩宪左批开，费商代缴厂欠公款，尚短银八千七百四十二两四钱三分八厘，本系义仓解司存项，前经派员坐提，仅将股票折缴司作抵，刻期变售，亏耗甚巨，久存司库，本息两悬。据请发还义仓提息，陆续凑足原数，系为弥补起息，应准照办。嗣奉文照发费商缴抵经纶两厂股票二十二纸，计共股银一万八百两，又息折二十二扣，一并收存义仓，按季赴厂领息各等因。理合登明。）

一、存奉文借拨苏省铁路公司洋一十万元。（此款于光绪三十二年六月由王绅同愈等呈请，借拨作为股本，声明路工告成，由公司首先筹还，以符借拨原案，经前藩宪详奉前升抚宪批准拨交。三十四年三月铁路公司在沪开会，议定以此项借款照入股章程，周年七厘起息，给予股票，按期领息各等因。理合登明。）

一、存仓钱八千五百九十四千五百一十七文。

统共存钱一十万九千六百五十四千五百一十七文、二两库平银一万三千七百四十二两四钱三分八厘、英洋一十万元、谷一十二万六千五百五石五斗。

为照会事。本年二月二十日，奉抚宪宝批本司详送丰备仓宣统元年冬季收支册由，奉批：如详核销。仰即转饬知照，缴册存等因到司。奉此合就照会。为此照会贵绅董，烦为查照施行。须至照会者。

宣统二年二月二十七日照会

苏藩宪陆照会

呈为春季造报并请转详事。窃绅董理丰备义仓，历将一应收支款项实存本息银洋钱文及仓储谷石数目，按季造报至宣统元年冬季止，呈请核汇转在案。顷又届造报之期，所有本年春季三个月义仓一应银洋钱谷收支储存各数，理合除分晰造具四柱清册，具文呈送，并备详清册一本，请钤宪印，详送呈报藩宪并转详抚宪核销外，理合照缮清册，具文呈送。仰祈大公祖大人鉴核备查，一面照案汇总呈送，实为公便。再，现在将办平粜，须至八月内停止，钱谷两数，均难于半途截清，拟请仍照前案，将夏季一次报销，归入秋季一并造报，合先陈请。谨呈。

计呈送清册一本并备详清册一本
　　　　清册一本

呈护院兼理藩宪陆

呈苏州府何

宣统二年四月十二日义仓绅董潘呈

谨将丰备义仓宣统二年春季三个月，一应银洋钱谷收支储存各数，造具四柱清册，呈请鉴核。

计开：

旧管

一、上届存二两库平银一万三千七百四十二两四钱三分八厘。

一、上届存英洋一十万元。

一、上届存钱一十万九千六百五十四千五百一十七文。

一、上届存谷一十二万六千五百五石五斗。

新收

一、收宣统元年分旧租折色钱一十六千六十文。

一、收周年八厘春季当息钱二千二十一千二百文。

一、收房租息钱三百六十一千一百九十五文。

一、收苏纶纱厂息钱五百一十三千文。

一、收葑门外常备军圈用仓田（一亩五分六厘）给价钱四十六千八百文。

共收钱二千九百五十八千二百五十五文。

开除

正月

一、委员薪水（会办委员五十八千文，随办委员二十四千文），支钱八十二千文。

一、委员轿随（会办委员一十二千文，随办委员六千文），支钱一十八千文。

一、司事一十六人薪水，支钱一百四十五千文。

一、门厨仓工九人辛工，支钱一十四千文。

一、伙食（小建，司事一十六人，每人每日一百三十文，使役九人，每人每日九十文），支钱八十三千八百一十文。

一、煤柴（小建，每日一百四十文），支钱四千六十文。

一、油烛，支钱七千九百五十一文。

一、纸张笔墨，支钱四百文。

一、零用，支钱一十六千一百二十二文。

计支钱三百七十一千三百四十三文。

二月

一、委员薪水，支钱八十二千文。

一、委员轿随，支钱一十八千文。

一、司事一十六人薪水，支钱一百四十五千文。

一、门厨仓工九人辛工，支钱一十四千文。

一、伙食（大建），支钱八十六千七百文。

一、煤柴（大建），支钱四千二百文。

一、油烛，支钱六千五百七十文。

一、零用，支钱一十千二百一十文。

计支钱三百六十六千六百八十文。

三月

一、委员薪水，支钱八十二千文。

一、委员轿随，支钱一十八千文。

一、司事一十六人薪水，支钱一百四十五千文。

一、门厨仓工九人辛工，支钱一十四千文。

一、伙食（小建），支钱八十三千八百一十文。

一、煤柴（小建），支钱四千六十文。

一、油烛，支钱五千六百三十六文。

一、零用，支钱一十四千三百五十文。

计支钱三百六十六千八百五十六文。

一、奉文拨物产会经费洋一千元，合支钱一千三百二十千文。

一、催酒，支钱一百八十文。

一、匠酒，支钱五千七百文。

一、水龙工费，支钱四千三百四十文。

计支钱一千三百三十千二百二十文。

共支钱二千四百三十五千九十九文。

实在

一、分存城乡四十二当共钱一十万一千六十千文。

一、存奉文借拨商务公司二两库平银四千两。（此款奉前藩宪照会，以溧阳县杨令等息借股本，均因事故亏累，迭经各前升司批准，在提还积谷款内拨放银一万两，仍作义仓借拨商务公司积谷存款。现已详明，匀分十年拨还，应俟按年收起归款。上年七月内呈奉藩宪批开，借拨商务公司银一万两，截至现在止，已由司于厂商缴存二十一至二十四期租银项下，先后提归寄存积谷款银六千两，实只剩银四千两各等因。理合登明。）

一、存寄存藩库二两库平银一千两。（此即前项商务公司按年拨还积谷一款，仍存藩库。理合登明。）

一、存奉文借拨经、纶两厂二两库平银八千七百四十二两四钱三分八厘。（上年四月内呈奉前署藩宪左批开，费商代缴厂欠公款，尚短银八千七百四十二两四钱三分八厘，本系义仓解司存项，前经派员坐提，仅将股票息折缴司作抵，刻期变售，亏耗甚巨，久存司库，本息两悬。据请发还义仓提息，陆续凑足原数，系为弥补起见，应准照办。嗣奉文照发费商缴抵经纶两厂股票二十二纸，计共股银一万八百两，又息折二十二扣，一并收存义仓，按季赴厂领息各等因。理合登明。）

一、存奉文借拨苏省铁路公司洋一十万元。（此款于光绪三十二年六月由王绅同愈等呈请，借拨作为股本，声明路工告成，由公司首先筹出，以符借拨原案，经前藩宪详奉前升抚宪批准拨交在案。三十四年三月铁路公司在沪开会，议定以此项借款照入股章程，周年七厘起息，给予股票，按期领息。理合登明。）

一、存仓钱九千一百一十七千六百七十三文。

统共存钱一十一万一百七十七千六百七十三文、二两库平银一万三千七百四十二两四钱三分八厘。

统共存英洋一十万元、谷一十二万六千五百五石五斗。

为照会事。本年五月初七日，奉抚宪程批司详送丰备义仓二年春季收支册由，奉批：如详核销。仰即转饬知照，缴册存等因到司。奉此合就照会。为此照会贵绅董，烦为查照施行。须至照会者。

宣统二年五月十七日照会

藩宪陆照会

为照会事。案奉调查局宪札，奉宪行清理财政案内，饬即查照馆颁财政统计表式，将出入款项核实填注，送局核办等因。奉经照会贵董，将三十三、四两年出入款项，填表送府汇转。所有应填宣统元年前项统计表，业经照会查填，迄尚未准送到。合行查案照催。为此照会贵绅董，希即遵照前发表例，将宣统元年出入款项，分别核实，填表二份，克日送府汇核存转，濡笔以待，勿再迟延。望切！须至照会者。

宣统二年九月二十九日照会

苏州府何照会

呈为按年填表请汇核存转事。本月初一日准贵府照会内开，案奉调查局宪札，奉宪行清理财政案内，饬即查照馆颁财政统计表式，将出入款项核实填注，送局核办等因。奉经照会将三十三、四两年出入款项，填表送府汇转。所有应填宣统元年前项统计表，业经照会查填，迄尚未准送到。合行查案照催，希即遵照前发表例，将宣统元年出入款项，分别核实，填表二份，刻日送府汇核存转等因到仓。准此查来文内有应填宣统元年统计表，业经照会查填，迄尚未准送到等语。绅遍检档案，并未奉到此文。兹准前因，只以本月内汇造夏秋两季报销，即经呈送各宪在案。继以启限收租，仓务殷繁，是以不克迅速呈复。所有宣统元年分义仓银洋钱谷收支储存各数目，理合分别核实，填表二份，备文呈送。仰祈大公祖大人鉴核存转，实为公便。谨呈。

计呈送统计表二份共四纸

呈苏州府何

宣统二年十月　日义仓绅董潘呈

呈为夏秋两季造报事。窃丰备义仓按季造报，前已截至宣统二年春季止，缮具清册，呈送^{核汇}转在案。绅以本年奉文办理平粜，自夏至秋，钱谷两项，数难截清，即于春季呈文内，先行循案，请将夏季免报，俟平粜事竣，一并归入秋季造报，业蒙^{宪台藩宪}批准在案。查前呈报销册内实在项下，列有奉文借拨商务公司银两一款，迄今又阅一年，应照案拨还银一千两，谅经公司解到^{宪库藩库}收存，应请^{宪台转详藩宪}查案饬知，俾于下季报册内遵照登列。所有本年夏秋两季六个月义仓一应收支款项、实存本息银洋钱文及仓储谷石数目，理合分晰造^除具四柱清册，具文呈^{送，并备详清册一本，请钤宪印，详送}^{报藩宪并转详}^{抚宪核销外}，理合照缮清册，具文呈送。仰祈大公祖大人鉴核备查，^{一面照案汇总转呈}实为公便。再，查义仓积谷，照章报耗，绅前于于光绪三十二年十月内报过耗谷二千三十余石，当时除耗共存仓谷七万一千三百六十三石八斗六升，嗣后至宣统元年年底止，陆续购谷一十三万四千一百四十四石一斗四升，除奉文造办平粜动用谷数随时报销在案外，应存仓谷五万三百五十三石。现经绅督同司事，将各廒彻底清盘，计盘见耗谷三千六百三十一石九斗，统扯每石折耗二升七合，统共除耗净存仓谷四万六千七百二十一石一斗。合并照案报明。谨呈。

计呈送^{清册一本并备详清册一本}^{清册一本}

呈^{藩宪陆}^{苏州府何}

宣统二年十月十九日义仓绅董潘呈

谨将丰备义仓宣统二年夏秋两季六个月，一应银洋钱谷收支储存各数，造具四柱清册，呈请鉴核。

计开：

旧管

一、上届存二两库平银一万三千七百四十二两四钱三分八厘。

一、上届存英洋一十万元。

一、上届存钱一十一万一百七十七千六百七十三文。

一、上届存谷一十二万六千五百五石五斗。

新收

一、收宣统元年分旧租折色钱九百二十八千八百四文。

一、收周年八厘夏秋两季当息钱四千四十二千四百文。

一、收房租息钱七百八十七千三百四十文。

一、收平粜米价钱二十九万六千三百七十一千二百文。

一、收历年暂息洋余钱六万一千七十七千二百九十八文。（此款于本年四月内呈请，并入正项在案。）

共收钱三十六万三千二百七十四千四十二文。

开除

四月

一、司事一十六人薪水，支钱一百一十五千文。

一、门厨仓工九人辛工，支钱一十四千文。

一、伙食（小建，司事一十六人，每人每日一百三十文，使役九人，每人每日九十文），支钱八十三千八百一十文。

一、煤柴（小建，每日一百四十文），支钱四千六十文。

一、油烛，支钱六千六百六十八文。

一、纸张笔墨，支钱二千九百四十文。

一、零用，支钱一十三千八十六文。

计支钱二百三十九千五百六十四文。

五月

一、司事一十六人薪水，支钱一百一十五千文。

一、门厨仓工九人辛工，支钱一十四千文。

一、伙食（大建），支钱八十六千七百文。

一、煤柴（大建），支钱四千二百文。

一、油烛，支钱五千九百四十五文。

一、纸张笔墨（连租鵠、租册工料），支钱三十五千四百一十文。

一、零用，支钱一十八千八十二文。

计支钱二百七十九千三百三十七文。

六月

一、司事一十六人薪水，支钱一百一十五千文。

一、门厨仓工九人辛工，支钱一十四千文。

一、伙食（小建），支钱八十三千八百一十文。

一、煤柴（小建），支钱四千六十文。

一、油烛，支钱六千八文。

一、零用，支钱一十九千二百八十六文。

计支钱二百四十二千一百六十四文。

七月

一、司事一十六人薪水，支钱一百一十五千文。

一、门厨仓工九人辛工，支钱一十四千文。

一、伙食（大建），支钱八十六千七百文。

一、煤柴（大建），支钱四千二百文。

一、油烛，支钱六千九百五十六文。

一、纸张笔墨，支钱二千六百四十文。

一、零用，支钱一十五千六百一十六文。

计支钱二百四十五千一百一十二文。

八月

一、司事一十六人薪水，支钱一百一十五千文。

一、门厨仓工九人辛工，支钱一十四千文。

一、伙食（小建），支钱八十三千八百一十文。

一、煤柴（小建），支钱四千六十文。

一、油烛，支钱七千九百二十八文。

一、零用，支钱一十八千六百八十八文。

计支钱二百四十三千四百八十六文。

九月

一、司事二十人薪水，支钱一百三十一千文。

一、门厨仓工一十人辛工，支钱一十七千五百文。

一、伙食（大建），支钱一百五千文。

一、煤柴（大建），支钱四千二百文。

一、油烛，支钱八千三百五十六文。

一、纸张笔墨，支钱一百四十四文。

一、零用，支钱一十一千六百八十四文。

计支钱二百七十七千八百八十四文。

一、缴还漕米二万石价洋九万八千元（照平粜洋价，每元一千三百四十文），支钱一十三万一千三百二十千文。

一、平粜经费，支钱一万八千三百六十九千七百六十三文。

一、追租差费，支钱二百二千八百文。

一、仓场工费，支钱一百三十四千三百九十文。

一、捐助城自治局经费，支钱二百六十六千文。

一、德律风修费，支钱四十七千六百八十文。

一、匠工岁修，支钱八百二十四千九百文。

一、催酒，支钱三千一百三十文。

计支钱一十五万一千一百六十八千六百六十三文。

共支钱一十五万二千六百九十六千二百一十文。

一、支平粜谷七万六千一百五十二石五斗。

一、支历年廒耗谷三千六百三十一石九斗。（自光绪三十一年春季起，至宣统元年年底止，廒耗总数，计每谷一石耗二升七合。）

共支谷七万九千七百八十四石四斗。

实在

一、存分存城乡四十二当共钱一十万一千六十千文。

一、存奉文借拨商务公司二两库平银四千两。（此款于上年七月内呈奉藩宪批开，借拨商务公司银一万两，截现现在止，已由司于厂商缴存二十一期至二十四期租银项下，先后提归寄存积谷款银六千两，实只剩银四千两等因。理合登明。）

一、存寄存藩库二两库平银一千两。（此即前项商务公司按年拨还积谷一款，仍存藩库。理合登明。）

一、存奉文借拨经、纶两厂二两库平银八千七百四合二两四钱三分八厘。（上年四月内呈奉前署藩宪左批开，费商代缴厂欠公款，尚短银八千七百四十二两四钱三分八厘，本系义仓解司存项，前经派员坐提，仅据将股票息折缴司作抵，刻期变售，亏耗甚巨，久存司库，本息两悬。据请发还义仓提息，陆续凑足原数，系为弥补起见，应准照办。嗣奉文照发费商缴抵经、纶两厂股票二十二纸，计共股银一万八百两，又息折二十二扣，一并收存仓中，按季赶厂领息各等因。理合登明。）

一、存奉文借拨苏省铁路公司洋一十万元。（此款于光绪三十二年六月由王绅同愈等呈请，借拨作为股本，声明路工告成，由公司首先筹还，以符借拨原案，经前升抚宪批准拨交在案。三十四年三月铁路公司在沪开会，议定以此项借款照入股章程，周年七厘起息，给予股票，按期领息。理合登明。）

一、存寄存藩库洋五万元合钱六万七千千文。（此系本年平粜款，因存仓过巨，于九月内存藩库，照平粜洋价，每元一千三百四十文。）

一、存仓钱一十五万二千六百二十八千五百五文。

统共存二两库平银一三千七百四十二两四钱三分八厘、英洋一十五万元、钱二十五万三千六百八十八千五百五文、谷四万六千七百二十一石一斗。

为照会事。本年十月初九日，奉抚宪程批司详送丰备义仓二年夏秋两季收支册由，奉批：如详核销。仰即转饬知照，缴册存等因到司。奉此合就照会。为此照会贵绅董，请烦查照施行。须至照会者。

宣统二年十一月十五日照会

藩宪陆照会

呈为冬季造报事。窃丰备义仓于上年十月内造报夏秋两季缮具清册，呈送^核转在案。旋奉^{宪台}_{藩宪}批开，借拨商务公司银一万两，截至现在止，已由司于厂商缴存二十五至二十九期租银项下，先后提归寄存租款银七千二百五十两，实只剩银二千七百五十两，下季报册，应即照此登列等因。奉此绅即于此次报册实在项下，遵照登列。所有上年冬季三个月义仓一应收支款项实存本息银洋钱文及仓储谷石数目，^{理合}_除分晰造具四柱清册，具文呈送，并备详清册一本，请钤宪印，详送_{报藩宪并转详}抚宪核销外，理合照缮清册，具文呈送。仰祈大公祖大人鉴核备查，一面照案汇总转呈，实为公便。谨呈。

计呈送^{清册一本并备详清册一本}_{清册一本}

呈藩宪陆、苏州府何

宣统三年正月二十日义仓绅董潘呈

谨将丰备义仓宣统二年冬季三个月，一应银洋钱谷收支储存各数，造具四柱清册，呈候鉴核。

计开：

旧管

一、上届存二两库平银一万三千七百四十二两四钱三分八厘。

一、上届存洋一十五万元。

一、上届存钱二十五万三千六百八十八千五百五文。

一、上届存谷四万六千七百二十一石一斗。

新收

一、收宣统元年分旧租折色钱二百六十千一百四十六文。

一、收宣统二年分新租折色钱五万三千六百五十六千三百五十文。

一、收周年八厘冬季当息钱二千二十一千二百文。

一、收房租息钱四百三千三百文。

一、收苏纶纱厂股息钱七百四十九千二百五十文。

一、收藩库款合钱六万七千千文。（此系领回寄存库款洋五万元，洋价每元钱一千三百四十文。）

共收钱一十二万四千九十千二百四十六文。

一、收采买新谷四万四千六百三十三石八斗。

计收谷四万四千六百三十三石八斗。

开除

十月

一、委员薪水（会办委员五十八千文，随办委员二十四千文），支钱八十二千文。

一、委员轿随（会办委员一十二千文，随办委员六千文），支钱一十八千文。

一、司事二十人薪水，支钱一百六十一千文。

一、门厨仓工一十人辛工，支钱一十七千五百文。

一、伙食（大建，司事二十人，每人每日一百三十文，使役一十人，每人每日九十文），支钱一百五千文。

一、煤柴（大建，每日一百四十文），支钱四千二百文。

一、油烛，支钱一十千七百八十二文。

一、纸张笔墨，支钱二千三百文。

一、零用，支钱一十三千二百六十二文。

一、开仓酒席及催甲酒饭一应犒赏，支钱九十四千二百六十四文。

计支钱五百八千三百八文。

十一月

一、委员薪水，支钱八十二千文。

一、委员轿随，支钱一十八千文。

一、司事二十人薪水，支钱一百六十一千文。

一、门厨仓工一十人辛工，支钱一十七千五百文。

一、伙食（大建），支钱一百五千文。

一、煤柴（大建），支钱四千二百文。

一、油烛，支钱七千一百六十八文。

一、零用，支钱一十三千八百二十文。

计支钱四百八千六百八十八文。

十二月

一、委员薪水，支钱八十二千文。

一、委员轿随，支钱一十八千文。

一、司事二十人薪水，支钱一百六十一千文。

一、门厨仓工一十人辛工，支钱一十七千五百文。

一、伙食（小建），支钱一百一千五百文。

一、煤柴（小建），支钱四千六十文。

一、油烛，支钱七千四百八十文。

一、纸张笔墨，支钱一十三千三百文。

一、零用，支钱一十七千五百四十四文。

一、年终犒赏及年饭酒，支钱八十九千一百一十四文。

计支钱五百一十一千四百九十八文。

一、采买新谷四万四千六百三十三石八斗（每石连水脚费洋三元三分二厘五毫），支钱一十八万一千三百七十千六百六十二文。

一、完纳条漕洋九千五百九十四元（洋照开仓价一千三百三十文），支钱一万二千七百六十千二十文。

一、又，支钱一万四百七十千四百八文。

一、上谷力，支钱四百八十二千四十五文。

一、仓场工费，支钱三百二十二千二百六十文。

一、追租差费，支钱三百八十七千九百文。

一、易知单费，支钱五十千一百一十五文。

一、协贴省城粥局，支钱五千千文。

一、协贴栖流所，支钱一千千文。

一、匠工岁修及租房修理，支钱六百五十四千二百三十文。

一、各署书吏辛工纸张费，支钱三百九十一千五百九十七文。

一、德〈律〉风修费，支钱一十五千九百六十文。

一、催佃缴租零犒，支钱一百四十六千七百八十五文。

一、水龙工费，支钱一十七千六十文。

一、换钱，支洋五万元。

计支钱二十一万三千六十二千四十二文，洋五万元。

共支钱二十一万四千四百九十千五百三十六文，洋五万元。

实在

一、分存城乡四十一当共钱一十万一千六十千文。

一、存奉文借拨商务公司二两库平银二千七百五十两。（上年十月内呈奉藩宪批开，查借拨商务公司银一万两，截至现在止，已由司于厂商缴存二十五至二十九期租银项下，先后提归寄存租款银七千二百五十两，实只剩银二千七百五十两各等因。理合登明。）

一、存寄存藩库二两库平银二千二百五十两。

一、存奉文借拨经、纶两厂二两库平银八千七百四十二两四钱三分八厘。（宣统元年四月内呈奉前署藩宪左批开，费商代缴厂欠公款，尚短银八千七百四十二两四钱三分八厘，本系义仓解司存项，前经派员坐提，仅据将股票息折缴讫作抵，据请发还义仓提息，陆续凑足原数，系为弥补起见，应准照办。嗣奉文照发费商缴抵经、纶两厂股票二十二纸，计共股银一万八百两，又息折二十二扣，一并收存仓中，按季赴厂领息各等因。理合登明。）

一、存奉文借拨苏省铁路公司洋一十万元。（此款于光绪三十二年六月由王绅同愈等呈请，借拨作为股本，声明路工告成，由公司首先筹还，以符借拨原案，奉前升抚宪批准拨交在案。三十四年三月铁路公司在沪开会，议定以此项借款照入股章程，周年七厘起息，给予股票，按期领息各等因。理合登明。）

一、存仓钱六万二千二百二十八千二百一十五文。

统共存二两库平银一万三千七百四十二两四钱三分八厘、钱一十六万三千二百八十八千二百一十五文。

统共存洋一十万元、谷九万一千三百五十四石九斗。

为照会事。本年二月初八日，奉抚宪程批司详送丰备义仓二年冬季收支册由，奉批：如详核销。仰即转饬遵照，缴册存等因到司。奉此合就照会。为此照会贵绅，烦为查照施行。须至照会者。

宣统三年二月十一日照会

藩宪陆照会

今将丰备义仓宣统二年分止寄存各当生息钱文细数，开列于左：

计开：

致祥当存钱五千四百六十千文。

祥利当存钱四千八百六十千文。

元顺当存钱四千八百六十千文。

豫昌当存钱四千七百千文。

保大当存钱四千三百九十四千文。

豫成当存钱五千六百千文。

大顺当存钱四千二百六十千文。

济泰当存钱四千一百六十千文。

济泰分典存钱一千三百六十千文。

福泰当存钱四千六十千文。

元昌当存钱四千六十千文。

元昌分典存钱一千四百千文。

顺兴当存钱三千四百六十千文。

济大当存钱三千二百六十六千文。

元大当存钱五百四十千文。

源大当存钱三千一百六十千文。

福源当存钱三千四百六十千文。

久大当存钱三千一百千文。

公泰当存钱二千八百千文。

鼎和当存钱二千四百六十千文。

安泰当存钱二千六百千文。

保裕当存钱三千三百六十千文。

森泰当存钱二千五百千文。

裕源当存钱一千六百六十千文。

裕源分典存钱六百千文。

同昌当存钱一千九百千文。

同丰当存钱一千六百六十千文。

同和当存钱一千四百千文。

同泰当存钱一千四百千文。

同裕当存钱一千四百千文。

保源当存钱一千四百千文。

永丰当存钱一千四百千文。

裕德当存钱一千四百千文。

泰和当存钱一千四百千文。

永大当存钱一千四百千文。

东山永大当存钱四百千文。

协茂当存钱一千千文。

保和当存钱七百千文。

源源当存钱四百千文。

大裕分典存钱二百六十千文。

洪昌当存钱一千四百千文。

以上城乡四十一当，共计存钱一十万一千六十千文，周年八厘生息。

呈为春季造报事。窃丰备义仓于本年正月内，造具上年冬季报销清册，呈送核转在案。现在又届造报之期，所有本年春季三个月义仓一应收支款项、实存本息银洋钱文及仓储谷石数目，理除分晰造具四柱清册，具文呈送，并备详清册一本，请钤宪印，详送抚宪核销外，理报藩宪并转详合照缮清册，具文呈送。仰祈大公祖大人鉴核备查，一面照案汇总转呈，实为公便。谨呈。

计呈送清册一本并备详清册一本
清册一本

呈藩宪陆
苏州府何

宣统三年四月初三日义仓绅董潘呈

谨将丰备义仓宣统三年春季三个月，一应银洋钱谷收支储存各数，造具四柱清册，呈候鉴核。

计开：

旧管

一、上届存二两库平银一万三千七百四十二两四钱三分八厘。

一、上届存英洋一十万元。

一、上届存钱一十六万三千二百八十八千二百一十五文。

一、上届存谷九万一千三百五十四石九斗。

新收

一、收宣统二年分旧租折色钱二十千七百一文。

一、收周年八厘春季当息钱二千二十一千二百文。

一、收房租息钱四百五十千六百六十文。

一、收典当公所赎还清嘉坊房屋一所原价曹平银三千两。

共收曹平银三千两、钱二千四百九十二千五百六十一文。

开除

正月

一、委员薪水（会办委员五十八千文，随办委员二十四千文），支钱八十二千文。

一、委员轿随（会办委员一十二千文，随办委员六千文），支钱一十八千文。

一、司事一十六人薪水，支钱一百四十五千文。

一、门厨仓工九人辛工，支钱一十四千文。

一、伙食（大建，司事一十六人，每人每日一百三十文，使役九人，每人每日九十文），支钱八十六千七百文。

一、煤柴（大建，每日一百六十文），支钱四千八百文。

一、油烛，支钱九千五百五十八文。

一、零用，支钱一十一千六百九十六文。

计支钱三百七十一千七百五十四文。

二月

一、委员薪水，支钱八十二千文。

一、委员轿随，支钱一十八千文。

一、司事一十六人薪水，支钱一百四十五千文。

一、门厨仓工九人辛工，支钱一十四千文。

一、伙食（小建），支钱八十三千八百一十文。

一、煤柴（小建），支钱四千六百四十文。

一、油烛，支钱六千六百七十六文。

一、零用，支钱一十千七百一十八文。

计支钱三百六十四千八百四十四文。

三月

一、委员薪水，支钱八十二千文。

一、委员轿随，支钱一十八千文。

一、司事一十六人薪水，支钱一百三十九千文。

一、门厨仓工九人辛工，支钱一十四千文。

一、伙食（大建），支钱八十六千七百文。

一、煤柴（大建），支钱四千八百文。

一、油烛，支钱八千二百四十六文。

一、零用，支钱一十一千六百七十二文。

计支钱三百六十四千四百一十八文。

一、协贴栖流所，支钱一千千文。

一、催酒，支钱一百文。

一、电话修费，支钱一十千六百四十文。

一、水龙工费，支钱四千二百四十文。

计支钱一千一十四千九百八十文。

共支钱二千一百一十五千九百九十六文。

实在

一、存分存城乡四十一当共钱一十万一千六十千文。

一、存新存城当广大、协裕、洪盛、茂源、晋裕、豫昌（分）六家共漕平银三千两。（每当存银五百两，自四月初一日起，照案周年八厘生息。理合登明。）

一、存奉文借拨商务公司二两库平银二千七百五十两。（上年十月内呈奉藩宪批开，查借拨商务公司银一万两，截至现在止，已由司于厂商缴存二十五至二十九期租银项下，先后提归寄存租款银七千二百五十两，实只剩银二千七百五十两等因。理合登明。）

一、存寄存藩库二两库平银二千二百五十两。

一、存奉文借拨经、纶两厂二两库平银八千七百四十二两四钱三分八厘。（宣统元年四月内呈奉前署藩宪在批开，费商代缴厂欠公款，尚短银八千七百四十二两四钱三分八厘，本系义仓解司存项，前经派员坐提，仅将股票息折缴司作抵，据请发还义仓提息，陆续凑足原数，系为弥补起见，应准照办。嗣奉文照发费商缴抵经、纶两厂股票二十二纸，计共股银一万八百两，又息折二十二扣，一并收存仓中，按季赴厂领息各等因。理合登明。）

一、存奉文借拨苏省铁路公司英洋一十万元。（此款于光绪三十二年六月内由王绅同愈等呈请，借拨作为股本，声明路工告成，由公司首先筹还，以符借拨原案，奉前升抚宪批准拨交。三十四年三月铁路公司在沪开会，议定以此项借款照入股章程，周年七厘起息，给予股票，按期领息。宣统二年二月公司又开会，议定停息五年，即以息款改作股本，照给股单各等因。理合登明。）

一、存仓钱六万二千六百四十四千七百八十文。

统共存曹平银三千两、二两库平银一万三千七百四十二两四钱三分八厘、英洋一十万元。

统共存钱一十六万三千六百六十四千七百八十五文、谷九万一千三百五十四石九斗。

为照会事。本年四月二十二日，奉抚宪程批本司详送丰备义仓宣统三年分春季收支册由。奉批：如详核销。仰即转饬遵照，缴册存等因到司。奉此合就照会。为此照会贵绅董，烦为查照施行。须至照会者。

宣统三年四月二十八日照会

藩宪陆照会

苏城丰备义仓董事潘呈为夏秋两季造报请赐鉴核事。窃丰备义仓历届按季造报，截至本年春季止，业经呈报前藩司及前苏州府核销在案。本年夏秋间举办平粜，钱谷两项，数难截清，是以循照旧章，将夏季一次，并入秋季一同报销。查此次报册内实在项下，分列各钱庄存银数目，系由平粜六局陆续粜下米款，各自送交就近钱庄。本应于撤局后，提集各款，汇存仓中，以备买补新谷之用。适因市面不通，一时缺少现款，不得不照旧暂存各庄，用特分别登列，以昭核实。所有义仓本年夏秋两季连闰七个月一应银洋钱谷收支储存各数，理合造具四柱清册，备文呈报。仰祈都督电鉴核销，实为公便。谨呈。

计呈送清册一本

呈苏省都督程

黄帝纪元四千六百零九年十一月十三日呈

苏城丰备义仓董事潘为移送事。案照丰备义仓钱谷两项，历经按季造报，至本年春季止在案。嗣因夏秋间举办平粜，钱谷两项，数难截清，是以循照旧章，将夏季一次，并入秋季一同报销。查此次报册内实在项下，分列各钱庄存银数目，系由平粜六局陆续粜下米款，各自送交就近钱庄。本应于撤局后，提集各款，汇存仓中，以备买补新谷之用。适因市面不通，一时缺少现款，不得不照旧暂存各庄，即于册内分别登列，以昭核实。所有义仓本年夏秋两季连闰七个月一应银洋钱谷收支储存各数，除呈报都督府外，相应照缮四柱清册，备文移送。为此合移贵民政长，请烦查照。望切施行。须至移者。

　　计移送清册一本
　　右移苏州民政长江
　　黄帝纪元四千六百零九年十一月十三日移

谨将丰备义仓辛亥年夏秋两季连闰七个月，一应银洋钱谷收支储存各数，造具四柱清册，呈请鉴核。

计开：

旧管

一、上届存二两库平银一万三千七百四十二两四钱三分八厘。

一、上届存英洋一十万元。

一、上届存漕平银三千两。

一、上届存钱一十六万三千六百六十四千七百八十文。

一、上届存谷九万一千三百五十四石九斗。

新收

一、收上年旧租折色钱八百二十九千五百八文。

一、收周年八厘夏季当息钱二千一百三十五千二百文。（秋季息款，因各当均无现钱，未向收取。）

一、收房租息钱四百八十七千三百一十文。

一、收平粜米价钱二十四万五千二百三十八千文。

一、收白米三万七千七十石七斗六升。

共收钱二十四万八千六百九十千一十八文，米三万七千七十石七斗六升。

开除

四月

一、司事一十六人薪水，支钱一百一十三千文。

一、门厨仓工九人辛工，支钱一十四千文。

一、伙食（司事一十六人，每人每日一百三十文，使役九人，每人每日九十文），支钱八十三千八百一十文。

一、煤柴（小建，每日一百六十文），支钱四千六百四十文。

一、油烛，支钱六千九百七十六文。

一、纸张笔墨（连租簿、租册等料），支钱四十四千四百九十文。

一、零用，支钱一十一千八百七十四文。

计支钱二百七十八千七百九十文。

五月

一、司事一十六人薪水，支钱一百一十三千文。

一、门厨仓工九人辛工，支钱一十四千文。

一、伙食（小建），支钱八十三千八百一十文。

一、煤柴（小建），支钱四千六百四十文。

一、油烛，支钱六千七百四十六文。

一、纸张笔墨（连租縣、租册等印工），支钱一十五千八百二十文。

一、零用，支钱一十三千九百九十九文。

计支钱二百五十二千一十五文。

六月

一、司事一十六人薪水，支钱一百一十三千文。

一、门厨仓工九人辛工，支钱一十四千文。

一、伙食（大建），支钱八十六千七百文。

一、煤柴（大建），支钱四千八百文。

一、油烛，支钱七千二百四十文。

一、纸张笔墨，支钱四百文。

一、零用，支钱一十四千一十文。

计支钱二百四十千一百五十文。

闰六月

一、司事一十六人薪水，支钱一百一十三千文。

一、门厨仓工九人辛工，支钱一十四千文。

一、伙食（小建），支钱八十三千八百一十文。

一、煤柴（小建），支钱四千六百四十文。

一、油烛，支钱六千六百二十四文。

一、纸张笔墨，支钱二千八十文。

一、零用，支钱一十五千九十五文。

计支钱二百三十九千二百四十九文。

七月

一、司事一十六人薪水，支钱一百一十三千文。

一、门厨仓工九人辛工，支钱一十四千文。

一、伙食（小建），支钱八十三千八百一十文。

一、煤柴（小建），支钱四千六百四十文。

一、油烛，支钱六千五百四十文。

一、纸张笔墨，支钱一千三百三十文。

一、零用，支钱一十千六百三十五文。

计支钱二百三十三千九百五十五文。

八月

一、司事一十六人薪水，支钱一百一十三千文。

一、门厨仓工九人辛工，支钱一十四千文。

一、伙食（大建），支钱八十六千七百文。

一、煤柴（大建），支钱四千八百文。

一、油烛，支钱七千六百五文。

一、零用，支钱一十二千二百四十一文。

计支钱二百三十八千三百四十六文。

九月

一、司事一十九人薪水，支钱一百二十五千文。

一、门厨仓工一十人辛工，支钱一十七千五百文。

一、伙食（大建），支钱一百一千一百文。

一、煤柴（大建），支钱四千八百文。

一、油烛，支钱七千二百六十六文。

一、零用，支钱一十二千八百八十四文。

计支钱二百六十八千五百五十文。

一、平粜经费，支钱一万四千三百三十四千九百九文。

一、资遣难民，支钱一千四百五十千二百文。

一、追租差费，支钱二百一千文。

一、仓场工费，支钱三千五百一十文。

一、捐助城自治会经费，支钱一千三百六十四千八百三十八文。

一、添置田价，支钱一百九十四千一百八十文。

一、电话月费，支钱四十七千八百八十文。

一、匠工岁修，支钱一千二十千文。

一、捐助巷团经费，支钱一十五千九百六十文。

一、添置器用，支钱一十二千七百一十五文。

一、催酒，支钱三千三百一十文。

一、水龙工费，支钱四千七百四十文。

计支钱一万八千六百五十三千二百四十二文。

共支钱二万四百四十二千二百九十七文。

一、支动用仓谷八万七千六百一十石。（奢碓见白米三万七千七十石七斗六升。）

计支谷八万七千六百一十石。

一、支六局粜出米三万五千三十四石。

一、支六局廒耗量耗米三百八十二石三斗。

计支米三万五千四百一十六石三斗。

实在

一、分存城乡四十二当共钱一十万一千六十千文。

一、分存苏城六当漕平银三千两。

一、存借拨前商务公司二两库平银二千七百五十两。（上年十月内呈奉前藩司批开，借拨商务公司银一万两，截至现在止，已由司于厂商缴存二十五至二十九期租银项下，先后提归寄存租款银七千二百五十两，实只剩银二千七百五十两等因。理合登明。）

一、存寄存前藩库二两库平银二千二百五十两。

一、存借拨经、纶两厂二两库平银八千七百四十二两四钱三分八厘。（此款奉前藩司批开，费商代缴厂欠公款，尚短银八千七百四十二两四钱三分八厘，本系义仓解司存款，前经派员坐提，仅将股票息折缴司作抵，据请发还义仓提息，陆续凑足原数，系为弥补起见，应准照办。所有费商缴抵经、纶两厂股票三十二纸，计共股银一万八百两，又息折二十二扣，一并发交义仓收存，按季赴厂领息等因。理合登明。）

一、存借拨苏省铁路公司英洋一十万元。（此款前由王绅同愈等呈请，借拨作为股本，声明路工告成，首先筹还，以符借拨原案，奉前抚院批准拨交。嗣以此项借款，照入股章程，周年七厘起息，给予股票，按期领息。上年二月又开会，议定停息五年，即以息款改作股本，照给股单各等因。理合登明。）

一、存晋生庄银二万五千一百九十九两一钱五厘。

一、存裕源庄银四百九十三两一钱二分五厘。

一、存永豫庄银四千一百七十六两三钱二分五厘。

一、存源康庄银一万三千四百九十三两一钱二分五厘。

一、存仁昌裕庄银五千两。

一、存永丰庄银一万三千一百四十两八钱七分。

一、存顺康庄银二万六千四百五十九两五钱四厘。

一、存义成裕庄银五千五百二十八两。

一、存仁和庄银二千两。

一、存鸿源庄银五千两。

一、存豫康庄银七千八百三十八两八钱三分。

一、存义裕庄银五千一百八十二两七钱五分。

一、存怡丰庄银四千七百一十四两四钱七分五厘。

一、存协康庄银四千六百八十二两一钱一分五厘。

计共存庄银一十二万二千九百八两二钱二分四厘。（合钱二十二万七千六百二十一千四百三十九文。）

一、存筹赈公所借拨洋二万元合钱二万六千六百千文。

一、存贫民习艺所借拨洋四千元合钱五千三百二十千文。

一、存仓现钱三万一千三百四十九千六十二文。

统共存曹平银三千两、二两库平银一万三千七百四十二两四钱三分八厘、英洋一十万元、洋二万四千元合钱三万一千九百二十千文。

统共存各庄银合钱二十二万七千六百二十一千四百三十九文、钱一十三万二千四百九千六十二文。

统共存米一千六百五十四石四斗六升、谷三千七百四十四石九斗。

为呈送季报请赐鉴核事。窃照丰备义仓钱谷收支数目，历经按季造报至辛亥年秋季止在案。查上年十月间，因办理平粜，存谷无多，奉程都督面谕，以贫民生计艰窘，应由义仓赶紧采买新谷，兼购米石，以资储备等因。惟其时金融停滞，提款为难，重以各处水灾，来源不畅，采购维艰，迟至阴历十二月二十日后，仅购得净谷二万三千四百三十二石一斗五升，又米九百六十七石二斗七升。除将动用仓款买补米谷分别列入册报外，所有冬季三个月义仓一应银洋钱谷米石收支储存各数，理合造具四柱清册，备文呈报，仰祈都督鉴核备考，实为公便。谨呈。

计呈送清册一本

一呈都督庄

中华民国元年三月五号丰备义仓绅董潘呈

为移送事。案照丰备义仓钱谷收支数目，业经造报至辛亥年秋季止在案。兹届冬季应行造报之期，所有收支各款以及储存米谷数目，除造具四柱清册呈送都督府外，相应将清册一本移送。为此合移贵州长，请烦查照施行。须至移者。

计移送清册一本

一移苏州民政长宗

中华民国元年三月五号丰备义仓绅董潘移

谨将丰备义仓辛亥年冬季三个月，一应银洋钱谷收支储存各数，造具四柱清册，呈请鉴核。

计开：

旧管

一、上届存二两库平银一万三千七百四十二两四钱三分八厘。

一、上届存英洋一十二万四千元。

一、上届存曹平银三千两。

一、上届存各庄银一十二万二千九百八两二钱二分四厘。

一、上届存钱一十三万二千四百九千六十二文。

一、上届存谷三千七百四十四石九斗。

一、上届存米一千六百五十四石四斗六升。

新收

一、收上年旧租折色钱三十七千二百四十文。

一、收新租折色钱四千五百六十九千五百文。

一、收房租息钱四百一千二百文。

一、收周年八厘秋冬两季当息钱四千五十七千四百文。（久大发封，永丰被劫，两当均于秋冬二季停息。）

一、收新存顺兴等典银款十二月分息钱一百一十五千七百文。

一、收三邑仓划还银一万四千两。（查筹赈公所前借洋二万元，现由三邑仓于旧三县缴还平米款内提出银一万四千两，划还前借洋元。理合登明。）

共收漕平银一万四千两。钱九千一百八十一千四十文。

一、收采买新谷二万三千四百三十二石一斗五升。

一、收采买米九百六十七石二斗七升。

共计谷二万三千四百三十二石一斗五升。

米九百六十七石二斗七升。

开除

十月

一、委员薪水夫马费，支钱四十二千文。

一、司事一十九人薪水，支钱一百五十三千文。

一、门厨仓工十人辛工，支钱一十七千五百文。

一、伙食（小建，司事一十九人，每人每日一百三十文，使役十人，每人每日九十文），支钱九十七千七百三十文。

一、煤柴（小建，每日一百六十文），支钱四千六百四十文。

一、油烛，支钱九千一百五十六文。

一、纸张笔墨，支钱三千二百四十文。

一、零用，支钱一十七千九百九十三文。

计支钱三百四十五千二百五十九文。

十一月

一、委员薪水夫马费，支钱四十二千文。

一、司事一十九人薪水，支钱一百五十三千文。

一、门厨仓工十人辛工，支钱一十七千五百文。

一、伙食（大建），支钱一百一千一百文。

一、煤柴（大建），支钱四千八百文。

一、油烛，支钱八千八十四文。

一、零用，支钱一十五千一百七十八文。

一、开仓酒席及催甲酒饭等费，支钱七十九千三百一十四文。

计支钱四百二十千九百七十六文。

十二月

一、委员薪水夫马费，支钱四十二千文。

一、司事一十九人薪水，支钱一百五十三千文。

一、门厨仓工十人辛工，支钱一十七千五百文。

一、伙食（大建），支钱一百一千一百文。

一、煤柴（大建），支钱四千八百文。

一、油烛，支钱八千二百一十三文。

一、纸张笔墨，支钱二十一千一百八十文。

一、零用，支钱一十九千五百四十六文。

一、年终犒赏及年饭酒等费，支钱七十九千一百二十文。

计支钱四百四十六千四百五十九文。

一、采买新谷（二万三千四百三十二石一斗五升，计每石谷价连水脚费合洋二元七角四分四厘，当时洋价扯八钱三分三厘七毫），支银四万七百三十八两九钱五分三厘每一千三百文合洋一元，钱二万五千五十六千三百六十七文。

一、采买米（九百六十七石二斗七升，每石价洋五元一角八厘），支银三千三百三十四两六钱，钱一千二百二十三千三百文。

一、完纳条漕，支钱二千四百五千文。

一、协贴省城粥局，支银六千三百六十九两四钱二分七厘。

一、借拨筹赈公所洋二万元。（查此项借款系筹赈公所议决，交由三首县办理乡镇平粜，现由三邑仓划还银一万四千两，列入新收项。相应登明。）

一、借拨贫民习艺所，支洋四千元。（此款暂列开除项下，与前一款同。俟习艺所领到官款，即待归还。相应登明。）

一、城自治局，支银一千一百两，钱一千三百千文。

一、州议会，支钱三百九十千文。

一、上米谷脚力，支钱二百八十六千三百三十三文。

一、仓场工费，支钱三百九千九百五十五文。

一、匠工岁修及租房修理，支钱九百六十九千五百文。

一、义仓全案三编刻工，支钱八百三十九千八百文。

一、装运洋元火车费，支钱四十四千四十文。

一、捐助巷团经费，支钱三十三千三十文。

一、电话月费，支钱十五千七百十五文。

一、各催甲酒，支钱四千二百九十文。

计支洋二万四千元、银五万一千五百四十二两九钱八分、钱二万七千八百七十七千六百文。

共支洋二万四千元、银五万一千五百四十二两九钱八分、钱二万九千九十千二百九十四文。

实在

一、分存城乡四十二当共钱一十万一千六十千文。

一、分存苏城六当共曹平银三千两。

一、分存顺兴、源大、保大、同顺、保裕、福泰、裕源、大顺、可大、久丰、协茂等十一当共漕平银一万两。（十二月初一日起息，周年八厘。）

一、存借拨前商务公司二两库平银二千七百五十两。（此项银一万两，经前藩司详明，每年拨还一千两，送于厂商租银项下提归各款，实剩此数。理合登明。）

一、存寄存前藩库二两库平银二千二百五十两。

一、存借拨经、纶两厂二两库平银八千七百四十二两四钱三分八厘。（经前藩司批开，费商承荫代缴厂欠公款，尚短银八千七百四十二两四钱三分八厘，本系义仓解司存款，前经派员坐提，仅将股票息折缴司作抵，据请发还义仓提息，陆续凑足原数，应准照办。所有费商缴经、纶两厂股票二十二纸，计共股银一万八百两，又息折二十二扣，一并发交义仓收存，接季赴厂领息等因。查厂股每月五厘起息，自前宣统二年冬季起，至今停息。理合登明。）

一、存借拨苏省铁路公司英洋一十万元。（此款前由王同愈等呈请，借拨作为股本，声明路工告成，首先筹还，以符借拨原案，奉前抚院批准拨交。嗣以此项借款照入股章程，周年七厘起息，给予股票，按期领息。前宣统二年二月内又开会，议决停息五年，即以息款改作股本，给发股单八张，每张八百七十五股，除将一半送交公立学堂外，余存本仓。理合登明。）

一、存晋生庄银八千四百二十七两二钱七分。

一、存永豫庄银一千八百七十一两一钱五厘。

一、存源康庄银五千六百五十四两八钱二分五厘。

一、存仁昌裕庄银五千二百三十二两九钱一分。

一、存永丰庄银四千三百三十三两四钱六分九厘。

一、存顺康庄银四千八百六十一两八钱二分。

一、存义成裕庄银三百五十三两一分。

一、存仁和庄银三千八百三十五两三钱八分五厘。

一、存鸿源庄银七千八百八十六两一分二厘。

一、存怡丰庄银三千二百四十九两六钱一分五厘。

一、存义裕庄银三千一百一十一两九钱五厘。

一、存豫康庄抵款银二万三千两。

一、存协康庄抵款银三千五百四十七两九钱一分八厘。

计共存庄银七万五千三百六十五两二钱四分四厘，合钱一十四万二百二十一千九百六十六文。

一、存仓钱一万一千四百三十九千八百八文。

统共存各庄银七万五千三百六十五两二钱四分四厘、库平银一万三千七百四十二两四钱三分八厘、曹平银一万三千两、英洋一十万元、米二千六百二十一石七斗三升。

统共存钱一十一万二千四百九十九千八百八文、谷二万七千一百七十七石五升。

卷　末

　　呈为乞退仓董仰祈简贤交替事。窃于光绪二十五年五月十一日，绅与张绅履谦、吴绅景萱同奉前升宪聂照会，省城丰备义仓并长元吴三邑积谷仓董事吴绅大根以精力未逮，呈奉前抚宪奎批准交替，自应另派绅董经理，以慎储备。查有贵绅堪以照会接办，除呈报并行府饬县知照暨另行委员会同盘交外，合行照会贵绅，请烦查照，希即赴仓，将前项事宜，妥慎接管经理施行等因。奉此绅遵即会同张绅、吴绅，于七月十三日到仓接办，妥慎经理，以重储备，呈报在案。查仓中钱谷收支数目，历年按季造册报销，嗣以吴绅病故，张绅辞退，由绅独力主持。溯自接办以来，如光绪二十五、六两年之赈恤机户，二十八、三十二、三十三年之迭办平粜，差幸地方安谧，尚无贻误。近年百物昂贵，苏城贫户数倍往昔。本年入春后，米价日涨。绅于二月间督令司事，先就义仓雇工砻谷，藉以安定人心。嗣即禀奉宪谕，购领漕米，于四月初六日起，一律开查户口，接办平粜，分设六局，延请郡绅，分任其事。一面将仓谷运锡砻碓，得以如期粜给。现幸新米登市，各邑平粜，均已陆续停办。绅面请宪示，此间中秋节前，亦可撤局。以本届平粜而言，较外府州县为早，计粜给二万石之漕米，八万石之仓谷，为数虽巨，然际此民穷财匮、米珠薪桂之时，而省城得以治安者，藉非大宪截留漕米，宽裕仓储，何以致此！窃念前督宪陶文毅公、前抚宪林文忠公创建之初，命名"丰备"，原期图匮于丰，有备无患。奏案具在，用意至为深远。幸值宪台屏翰是邦，维持保护，媲美后先，三吴士民，同深受福。绅前以仓中洋余暂息，积存巨款，呈请宪台立案，以垂久远，并蒙钧批奖饰〔饬〕，感愧弥增。只以绅年届七旬，难膺重任，诚恐将来或有疏虞，心中惴惴，寝馈难安，用敢不揣冒渎，敬恳赐简贤能，经管仓务，俾得早日交替，感戴鸿慈，曷其有极！所有乞退丰备义仓兼三邑仓董事缘由，理合具文呈请，仰祈大公祖大人俯赐照准，批示遵行，并请报明两院宪鉴核，实为公便。谨呈。

　　呈藩宪陆

　　宣统二年八月初六日义仓绅董潘呈

　　一件：潘绅呈乞退丰备义仓并长元吴三邑仓董事请简贤交替由，藩宪陆批，贵绅老成练达，众望所归。自董理仓务以来，十有余年，一切钱谷收支，按季造销有案，其积存洋余暂息两项，并计多至十万六百数十千文，涓滴归公，丝毫无错。迭次办理赈粜，被泽甚广，举办平粜，又较外县为早，而缴还缓运米价，独能如期解库，为各属所无。贵绅之洁己奉公，嘉惠桑梓，真不可及。际此物价昂贵，民食维艰，全在宽裕仓储。省城丰备义仓为备荒一大要举，关系至重。正赖贵绅，顾名思义，图匮于丰，为有备无患之计。事关公益，务祈勿萌退志，终始主持，本司实深倚赖。除报明抚宪鉴考并札行苏州府知照外，希即禀照。此复。八月十二日。

为照会事。准长元吴城议事会呈称：秋季议决案内，丰备义仓征收租米，每石折价，定数极短，比较业户折价最短之数，约短千文。现自治需款孔亟，应商请仓董潘绅从本年起，就应定折价之数，每石加收钱一百文，拨归自治公所。既于备荒本款毫无损碍，且于佃户完纳亦属无多。公所常年经费，庶几有着，请核准谕行等因到县。除谕行城议事会转交董事会执行，并详报藩宪查核外，合行照会。为此照会贵绅董，烦为查照办理。望切！须至照会者。

宣统二年十月二十四日照会

长元吴三县照会

呈为年力渐衰，难膺仓董，恳求俯准简贤交替事。窃绅前以仓务任重，诚恐贻误，呈请另简贤能接办，当奉钧批，优加奖勉，曲赐慰留，仰见宪台慎重仓储，关心民食之至意。凡在士庶，感戴同深。绅自顾何人，荷蒙知遇，苟有天良，极应力为其难，何敢有负宪怀，一再渎陈。惟绅经理义仓十有一年，自揣精力渐不如前，且素有肝阳旧疾，不时举发，本年筹办平粜，开局较早，值兹民穷财匮，贫户尤多，绅总司城厢六局，虽用人开支，由各局董自理，而钱米一切，皆须仓中应付。时虑精神不继，深自惴惴。迨平粜告竣，适奉宪饬，赶办新谷，以实仓储。绅亦以粜变钱文，只有尽数买补谷石，至为紧要，当即派令司事，至无锡、宜荆等处，采购新谷五六万石，呈明宪鉴在案。兹从无锡陆续运到，已有三万数千石，现至宜荆之和桥购办一万数千石，俟二十左右到齐截止。除另文呈报外，惟念丰备义仓为省会备荒要政，如绅年届七旬，日形衰惫，断难胜此重任，与其勉强支持，蹈愆尤于后日，何如早为引退，全名誉于暮年。所有乞退丰备义仓兼三邑仓绅董缘由，谨再沥陈下悃，伏祈大公祖大人俯赐允准，另选贤绅接办仓务，俾早交替，实为公便。谨呈。

呈苏藩宪陆

宣统二年十二月初九日义仓绅董潘呈

为照会事。奉藩宪陆批贵绅呈为年力渐衰，难膺仓董，恳求俯准简贤交替由。奉批：潘绅董理年久，深于仓务有裨，本司正资倚赖，是以上次沥情乞退，不惮谆切批留，原为维持公益。今阅来牍，仍以前情声请，词意真挚，似未便一再强留。所请另举贤绅接替，仰苏州府查照办理，仍先照会潘绅知照。再，丰备仓并非专属城厢，前据长元吴三县详送碑文到司，即经批据该府核复饬遵。惟日昨据该三县申报城董事会议决公产公款各案，又称丰备等处专属本城，核与前案未符，复经批府查复。现值该仓另举董事，必须考核准确，以免歧误，并即遵照。此批原呈抄发等因到府。奉此除另举接替外，合亟录批照会，为此照会贵绅董，希即知照。须至照会者。

苏州府何照会

宣统三年正月二十七日照会

长元吴三县公函

敬启者：城董事会经费支绌，蹶而复起，万分为难。前月二十六日，为该会成立开会，首先提议经济问题，各董均主张申请义仓带征之一百文。其意盖谓上年加收之议，早经发表，义仓悬牌，二年比较元年，加收二百文，此二百文本亦额外于自治，则不及于本仓，则从容论理，应以一百文为本仓加收，以一百文为自治加收，方昭公允。众论金同，迫不及待，面恳弟等先与阁下熟商，拨款济用。弟等思自治款项无着，大势不能为无米之炊，前详藩宪，于义仓息款内拨借洋四千元，原亦为扶植该会起见，今四千元已由议会否决，而请分加之一百文，则必达其目的而后已。好在等是公款，只得逾格玉成。除俟董会正式呈文到后，再为转行照请外，合先将大略情形，渎陈清听。想桑梓关怀，必能曲全其事也。毋任盼祷之至！专渤敬请大安，并候回玉。

　　愚弟张镕万、张鹏翔、吴熙顿首
　　辛亥七月初二日

　　为照会事。准长元吴城自治公所董事会总董刘传福呈称：上年十月三十日，准议事会知照，十月二十一日奉县谕开，准长元吴城议事会呈称，秋季议决案内，丰备仓征收租米，每石折价，定数极短，比较业户折价最短之数约千文，现自治需款孔亟，应商请仓董潘绅，从本年起，就应定折价之数，每石加收钱一百文，拨归自治公所。既于备荒本款毫无损碍，且于佃户完纳，亦属无多，常年经费庶几有着，请核准谕行等因到县。准此查议事会议决事件，照章应核定后，仍谕议事会转交董事会执行，为此谕行即便遵照，移交董事会执行等因会。奉此查本会呈报秋季议决事件，业经照录清折，备文知会在案。兹奉前因合行移知，为此知会贵会，请烦查照执行等因到会。准此查此项本公所常年经费，业经职会尤前总董屡催延宕，迄未收到，是以经费支绌。本年三月间，董事会有全体职员辞职之举。现经重行成立，事务益繁，不得不执行已经核准议决之议案，为本公所常年经费。并悉上年丰备仓征收租米，较往年每石增加钱二百文，是折租者已缴此款，本公所未领此款，而丰备仓从中延宕，时隔十月之久，尚未交来，本会实有所未解。理合备文呈请查照，迅予照会仓董潘绅，将上年丰备仓加收本公所经费每石一百文，合田亩收数各数发出，以济应用而重自治等因到县。据此查此案前据城议事会呈请，即经详报照会，嗣据城董事会呈请拨给，又经函请贵董核数转交，并详请藩宪照会遵行，又于前日城董事会刘绅等提议，请拨此项带收钱文，当即函致各在案。兹据前情，合行照会。为此照会贵绅董，请烦查照先后函牍，将前项钱文核数，迅交城董事会查收济用，并先复县查核，望勿再稽。切切！须至照会者。

　　宣统三年七月十四日照会
　　长元吴三县照会

　　城自治公所总董函
　　久未诣晤为歉。筹振宣劳，功在梓里，欣佩奚如！所有仓租每石加百文，提归自治经费一事，已承拨付上年所收洋五百元，业交公所收支，尚有续拨找数，日久尚未见付。闻县中公文，早达尊前，尚希核明迅给，至感公谊。肃函渎询，敬叩台安。不备。

　　世再侄刘传福顿首　八月初六日

　　又自治会收条
　　顷间伻来收到赐函一缄，并仓找拨自治经费洋五百念六元、钱二百五十八文无误，容即付会登帐，先具收条。即请台安。

世再侄刘传福顿首八月十一日

为呈报事。窃董事前因精力渐衰，难应仓务重任，迭经乞退在案。嗣以民国光复，正值平粜甫竣，各路缴到粜价，均散存钱庄，为数甚巨，其时金融恐慌，达于极点，仓款重要，不敢不勉任其难。旋因大局渐定，即经函商市公所议事会，举董接管。嗣于旧历十二月二十一日，准董事会函开，以丰备义仓向烦莞理，尽筹硕画，裨益荒政，良匪浅鲜，乃以事烦责重，遽萌退志。惟此事关系本市区公款公产，年内匆促，敝会亦不及接收。现在惟有再请偏劳，以资熟手，一俟来年，定有接收方法，再行报命等因。兹于本月六号，将丰备义仓存储银钱米谷暨田房公产契据等项，并义仓钤记一颗，一并移交苏城市公所蒋总董炳章等接管。理合专案呈报，仰祈都督鉴核查考，实为公便。谨呈。

一呈都督庄

中华民国元年三月七号丰备义仓绅董潘呈

为移会事。案照敝董因精力渐衰，难应仓务重任，迭经乞退在案。照前稿全叙等因，兹于本月六号，将丰备义仓存储银钱米谷暨田房公产契据等项，并义仓钤记一颗，一并移交苏城市公所蒋总董炳章等接管。除呈报都督查考外，相应移会。为此合移贵州长，请烦查照施行。须至移者。

一移苏州民政长宗

中华民国元年三月七号丰备义仓绅董潘移

为呈请事。准长元吴城董事会函开，奉贵三县谕行事件内，有丰备义仓专属本城，并不分属镇乡等语，盖以义仓钤记"苏城"二字为据也。查宣统元年十月十五日，江苏谘议局会议议决筹定自治经费案，关于公款公产之规定，第三条内开，各厅州县原有之公款公产，应俟厅州县自治成立以后，由厅州县议事会按照各项公款公产之性质，分析其来源及用途之界限，定为厅州县所有之公款公产及城镇乡所有之公款公产。未经划定以前，城镇乡自治公所不得擅用。其确有明文，专属城厢或某镇某乡者，不在此例等语，业奉督抚宪公布施行在案。查丰备义仓，创自道光十四年，由前督宪陶文毅公、抚宪林文忠公会同奏明，捐建苏州省城义仓，买谷备荒，又劝绅士捐助田亩，官为经理。夫曰苏州省城，范围甚广，决非囿于城厢。兵燹以后，仓毁田存，先从父遵祁暨冯中允桂芬等同筹兴复，重建仓廒，请将丰备义仓，改为官绅会办，见于前督抚宪会同奏案。先从父遵祁久董仓事，既撰《长元吴三县丰备义仓碑记》，复刻有《长元吴丰备义仓全案》八卷。继董仓事者，吴故绅大根，仍其书名，亦刻《续编》八卷。从前官绅，均以义仓为统属三县地方，不闻有专属本城之明文，每届征收田租，由藩宪委员会绅办理。当时钤记之颁，专为委员文牍示谕以及租籴等件钤用。其易长元吴为苏城者，取其字数整齐，似未可援以为据。义仓入款，以田租为大宗，当时捐助仓田，城绅而外，镇乡亦有数人。如首列续捐奖案之蒋寅及蒋鼎奎、蒋圣奎，均系娄门外邓巷人；同列奖案之严隽鑫、严隽霭，均系洞庭东山人。办谷之外，每有余款。历奉（按：原文如此，此后疑有脱漏）

　　为照会事。案据长元吴三县详准贵绅呈,丰备义仓并非专属本城,并送碑文请示遵等情到司,当以誊阅呈到碑文,既叙明岁敛其租,专备长元吴三县荒政,历办平粜,木渎、光福、湘城等乡镇又一律碾谷分粜,是义仓统属三县地方,并非专属城厢,似无疑义。即经抄详,将拓碑批发苏州府,复加确核具复饬遵去后。兹据该府详称,由府复加确核,奉发碑文,既叙明岁敛其租,专备长元吴三县荒政,历办平粜,木渎、光福、湘城等乡镇又一律碾谷分粜,诚如宪谕,义仓统属三县地方,并非专属城厢,毫无疑义。除饬遵外,详复示遵等情前来。除批示外,合就照会,为此照会贵绅,烦为查照办理施行。须至照会者。

　　宣统二年十一月十一日照会

　　藩宪陆照会

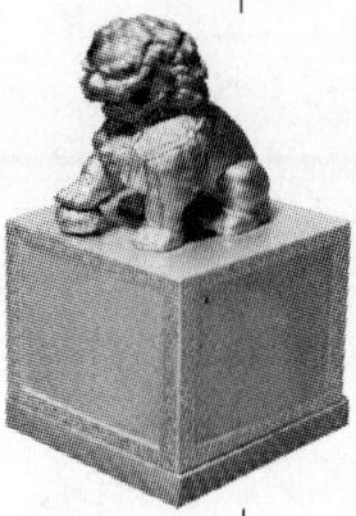

长元吴丰备义仓全案四编

一九一四年刻本

（清）潘灏芬 辑
吴滔 点校

叙　言

丰备义仓之归自治公所管理也，始于辛亥之冬。维时总自治之成者为蒋炳章，继之者为汪凤瀛，而杭祖良亦屡代理其事，最后则灏芬承其乏，自治停办，遂亦受代。计自治公所管理是仓者二年余，其间往还文牍、出纳簿书，已褒然成帙。爰遵前例，分为七卷，付诸梓人，以备稽考。潘灏芬谨序。

长元吴丰备义仓全案四续编目录

卷一　接交始末 *

议
副议 长先生均鉴：敬启者，苏州丰备义仓事繁责重，鄙人前以精力渐衰，屡请乞退。嗣因办理平粜，未即交卸，惟念义仓有关民食要需，断难再膺重任。近日肝阳时发，精力迥不如前，务请贵公所迅赐即日开会，选举接董，以重荒政，无任盼祷。专肃，敬请

公安

丰备仓董潘祖谦谨启 元年正月初七日

济之先生大人台鉴：前由议事会送到手札，敬悉种种。丰备义仓向烦筹理，尽筹硕画，裨益本地方荒政，良非浅鲜。乃以事烦责重，退志遽萌，惟此事关系本市区公款公产，年内匆促，敝会亦不及接收。现在惟有再请偏劳，以资熟手，一俟来年，定有接收方法，再行报命可也。专肃奉复，祗颂

台祺

苏州市公所董事会启 旧历十二月二十一日

为移会事。前据丰备仓潘董以任重年老，函请告退，经将原函送由贵会宣布，嗣经该仓董迭催接收，是以本会于三月初五日，将该仓房屋、仓廒、银钱、米谷、文契一切，点收接管，并即依据原议决案，呈都督暨民政长在案。查该仓现有存谷三万石，并现洋约十万元有零，惟内有协康、义裕两庄款倒欠未清，及豫康庄欠款尚未届期，本会既经接收，其备荒事宜，自当继续执行。本年秋收丰歉，诚难预料，惟承上年水灾之后及目前米价之昂，不能不预备仓储，为平粜之需。按原存谷石，约仅碾米一万五千石，兹拟先购白米二万五千石，由锡运苏。除呈请移由货物税公所免其完厘及移请沪宁局减收车价外，计不敷洋七万五千余元。兹于职员会公共讨论，以添购米石，系属备荒要需，所有不敷之款，只可息借庄款，暂应急需，以实仓储。不敷之处，俟五月间再行续办，当经公共议决。除查照市乡制第七十五条呈报外，相应备文报告，为此移请贵会，查照为荷。须至移者。

右移市议事会

中华民国元年四月二十日吴县城市董事会移

潘董原交银洋、钱谷、米石并田房、契据、帐册器用等件清折

计开：

一、交发当生息，钱一十万一千六十千文

又银三千两正。

又银一万两正。

一、交息借商款二两库平银二千七百五十两正。

一、交寄存前藩库二两库平银二千二百五十两正。

一、交借拨经、纶两厂二两库平银八千七百四十二两四钱三分八厘。（此款由费商缴抵两厂股票二十二纸，息折二十二扣，计共银一万八百两正。）

一、交借拨苏省铁路公司洋一十万元。（计铁路股票二百张，每张一百股，又停息五年，以息款并作股本，分五成以捐助公立学堂，计又领存股单四张，共三千五百股。）

一、交存各庄银七万五千三百六十五两二钱四分四厘。（计存折十二扣）。

一、交现存钱一万一千四百三十九千八百八文。（另不列报款钱七千五百二十二百三十九文）

一、交现存谷二万七千一百七十七石五斗。（另备耗谷四千九百八十四石六斗五升，内吴董移交二千五百四石九斗，余皆今所多者。）

一、交现存米二千六百二十一石七斗三升。

一、交原捐、添置田印单共六千八百五十九纸。（内常备军、铁路划去印单八纸）

一、交添置田契八十二套。

一、交两次咨部田亩细账七本。

一、交新置田印单四百九十八纸。

一、交新置田契六纸。

一、交仓房印契三十六套。

一、交狮林寺巷、石家角两处基地文契四十套。

一、交桥湾街新仓基地契结印照十四套。

一、交租房四所房契装折契全套。

一、交租契纸租折七扣。

一、交押租银五百四十两、洋四百十五元。

一、交历年完纳条漕版串收照。

一、交历年收支钱洋总册。（计旧册三十四本，新册十四本，内光绪三十四年及宣统元年两册，由前城自治会调查取去，尚未归还。）

一、交历年报销底册。（计旧册按年造报三十三本，新册按季造报五十二本，内平粜报册六本，机赈报册二本。）

一、交厂谷总册一本。

一、交历年租册。

一、交历年日收册。

一、交历年庄销册。

一、交历年案卷。

一、交清粮册一本。

一、交清丈册十四本。

一、交三邑版底三本。

一、交三邑会计一本。

一、交义仓初刻全案一部。

一、交全案续编五部。

一、交全案三编。

一、交器用物件。

一、交铃记一颗。

吴县知事公署训令第二百十六号

令苏州市公所：

案照县市乡自治机关奉令停止，所有苏州市各项善举暨学款处并各小学校，自应延订士绅管理，以专责成。除照会刘君传福董理学款兼四十区小学，孔君昭晋副之；吴君曾涛董理丰备义仓兼贫民习艺所，汪君朝模副之；吴君荫培董理男普济堂外，合行训令该市公所总董，分别交接可也。此令。

中华民国三年三月二十日吴县知事宗能述

为呈覆事。案奉第二百十六号文开：全叙至分别交接可也。此令等因。奉此当即会同贵署所派监盘员查君亮采，于三月二十四日，将男普济堂所有各项，按照移交册，点交吴董荫培接收。二十五日，将苏城丰备义仓及贫民习艺所所有各项，按照移交册，分别点交吴董曾涛、汪董朝模接收。二十七日，将学款经理处及四十二区小学所有各项，按照移交册，点交刘董传福、孔董昭晋接收。除将各该仓堂处所收支各项造具清册另文呈报外，合将交代日期先行呈复，至乞查照。谨呈。

吴县知事

中华民国三年三月三十一日苏州市总董潘灏芬呈

吴县知事公署指令第四百三十五号

令苏州市潘总董：

据呈男普济堂、丰备义仓、学款处交代日期已悉。此令。

中华民国三年四月十五日吴县知事宗能述

径启者：本月二十二日，奉县知事第二百十六号文开：全叙至分别交接可也。此令等因。奉此合将苏城丰备义仓所有仓廒谷石田房各产器用物件钤记单契册籍卷宗及银钱款项造册移交，即希查照点收，并祈见复为荷。此致苏城丰备义仓董事吴、汪

计送移交清册一本

中华民国三年三月二十四日苏州市董事会总董潘灏芬

移交清册

谨将丰备义仓银洋钱谷及田房契据帐册器用等件，截至阳历三月底止，如数盘交，开具清折，送请鉴核。

计开

一、交存当生息钱九万五千六百二十千文。

又银一万二千五百两正。

一、交前清息借商款二两库平银二千两正。

一、交前清寄存苏藩库二两库平银二千二百五十两正。

一、交借拨经、纶两厂二两库平银八千七百四十二两四钱三分八厘。（此款由费商承荫缴抵两厂股银一万八百两，计股票息折各二十二件。）

一、交借拨苏路公司洋十一万七千五百元。（除已领还股本第一期洋七千八百三十三元三角二分四

厘外,实剩洋十万九千六百六十六元六角七分六厘,计存证券四十八纸。)

一、交存各庄洋一万一千二百七十六元八角四分（内押租洋九百五十元）。

一、交又银一百四一两一钱三分五厘。

一、交又钱三百九十千文。

一、交已闭仁和、协康、义裕三庄存银九千七百六十一两九钱一分七厘。

一、交现存洋二百二十六元。

又钱四十四千二百九十一文。

一、交现存谷七万五千二百七十七石六斗九升。

一、交三邑田一万八千六百七十七亩七分九厘五毫。（印单七千三百五十七纸,内常备军及铁路用划去印单八纸。）

一、交置田文契八十八套。

一、交两次咨部田亩细账七本。

一、交仓房五所（一坐落庆林桥东堍,一坐落狮林寺巷东口,一坐落华阳桥南堍,一坐落潘儒巷石家角,一坐落桥湾街）,计印契买契共七十七套,计五仓廒屋共四百三十七间。

一、交租房四所（一坐落包衙前,一坐落包衙前,一坐落曹家巷,一坐落南濠姚家弄）,计印契卖契装折帐共四套。

一、交租契折各六件。

一、交押租银三百四十两、洋四百五十元。此项即存庄款内。

一、交历年条漕印串收照。

一、交廒谷总册一本。

一、交历年收支钱洋总册共五十二本。

一、交历年报销总册共八十八本。（内机赈报册二本,平粜报册六本。）

一、交历年田租册及日收装销各册。

一、交历年官署往来案卷（又市公所案卷一宗）。

一、交清粮册一本。

一、交清丈册十四本。

一、交三邑版底三本。

一、交三邑会计一本。

一、交义仓初刻全案一部。

一、交全案续编三编各五部。

一、交义仓钤记一颗。

一、交器用物件（另开细帐）。

民国三年三月二十四日

径复者:前接公函两件内开,三月二十二日奉县知事文开,案照县市乡自治机关奉令停止,所有苏州市各项善举,自应延订士绅管理,以专责成。除照会吴君曾涛董理丰备义仓兼贫民习艺所、汪君朝模副之外,理合训令该市公所总董,分别交接可也此令等因。合将丰备义仓所有仓廒谷石田房各产单契册籍钤记卷宗器用物件及银钱款项,又将贫民习艺所所有房屋器具生财家伙布疋纱线卷宗及银钱款项,造具清册各一本,一并移交,希烦查照点收见复等因。准此曾涛、朝模即于三月二十五、二十六两日先后赴仓赴所，会同监盘委员查君亮采，将贵会移交两处清册所开各项，一一分别点验接收，只因仓谷七万五千余石全行测量，继以抽斛，旬日始竟，合计两处均无缺误。除报告县知事外，相应备函布复。再，贵会又送到公函两件，所有义仓清册一本，概算书一本，习艺所清册一本，均已领悉，合并附复。此致苏州市董事会总董潘。

董理苏城丰备义仓兼贫民习艺所吴曾涛、汪朝模同启。

中华民国三年四月七日

卷二 采办积谷 *

为呈请事。查丰备义仓储谷，向系运往无锡碾砻，由仓备具护照，呈经本省旧时官厅准予免税，有案可稽。前本公所接收该仓时，有存谷三万石，现由水道运锡碾砻，约可得米一万五千石，复经在锡购米三万五千石，两共约米五万石，均拟由沪宁火车陆续运苏。此项米谷，均系备荒要需，所有水陆往来，应仍由丰备仓备具护照，分期转运，并请查照旧案，移知苏锡货物税公所，将此项运锡之谷及运苏之米，准由丰备仓呈缴护照，免厘放行，实为公便。为此呈请民政长查照施行。须至呈者。谨呈苏州民政长宗。

中华民国元年四月初七日吴县城市董会代理总董杭祖良呈

苏州民政长宗为照会事。元年四月十五号，奉都督第二千四百零八号指令，州呈丰备仓谷运锡碾米，应否由都督给照验放由，奉指令：呈悉。转运义仓米谷，应由本都督给发护照，免税放行，仰即转知杭董，将运米石数，应需护照张数，开具清单，由该民政长呈候核给可也。此令等因。奉此相应照会贵会，请烦查照办理。须至照会者。

右照会城市董事会

中华民国元年四月二十日

为呈请事。四月十九日，奉都督第二千四百另八号指令，苏州民政长呈城市董事会呈丰备仓谷运锡碾米给照验收由，呈悉，转运义仓米谷，应由本都督给发护照，免税放行，仰即知照杭董，将运米石数，应需护照张数，开具清单，由该民政长呈候核给可也。此令等因。奉此查此项米石，系由丰备义仓在锡购谷碾米，向用民船装运，则以石数计算，现由沪宁火车运苏，每辆可装三百四十袋，每袋一石，所需护照，每辆一纸，应请先行给发护照一百纸，以凭转运，其余该仓谷，俟运锡碾米时，再行请领。应请转呈都督府查核，迅赐照给，实为公便。为此备文，呈请民政长查照施行。须至呈者。

右呈苏州民政长宗

中华民国元年四月十九日吴县城市公所董事会总董蒋炳章呈

苏州民政长宗为照送事。元年四月二十七号，奉都督第二千六百九十六号指令，州呈城市董事会呈丰备仓在锡购谷碾米，由车运苏，请给护照由，奉指令：呈悉。所请发给运米护照一百张，应准照发。仰即查收转交此令，并发护照一百张等因。奉此相应照送贵会，请烦查收见复。须至照会者。

计照送护照一百张

右照会城市董事会

中华民国元年四月二十八日

为呈请事。敝会经管之丰备仓，于本年夏秋间，办理平粜，业将所存历年积谷如数用罄。仓储为备荒要需，未可任其一空如洗，现届新谷登场，访悉无锡、宜兴和桥等处，收成尚称中稔，拟即于本月底，遴派义仓司事，分往各该处采购新谷四万石，陆续装运，到仓收储。查此项积谷，向在免厘之列，所有自苏至无锡、宜兴和桥等处，经过货物税各公所，希即迅赐转请都督府颁发免厘护照八十张，每张填写谷五百石，俾得按数分给船户，以便呈验放行。除俟采办事竣，再将谷价石数核实报告外，为此呈请民政长，查照施行，实为公便。须至呈者。

右呈吴县民政长宗

中华民国元年十一月二十三日吴县苏州市董事会总董汪凤瀛呈

吴县知事宗为照送事。奉都督指令，吴县知事呈丰备义仓采办仓米，请给护照免税由，呈悉，应准填给护照四十张，每张运谷一千石，除令各税务公所验放外，仰即查收转发。此令等因。奉此合将奉到护照四十张，备文照送贵公所，请烦查收。须至照会者。

计送护照四十张

右照会苏州市公所

中华民国元年十二月二十六日

为呈请事。查本会管理丰备义仓，上年因赴锡购谷四万石，呈奉知事照送都督府，给发免厘护照四十纸到会。惟当时以谷少价昂，办就三万二千余石，即行停止，计用去护照三十二纸。现在访闻锡栈屯谷出售价，较去冬为廉，亟应如数购足，并加购七千石，以裕备荒。拟于本月月杪，仍照向章，遴派义仓司事，前赴无锡添购新谷共一万五千石，陆续装运，到仓收储。惟余存护照，恐不适用所有自苏至锡经过货物税公所，应请转呈省行政公署，迅赐颁发免厘护照三十张，每张填写装谷五百石，俾得按数分给船户，以便呈验放行。所有未用护照八纸，理合呈缴，为此备文呈请知事，即予一并转呈省长查照施行，实为公便。须至呈者。

计呈缴护照八纸，

右呈吴县知事宗

中华民国二年四月二十三日苏州市公所总董潘灏芬呈

吴县知事公署指令第二百七十六号

令苏州市董事会：

呈悉。已呈请民政长颁发护照矣。旧照八纸存缴。此令。

中华民国二年四月二十六日吴县知事宗能述

吴县知事公署训令第二百八十六号

令苏州市公所：

奉省行政公署指令，内务司财政司案呈，据该知事呈转据苏州市董事会呈丰备义仓采买仓谷一万五千石，请给发免厘护照一案已悉，应准发给免厘护照三十张，仰即领收转给备用，缴到未用旧照八纸，存候核销此令等因。奉此合行训令该市公所，即将发来免厘护照三十张，查收填用，呈复备考。此令。

计发护照三十张

中华民国二年五月十一日吴县知事宗能述

为呈复事。前因本会管理之丰备义仓续办仓谷一万五千石，呈请转呈省行政公署给发免厘护照在案。兹本月十一号准文开，奉省行政公署指令，准给免厘护照三十张，并核销旧照八纸等因，并转发护照三十张到会。准此除查收先行发给该仓填用外，合即备文呈复，为此呈请知事，查照为荷。须至呈者。

右呈吴县知事宗

中华民国二年五月十四日苏州市公所总董潘灏芬呈

吴县知事公署指令第三百四十九号

令苏州市总董：

据呈所发买谷免厘执照，已给仓填用，均悉。此令。

中华民国二年五月十七日吴县知事宗能述

为呈请事。查本会管理之丰备义仓，曾于本年四月间赴锡办谷，呈请转领免厘护照在案。现在访闻锡地收成尚称中稔，而仓中积存之谷仅有四万八千余石，缺额甚巨，空廒亦多，拟即于本月月杪，仍照向章，遴派义仓司事，前往无锡添购新谷一万六千石，陆续装运，到仓收储。其自锡至苏经过货物税各公所，应请转呈省行政公署，颁给免厘护照三十二纸，每纸填写装谷五百石，俾得分给船户，以便验明放行。为此备文呈请知事，即予转呈省长，查照施行，实为公便。谨呈吴县知事。

中华民国二年十一月　日苏州市总董潘灏芬呈

吴县知事公署指令第八百九十四号

令苏州市总董：

据呈转请颁给免厘护照，候据情转呈，俟奉指令再行饬遵。此令。

中华民国二年十一月二十四日吴县知事宗能述

吴县知事公署训令第八百七十一号

令苏州市总董：

奉省民政长指令，内务司案呈，据呈转据苏州市董事会呈丰备义仓赴锡办谷，请援案颁给免厘护照等情。查此项护照，前由本公署颁给，现货物税公所已划归国税厅筹备处管辖，据呈前情，候函转国税厅筹备处查照办理可也。仰即转行该市董事会知照等因，奉此合行令，仰该总董知照。此令。

中华民国二年十二月六日吴县知事宗能述

吴县知事公署训令第八百七十五号

令苏州市总董：

奉江苏国税厅筹备处训令，案准省行政公署函开，据吴县知事呈据苏州市总董潘灏芬呈称：查本会管理之丰备义仓，曾于本年四月间赴锡办谷，呈请转领免厘护照在案。现在访闻锡地尚称中稔，而仓中积存之谷仅有四万八千余石，缺额甚巨，空廒亦多，拟即于本月月杪，仍照向章，遴派义仓司事，前往无锡添购新谷一万六千石，陆续装运，到仓收储。其自锡至苏经过货物税各公所，应请转呈省行政公署，颁给免厘护照三十二纸，每纸填写装谷五百石，俾得分给船户，以便验明放行，呈请转呈施行等情。据此理合据情转呈，仰祈鉴核，照案颁给免厘护照三十二纸，以便转发领用等情。据此查此项免厘护照，前由本公署颁给，现货物税公所已归贵处管辖，据呈前情，除指令候函转照办外，相应函请贵处长查照办理等因。除训令苏城无锡税所验免放行外，合缮护照，令发该知事查收转给，仍俟运竣，即将护照缴候核销，勿稍脱漏等因，并护照三十二纸，奉此合行令发该总董查收，一俟仓谷运竣，即行缴候转送核销，毋延。此令。

计发护照三十二张

中华民国二年十二月六日吴县知事宗能述

为呈请事。本会管理之丰备义仓，前于上年十一月间，呈请转领免税护照三十二纸，每纸运谷五百石在案。当时采买净谷一万五千八百四十四石九斗八升，收入仓廒，合之旧存谷石，计共六万四千七百余石。核计此数，尚不敷一次平粜之用。现闻锡地新谷仍多，价与去冬相若，拟照向章，遴派义仓司事，前往无锡采购一万石，陆续装运，到仓收储。其自苏至锡经过各税所，应请转呈江苏国税厅筹备处颁发护照二十纸，每纸运谷五百石，俾得分给押运司事，以便呈验，免税放行。所有上年运谷之已用护照二十八纸，未用护照四纸，一并呈缴。为此备文呈请知事，即予转呈处长，查照施行，实为公便。谨呈吴县知事。

计呈缴已用护照二十八纸、未用护照四纸

中华民国三年二月七日吴县苏州市董事会总董潘灏芬呈

吴县知事公署训令第一百六十九号

令苏州市总董：

奉江苏国税厅筹备处第七百十号指令，据呈请领丰备义仓赴锡续购仓谷一万石护照二十纸，每纸运谷五百石，应准随令颁发。仰即查收转给，仍俟运竣，即将护照缴候核销，勿稍脱漏，并候令知苏城无锡税所，验免放行，此令，旧照存销等因，并发护照二十纸到县。奉此合行令发该总董查收，一俟仓谷运竣，即将护照缴候转送核销，毋延。此令。

计发护照二十纸

中华民国三年二月二十七日吴县知事宗能述

为移会事。查敝会丰备义仓备荒米谷，向在无锡购办碾砻，运苏备荒。兹经该仓又在无锡碾谷，并添购白米，约共米五万石，现在即须由沪宁火车分期运苏，以备济荒之用。查赈荒米谷，由铁路转运，向可免缴车价，此次丰备仓由锡运苏之米，实系备荒及平粜所用，应恳顾念公益，减收半价，实纫公谊。相应备文移会，为此移请贵总办，请烦查照为荷。须至移者。

右移沪宁铁路总办钟

中华民国元年四月初七日吴县城市董事会代理总董杭祖良

　　敬复者：昨奉大移，以贵会丰备义仓在无锡购办米谷约共五万石，由沪宁火车分期运苏，以备济荒之用。铁路转运赈米，向可免缴车价，此项丰备仓米，应请车价减半等因。查敝路借款合同，中国赈饥灾异运粮，奉有督办大臣命令，车价减半，原无免缴车价之条。备荒仓米又与赈灾运粮有异，查上年上海因米缺价贵，开办官米平粜局，由锡运米到沪，商由敝局每车减收运费三元，历办有案。此次贵会购米备荒，情事相仿，经与洋总管议定，照苏锡普通车价每三十吨车定价十五元算，减为十二元，装卸费由货主自理。相应备函奉复贵会查照办理，并希派员来车务处接洽可也。再，此项米石，每次起运，须有特许印照，注明米数为凭，以免冒滥，并请照办为荷。专此布复，敬颂

公安

　　沪宁铁路局谨启元年四月十日

卷三　经理款项 *

　　为呈请事。窃本会接管丰备仓，查阅潘前董移交案卷内，有寄存前清藩司库二两库平银二千二百五十两一款。兹因苏城米价翔贵，民食维艰，亟须循照向章，预备平粜。现在该仓积谷无多，必先补购米谷，陆续碓碾，庶不致临时竭蹶。除将该仓现款及息借庄款如数动用外，所短尚巨，用特缮具图领，呈请指令财政司查照旧案，迅将前项寄存银款，如数发还，以佐要需而实仓储。合亟备文呈请，为此呈请大都督，指予给领，实为公便。须至呈者。

　　谨呈江苏都督程

　　计呈图领一纸

　　中华民国元年五月初四日吴县城市董事会总董蒋炳章呈

　　江苏都督程令第三千四百八十五号

　　指令：吴县城市董事会总董蒋炳章呈请发丰备仓存款由，呈悉，此项银两既系该县义仓寄存之款，自应继续筹还。惟查本省自光复后，前司库各款，多系列作统收，凑济军饷，姑俟筹有的款，即行知照给领。此令。图领姑附。

　　中华民国元年五月二十五日指令吴县城市董事会

　　为呈请事。查丰备仓存寄前藩库二两库平银二千二百五十两一款，前以平粜需用，具状请领，即奉三千四百八十五号指令，姑俟筹有的款，即行知照给领等因到会。奉此惟丰备仓现正从事平粜，本年贫户加多，米数尤巨，需款更形急迫，即办米时息借之庄款，利息耗蚀，亦难久持，应请俯念仓款支绌，备荒要需，准予如数给领，以资接济而维荒政。理合备文呈请。为此呈请大都督，准予给领，实为公便。再，领状一纸，附存前呈，合并声明。须至呈者。谨呈江苏都督程。

　　中华民国元年七月三号吴县城市公所董事会总董汪凤瀛呈

　　为呈请事。查本市丰备义仓存寄前藩库二两库平银二千二百五十两一款，于上年五月间，以平粜需用，具状请领，即奉都督程三千四百八十五号指令，略开：该款自应筹还。惟光复后，司库各款，多系列作统收，凑济军饷，应俟筹有的款，即行知照给领，此令，图领姑附等因到会。奉此嗣于七月间，因办理平粜，款项不敷，又经具呈请领，未蒙指令批复。查上年办理平粜，米数较巨，业经息借庄款，利息耗蚀，既难久持。而时过秋收，亦正须购储谷石，以为预备。应请俯念仓款支绌，备荒紧要，准予如数拨领，以资接济而裕积储。合亟备文呈请。为此呈请省民政长，查案给领，实为公便。再，领状附存前呈在案，应否另具图领之处，谨候指令祗遵，合并声明。谨呈民政府。

　　中华民国二年一月二十六日苏州市公所代理总董杭祖良呈

为呈请事。查本市公所丰备义仓，有借拨前清商务公司二两库平银二千七百五十两，此款本一万两，系寄存前清藩库，由藩库借拨商务公司，历经藩库于苏经、苏纶两厂所缴厂租项下，逐年提还拨本银一千两。截至光复以前，尚短银二千七百五十两。上年秋间，该两厂始有商人租用，所有上年秋冬两季及本年春季租息银两，已由厂商解交贵署财政司兑收。查照前案，应提还仓款，三季计银七百五十两，刻因添购积谷，现款不敷，伏乞指令财政司，迅将前项拨款如数发还，以助要需而资储备。为此缮具领状，呈请省长，准予给领，实为公便。谨呈省行政公署。

计呈送图领一纸

中华民国二年四月十七日苏州市公所总董潘灏芬呈

江苏省行政公署指令第五千八百七十四号

财政司案呈，据呈请发还仓款等情已悉。查前清苏藩司借拨各县积谷公款及丰备义仓谷本，充作苏州丝纱两厂开办经费，历年由两厂缴租项下提还一案，前据昆山等县呈请放还，当经都督指令，应候令行各县，将已领未领各数查明开报，听候汇核摊偿在案。兹据该董所请，核与各县请还积谷公款，事同一律，现已由本公署令催各县赶紧查报，一俟报齐，即当统核摊偿。至前据该董事会总董蒋炳章呈请拨还仓款，系二千二百五十两，现呈称系二千七百五十两，所具图领又仅七百五十两，何以先后不符？查此款原系一万两，究竟陆续收回若干，应领回若干，仰即查明从前领银次数，年月日期，开具清折，呈候查核。此令。图领发还。

中华民国二年四月三十日令吴县苏州市董事会总董潘

江苏民政长应德闳指令

为呈复并请领款事。接奉指令，以前总董蒋炳章呈请拨款系二千二百五十两，现呈称系二千七百五十两，所具图领又仅七百五十两，何以先后不符？查此款原系一万两，究竟陆续收回若干，仍应领回若干，仰即查明从前领银次数，开具清折，呈候查核，此令，图领发还等因到会。奉此查蒋前总董请领，系是寄存前清苏藩库二两库平银二千二百五十两。前次灏芬请领之款，系由苏藩司移动仓款，转借前清商务公司，以充苏经、苏纶两厂开办经费，确是二两库平银二千七百五十两，此款原系一万两，当时批准匀分十年拨还，历于两厂缴租项下，按年提还银一千两，截至前清宣统二年冬季止，共提还银七千二百五十两，实剩银二千七百五十两。前闻两厂已将上年秋冬本年春三季厂租银七百五十两，解交钧署收存，是以按照此数具领，前呈亦经叙明。至寄存藩库一款，先于上年五月、七月，两次具文请领，旋奉都督程三千四百八十五号指令，姑俟筹有的款，即行知照给领等因。总之一为寄存藩库，一为借拨商务公司，虽均系仓款名目，实判然不同，并非先后不符也。近闻钧署整理财政，库款渐充，该仓现正补办积谷，需款甚殷，恳请省长迅将寄存藩库一款，如数发还，并将借拨公司一款，援照每年拨还银一千两前案，先行发还两厂解存银七百五十两，以资接济而备荒歉。为此备文呈复，并开具清折一扣，重缮领状二纸，呈请鉴核给领，实为公便。须至呈者。谨呈江苏省民政长。

中华民国二年五月十一日吴县苏州市总董潘灏芬呈

谨将苏城丰备义仓由前清苏藩库借拨商务公司逐年拨还银数开折，呈请鉴核。

计开：

前清光绪二十九年冬季借拨商务公司二两库平银一万两。（此项奉苏藩司照会，以前溧阳县杨令等息借股本，均因事故亏累，经各前升司批准，于提还积谷款内拨放银一万两，仍作义仓借拨商务公司积谷存款，现已匀分十年拨还等因。）

三十年春季拨还银一千两。

三十一年春季拨还银一千两。

三十二年春季拨还银一千两。

又秋季拨还银二百五十两。

三十四年春秋两季共拨还银一千七百五十两。

宣统元年秋季拨还银一千两。

二年冬季拨还银一千二百五十两。

以上各项均见前清时义仓按季报销册内，并已刻入《义仓全案三续编》。

计七年又一季，共拨还二两库平银七千二百五十两，实剩银二千七百五十两正。

中华民国二年五月　日

为呈请事。本年五月十一日，本会以苏城丰备义仓补办积谷，需款孔亟，备文呈请钧署，将寄存前清苏藩库一款暨借拨前清商务公司按年拨还银两，一并发还，并将历年陆续拨还该款数目，分别开折备核在案。查积谷为贫民命脉，该仓存谷无多，刻正赶紧采购，以充备荒要需。计现款用罄外，尚属不敷，所有借拨前清商务公司项下，业由经、纶两厂解存江苏银行二两库平银七百五十两，此系照案提还之款，存储银行，当未移作他用，爰请迅将该款如数发还。至寄存前清苏藩库二两库平银二千二百五十两，亦请一并发还，以资接济而裕储蓄。本会为地方公益起见，不惮渎至再三，为此备文呈请省长，准予给领，实为公便。再，领状二纸，已于前次附呈，合并声明。须至呈者。谨呈江苏民政长应。

中华民国二年六月一日苏州市公所总董潘灏芬呈

江苏省行政公署指令第七千九百八十三号

令吴县苏州市董事会总董潘：

财政司案呈，据该总董呈复，蒋前总董请领存款，与该总董请还仓款，截然两事等情已悉。查光复之后，前清藩署案卷，散佚不齐，各处款目，多费搜查。此项仓款，据称蒋前总董请领，系寄存前清苏藩库二两库平银二千二百五十两。该总董请领，系苏藩司移动仓款，转借前清商务公司，以充苏经、苏纶两厂开办经费二两库平银二千七百五十两。一为寄存藩库，一为借拨商务公司，虽均系仓款名目，实判然不同等语。是就该总董现呈而论，蒋前总董请领之款为一事，乃系寄存藩库之款，非借拨商务公司之款；该总董请领之款，又为一事，乃系借拨商务公司之款，非寄存藩库之款。然就本公署现有之案卷而论，似蒋前总董请领之款，即系借拨商务公司之款。查民国元年五月六日，据蒋前总董呈称：潘前董移交卷内，有寄存前清藩库银二千二百五十两，兹因米价翔贵，亟须购米平粜，请将前款发还等情。当经前财政司以此项存款总数凡一万两，改拨厂股，后正名为丰备仓借拨两厂谷本，匀分十年拨本，历由前藩库于两厂解款时，随时提存，归入义仓寄存数内，该仓按季造送报销文册，均就还期增列，经司批复有案。此次市公所请拨之款，谅以根据该仓移交案卷而言，究竟是否相符，截至何日为止，函请前管丰备仓潘董查复，嗣准复称：此款每年拨本一千两，先后二十期提还五千两，嗣两厂由老股收回，自办后续缴九期银二千二百五十两，除已由义仓领还五千两外，尚存司库二千二百五十两，季册载明有案等语。是前董请领之二千二百五十两，乃系借拨厂股款内，已据两厂解存司库，未经义仓领回之款，并非于借拨厂股之外，另有寄存之款。统核前后卷据，就潘前董函复情形，详加考察，则仓款原系一万两，借拨厂股后，由仓领回五千两，仍存五千两，内有由厂已经解司，未经该仓领回者二千二百五十两，就该总董现呈及清折考核，则仓款一万两已提还银七千二百五十两，尚剩银二千七百五十两。呈折内均未声明提还之七千二百五十两，内有二千二百五十两，仍存司库未领字样，一若提还之款，该仓已全数领回者，核与潘前董函复情形似有不符。除将该总董现呈请领之七百五十两，先行如数放还，饬司填给放据外，仰即就近向苏州分银行支库具领呈报，仍将蒋前总董请领之二千二百五十两，是否即系借拨厂股款内已经由厂缴司、未经该仓领回之款，及现折所开逐年拨还银数共七千二百五十两，是否即有蒋前总董请领之二千二百五十两在内，详细查明复夺。此令。领折均存，放据一纸附发。

中华民国二年六月十一日江苏民政长应德闳
内务司长马士杰代

为呈复事。本月十三号领到钧署发还借拨前清商务公司积谷款项下拨本银二两库平七百五十两，苏州分银行票据一纸。并奉第七千九百八十三号指令，以现折所开逐年拨还银数共七千二百五十两，是否即有蒋前总董请领之二千二百五十两在内，详细查明复夺，此令，领折均存，放据一纸附发等因到会。奉此查丰备义仓积谷存款，借拨前清商务公司，充作经、纶两厂开办经费二两库平银一万两，匀分十年拨还，计先后共拨还银七千二百五十两，除已由义仓领回五千两外，尚存司库银二千二百五十两。蒋前总董请领，即指此款。盖有时仓款敷用，无须向司库领取，即将拨还之款，改作寄存司库名目。自此次领到银七百五十两，计借拨商务公司项下只剩银二千两，嗣后俟该两厂按期拨还，仍请钧署财政司代收给领，以符原案。而该项前由司库已经代收，尚未领回银二千二百五十两，仍作寄存司库之款，以备义仓需用具领。至前奉指令，询及历年拨还之款，是以开具清折，只就所询陈复，不再叙明原委，因有前案可稽也。为此备文呈复，伏乞省长电鉴核夺，实为公便。谨呈江苏民政长。

中华民国二年七月二日苏州市总董潘灏芬呈

为呈请事。案查敝会管理之丰备义仓辛亥冬季四柱册内，有城自治公所欠款银一千一百两，钱一千三百千文，州议会欠款钱三百九十千文，虽经潘前仓董刊入报销，敝会当以仓款专供备荒，未便移作他用，于民国二年五、六两月领到辛亥、壬子年附加税后，将本公所应还城自治公所所欠义仓银钱，分期还讫。惟州议会所少一款，尚未归还。为此备文呈请知事，函致吴县议事会，将该项欠款交由敝会归仓，以清款目，实为公便。谨呈吴县知事。

中华民国三年二月十二日苏州市总董潘灏芬呈

径启者：案查敝会管理之丰备义仓辛亥冬季四柱册内，有城自治公所欠款银一千一百两，钱一千三百千文，州议会欠款钱三百九十千文，虽经潘前仓董刊入报销，敝会当以仓款专供备荒，未便移作他用，于民国二年五、六两月领到辛亥、壬子年附加税后，将本公所应还城自治公所所欠义仓银钱，分期还讫。惟州议会所少一款，尚未归还。为此函请贵会，将该项欠款交由敝会归仓，以清款目，实纫公谊。此致吴县议事会。

中华民国三年二月十二日苏州市董事会总董潘灏芬启

吴县知事公署指令第一百六十八号

令苏州市董事会总董：

此案现准吴县议事会公函，以州议会前欠丰备义仓钱三百九十千文，应如何归还，函致酌核办理等由。当查州议会已经取消所有欠还仓款，业经函请吴县议事会拨还，以重仓款矣。希即查照。此令。

中华民国三年二月二十日吴县知事宗能述

径复者：前准贵会公函，以丰备义仓辛亥冬季四柱册内，有州议会欠款钱三百九十千文，尚未归还，属由敝会交还归仓，以清款目等因。准此查临时州议会报销清册，确有收丰备仓拨洋三百元一项，惟敝会预算案内均未列入，当经函致县知事，请其酌核办理，旋准复函，以州议会已经取消所有欠还仓款洋三百元，应由敝会拨还，以重仓款，预算虽未列入，自可照数追加等因到会。准此合将前项欠款钱三百九十千文，如数拨奉，至祈查收，清还仓款，并希掣付收据，以凭报县核销为荷。此致苏州市董事会。

计附送保大庄铜元票三百九十千文

中华民国三年三月二十二日吴县议事会公函

径复者：兹准公函略开拨还州议会所欠仓款等因，并保大庄铜元票一纸计钱三百九十千文到会。准此除掣付收据外，即经将该项钱款，照数交付丰备义仓查收，以清账目。相应函复，请烦查照。此致吴县议事会。

中华民国三年三月二十二日苏州市董事会谨启

卷四　经理田产 *

为呈请事。查敝会所管丰备义仓，有元境北三十一都二十五图官则田一亩九分五厘，由郭星洲、叙洲兄弟两人承种纳租，相安已久。嗣因郭星洲病成疯颠〔癫〕，不能耕作，遂归郭叙洲一人独种。当时该佃以邻佃郭采堂借用车基，并在仓田内筑岸为长沟，以便迂道过水，计损伤田四五分，种植因而减少等情，来仓申诉。潘前董闻之，殊为诧异，仓田关系备荒，何等郑重，断不能任人侵占分毫，该佃何得擅借过水，任其筑岸为沟，侵占田亩，即将郭叙洲严加申饬。该佃又称，此事系其兄星洲所为，实则郭采堂欺其疯颠〔癫〕，擅写租据，硬行过水，郭采堂现已兼种沈田，自有近便水基，无须再借等语。当饬仓差前往查明，据实绘图，一面由仓差督令郭叙洲，立将仓田内所筑长岸，尽行拆毁，以复原形，既而郭采堂竟以阻住过水，田禾将槁等语，控告郭叙洲。经前清元和吴知县提讯，当时原告未到，郭叙洲擅自承认。查该田系义仓产业，郭叙洲不过承种，岂有让人过水侵害田亩之权，现在虽未实行，诚恐乡愚无知，受人诱迫，应请严谕该图经造地保，转谕郭叙洲等，如有在仓田内擅借过水及筑岸为沟等情，授者受者皆当严究。若该经保等阻止不力，亦当分任其咎。敝会为保全公产起见，用特备文，呈请知事鉴核施行，实为公便。谨呈吴县知事宗。

中华民国二年六月十六日苏州市总董潘灏芬呈

吴县知事公署指令第四百五十号
令苏州市总董
查郭采堂与郭叙洲争执田内过水，曾据业户吴曾善呈诉到署，当以此事纯乎诉讼性质，批饬另赴司法官厅诉理在案。据呈前情，仰即知照。此令。
中华民国二年六月十九日吴县知事宗能述

为呈请事。本会管理之丰备义仓，向由前清三县谕拨差役两名到仓，专备追收田租之用。缘仓田较多，其中抗欠租籽者，亦复不少，非有专差责令各图经保协同办理，断难得力。光复以后，仍照旧章，骤易生手，恐多贻误。查旧时仓差李奎、徐鸿两人，老练勤慎，历久不怠，应请俯赐重给该两差谕单，仍任义仓追租之役，以资鼓励而专责成。为此备文，呈请知事，查照施行，实为公便。谨呈吴县知事宗。

中华民国三年正月十日吴县苏州市总董潘灏芬呈

吴县知事公署指令第七十二号
令苏州市董事会总董
据呈丰备仓田租请循旧谕差专催等情，候谕饬该两差遵照可也。仰即知照。此令。
中华民国三年一月十九日吴县知事宗能述

卷五　办理平粜 *

为咨会事。元年四月十四号，奉都督指令，中华国民公会苏州本部会长呈请饬商平价出售，并饬市公所赶办平粜由，奉指令：据呈已悉。仰苏州民政长查照察核办理，此令，原呈抄发等因。同日奉都督指令，国民公会呈求急令仓董砻谷平粜，公家购米接济由，奉指令：昨据来呈，业经指令苏州民政长查核办理在案。所请公家筹款购米一节，并仰该民政长就本县酌量筹集，先行购备以济民食，此令，原呈抄发等因。并抄发原呈各到州，奉此除咨复国民公会并咨会商会仓董查照外，相应抄录咨呈，备文咨会贵公所，请烦查照抄咨拟议办法，妥速施行，并将办理情形，随时呈报查考。须至咨会者。

右咨城市公所

中华民国元年四月二十三日苏州民政长宗咨

为呈复事。前准咨会内开，本年四月十四号，奉都督指令，中华国民公会苏州本部会长呈请饬商平价出售，并饬市公所赶办平粜由，奉指令：据呈已悉。仰苏州民政长查照察核办理，此令，原呈抄发。同日奉都督指令，国民公会呈求急令仓董碾谷平粜，公家购米接济由，奉指令：所请公家筹款购米一节，并仰民政长就本县酌量筹集，先行购备以济民食，此令，原呈抄发各等因到州。奉此相应抄录咨呈，咨会贵公所，请烦查照拟议办法，妥速施行，并将办理情形，随时呈报查考等因到会。准此查苏地米价踊贵，民食维艰，亟宜筹办平粜，国民公会所陈暨都督指令各节，敝会早经筹议及此。只以丰备仓近年连次平粜，积谷无多，存钱亦少，当于上月间陆续在锡添购米谷，赶速砻碾。该仓现款，业经全数动用，不敷之数，又息借庄款洋七万余元，约共旧存新办米谷，得净白米尚不满四万石。迩来贫户众多，非前数年可比，若照此米数办粜，断难敷用，须赖公家筹款购米，以资接济，方可免临时竭蹶之虞。敝会开会讨论平粜大略情形，除由杭董祖良专任购谷办米陆续运苏外，并经推定城内外五局董事及酌定五局局所粘单呈核。城内向设五局，今照巡警四路分局之例，裁并中路一局，以节廉费。城内外分别调查户口，亦悉照巡警区域办理，拟于五月十七号，即阴历四月朔日起，五局一律开查户口，散给小票。应请咨会巡警总局，分饬各路警区，届时各派巡士，随同各局司事，逐日分查，并谕饬城内及城外附郭各图地保，一并逐日分随查户，以便指认贫户，俾免脱漏。一面应请先行颁发示谕，宣布查户日期，以定人心而杜滋扰。一俟五局遍查户口，倒换大票，并议定详细章程，酌定减收米价，再行呈报开粜日期。缘准前因，合亟备文呈复。为此呈请民政长，察核施行，并申都督府备考，实为公便。须至呈者。

右呈苏州民政长宗

计粘单一纸

中华民国元年五月八日吴县城市公所董事会总董蒋炳章呈

计开：

东路平粜局董事蒋炳章,局设平江路丰备义仓。
南路平粜局董事方炳勋,局设双塔寺前贡院。
西路平粜局董事孔昭晋,局设中军巷城隍庙。
北路平粜局董事陶治元,局设王洗马巷春申君堂。
阊门外平粜局董事顾贤麟,局设留园西永善堂。

为照会事。元年五月三十一号,据贫民姚人俊、姚子和、王如桂、陶福生、王敬廷禀称:窃贫民等均在护龙街南九十三号门牌内居住,向以安分营生。去秋生意清淡,渐次停工歇业,穷苦万分,贫民等有每日仅得一粥者,有两日始获一餐者。近闻董保调查户口,将办平粜。讵料董保调查,仅在门口填给小票,不及内户,以至同居九十三号,而外面各户均已给票,其在内各户,虽穷苦如贫民等者,均遭遗漏。然此时不得小票,将来即不得入局平粜。伏乞俯赐恩准,补给小票,或另行复查补给等情。据此合亟备文,照会贵市公所,请烦转知平粜局,查照办理。须至照会者。
右照会城市公所
中华民国元年六月一号苏州民政长宗能述

城市公所总董台鉴:昨奉交下民政长照会一件,内称据贫民姚子和、姚人俊、王如桂、陶福生、王敬廷禀称:贫民等均在护龙街九十三号居住,调查遗漏,乞准补给小票等情,由贵公所转知前来。查该号门牌,系在南元一、二图内,早经查毕,由该图地保林桂生具净图切结在案。兹奉前因,即传该图地保询问,据称姚人俊系做玉器,姚子和系书业,王如桂系轿夫,陶福生、王敬廷均系瓦匠。查户之时,均不在家,现在求请补给云云。敝董亲往复查,尚系实情,姑准补给,每户各二升。惟米少户多,若各图具结之后,纷纷请求补给,恐亦穷于应付,应请贵公所移覆民政长,请其传谕各图地保,不得援以为例。除将该图地保林桂生切结附送外,合行奉复,统希查照为荷。专肃,敬请台安。
西路平粜局董事孔昭晋敬启

具切结:南元一、二图地保林桂生,今具到局董案下,实结得身奉谕,图内按户查明,给发平米小票。身当时随同司账查给,不料护龙街九十三号门牌内,贫户姚人俊二大口二小口,玉器,姚子和二大口二小口,书业王如桂三大口二小口,轿夫陶福生二大口二小口,瓦匠王敬廷二大口二小口,瓦匠,共五户,此户当时并不在家,现在求请补给。合具切结是实。
中华民国元年六月　号具切结地保林桂生

具切结:南元一、二图地保林桂生,今具到局董案下,实切结得奉谕,着身图内细查,按户给发小票,并无遗失。合具切结是实。
中华民国元年五月　号具切结林桂生

为呈复事。六月一号,准照会内开,贫民姚人俊禀请补查给票,列入平粜户口等因,并抄单一纸到会,当经转知西路平粜局孔董昭晋办理。兹据孔董函复,略谓南一、二图早经查毕，由地保林桂生具净图切结在案。奉文后，即传地保询问，据云姚人俊等五户，当查户时，该户主均不在家，现在求请补给云云。敝董亲往复查，尚系实情，姑准补给小票，列入户口册内。惟米少户多，若各图具结之后，纷纷请补，恐亦穷于应付。应请贵公所呈复民政长，请传谕各图地保，不得援以为例等语。相应备文呈复。为此呈请民政长，查照施行。须至呈者。

右呈苏州民政长宗

中华民国元年六月五号吴县城市公所董事会总董蒋炳章呈

雪楼先生大都督钧鉴：谨肃者，本市丰备义仓开办城内外平粜，约在阴历五月初旬举行。其城外一局，附设于阊门外永善堂，该堂地接厢荒，曩年曾请酌派师船，常驻保护，现在谣啄未靖，是以此次运米及开粜日期内，仍请饬知军政司，于阴历四月二十七日起，酌派飞划师船两艘，开赴永善堂附近，常川停驻，以资保护。一俟平粜告竣，再令撤回。如蒙俯允，敬候复夺，不胜盼祷之至！专此，敬请勋安。

市董事会蒋炳章、孔昭晋、杭祖良、方炳勋谨肃六月初七日发

为移知事。查本届平粜，业经先期购米碾谷，预备一切。嗣准民政长咨会，奉都督指令，中华国民公会请求市公所赶办平粜，并公家购米接济，仰民政长察核办理，并酌量购备等因到州。请烦拟议办法，妥速施行等因到会。准此当将丰备仓连年平粜，积谷无多，存钱亦少，当于上月间陆续赴锡，添购米谷，赶速舂碾。惟现款全数动用，不敷之处，又经息借庄款洋七万元，约计新旧米谷，得净米尚不满四万石。值此贫户众多，迥逾往年，照此米数，断难敷用，须赖公家购米接济，方可免临时竭蹶之虞等因，呈复民政长在案。并经议决，照巡警四局分局之例，裁并中路一局，以节糜费。规定城内外共设五局，推定局董，定于阴历五月初六日开始，就现有米数，支配户口之多寡，至多以三个月为限，一俟订定章程，规定米价，再行移知外，相应先行移会。为此移请贵议事会，请烦查照。须至移者。

右移城市议事会

中华民国元年六月十号吴县城市公所董事会蒋移

计粘五局地址并局董姓名一纸

计开：

东路平粜局董蒋炳章，局设平江路丰备义仓。

南路平粜局董方炳勋，局设双塔寺前贡院。

西路平粜局董孔昭晋，局设吴县学。

北路平粜局董陶治元，局设王洗马巷春申君堂。

阊门外平粜局董顾贤麟，局设半边街永善堂。

为呈报事。前以筹办平粜，将设局推董、开查户口等情，先行呈报在案。现在城内外五局，查户事竣，即可陆续倒换大票。此次贫民户口，视上年增多三分之一，计每两日共需米九百八十余石，由本会议决详细章程，每升米价收钱七十文，定于五月二十号，即阴历五月初六日起，五处同时开局。仍照向章，间日一粜，应请咨会巡警总局，转饬各分

区，按期派令巡士，分诣各局，并请谕饬设局五处之本图地保，按期到局，以便传唤而资弹压。查本年节气较早，收成亦早，阴历七八月间，新籼当可上市。此次平粜，拟以三个月为限，除粘呈章程外，相应备文报告。为此呈请民政长鉴核施行，并转呈都督府备考，实为公便。须至呈者。

右呈苏州民政长宗

计呈平粜章程一份

中华民国元年六月十日吴县城市董事会总董蒋炳章呈

谨将苏城市公所丰备义仓办理平粜会议详细章程，呈候鉴核。

一、此次办理平粜，照上数届旧章，略为酌改。城内分设东、南、西、北四局。东局在平江路丰备义仓，归蒋董炳章办；南局在双塔寺前贡院，归方董炳勋办；西局在吴县学内，归孔董昭晋办；北局在王洗马巷春申君堂，归陶董治元办。阊门外另设一局，在留园西永善堂，归顾董贤麟办。

一、各董经理各局事宜。城内照四路巡警分局，划分东、南、西、北四局地界。阊门外地段绵长，烟户稠密，亦照巡警区域另设一局。其余各门外，均由就近城局兼办。各就本局所管界内，先查户口，总以此局地段与彼局接界，俾免脱漏。娄、齐两门外，归东局兼查；葑门外，归南局兼查；胥门外胥台乡及盘门外除马路外，均归西局兼查。

一、今岁米价较上届更贵，平粜户口势必有增无减，丰备仓存谷二万七千余石，存米二千六百余石，连同现在陆续添办米谷，约共砻碓成米三万九千石。或俟各局粜下米款，再行补购，或俟公家购米接济，方可敷用。

以上三条，系设局分界、核计米谷之大概情形。

一、每局先用司事六人，由局董派令，逐日分投率同巡警地保，按图查户，遍〔偏〕街僻巷，均须查到。凡贫苦人民，填明姓名、口数、住处，随给小票，务期毋滥毋遗。即将票根携归，照填大票，俟查户事竣，谕令各该户，按日分图到局，将小票倒换大票，以便开粜时持以籴米。

一、大口每日米五合，小口减半，视各户口数，派定米数。间日一粜，每期以三升为限，五局一律。大票内填明每两日粜米若干，司事凭票收钱，随于大票方格内盖一付讫戳，另给若干米小票一纸，俾得持以取米。凡贫苦人民，需米甚亟，自应按期来籴，如越数期来籴，度必有米可食，只准补籴一期，不准多补。庶各局每期收回小票之数，不至大相增减，而备米亦较有把握。

一、平粜米价，现照市价核减，每升取钱七十文，公同酌定，报明民政长，俾各局一律照办。

一、各局查户司事，接办开粜粜米各事，开粜得酌量事务之繁简，添设司事，至多不得逾三人。并雇用局使十人，使之斛米量米，又借用钱庄伙一二人，以看大小洋及盘包铜元。各局董时常在局，监粜察看，以防弊端。

一、各局粜下米款，由仓指定庄号，备送银簿，交由各董，每期径送该钱庄收存。至各局一切局用，均向丰备仓随时支取，不得于粜下米款内移用，以清界限。

以上五条，系局董等经理局务之大概情形。

一、请民政长将查户平粜事宜，摘叙简明章程，先期出示晓谕，分贴城内及阊门外附郭并各局门首，俾众周知。

一、请民政长先期遍传城内及城外附郭各图地保，谕饬分随各局司事，按图查户，毋得怠忽。又饬设局五处之本图地保，每粜米日来局，伺值当差，毋得玩违。

一、请民政长咨会巡警总局，转饬城内外五路区长，派令巡士，随同各局司事，逐日按区查户。至开粜时，又令巡士数人，按期分诣各局，以资弹压而免滋事。

以上三条，请官长办理之大概情形。

一、各局司事，每月薪水钱五千文，月费钱一千文，伙食钱四千二百文；借用钱庄伙，每期给以朝点午膳，每人合钱一百四十文，俟事竣后，酌送酬劳；局使每月辛工钱三千文，饭食钱四千二百文，每期局使量米，各给朝点钱四十文。巡警地保随同查户，每日给饭钱一百文粜米日巡警差保到局当差，每名给饭钱一百文。其余一应零用，由各局董酌量开支。

一、各局栈耗量耗米数，随时登记，以便列入报销。撤局后，由各局董将所管一局收支钱米及局用各数，开具清折，送交市公所，再由市公所汇齐总数，列入决算册，并报告民政长存案，以昭核实。

以上二条，系酌定局用及核实造报之大概情形。

再，除各局局用外，所有砻谷碓米、驳运水脚、添修栈条脚扁栲栳斛子升斗等物，刻印大小票帐册等件，均由丰备仓开支，统俟事竣，核明总数，汇造报销，合并陈明。

中华民国元年六月十日

吴县城市议事会为移会事。本届临时会系据吴震元等二十一人为本城米少，拟于此次平粜，米面并发，藉资接济等因，请求开会，并经先行移知在案。兹经详细讨论，并据贵会职员陈述筹办平粜米数，自不致青黄不接。惟本年户口较多，设使现备米数，或有不敷规定粜期之用，议由贵会预购面粉，平价发粜，以资接济。当经公同议决，除依制呈报外，相应先行移知，为此移请贵董事会，请烦查照施行。须至移者。

右移吴县城市董事会

中华民国元年六月十五日

五局办理平粜收支钱米暨砻谷粜米一应经费总数四柱清册

计开：

旧管

一、存仓谷二万七千一百七十七石五升。

一、存历年余谷五千一百八十五石九升。

一、存上年白米一千六百五十四石四斗六升。

一、存上年糙米九百六十七石二斗七升。（碓见白米八百三十二石五斗计，每石糙米成白米八斗六升二合。）

新收

一、收苏办白米四百六十六石九斗二升。

一、收锡办白米二千八十四石二斗。

一、收锡办糙米七千九百八十五石五斗四升。（锡坊碓见白米七千一百四十七石一斗，计每石糙米成白米八斗九升五合。）

一、收锡办杭籼谷二万七千四百九十六石六斗八升。（锡坊砻碓见白米一万三千八石七斗，计每谷一石，出白米四斗七升三合。）

一、收仓运锡谷二万四千七百四十石。（锡坊砻碓见白米一万九千三十四石五斗，计每谷一石，出白米四斗四升一合九勺。）

一、收仓谷三千三百四十八石。（本仓砻碓见白米一千四百四十石六斗五升，计每谷一石，出白米四斗三升三勺。）

一、收仓运得丰裕行谷四千二百七十四石一斗四升。（得丰裕砻碓见白米一千七百六十九石二斗三升，计每谷一石，出白米四斗一升三合九勺。）

计共收白米三万六千八百五十一石三斗。

一、收东局巢下米价钱六万五千五百二十六千八百六十文。

一、收南局巢下米价钱三万八千七百千四百八十文。

一、收西局巢下米价钱五万八百八十二千五百四十五文。

一、收北局巢下米价钱三万七千四百一十九千七十文。（陶董欠缴钱一千四百九十千七百八十文，合洋一千一百三十八元。）

一、收阊门外局巢下米价钱五万六百四十一千二百二十文。

一、收本仓臼余除付砻碓工外净存钱五百八千九百四十三文。

一、收得丰裕米行臼余除付砻碓工外净存钱一百一十三千七百九十文。

计共收钱二十四万三千七百九十二千九百八文。

开除

一、支添置五局器用（洋一百三十九元，钱四千一百二十六文），共合钱一百八十七千六百六十文。（洋价一千三百二十文。）

一、支刊印大小票护照帐册等工料（洋一百六十六元，钱一十二千七百文），共合钱二百三十一千八百二十文。

一、支五局驳米力钱一百四十千七百一十文。

一、支下谷力钱一百八十九千八百七十文。

一、支上下水米力钱八十三千六百九十一文。

一、支仓谷运锡水脚费（洋九百一十三元，钱一千二百二十文），共合钱一千二百六千三百八十文。

一、支运米火车费洋一千元合钱一千三百二十千文。

一、支锡米运回打包赍袋驳船上栈等费（洋六百三十七元，钱八百二十五文），共合钱八百四十一千六百六十五文。

一、支苏车站下车下水驳力等费（洋一千一百六十五元，钱一十一千六百六十五文），共合钱一千五百四十九千四百六十五文。

一、支添办洋线大袋一千五百只，价银二百二十三两九钱四分，合钱四百二十五千四百八十六文。

一、支修袋工料饭（洋四十二元，钱八千二百四十文），共合钱六十三千六百八十文。

一、支锡坊砻碓筛扇翻晒各工及上下水力除糠秕小稻作抵外净付（洋七百三元，钱一千一百十文），共合钱九百二十九千七十文。

一、支长源行友照料上谷下米酬劳洋五十元，合钱六十六千文。

一、支驻锡仓友栈房火车零用等费洋一百三十元，合钱一百七十一千六百文。

一、支南局送仓付庄钱洋力钱一十二千三百七十文。

一、支东路局用钱八百三十五千六十文。

一、支南路局用钱九百三十七千三百六十五文。

一、支西路局用钱一千二百一千八百九文。

一、支北路局用钱八百三十七千一百三十八文。

一、支阊门外局用钱八百七十三千二百七十五文。

计共支钱一万二千一百四千六十文。

一、支东局粜出米九千三百六十石九斗八升。（另耗米三十三石六斗二升。）

一、支南局粜出米五千五百二十八石六斗四升。（另耗米二十七石一斗二升。）

一、支西局粜出米七千二百六十八石九斗三升五合。（另耗米五十九石七斗九升五合。）

一、支北局粜出米五千五百五十八石五斗五升。（另耗米五十四石一升。）

一、支阊门外局粜出米七千二百三十四石四斗六升。（另耗米三十六石一升。）

一、支五局廒耗量耗米二百一十石五斗五升五合。

一、支本仓驳各局卸耗米六十九石四斗七升。

一、支得丰裕驳各局卸耗米一十八石一斗八升。

一、支由锡火车运苏径驳各局卸耗米六百九十八石六斗九升。

计共支粜出连耗米三万五千九百四十八石四斗六升。

实在

一、存平粜米款钱二十三万一千六百八十八千八百四十八文。

一、存陶董治元欠缴钱一千四百九十千七百八十文。（此款于民国三年三月，经陶董治元交由市公所归仓收讫，灏芬识。）

一、存白米三千三百八十九石八斗。

中华民国元年十月　日

卷六　概算 (附报销册) *

为呈报事。本市管理之丰备义仓及学款处，上年由董事会造具预概算册，交议到会，即经于上年冬季会议，先后议决。嗣以款项中，有必须询明及簿据之调取，是以未即呈报。正在核办间，适又奉令停办，惟事关公款公产，已经议决之案，理合连同此项议决清册，备文补报，应请鉴核。谨呈吴县知事。

中华民国三年三月初六日苏州市议事会议长陈任呈

吴县苏州市公所管理丰备仓民国元年十个半月出入概算书

岁入类，共银三十六万二千五百另九元九角另二厘，米三万九千三百三十八石二斗六升。

第一款　接收移交银钱各款，共银十一万五千三百七十六元八角一分二厘。

说明：接收时，有前清藩库寄存库平银二千二百五十两，商务公司借存库平银二千七百五十两，苏经、纶两厂借存库平银八千七百四十二两四钱三分八厘，苏省铁路公司借存银十万元，三十八当存钱九万五千六百二十千文，十七当存银一万三千两，不另列项外，其现存各款列项如下：

第一项　存各庄现银 (六万七千三百四十一两六钱三分六厘，每〔元〕作银六钱九分)，银九万七千五百九十六元五角七分四厘。

说明：此项现银，除分存九庄外，尚有仁和庄 (该庄早已停顿) 存银二千四百八十七两八钱八分五厘，已闭协康庄存银二千四百一十三两八钱一分八厘，已闭义裕庄存银三千一百十一两九钱零五厘，尚未归还。

第二项　存仓现钱 (一万四千七百九十九千八百另七文，每元作钱一千三百文)，银一万一千三百八十四元四角六分七厘。

说明：此项现钱，除存本仓外，尚有西路民团借款银一千六百元，尚未归还。

第三项　不列报销银 (四千四百四十三两另八分二厘)，银六千三百九十五元七角七分一厘。

说明：此项款银，前清时代管理财政者，不准以现银存放在庄，致不能报销洋余洋亏及庄息。潘前董移交时，和盘托出，故有此数。

存当钱数较潘前董祖谦原折所开数目少五千四百四十十千文，因潘前董报销后，有元大当缴还钱五百四十千文，久大当缴还钱三千一百千文，永丰当缴还钱一千四百千文，永大当缴还钱四百千文，故市公所均列入存仓现钱项下。灏芬识。

第二款　接收移交米谷，共白米一万六千六百三十一石三斗四升。

第一项　白米，米一千六百五十四石四斗六升。

第二项　糙米 (九百六十七石二斗七升)，碓见白米八百三十二石五斗。

第三项　谷 (三万二千三百六十二石一斗四升)，碓见白米一万四千一百四十四石三斗八升。

第三款　田房各租，共银五万二千八百零一元九角六分五厘。

第一项　上年折色田租（二万二千二百八十六千二百零五文），银一万七千一百四十三元二角三分四厘。

第二项　本年折色田租，银三万四千九百八十九元一角二分七厘。

第三项　本年房租，银六百六十九元六角零四厘。

第四款　当息，共银四千六百七十七元零八分四厘。

第一项　周年八厘当息（四千七百九十三千文），银三千六百八十六元九角二分三厘。

第二项　银款当息（一千一百八十八千三百一十一文），银九百十四元零八分五厘。

第三项　久大上年（秋季）当息（六十二千文），银四十七元六角九分二厘。

第四项　沈永丰（上年）当息（三十六千九百文），银二十八元三角八分四厘。

第五款　押款息，共银三十八元三角六分九厘。

第一项　男普济堂（暂行抵押房屋租息），银三十八元三角六分九厘。

第六款　平粜米价，共银十八万七千九百三十六元六角四分七厘。

第一项　收还平粜米价，银十八万七千九百三十六元六角四分七厘。

说明：平粜米数，参见岁出类第十三款第一项。

第七款　陈米糠粞变价，共银一千六百七十九元零二分五厘。

第一项　陈米（粜与男普济堂），银一千二百元。

第二项　糠粞，银四百七十九元零二分五厘。

第八款　采办米谷，共白米二万二千七百零六石九斗二升。

第一项　糙米（七千九百十五石五斗四升），碓见白米七千一百四十七石一斗。

第二项　秔籼谷（二万七千四百九十六石六斗八升），碓见白米一万三千零零八石七斗。

第三项　白米，米二千五百五十一石一斗二升。

岁出类，共银十八万九千五百四十七元三角六分二厘。米三万六千一百四十八石四斗六升。

第一款　薪水，共银一千零七十四元九角二分三厘。

第一项　司事薪水，银一千零七十四元九角二分三厘。

第二款　饭食，共银八百三十八元零六分二厘。

第一项　伙食连工役计，银八百三十八元零六分二厘。

第三款　条漕，共银一万二千七百七十一元五角六分二厘。

第一项　补缴上年三邑粮饷，银八千九百五十六元二角六分。

第二项　完纳本年上下忙条银，银三千八百十五元三角零二厘。

第四款　收租费用，共银二百五十二元四角七分。

第一项　委员薪水，银九十六元九角二分三厘。

第二项　催田缴租另犒，银九十四元二角七分一厘。

第三项　易知单，银三十二元三角三分八厘。

第四项　租誊纸册，银二十八元九角三分八厘。

第五款　采办米谷，共银十六万三千零九十六元一角一分一厘。

第一项　春季办谷，银九万四千八百五十元七角六分。

第二项　采办白米，银六万八千二百四十五元三角五分一厘。

第六款　驳运上水，共银十五元三角五分六厘。

第一项　本城办米驳船上水力，银十五元三角五分六厘。

第七款　平粜经费，共银八千九百八十四元一角三分八厘。

第一项　平粜经费，银八千九百八十四元一角三分八厘。

第八款　添置，共银四百六十三元九角八分三厘。

第一项　添置器，用银四十四元四角三分三厘。

第二项　购办运米线袋，银四百十九元五角五分。

第九款　修理，共银七百七十一元九角三分九厘。

第一项　匠工岁修，银七百七十一元九角三分九厘。

第十款　雇工，共银二百四十三元八角三分九厘。

第一项　门厨仓工，银一百二十四元六角九分二厘。

第二项　仓场工费，银一百十五元六角五分五厘。

第三项　水龙工费，银三元四角九分二厘。

第十一款　杂项，共银三百八十五元四角一分一厘。

第一项　煤柴，银三十九元一角三分九厘。

第二项　电话，银四十二元。

第三项　油烛另用，银一百八十元四角六分九厘。

第四项　开仓酒席，银三十五元。

第五项　年终犒赏、年饭酒等，银八十四元七角零五厘。

第六项　纸张笔墨，银四元零九分八厘。

第十二款　临时开支，共银六百四十九元五角六分八厘。

第一项　义仓全案三编（装印工料），银一百二十六元七角八分四厘。

第二项　苏路开会赴沪费，银十一元三角八分四厘。

第三项　司事贺丧费，银二十八元。

第四项　制送痧药西瓜灰，银二百八十三元四角。

第五项　捐青年志愿团，银一百元。

第六项　捐商团九部，银五十元。

第七项　捐建魏家桥，银五十元。

第十三款　平价粜米，共米三万六千一百四十八石四斗六升。

第一项　五局平粜米，米三万四千九百五十一石五斗六升五合。

第二项　五局廒耗卸量耗，米九百九十六石八斗九升五合。

第三项　粜陈变价，米二百石。

收支相抵，存银十七万二千九百六十二元五角四分、米三千一百八十九石八斗。

存银米细数附录如左：

一、存各庄银（九万一千三百五十二两四钱一分九厘），银十三万二千三百九十四元八角一分一厘。

一、存男普济押款银（九百九十九两六钱七分），银一千四百四十八元七角九分七厘。

一、存北路平粜局欠缴米款，银一千一百三十八元。

一、存本公所，银二千四百元。

一、存仓现钱（四万六千二百五十五千二百十一文，每元作一千三百文），银三万五千五百八十元九角三分二厘。

一、存仓米三千一百八十九石八斗。

吴县苏州市公所管理丰备仓民国二年度一月至六月出入概算书

岁入类，共银二万零六百五十二元八角一分、谷四万八千八百七十八石七斗九升。

第一款　田房各租，共银六千八百零一元一角五分六厘。

　第一项　上年折色田租，银四千九百三十五元六角四分三厘。

　第二项　折色春租，银一千一百八十三元一角四分。

　第三项　本年房租，银六百八十二元三角七分三厘。

第二款　当息，共银五千五百八十七元四角七分五厘。

　第一项　周年八厘（三季）当息，银四千四百五十六元八角五分四厘。

　第二项　银款（三季）当息，银一千一百三十元六角二分一厘。

第三款　押款息，共银六百八十二元三角三分五厘。

　第一项　苏纶纱厂三季息，银五百九十一元九角二分三厘。

　第二项　男普济堂押款息，银九十元四角一分二厘。

第四款　庄息，共银二千四百三十八元。

　第一项　上年庄息，银二千四百三十八元。

第五款　陈米变价，共银一千四百四十元。

　第一项　粜出米款，银一千四百四十元。

第六款　还款，共银二千六百元。

　第一项　市公所还辛亥借款，银二千六百元。

　说明：此项系辛亥年借银一千一百两，作一千六百元，又洋一千元，故如前数。

第七款　兑换洋余，共银一千一百零三元八角四分四厘。

　第一项　换洋洋余，银一千一百零三元八角四分四厘。

岁出类，共银十六万七千六百十一元九角九分四厘、米二百四十石。

第一款　收租费用，共银五百零三元八角七分七厘。

　第一项　追租差费，银四百四十九元四角零五厘。

　第二项　催田折酒，银十六元九角五分四厘。

　第三项　易知单，银三十七元五角一分八厘。

第二款　条漕，共银八千四百二十元四角三分五厘。

　第一项　完纳上年糟米，银八千四百二十元四角三分五厘。

第三款　薪水，共银七百三十元二角三分一厘。

　第一项　薪水及帮冬加薪，银七百三十元二角三分一厘。

第四款　饭食，共银五百零六元七角八分。

　第一项　饭食，银五百零六元七角八分。

第五款　雇工，共银一百六十一元二角一分九厘。

　第一项　门厨仓工，银九十七元。

　第二项　仓场工费，银六十四元二角一分九厘。

第六款　修理，共银一百七十八元一角七分七厘。

　第一项　匠工岁修，银七十三元四角八分五厘。

　第二项　租房修理，银一百零四元六角九分二厘。

第七款　采办米谷，共银十五万二千零四十九元九角七分四厘。

　第一项　办谷（四万八千八百七十八石七斗九升）、银十五万二千零四十九元九角七分四厘。

第八款　驳运上水，共银四百零六元零七分一厘。

　第一项　上谷驳运水，银四百零六元零七分一厘。

第九款　杂项，共银二百三十四元七角三分四厘。

　第一项　煤柴，银二十五元三角四分。

　第二项　电话费，银二十四元。

　第三项　油烛零用，银九十四元六角九分七厘。

　第四项　纸张笔墨，银六元一角八分八厘。

　第五项　敬仓王及节酒年酒，银四十七元九角七分一厘。

　第六项　各工年终犒赏费，银三十六元五角三分八厘。

第十款　临时开支，共银四千零四十元四角九分六厘。

　第一项　协贴施粥款，银三千七百六十一元。

　第二项　苏路开会赴沪费，银九元七角六分九厘。

　第三项　吕子怡办谷酬劳（移助九支部商团经费），银五十元。

　第四项　施送米票，银一百九十五元。

　第五项　痧药瓶，银十七元五角五分。

　第六项　水龙出救及修费，银七元一角七分七厘。

第十一款　钞票耗折，共银三百八十元。

　第一项　裕苏裕宁票耗折，银三百八十元。

说明：此项钞票五百八十四元，以三五折兑换，计亏如前数。

第十二款　粜米变价，共米二百四十石。

　第一项　粜出陈米，米二百四十石。

本届收支相抵，亏银十四万六千九百五十九元一角八分四厘、米二百四十石。

本届存谷四万八千八百七十八石七斗九升。

上届存银十七万二千九百六十二元五角四分、米三千一百八十九石八斗。

存亏相抵，实存银二万六千零三元三角五分六厘、米二千九百四十九石八斗。

谷数详见前。

存银谷米细数附录如左：

一、存各庄银（一万五千三百六十八两五钱一分六厘），银二万二千二百七十三元二角零六厘。

一、存北路平粜局陶董治元欠缴米款，银一千一百三十八元。

一、存男普济堂押款（九百九十九两六钱七分），银一千四百四十八元七角九分七厘。

一、存仓钱，银一千一百四十三元三角五分三厘。

一、存仓谷，谷四万八千八百七十八石七斗九升。

一、存仓米，米二千九百四十九石八斗。

附记

民国元年，十个半月，本仓出入概算书内岁入类第一款说明，载有前清商务公司借存库平一款，本年六月份已收还库平银七百五十两，现实借库平银二千两。此项收还之银，一律存庄生息，合并声明。

为呈报事。案查苏城丰备义仓，于民国元年始，由市公所接管。所有元年分十个半月暨二年一月一日至六月终止，该仓各项收支，历经敝会造具概算，交由市议事会议决呈报县署在案。现在市公所奉令停办，敝会业遵第二百十六号训令，于三月二十五日，将苏城丰备义仓所有各项造具移交清册，会同监盘员点交吴董曾涛、汪董朝模接收。其二年七月一日起，至三年三月二十四日止，该仓收支各项，应由敝会造册报销。兹届结束之期，合将该项四柱清册，备文呈送县长鉴核。谨呈吴县知事。

计呈四柱清册一本

中华民国三年三月三十一日苏州市总董潘灏芬呈

今将苏城丰备义仓民国二年七月一日起至三年三月二十五日止，收支银钱米谷，造具四柱清册呈鉴。

计开：

旧管

一、上届现存各庄漕平银（一万五千三百六十八两五钱一分二厘，每元作六钱九分），合洋二万二千二百七十三元二角六厘。

一、上届收存商务公司还二两库平银七百五十两，合洋一千一百八十六元九角九分五厘。

一、上届存仓现钱，合洋一千一百四十三元三角五分三厘。

一、上届存北路平粜局欠缴米款，洋一千一百三十八元。

一、上届存男普济堂押款银（九百九十九两六钱七分），合洋一千四百四十八元七角九分七厘。

一、上届寄存前清藩库二两库平银（二千二百五十两），合洋三千三百二十六元八分七厘。

一、上届存借拨前清商务公司（除收回二两库平银七百五十两外，尚有库平银二千两），合洋二千九百五十六元五角二分二厘。

一、上届存借拨苏经、纶两厂二两库平银（八千七百四十二两四钱三分八厘），合洋一万二千九百二十三元六角三厘。

一、上届存借拨苏省铁路公司洋十一万七千五百元。

说明：此款原系十万元，领存股单二百张，每张一百股，后以停息并股，续领存股单四张，共三千五百股，合如上数。

一、上届存三十六当钱（九万五千六百二十千文，每元作钱一千三百文），合洋七万三千五百五十三元八角四分六厘。

一、上届存十六当漕平银一万三千两，合洋一万八千八百四十元五角八分。

一、上届存仁和、协康、义裕已闭三庄漕平银（八千二十三两六钱八厘），合洋一万一千六百二十八元四角一分七厘。

一、上届存潘前董借拨西路民团洋一千六百元。

一、上届存米二千九百四十九石八斗

一、上届存谷四万八千八百七十八石七斗九升。

共米二千九百四十九石八斗、洋二十六万九千四百四十一元一角六厘、谷四万八千八百七十八石七斗九升。

新收

一、壬子年田租，洋□百四十元二分六厘。

一、癸丑年田租，洋四万九千六百九十九元四角六分八厘。

一、房租息，洋六百五十元九角三分八厘。

一、秋冬两季当息，洋三千七百九元八角五分七厘。

一、苏经、纶两厂息，洋三百九十一元二角九分四厘。

一、男普济堂押款息，洋五十五元七角四分五厘。

一、各庄及已闭仁和庄存款息银（五百七十九两三钱七分），合洋八百三十九元六角六分七厘。

一、前州议会还款，洋三百元。

一、陈米变价，洋一万五千六百三十九元六分五厘。

一、换洋洋余，洋一千一百二十九元八角一分五厘。

一、两次采办新谷，二万六千三百九十八石九斗。

共洋七万二千六百五十五元八角七分五厘、谷二万六千三百九十八石九斗。

开除

一、司事薪水，洋一千一百二十八元。

一、司事饭食，洋四百七十七元二角五分四厘。

一、雇工工食，洋四百十三元五角。

一、匠工修理，洋二百三十七元。

一、仓场添置器料，洋二百八元一角九分九厘。

一、添修物件，洋二元七角三分一厘。

一、电话费，洋三十六元。

一、油烛煤柴节酒犒赏杂用等，洋二百七十六元一角二分八厘。

一、条漕，洋一万三千一百五十元七角四分七厘。

一、房捐，洋二十六元一厘。

一、办谷（石数见新收项下），洋七万五千七百二十三元七角。

一、运谷水脚费，洋一千一百二十三元七角二分三厘。

一、上谷及晒谷力钱，合洋二百五十二元一分五厘。

一、刻印租由纸墨笔等，洋六十七元三角六分五厘。

一、收租杂费及开仓酒席，洋四十五元三分。

一、追租差费，洋二百七十一元一角一分八厘。

一、易知单费，洋三十七元七角六分四厘。

一、催饭佃酒，洋一百二十三元四角八厘。

一、赴锡办谷旅费，洋六十元九角一分六厘。

一、制送痧药西瓜灰，洋二百五十九元一角八分八厘。

一、施送米票，洋一百五十六元。

一、补助开河捐，洋九十元。

一、水龙出救，洋七元一角三分八厘。

一、添印义仓全案，洋三十五元六角一分九厘。

一、四续全案工料，洋二百元。

一、协拨贫民习艺所，洋四千七百四十六元。

一、粜出陈米（洋数见新收项下），米二千九百四十九石八斗。

共洋九万九千一百五十四元五角四分四厘、米二千九百四十九石八斗。

实在

一、存现存各庄，洋一万七百七十七元七角六分。

一、存仓现洋，洋二百二十六元。

一、存仓现钱四十四千二百九十一文合洋三十四元七分。

一、存寄前清藩库库平银（二千二百五十两），合洋三千三百二十六元八分七厘。

一、存借拨前清商务公司库平银二千两，合洋二千九百五十六元五角二分二厘。

一、存借拨苏经、纶两厂库平银（八千七百四十二两四钱三分八厘），合洋一万二千九百二十三元六角三厘。

一、存借拨苏路公司洋十万九千六百六十六元六角七分六厘。

一、存潘前董借拨西路民团洋一千六百元。

一、存三十六当钱九万五千六百二十千文，合洋七万三千五百五十三元八角四分六厘。

一、存十六当银除收回五百两外实存一万二千五百两，合洋一万八千一百十五元九角五分六厘。

一、存已闭仁和庄（转经租账房拨票银，除收回一千二百八十七两八钱八分五厘外，实存银一千二百两），合洋一千七百三十九元一角三分。

一、存已闭协康庄二千四百二十三两八钱一分八厘，合洋三千五百十二元七角八分。

一、存已闭义裕庄（三千一百十一两九钱五厘），合洋四千五百十元七厘。

一、存谷，七万五千二百七十七石六斗九升。

共洋二十四万二千九百四十二元四角三分七厘。

共存谷七万五千二百七十七石六斗九升。

中华民国三年三月　日。

吴县知事公署指令第四百三十九号

令苏州市总董潘：

据呈报丰备义仓二年七月一日起至三年三月二十四日止收支清册已悉。此令。册存。

中华民国三年四月十五日吴县知事宗能述

卷七　附设贫民习艺所[*]

　　为呈报事。案查贫民习艺所，前奉贵署转奉省令交议事会，就地方经费与地方情形，权衡其存废等因，嗣经议事会议决应存，录案呈报，并奉批移知到会。本会以接管该所，须先指定经费。当即依据上年十一月议事会议决，移拨义仓粥款，作为习艺所或借本经费案，移请议事会查复。旋于六月十八日，准议事会移知批答第一千五百二十号，并该会呈复各节，复准贫民习艺所董事潘绅祖谦函催接收到会。当查贫民习艺所，原称栖流所，本为养恤穷黎而设，从前由丰备义仓岁拨钱二千串，谷二千石，为该所施粥经费，自前清光绪二十年，栖流所推广留养，另有经费，此项钱谷始提归粥厂之用，旋改为钱五千串。光复以后，栖流所原有经费一律无著，而粥厂亦已停办，则以丰备仓原拨钱五千串，还充贫民习艺所经费，实属款目相当。因于七月初一日，由董事会按照潘董移交清册点收接管，复于七月初五日职员会，议决执行方法七条。合行备文呈报，即祈察核存案，实为公便。谨呈吴县知事。

　　中华民国二年七月八日苏州市总董潘灏芬呈

　　苏州市丰备仓贫民习艺所办法纲要

　　（一）宗旨　留养贫民兼习工艺。

　　（二）名称　贫民习艺所，经费以丰备仓施粥款改充，应名为苏州市丰备贫民习艺所。

　　（三）定额　以一百名为率。

　　（四）类别　以分利、生利为两类。分利项下，以定额十分之六流转传习；生利项下，常留定额十分之四，稍顾本利以图持久。

　　（五）经费　每年由丰备仓开支银三千八百四十六元。（粥款原定五千串，以银价一千三百文计之得此数，以后永为定额。）以三千六百元为常年经费，留储二百四十六元，以备荒歉（经常费不足，以生利项下盈余拨充。）

　　（六）工本　暂以本年一月至六月经常费充之。

　　（七）附则　本纲要如有未尽事宜，随时由董事会酌量修改。

　　径启者：奉县知事文开，案照县市乡自治机关奉令停止，所有苏州市各项善举暨学款处并各小学校，自应延订士绅管理，以专责成。除照会刘君传福董理学款兼四十区小学，孔君昭晋副之；吴君曾涛董理丰备义仓兼贫民习艺所，汪君朝模副之；吴君荫培董理男普济堂外，合行训令该市公所总董，分别交接可也，此令等因。奉此兹将丰备贫民习艺所所有房屋、器具、生财、家伙、布匹、纱线、卷宗及银钱款项，造册移交。除该所议事会案卷一宗，另于丰备仓卷宗册内先行移交外，希烦查照点收，并祈见复为荷。此致丰备义仓兼贫民习艺所董事吴、汪。

　　中华民国三年三月　日苏州市董事会总董潘灏芬

今将丰备贫民习艺所房屋、器具、图记、布匹、物料、卷宗、契折、银米各款造具移交清册呈鉴。

计开

一、交木质图记一颗。

一、栖流所案卷簿册两箱。

一、贫民习艺所旧卷十二宗。

一、贫民习艺所新卷一宗。

一、全所常用器具。（另有清册。）

一、工艺器具作洋四百七十六元三角五分。（另有清册。）

一、纱线作洋一千五百六十六元六角五分。

一、各种布匹（计八十八匹，另布十三丈一尺）作洋二百五十二元四角二分。

一、颜料漂粉煤作洋六十三元八角。

一、棕线皮圈作洋二十元。

一、米十一石零。

一、富仁坊巷房屋一所。（租契一纸，租折一扣。）

一、现银一千三十元五分八厘。

一、押租银二十元。

一、储存丰备仓本所备荒银一百二十三元。